O CONDE DE MONTE CRISTO

CLÁSSICOS ZAHAR
em edição comentada e ilustrada

Jane Eyre*
Charlotte Brontë

David Copperfield
Charles Dickens

Sherlock Holmes (9 vols.)*
A terra da bruma
Arthur Conan Doyle

As aventuras de Robin Hood*
O conde de Monte Cristo*
Os três mosqueteiros*
Vinte anos depois
O visconde de Bragelonne (2 vols.)
Alexandre Dumas

O corcunda de Notre Dame*
Victor Hugo

O Fantasma da Ópera
Gaston Leroux

Carmen e outras histórias
Prosper Mérimée

Frankenstein*
Mary Shelley

A ilha do tesouro
Robert Louis Stevenson

Drácula*
Bram Stoker

Aventuras de Huckleberry Finn*
As aventuras de Tom Sawyer
Mark Twain

20 mil léguas submarinas*
A ilha misteriosa*
Viagem ao centro da Terra*
A volta ao mundo em 80 dias*
Jules Verne

A besta humana
Emile Zola

* Disponível também em edição bolso de luxo
Veja a lista completa da coleção no site www.zahar.com.br/classicoszahar

ALEXANDRE
DUMAS

O CONDE DE MONTE CRISTO

EDIÇÃO COMENTADA E ILUSTRADA

Tradução, apresentação e notas:
André Telles e Rodrigo Lacerda

3ª edição
7ª reimpressão

ZAHAR

Grafia atualizada segundo o Acordo Ortográfico da Língua Portuguesa de 1990, que entrou em vigor no Brasil em 2009.

Cet ouvrage, publié dans le cadre du Programme d'Aide à la Publication 2013 Carlos Dummond de Andrade de la Médiateque de la Maison de France, bénéficie du soutien du Ministère français des Affaires Etrangères et Européennes

Este livro, publicado no âmbito do programa de auxílio à publicação 2013 Carlos Drummond de Andrade da Mediateca da Maison de France, contou com o apoio do Ministério francês das Relações Exteriores

Título original
Le Comte de Monte Cristo

Capa
Rafael Nobre

Projeto gráfico
Mari Taboada

CIP-Brasil. Catalogação na publicação
Sindicato Nacional dos Editores de Livros, RJ

Dumas, Alexandre, 1802-1870

D92c
3.ed.
O Conde de Monte Cristo: edição comentada e ilustrada / Alexandre Dumas; tradução, apresentação e notas André Telles, Rodrigo Lacerda. — 3ª ed. — Rio de Janeiro: Zahar, 2020.
il. (Clássicos Zahar)

Tradução de: Le Comte de Monte Cristo.
ISBN 978-85-378-1869-5

1. Romance francês. I. Telles, André. II. Lacerda, Rodrigo. III. Título. IV. Série.

CDD: 843
19-61851 CDU: 82-31(44)

EDITORA SCHWARCZ S.A.
Praça Floriano, 19, sala 3001 – Cinelândia
20031-050 – Rio de Janeiro – RJ
Telefone: (21) 3993-7510
www.companhiadasletras.com.br
www.blogdacompanhia.com.br
facebook.com/editorazahar
instagram.com/editorazahar
twitter.com/editorazahar

SUMÁRIO

PARTE II

PARTE III

APRESENTAÇÃO

A grande ficção e o bom gosto

> "Em literatura, não admito sistema, não sigo escola, não desfraldo bandeiras: entreter e magnetizar, estas são minhas únicas regras." ALEXANDRE DUMAS

Quando alguém nos pergunta que livros mais nos marcaram, ou quais os nossos escritores preferidos, quase nunca o faz por curiosidade desinteressada ou simples abordagem amigável. Trata-se, isto sim, de um desafio para o duelo intelectual.

Em geral, aqueles que vivem o meio literário mais de perto — escritores, tradutores, críticos, editores, jornalistas, professores etc. —, ao ouvirem uma dessas perguntas fatídicas, sentem-se logo obrigados a responder com nomes de prestígio indiscutível no cânone do momento. E quanto mais árdua para o leitor comum for a legibilidade dessas obras e desses autores, quanto mais deprimido for o clima neles predominante, quanto mais ideologicamente bem-vistos, melhor.

A minoria daqueles um pouco mais despreocupados com sua imagem, ou com independência de julgamento um pouco maior, procurará nomes capazes de conciliar prestígio junto aos especialistas e a adesão pessoal efetiva, decorrente de uma leitura realmente mobilizadora.

Mas se você ouvir alguém, num rasgo de coragem quase suicida, afirmando ter sido marcado por um livro que os cânones rotulam de menor, ou incluindo entre seus escritores preferidos um autor considerado de segundo ou terceiro time pelos especialistas, agarre-se a essa pessoa como se fosse um tesouro, um interlocutor precioso.

Isso porque a verdadeira abertura para a arte da escrita, e para qualquer forma de arte, não aceita os filtros acadêmicos, as imposições canônicas ou as patrulhas ideológicas. O leitor realmente livre reage única e exclusivamente ao seu intransferível contato com o texto. Só ele, portanto, é capaz de construir um cânone próprio, em que as hierarquias são estabelecidas por sua própria subjetividade.

Pensei em tudo isso, há um ano e meio, mais ou menos, quando recebi do tradutor André Telles o *Grande dicionário de culinária* de Alexandre Dumas (Zahar, 2006). Agradeci animadíssimo o presente, elogiando a edição e louvando a iniciativa de publicar com tanto esmero um autor muitíssimo subestimado nos meios literários, ainda mais no Brasil. André me disse então que, em 2005, ele e a editora já haviam publicado outros dois livros de Dumas: *Memórias gastronômicas* e *Napoleão: uma biografia literária*. Foi então que assumi, com todas as letras, o quanto o autor de *Os três mosqueteiros* havia sido importante para minha formação, em especial devido a sua prodigiosa capacidade de fabulação, seu senso para o drama, seu poder de capturar a atenção do leitor e sua maravilhosa sem-cerimônia no tratamento dos temas históricos ("Se estupro a história, é para lhe entabular um filho", dizia ele). Lembro que, por telefone, eu e o André chegamos a entabular um amistoso concurso de quem leu mais Dumas: "Eu li os seis romances da série *Memórias de um Médico*, sobre a Revolução Francesa!", "Já eu li o *Nero*, na Roma antiga, que ninguém leu!", "Mas quantas vezes você releu *A tulipa negra*?", e assim por diante.

Daí para termos a ideia de fazer uma nova tradução de *O conde de Monte Cristo* foi um pulo. A editora Zahar, na qual estamos entre amigas muito queridas, aderiu com entusiasmo à ideia.

A NOVA TRADUÇÃO

A presente tradução baseou-se nas melhores edições existentes: a da Pleiade, a da Calmann-Lévy (em seis volumes, reprodução da edição *standard* de 1895), a da Bouquins e a da Folio. André fez a primeira versão do texto, que em seguida cotejei linha a linha, com liberdade para sugerir todo tipo de intervenção.

Ao longo do trabalho, o tratamento editorial mais adequado foi se definindo naturalmente. Redigimos a quatro mãos as notas que nos pareceram necessárias para um completo entendimento das referências a pessoas, lugares, objetos, obras e acontecimentos históricos mencionados ao longo do livro. Sem mudanças substantivas no texto original, adaptamos para as normas vigentes o uso da pontuação. Por ter sido publicado originalmente em partes, no correr de um longo período de tempo — agosto de 1844 a janeiro de 1846 —, o romance apresentava as contradições naturais de um folhetim, e que vêm sendo incrivelmente mantidas desde então. Portanto, quando do próprio autor se depreendia uma opção definitiva, uniformizamos as informações no corpo do texto, de modo a privilegiar a fluência da leitura. Quando as contradições, para serem resolvidas, implicavam em mudanças não apenas pontuais, preparamos notas que esclarecessem o fato ao leitor, e assim preservamos a integridade do original. Por fim, selecionamos as ilustrações aqui incluídas, de autoria de Gustave Staal, Jean-Adolphe Beaucé, Edmond Coppin e Dieudonné Lancelot, entre outros, ilustradores também das obras de Júlio Verne e Balzac, gravuras que integraram a 3ª edição francesa de *O conde de Monte Cristo*.

A COOPERATIVA DUMAS

Sobre a gênese do romance, o próprio Dumas responde a todas as perguntas no texto que segue a esta Apresentação. Mas talvez interesse ao leitor saber que ele trabalhava em colaboração com dezenas de outros escritores e pesquisadores. Só isso pode explicar os seguintes números, compilados por seu biógrafo Daniel Zimmermann: 646 títulos identificados, 4.056 personagens principais, 8.872 personagens secundários e 24.339 figurantes.

O escritor, entretanto, não tinha seus assistentes em alta conta: "Os colaboradores não empurram para a frente, puxam para trás; os colaboradores lhe atribuem generosamente os erros, reservando-se modestamente os achados; embora partilhem o sucesso e o dinheiro, comportam-se como vítimas e oprimidos; por fim, entre dois colaboradores, há quase sempre um enganado, e esse enganado é o homem de talento, pois o colaborador é um passageiro intrepidamente embarcado no mesmo barco que nós, que aos poucos nos vai revelando que não sabe nadar, que é preciso salvá-lo na hora do naufrágio, e que, ao pisar em terra firme, espalha para todo mundo que sem ele você era um homem perdido."

O único de seus assistentes a realmente chegar perto de uma coautoria foi Auguste Maquet (1813-88), com quem Dumas trabalhou em cerca de vinte romances. *Os três mosqueteiros*, *O conde de Monte Cristo* e *Memórias de um médico*, nada menos do que isso, foram escritos pela dupla, sendo que os dois primeiros vieram à luz simultaneamente, em 1844.

Um estudioso afirma sobre o processo de trabalho do escritor e sobre a parceria com Maquet: "Dumas não tem a imaginação inventiva, mas combinatória. A maioria dos temas que desenvolve vem de outras pessoas, que em geral só dispõem desta primeira ideia para vender. Dumas executa a obra, refaz o plano, depois sua mão corre pelo papel. Talvez apenas Auguste Maquet tenha sido algo além de um fornecedor de ideias."

Tudo indica que a parceria funcionava da seguinte forma: Auguste Maquet, ex-professor universitário, redigia um primeiro esboço a partir de seus conhecimentos históricos e, em seguida, este era reescrito por Dumas, que acrescentava seu estilo romanesco. Contudo, um trecho de doze páginas de

Os três mosqueteiros, escrito por Maquet, passou a ocupar setenta, após a reescrita de Dumas.

Como se vê, o texto final foi sempre de Dumas. Não por acaso, quando a dupla se desfez, em 1858, e Maquet entrou com um processo contra o parceiro, exigindo uma soma exorbitante por direitos autorais, acabou perdendo o mais importante: o privilégio de assinar como coautor.

VINGANÇA E SOCIEDADE

É consenso entre os críticos que *O conde de Monte Cristo* faz um retrato bastante fiel da França nos primórdios da democracia. Segundo o cânone oficial, Balzac e sua *Comédia humana* são *hors concours* nesse quesito, seguidos por *Os mistérios de Paris*, de Eugène Sue, *O conde de Monte Cristo* e *Os miseráveis*, de Victor Hugo — nessa ordem crescente de grandeza literária —, que comporiam o time das obras capazes de fazer um painel compreensivo daquela sociedade.

De fato, o misterioso Rodolfo, protagonista de *Os mistérios de Paris*, embora grão-duque, atravessa todas as classes sociais existentes na França; assim também faz Jean Valjean, em *Os miseráveis*, de início como prisioneiro, e depois, ao fugir da perseguição do inspetor Javert, assumindo diferentes personalidades, cada uma com sua respectiva posição social. Edmond Dantès, por sua vez, parte de uma posição social intermediária, desce às profundezas quando é preso injustamente, e alcança o topo da pirâmide quando escapa da prisão e enriquece. Protagonistas com tamanha mobilidade fatalmente levam seus criadores a um retrato amplo de qualquer sociedade.

Este é um dos grandes méritos de *O conde de Monte Cristo*, e seria, para os críticos, o motivo de Dumas transcender a condição de mero folhetinista, romântico e rocambolesco. Gilbert Sigaux, que assina a edição da Pleiade, resume a opinião quase consensual: "O que é verdadeiro em *Monte Cristo* não é o tesouro do abade Faria, não são os disfarces e as maquinações de Dantès; é a descrição da sociedade da Restauração, com seus negocistas, seus banqueiros, seus magistrados e seus militares, que passaram do serviço de Napoleão ao do rei, bem como seus trapaceiros de grande envergadura. … Dumas será lido sucessivamente como um romancista 'puro', cuja função é entreter, e depois como um escritor que reflete e desenvolve os temas que obcecavam a consciência de seus leitores. Ele aponta, como Balzac, a força que oprime a sociedade, o poder que a domina: o dinheiro."

No Brasil, onde o livro, com grande sucesso, foi publicado pela primeira vez no *Jornal do Commercio* já em 1845, isto é, com apenas alguns meses de atraso em relação ao início da publicação seriada na França, e onde, desde então, centenas de edições já apareceram, sobretudo entre 1850 e 1950, o único texto relevante já escrito sobre o romance, de Antonio Candido de Mello e Souza, intitula-se "Monte Cristo, ou da vingança" (Rio de Janeiro, Ministério da Educação e Saúde, 1952). Nele, a trajetória de Dantès é identificada como um tratado sobre os "princípios de competição", como uma "apoteose do êxito individual", instauradora das "novas formas do direito do mais forte" e dos "fundamentos éticos da era capitalista". A mobilidade social do personagem seria uma forma de atender às próprias características do romantismo, estilo "sequioso de movimento". O tema da vingança, continua Antonio Candido, "pôde, no romantismo, desempenhar função mais ou menos análoga à das viagens no romance picaresco ou de tradição picaresca. A viagem era a possibilidade de constatar a unidade do homem na diversidade dos lugares: a vingança foi a possibilidade de verificar a complexidade do homem e da sociedade, circulando de alto a baixo na escala social. ... Ao lado do '*coeur mis à nu*', que constitui aspecto fundamental do romantismo, há também um desnudamento da sociedade ... ."

Mas, como o próprio Antonio Candido diz, o tema da vingança, ainda que visceralmente ligado à literatura romântica nos primórdios do capitalismo, não nasceu com a sociedade burguesa do século XIX. Em sociedades muito diversas em suas formas de organização social e econômica ele foi consagrado como extremamente popular e rico de possibilidades dramáticas. Na Inglaterra renascentista, por exemplo, surgiu a categoria das *Revenge Plays*, e todos os grandes dramaturgos de então possuíam pelo menos uma em seus currículos. Muitos "shakespearianólogos", inclusive, dizem que *Hamlet* não passa de uma *revenge play* filosoficamente superdesenvolvida. Afinal, o príncipe dinamarquês passa cinco atos lidando com o clamor de vingança que lhe é feito pelo fantasma de seu pai; ora procurando provas materiais de que o tio é realmente culpado do regicídio, ora simplesmente tomando coragem para cravar a faca nas costas do usurpador.

Muito provavelmente, a razão pela qual leitores de todas as épocas se deliciam com o tema da vingança decorre, de um lado, do suspense intrínseco ao tema, expresso não apenas por uma pergunta essencial "Será que ele vai conseguir?", cuja resposta positiva é praticamente pré-condicionada, mas sobretudo pela pergunta "Como será que ele vai conseguir?". Também contribui para esse sucesso atemporal a expectativa de justiça, de reinstauração da ordem, que alimenta vários gêneros literários.

Já o uso dos disfarces, recurso quase sempre associado ao tema da vingança, captura o leitor porque, na medida em que o protagonista altera sua identidade, ele inevitavelmente acaba ampliando seu conhecimento do mundo e dos homens. Todos nós podemos então acompanhá-lo nesse processo e nos beneficiarmos desse exercício de deslocamento de ponto de vista. A forma como Monte Cristo, por ironia ou sincera convicção, pouco importa, relativiza as convenções sociais de sua época, comparando-as às das sociedades orientais, por exemplo, joga luz sobre contradições que qualquer leitor, de qualquer tempo, pode enxergar no mundo que o cerca.

Uma ocorrência que ilustra bem esse argumento. Quando Monte Cristo reencontra seu inimigo nº1, Danglars, agora enriquecido e enobrecido, este não lhe dá o devido tratamento. O conde então reage:

> — Ou seja — respondeu Monte Cristo —, ao mesmo tempo em que preservou o hábito de ser chamado de barão, perdeu o de chamar os outros de conde.
>
> — Ah, tampouco faço questão do meu título, senhor — respondeu displicentemente Danglars. — Eles me nomearam barão e fizeram-me cavaleiro da Legião de Honra por alguns serviços prestados, mas...
>
> — Mas o senhor abdicou dos seus títulos, como fizeram outrora os srs. de Montmorency e de La Fayette? É um belo exemplo a ser seguido, senhor.
>
> — Não completamente, entretanto — disse Danglars, embaraçado. — Para os criados, o senhor entende...
>
> — Sim, para o seu pessoal, o senhor é fidalgo; para os jornalistas, senhor; e para os eleitores, cidadão. São nuances que combinam bem com o governo constitucional. Compreendo perfeitamente.

Além de permitir críticas ferinas como essa, as situações dramáticas decorrentes da opção pelos disfarces atiçam a sensibilidade e a curiosidade do leitor. No romance *O conde de Monte Cristo* há passagens em que compartilhamos com Dantès seus objetivos e nos tornamos cúmplices das manipulações a que submete suas vítimas. Em outras horas, somos igualmente ignorantes de seus intentos, e assim vivemos a situação como aqueles a quem o protagonista manipula. Isso cria para o leitor um jogo absolutamente cativante, digno de um mestre da narrativa.

APOTEOSE DO INDIVIDUALISMO

A exacerbação do individualismo é evidente em *O conde de Monte Cristo*. De fato, à medida que Dantès marcha em direção a sua vingança, ele vai se distanciando dos homens comuns. Entre vários outros, há dois momentos em que isso fica evidente. O primeiro, durante uma conversa dele com um grupo de jovens endinheirados parisienses:

> — Talvez lhes pareça estranho o que vou lhes dizer, aos senhores, socialistas, progressistas, humanitários; mas nunca me preocupo com o próximo, nunca tento proteger a sociedade que não me protege, e digo mais, que geralmente só se preocupa comigo para me prejudicar; negando-lhes minha estima e mantendo-me neutro a seu respeito, são a sociedade e o meu próximo que continuam a me dever.

O segundo, quando ele trava seu primeiro contato, sob disfarce, com o procurador do rei que havia intencionalmente perpetuado sua prisão. Diz Monte Cristo:

— É porque [o senhor] está constantemente enclausurado no círculo das condições gerais e nunca ousou abrir suas asas rumo às esferas superiores, que Deus povoou com criaturas invisíveis ou excepcionais.

— E admite, senhor, que essas esferas existem e que as criaturas excepcionais e invisíveis misturam-se a nós?

— Por que não? Por acaso vê o ar que respira e sem o qual não poderia viver?

— Então não vemos essas criaturas que menciona?

— Ao contrário, vemo-las quando Deus permite que se materializem; o senhor as toca, esbarra com elas, fala com elas e elas lhe respondem.

— Ah! — exclamou Villefort, sorrindo. — Confesso que gostaria de ser avisado se uma dessas criaturas entrasse em contato comigo.

— Seu desejo foi atendido, cavalheiro, pois foi avisado ainda há pouco, e agora, mais uma vez, repito o aviso.

— Quer dizer que faz parte delas?

— Sou uma dessas criaturas excepcionais, sim, senhor ...

Em seu ensaio, Antonio Candido percebe com sensibilidade o quanto o protagonista sofre com a "maldição implícita na moral individualista", segundo a qual "à medida que nos exaltamos como indivíduo, nos desumanizamos pela perda de contato humano".

Contudo, a desumanização do conde de Monte Cristo nunca se completa. O simples fato de ser sofrida já é uma indicação disso. E mais, entre a galeria de personagens do romance, ele tem protegidos e afetos aos quais nunca abandona. A família de Morrel, seu antigo patrão, por exemplo, passa a ser protegida por Dantès assim que ele sai da prisão e enriquece. Quando a pressão do ódio e do anonimato ameaça se tornar insuportável, ele busca nos Morrel o alívio trazido pelo ambiente em que reinam a paz e o afeto. É evidente que Monte Cristo não lhes revela sua identidade por medo de que assim prejudique seus planos de vingança. Mais cedo ou mais tarde o fará, contudo, e o leitor sabe disso. Quando suas maquinações atingem os inocentes, por exemplo a filha de Villefort, seu inimigo nº 2, ele acaba decidindo salvá-la, em nova demonstração de que sua "excepcionalidade individual" tem limites. Ou então é acometido por um forte sentimento de culpa, como no caso da morte do outro filho de Villefort. Haydée, a jovem oriental a quem ele chama de escrava, é outra figura por quem o conde nutre grande carinho. Ao final do livro, ela o fará reencontrar o amor e, com isso, recuperar sua humanidade, isto é, seu pertencimento a uma instância coletiva. Um processo natural de reacomodação ocorre no espírito do protagonista. Por trás do conde prodigioso, o simples Edmond Dantès ressurge, enfim pacificado.

No caso desse romance, talvez a "apoteose do êxito individual" não faça necessariamente par com a "ética da era capitalista". Ou só o faça superficial e temporariamente, por força das circunstâncias. Afinal, quem são os vilões de *O conde de Monte Cristo*? Quem são os traidores a quem Dantès volta para punir? Eles são a nova aristocracia, ou, melhor dizendo, os verdadeiros capitalistas. Um é alto-funcionário do Estado; e o último político, o outro, banqueiro e especulador da Bolsa. São os vilões que encarnam "a nova lei do mais forte", traindo para subir na vida, trapaceando para se manter no topo da hierarquia social. O conde é alguém que, como única forma de obter uma vingança plena, vê-se obrigado a usar as mesmas armas que seus inimigos, isto é, o dinheiro, para derrotá-los em seu próprio campo. Mas me parece injusto dizer que sua ética seja a mesma. Um soro antiofídico é feito à base do veneno da cobra, mas é injetado em nossa circulação sanguínea com intenções opostas. E mais: pensando de um ponto de vista bem materialista, não há nada do modo capitalista de produção na origem de sua fortuna, que consiste num tesouro enterrado há séculos. Se a apoteose do individualismo e, no decorrer dela, sua transformação em super-homem de fato ocorrem, elas, entretanto, são a única maneira de enfrentar outros individualistas superdesenvolvidos. Mas o objetivo central de Dantès é justamente mostrar-lhes que o dinheiro e o status social, aos quais adoram e em nome dos quais se corromperam, podem ser o instrumento de sua punição. Ao procurador do rei, Monte Cristo castiga insuflando indiretamente assassinatos em sua família. O político vê sua reputação arruinada e enlouquece após a rejeição da esposa e do filho. Ao banqueiro, os castigos são inúmeros, mas, numa cena final, Danglars termina sendo obrigado a gastar os últimos centavos de sua fortuna em troca de um reles prato comida. Ele esfrega na cara desses indivíduos tornados superpoderosos sua fragilidade diante do destino, em outras palavras, sua humanidade. Por fim, quando todos os vilões foram devidamente recolocados no mesmo plano de seus semelhantes, Monte Cristo, também ele, retrocede e se humaniza outra vez.

Embora não idêntica, sua trajetória apresenta elementos essenciais muito próximos a outro personagem-símbolo do individualismo oitocentista: o personagem principal em *Crime e castigo*, de Dostoiévski. Diz Raskólnikov, numa dada altura do romance, quase ecoando as palavras do personagem de Dumas, escritas vinte anos antes, em 1845:

> — [a minha tese] consiste precisamente em que os indivíduos, por lei da natureza, dividem-se *geralmente* em duas categorias: uma inferior (a dos ordinários), isto é, por assim dizer, o material que serve unicamente para criar seus semelhantes; e propriamente os indivíduos, ou seja, os dotados de dom ou talento para dizer em seu meio a *palavra nova*. Aqui as subdivisões, naturalmente, são infinitas, mas os traços que distinguem ambas as categorias são bastante níti-

> dos: em linhas gerais, formam a primeira categoria, ou seja, o material, as pessoas conservadoras por natureza, corretas, que vivem na obediência e gostam de ser obedientes. A meu ver, elas são obrigadas a ser obedientes porque esse é seu destino, e nisso não há decididamente nada de humilhante para elas. Formam a segunda categoria todos os que infringem a lei, os destruidores ou inclinados a isso, a julgar por suas capacidades. Os crimes desse indivíduos, naturalmente, são relativos e muito diversos; em sua maioria eles exigem, em declarações bastante variadas, a destruição do presente em nome de algo melhor.

E ao final do romance, Raskólnikov, que obviamente se julgava um desses "indivíduos extraordinários", a ponto de sentir-se no direito de cometer um assassinato, cumpre também sua parábola de exacerbação do individualismo e de reencontro com a humanidade através do amor de uma mulher, no caso a ex-prostituta Sônia.

Por algum motivo, a obra-prima de Dostoiévski entra em todos os cânones, mas não a de Alexandre Dumas. Não há de ser pela publicação em forma seriada, pois *Crime e castigo* também nasceu assim. Ou porque ela possui rasgos românticos, ou desdobramentos pouco realistas em seu enredo, pois também isso ocorre no clássico russo. Talvez o fato de Dumas trabalhar em cooperativa desdoure, aos olhos da crítica especializada, suas realizações. Se for essa a explicação, é curioso que o mesmo não ocorra com Homero, outro signatário de uma obra-prima, esta sim, muito mais coletiva e rocambolesca. Talvez esse baixo conceito que penaliza Dumas decorra de algum curto-circuito ideológico que as teorias da recepção um dia poderão explicar.

Ou talvez os porta-vozes dos cânones, sob o risco de perder o controle da situação, simplesmente não tenham a humildade para concluir, como fez Nelson Rodrigues a respeito do amor de Raskólnikov e Sônia:

> Era uma ternura desesperada, um querer bem sem esperança nenhuma, nenhuma. Súbito, há o lance de ópera ou pior, pior — de Rádio Nacional. Raskólnikov ajoelha-se aos pés da prostituta e brada: "Não foi diante de ti que me ajoelhei, mas diante de todo sofrimento humano." Chorei ao ler isso; e chorava por Sônia, pelo assassino e por mim.
>
> Depois, através dos anos, reli, muitas e muitas vezes, a mesma cena. Adulto, e já com um mínimo de lucidez crítica, pude perceber o mau gosto hediondo. *Mas aí é que está: a grande ficção nada tem a ver com o bom gosto.*

RODRIGO LACERDA

PREFÁCIO

O registro civil do *Conde de Monte Cristo*[1]

Sempre houve uma grande preocupação em saber como meus livros eram escritos e, principalmente, quem os escrevia. Era tão simples acreditar que era eu que ninguém pensou nisso. Por exemplo, na Itália, a opinião geral é que foi florentino Dante que escreveu *O conde de Monte Cristo*. Por que não acham que fui eu que escrevi *A divina comédia*? Nesse aspecto, tenho exatamente os mesmos direitos... Direi então hoje o que esqueci de dizer em 1845, isto é, a maneira como se engendrou *O conde de Monte Cristo*.

Em 1841 eu morava em Florença, e o ponto de encontro da colônia francesa era a encantadora *villa* de Quarto, residência do príncipe Jerônimo Bonaparte e da princesa Mathilde, sua filha... A partir dessa época, o rei Jerônimo[2] dispensou-me uma amizade que espero tenha conservado, mas da qual não pode dizer que me aproveito.

— Um dia — ele me conta, isso era no começo de 1842 —, Napoleão[3] deixará o serviço de Wurtemberg e retornará a Florença. Ele não deseja, como você pode muito bem compreender, ficar exposto a lutar contra a França. Quero que o acompanhe em sua passagem por aqui.

---

1. Redigido em 1857, treze anos após a publicação do romance, *O estado civil do* Conde de Monte Cristo, originalmente publicado sob o título *Uma palavra a respeito de O conde de Monte Cristo*, irá tornar-se seu posfácio.

2. "rei Jerônimo": trata-se do mesmo príncipe Jerônimo, Jerôme Bonaparte (1784-1860), irmão caçula de Napoleão.

3. Napoleão: Napoléon-Joseph-Charles-Paul Bonaparte (1822-91), depois Napoleão V.

— Estais recomendando um príncipe a mim, *sire*! E em que lhe posso ser útil?

— Pode ensinar-lhe a França, que ele não conhece, e fazer com ele alguns passeios pela Itália, claro, se tiver tempo.

— Ele conhece a ilha de Elba?

— Não.

— Pois bem, vou levá-lo à ilha de Elba, se tal for de vosso agrado. É bom que o sobrinho do imperador termine sua educação com essa peregrinação histórica.

— É de meu agrado e registro suas palavras.

O príncipe tinha então dezenove anos e eu, trinta e nove. Partimos para Livorno na caleche de viagem do príncipe, com nosso criado dividindo o assento com o postilhão.

Não podíamos ir ao diabo de maneira mais barata. Em todo caso, os marujos de Livorno não recuam diante de nada. Quando perguntamos se podiam nos levar à ilha de Elba em sua casca de noz: "À África, se for do gosto de Suas Excelências", responderam.

No dia seguinte, às cinco horas fundeávamos em Porto Ferraio. Mas, vocês me dirão, caros leitores, que até agora *O conde de Monte Cristo* não tem muita coisa a ver com o que o senhor nos conta. Paciência, lá chegaremos.

Depois de percorrermos a ilha de Elba em todas as direções, decidimos fazer uma caçada na Pianosa. A Pianosa é uma ilha achatada, mal elevando-se a três metros acima do nível do mar. O imperador instalara lá a sua coutada, que abunda em coelhos e perdizes-vermelhas. Infelizmente, havíamos esquecido de levar um cachorro!

Um sujeito, feliz proprietário de um cãozinho malhado, dispôs-se a carregar nossa bolsa de caça, mediante dois *paoli*, bem como a nos emprestar seu cão. O cão nos fez matar uma dúzia de perdizes, que o dono carregou conscienciosamente. A cada perdiz com que recheava sua sacola, o sujeito dizia, dando um suspiro e lançando olhares para um magnífico rochedo em forma de pão de açúcar que se erguia a duzentos ou trezentos metros acima do mar: "Oh, Excelências, lá é que faríamos uma caçada de respeito!"

— Ora, o que há por lá?

— Cabras selvagens aos bandos; a ilha está cheia.

— E como se chama essa ilha bem-aventurada?

— Chama-se ilha de Monte Cristo!

Foi a primeira vez e nessa circunstância que o nome de Monte Cristo ressoou aos meus ouvidos.

— Muito bem — eu disse ao príncipe —, e se fôssemos à ilha de Monte Cristo, monsenhor?

— Para a ilha de Monte Cristo — decidiu o príncipe.

No dia seguinte partimos para a ilha de Monte Cristo. O tempo estava magnífico dessa vez. Tínhamos o estrito necessário de vento para ir à vela, e essa vela, secundada pelos remos de nossos dois marujos, nos permitia fazer três léguas por hora. À medida que avançávamos, Monte Cristo parecia sair do seio do mar e crescer como o gigante Adamastor.

Nunca vi manto de anil mais belo do que aquele lançado sobre seus ombros pelo sol nascente. Às onze horas da manhã, restavam-nos apenas três ou quatro remadas a dar para atracarmos num pequeno porto. Já tínhamos nossos fuzis nas mãos, prontos para saltar em terra, quando um dos dois remadores nos perguntou:

— Suas Excelências sabem que a ilha de Monte Cristo está "em contumácia"?

— "Em contumácia"! — exclamei. — O que significa isso?

— Significa que, como a ilha é desabitada e todas as embarcações que atracam por aqui não dispõem de uma licença formal, qualquer porto para o qual retornarmos depois de pisarmos em Monte Cristo nos obrigará a ficar cinco ou seis dias de quarentena.

— E então, monsenhor, o que tem a dizer?

— Digo que esse rapaz fez bem em nos prevenir antes de atracarmos, mas que teria feito ainda melhor se nos tivesse prevenido antes de virmos.

— Monsenhor, não vá pensar que cinco ou seis cabras, que talvez não matemos, justifiquem cinco ou seis dias de quarentena, que certamente teremos de fazer.

— E quanto ao senhor?

— Não tenho nenhuma queda especial pelas cabras, e horror à quarentena, de maneira que, se monsenhor desejar…

— O quê?

— Simplesmente contornaremos a ilha.

— Com que finalidade?

— Levantar sua posição geográfica, monsenhor, depois do quê, retornaremos à Pianosa.

— Seja, façamos o levantamento geográfico da ilha de Monte Cristo. Mas para que isso nos servirá?

— Para batizar com o nome da ilha de Monte Cristo algum romance que escreverei mais tarde.

— Contornemos a ilha de Monte Cristo — disse o príncipe —, e envie-me o primeiro exemplar do seu romance.

No dia seguinte, estávamos de volta à Pianosa. Uma semana depois, a Florença. Em 1843, de volta à França, assinei um contrato com os senhores Béthune e Plon[4] para lhes fazer oito volumes intitulados: *Impressões de viagem em Paris*.

A princípio julguei que ia fazer pura e simplesmente a coisa, quando uma bela manhã Béthune me veio dizer que pretendia ter um romance cujo pano de fundo seria o que eu bem entendesse, contanto que esse pano de fundo suscitasse interesse, e do qual as *Impressões de viagem em Paris* não passassem de detalhes. Ele estava embriagado com o sucesso de Eugène Sue.

Comecei a procurar uma espécie de enredo para o livro dos srs. Béthune e Plon. Eu fizera, muito tempo atrás, uma gozação com a polícia não secreta de Peuchet, através de uma narrativa com cerca de vinte páginas, intitulada *O diamante e a vingança*.[5]

Tal como se apresentava, era pura e simplesmente idiota. Caso duvidem, podem lê-la. Nem por isso deixa de ser verdade que no fundo daquela ostra havia uma pérola; pérola informe, pérola bruta, pérola sem valor algum, e que aguardava seu lapidador. Resolvi aplicar nas *Impressões de viagem em Paris* o enredo que eu extrairia dessa narrativa.

Assim, dei início ao trabalho mental que em mim sempre precede o trabalho material e definitivo. A primeira história era assim: um fidalgo riquíssimo, morador de Roma e chamado conde de Monte Cristo, prestaria um grande favor a um jovem viajante francês e, em troca desse favor, pediria a este que lhe servisse de guia quando, por sua vez, visitasse Paris.

Essa visita a Paris, ou melhor, em Paris, teria por pretexto a curiosidade; por realidade, a vingança. Em suas incursões através de Paris, o conde de Monte Cristo devia descobrir seus inimigos escondidos, que o haviam condenado em sua juventude a um cativeiro de dez anos. Sua fortuna lhe forneceria os meios para sua vingança.

Iniciei o livro sobre esta base, e com ela fiz um volume e meio, aproximadamente. Estava nesse ponto do meu trabalho, quando o comentei com Maquet, com quem eu já trabalhara em colaboração.

— Acho — ele me disse — que você está passando por cima do período mais interessante da vida do seu herói, isto é, por cima dos seus amores com a catalã, por cima da traição de Danglars e Fernand, e por cima dos dez anos de prisão junto com o abade Faria.

4. Béthune e Plon: editores, igualmente, de Victor Hugo, Balzac e Eugène Sue.

5. *O diamante e a vingança*: ficção baseada em fatos reais, cujo protagonista, o sapateiro Pierre-François Picaud, percorre uma trajetória análoga à de Edmond Dantès. Essa história foi registrada nos anais da época e revelada a Alexandre Dumas, em 1838, por Jacques Peuchet (1785-1830), funcionário da polícia oficial, três anos antes da viagem do escritor à Itália.

— Contarei tudo isso — tentei acalmá-lo.

— Não conseguirá fazê-lo em quatro nem cinco volumes, e há quatro ou cinco volumes aí dentro.

— Talvez você tenha razão. Volte então para jantar comigo amanhã, conversarmos sobre o assunto.

Durante a tarde, a noite e a manhã, eu ruminei sua observação. Ela me parecera de tal forma acertada que prevalecera sobre minha ideia inicial. Portanto, quando veio no dia seguinte, Maquet encontrou o livro fatiado em três partes bem distintas: Marselha, Roma, Paris.

Na mesma noite, elaboramos juntos o plano dos cinco primeiros volumes, um dedicado à exposição, três ao cativeiro e os dois últimos à evasão e à recompensa da família Morrel. O resto, sem estar completamente acabado, estava mais ou menos destrinçado. Maquet julgava ter simplesmente me prestado um favor de amigo. Insisto que agiu como um colaborador.

Eis como *O conde de Monte Cristo*, iniciado por mim como impressões de viagem, transformou-se pouco a pouco no romance e se viu concluído em colaboração, por Maquet e por mim.

E, agora, quem quiser que descubra outra fonte para O *conde de Monte Cristo* sem ser a que aqui aponto; mas aquele que descobrir, é muito esperto.

Alexandre Dumas

PARTE I

1. MARSELHA – A CHEGADA

No dia 28 de fevereiro de 1815, o vigia de Notre-Dame de la Garde avistou os três mastros do *Pharaon*, veleiro proveniente de Esmirna, Trieste e Nápoles.

Como de praxe, um piloto-costeiro partiu imediatamente do porto, passou rente ao castelo de If e abordou a embarcação entre o cabo de Morgion e a ilha de Riou.

Como de praxe também, não demorou para a plataforma do forte Saint-Jean ficar apinhada de curiosos; pois a chegada de um paquete é sempre um grande acontecimento em Marselha, sobretudo quando este paquete, como o *Pharaon*, foi construído, aparelhado e arrimado nos estaleiros da velha Fócida[1] e quando pertence a um armador da cidade.

Enquanto isso, o brigue avançava. Atravessara com destreza o estreito que algum abalo vulcânico escavou entre a ilha de Calasareigne e a ilha de Jaros; dobrara Pomègue, e seguia em frente sob suas três velas da gávea, sua polaca e sua brigandina, mas tão lentamente e de modo tão triste que os curiosos, com o instinto que pressagia a desgraça, perguntavam-se que incidente poderia ter acontecido a bordo. Os peritos em navegação, porém, constatavam que, se porventura um incidente acontecera, não devia ter sido no corpo da embarcação, pois esta avançava nas perfeitas condições de um navio normalmente

---

1. Fócida: uma das divisões geográficas da Grécia clássica; nela situa-se o famoso monte Parnaso, com seus quase 2.500 metros de altitude, bem como o santuário de Delfos, conhecido pelo famoso oráculo. Marselha foi fundada por colonizadores fócidos em c.600 a.C.

pilotado: a âncora estava no poço, os ovéns do gurupés, desenganchados; e, ao lado do piloto, que se preparava para manobrar o *Pharaon* pelo estreito acesso ao porto de Marselha, postava-se um moço de gestos rápidos e olhar irrequieto, que supervisionava cada movimento do paquete e repetia cada ordem do piloto.

A vaga ansiedade que pairava sobre a multidão afligia especialmente um dos espectadores da esplanada de Saint-Jean, e a tal ponto que ele não conseguiu esperar a entrada do paquete no porto. Pulou dentro de um bote e ordenou que remassem na direção do *Pharaon*, ao qual alcançou em frente à enseada do La Réserve.

Ao ver aquele homem chegar, o jovem marujo deixou seu posto, ao lado do piloto, e foi, com o chapéu nas mãos, apoiar-se na amurada da embarcação.

Era um rapaz de dezoito ou vinte anos, alto, esbelto, com bonitos olhos negros e cabelos de ébano; havia em toda a sua pessoa aquela expressão de calma e resolução peculiar aos homens acostumados a enfrentar o perigo desde a infância.

— Ah, é você, Dantès! — gritou o homem do bote. — O que aconteceu? E por que essa atmosfera sombria espalhada por todo o seu costado?

— Uma grande desgraça, sr. Morrel! — respondeu o moço. — Uma grande desgraça, sobretudo para mim: na altura de Civita Vecchia, perdemos o nosso bravo capitão Leclère.

— E a carga? — perguntou ansiosamente o armador.

— Chegou sã e salva, sr. Morrel, e acho que ficará satisfeito nesse aspecto; mas o coitado do capitão Leclère…

— Que houve com ele? — perguntou o armador com a expressão visivelmente aliviada. — O que aconteceu com esse bravo capitão?

— Faleceu.

— Caiu no mar?

— Não, senhor; morreu de uma febre cerebral, em meio a terríveis sofrimentos.

Depois, voltando-se para os seus homens:

— E-lá-ó! — gritou. — Todos em seus postos para fundear!

A tripulação obedeceu. No mesmo instante, os oito ou dez marinheiros que a compunham lançaram-se uns nas escotas, outros nos braços, outros nas adriças, outros nas carregadeiras de latina e, finalmente, os demais nas orças das velas.

O jovem marujo observou displicentemente aquele começo de manobra e, certificando-se de que suas ordens seriam executadas, voltou-se para o seu interlocutor.

— E como essa desgraça aconteceu? — perguntou o armador, continuando a conversa no ponto em que o jovem marujo a deixara.

O Pharaon.

— Meu Deus, senhor, da forma mais imprevista. Após uma longa confabulação com o comandante do porto, o capitão Leclère partiu muito agitado de Nápoles; vinte e quatro horas mais tarde, a febre tomou conta dele; três dias depois, estava morto. Providenciamos um funeral modesto, e ele repousa, decentemente amortalhado numa rede, com um projétil de trinta e seis nos pés e um na cabeça, na altura da ilha de El Giglio. Trouxemos sua cruz de honra e sua espada para a viúva. Quem diria — continuou o rapaz com um sorriso melancólico —, lutou durante dez anos contra os ingleses e foi morrer como todo mundo, na cama.

— Ora, é a vida, meu caro Edmond! — prosseguiu o armador, que parecia cada vez mais consolado. — Todos nós morremos, e os velhos têm que dar lugar aos jovens, sem o que não haveria progresso; e, na medida em que você me garante que a carga...

— ... encontra-se em bom estado, sr. Morrel, respondo por ela. Eis uma viagem que na minha opinião não deve lhe render menos de vinte e cinco mil francos de lucro.

Quando deixaram para trás a torre redonda:

— Preparar para orçar as mesenas, a latina e a brigandina! — gritou o jovem marujo. — E rápido!

A ordem foi executada quase tão prontamente quanto numa nau de guerra.

— Amainar e orçar tudo!

À última ordem, todas as velas foram arriadas, e o paquete avançou quase imperceptivelmente, valendo-se exclusivamente do seu impulso.

— E agora, se quiser subir, sr. Morrel — convidou Dantès, percebendo a impaciência do armador —, eis o seu contador, o sr. Danglars, saindo da cabine. Ele lhe dará todas as informações que desejar. Quanto a mim, devo preparar a ancoragem e vestir o luto na embarcação.

O armador não esperou um segundo convite. Agarrou o cabo que Dantès lançou e, com uma destreza digna de um homem do mar, subiu os degraus que haviam sido presos no casco abaulado do paquete, enquanto Edmond, retomando seu posto de imediato, cedia a palavra àquele que anunciara como Danglars e que, saindo de sua cabine, avançava efetivamente na direção do armador.

O recém-chegado era um homem de vinte e cinco a vinte e seis anos, de fisionomia soturna, subserviente com os superiores, insolente com os subordinados; portanto, além de exibir o título de contador, que sempre foi motivo de repulsa entre a marujada, era tão malvisto pela maioria da tripulação quanto Edmond Dantès, ao contrário, era benquisto.

— E então, sr. Morrel — disse Danglars —, já soube da desgraça, não soube?

— Soube, soube. Pobre capitão Leclère... Era um homem corajoso e honesto!

— E sobretudo um excelente marinheiro, envelhecido entre o céu e a água, como convém ao encarregado dos interesses de firma tão importante quanto a Casa Morrel & Filho — respondeu Danglars.

— Por outro lado — disse o armador, acompanhando Dantès com os olhos, o qual procurava um local para fundear —, não acho que seja preciso ser tão velho quanto o senhor diz, sr. Danglars, para conhecer seu ofício, e aqui está o nosso amigo Edmond, que exerce o dele, me parece, como homem que não precisa pedir conselho a ninguém.

— É verdade — disse Danglars, lançando a Dantès um olhar oblíquo no qual brilhou uma faísca de ódio —, sim, ele é jovem e não hesita diante de nada. Mal o capitão morreu, assumiu o comando sem consultar ninguém, fazendo-nos perder um dia e meio na ilha de Elba em vez de retornar diretamente para Marselha.

— No que se refere a assumir o comando do navio — disse o armador —, era seu dever como imediato; já quanto a perder um dia e meio na ilha de Elba, cometeu um erro; a menos que a embarcação estivesse avariada e precisasse de reparos.

— O paquete estava tão bem de saúde quanto eu estou, e como espero que o senhor esteja, sr. Morrel; e aquele dia e meio foi perdido por puro capricho, pelo simples prazer de desembarcar.

— Dantès — chamou o armador, voltando-se para o rapaz —, venha cá.

— Perdão, senhor — disse Dantès —, serei todo seu daqui a um instante.

Então, dirigindo-se à tripulação:

— Deitar ferros! — ordenou.

A âncora caiu no mesmo instante, e a corrente desceu estrepitosamente. Dantès permaneceu em seu posto, a despeito da presença do piloto, até que esta última manobra se concluísse. Em seguida:

— Arriar flâmula a meio-mastro, enrolar o pavilhão, cruzar as vergas!

— Como pode ver — disse Danglars —, ele já se julga capitão; pode acreditar.

— E o é de fato — replicou o armador.

— Sim, sr. Morrel, faltam apenas a sua assinatura e a do seu sócio.

— Ora! Por que não o deixaríamos no posto? — perguntou o armador. — É moço, sei disso, mas me parece talhado para a coisa e já bastante experiente.

Uma nuvem atravessou a fronte de Danglars.

— Perdão, sr. Morrel — disse Dantès, aproximando-se. — Agora que o paquete encontra-se ancorado, estou à sua disposição: me chamou, não foi?

Danglars recuou um passo.

— Eu gostaria de saber por que fez escala na ilha de Elba...

— Ignoro, senhor; foi para executar uma última ordem do capitão Leclère, que, ao morrer, entregou-me uma encomenda destinada ao grão-marechal Bertrand.

— Então esteve com ele, Edmond?

— Com quem?

— Com o grão-marechal.

— Sim.

Morrel olhou à sua volta e puxou Dantès à parte.

— E como vai o imperador? — indagou, vivamente interessado.

— Bem, até onde os meus olhos puderam julgar.

— Então esteve também com o imperador?

— Ele entrou nos aposentos do marechal enquanto eu estava lá.

— E falou com ele?

— Na verdade, foi ele quem falou comigo, senhor — respondeu Dantès, sorrindo.

— E o que ele disse?

— Fez-me perguntas acerca do paquete, sobre a data de sua partida para Marselha, a rota que fizera e a carga que transportava. Creio que se o paquete estivesse vazio e eu fosse o dono, sua intenção teria sido comprá-lo; mas esclareci que eu não passava de um simples imediato e que a embarcação pertencia à Casa Morrel & Filho. "— Ah! ah!" — ele disse. — "Eu a conheço. Os Morrel são armadores de pai para filho, e havia um Morrel servindo no mesmo regimento que eu, quando fiquei aquartelado em Valence."

— Por Deus, é a pura verdade! — exclamou o armador exultante. — Era Policar Morrel, meu tio, mais tarde promovido a capitão. Dantès, se disser ao meu tio que o imperador lembrou dele, vai fazer o velho resmungão chorar. Vamos, vamos — continuou o armador, batendo amistosamente no ombro do rapaz —, você agiu corretamente, Dantès, seguindo as instruções do capitão Leclère e fazendo escala na ilha de Elba, embora, se souberem que entregou uma encomenda para o marechal e conversou com o imperador, isso possa comprometê-lo.

— Em que isso poderia me comprometer, senhor? — perguntou Dantès. — Sequer imagino do que se tratava, e o imperador me fez apenas as perguntas que teria feito a qualquer forasteiro. Mas, perdão — observou —, eis que chegam o departamento sanitário e a aduana; o senhor me dá licença, não?

— Vá, vá, meu caro Dantès.

O rapaz se afastou e, enquanto se afastava, Danglars se aproximou.

— E então — ele perguntou —, será que ele lhe deu boas razões para ter fundeado em Porto Ferraio?

— Excelentes, meu caro sr. Danglars.

— Ah, melhor assim — este respondeu —, pois é sempre desagradável ver um colega descumprindo seu dever.

— Dantès cumpriu o dele — respondeu o armador —, e não há nada a lhe censurar. Foi o capitão Leclère quem ordenou essa escala.

— A propósito do capitão Leclère, ele não lhe entregou uma carta?

— Quem?

— Dantès.

— A mim. Não! Então havia uma carta?

— Acho que, além da encomenda, o capitão Leclère lhe deu uma carta.

— De que encomenda está falando, sr. Danglars?

— Mas daquela que Dantès deixou ao passar por Porto Ferraio…

— Como sabe que havia uma encomenda a ser deixada em Porto Ferraio?

Danglars ficou vermelho.

— Eu estava passando em frente à porta do capitão, que estava entreaberta, e o vi entregar essa encomenda e essa carta a Dantès.

— Ele não me falou nada sobre isso — disse o armador —, mas, se estiver com a carta, vai entregá-la a mim.

Danglars refletiu por um instante.

— Neste caso, sr. Morrel, por favor não comente nada disso com Dantès; posso estar enganado.

Nesse momento o rapaz voltava; Danglars se afastou.

— E então, meu caro Dantès, está liberado? — perguntou o armador.

— Sim, senhor.

— Não demorou muito.

— Não, entreguei a lista de nossas mercadorias aos funcionários da aduana; quanto à estocagem, ela mandou um homem junto com o piloto-costeiro, a quem entreguei nossos papéis.

— Então não tem mais nada a fazer aqui?

Dantès jogou um rápido olhar em torno de si.

— Não, está tudo em ordem — respondeu.

— Agora pode vir jantar conosco?

— Peço desculpas, sr. Morrel, mil desculpas, mas devo a minha primeira visita ao meu pai. Nem por isso fico menos agradecido pela honra que me faz.

— Está certo, Dantès, está certo. Sei que é um bom filho.

— E… — perguntou Dantès, com certa hesitação — ele vai bem, o meu pai, o senhor sabe?

— Creio que sim, meu caro Edmond, embora não o tenha visto.

— É, ele fica fechado em seu quartinho.

— Pelo menos isso prova que não lhe faltou nada durante a sua ausência.

Dantès sorriu.

— Meu pai é orgulhoso, senhor. Ainda que lhe faltasse de tudo, duvido que pedisse qualquer coisa a quem quer que fosse, exceto a Deus.

— Assim seja! Depois dessa primeira visita, contamos com você.

— Peço desculpas novamente, sr. Morrel; mas, após essa primeira visita, há uma segunda que não me fala menos ao coração.

— Ah! É verdade, Dantès; estava esquecendo que entre os catalães há alguém a esperá-lo com não menos impaciência que seu pai: é a bela Mercedes.

Dantès sorriu.

— Ah! Ah! — exclamou o armador. — Isso não me surpreende, pois por três vezes ela veio me pedir notícias do *Pharaon*. Caramba! Não tem do que se queixar, Edmond, é realmente uma bela namoradinha!

— Não é minha namoradinha, senhor — disse gravemente o jovem marujo —, é minha noiva.

— Dá tudo na mesma — disse o armador, rindo.

— Não para nós, senhor — respondeu Dantès.

— Certo, certo, meu caro Edmond — continuou o armador —, não vou mais segurá-lo. Você cuidou tão bem dos meus negócios que lhe concedo o tempo que quiser para cuidar dos seus. Precisa de dinheiro?

— Não, senhor; economizei todo o meu salário, isto é, quase três meses de soldo.

— Você é um rapaz organizado, Edmond.

— Não se esqueça de que tenho um pai pobre, sr. Morrel.

— Sim, sim, sei que é um bom filho. Vá então visitar o seu pai. Também tenho um filho, e detestaria aquele que, após uma viagem de três meses, o retivesse longe de mim.

— Posso ir, então? — disse o rapaz, cumprimentando-o.

— Sim, mas não tem mais alguma coisa para me contar?

— Não.

— O capitão Leclère, antes de morrer, não lhe entregou uma carta para mim?

— Ele estava impossibilitado de escrever, senhor; mas isso me lembra que preciso lhe pedir quinze dias de folga.

— Para se casar?

— Em primeiro lugar; depois, para ir a Paris.

— Bom, bom! Terá o tempo que quiser, Dantès. O descarregamento do paquete nos tomará umas boas seis semanas, e não vamos partir antes de três meses... Porém, dentro de três meses contamos com você aqui. O *Pharaon* — continuou o armador, batendo no ombro do jovem marujo — não pode partir sem o seu capitão.

— Sem o seu capitão! — surpreendeu-se Dantès, com os olhos cintilando de alegria. — Preste muita atenção no que está dizendo, senhor, pois acaba de atender às esperanças mais recônditas do meu coração. Teria a intenção de me nomear capitão do *Pharaon*?

— Se dependesse só de mim, estenderia minha mão agora, meu caro Dantès, e lhe diria: "Negócio fechado". Mas tenho um sócio, e você conhece o provérbio italiano: *Chi a compagne ha padrone*[2]. Mas pelo menos metade da empreitada está feita, pois você já conta com uma voz em duas. Confie em mim para obter a outra, farei o melhor que puder.

— Oh, sr. Morrel — exclamou o jovem marujo, segurando, com lágrimas nos olhos, as mãos do armador —, sr. Morrel, agradeço-lhe em nome do meu pai e de Mercedes!

— Oh, sr. Morrel, agradeço-lha em nome do meu pai e de Mercedes.

2. *Chi ha compagne ha padrone:* Literalmente, "quem tem companheiro, tem patrão."

— Tudo bem, tudo bem, Edmond, existe um Deus no céu para as pessoas de valor, que diabos! Vá visitar o seu pai, vá visitar Mercedes e venha me procurar depois.

— Mas o senhor não quer que eu o leve de volta à terra firme?

— Não, obrigado; tenho que verificar as contas com Danglars. Ficou satisfeito com ele durante a viagem?

— Depende do sentido que atribui à pergunta, senhor. Se é como bom companheiro, não, pois acho que não gosta de mim desde o dia em que cometi a tolice, depois de uma desavença com ele, de lhe sugerir uma escala de dez minutos na ilha de Monte Cristo para resolvermos nosso entrevero; sugestão que errei ao fazer e que ele, por sua vez, acertou ao recusar. Se é como administrador que me pergunta, creio que não há nada a ser dito e que ficará satisfeito com a maneira como seus negócios foram conduzidos.

— Mas — perguntou o armador —, me diga, Dantès, se você fosse o capitão do *Pharaon*, manteria Danglars sem ressentimento?

— Capitão ou imediato, sr. Morrel — respondeu Dantès —, terei sempre o maior respeito por quem conta com a confiança dos meus patrões.

— Ótimo, ótimo, Dantès, vejo que é um excelente rapaz em todos os aspectos. Não vou mais segurá-lo: vá, pois vejo que está com sebo nas canelas.

— Tenho então minha folga? — perguntou Dantès.

— Vá, estou lhe dizendo.

— Permite que use seu bote?

— É seu.

— Até breve, sr. Morrel, e mil vezes obrigado.

— Até breve, meu caro Edmond, e boa sorte!

O jovem marujo pulou no bote, sentou-se na popa e deu ordens para aportar na Canebière. Dois marinheiros vergaram-se sobre os remos e a embarcação deslizou tão rapidamente quanto é possível fazê-lo em meio às mil barcaças que obstruem a espécie de rua estreita que conduz, entre dois renques de navios, da entrada do porto ao cais de Orléans.

O armador seguiu-o sorrindo com os olhos até a beira-mar, viu-o pular para as lajes do cais e logo se perder no meio da multidão colorida que, de cinco da manhã às nove da noite, entope essa famosa rua da Canebière, da qual os fócidos modernos têm tanto orgulho que chegam a dizer com a maior seriedade do mundo, e com o sotaque que dá tanto caráter ao que dizem: "Se Paris tivesse a Canebière, Paris seria uma pequena Marselha."

Ao se voltar, o armador encontrou Danglars, aparentemente esperando suas ordens, mas, na realidade, acompanhando como ele o jovem marujo com o olhar.

Havia, porém, uma grande diferença na expressão do duplo olhar que seguia o mesmo homem.

2. O PAI E O FILHO

Deixemos Danglars, às voltas com o gênio do ódio, tentando soprar contra seu companheiro alguma maligna suposição no ouvido do armador, e acompanhemos Dantès, que, após ter percorrido a Canebière em todo o seu comprimento, envereda pela rua de Noailles, entra num prediozinho situado no lado esquerdo da rua das Allées de Meilhan, sobe ansiosamente os quatro andares de uma escada humilde e, segurando o corrimão com uma das mãos e com a outra comprimindo as batidas do coração, para em frente a uma porta entreaberta, que deixa ver até o fundo de um quartinho.

Aquele era o quarto onde morava o pai de Dantès.

A notícia da chegada do *Pharaon* ainda não alcançara o velho, que se ocupava, empoleirado numa cadeira, em trançar com uma mão trêmula algumas capuchinhas misturadas a clematites, que subiam escalando a treliça da janela.

De repente sentiu-se agarrado pela cintura e uma voz bem conhecida exclamou atrás dele:

— Meu pai, meu pai querido!

O velho soltou um grito e se voltou; então, ao ver o filho, abandonou-se em seus braços, todo trêmulo e pálido.

— O que você tem, pai? — exclamou o rapaz, preocupado. — Está doente?

— Não, não, querido Edmond, meu filho, minha criança, não; mas não o esperava, e a alegria, a felicidade ao vê-lo assim de surpresa... Ah! Meu Deus! Acho que vou morrer!

— Pois então ressuscite, pai! Sou eu, sou eu de verdade! Dizem que alegria não faz mal, por isso entrei sem avisar. Vamos, sorria para mim, em vez de me olhar desse jeito, com dois olhos esbugalhados. Estou de volta e vamos ser felizes.

— Ah, que ótimo, filho! — disse o velho. — Mas como vamos ser felizes? Não vai mais me deixar? Partilhe sua felicidade comigo!

— Que o Senhor me perdoe — disse o rapaz — de me regozijar com uma felicidade trazida pelo luto de uma família! Mas Deus sabe que não desejei essa felicidade; ela chega e não tenho por que me afligir. O bravo capitão Leclère está morto, meu pai, e é provável que, graças à proteção do sr. Morrel, eu ocupe seu posto. Compreende, pai? Capitão aos vinte e um anos! Com cem luíses de salário e uma parte nos lucros! Não é bem mais do que um simples marujo como eu poderia esperar?

— Sim, meu filho, sim, realmente — disse o velho — é uma felicidade.

— Assim, o primeiro dinheiro que entrar será para comprar uma casinha com jardim, onde o senhor poderá plantar suas clematites, suas capuchinhas e suas madressilvas... Mas o que há, pai? Não está se sentindo bem?

— Paciência, paciência! Não há de ser nada.

E, sem forças, o velho caiu para trás.

— Calma! calma! — disse o rapaz. — Um copo de vinho irá reanimá-lo, pai. Onde guarda o vinho?

— Não, obrigado, não se dê ao trabalho; não preciso de vinho — disse o velho, tentando segurar o filho.

— Claro que precisa, pai, claro, mostre-me o lugar.

E abriu dois ou três armários.

— Não adianta... — disse o velho. — O vinho acabou.

— Como?! O vinho acabou? — estranhou Dantès, agora ele próprio empalidecendo e olhando alternadamente as faces escalavradas e lívidas do velho e os armários vazios. — Como pode ter acabado? Estava sem dinheiro, meu pai?

— Nada me faltou, pois você está aqui — disse o velho.

— Entretanto — balbuciou Dantès, enxugando o suor que caía da testa —, eu lhe deixei duzentos francos quando parti, há três meses.

— Sim, sim, Edmond, é verdade; mas, ao partir, você esqueceu uma dividazinha com o vizinho Caderousse; ele me lembrou, dizendo que se eu não pagasse por você ele iria cobrar do sr. Morrel. Então, você compreende, com medo que isso lhe causasse problemas...

— E então?

— E então! Paguei, ora...

— Mas — exclamou Dantès — eram cento e quarenta francos que eu devia a Caderousse!

— Sim — balbuciou o velho.

— E tirou essa quantia dos duzentos francos que eu tinha deixado?

O velho fez um sinal com a cabeça.

— De maneira que viveu três meses com sessenta francos! — murmurou o rapaz.

— Você sabe que não preciso de muita coisa — disse o velho.

— Oh! Meu Deus, meu Deus, perdão! — exclamou Edmond, atirando-se de joelhos diante do bom homem.

— Que está fazendo?

— Oh! O senhor partiu meu coração.

— Bobagem! Você está aqui — disse o velho sorrindo —, agora está tudo esquecido, pois tudo vai bem.

— Sim, aqui estou — disse o rapaz —, aqui estou com um belo futuro e algum dinheiro. Pegue, pai — disse —, pegue, pegue e mande comprar alguma coisa imediatamente.

E esvaziou os bolsos sobre a mesa, os quais continham uma dúzia de moedas de ouro, cinco ou seis escudos de cinco francos e dinheiro miúdo.

O rosto do velho Dantès se iluminou.

— A quem pertence isso? — perguntou.

— A mim, ora essa! A você! A nós! Pegue, compre comida, seja feliz, amanhã haverá mais.

— Devagar, devagar — disse o velho sorrindo. — Com a sua permissão, farei um uso moderado da sua bolsa. Se me vissem comprar muitas coisas ao mesmo tempo, achariam que fui obrigado a esperar o seu retorno para comprá-las.

— Faça como quiser, mas, antes de qualquer coisa, contrate uma criada, pai, não quero mais o senhor sozinho. Tenho café de contrabando e excelente tabaco numa pequena arca no porão do barco, o senhor os terá a partir de amanhã. Mas schhh! Está chegando alguém...

— É Caderousse, que soube da sua chegada e provavelmente vem lhe dar as boas-vindas.

— Bom, mais uma boca que diz uma coisa enquanto o coração pensa outra — murmurou Edmond. — Mas não importa, é um vizinho que nos foi prestativo algumas vezes, que seja bem-vindo.

Com efeito, no momento em que Edmond terminava a frase em voz baixa, aparecia, emoldurada pela porta do corredor, a cabeça escura e hirsuta de Caderousse. Era um homem de vinte e cinco, vinte e seis anos; tinha na mão um pedaço de pano, que, como alfaiate, ia transformar num forro de roupa.

— Ora! Está de volta, Edmond? — disse ele, com um sotaque marselhês dos mais pronunciados e um largo sorriso, que revelava dentes brancos feito marfim.

— Como vê, vizinho Caderousse, e ao seu dispor para o que for preciso — respondeu Dantès, mal dissimulando sua frieza sob aquela oferta de favor.

Caderousse.

— Obrigado, obrigado, felizmente não preciso de nada; volta e meia, na verdade, são os outros que precisam de mim. — Dantès fez um gesto. — Não digo isso pensando em você, rapaz; emprestei-lhe dinheiro, você me pagou; assim se comportam dois bons vizinhos, e estamos quites.

— Nunca estamos quites com os nossos credores — disse Dantès —, pois, quando não lhes devemos mais dinheiro, lhes devemos a gratidão.

— Para que tocar nesse assunto! O que passou, passou. Falemos do seu feliz retorno, rapaz. Eu estava a caminho do porto para me abastecer de tecido marrom e encontrei o amigo Danglars.

"— Você em Marselha?

"— Pois é, que remédio — ele me respondeu.

"— Eu o julgava em Esmirna.

"— Poderia estar lá, pois de lá retorno.

"— E Edmond, onde está o menino?

"— Na casa do pai, provavelmente — respondeu Danglars. E aqui estou — continuou Caderousse — para ter o prazer de apertar a mão de um amigo!"

— Esse bom e velho Caderousse gosta tanto de nós... — disse o velho.

— Claro que sim, e de uma maneira especial, uma vez que gente honesta é coisa rara! Mas o mocinho, parece, ficou rico... — continuou o alfaiate, relanceando o punhado de ouro e prata que Dantès pusera sobre a mesa.

O rapaz observou o brilho de cobiça cintilando nos olhos negros do vizinho.

— Imagine! — disse ele displicentemente. — Esse dinheiro não é meu; eu dizia ao meu pai do medo que tive de lhe faltar alguma coisa na minha ausência, e, para me tranquilizar, ele esvaziou sua bolsa na mesa. Vamos, pai — continuou Dantès —, guarde esse dinheiro no mealheiro; a menos que o vizinho Caderousse esteja precisando, pois nesse caso está ao seu dispor.

— Não, rapaz — disse Caderousse —, não preciso de nada, e, graças a Deus, a profissão alimenta o homem. Guarde seu dinheiro, guarde: nunca é demais; o que não impede que eu lhe seja grato pela sua oferta como se a aceitasse.

— Foi de coração — disse Dantès.

— Não duvido. Nossa! Quer dizer então que caiu nas boas graças do sr. Morrel? Quanta sedução...

— O sr. Morrel sempre foi muito bom para mim — respondeu Dantès.

— Nesse caso, você está errado em recusar-lhe o jantar.

— Como, recusar-lhe o jantar? — interveio o velho Dantès. — Ele então o convidou para jantar?

— Sim, meu pai — respondeu Edmond, sorrindo do espanto que causava ao pai o excesso de honra de que era objeto.

— E por que recusou, filho? — perguntou o velho.

— Para voltar mais cedo para perto do senhor, meu pai — respondeu o rapaz —, estava ansioso para vê-lo.

— Isso deve ter contrariado o bondoso sr. Morrel — voltou à carga Caderousse. — Quando se pretende o posto de capitão, é um erro contrariar o seu armador.

— Expliquei-lhe o motivo da minha recusa — replicou Dantès —, e ele entendeu, espero.

— Ah! É que para ser capitão é recomendável bajular um pouco o patrão.

— Espero ser capitão sem isso — respondeu Dantès.

— Tanto melhor, tanto melhor! Fará a alegria de todos os velhos amigos, e sei de alguém em algum lugar, atrás da cidadela de Saint-Nicolas, que também não ficará zangada com isso.

— Mercedes? — perguntou o velho.

— Sim, meu pai — disse Dantès —, e, com a sua permissão, agora que já o vi, agora que sei que está bem de saúde e que tem tudo de que precisa, peço licença para ir visitar os catalães.

— Vá, meu filho — disse o velho Dantès —, e que Deus o abençoe com sua mulher como me abençoou com meu filho.

— Sua mulher! — disse Caderousse. — Como vai rápido, seu Dantès! Parece-me que ela ainda não o é.

— Não, mas, segundo todas as probabilidades — respondeu Edmond —, não tardará a sê-lo.

— Em todo caso — disse Caderousse —, você fez bem em se apressar, rapaz.

— Ora, mas por quê?

— Porque Mercedes é uma moça bonita e às moças bonitas não faltam pretendentes; ainda mais ela, que é assediada por dezenas.

— É verdade — admitiu Edmond, com um sorriso que deixava transparecer uma ponta de preocupação.

— Oh, sim! — continuou Caderousse. — E bons partidos inclusive; mas, fique tranquilo, você vai ser capitão, não vai passar pela cabeça de ninguém recusá-lo.

— O que significa — continuou Dantès, com um sorriso que mal dissimulava a preocupação — que se eu não fosse capitão…

— Ei, ei! — exclamou Caderousse.

— Vamos, vamos — disse o rapaz —, faço uma opinião melhor das mulheres em geral, e de Mercedes em particular. Estou convencido, venha ou não a ser capitão, da sua fidelidade.

— Ótimo! Ótimo! — disse Caderousse. — É sempre uma boa coisa ter confiança quando vamos casar; mas, por favor, acredite em mim, mocinho, não perca tempo, vá anunciar sua chegada e dividir com ela suas esperanças.

— Estou de saída — disse Edmond.

Beijou o pai, cumprimentou Caderousse com um aceno e saiu.

Caderousse ficou ainda por um instante. Em seguida, despedindo-se do velho Dantès, desceu por sua vez e foi ao encontro de Danglars, que o esperava na esquina da rua Sénac.

— E aí — perguntou Danglars —, esteve com ele?

— Acabo de me despedir.

— E ele manifestou esperanças de ser capitão?

— Fala como se já o fosse.

— Quanta afobação! — exclamou Danglars. — Acho que ele está com um pouquinho de pressa demais.

— Diabos! Parece que a coisa foi prometida pessoalmente pelo sr. Morrel.

— Quer dizer que ele está feliz da vida?

— Eu diria até insolente; já me ofereceu seus préstimos como se fosse um grande personagem; quis me emprestar dinheiro como se fosse um banqueiro.

— E você recusou?

— Exatamente; embora eu tivesse muito bem podido aceitar, visto que fui eu quem colocou em suas mãos os primeiros retalhos brancos que ele manipulou. Mas agora Dantès não vai precisar de mais ninguém, vai ser capitão.

— Bah! — fez Danglars. — Mas ainda não o é.

— Pois seria muito bem feito que ele não o fosse — disse Caderousse —, caso contrário, não teremos mais como falar com ele.

— Se nos empenharmos — disse Danglars —, Edmond continuará a ser o que é, e quem sabe torne-se até menos do que é.

— O que foi que disse?

— Nada, estou falando sozinho. E ele continua apaixonado pela bela catalã?

— Loucamente apaixonado. Foi visitá-la; mas, ou muito me engano, ou ele terá problemas desse lado.

— Explique-se.

— Para quê?

— É mais importante do que você pensa. Por acaso gosta de Dantès?

— Não gosto dos arrogantes.

— Pois então! Conte-me o que sabe a respeito da catalã.

— Não sei nada de muito concreto; apenas vi coisas que me fazem crer, como eu disse, que o futuro capitão terá problemas nas cercanias do caminho das Vieilles-Infirmeries[3].

— O que viu? Vamos, conte.

— Ora, vi que todas as vezes que Mercedes vem à cidade ela chega acompanhada de um catalão alto e másculo, de olho escuro, pele vermelha, muito moreno e fogoso, a quem ela chama de *meu* primo.

— Verdade? E acha que esse primo a corteja?

— É o que suponho: que diabos pode fazer um rapagão de vinte e um anos com uma bela garota de dezessete?

— E você disse que Dantès foi até os catalães?

— Vi com meus olhos.

---

3. Vieilles-Infirmeries: em 1761, França, Espanha e os reinos de Nápoles e Parma firmaram um acordo autorizando os marinheiros catalães a pescar livremente na costa marselhesa. Eles ocupariam as antigas instalações de um posto de quarentena, onde os doentes ou suspeitos de doenças recém-chegados ao porto eram examinados e tratados. Desocupado e desinfetado desde 1663, este era conhecido como as "Velhas Enfermarias".

— Poderíamos ir para o mesmo lado, sentar no La Réserve e, enquanto tomamos um copo de vinho de Málaga, aguardar as notícias.

— E quem vai nos dar essas notícias?

— Ficaremos na beira da estrada e, pela cara de Dantès, saberemos o que aconteceu.

— Fechado — disse Caderousse. — É você que vai pagar?

— Naturalmente — respondeu Danglars.

E ambos dirigiram-se num passo rápido para o local mencionado. Assim que chegaram, pediram uma garrafa e dois copos.

O velho Pamphile acabara de ver Dantès passar não fazia dez minutos.

Certos de que Dantès estava nos catalães, sentaram-se sob a folhagem nascente dos plátanos e dos sicômoros, em cujos galhos um alegre bando de passarinhos cantava um dos primeiros belos dias da primavera.

3. OS CATALÃES

A cem passos do lugar onde os dois amigos, com seus olhares voltados para o horizonte e ouvidos à espreita, degustavam o borbulhante vinho de Málaga, erguia-se, atrás de um morro careca e carcomido pelo sol e o mistral, a aldeia dos catalães.

Um dia, uma colônia misteriosa partiu da Espanha e veio aportar na ponta de terra onde ainda hoje se encontra. Chegava ninguém sabia de onde e falava uma língua desconhecida. Um dos chefes, que entendia o provençal, solicitou à comuna de Marselha que lhes concedesse aquele promontório descampado e árido, para o qual, como os marinheiros antigos, haviam sido atraídos com suas naus. A solicitação foi atendida e, três meses depois, em torno das doze ou quinze naus que haviam transportado aqueles ciganos do mar, uma pequena aldeia se erguia.

Essa aldeia, construída de maneira original e pitoresca, meio mourisca, meio espanhola, é aquela que hoje vemos habitada por descendentes desses homens, que falam a língua de seus pais. Há três ou quatro séculos, permanecem fiéis a esse pequeno promontório, sobre o qual arremeteram como um bando de aves marinhas, sem se misturar em nada à população marselhesa, casando-se entre si e conservando os costumes e as roupas da sua mãe-pátria, bem como seu linguajar.

Convém que nossos leitores nos sigam através da única rua desse vilarejo e entrem conosco numa dessas casas às quais o sol imprimiu, do lado de fora, aquela bonita cor de folha seca típica dos monumentos da região, e, do lado de dentro, uma camada de cal, esta tinta branca que compõe o único ornamento das *pousadas* espanholas.

Uma bonita moça de cabelos negros como azeviche, olhos aveludados como os da gazela, estava de pé recostada numa divisória e esfregava entre seus dedos finos de desenho antigo um inocente ramo de urze, do qual arrancava as flores e cujas partículas espalhavam-se pelo chão. Além disso, seus braços nus até o cotovelo, morenos, mas que pareciam modelados com base nos da Vênus de Arles[4], fremiam numa espécie de impaciência febril, e ela batia no chão com seu pé flexível e em forma de arco, de maneira a revelar a forma pura, orgulhosa e atrevida de sua perna, aprisionada numa meia de algodão vermelho aqui e acolá cinza e azul.

A três passos dela, sentado numa cadeira balançada por um movimento intermitente, com o cotovelo apoiado num velho móvel carcomido, um rapaz alto de vinte ou vinte e dois anos olhava-a com uma expressão em que se digladiavam a preocupação e o despeito; seus olhos interrogavam, mas o olhar firme da moça dominava seu interlocutor.

— Veja bem, Mercedes — dizia o rapaz —, a Páscoa está para chegar, é a época propícia para um casamento; o que você me diz?

— Já lhe respondi cem vezes, Fernand, e você deve ser realmente muito inimigo de si mesmo para me perguntar de novo!

— Pois bem! Repita mais uma vez, eu lhe suplico, repita mais uma vez para que eu possa acreditar. Diga pela centésima vez que recusa o meu amor, aprovado pela sua mãe; explique-me por que brinca com a minha felicidade, que a minha vida e minha morte nada representam para você. Meu Deus! Ter sonhado dez anos em ser seu marido, Mercedes, e perder esta esperança que era o único objetivo da minha vida!

— Admita que não fui eu que alimentei tal esperança, Fernand — respondeu Mercedes. — Não lhe dirigi uma única galanteria de que pudesse me recriminar. Sempre lhe disse: "Gosto de você como um irmão, mas jamais exija de mim outra coisa que não essa amizade fraterna, pois meu coração pertence a outro." Não lhe disse sempre isso, Fernand?

— Sim, sei muito bem disso, Mercedes — respondeu o rapaz. — Sim, você me dispensou o cruel mérito da franqueza; mas está se esquecendo de que entre os catalães há uma lei sagrada que os obriga a casar entre si?

— Está enganado, Fernand, não é uma lei, é um costume, só isso; e, por favor, não invoque esse costume em benefício próprio. Você foi recrutado; a liberdade de que desfruta é uma simples tolerância; de uma hora para outra, pode ser convocado. Uma vez soldado, que fará de mim, isto é, de uma sim-

4. Vênus de Arles: réplica em mármore de um modelo helenístico do séc.I a.C., por sua vez cópia de um original de Praxíteles (séc.V. a.C.), a estátua de uma Vênus descoberta em Arles já foi vista como idealização de uma Diana Caçadora. Encontra-se hoje no museu do Louvre.

ples órfã, triste, sem fortuna, cujo patrimônio consiste num casebre quase em ruínas, com algumas redes em fiapos penduradas, miserável herança deixada pelo meu pai para minha mãe e pela minha mãe para mim? Já faz um ano que ela morreu; veja então, Fernand, que vivo praticamente da caridade pública! Às vezes você finge que eu lhe sou útil, e isso para ter o direito de dividir seu pescado comigo; e eu aceito, porque você é filho de um meio-irmão do meu pai, porque fomos criados juntos e, mais ainda, porque, acima de tudo, você sofreria muito se eu recusasse. Mas percebo claramente que esse peixe que vou vender e do qual tiro dinheiro para comprar o cânhamo que teço, percebo claramente, Fernand, que é uma caridade.

— E qual é o problema, Mercedes, se, mesmo pobre e sozinha, você me agrada mais que a filha do mais orgulhoso armador ou do mais rico banqueiro de Marselha? Afinal, que mais posso desejar além de uma mulher honesta e uma boa dona de casa? Onde encontraria alguém melhor que você nesses dois aspectos?

— Fernand, qualquer uma torna-se péssima dona de casa e não pode garantir sua honestidade quando ama um homem que não seu marido — respondeu Mercedes balançando a cabeça. — Contente-se com a minha amizade, pois, repito, é tudo que lhe posso prometer, e só prometo o que tenho certeza de poder dar.

— Entendo — disse Fernand —, você suporta pacientemente sua miséria, mas tem medo da minha. Pois bem, Mercedes, se me amar, buscarei a fortuna; você me trará felicidade, ficarei rico. Posso prolongar minha licença de pescador, posso entrar para uma repartição, posso até ser comerciante!

— Não pode fazer nada disso, Fernand; você é soldado e, se está entre os catalães, é porque não há guerra. Portanto, continue pescador; não alimente sonhos que lhe fariam a realidade parecer ainda mais terrível e contente-se com a minha amizade, uma vez que não lhe posso dar outra coisa.

— Você tem razão, Mercedes, serei marinheiro; usarei, em vez das roupas dos nossos pais que você despreza, um quepe reluzente, uma camisa listrada e um paletó azul com âncoras nos botões. Não é assim que alguém deve se vestir para agradá-la?

— Que quer dizer com isso? — perguntou Mercedes, lançando um olhar imperioso. — Que quer dizer com isso? Não compreendo suas palavras.

— Quero dizer, Mercedes, que a senhorita só é tão dura e cruel comigo porque espera alguém que se veste assim. Mas este que a senhorita espera talvez seja inconstante e, se não o for, o mar o é por ele.

— Fernand — exclamou Mercedes —, eu o julgava bom e estava enganada! Você é um coração cruel, que para reforçar seu ciúme invoca a cólera de Deus! Pois fique sabendo, sim, não escondo, espero e amo este de quem fala e, caso ele não volte, em vez de recriminar a inconstância que você sugere, direi que ele morreu me amando.

O jovem catalão fez um gesto de raiva.

— Eu o compreendo, Fernand: você o culpa por eu não amá-lo; cruzaria sua faca catalã contra seu punhal! A que isso o levará? A perder minha amizade se for o derrotado, a ver minha amizade transformar-se em ódio se for o vencedor. Creia-me, buscar confusão com um homem é o pior recurso para seduzir a mulher que ama esse homem. Não, Fernand, você não se entregará a esses pensamentos funestos. Impedido de me possuir como mulher, você se contentará com uma amiga e uma irmã. Aliás — acrescentou ela, com os olhos embaçados e marejados de lágrimas —, espere, espere, Fernand; você disse tudo ainda há pouco, o mar é pérfido, e já se vão três meses que ele partiu; quantas tempestades já contei nestes três meses!

Fernand permaneceu impassível, sem procurar enxugar as lágrimas que corriam pelas faces de Mercedes; e, entretanto, para cada uma daquelas lágrimas teria dado um copo do seu sangue; mas elas corriam por outro.

O rapaz se levantou, deu uma volta no casebre e voltou, plantando-se diante de Mercedes, o olho ameaçador e as mãos crispadas.

— Muito bem, Mercedes — disse ele —, responda mais uma vez: é a sua última palavra?

— Amo Edmond Dantès — disse friamente a moça —, e nenhum outro a não ser Edmond será meu esposo.

— E o amará para sempre?

— Enquanto eu viver.

Fernand abaixou a cabeça feito um homem desenganado e soltou um suspiro semelhante a um gemido; em seguida, lentamente erguendo a fronte, com os dentes cerrados e as narinas entreabertas, perguntou:

— Mas e se ele estiver morto?

— Se ele estiver morto, eu morrerei.

— E se ele a esquecer?

— Mercedes! — gritou uma voz alegre do lado de fora da casa. — Mercedes!

— Ah! — exclamou a moça, corando de felicidade e saltitante de amor. — Como pode ver, ele não me esqueceu e acaba de chegar!

E lançou-se para a porta, que abriu, exclamando:

— Aqui, Edmond! Estou aqui.

Fernand, pálido e trêmulo, recuou, como faz um viajante ao deparar com uma serpente, e, reencontrando sua cadeira, nela caiu sentado.

Edmond e Mercedes estavam nos braços um do outro. O sol inclemente de Marselha, que penetrava pelo vão da porta, inundava-os como uma maré de luz. Naquele instante não viram nada do que os cercava. Uma imensa felicidade isolava-os do mundo e não falavam senão por aquelas palavras entrecortadas que são os arroubos de uma alegria tão intensa que parecem a expressão da dor.

De repente Edmond percebeu a fisionomia sombria de Fernand, que se desenhava na sombra, pálida e ameaçadora; com um movimento de que ele próprio não se dera conta, o jovem catalão tinha a mão na faca atravessada em sua cinta.

— Ah! Desculpe — disse Dantès, franzindo o cenho por sua vez —, eu não havia notado que éramos três.

Em seguida, voltando-se para Mercedes:

— Quem é este cavalheiro? — perguntou.

— Este cavalheiro será o seu melhor amigo, Dantès, pois é meu amigo, é meu primo, é meu irmão; é Fernand; isto é, o homem a quem, depois de você, Edmond, eu mais amo no mundo. Não o reconhece?

— Ah, claro! — disse Edmond.

E, sem abandonar Mercedes, cuja mão segurava em uma das suas, estendeu a outra mão ao catalão num gesto de cordialidade.

Mas Fernand, longe de responder a esse gesto amistoso, continuou mudo e imóvel como uma estátua.

Então Edmond passeou seu olhar investigativo de Mercedes, nervosa e trêmula, a Fernand, sombrio e ameaçador.

Este único olhar compreendeu tudo.

A raiva ficou estampada em seu rosto.

— Eu não sabia que vinha com tanta pressa à sua casa, Mercedes, para encontrar um inimigo.

— Um inimigo! — exclamou Mercedes com um olhar furioso para o primo. — Um inimigo na minha casa, é isso que pensa, Edmond! Se eu acreditasse nisso, eu lhe daria o braço e iria a Marselha para nunca mais voltar.

Os olhos de Fernand lançaram uma centelha.

— E se lhe acontecesse uma desgraça, querido Edmond — continuou ela, com a mesma fleugma implacável que provava a Fernand que a moça lera até o mais profundo de seu sinistro pensamento —, se lhe acontecesse uma desgraça, eu subiria ao cabo de Morgion e me atiraria de cabeça sobre os rochedos.

Fernand ficou terrivelmente pálido.

— Mas você está enganado, Edmond — prosseguiu ela —, você não tem nenhum inimigo aqui; aqui só há Fernand, meu irmão, que vai apertar sua mão como um amigo fiel.

Com essas palavras, a moça fixou sua expressão imperiosa sobre o catalão, que, como se fascinado por aquele olhar, aproximou-se lentamente de Edmond e lhe estendeu a mão.

Seu ódio, semelhante a uma vaga impotente, embora furiosa, veio se quebrar contra a ascendência que aquela mulher exercia sobre ele.

Mas mal tocara a mão de Edmond, percebeu que fizera tudo que podia ser feito e se lançou para fora da casa.

— Oh! — exclamava, correndo como um insensato e afogando as mãos nos cabelos. — Oh! Quem me livrará desse homem? Como sou infeliz! Como sou infeliz!

— Ei, catalão! Ei, Fernand! Para onde corre assim? — disse uma voz.

O rapaz parou prontamente, olhou à sua volta e avistou Caderousse abancado com Danglars sob um dossel de folhagem.

— Ei! Por que não vem até aqui? Está com tanta pressa que não tem tempo nem para dar bom dia aos amigos?

— Ainda mais quando eles ainda têm uma garrafa quase cheia diante de si... — acrescentou Danglars.

Fernand olhou para os dois homens com um ar aturdido, sem nada responder.

— Ele parece arrasado — disse Danglars, cutucando o joelho de Caderousse. — Será que nos enganamos e que, ao contrário do que prevíamos, Dantès triunfou?

— Raios! Precisamos averiguar — disse Caderousse.

E voltando-se para o rapaz:

— Ora, vejamos, catalão, já se decidiu? — perguntou.

Fernand enxugou o suor que escorria de sua testa e entrou lentamente sob o caramanchão, cuja sombra pareceu devolver um pouco de calma aos seus sentidos e o frescor, um pouco de bem-estar ao seu corpo esgotado.

— Bom dia — disse ele — vocês me chamaram?

E caiu mais que sentou em um dos assentos que cercavam a mesa.

— Chamei porque você corria como um louco e receei que fosse se jogar no mar — gracejou Caderousse. — Que diabos! Quando temos amigos, não é apenas para lhes oferecer um copo de vinho, mas também para impedi-los de beber cinco ou seis litros d'água.

Fernand soltou um gemido semelhante a um soluço e deixou a cabeça cair sobre seus pulsos, cruzados sobre a mesa.

— Pois bem! Quer saber de uma coisa, Fernand? — emendou Caderousse, dando início à conversa com a brutalidade grosseira das pessoas do povo, às quais a curiosidade faz esquecer qualquer diplomacia. — Pois bem! Você parece um namoradinho choraminguento!

E acompanhou a pilhéria com uma gargalhada.

— Ora — respondeu Danglars —, um moço bonito assim não foi feito para ser infeliz no amor, deixe de história, Caderousse.

— Eu insisto — respondeu este —, ouça como ele suspira. Vamos, vamos, Fernand — disse Caderousse —, empine o nariz e nos responda, afinal, não é educado ficar sem responder aos amigos que nos pedem notícias de nossa saúde.

— Minha saúde vai bem — disse Fernand crispando os punhos, mas sem levantar a cabeça.

— Ah! Está vendo, Danglars — disse Caderousse, dando uma olhadela significativa para o amigo —, o negócio é o seguinte: Fernand, aqui diante de você, e que é um bom e bravo catalão, um dos melhores pescadores de Marselha, está apaixonado por uma bela moça chamada Mercedes; porém, infelizmente parece que a bela moça, de sua parte, está apaixonada pelo imediato do *Pharaon*; e como o *Pharaon* atracou precisamente hoje… dá para entender?

— Não, não entendo — disse Danglars.

— O pobrezinho do Fernand deve ter sido dispensado — continuou Caderousse.

— E daí? — reagiu Fernand, levantando a cabeça e olhando para Caderousse como alguém que procura em quem despejar sua raiva. — Afinal, Mercedes não depende de ninguém e é livre para amar quem lhe aprouver.

— Ah, se você vê por esse lado — disse Caderousse —, é outra coisa! Mas eu o julgava um catalão, e me haviam dito que os catalães não eram homens que se deixassem suplantar por um rival; haviam até acrescentado que Fernand era o mais terrível em suas vinganças.

Fernand sorriu tristemente.

— Um apaixonado nunca é terrível — declarou.

— Pobre rapaz! — volveu Danglars, fingindo se compadecer daquele jovem do fundo de seu coração. — O que você queria? Ele não esperava a volta repentina de Dantès; talvez o julgasse morto, infiel, sabe lá! Essas coisas são ainda mais delicadas quando nos acontecem de forma brusca.

— Ah, meu Deus, em todo caso — disse Caderousse, que bebia sem parar enquanto falava e sobre quem o vinho vaporoso de Málaga começava a fazer efeito —, Fernand não é o único a quem o auspicioso retorno de Dantès contraria; não é mesmo, Danglars?

— Não, é verdade, e eu quase me atreveria a dizer que isso trará desgraça a Edmond.

— Mas tanto faz — continuou Caderousse, servindo um copo de vinho para Fernand e enchendo o seu próprio pela oitava ou décima vez, enquanto Danglars mal roçara o seu. — Antes disso ele se casa com Mercedes, a bela Mercedes; pelo menos voltou para isso.

Enquanto isso Danglars envolvia com um olhar penetrante o rapaz, em cujo coração as palavras de Caderousse caíam como chumbo derretido.

— E quanto ao casamento? — perguntou.

— Oh, ainda não foi realizado! — murmurou Fernand.

— Não, mas será — disse Caderousse —, isso é tão verdadeiro quanto é verdade que Dantès será o capitão do *Pharaon*, não é, Danglars?

Danglars estremeceu com essa inesperada estocada e voltou-se para Caderousse, cujo semblante estudou para ver se o golpe fora premeditado; mas não leu nada a não ser inveja naquele rosto já quase idiotizado pela embriaguez.

— E quanto ao casamento?

— Pois muito bem! — disse, enchendo os copos. — Bebamos então ao capitão Edmond Dantès, marido da bela catalã!

Caderousse levou seu copo à boca com a mão pesada e o bebeu de um trago. Fernand pegou o seu e o espatifou no chão.

— Ei! Ei! Ei! — fez Caderousse. — Que vejo agora ao longe, no alto da colina, na direção dos catalães? Olhe, Fernand, você tem a vista melhor que a minha; acho que começo a ver embaçado, e, você sabe, o vinho é um traidor. Parecem dois amantes caminhando lado a lado e de mãos dadas. Deus me perdoe! Eles não sabem que estamos olhando e estão se beijando!

Danglars não perdia nada do sofrimento de Fernand, cuja fisionomia se decompunha a olhos vistos.

— Conhece-os, sr. Fernand? — ele disse.

— Sim — este respondeu com uma voz rouca —, são Edmond e Mercedes.

— Mas que coisa! — disse Caderousse. — E eu que não os reconheci! Olá, Dantès! Olá, moça bonita! Cheguem até aqui um pouquinho e digam-nos para quando é o casamento, pois aqui está o sr. Fernand, que é tão cabeçudo que não quer nos contar.

— Quer se calar!? — disse Danglars, fingindo conter Caderousse, que, com a tenacidade dos beberrões, debruçava-se para fora das folhagens. — Trate de manter a compostura e deixe os namorados se amarem sossegadamente. Tome a sensatez do sr. Fernand como exemplo. Ele sim é sensato.

Tudo levava a crer que Fernand, levado ao limite e espicaçado por Danglars como o touro pelos *banderilleros*, fosse finalmente arremeter, pois já se levantara e parecia juntar os próprios cacos para pular sobre o rival; mas Mercedes, risonha e empertigada, ergueu sua bela cabeça e irradiou seu claro olhar; Fernand então se lembrou da ameaça que ela fizera, de morrer caso Edmond morresse, e voltou a cair prostrado em seu assento.

Danglars olhou alternadamente para aqueles dois homens: um, alquebrado pela embriaguez, o outro, dominado pelo amor.

— Não vou conseguir nada com esses dois bobalhões — murmurou —, e tenho medo de ficar aqui entre um beberrão e um poltrão; eis um ciumento embriagando-se com vinho quando deveria fazê-lo com fel; eis um grande imbecil de quem tomam a amante debaixo do seu nariz e que se contenta em chorar e reclamar como uma criança. E no entanto ele nos cravejava olhos flamejantes como aqueles espanhóis, sicilianos e calabreses que adoram uma vingança; tem punhos capazes de esmagar a cabeça de um boi tão certamente como o faria o porrete de um açougueiro. Decididamente, a sorte de Edmond vai prevalecer; ele desposará a moça bonita, será capitão e zombará de nós; a menos que… — um sorriso lívido desenhou-se nos lábios de Danglars —, a menos que eu me intrometa — acrescentou.

— Olá! — continuava a gritar Caderousse, tentando ficar de pé e com as mãos sobre a mesa. — Olá! Edmond! Será que não enxerga os amigos ou já será o excesso de orgulho que o impede de lhes dirigir a palavra?

— Nada disso, meu caro Caderousse — respondeu Dantès —, não sou orgulhoso, mas estou feliz, e acho que a felicidade cega ainda mais que o orgulho.

— Eis uma explicação bem a propósito! — disse Caderousse. — Ora! bom dia, senhora Dantès.

Mercedes saudou gravemente.

— Este ainda não é o meu nome — disse ela —, na minha terra dizem que isso traz desgraça, chamar as moças pelo nome do noivo antes que o noivo seja seu marido. Então, por favor, me chame de Mercedes.

— Temos que desculpar o nosso bom vizinho Caderousse — disse Dantès —, é um engano tão pequeno!

— Então, as bodas são para já, sr. Dantès? — perguntou Danglars, cumprimentando os dois jovens.

— O mais rápido possível, sr. Danglars; hoje, todas as formalidades na casa do meu pai e, amanhã ou depois, no mais tardar, o almoço de noivado, aqui, no La Réserve. Os amigos virão, espero; isso significa que está convidado, sr. Danglars; significa que você também está, Caderousse.

— E Fernand — disse Caderousse, dando uma risada pastosa —, Fernand também está?

— O irmão da minha mulher é meu irmão — disse Edmond —, e nós veríamos com profundo pesar, Mercedes e eu, sua ausência num momento como esse.

Fernand abriu a boca para responder, mas a voz expirou em sua garganta e ele não conseguiu articular uma única palavra.

— Hoje, as formalidades, amanhã ou depois de amanhã o noivado... Diabos! Está com pressa, capitão.

— Danglars — replicou Edmond sorrindo —, repito o que Mercedes dizia agorinha mesmo a Caderousse: não me dê o título que ainda não me cabe, isso me traria má sorte.

— Desculpe — respondeu Danglars —, eu então dizia simplesmente que o senhor parecia com pressa. Que diabos! Temos tempo: o *Pharaon* não levantará ferros antes de três meses.

— Sempre temos pressa em ser felizes, sr. Danglars; quando se sofreu durante muito tempo temos grande resistência em acreditar na felicidade. Mas não é apenas o egoísmo que me faz agir: preciso ir a Paris.

— Não diga? A Paris? E é a primeira vez que vai lá, Dantès?

— É.

— Algum compromisso?

— Não do meu interesse: uma última missão do nosso saudoso capitão Leclère a cumprir; compreenda, Danglars, isso é sagrado. Aliás, fique tranquilo, vou e volto.

— Sim, sim, compreendo — disse bem alto Danglars.

Depois, baixinho:

— Para Paris, a fim de entregar a seu destinatário a carta que o grão-marechal lhe passou. Minha nossa! Essa carta me dá uma ideia, uma excelente ideia! Ah! Dantès, meu amigo, você ainda não foi matriculado com o número 1 no livro de registros do *Pharaon*.

Então, voltando-se para Edmond, que já se afastava:

— Boa viagem! — gritou.

— Obrigado — respondeu Edmond virando a cabeça e acompanhando o gesto com um aceno amistoso.

Os dois noivos continuaram seu caminho, serenos e alegres como dois eleitos que sobem ao céu.

4. COMPLÔ

Danglars seguiu Edmond e Mercedes com os olhos até os dois noivos desaparecerem num dos ângulos do forte Saint-Nicolas; em seguida, voltando-se outra vez, percebeu que Fernand afundara novamente pálido e trêmulo na cadeira, enquanto Caderousse balbuciava a letra de uma canção de bêbado.

— E essa agora, meu caro senhor! — disse Danglars a Fernand. — Eis um casamento que não me parece fazer a felicidade de todo mundo...

— Estou desesperado — disse Fernand.

— Então ama Mercedes?

— Adoro.

— Há muito tempo?

— Desde que nos conhecemos, sempre a amei.

— E fica aí arrancando os cabelos em vez de procurar um remédio para a situação! Que diabos! Não era assim que eu imaginava que agiam as pessoas da sua nação.

— Que quer que eu faça? — perguntou Fernand.

— Eu é que vou saber? Em que isso me diz respeito? Não sou eu, me parece, que estou apaixonado pela srta. Mercedes, mas o senhor. Procura e acharás[5], diz o Evangelho.

— Já achei.

— O quê?

---

5. "Procura e acharás": Mateus, VIII, 7-8.

— Vou apunhalar o *homem*, mas a mulher me disse que se acontecesse alguma desgraça ao seu noivo ela se mataria.

— Bah! A gente diz essas coisas, mas não faz.

— O senhor não conhece Mercedes, cavalheiro; a partir do momento em que ameaça, ela executa.

— Imbecil! — murmurou Danglars. — Para mim tanto faz ela se matar ou não, contanto que Dantès não seja capitão.

— E, antes que Mercedes morra — continuou Fernand no tom de uma decisão inflexível —, eu mesmo morrerei.

— Quanto amor! — exclamou Caderousse, com uma voz cada vez mais alcoolizada. — Uma imensidão, quem diria!

— Vejamos... — disse Danglars —, o senhor me parece um rapaz gentil, e eu gostaria, mas que diabos! O senhor me dá pena; mas...

— Isso mesmo — repetiu Caderousse —, vejamos.

— Meu caro — continuou Danglars —, você está noventa e nove por cento bêbado: termine a garrafa e ficará completamente. Beba e não se intrometa. É preciso estar com a cabeça em ordem para o que vamos fazer.

— Eu, bêbado? — indignou-se Caderousse. — Imagine! Eu beberia ainda quatro das suas garrafas, que não são maiores que frascos de água-de-colônia! Seu Pamphile, mais vinho!

E para dar fé às suas intenções, Caderousse bateu com o copo na mesa.

— O que dizia então, cavalheiro? — perguntou Fernand, esperando com avidez a continuação da frase interrompida.

— O que era mesmo? Não lembro mais. Esse beberrão do Caderousse me fez perder o fio do pensamento.

— Beberrão com muita honra; coitado de quem teme o vinho, deve cultivar algum mau pensamento e receia que a bebida o exponha à luz do dia.

E Caderousse pôs-se a cantar os dois últimos versos de uma canção muito em voga na época: "Todos os maus bebem água da chuva/ Está mais que provado depois do dilúvio."[6]

— O senhor dizia — retomou Fernand — que gostaria de aliviar o meu sofrimento, mas, ia acrescentando...

— Sim, mas eu acrescentava... para isso basta que Dantès não se case com aquela a quem o senhor ama; e o casamento pode muito bem malograr, ao que me parece, sem que Dantès morra.

— Apenas a morte os separará — replicou Fernand.

6. "Todos os maus ...": terceiro *couplet* de uma canção moral composta por Louis-Phillippe Ségur (1753-1830), entre outras coisas marido da conhecida escritora de livros infantis Condessa de Ségur.

— O senhor raciocina igual a um caracol, meu amigo — interveio Caderousse —, e aqui está Danglars, que é um finório, um esperto, um grego, que não me deixa mentir. Prove, Danglars, boto a mão no fogo por você. Diga-lhe que Dantès não precisa morrer; aliás, eu não queria que Dantès morresse. É um bom rapaz, gosto dele, de Dantès, um abraço, Dantès. À sua saúde, Dantès.

Fernand ergueu-se com impaciência.

— Deixe-o falar — continuou Danglars, segurando o rapaz —, aliás, por mais bêbado que esteja, ele não está muito errado. A ausência desune tanto quanto a morte. Suponha que houvesse entre Edmond e Mercedes as muralhas de uma prisão; eles ficariam tão separados quanto se houvesse entre eles a pedra de um túmulo.

— É, mas da prisão a gente sai — disse Caderousse, que, com o resto de sua inteligência, aferrava-se à conversa —, e quando a gente sai da prisão e se chama Edmond Dantès, a gente se vinga.

— Não interessa! — murmurou Fernand.

— A propósito — continuou Caderousse —, por que mandariam Dantès para a prisão? Ele não roubou, não matou, não assassinou...

— Cale-se — disse Danglars.

— Não quero me calar — respondeu Caderousse. — Quero que me digam: por que colocariam Dantès na prisão? À sua saúde, Dantès!

E engoliu mais um copo de vinho.

Danglars acompanhava nos olhos opacos do alfaiate os progressos da embriaguez, e, voltando-se para Fernand:

— Compreende então que não há necessidade de matá-lo?

— É possível, como o senhor dizia agorinha, se tivéssemos um motivo para fazer com que prendessem Dantès. Mas, este motivo, o senhor o tem?

— Procurando bem — disse Danglars —, poderíamos encontrá-lo. Mas — prosseguiu — por que diabos vou me intrometer nessa história? Por acaso isso me diz respeito?

— Não sei se lhe diz respeito — respondeu Fernand, segurando seu braço —, o que sei é que o senhor tem algum motivo especial para odiar Dantès: quem odeia não se engana quanto aos sentimentos dos outros.

— Eu, motivo para odiar Dantès? Nenhum, dou-lhe minha palavra. Percebi a infelicidade do senhor e seu drama me interressou, apenas isso; mas uma vez que acredita que ajo por interesse, adeus, meu caro amigo, resolva seu problema como puder.

E Danglars fez menção de se levantar.

— Não! — disse Fernand, retendo-o. — Fique! No final, tanto faz o senhor odiar ou não odiar Dantès: eu o odeio, admito altivamente. Esboce um plano que eu o executo, contanto que não inclua a morte do homem, pois Mercedes afirmou que se mataria caso matassem Dantès.

Danglars.

Caderousse, que deixara a cabeça cair sobre a mesa, levantou a fronte e, contemplando Fernand e Danglars com olhos pesados e estupidificados, exclamou:

— Matar Dantès! Quem está falando aqui em matar Dantès? Mas não quero que o matem, é meu amigo; ofereceu-se para dividir seu dinheiro comigo hoje de manhã, como eu dividi o meu com ele: não quero que matem Dantès.

— E quem está falando em matá-lo, imbecil! — volveu Danglars. — É só uma piada. Beba à saúde dele — acrescentou enchendo o copo de Caderousse —, e deixe-nos em paz.

— Sim, sim, à saúde de Dantès! — bradou Caderousse, esvaziando o copo. — À sua saúde! À sua saúde! Viva!

— Mas o plano… o plano? — insistiu Fernand.

— Então ainda não tem um?

— Não, o senhor se encarregou disso.

— É verdade — continuou Danglars —, os franceses têm esta superioridade sobre os espanhóis: os espanhóis ruminam, os franceses criam.

— Ora, pois então crie — rosnou Fernand com impaciência.

— Garçom, pena, tinta e papel! — ordenou Danglars.

— Pena, tinta e papel? — murmurou Fernand.

— Sim, sou contador; pena, tinta e papel são meus instrumentos e, sem meus instrumentos, sou uma nulidade.

— Pena, tinta e papel! — gritou então Fernand.

— O que o senhor deseja está naquela mesa — disse o garçom, apontando para os objetos pedidos.

— Pegue-os para nós, então.

O garçom pegou o papel, a tinta e a pena e depositou-os sobre a mesa do caramanchão.

— E pensar — disse Caderousse, deixando a mão cair no papel — que temos aqui com que matar um homem mais seguramente do que se o esperássemos no fundo de um bosque para assassiná-lo! Sempre tive mais medo de uma pena, de um tinteiro e de uma folha de papel que de uma espada ou uma pistola.

— O paspalhão ainda não está tão bêbado quanto parece — disse Danglars. — Sirva-lhe mais uma bebida, Fernand.

Fernand encheu o copo de Caderousse, e este, como autêntico beberrão que era, tirou a mão de cima do papel e a levou ao copo.

O catalão acompanhou o gesto até o momento em que Caderousse, quase vencido por aquele novo ataque, descansou, ou melhor, deixou o copo cair novamente sobre a mesa.

— E então? — insistiu o catalão, ao perceber que o que sobrara da razão de Caderousse começava a se diluir com aquele último copo de vinho.

— Ora, eu dizia, por exemplo — prosseguiu Danglars —, que, se após uma viagem como esta que acaba de fazer Dantès, na qual pisou em Nápoles e na ilha de Elba, alguém o denunciasse ao procurador do rei como agente bonapartista…

— Vou denunciá-lo! — disse vivamente o rapaz.

— Sim; mas aí irão obrigá-lo a assinar uma declaração, irão confrontá-lo com aquele a quem o denunciou. Posso lhe fornecer algo com o que sustentar sua acusação, isso não é problema; mas Dantès não pode permanecer eternamente na prisão, um dia ou outro ele sai, e, no dia em que sair, coitado de quem o fez entrar!

— Oh, não peço senão uma coisa — gabou-se Fernand —, é que ele venha bulir comigo!

— Acredito! Mas e Mercedes!? Mercedes, que irá odiá-lo para sempre, bastando para isso que se atreva a arranhar a epiderme do seu bem-amado Edmond!

— Tem razão — disse Fernand.

— Não, não — emendou Danglars —, se decidíssemos fazer uma coisa dessas, preste atenção, seria mais interessante simplesmente pegar, como faço agora, esta pena, embebê-la na tinta e escrever com a mão esquerda, para que a letra não fosse reconhecida, uma denunciazinha assim concebida.

E Danglars, juntando a prática à teoria, escreveu com a mão esquerda e com uma letra invertida, sem nenhuma semelhança com sua letra habitual, as seguintes linhas, que entregou ao catalão e que Fernand leu a meia-voz:

> O senhor procurador do rei fica avisado, por um amigo do trono e da religião, que o assim chamado Edmond Dantès, imediato do navio *Pharaon*, recém-chegado de Esmirna esta manhã, antes de fazer escalas em Nápoles e Porto Ferraio, foi encarregado, por Murat, de uma carta para o usurpador, e pelo usurpador, de uma carta para o comitê bonapartista de Paris.
>
> A prova de seu crime pode ser obtida com sua detenção, pois a carta será encontrada com ele, ou na casa de seu pai, ou em sua cabine a bordo do *Pharaon*.

— Desta forma — continuou Danglars —, a sua vingança se esconderá sob o senso comum, pois não haverá como fazê-la recair sobre o senhor, e a coisa andará pelas próprias pernas. Não seria necessário nada além de dobrar esta carta, como o faço agora, e escrever no verso: "Ao sr. procurador do rei". Tudo estaria dito.

E Danglars escreveu o destinatário, divertindo-se.

— Sim, tudo estaria dito — exclamou Caderousse, que num esforço de inteligência acompanhara a leitura, compreendendo instintivamente o quanto tal denúncia poderia acarretar de desgraça —, sim, tudo estaria dito: só que seria uma infâmia.

E esticou o braço para pegar a carta.

— Porém — disse Danglars, empurrando-a para fora do alcance de sua mão —, porém, o que digo e faço é mera brincadeira; e seria o primeiro a ficar chateado se acontecesse alguma coisa com Dantès, esse bom Dantès! Pode ficar com ela.

Pegou a carta, amassou-a nas mãos e atirou-a num canto do caramanchão.

— A propósito — disse Caderousse —, Dantès é meu amigo e não quero que lhe façam mal.

— Mas que diabos! Quem pensaria numa coisa dessas, em lhe fazer mal! Nem eu, nem Fernand! — disse Danglars, levantando-se e observando o rapaz, que permanecera sentado mas cujo olhar oblíquo espreitava o papel comprometedor jogado num canto.

— Nesse caso — acalmou-se Caderousse —, mais vinho; quero beber à saúde de Edmond e da bela Mercedes.

— Já bebeu demais, pau d'água — disse Danglars —, e se continuar vai ser obrigado a dormir aqui, pois não vai conseguir ficar de pé.

— Eu? — disse Caderousse, levantando-se com a fanfarronice do homem bêbado. — Eu, não conseguir ficar de pé! Aposto que escalo o campanário das Accoules[7], e sem tropeçar!

— Claro, claro — disse Danglars —, também aposto, mas amanhã. É hora de ir para casa; dê-me o braço e vamos.

— Vamos — disse Caderousse —, mas não preciso do seu braço para isto. Você vem, Fernand, volta conosco para Marselha?

— Não — respondeu Fernand —, quanto a mim, volto para os catalães.

— Você está errado, venha conosco para Marselha, venha.

— Não preciso de nada de Marselha, e não quero ir para lá.

— Como pode dizer uma coisa dessas? Como pode não querer, homenzinho! Pois bem, faça como quiser! Liberdade para todos! Venha, Danglars, deixemos o cavalheiro voltar para os catalães, já que é isso que ele quer.

Danglars aproveitou-se desse momento de boa vontade de Caderousse para arrastá-lo na direção de Marselha; entretanto, a fim de abrir um atalho e facilitar as coisas para Fernand, em vez de voltar pela Rive-Neuve voltou pela porta Saint-Victor. Caderousse o seguia, cambaleando, pendurado em seu braço.

Mal deu uns vinte passos, Danglars voltou-se e observou Fernand precipitar-se para o papel e guardá-lo no bolso; em seguida, lançando-se para fora do caramanchão, o rapaz tomou a direção do Pillon.

— Ora, mas o que faz ele? — disse Caderousse. — Mentiu para nós: falou que ia para os catalães e foi para a cidade! Ei, Fernand! Está no caminho errado, meu rapaz!

— É você que está vendo coisas — disse Danglars —, ele acaba de tomar o caminho das Vieilles-Infirmeries.

— Sério? — perguntou Caderousse. — Eu teria jurado que ele virou à direita. Realmente, o vinho é um traidor.

— Ótimo, ótimo — murmurou Danglars —, acho que agora a coisa está bem-encaminhada, e não há mais nada a fazer além de deixá-la andar com as próprias pernas.

---

7. Campanário das Accoules: construído, em Marselha, no séc.XVIII. Uma torre românica, pesada e maciça, tudo que restava da antiga igreja de Notre-Dame de las Accoas, destruída durante a Revolução Francesa.

5. O ALMOÇO DE NOIVADO

No dia seguinte, o tempo estava radiante. O sol nasceu limpo e resplandecente, e os primeiros raios de um vermelho-púrpura matizavam com seus rubis as cristas espumantes das ondas.

O almoço foi preparado no primeiro andar do mesmo La Réserve, onde ficava o mesmo caramanchão com o qual já travamos conhecimento. Era uma sala grande iluminada por cinco ou seis janelas, acima de cada uma das quais (quem puder que explique o fenômeno!) estava escrito o nome de uma das grandes cidades da França.

Uma balaustrada, de madeira como o resto do estabelecimento, estendia-se ao longo de todas as janelas.

Embora o almoço estivesse marcado somente para o meio-dia, desde as onze da manhã aquela balaustrada achava-se apinhada de visitantes impacientes. Eram os marujos mais graduados do *Pharaon* e alguns soldados, amigos de Dantès. Para homenagear os noivos, todos haviam tirado suas melhores roupas do armário.

Circulava o rumor, entre os futuros comensais, de que os armadores do *Pharaon* iriam honrar com a sua presença o almoço de bodas do imediato; mas isso seria uma honra tão grande concedida a Dantès que ninguém ainda ousava acreditar.

Danglars, porém, ao chegar com Caderousse, confirmou a notícia. Ele próprio havia estado com o sr. Morrel pela manhã e este lhe dissera que viria almoçar no La Réserve.

Com efeito, um instante depois, foi a vez de o sr. Morrel fazer sua entrada naquele aposento, sendo saudado pelos marujos do *Pharaon* com gritos e aplausos unânimes. A presença do armador era para eles a confirmação do boato que já corria segundo o qual Dantès seria nomeado capitão; e, como Dantès era muito querido a bordo, aquela brava gente agradecia dessa forma ao armador pelo fato de uma vez na vida sua escolha estar em harmonia com os anseios gerais. Assim que o sr. Morrel entrou, Danglars e Caderousse foram escolhidos por consenso e despachados para junto do noivo; sua missão era avisá-lo da chegada do importante personagem, cuja visão produzira tão viva sensação, e dizer-lhe que se apressasse.

Danglars e Caderousse saíram correndo, mas não deram cem passos e, na altura da loja de pólvora, avistaram um pequeno grupo chegando.

Esse grupo compunha-se de quatro moças amigas de Mercedes e catalãs como ela, que acompanhavam a noiva à qual Edmond dava o braço. Perto da futura nora caminhava o pai Dantès, e atrás deles vinha Fernand, com seu sorriso maligno.

Nem Mercedes nem Edmond percebiam esse sorriso maligno de Fernand. Os jovens, coitados, estavam tão felizes que não viam senão a si próprios e ao bonito céu que os abençoava.

Danglars e Caderousse executaram sua missão de emissários; em seguida, após trocarem um aperto de mão vigoroso e muito amistoso com Edmond, aderiram ao grupo; Danglars, tomando lugar junto a Fernand, Caderousse, encaixando-se ao lado do pai Dantès, centro da atenção geral.

O velho usava seu belo traje de tafetá trabalhado, tendo como enfeites grandes botões de aço, lapidados em facetas. Suas pernas magras, mas nervosas, findavam em magníficas meias de algodão pintalgadas, que cheiravam a contrabando inglês a uma légua de distância. Do seu chapéu de três bicos pendia uma maçaroca de fitas brancas e azuis. Por fim, apoiava-se num cajado de madeira retorcido e encurvado no topo como o *pedum*[8] antigo. Parecia um daqueles monarquistas excêntricos que desfilavam em 1796 nos jardins reabertos do Luxemburgo e das Tulherias.

Para perto dele, como dissemos, esgueirara-se Caderousse. Este, que se reconciliara com os Dantès diante da expectativa de um bom almoço; Caderousse, em cuja memória permanecia uma vaga lembrança do que acontecera na véspera, como ao despertarmos pela manhã descobrimos em nossa mente a sombra do sonho que tivemos durante o sono.

Danglars, aproximando-se de Fernand, havia lançado um olhar profundo para o pretendente desapontado. Fernand — andando atrás dos futuros esposos, completamente esquecido por Mercedes, que no egoísmo juvenil e cheio de encantos do amor não tinha olhos senão para o seu Edmond — estava pálido, mas ruborizava devido a calores súbitos, que então desapareciam para dar lugar, a cada vez, a uma crescente palidez. De vez em quando voltava os olhos para as

---

8. *Pedum*: bastão em forma de cruz, tradicionalmente usado pelos adivinhos campestres.

bandas de Marselha, e então um tremor nervoso e involuntário arrepiava todos os seus membros. Fernand parecia esperar, ou pelo menos pressentir, algum grande acontecimento.

Dantès vestia-se com simplicidade. Como pertencia à marinha mercante, usava uma roupa que se situava entre o uniforme militar e o terno civil; e sob essa roupa, sua fisionomia franca, que realçava ainda a alegria e a beleza da noiva, era perfeita.

Mercedes estava bela como uma grega de Chipre ou Quios[9], com olhos de ébano e lábios de coral. Caminhava naquele passo desenvolto e firme com que caminham as arlesianas e andaluzas. Uma moça da cidade talvez tivesse tentado esconder sua alegria sob um véu ou pelo menos sob o veludo das pálpebras, mas Mercedes sorria e olhava para todos que a rodeavam, e seu sorriso e seu olhar diziam tão francamente quanto o fariam as seguintes palavras: "Se vocês são meus amigos, rejubilem-se comigo, pois, realmente, estou muito feliz!"

Assim que os noivos e seus acompanhantes chegaram ao alcance da visão do La Réserve, o sr. Morrel desceu e avançou por sua vez para diante deles, seguido pelos marujos e soldados com os quais se agrupara e aos quais renovara a promessa, já feita a Dantès, de que este sucederia ao capitão Leclère. Ao vê-lo vir em sua direção, Edmond pegou o braço de sua noiva e o passou para o do sr. Morrel. O armador e a moça deram então o exemplo, subindo na frente o primeiro lance da escada de madeira que levava ao recinto onde o almoço seria servido e que rangeu durante cinco minutos sob os passos pesados dos convivas.

— Papai — disse Mercedes, parando no meio da mesa —, o senhor à minha direita, por favor; já à minha esquerda vou colocar aquele que foi como um irmão para mim — concluiu ela, com uma delicadeza que penetrou no cerne do coração de Fernand qual uma punhalada.

Seus lábios ficaram lívidos, e sob a tez morena de seu rosto viril ainda se pôde ver mais uma vez o sangue retirar-se pouco a pouco para afluir rumo ao coração.

Nesse ínterim, Dantès executara a mesma manobra; à sua direita colocara o sr. Morrel; à sua esquerda, Danglars. Em seguida, fez sinal com a mão para cada um sentar-se como lhe aprouvesse.

Já corriam em torno da mesa os salames de Arles, de carne marrom e aroma acentuado, as lagostas com a couraça reluzente, os mariscos de concha rosada, os ouriços-do-mar, que parecem castanhas fechadas num invólucro eriçado, os caracóis, que têm a pretensão de substituir com superioridade, para

---

9. Quios: a mais ocidental das ilhas Cíclades, arquipélago no mar Egeu, a sudeste da Grécia.

os *gourmets* do Midi[10], as ostras do Norte; enfim, todas essas iguarias delicadas que a onda rola para a praia e que os pescadores gratos designam sob o nome genérico de frutos do mar.

— Que belo silêncio! — exclamou o velho, saboreando um copo de vinho amarelo como topázio, que seu Pamphile em pessoa acabava de colocar à frente de Mercedes. — Eu diria que aqui estão trinta pessoas que não pedem senão para rir.

— Ei, mas um marido nem sempre é alegre! — disse Caderousse.

— O fato é — disse Dantès — que estou feliz demais agora para estar alegre. Se é o que quer dizer, vizinho, tem razão! A alegria às vezes provoca um efeito estranho, afligindo como o sofrimento.

Danglars observou Fernand, cuja natureza impressionável absorvia e transparecia cada emoção.

— Então, qual é o problema? — ele perguntou ao noivo. — Será que receia alguma coisa? Parece-me, ao contrário, que tudo caminha segundo seus desejos!

— E é justamente isso que me apavora — disse Dantès. — Acho que o homem não é feito para ser feliz com tanta facilidade! A felicidade é como aqueles palácios das ilhas encantadas, cujas portas são vigiadas por dragões. É preciso lutar para conquistá-la, e eu, na verdade, não sei por que mereci a felicidade de ser o marido de Mercedes.

— O marido, o marido — disse Caderousse rindo —, ainda não, meu capitão, tente fazer valer seus direitos de marido para ver como será recebido!

Mercedes corou.

Fernand atormentava-se em sua cadeira, estremecia ao menor rumor, e de vez em quando enxugava grandes placas de suor que brilhavam em sua testa como as primeiras gotas de uma tempestade.

— Ora, compreenda — disse Dantès —, vizinho Caderousse, acho que não preciso me desmentir por tão pouco. Mercedes ainda não é minha mulher, é verdade... — ele sacou o relógio. — Mas, daqui a uma hora e meia, ela será!

Todos soltaram um grito de surpresa, à exceção do pai Dantès, cujo largo sorriso mostrou dentes ainda belos. Mercedes sorriu e não corou mais. Fernand apertou convulsivamente o cabo de sua faca.

— Daqui a uma hora! — disse Danglars, empalidecendo por sua vez. — Como é possível?

— Sim, meus amigos — respondeu Dantès —, graças ao crédito do sr. Morrel, o homem a quem mais devo no mundo depois do meu pai, todas as dificuldades foram aplainadas. Publicamos os banhos e às duas e meia o prefeito de Marselha estará à nossa espera na prefeitura. Ora, como acaba de dar uma e

10. Midi ou Midi-Pyrénées (também conhecida pelas formas aportuguesadas Meio-Dia-Pireneus ou Sul-Pireneus): uma das vinte e seis regiões administrativas da França.

quinze, não julgo me enganar muito dizendo que dentro de uma hora e trinta minutos Mercedes passará a se chamar senhora Dantès.

Fernand fechou os olhos: uma nuvem de fogo queimou suas pálpebras; apoiou-se na mesa para não desfalecer, e, apesar de todos os esforços, não conseguiu represar um gemido abafado que se perdeu no rumor das risadas e felicitações dos presentes.

— Isso é que é botar mãos à obra, não é mesmo? — disse o pai Dantès. — Não se pode dizer que houve perda de tempo, você não acha? Chegou ontem de manhã, estará casado hoje às três da tarde! Nada melhor que um marujo para fazer as coisas andarem.

— Mas e as outras formalidades? — objetou timidamente Danglars. — O contrato, as certidões...?

— O contrato — disse Dantès rindo —, o contrato está redigido: Mercedes não possui nada, tampouco eu. Casamo-nos em regime de comunhão de bens, e pronto! Não custou nada para escrever e não será caro para pagar.

Aquela pilhéria provocou uma nova explosão de alegria e brados.

— Então o que considerávamos um almoço de noivado — disse Danglars — é na verdade um almoço de bodas.

— Ainda não — disse Dantès —, vocês não perderão nada com isso, fiquem tranquilos. Amanhã de manhã parto para Paris. Quatro dias para ir, quatro para voltar, um para cumprir conscienciosamente a missão que me confiaram, e no dia 9 de março estou de volta; portanto, no dia 10 teremos o verdadeiro almoço de bodas.

Essa perspectiva de um novo festim redobrou a hilaridade a ponto de o pai Dantès, que no começo do jantar queixava-se do silêncio, agora fazer, em meio à conversa geral, vãos esforços para introduzir seu voto de prosperidade aos futuros esposos.

Dantès adivinhou o pensamento de seu pai e a ele respondeu com um sorriso cheio de amor. Mercedes começou a olhar a hora no cuco da sala e fez um sinalzinho para Edmond.

Reinavam em torno da mesa aquela euforia ruidosa e aquela liberdade individual que acompanham, nas pessoas de condição inferior, o fim das refeições. Os que estavam descontentes com seus lugares haviam se levantado da mesa e procurado outras companhias. Todo mundo começava a falar ao mesmo tempo e ninguém se preocupava em responder ao que seu interlocutor lhe dizia, mas apenas aos próprios pensamentos.

A palidez de Fernand quase se transferira para a face de Danglars; quanto ao próprio Fernand, não vivia mais, parecendo um amaldiçoado num lago de fogo[11]. Foi um dos primeiros a se levantar, e passeava de um lado para o outro

---

11. "num lago de fogo": referência à *Divina comédia*, de Dante Alighieri (1265-1321), canto XII. No inferno, aqueles que agrediam seus próximos eram jogados num rio de sangue fervente.

da sala, tentando isolar seus ouvidos do barulho das canções e do retinir dos copos em colisão.

Caderousse aproximou-se dele no momento em que Danglars, que parecia fugir, acabava de se juntar a Fernand num canto da sala.

— Na verdade — disse Caderousse, em quem a afabilidade de Dantès e sobretudo o bom vinho do seu Pamphile haviam tragado todos os restos do ódio cujos germes a felicidade inesperada de Dantès havia lançado em sua alma —, na verdade Dantès é um ótimo rapaz e, quando o vejo sentado perto de sua noiva, digo comigo que teria sido injusto lhe pregar a peça que vocês maquinavam ontem.

— Ao mesmo tempo — disse Danglars —, você viu que a coisa não foi adiante; esse coitado do sr. Fernand estava tão transtornado que no início me causara pena; mas a partir do momento em que toma partido, a ponto de ser o primeiro pajem das bodas de seu rival, não há mais nada a dizer.

Caderousse olhou para Fernand, que estava lívido.

— O sacrifício é ainda maior — continuou Danglars —, considerando que a moça é realmente bonita. Raios! Que malandrinho sortudo este meu futuro capitão; gostaria de me chamar Dantès apenas por doze horas.

— Vamos? — perguntou a voz suave de Mercedes. — Vai dar duas horas, e somos esperados às duas e quinze.

— Sim, sim, vamos! — disse Dantès, levantando-se prontamente.

— Vamos! — repetiram em coro todos os convidados.

No mesmo instante, Danglars, que não perdia Fernand de vista no parapeito da janela, viu-o abrir dois olhos ferozes, levantar-se como por um movimento convulsivo e recair sentado naquele apoio; quase simultaneamente, um barulho surdo ressoou na escada; a batida de um passo pesado, um rumor confuso de vozes misturadas a um retinir de armas cobriram as exclamações dos convidados, por mais ruidosas, e atraíram a atenção geral, que se manifestou no mesmo instante por um silêncio inquieto.

O barulho se aproximou: três batidas ressoaram no painel da porta; cada um olhou para seu vizinho de mesa com um ar espantado.

— Em nome da lei! — gritou uma voz vibrante, à qual ninguém respondeu.

Logo a porta se abriu e um comissário, inteiramente uniformizado, entrou na sala, seguido por quatro soldados armados e liderados por um major.

A preocupação deu lugar ao terror.

— Qual é o problema? — perguntou o armador, postando-se diante do comissário, a quem conhecia. — Com toda a certeza, cavalheiro, deve ser um engano.

— Se há engano, sr. Morrel — respondeu o comissário —, asseguro-lhe que será prontamente reparado. Enquanto isso, sou portador de um mandado de prisão e, embora seja com pesar que cumpro esta missão, nem por isso posso deixar de cumpri-la; qual dos senhores, cavalheiros, é Edmond Dantès?

Todos os olhares voltaram-se para o rapaz, que, muito emocionado mas mantendo a dignidade, deu um passo à frente e disse:

— Sou eu, cavalheiro, que deseja de mim?

— Edmond Dantès — disse o comissário —, em nome da lei, o senhor está preso!

— Preso! — exclamou Edmond com uma ligeira palidez. — Mas por que motivo?

— Ignoro-o, cavalheiro, mas ficará sabendo no primeiro interrogatório.

O sr. Morrel compreendeu que nada havia a fazer contra a inflexibilidade da situação: um comissário inteiramente uniformizado não é mais um homem, é a estátua da lei, fria, surda e muda.

O velho, ao contrário, precipitou-se para o oficial; há coisas que o coração de um pai ou de uma mãe nunca irá compreender.

Pediu e suplicou. Lágrimas e rogos de nada adiantaram; entretanto, seu desespero era tão grande que o comissário se comoveu.

— Tranquilize-se, cavalheiro — disse ele. — Talvez seu filho tenha negligenciado alguma formalidade alfandegária ou do departamento sanitário, e há grandes chances de que, quando tivermos recebido dele as informações devidas, ele seja recolocado em liberdade.

— Edmond Dantès, em nome da lei, o senhor está preso!

— E essa agora! Que significa isso? — perguntou Caderousse, franzindo o cenho, a Danglars, que simulava surpresa.

— E eu lá sei! — disse Danglars. — Estou como você: vejo o que acontece e não entendo nada, estou perplexo.

Caderousse procurou Fernand com os olhos: este havia sumido.

Toda a cena da véspera desenrolou-se então em seu espírito com uma terrível lucidez.

Parecia que a catástrofe acabava de levantar o véu que a embriaguez da véspera lançara entre ele e sua memória.

— Oh! Oh! — disse ele com uma voz rouca. — Seria isto a continuação da brincadeira de que você falava ontem, Danglars? Nesse caso, maldito seja quem a tiver maquinado, pois ela é bem triste.

— De jeito nenhum! — exclamou Danglars. — Você sabe muito bem que, pelo contrário, rasguei o papel.

— Não rasgou — disse Caderousse —, jogou-o num canto, só isso.

— Cale-se, você não viu nada, estava bêbado.

— Onde está Fernand? — perguntou Caderousse.

— E como eu vou saber! — respondeu Danglars. — Cuidando da vida, provavelmente. Mas, em vez de nos preocuparmos com isso, vamos ajudar os pobres aflitos.

Com efeito, durante essa conversa, Dantès apertara sorrindo a mão de todos os seus amigos e se constituíra prisioneiro, declarando:

— Fiquem tranquilos, o engano vai ser desfeito e não devo ir sequer para a prisão.

— Oh, com toda a certeza! Respondo por isso — disse Danglars, que, naquele momento, aproximava-se, como disséramos, do grupo principal.

Dantès desceu a escada, precedido do comissário de polícia e cercado pelos soldados. Um coche, cuja portinhola estava aberta, esperava na porta; ele entrou, dois soldados e o comissário seguiram-no; a portinhola se fechou e o coche tomou a estrada de Marselha.

— Adeus, Dantès! Adeus Edmond! — gritou Mercedes, agarrando-se na balaustrada.

O prisioneiro ouviu esse último grito, uma espécie de soluço que saiu do coração dilacerado de sua noiva; ele passou a cabeça pela portinhola e gritou: "Até breve, Mercedes!" e desapareceu em um dos ângulos do forte Saint-Nicolas.

— Esperem-me aqui — disse o armador —, vou embarcar no primeiro coche que encontrar, correr a Marselha e lhes trazer notícias.

— Vá! — gritaram todas as vozes. — Vá! E volte rápido!

Depois dessa dupla partida, reinou um momento de terrível estupor entre todos os que haviam ficado.

O velho e Mercedes permaneceram um tempo isolados, cada um com seu sofrimento. Por fim seus olhos se encontraram e, reconhecendo-se como duas vítimas atingidas pelo mesmo golpe, lançaram-se nos braços um do outro.

Nesse ínterim, Fernand voltou, serviu-se de um copo d'água, bebeu-o e foi sentar numa cadeira.

O acaso fez com que fosse na cadeira ao lado daquela em que Mercedes houve por bem se acomodar ao sair dos braços do velho.

Fernand, num gesto instintivo, recuou sua cadeira.

— Foi ele — disse Caderousse a Danglars, que não perdera o catalão de vista.

— Não acredito — respondeu Danglars —, ele estava idiotizado demais; em todo caso, que a tramoia recaia sobre quem a engendrou.

— Não está se referindo a quem o aconselhou — disse Caderousse.

— Ora — disse Danglars —, se todos fôssemos responsáveis por tudo que lançamos no ar!

— E somos, quando o que lançamos no ar cai como um punhal.

Enquanto isso, os grupos comentavam a detenção sob todos os aspectos.

— E o senhor, Danglars — disse uma voz —, qual sua opinião acerca desse incidente?

— Pode ser — disse Danglars — que ele tenha trazido algumas trouxas de mercadorias proibidas.

— Mas se fosse isso, o senhor deveria saber, sr. Danglars, já que o senhor era o contador.

— É verdade; mas o contador tem ciência apenas dos pacotes declarados. Sei que estamos carregando algodão, e só; que embarcamos a carga em Alexandria, com o sr. Pastret, e em Esmirna, com o sr. Pascal; não me pergunte mais.

— Oh, agora me lembro — murmurou o desafortunado pai, agarrando-se àquele fio de esperança —, ontem ele me disse que trouxera uma caixa de café e uma caixa de tabaco para mim.

— Aí está — disse Danglars —, é isso: durante a nossa ausência a aduana deve ter feito uma visita a bordo do *Pharaon* e descoberto o "vaso de flores".

Mercedes não acreditava em nada disso; até aquele momento represado, seu sofrimento explodiu subitamente em soluços.

— Vamos, vamos, esperança! — disse, sem saber muito o que dizia, o pai Dantès.

— Esperança! — repetiu Danglars.

— Esperança — Fernand tentou murmurar.

Mas essa palavra o estrangulava; seus lábios se agitaram, nenhum som saiu da sua boca.

— Senhores! — gritou um dos convivas que permanecera de vigia na balaustrada. — Senhores, um coche! Ah, é o sr. Morrel! Coragem, coragem! Provavelmente nos traz boas-novas.

Mercedes e o velho pai correram na direção do armador, que encontraram na porta. O sr. Morrel estava muito pálido.

— E então? — gritaram em coro.

— E então, meus amigos — respondeu o armador balançando a cabeça —, a coisa é mais grave do que pensamos.

— Oh, senhor — exclamou Mercedes —, ele é inocente!

— Acredito — respondeu o sr. Morrel —, mas está sendo acusado...

— De quê, afinal? — perguntou o velho Dantès.

— De ser um agente bonapartista.

Aqueles dos meus leitores que viveram na época em que se passa esta história irão se lembrar que terrível acusação representava então a que acabara de formular o sr. Morrel.

Mercedes soltou um grito; o velho deixou-se cair numa cadeira.

— Ah! — murmurou Caderousse. — O senhor me enganou e a armadilha foi estendida; mas não vou deixar esse velho e essa moça morrerem de dor, e vou contar tudo.

— Cale-se, desgraçado! — rugiu Danglars, segurando a mão de Caderousse. — Ou não respondo sequer por você; quem lhe disse que Dantès não é realmente culpado? O paquete fez escala na ilha de Elba, ele desembarcou, permaneceu um dia inteiro em Porto Ferraio; e, se por acaso encontrarem com ele alguma carta comprometedora, os que o tiverem defendido serão considerados cúmplices.

Caderousse, com o instinto rápido do egoísmo, compreendeu toda a solidez desse raciocínio; com o olhar esgazeado de medo e dor, observou Danglars e, se um passo dera para a frente, deu então dois para trás.

— Nesse caso vamos esperar — murmurou.

— Sim, vamos esperar — disse Danglars. — Se for inocente, será posto em liberdade; se for culpado, é inútil comprometer-se por um conspirador.

— Então vamos embora, não consigo ficar muito tempo por aqui.

— Sim, venha — disse Danglars, encantado por encontrar um companheiro de debandada —, vamos deixar que o tirem de lá como puderem.

Partiram. Fernand, que voltara a ser o arrimo da moça, tomou Mercedes pela mão e levou-a até os catalães. Os amigos de Dantès, por sua vez, acompanharam o velho quase desmaiado até sua casa na rua das Allées de Meilhan.

Não demorou muito para que o rumor da prisão de Dantès como agente bonapartista se espalhasse por toda a cidade.

— Consegue acreditar numa coisa dessas, meu caro Danglars? — perguntou o sr. Morrel, juntando-se ao seu contador e a Caderousse, pois ele próprio voltava para a cidade a toda pressa, a fim de obter alguma notícia de Edmond diretamente pelo substituto do procurador do rei, o sr. de Villefort, a quem conhecia de vista. — Consegue acreditar numa coisa dessas?

— Deus me perdoe — respondeu Danglars —, mas eu lhe havia dito que Dantès, sem motivo algum, fizera escala na ilha de Elba, e que essa escala, o senhor sabe, me parecera suspeita.

— Mas o senhor chegou a revelar essas suspeitas para alguém além de mim?

— Fui muito discreto, senhor — acrescentou baixinho Danglars. — O senhor sabe muito bem que por causa do seu tio, o sr. Policar Morrel, que serviu sob o outro e que não esconde seus pensamentos, o senhor é suspeito de sentir saudades de Napoleão; fiquei com medo de causar problemas para Edmond e, depois, para o senhor; há coisas que é dever de um subordinado dizer ao seu armador e esconder severamente dos demais.

— Muito bem, Danglars! Muito bem! — disse o armador. — O senhor é um bom rapaz; eu também tinha pensado no senhor, no caso de o coitado do Dantès ter se tornado capitão do *Pharaon*.

— Como assim, senhor?

— Sim, a primeira coisa que fiz foi perguntar a Dantès o que ele achava do senhor e se teria alguma repugnância em mantê-lo em seu posto; pois, não sei por quê, julguei notar certa frieza entre os senhores.

— E o que ele respondeu?

— Que acreditava efetivamente ter tido, numa circunstância que não me revelou, uns probleminhas com o senhor, mas que confiava em todos que contavam com a confiança do patrão.

— Hipócrita — sussurrou Danglars.

— Pobre Dantès! — disse Caderousse. — É com certeza um excelente rapaz.

— Sim, mas enquanto isso — disse o sr. Morrel —, eis o *Pharaon* sem capitão.

— Oh! — disse Danglars. — De toda forma temos que esperar, uma vez que só podemos levantar ferros daqui a três meses; de agora até lá, Dantès será libertado.

— Provavelmente, mas e até lá?

— Ora! Até lá aqui estou eu, sr. Morrel — disse Danglars. — O senhor sabe que conheço o manejo de um navio tão bem quanto qualquer capitão de longo curso; isso lhe dará inclusive uma vantagem, pois, ao utilizar os meus serviços, o senhor não ficará em débito com ninguém quando Edmond sair da prisão: ele reassumirá o seu posto e eu o meu, ponto final.

— Obrigado, Danglars — disse o armador —, realmente, isso concilia tudo. Tem a minha autorização para assumir o comando, e supervisione o desembarque: por maior que seja a catástrofe individual, os negócios nunca devem ser prejudicados.

— Fique tranquilo, senhor; mas será que pelo menos poderemos visitar o bom Edmond?

— Vou lhe dizer isso daqui a pouco, Danglars; tentarei falar com o sr. de Villefort e interceder junto a ele em favor do prisioneiro. Sei muito bem que ele é um monarquista fervoroso, mas, que diabos!, por mais realista e procurador do rei que seja, não deixa de ser um homem, e não acredito que seja mau.

— Não — disse Danglars —, mas ouvi dizer que é ambicioso, e isto realmente parece ser verdade.

— Enfim — disse o sr. Morrel, com um suspiro —, veremos. Vá para bordo, encontro o senhor daqui a pouco.

E deixou os dois amigos para tomar o caminho do Palácio de Justiça.

— Percebe o rumo que a coisa está tomando? — disse Danglars a Caderousse. — Continua com vontade de defender Dantès agora?

— Não, claro que não; mas não deixa de ser uma coisa terrível quando uma brincadeira tem tais consequências.

— Ora essa! Quem a planejou? Não fomos nem eu nem você, não é mesmo? Foi Fernand. Quanto a mim, sabe muito bem que joguei o papel fora: julgava inclusive tê-lo rasgado.

— Não, não — disse Caderousse. — Tenho certeza absoluta: vejo-o no canto do caramanchão, todo amassado, amarfanhado, e gostaria inclusive que continuasse lá onde o vejo!

— Que se pode fazer? Fernand deve tê-lo recolhido, Fernand deve tê-lo copiado ou mandado copiar, Fernand talvez sequer se tenha dado a esse trabalho; e acho... meu Deus! Será que ele usou minha própria letra! Felizmente disfarcei minha caligrafia.

— Mas então você sabia que Dantès era um conspirador?

— Eu não sabia de absolutamente nada. Como disse, achei que estava fazendo uma brincadeira, não outra coisa. Ao que parece, como Arlequim, eu disse a verdade fazendo uma piada.

— Tanto faz — continuou Caderousse —, eu daria tudo para que esse negócio não tivesse acontecido, ou pelo menos para não ter nada a ver com ele. Isso ainda vai nos trazer infelicidade, Danglars!

— Se trouxer infelicidade para alguém, será para o verdadeiro culpado, e o verdadeiro culpado é Fernand, e não nós. Que infelicidade quer que nos aconteça? Só temos de ficar quietos, sem dizer uma palavra sobre coisa alguma, e a tempestade passará sem que o raio caia.

— Amém! — disse Caderousse, fazendo um aceno de despedida para Danglars e dirigindo-se para a rua das Allées de Meilhan, balançando a cabeça e falando sozinho, como em geral o fazem as pessoas preocupadas.

— Bom! — disse Danglars. — As coisas vão tomando a forma que eu previra: eis-me capitão interino e, se esse imbecil do Caderousse conseguir ficar de bico fechado, capitão em definitivo. A não ser que a justiça liberte Dantès... Oh — acrescentou com um sorriso —, mas a justiça é a justiça, e coloco-me em suas mãos!

A essas palavras pulou para dentro de um bote, ordenando ao bateleiro que o conduzisse ao *Pharaon*, onde o armador, como sabemos, combinara de encontrar com ele.

6. O SUBSTITUTO DO PROCURADOR DO REI

Na rua do Grand-Cours, diante da fonte das Medusas, numa daquelas velhas casas de arquitetura aristocrática construídas por Puget[12], festejava-se também no mesmo dia, à mesma hora, um almoço de noivado.

Só que, em vez de os atores dessa outra cena serem pessoas do povo, marujos e soldados, pertenciam à nata da sociedade marselhesa. Eram velhos magistrados que haviam se exonerado do cargo sob o usurpador; antigos oficiais que haviam desertado de suas fileiras para ingressarem nas do exército de Condé[13]; pessoas jovens educadas pela família ainda intranquila quanto à sua subsistência apesar dos quatro ou cinco *remplaçants*[14] que pagara, no ódio por aquele homem cujos cinco anos de exílio deviam transformar num mártir e os quinze de Restauração, num deus.

Estava-se à mesa e a conversa fluía, borbulhante de todas as paixões, as paixões da época, paixões ainda mais terríveis, intensas e en-

12. Puget: Pierre-Paul Puget (1620-94). Pintor, escultor, arquiteto e engenheiro francês.

13. Exército de Condé ou exército dos Emigrados: pequena força militar contrarrevolucionária, formada pelos emigrados franceses na Alemanha, criada por Louis-Joseph de Bourbon, o oitavo príncipe de Condé.

14. *Remplaçants:* taxa que, na França, até 1872, permitia a alguém eximir-se do serviço militar. No caso pagar um *remplaçant* ("substituto") era uma forma de comprar segurança.

carniçadas no Midi, na medida em que, depois de quinhentos anos, os ódios religiosos[15] vinham acirrar os ódios políticos.

O imperador, rei da ilha de Elba após ter sido soberano de uma parte do mundo, reinando sobre uma população de cinco a seis mil almas depois de ouvir o grito de "Viva Napoleão!" dado por cento e vinte milhões de súditos e em dez línguas diferentes, era tratado ali como um homem definitivamente perdido para a França e para o trono. Os magistrados traziam à tona os equívocos políticos; os militares falavam de Moscou e de Leipzig[16]; as mulheres, de seu divórcio de Josefina. Parecia a esse mundo monarquista, jubiloso e triunfante não só pela queda do homem, mas pela destruição do princípio, que a vida recomeçava e que todos saíam de um pesadelo.

Um velho, condecorado com a cruz de São Luís, levantou-se e propôs aos seus convidados um brinde à saúde do rei Luís XVIII; era o marquês de Saint-Méran.

A esse *toast*, que lembrava ao mesmo tempo o exilado de Hartwell[17] e o rei pacificador da França, o rumor foi grande, as taças ergueram-se à maneira inglesa, as mulheres desvencilharam-se de seus buquês e abarrotaram a toalha. Foi um entusiasmo quase poético.

— Se aqui estivessem — disse a marquesa de Saint-Méran, mulher de olho seco, lábios finos, aspecto aristocrático e ainda elegante malgrado seus quarenta e três anos — todos aqueles revolucionários que nos caçaram e que, de nossa parte, deixamos conspirando tranquilamente nos nossos velhos castelos que eles compraram por um pedaço de pão sob o Terror; eles haveriam de convir que a verdadeira fidelidade estava do nosso lado, uma vez que nós, pelo menos, não abandonamos a monarquia em ocaso, ao passo que eles, ao contrário, saudavam o sol nascente e enchiam os bolsos, enquanto nós es-

---

15. "... ódios religiosos": em *Os crimes célebres*, tomos 5-6, Dumas evocou tais ódios em "Os massacres do Midi": "De 1551 a 1815, tudo era, da terra e até onde as nossas vistas alcançavam, ação e reação, vinganças e represálias; os anais religiosos do Midi não passam de um registro duplamente mantido pelo fanatismo mortal, escrito de um lado com o sangue dos católicos e de outro com o dos protestantes."

16. Moscou e Leipzig: a batalha de Borodino, também conhecida como de Moscou, ocorrida em 1812, foi a maior e mais sangrenta batalha de todas as Guerras Napoleônicas. Nela, apesar da vitória, as tropas francesas sofreram 58 mil baixas, entre elas quarenta e oito marechais. A batalha de Leipzig, ocorrida em 1813, também conhecida como batalha das Nações, travada entre franceses e um exército composto por várias nações aliadas, resultou em duro golpe à potência napoleônica.

17. Hartwell: castelo no condado de Buckinghamshire, na Inglaterra, onde o conde de Provence, no exílio, residiu de 1809 a 1814. Após a derrota de Napoleão, o conde restaurou a monarquia na França, sob o nome de Luís XVIII.

vaziávamos os nossos; eles haveriam de convir que nosso rei, o nosso, era realmente Luís o Bem-Amado, ao passo que o usurpador deles nunca passou de Napoleão, o Maldito: não acha, Villefort?

— Refere-se a quê, sra. marquesa? Perdão, eu não estava na conversa.

— Ora, deixe essas crianças, marquesa! — interveio o velho que erguera o *toast*. Elas vão se casar e muito naturalmente querem falar de outras coisas sem ser política.

— Peço-lhe perdão, mamãe — disse uma jovem e bela pessoa de cabelos louros, olhos de veludo embebidos num fluido de madrepérola —, e devolvo-lhe o sr. de Villefort, que sequestrei por um instante. Sr. de Villefort, minha mãe lhe dirige a palavra.

— Estou pronto a responder à marquesa caso ela se disponha a repetir a pergunta, que mal ouvi — disse o sr. de Villefort.

— Nós a perdoamos, Renée — disse a marquesa com um sorriso carinhoso, que deixava a todos admirados por florescer naquele rosto ressequido —, mas o coração da mulher é de tal maneira forjado que, por mais árido que se torne ao sopro dos preconceitos e às exigências da etiqueta, guarda sempre um recanto fértil e risonho: aquele que Deus dedicou ao amor materno. Nós a perdoamos... Agora, eu dizia, Villefort, que os bonapartistas não tinham nem a nossa convicção, nem o nosso entusiasmo, nem o nosso devotamento.

— Oh, marquesa, mas eles têm uma coisa que substitui tudo isso: é o fanatismo. Napoleão é o Maomé do Ocidente; para todos esses homens vulgares mas de ambições supremas, é não apenas um legislador e um senhor, mas também um modelo, o modelo da igualdade.

— Da igualdade! — exclamou a marquesa. — Napoleão, o modelo da igualdade! E que faria o senhor com Robespierre? O senhor parece roubar o lugar dele para entregá-lo ao Corso; ora, isso me parece muito mais que uma usurpação.

— De forma alguma, marquesa — disse Villefort —, deixo cada um no seu pedestal: Robespierre, na praça Luís XV[18], em seu cadafalso; Napoleão, na praça Vendôme[19], sobre sua coluna; apenas faria a ressalva de que um pro-

---

18. Praça Luís XV: destruída a estátua do rei Luís XV que havia no local, esta praça passou a se chamar praça da Revolução, tornando-se um centro de atividades revolucionárias, entre elas a decapitação na guilhotina dos membros da nobreza, pena ardorosamente defendida pelo líder revolucionário Maximilien de Robespierre (1758-94). Após o fim do Terror, nome dado a esta fase sangrenta da história francesa, foi rebatizada como praça da Concórdia (de la Concorde) em 1795.

19. Praça Vendôme: batizada com o nome de um hotel existente no local desde o séc.XVII, tem como principal característica a coluna homônima, erguida em 1810 para substituir uma estátua de Luís XIV, destruída pela Revolução. Esta coluna comporta um baixo-relevo

moveu a igualdade que degrada, ao passo que o outro, a igualdade que eleva; um puxou os reis para o nível da guilhotina, o outro elevou o povo ao nível do trono. Isso não quer dizer — acrescentou Villefort rindo — que ambos não sejam infames revolucionários e que o 9 Termidor[20] e o 4 de abril de 1814[21] não sejam ambos datas auspiciosas para a França e dignas de serem igualmente festejadas pelos amigos da ordem e da monarquia; mas isso também explica como, deposto como está para nunca mais se reerguer, espero, Napoleão conservou seus asseclas. Que quer, marquesa? Cromwell, que não passava da metade de tudo que foi Napoleão, também tinha os dele!

— Você sabia que as suas palavras, Villefort, cheiram a revolução a uma légua de distância? Mas vou perdoá-lo: ninguém é filho de girondino[22] sem conservar relento do terreiro.

Uma vermelhidão forte atravessou o rosto de Villefort.

— Meu pai era girondino, marquesa — replicou —, é verdade; mas meu pai não votou pela morte do rei; meu pai foi proscrito por esse mesmo Terror que a proscrevia, e pouco faltou para que não pusesse a cabeça no mesmo cadafalso que viu cair a cabeça do seu pai.

— Pode ser — disse a marquesa, sem que essa evocação ofensiva provocasse a menor alteração em seus traços —, mas seria por princípios diame-

---

helicoidal, no qual estão esculpidos os grandes eventos da campanha napoleônica de 1806, contra a Prússia. No topo da coluna, há uma estátua de Bonaparte. Retirada durante a Restauração da monarquia, a estátua voltou ao lugar em 1831.

20. 9 Termidor: o décimo primeiro mês do calendário republicano, que vigorou na França de 22 de setembro de 1792 a 31 de dezembro de 1805, correspondia geralmente ao período entre 19 de julho e 17 de agosto. Em 9 Termidor (27 de julho) do ano de 1794, a mais radical das facções revolucionárias, os jacobinos, sofreram um golpe duríssimo: o movimento popular entrou em franca decadência; foram extintas as prisões arbitrárias e os julgamentos sumários; todos os clubes políticos foram dissolvidos e os jacobinos passaram a ser perseguidos.

21. 4 de abril de 1814: a queda de Napoleão foi decidida no dia 2 de abril, pelo Senado francês, e proclamada no dia seguinte. No dia 4 o imperador ordenou a seus principais aliados militares que buscassem refúgio junto ao czar russo, que se opunha à ideia de exilá-lo numa ilha remota. No dia 6, abdicou.

22. Girondino: nome derivado da região francesa da Gironda, de onde provinham os principais líderes de um grupo político pró-revolução, mas moderado, chefiado por Jacques-Pierre Brissot (1754-93). Constituído, grosso modo, pela alta burguesia, os girondinos perderam a luta contra os jacobinos, em 1793, com a instauração do Comitê de Salvação Pública e o início do chamado Terror — período de feroz perseguição política aos "inimigos da revolução". Ao longo do romance o autor — por engano ou por opção posterior, pois não podemos esquecer que a obra foi publicada inicialmente em fascículos — vincula seu personagem a outra corrente política, a dos jacobinos. O chamado clube jacobino era formado por burgueses e intelectuais, mas eram apoiados pela classe média e por republicanos radicais, entre eles os *sans-cullotes*. Assumiu a liderança da Revolução após a execução de Luís XVI e permaneceu no poder até 1794.

tralmente opostos que os dois teriam ali subido, e a prova disso é que toda a minha família permaneceu fiel aos príncipes exilados, ao passo que seu pai correu para se juntar ao novo governo: se o cidadão Noirtier foi girondino, o conde Noirtier tornou-se senador.

— Mamãe, mamãe — advertiu Renée —, a senhora prometeu que não voltaríamos a evocar essas funestas lembranças.

— Senhora — respondeu Villefort —, junto-me à srta. de Saint-Méran para mui humildemente pedir-lhe o esquecimento do passado. Para que remoer coisas acerca das quais a vontade do próprio Deus é impotente? Deus pode mudar o futuro, não pode modificar o passado. O que podemos, nós homens, é tão somente renegá-lo ou pelo menos cobri-lo com um véu. Pois bem! Eu, de minha parte, separei-me não apenas do ponto de vista, como do nome de meu pai. Meu pai foi ou talvez ainda seja, quem sabe, bonapartista e chama-se Noirtier; já eu, sou realista e chamo-me Villefort. Deixe morrer no velho tronco um resto de seiva revolucionária e não veja, senhora, senão o broto que se afasta desse tronco, sem poder, e eu diria quase sem querer, dele desligar-se totalmente.

— Bravo, Villefort — disse o marquês —, bravo, boa resposta! Eu também sempre preguei à marquesa o esquecimento do passado, sem nunca obter sucesso; espero que seja mais feliz.

— Está bem — disse a marquesa —, esqueçamos o passado, não precisa pedir de novo, palavra; mas com a condição de Villefort ser inflexível daqui para a frente. Não esqueça, Villefort, que somos responsáveis pelo senhor perante Sua Majestade: que Sua Majestade, ela também, se dispôs a esquecer, por recomendação nossa — ela segurou a mão de Villefort —, como eu esqueço a seu pedido. Mas, se algum conspirador cair em suas mãos, pense que todos os olhares irão concentrar-se no senhor a partir do momento em que souberem que é de uma família talvez cúmplice desses conspiradores.

— Infelizmente, marquesa — disse Villefort —, minha profissão e, acima de tudo, a época em que vivemos me obrigam a ser severo. E o serei. Já tive que me defender de algumas acusações políticas, e, quanto a isso, apresentei minhas provas. Infelizmente ainda não terminamos o serviço.

— Acha?

— Receio. Napoleão na ilha de Elba está muito perto da França; sua presença quase à vista do nosso litoral alimenta a esperança dos rebeldes. Marselha está tomada por oficiais a meio-soldo[23] que, todos os dias, por um pretexto frívolo, provocam escaramuças com os monarquistas; ali, duelos entre pessoas de classes elevadas, acolá, assassinatos no povo.

---

23. Meio-soldo: expressão que designa aqueles que, embora servindo militarmente à monarquia recém-restaurada, continuavam simpatizantes de Napoleão.

— Sim — disse o conde de Salvieux, velho amigo do sr. de Saint-Méran e camarista do sr. conde de Artois —, sim, mas tem ciência de que a Santa Aliança[24] o está despejando?

— Sim, era o assunto quando saíamos de Paris — respondeu o sr. de Saint-Méran. — E para onde vão despachá-lo?

— Para Santa Helena.

— Santa Helena! Que é isso? — indagou a marquesa.

— Uma ilha situada a duas mil léguas daqui, do outro lado do equador — respondeu o conde.

— Já era hora! Como diz Villefort, foi uma grande loucura ter deixado um homem como este entre nós e a Córsega, onde ele nasceu, entre nós e Nápoles, onde o cunhado ainda reina[25], e defronte da Itália, que ele queria transformar em reino para o filho.

— Para nossa infelicidade — disse Villefort —, temos os tratados de 1814[26], e não podemos tocar em Napoleão sem desrespeitar esses tratados.

— Pois bem! Vamos desrespeitá-los — disse o sr. de Salvieux. — Porventura ele foi tão escrupuloso quando mandou fuzilar o duque d'Enghien[27]?

---

24. Santa Aliança: união entre os soberanos europeus que pretendiam manter o absolutismo como filosofia do Estado e sistema político dominante na Europa. A Santa Aliança foi firmada em 26 de setembro de 1815, em Paris, por Francisco I, imperador da Áustria, por Frederico Guilherme III, rei da Prússia, e pelo czar Alexandre I da Rússia.

25. "cunhado ainda reina": Joaquim Murat (1767-1815), marechal do império napoleônico, havia desposado Carolina Bonaparte, tornando-se rei de Nápoles a partir de 1808. Ao assinar um tratado de paz com a Áustria após a derrocada napoleônica, manteve-se no trono enquanto as potências estrangeiras deliberavam sobre seu destino. Governou até o ano de sua morte.

26. Tratados de 1814: em 1814 foram formalizados dois tratados relevantes. O primeiro, chamado de Fontainebleau e assinado em 11 de abril de 1814, consistia na renúncia forçada de Napoleão, enfraquecido no cenário político interno e derrotado militarmente pelas forças aliadas estrangeiras. Segundo os termos desse tratado, Napoleão permaneceria exilado na ilha de Elba, conservando o título de imperador e tendo direito a uma pensão de dois mil francos, além de uma escolta de quatrocentos militares (suas propriedades, entretanto, foram confiscadas pela Coroa). Disporia ainda de três milhões de francos e da ajuda eventual de seus familiares. Em 4 de maio, desembarcou em Elba, recebido com entusiasmo por seus habitantes. Sem recursos, pois a pensão não era paga, foi obrigado a se apropriar das modestas reservas de minério de ferro da ilha, cuja renda pertencia à Legião de Honra. O segundo tratado digno de nota foi o Tratado de Paris, assinado em 30 de maio de 1814, que estabelecia as indenizações a serem pagas pela França aos países vencedores.

27. Duque d'Enghien: Louis-Antoine-Henri de Bourbon-Condé (1772-1804), exilado na Alemanha pela revolução, era neto do criador do Exército de Condé e um de seus principais líderes. A despeito das normas do direito internacional, foi raptado por ordem de Napoleão em 15 de março de 1804, levado de volta à França, sumariamente julgado como conspirador e fuzilado.

O sr. de Villefort.

— Sim — disse a marquesa —, está combinado. A Santa Aliança liberta a Europa de Napoleão e Villefort liberta Marselha de seus partidários. Ou o rei reina ou não reina; se reina, seu governo deve ser forte e seus agentes, inflexíveis; é assim que se previne o mal.

— Infelizmente, marquesa — disse Villefort sorrindo —, um substituto do procurador do rei chega sempre depois de o mal já estar feito.

— Cabe então ao senhor repará-lo.

— Eu inclusive poderia lhe dizer, senhora, que não reparamos o mal, mas o vingamos, é simples.

— Oh, sr. de Villefort! — disse uma jovem e bonita pessoa, filha do conde de Salvieux e amiga da srta. de Saint-Méran. — Trate então de arranjar um belo processo enquanto estivermos em Marselha. Nunca assisti a um julgamento e dizem que é muito interessante.

— Muito interessante, com efeito, senhorita — disse o substituto —, pois não se trata de uma tragédia artificial, mas de um drama de verdade; não se trata de sofrimentos representados, são sofrimentos reais. Aquele homem que vemos ali, em vez de, ao cair do pano, voltar para casa, cear em família e dormir tranquilamente para recomeçar no dia seguinte, volta para a prisão onde encontra o carrasco. Tenha em mente que, para pessoas ansiosas por emoções, não há espetáculo igual. Fique tranquila, se as circunstâncias se apresentarem, será um prazer proporcioná-lo à senhorita.

— Ele nos dá arrepios... e ri! — comentou Renée, empalidecendo.

— Que remédio... é um duelo... Já pedi cinco ou seis vezes a pena de morte para acusados políticos e outros... Ora, quem sabe quantos punhais se afiam na sombra ou já estão dirigidos contra mim a esta hora?

— Oh, meu Deus — exclamou Renée, entristecendo cada vez mais —, está brincando conosco, sr. de Villefort?

— Não poderia estar falando mais sério, senhorita — prosseguiu o jovem magistrado, com um sorriso nos lábios. — E graças a esses magníficos processos com os quais a senhorita deseja satisfazer sua curiosidade, e os quais eu desejo, por minha vez, para satisfazer minha ambição, a situação não tende senão a se agravar. Todos os soldados de Napoleão, habituados a investir às cegas contra o inimigo, acha que eles pensam ao queimar um cartucho ou investir com a baioneta? Pois bem, será que vão pensar com mais cuidado antes de matar um homem que julgam seu inimigo pessoal do que para matar um russo, austríaco ou húngaro que nunca viram? Aliás, precisamos disso, veja bem; sem o quê, nossa profissão não teria nenhuma justificativa. Eu mesmo, quando vejo brilhar no olho do acusado o relâmpago luminoso da fúria, sinto-me encorajado, exalto-me: não é mais um processo, é uma batalha; luto contra ele, ele responde, ataco de novo e o combate termina, como todos os combates, com uma vitória ou uma derrota. Eis o que significa denunciar alguém! É o perigo da eloquência! Um acusado que sorrisse para mim depois da minha réplica me faria crer que falei mal, que o que eu disse foi pálido, sem vigor, insuficiente. Pense então na sensação de orgulho que experimenta um procurador do rei ao ver empalidecer e se inclinar seu culpado, sob o peso das provas e sob os trovões da sua eloquência! Cabeça que se abaixa, cabeça que cairá.

Renée soltou um gritinho.

— Isso é que é falar — disse um dos convidados.

— Eis o homem de que precisamos nos dias de hoje! — disse um segundo.

— A propósito — disse um terceiro —, o senhor esteve soberbo no seu último caso, meu caro Villefort. Lembra-se, o daquele homem que tinha assassinado o pai; pois bem, o senhor literalmente quase o matou antes que o carrasco tocasse nele.

— Oh, os parricidas! — disse Renée. — Oh, pouco me importa, não existe suplício suficientemente grande para esses homens; mas para os infelizes acusados políticos...!

— Mas isso é pior ainda, Renée, pois o rei é o pai da nação; querer derrubar ou matar o rei é querer matar o pai de trinta e dois milhões de homens.

— Oh, dá no mesmo, sr. de Villefort! — disse Renée. — Promete ser indulgente com aqueles que eu recomendar?

— Fique tranquila — disse Villefort, com seu sorriso mais encantador —, faremos nossas defesas juntos.

— Minha querida — disse a marquesa —, cuide dos seus beija-flores, dos seus totós e dos seus panos, mas deixe seu futuro esposo trabalhar. Por enquanto as armas descansam e a toga prevalece; há sobre isso um ditado latino de grande profundidade.

— *Cedant arma toga*[28] — disse Villefort, inclinando-se.

— Não está nos meus hábitos falar latim — respondeu a marquesa.

— Acho que preferia que o senhor fosse médico — disse Renée. — O anjo exterminador, por mais anjo que seja, sempre me assustou muito.

— Bondosa Renée! — murmurou Villefort, cobrindo a moça com um olhar amoroso.

— Minha filha — disse o marquês —, o sr. de Villefort será o médico moral e político desta província; acredite em mim, é um belo papel.

— E será um jeito de fazer esquecer o desempenhado pelo seu pai — alfinetou a incorrigível marquesa.

— Senhora — replicou Villefort com um sorriso resignado —, tive a honra de lhe dizer que meu pai, pelo menos assim o espero, havia abjurado os erros do passado; que se tornara um amigo cioso da religião e da ordem, melhor monarquista que eu, talvez; pois ele o seria com arrependimento, enquanto não o sou senão com paixão.

E depois dessa frase redonda, Villefort, para julgar do efeito de sua eloquência, observou os convidados, como, após uma frase equivalente, teria do palco observado a plateia.

— Pois bem, meu caro Villefort — disse o conde de Salvieux —, anteontem mesmo nas Tulherias eu respondia ao ministro da casa do rei, que pedia, digamos, uma certa satisfação quanto a essa singular aliança entre o filho de um girondino e a filha de um oficial do exército de Condé, e o ministro entendeu muito bem. Este é o sistema de fusão de Luís XVIII. Como se isso não bastasse, o rei, que, sem que desconfiássemos, escutava nossa conversa, nos interrompeu dizendo: "Villefort" — observem que o rei não pronunciou o nome Noirtier, ao contrário, enfatizou o Villefort —, "Villefort" — disse o rei então — "fará uma bela carreira; é um rapaz já amadurecido e que pertence ao meu universo. Soube com prazer que o marquês e a marquesa de Saint-Méran o tomaram como genro e eu lhes teria acon-

28. *Cedant arma toga*: "Que as armas cedam à toga". Citação de Cícero que exorta os militares a respeitar o poder civil, é extraída da obra *Dos deveres*, I, 22, 77. A frase se completa com "*concedat laurea linguae*", isto é, "que o louro ceda à língua".

selhado essa aliança caso não tivessem se adiantado e pedido permissão para homologá-la."

— O rei disse isso, conde? — exclamou Villefort, fascinado.

— Estou repetindo as próprias palavras dele, e, se o marquês quiser ser franco, admitirá que o que eu lhes conto neste momento coincide exatamente com o que o próprio rei disse quando lhe falou, há seis meses, de um projeto de casamento entre a filha dele e o senhor.

— É verdade — disse o marquês.

— Oh, serei para sempre grato a esse digno príncipe! O que eu não faria para servi-lo! — exclamou Villefort.

— O momento se apresentará — disse a marquesa. — É assim que gosto de vê-lo; imagino a recepção que daria a um conspirador se um lhe aparecesse agora.

— Pois eu, minha mãe — disse Renée —, rezo a Deus para que Ele não a escute e mande para o sr. de Villefort somente pequenos ladrões, débeis falências e tímidos trapaceiros; só assim dormirei tranquila.

— É como se a senhorita — disse Villefort rindo — desejasse para o médico enxaquecas, rubéolas e picadas de vespas, tudo coisa que não compromete senão a epiderme. Se quiser me ver procurador do rei, ao contrário, deseje-me daquelas terríveis doenças cujo tratamento honram um médico.

Nesse momento, e como se o acaso houvesse esperado apenas a emissão do desejo de Villefort para que tal desejo fosse realizado, um criado entrou e disse-lhe algumas palavras ao ouvido. Villefort deixou então a mesa, desculpando-se, e voltou instantes depois, a fisionomia aberta e os lábios sorridentes.

Renée olhou para ele com amor; pois, visto assim, com seus olhos azuis, sua tez fosca e as suíças negras emoldurando-lhe o rosto, era de fato um elegante e formoso rapaz. Com isso, o espírito inteiro da moça pareceu em suspenso na expectativa de que ele explicasse a causa de sua saída momentânea.

— Ora veja — disse Villefort —, ainda há pouco a senhorita ambicionava ter um médico como marido; pelo menos tenho essa semelhança com os discípulos de Esculápio[29] (ainda se falava assim em 1815): a hora presente nunca me pertence e há sempre alguém para me importunar até mesmo quando estou em sua companhia, até mesmo no almoço do meu noivado.

— E qual é o motivo de o haverem importunado, senhor? — perguntou a bela jovem com uma ligeira inquietação.

— Infelizmente, se fosse um doente, a julgar pelo que me disseram, seria um caso extremo. Mas dessa vez é apenas um caso grave, e a doença diz respeito ao cadafalso.

---

29. Esculápio: nome romano do deus grego Asclépio, divindade associada à medicina e às propriedades curativas em geral.

— Oh, meu Deus! — exclamou Renée, empalidecendo.

— Verdade? — perguntou uma voz entre os convidados.

— Simplesmente parece que acabaram de descobrir um pequeno complô bonapartista.

— Será possível? — perguntou a marquesa.

— Eis a carta de denúncia.

E Villefort leu:

> O senhor procurador do rei fica avisado, por um amigo do trono e da religião, que o assim chamado Edmond Dantès, imediato do navio *Pharaon*, recém-chegado de Esmirna esta manhã, antes de fazer escalas em Nápoles e Porto Ferraio, foi encarregado, por Murat, de uma carta para o usurpador, e pelo usurpador, de uma carta para o comitê bonapartista de Paris.
>
> A prova de seu crime pode ser obtida com sua detenção, pois a carta será encontrada com ele, ou na casa de seu pai, ou em sua cabine a bordo do *Pharaon*.

— Mas — disse Renée —, esta carta, que por sinal não passa de uma carta anônima, está endereçada ao sr. procurador do rei, e não ao senhor.

— Sim, mas o procurador do rei está ausente; em sua ausência a missiva chegou às mãos de seu secretário, que tinha como missão abrir as cartas; ele então abriu esta, mandou que me procurassem e, não me encontrando, deu ordens para a prisão.

— Ou seja, o culpado está preso — disse a marquesa.

— A senhora quer dizer o acusado — acudiu Renée.

— Sim, senhora — disse Villefort —, e, como eu tinha a honra de dizer ainda há pouco à srta. Renée, se a carta em questão for encontrada, o doente ficará muito doente.

— E onde está esse infeliz?

— Na minha casa.

— Vamos, meu amigo — disse o marquês —, não se exima de seus deveres para ficar conosco quando o serviço do rei o espera em outro lugar; portanto, vá aonde o serviço do rei o espera.

— Oh, sr. de Villefort — disse Renée, juntando as mãos em súplica —, seja indulgente; é o dia do seu noivado!

Villefort deu a volta na mesa e, aproximando-se da cadeira da moça, em cujo espaldar se apoiou, disse:

— Para poupá-la de uma preocupação, farei tudo que puder, querida Renée; mas se os indícios forem incontestáveis, se a acusação for procedente, serei obrigado a cortar essa erva daninha bonapartista.

Renée arrepiou-se à palavra *cortar*, afinal aquela erva que se pretendia cortar tinha uma cabeça.

— Bobagens! — disse a marquesa. — Não escute essa mocinha, Villefort, ela vai entender.

E a marquesa estendeu a Villefort uma mão seca que ele beijou ao mesmo tempo que olhava para Renée, dizendo-lhe com os olhos: "É sua mão que beijo, ou pelo menos queria beijar, neste momento."

— Tristes augúrios! — murmurou Renée.

— Na verdade — disse a marquesa —, a senhorita é de uma criancice desesperadora: pergunto-lhe simplesmente o que o destino do Estado pode ter a ver com seus caprichos sentimentais e as suscetibilidades do seu coração.

— Oh, mamãe! — suspirou Renée.

— Misericórdia para a monarquista desgarrada; sra. marquesa — disse Villefort —, prometo-lhe cumprir meu dever de substituto do procurador do rei conscienciosamente, isto é, sendo terrivelmente severo.

Porém, enquanto o magistrado dirigia estas palavras à marquesa, o noivo lançava um olhar furtivo para a noiva, e aquele olhar dizia: "Fique tranquila, Renée: em nome do seu amor, serei indulgente."

Renée respondeu a esse olhar com seu sorriso mais sedutor, e Villefort saiu com o paraíso no coração.

7. O INTERROGATÓRIO

Assim que Villefort viu-se fora da sala de jantar, desfez-se de sua máscara alegre para assumir a expressão grave de um homem chamado à suprema função que é pronunciar-se sobre a vida de seu semelhante. Ora, apesar da mobilidade de sua fisionomia, mobilidade que o substituto havia, como deve fazer um hábil ator, mais de uma vez estudado no espelho, dessa vez foi difícil para ele franzir o cenho e anuviar o rosto. Com efeito, salvo a lembrança da linha política seguida pelo seu pai, e que podia, se dele não se afastasse completamente, comprometer seu futuro, Gérard de Villefort estava tão feliz naquele momento quanto é dado a um homem sê-lo; já com fortuna própria, ocupava aos vinte e sete anos um posto elevado na magistratura, ia casar-se com uma jovem e bela pessoa a quem amava, não apaixonadamente, mas com a razão, como um substituto do rei pode amar, e sua noiva, a srta. de Saint-Méran, afora sua beleza, que era notável, pertencia a uma das famílias mais consideradas da corte na época; e além da influência de seus pais, que, não tendo outros filhos, podiam conservá-la inteirinha para o seu genro, trazia ainda para o marido um dote de cinquenta milhões de escudos, os quais, graças às esperanças[30], essa atroz palavra criada pelos alcoviteiros de casamento, poderia no futuro vir a ser acrescida de uma herança de meio milhão.

---

30. Esperanças: termo que, em francês (*espérances*), refere-se à herança a ser recebida por um casal; no caso, a fortuna dos pais da noiva.

Todos esses elementos reunidos formavam então para Villefort um montante de felicidade radiosa, a tal ponto que lhe parecia ver manchas no sol depois de contemplar por muito tempo sua vida íntima com a visão da alma.

Na porta, ele encontrou o comissário de polícia, que o aguardava. A visão do homem de preto logo o fez cair das alturas do terceiro céu sobre a terra material em que caminhamos; compôs seu rosto como dissemos e, ao aproximar-se do oficial de justiça, disse-lhe:

— Aqui estou, cavalheiro, li a carta, e o senhor fez bem em prender este homem; agora dê-me, sobre ele e sobre a conspiração, todos os detalhes que recolheu.

— Sobre a conspiração, senhor, nada sabemos ainda; todos os papéis confiscados com ele foram reunidos num maço único e depositados lacrados no seu gabinete. Quanto ao detento, o senhor viu na própria carta que o denuncia, é um tal de Edmond Dantès, imediato a bordo do três-mastros *Pharaon*, que fazia o comércio de algodão com Alexandria e Esmirna, pertencente à Casa Morrel & Filho, de Marselha.

— Ele serviu na marinha de guerra antes de servir na marinha mercante?

— Oh, não, senhor! É um rapaz muito jovem.

— Que idade?

— Dezenove ou vinte anos, no máximo.

Nesse momento, quando Villefort, seguindo a Grande-Rue, chegara à esquina da rua dos Conseils, um homem que parecia esperá-lo na passagem o abordou; era o sr. Morrel.

— Ah, sr. de Villefort! — exclamou o bom homem ao avistar o substituto. Fico muito feliz de encontrá-lo. Imagine que acabam de cometer o mal-entendido mais estranho, mais insólito: acabam de prender o imediato da minha embarcação, Edmond Dantès.

— Sei disso, cavalheiro — disse Villefort —, e vim para interrogá-lo.

— Oh, senhor — continuou o sr. Morrel, exaltado por sua amizade pelo rapaz —, o senhor não conhece o acusado, mas eu sim: imagine o homem mais delicado, o homem mais probo, eu quase ousaria dizer o homem mais cônscio de sua classe de toda a marinha mercante. Oh, sr. de Villefort! Eu o recomendo muito sinceramente e de todo o meu coração.

Villefort, como pudemos ver, pertencia ao partido nobre da cidade, e Morrel, ao partido plebeu; o primeiro era ultrarrealista, o segundo, suspeito de bonapartismo dissimulado. Villefort olhou desdenhosamente para o sr. Morrel e respondeu com frieza:

— Saiba, cavalheiro, que alguém pode muito bem ser delicado na vida privada, probo nas relações comerciais e bem-comportado em sua classe e nem assim deixar de ser um grande culpado, politicamente falando; sabia disso, não é mesmo, cavalheiro?

E o magistrado marcou estas últimas palavras como se quisesse aplicá-las ao próprio armador, enquanto seu olhar perscrutador parecia querer invadir o fundo do coração daquele homem, impertinente a ponto de interceder por um semelhante, quando devia saber que ele próprio precisava de indulgência.

Morrel corou, pois não sentia a consciência muito limpa no que se referia a opiniões políticas; além disso, a confidência que Dantès lhe fizera a respeito de sua entrevista com o grão-marechal e algumas palavras a ele dirigidas pelo imperador perturbavam um pouco seu espírito. Acrescentou, todavia, com o tom do mais profundo interesse:

— Eu lhe suplico, sr. de Villefort, seja justo como deve sê-lo, bondoso como sempre o é, e *devolva-nos* bem rápido esse pobre Dantès.

O *devolva-nos* soou revolucionário aos ouvidos do substituto do procurador do rei.

— He, he! — sussurrou ele consigo mesmo. — Devolva-nos... Seria esse Dantès filiado a alguma seita de carbonários[31], para que seu protetor empregue assim, sem pensar, a fórmula coletiva? Foi detido num bar, me disse, creio, o comissário; em numerosa companhia, acrescentou: deve ser alguma reunião clandestina.

Depois, bem alto:

— Cavalheiro — respondeu —, pode ficar absolutamente tranquilo, e não terá feito um apelo inútil à minha justiça se o indiciado for inocente; mas se, ao contrário, for culpado, vivemos numa época difícil, cavalheiro, em que a impunidade seria um exemplo fatal. Serei então obrigado a cumprir o meu dever.

E com isso, como chegara à porta de sua casa, encostada no Palácio de Justiça, entrou majestosamente, após ter cumprimentado com uma polidez de gelo o infeliz armador, que ficou como petrificado no lugar em que Villefort o deixara.

O vestíbulo encontrava-se abarrotado de policiais e agentes; no meio deles, escondido da vista, envolvido por olhares flamejantes de ódio, estava, de pé, calmo e imóvel, o prisioneiro.

Villefort atravessou o vestíbulo, lançou um olhar oblíquo para Dantès e, após ter pego um maço de papéis estendido por um agente, desapareceu dizendo:

— Tragam o prisioneiro.

Por mais rápido que tivesse sido aquele olhar, ele bastara para Villefort formar uma ideia do homem que ia interrogar: reconhecera inteligência na fronte larga e aberta, coragem no olhar fixo, na sobrancelha franzida, e since-

31. Carbonários: do italiano *carbonaro*, "carvoeiro". Assim eram chamados os membros de uma sociedade secreta e revolucionária fundada na Itália, por volta de 1810, mas que atuou também na França e na Espanha. Sua ideologia assentava-se em princípios libertários, fazendo-se notar por um marcado anticlericalismo, pelo combate à intolerância religiosa, ao absolutismo e pela defesa de ideais liberais. Era, portanto, pelo menos em tese, afinada com as regras gerais do Estado napoleônico.

ridade nos lábios grossos e entreabertos, que revelavam uma dupla fileira de dentes brancos de marfim.

A primeira impressão fora favorável a Dantès; mas Villefort ouvira tantas vezes, como um conselho profundamente político, que convinha desconfiar dos primeiros impulsos na medida em que estes procedessem, que aplicou esta máxima à sua impressão, sem levar em conta a diferença que havia entre impulso e impressão.

Sufocou então os bons instintos que desejavam penetrar seu coração para dali ganharem seu espírito, arrumou diante do espelho sua fisionomia dos grandes dias e sentou-se, soturno e ameaçador, à sua escrivaninha.

Um instante depois, Dantès entrou.

O rapaz continuava pálido, mas também calmo e sorridente. Cumprimentou seu juiz com uma polidez desenvolta, depois procurou com os olhos um assento, como se estivesse no salão do armador Morrel.

Foi somente então que deparou com o olho opaco de Villefort, o olho característico dos homens de palácio, que não querem que seus pensamentos sejam lidos e que fazem de seu olhar um vidro embaçado. Aquele olhar o informou de que estava diante da justiça, uma personagem de traços sombrios.

— Quem é o senhor e como se chama? — perguntou Villefort, folheando os papéis que recebera do agente ao entrar e que, depois de uma hora, já se avolumavam, tanto a corrupção das espionagens pespega-se rapidamente a esse corpo desgraçado que chamamos de réus.

— Meu nome é Edmond Dantès, senhor — respondeu o rapaz com uma voz calma e sonora. — Sou imediato a bordo do paquete *Pharaon*, que pertence aos srs. Morrel e filho.

— Sua idade? — continuou Villefort.

— Dezenove anos — respondeu Dantès.

— Que fazia no momento em que foi preso?

— Achava-me no almoço do meu próprio noivado, senhor — disse Dantès, com uma voz ligeiramente emocionada, tão doloroso era o contraste entre aqueles momentos de alegria e a lúgubre cerimônia que se consumava, entre a taciturna fisionomia do sr. de Villefort e a radiosa luz no rosto de Mercedes.

— Em seu almoço de noivado? — perguntou o substituto, estremecendo à sua revelia.

— Sim, senhor, estou prestes a me casar com uma mulher que amo há três anos.

Villefort, impassível como de costume, ficou entretanto abalado com a coincidência, e aquela voz emocionada de Dantès, surpreendido no meio de sua felicidade, ia tanger uma corda simpática no fundo de sua alma. Ele também estava feliz, e acabavam de perturbar sua felicidade para que contribuísse na destruição da alegria de um homem que, como ele, já quase tocava a felicidade.

"Essa abordagem filosófica", pensou, "causará grande efeito na minha volta ao salão do sr. de Saint-Méran", e articulou antecipadamente em seu

— Meu nome é Edmond Dantès, senhor.

espírito, enquanto Dantès aguardava novas perguntas, as palavras antitéticas com a ajuda das quais os oradores constroem frases ávidas por aplausos, que por vezes parecem uma verdadeira eloquência.

Articulado seu pequeno *speech* interior, Villefort sorriu para deleite próprio e, voltando a Dantès, disse:

— Continue, cavalheiro.

— Continuar o quê?

— A esclarecer a justiça.

— Que a justiça me diga sobre que ponto quer ser esclarecida, e lhe direi tudo que sei; entretanto — acrescentou por sua vez com um sorriso —, aviso-lhe que não sei muita coisa.

— O senhor serviu sob o usurpador?

— Estava para ser incorporado à marinha de guerra, quando ele caiu.

— Ouvi dizer que tem opiniões políticas exacerbadas — disse Villefort, a quem não haviam dito palavra sobre o assunto, mas que não se constrangia de fazer a pergunta como quem faz uma acusação.

— Minhas opiniões políticas, senhor? Ai de mim! É quase vergonhoso dizer, mas nunca tive o que chamam de uma opinião. Tenho apenas dezenove anos, como tive a honra de lhe dizer; não sei nada, não estou destinado a desempenhar papel nenhum; o pouco que sou e serei, se me concederem o posto que ambiciono, é ao sr. Morrel que deverei. Assim, todas as minhas opiniões, não direi políticas, mas privadas, limitam-se a três sentimentos: amo meu pai, respeito o sr. Morrel e adoro Mercedes. Eis, senhor, tudo que posso dizer à justiça; como vê, é de pouco interesse para ela.

À medida que Dantès falava, Villefort observava seu rosto ao mesmo tempo delicado e franco e sentia voltar à memória as palavras de Renée, que, sem o conhecer, pedira-lhe indulgência para o réu. Com a prática que o substituto já tinha do crime e dos criminosos, via, a cada palavra de Dantès, surgir a prova de sua inocência. Com efeito, aquele rapaz, poderíamos até dizer aquela criança, simples, espontânea, eloquente daquela eloquência do coração que nunca encontramos quando procuramos, cheio de afeição por todos, porque estava feliz e porque a felicidade torna bons até os maus, contagiava seu juiz com a doce afabilidade que transbordava de seu coração. Edmond demonstrava no olhar, na voz e no gesto, por mais rude e severo que Villefort tivesse sido com ele, apenas carícias e bondade para aquele que o interrogava.

— Que sorte — disse consigo Villefort —, eis um rapaz encantador, acho que não terei muita dificuldade para satisfazer Renée e obedecer à primeira recomendação que ela me fez: isso me valerá um bom aperto de mão diante de todos e um beijo delicioso num canto qualquer.

E a essa doce esperança o semblante de Villefort clareou; de maneira que, quando transmitiu os olhares de seu pensamento para Dantès, este, que acompanhara todas as evoluções de sua fisionomia, sorria como seu pensamento.

— Tem inimigos, senhor? — perguntou Villefort.

— Inimigos pessoais? — disse Dantès. — Para minha felicidade, sou muito pouca coisa para que minha posição os instigue. Quanto ao meu caráter, talvez um pouco veemente, tento sempre suavizá-lo para os meus subordinados. Tenho dez ou doze marujos sob minhas ordens: interrogue-os, senhor, e eles lhe dirão que gostam de mim e me respeitam não como um pai, sou muito jovem para isso, mas como um irmão mais velho.

— Mas, já que não há inimigos, talvez haja invejosos; o senhor ia ser nomeado capitão aos dezenove anos, o que é um posto elevado para alguém de sua condição; ia casar com uma bonita mulher que o ama, o que é uma felicidade rara em todas as castas da terra; são duas preferências do destino suscetíveis de provocar inveja.

— Sim, tem razão. O senhor deve conhecer os homens melhor que eu, é possível; mas, se esses invejosos estão entre os meus amigos, confesso que prefiro não os conhecer para não ser obrigado a odiá-los.

— O senhor está errado. É preciso sempre, tanto quanto possível, ver com clareza o que o cerca; na verdade, o senhor me parece um moço tão digno que, para ajudá-lo a se situar, violarei as regras de praxe da justiça e lhe mostrarei a denúncia que o traz perante mim: eis o papel incriminador. Reconhece a letra?

E Villefort tirou a carta do bolso e a apresentou a Dantès. Dantès olhou e leu. Sua fronte anuviou-se; ele disse:

— Não, senhor, não reconheço a letra; está disfarçada, e no entanto apresenta uma forma bem espontânea. Em todo caso, foi uma mão hábil que a traçou. Fico bem feliz — acrescentou, olhando para Villefort com gratidão — de estar lidando com um homem como o senhor, pois, com efeito, meu invejoso é um autêntico inimigo.

E no brilho que se irradiou dos olhos do rapaz ao pronunciar estas palavras, Villefort pôde discernir tudo que havia de violenta energia por trás daquela primeira mansuetude.

— E agora, vejamos — disse o substituto —, responda-me francamente, cavalheiro, não como um réu a seu juiz, mas como um homem numa posição equívoca responde a outro que se interessa por ele: que há de verdade nessa acusação anônima?

E Villefort lançou com asco na escrivaninha a carta que Dantès acabava de lhe devolver.

— Tudo e nada, senhor, e esta é a pura verdade, pela minha honra de marinheiro, pelo meu amor por Mercedes e pela vida do meu pai.

— Fale, cavalheiro — ordenou bem alto Villefort.

Depois acrescentou num sussurro: "Se Renée pudesse me ver, acho que ficaria contente comigo e não me chamaria mais de cortador de cabeças!"

— Pois bem! Quando partimos de Nápoles, o capitão Leclère foi vítima de uma febre cerebral; como não tínhamos médico a bordo e ele não queria parar em nenhum ponto do litoral, apressado que estava para chegar à ilha de Elba, sua doença piorou tanto que, perto do terceiro dia, percebendo que ia morrer, ele me chamou junto a si.

"— Caro Dantès — ele me disse —, jure pela sua honra que vai fazer o que vou lhe dizer; há os mais elevados interesses nisto.

"— Juro, capitão — respondi.

"— Ótimo! Quando, após a minha morte, assumir o comando desta embarcação na condição de imediato, o senhor irá fundear na ilha de Elba, desembarcar em Porto Ferraio, perguntar pelo grão-marechal e lhe entregar esta carta; é possível que ele lhe dê outra carta e o encarregue de uma missão. Essa missão, reservada para mim, o senhor a realizará no meu lugar e toda a honra por isso lhe caberá.

"— Farei como ordena, capitão, mas talvez não seja tão fácil quanto imagina chegar perto do grão-marechal.

"— Aqui está um anel que o senhor pedirá para lhe entregarem — disse o capitão — e que vencerá todos os obstáculos.

"E a estas palavras me entregou um anel.

"Bem a tempo: duas horas depois o delírio tomou conta dele; no dia seguinte estava morto."

— E que fez o senhor, então?

— O que devia fazer, senhor, o que qualquer um teria feito em meu lugar. Se os desejos de um moribundo são sagrados, entre os marujos os de um superior são ordens a serem cumpridas. Fiz vela rumo à ilha de Elba, onde cheguei no dia seguinte; ordenei que todos permanecessem a bordo e desci em terra sozinho. Como eu previra, criaram alguns empecilhos para me introduzirem junto ao grão-marechal; mas fiz com que lhe entregassem o anel que devia servir como sinal de reconhecimento e todas as portas abriram-se à minha passagem. Ele me recebeu, me interrogou sobre as últimas circunstâncias da morte do desventurado Leclère e, como este previra, entregou-me uma carta, a qual fui incumbido de levar pessoalmente a Paris. Prometi que o faria, pois isso significava realizar as últimas vontades do meu capitão. Aportei de volta, acertei rapidamente todos os negócios do navio; depois corri para ver minha noiva, que encontrei mais bela e amorosa do que nunca. Graças ao sr. Morrel, passamos por cima de todas as dificuldades eclesiásticas; enfim, senhor, eu estava, como lhe disse, no almoço do meu noivado, ia me casar dentro de uma hora e contava partir amanhã para Paris quando, por essa denúncia que agora o senhor parece desprezar tanto quanto eu, fui preso.

— Sim, sim — murmurou Villefort —, tudo isso me parece verdade; e, se o senhor for culpado, é pela imprudência; ainda que tal imprudência estivesse legitimada pelas ordens do seu capitão. Entregue-nos essa carta que lhe deram na ilha de Elba, dê-me sua palavra que vai se apresentar na primeira audiência e vá se juntar a seus amigos.

— Quer dizer que estou livre, senhor! — exclamou Dantès, no auge da alegria.

— Sim, tem apenas que me entregar essa carta.

— Ela deve estar consigo, senhor, pois estava junto com meus outros papéis e reconheci alguns deles nesse maço.

— Espere — disse o substituto a Dantès, que pegava suas luvas e seu chapéu —, espere; a quem a carta estava destinada?

— *Ao sr. Noirtier, rua Coq-Héron, em Paris.*

Um raio que se abatesse sobre Villefort não o teria atingido com golpe mais fulminante e imprevisto. Desmoronando novamente em sua poltrona, da qual se soerguera para alcançar o maço de papéis confiscados de Dantès, e folheando-o precipitadamente, dele retirou a carta fatal, sobre a qual lançou um olhar marcado por indescritível terror.

— Sr. Noirtier, rua Coq-Héron nº13 — murmurou, empalidecendo cada vez mais.

— Sim, senhor — respondeu Dantès, perplexo —, conhece-o?

— Não — respondeu Villefort afobadamente —, um fiel do servidor do rei não conhece conspiradores.

— Trata-se então de uma conspiração? — perguntou Dantès, que, após julgar-se livre, voltava a ser invadido por um terror mais intenso que o primeiro. — Em todo caso, senhor, como já lhe disse, eu ignorava completamente o teor da correspondência de que era o portador.

— Sim — respondeu Villefort, com uma voz surda —, mas sabe o nome daquele a quem era destinada.

— Para entregá-la eu mesmo, senhor, era preciso que o soubesse.

— E não mostrou essa carta a ninguém? — perguntou Villefort, ao mesmo tempo que a lia e empalidecia à medida que lia.

— A ninguém, senhor, palavra de honra!

— Ninguém sabe que o senhor era portador de uma carta proveniente da ilha de Elba e destinada ao sr. Noirtier?

— Ninguém, senhor, exceto quem me entregou a carta.

— É muito, ainda é muito! — murmurou Villefort.

A fronte de Villefort ia escurecendo mais e mais à medida que ele avançava para o fim; seus lábios brancos, suas mãos trêmulas, seus olhos ardentes incutiam as mais dolorosas apreensões no espírito de Dantès.

Após essa leitura, Villefort deixou a cabeça cair em suas mãos e permaneceu por um instante abatido.

— Oh, meu Deus! O que houve, senhor? — perguntou timidamente Dantès.

Villefort não respondeu, mas, ao cabo de alguns instantes, ergueu o semblante pálido e desfigurado, relendo a carta uma segunda vez.

— E diz que não sabia o que continha esta carta? — interpelou-o Villefort.

— Pela minha honra, repito, senhor — repetiu Dantès —, ignoro-o. Mas o que está sentindo, senhor? Meu Deus! Está passando mal; quer que eu toque a campainha, quer que chame alguém?

— Não, cavalheiro — disse Villefort, levantando-se de um pulo —, não se mexa, não diga uma palavra; sou eu quem dá as ordens aqui, não o senhor.

— Senhor, era apenas para ajudá-lo — desculpou-se Dantès, magoado.

— Não preciso de nada; uma exaltação passageira, só isso; preocupe-se consigo, não comigo, e responda.

Dantès aguardou o interrogatório anunciado por essa injunção, mas foi inútil: Villefort afundou de novo na poltrona, passou a mão gelada na testa reluzente de suor e, pela terceira vez, pôs-se a reler a carta.

— Oh! Se ele souber o que esta carta contém — murmurou — e vier a saber que Noirtier é pai de Villefort, estou perdido, perdido para sempre!

E de tempos em tempos observava Edmond, como se o seu olhar fosse capaz de romper aquela barreira invisível que represa no coração os segredos vigiados pela boca.

— Oh! Não resta mais nenhuma dúvida! — exclamou subitamente.

— Mas, em nome do céu, senhor! — exclamou por sua vez o infeliz rapaz. — Se duvida de mim, se suspeita de mim, interrogue-me, estou pronto a lhe responder.

Villefort fez um esforço supremo e, num tom que se pretendia firme, disse:

— Cavalheiro, do seu interrogatório resultam as mais graves acusações; logo, não sou soberano, como a princípio esperara, para lhe conceder a liberdade imediata; devo, antes de tomar essa medida, consultar o juiz de instrução. Em todo caso, o senhor pôde ver a maneira como o tratei.

— Oh, sim — exclamou Dantès —, e lhe agradeço, pois o senhor foi para mim mais um amigo que um juiz.

— Pois muito bem, cavalheiro! Terei de mantê-lo prisioneiro ainda por um certo tempo, o mais curto possível; a principal acusação contra o senhor é esta carta e, como pode ver...

Villefort aproximou-se da lareira, atirou a carta ao fogo e ali ficou até que esta se visse reduzida a cinzas.

— Como pode ver — continuou —, eu a destruí.

— Oh! — exclamou Dantès. — O senhor é mais que a justiça, o senhor é a bondade!

— Mas preste atenção — prosseguiu Villefort —, compreende que depois de um ato como este pode confiar em mim?

— Oh, senhor! Ordene e será obedecido.

— Não — disse Villefort, aproximando-se do rapaz —, não, não são ordens que quero lhe dar; veja bem, são conselhos.

— Fale, e me submeterei a eles como se fossem ordens.

— Vou mantê-lo até a noite aqui, no Palácio de Justiça; talvez outra pessoa venha interrogá-lo; repita o que o senhor me disse, mas nenhuma palavra acerca dessa carta.

— Juro, senhor.

Era Villefort quem parecia suplicar, era o réu que tranquilizava o juiz.

— Como vê — disse ele, lançando um olhar para as cinzas, que ainda conservavam a forma do papel e esvoaçavam acima das chamas —, agora essa carta está destruída, apenas o senhor e eu sabemos que ela existiu; portanto, ela não será apresentada ao senhor; por conseguinte, se a mencionarem, negue-a com veemência e estará salvo.

— Negarei, senhor, fique tranquilo — disse Dantès.

— Bem, bem! — disse Villefort, levando a mão ao cordão de uma campainha e logo detendo-se no momento de tocar:

— Era a única carta que trazia? — perguntou ele.

— A única.

— Jure.

Dantès estendeu a mão.

— Juro — disse ele.

Villefort tocou a campainha.

O comissário de polícia entrou.

Villefort aproximou-se do oficial público e disse-lhe algumas palavras ao ouvido; o comissário respondeu com um simples aceno da cabeça.

— Siga o cavalheiro — disse Villefort a Dantès.

Dantès inclinou-se, lançou um último olhar de gratidão a Villefort e saiu.

Mal a porta se fechou atrás dele, faltaram forças a Villefort, que caiu quase desmaiado na poltrona.

Então, no fim de um instante:

— Oh, meu Deus — murmurou —, de que dependem a vida e a fortuna...! Se o procurador do rei estivesse em Marselha, se o juiz de instrução tivesse sido chamado em meu lugar, eu estaria perdido; e esse papel, esse maldito papel me empurraria para o abismo. Ah, meu pai, meu pai, o senhor nunca deixará de ser um obstáculo à minha felicidade neste mundo, serei sempre obrigado a lutar contra o seu passado!

Em seguida, um fulgor inesperado e repentino pareceu atravessar o seu espírito e iluminou seu rosto; um sorriso desenhou-se na boca ainda crispada, os olhos esgazeados tornaram-se fixos e pareceram deter-se num pensamento.

— É isto — disse ele —, sim, a carta que devia causar minha perdição talvez venha a se constituir na minha fortuna. Em frente, Villefort, mãos à obra!

E, certificando-se de que o réu já deixara o vestíbulo, o substituto do procurador do rei saiu por sua vez e encaminhou-se celeremente para a casa de sua noiva.

8. O CASTELO DE IF

Ao atravessar o vestíbulo, o comissário de polícia fez um sinal para dois policiais, os quais se colocaram, um à direita, o outro à esquerda de Dantès; estes abriram uma porta, que se comunicava com os aposentos do procurador do rei no Palácio de Justiça; percorreram por algum tempo uma dessas galerias escuras, que causava arrepios em quem a atravessava, mesmo quando não se tinha qualquer motivo para tanto.

Assim como os aposentos de Villefort se comunicavam com o Palácio de Justiça, o Palácio de Justiça comunicava-se com a prisão, soturno monumento encostado no palácio, que, curiosamente, tem todas as janelas com vista para o campanário das Accoules, defronte.

Após várias curvas, Dantès viu abrir-se uma porta com uma escotilha de ferro; o comissário de polícia bateu, com um martelo de ferro, três marteladas que soaram para Dantès como se tivessem sido aplicadas em seu coração; a porta se abriu, os dois policiais empurraram ligeiramente o prisioneiro, que ainda hesitava. Dantès atravessou o temível umbral, e a porta voltou a se fechar ruidosamente atrás dele. Ele respirava um outro ar, um ar mefítico e pesado: estava na prisão.

Levaram-no para um quarto razoavelmente limpo, mas gradeado e trancado; ainda assim, o aspecto de seu alojamento não lhe deu muito medo. Ao contrário, as palavras do substituto do procurador do rei, pronunciadas com uma voz que parecera tão interessada a Dantès, ressoavam em seu ouvido como uma doce promessa de esperança.

Já eram quatro horas quando Dantès foi conduzido até aquele recinto. Estávamos, como dissemos, em 1º de março; o prisioneiro, portanto, logo se viu cercado pela noite.

Com a perda da visão, que acabava de se extinguir, sua audição se aguçou; ao menor rumor, convencido de que vinham libertá-lo, ele se levantava instantaneamente e dava um passo em direção à porta; mas o rumor logo se afastava, morrendo em outra direção, e Dantès voltava a cair em seu banco.

Finalmente, por volta das dez da noite, quando Dantès começava a perder a esperança, um novo barulho se fez ouvir, que lhe pareceu, dessa vez, dirigir-se à sua cela. Com efeito, passos retiniram no corredor e se detiveram à sua porta; uma chave girou na tranca, os ferrolhos rangeram e a maciça barreira de carvalho se abriu, revelando subitamente no quarto escuro a ofuscante luz de duas tochas.

À luz dessas duas tochas, Dantès viu brilharem os sabres e os mosquetões de quatro policiais.

Ao perceber aquele excesso de força, ele, que dera dois passos à frente, permaneceu imóvel no lugar.

— Vêm para me buscar? — perguntou Dantès.

— Sim — respondeu um dos policiais.

— Da parte do sr. substituto do procurador do rei?

— Acho que sim.

— Ótimo — disse Dantès —, estou pronto para acompanhá-los.

A convicção de que vinham buscá-lo da parte do sr. de Villefort tirava todo medo do infeliz rapaz: ele avançou então, calmo de espírito, com desenvoltura, e pôs-se espontaneamente no meio de sua escolta.

Um coche esperava na porta da rua, com o cocheiro na boleia e um suboficial sentado ao seu lado.

— Então é para mim esse coche? — perguntou Dantès.

— É para o senhor — respondeu um dos policiais —, entre.

Dantès quis fazer algumas observações, mas a portinhola se abriu e ele sentiu que o empurravam; não tinha possibilidade e sequer intenção de opor resistência, vendo-se num instante sentado no fundo do coche, entre dois policiais; os outros dois sentaram-se no banquinho da frente e a pesada máquina começou a chacoalhar fazendo um barulho sinistro.

O prisioneiro dirigiu os olhos para as janelas, que eram gradeadas: apenas mudara de prisão; a única diferença era que aquela chacoalhava e o transportava chacoalhando para um destino ignorado. Pelo vão das barras, que mal dava para passar a mão, Dantès não obstante reconheceu que passavam pela rua Caisserie e que, pelas ruas Saint-Laurent e Taramis, desciam rumo ao cais.

Dali a pouco avistou, através das barras, à sua volta, e das barras do monumento perto do qual se encontrava, brilhar as luzes da Consigne[32].

O coche parou, o suboficial desceu, aproximou-se do corpo de guarda; uma dúzia de soldados saiu e perfilou-se; Dantès observava seus fuzis reluzirem à luz dos postes do cais.

— Será por minha causa — perguntou-se — que mobilizaram tamanha força militar?

O suboficial, abrindo a portinhola, que fechava a chave, respondeu a essa pergunta sem precisar pronunciar uma palavra, pois Dantès viu, entre as duas fileiras de soldados, uma passagem aberta para ele que ia do coche até o porto.

Os dois policiais que estavam sentados no banco da frente saíram primeiro, o fizeram sair por sua vez, e aqueles que estavam ao seu lado o seguiram. Caminharam até um bote que um marinheiro da aduana mantinha perto do cais preso com uma corrente. Os soldados observaram Dantès passar com uma expressão de curiosidade perplexa. Num instante, foi instalado na popa do bote, ainda entre aqueles quatro policiais, enquanto o suboficial ocupava a proa. Um tranco violento afastou o barco da margem, quatro remadores remaram vigorosamente em direção ao Pilon. A um grito emitido do bote, a corrente que fecha o porto desceu e Dantès viu-se no que chamam de Frioul[33], isto é, fora do porto.

O primeiro impulso do prisioneiro, ao deparar com o ar livre, fora de alegria. O ar é quase a liberdade. Respirou então plenamente aquela brisa vivaz que carrega nas asas todas as misteriosas fragrâncias da noite e do mar. Não demorou, porém, a soltar um suspiro; passava diante daquele La Réserve onde fora tão feliz aquela manhã mesma, momentos antes de sua prisão, e onde, através da abertura ardente de duas janelas, o fragor alegre de um baile chegava até ele.

Dantès juntou as mãos, ergueu os olhos para o céu e rezou.

O bote continuava sua rota; havia passado a Tête de Mort[34], estava em face da enseada do Farol; ia dobrar a bateria, era uma manobra incompreensível para Dantès.

— Mas afinal para onde me levam? — perguntou a um dos gendarmes.

— Saberá daqui a pouco.

— Mas...

---

32. Consigne: edifício de arquitetura moderna e imponente onde se fazia a triagem dos viajantes a serem encaminhados à quarentena.

33. Frioul: arquipélago composto por duas ilhas que, unidas por um braço de terra, formam o porto de Frioul, conhecido como local onde se concentravam os doentes de peste, febre amarela, ou, nas palavras do próprio Dumas, onde ficava "a alfândega das pulgas".

34. Tête de Mort: brincadeira com Tête de Maure, ou "Cabeça de Mouro", antigo nome do cabo Farol.

— Estamos proibidos de lhe fornecer qualquer explicação.

Dantès era um pouco soldado: questionar subordinados a quem estava proibido responder pareceu-lhe coisa absurda, e se calou.

Então os pensamentos mais estranhos atravessaram seu espírito: como era impossível fazer uma viagem longa num bote daqueles, como não havia nenhuma embarcação ancorada aonde se dirigiam, imaginou que iriam largá-lo num ponto afastado da costa e lhe dizer que estava livre; não estava amarrado, não haviam feito nenhuma tentativa para algemá-lo, aquilo lhe parecia um bom augúrio; aliás, o substituto, tão excelente para ele, não lhe dissera que, se não pronunciasse o nome fatal Noirtier, não havia nada a temer? Villefort não destruíra na sua presença aquela carta perigosa, única prova que existia contra ele?

Esperou então, mudo e pensativo, tentando decifrar, com o olhar de marinheiro habituado às trevas e acostumado ao espaço, a escuridão da noite.

Haviam deixado para trás a ilha Ratonneau, onde brilhava um farol, e, navegando perto da costa, aproximaram-se da pequena baía dos catalães. Naquele ponto, os olhares do prisioneiro redobraram de intensidade: Mercedes estava ali, e a todo instante lhe parecia desenhar-se na margem escura a silhueta vaga e indecisa de uma mulher.

Como era possível que um pressentimento qualquer não avisasse a Mercedes que seu noivo passava a trezentos passos dela?

Uma luz solitária brilhava nos catalães. Interrogando a posição daquela luz, Dantès constatou que ela iluminava o quarto de sua noiva. Mercedes era a única que velava em toda a pequena colônia. Se gritasse bem alto, o rapaz poderia ser ouvido pela noiva.

Um falso pudor o reteve. Que diriam aqueles homens que o observavam, ouvindo-o gritar como um louco? Permaneceu então mudo, com os olhos fixos na luz distante.

Enquanto isso, o bote avançava; mas o prisioneiro não pensava no bote, pensava em Mercedes.

Uma elevação do terreno fez a luz desaparecer. Dantès voltou-se e percebeu que o bote distanciava-se da costa.

Enquanto observava, absorto em seus pensamentos, haviam substituído os remos pelas velas e o bote avançava agora impulsionado pelo vento.

Apesar da repugnância de Dantès em dirigir novas perguntas ao policial, aproximou-se dele e, pegando-lhe a mão, disse:

— Camarada, em nome de sua consciência e na sua condição de soldado, imploro que tenha piedade de mim e me responda. Sou o capitão Dantès, bom e leal francês, embora acusado de não sei que traição; para onde me levam? Fale e, palavra de marujo, submeto-me respeitosamente e me resigno à minha sorte.

O policial coçou a orelha e olhou para o colega. Este fez um movimento que queria dizer aproximadamente: "Parece-me que a esta altura não há inconveniente." Então o policial voltou-se de novo para Dantès:

— O senhor é marselhês e marinheiro — disse ele —, e me pergunta qual é o nosso destino?

— Sim, pois, pela minha honra, ignoro-o.

— Nem desconfia?

— Nada.

— Não é possível.

— Juro pelo que existe de mais sagrado no mundo. Responda então, por misericórdia!

— Mas e a ordem?

— A ordem não o proíbe de me informar o que saberei dentro de dez minutos, meia hora, talvez uma hora. Apenas me poupe, daqui até lá, de séculos de incerteza. Peço isso como se o senhor fosse meu amigo. Veja, não quero nem me revoltar nem fugir; aliás, não posso. Para onde vamos?

— A menos que esteja com uma venda nos olhos ou nunca tenha saído do porto de Marselha, deve pelo menos presumir para onde está indo...

— Não.

— Olhe à sua volta, então.

Dantès levantou-se, dirigiu com naturalidade os olhos para um ponto para o qual parecia se dirigir a embarcação e, a duzentos metros à sua frente viu-se erguer o rochedo negro e íngreme sobre o qual se assenta, como uma superfetação de sílex, o soturno castelo de If[35].

Aquela forma estranha, aquela prisão em torno da qual reina tão profundo terror, aquela fortaleza que há trezentos anos faz Marselha reviver lúgubres tradições, ao surgir assim repentinamente para Dantès, que nem sonhava com ela, teve o efeito que ao condenado à morte inspira a visão do cadafalso.

— Oh, meu Deus! — ele gritou. — O castelo de If! E que vamos fazer lá?

O policial sorriu.

— Mas não podem estar me levando até lá para ser aprisionado! — continuou Dantès. — O castelo de If é uma prisão do Estado, destinada exclusivamente aos grandes culpados políticos. Não cometi nenhum crime. Será que há algum tipo de magistrado no castelo de If?

— Suponho que haja apenas — disse o policial — o diretor, os carcereiros, uma guarnição e muros sólidos. Deixe disso, amigo, não faça cara de espanto; dessa forma o senhor me faria crer que agradece minha boa vontade zombando de mim.

---

35. Castelo de If: situado na ilha de mesmo nome, a três quilômetros de Marselha, foi construído entre 1524 e 1528, por ordem de Francisco I, como um posto avançado cujo intuito era proteger a cidade. Mais tarde, quando as preocupações territoriais desapareceram, foi transformado em prisão. Nela foram encerrados os protestantes franceses durante o período das guerras religiosas, bem como o Máscara de Ferro e o revolucionário Mirabeau.

Dantès apertou convulsivamente a mão do policial.

— Então por acaso sugere — disse ele — que estão me levando até o castelo de If para me aprisionar lá?

— É provável — disse o policial. — Mas de toda forma, camarada, não precisa me apertar tão forte.

— Sem outra investigação, sem outra formalidade?

— As formalidades foram cumpridas, a investigação foi encerrada.

— Então, apesar da promessa do sr. de Villefort...?

— Não sei se o sr. de Villefort lhe fez alguma promessa — disse o policial —, o que sei é que rumamos para o castelo de If. Mas que diabos está fazendo? Ei! Camaradas, alerta!

Num movimento rápido como um raio, que entretanto fora previsto pelo olho tarimbado do policial, Dantès quisera lançar-se ao mar; mas quatro punhos vigorosos o detiveram no momento em que seus pés deixavam o assoalho do barco.

Voltou a desmoronar no fundo da barca, uivando de raiva.

— Ótimo! — exclamou o policial, colocando-lhe um joelho sobre o peito. — Ótimo! É assim que o senhor mantém sua palavra de marujo? Vá confiar nas pessoas gentis! Pois bem, agora, caro amigo, se fizer um movimento, um único que seja, meto-lhe uma bala na cabeça. Descumpri minha primeira ordem, mas, lhe asseguro, não descumprirei a segunda.

E apontou efetivamente sua carabina para Dantès, que sentiu a ponta do cano em suas têmporas.

Num relance ele tivera a ideia de fazer aquele movimento proibido e terminar assim, violentamente, com a desgraça inesperada que se abatera sobre ele e o arrebatara de súbito com suas garras de abutre. Mas, justamente, porque era inesperada, Dantès julgou que aquela desgraça não podia ser duradoura; e as promessas do sr. de Villefort voltaram-lhe à mente; e então, por fim, aquela morte no fundo de um barco, pelas mãos de um policial, pareceu-lhe atroz e sumária.

Desmoronou então novamente no assoalho da embarcação, soltando um uivo de raiva e roendo as unhas com furor.

Quase no mesmo instante um choque violento sacudiu o bote. Um dos bateleiros saltou para a pedra que o pequeno barco acabava de tocar, uma corda rangeu, desenrolando-se em torno de uma polia, e Dantès compreendeu que haviam chegado e amarravam o esquife.

Com efeito, seus guardiões, que o seguravam ao mesmo tempo pelos braços e pelo colete de sua roupa, forçaram-no a se levantar, obrigaram-no a descer em terra e o arrastaram até os degraus que levam à porta da cidadela, enquanto o suboficial, armado com um mosquete de baioneta, seguia-o logo atrás.

Dantès, em todo caso, não tentou nenhuma resistência inútil; sua lentidão era antes resultado de inércia que de oposição; estava aturdido e vacilante como um homem bêbado. Viu mais soldados escalonados ao longo da rampa, sentiu as escadas obrigando-o a erguer os pés, percebeu que passava sob uma porta e que aquela porta fechava-se atrás dele, mas isso tudo mecanicamente, como através da neblina, sem nada discernir de efetivo. Não via sequer o mar, tal é a imensa angústia dos prisioneiros, que contemplam o espaço com a terrível sensação de serem incapazes de percorrê-lo.

Fizeram alto por um instante, durante o qual tentou se acalmar. Olhou ao redor: estava num pátio quadrado, formado por quatro altas muralhas. Ouvia-se o passo lento e regular das sentinelas e, a cada vez que elas passavam diante de dois ou três reflexos, projetados por duas ou três luzes bruxuleantes que brilhavam no interior do castelo, via-se cintilar o cano de seus fuzis.

Aguardaram cerca de dez minutos. Certos de que Dantès não poderia mais fugir, os policiais o haviam soltado. Pareciam esperar ordens; essas ordens chegaram.

— Onde está o prisioneiro? — perguntou uma voz.

— Aqui — responderam os policiais.

— Que ele me siga. Irei conduzi-lo à sua cela.

— Vá — disseram os policiais, empurrando Dantès.

O prisioneiro foi atrás de seu guia, que efetivamente o conduziu até um recinto quase subterrâneo, cujas muralhas nuas e suadas pareciam impregnadas de um vapor de lágrimas. Uma espécie de lampião pousado sobre um banquinho alto, e cuja mecha boiava numa gordura fétida, iluminava as paredes lustrosas daquela aterrorizante morada, revelando a Dantès os traços de seu guia, espécie de carcereiro subalterno, malvestido e com cara de poucos amigos.

— Este é o seu quarto para esta noite — disse ele. — Já é tarde, o sr. diretor está dormindo. Amanhã, quando ele acordar e tiver tomado conhecimento das ordens referentes ao senhor, talvez decida mudá-lo de cela; enquanto isso, pegue esse pão, há água nessa jarra, palha ali embaixo num canto: é tudo que um prisioneiro pode desejar. Boa noite.

E antes que Dantès sonhasse em abrir a boca para lhe responder, antes que tivesse notado onde o carcereiro colocara o pão, antes que se desse conta do lugar onde estava a jarra, antes que tivesse voltado os olhos para o canto onde o esperava a palha destinada a lhe servir de cama, o carcereiro pegara o lampião e, fechando a porta, roubara do prisioneiro aquele reflexo lívido que lhe mostrara, como à luz de um raio, os muros encharcados de sua prisão.

Foi quando se viu sozinho nas trevas e no silêncio, tão mudo e tão sombrio quanto aquelas abóbadas, cujo frio glacial sentia abater-se sobre sua testa febril.

Quando os primeiros raios do dia levaram um pouco de claridade àquele antro, o carcereiro voltou com a ordem de deixar o prisioneiro onde estava. Dantès não se movera. Uma mão de ferro parecia tê-lo pregado no mesmo lugar onde ele estacara na véspera. Apenas seu olhar profundo se escondia sob uma comissura causada pelo vapor úmido de suas lágrimas. Ele permanecia imóvel e olhava para o chão.

Passara assim a noite inteira, de pé e sem dormir um só instante.

O carcereiro aproximou-se dele, contornou-o, mas Dantès pareceu não perceber.

Bateu em seu ombro, Dantès estremeceu e balançou a cabeça.

— Então não dormiu? — perguntou o carcereiro.

— Não sei — respondeu Dantès.

O carcereiro olhou para ele com espanto.

— Não está com fome? — continuou.

— Não sei — repetiu Dantès.

— Quer alguma coisa?

— Quero ver o diretor.

O carcereiro arriou os ombros e saiu.

Dantès seguiu-o com os olhos, estendeu as mãos para a porta entreaberta, mas a porta tornou a se fechar.

Então seu peito pareceu rasgar-se num longo soluço. As lágrimas que o sacudiam tornaram-se dois riachos; Dantès arrojou-se com a testa no chão e rezou longamente, repassando em seu espírito toda a sua vida pregressa e perguntando a si mesmo que crime cometera nesta vida, tão jovem ainda, para merecer tão cruel punição.

O dia transcorreu assim. Mal deu algumas mordidas no pão e bebeu algumas gotas de água. Ora ficava sentado e absorto em seus pensamentos, ora rodopiava como um animal selvagem trancado numa jaula de ferro.

Uma ideia o transtornava acima de tudo: a de que, durante a travessia, quando, ainda ignorando para onde o levavam, ficara tão calmo e tranquilo, ele teria podido, dez vezes, se jogar no mar e, uma vez na água, graças aos seus dons de nadador, graças a esse hábito que o fazia um dos mais hábeis mergulhadores de Marselha, desaparecer sob a água, escapar de seus guardiões, alcançar a costa, fugir e se esconder em alguma angra deserta, esperar um navio genovês ou catalão, chegar à Itália ou à Espanha, e de lá escrever para Mercedes para que fosse ao seu encontro. Quanto à sua subsistência, não se preocupava com ela: havia escassez de bons marujos em toda parte; ele falava italiano como um toscano, espanhol como um filho da Velha Castela; teria podido viver livre, feliz, com Mercedes e seu pai, pois seu pai iria juntar-se a eles. Mas a realidade era que estava prisioneiro no castelo de If, naquela prisão intransponível, sem saber o que aconteceria com seu pai, ou com Mercedes, e tudo isso porque acreditara na palavra de Villefort. Era de enlouquecer; por isso Dantès rolava furioso sobre a palha fria que o carcereiro lhe trouxera.

No dia seguinte, na mesma hora, o carcereiro reapareceu.

— E então — perguntou-lhe —, a razão já lhe voltou hoje?

Dantès não respondeu.

— Vamos — disse o primeiro —, um pouco de coragem! Quer alguma coisa que esteja ao meu alcance? Vamos, fale.

— Quero falar com o diretor.

— Arre! — disse o carcereiro com impaciência. — Já lhe disse que isso é impossível.

— Por que impossível?

— Porque, pelos regulamentos da prisão, isso não é permitido a um prisioneiro.

— O que é permitido aqui, então? — perguntou Dantès.

— Uma comida melhor, pagando-se por ela, o passeio e, às vezes, livros.

— Não preciso de livros, não tenho vontade nenhuma de passear e acho minha comida boa; quero apenas uma coisa: ver o diretor.

— Se continuar a me aborrecer repetindo sempre a mesma coisa — disse o carcereiro —, não lhe trarei mais comida.

— Muito bem — disse Dantès —, se não me trouxer mais comida, morrerei de fome, ponto final!

A ênfase com que Dantès pronunciou estas palavras demonstrou ao carcereiro que seu prisioneiro ficaria feliz em morrer; ora, como cada prisioneiro, na ponta do lápis, gera aproximadamente dez *sous*[36] diários a seu respectivo carcereiro, o de Dantès calculou o prejuízo que aquela morte acarretaria para ele, e prosseguiu num tom mais ameno:

— Escute: o que o senhor deseja é impossível; não me peça isso de novo, pois não há precedente no qual, após semelhante pedido, o diretor tenha vindo à cela de um prisioneiro; porém, pense bem, os passeios lhe serão permitidos, e é possível que, um dia, enquanto estiver passeando, o diretor passe por lá; então o senhor poderá interrogá-lo e, se ele quiser responder, isto é com ele.

— Mas — disse Dantès — quanto tempo posso ter que esperar sem que esse acaso se apresente?

— Ah, sei lá! — disse o carcereiro. — Um mês, três meses, seis meses, um ano talvez.

— É muito tempo — disse Dantès. — Quero vê-lo imediatamente.

— Ei — disse o carcereiro —, não se entregue assim a um único desejo impossível, ou antes de quinze dias estará louco.

— Ah! Acredita nisso? — perguntou Dantès.

— Sim, louco; a loucura sempre começa assim. Temos um exemplo disso aqui: foi oferecendo sem parar um milhão ao diretor, caso este se dispusesse a libertá-lo, que o abade que se alojava nessa cela antes do senhor ficou desmiolado.

---

36. *Sou*: um vinte avos de um franco, ou seja, cinco cêntimos.

— Escute, não sou abade e não estou louco.
Pode ser que eu enlouqueça…

— E há quanto tempo ele deixou essa cela?

— Há dois anos.

— Foi posto em liberdade?

— Não, foi posto no calabouço.

— Escute — disse Dantès —, não sou abade e não estou louco. Pode ser que eu enlouqueça, mas infelizmente, no presente momento, ainda estou com meu juízo sob controle; vou lhe fazer outra proposta.

— Qual?

— Não vou lhe oferecer um milhão, pois não o possuo; mas ofereço cem escudos[37] se, na primeira vez que viajar a Marselha, for até os catalães e entre-

---

37. "cem escudos": um *écu* valia três *livres*; daí o carcereiro falar em "trezentas libras" em sua réplica.

gar uma carta a uma moça chamada Mercedes; não é sequer uma carta, duas linhas apenas.

— Se eu levasse essas duas linhas e fosse descoberto, perderia meu lugar, que me valem mil libras por ano, sem contar benefícios e alimentação; dá para ver que eu seria um grande imbecil me arriscando a perder mil libras para ganhar trezentas.

— Pois ouça e guarde bem o seguinte! — disse Dantès. — Caso se recuse a levar duas linhas a Mercedes ou a pelo menos avisá-la de que estou aqui, um dia o espero escondido atrás desta porta e, quando você entrar, quebro sua cabeça com esse banco.

— Ameaças! — exclamou o carcereiro, dando um passo atrás e pondo-se na defensiva. — Realmente o senhor perdeu a cabeça; o abade começou assim, daqui a três dias o senhor estará louco de pedra, como ele; felizmente, temos os calabouços no castelo de If.

Dantès pegou o banco e o girou em torno da cabeça.

— Calma! Calma! Muito bem! Já que exige absolutamente, vamos avisar ao diretor.

— Já não era sem tempo! — disse Dantès, pousando o banco no chão e sentando-se nele, a cabeça baixa e os olhos esgazeados, como se realmente tivesse perdido a razão.

O carcereiro saiu e, um instante mais tarde, voltou a entrar com quatro soldados e um caporal.

— Por ordem do diretor — disse ele —, desçam o prisioneiro para um andar abaixo.

— Para o calabouço então — disse o caporal.

— Para o calabouço: loucos têm que ficar com loucos.

Os quatro soldados apoderaram-se de Dantès, que caiu numa espécie de atonia e os acompanhou sem resistência.

Fizeram-no descer quinze degraus e abriram a porta de uma masmorra, onde ele entrou murmurando:

— Ele tem razão, loucos têm que ficar com loucos.

A porta se fechou e Dantès avançou com as mãos estendidas até sentir a parede; sentou-se então num canto e permaneceu imóvel, enquanto seus olhos habituavam-se pouco a pouco à escuridão e começavam a distinguir os objetos.

O carcereiro tinha razão, faltava muito pouco para Dantès enlouquecer.

9. A NOITE DO NOIVADO

Villefort, como dissemos, retomou o caminho para a praça do Grand-Cours, e, ao entrar na casa da sra. de Saint-Méran, encontrou os convidados que deixara à mesa agora no salão, tomando o café.

Renée o esperava com uma impaciência que era partilhada por todo o restante do grupo. Assim, foi recebido com uma exclamação geral:

— E então! Decepador de cabeças, defensor do Estado, Brutus[38] monarquista! — exclamou um. — O que aconteceu? Conte-nos!

— Afinal, estamos ameaçados por um novo Terror? — perguntou outro.

— O ogro da Córsega teria deixado a caverna? — perguntou um terceiro.

— Sra. marquesa — disse Villefort, aproximando-se de sua futura sogra —, peço-lhe desculpas por ter sido obrigado a deixá-la dessa forma... Sr. marquês, poderia ter a honra de lhe dizer duas palavras em particular?

— Ah! Mas então é realmente grave? — perguntou a marquesa, notando a nuvem que pairava sobre ele.

---

38. Brutus: Lucius Junius Brutus, fundador da república na Roma antiga, viveu no séc.VI a.C. e presidiu, como magistrado, a execução de seus dois filhos, por estes haverem conspirado pelo restabelecimento da monarquia.

— Tão grave que me vejo obrigado a me ausentar por alguns dias. Portanto — continuou, voltando-se para Renée —, penso que é possível constatar que a coisa é grave.

— Vai se ausentar, senhor? — exclamou Renée, incapaz de esconder a emoção que lhe causava aquela notícia inesperada.

— Infelizmente, sim, senhorita — respondeu Villefort. — É imprescindível.

— E aonde vai afinal? — perguntou a marquesa.

— Segredo de justiça, senhora; entretanto, se alguns dos senhores tiverem encomendas para Paris, possuo um amigo que partirá esta noite e delas se encarregará com prazer.

Entreolharam-se todos.

— O senhor havia pedido para conversarmos rapidamente? — perguntou o marquês.

— Sim, passemos ao seu gabinete, por obséquio.

O marquês pegou o braço de Villefort e saiu com ele.

— E então? — perguntou este chegando ao seu gabinete. — O que está acontecendo afinal? Fale.

— Coisas que julgo da maior gravidade e que exigem minha partida imediata rumo a Paris. Agora, marquês, desculpe-me a indiscreta brutalidade da pergunta, mas o senhor possui títulos do Tesouro?

— Toda a minha fortuna está nesses papéis; entre seiscentos e setecentos mil francos aproximadamente.

— Pois bem, venda, marquês, venda ou ficará arruinado.

— Mas como quer que eu venda daqui?

— O senhor tem um corretor de valores, não tem?

— Sim.

— Dê-me uma carta para ele; que ele venda sem perder um minuto, sem perder um segundo; talvez inclusive eu chegue tarde demais.

— Diabos! — disse o marquês. — Não podemos perder tempo.

E pôs-se à mesa e escreveu uma carta a seu corretor de valores, na qual lhe ordenava que vendesse a qualquer preço.

— Agora que tenho esta carta — disse Villefort, apertando-a carinhosamente em sua carteira —, preciso de outra.

— Para quem?

— Para o rei.

— Para o rei?

— Sim.

— Mas não me atrevo a escrever assim a Sua Majestade.

— Então não será ao senhor que vou pedi-la, mas encarrego-o de pedi-la ao sr. de Salvieux. Ele precisa munir-me de uma carta que me dê acesso a Sua Majestade sem ser submetido a todas as formalidades da solicitação de uma audiência, que podem me fazer perder um tempo precioso.

— Mas não conhece o ministro da Justiça, que tem acesso às Tulherias e por intermédio de quem pode chegar ao rei noite e dia?

— Sim, sem dúvida, mas para que dividir com outro o mérito da notícia de que sou portador? Compreende? Naturalmente, o ministro da Justiça me relegaria ao segundo plano e me confiscaria todo o mérito da coisa. Digo-lhe apenas uma coisa, marquês: se eu chegar primeiro às Tulherias, minha carreira estará garantida, pois terei prestado um serviço ao rei que não lhe será permitido esquecer.

— Nesse caso, meu caro, vá fazer as malas; quanto a mim, chamo Salvieux e obtenho dele a carta que lhe servirá de salvo-conduto.

— Ótimo, não demore, pois em quinze minutos devo estar a caminho.

— Mande seu coche estacionar na porta.

— Certamente. O senhor se desculpará por mim junto à marquesa, não é mesmo? E também com a srta. de Saint-Méran, que abandono com grande pesar num dia como este.

— Encontrará a ambas no meu gabinete e poderá fazer suas despedidas.

— Se eu chegar primeiro às Tulherias, minha carreira estará garantida.

— Mil vezes obrigado; trate de obter a minha carta.

O marquês tocou a campainha; um criado apareceu.

— Diga ao conde de Salvieux que estou à espera dele... Agora, vá — continuou o marquês, dirigindo-se a Villefort.

— É só o que faço: ir e vir.

E Villefort saiu na disparada; mas na porta julgou que um substituto do procurador do rei visto caminhando precipitadamente correria o risco de perturbar o repouso de toda uma cidade; retomou então seu ritmo normal, de completa solenidade.

À porta de sua casa, percebeu na penumbra uma espécie de fantasma branco, que o esperava de pé e imóvel.

Era a bela jovem catalã, que, sem notícias de Edmond, saíra à meia-noite das cercanias do Farol para saber os motivos da detenção de seu noivo.

Quando Villefort se aproximou, ela desgrudou do muro no qual estava recostada e lhe obstruiu o caminho. Dantès havia mencionado sua noiva ao procurador do rei, e Mercedes não precisou se identificar para Villefort saber de quem se tratava. Mas o substituto ficou surpreso com a beleza e a dignidade daquela mulher, e, quando ela perguntou pelo paradeiro de seu noivo, pareceu-lhe que era ele o indiciado e ela, o juiz.

— O homem de que fala — disse bruscamente Villefort — é um grande culpado, e nada posso fazer por ele, senhorita.

Mercedes deixou escapar um soluço, e, como Villefort fazia menção de seguir adiante, ela o deteve mais uma vez.

— Mas onde ele está? — perguntou a catalã. — Ao menos assim poderei informar-me se está morto ou vivo.

— Não sei, isto já não é mais da minha alçada — respondeu Villefort.

Então constrangido com aquele olhar meigo e aquela atitude suplicante, afastou Mercedes e entrou, fechando a porta com vontade, tentando deixar do lado de fora o sofrimento que lhe traziam.

Mas o sofrimento não se deixa repelir de tal forma. Assim como a essência mortal de que fala Virgílio[39], o homem ferido carrega-o consigo. Villefort entrou, fechou a porta, mas ao chegar ao salão foi a vez de suas pernas lhe faltarem; deu um suspiro que parecia um soluço e desabou numa poltrona.

Naquele momento, no fundo de seu coração doente, nasceu o primeiro germe de uma úlcera mortal. Aquele homem que ele sacrificava em nome de sua ambição, aquele inocente que pagava por seu pai culpado, surgiu em seu espírito, pálido e ameaçador, de mãos dadas com a noiva, pálida como

39. Virgílio: citação da *Eneida*, canto IV, 70-74: "Tal como uma cerva imprudente, atingida pela flecha que a feriu de longe nos bosques de Creta, lançada pelo pastor que a persegue, carrega, sem o saber, o rápido dardo."

ele, e arrastando atrás de si o remorso, não o que faz o doente tremer como os furiosos da fatalidade antiga, mas aquele retinir surdo e doloroso que, em certos momentos, golpeia o coração e o aniquila à lembrança de uma ação passada, aniquilamento cujas dores lancinantes cavam um mal que vai se aprofundando até a morte.

Houve então, na alma daquele homem, um instante de hesitação. Por diversas vezes já requisitara, e isso sem outra emoção que não a da luta do juiz contra o réu, a pena de morte contra alguns acusados; e estes, executados graças à sua fulminante eloquência, que arrastara ou os juízes ou o júri, não tinham deixado sequer uma nuvem em sua fronte, pois eram culpados, ou pelo menos Villefort assim os considerava.

Mas dessa vez a coisa era bem diferente: acabava de condenar à prisão perpétua um inocente, um inocente que estava prestes a ser feliz, e de quem ele destruía não apenas a liberdade, mas a felicidade. Dessa vez não era mais juiz, era carrasco.

Ao pensar nisso, sentiu o latejar surdo que descrevemos, até então desconhecido para ele, pulsando no fundo do seu coração e enchendo seu peito de vagas apreensões. Assim é alertada, por um violento sofrimento instintivo, a alma ferida, que nunca aproximará sem tremer o dedo de sua chaga aberta e sangrando antes que essa chaga cicatrize.

Mas a ferida de Villefort era daquelas que não se fecham, ou que não se fecham senão para reabrirem mais sangrentas e mais dolorosas que antes.

Se, naquele momento, a doce voz de Renée houvesse ecoado em seu ouvido para lhe pedir misericórdia; se a bela Mercedes entrasse e dissesse: "Em nome do Deus que nos observa e julga, devolva-me meu noivo", sim, aquela cabeça semiprostrada pelas circunstâncias ter-se-ia curvado completamente e, suas mãos geladas, arriscando tudo que pudesse beneficiá-lo, possivelmente teriam assinado a ordem de soltura de Dantès. Mas nenhuma voz murmurou no silêncio, e a porta não se abriu senão para a entrada do criado de quarto de Villefort, vindo para lhe dizer que os cavalos estavam atrelados na caleche de viagem.

Villefort levantou-se, ou melhor, pulou como o homem que vence uma luta interior, correu para sua escrivaninha, enfiou nos bolsos todo o ouro que se achava em uma das gavetas, perambulou atormentado pelo quarto, com a mão na testa e articulando palavras a esmo; então, finalmente, percebendo que o criado acabava de acomodar o casaco em seus ombros, saiu e precipitou-se para a caleche, ordenando com uma voz lacônica que tocassem para a rua do Grand-Cours, para a casa do sr. de Saint-Méran.

O infeliz Dantès estava condenado.

Como prometera o sr. de Saint-Méran, Villefort encontrou a marquesa e Renée em seu gabinete. Ao ver Renée, o moço estremeceu, julgando que ela fosse lhe pedir novamente a liberdade de Dantès. No entanto, oh, tristeza!, devo dizê-lo para vergonha do nosso egoísmo, só uma coisa preocupava a bela rapariga: a partida de Villefort.

Ela amava Villefort, Villefort ia partir quando estava prestes a se tornar seu marido. Villefort não sabia dizer quando voltaria, e Renée, em vez de lamentar Dantès, amaldiçoou o homem cujo crime a separava do seu amor.

E Mercedes, o que diria!?

A desditosa Mercedes, na esquina da rua de La Loge, encontrara Fernand, que a seguira; voltara então para os catalães, e, agonizante, desesperada, atirara-se na cama. Diante dessa cama, Fernand pusera-se de joelhos e, apertando sua mão gelada, que Mercedes não cogitava retirar, a cobriu de beijos ardentes que Mercedes sequer sentia.

Ela passou a noite assim. Terminado o óleo, a lamparina se apagou; ela não viu mais escuridão do que vira luz, e o dia voltou sem que o percebesse.

A dor instalara uma venda em seus olhos que não lhe permitia ver senão Edmond.

— Ah, você está aqui! — disse ela finalmente, voltando-se para Fernand.

— Desde ontem eu não a deixei — respondeu Fernand, com um suspiro doloroso.

O sr. Morrel não se tinha dado por vencido. Tomara conhecimento de que Dantès, após o interrogatório, fora levado para a prisão; por isso dirigira-se à casa de todos os seus amigos e intercedera junto às pessoas influentes de Marselha. Porém, o boato de que o rapaz fora detido como agente bonapartista já havia se espalhado e, como nessa época até os mais ousados viam como um sonho insensato qualquer tentativa de Napoleão voltar ao trono, o armador encontrara em toda parte apenas frieza, medo ou recusa, e voltara para casa desesperado, sem entretanto deixar de admitir que a situação era grave e que ninguém podia fazer nada.

Caderousse, por sua vez, era só preocupação e aflição. E em vez de sair como fizera o sr. Morrel, em vez de tentar alguma coisa em prol de Dantès, por quem aliás não podia fazer nada, fechara-se com duas garrafas de vinho de Cassis e tentara afogar sua preocupação na embriaguez. Contudo, no estado de espírito em que se achava, duas garrafas eram muito pouco para embotar-lhe a razão; permanecera então demasiadamente bêbado para providenciar outro vinho e não suficientemente bêbado para que a bebedeira apagasse-lhe as lembranças, abancado a uma mesa claudicante em frente às duas garrafas vazias e vendo dançar, no reflexo da longa chama do castiçal, todos aqueles espectros com que Hoffmann[40] polvilhou manuscritos úmidos de ponche como um pó escuro e fantástico.

40. Hoffmann: Ernst Theodor Amadeus Wilhelm Hoffmann (1776-1822), escritor, compositor, caricaturista e pintor alemão. É um dos maiores nomes da literatura fantástica mundial e um dos expoentes do movimento romântico.

Danglars era o único a não estar nem aflito nem preocupado; estava inclusive alegre, pois vingara-se de um inimigo e garantira, a bordo do *Pharaon*, o lugar que receara perder. Era um desses homens calculistas, que nascem com uma pena atrás da orelha e um tinteiro no lugar do coração; para ele, tudo neste mundo era subtração ou multiplicação, e achava um algarismo muito mais valioso que um homem, quando esse algarismo podia aumentar o total que esse homem podia diminuir.

Danglars, portanto, deitara-se à sua hora habitual e dormira tranquilamente.

Villefort, após ter recebido a carta do sr. de Salvieux, beijado Renée nas duas faces, beijado a mão da sra. de Saint-Méran e apertado a do marquês, fazia os cavalos correrem pela estrada de Aix.

O velho Dantès morria de sofrimento e preocupação.

Quanto a Edmond, sabemos o que lhe aconteceu.

10. O PEQUENO GABINETE DAS TULHERIAS

Deixemos Villefort na estrada de Paris, onde, graças aos três guias que contratara, ele queima etapas em seu caminho, e penetremos, através de dois ou três salões que o precedem, naquele pequeno gabinete das Tulherias, de janela cimbrada, tão bem-conhecido por ter sido o gabinete favorito de Napoleão e de Luís XVIII e por ser atualmente o de Luís Filipe[41].

Aqui, neste gabinete, sentado diante de uma mesa de nogueira que trouxera de Hartwell e pela qual, por um desses caprichos típicos dos grandes personagens, demonstrava afeição especial, o rei Luís XVIII escutava distraidamente um homem de cinquenta a cinquenta e dois anos, de cabelos grisalhos, semblante aristocrático e trajar escrupuloso, enquanto examinava paralelamente um volume de Horácio, edição de Gryphius[42], bastante incorreta embora valiosa, e que se prestava perfeitamente às sagazes observações filológicas de Sua Majestade.

— O senhor então dizia... — falou o rei.

— Que estou preocupadíssimo, *sire*.

---

41. Luís Filipe: Luís Filipe I (1773-1850), duque d'Orléans, duque de Valois, depois duque de Chartres, rei da França de 1830 a 1848, foi cognominado o Rei Burguês ou Rei Cidadão. A composição de *O conde de Monte Cristo* terminou em 1844.

42. Gryphius: Sébastien Gryph, ou Gryphius, era um famoso impressor de Lyon do séc.XVI. Caracterizava-se por seus livros de pequeno formato e pela excelência de suas edições dos clássicos da Antiguidade.

— Realmente? Teria visto em sonho sete vacas gordas e sete vacas magras?

— Não, *sire*, pois isso nos anunciaria sete anos de prosperidade e sete de escassez, e, com um rei tão previdente quanto o é Vossa Majestade, a escassez não deve ser temida.

— De que outro flagelo então se trata, meu caro Blacas[43]?

— *Sire*, tenho todos os motivos para crer que uma tempestade está em vias de se formar para as bandas do Midi.

— Ora, meu caro duque — respondeu Luís XVIII —, julgo-o mal-informado, pois sei com certeza que, ao contrário, faz um belíssimo tempo por aquelas bandas.

Embora inteligente como era, Luís XVIII gostava da piada fácil.

— *Sire* — disse o sr. de Blacas —, nem que seja apenas para tranquilizar um fiel servidor, Vossa Majestade não poderia enviar ao Languedoc, à Provence e ao Dauphiné alguns homens de confiança que lhe fizessem um relatório acerca do estado de espírito dessas três províncias?

— *Canimus surdis*[44] — respondeu o rei, continuando a anotar seu Horácio.

— *Sire* — respondeu o cortesão rindo, para fingir que entendera o hemistíquio do poeta de Venusa[45] —, é possível que Vossa Majestade tenha inteira razão ao contar com as boas disposições da França, mas creio não estar totalmente enganado ao temer alguma iniciativa desesperada.

— De quem?

— De Bonaparte, ou pelo menos de seu partido.

— Meu caro Blacas — disse o rei —, seus terrores não me deixam trabalhar.

— E vossa segurança, *sire*, não me deixa dormir.

— Espere, meu caro, espere, imaginei uma nota muito feliz a respeito do *Pastor quum traheret*[46]; espere e continuará depois.

---

43. Blacas: Pierre-Louis-Jean Casimir (1771-1839), duque de Blacas, ainda relativamente jovem, em 1814, tornou-se ministro da Casa do rei Luís XVIII, de quem era aliado desde os tempos de exílio do então conde de Provence.

44. *Canimus surdis*: "Cantamos para os surdos". Possível paráfrase de Virgílio, nas *Bucólicas*, X, v.8, onde se lê *Non canimus surdis*. Contudo, nesse caso o autor teria se confundido, ao atribuir este verso, logo em seguida, a Horácio.

45. Poeta de Venusa: refere-se ao poeta grego Horácio, nascido na cidade atualmente chamada Venosa, localizada na antiga região da Lucânia, hoje Basilicata, na Itália.

46. *Pastor quum traheret*: "O pastor que transportava"; citação de Horácio, nas *Odes*, I, 15, v.1.

Fez-se um instante de silêncio, durante o qual Luís XVIII redigiu, com uma letra que ele fazia a menor possível, uma nova nota à margem de seu Horácio; depois dessa nota inscrita:

— Continue, meu caro duque — disse ele, levantando-se com o ar satisfeito de um homem que julga ter tido uma ideia quando comenta a ideia de outro. — Continue, sou todo ouvidos.

— *Sire* — disse Blacas, que por um instante tivera a esperança de usar Villefort em proveito próprio —, sou obrigado a vos dizer que não são simples boatos destituídos de fundamento, simples notícias lançadas ao léu, que me preocupam. Foi um homem esclarecido, que merece toda a minha confiança, e encarregado por mim de vigiar o Midi — o duque hesitou ao pronunciar estas palavras —, que chegou com urgência para dizer: "Um grande perigo ameaça o rei." Então, acorri, *sire*.

— *Mala ducis avi domum*[47] — continuou Luís XVIII, anotando.

— Vossa Majestade me ordena não insistir mais neste assunto?

— Não, meu caro duque, mas que estique a mão.

— Qual?

— A que quiser, até ali, à esquerda.

— Aqui, *sire*?

— Estou dizendo à esquerda e o senhor procura à direita; é à minha esquerda que me refiro: aí, isso mesmo; o senhor deve encontrar o relatório do ministro da Polícia, com data de ontem... Mas, veja, aqui está o próprio sr. Dandré[48]... Não é isso, você disse Dandré? — interrompeu Luís XVIII, dirigindo-se ao mordomo, que, de fato, acabava de anunciar o ministro da Polícia.

— Sim, *sire*, o sr. barão Dandré — disse o mordomo.

— É verdade, barão... — comentou Luís XVIII, com um sorriso imperceptível. — Entre, barão, e conte ao duque o que sabe de mais recente sobre o sr. de Bonaparte. Não esconda nada da situação, por mais grave que seja. Vejamos, a ilha de Elba é um vulcão, será que entrará em erupção uma guerra flamejante e selvagem: *bella, horrida bella*[49]?

O sr. Dandré equilibrou-se com muita elegância no espaldar de uma poltrona em que apoiava as duas mãos e disse:

— Vossa Majestade dignou-se a consultar o relatório de ontem?

---

47. *Mala ducis avi domum*: "Infeliz o presságio sob o qual tu conduzes a tua casa"; citação de Horácio, nas *Odes*, I, 15, v.5.

48. Dandré: Antoine-Balthazar-Joseph André de Bellevue (1759-1825), ou simplesmente Dandré, foi ministro da Polícia a partir de 1814 e até o retorno de Napoleão.

49. *Bella, horrida bella*: "Guerras, horríveis guerras"; citação de Virgílio, na *Eneida*, canto IV, v.86.

— Sim, sim; mas conte ao próprio duque, que não consegue encontrá-lo, o que continha esse relatório; esmiúce para ele o que faz o usurpador em sua ilha.

— Senhor — disse o barão ao duque —, todos os servidores de Sua Majestade devem regozijar-se com as recentes notícias que nos chegam da ilha de Elba. Bonaparte...

O sr. Dandré olhou para Luís XVIII, que, ocupado em escrever uma nota, sequer levantou a cabeça.

— Bonaparte — continuou o barão — entedia-se mortalmente; passa dias inteiros admirando o trabalho de seus mineradores de Porto Longone.

— E se coça para se distrair — disse o rei.

— Se coça? — perguntou o duque. — Que quer dizer Vossa Majestade?

— Sim, meu caro duque; o senhor esquece que esse grande homem, esse herói, esse semideus é vítima de uma doença de pele que o devora, *prurigo*[50]?

— E tem mais, sr. duque — continuou o ministro da Polícia —, estamos quase certos de que, em breve, o usurpador estará louco.

— Louco?

— Louco de pedra: sua cabeça vai se debilitando, ora chora lágrimas de fogo, ora ri às gargalhadas; outras vezes passa horas à beira-mar, arremessando pedras na água, e quando a pedra ricocheteia cinco ou seis vezes, parece tão satisfeito quanto se houvesse vencido outra Marengo ou uma nova Austerlitz. Estes são, o senhor há de convir, sinais de loucura.

— Ou de sabedoria, sr. barão, ou de sabedoria — gracejou Luís XVIII. — Era arremessando pedras ao mar que os grandes capitães da Antiguidade se divertiam; consulte Plutarco[51], na biografia de Cipião o Africano.

O sr. de Blacas permaneceu pensativo entre aquelas duas indiferenças. Villefort, que não quisera lhe contar tudo para não ver a recompensa por seu segredo integralmente confiscada, contara-lhe entretanto o suficiente para lhe causar graves preocupações.

— Vamos, vamos, Dandré — disse Luís XVIII —, Blacas ainda não se convenceu; passe à conversão do usurpador.

---

50. Prurigo: sintoma essencial das prurigens, designação genérica das dermatoses, em geral relacionado a uma coceira, uma comichão.

51. Plutarco: o livro *A vida de Cipião*, de Plutarco, não chegou até nossos dias. Mas em Cícero, *Do orador*, II, 22, lê-se: "Frequentemente escutei meu avô contar que Laelius, de quem ele era genro, partiu voluntariamente para a guerra com Cipião ... . Eles apanhavam pequenas conchas e pequenos seixos ao pé de sua *villa* de Gaeta ou na praia Laurentina e, sem se conter, não temiam se rebaixar aos jogos mais pueris."

O ministro da Polícia inclinou-se.

— Conversão do usurpador! — murmurou o duque, observando o rei e Dandré, que se alternavam como dois pastores de Virgílio[52]. — O usurpador se converteu?

— Isso mesmo, meu caro duque.

— Aos bons princípios; explique isso, barão.

— É o seguinte, sr. duque — disse o ministro, com a maior seriedade do mundo —, ultimamente Napoleão andou fazendo uma pesquisa e, como dois ou três de seus velhos resmungões, como ele os chama, manifestavam desejo de regressar à França, ele os liberou, exortando-os a servirem ao seu bondoso rei; foram suas próprias palavras, sr. duque, tenho certeza disso.

— E então, Blacas, que acha disso? — disse o rei triunfante, cessando por um instante de manusear o volumoso escoliasta aberto diante de si.

— Acho, *sire*, que ou o sr. ministro da Polícia ou eu estamos enganados; porém, como é impossível que seja o ministro da Polícia, visto que ele zela pela saúde e honra de Vossa Majestade, é provável que seja eu a cometer o engano. Entretanto, *sire*, no lugar de Vossa Majestade, eu interrogaria a pessoa de quem lhe falei; inclusive, insisto para que Vossa Majestade lhe conceda essa honra.

— Com prazer, duque, sob seus auspícios receberei quem o senhor quiser; mas quero recebê-lo de armas na mão. O sr. ministro teria um relatório mais recente? Pois este traz a data de 20 de fevereiro, e estamos em 5 de março!

— Não, *sire*, mas aguardo um a qualquer momento. Estou fora desde a manhã, talvez tenha chegado em minha ausência.

— Vá até a Chefatura e, se não tiver chegado, que diabos, que diabos — riu Luís XVIII —, faça um. Não é assim que as coisas funcionam?

— Oh, *sire*! — disse o ministro. — Graças a Deus, sob esse aspecto, não precisamos inventar nada; todos os dias nosso gabinete é assediado com denúncias das mais circunstanciadas, provenientes de uma massa de pobres-diabos que esperam um pouco de gratidão por serviços que não prestam, mas que gostariam de prestar. Eles apostam no acaso, esperando que um dia algum acontecimento inesperado confira uma espécie de realidade aos seus vaticínios.

— Muito bem; vá, senhor — disse Luís XVIII —, e lembre-se de que o aguardo.

— É questão de ir e vir, *sire*; em dez minutos estarei de volta.

52. Dois pastores de Virgílio: Títiro e Coridão, nas *Bucólicas*, 7.

— Pois eu, *sire* — disse o sr. de Blacas —, vou convocar o meu mensageiro.

— Ora, fique mais um pouco — disse Luís XVIII. — A propósito, Blacas, precisa mudar seu brasão; vou lhe providenciar uma águia de asas abertas, tendo nas garras uma presa que em vão tenta lhe escapar, com a seguinte divisa: *Tenax*[53].

— Estou às ordens, *sire* — disse o sr. de Blacas, roendo as unhas de impaciência.

— Gostaria de consultá-lo sobre essa passagem: *Molli fugiens anhelitu*[54]; o senhor sabe, trata-se do cervo fugindo do lobo. Não é caçador e superintendente real das caçadas? Com esse título duplo, que acha do *molli anhelitu*?

— Admirável, *sire*; mas meu mensageiro é como o cervo de que falais, pois acaba de fazer mil quilômetros em marcha acelerada, e isso em apenas quatro dias.

— Isso é querer se cansar e arranjar preocupação, meu caro duque, pois temos o telégrafo, que leva apenas três ou quatro horas, e isso sem exigir nada do fôlego de ninguém.

— Ah!, *sire*, recompensais muito mal esse pobre rapaz que chega de tão longe e com tanto ardor para dar a Vossa Majestade um aviso útil. Nem que seja pelo sr. de Salvieux, que mo recomenda, peço que o receba, por favor.

— O sr. de Salvieux, o camarista do meu irmão?

— Ele mesmo.

— De fato, ele está em Marselha.

— Foi de lá que me escreveu.

— E também fala dessa conspiração?

— Não, mas recomenda o sr. de Villefort e me encarrega de introduzi-lo junto a Vossa Majestade.

— O sr. de Villefort? — exclamou o rei. — Esse mensageiro então se chama sr. de Villefort?

— Sim, *sire*.

— E é ele quem chega de Marselha?

— Em pessoa.

— Por que não me disse seu nome imediatamente! — retrucou o rei, deixando um começo de preocupação transparecer em seu rosto.

---

53. *Tenax*: "Que tem punho forte".

54. *Molli fugiens anhelitu*: "Tu fugirás dele, covarde, até ficares sem fôlego"; citação de Horácio, nas *Odes*, I, 15, v.3.

— *Sire*, julgava ser este nome desconhecido de Vossa Majestade.

— Não, não, Blacas; é um moço sério, educado, acima de tudo ambicioso; e, por Deus, sabe o nome do pai dele?

— O pai?

— Sim, Noirtier.

— Noirtier, o girondino? Noirtier, o senador?

— Sim, precisamente.

— E Vossa Majestade deu emprego para o filho de um homem desses?

— Blacas, meu amigo, o senhor não entende nada disso; eu lhe disse que Villefort era ambicioso: para brilhar, Villefort é capaz de sacrificar tudo, inclusive o pai.

— Então, *sire*, devo fazê-lo entrar?

— Imediatamente, duque. Onde ele está?

— Deve estar à minha espera lá embaixo, no meu coche.

— Traga-o até mim.

— Apresso-me a fazê-lo.

O duque saiu com a vivacidade de um garoto; o ardor do seu monarquismo sincero dava-lhe vinte anos.

Luís XVIII ficou a sós, passando os olhos em seu Horácio entreaberto e murmurando: *Justum et tenacem propositi virum*[55].

O sr. de Blacas subiu com a mesma rapidez com que descera; porém, na antecâmara, foi obrigado a invocar a autoridade do rei. O casaco empoeirado de Villefort, sua roupa, que em nada correspondia à etiqueta de corte, melindrara a suscetibilidade do sr. de Brézé[56], que ficou espantadíssimo ao descobrir no rapaz a pretensão de aparecer vestido daquela forma perante o rei. Mas o duque varreu todas as dificuldades com as simples palavras: "Ordem de Sua Majestade"; e apesar das ressalvas que o chefe do cerimonial continuou a fazer, para ser fiel ao princípio, Villefort foi introduzido.

O rei estava sentado no mesmo lugar onde o duque o deixara. Quando a porta se abriu, Villefort achou-se exatamente à sua frente: o primeiro impulso do magistrado foi deter-se.

— Entre, sr. de Villefort — disse o rei —, entre.

Villefort saudou-o e deu alguns passos à frente, esperando que o rei o interrogasse.

— Sr. de Villefort — continuou Luís XVIII —, aqui está o duque de Blacas, que sugere ter o senhor algo importante a nos dizer.

---

55. *Justum et tenacem propositi virum*: "O homem justo e firme em seus propósitos"; citação de Horácio, nas *Odes*, III, 3, v.1.

56. Brézé: Henri-Évrard, marquês de Dreux-Brézé (1766-1829), com a Restauração havia retomado as funções, hereditárias em sua família, de chefe do cerimonial da Coroa francesa.

— Entre, sr. de Villefort, entre.

— *Sire*, o sr. duque tem razão, e espero que Vossa Majestade também o reconheça.

— Em primeiro lugar e antes de qualquer coisa, senhor, o mal é assim tão grande, no seu entender, quanto me querem fazer crer?

— *Sire*, julgo-o premente; porém, graças às minhas diligências, não é irreparável, espero.

— Fale o quanto quiser, senhor — disse o rei —, que começava a se deixar arrastar pela emoção que transtornara o rosto do sr. de Blacas e alterava a voz de Villefort. — Fale e, por favor, comece pelo começo; gosto de ordem em todas as coisas.

— *Sire* — disse Villefort —, farei a Vossa Majestade um relato fiel, mas de antemão peço-vos desculpas se porventura a aflição em que me encontro lançar alguma obscuridade às minhas palavras.

Uma olhadela lançada para o rei após esse insinuante exórdio tranquilizou Villefort quanto à benevolência do seu augusto ouvinte, e ele continuou:

— *Sire*, vim o mais rápido que pude a Paris para informar a Vossa Majestade que, no exercício de minhas funções, descobri não um desses complôs vulgares e sem consequências, tramados todos os dias nas últimas fileiras do povo e do exército, mas uma autêntica conspiração, uma tempestade que ameaça nada menos que o trono de Vossa Majestade. *Sire*, o usurpador está armando três brigues; concebe algum plano, louco talvez, mas talvez também terrível, por mais louco que seja. A esta hora, deve ter deixado a ilha de Elba... para ir para onde? Ignoro-o, mas seguramente para tentar um desembarque seja em Nápoles, seja nas costas da Toscana, talvez até na França. Vossa Majestade não ignora que o soberano da ilha de Elba manteve contatos com a Itália e a França...

— Sim, senhor, tenho ciência — disse o rei impressionadíssimo —, e ainda recentemente fomos informados de reuniões bonapartistas sendo realizadas na rua Saint-Jacques; mas continue, por favor. Como obteve esses detalhes?

— *Sire*, eles resultam de um interrogatório a que submeti um homem de Marselha que há muito tempo eu vigiava e que mandei prender no mesmo dia de minha partida. Esse homem, marujo arruaceiro e de um bonapartismo que não me escapou, foi secretamente à ilha de Elba; lá, esteve com o grão-marechal, que o encarregou de uma missão verbal junto a um bonapartista de Paris, cujo nome nunca pude fazê-lo dizer; mas essa missão era encarregar tal bonapartista de preparar os ânimos para um regresso — observai que é o interrogatório que revela isso, *sire* —, para um regresso que só pode estar muito próximo.

— E onde está esse homem? — perguntou Luís XVIII.

— Na prisão, *sire*.

— E a coisa lhe pareceu grave?

— Tão grave, *sire*, que, ao ser pego de surpresa por esse incidente durante uma festa familiar, justamente no dia do meu noivado, abandonei tudo, noiva e amigos, e a tudo adiei para vir depositar aos pés de Vossa Majestade os temores de que fui assaltado e dar testemunho de minha fidelidade.

— É verdade — lembrou-se Luís XVIII —, não havia um projeto de união entre o senhor e a srta. de Saint-Méran?

— A filha de um dos mais fiéis servidores de Vossa Majestade.

— Sim, sim; mas voltemos a esse complô, sr. de Villefort.

— *Sire*, receio que seja mais que um complô, receio que seja uma conspiração.

— Uma conspiração nos dias de hoje — disse o rei sorrindo — é coisa fácil de planejar, porém mais difícil de levar a cabo, justamente porque, restaurado ontem no trono dos nossos ancestrais, temos os olhos abertos ao mesmo tempo para o passado, o presente e o futuro; há dez meses meus ministros vêm redobrando a vigilância para que o litoral do Mediterrâneo esteja bem-guardado. Se Bonaparte desembarcasse em Nápoles, a coalizão inteira estaria a postos antes mesmo que ele pusesse os pés em Piombino; se desembarcasse na Toscana, pisaria em terras inimigas; se desembarcar na França, será com um punhado de homens, e acabaremos com eles facilmente, execrado como ele é pela população. Sossegue, senhor; mas nem por isso conte menos com a gratidão real.

— Ah! Aqui está o sr. Dandré! — exclamou o duque de Blacas.

Nesse momento apareceu efetivamente na soleira da porta o sr. ministro da Polícia, pálido, trêmulo, e cujo olhar vacilava como se golpeado por uma alucinação.

Villefort fez menção de se retirar; mas um aperto de mão do sr. de Blacas o reteve.

11. O OGRO DA CÓRSEGA

Luís XVIII, perante aquele rosto transtornado, repeliu violentamente a mesa à qual se achava.

— O que houve, sr. barão? — exclamou. — Parece completamente transtornado: essa perturbação, essa hesitação, tem alguma coisa a ver com o que dizia o sr. de Blacas e com o que o sr. de Villefort acaba de me confirmar?

De sua parte, o sr. de Blacas aproximava-se agilmente do barão, mas o terror do cortesão impedia que o orgulho do homem de Estado triunfasse; com efeito, em tais circunstâncias, era-lhe muito mais vantajoso ser humilhado pelo chefe de Polícia que humilhá-lo com um assunto daqueles.

— *Sire*... — balbuciou o barão.

— Ora, diga logo! — ordenou Luís XVIII.

O ministro da Polícia, cedendo então a um movimento de desespero, foi se precipitar aos pés de Luís XVIII, que recuou um passo franzindo o cenho.

— O senhor vai falar? — disse ele.

— Oh, *sire*, que desgraça terrível! Tereis compaixão de mim? Jamais irei me consolar!

— Senhor — disse Luís XVIII —, ordeno-lhe que fale.

— Pois bem: *sire*, o usurpador deixou a ilha de Elba em 26 de fevereiro e desembarcou em 1º de março[57].

---

57. 1º de março: Napoleão deixou Porto Ferraio durante a noite, a bordo do brigue *L'Inconstant*, escoltado por outras cinco embarcações. Pôs pé em terra firme, no golfo de Juan, no dia 1º de março, às cinco da manhã.

— Onde, isto? — perguntou o rei com energia.

— Na França, *sire*, num pequeno porto, perto de Antibes, no golfo de Juan.

— O usurpador desembarcou na França, perto de Antibes, no golfo de Juan, a mil e duzentos quilômetros de Paris, em 1º de março, e o senhor fica sabendo dessa notícia somente hoje, 5 de março...! Ora, senhor, o que me diz é impossível! Ou fizeram-lhe um relatório falso, ou o senhor está maluco.

— Ai de mim, *sire*, é a pura verdade!

Luís XVIII fez um gesto indescritível de raiva e pavor, e levantou-se todo empertigado, como se um golpe imprevisto o houvesse atingido ao mesmo tempo no coração e no semblante.

— Na França! — exclamou. — O usurpador na França! Mas não vigiávamos esse homem? Ou, quem sabe, estávamos de conluio com ele?

— Oh, *sire*! — exclamou o duque de Blacas. — Um homem como o sr. Dandré não pode ser acusado de traição. *Sire*, estávamos todos cegos, e o ministro da Polícia compartilhou a cegueira geral, apenas isso.

— Mas... — disse Villefort, em seguida interrompendo-se bruscamente: — Ah! perdão, perdão, *sire* — ele disse, inclinando-se —, meu zelo me exalta, que Vossa Majestade queira me desculpar.

— Fale, senhor, fale abertamente — disse o rei. — O senhor foi o único que nos avisou do mal, ajude-nos a encontrar remédio para ele.

— *Sire* — disse Villefort —, o usurpador é detestado no Midi; parece-me que se ele se aventurar no Midi, podemos facilmente levantar contra ele a Provence e o Languedoc.

— Sim, decerto — disse o ministro —, mas e se ele avançar por Gap e Sisteron?

— Por acaso — disse Luís XVIII —, esse avanço significa que ele marcha rumo a Paris?

O ministro da Polícia manteve um silêncio que equivalia à mais completa confirmação.

— E o Dauphiné, senhor — perguntou o rei a Villefort —, acha que podemos contar com ele como com a Provence?

— *Sire*, sinto muito dizer a Vossa Majestade uma verdade cruel; mas o espírito do Dauphiné está longe de equivaler ao da Provence e do Languedoc. Os *montagnards*[58] são bonapartistas, *sire*.

---

58. *Montagnards*: os "montanhistas", grupo político formado a partir da Revolução Francesa, eram assim conhecidos porque seus membros sentavam-se nos lugares mais altos da Assembleia Legislativa. A "Montanha", favorável ao regime republicano e a uma democracia altamente centralizada, reunia entre seus membros grandes expoentes revolucionários, como Danton, Marat e Robespierre. Teve seu apogeu em 1793, elegendo trezentos deputados para a Convenção Nacional e finalmente chegando ao poder. A política do Terror contribuiu no entanto para que se dividisse em várias tendências, já destituída de suas lideranças mais intrépidas.

— Isso é sinal de que Bonaparte está bem-informado — murmurou Luís XVIII. — E de quantos homens ele dispõe?

— Não sei, *sire* — disse o ministro da Polícia.

— Como, não sabe!? Esqueceu-se de se informar a respeito disso? De fato, é um detalhe sem importância — acrescentou o rei, com um sorriso acachapante.

— *Sire*, eu não podia ter essa informação; o despacho anunciava apenas o desembarque e a rota tomada pelo usurpador.

— E como esse despacho chegou às suas mãos?

O ministro abaixou a cabeça, e seu rosto foi invadido por um vivo tom de vermelho.

— Pelo telégrafo, *sire* — balbuciou ele.

Luís XVIII deu um passo adiante e cruzou os braços, como Napoleão teria feito.

— Quer dizer — disse o rei, empalidecendo de raiva — que uma coalizão de sete exércitos terá derrubado esse homem; que um milagre dos céus me terá recolocado no trono dos meus pais, após vinte e cinco anos de exílio; que eu terei, durante esses vinte e cinco anos, estudado, sondado, analisado os homens e as coisas desta França que me era prometida para, após atingir o fim de todos os meus anseios, uma força que eu esmagava nas mãos vir explodi-los e aniquilá-los!

— É a fatalidade, *sire* — murmurou o ministro, percebendo que um peso daqueles, leve para o destino, bastava para esmagar um homem.

— Então o que nossos inimigos diziam a nosso respeito é mesmo verdade: "Nada aprendem, nada esquecem." Se eu tivesse sido traído como ele, ainda me consolaria; mas conviver com pessoas por mim elevadas a dignidades, que deviam zelar por mim mais ciosamente que por si mesmas, uma vez que o meu destino é o delas, antes de mim não eram nada, depois de mim não serão nada, e perecer miseravelmente por incapacidade, por inépcia! Ah, sim, o senhor tem toda a razão, é a fatalidade!

O ministro conservava-se curvado sob aquele anátema assustador.

O sr. de Blacas enxugava a testa coberta de suor; Villefort sorria interiormente, pois sentia sua importância aumentar.

— Cair — continuava Luís XVIII, que ao primeiro relance sondara o precipício à beira do qual pendia a monarquia —, cair e saber da queda pelo telégrafo! Oh! Prefiro subir no cadafalso do meu irmão Luís XVI a descer dessa forma as escadas das Tulherias, escorraçado pelo ridículo... O ridículo, meu caro, o senhor não sabe o que é isso na França, e não obstante deveria sabê-lo.

— *Sire*, *sire* — murmurou o ministro —, por piedade!

— Aproxime-se, sr. de Villefort — continuou o rei, dirigindo-se ao rapaz, que, de pé, imóvel e em segundo plano, considerava os rumos daquela conversa,

Retorno da ilha de Elba.

sobre a qual pairava, cego, o destino de um reinado —, aproxime-se e diga ao cavalheiro que era possível saber antecipadamente tudo que ele não soube.

— *Sire*, era materialmente impossível prever os planos que esse homem escondia do mundo inteiro.

— Materialmente impossível! Sim, eis uma expressão grandiloquente, senhor; infelizmente, palavras grandiloquentes pedem homens à altura delas, já lhes tomei as medidas. Materialmente impossível para um ministro, que dispõe de uma administração, repartições, agentes, vigias, espiões e cento e cinquenta mil francos de verbas secretas, saber o que se passa a duzentos quilômetros da costa da França! Que coisa! Veja, aqui está o cavalheiro, que não tinha nenhum desses recursos à sua disposição, aqui está o cavalheiro, simples magistrado, que sabia mais sobre isso que o senhor com toda a sua polícia, e que teria salvado minha coroa se tivesse, como o senhor, permissão para usar o telégrafo.

O olhar do ministro da Polícia voltou-se com uma expressão de profundo despeito para Villefort, que inclinou a cabeça com a modéstia do triunfo.

— Estas palavras não se referem ao senhor, Blacas — continuou Luís XVIII —, pelo menos o senhor teve a perspicácia de perseverar em sua suspeita; um outro que não o senhor talvez tivesse considerado a revelação do sr. de Villefort insignificante, ou quem sabe sugerida por uma ambição venal.

Estas palavras faziam alusão àquelas que o ministro da Polícia citara com tanta confiança uma hora antes.

Villefort compreendeu o jogo do rei. Um outro talvez se tivesse deixado levar pela embriaguez do elogio; mas ele temeu criar um inimigo na pessoa do ministro da Polícia, embora percebesse que este encontrava-se irremediavelmente perdido. Com efeito, o ministro, que na plenitude de seu poder tinha sido incapaz de descobrir o segredo de Napoleão, podia, nas convulsões de sua agonia, desvendar o de Villefort: para isso, bastava interrogar Dantès. Foi então em socorro do ministro em vez de aniquilá-lo.

— *Sire* — disse Villefort —, a rapidez do ocorrido deve demonstrar a Sua Majestade que apenas uma tempestade provocada por Deus poderia impedi-lo; o que Vossa Majestade julga uma consequência de profunda perspicácia de minha parte deve-se pura e simplesmente ao acaso; aproveitei-me desse acaso como servidor devotado, apenas isso. Não me concedei mais do que mereço, *sire*, para nunca mais vos desfazerdes da primeira ideia que tereis concebido de mim.

O ministro da Polícia agradeceu ao rapaz com um olhar eloquente e Villefort compreendeu que seu plano dera certo, isto é, que sem nada perder da gratidão do rei, acabava de fazer um amigo, com quem podia contar em caso de necessidade.

— Muito bem — disse o rei. — E agora, meus caros — continuou, voltando-se para o sr. de Blacas e para o ministro da Polícia —, não preciso mais dos senhores: o que resta a fazer é da alçada do ministro da Guerra.

— Felizmente, *sire* — disse o sr. de Blacas —, podemos contar com o exército. Vossa Majestade sabe muito bem que todos os relatórios o descrevem como fiel ao seu governo.

— Não me fale de relatórios, duque: agora sei a confiança que podemos depositar neles. Ah, e a propósito de relatórios, sr. barão, que soube de novo sobre o caso da rua Saint-Jacques?

— O caso da rua Saint-Jacques! — exclamou Villefort, não conseguindo abafar uma exclamação.

Mas, detendo-se subitamente:

— Perdão, *sire* — disse ele —, meu devotamento a Vossa Majestade faz-me incessantemente esquecer, não o respeito que tenho por ela, esse respeito está indelevelmente gravado no meu coração, mas as regras da etiqueta.

— Diga e faça, senhor — replicou Luís XVIII. — Hoje o senhor conquistou o direito de interrogar.

— *Sire* — respondeu o ministro da Polícia —, hoje mesmo, quando eu acabava de dar a Vossa Majestade as recentes informações que eu recolhera sobre esse fato, a atenção de Vossa Majestade foi desviada pela terrível catástrofe do golfo; agora essas informações não têm mais interesse algum para o rei.

— Ao contrário, senhor, ao contrário — disse Luís XVIII —, esse caso me parece ter uma relação direta com o que nos ocupa, e a morte do general Quesnel[59] talvez nos ponha no rastro de um grande complô interno.

Ao nome do general Quesnel, Villefort sentiu um arrepio.

— Com efeito, *sire* — continuou o ministro da Polícia —, tudo leva a crer que essa morte é resultado não de um suicídio, como se acreditara a princípio, mas de um assassinato. Ao que parece, o general Quesnel estava saindo de um clube bonapartista quando desapareceu. Um homem desconhecido viera buscá-lo naquela mesma manhã e marcaram um encontro na rua Saint-Jacques; infelizmente, o criado de quarto do general, que o penteava no momento em que esse desconhecido foi introduzido no gabinete, ouviu claramente que ele designava a rua Saint-Jacques, mas não memorizou o número.

À medida que o ministro da Polícia dava essas informações a Luís XVIII, Villefort, com uma expressão de desconforto, ruborizava e empalidecia.

O rei voltou-se para ele.

— Não pensa como eu, sr. de Villefort, que o general Quesnel, aparentemente ligado ao usurpador, mas, na realidade, todo meu, morreu vítima de uma emboscada bonapartista?

— É provável, *sire* — respondeu Villefort —, mas não há outras pistas?

— Estamos no rastro do homem que marcou o encontro.

— No rastro? — repetiu Villefort.

— Sim, o criado forneceu uma descrição: é um homem de cinquenta a cinquenta e dois anos, moreno, de olhos pretos, cobertos por espessas sobrancelhas, e bigode; vestia um redingote azul e usava na lapela uma roseta de oficial da Legião de Honra. Ontem seguimos um indivíduo cujas caracte-

---

59. General Quesnel: a inspiração para o personagem de Flavien de Quesnel parece vir de Louis Quesnel (1770-1815), oficial da guarda napoleônica que, ao retornar da Rússia, onde havia sido feito prisioneiro, aliou-se a Luís XVIII. Assim como o personagem, Louis Quesnel terminou assassinado por seus antigos companheiros bonapartistas.

rísticas correspondem exatamente às que acabo de descrever e o perdemos na esquina da rua de La Jussienne com a Coq-Héron.

Villefort apoiara-se no espaldar de uma poltrona, pois, à medida que o ministro da Polícia falava, sentia as pernas vacilarem; quando soube que o homem escapara das garras do agente que o seguia, respirou.

— Volte a procurar esse homem, senhor — disse o rei ao ministro da Polícia —, pois, se como tudo me leva a crer, o general Quesnel, que nos teria sido tão útil num momento como este, foi vítima de um assassinato, bonapartistas ou não, quero que seus assassinos sejam cruelmente punidos.

Villefort precisou de todo o seu sangue-frio para não trair o terror que lhe inspirava aquela recomendação do rei.

— Coisa estranha! — prosseguiu o rei, com uma ponta de humor. — A polícia julga dizer tudo quando afirma: um assassinato foi cometido; e tudo ter feito quando acrescenta: estamos no rastro dos culpados.

— *Sire*, pelo menos nesse caso, Sua Majestade ficará satisfeita, assim o espero.

— Muito bem, veremos; não vou retê-lo por mais tempo, barão. Sr. de Villefort, deve estar cansado dessa longa viagem, vá descansar. Instalou-se na casa de seu pai, estou certo?

Um constrangimento atravessou o olhar de Villefort.

— Não, *sire* — disse ele —, estou no Hotel de Madrid, rua de Tournon.

— Mas esteve com ele?

— *Sire*, pedi para ser conduzido diretamente até a casa do sr. duque de Blacas.

— Mas ao menos o visitará?

— Creio que não, *sire*.

— Ah, está certo — disse Luís XVIII, sorrindo e demonstrando que todas aquelas perguntas reiteradas não haviam sido feitas por acaso. — Eu esquecia que cortou relações com o sr. Noirtier, e que este é mais um sacrifício feito à causa real e pelo qual devo indenizá-lo.

— *Sire*, a bondade que me dedica Vossa Majestade é uma recompensa que supera tão largamente as minhas ambições que nada tenho a pedir ao rei.

— Não importa, senhor, e não o esqueceremos, fique tranquilo; enquanto isso — o rei tirou a cruz da Legião de Honra que usava normalmente em seu casaco azul, perto da cruz de São Luís, acima da placa da ordem de Nossa Senhora do Monte Carmelo e de São Lázaro, e entregou-a a Villefort —, enquanto isso — repetiu —, não se desfaça dessa cruz.

— *Sire* — disse Villefort —, Vossa Majestade enganou-se, essa cruz é de oficial.

— Ora, senhor — disse Luís XVIII —, pegue-a como é; não tenho tempo para providenciar outra. Blacas, o senhor zelará para que o diploma seja entregue ao sr. de Villefort.

Uma lágrima de orgulhosa alegria umedeceu os olhos de Villefort, que pegou a cruz e a beijou.

— E agora — perguntou ele —, quais são as ordens com que Vossa Majestade me honra?

— Descanse o quanto precisar e pense que, sem forças em Paris para me defender, o senhor pode ser da maior utilidade para mim em Marselha.

— *Sire* — respondeu Villefort, inclinando-se —, daqui a uma hora terei deixado Paris.

— Vá, meu caro — disse o rei —, e se por acaso eu o esquecer, a memória dos reis é curta, não hesite em me lembrar do senhor... Sr. barão, dê ordens para que mandem buscar o ministro da Guerra. Blacas, fique.

— Ah, senhor — disse o ministro da Polícia a Villefort ao saírem das Tulherias —, está entrando pela porta certa e seu destino está garantido.

— Será ele duradouro? — murmurou Villefort, cumprimentando o ministro cuja carreira chegara ao fim e procurando com os olhos um coche para voltar ao seu quarto.

Um fiacre passava pelo cais, Villefort fez-lhe um sinal, o fiacre aproximou-se; Villefort deu seu endereço e lançou-se no fundo do veículo, abandonando-se aos seus sonhos de ambição. Dez minutos depois, estava no hotel; pediu seus cavalos para dali a duas horas e ordenou que lhe servissem um almoço.

Ia se pôr à mesa quando o tilintar da campainha soou sob uma mão franca e firme: o criado de quarto foi abrir e Villefort ouviu uma voz pronunciando seu nome.

— Quem já pode saber que estou aqui? — indagou-se o rapaz.

Nesse momento, o criado de quarto entrou novamente.

— E então? — disse Villefort. — Quem está aí? Quem tocou a campainha? Quem deseja falar comigo?

— Um estranho que não quer dizer o nome.

— Como? Um estranho que não quer dizer o nome? E que quer de mim esse estranho?

— Falar com o senhor.

— Comigo?

— Sim.

— Ele disse o meu nome?

— Perfeitamente.

— E que aparência tem esse estranho?

— Bem, senhor, é um homem de uns cinquenta anos.

— Baixo? Alto?

— Da estatura do senhor, mais ou menos.

— Moreno ou louro?

— Moreno, bem moreno: cabelos pretos, olhos pretos, sobrancelhas pretas.

— E vestido como? — perguntou Villefort, nervoso.

— Com um longo redingote azul abotoado de cima a baixo; condecorado com a Legião de Honra.

— É ele — murmurou Villefort, empalidecendo.

— Por Deus! — disse, aparecendo na porta, o indivíduo cuja descrição já fizemos por duas vezes —, e isto lá são modos! Será que a tradição marselhesa manda os filhos darem um chá de cadeira no pai?

— Meu pai! — exclamou Villefort. — Então eu estava certo… já desconfiava que era o senhor.

— Se desconfiava que era eu — disse o recém-chegado, descansando a bengala num canto e o chapéu sobre uma cadeira —, permita-me dizer-lhe, querido Gérard, que não é nada amável da sua parte fazer-me esperar assim.

— Deixe-nos, Germain — disse Villefort.

O criado saiu dando visíveis mostras de espanto.

— É ele.

12. O PAI E O FILHO

O sr. Noirtier, pois era efetivamente ele quem acabava de entrar, seguiu com os olhos o criado até que este tivesse fechado a porta; depois, provavelmente temendo que o escutassem no vestíbulo, foi abri-la novamente. A precaução não era inútil, e a rapidez com que Germain se retirou mostrou que ele não estava imune ao pecado que desgraçou nossos primeiros pais. O sr. Noirtier deu-se então ao trabalho de ir fechar ele mesmo a porta do vestíbulo, voltou para fechar a do dormitório, empurrou os ferrolhos e estendeu a mão para Villefort, que acompanhara todos esses movimentos com uma surpresa de que ainda não se recobrara.

— Ora vejam! Sabia, meu caro Gérard — disse ele ao rapaz, fitando-o com um sorriso cuja expressão era bem difícil de definir —, que você não parece muito feliz em me ver?

— Pelo contrário, meu pai — disse Villefort —, estou encantado; mas estava tão longe de esperar sua visita que ela me deixou um pouco aturdido.

— Pois sinto-me inclinado a dizer a mesma coisa, meu caro amigo — continuou o sr. de Noirtier, sentando-se. — O senhor me anuncia seu noivado em Marselha para o 1º de março e no dia 5 está em Paris?

— Se aqui estou, pai — disse Gerard, aproximando-se do sr. Noirtier —, não reclame, pois foi pelo senhor que vim, e essa viagem talvez seja sua salvação.

— Ah, não diga! — disse o sr. Noirtier, esticando-se displicentemente na poltrona onde estava sentado. — Não diga! Então me conte, sr. magistrado, deve ser interessante.

— Meu pai, ouviu falar de algum clube bonapartista sediado na rua Saint-Jacques?

— Número 53? Sim, sou seu vice-presidente.

— Pai, seu sangue-frio me dá calafrios.

— Que quer, meu caro? Quando se foi proscrito pelos *montagnards*, quando se deixou Paris numa carroça de feno, quando se foi encurralado nas planícies de Bordeaux pelos capangas de Robespierre, é fácil se acostumar com muitas coisas. Portanto, continue. E então? O que aconteceu nesse clube da rua Saint-Jacques?

— Aconteceu que atraíram para lá o general Quesnel, e o general Quesnel, que saíra às nove horas da noite de casa, foi encontrado dois dias depois no Sena.

— E quem lhe contou essa bela história?

— O próprio rei, senhor.

— Pois muito bem! Eu, em retribuição à sua história — replicou Noirtier —, vou lhe contar uma novidade.

— Creio saber o que vai me dizer.

— Ah! Já sabe do desembarque de Sua Majestade o imperador?

— Silêncio, pai, por favor, em primeiro lugar pelo senhor, e depois por mim. Sim, eu sabia da novidade, e soube dela antes mesmo do senhor, pois há quatro dias corro pelas estradas, de Marselha a Paris, com raiva de não poder lançar mil quilômetros à minha frente o pensamento que incendeia o meu cérebro.

— Há quatro dias! Está maluco! Há quatro dias o imperador não havia embarcado.

— Não interessa, eu sabia do plano.

— E como?

— Por uma carta enviada ao senhor da ilha de Elba.

— A mim?

— Ao senhor, e que descobri na pasta do mensageiro. Se essa carta houvesse caído nas mãos de outro qualquer, a esta hora talvez estivesse fuzilado, meu pai.

O pai de Villefort começou a rir.

— Não exagere — disse ele —, parece que a Restauração aprendeu com o Império a forma de se livrar agilmente dos problemas... Fuzilado! Como anda rápido, meu caro! E essa carta, onde está? Conheço-o muito bem para temer que a tenha perdido por aí.

— Queimei-a, com medo que restasse um único fragmento dela: pois essa carta era sua condenação.

— E a ruína do seu futuro — respondeu friamente Noirtier. — Compreendo-o muito bem; mas nada tenho a temer, uma vez que o senhor me protege.

— Faço melhor que isso, senhor, salvo-o.

— Ah, diabos! A coisa está ficando mais dramática; explique-se.

— Senhor, quero voltar ao assunto desse clube da rua Saint-Jacques.

— Os cavalheiros da polícia parecem gostar muito desse clube. Por que não procuraram melhor? Teriam-no encontrado.

— Não o encontraram, mas estão no rastro.

— É o que dizem sempre, sei muito bem disso: quando a polícia falha, diz que está no rastro, e o governo espera tranquilamente o dia em que ela vem lhe dizer, com o rabo entre as pernas, que perdeu esse rastro.

— Sim, mas encontraram um cadáver; o general Quesnel foi morto, e em todos os países do mundo isso se chama assassinato.

— O senhor disse um assassinato? Mas nada prova que o general tenha sido vítima de um assassinato: todos os dias encontram-se pessoas no Sena que nele se lançaram por desespero, que se afogaram sem saber nadar.

— Meu pai, o senhor sabe muito bem que o general não se afogou por desespero, e que ninguém se banha no Sena, pelo menos no mês de fevereiro. Não, não, não se iluda, essa morte é claramente qualificada como assassinato.

— E quem assim a qualificou?

— O próprio rei.

— O rei! Eu o julgava suficientemente filósofo para compreender que não existe assassinato em política. Em política, meu caro, sabe tão bem quanto eu, não existem homens, mas ideias; não existem sentimentos, mas interesses; em política, ninguém mata um homem: suprime-se um obstáculo, ponto final. Quer saber como as coisas se deram? Pois bem, vou lhe contar. Achávamos que podíamos contar com o general Quesnel; ele nos tinha sido recomendado da ilha de Elba; um de nós foi à casa dele, convidou-o a participar de uma Assembleia na rua Saint-Jacques, onde encontraria amigos; ele foi e ali o pusemos a par de todo o plano, a partida da ilha de Elba, o desembarque planejado; em seguida, depois de escutar tudo, entender tudo, de não haver mais nada que não soubesse, ele anunciou que era realista, então todos se entreolharam; fizeram-lhe prestar juramento, ele prestou, mas com tanta má vontade que era tentar a Deus jurar daquela maneira. Muito bem, apesar disso, deixamos o general sair livre, completamente livre. Ele não voltou para casa, que quer, meu caro? Despediu-se da gente, deve ter errado de caminho, só isso. Assassinato! Na verdade, o senhor me surpreende, Villefort, o sr. substituto do procurador do rei, ao levantar uma acusação fundamentado em provas tão débeis. Será que alguma vez tentei lhe dizer, quando o senhor exercia sua profissão de realista e mandou cortar a cabeça de um dos meus: "Meu filho, o senhor cometeu um assassinato!" Não, eu disse: "Muito bem, o senhor lutou vitoriosamente; amanhã teremos a revanche."

— Mas pai, cuidado, essa revanche será terrível quando chegar.

— Não compreendo.

— O senhor conta com a volta do usurpador.

— Admito que sim.

— Está enganado, pai, ele não fará cinquenta quilômetros dentro da França sem ser perseguido, encurralado, capturado como um animal feroz.

— Meu caro amigo, o imperador encontra-se neste momento na estrada de Grenoble, no dia 10 ou 12 estará em Lyon e no 20 ou 25, em Paris.

— O povo irá se rebelar...

— Para ir se apresentar a ele.

— Ele tem muito poucos homens, enviaremos exércitos contra ele.

— Que o escoltarão para entrar na capital. Na verdade, meu caro Gérard, o senhor ainda não passa de uma criança. Julga-se bem-informado porque um telégrafo lhe diz, quatro dias depois do desembarque: "O usurpador desembarcou em Cannes com alguns homens; estamos em seu encalço." Mas onde está ele? Que faz ele? Os senhores não sabem de nada: estamos no seu encalço, é tudo que sabem. Ora! Vão persegui-lo assim até Paris sem disparar um tiro.

— Grenoble e Lyon são cidades fiéis e lhe oporão uma barreira intransponível.

— Grenoble lhe abrirá as portas com entusiasmo, Lyon inteira irá recebê-lo. Acredite em mim, somos tão bem-informados quanto os senhores, e nossa polícia equivale à sua: quer uma prova? O senhor queria me esconder sua viagem e mesmo assim eu sabia dela meia hora depois que o senhor passou pela barreira. O senhor deu seu endereço apenas ao postilhão, pois bem, sei seu endereço, e a prova disso é que chego à sua casa justamente quando o senhor vai se pôr à mesa; toque então, e peça um segundo talher, jantaremos juntos.

— Com efeito — respondeu Villefort, observando o pai com espanto —, com efeito, o senhor me parece bem-informado.

— Meu Deus, a coisa é muito simples; os senhores, que detêm o poder, os senhores contam apenas com os recursos fornecidos pelo dinheiro; quanto a nós, que o esperamos, contamos com os fornecidos pelo devotamento.

— O devotamento? — desdenhou Villefort, rindo.

— Sim, o devotamento; é assim que chamamos, em bom francês, a ambição que espera.

E o próprio pai de Villefort esticou a mão para o cordão da campainha a fim de chamar o criado que o filho não chamava.

Villefort segurou seu braço.

— Um momento, meu pai — disse o jovem —, mais uma palavrinha.

— Fale.

— Por mais desastrada que seja a polícia realista, ela sabe no entanto de uma coisa terrível.

— Qual?

— As características do homem que, na manhã do dia em que o general Quesnel desapareceu, apresentou-se na casa dele.

— Ah, ela sabe isso, essa excelente polícia: e quais são essas características?

— Pele morena, suíças e olhos pretos, redingote azul abotoado até o queixo, roseta de oficial da Legião de Honra na lapela, chapéu de abas largas e bengala de junco.

— Ora, ora! Ela sabe isso? — disse Noirtier. — Nesse caso, por que ela não capturou o homem?

— Porque o perdeu de vista, ontem ou anteontem, na esquina da rua Coq-Héron.

— Não lhe disse que sua polícia era uma lástima?

— Sim, mas de uma hora para outra ela pode encontrá-lo.

— Talvez — disse Noirtier, olhando despreocupadamente à sua volta —, se esse homem não for esperto, mas ele o é; e — acrescentou sorrindo — ele vai mudar de rosto e de roupa.

A essas palavras levantou-se, tirou fora o redingote e a gravata, foi até uma mesa na qual estavam preparados todos os itens necessários à toalete do filho, pegou uma navalha, ensaboou o rosto e com a mão perfeitamente firme abateu aquelas suíças comprometedoras que davam à polícia pista tão preciosa.

Villefort observava-o fazer aquilo com um terror não isento de admiração.

Extirpadas as suíças, Noirtier deu outro aspecto aos cabelos; substituiu a gravata preta pela gravata colorida que aflorava na superfície de uma mala aberta; vestiu, no lugar do redingote azul e abotoado, um redingote de Villefort, marrom e afunilado; experimentou em frente ao espelho o chapéu de aba revirada do rapaz, pareceu satisfeito com a aparência que lhe dava e, deixando a bengala de junco no canto da lareira, fez assobiar em sua mão ágil uma pequena haste de bambu, com a qual o elegante substituto dava ao seu andar a desenvoltura que era uma de suas principais qualidades.

— Que tal? — perguntou ele, voltando-se para o filho estupefato, quando aquela espécie de metamorfose ao vivo foi operada. — Acha que a polícia me reconheceria agora?

— Não, meu pai — balbuciou Villefort —, espero que não.

— Pois bem, meu caro Gérard — continuou Noirtier —, confio na sua prudência para dar um fim a todos os objetos que deixo aos seus cuidados.

— Oh, fique tranquilo, pai! — enfatizou Villefort.

— Claro, claro! E agora creio que você tem razão e que pode muito bem, de fato, ter salvado a minha vida; mas fique tranquilo, vou retribuir em breve.

Villefort balançou a cabeça.

— Não está convencido?

— Pelo menos espero que esteja enganado.

— Voltará a estar com o rei?

— Talvez.

— Quer passar por profeta aos olhos dele?

— Os profetas da desgraça não são bem-vindos na corte, meu pai.

— Sim, mas um dia ou outro alguém lhe faz justiça; e suponha uma segunda Restauração, nesse caso você será tratado como um herói.

— Resumindo, que devo dizer ao rei?

— Diga-lhe o seguinte: "*Sire*, estais sendo enganado acerca das inclinações da França, da opinião das cidades, do estado de espírito do exército; este que em Paris chamais de ogro da Córsega, também conhecido como usurpador em Nevers, já é chamado Bonaparte em Lyon e imperador em Grenoble. Vós o julgais encurralado, perseguido, em fuga; mas ele marcha, rápido como uma águia, refletindo sua imagem. Os soldados que julgais mortos de fome, esmagados pelo cansaço, prontos a desertar, multiplicam-se como flocos em torno da bola de neve que se precipita. *Sire*, parti; abandonai a França ao seu verdadeiro soberano, àquele que não a comprou, mas conquistou; parti, *sire*, não que correis qualquer perigo, vosso adversário é suficientemente forte para ser misericordioso, mas porque seria humilhante para um neto de São Luís dever a vida ao homem de Arcoli[60], de Marengo e de Austerlitz." Diga-lhe isto, Gérard; ou melhor, deixe, não diga nada; dissimule sua viagem; não se gabe do que veio fazer e do que fez em Paris; embarque novamente em seu coche; se cortou caminho para vir, devore o espaço para voltar; chegue em Marselha à noite; entre em sua casa por uma porta dos fundos e lá permaneça, quietinho, bem humilde, bem discreto, sobretudo bem inofensivo, pois dessa vez, juro a você, agiremos com a força de quem conhece seus inimigos. Vá, meu filho, vá, meu caro Gérard, e, mediante essa obediência às ordens paternas, ou, se preferir, essa deferência para com os conselhos de um amigo, o manteremos em seu posto. Isso será — acrescentou Noirtier sorrindo — uma maneira de o senhor me salvar uma segunda vez, se a gangorra política um dia o recolocar em cima e a mim embaixo. Adeus, caro Gérard; na próxima viagem, hospede-se lá em casa.

E a essas palavras Noirtier saiu, com a tranquilidade que não o deixara um só instante enquanto havia durado essa difícil entrevista.

Villefort, pálido e agitado, correu até a janela, entreabriu a cortina e o viu passar calmo e impassível no meio de dois ou três homens com cara de poucos amigos, emboscados na esquina vigiada e no ângulo das ruas, que talvez estivessem ali para prender o homem de suíças pretas, redingote azul e chapéu de abas largas.

---

60. Arcoli: nome da batalha vencida por Napoleão na comuna homônima, da região do Vêneto. Episódio importante da vitoriosa campanha da Itália (1796-97), travada contra os exércitos austríacos, então ocupando algumas províncias do atual território italiano.

Villefort permaneceu assim, de pé e ofegante, até seu pai desaparecer no cruzamento Bussy. Avançou então para os objetos abandonados por ele, colocou no fundo da mala a gravata e o redingote azul, torceu o chapéu, que enfiou embaixo de um armário, quebrou a bengala de junco em três pedaços, os quais lançou ao fogo, pôs um gorro de viagem, chamou seu criado de quarto, proibindo-lhe com um olhar as mil perguntas que este sentia vontade de fazer, pagou a conta do hotel, pulou dentro de seu coche, que o esperava já atrelado, soube em Lyon que Bonaparte acabava de entrar em Grenoble e, em meio ao tumulto que reinava ao longo de todo o percurso, chegou a Marselha, às voltas com todas as inquietações que invadem o coração do homem junto com a ambição e as primeiras honras.

Avançou então para os objetos abandonados por ele.

13. OS CEM DIAS

O sr. Noirtier era um exímio profeta, e as coisas caminharam aceleradamente, como ele dissera. Todos conhecem o retorno da ilha de Elba, retorno estranho, milagroso, que, sem exemplo no passado, provavelmente permanecerá sem imitação no futuro.

Luís XVIII não tentou senão debilmente aparar tão rude estocada. Sua falta de confiança nos homens minava sua confiança nos fatos. A realeza, ou melhor, a monarquia recém-reconstituída por ele, tremeu em suas bases ainda instáveis, bastando um único gesto do imperador para fazer ruir todo aquele edifício, mistura informe de velhos preconceitos e ideias novas. Villefort, portanto, ganhou de seu rei um reconhecimento não apenas inútil no momento, mas até perigoso: aquela cruz de oficial da Legião de Honra, que ele teve a prudência de não mostrar, a despeito de o sr. de Blacas, como lho recomendara o rei, haver mandado emitir o respectivo diploma.

Napoleão decerto teria exonerado Villefort sem a proteção de Noirtier, agora todo-poderoso na corte dos Cem Dias, tanto pelos perigos que enfrentara como pelos serviços que prestara. Assim, como lhe prometera, o girondino de 93 e o senador de 1806[61] protegeu aquele que o protegera na véspera.

---

61. "o girondino de 93 e o senador de 1806": 1793 foi o ano em que os jacobinos tomaram o poder dos girondinos (ver nesta Parte, cap.6, nota 22); 1806, no caso, deve ser entendido como um ponto alto do Primeiro Império napoleônico (1804-14). Em 1805, apesar da derrota para os ingleses em Trafalgar, Napoleão havia sido entronizado rei da Itália, ocupara Viena e obtivera importante vitória na batalha de Austerlitz. Em janeiro de 1806, retornou à França e, ao longo do ano, anexou os

Todo o poder de Villefort limitou-se então, durante essa evocação do império, cuja segunda queda, de resto, era bem fácil de prever, a abafar o segredo que Dantès estivera a ponto de divulgar.

Apenas o procurador do rei foi demitido, suspeito de um bonapartismo um tanto frouxo.

Entretanto, mal o poder imperial foi restabelecido, isto é, mal o imperador voltou a residir nas Tulherias que Luís XVIII acabara de deixar, disparando ordens numerosas e divergentes, a partir daquele pequeno gabinete onde, sucedidos por Villefort, introduzimos nossos leitores, e em cuja mesa de nogueira seu novo ocupante encontrou, ainda toda aberta e cheia pela metade, a tabaqueira de Luís XVIII, e Marselha, apesar da atitude de seus magistrados, começou a sentir fermentar em si aqueles estopins de guerra civil ainda mal debelados no Midi. Faltou pouco então para que as represálias extrapolassem o âmbito de meros tumultos, quando realistas foram confinados em casa, e de enfrentamentos públicos, quando os que se atreviam a sair foram perseguidos.

Por uma inversão perfeitamente natural, o digno armador, que apontamos como pertencente ao partido popular, viu-se por sua vez, naquele momento, não diremos todo-poderoso, pois o sr. Morrel era um homem prudente e ligeiramente tímido, como todos os que fizeram uma lenta e laboriosa fortuna comercial, mas em condições, por mais superado que estivesse pelos exigentes bonapartistas, que o tratavam como moderado, em condições, eu dizia, de erguer a voz para fazer uma reivindicação; essa reivindicação, como é facilmente presumível, dizia respeito a Dantès.

Villefort permanecera firme, a despeito da queda de seu superior, e seu casamento, já decidido, fora entretanto adiado para dias mais felizes. Se o imperador mantivesse o trono, era outra aliança que convinha a Gérard, e seu pai se encarregaria de lha proporcionar; se uma segunda Restauração trouxesse Luís XVIII de volta à França, a influência do sr. de Saint-Méran redobrava, assim como a sua, e a união voltava a ser mais conveniente que nunca.

Sendo assim, o substituto do procurador do rei era momentaneamente o primeiro magistrado de Marselha, quando, numa certa manhã, sua porta se abriu e lhe anunciaram o sr. Morrel.

Outro qualquer teria corrido para o armador e, com essa pressa, revelado sua fraqueza; mas Villefort era um homem superior, que tinha, se não a prática, pelo menos o instinto de todas as coisas. Deu um chá de cadeira em

---

reinos de Nápoles e da Holanda. Tamanho poderio permitiu-lhe a criação da Confederação do Reno, formada por dezesseis estados alemães sob sua influência, e a emissão do decreto que criava o Bloqueio Continental, numa tentativa de fechar as portas do comércio europeu à Inglaterra. Sendo assim, a expressão chama atenção para os altos e baixos da vida política.

Morrel, como teria feito sob a Restauração, embora não estivesse com ninguém, mas pela simples razão de que é praxe um substituto do procurador do rei dar chá de cadeira nas pessoas. Passados quinze minutos, que empregou lendo dois ou três jornais de tendências diferentes, ordenou que o armador fosse introduzido.

O sr. Morrel esperava encontrar Villefort abatido, encontrou-o como o vira seis semanas antes, isto é, calmo, seguro e exalando aquela fria polidez, a mais intransponível de todas as barreiras, que separa o homem refinado do homem vulgar.

Ele entrara no gabinete de Villefort convencido de que o magistrado tremeria à sua vista, e era ele, ao contrário, quem se via todo arrepiado e perturbado diante daquele personagem inquisidor, que o esperava com o cotovelo apoiado na escrivaninha.

Morrel parou à porta. Villefort olhou para ele como se mal o reconhecesse. Finalmente, após alguns segundos de estudo e silêncio, durante os quais o digno armador não parava de rodopiar seu chapéu entre as mãos, Villefort disse:

— Sr. Morrel, eu presumo...

— Sim, senhor, eu mesmo — respondeu o armador.

— Aproxime-se então — continuou o magistrado, fazendo com a mão um sinal protetor — e diga-me a que circunstância devo a honra desta visita.

— Não desconfia, senhor? — perguntou Morrel.

— Não faço a mínima ideia; o que não me impede de estar nas melhores disposições para lhe ser agradável, se a coisa estiver ao meu alcance.

— A coisa depende inteiramente de sua vontade, senhor — disse Morrel.

— Explique-se, então.

— Senhor — continuou o armador, recuperando a segurança à medida que falava e apoiado tanto na justiça de sua causa como na clareza de sua posição —, lembra-se que, alguns dias antes de sabermos do desembarque de Sua Majestade o imperador, eu viera pedir sua indulgência para um infeliz rapaz, um marinheiro, imediato a bordo do meu paquete; ele era acusado, caso se lembre, de ter relações com a ilha de Elba: tais relações, que eram um crime na época, hoje são títulos que o recomendam. Na época o senhor servia a Luís XVIII e não o poupou, senhor; era seu dever. Hoje serve a Napoleão e deve protegê-lo; também é seu dever. Venho então perguntar por seu paradeiro.

Villefort teve que fazer um esforço violento para não perder a calma.

— O nome desse homem? — perguntou. — Tenha a bondade de me dizer seu nome.

— Edmond Dantès.

Evidentemente, para Villefort, ouvir aquele nome pronunciado à queima-roupa era como ser atingido num duelo pelo fogo de seu adversário a vinte e cinco passos. Entretanto, sequer pestanejou.

Villefort olhou para ele como se mal o reconhecesse.

"Dessa forma", pensou Villefort, "não poderão me acusar de ter transformado a detenção desse homem num caso puramente pessoal."

— Dantès? — repetiu. — Edmond Dantès, é isso?

— Sim, cavalheiro.

Villefort abriu então um grosso livro de registro guardado num escaninho próximo, recorreu a um índice, do índice passou para alguns dossiês e, voltando-se para o armador:

— Tem certeza de que não está enganado, senhor? — perguntou-lhe com desfaçatez.

Se Morrel fosse um homem mais refinado ou mais bem-esclarecido sobre o caso, teria achado estranho o substituto do procurador do rei dignar-se a lhe responder sobre assuntos completamente alheios à sua competência e se teria perguntado por que Villefort não o encaminhava aos autos processuais, aos diretores de prisão, ao governador do departamento. Mas Morrel, procurando em vão o temor em Villefort, não viu outra coisa senão, na medida em que todo temor parecia ausente, condescendência: Villefort achara o tom.

— Não, senhor — disse Morrel —, não estou enganado; aliás conheço-o há dez anos, ele está em meu serviço há quatro. Vim, lembra-se?, seis semanas atrás pedir-lhe para ser clemente como hoje venho pedir para ser justo com o infeliz rapaz; o senhor inclusive me recebeu muito mal e me respondeu como homem contrariado. Ah! Era porque os realistas eram duros com os bonapartistas naqueles tempos!

— Senhor — respondeu Villefort, encontrando uma saída com a presteza e o sangue-frio de costume —, eu era realista quando julgava os Bourbon não só os herdeiros legítimos do trono, como também os eleitos pela nação; mas o retorno milagroso de que acabamos de ser testemunhas me provou que eu estava enganado. O gênio de Napoleão venceu: o monarca legítimo é o monarca amado.

— Já não era sem tempo! — exclamou Morrel, com sua boa e rude franqueza. — O senhor me deixa alegre ao falar assim, e prevejo alguma coisa boa para Edmond.

— Espere — disse Villefort, folheando um novo registro —, aqui está: é um marinheiro, não é?, que estava para se casar com uma catalã? Sim, sim... Oh, lembro-me agora: a coisa era gravíssima.

— Como assim?

— Saiba que ao sair da minha casa ele foi levado para as prisões do Palácio de Justiça.

— E daí?

— E daí que fiz meu relatório para Paris; enviei os papéis encontrados com ele. Era meu dever, que remédio... e uma semana após sua prisão o prisioneiro foi levado.

— Levado! — exclamou Morrel. — Mas o que fizeram com o pobre rapaz?

— Oh, tranquilize-se! Deve ter sido transferido para Fenestrelle, para Pignerol, para as ilhas Sainte-Marguerite[62], o que chamamos de jubilado, em termos administrativos; uma bela manhã o senhor o verá voltar para assumir o comando do seu navio.

— Que ele venha quando quiser, seu lugar está reservado. Mas por que ele ainda não voltou? Parece-me que a primeira providência da justiça bonapartista devia ter sido libertar os encarcerados pela justiça realista.

62. Fenestrelle, Pignerol e ilhas Sainte-Marguerite: fortalezas usadas como prisão pelos governos franceses. Fenestrelle e Pignerol localizam-se na Itália, uma no Piemonte e a outra ao sudoeste de Turim. Ambas deixaram de pertencer aos franceses após 1814. Como esta cena se passa durante os chamados Cem Dias, último período de Napoleão no poder, entre março e junho de 1815, ou Villefort está simplesmente despistando o sr. Morrel ou houve um engano por parte do autor. As ilhas Sainte-Marguerite situam-se no sudeste da França, próximas a Cannes.

— Não acuse levianamente, meu caro sr. Morrel — respondeu Villefort. — Convém, em todas as coisas, proceder legalmente. A ordem de prisão veio de cima, é preciso que a ordem de soltura também venha de cima. Ora, Napoleão voltou há quinze dias, se tanto; os alvarás de soltura devem estar sendo expedidos.

— Mas não há um jeito de apressar as formalidades, agora que triunfamos? — perguntou Morrel. — Tenho alguns amigos, alguma influência, posso obter o relaxamento da prisão.

— Não houve prisão.

— Do processo, então.

— Não protocolamos processos políticos; às vezes os governos têm interesse em dar sumiço a alguém sem deixar rastro de sua passagem, e notas processuais guiariam as investigações.

— Talvez fosse assim sob os Bourbon, mas agora...

— É assim em todos os tempos, meu caro sr. Morrel; os governos se sucedem e assemelham; a máquina penitenciária montada sob Luís XIV ainda funciona nos dias de hoje, com exceção da Bastilha. O imperador sempre foi mais rigoroso com o regulamento de suas prisões do que o próprio grande rei; e o número de encarcerados cujos registros não deixaram rastro é incalculável.

Tanta benevolência teria derrubado certezas, e Morrel não tinha sequer suspeitas.

— Mas, enfim, sr. de Villefort — disse ele —, que conselho me daria para apressar o retorno do infeliz Dantès?

— Um único, senhor: faça uma petição ao ministro da Justiça.

— Oh, senhor, sabemos o que é uma petição: o ministro recebe duzentas por dia e não chega a ler quatro!

— Sim — replicou Villefort —, mas ele lerá uma petição enviada por mim, recomendada por mim, encaminhada diretamente por mim.

— E o senhor se encarregaria de lhe fazer chegar essa petição?

— Com o maior prazer. Dantès podia ser culpado na época; mas hoje é inocente, e é meu dever devolver a liberdade àquele a quem um dia foi meu dever colocar na prisão.

Villefort assim se resguardava do perigo de um inquérito pouco provável, mas possível, inquérito que o destruiria inapelavelmente.

— Mas como se escreve ao ministro?

— Sente-se aqui, sr. Morrel — disse Villefort, cedendo o lugar ao armador —, vou ditar.

— Faria essa gentileza?

— Claro. Não percamos tempo; já o perdemos em demasiado.

— Sim, senhor, pensemos que o pobre rapaz espera, sofre e talvez se desespere.

Villefort sentiu um calafrio diante da visão daquele prisioneiro amaldiçoando-o no silêncio e na escuridão, mas estava comprometido demais para recuar. Dantès tinha de ser esmigalhado pelas engrenagens de sua ambição.

— Às suas ordens, senhor — disse o armador, sentado na poltrona de Villefort e com a pena na mão.

Villefort então ditou uma requisição na qual — com um fim louvável, não havia do que desconfiar — exagerou o patriotismo de Dantès e os serviços por ele prestados à causa bonapartista. Nesta requisição, Dantès era transformado num dos agentes mais atuantes no regresso de Napoleão. Era evidente que, ao ver um papel daqueles, o ministro faria justiça prontamente, se é que justiça ainda não fora feita.

Terminada a petição, Villefort releu-a em voz alta.

— É isto — disse ele —, e agora deixe tudo por minha conta.

— E a petição será logo despachada, senhor?

— Hoje mesmo.

— Recomendada pelo senhor?

— A melhor recomendação possível, senhor, é atestar como verdade tudo que o senhor diz nesta petição.

E Villefort sentou-se por sua vez e, num canto da petição, aplicou seu carimbo.

— Que devemos fazer agora, senhor?

— Esperar — disse Villefort. — Respondo por tudo.

Aquela convicção devolveu a esperança a Morrel. Encantado, ele se despediu do substituto do procurador do rei e foi anunciar ao velho pai de Dantès que não demoraria a rever o filho.

Quanto a Villefort, em vez de despachar a requisição para Paris, conservou-a ciosamente em suas mãos. Tal documento, para salvar Dantès no presente, comprometia-o terrivelmente no futuro, à supor-se algo que o aspecto da Europa e a evolução dos fatos já permitiam supor, isto é, uma segunda Restauração.

Dantès permaneceu então prisioneiro. Perdido nas profundezas de sua masmorra, não ouviu o estrépito formidável da queda do trono de Luís XVIII e, ainda mais terrível, o do desmoronamento do império.

Villefort, porém, acompanhara tudo com olho vigilante e ouvidos aguçados. Por duas vezes, durante aquela curta aparição imperial que ficou conhecida como os Cem Dias, Morrel voltara à carga, cobrando a liberdade de Dantès, e em ambas Villefort o acalmara com promessas e esperanças; finalmente, chegou Waterloo[63]. Morrel não voltou à casa de Villefort; o armador

63. Waterloo: nome da última batalha perdida por Napoleão, que marcou a derrocada final de seu império. Aconteceu em 18 de junho de 1815, na localidade de Waterloo, na Bélgica. A coalizão reunida contra o exército francês incluía Prússia, Inglaterra, Rússia e Áustria.

fizera pelo jovem amigo tudo que era humanamente possível fazer; empreender novas tentativas sob aquela segunda Restauração era comprometer-se inutilmente.

Luís XVIII voltou ao trono. Villefort, para quem Marselha estava cheia de recordações que haviam se tornado remorsos, pediu e obteve o posto de procurador do rei vago em Nêmer; quinze dias após sua instalação na nova residência, casou-se com a srta. Renée de Saint-Méran, cujo pai estava mais que nunca em alta na corte.

Foi assim que Dantès, durante os Cem Dias e após Waterloo, permaneceu aferrolhado e esquecido, se não dos homens, pelo menos de Deus.

Danglars, ao assistir ao retorno de Napoleão à França, compreendeu todo o alcance do golpe que infligira a Dantès; sua denúncia acertara o alvo e, como todos os homens com certa inclinação para o crime e mediana inteligência para a vida comum, considerou aquela estranha coincidência um *desígnio da Providência.*

Mas quando Napoleão voltou a Paris e sua voz reverberou novamente, imperiosa e possante, Danglars teve medo; esperava a reaparição de Dantès a qualquer momento, Dantès onisciente, Dantès ameaçador e forte para todas as vinganças. Manifestou então ao sr. Morrel o desejo de abandonar o serviço do mar e solicitou uma recomendação a um negociante espanhol, no estabelecimento do qual entrou como amanuense perto do fim de março, isto é, dez ou doze dias após a volta de Napoleão às Tulherias; partiu então para Madri, e não se ouviu falar mais dele.

Fernand, por sua vez, não entendeu nada. Dantès estava ausente, era tudo de que precisava. Qual era o seu paradeiro? Não procurava saber. Porém, durante toda a trégua que lhe proporcionava sua ausência, maquinou, ora espezinhando Mercedes acerca dos motivos daquela ausência, ora arquitetando planos de emigração e rapto. De tempos em tempos, e eram as horas sombrias de sua vida, sentava-se na ponta do cabo do Farol, naquele ponto do qual distinguimos ao mesmo tempo Marselha e a aldeia dos catalães, observando, triste e imóvel como uma ave de rapina, para se certificar de que o formoso rapaz não voltava por um daqueles dois caminhos, livre, de cabeça erguida, portador de uma drástica vingança contra ele. Nesses momentos, Fernand se decidia: arrebentava a cabeça de Dantès com um tiro de fuzil e se matava depois, dizia consigo, para mascarar o assassinato. Mas Fernand se iludia: aquele homem nunca se mataria, pois continuava com esperanças.

Enquanto isso, e em meio a tantas reviravoltas dolorosas, o império promoveu um derradeiro alistamento, e tudo que havia de homens em condições de empunhar armas lançou-se para fora da França à voz retumbante do imperador. Fernand partiu como os outros, abandonando sua cabana e Mercedes, corroído por aquela ideia terrível e soturna de que talvez seu rival voltasse e se casasse com sua bem-amada.

Se Fernand tivesse um dia que se matar, era deixando Mercedes que o teria feito. Suas atenções para com Mercedes, a piedade que simulava em relação ao seu infortúnio, o cuidado para antecipar seus menores desejos, tudo isso havia produzido o efeito que sempre produzem as aparências do devotamento sobre os corações generosos: Mercedes sempre gostara de Fernand como amiga; essa amizade foi acrescida de um novo sentimento por ele: gratidão.

— Meu irmão — disse ela, afivelando a mochila do recruta nos ombros do catalão —, meu único amigo, não se deixe matar, não me deixe sozinha neste mundo, onde choro e onde ficarei só assim que o senhor não estiver mais nele.

Tais palavras, ditas no momento da partida, devolveram alguma esperança a Fernand. Se Dantès não voltasse, um dia Mercedes poderia ser dele.

Mercedes ficou sozinha naquela terra agreste, que nunca lhe parecera tão árida, e com o mar imenso como horizonte. Banhada em lágrimas, como aquela louca cuja triste história nos contam, era vista vagando incessantemente em torno do vilarejo dos catalães: ora detendo-se sob o sol inclemente do Midi, de pé, imóvel, muda como uma estátua e contemplando Marselha; ora sentada na praia, escutando o gemido do mar, eterno como seu sofrimento, e se perguntando incansavelmente se não seria melhor precipitar-se, abandonar-se ao seu próprio peso, abrir o abismo e ser tragada por ele, do que sofrer daquela forma todas as cruéis alternativas de uma espera sem perspectiva.

Não foi coragem que faltou a Mercedes para realizar esse plano, foi a religião que lhe veio em socorro e a salvou do suicídio.

Caderousse foi convocado como Fernand; porém, como tinha seis anos a mais que o catalão e era casado, fez parte apenas da terceira leva, tendo sido enviado para o litoral.

O velho Dantès, a quem apenas a esperança amparava, perdeu-a com a queda do imperador. Cinco meses, dia após dia, depois ter sido separado do filho, deu o último suspiro nos braços de Mercedes.

O sr. Morrel pagou todos os custos de seu sepultamento e quitou as pequenas dívidas que o velho fizera durante sua doença. Havia mais do que caridade nessa ação, havia coragem. O Midi estava em polvorosa, e era um crime socorrer, mesmo em seu leito de morte, o pai de um bonapartista tão perigoso quanto Dantès.

14. O PRISIONEIRO FURIOSO E O PRISIONEIRO LOUCO

Cerca de um ano depois do retorno de Luís XVIII, aconteceu uma visita do sr. inspetor-geral das prisões.

Do fundo de sua masmorra, Dantès ouviu o rolar e ranger de todos aqueles preparativos que em cima faziam grande estardalhaço, mas que, embaixo, eram ruídos imperceptíveis a qualquer ouvido que não o de um prisioneiro acostumado a escutar, no silêncio da noite, a aranha tecendo sua teia e a queda periódica de uma gota d'água que leva uma hora para se formar no teto.

Presumiu que alguma coisa de inusual estava acontecendo no mundo dos vivos: habitava havia tanto tempo um túmulo que podia muito bem se considerar um defunto.

Com efeito, o inspetor visitava, um atrás do outro, os alojamentos, celas e masmorras. Diversos prisioneiros foram interrogados; eram aqueles cuja submissão ou estupidez recomendavam à benevolência da administração. O inspetor perguntou-lhes como eram alimentados e quais reivindicações tinham a fazer.

Responderam unanimemente que a comida era execrável e reivindicaram a liberdade.

O inspetor perguntou se tinham outra coisa a lhe comunicar.

Eles balançaram a cabeça. Que outro bem prisioneiros podem reivindicar senão a liberdade?

O inspetor voltou-se sorrindo e disse ao diretor:

— Não sei por que nos obrigam a fazer essas inspeções inúteis. Quem vê um prisioneiro, vê cem; quem ouve um prisioneiro, ouve mil; é sempre a mesma coisa: mal-alimentados e inocentes. O senhor tem mais?

— Sim, temos os prisioneiros perigosos ou loucos, que mantemos na masmorra.

— Vamos a eles — disse o inspetor com um ar de profunda lassidão —, cumpramos nossa missão até o fim e desçamos às masmorras.

— Espere — disse o diretor —, precisamos uma escolta de no mínimo dois homens; às vezes os prisioneiros cometem, até mesmo por desilusão com a vida e para serem condenados à morte, atos de desespero inúteis. O senhor poderia ser vítima de um desses atos.

— Tome então suas precauções — disse o inspetor.

Com efeito, dois soldados foram chamados e todos começaram a descer por uma escada tão nauseabunda, fétida e úmida que bastava alguém passar por aquele lugar para ter agredidos simultaneamente a visão, o olfato e a respiração.

— Oh! — disse o inspetor, parando no meio da descida. — Que desgraçado consegue viver aqui?

— Um conspirador dos mais perigosos e que nos é particularmente recomendado como um homem capaz de tudo.

— Está sozinho?

— Decerto.

— Há quanto tempo está aqui?

— Há mais ou menos um ano.

— E está nessa masmorra desde que chegou?

— Não, senhor, só depois que tentou matar o carcereiro encarregado de lhe trazer a comida.

— Quis matar o carcereiro?

— Sim, senhor, este mesmo que nos ilumina o caminho. Não é verdade, Antoine? — perguntou o diretor.

— Ele tentou me matar de tudo que foi jeito — respondeu o carcereiro.

— Não é possível! Mas então este homem é louco.

— Pior que isso — disse o carcereiro —, é um demônio.

— Quer que façamos queixa dele? — perguntou o inspetor ao diretor.

— Inútil, senhor, ele está suficientemente castigado dessa forma; por sinal, no momento, está quase louco e, pela experiência que nossas observações nos proporcionam, antes de um ano estará completamente alienado.

— Bom Deus, melhor para ele — disse o inspetor. — Uma vez completamente louco, sofrerá menos.

Era, como vemos, um homem cheio de bondade esse inspetor, e muito digno das funções filantrópicas que exercia.

— Tem razão — disse o diretor —, e essa reflexão atesta que o senhor estudou profundamente a matéria. Assim, temos, numa masmorra separada desta por meros seis metros, e para a qual descemos por outra escada, um velho abade, antigo líder subversivo na Itália, que está aqui desde 1811, o qual perdeu o juízo no finzinho de 1813; desde então, não é fisicamente identificável: chorava, agora ri; emagrecia, agora engorda. Talvez prefira vê-lo a este daqui; sua loucura é divertida e não o entristecerá.

— Verei a ambos — disse o inspetor —, dessa forma cumpriremos conscienciosamente nossa missão. Entremos então na cela deste aqui primeiro — acrescentou.

— Como o senhor desejar — respondeu o diretor.

E fez sinal para o carcereiro, que abriu a porta.

Ao ranger dos maciços ferrolhos, ao grito das charneiras enferrujadas girando sobre seus eixos, Dantès, de cócoras num canto de sua masmorra, onde recebia com uma alegria indescritível o tênue raio de sol que escoava através de um estreito respiradouro gradeado, ergueu a cabeça. Ao ver um homem desconhecido, iluminado por dois carcereiros com archotes, e a quem o diretor falava com o chapéu na mão, acompanhado por dois soldados, Dantès adivinhou do que se tratava e, vendo enfim apresentar-se uma oportunidade de implorar a uma autoridade superior, pulou para a frente com as mãos postas.

Acreditando que o prisioneiro investia contra o diretor com más intenções, os soldados cruzaram imediatamente as baionetas.

O próprio inspetor deu um passo para trás.

Dantès viu que o haviam apresentado como alguém a ser temido.

Então reuniu em seu olhar tudo o que o coração de um homem pode conter de mansidão e humildade e, exprimindo-se com uma espécie de eloquência piedosa que surpreendeu os espectadores, tentou comover a alma de seu visitante.

O inspetor escutou o discurso de Dantès até o fim; em seguida, dirigindo-se ao diretor:

— Este se voltará para a religião — disse a meia-voz —, já está inclinado a sentimentos mais delicados. Veja, o medo deu resultado; ele recuou diante das baionetas; ora, um louco não recua diante de nada; fiz observações curiosas a esse respeito em Charenton[64].

Voltando-se então para o prisioneiro:

— Em suma, qual é o seu pedido?

— Peço que me digam o crime que cometi; peço que designem juízes para mim; peço que o meu processo seja formalizado; peço finalmente que

64. Charenton: hospício psiquiátrico fundado em 1645 pela ordem dos Irmãos da Caridade, em Charenton-Saint-Maurice (atual Saint-Maurice, no Val-de-Marne). Foi nessa instituição que o marquês de Sade passou seus últimos dias. Chama-se hoje em dia Hospital Esquirol.

me fuzilem se eu for culpado, mas também que me ponham em liberdade se for inocente.

— Está sendo bem-alimentado? — perguntou o inspetor.

— Acho que sim, não sei. Mas isso pouco importa; o que importa, não apenas para mim, desafortunado prisioneiro, mas também para todos os funcionários tributários da justiça, mas também para o rei que nos governa, é um inocente ser vítima de uma denúncia infame e morrer trancafiado amaldiçoando seus carrascos.

— O senhor parece bastante humilde hoje — disse o diretor. — Nem sempre foi assim. Seus modos eram outros, caro amigo, no dia em que tentou atacar o seu carcereiro.

— É verdade, senhor — disse Dantès —, e muito humildemente peço perdão por isso a este homem, que sempre foi bom para mim... Mas que quer? Eu estava louco, eu estava furioso.

— E não está mais?

— Não, senhor, o cativeiro me dobrou, arrebentou, destruiu... Faz tanto tempo que estou aqui!

— Tanto tempo...? Em que época foi preso? — perguntou o inspetor.

— Em 1º de março de 1815, às duas horas da tarde.

O inspetor calculou.

— Estamos em 30 de julho de 1816; que me diz disso? Está preso há apenas dezessete meses.

— Apenas dezessete meses! — exclamou Dantès. — Ah, senhor, não sabe o que são dezessete meses de prisão; dezessete anos, dezessete séculos; sobretudo para um homem que, como eu, roçava a felicidade; para um homem que, como eu, ia esposar a mulher amada; para um homem que via abrir-se à sua frente uma carreira honrosa e a quem tudo falta no momento; que, do meio do dia mais belo cai na noite mais profunda, que vê sua carreira destruída, que não sabe se aquela que o amava continua a amá-lo, que ignora se seu velho pai está vivo ou morto. Dezessete meses de prisão, para um homem acostumado ao ar marinho, à independência do marujo, ao espaço, à imensidão, ao infinito! Senhor, dezessete meses de prisão é mais do que merecem todos os crimes designados pelos nomes mais odiosos da língua humana. Tenha portanto piedade de mim, senhor, e suplique por mim não a indulgência, mas o rigor; não a misericórdia, mas o tribunal; juízes, senhor, peço apenas juízes; não se podem recusar juízes a um acusado.

— Muito bem — disse o inspetor —, veremos.

Depois, dirigindo-se ao diretor:

— Na verdade, o pobre-diabo dá pena. Quando subirmos, o senhor me mostrará os autos.

— Pois não — disse o diretor —, mas creio que encontrará observações terríveis contra ele.

— Senhor — prosseguiu Dantès —, sei que não pode me fazer sair daqui por decisão própria; mas pode transmitir meu pedido à autoridade, pode instaurar um inquérito; pode, enfim, me levar a julgamento. Um julgamento é tudo que peço; que eu saiba o crime que cometi e a pena a que estou condenado; pois, há de convir, a incerteza é o pior de todos os suplícios.

— Ilumine o caminho — disse o inspetor.

— Senhor — exclamou Dantès —, pelo som de sua voz percebo que está emocionado. Senhor, diga-me para ter esperanças.

— Não posso lhe dizer isso — respondeu o inspetor —, posso apenas prometer examinar seu dossiê.

— Oh, então, estou livre, estou salvo!

— Quem o mandou prender? — perguntou o inspetor.

— O sr. de Villefort — respondeu Dantès. — Procure-o e fale com ele.

— O sr. de Villefort saiu de Marselha há um ano, está em Nêmes.

— Ah! Isso não me espanta nada — murmurou Dantès. — Meu único protetor está longe.

— O sr. de Villefort tinha algum motivo para odiá-lo? — perguntou o inspetor.

— Nenhum, senhor; e inclusive foi benevolente comigo.

— Posso então confiar nas observações que ele deixou sobre o senhor ou que ele me fornecerá?

— Plenamente, senhor.

— Muito bem, espere.

Dantès caiu de joelhos, erguendo as mãos para o céu e murmurando uma prece na qual recomendava a Deus aquele homem que descera até a sua prisão, como um salvador vindo para libertar as almas do inferno.

A porta voltou a se fechar; mas a esperança descida com o inspetor permaneceu encerrada na masmorra de Dantès.

— Quer ver os autos imediatamente — perguntou o diretor — ou passar para a masmorra do abade?

— Vamos terminar de uma vez com as masmorras — respondeu o inspetor. — Se eu subir de novo para a luz, talvez perca a coragem para continuar minha triste missão.

— Ah, este é um prisioneiro completamente diferente dos outros, e sua loucura, por sua vez, é menos lastimável que a razão de seu vizinho.

— E qual é a loucura dele?

— Oh, uma loucura estranha: julga-se proprietário de um imenso tesouro. No primeiro ano de cativeiro, mandou oferecer um milhão se o diretor se dispusesse a libertá-lo; no segundo ano, dois milhões, no terceiro, três milhões, e assim progressivamente. Está no quinto ano de cativeiro: vai pedir para lhe falar em particular e lhe oferecer cinco milhões.

— Ah, ah! Curioso, com efeito — disse o inspetor —, e como se chama esse milionário?

— Abade Faria.

— Número 27 — disse o inspetor.

— É aqui. Abra, Antoine.

O carcereiro obedeceu, e o olhar curioso do inspetor mergulhou na masmorra do *abade louco*.

Era assim que em geral tratavam o prisioneiro.

No meio da cela, num círculo traçado no chão com um pedaço de gesso arrancado da parede, estava deitado um homem quase nu, de tal forma suas roupas haviam se degradado em farrapos. Desenhava linhas geométricas bem nítidas nesse círculo, e parecia tão ocupado em resolver um problema quanto Arquimedes ao ser assassinado por um soldado de Marcelo[65]. Assim, sequer se mexeu ao ouvir o barulho provocado pela porta da masmorra que se abria, e pareceu não voltar a si senão quando a luz dos archotes iluminou com um brilho incomum o solo úmido sobre o qual trabalhava. Então voltou-se e viu com espanto o numeroso grupo que acabava de descer à sua masmorra.

Levantou-se prontamente, pegou uma coberta jogada ao pé do seu catre miserável e cobriu-se precipitadamente, de modo a parecer mais decente aos olhos de estranhos.

— Qual é o seu pedido? — perguntou o inspetor, sem variar a fórmula.

— Meu, senhor? — disse o abade com um ar espantado. — Não peço nada.

— Não está compreendendo — disse o inspetor. — Sou agente do governo, minha missão é descer nas prisões e escutar as reclamações dos prisioneiros.

— Oh, então, senhor, é diferente — exclamou animadamente o abade —, e espero que cheguemos a um acordo!

— Eu não disse? — sussurrou o diretor. — Não está começando como previ?

— Senhor — continuou o prisioneiro —, sou o abade Faria, nascido em Roma; fui por vinte anos secretário do cardeal Spada; fui preso, e não sei bem

65. "Arquimedes ao ser assassinado por um soldado de Marcelo": o matemático grego Arquimedes (287 a.C.-212 a.C.) dirigiu, durante três anos, os trabalhos de defesa da cidade de Siracusa, ameaçada pelos romanos liderados por Marcelo. Este, ao tomar posse da cidade, deu ordens para que Arquimedes fosse poupado. O matemático, porém, estava tão entretido com uma equação que, irritando o soldado que lhe deu ordem de prisão, acabou assassinado.

O abade Faria.

o motivo, no começo do ano de 1808; desde então reivindico minha liberdade às autoridades italianas e francesas.

— Por que às autoridades francesas? — perguntou o diretor.

— Porque fui preso em Piombino e presumo que, como Milão e Florença, Piombino tenha se transformado na capital de algum departamento francês.

O inspetor e o diretor entreolharam-se rindo.

— Pena, meu caro — disse o inspetor —, suas notícias da Itália não são recentes.

— Elas datam do dia em que fui preso, senhor — respondeu o abade Faria. — E, como Sua Majestade o imperador havia criado o reino de Roma para o filho que o céu acabava de lhe mandar, presumo que, dando sequência à sua série de conquistas, tenha realizado o sonho de Maquiavel e de César Bórgia, que era unificar toda a Itália num único reino.

— Cavalheiro — disse o inspetor —, felizmente a Providência deu uns retoques nesse gigantesco plano do qual o senhor me parece que era um partidário entusiasmado.

— É o único meio de fazer da Itália um Estado forte, independente e feliz — respondeu o abade.

— É possível — respondeu o inspetor —, mas não vim aqui para palestrar com o senhor sobre política transmontana, mas para lhe perguntar, o que já fiz, se tem alguma reclamação a fazer sobre a maneira como é alimentado e alojado.

— A comida é a mesma de todas as prisões, isto é, péssima — respondeu o abade. — Quanto ao alojamento, como pode ver, é úmido e doentio, não obstante mais que adequado para uma masmorra. Porém, não é disso que se trata, mas sim da revelação da mais alta importância e do mais alto interesse que tenho a fazer à direção.

— Chegamos ao ponto — disse baixinho o diretor ao inspetor.

— Eis por que estou tão contente em vê-lo — continuou o abade —, embora o senhor tenha atrapalhado um cálculo importantíssimo, o qual, caso solucionado, talvez alterasse o sistema de Newton. Pode me conceder o favor de uma entrevista privada?

— Hein! Eu não disse? — comentou o diretor para o inspetor.

— O senhor conhece o seu pessoal — respondeu sorrindo este último.

Depois, voltando-se para Faria:

— Cavalheiro, o que me pede é impossível.

— Entretanto, senhor — continuou o abade —, e se porventura se tratasse de fazer a direção ganhar uma soma enorme, uma soma de cinco milhões, por exemplo?

— Puxa — admirou-se o inspetor, voltando-se por sua vez para o diretor —, o senhor adivinhou até a cifra.

— Veja bem — continuou o abade, percebendo que o inspetor fazia menção de se retirar —, não precisamos ficar absolutamente a sós; o senhor diretor poderá assistir à nossa conversa.

— Meu caro senhor — intrometeu-se o diretor —, infelizmente sabemos de antemão e de cor o que irá dizer. Trata-se de seus tesouros, não é?

Faria olhou para aquele homem escarninho com olhos em que um observador imparcial decerto teria visto, com certeza, luzir o brilho da razão e da verdade.

— Claro — disse ele —, de que quer que eu fale senão disso?

— Sr. inspetor — continuou o diretor —, posso lhe contar essa história tão bem quanto o abade, pois há quatro ou cinco anos ele me enche os ouvidos com ela.

— Isso prova, sr. diretor — disse o abade —, que o senhor é como essas pessoas de que falam as Escrituras, que têm olhos e não veem, que têm ouvidos e não ouvem[66].

— Meu caro senhor — disse o inspetor —, o diretor é rico e, graças a Deus, não precisa do seu dinheiro; guarde-o então para o dia em que sair da prisão.

O olho do abade se dilatou; ele pegou na mão do inspetor.

— Mas e se porventura eu não sair da prisão — respondeu —, e se, contrariando toda a justiça, me retiverem nesta masmorra, e se eu aqui morrer sem haver legado meu segredo a ninguém, esse tesouro ficará perdido? Não seria melhor a direção usufruir dele e eu também? Posso chegar a seis milhões, senhor; sim, abandonarei seis milhões e me contentarei com o resto, caso me concedam a liberdade.

— Com os diabos — disse o inspetor a meia-voz —, se não soubéssemos que este homem é louco, seu tom tão convincente talvez nos persuadisse.

— Não sou louco, senhor, e digo efetivamente a verdade — retrucou Faria, que, com a sensibilidade auditiva característica dos prisioneiros, não havia perdido uma só palavra do inspetor. — Esse tesouro de que lhe falo existe de fato, e ofereço-me para assinar um pacto consigo, segundo o qual o senhor me levará até o local por mim designado; a terra será escavada sob nossos olhos e, se não encontrarmos nada, se eu for louco, como o senhor diz, pois bem!, o senhor me trará de volta para essa mesma masmorra, onde ficarei eternamente e onde morrerei sem mais nada pedir ao senhor nem a ninguém.

O diretor começou a rir.

— Fica muito longe o seu tesouro? — perguntou.

— A cerca de quinhentos quilômetros daqui — disse Faria.

— Que grande ideia — ironizou o diretor. — Se todos os prisioneiros quisessem se divertir dando um passeio de quinhentos quilômetros com seus carcereiros, e se esses carcereiros consentissem em fazer esse passeio, seria uma excelente oportunidade para os prisioneiros arranjarem um jeito de pe-

66. "Que têm olhos e não veem, que tem ouvidos e não ouvem": paráfrase da Bíblia, em Marcos VIII, 17-24. A frase citada está incluída no seguinte trecho: "Jesus percebeu-o e disse-lhes: 'Por que discutis por não terdes pão? Ainda não tendes refletido nem compreendido? Tendes olhos, não vedes? E tendo ouvidos, não ouvis? Não vos lembrais mais? Ao partir eu os cinco pães entre os cinco mil, quantos cestos recolhestes cheios de pedaços?' Responderam-lhe: 'Doze'. 'E quando eu parti os sete pães entre os quatro mil homens, quantos cestos de pedaços levantastes?' 'Sete!', responderam-lhe. Jesus disse-lhes: 'Como é que ainda não entendeis?' Chegando eles a Betsaida, trouxeram-lhe um cego e suplicaram-lhe que o tocasse. Jesus tomou o cego pela mão, levou-o para fora da aldeia. Pôs-lhe saliva nos olhos e respondeu: 'Vejo os homens como árvores que andam. "Em seguida, Jesus lhe impôs as mãos nos olhos, e ele começou a ver e ficou curado."

gar a chave das celas assim que surgisse uma ocasião; e, durante uma viagem como essa, a ocasião decerto se apresentaria.

— É um recurso conhecido — disse o inspetor —, e o cavalheiro não tem sequer o mérito da invenção.

Depois, voltando-se para o abade.

— Eu lhe perguntei: é bem-alimentado?

— Senhor — respondeu Faria —, jure por Cristo que vai me tirar daqui se eu lhe disser a verdade e eu revelarei o lugar onde o tesouro está enterrado.

— O senhor não está respondendo à minha pergunta — retrucou o inspetor com impaciência.

— Nem o senhor ao meu pedido! — exclamou o abade. — Seja então amaldiçoado como os outros insensatos que não querem acreditar em mim! Não querem meu ouro, vou guardá-lo; recusam-me a liberdade, Deus ma enviará. Vão embora, não tenho mais nada a dizer.

E o abade, desfazendo-se de sua coberta, recolheu seu pedaço de gesso e foi novamente sentar no meio do círculo, onde continuou com suas linhas e seus cálculos.

— Que faz ele? — perguntou o inspetor ao se retirar.

— Contabiliza seus tesouros — caçoou o diretor.

Faria respondeu a esse sarcasmo com uma piscadela que significava supremo desprezo.

Saíram. O carcereiro fechou a porta atrás deles.

— Pode ser que realmente tenha possuído alguns tesouros — disse o inspetor subindo a escada.

— Ou sonhado que os possuía — respondeu o diretor —, e no dia seguinte acordou louco.

— Com efeito — disse o inspetor com a ingenuidade da corrupção —, se fosse realmente rico, não estaria na prisão.

Assim terminou a aventura para o abade Faria. Ele continuou prisioneiro e sua reputação de louco pitoresco, em decorrência dessa visita, aumentou ainda mais.

Calígula ou Nero, esses grandes caçadores de tesouros, esses cobiçadores do impossível, teriam dado ouvidos às palavras daquele coitado e lhe teriam concedido o ar que desejava, o espaço que estimava a um preço tão valioso, e a liberdade pela qual se dispunha a pagar tão caro. Mas os reis dos nossos dias, cerceados no limite do plausível, não possuem mais a audácia da vontade; temem o ouvido que escuta a ordem que decretam, o olho que perscruta suas ações; não sentem mais a superioridade de sua essência divina; são homens coroados, nada mais. Antigamente julgavam-se, ou pelo menos diziam ser, filhos de Júpiter, e conservavam alguma coisa das maneiras do deus seu pai — não se controla facilmente o que acontece além das nuvens. Atualmente, os reis deixam-se facilmente imitar. Ora, como sempre repugnou ao governo despótico mostrar à luz do dia os efeitos da prisão e da tortura; como há poucos exemplos de uma vítima das inquisições ter conseguido ressuscitar com seus ossos moídos e feridas ensanguentadas, da mesma forma a loucura, essa úlcera nascida na franja das masmorras, em consequência das torturas morais, esconde-se quase sempre caprichosamente no lugar onde nasceu, ou, se dele sair, vai enterrar-se em algum hospital escuro, onde os médicos não reconhecem nem o homem nem o pensamento no escombro informe que lhes entrega seu carcereiro fatigado.

O abade Faria, que enlouquecera na cadeia, estava condenado, por sua própria loucura, à prisão perpétua.

Quanto a Dantès, o inspetor cumpriu o prometido. Ao subir para os aposentos do diretor, pediu para ver os autos. A observação referente ao prisioneiro estava assim concebida.

> Edmond Dantès:
> Bonapartista radical; teve participação importante no retorno da ilha de Elba.
> A ser mantido confinado sob grande sigilo e sob a mais rigorosa vigilância.

Esta observação estava com uma letra e uma tinta diferentes do resto do auto, o que provava ter sido acrescentada depois do encarceramento de Dantès.

A acusação era demasiado direta para alguém tentar combatê-la. O inspetor escreveu então embaixo do adendo:

"Nada a fazer."

Aquela visita tinha, por assim dizer, reanimado Dantès; desde que entrara na prisão, esquecera-se de contar os dias; mas o inspetor lhe fornecera uma nova data e Dantès não a esquecera. Atrás dele, escreveu na parede, com um pedaço de reboco arrancado do teto, 30 de julho de 1816. A partir daquele momento, fez um entalhe todos os dias, para não perder mais a noção do tempo.

Dias se passaram, depois semanas, depois meses, Dantès continuou esperando. Tinha começado por estipular sua liberdade para dali a quinze dias. Se empenhasse no acompanhamento do seu caso a metade do interesse que parecera demonstrar, quinze dias deviam ser suficientes para o inspetor. Transcorridos aqueles quinze dias, Dantès ponderou que era um absurdo de sua parte acreditar que o inspetor lhe daria atenção antes de sua volta a Paris; ora, sua volta a Paris só poderia se dar depois que sua inspeção terminasse, e sua inspeção podia durar um mês ou dois; deu-se então três meses em vez de quinze dias. Transcorridos os três meses, um outro raciocínio veio em seu socorro, que fez com que concedesse seis meses, mas transcorridos esses seis meses, enfileirando todos os dias, resultava que esperara dez meses e meio.

Durante esses dez meses, nada mudara no regime de sua prisão; nenhuma notícia consoladora chegara até ele; o carcereiro, interrogado, permanecia mudo como sempre. Dantès começou a desconfiar dos seus sentidos, a acreditar que a suposta recordação da sua memória não passava de alucinação do seu cérebro e que o anjo consolador aparecido na prisão descera nas asas de um sonho.

Um ano depois, o diretor foi substituído, tendo obtido a direção do forte de Ham; levou com ele vários de seus subordinados, entre eles o carcereiro de Dantès. Um novo diretor chegou; levou muito tempo para aprender os nomes dos prisioneiros, guardou apenas seus números. Esse horrível hotel compunha-se de cinquenta quartos; seus habitantes passaram a ser chamados pelo número do quarto que ocupavam, e o infeliz rapaz deixou de ser interpelado por seu prenome Edmond ou pelo sobrenome Dantès, agora era o nº34.

15. O NÚMERO 34 E O NÚMERO 27

Dantès passou por todos os níveis do infortúnio sofrido pelos prisioneiros esquecidos em uma prisão.

Começou pelo orgulho, que advém da esperança e de uma certeza da inocência; depois chegou a duvidar de sua inocência, o que não deixava de justificar as ideias do diretor sobre a alienação mental; enfim, caiu do alto do seu orgulho, implorou, não ainda a Deus, mas aos homens, Deus é o último recurso. O infeliz, que deveria ter começado pelo Senhor, esperava chegar a Ele apenas depois de esgotar todas as outras esperanças.

Dantès implorou então que o tirassem de sua masmorra e o pusessem em outra, mesmo mais escura e profunda. Uma mudança, ainda que desvantajosa, era sempre uma mudança, e proporcionaria a Dantès uma distração de alguns dias. Implorou para que lhe concedessem o passeio, o ar, livros, utensílios. Nada disso lhe foi concedido; porém, mesmo assim, continuava a pedir. Habituara-se a falar com seu novo carcereiro, embora este fosse, se isso é possível, mais mudo que o primeiro; mas falar com um homem, mesmo com um mudo, ainda era um prazer. Dantès falava para ouvir o som da própria voz; tentara falar quando estava sozinho, mas aí ficava com medo.

Frequentemente, na época em que era livre, Dantès tivera uma péssima imagem daqueles dormitórios de prisioneiros, compostos de vagabundos, bandidos e assassinos, cuja alegria ignóbil inclui orgias ininteligíveis e amizades aterradoras. Ansiou então por ser lançado em algum desses antros, a fim de ver outros rostos que não o daquele carcereiro impassível que se recusava a falar; suspirava pela outra prisão com seu uniforme ultrajante, sua corrente no pé, sua marca no ombro. Pelo menos os galerianos estavam na companhia de semelhantes, respiravam o ar, viam o céu; os galerianos eram muito felizes.

Suplicou um dia ao carcereiro que lhe arranjasse um companheiro, qualquer um, podia até ser aquele abade louco de que ouvira falar. Sob a carapaça de um carcereiro, por mais rude que este seja, resta sempre um pouco de humanidade. Aquele havia frequentemente, do fundo do coração e embora seu rosto nada dissesse, sentido pena do desvalido rapaz, para quem o cativeiro era tão penoso; transmitiu o pleito do número 34 ao diretor; mas este, prudente como se fosse um homem político, supôs que Dantès quisesse amotinar os prisioneiros, tramar algum complô, contar com um amigo em alguma tentativa de evasão, e disse não.

Dantès esgotara o círculo dos recursos humanos. Como dissemos que devia acontecer, voltou-se então para Deus.

Todas as ideias devotas esparsas no mundo, e que recolhem os infelizes vergados pelo destino, vieram então confortar seu espírito; lembrou-se das orações que sua mãe lhe havia ensinado e nelas descobriu um sentido até então inédito para si; pois, para o homem feliz, a oração permanece um amálgama monótono e vazio de sentido, até o dia em que a dor vem explicar ao desafortunado aquela linguagem sublime, com a ajuda da qual ele fala a Deus.

Rezou então não com fervor, mas com raiva. Rezando bem alto, não se assustava mais com suas palavras e caía numa espécie de êxtase; via Deus brilhando em cada palavra que pronunciava; atribuía todas as ações de sua vida humilde e destruída àquele Deus todo-poderoso, tirava lições disso, propunha-se tarefas a cumprir e, no fim de cada prece, introduzia a demanda interesseira que os homens dirigem com muito mais frequência a outros homens que a Deus: "E perdoai-nos as nossas ofensas assim como nós perdoamos aos que nos têm ofendido."

Apesar de suas fervorosas preces, Dantès continuou prisioneiro.

Então seu espírito tornou-se sombrio, uma nuvem adensava-se diante de seus olhos. Dantès era um homem simples e sem cultura; o passado permanecera para ele encoberto pelo véu escuro que a ciência levanta em parte. Não conseguia, na solidão de sua masmorra e no deserto de seu pensamento, reconstruir as eras passadas, reanimar os povos extintos, reconstruir as cidades antigas, que a imaginação amplia e poetiza, e que passam diante dos olhos, gigantescas e iluminadas pelo fogo do céu, como os quadros babilônicos de Martin[67]; não dispunha senão do seu passado tão breve, do seu presente tão

---

67. "quadros babilônicos de Martin": referência ao pintor John Martin (1789-1854), autor de obras de grandes proporções e forte dramaticidade, entre elas *Josué*, de 1815, *A queda da Babilônia*, de 1819, e *O festim de Baltazar*, de 1821.

tenebroso, do seu futuro tão duvidoso; dezenove anos de luz para meditar talvez durante uma noite eterna! Nenhuma distração podia assim vir em seu socorro: o espírito enérgico, que almejava apenas alçar voo através das eras, via-se obrigado a permanecer prisioneiro como uma águia na gaiola. Agarrava-se então a uma ideia, a de sua felicidade destruída sem causa aparente e por fatalidade inaudita; obstinava-se nessa ideia, girando-a, rodopiando-a em todos os ângulos e, por assim dizer, devorando-a com todos os dentes, como no inferno de Dante o impiedoso Ugolino devora o crânio do arcebispo Roger[68]. Dantès não tivera senão uma fé passageira, baseada no poder; perdeu-a como outros a perdem após o sucesso. Porém, não desfrutara dela.

Ao ascetismo sucedeu o furor. Edmond lançava blasfêmias que faziam o carcereiro recuar de horror: dilacerava seu corpo contra as paredes da prisão; atacava com furor tudo que o cercava, e sobretudo a si mesmo, a qualquer contrariedade que lhe opusesse um grão de areia, um fiapo de palha, uma lufada de ar. Então aquela carta incriminadora que ele vira, que lhe mostrara Villefort, que ele tocara, voltava-lhe ao espírito, cada linha flamejava sobre a muralha como o *Mene Tequel Peres*[69] de Baltazar. Ele dizia a si mesmo que fora o ódio dos homens, e não a vingança de Deus, que o mergulhara no abismo onde se achava; destinava aqueles homens desconhecidos a todos os suplícios concebidos por sua fértil imaginação, e sempre achava que os mais terríveis eram ainda brandos demais, e sobretudo curtos demais, para eles; pois, depois do suplício, vinha a morte; e na morte estava, se não o repouso, pelo menos a insensibilidade que com ele se parece.

De tanto se dizer, a propósito de seus inimigos, que a calma era a morte, e que para quem deseja punir cruelmente são necessários outros meios além da morte, caiu na imobilidade taciturna das ideias de suicídio; pobre daquele que, na ladeira da infelicidade, detém-se nessas ideias funestas! É um desses mares mortos que se estendem como o azul das ondas cristalinas, mas nas quais o nadador sente cada vez mais seus pés grudarem-se numa vasa betuminosa que o atrai para ela, o aspira e o traga. Imobilizado dessa forma, se a

---

68. Arcebispo Roger: referência à *Divina comédia* de Dante, "Inferno", canto XXXII, v.124-129.

69. "*Mene Tequel Peres*": citação da Bíblia, em Daniel V, 26-28. O profeta Daniel é chamado à presença do rei da Babilônia, Baltazar, proveniente do povo caldeu, para desvendar o mistério destas palavras, que os sábios da corte haviam sido incapazes de entender. Daniel diz que tais palavras anunciavam o castigo que Deus enviara ao rei pecador. Disse ele: "Esta é a interpretação daquilo: MENE: Contou Deus o teu reino, e nele pôr um fim./ TEQUEL: Pesado foste na balança, e foste achado em falta./ PERES: Dividido foi o teu reino, e dado aos medos e aos persas." Em seguida, o rei declara Daniel o terceiro na linha de sucessão. Naquela noite Baltazar é assassinado e sucede-o Dario, de origem meda. Mais tarde, tendo suas leis desafiadas por Daniel, manda que o joguem no covil dos leões.

ajuda divina não lhe vem em socorro, está tudo terminado, e cada esforço que ele tenta o empurra mais para a morte.

Entretanto, esse estado de agonia é menos terrível que o sofrimento que o precedeu e que o castigo que talvez venha a seguir; é uma espécie de consolação vertiginosa que nos mostra o abismo escancarado e, no fundo do abismo, o nada. Lá chegando, Edmond encontrou certo consolo nessa ideia; todas as suas mágoas, todos os seus sofrimentos, com o cortejo de espectros que arrastam atrás de si, pareceram alçar voo daquele canto de sua prisão onde o anjo da morte podia pousar seu pé silencioso. Dantès contemplou com calma sua vida passada, com terror sua vida futura e escolheu o meio-termo, que lhe parecia ser um local de asilo.

— Às vezes — dizia-se então —, em minhas longas viagens, quando eu ainda era um homem, e quando esse homem, livre e potente, lançava a outros homens ordens que eram executadas, eu vi o céu se cobrir, o mar fremir e rugir, a tempestade nascer num canto do céu e, como uma águia gigantesca, unir os dois horizontes com suas asas; então eu percebia que meu navio não passava de um refúgio impotente, pois meu navio, leve como uma pluma na mão de um gigante, tremia e eriçava-se por si mesmo. Logo em seguida, ao estrépito terrível das lâminas, o aspecto dos rochedos afiados me anunciava a morte, e a morte me apavorava; eu fazia todos os esforços para deles escapar e reunia todas as forças do homem e toda a inteligência do marinheiro para lutar contra Deus! Era porque então eu era feliz, era porque retornar à vida era retornar à felicidade; era porque eu não escolhera aquela morte, eu não a chamara; era porque o sono, enfim, me parecia penoso naquela cama de algas e pedras; era porque eu me indignava, eu que me julgava uma criatura feita à imagem de Deus, por servir, após a minha morte, de carniça para gaivotas e abutres. Mas hoje é diferente: perdi tudo que podia me fazer amar a vida, hoje a morte me sorri como uma ama de leite à criança que ela vai embalar; mas hoje morro de boa vontade e durmo cansado e alquebrado, como dormia depois de uma daquelas noites de desespero e de raiva, durante as quais contei três mil voltas no meu quarto, isto é, trinta mil passos, isto é, aproximadamente cinquenta quilômetros.

Quando esse pensamento germinou no espírito do rapaz, ele se tornou mais suave, mais risonho; conformou-se com sua cama dura e seu pão preto, comeu menos, não dormiu mais e achou razoavelmente suportável aquele resto de existência que estava certo de poder abandonar quando quisesse, como deixamos uma roupa usada.

Havia duas formas de morrer: uma era simples, tratava-se de prender seu lençol em uma barra da janela e se enforcar; a outra consistia em fingir comer e se deixar morrer de fome. A primeira era por demais repugnante para Dantès. Fora criado em meio ao horror dos piratas, pessoas que são enforcadas nas vergas dos navios; o enforcamento era para ele, portanto, uma espécie de suplício infamante, o qual não pretendia aplicar a si mesmo; adotou portanto a segunda, e começou sua execução naquele mesmo dia.

Cerca de quatro anos haviam decorrido em meio às alternativas que relatamos. No fim do segundo, Dantès deixara de contar os dias e recaíra naquela ignorância do tempo de que outrora lhe tirara o inspetor.

Dantès havia dito: "Quero morrer", e escolhera seu gênero de morte; então concentrara-se nele e, com medo de voltar atrás em sua decisão, jurara para si mesmo morrer daquela maneira. "Quando me servirem a refeição da manhã e a refeição da noite", pensava, "jogo a comida pelas grades e finjo ter comido."

Fez como se prometera fazer. Duas vezes por dia, pelo pequeno vão gradeado que não lhe permitia vislumbrar senão o céu, atirava seus víveres, a princípio alegremente, depois mais refletidamente, depois arrependido. Foi

Duas vezes por dia, pelo pequeno vão gradeado que não lhe permitia vislumbrar senão o céu, atirava seus víveres…

obrigado a se lembrar do juramento que fizera de modo a ter forças para consumar seu terrível desígnio. Aquela comida, que outrora lhe repugnava, a fome, com dentes aguçados, fazia com que lhe parecesse apetitosa ao olho e requintada ao olfato; às vezes ficava segurando durante uma hora o prato que a continha, o olho parado naquele pedaço de carne apodrecida ou naquele peixe infecto e naquele pão preto e mofado. Eram os últimos instintos da vida que ainda lutavam dentro dele e que de tempos em tempos faziam sua resolução fraquejar. Então sua masmorra não lhe parecia mais tão escura, sua situação lhe parecia menos desesperadora. Ainda era jovem; devia ter vinte e cinco ou vinte e seis anos, restavam-lhe cerca de cinquenta anos para viver, isto é, duas vezes o que vivera. Durante esse imenso lapso de tempo, quantos acontecimentos podiam arrombar as portas, derrubar as muralhas do castelo de If e devolvê-lo à liberdade! Então aproximava os dentes da refeição que, Tântalo[70] voluntário, afastava por vontade própria da boca; mas nesse instante o juramento voltava-lhe ao espírito, e aquela generosa natureza sentia um grande medo de desprezar a si próprio para faltar com a promessa. Portanto, corroeu, rigoroso e impiedoso, o pouco de existência que lhe restava, e o dia chegou em que não teve mais forças para se levantar e atirar pela lucarna a ceia que lhe traziam.

No dia seguinte não via mais, mal ouvia. O carcereiro imaginou uma doença grave; Edmond aguardava uma morte próxima.

O dia transcorreu assim: Edmond percebia um vago torpor, que não deixava de ser um bem-estar, tomando seu corpo. Os tremores nervosos de seu estômago haviam se amenizado; os ardores da sede haviam se acalmado; quando fechava os olhos, via uma multiplicidade de luzes brilhantes parecidas com os fogos-fátuos que correm a noite sobre os terrenos pantanosos: era o crepúsculo desse país desconhecido que denominamos morte. De repente, à noite, por volta das nove horas, ouviu um barulho surdo na superfície da parede contra a qual estava deitado.

Tantos animais imundos ressoavam naquela prisão que, com o tempo, Edmond exercitara o sono para não se incomodar com tão pouco; mas dessa vez, fosse porque seus sentidos estivessem exaltados pela abstinência, fosse porque realmente o barulho estivesse mais alto que de costume, fosse porque

---

70. Tântalo: na mitologia grega, Tântalo foi um mitológico rei da Frígia ou da Lídia, casado com Dione. Certa vez, para testar a onisciência dos deuses, roubou os manjares divinos e serviu-lhes a carne de seu próprio filho. Como castigo, foi lançado ao Tártaro, vale abundante em vegetação e água, mas onde seria impedido de saciar a fome e a sede. Ao aproximar-se da água, esta escoava, e, ao tentar colher os frutos das árvores, os ramos moviam-se para longe de seu alcance. A expressão "suplício de Tântalo" refere-se ao sofrimento daquele que deseja algo próximo, porém inalcançável.

naquele momento supremo tudo adquirisse importância, Edmond ergueu a cabeça para melhor escutar.

Era um arranhar ritmado que parecia provir ou de uma garra enorme, ou de um dente poderoso, ou enfim da pressão de um instrumento qualquer sobre a pedra.

Embora enfraquecido, o cérebro do rapaz foi assomado por esta ideia banal constantemente presente no espírito dos prisioneiros: a liberdade. O som chegava no momento em que todo barulho ia cessar para ele, e tão precisamente, que Deus lhe parecia enfim mostrar compaixão pelos seus sofrimentos, enviando-lhe aquele ruído como um aviso para que se detivesse na beira do túmulo, onde seu pé já vacilava. Quem sabe se um de seus amigos, ou uma daquelas criaturas amadas, nas quais pensara com tanta frequência que desgastara seu pensamento, não se ocupava dele naquele momento e não buscava diminuir a distância que os separava?

Mas não, provavelmente Edmond se enganava, devia ser um daqueles sonhos que flutuam às portas da morte.

Entretanto Edmond continuava a escutar o barulho. Este durou mais ou menos três horas, em seguida Edmond ouviu uma espécie de desmoronamento, depois do que o barulho cessou.

Algumas horas mais tarde, voltou mais forte e mais próximo. Edmond começava a se interessar por aquele labor que lhe fazia companhia; de repente o carcereiro entrou.

Depois de uma semana desde que decidira morrer, e quatro dias desde que começara a executar aquele plano, Edmond não havia dirigido a palavra àquele homem, não lhe respondendo quando este lhe perguntava de que doença ele se julgava vítima e voltando-se para o lado da parede quando era olhado muito detidamente. Mas naquele dia o carcereiro poderia ouvir aquele ruído surdo, alarmar-se, pôr um fim naquilo e perturbar assim talvez não sei que grão de esperança, cuja ideia bastava para encantar os últimos momentos de Dantès.

O carcereiro trouxe o desjejum.

Dantès soergueu-se da cama e, enchendo a voz, começou a falar sobre todos os assuntos possíveis, sobre a má qualidade da comida que ele trazia, sobre o frio que fazia naquela masmorra, murmurando e resmungando para ter o direito de gritar mais forte, e cansando a paciência do carcereiro, que, justamente naquele dia, solicitara para o prisioneiro doente um caldo e pão fresco e lhe trazia o caldo e o pão.

Felizmente, ele julgou que Dantès estava delirando; colocou a comida na mesa ordinária e instável na qual tinha o costume de colocá-la e se retirou.

Livre então, Edmond recomeçou a escutar com alegria.

O barulho tornava-se tão distinto que agora o rapaz ouvia-o sem esforço.

"Não resta mais dúvida", disse consigo, "uma vez que esse barulho continua, a despeito do dia, é porque algum infeliz prisioneiro deve estar trabalhando para sua libertação. Oh, como eu o ajudaria se estivesse perto!"

Em seguida, uma nuvem escura cobriu subitamente essa aurora de esperança naquele cérebro habituado à desgraça e desacostumado com as alegrias humanas; assim, não demorou a lhe ocorrer que aquele barulho podia ter como causa o trabalho de operários enviados pelo diretor para reparar uma cela vizinha.

Era fácil certificar-se disso; mas como arriscar uma pergunta? Decerto era muito simples esperar a chegada do carcereiro, fazê-lo escutar aquele barulho e ver a cara que faria ao escutá-lo; mas proporcionar-se tal prazer não era trair interesses preciosos demais para satisfação tão curta? Infelizmente, a cabeça de Edmond, sino vazio, estava ensurdecida pelo zumbido de uma ideia; sentia-se tão fraco que seu espírito flutuava como um vapor, incapaz de se condensar em torno de um pensamento. Edmond não viu senão um meio de restituir nitidez à sua reflexão e lucidez ao seu juízo; voltou os olhos para o caldo ainda fumegante que o carcereiro acabava de deixar sobre a mesa, levantou-se, foi cambaleando até ele, pegou a xícara, levou-a aos lábios e engoliu a beberagem que ela continha com uma indescritível sensação de bem-estar.

Teve então a coragem de se refrear: ouvira dizer que infelizes náufragos recolhidos, extenuados pela fome, haviam morrido depois de haverem gulosamente devorado uma comida demasiado substancial. Edmond devolveu à mesa o pão que se aproximava de sua boca e voltou a se deitar. Edmond não queria mais morrer.

Logo sentiu o dia voltando-lhe ao cérebro; todas as suas ideias, vagas e quase imponderáveis, reassumiam seu lugar naquele tabuleiro maravilhoso, em que uma casa a mais pode bastar para estabelecer a superioridade do homem sobre os animais. Conseguiu pensar e fortalecer seu pensamento com o raciocínio.

Então disse consigo:

"Preciso fazer um teste, mas sem comprometer ninguém. Se o trabalhador for um operário comum, basta eu bater na minha parede e ele logo interromperá sua tarefa para tentar adivinhar quem é que está batendo e com que objetivo bate. Mas, como seu trabalho deve ser não apenas lícito, mas também encomendado, ele logo retomará esse trabalho. Se, ao contrário, for um prisioneiro, o barulho que farei irá assustá-lo; ele temerá ser descoberto; interromperá o trabalho e não o retomará senão à noite, quando julgar todos deitados e dormindo."

Sem demora, Edmond levantou-se outra vez. Agora, suas pernas não vacilavam mais e seus olhos não estavam mais ofuscados. Dirigiu-se a um canto de sua cela, puxou uma pedra afrouxada pela umidade e voltou para bater no muro, bem sobre o ponto onde o barulho era mais nítido.

Deu três batidas.

Já à primeira, o barulho cessara como por mágica.

Edmond escutou com toda a sua alma. Uma hora se passou, duas horas se passaram, nenhum barulho novo se fez ouvir; Edmond gerara um silêncio absoluto do outro lado da muralha.

Cheio de esperança, Edmond comeu um pouco do pão, engoliu uns goles de água e, graças à constituição poderosa com que a natureza o dotara, viu-se quase como antes.

O dia passou, o silêncio perdurava.

A noite chegou sem que o barulho houvesse recomeçado.

"É um prisioneiro", pensou Edmond, exultante.

A partir desse momento sentiu a cabeça pegando fogo e, com essa atividade, nele a vida voltou a fervilhar com violência.

A noite transcorreu sem que o menor rumor fosse ouvido.

Edmond não fechou os olhos aquela noite.

O dia nasceu; o carcereiro entrou trazendo as provisões. Edmond já havia devorado as antigas; devorou as novas, escutando incessantemente aquele barulho que não voltava, tremendo só de pensar que ele se interrompera para sempre, fazendo cinquenta ou sessenta quilômetros em sua masmorra, sacudindo durante horas inteiras as barras de ferro do respiradouro, devolvendo a elasticidade e o vigor aos seus membros por meio de um exercício desaprendido havia muito tempo, dispondo-se finalmente a retomar a luta contra o destino, como faz, esticando os braços e esfregando óleo no corpo, o lutador prestes a entrar na arena. Nos intervalos dessa atividade febril, permanecia atento para verificar se o barulho não voltava, impacientando-se com a prudência daquele prisioneiro, que mal cogitava ter sido distraído em sua obra de liberdade por um outro prisioneiro, que tinha no mínimo a mesma urgência de liberdade.

Três dias se passaram, setenta e duas horas fatídicas contadas minuto a minuto!

Finalmente, uma noite, quando o carcereiro acabava de fazer sua última visita, quando pela centésima vez Dantès colava seu ouvido na muralha, pareceu-lhe que um abalo imperceptível percutia surdamente em sua cabeça, contrastando com as pedras silenciosas.

Dantès recuou para sossegar bastante seu cérebro abalado, deu umas voltas na cela e voltou a instalar o ouvido no mesmo lugar.

Não restava mais dúvida, acontecia alguma coisa do outro lado; o prisioneiro reconhecera o perigo da manobra e adotara outra, provavelmente substituindo, para tocar sua obra com mais segurança, a alavanca pelo cinzel.

Animado com essa descoberta, Edmond resolveu ajudar o infatigável trabalhador. Começou por mover sua cama, atrás da qual lhe parecia que a obra de libertação se realizava, depois procurou com os olhos um objeto com que pudesse corroer a muralha, fazer cair a argamassa úmida, enfim, soltar uma pedra.

Nada se apresentou à sua vista. Não tinha nem faca nem instrumento cortante, apenas os ferros das barras, e tantas vezes se certificara de que estas estavam bem fixadas que sequer valia a pena tentar sacudi-las.

Seus móveis resumiam-se a uma cama, uma cadeira, uma mesa, um balde, uma jarra.

Nessa cama havia traves de ferro, mas estas eram fixadas nas madeiras com parafusos. Seria preciso uma chave de parafuso para tirá-los e arrancar aquelas traves.

Na cadeira e na mesa, nada; o balde já tivera uma alça, mas essa alça fora levada.

Não restava senão um recurso para Dantès, era quebrar a jarra e, com um caco pontiagudo de arenito, pôr-se ao trabalho.

Deixou a jarra cair sobre uma laje, e a jarra espatifou-se.

Dantès escolheu dois ou três cacos pontiagudos, escondeu em sua enxerga e deixou os outros espalhados no chão. O acidente com a jarra era corriqueiro demais para que alguém desconfiasse de alguma coisa.

Edmond tinha a noite inteira para trabalhar; mas no escuro o trabalho era mais complicado, pois precisava trabalhar às apalpadelas, logo percebendo que deteriorava o instrumento informe contra um arenito mais duro. Empurrou novamente a cama e esperou o dia. Com a esperança, recuperara a paciência.

A noite inteira escutou e ouviu o mineiro desconhecido levando adiante sua obra subterrânea.

Veio o dia, o carcereiro entrou. Dantès lhe disse que, ao beber na véspera diretamente na jarra, esta escapara de suas mãos e se quebrara ao cair. O carcereiro foi resmungando buscar uma jarra nova, sem sequer se dar ao trabalho de levar os cacos da velha.

Voltou um instante depois, recomendou mais cuidado ao prisioneiro e saiu.

Dantès escutou com uma alegria indescritível o ranger dos ferrolhos que, antes, sempre que se fechavam trancavam o seu coração. Escutou o barulho dos passos se afastando; então, quando esse barulho se extinguiu, correu para sua enxerga, que removeu, e, à luz do tênue raio de dia que penetrava na masmorra, constatou a tarefa inútil que empreendera na noite precedente, ao se dirigir ao corpo da pedra em vez de ao reboco que cercava suas extremidades.

A umidade tornara aquele reboco quebradiço.

Dantès percebeu, com o coração acelerado e alegre, que o reboco soltava-se por fragmentos. Era bem verdade que aqueles fragmentos eram quase átomos; ainda assim, em meia hora, Dantès havia retirado um punhado. Um matemático teria sido capaz de calcular que, com cerca de dois anos de trabalho, supondo que não se encontrasse a rocha, seria possível abrir uma passagem de sessenta centímetros de largura por seis metros de profundidade.

O prisioneiro lamentou então não se haver dedicado àquele trabalho nas longas horas sucessivamente decorridas, cada vez mais lentas, que desperdiçara com a esperança, a prece e o desespero.

Havia quase seis anos que estava confinado naquela masmorra, quanto trabalho, por mais lento que fosse, não teria realizado!

E esta ideia deu-lhe um novo alento.

Em três dias conseguiu, com precauções inauditas, retirar toda a argamassa e deixar a pedra nua: a muralha era feita de pedras de alvenaria, no meio das quais, para reforçar a solidez, havia sido colocada uma ou outra pedra de corte. Tinha sido uma dessas pedras de corte que ele quase descalçara, e que agora precisava sacudir em seu alvéolo.

Dantès tentou com as unhas, mas suas unhas eram insuficientes para tal.

Os cacos da jarra introduzidos nas fendas quebravam-se quando ele tentava usá-los como alavanca.

Após uma hora de esforços inúteis, Dantès levantou-se, transpirando suor e angústia.

Quer dizer que ia desistir assim, logo no início, que precisaria esperar, inerte e inútil, seu vizinho, que a propósito devia estar esgotado, fazer tudo!

Ocorreu-lhe então uma ideia; conservou-se de pé, sorrindo; sua testa encharcada de suor secou por si só.

O carcereiro trazia todos os dias a sopa de Dantès numa panela de latão. Essa panela continha sua sopa e a de um segundo prisioneiro, pois Dantès observara que a panela estava sempre ou completamente cheia ou vazia pela metade, segundo o carcereiro começasse a distribuição da comida por ele ou seu companheiro.

Essa panela tinha um cabo de ferro; era esse cabo que Dantès ambicionava e pelo qual teria dado, se alguém lhos houvesse pedido em troca, dez anos de sua vida.

O carcereiro derramava o conteúdo dessa panela no prato de Dantès. Após tomar a sopa com uma colher de madeira, Dantès lavava seu prato, que assim era usado todos os dias.

À noite, Dantès colocou seu prato no chão, a meio caminho entre a porta e a mesa; o carcereiro ao entrar pisou no prato, quebrando-o em mil pedaços.

Dessa vez nada havia a dizer contra Dantès: cometera o erro de deixar o prato no chão, é verdade, mas o carcereiro cometera o de não olhar para os próprios pés.

O carcereiro então contentou-se em resmungar.

Em seguida, procurou à sua volta onde derramar a sopa; os utensílios de Dantès limitavam-se àquele prato, não havia escolha.

— Deixe a panela — disse Dantès —, o senhor a pega de volta quando trouxer meu desjejum amanhã.

Esta sugestão agradou a indolência do carcereiro, que assim não precisaria subir, descer outra vez e subir de novo.

Ele deixou a panela.

Dantès estremeceu de alegria.

Dessa vez tomou vigorosamente a sopa e comeu a carne, que, segundo os costumes das prisões, colocavam na sopa. Em seguida, depois de esperar uma hora, para ter certeza de que o carcereiro não se aperceberia, deslocou a cama, pegou a panela, introduziu a ponta do cabo entre a pedra de corte despida da argamassa e as traves próximas e começou a fazer a alavanca.

Uma ligeira oscilação provou para Dantès que a coisa funcionava.

Com efeito, uma hora depois a pedra estava retirada da parede, na qual abrira um espaço de quase um metro de diâmetro.

Dantès recolheu com cuidado todo o reboco, levou-o para os cantos da cela, esfregou a terra acinzentada com um dos fragmentos de sua jarra e cobriu o reboco com terra.

Em seguida, querendo aproveitar aquela noite em que o acaso, ou melhor, que sua engenhosa trama lhe propiciara um instrumento tão precioso, continuou a cavar obstinadamente.

Já ao nascer do sol, recolocou a pedra em seu buraco, empurrou novamente a cama contra a muralha e se deitou.

O desjejum consistia de um pedaço de pão; o carcereiro entrou e colocou esse pedaço de pão sobre a mesa.

— Ora! Não vai me trazer outro prato? — perguntou Dantès.

— Não — disse o carcereiro. — O senhor é um desastrado, destruiu sua jarra e fez com que eu quebrasse seu prato; se todos os prisioneiros causassem tantos estragos, a direção não aguentaria. Vamos deixar a panela, despejaremos a sopa dentro; assim, quem sabe não destruirá suas coisas...

Dantès ergueu os olhos para o céu e juntou as mãos sob a coberta.

Aquele pedaço de ferro que lhe restava fazia nascer em seu coração um sentimento de gratidão para com os céus mais vivo do que o suscitado no passado pelas grandes dádivas de que fora objeto.

Por outro lado, observara que, desde que começara a trabalhar, ele, o prisioneiro, não trabalhava mais.

Paciência, não era uma razão para interromper sua tarefa; se o vizinho não vinha até ele, ele iria até o vizinho.

Trabalhou sem descanso o dia inteiro; à noite, graças ao seu novo instrumento, havia retirado da muralha outros dez punhados de entulho de vigas, reboco e argamassa.

Quando a hora da visita chegou, endireitou o melhor que pôde o cabo retorcido de sua panela e colocou o recipiente em seu lugar de costume. O carcereiro ali despejou a ração habitual de sopa e carne, ou melhor, de sopa e peixe, pois aquele era um dia magro, e três vezes por semana serviam comida magra aos prisioneiros. Esta teria sido outra maneira de calcular o tempo, se há muito Dantès não houvesse abandonado tal cálculo.

Despejada a sopa, o carcereiro se retirou.

Dessa vez Dantès quis se certificar de que o vizinho realmente parara de trabalhar.

Pôs-se à escuta.

Tudo estava tão silencioso quanto naqueles três dias durante os quais os trabalhos haviam sido interrompidos.

Dantès suspirou; era evidente que o vizinho desconfiava dele.

Entretanto não se desencorajou e continuou a trabalhar a noite inteira; porém, após duas ou três horas de labuta, topou com um obstáculo. O ferro não funcionava mais, escorregando sobre uma superfície plana.

Dantès apalpou o obstáculo e constatou que atingira uma viga.

Essa viga atravessava, ou melhor, obstruía completamente o buraco iniciado por Dantès.

Agora via-se obrigado a cavar por cima ou por baixo.

O desafortunado rapaz não esperava aquele obstáculo.

— Oh, meu Deus, meu Deus! — exclamou. — Rezei tanto para vós que esperava haverdes me escutado. Meu Deus! Após ter confiscado a liberdade da minha vida, meu Deus! Após ter confiscado a calma da minha morte, meu Deus!, chamando-me de volta à vida, meu Deus!, tende piedade de mim, não me deixeis morrer no desespero!

— Quem fala de Deus e de desespero ao mesmo tempo? — articulou uma voz que parecia vir do subterrâneo e que, abafada pela opacidade, chegava ao rapaz num tom sepulcral.

Edmond sentiu um calafrio e recuou de joelhos.

— Ah! — murmurou. — Ouço um homem falar.

Havia quatro ou cinco anos que Edmond ouvia apenas o seu carcereiro, e um carcereiro nunca é um homem para um prisioneiro: é uma porta viva acrescentada à sua porta de carvalho; é uma barra de carne acrescentada às suas barras de ferro.

— Em nome dos céus! — exclamou Dantès. — O senhor que falou, fale mais, embora sua voz tenha me assustado; quem é o senhor?

— Primeiro, quem é o senhor? — replicou a voz.

— Um infeliz prisioneiro — respondeu Dantès, que não opunha, por sua vez, nenhuma dificuldade para responder.

— De que país?

— Francês.

— Seu nome?
— Edmond Dantès.
— Sua profissão?
— Marinheiro.
— Há quanto tempo está aqui?
— Desde 28 de fevereiro de 1815.
— Seu crime?
— Sou inocente.
— Mas de que é acusado?
— De ter conspirado para o retorno do imperador.
— Como assim! Para o retorno do imperador! O imperador então não ocupa mais o trono?
— Abdicou em Fontainebleau em 1814 e foi deportado para a ilha de Elba. Mas há quanto tempo está aqui, o senhor, que ignora tudo isso?
— Desde 1811.

Um arrepio percorreu Dantès; aquele homem tinha quatro anos de prisão a mais que ele.

— Muito bem, não cave mais — disse a voz, falando bem rápido —, diga-me apenas em que altura se situa a escavação que fez.
— No nível do chão.
— Como a esconde?
— Com a minha cama.
— Já mudaram sua cama de lugar depois que entrou na prisão?
— Nunca.
— Para onde dá sua cela?
— Para uma galeria.
— E a galeria?
— Vai dar no pátio.
— Que lástima! — murmurou a voz.
— Oh, meu Deus! O que aconteceu? — exclamou Dantès.
— O que aconteceu foi que me enganei, que a imperfeição dos meus desenhos me iludiu, que o defeito num compasso me burlou, que uma linha errada no meu plano equivaleu a 4,9 metros na realidade e que tomei a parede que o senhor está escavando pela da cidadela!
— Mas então o senhor sairia no mar!
— Era o que eu pretendia.
— E se tivesse tido êxito?
— Teria começado a nadar, alcançaria uma das ilhas que cercam o castelo de If, fosse a ilha de Daume, fosse a ilha de Tiboulen, fosse mesmo a costa, e então estaria salvo.
— Teria conseguido nadar até lá?
— Deus teria me dado forças; mas tudo agora está perdido.

— Tudo?

— Sim. Por precaução, vede o túnel novamente, não trabalhe mais, não faça nada e não espere notícias minhas.

— Quem é o senhor pelo menos… diga-me quem é!

— Sou… sou… o nº27.

— Então desconfia de mim? — perguntou Dantès.

Edmond julgou ouvir algo como uma risada amarga percorrer a abóbada e chegar aos seus ouvidos.

— Oh, sou um bom cristão! — exclamou, adivinhando instintivamente que aquele homem cogitava abandoná-lo. — Juro por Jesus Cristo que eu me faria matar antes de permitir que os seus verdugos e os meus tivessem uma pálida ideia da verdade; mas, em nome dos céus, não me prive de sua presença, não me prive de sua voz, ou, juro ao senhor, pois estou no fim das minhas forças, arrebento minha cabeça contra a muralha e o senhor carregará minha morte nas costas.

— Quantos anos tem? Sua voz me parece a de um rapaz.

— Não sei a minha idade, pois não calculo o tempo desde que estou aqui. O que sei é que ia completar dezenove anos quando fui preso em 28 de fevereiro de 1815.

— Vinte e seis anos incompletos — murmurou a voz. — Convenhamos, ninguém ainda é traidor nessa idade.

— Oh, não! Não! Juro que não — repetiu Dantès. — Já lhe disse e digo outra vez: antes ser retalhado em pedaços do que o trair.

— O senhor fez bem em falar comigo, fez bem em me implorar, pois eu ia elaborar um outro plano e me afastar do senhor. Mas sua idade me tranquiliza, vou me juntar ao senhor, espere.

— Quando?

— Preciso calcular nossas possibilidades; aguarde um sinal da minha parte.

— Mas não vai me abandonar, não me deixará sozinho; ou virá até mim ou me permitirá ir até o senhor? Fugiremos juntos e, se não conseguirmos fugir, falaremos, o senhor, das pessoas que ama, eu, das pessoas que amo. Deve amar alguém…

— Sou sozinho no mundo.

— Então amará a mim; se for jovem, serei seu colega; se for velho, serei seu filho. Tenho um pai que deve ter setenta anos, se ainda vive; eu não amava ninguém senão a ele e a uma moça chamada Mercedes. Meu pai não me esqueceu, tenho certeza disso; mas ela, sabe Deus se ainda pensa em mim. Vou amá-lo como amava meu pai.

— Gostei do que ouvi — disse o prisioneiro —, até amanhã.

Essas poucas palavras foram ditas num tom que convenceu Dantès; ele não perguntou mais nada, levantou-se, tomou as mesmas precauções com os detritos retirados do túnel e que já recolhera e empurrou a cama de volta para junto da parede.

A partir desse momento Dantès entregou-se de corpo e alma à sua felicidade; não iria mais ficar sozinho, tinha certeza, talvez inclusive alcançasse a liberdade; o trunfo, caso permanecesse prisioneiro, era ter um companheiro; ora, o cativeiro partilhado não passa de um semicativeiro. Lamentações feitas em comum são quase preces; preces feitas a dois são quase graças concedidas.

Durante todo o dia, Dantès andou de um lado para o outro pela masmorra, com o coração disparado de alegria. De vez em quando, essa alegria o sufocava; sentava-se na cama, apertando o peito com as mãos. Ao menor barulho que ouvia no corredor, precipitava-se para a porta. Uma ou duas vezes, o temor de que o separassem daquele homem totalmente desconhecido, e a quem no entanto já amava como a um amigo, atravessou o seu cérebro. Então decidiu: se o carcereiro afastasse sua cama e abaixasse a cabeça para examinar o buraco, quebraria a cabeça dele com a laje na qual ficava a jarra.

Seria condenado à morte, sabia muito bem disso; mas não estava prestes a morrer de tédio e desespero quando aquele barulho milagroso o devolvera à vida?

À noite, o carcereiro veio; Dantès estava na cama, dali parecia-lhe proteger melhor o túnel inacabado. Provavelmente olhava o visitante importuno com um olhar estranho, pois este lhe disse:

— E então, vai enlouquecer de novo?

Dantès nada respondeu, temendo que a emoção de sua voz o traísse.

O carcereiro saiu, balançando a cabeça.

Anoiteceu, Dantès julgou que seu vizinho aproveitaria o silêncio e a escuridão para reatar a conversa com ele, mas estava enganado; a noite passou sem que nenhum barulho respondesse à sua espera febril. Mas no dia seguinte, após a visita da manhã, quando ele acabava de afastar a cama da muralha, ouviu três batidas em intervalos regulares; atirou-se de joelhos.

— É o senhor? — disse ele. — Estou aqui!

— Seu carcereiro já foi? — perguntou a voz.

— Já — respondeu Dantès —, só voltará à noite; temos doze horas de liberdade.

— Posso então agir?

— Oh, sim sim, agora mesmo, agora mesmo, por favor!

Sem demora, a superfície sobre a qual Dantès, enfiado pela metade na abertura, apoiava suas duas mãos pareceu ceder sob si; ele se jogou imediatamente para trás, enquanto uma massa de terra e de pedras soltas se precipitava por um buraco que acabava de se abrir abaixo da abertura que ele próprio fizera; então, no fundo daquele buraco escuro e cuja profundidade ele não conseguia avaliar, viu aparecer uma cabeça, ombros e, finalmente, um homem inteiro, que saiu com grande agilidade do túnel escavado.

16. UM SÁBIO ITALIANO

Dantès acolheu em seus braços aquele novo amigo, por tanto tempo e tão impacientemente esperado, e o puxou para a luz a fim de que o pouco de dia que penetrava na masmorra o iluminasse por inteiro.

Era um personagem de baixa estatura, cabelos encanecidos mais pelo sofrimento do que pela idade, olhos penetrantes escondidos sob grossas sobrancelhas quase brancas, barba ainda preta e descendo até o peito; a magreza de seu rosto, carcomido por rugas profundas, e a linha ousada de seus traços peculiares revelavam um homem habituado a exercitar mais suas faculdades morais do que suas forças físicas. A testa do recém-chegado estava coberta de suor.

Quanto à roupa, era impossível distinguir-lhe a forma primitiva, pois não passavam de farrapos.

Parecia ter no mínimo sessenta e cinco anos, embora certo vigor nos movimentos anunciasse que talvez tivesse menos anos do que o sugerido por um longo cativeiro.

Recebeu com uma espécie de satisfação os gestos entusiasmados do rapaz; sua alma congelada pareceu, por um instante, se aquecer e derreter em contato com aquela alma ardente. Agradeceu-lhe por sua cordialidade demonstrando simpatia, embora sua decepção tivesse sido grande ao encontrar uma segunda masmorra onde julgava encontrar a liberdade.

— Em primeiro lugar — disse ele —, vejamos se há como apagar aos olhos de seu carcereiro os rastros da minha passagem. Toda a nossa tranquilidade futura depende de eles permanecerem na ignorância do que aconteceu.

Debruçou-se então para a boca do túnel, pegou a pedra, que ergueu com facilidade a despeito do peso, e a encaixou no buraco.

— Essa pedra foi retirada com métodos bastante primitivos — disse ele, balançando a cabeça. — Não tem ferramentas?

— E o senhor — perguntou Dantès com espanto — por acaso tem?

— Fabriquei algumas. Exceto por uma lima, tenho tudo de que preciso, cinzel, alicate, alavanca.

— Oh, estou curioso para ver esses produtos da sua paciência e da sua engenhosidade! — disse Dantès.

— Pegue; para começar, aqui está um cinzel.

E mostrou-lhe uma lâmina forte e pontiaguda tendo como cabo um pedaço de madeira de faia.

— Como a confeccionou? — perguntou Dantès.

— Com uma lasca da minha cama. Foi com esse instrumento que cavei todo o caminho que me trouxe até aqui; mais ou menos dezesseis metros.

— Dezesseis metros! — exclamou Dantès, com uma espécie de terror.

— Fale mais baixo, moço, fale mais baixo; acontece frequentemente de escutarem nas portas dos prisioneiros.

— Sabem que estou sozinho.

— Não importa.

— Estava dizendo que perfurou dezesseis metros para chegar até aqui?

— Sim, esta é aproximadamente a distância que separa minha cela da sua; porém, calculei mal a minha curva, na falta de instrumento de geometria para elaborar minha escala de proporção; em vez de treze metros de elipse, eram na realidade dezesseis; eu acreditava, como lhe disse, chegar até o muro externo, perfurar esse muro e me atirar no mar. Percorri a galeria para a qual dá sua cela, em vez de passar por baixo; todo o meu trabalho está perdido, pois essa galeria dá para um pátio cheio de guardas.

— É verdade — disse Dantès —, mas essa galeria não acompanha senão um lado da minha cela, e minha cela tem quatro.

— Sim, é possível, mas fui desembocar logo neste, cuja muralha é constituída pelo rochedo; seriam necessários dez anos de trabalho e dez mineiros munidos de todos os instrumentos para perfurar o rochedo; este outro lado deve se apoiar nas fundações dos aposentos do diretor; cairíamos nos porões, que evidentemente eles fecham à chave, e seríamos capturados; o outro lado dá, espere um instante, para onde dá o outro lado?

Esse lado era aquele onde estava aberto o respiradouro através do qual entrava a luz; esse respiradouro, que ia se estreitando até o ponto em que dava passagem à luz e pelo qual uma criança decerto não teria conseguido passar, era, além disso, guarnecido por três renques de barras de ferro, capazes portanto de tranquilizar o carcereiro mais desconfiado quanto ao temor de uma evasão desse tipo.

E o recém-chegado, ao fazer esta pergunta, arrastou a mesa para debaixo do vão.

— Suba nesta mesa — disse ele a Dantès.

Dantès obedeceu, subiu na mesa e, adivinhando as intenções de seu companheiro, apoiou as costas na parede e lhe apresentou as duas mãos.

Este, que se atribuíra o nome do número de sua cela e cujo verdadeiro nome Dantés ainda ignorava, subiu então mais agilmente do que seria de esperar em sua idade, com uma habilidade de gato ou lagartixa, na mesa primeiro, depois da mesa para as mãos de Dantès, depois de suas mãos para seus ombros; assim curvado em dois, pois a abóbada da masmorra o impedia de se aprumar, enfiou a cabeça entre o primeiro renque de barras de ferro e pôde vislumbrar de alto a baixo.

Um instante depois, retirou bruscamente a cabeça.

— Claro! — disse ele. — Eu devia ter desconfiado.

E deixou-se escorregar pelo corpo de Dantès até a mesa, e da mesa pulou para o chão.

— De que devia ter desconfiado? — perguntou ansioso o rapaz, pulando por sua vez para junto dele.

O velho prisioneiro meditava.

— Sim — disse —, é isto: o quarto ao lado de sua masmorra dá para uma galeria externa, espécie de caminho de ronda por onde as patrulhas passam e as sentinelas vigiam.

— Tem certeza disso?

— Vi o *shako*[71] do soldado e a ponta de seu fuzil; só me retirei bruscamente com medo de que ele próprio me visse.

— E agora? — disse Dantès.

— Como pode constatar, é impossível fugir pela sua masmorra.

— E então? — continuou o rapaz num tom indagador.

— Então — disse o velho prisioneiro —, seja feita a vontade do Senhor...

E uma sombra de profunda resignação espalhou-se na fisionomia do velho.

Num misto de espanto e admiração, Dantès observava aquele homem que renunciava assim, com tanta filosofia, a uma esperança fazia muito acalentada.

— Agora pode me dizer quem é o senhor? — perguntou ele.

— Oh, meu Deus, sim, se isso ainda lhe interessar, agora que não sou mais útil para nada.

---

71. *Shako*: quepe militar de origem húngara, alto, com uma aba na frente, e geralmente encimado por um adorno.

— Pode ser útil para me consolar e me apoiar, pois me parece um forte entre os fortes.

O abade sorriu tristemente.

— Sou o abade Faria — disse ele —, prisioneiro desde 1811, como sabe, no castelo de If; mas eu já passara três anos confinado na fortaleza de Fenestrelle. Em 1811, fui transferido do Piemonte para a França. Foi quando soube que o destino, que naquela época lhe parecia submisso, dera um filho a Napoleão e que esse filho, ainda no berço, recebera o título de rei de Roma. Eu estava longe de desconfiar então do que o senhor me contou não faz muito tempo: que, quatro anos mais tarde, o colosso seria derrubado. Quem reina então na França? Será Napoleão II?

— Não, é Luís XVIII.

— Luís XVIII, o irmão de Luís XVI! São estranhos e misteriosos os desígnios celestes. Qual terá sido a intenção da Providência ao rebaixar o homem que ela promovera e ao promover aquele a quem rebaixara?

Dantès acompanhava com os olhos aquele homem, que por um instante esquecia-se do próprio destino para se preocupar daquela forma com os destinos do mundo.

— Sim, sim — continuou —, é como na Inglaterra: depois de Carlos I, Cromwell, depois de Cromwell, Carlos II, e talvez depois de Jaime II, algum genro, algum parente, algum príncipe de Orange, um *Stadhouder*[72] que se fará rei; e então novas concessões ao povo, então uma nova constituição, então a liberdade! O senhor verá isso, meu jovem — disse ele, voltando-se para Dantès e fitando-o com olhos brilhantes e profundos, como deviam ter os profetas. — O senhor ainda está na idade para vê-lo, e o verá.

— Sim, se sair daqui.

— Ah, é verdade! — disse o abade Faria. — Somos prisioneiros; há momentos em que me esqueço e, quando meus olhos atravessam as muralhas que me cercam, creio-me em liberdade.

— Mas por que está preso?

— Eu? Porque elaborei, em 1807, o plano que Napoleão quis executar em 1811; porque, como Maquiavel, no meio de todos aqueles principadozinhos que faziam da Itália um ninho de pequenos reinos tirânicos e fracos, quis um

---

72. "um *Stadhouder*": alusão a Guilherme III (1650-1702), *Stadhouder*, isto é, detentor do poder do Estado, dos Países Baixos, a cujo trono havia ascendido logo ao nascer, devido à morte de seu pai por varíola, uma semana antes de seu nascimento. Mais tarde, casou-se com Mary II, filha do rei inglês Jaime II. O sogro, no entanto, por haver se convertido ao catolicismo em 1668, enfrentava forte oposição em seu próprio reino, já majoritariamente protestante. No contexto da Revolução Gloriosa (1685-89), Jaime II é deposto e sucedido por sua filha, mas é Guilherme quem exerce o poder de fato até o ano de sua morte.

grande e único império, compacto e forte: porque julguei encontrar o meu César Bórgia num imbecil coroado que fingiu me compreender para melhor me trair. Era o plano de Alexandre VI[73] e Clemente VII[74], o qual continuará a fracassar, uma vez que o empreenderam inutilmente e Napoleão não conseguiu rematá-lo. Decididamente, a Itália é amaldiçoada.

E o velho abaixou a cabeça.

Dantès não compreendia como um homem podia arriscar a vida por interesses daquele tipo; é verdade que, embora conhecesse Napoleão por tê-lo visto e se dirigido a ele, em contrapartida ignorava quem eram Clemente VII e Alexandre VI.

— O senhor não é — disse Dantès, começando a partilhar a opinião do seu carcereiro, que era a opinião geral no castelo de If — o padre considerado... doente?

— Considerado louco, é o que quer dizer, não é?

— Não me atrevi — disse Dantès, sorrindo.

— Sim, sim — emendou Faria, com um riso amargo. — Sim, sou eu que passo por louco; sou eu que há tanto tempo divirto os hóspedes desta prisão e que alegraria as criancinhas, se houvesse crianças nesse antro de dor sem esperança.

Dantès permaneceu por um instante imóvel e mudo.

— Então está desistindo de fugir? — perguntou.

— Considero a fuga impossível; seria revoltar-se contra Deus tentar o que Deus não quer que se realize.

— Por que desanimar? Seria muito pedir à Providência o sucesso logo na primeira tentativa. Não pode recomeçar numa direção diferente da que havia tomado?

— Ora, sabe o que fiz para falar em recomeçar? Sabe que precisei de quatro anos para fabricar as ferramentas que possuo? Sabe que há dois anos raspo e perfuro uma terra dura como granito? Sabe que precisei descalçar pedras que em outros tempos eu não teria julgado possível mover, que dias inteiros foram despendidos nesse labor titânico e que às vezes, à noite, eu ficava feliz quando tinha retirado um centímetro quadrado dessa argamassa velha, que se tornou tão dura quanto a própria pedra? Sabe que, para armazenar toda essa terra e todas essas pedras que eu enterrava, precisei escavar

---

73. Alexandre VI: Rodrigo Bórgia (1431-1503) nasceu em Valência, na Espanha. Foi sagrado papa em 1492, quando então adotou o nome de Alexandre VI. Morreu subitamente, suspeitando-se que tenha sido envenenado por arsênico.

74. Clemente VII: nascido em Florença, Giulio di Giuliano de Medicis (1478-1534), foi eleito papa em 1523. Hábil político e diplomata, morreu envenenado, depois de comer uma refeição à base de um cogumelo altamente tóxico.

o vão de uma escada, no qual o entulho foi pouco a pouco enterrado, tão compactamente que hoje o vão está cheio, e eu não saberia mais onde enfiar um punhado de pó? Sabe, por fim, que eu julgava estar alcançando a meta de todo o meu trabalho, que eu me sentia com forças para realizar essa única tarefa, e que agora Deus não apenas me distancia dessa meta como a transfere sei lá para onde? Ah! Digo e repito, de agora em diante nada farei para tentar reconquistar minha liberdade, uma vez que a vontade de Deus é que ela se perca para sempre.

Edmond abaixou a cabeça para não confessar àquele homem que a alegria de ter um companheiro o impedia de se compadecer, como devia ter feito, da dor sentida pelo prisioneiro por não mais poder escapar.

O abade Faria deixou-se cair na cama de Edmond e Edmond permaneceu de pé.

O rapaz nunca cogitara fugir. Há coisas que parecem de tal modo impossíveis que sequer nos ocorre tentá-las, e as evitamos por instinto. Escavar dezesseis metros sob a terra, dedicar a essa operação um trabalho de três anos para, caso ele fosse bem-sucedido, desembocar num precipício abrupto sobre o mar; atirar-se de quinze, vinte, trinta metros talvez, para espatifar, ao cair, a cabeça em alguma pedra, se a bala das sentinelas não o matasse antes; ser obrigado, no caso de escapar a todos esses perigos, a fazer cinco mil metros a nado, isso era demais para que alguém não se resignasse, e vimos que Dantès levou essa resignação quase até a morte.

Mas agora que o rapaz vira um velho aferrar-se à vida com tanta energia e dar-lhe o exemplo das iniciativas desesperadas, começou a refletir e a avaliar sua coragem. Um outro tentara o que ele sequer tivera a ideia de fazer; um outro, menos jovem, menos forte, menos hábil que ele, se proporcionara, graças à sua habilidade e paciência, todos os instrumentos requeridos para aquela operação inacreditável, que um cálculo malfeito teria podido fazer fracassar; um outro fizera tudo aquilo, então nada era impossível para Dantès: o abade Faria escavara dezesseis metros, ele passaria dos cem; Faria, aos cinquenta anos, dedicara três à sua obra; da idade de Faria ele tinha somente a metade, poderia dedicar seis; Faria, abade, cientista, homem de igreja, não temera o risco da travessia do castelo de If até a ilha de Daume, de Ratonneau ou de Lemaire; ele, Edmond, o marujo, ele, Dantès, o mergulhador temerário, que tantas vezes procurara um pedaço de coral no fundo do mar, hesitaria então em fazer cinco mil metros a nado? Quanto tempo levaria para percorrer cinco mil metros a nado? Uma hora? Muito bem! Não permanecera então horas inteiras no mar sem colocar os pés em terra? Não, não, Dantès precisava apenas ser encorajado por um exemplo. Tudo que um outro fez ou teria sido capaz de fazer, Dantès o fará.

O jovem refletiu por um instante.

— Descobri o que o senhor procurava — disse ele ao velho.

Faria estremeceu.

— O senhor? — disse ele, levantando a cabeça com uma expressão que indicava que, se Dantès dizia a verdade, o desencorajamento de seu companheiro não teria longa duração. — Vejamos, o que descobriu?

— O túnel que o senhor abriu para vir de sua cela até aqui estende-se no mesmo sentido que a galeria externa, não é?

— Sim.

— Deve ficar afastado dela apenas uns quinze passos...

— No máximo.

— Muito bem! Mais ou menos no meio do túnel, abriremos um caminho formando como a haste de uma cruz. Dessa vez o senhor fará melhor os seus cálculos. Saímos na galeria externa. Matamos a sentinela e nos evadimos. Para que esse plano dê certo, precisamos apenas de coragem, o senhor a tem; pois de vigor não careço eu. Nem falo da paciência, o senhor deu provas dela e darei também.

— Um instante — respondeu o abade —, o senhor ignora, meu caro colega, de que espécie é a minha coragem, e que uso espero fazer da minha força. Quanto à paciência, creio ter sido suficientemente paciente recomeçando a cada manhã a tarefa da noite, e a cada noite a tarefa do dia. Mas ouça bem, rapaz, eu fazia isso porque me parecia servir a Deus, ao libertar uma de Suas criaturas, a qual, sendo inocente, não podia ter sido condenada.

— Pois então? — perguntou Dantès. — A coisa não continua igual? Por acaso se reconheceu culpado depois que me encontrou? Fale!

— Não, mas não quero me tornar um. Até agora julgava estar lidando apenas com coisas, eis que o senhor me propõe lidar com homens. Fui capaz de perfurar uma muralha e destruir uma escada, mas não vou perfurar um peito nem destruir uma vida.

Dantès esboçou um ligeiro gesto de surpresa.

— Então — disse ele —, podendo ficar livre, seria refreado por semelhante escrúpulo?

— Ora, o senhor mesmo — disse Faria —, por que não atacou seu carcereiro uma noite com o pé da sua mesa, vestiu as roupas dele e tentou fugir?

— Essa ideia não me ocorreu — disse Dantès.

— É porque o senhor tem tamanho horror instintivo por um crime desse tipo, tamanho horror, que foi inclusive incapaz de pensar nisso — retrucou o velho. — Afinal, nas coisas mais simples e permitidas, nossos apetites naturais nos advertem para não nos desviarmos da linha do nosso direito. O tigre, que derrama sangue por natureza, cuja essência e destino é este, não precisa senão de uma coisa, que seu olfato o avise que ele tem uma presa ao seu alcance. Ele imediatamente precipita-se sobre tal presa, cai em cima dela e a dilacera. É seu instinto, e ele o obedece. Mas ao homem, pelo contrário, repugna o sangue; não são as leis sociais que coíbem o assassinato, são as leis naturais.

Dantès ficou confuso: era com efeito a explicação do que se passara à sua revelia em seu espírito, ou melhor, em sua alma, pois há pensamentos que se originam na cabeça e outros, no coração.

— E não é só isso! — continuou Faria. — Nestes catorze anos em que fui prisioneiro, repassei em meu espírito todas as evasões célebres. Não vi senão raras evasões serem bem-sucedidas. As evasões felizes, as evasões coroadas de pleno êxito, são aquelas minuciosamente meditadas e lentamente preparadas; foi assim que o duque de Beaufort escapou do castelo de Vincennes, o abade Dubuquoi, do Fort-l'Évêque, e Latude, da Bastilha[75]. Há ainda aquelas que o acaso pode oferecer: são estas as melhores; esperemos uma oportunidade, confie em mim, e, se essa oportunidade se apresentar, aproveitemos.

— O senhor foi capaz de esperar, o senhor… — disse Dantès suspirando.

— Este longo trabalho constituía uma ocupação de todos os instantes para o senhor e, quando não tinha seu trabalho para se distrair, tinha suas esperanças para se consolar.

— Além do mais — disse o abade —, eu não me ocupava apenas com isso.

— Que fazia então?

— Escrevia, ou estudava.

— Dão-lhe então papel, penas, tinta?

— Não — disse o abade —, mas eu os fabrico.

— O senhor fabrica papel, penas e tinta? — exclamou Dantès.

— Sim.

Dantès olhou para aquele homem com admiração; porém, era difícil acreditar no que dizia. Faria percebeu a ligeira dúvida.

75. "o duque de Beaufort escapou do castelo de Vincennes; o abade Dubuquoi, do Fort l'Évêque e Latude, da Bastilha": Francisco de Bourbon-Vendôme, duque de Beaufort, (1616-69), teve como pai um filho ilegítimo de Henrique IV, rei da França. Preso por conspiração, ficou de 1643 a 1648 na Bastilha. De lá fugiu para tomar parte nas Frondas, guerra civil antimonárquica que sacudiu a França entre 1648 e 1653. Nelas tomaram parte os parlamentares, os príncipes reais, a nobreza e, como massa de manobra, as classes populares. Durante o movimento, que não obteve maiores resultados práticos, Francisco de Bourbon recebeu o duvidoso epíteto de "rei dos mercados". É personagem do romance *Vinte anos depois*, de Alexandre Dumas, uma continuação de *Os três mosqueteiros*. Jean-Albert d'Arcambaud (c.1650-1740), também conhecido como abade Dubuquoi, em 1706 foi encarcerado no Fort-l'Évêque por haver pregado contra o poder despótico. Não fugiu de lá, mas foi transferido para a Bastilha, de onde, aí sim, conseguiu fugir. Deixou um depoimento sobre o episódio, *História de minha evasão*, publicado originalmente em 1719. Jean-Henry Latude (1725-1805) foi preso na Bastilha por ter enviado à Madame Pompadour uma caixa cheia de pó, um código para denunciar uma conspiração. Embora esperasse uma recompensa, viu-se encarcerado. Transferido para Vincennes, de onde fugiu, foi depois trancafiado na Bastilha, e novamente em Vincennes, de onde fugiu uma segunda vez. Capturado, terminou cumprindo trinta e cinco anos de detenção, quando então foi posto em liberdade.

— Quando vier à minha cela — disse ele —, vou lhe mostrar uma obra inteira, fruto dos pensamentos, pesquisas e reflexões de toda a minha vida, que meditei à sombra do Coliseu em Roma, aos pés da coluna de São Marcos em Veneza, às margens do Arno, em Florença, e que eu sequer desconfiava que um dia meus carcereiros me concederiam o tempo de executar entre os quatro muros do castelo de If. É um *Tratado sobre a possibilidade de uma monarquia geral na Itália*. Será um grande volume *in-quarto*.

— E o senhor o escreveu...?

— ... sobre duas camisas. Inventei um preparado que torna o tecido liso e uniforme como o pergaminho.

— Então o senhor é químico?

— Um pouco. Conheci Lavoisier[76] e sou ligado a Cabanis[77].

— Mas essa obra deve ter exigido pesquisas históricas. Tinha livros à disposição?

— Minha biblioteca em Roma tinha cerca de cinco mil volumes. Em virtude de os ler e reler, descobri que com cento e cinquenta obras bem-escolhidas temos, se não um resumo completo dos conhecimentos humanos, pelo menos tudo que é útil ao homem saber. Dediquei três anos de minha vida a ler e reler esses cento e cinquenta volumes, de maneira que os sabia praticamente de cor ao ser preso. Na minha cela, com um ligeiro esforço de memória, lembrei-me integralmente delas. Assim, poderia recitar-lhe Tucídides, Xenofonte, Plutarco, Tito Lívio, Tácito, Estrabão[78], Jornandès[79], Dante, Montaigne, Shakespeare, Spinoza, Maquiavel e Bossuet[80]. Estou citando apenas os mais importantes.

---

76. Lavoisier: Antoine-Laurent de Lavoisier (1743-94), químico francês, foi o primeiro cientista a enunciar o princípio da conservação da matéria. Além disso, identificou e batizou o oxigênio e participou da reforma da nomenclatura química. Autor de um grande *Tratado elementar de química*, Lavoisier foi também inspetor nacional das companhias de fabricação de pólvora. Nomeado *fermier général* (espécie de arrecadador de impostos), foi guilhotinado durante a Revolução Francesa.

77. Cabanis: Pierre-Jean-Georges Cabanis (1757-1808), médico, fisiologista e filósofo francês, eleito para a Academia Francesa em 1803.

78. Estrabão (c.63 a.C - c.24 d.C.): historiador, geógrafo e filósofo grego, autor da monumental *Geographia*, um tratado de dezessete livros contendo a história e descrições de povos e locais de todo o mundo que lhe era conhecido na época.

79. Jornandès: historiador do séc.VI de origem ostrogoda, que escrevia em latim. Foi um burocrata, talvez um bispo e, no fim da vida, dedicou-se ao metiê de historiador. Dele se conhecem duas obras: uma crônica do povo godo e uma história de Roma.

80. Bossuet: Jacques-Benigne Bossuet (1627-1704), bispo e teólogo francês. Um dos primeiros a defender a teoria do absolutismo político, é autor de *Política segundo a Sagrada Escritura*, livro em que defende a origem divina do poder real.

— Mas então sabe diversas línguas?

— Falo cinco línguas vivas: alemão, francês, italiano, inglês e espanhol; com a ajuda do grego antigo, compreendo o grego moderno; porém, falo mal, mas é o que venho estudando no momento.

— Estuda? — disse Dantès.

— Sim, fiz um vocabulário com as palavras que sei, organizei-as, combinei-as, virei-as e revirei-as de maneira a poderem me bastar para exprimir meu pensamento. Sei cerca de mil palavras, é tudo que preciso, a rigor, embora haja cem mil, creio, nos dicionários. Apenas não serei eloquente, mas me farei compreender perfeitamente e isso me basta.

Cada vez mais maravilhado, Edmond começava a achar quase sobrenaturais as faculdades daquele homem estranho, e, tentando fazê-lo dar um passo em falso, insistiu:

E entrou no túnel subterrâneo, onde desapareceu.
Dantès o seguiu.

— Mas se não lhe deram penas, como pôde escrever esse tratado tão volumoso?

— Confeccionei excelentes penas, que seriam preferidas às penas comuns se a matéria-prima fosse conhecida, com as cartilagens das cabeças desses enormes badejos que nos servem algumas vezes nos dias magros. Assim, assisto à chegada das quartas, sextas e sábados com grande satisfação, pois me dão a esperança de aumentar minha provisão de plumas, e meus trabalhos históricos são, admito, minha ocupação mais amena. Ao descer ao passado, esqueço o presente; ao caminhar livre e independente pela história, esqueço que sou prisioneiro.

— Mas e a tinta? — perguntou Dantès. — Com o que fabricou tinta?

— Antigamente havia uma lareira na minha masmorra — disse Faria. — Essa lareira foi vedada algum tempo antes da minha chegada, sem dúvida, mas durante longos anos fizeram fogo ali; todo o interior está portanto recoberto de fuligem. Diluí esta fuligem numa porção de vinho que me dão todos os domingos, o que me forneceu excelente tinta. Para as anotações pessoais, que precisam atrair os olhos, espeto os dedos e escrevo com meu sangue.

— E quando poderei ver tudo isso? — perguntou Dantès.

— Quando quiser — respondeu Faria.

— Oh, imediatamente! — exclamou o rapaz.

— Siga-me então — disse o abade.

E entrou no túnel subterrâneo, onde desapareceu. Dantès o seguiu.

17. A CELA DO ABADE

Após ter passado, curvando-se, mas ainda assim sem grande facilidade, pela passagem subterrânea, Dantès chegou à extremidade oposta do túnel, que dava na cela do abade. Nesse ponto a passagem se estreitava e mal havia espaço suficiente para um homem deslizar se arrastando. A cela do abade era lajeada, e tinha sido erguendo uma daquelas lajes colocada no canto mais escuro que ele havia começado a laboriosa operação a cujo fim Dantès assistira.

Assim que entrou e se pôs de pé, o rapaz examinou a cela com grande atenção. À primeira vista, não apresentava nada de particular.

— Bom — disse o abade —, é apenas meio-dia e quinze, temos ainda algumas horas à nossa frente.

Dantès olhou à sua volta, procurando o relógio no qual o abade pudera consultar as horas de maneira tão precisa.

— Veja esse raio de luz entrando pela janela — disse o abade —, e observe na parede as linhas que tracei. Graças a essas linhas, que correspondem ao duplo movimento da Terra e à elipse que esta descreve em torno do Sol, vejo as horas mais pontualmente do que se tivesse um relógio, pois um relógio se deteriora, ao passo que o Sol e a Terra nunca se deterioram.

Dantès nada compreendera dessa explicação; sempre acreditara, ao ver o Sol nascer por trás das montanhas e morrer no Mediterrâneo, que era ele que se movia e não a Terra. Esse duplo movimento do globo que ele habitava, e que no entanto ele não percebia, parecia-lhe quase impossível; em cada uma das palavras de seu interlocutor via mistérios da ciência tão admiráveis de escavar quanto aquelas minas de ouro e diamantes que ele visitara numa viagem que fizera ainda criança a Guzarate e a Golconda[81].

— Vejamos — disse ele ao abade —, estou curioso para examinar seus tesouros.

O abade dirigiu-se até a lareira e deslocou, com o cinzel que continuava em suas mãos, a pedra que antigamente formava o átrio e que escondia uma cavidade bastante profunda; era nessa cavidade que estavam guardados todos os objetos que ele mencionara para Dantès.

— O que deseja ver primeiro? — perguntou ele.

— Mostre-me sua grande obra sobre o reino na Itália.

Faria tirou do precioso armário três ou quatro rolos de panos enrolados sobre si mesmos, como folhas de papiro: eram faixas de lona, com cerca de dez centímetros de largura por quarenta e cinco de comprimento. Aquelas faixas, numeradas, estavam cobertas por uma letra que Dantès conseguiu ler, pois estavam escritas na língua materna do abade, isto é, o italiano, idioma que em sua condição de provençal Dantès compreendia perfeitamente.

— Veja — disse ele —, está tudo aqui. Faz mais ou menos uma semana que pus a palavra *fim* embaixo da sexagésima oitava faixa. Duas camisas minhas e tudo que eu tinha de lenços foi nisso; se um dia eu voltar a ser livre e houver em toda a Itália um tipógrafo que ouse me publicar, minha reputação está feita.

— Sim — disse Dantès —, estou vendo. Por favor, agora mostre as penas com que escreveu esta obra.

— Veja — disse Faria.

E mostrou ao rapaz um pequeno bastão com quinze centímetros de comprimento, grosso como o cabo de um pincel, em cuja ponta e em torno do qual, amarrada com uma linha, estava uma daquelas cartilagens, ainda manchada de tinta, de que o abade falara a Dantès; era alongado no bico e fendido como uma pena comum.

Dantès examinou-o, procurando com os olhos o instrumento com que aquilo pudera ser esculpido de maneira tão correta.

— Ah, sim — disse Faria —, o canivete, não é? É minha obra-prima; fiz, assim como aquela faca ali, com um velho castiçal de ferro.

---

81. Guzarate (ou Guzerate, ou ainda Gujarate): o segundo estado mais industrializado da Índia. Está localizado no oeste do país, e sua capital é Gandhinagar. Golconda (ou Golkonda): antigo reino muçulmano situado na região centro-sul do atual território da Índia. Sua capital, homônima, que se encontra em ruínas, era famosa por suas muralhas e por um extraordinário sistema acústico, que facilitava a comunicação das sentinelas a longa distância.

O canivete cortava como uma navalha. Quanto à faca, tinha a vantagem de servir ao mesmo tempo de faca e punhal.

Dantès examinou esses diferentes objetos com a mesma atenção com que, nas lojas de quinquilharias de Marselha, às vezes examinara instrumentos fabricados por selvagens e trazidos dos mares do Sul por capitães de longo curso.

— Quanto à tinta — disse Faria —, já sabe como procedo; fabrico-a à medida das minhas necessidades.

— Me espanta agora uma coisa — disse Dantès —, é que os dias tenham lhe bastado para toda essa empreitada.

— Eu tinha as noites — respondeu Faria.

— As noites! Então tem a natureza dos gatos e enxerga à noite?

— Não; mas Deus deu ao homem a inteligência para compensar a precariedade de seus sentidos: fabriquei luz.

— Como assim?

— Da carne que me trazem separo a gordura, derreto-a e tiro dela uma espécie de óleo compacto. Examine a minha vela.

E o abade mostrou a Dantès uma espécie de lampião, semelhante aos utilizados na iluminação pública.

— Mas e o fogo?

— Aqui estão duas pedras e pano queimado.

— Mas e os fósforos?

— Fingi uma doença de pele, pedi enxofre, e me deram.

Dantès colocou os objetos que segurava sobre a mesa e abaixou a cabeça, esmagado pela perseverança e a força daquela inteligência.

— Isso não é tudo — continuou Faria —, pois é desaconselhável guardar todos os seus tesouros num único esconderijo; fechemos este.

Recolocaram a laje no lugar; o abade espalhou um pouco de pó em cima, passou o pé para apagar todo vestígio de solução de continuidade, avançou para sua cama e moveu-a do lugar.

Atrás da cabeceira, ocultado por uma pedra que o vedava quase hermeticamente, estava um buraco, e, nesse buraco, uma escada de corda com oito a dez metros de comprimento.

Dantès examinou-a: era de uma resistência a toda prova.

— Quem lhe forneceu o material necessário para esse trabalho maravilhoso? — perguntou Dantès.

— Em primeiro lugar, algumas camisas que eu tinha, depois os lençóis da minha cama, que, durante três anos de cativeiro em Fenestrelle, desfiei. Quando me transferiram para o castelo de If, encontrei meios de trazer comigo esse tecido desfiado; continuei o trabalho aqui.

— Mas ninguém percebia que os lençóis da sua cama não tinham mais bainha?

— Eu os recosturava.

— Com o quê?

— Com esta agulha.

E o abade, levantando uma aba de seus andrajos, mostrou a Dantès uma longa haste, aguda e ainda com linha, que carregava consigo.

— Sim — prosseguiu Faria —, primeiro eu tinha pensado em empenar essas barras e fugir por esta claraboia, que é um pouco maior que a sua, como vê, a qual eu teria alargado um pouco mais no momento da minha evasão; mas percebi que essa claraboia dava para um pátio interno, e desisti do projeto como muito arriscado. Entretanto, conservei a escada para uma circunstância imprevista, para uma dessas evasões de que eu lhe falava, e que o acaso propicia.

Dantès, ao mesmo tempo em que fingia examinar a escada, pensava dessa vez em outra coisa; uma ideia lhe ocorrera. É que aquele homem, tão inteligente, tão engenhoso, tão profundo, talvez enxergasse claro na escuridão de seu próprio infortúnio, que ele próprio nunca conseguira entender direito.

— Em que está pensando? — perguntou o abade, sorrindo e tomando a concentração de Dantès por uma admiração levada ao extremo.

— Penso antes de tudo em uma coisa, a enorme soma de inteligência requerida para chegar aonde chegou; que teria feito, uma vez livre?

— Nada, talvez; esse transbordamento do meu cérebro evaporou-se em banalidades. É preciso o infortúnio para escavar certas jazidas misteriosas escondidas na inteligência humana; é preciso pressão para fazer a pólvora explodir. O cativeiro reuniu num único ponto todas as minhas faculdades que flutuavam aqui e ali; elas colidiram num espaço exíguo; e, o senhor sabe, da colisão das nuvens resulta a eletricidade, da eletricidade, o relâmpago, do relâmpago, a luz.

— Não, não sei nada — disse Dantès, abatido pela própria ignorância. — Uma parte das palavras que o senhor pronuncia consiste de palavras vazias de sentido para mim; o senhor deve ser muito feliz por ser tão sábio!

O abade sorriu.

— O senhor dizia que pensava em duas coisas...

— Sim.

— E me deu a conhecer a primeira; e a segunda?

— A segunda é que o senhor me contou sua vida, mas o senhor não conhece a minha.

— Sua vida, meu rapaz, é demasiado curta para encerrar fatos de qualquer importância.

— Ela encerra uma imensa desgraça — disse Dantès —, uma desgraça que não mereci; e eu gostaria, para não blasfemar contra Deus, como fiz algumas vezes, de me vingar dos homens causadores do meu infortúnio.

— Quer dizer que se presume inocente do fato que lhe imputam?

— Completamente inocente, juro pela cabeça das duas únicas pessoas que me são caras, pela cabeça do meu pai e de Mercedes.

— Vejamos — disse o abade, fechando seu esconderijo e movendo novamente a cama para o lugar —, conte-me então sua história.

Dantès então contou o que chamava de sua história, e que se limitava a uma viagem à Índia e a duas ou três viagens ao Levante; acabou chegando à sua última travessia, à morte do capitão Leclère, ao pacote entregue por ele ao grão-marechal, à entrevista com o grão-marechal, à carta que este lhe entregou e destinada a um certo sr. Noirtier; enfim, à sua chegada a Marselha, à sua entrevista com seu pai, ao seu amor por Mercedes, ao almoço de seu noivado, à sua prisão, ao seu interrogatório, à sua prisão provisória no Palácio de Justiça, finalmente à sua prisão definitiva no castelo de If. A partir desse ponto, Dantès ignorava tudo, até mesmo há quanto tempo achava-se ali.

Terminado o relato, o abade refletiu profundamente.

— Há — disse no fim de um instante — um axioma de direito de grande profundidade, e que se refere ao que eu lhe dizia há pouco: a menos que o pensamento do mal nasça numa mente corrompida, a natureza humana rechaça o crime. Por outro lado, a civilização nos deu necessidades, vícios, apetites capciosos que às vezes têm o poder de sufocar nossos bons instintos e nos levam ao mal. Daí a máxima: "Se quiser descobrir o culpado, vá direto naquele a quem interessa o crime cometido!" A quem seu desaparecimento interessava?

— A ninguém, meu Deus! Eu era tão pouca coisa.

— Não responda assim, pois a resposta carece ao mesmo tempo de lógica e de filosofia; tudo é relativo, caro amigo, desde o rei que contraria seu futuro sucessor até o empregado que contraria o estagiário: se o rei morre, o sucessor herda uma coroa; se o empregado morre, o estagiário herda mil e duzentos líquidos de salário. Esses mil e duzentos líquidos de salário constituem seu patrimônio; são-lhe tão necessários para viver quanto os doze milhões de um rei. Todos os indivíduos, sem exceção, desde a base até o topo da escala social, agrupam em torno de si todo um mundinho de interesses, com seus turbilhões e átomos vorazes, como os mundos de Descartes. Mas esses mundos continuam se ampliando à medida que sobem. É uma espiral invertida, em equilíbrio instável. Voltemos então ao seu mundo. O senhor ia ser nomeado capitão do *Pharaon*?

— Sim.

— Ia se casar com uma bela moça?

— Sim.

— Alguém tinha interesse em que o senhor não se tornasse capitão do *Pharaon*? Alguém tinha interesse em que o senhor não se casasse com Mercedes? Responda antes à primeira pergunta, a ordem é a chave de todos os problemas. Alguém tinha interesse em que o senhor não se tornasse capitão do *Pharaon*?

— Não; eu era muito querido a bordo. Se os marujos tivessem podido eleger um chefe, tenho certeza de que eu teria sido o eleito. Apenas um homem tinha motivos para não gostar de mim, um homem com quem eu me desentendera recentemente e a quem desafiara para um duelo, que ele recusara.

— Ora, vamos! Como se chama esse homem?

— Danglars.

— Qual sua função a bordo?

— Era contador.

— Se o senhor tivesse se tornado capitão, iria mantê-lo em seu posto?

— Não se a coisa dependesse de mim, pois julguei observar algumas infidelidades em suas contas.

— E por acaso alguém assistiu à sua última entrevista com o capitão Leclère?

— Não, estávamos a sós.

— Alguém poderia ter ouvido a conversa dos senhores?

— Sim, pois a porta estava aberta; inclusive... espere... sim, sim, Danglars passou justamente no momento em que o capitão Leclère me entregava a encomenda destinada ao grão-marechal.

— Bom — disse o abade —, estamos no caminho certo. Levou alguém à terra com o senhor quando fez escala na ilha de Elba?

— Ninguém.

— Entregaram-lhe uma carta?

— Sim, o grão-marechal.

— Que fez com essa carta?

— Guardei-a na minha carteira.

— Tinha então uma carteira com o senhor? Como uma carteira contendo uma carta oficial podia caber no bolso de um marinheiro?

— Tem razão, minha carteira ficara no navio.

— Então foi apenas a bordo que o senhor guardou a carta na carteira?

— Sim.

— De Porto Ferraio até chegar a bordo, que fez com a carta?

— Segurei-a em minhas mãos.

— Logo, quando embarcou no *Pharaon*, todos puderam ver que o senhor estava com uma carta?

— Sim.

— Danglars também?

— Danglars também.

— Agora, escute bem; reúna todas as suas lembranças; lembra-se em que termos estava redigida a denúncia?

— Oh, sim! Reli-a três vezes, e cada palavra permanece na minha memória.

— Repita-a para mim.

Dantès concentrou-se por um instante.

— Ei-la — disse — textualmente:

> O sr. procurador do rei fica avisado, por um amigo do trono e da religião, que o assim chamado Edmond Dantès, imediato do navio *Pharaon*, chegado de Esmirna esta manhã, antes de fazer escalas em Nápoles e Porto Ferraio, foi encarregado, por Murat, de uma carta para o usurpador, e pelo usurpador, de uma carta para o comitê bonapartista de Paris.
>
> A prova de seu crime pode ser obtida com sua detenção, pois a carta será encontrada com ele, ou na casa de seu pai, ou em sua cabine a bordo do *Pharaon*.

O abade ergueu os ombros.

— É claro como o dia — disse ele —, é preciso ter o coração muito ingênuo e muito generoso para não ter matado a charada desde o início.

— Acha? — exclamou Dantès. — Ah! Seria muita infâmia!

— Como era a caligrafia habitual de Danglars?

— Uma bela cursiva.

— Como era a caligrafia da carta anônima?

— Uma escrita invertida.

O abade sorriu.

— Tosca, não é?

— Insolente demais para ser tosca.

— Espere — disse ele.

Pegou sua pena, ou melhor, o que assim chamava, embebeu-a na tinta e escreveu com a mão esquerda, numa linha preparada para esse fim, as duas ou três primeiras linhas da denúncia.

Dantès recuou e fitou o abade quase com terror.

— Oh, é espantoso como aquela letra se parece com esta! — exclamou.

— É que a denúncia tinha sido escrita com a mão esquerda. Observei uma coisa — continuou o abade.

— O quê?

— Que todas as caligrafias traçadas com a mão direita variam de uma para a outra e todas as caligrafias traçadas com a mão esquerda se assemelham.

— Então viu tudo, observou tudo?

— Continuemos.

— Oh, sim, sim!

— Passemos à segunda pergunta.

— Estou ouvindo.

— Alguém tinha interesse em que o senhor não se casasse com Mercedes?
— Sim! Um rapaz que a amava.
— Seu nome.
— Fernand.
— É um nome espanhol?
— Ele era catalão.
— Acha que ele seria capaz de escrever a carta?
— Não! Este teria me apunhalado, só isso.
— É, está na natureza do espanhol: um assassinato, sim, uma covardia, não.
— A propósito — continuou Dantès —, ele ignorava todos os detalhes que constavam da denúncia.
— O senhor os forneceu a alguém?
— A ninguém.
— Nem mesmo à sua noiva?
— Nem mesmo à minha noiva.
— Foi Danglars.
— Oh, agora tenho certeza!
— Espere... Danglars conhecia Fernand?
— Não... sim.. Estou lembrando...
— De quê?
— Na antevéspera do meu casamento eu os vi juntos, sentados no caramanchão do seu Pamphile. Danglars estava amistoso e trocista, Fernand, pálido e transtornado.
— Estavam sozinhos?
— Não, estava com eles um terceiro colega, que eu conhecia bem, a quem provavelmente haviam sido apresentados, um alfaiate chamado Caderousse; mas este já estava bêbado; espere... espere... Como não me lembrei disso? Perto da mesa em que eles bebiam havia um tinteiro, papel, penas — Dantès cobriu o rosto com as mãos. — Oh, miseráveis, miseráveis!
— Quer saber mais uma coisa? — disse o abade rindo.
— Sim, sim, uma vez que o senhor aprofunda tudo, uma vez que o senhor enxerga claro em todas as coisas, quero saber por que não fui interrogado senão uma vez, por que não me deram um julgamento, e como posso estar condenado sem sentença.
— Oh, isto — disse o abade —, isto é um pouco mais grave; a justiça tem aspectos sombrios e misteriosos difíceis de penetrar. O que fizemos até aqui no caso dos seus dois amigos foi brincadeira de criança; para algo assim, vai ter que me fornecer indicações mais precisas.
— Interrogue-me, pois na verdade o senhor vê a minha vida com mais clareza do que eu mesmo.

— Quem o interrogou? Foi o procurador do rei, o substituto, o juiz de instrução?

— Foi o substituto.

— Jovem ou velho?

— Jovem: vinte e sete ou vinte oito anos.

— Bem, ainda não corrupto, mas já ambicioso — disse o abade. — Como ele o tratou?

— Mais educada que severamente.

— O senhor contou-lhe tudo?

— Tudo.

— E as maneiras dele mudaram no decorrer do interrogatório?

— Por um instante se alteraram, quando ele leu a carta que me comprometia; pareceu aterrado com a minha desgraça.

— Com a sua desgraça?

— Sim.

— E tem certeza de que era sua desgraça que ele lastimava?

— Pelo menos deu-me uma grande prova de sua solidariedade.

— Por exemplo?

— Queimou a única prova material que podia me comprometer.

— Qual? A denúncia?

— Não, a carta.

— Tem certeza disso?

— Aconteceu na minha frente.

— As coisas mudam de figura; esse homem poderia ser um celerado mais profundo que o senhor imagina.

— O senhor me dá calafrios, juro por Deus! — disse Dantès. — Então este mundo é povoado por tigres e crocodilos?

— Sim, mas tigres e crocodilos bípedes são mais perigosos que os outros.

— Continuemos, continuemos.

— Com prazer; o senhor dizia que ele queimou a carta na sua frente...

— Sim, dizendo-me: "Veja, esta é a única prova contra o senhor e estou destruindo-a."

— Esse comportamento é sublime demais para ser natural.

— Acha?

— Tenho certeza. A quem essa carta estava endereçada?

— Ao sr. Noirtier, rua Coq-Héron, nº13, Paris.

— Acha possível que seu substituto tivesse algum interesse em que essa carta desaparecesse?

— Sim, pois ele me fez prometer duas ou três vezes, para o meu bem, dizia ele, que não mencionaria a carta a ninguém e me fez jurar que não pronunciaria o nome do destinatário.

— Noirtier? — repetiu o abade. — Noirtier? Conheci um Noirtier no tribunal da antiga rainha da Etrúria[82], um Noirtier que havia sido girondino sob a Revolução. Como era o nome do substituto?

— De Villefort.

O abade caiu na gargalhada.

Dantès o olhava com estupefação.

— Que tem o senhor? — disse ele.

— Está vendo esse raio de luz? — perguntou o abade.

— Sim.

— Excelente! Agora tudo me parece mais claro que esse raio transparente e luminoso. Desafortunada criança, desafortunado rapaz! E esse magistrado foi bom para o senhor?

— Sim.

— Esse digno substituto queimou, destruiu a carta?

— Sim.

— Esse honesto abastecedor de carrasco lhe fez jurar que o senhor nunca pronunciaria o nome de Noirtier?

— Sim.

— Esse Noirtier, infeliz cego que o senhor é, sabe quem era esse Noirtier? Esse Noirtier era o pai dele!

Um raio, caído nos pés de Dantès e cavando à sua frente um abismo, no fundo do qual se abrisse o inferno, teria produzido um efeito menos imediato, menos elétrico, menos esmagador que essas palavras inesperadas; ele se levantou e pegou a cabeça com as duas mãos, como que para impedi-la de explodir.

— O pai dele! O pai dele! — gritou.

— Sim, o pai dele, que se chama Noirtier de Villefort — concluiu o abade.

Então uma luz fulgurante atravessou o cérebro do prisioneiro, tudo que permanecera obscuro para ele foi no mesmo instante iluminado por uma luz intensa. Aquelas tergiversações de Villefort durante o interrogatório, aquela carta destruída, o juramento exigido, aquela voz quase suplicante do magistrado, que, em vez de ameaçar, parecia implorar, tudo lhe voltou à memória; deu um grito, vacilou um instante como um homem bêbado; depois, precipitando-se pelo vão que levava da cela do abade à sua:

---

82. Etrúria: território dos antigos etruscos (correspondente à Toscana atual), foi um reino criado por Napoleão em 1801 com o objetivo de dar um trono a Luís de Bourbon-Parma, parente dos Bourbon espanhóis. Em 1803, seu filho, Carlos, assume o trono. Em 12 de dezembro de 1807, Napoleão dissolve a Etrúria, forçando Carlos a abdicar.

— Oh — disse ele —, preciso ficar sozinho para refletir sobre tudo isso.

E, chegando à sua masmorra, desabou em sua cama, onde o carcereiro o encontrou à noite, sentado, olhos esgazeados, traços contraídos, mas imóvel e mudo como uma estátua.

Durante essas horas de meditação, que se escoaram como segundos, tomara uma terrível decisão e fez um juramento impressionante.

Uma voz arrancou Dantès desse devaneio, era a do abade Faria, que, tendo recebido por sua vez a visita do seu carcereiro, vinha convidar Dantès para cear com ele. Seu status de louco varrido, e sobretudo de louco bufão, propiciava ao prisioneiro alguns privilégios, como o de ter um pão um pouco mais branco e uma garrafinha de vinho aos domingos. Ora, estavam em pleno domingo, e o abade vinha convidar seu jovem companheiro para dividir o pão e o vinho.

Dantès foi atrás dele; todas as linhas de sua fisionomia haviam se recobrado e ocupado seu lugar habitual; mas com uma rigidez e uma firmeza, se é que podemos dizer, que acusavam uma decisão tomada. O abade fitou-o intensamente.

— Sinto muito por tê-lo ajudado em suas investigações e lhe ter dito o que disse — falou.

— Por quê? — perguntou Dantès.

— Porque instilei um sentimento que não estava em seu coração: a vingança.

Dantès sorriu.

— Mudemos de assunto — disse ele.

O abade ainda o observou por um instante e balançou tristemente a cabeça; em seguida, como pedira Dantès, mudou de assunto.

O velho prisioneiro era um desses homens cuja conversação, como a das pessoas que sofreram muito, contém ensinamentos numerosos e encerra um interesse obstinado; mas ela não era egoísta; e o infeliz nunca falava de seus infortúnios.

Dantès escutava cada uma de suas palavras com admiração: algumas delas correspondiam a ideias que ele já tinha e a conhecimentos que eram do âmbito de sua condição de homem do mar, outras referiam-se a coisas desconhecidas e, como as auroras boreais que iluminam os navegadores nas latitudes austrais, descortinavam para o rapaz paisagens e horizontes novos, iluminados com seus fantásticos relâmpagos. Dantès compreendeu a felicidade que experimentaria um ser inteligente ao seguir aquele espírito elevado nas altitudes morais, filosóficas ou sociais em que tinha o hábito de planar.

— O senhor poderia me ensinar um pouco do que sabe — sugeriu Dantès —, nem que fosse para não se entediar comigo. Parece-me agora que deve preferir a solidão a um companheiro sem educação e sem importância como eu. Se consentir no que lhe peço, prometo-lhe nunca mais falar em fugir.

O abade sorriu.

— Ai de mim, criança! — disse ele. — A ciência humana é limitada, e quando eu tiver lhe ensinado matemática, física, história e as três ou quatro línguas vivas que falo, o senhor saberá o que sei; ora, precisamos de meros dois anos para despejá-la do meu espírito para o seu.

— Dois anos! — exclamou Dantès. — Acha que eu poderia aprender todas essas coisas em dois anos?

— Em sua aplicação, não; em seus princípios, sim. Aprender não é saber; há sabidos e sábios; é a memória que faz os primeiros, é a filosofia que faz os outros.

— Mas é possível aprender filosofia?

— Filosofia não se aprende; a filosofia é a reunião das ciências adquiridas pelo gênio que as aplica; a filosofia é a nuvem reluzente em que o Cristo pôs o pé para subir aos céus.

— Vejamos — disse Dantès —, o que vai me ensinar primeiro? Tenho pressa em começar, tenho sede de ciência.

— Tudo! — disse o abade.

Com efeito, à noite, os dois prisioneiros estabeleceram um plano de estudo que começou a ser executado no dia seguinte. Dantès tinha uma memória prodigiosa, uma imensa facilidade de concepção: a disposição matemática de sua mente o tornava apto a compreender tudo pelo cálculo, ao passo que a poesia do marujo corrigia tudo que podia haver de demasiado material na demonstração reduzida à secura dos algarismos ou à monotonia das retas; aliás, já sabia italiano e um pouco de grego moderno, que aprendera em suas viagens ao Oriente. Com essas duas línguas, não demorou a compreender o mecanismo de todas as demais e, ao cabo de seis meses, começara a falar espanhol, inglês e alemão.

Como ele prometera ao abade Faria, fosse porque a distração que lhe proporcionava o estudo fazia as vezes de liberdade, fosse porque era, como já vimos, um rigoroso cumpridor de sua palavra, não falava mais em fugir, e os dias escoavam-se para ele rápidos e instrutivos. No fim de um ano, era outro homem.

Quanto ao abade Faria, Dantès observava que, apesar da distração que sua presença trouxera ao seu cativeiro, entristecia a cada dia. Um pensamento incessante e eterno parecia assediar seu espírito; caía em profundos devaneios, suspirava involuntariamente, levantava-se de súbito, cruzava os braços e perambulava sozinho por sua prisão.

Um dia, estacou de repente no centro de um daqueles círculos cem vezes repetidos que descrevia em torno de sua cela e exclamou:

— Ah, se não existisse sentinela!

— Não haverá sentinela se assim o desejar — disse Dantès, que lhe acompanhara o pensamento através da caixa craniana como através de um cristal.

— Mas já lhe disse — continuou o abade —, abomino o assassinato.

— Não obstante, esse assassinato, caso cometido, o será por instinto de nossa preservação, por razões de defesa pessoal.

— Não interessa, eu seria incapaz.

— Mas pensa na fuga, ainda assim?

— Incessantemente, incessantemente — murmurou o abade.

— E descobriu um jeito, não é? — perguntou Dantès, vivamente.

— Sim, se por uma eventualidade qualquer pusessem na galeria uma sentinela cega e surda.

— Ela ficará cega, ela ficará surda — respondeu o rapaz num tom resoluto que assustou o abade.

— Não, não! — ele gritou. — Impossível!

Dantès quis que ele continuasse a falar no assunto, mas o abade balançou a cabeça e se recusou a responder.

Três meses se passaram.

— O senhor é forte? — perguntou um dia o abade a Dantès.

Dantès, sem responder, pegou o cinzel, retorceu-o como uma ferradura e o endireitou.

— Promete não matar a sentinela senão como último recurso?

— Sim, pela minha honra.

— Então — disse o abade —, podemos executar o nosso plano.

— E de quanto tempo vamos precisar para executá-lo?

— Um ano, pelo menos.

— Mas podemos pôr mãos à obra?

— Imediatamente.

— Oh, veja, perdemos um ano! — exclamou Dantès.

— Acha que o perdemos? — disse o abade.

— Oh, perdão, perdão! — exclamou Edmond, corando.

— Schhh! — fez o abade. — Um homem nunca passa de um homem; e o senhor é um dos melhores que conheci. Veja, aqui tem o meu plano.

O abade mostrou então a Dantès um desenho traçado por ele: era a planta de sua cela, da de Dantès e da galeria que unia a ambas. No meio dessa galeria, desenhara um túnel semelhante ao que é praticado nas minas. Esse túnel levaria os dois prisioneiros sob a galeria percorrida pela sentinela; uma vez ali, empreenderiam uma ampla escavação, soltando as lajes que formavam o piso da galeria; a laje, num dado momento, cederia sob o peso do soldado, que desapareceria tragado pela escavação. Dantès então se arrojaria sobre ele no momento em que, assustado com a queda, ele não conseguiria se defender, o amarraria, o amordaçaria, e todos os dois então, passando por uma das janelas dessa galeria, desceriam ao longo da muralha externa com ajuda da escada de corda e escapariam.

Dantès bateu palmas e seus olhos brilharam de alegria; o plano era tão simples que tinha tudo para ser bem-sucedido.

No mesmo dia os mineradores puseram mãos à obra, com ardor redobrado, na medida em que esse trabalho sucedia um longo repouso e não passava, segundo todas as probabilidades, de uma extensão do pensamento íntimo e secreto de ambos.

Nada os interrompia, a não ser a hora em que cada um era obrigado a voltar para sua cela a fim de receber a visita do carcereiro. De toda forma, tinham adquirido o hábito de distinguir, pelo ruído imperceptível dos passos, o momento em que aquele homem descia, e nunca nem um nem outro foram pegos de surpresa. A terra por eles extraída do novo túnel, e que teria acabado por obstruir o antigo, era lançada aos pouquinhos, e com precauções inauditas, por um ou por outro, através das grades da masmorra de Dantès ou da masmorra de Faria: pulverizavam-na com cuidado e o vento da noite a carregava para longe sem deixar vestígios.

Mais de um ano se passou nesse trabalho, executado tendo como únicas ferramentas um cinzel, uma faca e uma alavanca de madeira; durante esse ano, ao mesmo tempo em que trabalhavam, Faria continuava a instruir Dantès, falando-lhe ora numa língua, ora em outra, ensinando-lhe a história das grandes nações e dos grandes homens que vez por outra deixam atrás de si um desses riscos luminosos que denominamos glória. Além disso, o abade, homem cosmopolita e aristocrata, exibia em suas maneiras uma espécie de majestade melancólica da qual Dantès, graças ao dom de assimilação que a natureza lhe concedera, soube extrair o refinamento elegante que lhe faltava e as maneiras aristocráticas em geral adquiridas apenas no convívio das classes elevadas ou na companhia dos homens superiores.

No fim de quinze meses, o túnel estava terminado; a escavação estava feita sob a galeria; ouvia-se a sentinela indo e vindo, e os dois operários, obrigados a esperar por uma noite escura e sem lua para tornar sua evasão ainda mais segura, tinham agora apenas um temor: era ver o solo, muito cediço, afundar por si só sob os pés do soldado. Remediaram esse inconveniente instalando uma espécie de pequena viga, que haviam encontrado nas fundações, como escora. Dantès estava ocupado em fixá-la quando de repente ouviu o abade Faria, que permanecera na cela do rapaz, onde se empenhava por sua vez em afiar um pino destinado a sustentar a escada de corda, chamando-o num tom angustiado. Dantès retornou rapidamente e percebeu o abade, de pé no meio da cela, pálido, suor na testa e mãos crispadas.

— Oh, meu Deus! — exclamou Dantès. — Que aconteceu e que tem o senhor?

— Rápido, rápido! — disse o abade. — Ouça-me.

Dantès olhou para o rosto lívido de Faria, para os seus olhos cingidos por um círculo azulado, seus lábios brancos, seus cabelos eriçados; apavorado, deixou cair no chão o cinzel que tinha na mão.

— Mas o que houve? — exclamou Edmond.

— Estou perdido! — disse o abade. — Escute. Uma doença terrível, talvez mortal, vai me arrebatar, a crise está chegando, sinto-a: já fui vítima disso no ano que precedeu meu encarceramento. Para essa doença não há senão um remédio, e vou lhe dizer: corra até a minha cela e levante o pé da cama; esse pé é oco; encontrará ali um vidrinho de cristal cheio até a metade com um licor vermelho, traga-o para mim; ou melhor, não, não, eu poderia ser surpreendido aqui; ajude-me a voltar para minha cela enquanto ainda tenho forças. Quem sabe o que vai acontecer durante essa crise?

Dantès, sem perder a cabeça embora a tristeza que sentia fosse imensa, entrou no túnel, arrastando seu infeliz companheiro atrás de si, conduzindo-o com uma piedade infinita até a extremidade oposta, e alcançou a cela do abade, a quem instalou em sua cama.

— Obrigado — disse o abade, arrepiado como se saísse de uma água gelada. — Eis a crise chegando, vou entrar em catalepsia; é possível que eu perca todos os movimentos, não solte nenhum gemido; mas também é possível que eu espume, enrijeça, grite; faça de modo a que não ouçam meus gritos: isto é o mais importante, corremos o risco de me transferirem para outra cela e ficaríamos separados para sempre. Quando me vir imóvel, frio e morto, por assim dizer, só então, ouça bem, descerre meus dentes com a faca, pingue na minha boca entre oito e dez gotas desse licor, assim talvez eu recupere os sentidos.

— Talvez? — exclamou Dantès dolorosamente.

— Socorro! Socorro! — exclamou o abade. — Estou me... estou me...

O acesso foi tão súbito e violento que o infeliz prisioneiro não conseguiu terminar a frase iniciada; uma nuvem atravessou sua fronte, rápida e escura como as tempestades no mar; a crise dilatou seus olhos, retorceu sua boca, arroxeou suas faces; ele se agitou, espumou, rugiu; apesar disso, como ele próprio recomendara, Dantès abafou seus gritos sob sua coberta. Aquilo durou duas horas. Então, mais inerte que uma rocha, mais pálido e frio que o mármore, mais dilacerado que um junco pisoteado, ele caiu, enrijeceu-se ainda mais numa última convulsão e ficou lívido.

Edmond esperou que a morte aparente houvesse invadido o corpo e congelado até o coração; pegou então a faca, introduziu a lâmina entre os dentes, entreabriu com infinita dificuldade os maxilares crispados, contou uma atrás da outra dez gotas da poção vermelha, e esperou.

Uma hora transcorreu sem que o velho esboçasse o menor movimento. Dantès temia ter esperado além da conta e o observava com ambas as mãos enfiadas nos cabelos. Finalmente uma ligeira coloração apareceu em suas faces, seus olhos, que haviam permanecido abertos e átonos, recuperaram o olhar, um débil suspiro escapou de sua boca, ele fez um movimento.

— Salvo! Salvo! — exclamou Dantès.

... contou uma atrás da outra dez gotas da poção vermelha, e esperou.

O doente ainda não conseguia falar, mas estendeu, com uma ansiedade visível, a mão em direção à porta. Dantès prestou atenção e ouviu os passos do carcereiro; iam dar sete horas e Dantès não tivera oportunidade de contar o tempo.

O rapaz correu para o túnel, desapareceu por ele, recolocou a laje depois de passar a cabeça e voltou para sua cela.

Um instante depois, a porta se abriu e o carcereiro, como de hábito, encontrou o prisioneiro sentado em sua cama.

Mal lhe deu as costas, mal o barulho dos passos se perdeu na galeria, Dantès, devorado pela aflição, retomou, sem pensar em comer, o caminho que acabava de percorrer; erguendo a laje com a cabeça, entrou novamente na cela do abade.

Este voltara a si, mas continuava prostrado na cama, inerte e sem forças.

— Não esperava revê-lo — ele disse a Dantès.

— Por que não? — perguntou o rapaz. — Então esperava morrer?

— Não; mas está tudo pronto para sua fuga e imaginei que o senhor iria fugir.

O rubor da indignação coloriu as faces de Dantès.

— Sem o senhor! — exclamou. — Julgou-me realmente capaz de uma coisa dessas?

— Agora vejo que estava enganado — disse o doente. — Ah, sinto-me fraco, consumido, destruído!

— Coragem, suas forças voltarão — disse Dantès, sentando-se perto da cama de Faria e pegando-lhe as mãos.

O abade balançou a cabeça.

— A última vez — disse ele —, a crise durou meia hora, depois tive fome e me levantei sozinho; hoje não consigo mexer nem a perna esquerda nem o braço direito; minha cabeça está confusa, o que atesta um derrame cerebral. Na terceira vez, ficarei inteiramente paralisado ou então morrerei sob o golpe.

— Não, não, fique tranquilo, não vai morrer; essa terceira crise, caso aconteça, o encontrará livre. Nós o salvaremos como dessa vez, ou melhor, pois teremos todo o socorro necessário.

— Meu amigo — disse o velho —, não se iluda, a crise que acabo de sofrer me condena à prisão perpétua: para alguém fugir, precisa poder andar.

— Pois bem! Esperaremos uma semana, um mês, dois meses, se for preciso; nesse intervalo, suas forças voltarão; está tudo preparado para nossa fuga e podemos escolher a hora e o momento. O dia em que tiver forças suficientes para nadar, ótimo!, nesse dia poremos nosso plano em ação.

— Não nadarei mais — disse Faria —, este braço está paralisado não por um dia, mas para sempre. Levante-o e veja o senhor mesmo quanto ele pesa.

O rapaz soergueu o braço, que caiu insensível. Ele soltou um suspiro.

— Está convencido agora, não está, Edmond? — disse Faria. — Acredite em mim, sei o que digo: desde o primeiro ataque desse mal, não parei de refletir. Já o esperava, pois é uma herança de família; meu pai morreu na terceira crise, meu bisavô também. O médico que compôs essa poção para mim, e que não é outro senão o famoso Cabanis, me vaticinou a mesma sorte.

— O médico está enganado — exclamou Dantès. — Quanto à sua paralisia, não me atrapalha, irei prendê-lo a meus ombros e nadarei arrastando-o.

— Mocinho — disse o abade —, o senhor é marujo, é nadador, por conseguinte deve saber que um homem carregado com tal fardo não daria cinquenta braçadas no mar. Pare de se iludir com quimeras em que nem mesmo o seu coração acredita: permanecerei aqui até soar a hora da minha libertação, a qual talvez agora seja meramente a hora da morte. Quanto ao senhor, fuja, parta! O senhor é jovem, atlético e forte, não se preocupe comigo, devolvo-lhe sua palavra.

— Se é assim — disse Dantès —, então ficarei também.

Em seguida, levantando-se e estendendo uma mão solene sobre o velho:

— Pelo sangue de Cristo, juro não abandoná-lo até sua morte.

Faria considerou aquele rapaz tão nobre, tão simples, tão brioso, e leu em seus traços, animados pela expressão do devotamento mais puro, a sinceridade de sua afeição e a lealdade de seu juramento.

— Está bem — disse o doente —, aceito, obrigado.

Depois, estendendo-lhe a mão:

— O senhor talvez seja recompensado por esse devotamento tão desinteressado — ele disse. — Mas como eu não posso e o senhor não quer partir, é importante vedarmos o subterrâneo sob a galeria: ao caminhar, o soldado pode perceber a sonoridade oca do local, chamar a atenção de um inspetor, e então seríamos descobertos e separados. Vá executar essa tarefa, na qual infelizmente não posso mais ajudá-lo; trabalhe nisso a noite inteira se for preciso, e volte apenas de manhã, depois da visita do carcereiro; tenho algo importante a lhe comunicar.

Dantès pegou a mão do abade, que o tranquilizou com um sorriso, e saiu obediente e respeitoso para com seu velho amigo.

18. O TESOURO

Quando, na manhã seguinte, Dantès entrou novamente na cela do seu colega de cativeiro, encontrou Faria sentado, e a calma em seu rosto.

Sob o raio que se insinuava pelo exíguo vão de sua cela, ele segurava, aberto em sua mão esquerda — a única, lembremos, na qual os movimentos lhe restaram —, um pedaço de papel, ao qual o hábito de ficar enrolado imprimira a forma de um cilindro minúsculo rebelde a se esticar.

Sem dizer nada, Faria apontou o papel para Dantès.

— Que é isto? — este perguntou.

— Olhe bem — disse o abade, sorrindo.

— Estou olhando com toda a atenção — disse Dantès —, e não vejo senão um papel queimado pela metade e no qual estão traçados caracteres góticos com uma tinta peculiar.

— Este papel, meu amigo — disse Faria —, é, agora posso lhe confessar tudo, pois já testei sua fidelidade, este papel é o meu tesouro, cuja metade, a partir de hoje, lhe pertence.

Um suor frio brotou da testa de Dantès. Até aquele dia, e quanto tempo isso representava!, evitara falar com Faria daquele tesouro, fonte da acusação de loucura que pesava sobre o infeliz abade; com sua delicadeza instintiva, Edmond preferira não tocar naquela corda dolorosamente vibrante; e, por sua vez, Faria se calara. Dantès tomara o silêncio do velho como um retorno à razão; agora, aquelas poucas palavras, que Faria deixara escapar após uma crise complicada, pareciam anunciar uma grave recaída de alienação mental.

— Seu tesouro? — balbuciou Dantès.

Faria sorriu.

— Sim — disse ele. — O senhor é um coração nobre em todos os aspectos, Edmond, e compreendo, por sua palidez e seus calafrios, o que se passa na sua cabeça neste momento. Não, fique tranquilo, não estou louco. O tesouro existe, Dantès, e se me não foi dado possuí-lo, o senhor o possuirá, o senhor: ninguém quis me escutar nem acreditar em mim porque me julgavam louco; mas o senhor, que deve saber que não o sou, escute-me e acredite em mim depois, se quiser.

— Ai de mim! — murmurou Edmond consigo mesmo. — Uma recaída! Essa era a última tristeza que faltava.

Em seguida, em voz alta, ele disse a Faria:

— Meu amigo, sua crise talvez o tenha cansado um pouco, não quer descansar? Amanhã, se desejar, ouvirei sua história, mas hoje quero cuidar do senhor, apenas isso. A propósito — continuou, sorrindo —, um tesouro, será que isso é urgente para nós?

— Urgentíssimo, Edmond! — respondeu o velho. — Quem sabe se amanhã, talvez depois de amanhã, eu não serei vítima de uma nova crise? Pense que tudo estaria terminado então! Sim, é verdade, frequentemente pensei com um amargo prazer nessas riquezas, que fariam a fortuna de dez famílias, perdidas para os meus perseguidores. Essa ideia me servia como vingança, e eu a saboreava lentamente na noite da minha masmorra e no desespero do meu cativeiro. Mas agora que perdoei o mundo por amor ao senhor, agora que o vejo jovem e cheio de futuro, agora que penso em tudo o que pode resultar para o senhor de felicidade em consequência dessa revelação, estremeço com qualquer adiamento, e aflijo-me por talvez não proporcionar a proprietário tão digno, como o senhor o é, a posse de tantas riquezas enterradas.

Edmond desviou a cabeça suspirando.

— Persiste em sua incredulidade, Edmond — prosseguiu Faria. — Minha voz não o convenceu? Vejo que lhe faltam provas. Pois bem! Leia este papel, que não mostrei a ninguém.

— Amanhã, meu amigo — disse Edmond —, recusando-se a se render à loucura do velho. — Eu achava que havíamos combinado só falar disso amanhã.

— Falaremos apenas amanhã, mas leia este papel hoje.

"Não vamos irritá-lo", pensou Edmond.

E, pegando aquele papel cuja metade faltava, consumida que fora provavelmente por algum acidente, leu:

Esse tesouro, que pode chegar a dois
escudos romanos no ângulo mais af
da segunda abertura, o qual

lego e cedo integ
deiro.
25 de abril de 149

— E então? — Faria perguntou, quando o rapaz terminou a leitura.

— Mas — respondeu Dantès —, não vejo aí senão linhas truncadas e palavras sem sentido; os caracteres são interrompidos pela ação do fogo e permanecem ininteligíveis.

— Para o senhor, meu amigo, que as lê pela primeira vez, mas não para mim, que me consumi em cima delas noites a fio, que reconstruí cada frase e completei cada pensamento.

— E acredita ter descoberto esse sentido misterioso?

— Tenho certeza que sim, o senhor julgará por si mesmo; mas primeiro escute a história desse papel.

— Silêncio! — exclamou Dantès. — Passos! Alguém se aproxima… vou embora… Adeus.

E Dantès, feliz por escapar da história e da explicação que não teriam deixado de lhe confirmar a infelicidade do amigo, insinuou-se como uma cobra pelo túnel estreito, enquanto Faria, impulsionado pelo terror a uma espécie de atividade, empurrava com o pé a laje, que cobriu com um pano a fim de esconder aos olhos a solução de continuidade que não tivera tempo de eliminar.

Era o diretor, que, tendo tomado conhecimento do acidente de Faria por intermédio do carcereiro, vinha constatar pessoalmente sua gravidade.

Faria recebeu-o sentado, evitou qualquer atitude comprometedora e conseguiu esconder do diretor a paralisia que já matara metade de sua pessoa. Seu temor era que o diretor, tomado de compaixão por ele, quisesse transferi-lo para uma prisão menos insalubre e assim o separasse de seu jovem companheiro; mas felizmente não foi assim, e o diretor retirou-se convencido de que seu desafortunado louco, por quem sentia certo apego no fundo do coração, fora tão somente vítima de uma ligeira indisposição.

Enquanto isso, Edmond, sentado na cama com a cabeça nas mãos, tentava juntar seus pensamentos; tudo era tão racional, tão grandioso e tão lógico em Faria desde que o conhecia, que não podia compreender aquela suprema sabedoria acerca de todas as coisas aliada à desrazão em um único ponto: será que Faria estava enganado a respeito do seu tesouro, ou será que todos se enganavam a respeito de Faria?

Dantès permaneceu em sua cela o dia inteiro, não ousando ir até o amigo. Tentava adiar assim o momento em que teria certeza de que o abade estava louco. Essa convicção seria terrível para ele.

Porém, à noite, passada a hora da visita diária, Faria, não vendo o rapaz voltar, tentou transpor o espaço que o separava dele. Edmond ficou arrepiado ao ouvir os esforços dolorosos que o velho fazia para se arrastar. Sua perna estava inerte, e ele não conseguia mais fazer uso do braço. Edmond foi obrigado a puxá-lo para si, pois nunca teria conseguido sair sozinho pela estreita abertura que desembocava na cela de Dantès.

— Aqui estou inflexivelmente obstinado no seu encalço — disse o abade, com um sorriso que irradiava benevolência. — Julgou que podia escapar à minha generosidade, mas não será assim. Escute então.

Edmond viu que não podia recuar; fez o velho sentar em sua cama e instalou-se perto dele em seu banquinho.

— Já sabe — disse o abade — que eu era secretário e amigo íntimo do cardeal Spada, o último dos príncipes deste nome. Devo a esse digno senhor tudo que desfrutei de felicidade nesta vida. Ele não era rico, embora as riquezas de sua família fossem proverbiais e eu tivesse ouvido dizer muitas vezes: "Rico como um Spada." Mas ele, assim como o rumor popular, vivia dessa reputação de opulência. Seu palácio foi meu paraíso. Instruí seus sobrinhos, que morreram, e, quando ele ficou sozinho no mundo, retribuí-lhe, com uma submissão absoluta às suas vontades, tudo que ele fizera por mim durante dez anos.

"A casa do cardeal logo não teve mais segredos para mim; eu vira muitas vezes monsenhor trabalhando a compilar livros antigos e a explorar avidamente empoeirados manuscritos de família. Certo dia em que eu o criticava por suas inúteis vigílias e a espécie de prostração que as sucedia, ele me fitou sorrindo amargamente e abriu um livro à minha frente, que era a história da cidade de Roma. Nele, no vigésimo capítulo da *Vida do papa Alexandre VI*, havia as seguintes linhas, que jamais pude esquecer:

> As grandes guerras da Romanha estavam terminadas. César Bórgia, que terminara sua conquista, precisava de dinheiro para comprar o resto da Itália. O papa, seu pai, também precisava de dinheiro para destruir Carlos VIII, rei da França, ainda terrível apesar de seus reveses recentes. Tratava-se então de fazer uma boa especulação, o que se tornava difícil naquela Itália esgotada.
>
> Sua Santidade teve uma ideia. Resolveu fazer dois cardeais.

"Ao escolher dois grandes personagens de Roma, dois ricos sobretudo, eis o que o Santo Padre lucrava com a especulação: em primeiro lugar, podia vender os cargos e os empregos magníficos ocupados por esses dois futuros cardeais; além disso, podia contar com um preço espetacular pela venda daqueles dois chapéus para os dois escolhidos.

"Faltava uma terceira parte da especulação, que logo irá aparecer.

"O papa e César Bórgia primeiro selecionaram os dois futuros cardeais: Júlio Rospigliosi, que detinha sozinho quatro das mais altas dignidades da Santa Sé, e César Spada, um dentre os romanos mais nobres e ricos. Ambos sabiam o preço daquele favor do papa. Eram ambiciosos. Encontrados estes, César logo arranjou compradores para seus cargos, que haviam ficado vagos.

"Daí resultou que Rospigliosi e Spada pagaram para ser cardeais e que outros oito pagaram para ser o que eram antes os dois cardeais recém-criados. Entraram oitocentos mil escudos nos cofres dos especuladores.

"É hora de passarmos à última parte da especulação. Depois que o papa cumulou Rospigliosi e Spada de gentilezas, depois que lhes conferiu as insígnias do cardinalato, certo de que ambos tinham sido obrigados, para quitarem a dívida não fictícia de sua gratidão, a aportar e investir suas fortunas em Roma, onde residiriam, o papa e César Bórgia convidaram os dois para jantar.

"Isso foi causa de uma desavença entre o Santo Padre e seu filho. César achava que deviam utilizar um daqueles recursos que colocavam sempre à disposição de seus amigos íntimos, a saber: em primeiro lugar, a famosa chave com a qual ele pedia para determinadas pessoas abrirem determinado armário. Essa chave possuía uma pequena ponta de ferro, resultante da falta de capricho do artesão. Quando alguém forçava para abrir o armário, cuja fechadura era difícil, espetava-se naquela pequena ponta e morria no dia seguinte. Mas havia também o anel com cabeça de leão, que César usava no dedo quando dava determinados apertos de mão. O leão mordia a epiderme dessas mãos escolhidas, e a mordida era mortal ao cabo de vinte e quatro horas.

"César então sugeriu ao pai que ou mandasse os cardeais abrirem o armário, ou desse a cada um o cordial aperto de mão, mas Alexandre VI respondeu:

"— Não poupemos recursos num jantar quando se trata desses excelentes cardeais Spada e Rospigliosi. Alguma coisa me diz que vamos recuperar esse dinheiro. Aliás, está se esquecendo, César, de que uma indigestão aparece imediatamente, enquanto uma espetadela ou uma mordida só se declaram após um dia ou dois.

"César curvou-se àquele raciocínio. Eis por que os cardeais foram convidados para jantar.

"A mesa foi posta no vinhedo que o papa possuía perto de San Pietro in Vincoli, logradouro encantador que os cardeais conheciam muito de nome.

"Rospigliosi, aturdido com sua nova dignidade, preparou seu estômago e sua melhor cara. Spada, homem prudente e que amava unicamente seu sobrinho, jovem e promissor capitão, pegou papel, uma pena e fez seu testamento.

"Em seguida mandou dizer àquele sobrinho que o esperasse nos arredores do vinhedo, mas parece que o criado não o encontrou.

"Spada conhecia o costume dos convites. Depois que o cristianismo, eminentemente civilizador, levara seus progressos até Roma, não era mais um centurião que chegava da parte do tirano para lhe dizer: 'César quer que você morra'; era um emissário *a latere*[83], que vinha, com um sorriso nos lábios, dizer-lhe da parte do papa: 'Sua Santidade quer que jante com ela.'

"Spada partiu por volta das duas horas para o vinhedo de San Pietro in Vincoli; o papa o aguardava. A primeira fisionomia a golpear os olhos de Spada foi a de seu sobrinho, todo paramentado, todo formoso, a quem César Bórgia prodigalizava afagos. Spada empalideceu; e César, que lhe desferiu um olhar cheio de ironia, deixou transparecer que tudo previra, que a armadilha estava bem-montada.

"Jantaram. A única pergunta de Spada ao sobrinho foi: 'Recebeu minha mensagem?' O sobrinho respondeu que não e compreendeu perfeitamente o sentido daquela pergunta; tarde demais, pois acabava de beber um copo de excelente vinho selecionado para ele pelo *sommelier* do papa. Nesse momento Spada viu aproximar-se outra garrafa, que lhe foi oferecida com liberalidade. Uma hora depois o médico declarava ambos envenenados por cogumelos mortalmente tóxicos. Spada morria no limiar do vinhedo, o sobrinho expirava na porta de sua casa fazendo um sinal que a esposa não compreendeu.

"César e o papa correram para verificar a herança, sob o pretexto de procurar os papéis dos defuntos. Mas a herança consistia nisto: um pedaço de papel em que Spada escrevera: 'Lego ao meu bem-amado sobrinho meus cofres, meus livros, entre os quais um bonito breviário com cantoneiras de ouro, desejando que ele guarde essa lembrança do seu tio querido.'

"Os herdeiros procuraram por toda parte, admiraram o breviário, surrupiaram os móveis, e qual não foi sua surpresa ao constatarem que Spada, homem rico, era na verdade o mais miserável dos tios; tesouros, nenhum, a não ser tesouros de ciência, guardados na biblioteca e nos laboratórios.

"Isso foi tudo. César e seu pai procuraram, vasculharam e espionaram, nada foi encontrado, ou, quando muito, pouquíssimas coisas: talvez mil escudos em joias, e quase a mesma coisa em dinheiro vivo; mas o sobrinho, ao voltar para casa, tivera tempo de dizer à sua mulher: 'Procure entre os papéis do meu tio, existe um testamento de verdade.'

"Procuraram talvez ainda mais intensamente do que haviam feito os augustos herdeiros. Em vão: restaram dois palácios e um vinhedo atrás do Palatino. Mas naquela época os bens imobiliários tinham um valor medíocre: os dois palácios e o vinhedo ficaram então com a família, como indignos da rapacidade do papa e de seu filho.

"Meses e anos se passaram. Alexandre VI morreu envenenado, você sabe como[84]; César, envenenado simultaneamente, escapou dessa para, como uma

---

83. *A latere*: expressão latina que dá a ideia de um mensageiro fingido, ou "lateral", que não explicita o desejo de quem o enviou.

84. "você sabe como": segundo Stendhal, em seu livro *Passeios em Roma*, de 1829, o qual é citado por Alexandre Dumas em *Crimes célebres*, o envenenamento de Alexandre VI havia

serpente, mudar de pele e ganhar uma nova, na qual o veneno deixara manchas semelhantes às que vemos na pele do tigre. Por fim, obrigado a deixar Roma, foi morrer obscuramente numa escaramuça noturna e quase esquecida pela história.

"Após a morte do papa, após o exílio de seu filho, a maioria das pessoas esperava ver a família retomar o estilo de vida que levava na época do cardeal Spada; mas não foi assim. Os Spada permaneceram numa abastança duvidosa e um mistério eterno pairou sobre esse negócio sombrio, com o rumor público propagando que César, melhor político que o pai, roubara do papa a fortuna dos dois cardeais; digo dos dois porque o cardeal Rospigliosi, que não tomara nenhuma precaução, foi totalmente depenado.

— Até agora — interrompeu Faria sorrindo —, não lhe parece sem pé nem cabeça, não é mesmo?

— Oh, meu amigo — disse Dantès —, ao contrário, parece-me que leio uma crônica cheia de interesse. Continue, por favor.

— Continuo:

"A família acostumou-se àquela obscuridade. Os anos se passaram; entre os descendentes, uns foram soldados, outros, diplomatas; estes, homens de igreja, aqueles, banqueiros; uns enriqueceram, outros terminaram de se arruinar. Chego ao último da família, àquele de quem fui secretário, ao conde Spada.

"Como eu o ouvira muitas vezes queixar-se da desproporção de sua fortuna em relação ao seu status, aconselhei-o a investir os poucos bens que lhe restavam em rendas vitalícias; ele seguiu esse conselho e assim dobrou seus rendimentos.

"O famoso breviário permanecera na família, e era o conde Spada seu proprietário. Havia sido transmitido de pai para filho, pois a estranha cláusula do único testamento encontrado fazia dele uma verdadeira relíquia guardada com supersticiosa veneração na família. Era um livro iluminado com as mais belas figuras góticas, e tão pesado de ouro que um criado o carregava sempre à frente do cardeal nos dias de grande solenidade.

"Diante de papéis de todos os tipos, títulos, contratos e pergaminhos guardados nos arquivos da família, todos provenientes do cardeal envenenado, comecei por minha vez, a exemplo de vinte criados, vinte intendentes e vinte secretários que me haviam precedido, a compilar os imensos

sido acidental. Na verdade, era ele quem pretendia envenenar seu convidado, o cardeal Adriano de Corneto. Marcando o jantar para uma residência papal fora da cidade do Vaticano, o papa enviara ao local o vinho secretamente envenenado, com instruções para que a garrafa fosse servida apenas quando ele ordenasse. Um criado, no entanto, teria servido a bebida mortal desavisadamente.

Apesar da atividade e dedicação das minhas pesquisas,
não encontrei absolutamente nada.

maços de papéis. Apesar da atividade e dedicação das minhas pesquisas, não encontrei absolutamente nada. Nesse ínterim eu lera, e também escrevera, uma história exata e efemerídica da família Bórgia, com o único objetivo de me certificar se alguma fortuna extra chegara às mãos daqueles príncipes com a morte do antepassado de meu cardeal César Spada, e não observara senão o acréscimo dos bens do cardeal Rospigliosi, seu companheiro de infortúnio.

"Eu portanto tinha praticamente certeza de que a herança não beneficiara nem os Bórgia nem a família, permanecendo sem dono como aqueles tesouros dos contos árabes que dormem no seio da terra sob a vigilância de um gênio. Eu explorava, calculava, avaliava mil e uma vezes seus rendimentos e as despesas da família ao longo de trezentos anos: foi tudo inútil, permaneci em minha ignorância e o conde de Spada, em sua miséria.

"Meu patrão morreu. Além de sua renda vitalícia, ele tinha, afora seus papéis de família, uma biblioteca, composta de cinco mil volumes, e seu famoso breviário. Legou-me tudo isso, com mil escudos romanos que possuía em dinheiro vivo, sob a condição de eu mandar dizer missas anuais e fazer uma árvore genealógica e uma história de sua casa, o que fielmente executei...

"Acalme-se, meu caro Edmond, estamos nos aproximando do fim.

"Em 1807, um mês antes da minha prisão e quinze dias depois da morte do conde Spada, em 25 do mês de dezembro, logo se explicará por que a data desse dia memorável permaneceu na minha memória, eu relia pela milésima vez aqueles papéis que organizava, pois, com o palácio agora pertencendo a um estranho, eu iria deixar Roma para me estabelecer em Florença, carregando as mil e duzentas libras que possuía, minha biblioteca e meu famoso breviário, quando, cansado daquele estudo assíduo, indisposto por um almoço pesado demais, deixei minha cabeça cair entre minhas mãos e adormeci: eram três horas da tarde.

"Acordei quando o pêndulo dava seis horas.

"Levantei a cabeça, estava na mais profunda escuridão. Toquei para que me trouxessem luz, não veio ninguém; resolvi então eu mesmo providenciá-la. Era aliás uma atitude de filósofo que eu precisaria assumir. Com uma das mãos peguei uma vela e, com a outra, procurei, na falta dos fósforos ausentes de sua caixa, um papel que esperava acender com um último resíduo de chama que dançava na lareira; porém, temendo pegar um papel valioso na escuridão em vez de um papel inútil, hesitei, quando me lembrei de ter visto, no famoso breviário que se encontrava na mesa ao meu lado, um papel velho e todo amarelecido, que parecia ter servido de marcador e que atravessara os séculos, mantido em seu lugar pela veneração dos herdeiros. Procurei, às apalpadelas, essa folha inútil, encontrei-a, torci-a e, apresentando-a à chama agonizante, acendi-a.

"Entretanto, sob meus dedos, como por magia, à medida que o fogo subia, vi caracteres amarelados saírem do papel branco e surgirem sobre a folha; fiquei então apavorado: apertei o papel nas mãos, abafei o fogo, acendi diretamente a vela na lareira, reabri com emoção indescritível a carta amassada e percebi que uma tinta misteriosa e benfazeja traçara aquelas letras visíveis apenas ao contato com o calor. Um pouco mais de um terço do papel fora consumido pela chama: é o papel que o senhor leu esta manhã. Releia-o, Dantès, e mais tarde, quando o tiver lido, completarei, por minha vez, as frases interrompidas e o sentido incompleto."

Faria, interrompendo-se, ofereceu o papel a Dantès, que dessa vez releu avidamente as seguintes palavras, traçadas com uma tinta avermelhada, semelhante a ferrugem:

Neste dia de 25 de abril de 1498, ten
Alexandre VI, e receando que, não
queira herdar de mim e me re
e Bentivoglio, mortos envenenados,
meu legatário universal, que ent
por tê-lo visitado comigo, isto é, nas
ilha de Monte Cristo, tudo que eu pos
drarias, diamantes, joias; que apenas
pode chegar a aproximadamente dois mi
encontrará levantando a vigésima roch
enseada do Leste em linha reta. Duas abertu
nessas cavernas: o tesouro está no ângulo mais af
o qual tesouro lego e cedo integ
único herdeiro.
25 de abril de 1498
CÉS

— Agora, continuou o abade, leia este outro papel.

E apresentou a Dantès uma segunda folha com outros fragmentos de linhas.

Dantès pegou e leu:

do sido convidado para jantar por sua Santidade
satisfeito em ter me feito pagar pelo chapéu,
serve o destino dos cardeais Crapara
declaro ao meu sobrinho Guido Spada,
errei num lugar que ele conhece,
cavernas da pequena
suía em lingotes, ouro em moeda, pe
eu conheço a existência desse tesouro, que
lhões de escudos romanos, e que ele
a, a partir da pequena
ras foram feitas
astado da segunda,
ralmente ao meu
AR † SPADA.

Faria acompanhava-o com olhos de fogo.

— E agora — disse ele, quando viu que Dantès chegara à última linha —, aproxime os dois fragmentos e julgue por si só.

Dantès obedeceu; os dois fragmentos aproximados davam o seguinte conjunto:

Neste dia de 25 de abril de 1498, ten... do sido convidado para jantar por sua Santidade Alexandre VI, receando que, não... satisfeito em me ter feito pagar pelo chapéu, queira herdar de mim e me re... serve o destino dos cardeais Crapara e Bentivoglio, mortos envenenados,… declaro ao meu sobrinho Guido Spada, meu legatário universal, que ent… errei num lugar que ele conhece, por tê-lo visitado comigo, isto é, nas… cavernas da pequena ilha de Monte Cristo, tudo que eu pos… suía em lingotes, ouro em moeda, pedrarias, diamantes, joias; que… apenas eu conheço a existência desse tesouro, que pode chegar a aproximadamente dois mi… lhões de escudos romanos, e que ele… encontrará levantando a vigésima roch… a, a partir da pequena enseada do Leste em linha reta. Duas abertu… ras foram feitas … nessas cavernas: o tesouro está no ângulo mais a… fastado da segunda, o qual tesouro lego e cedo integ… ralmente ao meu único herdeiro.

25 de abril de 1498
CÉS… AR ✝ SPADA.

— E então! Compreende afinal? — disse Faria.

— Seria a declaração do cardeal Spada e o testamento procurado ao longo dos séculos? — perguntou Edmond ainda incrédulo.

— Sim, mil vezes sim.

— Quem reconstituiu isso?

— Eu, que, com a ajuda do fragmento restante, presumi o que faltava calculando o comprimento das linhas pelo do papel e penetrando o sentido oculto por meio do sentido visível, como nos guiamos num subterrâneo por uma fímbria de luz que vem do alto.

— E o que fez quando julgou ter adquirido essa convicção?

— Quis partir e parti na mesma hora, levando comigo o começo do meu grande trabalho sobre a unificação política da Itália; mas havia muito tempo a polícia imperial, que, naquele tempo, ao contrário do que Napoleão depois pretendeu quando teve um filho, queria a divisão das províncias, estava de olho em mim. Minha partida precipitada, cuja causa ela estava longe de imaginar, despertou suspeitas e, quando eu embarcava em Piombino, fui preso.

— Agora — continuou Faria, olhando para Dantès com uma expressão quase paterna —, meu amigo, o senhor sabe tanto quanto eu: se um dia escaparmos juntos, metade do tesouro é sua; se eu morrer aqui e o senhor escapar sozinho, ele lhe pertence integralmente.

— No entanto — perguntou Dantès hesitante —, esse tesouro não teria algum proprietário mais legítimo do que nós neste mundo?

— Não, não, tranquilize-se, a família está completamente extinta, o último conde Spada, por sinal, me fez seu herdeiro; ao me legar aquele breviário simbólico, legou-me seu conteúdo; não, não, tranquilize-se. Se pusermos a mão nessa fortuna, poderemos usufruir dela sem remorsos.

— E disse que esse tesouro consiste em…

— Dois milhões de escudos romanos, treze milhões aproximadamente na nossa moeda.

— Impossível! — disse Dantès, assustado pela enormidade da soma.

— Impossível! E por quê? — replicou o velho. — A família Spada era uma das mais antigas e poderosas do século XV. Aliás, naquela época, em que não havia nem especulação nem indústria, essas aglomerações de ouro e joias não eram raras; ainda hoje existem famílias romanas morrendo de fome ao lado de um milhão em diamantes ou joias transmitidos por morgadio, e no qual não podem tocar.

Edmond julgava estar sonhando: oscilava entre a incredulidade e a alegria.

— Só ocultei por tanto tempo o segredo do senhor — continuou Faria —, primeiro para testá-lo, depois para surpreendê-lo; se tivéssemos fugido antes do meu acesso de catalepsia, eu o levaria até Monte Cristo; agora — acrescentou ele com um sorriso —, será o senhor que vai me levar. E então, Dantès, não me agradece?

— Esse tesouro lhe pertence, meu amigo — disse Dantès —, pertence-lhe exclusivamente e não tenho nenhum direito a ele: não sou seu parente.

— Você é meu filho, Dantès! — exclamou o velho. — É o filho do meu cativeiro. Meu status me obrigava ao celibato: Deus o enviou a mim para consolar ao mesmo tempo o homem que não podia ser pai e o prisioneiro que não podia ser livre.

E Faria estendeu o braço ainda útil para o rapaz, que se agarrou em seu pescoço chorando.

19. A TERCEIRA CRISE

Agora que aquele tesouro, havia tanto tempo objeto das meditações do abade, podia proporcionar a felicidade futura daquele a quem Faria amava genuinamente como filho, ele dobrara de valor aos seus olhos; todos os dias insistia no montante do tesouro, explicando a Dantès tudo que um homem em nossos tempos modernos podia fazer de bem a seus amigos com uma fortuna de treze ou catorze milhões; nessas horas o semblante de Dantès cobria-se de sombras, pois o juramento de vingança que fizera reapresentava-se ao seu pensamento e ele imaginava, por sua vez, quanto em nossos tempos modernos também um homem com uma fortuna de treze ou catorze milhões podia fazer de mal a seus inimigos.

O abade não conhecia a ilha de Monte Cristo, mas Dantès, sim. Passara frequentemente diante dela, que ficava a vinte e cinco milhas da Pianosa[85], entre a Córsega e a ilha de Elba; inclusive lá fizera escala certa vez. Essa ilha era, sempre fora e ainda é completamente deserta; não passa de um rochedo em forma quase cônica, que parece ter emergido, graças a algum cataclismo vulcânico, do fundo do abismo até a superfície do mar.

Dantès fazia o mapa da ilha para Faria, e Faria dava conselhos a Dantès sobre os meios que deveria empregar para descobrir o tesouro.

Mas Dantès estava longe de ser tão entusiasta e sobretudo tão confiante quanto o velho. Naturalmente tinha agora a certeza de que Faria

85. Pianosa: ilha distante cerca de vinte quilômetros da ilha de Elba.

não estava louco, e a maneira como ele chegara à descoberta que lhe dera a fama de louco fortalecia ainda mais sua admiração por ele; mas ao mesmo tempo não conseguia acreditar que aquela jazida, supondo que tivesse existido, ainda existisse, e, quando não considerava quimérico o tesouro, via-o pelo menos como ausente.

Entretanto, como se o destino quisesse arrancar a última esperança dos prisioneiros e fazê-los compreender que estavam condenados à prisão perpétua, uma nova desgraça os vitimou: a galeria do lado do mar, que há muito tempo ameaçava cair, fora reconstruída; haviam reparado as bases e vedado com enormes quadrados de rocha o buraco já fechado pela metade por Dantès. Sem tal precaução, que havia sido sugerida, todos se lembram, ao rapaz pelo abade, a calamidade teria sido ainda mais grave, pois descobririam sua tentativa de evasão e os separariam indubitavelmente. Uma nova porta, mais resistente, mais inexorável que as outras, viera então fechar-se sobre eles.

— O senhor percebe — dizia o rapaz ao abade, com uma doce tristeza — que Deus quer me tirar até o mérito do que o senhor chama de meu devotamento pela sua pessoa. Prometi ficar eternamente ao seu lado, e agora não tenho liberdade nem para descumprir minha promessa; nem eu nem o senhor possuiremos mais o tesouro, e tampouco sairemos daqui. De toda forma, meu verdadeiro tesouro, acredite, meu amigo, não é o que me esperava sob as escuras rochas de Monte Cristo; é, a despeito dos nossos carcereiros, a sua presença, o nosso convívio de cinco ou seis horas por dia; são esses raios de inteligência que o senhor pôs em meu cérebro, essas línguas que plantou na minha memória e que ali crescem com todas as suas ramificações filológicas. Essas ciências diversas que tornou tão fáceis para mim pela profundidade do conhecimento que tem delas e pela nitidez dos princípios a que as reduziu; eis o meu tesouro, amigo, eis em que o senhor me fez rico e feliz. Creia em mim e console-se, isso é mais valioso para mim que toneladas de ouro e caixas de diamantes, as quais, ainda por cima, são problemáticas, como essas nuvens que vemos flutuar pela manhã sobre o mar, que tomamos por terras firmes mas se evaporam, volatilizam e somem à medida que nos aproximamos. Tê-lo perto de mim o máximo de tempo possível, escutar sua voz eloquente ornando o meu espírito, dando nova têmpera à minha alma, fazendo-me por inteiro capaz de grandes e terríveis coisas se um dia eu for livre, expandindo o meu ser de modo que o desespero ao qual eu estava prestes a me abandonar quando o conheci não encontre mais lugar, eis a minha fortuna; esta não é nada quimérica; graças ao senhor ela é bastante concreta, e todos os soberanos da terra, mesmo os César Bórgia, não conseguiriam me roubá-la.

Assim estes foram, para os dois desafortunados, se não dias felizes, pelo menos dias que passaram tão rapidamente quanto os dias que viriam depois.

Faria, após tantos longos anos mantendo-se em silêncio sobre o tesouro, agora voltava ao assunto em todas as oportunidades. Como previra, ficara paralítico do braço direito e da perna esquerda, perdendo quase toda a esperança de um dia usufruí-lo pessoalmente; mas continuava a sonhar com uma libertação, ou uma evasão, para seu jovem companheiro, e rejubilava-se por ele. Com medo de que a carta se perdesse ou extraviasse, obrigara Dantès a aprendê-la de cor, e Dantès a memorizara da primeira à última palavra. Destruíra então a segunda parte, certo de que podiam descobrir e confiscar a primeira sem decifrar seu verdadeiro sentido. Às vezes Faria levava horas inteiras dando instruções a Dantès, instruções que deviam lhe servir para o dia de sua liberdade. Portanto, uma vez livre, a partir do dia, da hora, do momento em que estivesse livre, teria apenas um único pensamento: alcançar Monte Cristo por um meio qualquer, ali permanecer sozinho sob um pretexto que não levantasse suspeitas, e, uma vez lá, uma vez sozinho, tratar de descobrir as cavernas maravilhosas e escavar no lugar indicado. O lugar indicado, todos se lembram, é o ângulo mais afastado da segunda abertura.

Enquanto isso, as horas se escoavam, se não rápidas, ao menos suportáveis. Faria, como dissemos, sem ter recuperado os movimentos da mão e do pé, recobrara toda a lucidez de sua inteligência, e pouco a pouco, além dos conhecimentos morais que esmiuçamos, ensinou ao seu jovem companheiro o ofício paciente e sublime do prisioneiro, que, a partir do nada, sabe fazer tudo. Ocupavam-se então incessantemente, Faria com medo de envelhecer, Dantès com medo de rememorar seu passado quase apagado, o qual flutuava no mais recôndito de sua memória como uma luz distante perdida na noite; tudo caminhava assim como nessas existências que o infortúnio nada abalou e que transcorrem mecânicas e serenas sob o olhar da Providência.

Porém, sob essa serenidade artificial, talvez medrassem no coração do rapaz e no do velho impulsos reprimidos, suspiros abafados, que surgiam quando Faria ficava sozinho e quando Edmond voltava para sua cela.

Uma noite Edmond acordou sobressaltado, julgando que alguém o chamava.

Abriu os olhos e tentou penetrar a densidade da escuridão.

Seu nome, ou melhor, uma voz queixosa tentando articular seu nome, chegou até ele.

Dantès levantou-se da cama, com o suor da angústia em sua fronte, e escutou. Não restava dúvida, o gemido vinha da masmorra do seu companheiro.

— Deus misericordioso! — murmurou Dantès. — Será que...?

Então ele removeu a cama, puxou a pedra, enfiou-se no túnel e chegou à extremidade oposta; a laje estava erguida.

À luz informe e vacilante da lamparina da qual já falamos, Edmond viu o ancião pálido, ainda de pé e se agarrando ao estrado da cama. Seus traços estavam desfigurados pelos sintomas que ele já conhecia e que o assustavam tanto quanto o haviam assustado ao se manifestarem pela primeira vez.

— Muito bem, meu amigo! — disse Faria, resignado. — Compreende, não é? Não preciso lhe dizer nada.

Edmond soltou um grito doloroso e, perdendo completamente a cabeça, lançou-se para a porta gritando:

— Socorro! Socorro!

Faria ainda teve forças para segurá-lo pelo braço.

— Silêncio — disse ele —, ou estará perdido! Pensemos agora apenas no senhor, amigo, em tornar o seu cativeiro suportável ou sua fuga possível. O senhor levaria anos para refazer sozinho tudo que fiz até agora, e que seria destruído no exato momento em que nossos vigias soubessem da nossa combinação. Aliás, fique tranquilo, amigo, a masmorra que vou deixar não permanecerá muito tempo vazia, algum outro desgraçado virá ocupar o meu lugar. Aos olhos desse outro, o senhor será um anjo salvador. Ele será talvez jovem, forte e paciente como o senhor, e poderá ajudá-lo em sua fuga, enquanto eu o atrapalhava. Não terá mais um meio cadáver amarrado a si, paralisando seus movimentos. É inquestionável, finalmente Deus fez alguma coisa pelo senhor: devolve-lhe mais do que lhe tira e, cá entre nós, já é hora de eu morrer.

Edmond só conseguiu juntar as mãos em súplica e exclamar:

— Oh, meu amigo, meu amigo, cale-se!

Em seguida, recuperando as forças, por um instante abaladas por esse golpe imprevisto, e a coragem, subjugada pelas palavras do velho, disse:

— Oh, já o salvei uma vez, posso muito bem salvá-lo uma segunda!

E ergueu o pé da cama e dali tirou a garrafinha que ainda continha um terço da poção vermelha.

— Tome — ele ordenou —, ainda temos um resto dessa beberagem salvadora. Rápido, rápido, diga-me o que preciso fazer dessa vez; alguma instrução nova? Fale, meu amigo, sou todo ouvidos.

— Não há esperança — respondeu Faria, balançando a cabeça. — Mas não importa; Deus quer que o homem que Ele criou, e em cujo coração enraizou tão profundamente o amor pela vida, faça tudo que puder para conservar essa existência às vezes tão penosa, sempre tão prezada.

— Oh, sim, sim! — exclamou Dantès. — E eu o salvarei, repito!

— Muito bem, então tente! O frio toma conta de mim; sinto o sangue afluindo ao cérebro; esse horrível tremor que faz meus dentes baterem e parece separar meus ossos começa a sacudir todo o meu corpo; em cinco minutos, o mal explodirá, em um quarto de hora não restará mais de mim senão um cadáver.

— Oh! — exclamou Dantès, com o coração ferido de dor.

— O senhor fará como da primeira vez, apenas não espere tanto tempo. Todas as reservas de vida estão bastante deterioradas a essa altura, e a morte — ele continuou, mostrando o braço e a perna paralisados — não terá senão metade do trabalho pela frente. Se depois de pingar doze gotas em minha boca, em vez de dez, o senhor perceber que não retorno, então pingará o restante. Agora me carregue para a cama, pois não consigo mais ficar de pé.

Edmond pegou o velho em seus braços e o depositou na cama.

— Agora, amigo — disse Faria —, único consolo da minha vida miserável, o senhor que o céu me deu um pouco tarde, mas enfim me deu, presente inestimável e pelo qual agradeço, no momento em que me separo do senhor para sempre, desejo-lhe toda a felicidade e prosperidade que merece: meu filho, eu o abençoo!

O rapaz se atirou de joelhos, apoiando a cabeça na cama do velho.

— Mas, acima de tudo, escute bem o que lhe digo neste momento supremo: o tesouro dos Spada existe. Deus permita que não haja mais para mim nem distância nem obstáculo. Vejo-o no fundo da segunda caverna; meus olhos penetram as profundezas da terra e estão deslumbrados com tantas riquezas. Se conseguir fugir, lembre-se de que o infeliz abade que todos julgavam louco não o era. Corra para Monte Cristo, desfrute de nossa fortuna, desfrute-a, o senhor sofreu muito.

Uma violenta convulsão interrompeu o velho. Dantès levantou a cabeça e viu o vermelho injetando-se naqueles olhos; era como uma onda de sangue que acabava de subir-lhe do peito para a testa.

— Adeus! Adeus! — murmurou o velho, apertando convulsivamente a mão do rapaz. — Adeus!

— Oh, ainda não, ainda não! — exclamou Dantès. — Não nos abandone; oh, meu Deus! Socorra-o... ajude-o... ajude-me...

— Silêncio! Silêncio! — murmurou o moribundo. — Para não nos separarem se o senhor me salvar!

— Tem razão. Oh, sim, sim, fique tranquilo, vou salvá-lo! Aliás, embora sofra muito, parece sofrer menos que da primeira vez.

— Oh, não se iluda! Sofro menos porque há menos força para sofrer. Na sua idade, temos fé na vida, é privilégio da mocidade acreditar e ter esperança; mas os velhos veem a morte com mais lucidez. Oh! Ei-la... está chegando... acabou... estou perdendo a visão... minha razão escapa... Sua mão, Dantès. Adeus! Adeus...

E soerguendo-se num último esforço, no qual reuniu todas as suas faculdades:

— Monte Cristo! Não se esqueça de Monte Cristo!

E voltou a cair na cama.

A ilha de Monte Cristo.

A crise foi terrível: membros descontrolados, pálpebras inchadas, uma espuma vermelha, um corpo sem movimento, eis o que restou no leito doloroso da criatura inteligente que ali se deitara um instante antes.

Dantès pegou a lamparina e colocou-a na cabeceira da cama, sobre uma pedra saliente, de onde sua luz bruxuleante iluminava com um reflexo estranho e fantástico aquele rosto desfeito e aquele corpo inerte e rijo.

Com os olhos fixos, esperou corajosamente o momento de ministrar o remédio salvador.

Quando julgou chegado o momento, pegou a faca, descerrou os dentes, os quais ofereceram menos resistência que da primeira vez, contou doze gotas uma depois da outra e esperou; o frasco ainda continha aproximadamente o dobro do que ele pingou.

Esperou dez minutos, quinze, meia hora, nenhum movimento. Trêmulo, de cabelo em pé, a fronte gelada de suor, contava os segundos pelas batidas do próprio coração.

Julgou então que era hora de fazer a última tentativa: aproximou o frasco dos lábios roxos de Faria e, sem precisar descerrar os maxilares, que haviam permanecido abertos, derramou todo o líquido restante.

O remédio produziu um efeito galvanizante, um tremor violento sacudiu os membros do velho, seus olhos reabriram-se de modo assustador, ele soltou um suspiro semelhante a um grito, depois, pouco a pouco, o corpo inteiro arrepiado voltou à imobilidade.

Apenas os olhos permaneceram abertos.

Meia hora, uma hora, uma hora e meia se passaram. Durante essa hora e meia de angústia, Edmond, debruçado sobre o amigo, a mão pousada em seu coração, sentiu sucessivamente aquele corpo esfriar e aquele coração interromper sua pulsação cada vez mais cava e profunda.

Enfim, nada restou; o último frêmito do coração se extinguiu e as faces tornaram-se lívidas; os olhos permaneceram abertos, mas o olhar ficou baço.

Eram seis horas da manhã, o dia começava a nascer, e seu raio fosco, ao invadir a masmorra, fazia empalidecer a luz agonizante da lamparina. Reflexos estranhos manifestavam-se no rosto do cadáver, dando-lhe de tempos em tempos uma aparência de vida. Enquanto durou essa luta entre o dia e a noite, Dantès ainda pôde duvidar, mas, com o triunfo do dia, compreendeu que estava sozinho com um cadáver.

Um terror profundo e indescritível apoderou-se dele então. Não ousou mais apertar aquela mão que pendia para fora da cama, não ousou mais deter os olhos naqueles olhos inertes e brancos que tentou por diversas vezes mas inutilmente fechar, e que sempre voltavam a se abrir. Dantès apagou a lamparina, escondeu-a cautelosamente e foi embora, recolocando da melhor forma possível a laje acima de sua cabeça.

Aliás, bem a tempo, pois o carcereiro estava para chegar.

Dessa vez ele começou a visita por Dantès; ao sair de sua masmorra, passaria na do abade, para quem levava o desjejum e roupa de cama.

Aliás, nada sugeria naquele homem que tivesse conhecimento do incidente ocorrido. Saiu.

Dantès foi tomado por uma indizível impaciência para saber o que ia se passar na masmorra do seu desventurado amigo; voltou então a entrar na galeria subterrânea e chegou a tempo de ouvir as exclamações do carcereiro, que pedia ajuda.

Logo os outros carcereiros entraram; em seguida ouviu-se aquele passo pesado e ritmado característico dos soldados, mesmo quando não estão em serviço. Atrás dos soldados, chegou o diretor.

Edmond ouviu o barulho da cama sobre a qual inspecionavam o cadáver; ouviu a voz do diretor, ordenando que jogassem água no rosto dele e, ao constatar que, malgrado o banho, o prisioneiro não voltava a si, mandando chamar o médico.

O diretor saiu; algumas palavras de compaixão chegaram aos ouvidos de Dantès, misturadas a risos trocistas.

— Vejam só — dizia um —, o louco foi ao encontro dos seus tesouros, boa viagem!

— Com todos os seus milhões, não tem com que pagar a própria mortalha — dizia outro.

— Oh — interveio uma terceira voz —, as mortalhas do castelo de If não custam caro!

— Talvez — disse um dos primeiros interlocutores —, como é um homem de igreja, gastem alguns cobres com ele.

— Quer dizer que ele terá as honrarias do saco.

Edmond escutava, não perdia uma palavra, mas não compreendia muita coisa de tudo aquilo. Em pouco tempo as vozes desapareceram e pareceu-lhe que os coadjuvantes deixavam a cela.

Ainda assim, não ousou voltar: poderiam ter deixado algum carcereiro na companhia do morto.

Permaneceu então mudo, imóvel e prendendo a respiração.

No fim de uma hora, aproximadamente, o silêncio foi invadido por um débil ruído, que foi crescendo.

Era o diretor que voltava: seguido pelo médico e por vários funcionários.

Fez-se um momento de silêncio: era óbvio que o médico aproximava-se da cama e examinava o cadáver.

Logo começaram as perguntas.

O médico analisou a doença a que o prisioneiro sucumbira e o declarou morto.

Perguntas e respostas eram feitas com uma displicência que indignava Dantès; no seu entender, todo mundo devia sentir pelo infeliz abade uma parte da afeição que lhe dedicava.

— Fico triste com a notícia que o senhor me está dando — disse o diretor, respondendo à certeza manifestada pelo médico de que o velho estava realmente morto. — Era um prisioneiro manso, inofensivo, divertindo a todos com sua loucura e sobretudo fácil de vigiar.

— Oh — disse o carcereiro —, não precisávamos sequer vigiá-lo, ele passaria cinquenta anos aqui, garanto, sem fazer uma única tentativa de evasão.

— Entretanto — replicou o diretor —, creio ser urgente, apesar de sua convicção, não que duvide de sua ciência, mas por ser minha responsabilidade, nos certificarmos de que o prisioneiro está realmente morto.

Houve um momento de silêncio absoluto, durante o qual Dantès, ainda de ouvidos atentos, supôs que o médico examinava e apalpava o cadáver pela segunda vez.

— O senhor pode ficar tranquilo — disse então o médico —, ele está morto, garanto.

— Saiba, cavalheiro — disse o diretor, insistindo —, que não nos contentamos, em casos como este, com um simples exame; apesar de todas as aparências, queira ter a bondade de terminar seu trabalho, cumprindo as formalidades prescritas pela lei.

— Aqueçam os ferros — disse o médico —, mas, na verdade, é uma precaução totalmente desnecessária.

Aquela ordem para aquecer os ferros provocou um calafrio em Dantès.

Ouviram-se passos apressados, o ranger da porta, algumas idas e vindas na cela e, instantes depois, um atendente entrou, dizendo:

— Eis o braseiro com um ferro.

Fez-se então um instante de silêncio, depois ouviu-se o frêmito das carnes queimando, cujo odor denso e nauseabundo atravessou até mesmo a parede atrás da qual Dantès escutava horrorizado.

Àquele cheiro de carne humana carbonizada, o suor brotou da testa do rapaz e ele achou que ia desmaiar.

— Como pode constatar, senhor, ele está efetivamente morto — disse o médico. — Essa queimadura no tornozelo é decisiva: o pobre louco está curado da sua loucura e livre do seu cativeiro.

— Ele não se chamava Faria? — perguntou um dos funcionários que acompanhavam o diretor.

— Sim, senhor, e, segundo ele, era um nome antigo. Aliás, era muito sábio e inclusive bastante razoável a respeito de qualquer assunto que não se referisse ao seu tesouro; mas em relação a este, temos que admitir, era incorrigível.

— É o distúrbio que denominamos monomania — explicou o médico.

— Nunca teve queixa dele? — perguntou o diretor ao carcereiro encarregado de levar comida ao abade.

— Nunca, sr. diretor — respondeu o carcereiro. — Nunca, jamais! Ao contrário: antigamente inclusive ele me divertia muito contando histórias; um dia, quando a minha mulher ficou doente, ele até me deu uma receita que a curou.

— Ah, ah! — disse o médico. — Eu ignorava estar lidando com um colega; espero, sr. diretor — acrescentou rindo —, que ele seja tratado como tal.

— Sim, sim, fique tranquilo, será decentemente sepultado no saco mais novo que encontrarmos; está satisfeito?

— Temos que cumprir esta última formalidade diante do senhor? — perguntou um atendente.

— Naturalmente, mas se apressem; não posso ficar o dia inteiro nesta cela.

Novas idas e vindas se fizeram ouvir; um instante depois, um barulho de lona amarrotada chegou aos ouvidos de Dantès, as molas da cama rangeram, um passo pesado, como o de um homem que carrega um fardo, percutiu sobre a laje, depois a cama rangeu de novo sob o peso que lhe imprimiam.

— Até a noite — disse o diretor.

— Haverá uma missa? — perguntou um dos funcionários.

— Impossível — respondeu o diretor. — Ontem o capelão do castelo veio me pedir licença para uma pequena viagem de uma semana a Hyères. Disse-lhe que responderia por todos os prisioneiros durante esse tempo; se o pobre abade não houvesse se apressado tanto, teria tido o seu réquiem.

— Ora, que bobagem — resmungou o médico, com a impiedade característica das pessoas de sua profissão. — Trata-se de um homem de igreja: Deus respeitará seu status e não dará ao inferno o perverso prazer de lhe entregar um padre.

Uma explosão de risos seguiu-se a essa piada maldosa.

Enquanto isso, a operação de amortalhamento prosseguia.

— Até a noite! — disse o diretor, quando a coisa terminou.

— A que horas? — perguntou o atendente.

— Entre dez e onze.

— Velaremos o morto?

— Para quê? Fecharemos a masmorra como se ele estivesse vivo, só isso.

Então os passos se afastaram, as vozes se enfraqueceram, o estrépito da porta com suas trancas escandalosas e seus ferrolhos rangentes se fez ouvir; um silêncio mais lúgubre que o da solidão, o silêncio da morte, invadia tudo, penetrando na alma gelada do rapaz.

Ele então ergueu a laje lentamente com a cabeça e lançou um olhar explorador para a cela.

O lugar encontrava-se vazio; Dantès saiu do túnel.

20. O CEMITÉRIO DO CASTELO DE IF

Na cama, deitado ao comprido e tenuamente iluminado por um dia de neblina que penetrava pela claraboia, via-se um saco de lona grosseira, sob cujas dobras desenhava-se confusamente uma forma longa e rígida: era a última mortalha de Faria, aquela mortalha que, nas palavras dos atendentes, era tão barata. Dessa forma, tudo terminara. Uma separação material já existia entre Dantès e seu velho amigo; ele não podia mais ver os olhos que haviam permanecido abertos como se para enxergar depois da morte, não podia mais apertar aquela mão industriosa que erguera para ele o véu sobre as coisas ocultas. Faria, o útil, o bom companheiro com quem se dera tão bem, não existia mais senão em sua lembrança. Ele então sentou-se na cabeceira daquela cama terrível e mergulhou numa sombria e amarga melancolia.

Sozinho! Voltara a ser sozinho! Voltara a cair no silêncio, a estar diante do nada!

Sozinho! Sequer a visão, sequer a voz do único ser humano que ainda o prendia à terra! Não era preferível, como Faria, partir para esclarecer junto a Deus o enigma da vida, mesmo arriscando-se a atravessar a porta lúgubre dos sofrimentos?

A ideia do suicídio, afastada pelo amigo, eliminada por sua presença, voltou então a se erguer, como um fantasma, perto do cadáver de Faria.

— Se eu pudesse morrer — pensava Dantès —, iria para onde ele vai e decerto o reencontraria. Mas como morrer? Nada mais fácil — acrescentou rindo. — Vou ficar aqui, pular em cima do primeiro que entrar, estrangulá-lo e serei guilhotinado.

Porém, como é comum nas horas de grande sofrimento, assim como nas grandes tempestades, o abismo se situar entre a crista de duas ondas,

Dantès recuou à ideia daquela morte infamante e passou bruscamente desse desespero para uma sede ardente de vida e liberdade.

— Morrer! Oh, não! — exclamou. — Não teria valido a pena ter vivido tanto, ter sofrido tanto, para morrer agora! Morrer era bom quando eu me propusera a isso, em outros tempos, anos atrás: mas agora seria realmente um pouco demais ajudar o meu miserável destino. Não, quero viver, quero lutar até o fim; quero reconquistar a felicidade que me roubaram! Antes de morrer, não posso esquecer que tenho meus carrascos para castigar e, talvez, quem sabe, alguns amigos para recompensar. Mas agora irão me esquecer aqui, e só sairei da minha masmorra como Faria.

Ao dizer isso, contudo, Edmond ficou imóvel, os olhos esbugalhados, como um homem golpeado por uma ideia súbita, mas a quem essa ideia apavora; levantou-se de repente, levou a mão à testa como se fosse vítima de uma vertigem, deu duas ou três voltas ao redor da cela e voltou a parar diante da cama...

— Oh, oh! — murmurou. — Quem me envia esse pensamento? Sereis vós, meu Deus? Já que apenas os mortos saem livremente daqui, ocupemos o lugar dos mortos.

E sem se dar tempo de voltar atrás nessa decisão, como que para não dar chance ao pensamento de destruir aquela resolução desesperada, debruçou-se em direção ao saco hediondo, abriu-o com a faca que Faria fabricara, retirou o cadáver do saco, levou-o para sua cela, deitou-o em sua cama, vestiu-o com o farrapo de pano que ele próprio tinha o costume de usar, cobriu-o com sua coberta, beijou uma última vez aquela fronte gelada, tentou fechar aqueles olhos rebeldes, que insistiam em permanecer abertos, aterradores pela ausência de pensamento, girou a cabeça para a parede, de modo a que o carcereiro, ao trazer a refeição da noite, julgasse que ele estava deitado, como era seu hábito, voltou a entrar no túnel, puxou a cama para a muralha, entrou na outra cela, pegou no armário a agulha, a linha, tirou seus andrajos para que sentissem claramente a carne nua sob a lona, enfiou-se no saco rasgado, assumiu a postura do cadáver e fechou a costura por dentro.

Se porventura alguém entrasse naquele momento, poderia ouvir seu coração batendo.

De fato, Dantès poderia ter esperado a visita da noite, mas temia que até lá o diretor mudasse de opinião e levassem o cadáver.

Então sua última esperança estaria perdida.

Em todo caso, agora seu plano estava decidido.

Eis o que esperava fazer.

Se durante o trajeto os coveiros constatassem que carregavam um vivo em vez de carregarem um morto, Dantès não lhes daria tempo de caírem em si; com uma vigorosa facada abriria o saco de cima a baixo, aproveitaria o terror deles e escaparia; se quisessem prendê-lo, usaria da faca.

Se o levassem para o cemitério e o depositassem num fosso, deixava-se cobrir de terra; depois, como estaria de noite, assim que os coveiros tivessem lhe dado as costas, abriria uma passagem através da terra revolvida e fugiria: esperava que o volume não fosse muito pesado a fim de poder erguê-lo.

Caso estivesse enganado, se, ao contrário, a terra fosse pesada demais, morreria sufocado e, tanto melhor!, estava tudo acabado.

Dantès não comera desde a véspera, mas não pensara na fome de manhã e ainda não pensava. Sua posição era muito precária para lhe dar tempo de deter seu pensamento em alguma outra ideia.

O principal perigo que Dantès corria era de o carcereiro, ao levar sua sopa das sete horas, perceber a substituição promovida; felizmente, vinte vezes, fosse por misantropia, fosse por cansaço, Dantès recebera o carcereiro deitado; e, nesse caso, o homem geralmente depositava seu pão e sua sopa na mesa e se retirava sem lhe falar.

Mas, daquela vez, o carcereiro poderia interferir em seu mutismo habitual, dirigir-se a Dantès e, percebendo que ele não lhe respondia, aproximar-se da cama e tudo descobrir.

Quando chegou perto das sete horas da noite, as angústias de Dantès começaram de fato. Com uma das mãos procurava abafar as batidas do coração, enquanto com a outra enxugava o suor de sua testa, que lhe escorria pelas têmporas. De vez em quando calafrios percorriam-lhe o corpo inteiro e lhe apertavam o coração como um torno selado. Achava então que iria morrer. As horas passaram sem que se ouvisse um movimento no castelo, e Dantès compreendeu que escapara do primeiro perigo; era um bom augúrio. Finalmente, na hora estipulada pelo diretor, passos se fizeram ouvir na escada. Edmond compreendeu que chegara o momento; invocou toda a sua coragem, prendeu a respiração; quem dera pudesse prender também as pulsações precipitadas de suas artérias.

Detiveram-se à porta, as passadas eram duplas. Dantès presumiu que eram os dois coveiros que vinham buscá-lo. Essa suspeita transformou-se em certeza quando ouviu o barulho que faziam ao pousarem a padiola.

A porta se abriu, uma luz velada atingiu os olhos de Dantès. Através da lona que o cobria, viu duas sombras se aproximarem da cama. Uma terceira, junto à porta, segurava um archote. Cada um dos homens que se haviam aproximado da cama agarrou o saco por uma ponta.

— Como ainda está pesado, para um velho tão magro! — comentou um deles, erguendo-o pela cabeça.

— Dizem que cada ano acrescenta meia libra ao peso dos ossos — disse o outro, pegando-o pelos pés.

— Deu o nó? — perguntou o primeiro.

— Seria muito idiota se o tivesse dado; para que carregarmos peso inutilmente? — disse o segundo. — Darei o nó quando chegarmos.

— Você está certo; então vamos.

“Por que esse nó?”, indagou-se Dantès.

O suposto morto foi carregado da cama para a padiola. Edmond enrijecia-se para melhor representar seu papel de defunto. Foi colocado na padiola;

e o cortejo, iluminado pelo homem com o archote, que caminhava à frente, subiu a escada.

De repente o ar frio e áspero da noite o inundou. Dantès reconheceu o mistral. Foi uma sensação súbita, cheia de delícias e angústias ao mesmo tempo.

Os carregadores deram cerca de vinte passos, depois pararam e pousaram a padiola no chão.

Um dos carregadores se afastou e Dantès ouviu seus sapatos ecoarem nas lajes.

"Onde será que estou?", perguntou-se.

— Não é nada leve esse sujeito! — disse o que permanecera perto de Dantès, sentando-se na beirada da padiola.

O primeiro impulso de Dantès foi o de escapar, felizmente se conteve.

— Ilumine aqui, animal — disse aquele dos dois carregadores que se afastara —, ou nunca encontrarei o que procuro.

O homem com o archote obedeceu à intimação, embora, como vimos, esta tivesse sido feita em termos pouco educados.

"O que será que ele está procurando?", perguntou-se Dantès. "Uma pá, provavelmente."

Uma exclamação satisfeita indicou que o coveiro encontrara o que procurava.

— Finalmente — disse o outro —, já não era sem tempo.

— Sim — respondeu o primeiro —, embora ele não tenha perdido nada por esperar.

Com essas palavras, aproximou-se de Edmond, que ouviu depositarem perto de si um bloco pesado e ruidoso; no mesmo instante, uma corda apertou seus pés, fazendo uma pressão forte e dolorosa.

— Ótimo! O nó está dado? — perguntou o coveiro que permanecera inativo.

— E muito bem-dado; respondo por ele.

— Nesse caso, adiante.

E a padiola, erguida, seguiu adiante.

Deram aproximadamente cinquenta passos e pararam para abrir uma porta; depois continuaram seu caminho. À medida que avançavam, o barulho das ondas quebrando-se contra os rochedos sobre os quais está assentado o castelo chegava com mais nitidez aos ouvidos de Dantès.

— Que tempo horrível! — disse um dos carregadores. — O mar não deve estar nada acolhedor esta noite.

— É, o abade vai acabar se molhando — disse o outro, e ambos caíram na gargalhada.

Dantès não entendeu muito bem a piada, mas nem por isso deixou de ficar de cabelo em pé.

— Bom, aqui estamos! — disse o primeiro.

— Avance mais, avance mais — disse o outro —, você sabe muito bem que o último ficou no caminho, arrebentado nos rochedos, e que no dia seguinte o diretor falou que éramos preguiçosos.

Deram mais quatro ou cinco passos, continuando a subir, então Dantès sentiu que o agarravam pela cabeça, pelos pés, e que o balançavam.

— Um — disseram os coveiros.

— Dois.

— Três!

Imediatamente Dantès viu-se lançado, sem exagero, num enorme vazio, atravessando os ares como um pássaro ferido, caindo, caindo sem parar, com um terror que lhe gelava o coração. Embora puxado para baixo por alguma coisa pesada que acelerava seu voo, pareceu-lhe que aquela queda já durava um século. Enfim, com um barulho indescritível, entrou como uma flecha numa água gelada que o fez soltar um grito, calado no mesmo instante pela imersão.

Dantès fora atirado ao mar, para cujo fundo o arrastava uma bola de ferro de dezessete quilos presa nos pés.

O mar é o cemitério do castelo de If.

Dantès sentiu que o agarravam pela cabeça, pelos pés, e que o balançavam.

21. A ILHA DE TIBOULEN

Dantès, aturdido, quase sufocado, ainda assim teve presença de espírito para prender a respiração e, como sua mão direita, preparado que estava, como dissemos, para qualquer eventualidade, segurava sua faca, rasgou rapidamente o saco, pôs o braço para fora, depois a cabeça; entretanto, apesar das tentativas de se desvencilhar da bola de ferro, continuou a se sentir puxado para baixo; então se curvou, procurando a corda que amarrava suas pernas e, num esforço supremo, cortou-a quando estava prestes a ficar sem ar; em seguida, dando um vigoroso pontapé, subiu livre à superfície do mar, enquanto a bola de ferro arrastava para profundezas desconhecidas o pano grosseiro que por pouco não se tornara sua mortalha.

Dantès não perdeu tempo, respirou e mergulhou novamente; pois a primeira precaução a ser tomada era evitar ser visto.

Quando reapareceu pela segunda vez, já estava a pelo menos dez metros do lugar de sua queda; viu acima da cabeça um céu escuro e tempestuoso, sobre cuja superfície o vento varria algumas nuvens rápidas, revelando às vezes uma nesga de azul realçada por uma estrela; à sua frente estendia-se a planície escura e tonitruante, cujas ondas começavam a fervilhar como quando se aproxima uma tempestade, enquanto, atrás dele, mais escuro que o mar, mais escuro que o céu, erigia-se, como um fantasma ameaçador, o gigante de granito, cuja ponta escura parecia um braço esticado para recapturar sua presa; sobre a rocha mais alta via-se um archote iluminando duas sombras.

Pareceu-lhe que aquelas duas sombras debruçavam-se para o mar com preocupação; com efeito, aqueles estranhos coveiros deviam ter ouvido o grito que ele dera enquanto atravessava o espaço. Dantès mergulhou então novamente e fez um trajeto bem longo entre duas águas; tal manobra antigamente era-lhe familiar, atraindo em geral à sua volta, na enseada do Farol, numerosos admiradores, os quais o haviam por diversas vezes aclamado o melhor nadador de Marselha.

Quando voltou à superfície, o archote desaparecera.

Convinha orientar-se; de todas as ilhas que cercam o castelo de If, Rattoneau e Pommègue são as mais próximas; porém Ratonneau e Pommègue são habitadas, o mesmo acontecendo com a ilhota de Daume: a ilha mais segura era portanto a de Tiboulen ou de Lemaire; as ilhas de Tiboulen e de Lemaire ficam a cinco quilômetros do castelo de If.

Dantès nem por isso desistiu de alcançar uma daquelas duas ilhas; mas como encontrá-las no meio da noite que se adensava a cada instante ao seu redor?

Nesse momento, viu o farol de Planier[86] brilhar como uma estrela.

Avançando em linha reta na direção desse farol, teria a ilha de Tiboulen um pouco à esquerda; desviando um pouco para esse lado, deveria então encontrá-la no caminho.

Mas, como dissemos, havia uma distância de pelo menos cinco quilômetros do castelo de If até ela.

Frequentemente, na prisão, Faria repetia ao rapaz, quando o via abatido e indolente:

— Dantès, não relaxe; caso não esteja em forma, vai se afogar quando tentar fugir.

Sob a maré pesada e hostil, aquela frase veio tilintar nos ouvidos de Dantès; então sentiu pressa de subir de novo e fender as lâminas d'água para ver se efetivamente não perdera suas forças. Constatou com alívio que sua inatividade forçada não lhe tirara nada de sua energia e agilidade, e sentiu que continuava senhor do elemento no qual, ainda criança, se desenvolvera.

A propósito, o medo, incansável perseguidor, redobrava o vigor de Dantès; certificava-se, debruçado sobre as águas, de que nenhum rumor chegava até ele. Cada vez que alcançava o topo de uma onda, seu olhar treinado abraçava o horizonte visível, tentando mergulhar na densa escuridão; cada onda um pouco mais alta que as outras parecia-lhe um bote em seu encalço, e ele então redobrava os esforços, que o faziam ganhar distância, decerto, mas fazê-lo repetidas vezes em breve minaria suas forças.

Enquanto isso, nadava, e o terrível castelo já se ia diluindo na atmosfera vaporosa da noite: não conseguia vê-lo, embora continuasse a sentir sua presença.

---

86. Planier: farol situado na ilha homônima, que por sua vez está localizada na entrada da baía de Marselha.

Uma hora se passou, durante a qual Dantès, exaltado pela sensação de liberdade que invadira toda a sua pessoa, continuou a rasgar as ondas na direção que estipulara para si.

— Vejamos — dizia —, logo se completará uma hora que estou nadando, mas, como o vento sopra na direção contrária, devo ter perdido um quarto de minha velocidade; ainda assim, a menos que eu me tenha enganado de direção, não devo estar longe de Tiboulen agora... Mas, se estiver enganado!

Um arrepio percorreu o corpo inteiro do nadador; ele tentou boiar um instante para descansar; porém, o mar tornava-se cada vez mais forte, e ele logo compreendeu que aquele pensamento positivo, no qual havia acreditado, era impossível.

— Muito bem! — disse ele. — Não importa, irei até o fim, até que meus braços se cansem, até que as cãibras invadam meu corpo, e então afundarei!

E começou a nadar com a força e o impulso do desespero. De repente pareceu-lhe que o céu, já tão escuro, escurecia ainda mais, que uma nuvem grossa, pesada e compacta descia sobre ele; ao mesmo tempo, sentiu uma dor violenta no joelho: a imaginação, com sua velocidade incalculável, disse-lhe então que era o choque de uma bala e que logo iria ouvir a explosão de um disparo de fuzil; mas a explosão não ressoou. Dantès esticou a mão e sentiu uma resistência, puxou a outra perna para junto a si e tocou a terra; identificou então qual era o objeto que tomara por uma nuvem.

A vinte passos dele erguia-se um bloco de rochedos bizarros, que tomaríamos por uma imensa fogueira petrificada no momento de sua combustão mais ardente: era a ilha de Tiboulen.

Dantès pôs-se de pé, deu alguns passos à frente e se deitou, agradecendo a Deus, sobre aquelas pontas de granito, que lhe pareceram então mais macias do que jamais uma cama lhe parecera.

Em seguida, apesar do vento, apesar da tempestade, apesar da chuva que começava a cair, esgotado de cansaço como estava, Dantès caiu naquele delicioso sono do homem durante o qual o corpo entorpece, mas a alma vela com a consciência de uma felicidade inesperada.

Uma hora mais tarde, Edmond despertou com o ronco de uma imensa trovoada: a tempestade deflagrara-se no espaço e golpeava o ar com seu voo retumbante; de tempos em tempos um raio descia do céu como uma serpente de fogo, iluminando as ondas e as nuvens que rolavam umas atrás das outras, como as ondas de um imenso caos.

Dantès, com seu golpe de vista de marinheiro, não se enganara; havia alcançado a primeira das duas ilhas, que é efetivamente a de Tiboulen. Sabia que era deserta, descampada, não oferecendo o menor refúgio; mas, acalmada a tempestade, voltaria ao mar e nadaria até a ilha Lemaire, igualmente árida, mas maior e por conseguinte mais hospitaleira.

Uma rocha que despontava da superfície ofereceu abrigo momentâneo a Dantès, que nela se refugiou; quase no mesmo instante, a tempestade explodiu em toda a sua fúria.

Edmond sentiu tremer a rocha sob a qual se abrigava; as ondas, quebrando contra a base da gigantesca pirâmide, regurgitavam em sua direção; por mais seguro que estivesse, via-se no meio daquele barulho ensurdecedor e daqueles relâmpagos fulgurantes, tomado por uma espécie de vertigem: parecia-lhe que a ilha tremia sob ele e que, de um momento para o outro, iria, como uma nau ancorada, romper seu cabo e arrastá-lo para o meio do imenso turbilhão.

Lembrou-se então que fazia vinte e quatro horas que não comia: tinha fome, tinha sede.

Dantès esticou as mãos e a cabeça e bebeu a água da tempestade na cavidade de um rochedo.

Quando se levantou, um raio, que parecia rasgar o céu até o pé do trono deslumbrante de Deus, iluminou o espaço; à luz desse raio, entre a ilha Lemaire e o cabo Croisette, a um quilômetro de distância, Dantès viu surgir, como um espectro deslizando do alto de uma onda para o abismo, um pequeno barco pesqueiro, carregado ao mesmo tempo pela tempestade e pela onda; logo em seguida, na crista de outra onda, o fantasma reapareceu, aproximando-se com terrível rapidez. Dantès quis gritar, procurou algum farrapo de pano para agitar, a fim de sinalizar aos tripulantes que iriam se arrebentar, mas eles já haviam percebido isso. Com o clarão de outro raio, o jovem distinguiu quatro homens agarrados nos mastros e nas traves; um quinto mantinha-se na barra do leme quebrada. Esses homens que ele via sem dúvida o viram também, pois gritos desesperados, carregados pela rajada sibilante, chegaram aos seus ouvidos. No topo do mastro, retorcido como um bambu, estalava no ar, batendo incessantemente, uma vela em farrapos; de repente, os cabos que ainda a seguravam se romperam, e ela desapareceu, carregada nas escuras profundezas do céu, semelhante àqueles grandes pássaros brancos que se delineiam sobre nuvens negras.

Ao mesmo tempo, um estrépito terrível se fez ouvir, gritos de agonia chegaram até Dantès. Agarrado como uma esfinge a seu rochedo, de onde mergulhava para o abismo, um novo raio mostrou-lhe a pequena embarcação destruída e, em meio aos destroços, cabeças com rostos desesperados, braços estendidos para o céu.

Tudo então voltou a mergulhar na noite, o terrível espetáculo tivera a duração do raio.

Dantès precipitou-se pelo despenhadeiro escorregadio, sob o risco de ele próprio cair no mar; observou, escutou, mas não ouviu nem viu mais nada; nenhum grito, nenhum esforço humano; apenas a tempestade, essa grandiosa coisa de Deus, continuava a rugir com os ventos e a espumar com as ondas.

Pouco a pouco, o vento diminuiu; o céu empurrou para o oeste as grossas nuvens cinzentas e, por assim dizer, desbotadas pela tempestade; o azul reapareceu com as estrelas mais cintilantes de todos os tempos: quase instantaneamente, a leste, uma longa faixa avermelhada desenhou no horizonte ondulações em tons azul-escuros; as ondas se encapelaram, um brilho súbito percorreu as cristas espumantes e transformou-as em crinas de ouro.

Amanhecia.

Dantès permaneceu imóvel e mudo diante daquele grandioso espetáculo, como se o visse pela primeira vez; com efeito, depois de ter sido confinado no castelo de If, esquecera-o. Voltou-se para a fortaleza, interrogando simultaneamente a terra e o mar com um amplo olhar panorâmico.

A escura embarcação emergia do seio das ondas com aquela imponente majestade das coisas imóveis, que parecem ao mesmo tempo vigiar e dominar.

Deviam ser cinco horas da manhã; o mar continuava a se acalmar.

— Dentro de duas ou três horas — pensou Edmond —, o carcereiro irá entrar na minha cela, encontrar o cadáver do meu pobre amigo, reconhecê-lo, me procurar em vão e dar o alarme. Então a galeria, o túnel, será descoberto; interrogarão os homens que me lançaram ao mar e que devem ter ouvido o meu grito. Logo barcas cheias de soldados armados correrão atrás do infeliz fugitivo, que sabem com certeza não estar longe. O canhão avisará toda a costa de que não adiantará dar asilo a um homem porventura encontrado errante, nu e faminto. Os espiões e aguazis de Marselha serão avisados e darão uma batida no litoral, enquanto o diretor do castelo de If esquadrinhará o mar. Então, acuado na água, cercado em terra, que vai ser de mim? Tenho fome, tenho frio, abandonei até a faca salvadora que me atrapalhava nadar; estou à mercê do primeiro camponês que quiser ganhar vinte francos me denunciando; não tenho mais nem força, nem ideia, nem determinação. Oh, meu Deus, meu Deus! Verifique se já sofri o suficiente e se pode fazer por mim mais do que eu próprio sou capaz.

No momento em que Edmond, numa espécie de delírio ocasionado pelo esgotamento de suas forças e o vazio do seu cérebro, pronunciava, ansiosamente voltado para o castelo de If, essa prece ardente, ele avistou, surgindo na ponta da ilha de Pommègue, desenhando sua vela latina no horizonte e lembrando uma gaivota num voo rasante sobre a água, certa pequena embarcação que somente o olho de um marujo seria capaz de identificar, sobre a linha ainda um tanto escura do mar, como uma tartana genovesa[87]. Vinha do porto de Marselha e alcançava o largo rasgando a espuma cintilante à frente

87. Tartana: pequena embarcação mediterrânica, de fundo achatado, sem tombadilho e dotada de um único mastro.

de sua proa pontiaguda, que assim desbravava o caminho para seus flancos abaulados.

— Oh — exclamou Edmond —, e pensar que em meia hora eu poderia me juntar a esse navio se não temesse ser interrogado, reconhecido como fugitivo e reconduzido para Marselha! Que fazer? Que dizer? Que fábula capaz de iludi-los eu poderia inventar? Todas essas pessoas são contrabandistas, quase piratas. A pretexto de fazer cabotagem, agem como corsários no litoral; vão preferir me vender a praticar uma boa ação estéril.

"Esperemos.

"Mas esperar é impossível: estou morto de fome; dentro de algumas horas o pouco de forças que me resta terá desaparecido. Aliás, a hora da visita se aproxima; a alvorada ainda não foi dada, talvez não desconfiem de nada: posso me fazer passar por um dos marujos daquela pequena embarcação que se espatifou esta noite. Não faltará verossimilhança a essa história; não haverá ninguém para me contradizer, certamente naufragaram todos. Coragem."

E, enquanto dizia estas palavras, Dantès voltou os olhos para o local da colisão da frágil embarcação, e estremeceu. Na saliência de um rochedo, ficara preso o barrete frígio de um dos marujos náufragos, e bem perto dali flutuavam alguns destroços do calado, traves inertes que o mar lançava e relançava contra a base da ilha, na qual batiam como aríetes impotentes.

Num instante a decisão de Dantès estava tomada; ele se lançou novamente ao mar, nadou para o barrete, colocou-o sobre a cabeça, agarrou-se a uma das traves e resolveu posicionar-se no caminho que a embarcação deveria seguir.

— Agora estou salvo — murmurou.

E tal convicção devolveu-lhe as forças.

Logo avistou a tartana, que, com o vento de viés, navegava à bolina entre o castelo de If e a torre de Planier. Por um momento Dantès temeu que, em vez de acompanhar o litoral, a embarcação se pusesse ao largo, como teria feito por exemplo se sua destinação fosse a Córsega ou a Sardenha; porém, pela forma como manobrava, o nadador constatou imediatamente que ela pretendia passar, como é hábito das embarcações com destino à Itália, entre a ilha de Jarre e a ilha de Calasareigne.

Enquanto isso a tartana e o nadador aproximavam-se imperceptivelmente um do outro; em uma de suas bordejadas, a pequena embarcação chegou a ficar a um quilômetro de Dantès. Ele então se ergueu sobre as ondas, agitando seu barrete em sinal de aflição; mas ninguém o avistou do barco, que ficou de lado e começou uma nova bordejada. Dantès pensou em chamar; mas avaliou com o olho a distância e percebeu que sua voz nunca alcançaria o navio, pois antes disso seria carregada para longe e encoberta pela brisa do mar e o barulho das ondas.

Foi quando se congratulou pela precaução que tomara ao boiar sobre uma trave de madeira. Enfraquecido como estava, talvez não conseguisse se sustentar sobre as águas até alcançar a tartana; e, seguramente, se a tartana, o que era possível, passasse sem percebê-lo, não conseguiria voltar para a costa.

Dantès, embora tivesse quase certeza da rota seguida pela embarcação, acompanhou-a com os olhos com certa ansiedade, até o momento em que a viu inclinar-se a sotavento e voltar em sua direção.

Avançou então ao seu encontro, mas, antes que se encontrassem, a embarcação começou a mudar de rumo.

Imediatamente, Dantès, num esforço supremo, levantou-se quase de pé sobre a água, agitando seu barrete e lançando um desses gritos dolorosos típicos dos marinheiros desesperados e que parecem a queixa de algum gênio do mar.

Dessa vez, viram-no e ouviram-no. A tartana interrompeu sua manobra e embicou para o seu lado. Ao mesmo tempo, ele viu que se preparavam para pôr uma chalupa ao mar.

Um instante depois, tripulada por dois homens, a chalupa tomou a sua direção, surrando o mar com seu remo duplo. Dantès então largou a trave de madeira, da qual julgava não mais precisar, e nadou vigorosamente metade do percurso que o levaria ao encontro dos que vinham até ele.

Entretanto, o nadador contara com forças quase ausentes; foi quando percebeu a utilidade daquele pedaço de madeira que já flutuava, inerte, a cem passos dele. Seus braços começaram a enrijecer, suas pernas haviam perdido a flexibilidade, seus movimentos tornavam-se duros e sem ritmo, seu peito estava ofegante.

Deu um grito bem alto, os dois remadores redobraram suas energias e um deles gritou-lhe em italiano:

— Coragem!

A palavra chegou-lhe no momento em que uma onda, a qual ele não tinha mais forças para superar, passava acima de sua cabeça e o cobria de espuma.

Dantès reapareceu batendo no mar com os movimentos irregulares e desesperados de um homem que se afoga, soltou um terceiro grito e sentiu-se tragado pelo mar, como se ainda tivesse no pé os grilhões fatais.

A água passou por cima de sua cabeça e, através dela, viu o céu lívido com pontos pretos.

Um violento esforço o trouxe à superfície. Pareceu-lhe então que o puxavam pelos cabelos; depois não viu mais nada, não ouviu mais nada; tinha desmaiado.

Quando reabriu os olhos, Dantès estava no fundo da tartana, que seguia sua rota. Seu primeiro olhar foi para verificar a direção que ela tomava: continuavam a se afastar do castelo de If.

Dantès estava de tal forma esgotado que a exclamação de alegria que soltou foi tomada por um suspiro de dor.

Como dissemos, ele estava deitado no fundo da embarcação: um marujo esfregava seus membros com uma coberta de lã; outro, a quem reconheceu como aquele que lhe gritara: "Coragem!", introduzia-lhe o orifício de um cantil na boca; um terceiro, velho marinheiro, que era ao mesmo tempo piloto e capitão, olhava para ele com o sentimento de piedade egoísta que os homens em geral sentem por uma infelicidade da qual escaparam na véspera mas que pode atingi-los amanhã.

Algumas gotas de rum, que o cantil continha, reanimaram o coração desfalecido do rapaz, enquanto a massagem que o marujo, de joelhos à sua frente, continuava a fazer com a lã devolvia elasticidade a seus membros.

— Quem é o senhor? — perguntou o capitão, num francês estropiado.

— Sou — respondeu Dantès, num italiano estropiado — um marinheiro maltês; vínhamos de Siracusa, estávamos carregados de vinho e tecido. A borrasca desta noite nos surpreendeu no cabo Morgion e colidimos contra aqueles rochedos que os senhores viram.

— De onde vem?

— Daqueles rochedos, aos quais tive a felicidade de me agarrar, enquanto nosso infeliz capitão arrebentava a cabeça. Nossos outros três companheiros se afogaram. Creio ser o único sobrevivente; avistei seu barco e, temendo ter de esperar muito tempo naquela ilha isolada e deserta, usei um destroço da nossa embarcação para tentar alcançá-los. Obrigado — continuou Dantès —, o senhor salvou a minha vida; eu estava perdido quando um dos seus marujos me puxou pelos cabelos.

— Fui eu — disse um marujo de fisionomia franca e aberta, emoldurado por longas suíças —, e foi bem na hora, o senhor estava afundando.

— Sim — disse Dantès, estendendo-lhe a mão —, sim, meu amigo, e mais uma vez lhe agradeço.

— Poxa! — disse o marinheiro. — Cheguei a hesitar; o senhor, com sua barba de quinze centímetros de comprimento e seus cabelos com trinta, mais parecia um salteador que um homem honesto.

Dantès lembrou-se, efetivamente de que, desde sua chegada ao castelo de If, não cortara o cabelo nem a barba.

— Sim — disse ele —, foi uma promessa que fiz a Nossa Senhora de Piedigrotta[88] num momento de perigo: ficar dez anos sem cortar o cabelo e a barba. Essa promessa expira exatamente hoje, e quase me afoguei para este aniversário.

---

88. Nossa Senhora de Piedigrotta: literalmente, Nossa Senhora ao Pé da Gruta. A igreja com este nome localiza-se em Mergellina, vila atualmente absorvida pela cidade de Nápoles. A igreja tem este nome por situar-se na entrada da gruta de Posillipo. Construída por pescadores em 1532, foi assim batizada.

— E agora, o que vamos fazer do senhor? — perguntou o capitão.

— Ai de mim! — respondeu Dantès. — O que quiserem; minha falua naufragou, o capitão morreu; como veem, escapei desse destino, mas absolutamente nu; por sorte, sou excelente marujo; deixem-me no primeiro porto em que fizerem escala, e não terei dificuldade para arranjar um emprego numa embarcação mercantil.

— Conhece o Mediterrâneo?

— Navego por ele desde a minha infância.

— Conhece bons ancoradouros?

— Há poucos portos, incluindo os mais difíceis, em que eu não consiga entrar ou dos quais eu não possa sair de olhos fechados.

— Que acha disso, patrão? — perguntou o marujo que gritara "coragem" para Dantès. — Se o colega está dizendo a verdade, por que não fica conosco?

— Sim, se está dizendo a verdade — disse o capitão, com um ar de dúvida —, mas no estado em que se encontra o pobre-diabo, está prometendo muito diante do que pode cumprir.

— Cumprirei mais do que o prometido — disse Dantès.

— Oh, oh! — fez o capitão rindo. — Isto, veremos.

— Quando quiserem — disse Dantès, levantando-se. — Para onde vão?

— Para Livorno.

— Pois muito bem! Então, em vez de navegar à bolina, o que faz perderem um tempo precioso, por que simplesmente não atacam o vento o mais perto possível?

— Porque iríamos dar direto na ilha de Riou.

— Passarão a mais de vinte braças.

— Assuma então o leme — disse o capitão —, e testemos a sua ciência.

O jovem foi sentar-se ao leme, certificou-se, com um leve toque, de que a embarcação era obediente; então, verificando que, sem ser de primeira linha, não negaceava, bradou:

— Aos braços e às bolinas!

Os quatro marujos que formavam a tripulação correram para seus postos, enquanto o capitão os observava.

— Alçar! — continuou Dantès.

Os marujos obedeceram com bastante precisão.

— E agora amarrem bem!

Essa ordem foi executada como as duas primeiras, e a pequena embarcação, em vez de continuar navegando à bolina, passou a avançar em direção à ilha de Riou, da qual passou, como previra Dantès ao deixá-la, duas dezenas de braças a estibordo.

— Bravo! — elogiou o capitão.

— Bravo! — repetiram os marujos.

E todos observaram, maravilhados, aquele homem cujo olhar recuperara uma inteligência e o corpo, um vigor, que afastaram qualquer suspeita.

— Como podem ver — disse Dantès, largando a barra —, posso lhes ser de alguma utilidade pelo menos durante a travessia. Se não me quiserem em Livorno, muito bem! Deixem-me por lá. Com meus primeiros meses de soldo, posso reembolsá-los pela alimentação e pelas roupas que terão de me emprestar.

— Está bem, está bem — disse o capitão. — Podemos entrar num acordo se o senhor for razoável.

— Um homem é igual a um homem — disse Dantès. — Pague-me o que paga aos meus colegas, e estamos conversados.

— Não é justo — disse o marujo que retirara Dantès do mar —, uma vez que o senhor sabe mais que nós.

— Por que diabos está se intrometendo? Isso é da sua conta, Jacopo? — disse o patrão. — Cada um é livre para trabalhar pela soma que lhe convém.

— Está certo — disse Jacopo. — Era apenas uma simples observação.

— Assunto encerrado! Você faria melhor emprestando a esse bravo rapaz, que está nu em pelo, uma calça e um capote, se por acaso tiver sobressalentes.

— Não — disse Jacopo —, mas tenho uma camisa e uma calça.

— É tudo de que preciso — disse Dantès. — Obrigado, meu amigo.

Jacopo enfiou-se pela escotilha e subiu um instante depois com as duas peças de roupa, que Dantès vestiu com indizível felicidade.

— Precisa de mais alguma coisa no momento? — perguntou o patrão.

— Um pedaço de pão e um segundo gole desse excelente rum que já saboreei; pois faz muito tempo que não como nada.

Com efeito, já fazia cerca de quarenta horas.

Trouxeram para Dantès um pedaço de pão e Jacopo apresentou-lhe o cantil.

— Leme a bombordo! — gritou o capitão, dirigindo-se ao timoneiro.

Dantès dirigiu seu olhar para esse lado, levando o cantil à boca, mas o cantil ficou no meio do caminho.

— Com mil demônios! — intrigou-se o capitão. — O que está acontecendo no castelo de If?

Realmente, uma pequena nuvem branca, nuvem que atraíra a atenção de Dantès, acabava de aparecer, coroando as seteiras do bastião sul do castelo de If.

Um segundo depois, o barulho de uma explosão distante veio morrer perto da tartana.

Os marujos levantaram a cabeça e se entreolharam.

— Que significa isso? — perguntou o patrão.

— Algum prisioneiro deve ter fugido — disse Dantès —, e estão disparando o canhão de alarme.

O patrão lançou um olhar para o jovem, que, ao dizer essas palavras, levara o cantil à boca; mas ele o viu saborear o líquido com tanta calma e satisfação que, se teve qualquer suspeita, essa suspeita não fez senão atravessar seu espírito e morrer em seguida.

— Com mil demônios! O que está acontecendo no castelo de If?

— Este rum é diabolicamente forte! — disse Dantès, enxugando com a manga da camisa sua testa reluzente de suor.

— Em todo caso — disse o patrão consigo, observando-o —, se for ele, tanto melhor; pois fiz a aquisição de um bravo homem.

A pretexto de que estava cansado, Dantès pediu então para se sentar ao leme. O timoneiro, feliz da vida por ser substituído em suas funções, consultou o capitão com o olhar, o qual lhe fez com a cabeça sinal de que podia entregar a barra ao seu novo companheiro.

Dantès, assim posicionado, pôde permanecer com os olhos fixados na costa de Marselha.

— Em que dia do mês estamos? — Dantès perguntou a Jacopo, que viera sentar-se perto dele, ao perderem de vista o castelo de If.

— 28 de fevereiro — repetiu este.

— De que ano?

— Como, de que ano?! Está perguntando de que ano?

— Sim — continuou o jovem —, pergunto-lhe de que ano!

— Não se lembra do ano em que estamos?

— Que remédio! Tive um medo tão grande esta noite — disse Dantès, rindo — que quase perdi o juízo; de modo que minha memória virou do avesso: portanto, pergunto-lhe, estamos em 28 de fevereiro de que ano?

— Do ano de 1829 — disse Jacopo.

Fazia catorze anos, dia a dia, que Dantès fora preso.

Entrara aos dezenove anos no castelo de If, saía dele aos trinta e três.

Um sorriso doloroso percorreu seus lábios; perguntou-se pelo destino de Mercedes durante o tempo em que devia tê-lo julgado morto.

Em seguida, um brilho de ódio iluminou-se em seus olhos, ao pensar nos três homens a quem devia tão longo e cruel cativeiro.

E renovou contra Danglars, Fernand e Villefort o mesmo juramento de implacável vingança que já pronunciara na prisão.

E esse juramento não era mais uma vã ameaça, pois, àquela hora, o mais veloz veleiro do Mediterrâneo não teria conseguido alcançar a pequena tartana que singrava a todo pano rumo a Livorno.

PARTE II

1. OS CONTRABANDISTAS

Dantès ainda não passara um dia a bordo, mas já percebia com quem estava lidando. Sem ter cursado a escola do abade Faria, o digno capitão da *Jeune-Amélie*, nome da tartana genovesa, conhecia quase todas as línguas faladas em torno desse grande lago denominado Mediterrâneo; do árabe ao provençal. Isso lhe proporcionava — poupando-lhe intérpretes, gente sempre inoportuna e às vezes indiscreta — grandes facilidades de comunicação, fosse com os navios que encontrava no mar, fosse com os pequenos botes que avistava ao longo do litoral, fosse enfim com as pessoas sem nome, sem pátria e sem condição identificável, como as há sempre nas pedras dos cais vizinhos aos portos marítimos, as quais vivem desses recursos misteriosos e ocultos que convém efetivamente acreditar provir-lhes diretamente da Providência, uma vez que não dispõem de meio de subsistência visível a olho nu. Logo, presumimos que Dantès estivesse a bordo de uma nau de contrabando.

Daí a recepção desconfiada com que o capitão recebera Dantès a bordo: como era muito conhecido de todos os agentes alfandegários da costa e, como havia entre estes cavalheiros e ele uma troca de astúcias mais engenhosas umas que as outras, ele pensara primeiro que Dantès fosse um emissário do maldito fisco, utilizando um ardiloso recurso para desvendar alguns segredos do ofício. Mas a maneira brilhante com que Dantès se saíra na prova, quando havia manobrado o navio, o convencera quase completamente; depois, na sequência, quando avistara aquela tênue fumaça flutuar como um penacho acima do bastião do castelo de If e ouvira o barulho distante da explosão, passou-lhe pela cabeça que acabava de receber a bordo aquele a quem, assim como para as entradas e saídas dos reis, concediam-se as honras do canhão; isso já o preocupava menos, convém dizer, do que se o recém-chegado fosse um agente alfandegário; mas essa segunda suposição, como a primeira, logo desaparecera diante da perfeita tranquilidade do seu recruta.

Edmond desfrutou então da vantagem de saber quem era seu capitão sem que seu capitão pudesse saber quem ele era; de todos os lados que o velho homem do mar ou seus companheiros o assediaram, ele resistiu e não fez nenhuma confissão: fornecendo inúmeros detalhes sobre Nápoles e Malta, que conhecia como Marselha, e mantendo, com uma firmeza que fazia honra à sua memória, seu primeiro relato. Foi então o genovês, apesar de toda a sua esperteza, que se deixou engambelar por Edmond, em favor de quem falavam sua delicadeza, sua experiência náutica e sobretudo a mais inteligente dissimulação.

E depois talvez o genovês fosse como algumas pessoas inteligentes, que nunca sabem o que devem saber e só acreditam no que lhes interessa acreditar.

Foi, portanto, nessa situação recíproca que chegaram a Livorno.

Edmond devia passar por uma nova prova ali: saber se reconheceria a si próprio após catorze anos desde que se vira pela última vez; conservara uma ideia bem precisa de como era o rapaz, ia ver agora como era o homem. Aos olhos de seus companheiros, sua promessa estava cumprida: já fizera escala umas vinte vezes em Livorno, conhecia um barbeiro na rua San Ferdinando. Foi até o seu estabelecimento para cortar a barba e o cabelo.

O barbeiro olhou com espanto aquele homem de cabeleira comprida e barba grossa e escura, que evocava uma das belas cabeças de Ticiano. Ainda não era moda nessa época o uso de barba e cabelos tão compridos: hoje o que espantaria o barbeiro seria um homem dotado de tão valiosos atributos físicos consentir em deles se privar.

O barbeiro livornês pôs mãos à obra sem maiores considerações.

Quando a operação foi concluída, quando Edmond sentiu seu queixo completamente raspado, quando seus cabelos foram reduzidos ao comprimento em voga, ele pediu um espelho e encarou a si mesmo.

Tinha então trinta e três anos, como dissemos, e aqueles catorze anos de prisão tinham, por assim dizer, promovido uma grande transformação moral em seu aspecto.

Dantès entrara no castelo de If com o rosto redondo, sorridente e desabrochado de um rapaz feliz, cujos primeiros passos na vida foram fáceis e que vê o futuro como uma continuação natural do passado. Tudo isso mudara muito.

Seu rosto oval se alongara, sua boca sorridente assumira as linhas firmes e inflexíveis que indicam determinação, suas sobrancelhas se haviam arqueado sob uma ruga única, reflexiva; seus olhos achavam-se marcados por uma profunda tristeza, de cujo fundo irrompiam, de tempos em tempos, relâmpagos sinistros, misantropia e ódio; sua pele, afastada por tão longo período da luz do dia e dos raios do sol, estampava aquela opacidade que faz, quando o rosto é emoldurado por cabelos pretos, a beleza aristocrática dos homens do Norte; aquela ciência profunda que aprendera refletia agora, em toda a sua fisionomia, uma aura de segurança inteligente; além disso, embora alto por natureza, adquirira o vigor sólido de um corpo que sempre concentrava as forças em si próprio.

À elegância das formas nervosas e franzinas sucedera a solidez das formas arredondadas e musculosas. Quanto à sua voz, as preces, os soluços e imprecações haviam-na transformado, ora num timbre de estranha suavidade, ora numa dicção rude e quase rouca.

Além do mais, incessantemente na penumbra de um dia incipiente e na escuridão, seus olhos haviam adquirido a singular faculdade de discernir os objetos durante a noite, como fazem os da hiena e do lobo.

Edmond sorriu ao se ver: era impossível que seu melhor amigo, se é que lhe restava um amigo, o reconhecesse; ele próprio não se reconhecia.

O capitão da *Jeune-Amélie*, tentando de tudo para manter em sua equipe um homem do valor de Edmond, oferecera-lhe um adiantamento sobre a sua parte de lucros futuros, e Edmond aceitara. Sua primeira iniciativa, ao sair do barbeiro que acabava de operar nele a primeira metamorfose, foi entrar numa loja e comprar um uniforme completo de marinheiro; traje que, como sabemos, é muito simples, compondo-se de uma calça branca, uma camisa listrada e um barrete frígio.

Foi com essa roupa, levando para Jacopo a camisa e a calça que este lhe emprestara, que Edmond reapareceu perante o capitão da *Jeune-Amélie*, a quem foi obrigado a repetir sua história. O capitão recusava-se a reconhecer naquele marujo coquete e elegante o homem de barba grossa, cabelos embaraçados em algas e o corpo impregnado de água do mar que ele recolhera nu e moribundo ao seu barco.

Entusiasmado com seu aspecto agradável, renovou a Dantès sua oferta de emprego; mas Dantès, que tinha seus planos, aceitou apenas por três meses.

De toda forma, era uma tripulação muito dinâmica a da *Jeune-Amélie*, e submetida às ordens de um capitão que adquirira o hábito de não perder tempo. Ainda não haviam completado uma semana em Livorno, e os flancos bojudos da embarcação já estavam estufados de musselinas não declaradas, algodão clandestino, pólvora inglesa e tabaco no qual a administração esquecera de aplicar o seu carimbo. Tratava-se de fazer tudo isso sair de Livorno, porto aberto, e desembarcar no litoral da Córsega, a partir do qual alguns especuladores se incumbiam de fazer a carga entrar na França.

Partiram; Edmond rasgou novamente aquele mar azul, primeiro horizonte de sua mocidade, que revira com tanta frequência nos sonhos de sua prisão. Deixou a Górgona[1] à sua direita, a Pianosa à esquerda, e avançou rumo à pátria de Paoli[2] e de Napoleão.

No dia seguinte, ao subir para a ponte, o que fazia sempre bem cedinho, o capitão encontrou Dantès apoiado na amurada da embarcação e olhando com uma expressão estranha um agrupamento de rochas graníticas que o sol nascente inundava com uma luz rósea: era a ilha de Monte Cristo.

A *Jeune-Amélie* deixou-a a aproximadamente quatro quilômetros a estibordo e seguiu sua rota para a Córsega.

Dantès conjecturava, enquanto contornavam a ilha de nome tão evocativo para ele, que bastaria pular e em meia hora estaria naquela terra prometida. Mas o que faria lá, sem ferramentas para procurar seu tesouro, sem armas para se defender? Aliás, que diriam os marujos? Que pensaria o capitão? Melhor esperar.

Felizmente Dantès sabia esperar: havia esperado a liberdade por catorze anos; podia muito bem, agora que estava livre, esperar a riqueza por seis meses ou um ano.

Não teria aceitado a liberdade sem riqueza se lha houvessem oferecido?

Em todo caso, essa riqueza não seria pura quimera? Nascida no cérebro doente do pobre abade Faria, não teria morrido junto com ele?

É verdade que aquela carta do cardeal Spada era significativamente detalhada.

E a memória de Dantès repetia de ponta a ponta essa carta, da qual não esquecera uma única palavra.

A noite chegou; Edmond viu a ilha atravessar todos os matizes que o crepúsculo traz consigo e sumir completamente na escuridão; ele, porém, com seu olhar habituado ao negrume da prisão, provavelmente continuou a vê-la, pois foi o último a se recolher.

No dia seguinte, acordaram na altura de Aleria[3]. Passaram o dia em alerta, à noite fogueiras foram acesas no litoral. Diante da aparição dessas fogueiras, tiveram certeza absoluta que podiam desembarcar, como demonstrou o sinal luminoso que foi erguido em lugar da bandeira na caixa de mastro da pequena embarcação, a qual se aproximou da margem até a distância de um tiro de fuzil.

Dantès observara, provavelmente em função dessas circunstâncias solenes, que o capitão da *Jeune-Amélie* instalara nos suportes móveis, ao se aproximarem da terra, duas pequenas colubrinas, semelhantes a fuzis de seteira, que, sem fazer grande barulho, podiam alcançar até trezentos metros com um belo projétil de bom peso.

---

1. Górgona: ilha ao largo de Livorno, comuna na região da Toscana, na Itália.

2. Paoli: Pasquale Paoli (1725-1807), nacionalista corso que liderou os levantes populares contra as dominações genovesa e depois francesa na ilha. É considerado o pai da pátria corsa e o grande mentor da independência corsa no séc.XVIII.

3. Aleria: comuna francesa situada na Alta Córsega, a região setentrional da ilha.

O capitão da Jeune-Amélie.

Porém, naquela noite, a precaução foi supérflua; tudo se passou o mais serena e educadamente possível. Quatro chalupas aproximaram-se sorrateiramente da embarcação, a qual, provavelmente para lhes homenagear, havia lançado ao mar sua própria chalupa; dessa forma, as cinco chalupas esgrimiram-se tão bem que às duas da manhã todo o carregamento fora transferido dos costados da *Jeune-Amélie* para a terra firme.

Na mesma noite, tão correto era o capitão da *Jeune-Amélie*, foi feita a divisão do lucro: cada homem foi aquinhoado com cem libras toscanas, isto é, cerca de oitenta francos na nossa moeda.

Mas a expedição não terminara; fundearam na Sardenha. Era preciso recarregar o navio que acabava de ser descarregado.

A segunda operação foi realizada com o mesmo sucesso da primeira; a sorte sorria para a *Jeune-Amélie*.

A nova carga era para o ducado de Lucca. Compunha-se quase integralmente de charutos de Havana e vinho de Xerez e de Málaga.

Tiveram então uma escaramuça com a aduana, essa eterna inimiga do capitão da *Jeune-Amélie*. Um agente alfandegário foi abatido no cais e dois marujos se feriram. Dantès era um desses dois marujos; uma bala atravessara o seu ombro esquerdo.

Dantès estava de certa forma feliz com aquela refrega e quase contente com aquele ferimento; eles lhe haviam ensinado, severos professores, como ele encarava o perigo e como seu coração suportava o sofrimento. Observara o perigo rindo. Ao receber o golpe, dissera como o filósofo grego: "Dor, não és um mal."[4]

Além disso, observara o agente alfandegário ferido mortalmente e, fosse devido ao sangue quente na ação, fosse devido à nova frieza de seus sentimentos, tal cena causara-lhe apenas uma leve impressão. Dantès estava na trilha que queria percorrer e caminhava para o objetivo que queria alcançar: seu coração estava em vias de se petrificar em seu peito.

De toda forma, Jacopo, que, ao vê-lo cair, julgara-o morto, precipitara-se para ele, erguera-o e, finalmente erguido, cuidara dele como um excelente companheiro.

Quer dizer que este mundo não era tão bom quanto julgava o doutor Pangloss[5], mas também não era tão mau quanto o julgava Dantès; afinal, por que aquele homem, sem nada esperar do colega senão a sua parte do lucro como herança, sentia tão viva aflição ao vê-lo morto?

Felizmente, como dissemos, Edmond estava apenas ferido. Graças a algumas ervas colhidas em certas épocas e vendidas aos contrabandistas por velhas sardas, o ferimento fechou rapidamente. Edmond quis então testar Jacopo: ofereceu-lhe, em troca dos cuidados que dele recebera, sua parte nos lucros, mas Jacopo recusou com indignação.

Como resultado dessa espécie de afinidade devotada que Jacopo demonstrava por Edmond desde o primeiro instante em que o vira, Edmond dispensava a Jacopo alguma dose de afeição. Mas Jacopo não pedia mais que isso. Adivinhara instintivamente em Edmond a suprema superioridade de sua posição, superioridade que Edmond conseguira esconder dos outros. E, com esse pouco que Edmond lhe concedia, o bravo marujo ficava satisfeito.

Assim, durante longos dias a bordo, quando a embarcação, deslizando com segurança por aquele mar azul, não precisava, graças ao vento favorável

---

4. "Dor, não és um mal": palavras atribuídas por Cícero a Posidônio, filósofo grego, quando este recebeu o general Pompeu em Rodes, apesar de uma crise de gota.

5. Pangloss: personagem do romance *Candide*, de Voltaire. É tutor do protagonista enquanto moram na Alemanha e, depois, acompanha-o em algumas desventuras. Sua crença de que "não há consequência sem uma causa", ou seja, de que tudo no mundo tem uma razão perfeita para existir, não apenas o mantém otimista frente às maiores desgraças, como também o leva a justificá-las.

que inflava suas velas, senão do timoneiro, Edmond, com uma carta marítima nas mãos, assumiu o papel de professor para Jacopo, assim como o pobre abade Faria assumira o papel de professor para ele. Mostrou-lhe a sedimentação dos litorais, explicou-lhe a variação das bússolas, ensinou-lhe a ler nesse grande livro aberto acima das nossas cabeças, a que chamamos de céu, onde Deus escreveu sobre o azul com letras de diamante.

E quando Jacopo lhe perguntava:

— Para que ensinar todas essas coisas a um marinheiro simplório como eu?

Edmond respondia:

— Quem sabe? Talvez um dia você venha a ser capitão do barco: seu compatriota Bonaparte chegou a imperador!

Esquecemos de dizer que Jacopo era corso.

Dois meses e meio haviam se passado nessas sucessivas carreiras. Edmond tornara-se tão bom piloto-costeiro quanto era antigamente marujo ousado; travara conhecimento com todos os contrabandistas do litoral e aprendera todos os sinais maçônicos com a ajuda dos quais esses semipiratas se identificam.

Passara e repassara vinte vezes diante da ilha de Monte Cristo, mas em nenhuma delas tivera oportunidade de lá desembarcar.

Tomara então uma decisão.

A de, assim que seu compromisso com o capitão da *Jeune-Amélie* chegasse ao fim, alugar um pequeno barco por conta própria (Dantès tinha condições para isso, pois em suas diferentes missões acumulara uma centena de piastras) e, sob um pretexto qualquer, rumar para a ilha de Monte Cristo.

Então faria suas buscas com toda a liberdade.

Não, com toda a liberdade, não, pois sem dúvida alguma seria espionado por aqueles que até lá o conduzissem.

Mas sempre é preciso correr algum risco neste mundo.

A prisão tornara Edmond prudente, e ele bem que gostaria de não arriscar nada.

Em vão, porém, buscou em sua imaginação, por mais fecunda que fosse; não descobria outro jeito de chegar à ilha tão sonhada, a não ser conduzido.

Dantès vacilava nessa hesitação, quando o capitão, que depositara grande confiança nele e queria muito mantê-lo em seu serviço, pegou-o um dia pelo braço e o levou a uma taberna da Via del Oglio, onde tinha o hábito de se reunir a nata dos contrabandistas de Livorno.

Geralmente era ali que se discutiam os negócios da costa. Já por duas ou três vezes Dantès entrara naquela Bolsa marítima; ao ver aqueles corsários, abastecidos por um imenso litoral de cerca de duas mil léguas de envergadura, indagara-se de que poder não disporia um homem que conseguisse impor sua vontade a todos aqueles filhos, atuando em conjunto ou isoladamente.

Dessa vez o assunto era um grande negócio: tratava-se de uma embarcação carregada de tapetes turcos, tecidos do Levante e da Caxemira; era preciso encontrar um terreno neutro onde a troca pudesse ser feita; depois, tentar introduzir essa carga no litoral da França.

O lucro era enorme caso conseguissem; da ordem de cinquenta a sessenta piastras por homem.

O capitão da *Jeune-Amélie* sugeriu como local de desembarque a ilha de Monte Cristo, que, completamente deserta e não tendo nem soldados nem alfândega, parece ter sido colocada no meio do mar na época do Olimpo pagão por Mercúrio, esse deus dos comerciantes e dos ladrões, classes que consideramos independentes, se não distintas, mas que a Antiguidade, ao que parece, classificava na mesma categoria.

Ao nome Monte Cristo Dantès estremeceu de alegria. Levantou-se para esconder sua emoção e deu uma volta na taberna enfumaçada, onde todos os idiomas do mundo conhecido vinham se fundir na língua franca[6].

Quando se aproximou de seus dois interlocutores, a decisão estava tomada: fariam escala em Monte Cristo e partiriam para essa excursão na noite seguinte.

Edmond, consultado, foi de opinião que a ilha oferecia toda a segurança possível e que os grandes empreendimentos, para ser bem-sucedidos, precisavam ser executados com rapidez.

Nada foi alterado, portanto, no plano já estabelecido. Estava combinado que deixariam o porto na noite seguinte e que fariam de tudo, o mar estando bonito e o vento favorável, para se encontrar dali a duas noites nas águas da ilha neutra.

---

6. Língua franca: expressão que designa o sabir, idioma que mesclava francês, italiano, espanhol, árabe e turco, muito usado nas relações comerciais entre europeus e os levantinos — provenientes do Levante, isto é, da região costeira mediterrânica que, *grosso modo*, ia de Gaza, na Palestina, à Turquia.

2. A ILHA DE MONTE CRISTO

Finalmente, por uma dessas felicidades inesperadas com que às vezes se deparam aqueles a quem o rigor do destino por tanto tempo fatigou, Dantès iria chegar ao seu objetivo de maneira simples e natural, desembarcando na ilha sem despertar nenhuma suspeita.

Apenas uma noite o separava da partida tão esperada.

Aquela noite foi uma das mais febris da vida de Dantès. Enquanto ela durou, todas as possibilidades, favoráveis ou não, apresentaram-se sucessivamente ao seu espírito. Quando fechava os olhos, via a carta do cardeal Spada escrita em caracteres flamejantes sobre a muralha; quando adormecia por um instante, os sonhos mais loucos rodopiavam no seu cérebro. Descia em cavernas com chão de esmeraldas, paredes de rubis, estalactites de diamantes. As pérolas caíam gota a gota, à maneira como em geral transpira a água subterrânea.

Edmond, fascinado, maravilhado, enchia os bolsos com as pedrarias; depois ele saía para o ar livre, e aquelas pedrarias transformavam-se em simples cascalho. Tentava então retornar às cavernas maravilhosas, tão somente vislumbradas, mas o caminho retorcia-se em espirais infinitas: a entrada voltara a ficar invisível. Ele procurava inutilmente em sua memória cansada a palavra mágica e misteriosa que abria as esplêndidas cavernas de Ali Babá para o pescador árabe[7].

7. "pescador árabe": aqui o autor talvez confunda Ali Babá com Simbad, pois o primeiro não era um pescador, e sim um pobre vendedor de lenha.

Tudo era inútil; o tesouro desaparecido voltara a ser propriedade dos gênios da terra, dos quais por um instante ele tivera a esperança de roubá-lo.

O dia apresentou-se quase tão febril quanto a noite; mas Dantès levou a lógica ao socorro da imaginação e conseguiu delinear um plano, até aquele momento vão e nebuloso em seu cérebro.

Chegou a noite e, com ela, os preparativos para a partida. Tais preparativos eram uma forma de Dantès esconder sua agitação. Pouco a pouco, conquistara autoridade sobre seus companheiros, como se fosse o dono da embarcação; e como suas ordens eram sempre claras, precisas e fáceis de executar, seus companheiros obedeciam-lhe não apenas com prontidão, mas até mesmo com prazer.

O velho homem do mar deixava-o agir. Ele também havia reconhecido a superioridade de Dantès sobre os outros marujos e sobre si próprio. Via naquele homem ainda jovem seu sucessor natural, e lamentava não ter uma filha para prender Edmond por meio dessa elevada aliança.

Às sete horas da noite estava tudo pronto; às sete horas e dez minutos dobravam o farol justamente no momento em que este se acendia.

O mar estava calmo, um vento fresco soprava do sudoeste; navegavam sob um céu azul, onde Deus também acendia sucessivamente seus faróis, cada qual um mundo em si. Dantès declarou que todos podiam ir se deitar, ele se encarregaria do leme.

Quando o Maltês (assim chamavam Dantès) terminou de fazer semelhante declaração, era o que bastava, todos foram dormir tranquilos.

Isso acontecia algumas vezes: Dantès, rebento sozinho no mundo, sentia de vez em quando necessidades imperiosas de solidão. Ora, existe solidão ao mesmo tempo mais infinita e poética que a de um barco flutuando isolado no mar, na escuridão da noite, no silêncio da imensidão e sob o olhar do Senhor?

Dessa vez a solidão foi povoada por seus pensamentos, a noite, iluminada por suas ilusões, o silêncio, animado por suas promessas.

Quando o capitão acordou, o navio singrava a todo pano. Não havia um farrapo de lona que não estivesse inflado pelo vento; faziam mais de duas léguas e meia por hora.

A ilha de Monte Cristo crescia no horizonte.

Edmond entregou a embarcação ao seu dono e foi se deitar por sua vez na rede que lhe pertencia; porém, apesar da noite de insônia, não conseguiu pregar os olhos um só instante.

Duas horas depois, ele subiu para a ponte; a embarcação dobrava a ilha de Elba. Estavam na altura de Marciana[8] e acima da ilha achatada e verde da Pianosa. Via-se projetado no azul do céu o cume resplandecente de Monte Cristo.

8. Marciana: pequena ilha e marina a oeste da ilha de Elba.

Dantès ordenou ao timoneiro que pusesse a barra a bombordo, a fim de deixar a Pianosa à direita, calculando que essa manobra encurtasse a rota em dois ou três nós.

Por volta das cinco da tarde, tiveram a visão completa da ilha. Graças à limpidez atmosférica que caracteriza a luz derramada pelos raios do sol poente, percebiam-se seus menores detalhes.

Edmond devorava com os olhos aquele bloco de rochas que passava por todas as cores crepusculares, do cor-de-rosa vivo ao azul-escuro; de tempos em tempos, lufadas de ar quente batiam-lhe no rosto; sua testa arroxeava-se, uma nuvem púrpura passava diante dos seus olhos.

Nunca um jogador, cuja fortuna inteira está em jogo, sentiu, por um lance de dados, as angústias sentidas por Edmond em seus paroxismos de esperança.

Anoiteceu; às dez horas lançaram ferros. A *Jeune-Amélie* chegara primeiro ao encontro.

Dantès, malgrado o habitual autocontrole, não conseguiu se conter. Foi o primeiro a pular na praia; se fosse atrevido como Brutus[9], teria beijado a terra.

Era noite fechada, mas às onze horas a lua surgiu do meio do mar, tingindo de prata cada pequeno movimento das águas; seus raios, à medida que ela despontava, começaram a se lançar, em brancas cascatas de luz, sobre as pedras empilhadas daquele outro Pelião[10].

A ilha era conhecida da tripulação da *Jeune-Amélie*: era uma de suas escalas de rotina. Quanto a Dantès, reconhecera-a em todas as suas viagens ao Levante, mas nunca pusera os pés nela.

Ele interrogou Jacopo.

— Onde vamos passar a noite?

— Ora, a bordo da tartana — respondeu o marujo.

— Não ficaríamos melhor nas cavernas?

— Que cavernas?

— Ora, nas cavernas da ilha.

— Não sei de cavernas — disse Jacopo.

Um suor frio escorreu pela fronte de Dantès.

— Não existem cavernas em Monte Cristo? — perguntou.

---

9. "atrevido como Brutus": referência à *História romana*, I, cap.LXVI, de Tito Lívio (59 a.C-17 d.C.). Nesta passagem, Lucius Junius Brutus chegara a Delfos para consultar, com os filhos de Tarquínio, a profetisa segundo a qual o primeiro que beijasse a mãe possuiria o poder absoluto. Brutus fingiu levar um tombo e beijou a terra, "mãe comum de todos os homens".

10. Pelião: na mitologia grega, os titãs ergueram o monte Pelião para assim chegar ao topo do Olimpo, onde pretendiam destronar Zeus.

— Não.

Dantès ficou perplexo por um instante; então supôs que as cavernas poderiam ter desmoronado por um acidente qualquer, ou mesmo ter sido vedadas, em nome de maiores precauções, pelo cardeal Spada.

Tudo então se resumia, nesse caso, a descobrir tal abertura perdida. Seria inútil procurá-la à noite. Dantès adiou a exploração para o dia seguinte. Aliás, um sinal transmitido a meia légua no mar, e ao qual a *Jeune-Amélie* logo respondeu com sinal idêntico, indicou que chegara o momento de se pôr ao trabalho.

A embarcação retardatária, tranquilizada pelo sinal de segurança convencionado para que pudesse se aproximar, não demorou a surgir, branca e silenciosa como um fantasma, e veio lançar âncora a um filame da margem.

Logo começou o translado.

Enquanto trabalhava, Dantès pensava no grito de alegria que, com uma única palavra, poderia provocar em todos aqueles homens caso externasse o incessante pensamento que zumbia em seus ouvidos e em seu coração. Porém, muito pelo contrário, em lugar de revelar o magnífico segredo, temia já haver falado demais e, com suas idas e vindas, suas perguntas repetidas, suas observações minuciosas e sua preocupação permanente, ter despertado suspeitas. Felizmente, pelo menos nessa circunstância, um trágico passado refletia uma tristeza indelével em sua fisionomia, e os fulgores de alegria vislumbrados sob essa nuvem não passavam, na realidade, de relâmpagos.

Ninguém, portanto, desconfiava de nada, e quando, no dia seguinte, pegando um fuzil, chumbo e pólvora, Dantès manifestou o desejo de ir matar uma das numerosas cabras-selvagens que eram vistas saltando entre os rochedos, essa incursão de Dantès foi atribuída tão somente ao amor à caça ou ao desejo de solidão. Apenas Jacopo insistiu em acompanhá-lo. Dantès não quis se opor, temendo, com esta recusa em ser acompanhado, inspirar alguma suspeita. Contudo, mal percorreu mil metros, tendo se deparado com a possibilidade de atirar e matar um cabrito, mandou Jacopo levá-lo para seus companheiros, sugerindo-lhes que o preparassem e lhe dessem um sinal, quando estivesse pronto, disparando um tiro de fuzil; alguns frutos secos e um garrafão de vinho de Montepulciano deveriam completar o cardápio da refeição.

Dantès seguiu adiante, voltando-se de tempos em tempos. Ao chegar ao cume de uma rocha, pôde observar, trezentos metros abaixo dele, seus companheiros, a quem Jacopo acabava de encontrar e que já se ocupavam ativamente dos preparativos do almoço, enriquecido, graças à habilidade de Edmond, com uma peça capital.

Edmond observou-os por um instante com o sorriso compreensivo e triste do homem superior.

— Daqui a duas horas — disse ele —, essas pessoas voltarão a partir, cinquenta piastras mais ricas do que antes, para irem, arriscando a vida, atrás de outras cinquenta; depois voltarão, seiscentas libras mais ricas, para dilapidar esse tesouro numa cidade qualquer, com a soberba dos sultões e a confiança dos nababos. Hoje a esperança faz com que eu despreze sua riqueza, que me parece a mais profunda miséria; amanhã talvez a decepção faça com que eu seja obrigado a olhar essa profunda miséria como a suprema felicidade... Oh, não! — exclamou Edmond. — Isso não vai acontecer; o sábio, o infalível Faria não iria se enganar apenas no tocante a esse assunto. Aliás, morrer ou continuar a levar aquela vida miserável e inferior eram a mesma coisa.

Assim, Dantès, que havia três meses não aspirava senão à liberdade, já não tinha liberdade suficiente e aspirava à riqueza; a culpa disso não era sua, mas de Deus, que, limitando a força do homem, proporcionou-lhe desejos infinitos! Entretanto, por uma trilha perdida entre duas muralhas de rochas, percorrendo um atalho escavado por um curso d'água e no qual, segundo toda a probabilidade, jamais um homem pusera os pés, Dantès se aproximara do lugar onde as cavernas deviam ter existido. Ao mesmo tempo em que seguia o desenho do litoral e examinava compenetradamente os menores objetos, julgou observar em certas rochas entalhes gravados pela mão humana.

O tempo, que lança sobre toda coisa física seu manto de musgo, como sobre as coisas morais seu manto de esquecimento, parecia ter respeitado aqueles sinais traçados com certa regularidade, provavelmente com o intuito de indicar uma pista; de vez em quando, entretanto, os sinais desapareciam sob tufos de mirtos, que germinavam em grandes buquês carregados de flores ou sob liquens parasitas. Edmond precisava então afastar os galhos ou levantar o musgo para reencontrar os sinais que o guiavam nesse outro labirinto. Em todo caso, aqueles sinais haviam dado uma boa esperança a Edmond. Por que não teria sido o cardeal quem os entalhou para, no caso de uma catástrofe que ele não pudera prever tão completa, servirem de guia para seu sobrinho? Aquele local ermo era perfeito para um homem que desejasse enterrar um tesouro. Por outro lado, aqueles sinais infiéis não haveriam atraído outros olhos que não aqueles para os quais haviam sido entalhados, e teria a ilha das maravilhas sombrias guardado fielmente seu magnífico segredo?

Entretanto, a aproximadamente duzentos metros do porto, pareceu a Edmond, ainda escondido dos seus companheiros pelos acidentes do terreno, que os entalhes se interrompiam; tampouco levavam a alguma caverna. Uma grande rocha redonda, pousada numa base sólida, era o único destino a que pareciam conduzir. Edmond pensou que, ao invés de ter chegado ao fim, talvez estivesse, muito pelo contrário, só no começo; deu então meia-volta e retornou sobre seus passos.

Enquanto isso seus companheiros preparavam o almoço, pegavam água na fonte, transportavam o pão e as frutas para terra firme e cozinhavam o cabrito. Justamente no momento em que o retiravam de seu espeto improvisado, avistaram Edmond, que, leve e atrevido como uma camurça, saltava de pedra em pedra. Dispararam um tiro de fuzil para lhe dar o sinal. O caçador logo mudou de direção e voltou correndo para eles. Mas, no momento em que todos o seguiam com os olhos na espécie de voo que ele executava, tachando aquela destreza de temeridade, e como para dar razão aos seus receios, Edmond pisou em falso; viram-no vacilar no cume de um rochedo, soltar um grito e desaparecer.

Todos acorreram num único impulso, pois gostavam de Edmond, apesar de sua superioridade; mas foi Jacopo o primeiro a chegar.

Encontrou Edmond estendido, sangrando e quase sem sentidos; devia ter rolado de uma altura de trinta e cinco ou quarenta metros. Introduziram-lhe na boca algumas gotas de rum, e esse remédio, que já surtira tanta eficácia sobre ele, produziu o mesmo efeito que da primeira vez.

Edmond reabriu os olhos, queixou-se de uma dor aguda no joelho, um grande peso na cabeça e pontadas insuportáveis nas costas. Quiseram transportá-lo até a praia; porém, quando o tocaram, embora fosse Jacopo quem dirigisse os trabalhos, ele declarou gemendo que estava sem forças para aguentar a remoção.

O almoço, compreensivelmente, estava fora de questão para Dantès; mas ele exigiu que seus companheiros, por não terem razões como as suas para fazer dieta, retornassem à base. Quanto a si próprio, sugeriu que carecia apenas de um pouco de repouso e que o encontrariam melhor quando voltassem.

Os marujos não se fizeram de rogados. Estavam com fome, o aroma do cabrito chegava até eles e não se faz muita cerimônia entre lobos-do-mar.

Uma hora depois, voltaram. Tudo que Edmond conseguira fazer tinha sido arrastar-se por uma dezena de passos para se apoiar numa rocha musgosa.

Porém, longe de se amenizarem, as dores de Dantès pareciam aumentar em intensidade. O velho capitão, que tinha de partir pela manhã para ir depositar seu carregamento na fronteira do Piemonte e da França, entre Nice e Fréjus, insistiu para que Dantès tentasse se levantar. Dantès fez esforços sobre-humanos para obedecer ao incentivo, mas a cada esforço voltava a cair gemendo e empalidecendo.

— Ele quebrou as costelas — disse baixinho o capitão. — Não importa! É um bom companheiro e não podemos abandoná-lo; vamos transportá-lo até a tartana.

Mas Dantès declarou que preferia morrer onde estava a suportar as dores atrozes que lhe provocariam o deslocamento, por menor que fosse.

— Muito bem — disse o capitão —, aconteça o que acontecer, ninguém poderá dizer que deixamos sem socorro um bravo companheiro como o senhor. Partiremos apenas à noite.

Essa sugestão impressionou muito os marujos, embora nenhum deles a rejeitasse, ao contrário. O capitão era um homem tão rígido que era a primeira vez que o viam desistir de um plano ou, pelo menos, adiar sua execução.

Dantès, porém, recusou-se a aceitar que cometessem, por sua causa, tão grave infração às regras da disciplina vigente a bordo.

— Não — disse ele ao capitão —, fui um desastrado e é justo que eu seja castigado por essa tolice. Deixem comigo uma pequena provisão de torradas, um fuzil, pólvora e balas para matar cabritos, ou quem sabe para me defender, e uma picareta para que eu construa, caso demorem muito a voltar para me buscar, uma espécie de casa.

— Mas morrerá de fome — disse o capitão.

— Prefiro isso — respondeu Edmond — a aguentar as dores indescritíveis que um simples movimento me faz sentir.

O capitão voltou-se para o lado da embarcação, que balançava ao começar seu aparelhamento no pequeno porto, pronta para retornar ao mar assim que terminassem os preparativos.

— O que quer que façamos, então, Maltês?! — exclamou ele. — Não podemos abandoná-lo assim e, ao mesmo tempo, não podemos ficar!

— Podem ir, podem ir! — enfatizou Dantès.

— Ficaremos pelo menos uma semana ausentes — disse o capitão —, e ainda teremos que nos desviar da nossa rota para vir pegá-lo.

— Escutem — disse Dantès —, se daqui a dois ou três dias encontrarem algum barco pesqueiro ou outro qualquer vindo para essas paragens, recomendem-me a ele, pagarei vinte e cinco piastras pela minha volta a Livorno. Se não encontrarem nenhum, voltem.

O capitão balançou a cabeça.

— Veja, capitão Baldi, há um meio de conciliar tudo — disse Jacopo. — Vá, eu fico com o ferido para cuidar dele.

— Você aceita renunciar à sua parte na divisão — espantou-se Edmond — para ficar comigo?

— Sim — disse Jacopo —, e sem arrependimento.

— Você é um bom rapaz, Jacopo — disse Edmond —, Deus recompensará sua boa vontade; mas não preciso de ninguém, obrigado; um dia ou dois de repouso vão me recuperar, e espero encontrar nessas pedras algumas ervas que são excelentes para contusões.

E um sorriso estranho percorreu os lábios de Dantès; ele apertou a mão de Jacopo com efusão, mas permaneceu irredutível em sua decisão de ficar, e de ficar sozinho.

Os contrabandistas forneceram a Edmond tudo o que havia pedido e foram embora, não sem se voltar diversas vezes, dirigindo-lhe a cada uma delas sinais de um cordial adeus, ao que Edmond respondia apenas com a mão, como se não conseguisse mexer o resto do corpo.

Quando eles desapareceram, Dantès murmurou, rindo:

— É estranho que entre homens assim o que encontremos provas de amizade e gestos de companheirismo.

Arrastou-se então com cuidado até o cume de um rochedo que lhe descortinava a vista do mar e de lá viu a tartana terminar seu aparelhamento, levantar âncora, oscilar graciosamente como uma gaivota prestes a alçar voo e partir.

Ao fim de uma hora, ela desaparecera completamente; pelo menos, de onde estava o ferido, era impossível divisá-la.

Então Dantès se levantou, mais ágil e ligeiro que um dos cabritos que saltitavam por entre os mirtos e lentiscos daqueles rochedos selvagens, pegou o fuzil com uma das mãos, a picareta com a outra, e correu para aquela rocha na qual desembocavam os entalhes que observara nas rochas.

— E agora — exclamou, lembrando-se da história do pescador árabe que Faria lhe contara —, agora, abre-te, Sésamo!

E agora, abre-te, Sésamo!

3. DESLUMBRAMENTO

O sol chegara a aproximadamente um terço de sua trajetória e seus raios de maio incidiam, quentes e vivificantes, sobre aqueles rochedos, que por sua vez também pareciam sensíveis ao seu calor. Milhares de cigarras, invisíveis nas moitas, entoavam seu murmúrio monótono e contínuo; as folhas dos mirtos e das oliveiras agitavam-se farfalhantes, fazendo um barulho quase metálico; a cada passo que dava sobre o granito aquecido, Edmond espantava lagartos que pareciam esmeraldas; viam-se pular ao longe, sobre planos inclinados, as cabras selvagens que às vezes atraem caçadores; enfim, a ilha era habitada, viva, animada, e no entanto ali Edmond sentia-se sozinho sob a mão de Deus.

Vivia uma espécie de emoção semelhante ao temor, era aquela desconfiança do espaço aberto, que nos faz supor, mesmo no deserto, que olhos inquisidores estão abertos sobre nós.

Essa sensação foi tão forte que, no momento em que ia se pôr ao trabalho, Edmond parou, largou a picareta, pegou o fuzil novamente, escalou pela última vez a rocha mais elevada da ilha e de lá lançou um vasto olhar para tudo que o cercava.

Porém, é preciso dizer, o que atraiu sua atenção não foi nem a Córsega poética, da qual era possível enxergar até mesmo as casas, nem a Sardenha quase desconhecida que se lhe seguia, nem a ilha de Elba, de lembranças gigantescas, nem, por fim, aquela linha imperceptível que se estendia no horizonte e que, ao olho experiente do marinheiro, revelava Gênova, a soberba, e Livorno, a mercantil. Não: foram o bergantim que partira ao nascer do dia e a tartana que acabava de partir.

O primeiro estava a ponto de desaparecer no estreito de Bonifácio; a segunda, fazendo a rota oposta, costeava a Córsega, que se preparava para dobrar.

Essa visão tranquilizou Edmond.

Dirigiu então os olhos para os objetos que o cercavam mais imediatamente; viu-se no ponto mais elevado da ilha, no topo de um cone, frágil estátua sobre um imenso pedestal; abaixo dele, nenhum homem; em torno dele, nenhum barco, nada senão o mar azulado que vinha quebrar na base da ilha e que esse choque eterno bordava com uma franja de prata.

Desceu então numa passada rápida e não obstante cheia de prudência. Seu grande temor, num momento daqueles, era um acidente semelhante ao que tão hábil e convincentemente simulara.

Dantès, como dissemos, voltara a percorrer os entalhes gravados nas rochas e constatara que sua linha conduzia a uma espécie de pequena enseada, escondida como uma antiga piscina de ninfa; a enseada era suficientemente larga em sua abertura e profunda em seu bojo para que uma pequena embarcação do tipo das *speronari*[11] pudesse entrar ali e ali permanecer oculta. Então, seguindo o fio das induções, esse fio que nas mãos do abade Faria ele vira guiar o espírito de maneira tão engenhosa pelo dédalo das probabilidades, conjecturou que o cardeal Spada, tomando cuidado para não ser visto, penetrara naquela enseada, ali escondera sua pequena embarcação, seguira a linha indicada pelos entalhes e, no fim dessa linha, havia enterrado seu tesouro.

Fora essa suposição que levara Dantès até as proximidades da rocha circular.

Apenas uma coisa preocupava Edmond e embaralhava todas as noções que tinha de dinâmica: como fora possível, sem fazer uso de forças consideráveis, içar aquela rocha, que pesava de duas a três toneladas, da espécie de base em que ela repousava?

De repente uma ideia ocorreu a Dantès. Em vez de a içarem, a teriam descido.

E ele mesmo se lançou para o topo da rocha, a fim de procurar o local de sua base principal.

Com efeito, logo percebeu que havia um pequeno declive escavado; a rocha deslizara sobre sua base e viera parar em seu lugar; uma outra rocha, do tamanho de uma pedra de corte comum, servira-lhe de calço; pedrinhas e seixos haviam sido cuidadosamente dispostos para apagar qualquer solução de continuidade; essa pequena obra de pedreiro havia sido coberta com terra, o capim crescera, o musgo se espalhara, algumas sementes de mirtos e lentiscos haviam caído por ali e a velha rocha parecia soldada no chão.

---

11. *Speronare*: tipo de embarcação maltesa, de fundo chato e cujas proa e popa são aquadradadas.

Dantès retirou um pouco de terra com precaução e confirmou, ou julgou confirmar, todo aquele engenhoso artifício.

Pôs-se então a atacar com sua picareta aquela muralha intermediária cimentada pelo tempo.

Após dez minutos de trabalho, a muralha cedeu e um buraco que dava para enfiar um braço foi aberto.

Dantès cortou a oliveira mais resistente que conseguiu encontrar, despiu-a de seus galhos, introduziu-a no buraco e fez uma alavanca com ela.

Mas a rocha era ao mesmo tempo pesada demais e muito bem-calçada pela rocha inferior para que uma força humana, fosse a do próprio Hércules, a pudesse abalar.

Dantès concluiu então que seu ataque deveria ser dirigido ao calço propriamente dito.

Mas como?

Dantès olhou em volta, como fazem os homens embaraçados; e seu olhar caiu num chifre de carneiro cheio de pólvora que seu amigo Jacopo lhe deixara.

Sorriu: a invenção infernal iria fazer o seu trabalho.

Com ajuda da picareta, Dantès escavou, entre a rocha superior e aquela sobre a qual estava pousada, um conduto de mina, como costumam fazer os pioneiros quando querem poupar ao braço do homem um cansaço excessivo, depois o recheou com pólvora; em seguida, esfiapando seu lenço e passando-o no salitre, fez uma mecha com ele.

Ateado o fogo a essa mecha, Dantès se afastou.

A explosão não se fez esperar: a rocha superior foi num instante erguida pela incalculável força, a rocha inferior fez-se em pedaços. Pela pequena abertura que Dantès fizera, escapou todo um mundo de insetos frenéticos e uma enorme serpente, guardiã daquele caminho misterioso, rastejou sobre suas espirais azuladas e desapareceu.

Dantès aproximou-se: a rocha superior, agora sem a base, inclinava-se sobre o abismo; o intrépido explorador contornou-a, escolheu o ponto mais vacilante, apoiou sua alavanca em uma de suas arestas e, igual a Sísifo[12], enrijeceu-se com toda sua força contra a rocha.

A rocha, já abalada pela comoção, vacilou; Dantès redobrou seus esforços. Parecia um daqueles titãs que desenraizam montanhas para guerrear com o

12. Sísifo: na mitologia grega, Sísifo era considerado o mais astuto de todos os mortais e em mais de uma oportunidade enganou aos deuses e à própria morte. Ao morrer de velhice, foi enviado por Zeus ao Hades, o mundo dos mortos. Lá julgado por sua rebeldia, foi condenado, por toda a eternidade, a rolar uma grande pedra de mármore com as mãos até o cume de uma montanha. Sempre que estava prestes a alcançar seu intento, porém, a pedra rolava novamente montanha abaixo.

senhor dos deuses. Finalmente a rocha cedeu, rolou, pulou, precipitou-se e desapareceu, tragada pelo mar.

Ela deixava a descoberto um lugar em forma de círculo e revelava uma argola de ferro incrustada no centro de uma laje que tinha a forma de um quadrado.

Dantès soltou um grito de alegria e espanto. Nunca resultado mais magnífico coroara uma primeira tentativa.

Quis continuar, mas suas pernas tremiam tanto, seu coração batia tão violentamente, uma nuvem tão ardente passava diante dos seus olhos, que foi obrigado a parar.

Esse momento de hesitação teve a duração do relâmpago. Logo Edmond enfiou sua alavanca na argola, levantou-a vigorosamente e a laje destravada se abriu, revelando a inclinação íngreme de uma espécie de escada, que adentrava a penumbra de uma caverna cada vez mais escura.

Outro qualquer teria se precipitado, soltado gritos de alegria; Dantès parou, empalideceu, desconfiou.

— Calma — ele disse consigo —, tenhamos juízo! Acostumados à adversidade, não nos deixemos abater por uma decepção; ou terá sido para nada que eu sofri! O coração se despedaça quando, após ter se dilatado exageradamente pelo bafejo quente da esperança, ele retorna e se encerra na fria realidade! Faria teve um sonho: o cardeal Spada não enterrou nada nessa caverna, talvez até mesmo nunca tenha vindo aqui, ou, se veio, César Bórgia, o intrépido aventureiro, o infatigável e sombrio ladrão, veio depois dele, descobriu seu rastro, seguiu as mesmas pistas que eu, como eu levantou essa pedra e, tendo descido antes de mim, nada deixou para eu pegar depois.

Ficou por um momento imóvel, pensativo, os olhos fixos naquela abertura escura e profunda.

— Ora, agora que não conto com mais nada, agora que me dizem ser loucura conservar qualquer esperança, a continuação dessa aventura é para mim questão de curiosidade, e nada mais.

E permaneceu imóvel, meditando.

— Sim, sim, esta é uma aventura mais adequada à vida ao mesmo tempo sombria e luminosa desse príncipe bandido, à rede de eventos estranhos que compõem a trama multicolorida de sua existência; esse fabuloso acontecimento deve se encadear inevitavelmente às outras coisas; sim, Bórgia veio aqui uma noite qualquer, com um archote em uma das mãos, uma espada na outra, enquanto a vinte passos dele, ao pé dessa rocha talvez, permaneciam, sombrios e ameaçadores, dois esbirros interrogando a terra, o ar e o mar, enquanto seu senhor entrava, como estou prestes a fazer, sacudindo as trevas com seu braço temível e flamejante.

"Sim; mas a que esbirros terá revelado dessa forma o seu segredo, o que César terá feito deles?", perguntou-se Dantès.

"O que fizeram", respondeu sorrindo, "os coveiros de Alarico[13], enterrados com o sepultado."

"Entretanto, se ele tivesse vindo aqui", continuou Dantès, "teria descoberto o tesouro e se apossado dele; Bórgia, o homem que comparava a Itália a uma alcachofra e que a comia folha a folha, sabia muito bem o valor do tempo para perder o seu recolocando essa rocha em sua base. Desçamos."

Então desceu, o sorriso da dúvida nos lábios, murmurando esta expressão lapidar da sabedoria humana: "Quem sabe...!"

Porém, em vez das trevas que esperava encontrar, em vez de uma atmosfera difusa e viciada, Dantès não viu senão uma suave luminosidade decomposta num matiz azulado; o ar e a luz entravam não apenas pela abertura que acabava de ser feita, mas também pelas gretas de rochas invisíveis da superfície externa, através das quais se via o azul do céu, onde brincavam os galhos trêmulos dos carvalhos verdes e as nervuras espinhentas e rastejantes das sarças.

Após alguns segundos de permanência naquela caverna, cuja atmosfera, mais quente que úmida, mais odorante que inodora, estava para a temperatura da ilha assim como a luz azul estava para o sol, o olhar de Dantès, habituado, como dissemos, às trevas, conseguiu sondar os ângulos mais recônditos da gruta; ela era de granito, e suas facetas cravejadas faiscavam como diamantes.

"Pobre de mim!" pensou Edmond sorrindo. "Eis provavelmente todos os tesouros que o cardeal deixou; esse bondoso abade, ao ver em sonho essas paredes resplandecentes, deve ter alimentado ricas esperanças."

Mas Dantès lembrou-se dos termos do testamento, que sabia de cor: "No ângulo mais afastado da segunda abertura", dizia ele.

Até ali, penetrara somente na primeira caverna; precisava agora achar a entrada da segunda.

Dantès orientou-se: a segunda caverna devia naturalmente embrenhar-se no interior da ilha; ele estudou o caminho das pedras e foi bater numa pa-

---

13. "coveiros de Alarico": "Alarico, prestes a embarcar para a Sicília, morreu em Consenza. À guisa de sepultura, seus soldados, com a ajuda de uma tropa de cativos, desviaram o curso do Buzento e mandaram cavar uma vala para o seu chefe no meio do leito seco. De volta ao seu curso normal, o rio cobriu o túmulo, enquanto, nas margens, degolava-se até o último dos escravos que haviam trabalhado na obra funerária – a fim de que o mistério do túmulo permanecesse um segredo entre eles e os mortos. ... Mil e quinhentos anos depois desse evento, eu atravessava a Calábria em meio ao terremoto que acabava de abalá-la de ponta a ponta. O Buzento desaparecera por completo numa imensa fratura do solo, o leito estava novamente seco. Parei num albergue chamado 'Repouso do Alarico', e, da janela, observei um multidão revolvendo a terra nua para encontrar o túmulo de Alarico, que continha um cadáver embalsamado com riquezas suficientes para enriquecer um povo inteiro", Dumas, *Memórias gastronômicas de todos os tempos*, Rio de Janeiro, Zahar, 2005.

rede onde lhe pareceu que a abertura deveria estar, provavelmente disfarçada com um cuidado ainda maior.

A picareta ecoou por um instante, extraindo da rocha um som opaco, cuja solidez fazia o suor germinar na testa de Dantès; finalmente, pareceu ao mineiro perseverante que uma porção da muralha granítica respondia com um eco mais surdo e profundo ao chamado que lhe era feito; ele aproximou seu olhar ansioso da muralha e reconheceu, com o tato do prisioneiro, o que ninguém mais talvez houvesse reconhecido: ali devia existir uma entrada.

Entretanto, para não fazer um trabalho inútil, Dantès, que, como César Bórgia, sabia o valor do tempo, sondou as outras paredes com sua picareta, interrogou o solo com a coronha do seu fuzil, abriu a areia nos lugares suspeitos e, sem nada encontrar, nada identificar, voltou ao trecho da muralha que devolvia aquele som consolador.

Bateu de novo e com mais força.

Observou então uma coisa singular, isto é, que, sob os golpes do instrumento, uma espécie de reboco, igual àquele aplicado nas muralhas para pintar a fresco, levantava-se e caía em escamas, revelando uma pedra esbranquiçada e mole, igual às nossas pedras de corte comuns. Alguém havia fechado a abertura do rochedo com pedras de outra natureza, depois passado o reboco sobre essas pedras e, sobre o reboco, imitado o matiz e o cristalino do granito.

Dantès bateu então com o lado pontiagudo da picareta, que entrou três centímetros na porta-muralha.

Ali era preciso escavar.

Por um estranho mistério da constituição humana, quanto mais se sucediam as provas de que Faria não estava enganado, o que deveria tranquilizar Dantès, mais seu coração precário se deixava arrastar pela dúvida, chegando a beirar o desânimo. Aquela nova experiência, que lhe deveria ter dado novas forças, tirou as que lhe restavam. A picareta desceu, quase fugindo de suas mãos; ele descansou-a no solo, enxugou a testa e subiu novamente ao ar livre, dando a si mesmo o pretexto de verificar se alguém o espionava. A realidade, porém, é que precisava de ar, pois sentia-se a ponto de perder os sentidos.

A ilha estava deserta e o sol, em seu zênite, parecia cobri-la como um olho de fogo; ao longe, pequenos barcos de pescadores abriam suas velas sobre o mar de um azul-safira.

Dantès ainda não comera nada, mas seria perda de tempo fazê-lo num momento como aquele; engoliu uma talagada de rum e entrou na caverna com o coração determinado.

A picareta que lhe parecera tão pesada voltou a ficar leve; ele a ergueu como se fosse uma pluma e recomeçou vigorosamente o trabalho.

Depois de alguns golpes, percebeu que as pedras não estavam cimentadas, mas apenas justapostas umas sobre as outras e recobertas com o reboco que mencionamos. Assim, ele introduziu em uma das fissuras a ponta da picareta, jogou seu peso sobre o cabo e viu com alegria a pedra cair aos seus pés.

A partir desse momento, Dantès precisou apenas puxar cada pedra para si com o dente de ferro da picareta e todas elas, por sua vez, caíram perto da primeira.

Desde a abertura inicial, Dantès teria podido entrar; mas postergar alguns instantes significava adiar a certeza enquanto agarrava-se à esperança.

Finalmente, após nova hesitação momentânea, Dantès passou da primeira caverna para a segunda.

Essa segunda caverna era mais baixa, mais escura e com um aspecto mais assustador que a primeira; o ar, que nela só penetrava pela abertura feita ainda há pouco, tinha aquele cheiro mefítico que Dantès se espantara de não encontrar na primeira.

Dantès deu tempo para o ar exterior ressuscitar aquela atmosfera morta, e entrou.

À esquerda da entrada, havia um canto profundo e escuro.

Mas, como dissemos, para o olho de Dantès não existiam trevas.

Ele sondou com o olhar a segunda caverna: vazia como a primeira.

O tesouro, caso existisse, estava enterrado naquele canto escuro.

A hora da angústia havia chegado. Sessenta centímetros a escavar, era tudo que restava a Dantès entre a suprema alegria e o supremo desespero.

Ele avançou para o local e, como que tomado por uma resolução súbita, atacou o solo ousadamente.

No quinto ou sexto golpe de picareta, o ferro bateu no ferro.

Jamais dobre fúnebre, jamais som de gongo produziu tal efeito naquele que o ouviu. Dantès não poderia ter encontrado nada que o deixasse mais pálido.

Sondou ao lado do lugar onde já sondara e encontrou a mesma resistência, mas não o mesmo som.

— É um baú de madeira, revestido de ferro — disse ele.

Nesse momento, uma sombra rápida passou, interceptando o dia.

Dantès deixou a picareta cair, pegou o fuzil, transpôs a entrada e projetou-se para o dia.

Uma cabra selvagem pulara por cima da primeira entrada da caverna e pastava a poucos passos.

Era uma bela oportunidade de garantir o jantar, mas Dantès teve medo de que a detonação do fuzil atraísse alguém.

Refletiu por um instante, cortou uma árvore resinosa, foi acendê-la no fogo ainda vivo onde os contrabandistas haviam preparado o almoço e voltou com essa tocha.

Não queria perder nenhum detalhe do que ia ver.

Aproximou a tocha do buraco informe e inacabado, constatando que não se enganara: seus golpes haviam acertado alternadamente ferro e madeira.

Fincou sua tocha no solo e voltou ao trabalho.

Num instante, uma área de aproximadamente noventa centímetros de comprimento por sessenta de largura foi removida, e Dantès pôde identificar um baú de madeira de carvalho revestido de ferro cinzelado.

No meio da tampa reluziam, sobre uma placa de prata que a terra não escurecera, o brasão da família Spada, isto é, uma espada disposta na vertical sobre um escudo ovalado, como são os escudos italianos, e encimada por um chapéu de cardeal.

Dantès reconheceu o brasão com facilidade: o abade Faria o desenhara para ele inúmeras vezes!

Agora não restava mais dúvida, o tesouro de fato estava ali; não se tomam tantas precauções para depositar um baú vazio num lugar daqueles.

Em pouquíssimo tempo, toda a área em volta do baú foi escavada, e Dantès viu aparecer, sucessivamente, a fechadura central, instalada entre dois cadeados, e as alças das faces laterais; tudo isso cinzelado, como se fazia naquela época, quando a arte tornava preciosos os metais mais vis.

Dantès pegou o baú pelas alças e tentou levantá-lo: era impossível.

Dantès tentou abri-lo: fechadura e cadeados estavam trancados. Os fiéis guardiões pareciam não querer entregar o tesouro.

Dantès introduziu o lado pontiagudo de sua picareta entre o baú e a tampa, jogou seu peso sobre o cabo da picareta e a tampa, após ter rangido, fez-se em pedaços. Uma grande brecha nas tábuas tornou as ferragens inúteis, e elas caíram por sua vez, apertando ainda com suas garras tenazes as tábuas despedaçadas pela queda, e o baú se ofereceu à vista.

Uma febre vertiginosa se apoderou de Dantès. Ele pegou seu fuzil, armou-o e o colocou atrás de si. Primeiro fechou os olhos, como fazem as crianças, para perceber, na noite cintilante de sua imaginação, mais estrelas do que são capazes de contar num céu ainda claro, então voltou a abri-los e ficou deslumbrado.

Três compartimentos dividiam o baú.

No primeiro, brilhavam rutilantes escudos de ouro com reflexos alaranjados.

No segundo, lingotes mal polidos e organizadamente arrumados, que tinham ouro puro no peso e no valor.

No terceiro, finalmente, cheio pela metade, Edmond remexeu aos punhados os diamantes, as pérolas e os rubis que, numa cascata ofuscante, faziam, caindo uns sobre os outros, o barulho do granizo nas vidraças.

Após ter tocado, apalpado, enfiado suas mãos trêmulas no ouro e nas pedras preciosas, Edmond levantou e começou a correr através das cavernas com a exaltação palpitante de um homem à beira da loucura. Subiu numa

... e o baú se ofereceu à vista.

rocha de onde podia descortinar o mar e não viu nada; estava sozinho, completamente sozinho, com suas riquezas incalculáveis, inauditas, fabulosas, que lhe pertenciam. Entretanto, estava sonhando ou acordado? Sonhava um sonho fugaz ou abraçava a realidade corpo a corpo?

Precisava rever seu ouro e, no entanto, sentia que não teria forças para suportar tal visão naquele momento. Por um instante, apoiou as duas mãos no alto da cabeça, como para impedir a fuga de sua razão; em seguida disparou por toda a ilha, sem seguir nenhuma trilha, pois não as há na ilha de Monte Cristo, e sim traçando retas, pondo em fuga as cabras-selvagens e assustando as aves marinhas com seus gritos e gesticulações. Depois, tomando um desvio, voltou, ainda incrédulo, precipitando-se da primeira caverna para a segunda e vendo-se em face daquela mina de ouro e diamantes.

Dessa vez caiu de joelhos, apertando o coração aos pulos com suas mãos convulsivas, murmurando uma prece inteligível apenas para Deus.

Logo sentiu-se mais calmo e, por conseguinte, mais feliz, pois somente a partir desse instante começou a acreditar na sua boa sorte.

Começou então a contar sua fortuna; havia mil lingotes de ouro de um quilo a um quilo e meio cada um; em seguida, empilhou vinte e cinco mil escudos de ouro, cada um deles podendo alcançar oitenta francos em nossa moeda atual, todos com a efígie do papa Alexandre VI e de seus predecessores, e então percebeu que o compartimento estava cheio apenas até a metade; finalmente, mediu dez vezes a capacidade de suas mãos em pérolas, pedrarias, diamantes, muitos dos quais, lapidados pelos melhores ourives da época, dispunham de um valor de execução notável, mesmo quando comparado a seu valor intrínseco.

Dantès viu o dia cair e se extinguir pouco a pouco. Receou ser surpreendido caso permanecesse na caverna e saiu com seu fuzil na mão. Um pedaço de torrada e alguns goles de vinho foram a sua ceia. Em seguida, recolocou a pedra, deitou em cima dela e com dificuldade dormiu algumas horas, vedando com seu corpo a entrada da caverna.

Aquela noite foi uma das duas ou três noites ao mesmo tempo deliciosas e terríveis que aquele homem de emoções fulminantes já passara em sua vida.

4. O DESCONHECIDO

Amanheceu. Dantès, de olhos abertos, já esperava o dia havia tempo. Aos primeiros raios de sol, ele se pôs de pé e subiu, como na véspera, na rocha mais elevada da ilha, a fim de explorar os arredores; como na véspera, tudo estava deserto.

Edmond desceu, levantou a pedra, encheu os bolsos com pedrarias, recolocou o melhor que pôde as tábuas e as ferragens do baú, cobriu-o com terra, pisoteou essa terra, jogou areia em cima a fim de tornar o lugar recém-revolvido, semelhante ao resto do solo; saiu da caverna, recolocou a laje, juntou sobre a laje pedras de diferentes tamanhos, introduziu terra nos interstícios, plantou nesses interstícios mirtos e urzes, regou a nova vegetação a fim de que parecesse antiga, apagou os rastros acumulados de seus passos em torno do local e esperou com impaciência o retorno de seus companheiros. Com efeito, não se tratava mais agora de passar o tempo a contemplar aquele ouro e aqueles diamantes, ficando em Monte Cristo como um dragão que vigia tesouros inúteis. Agora precisava voltar à vida, junto aos homens, e assumir na sociedade o status, a influência e o poder concedidos neste mundo pela riqueza, a primeira e a maior das forças de que pode dispor a criatura humana.

Os contrabandistas voltaram no sexto dia. Dantès reconheceu de longe o perfil e a cadência da *Jeune-Amélie*; então se arrastou até o local de fundeação, como Filocteto[14] ferido, e, quando seus companheiros alcançaram a margem, anunciou-lhes, ainda se queixando de

---

14. Filocteto: ferido e exalando um odor pestilencial, Filocteto foi deixado na ilha de Tenedos por seus companheiros a caminho de Troia. Dez anos mais tarde, diante do

dores, uma melhora sensível. Em seguida, por sua vez, escutou o relato dos aventureiros. Haviam sido bem-sucedidos, é verdade; porém, mal haviam entregue a carga, receberam um alerta acerca de um brigue que vigiava Toulon e acabava de sair do porto, dirigindo-se para o lado deles. Haviam então fugido a todo pano, lamentando que Dantès, capaz de imprimir uma velocidade tão superior à embarcação, não estivesse lá para pilotá-la. Com efeito, não demoraram a avistar a embarcação caçadora; mas, com a ajuda da noite e dobrando o cabo Corso, haviam escapado.

Em suma, a viagem não fora ruim, e todos, especialmente Jacopo, lamentavam que Dantès não estivesse presente, a fim de auferir sua parcela dos lucros que haviam trazido, parcela que montava a cinquenta piastras.

Edmond permaneceu impenetrável; sequer sorriu à enumeração das vantagens a partilhar se tivesse tido condições de deixar a ilha; e, como a *Jeune-Amélie* não viera a Monte Cristo senão para buscá-lo, embarcou aquela noite mesma e acompanhou o capitão até Livorno.

Em Livorno dirigiu-se à casa de um judeu e vendeu quatro de seus menores diamantes por cinco mil francos cada um. O judeu poderia ter indagado como era possível um marinheiro ver-se detentor daquelas pedras; mas não fez nada disso, estava ganhando mil francos em cima de cada uma.

No dia seguinte, comprou um barco novinho que deu a Jacopo, acrescentando a esse presente cem piastras para que ele pudesse contratar uma tripulação; e isto sob a condição de que Jacopo fosse a Marselha pedir notícias de um velho chamado Louis Dantès, que morava na rua das Allées de Meilhan, e de uma moça que morava na aldeia dos catalães e se chamava Mercedes.

Foi a vez de Jacopo acreditar que estava sonhando. Edmond então lhe contou que se tornara marinheiro num arroubo intempestivo e porque sua família lhe recusava o dinheiro necessário à sua subsistência; mas, ao chegar a Livorno, recebera a herança de um tio que o nomeara seu único herdeiro. A educação refinada de Dantès dava a esse relato tamanha veracidade que Jacopo não duvidou por um instante que seu companheiro lhe dizia a verdade.

Por outro lado, como o contrato de Edmond com a *Jeune-Amélie* havia expirado, ele se despediu do capitão, que a princípio tentou retê-lo, mas, como Jacopo, ao saber da história da herança, renunciou a toda esperança de vencer a decisão de seu antigo marujo.

No dia seguinte, Jacopo desfraldou as velas rumo a Marselha; devia reencontrar Edmond em Monte Cristo.

---

oráculo de que as flechas de Filocteto eram indispensáveis para a vitória grega, Ulisses foi resgatar o guerreiro abandonado. Filocteto é personagem-título de uma das sete tragédias remanescentes de Sófocles.

... dirigiu se à casa de um judeu e vendeu quatro de seus menores diamantes por cinco mil francos cada um.

No mesmo dia, Dantès partiu sem dizer aonde ia, despedindo-se da tripulação da *Jeune-Amélie* com uma gratificação esplêndida, e do capitão com a promessa de lhe dar notícias mais cedo ou mais tarde.

Dantès foi para Gênova.

Concomitante à sua chegada, estava para acontecer o teste de um pequeno iate encomendado por certo inglês que, tendo ouvido falar da fama dos genoveses como os melhores armadores do Mediterrâneo, quis ter um barco construído em Gênova. O inglês estimara seu preço em quarenta mil francos; Dantès ofereceu sessenta mil, sob a condição de que o iate fosse entregue no mesmo dia. O inglês saíra em viagem à Suíça enquanto aguardava que sua embarcação ficasse pronta. Só voltaria dentro de três semanas ou um mês; o armador julgou que teria tempo de colocar outro barco no estaleiro. Dantès levou o armador até um judeu, passou com ele para os fundos da loja, e o judeu contou-lhe os sessenta mil.

O armador ofereceu a Dantès seus serviços para recrutar uma tripulação, mas Dantès agradeceu-lhe dizendo que estava acostumado a navegar sozinho e desejava somente que confeccionassem, na cabine, na cabeceira da cama, um armário secreto, com três compartimentos também secretos. Deu a medida desses compartimentos, que foram confeccionados no dia seguinte.

Duas horas depois, Dantès saía do porto de Gênova escoltado pelos olhares de uma multidão de curiosos, ansiosa por ver o senhor espanhol que tinha o hábito de navegar sozinho.

Dantès saiu-se às mil maravilhas; com a ajuda do leme e sem precisar de mais nada, fez a sua embarcação realizar todas as evoluções necessárias; ela parecia uma criatura inteligente, pronta a obedecer ao menor estímulo, e o próprio Dantès admitiu para si mesmo que os genoveses mereciam a reputação de melhores armadores do mundo.

Os curiosos seguiram a pequena embarcação com os olhos até perderem-na de vista, e então começaram as discussões para saber seu destino. Uns inclinaram-se pela Córsega, outros pela ilha de Elba; outros quiseram apostar que ia para a Espanha, havendo quem sustentasse que ia para a África; não passou pela cabeça de ninguém mencionar a ilha de Monte Cristo.

Entretanto, era para Monte Cristo que ia Dantès.

Chegou lá no fim do segundo dia; o barco era um excelente veleiro e tinha percorrido a distância em trinta e cinco horas. Dantès reconhecera perfeitamente o desenho da costa e, em vez de fundear no local de costume, lançou âncora na pequena enseada.

A ilha estava deserta; ninguém parecia ter aportado ali desde que Dantès partira. Ele se dirigiu para o seu tesouro; tudo estava do mesmo jeito que deixara.

No dia seguinte, sua imensa fortuna foi levada a bordo do iate e trancada nos três compartimentos do armário secreto.

Dantès esperou mais uma semana. Durante sete dias manobrou seu iate em torno da ilha, estudando-o como um jóquei estuda um cavalo. No fim desse tempo, conhecia todas as suas qualidades e os seus defeitos. Dantès prometeu a si mesmo melhorar as primeiras e corrigir os últimos.

No oitavo dia, viu uma pequena embarcação que se aproximava da ilha a todo pano e reconheceu o barco de Jacopo; fez um sinal ao qual Jacopo respondeu e duas horas depois o barco estava ao lado do iate.

Havia uma triste resposta para cada uma das perguntas feitas por Edmond.

O velho Dantès morrera.

Mercedes desaparecera.

Edmond escutou essas duas notícias com uma expressão de calma; mas logo foi para a terra firme, proibindo quem quer que fosse de o seguir.

Duas horas depois, voltou; dois homens do barco de Jacopo passaram para o seu iate, a fim de ajudá-lo na manobra, e ele deu ordens para que apontassem a proa na direção de Marselha. Previa a morte do pai; mas Mercedes, qual seria o seu paradeiro?

Sem divulgar seu segredo, Edmond não podia dar instruções suficientes a um investigador; aliás, ainda precisava de outras informações, para as quais contava apenas consigo mesmo. Em Livorno, seu espelho lhe dissera que não corria perigo de ser reconhecido; a propósito, tinha agora à sua disposição todos os meios de se disfarçar. Logo, certa manhã, o iate, seguido pela pequena embarcação, entrou briosamente no porto de Marselha, detendo-se justamente em frente ao local onde, naquela tarde de fatal memória, ele fora embarcado para o castelo de If.

Não foi sem um certo frêmito que, no bote do departamento sanitário, Dantès viu um policial chegando até ele. Mas Dantès, com o perfeito autocontrole que adquirira, apresentou-lhe um passaporte inglês que comprara em Livorno e, mediante esse salvo-conduto estrangeiro, muito mais respeitado na França que o nosso, desceu sem dificuldade a terra.

A primeira coisa que chamou a atenção de Dantès, ao colocar o pé na Canebière, foi um dos marujos do *Pharaon*. Aquele homem servira sob suas ordens, e estava ali como que para tranquilizá-lo em relação às mudanças que se haviam operado em seu rosto. Foi diretamente até esse homem e fez-lhe diversas perguntas, às quais ele respondeu, sem deixá-lo sequer suspeitar, nem por suas palavras, nem por sua fisionomia, de que um dia vira quem então lhe dirigia a palavra.

Dantès deu ao marujo uma moeda como agradecimento por suas informações; um instante depois, ouviu o bom homem correndo atrás dele.

Dantès se voltou.

— Perdão, cavalheiro — disse o marujo —, mas o senhor provavelmente se enganou; julgou ter me dado uma moeda de quarenta *sous*, e me deu um napoleão duplo.

— Realmente, meu amigo — disse Dantès —, eu tinha me enganado; mas, como sua honestidade merece uma recompensa, eis aqui um segundo; peço-lhe que o aceite para beber à minha saúde com seus colegas.

O marujo olhou para Edmond com tanto espanto que sequer pensou em lhe agradecer enquanto o via se afastar, e concluiu:

— É algum nababo chegando da Índia.

Dantès seguiu adiante; cada passo que dava oprimia seu coração com uma nova emoção. Todas aquelas lembranças de infância, lembranças indeléveis, eternamente presentes no pensamento, estavam lá, afloravam em cada canto de praça, em cada esquina de rua, em cada cruzamento. Chegando ao fim da rua de Noailles, ao avistar a rua das Allées de Meilhan, sentiu os joelhos bambearem e quase caiu sob as rodas de um coche. Finalmente chegou ao prédio em que seu pai morava. As trepadeiras e capuchinhas haviam desaparecido da mansarda, onde antigamente a mão do bom homem as amarrava com tanta dedicação.

Dantès apoiou-se numa árvore e ficou um tempo pensativo, olhando para os últimos andares daquele modesto prédio; então avançou para a porta, transpôs a soleira, perguntou se não havia um apartamento vago e, embora este se encontrasse ocupado, insistiu tanto para visitar o do quinto andar que o zelador subiu e pediu a seus ocupantes permissão, da parte de um estrangeiro, para que pudesse visitar os dois cômodos de que era composto. As pessoas que moravam nesse pequeno apartamento eram um rapaz e uma moça que acabavam de se casar fazia apenas uma semana.

Ao ver aqueles dois jovens, Dantès soltou um profundo suspiro.

De toda forma, nada mais o lembrava do apartamento de seu pai: não era mais o mesmo papel de parede; todos os velhos móveis, amigos de infância de Edmond, presentes em sua lembrança em todos os detalhes, haviam desaparecido. Apenas as paredes eram as mesmas.

Dantès observou a cama, que ocupava o mesmo lugar da do ex-locatário; sem querer, os olhos de Edmond ficaram úmidos: era naquele lugar que o velho devia ter expirado com o nome do filho nos lábios.

Os dois moços olhavam com espanto aquele homem de fronte severa, por cujas faces corriam duas grandes lágrimas sem que seu rosto pestanejasse. Porém, como toda dor traz sua religião consigo, não fizeram nenhuma pergunta ao desconhecido; apenas se retiraram até os fundos para deixá-lo chorar mais à vontade, e, quando ele se foi, acompanharam-no dizendo que podia voltar quando quisesse e que sua humilde casa lhe seria sempre hospitaleira.

Ao passar pelo andar de baixo, Edmond parou diante de outra porta e perguntou se o alfaiate Caderousse continuava morando ali. Mas o zelador lhe respondeu que o homem de quem ele falava fizera maus negócios e agora possuía uma pequena estalagem na estrada que ia de Bellegarde a Beaucaire.

Dantès desceu, perguntou o endereço do proprietário do pequeno prédio das Allées de Meilhan, foi até a casa dele, fez-se anunciar como lorde Wilmore (era o nome e título que constavam em seu passaporte), e comprou o edifício pela soma de vinte e cinco mil francos. Era pelo menos dez mil francos a mais do que ele valia. Mas Dantès, se lhe tivessem pedido meio milhão, teria pago.

No mesmo dia, os jovens do quinto andar foram avisados pelo tabelião que fizera o contrato de que o novo proprietário lhes dava a opção de um apartamento no prédio, sem aumentar em nada o aluguel, sob a condição de que cedessem os dois quartos que ocupavam.

Esse fato estranho entreteve durante mais de uma semana todos os frequentadores das Allées de Meilhan, que engendraram mil conjecturas, das quais nenhuma se revelou exata.

No entanto, o que mais confundiu todos os cérebros e perturbou todos os espíritos foi que à noite viram o mesmo homem que tinham visto no edifício da rua das Allées de Meilhan passear pela pequena aldeia dos catalães e entrar numa singela casinha de pescadores, onde permaneceu mais de uma hora pedindo notícia de várias pessoas que estavam mortas ou que haviam desaparecido fazia mais de quinze ou dezesseis anos.

No dia seguinte, as pessoas nas casas de quem ele entrara para fazer todas essas perguntas receberam de presente uma barca catalã novinha, guarnecida com duas redes de arrastão e uma de rocega.

Essas boas pessoas bem que quiseram agradecer a seu generoso interrogador; porém, ao deixá-los, e após ter dado algumas ordens a um marinheiro, este foi visto montando um cavalo e deixando Marselha pela porta de Aix.

5. A ESTALAGEM DA PONTE DO GARD

Aqueles que, como eu, percorreram a região do Midi francês puderam observar, entre Bellegarde e Beaucaire, mais ou menos a meio caminho da aldeia para a cidade, porém mais próximo de Beaucaire que de Bellegarde, uma pequena estalagem onde, de uma placa de zinco, que range ao menor vento, pende uma grotesca representação da ponte do Gard. Essa pequena estalagem, tomando como ponto de referência o curso do Ródano, está situada no lado esquerdo da estrada, com os fundos dando para o rio; ela é acompanhada pelo que no Languedoc chama-se um jardim: isto significa que a face oposta àquela que abre sua porta aos viajantes dá para um cercado onde rastejam algumas oliveiras depauperadas e algumas figueiras silvestres de folhagem prateada pela poeira; nos espaços vazios crescem, à guisa de legumes, alhos-porós, pimentas e cebolinhas; finalmente, em um de seus cantos, como uma sentinela esquecida, um grande pinheiro guarda-sol projeta melancolicamente seu caule flexível, enquanto sua fronde, aberta em leque, crepita sob um sol de trinta graus.

Todas essas árvores, altas ou baixas, curvam-se naturalmente, inclinadas na direção por onde passa o mistral, um dos três flagelos da Provença, os outros dois, como se sabe ou não se sabe, sendo o Durance e o Parlamento.[15]

Aqui e ali na planície dos arredores, que se parece com um grande lago de poeira, vegetam algumas hastes de trigo que os horticultores da

15. "o mistral ... o Durance e o Parlamento": uma piada, obviamente. O mistral é um vento, o Durance, um rio. E o Parlamento...

região cultivam certamente por curiosidade, cada uma servindo de poleiro para uma cigarra que persegue com seu canto áspero e monótono os viajantes desgarrados naquelas ermas paisagens.

Fazia aproximadamente sete ou oito anos que essa pequena estalagem era tocada por um homem e uma mulher, que tinham como criados apenas uma camareira chamada Trinette e um cavalariço que atendia pelo nome de Pacaud; dupla cooperação que, em todo caso, bastava amplamente para as exigências do serviço, depois que um canal escavado entre Beaucaire e Aigue-Mortes fizera prevalecer vitoriosamente o transporte marítimo, mais rápido, sobre o terrestre, e o coche sobre a diligência.

Esse canal, como para tornar ainda mais veementes as queixas do infeliz estalajadeiro por ele arruinado, passava, entre o Ródano que o alimenta e a estrada que lhe faz concorrência, a uns cem passos perto da estalagem de que acabamos de dar uma insuficiente porém fiel descrição.

O hoteleiro que tocava a pequena estalagem podia ser um homem de quarenta a quarenta e cinco anos[16], alto, ressequido e nervoso, tipo genuinamente meridional, com olhos escuros e brilhantes, nariz bico de águia e dentes brancos como os de um animal carnívoro. Seus cabelos, que pareciam, apesar dos primeiros sopros da velhice, não se decidir a embranquecer, eram, bem como sua barba, que ele usava como um colar, espessos, crespos e pintalgados aqui e ali por alguns fios brancos. Sua pele, naturalmente morena, cobrira-se de uma nova camada de cor marrom, em virtude do hábito que o pobre-diabo adquirira de ficar de manhã até de noite na soleira da porta para ver se, a pé ou de coche, não lhe chegava algum freguês; espera quase sempre infrutífera, durante a qual ele não opunha à ardência devoradora do sol outra proteção para o rosto além de um lenço vermelho amarrado na cabeça, à maneira dos muleiros espanhóis. Esse homem era o nosso velho conhecido Gaspard Caderousse.

Sua mulher, cujo nome de solteira era Madeleine Radelle, ao contrário dele tornara-se uma mulher pálida, magra e doentia. Nascida nas cercanias de Arles, vira, ao mesmo tempo em que conservava os traços primitivos da beleza tradicional dos compatriotas, seu rosto se deteriorar lentamente pelo acesso quase contínuo de uma dessas febres latentes tão comuns entre as populações vizinhas dos lagos de Aigue-Mortes e dos pântanos da Camargue. Mantinha-se portanto quase sempre sentada e trêmula no fundo do seu

---

16. Em fevereiro de 1815, no cap.2 da Parte I, Caderousse "era um homem de vinte e cinco a vinte e seis anos". Em 1829, ele teria portanto entre trinta e nove e quarenta anos, embora no cap.13 o autor o tenha rejuvenescido no mínimo dois anos.

quarto, situado no primeiro andar, estendida numa poltrona ou recostada em sua cama, enquanto o marido montava sua guarda habitual na porta: guarda que ele prolongava tanto mais de bom grado na medida em que, ao se ver na companhia de sua mal-humorada cara-metade, esta sempre o perseguia com eternas lamúrias contra o destino, lamúrias às quais o marido respondia geralmente com estas meras palavras filosóficas:

— Cale-se, Carconte! É a vontade de Deus.

Esse apelido devia-se ao fato de que Madeleine Radelle nascera na aldeia de Carconte, situada entre Salon e Lambesc. Ora, obedecendo a uma tradição da região, que dita que designemos quase sempre as pessoas por um apelido em vez de pelo nome, seu marido substituíra Madeleine por este, mais suave e melodioso talvez, para seu rústico linguajar.

— Cale-se, Carconte! É a vontade de Deus.

Entretanto, apesar dessa suposta resignação aos decretos da Providência, não acreditemos que nosso estalajadeiro não sentisse profundamente o estado de miséria a que o reduzira aquele maldito canal de Beaucaire, ou que fosse invulnerável às lamúrias incessantes com que sua mulher o perseguia. Era, como todos os meridionais, um homem sóbrio e sem grandes necessidades, mas vaidoso nas coisas exteriores. Na época de sua prosperidade, por exemplo, não deixava passar uma tourada, nem uma procissão da Tarasca[17], sem comparecer levando a Carconte, ele no traje pitoresco dos homens do Midi, com algo de catalão e andaluz ao mesmo tempo; ela na encantadora roupa típica das mulheres de Arles, a qual parece emprestada da Grécia e da Arábia. Pouco a pouco, no entanto, correntes de relógios, colares, faixas multicoloridas, decotes bordados, casacos de veludo, meias de marcas elegantes, perneiras coloridas e sapatos com fivelas de prata haviam desaparecido; Gaspard Caderousse, não podendo mais se mostrar à altura de seu esplendor passado, desistira por ele e pela mulher de todas essas pompas mundanas, cujos rumores alegres, surdamente roendo-se por dentro, ele ouvia ecoar até sua pobre estalagem, que insistia em manter, mais como um abrigo que um investimento.

Caderousse ficara portanto, como de costume, uma parte da manhã em frente à porta, passeando seu olhar melancólico de um pequeno gramado careca, onde ciscavam algumas galinhas, até as duas pontas do caminho deserto, que embicava de um lado para o Midi e do outro para o norte. Então, de repente, a voz azeda da mulher obrigou-o a deixar o posto. Ele voltou resmungando e subiu ao primeiro andar, deixando contudo a porta escancarada, como para convidar os viajantes a não esquecê-la ao passarem.

No momento em que Caderousse entrava, a longa estrada que mencionamos, percorrida por seus olhares, estava tão nua e solitária quanto o deserto ao meio-dia; estendia-se, branca e infinita, entre dois renques de árvores esqueléticas, e compreendia-se perfeitamente por que nenhum viajante, livre para escolher outra hora do dia, se arriscaria naquele apavorante Saara.

Entretanto, a despeito de todas as probabilidades, se tivesse permanecido em seu posto, Caderousse teria visto despontar, para o lado de Bellegarde, um cavaleiro e um cavalo chegando naquela andadura honesta e amistosa que indica as melhores relações entre o cavalo e o cavaleiro; o primeiro era um cavalo húngaro, deslocando-se agradavelmente a furta-passo; o segundo era um abade

---

17. Tarasca: na mitologia regional, monstro anfíbio, devorador de crianças, que saiu do rio Reno na altura da localidade de Tarascão e foi domado por santa Marta. A procissão da Tarasca consiste no seguinte: no segundo dia de Pentecostes, às seis horas da manhã, trinta cavaleiros, vestindo túnicas e mantos, vêm buscar o animal por ordem do rei. Uma jovem caracterizada como santa Marta amarra no pescoço da criatura uma fita azul, e o monstro põe-se a andar sob os aplausos da multidão.

trajando preto e com um chapéu de três bicos, malgrado o calor devorador do sol então a pino; iam ambos apenas num trote mais que razoável.

Ao chegar diante da porta, detiveram-se: teria sido difícil saber se foi o cavalo que parou o homem ou o homem, o cavalo; em todo caso, o cavaleiro apeou e, puxando o animal pela rédea, foi prendê-lo em um basculante escalavrado que possuía apenas uma alavanca; depois, avançando para a porta e enxugando sua fronte reluzente de suor com um lenço de algodão vermelho, o abade bateu três vezes na soleira com a ponta metálica da bengala que segurava.

Logo um grande cachorro preto levantou-se e deu alguns passos, latindo e mostrando seus dentes brancos e aguçados; dupla demonstração hostil que comprovava sua falta de traquejo com a sociedade.

Não demorou e um passo pesado sacudiu a escada de madeira colada na parede; por ela descia, curvado e se arrastando, o anfitrião da modesta estalagem à porta da qual estava o abade.

— Cá estou — gritava Caderousse espantadíssimo —, cá estou! Quer se calar, Margottin! Não tenha medo, senhor, ele ladra mas não morde. Deseja vinho, pois não? Afinal, o calor está indecente... Ah, perdão — interrompeu Caderousse, percebendo o tipo de viajante com que lidava —, perdão, não sabia a quem eu tinha a honra de receber; o que deseja, o que exige, sr. abade? Estou às suas ordens.

O abade fitou aquele homem durante dois ou três segundos com uma atenção estranha, procurando inclusive atrair a atenção do hoteleiro para si; depois, ao perceber que os traços deste não exprimiam outro sentimento senão a surpresa de não receber resposta, julgou que era hora de acabar com aquela surpresa e disse com um forte sotaque italiano:

— Não é o *signore* Caderousse?

— Sim, senhor — disse o estalajadeiro, talvez ainda mais espantado com a pergunta do que ficara com o silêncio —, sou ele mesmo; Gaspard Caderousse, para servi-lo.

— Gaspard Caderousse... sim, creio que são estes o nome e o sobrenome; o senhor morava antigamente na rua Allées de Meilhan, não é mesmo? No quarto andar?

— Exatamente.

— E exercia a profissão de alfaiate?

— Sim, mas a coisa acabou mal: faz tanto calor naquela maldita Marselha que vão acabar, creio, não vestindo mais nada. Mas, a propósito do calor, não deseja algo para refrescar, sr. abade?

— Aceito, dê-me uma garrafa do seu melhor vinho, por favor, e retomaremos a conversa onde a deixamos.

— Como for do seu agrado, sr. abade — disse Caderousse.

E para não perder essa oportunidade de dar vazão a uma das últimas garrafas de vinho de Cahors que lhe restavam, Caderousse correu para erguer um alçapão que havia no próprio piso dessa espécie de cômodo térreo, que servia ao mesmo tempo de sala e cozinha.

Ao fim de cinco minutos, quando ele reapareceu, encontrou o abade sentado num escabelo, o cotovelo apoiado numa mesa comprida, enquanto Margottin, parecendo ter feito as pazes com ele ao ouvir que, contrariando a rotina, aquele peculiar forasteiro iria tomar alguma coisa, alongava sobre sua coxa o pescoço pelado e o olho langoroso.

— O senhor vive sozinho? — perguntou o abade a seu anfitrião, enquanto este colocava diante dele a garrafa de vinho.

— Oh, meu Deus, sim! Sozinho ou quase isso, sr. abade, pois tenho minha mulher, que não pode ajudar em nada, considerando que está sempre doente, a coitada da Carconte.

— Ah, é casado! — disse o abade, com uma espécie de interesse e lançando à sua volta um olhar que parecia avaliar, em seu mísero valor, o parco mobiliário do infeliz casal.

— Percebe que não sou rico, não é, sr. abade? — disse Caderousse, suspirando. — Mas, que quer!? Não basta ser um homem honesto para prosperar neste mundo.

O abade deteve sobre ele um olhar penetrante.

— Sim, homem honesto; disso posso me vangloriar, senhor — continuou o estalajadeiro, sustentando o olhar do abade com uma das mãos no peito e balançando a cabeça de cima para baixo —, e nos dias de hoje nem todo mundo pode dizer o mesmo.

— Melhor ainda se aquilo de que se vangloria for verdade — disse o abade —, pois, cedo ou tarde, tenho a firme convicção, o homem honesto é recompensado e o mau, castigado.

— É sua condição que o leva a dizer isso, é sua condição que o leva a dizer isso — repetiu Caderousse, com uma expressão amarga. — Em todo caso, somos livres para não acreditar no que diz.

— Está errado em falar assim, cavalheiro — disse o abade —, pois daqui a pouco talvez eu próprio venha a lhe servir de prova do que afirmo.

— Que quer dizer com isso? — perguntou Caderousse, espantado.

— Quero dizer que antes de tudo preciso me certificar de que o senhor é aquele com quem devo lidar.

— Que provas quer que eu lhe dê?

— Conheceu em 1814 ou 1815 um marujo chamado Dantès?

— Dantès...! Se conheci esse pobre Edmond? Quer a minha palavra? Era inclusive um dos meus melhores amigos! — exclamou Caderousse, cujo rosto era invadido por um vermelho arroxeado, enquanto o olho claro do abade parecia se dilatar, abrangendo por inteiro aquele a quem interrogava.

— É, creio que se chamava realmente Edmond.

— Se ele se chamava Edmond, o menino! Quer a minha palavra? Tão verdadeira quanto me chamo Gaspard Caderousse! E o que aconteceu com ele, senhor, esse coitado do Edmond? — continuou o estalajadeiro. — Por acaso o teria conhecido? Ainda vive? Está livre? É feliz?

— Morreu prisioneiro, mais desesperado e miserável que os forçados que arrastam sua bola de ferro na prisão de Toulon.

Uma palidez mortal sucedeu em Caderousse o rubor que antes dele se apoderara. Ele virou o rosto e o abade percebeu que enxugava uma lágrima com o canto do lenço vermelho que lhe servia de chapéu.

— Pobre menino! — murmurou Caderousse. — Pois bem! Eis mais uma prova do que eu lhe dizia, sr. abade, que o bom Deus só era bom para os maus. Ah — continuou Caderousse, com aquele linguajar pitoresco da gente do Midi —, o mundo vai de mal a pior, que caiam então do céu dois dias de pólvora e uma hora de fogo, e que tudo se acabe!

— O senhor parece gostar desse menino do fundo do coração, senhor... — especulou o abade.

— Sim, gostava muito dele — confirmou Caderousse —, embora deva me censurar por ter invejado sua felicidade uma vez. Mas desde então, juro, palavra de Caderousse, lastimei muito sua má sorte.

Fez-se um instante de silêncio durante o qual o olhar fixo do abade não parou um instante de interrogar a fisionomia volúvel do estalajadeiro.

— E conheceu o pobre menino? — continuou Caderousse.

— Fui chamado ao seu leito de morte para lhe oferecer os últimos consolos da religião — respondeu o abade.

— E qual foi a causa da morte? — perguntou Caderousse com uma voz estrangulada.

— E de que se morre na prisão, quando se morre dentro dela com trinta anos, senão da própria prisão?

Caderousse enxugou o suor que escorria em sua testa.

— O que há de estranho em tudo isso — volveu o abade — é que Dantès, em seu leito de morte, pelo Cristo cujos pés beijou, sempre me jurou que ignorava a verdadeira causa do seu cativeiro.

— É verdade, é verdade — murmurou Caderousse —, ele não podia sabê-lo; não, sr. abade, o pobre menino não estava mentindo.

— Por isso ele me encarregou de esclarecer seu infortúnio, que ele próprio nunca conseguira esclarecer, e reabilitar sua memória, se porventura essa memória estivesse manchada.

E o olhar do abade, tornando-se cada vez mais fixo, devorou a expressão quase sombria estampada no rosto de Caderousse.

— Um inglês rico — continuou o abade —, seu companheiro de infortúnio e que saiu da prisão na segunda Restauração, possuía um diamante de grande valor. Ao sair da prisão, quis deixá-lo para Dantès, que, numa doença, cuidara dele como um irmão, como testemunho de sua gratidão. Dantès, em vez de usá-lo para subornar seus carcereiros, que aliás podiam pegá-lo e traí-lo depois, conservou-o sempre zelosamente para o caso de vir a sair da prisão; pois, se isso acontecesse, sua fortuna estaria assegurada com a simples venda do tal diamante.

— Era então, como o senhor diz — perguntou Caderousse, com olhos ardentes —, um diamante de grande valor?

— Tudo é relativo — retrucou o abade —, de um grande valor para Edmond; o diamante estava avaliado em cinquenta mil francos.

— Cinquenta mil francos! — disse Caderousse. — Mas então era grande como uma noz?

— Não, não desse jeito, mas vai julgar por si mesmo, pois tenho-o comigo.

Caderousse pareceu procurar sob as roupas do abade a jazida a que este se referia.

O abade tirou do bolso uma caixinha de escumilha preta, abriu-a e fez brilhar aos olhos fascinados de Caderousse a faiscante maravilha admiravelmente engastada num anel.

— E isso vale cinquenta mil francos?

— Sem o engaste, que tem também o seu valor — disse o abade.

E fechou o escrínio, recolocando no bolso o diamante que continuou a faiscar no fundo do pensamento de Caderousse.

— Mas como esse diamante foi parar em suas mãos, sr. abade? — perguntou Caderousse. — Edmond então o fez seu herdeiro?

— Não, mas seu executor testamentário. "Eu tinha três bons amigos e uma noiva, ele me disse: todos os quatro, tenho certeza, lamentam amargamente por mim: um desses bons amigos chamava-se Caderousse."

Caderousse estremeceu.

"— O outro" — continuou o abade, sem dar mostras de perceber a emoção de Caderousse —, "o outro chamava-se Danglars; o terceiro" — acrescentou —, "embora meu rival, também gostava de mim."

Um sorriso diabólico iluminou os traços de Caderousse, que fez um gesto para interromper o abade.

— Espere — disse o abade —, deixe-me terminar, e se tiver alguma observação a fazer, faça-a daqui a pouco. "O outro, embora meu rival, também gostava de mim e se chamava Fernand; quanto à minha noiva, seu nome era…" Não me lembro do nome da noiva.

— Mercedes — disse Caderousse.

— Ah, sim, é isso — continuou o abade, com um suspiro abafado —, Mercedes.

— E então? — perguntou Caderoussse.

— Passe-me a garrafa d'água — disse o abade.

Caderousse apressou-se a obedecer.

O abade encheu o copo e deu uns goles.

— Onde estávamos? — perguntou ele, descansando o copo na mesa.

— A noiva chamava-se Mercedes.

— Sim, é isso. "O senhor irá a Marselha..." Ainda é Dantès falando, compreende?

— Perfeitamente.

— "O senhor venderá esse diamante, fará cinco cotas e irá dividi-las entre esses bons amigos, as únicas criaturas que me amaram na Terra!"

— Como cinco cotas? — disse Caderousse. — O senhor nomeou apenas quatro pessoas.

— Porque a quinta está morta, pelo que me disseram... A quinta era o pai de Dantès.

— Pesarosamente! Sim — disse Caderousse, movido pelas paixões que se entrechocavam dentro dele —, pesarosamente! Sim, o pobre homem está morto.

— Soube desse fato em Marselha — respondeu o abade, fazendo um esforço para parecer indiferente —, mas essa morte aconteceu há tanto tempo que não consegui colher nenhum detalhe... O senhor saberia alguma coisa sobre o fim desse velho?

— Ora essa! — disse Caderousse. — Quem pode saber disso melhor que eu? Eu morava porta a porta com o bom homem... Oh, meu Deus! Sim: quase um ano depois do desaparecimento do filho[18], o coitado do velho morreu!

— Mas morreu de quê?

— Os médicos chamaram sua doença de... gastroenterite, acho; quem o conhecia disse que morreu de sofrimento... e eu, que quase o vi morrer, digo que ele morreu...

Caderousse se interrompeu.

— Morreu de quê? — retomou o abade, ansiosamente.

— Pois bem! Morreu de fome!

— De fome!? — exclamou o abade, dando um pulo de seu escabelo. — De fome! Os mais vis animais não morrem de fome! Os cães que erram pelas ruas encontram a mão piedosa que lhes atira um pedaço de pão; e um homem, um cristão, morre de fome no meio de outros homens que se dizem cristãos como ele! Impossível! Oh, impossível!

— O que eu disse está dito — continuou Caderousse.

— E está errado — disse uma voz na escada —, em que está se intrometendo?

Os dois homens se voltaram e viram, através dos balaústres da escada, a cabeça doentia da Carconte; ela se arrastara até ali e escutava a conversa sentada no último degrau, com a cabeça apoiada nos joelhos.

— Em que você está se intrometendo pergunto eu, mulher — retrucou Caderousse. — O cavalheiro pede informações, a boa educação manda que eu as dê.

---

18. No cap.13 é dito que o velho Dantès morreu exatos cinco meses após a prisão do filho, ou seja, no dia 28 de julho de 1815.

— Sim, mas a prudência manda que você as recuse. Quem sabe com que intenção querem lhe fazer falar, imbecil?

— Com uma excelente, senhora, por isso respondo eu — disse o abade. — Seu marido, portanto, nada tem a temer; deixe-o responder francamente.

— Nada a temer... sei! No início, são belas promessas, então simplesmente nos dizem para nada temer, e depois vão embora sem cumprir coisa alguma do que prometeram; uma bela manhã a desgraça cai sobre o pobre mundo sem que saibamos de onde vem.

— Fique tranquila, boa mulher, asseguro-lhe que a desgraça não lhes atingirá por meu intermédio.

A Carconte resmungou algumas palavras que não se conseguiu ouvir, deixou cair sobre os joelhos sua cabeça por um instante erguida e continuou a tremer de febre, deixando seu marido livre para continuar a conversa, mas acomodada de maneira a não perder uma palavra.

Durante esse tempo, o abade bebera alguns goles d'água e havia se recomposto.

— Quer dizer — prosseguiu ele — que o infeliz velhinho estava abandonado desse jeito por todos para morrer de uma morte dessas?

— Oh, senhor — continuou Caderousse —, não foram nem Mercedes, a catalã, nem o sr. Morrel que o abandonaram; mas o pobre velho tomou-se de uma antipatia profunda por Fernand, este mesmo — continuou Caderousse, com um sorriso irônico — que Dantès lhe disse ser um de seus amigos.

— Não era então? — disse o abade.

— Gaspard! Gaspard! — murmurou a mulher do alto da escada. — Preste atenção ao que vai dizer.

Caderousse fez um gesto de impaciência e, sem dar outra resposta àquela que o interrompia, respondeu ao abade:

— Alguém pode ser amigo de quem cobiça sua mulher? Dantès, que tinha um coração de ouro, chamava todas essas pessoas de amigas... Coitado do Edmond! Na realidade, foi melhor que ele nada soubesse; teria-lhe sido muito difícil perdoá-los na hora da morte... E, digam o que disserem — continuou Caderousse, em seu linguajar a que não faltava uma espécie de poesia rude —, ainda tenho mais medo da maldição dos mortos que do ódio dos vivos.

— Imbecil! — disse a Carconte.

— Então o senhor sabe — continuou o abade — o que Fernand fez contra Dantès.

— Sim, acho que sei muito bem.

— Fale então.

— Gaspard, faça o que quiser, você é o chefe da casa — disse a mulher —, mas se confiasse em mim não diria nada.

— Dessa vez, acho que tem razão, mulher — disse Caderousse.

— Então não quer dizer nada? — perguntou o abade.

— Para quê? — disse Caderousse. — Se o menino estivesse vivo e viesse me procurar para saber de uma vez por todas quem são seus amigos e inimigos, não digo que não; mas ele está embaixo da terra, pelo que me diz, não pode mais odiar, não pode mais se vingar. Apaguemos tudo isso.

— Então quer — disse o abade — que eu dê a essas pessoas, que o senhor dá por indignas e falsos amigos, uma recompensa destinada à fidelidade?

— É verdade, tem razão — disse Caderousse. — Aliás, que significaria para eles agora o legado do coitado do Edmond? Uma gota d'água caindo no mar!

— Sem contar que essas pessoas podem esmagá-lo com um gesto — disse a mulher.

— Como assim? Essas pessoas então se tornaram ricas e poderosas?

— Quer dizer que o senhor não conhece sua história?

— Não, conte-me.

Caderousse pareceu refletir um instante.

— Não, na verdade — ele disse —, seria muito longo.

— Tem a liberdade de se calar, meu amigo — disse o abade, no tom da mais profunda indiferença —, e respeito seus escrúpulos; aliás, sua atitude é a de um homem realmente bom: não toquemos mais no assunto, então. De que estava eu encarregado? De uma mera formalidade. Venderei então o diamante.

E tirou o diamante do bolso, abriu o escrínio e o fez brilhar aos olhos deslumbrados de Caderousse.

— Ora, venha ver, mulher! — chamou este, com uma voz rouca.

— Um diamante! — exclamou a Carconte, levantando-se e descendo num passo firme a escada. — Que diabos de diamante é esse?

— Não ouviu, mulher? — disse Caderousse. — É um diamante que o menino nos legou: para seu pai primeiro, para seus três amigos, Fernand, Danglars e eu, e para Mercedes, sua noiva. O diamante vale cinquenta mil francos.

— Oh, que bela joia! — ela disse.

— O quinto dessa soma então nos pertence?

— Sim, cavalheiro — respondeu o abade —, mais a parte do pai de Dantès, que me julgo autorizado a dividir por quatro.

— E por que para os quatro? — perguntou a Carconte.

— Por que eram os quatro amigos de Edmond.

— Amigos não são aqueles que traem! — murmurou surdamente por sua vez a mulher.

— Pois é, pois é — disse Caderousse —, era o que eu dizia: é quase uma profanação, quase um sacrilégio, recompensar a traição, o crime talvez.

— Terá sido o senhor que assim o quis — prosseguiu tranquilamente o abade, recolocando o diamante no bolso de sua batina. — Agora me dê o endereço dos amigos de Edmond a fim de que eu possa executar suas últimas vontades.

O suor escorria em pesadas gotas da testa de Caderousse; ele viu o abade se levantar, dirigir-se para a porta, como que para dar uma olhada de aviso a seu cavalo, e voltar.

Caderousse e sua mulher entreolharam-se com uma expressão indescritível.

— O diamante ficaria todinho para nós — disse Caderousse.

— Você acha? — respondeu a mulher.

— Um homem da Igreja não iria nos enganar.

— Faça como quiser — disse a mulher —, eu é que não vou me intrometer.

E voltou em direção à escada tremendo, sempre resmungando; seus dentes batiam, apesar do forte calor que fazia.

No último degrau, ela se deteve por um instante.

— Pense bem, Gaspard! — alertou.

— Já decidi — disse Caderousse.

A Carconte entrou no quarto soltando um suspiro; ouviu-se o teto gritar sob seus passos até ela alcançar sua poltrona, na qual caiu pesadamente.

— O senhor decidiu o quê? — perguntou o abade.

— Dizer-lhe tudo — respondeu Caderousse.

— Creio, na verdade, que é o melhor a fazer — disse o abade. — Não que eu quisesse saber as coisas que o senhor gostaria de me ocultar: mas, enfim, se puder me levar a distribuir o legado segundo os anseios do testador, será melhor.

— Assim espero — respondeu Caderousse, com as faces inflamadas pelo rubor da esperança e da cupidez.

— Estou ouvindo — disse o abade.

— Espere — replicou Caderousse —, poderíamos ser interrompidos no ponto mais interessante, o que seria desagradável; aliás, ninguém precisa saber que o senhor esteve aqui.

E foi até a porta da estalagem e a fechou, nela colocando, por uma precaução extra, a barra noturna.

Durante esse tempo, o abade escolhera um lugar para ouvir confortavelmente; sentara-se num canto, de maneira a permanecer na sombra, enquanto a luz bateria em cheio no rosto de seu interlocutor. Com a cabeça inclinada, as mãos postas, ou melhor, crispadas, ele se preparava para ouvir com o máximo de atenção.

Caderousse aproximou um escabelo e sentou à sua frente.

— Lembre-se que não o estou forçando a nada! — disse a voz trêmula da Carconte, como se através do assoalho pudesse ver a cena que se anunciava.

— Está bem, está bem — disse Caderousse —, não falemos mais nisso; assumo toda a responsabilidade.

E começou.

6. O RELATO

— Antes de tudo, senhor — disse Caderousse —, devo lhe pedir que me prometa uma coisa.

— O quê? — perguntou o abade.

— Que nunca, caso venha a fazer um uso qualquer dos detalhes que irei lhe dar, saibam que esses detalhes vieram de mim, pois esses de quem vou lhe falar são ricos e poderosos, e bastaria eles me tocarem com a ponta do dedo para me quebrar como vidro.

— Fique tranquilo, meu amigo — disse o abade —, sou padre e as confissões morrem dentro de mim; lembre-se de que não temos outro objetivo a não ser executar dignamente as últimas vontades de nosso amigo; fale então sem constrangimento e sem ódio; diga a verdade, toda a verdade. Não conheço e provavelmente jamais conhecerei as pessoas de quem vai falar; aliás, sou italiano, não sou francês; pertenço a Deus, não aos homens, e voltarei para o meu mosteiro, de onde saí apenas para cumprir as últimas vontades de um moribundo.

Essa promessa afirmativa pareceu dar um pouco de segurança a Caderousse.

— Muito bem! Nesse caso — disse Caderousse —, quero, direi até mais, devo desiludi-lo quanto a essas amizades que o pobre Edmond julgava sinceras e devotadas.

— Comecemos pelo pai dele, por favor — disse o abade. — Edmond me falou muito desse velho, pelo qual sentia um amor profundo.

— A história é triste, senhor — disse Caderousse, balançando a cabeça. — É provável que conheça seu início.

— Sim — respondeu o abade —, Edmond me contou tudo até o momento em que foi preso numa pequena taberna perto de Marselha.

— No La Réserve! Oh, meu Deus, sim! Ainda vejo a coisa como se estivesse lá.

— Não era inclusive o almoço do noivado dele?

— Sim, e o almoço, que teve um início alegre, teve um triste fim: certo comissário de polícia chegou, seguido por quatro fuzileiros, e Dantès foi preso.

— Eis até onde eu sei, senhor — disse o abade. — O próprio Dantès não sabia de nada além do que lhe dizia diretamente respeito, pois jamais reviu alguma dessas cinco pessoas que designei, ou ouviu falar delas.

— Pois bem! Uma vez preso Edmond, o sr. Morrel correu para colher informações: estas não eram nada boas. O velho Dantès voltou sozinho para casa, dobrou seus trajes de festa chorando, passou o dia inteiro indo e vindo no quarto, à noite; não se deitou, pois eu morava embaixo e o escutei andar a noite inteira; tampouco eu, devo dizer, consegui dormir, pois a dor daquele desafortunado pai me fazia um grande mal e cada um dos seus passos moía o meu coração, como se ele realmente me tivesse pisado o peito.

"No dia seguinte, Mercedes foi a Marselha implorar pela proteção do sr. de Villefort[19]: não obteve nada; para não perder a viagem, contudo, foi visitar o velho. Ao vê-lo tão melancólico e abatido, tendo passado a noite sem deitar e sem comer desde a véspera, quis levá-lo para cuidar dele, mas o velho nunca consentiu nisso.

"— Não — dizia ele —, não deixarei a casa, pois é a mim que o meu pobre filho ama acima de tudo e, se ele sair da prisão, é para mim que correrá para ver primeiro. Que diria ele se eu não estivesse aqui à sua espera?

"Escutei tudo isso do corredor do andar, pois queria que Mercedes convencesse o velho a acompanhá-la; aqueles passos ecoando todos os dias sobre a minha cabeça não me deixavam um instante de repouso."

— Mas o senhor mesmo não subiu para junto do velho, a fim de o consolar?

— Ah, senhor! — respondeu Caderousse. — Só se consola aqueles que querem ser consolados, e o velho não queria: aliás, não sei por quê, mas eu achava que ele tinha repugnância de me ver. Uma noite, entretanto, ao ouvir seus soluços, não pude resistir e subi; porém, quando cheguei à porta, ele não soluçava mais, rezava. Eu seria incapaz de repetir suas palavras eloquentes, suas tristes súplicas, senhor. Era mais que piedade, era mais que sofrimento;

---

19. Na verdade, o cap.9 nos diz que Mercedes procurou Villefort na própria noite de seu noivado e da prisão de Dantès, quando o substituto do procurador já se preparava para partir rumo a Paris.

assim, eu que não sou carola e não gosto dos jesuítas, eu me disse aquele dia: Na verdade, é uma felicidade ser sozinho e o bom Deus não me haver destinado filhos, pois se eu fosse pai e sentisse uma dor semelhante à do pobre velho, sendo incapaz de encontrar na minha memória e no meu coração tudo o que ele disse ao bom Deus, iria na mesma hora me atirar no mar para não sofrer por mais tempo.

— Pobre pai! — murmurou o abade.

— A cada dia que passava ele vivia mais só e mais isolado: frequentemente o sr. Morrel e Mercedes passavam para vê-lo, mas sua porta estava fechada; embora eu tivesse certeza de que se encontrava em casa, ele não respondia. Um dia, contrariando seus hábitos, ele recebeu Mercedes, e a pobre menina, ela própria desconsolada, tentou reconfortá-lo:

"— Acredite em mim, minha filha — ele lhe disse —, ele morreu; não somos nós que o esperamos, ele é que nos espera; estou muito feliz, pois sou o mais velho e, por consequência, irei revê-lo primeiro.

"Por mais bondosos que sejamos, o senhor entende, logo paramos de visitar as pessoas que nos entristecem; o velho Dantès acabou ficando totalmente sozinho: eu só via então, e de tempos em tempos, pessoas desconhecidas subirem até a casa dele, que desciam com um embrulho qualquer mal dissimulado; compreendi depois o que eram esses embrulhos: pouco a pouco ele ia vendendo o que tinha para sobreviver. Ao final, o bom homem ficou apenas com a roupa do corpo; devia três aluguéis, ameaçaram despejá-lo; ele ainda pediu uma semana, deram-lhe. Soube desse detalhe porque o proprietário foi à minha casa ao deixá-lo.

"Durante os três primeiros dias, escutei-o andando como sempre; mas, no quarto dia, não escutei mais nada. Atrevi-me a subir, a porta estava fechada; porém, pelo buraco da fechadura vi-o tão pálido e desfigurado que, julgando-o muito doente, mandei avisar ao sr. Morrel e corri para a casa de Mercedes. Ambos apressaram-se a vir. O sr. Morrel trazia um médico; este identificou uma gastroenterite e ordenou uma dieta. Eu estava lá, senhor, e jamais esquecerei o sorriso do velho à essa ordem.

"A partir desse dia, ele se entregou: tinha uma desculpa para não comer, o médico ordenara uma dieta."

O abade soltou uma espécie de gemido.

— Essa história o interessa, não é mesmo? — disse Caderousse.

— Sim — respondeu o abade —, é comovente.

— Mercedes chegou; encontrou-o tão mudado que, como da primeira vez, quis transportá-lo para sua casa. Esta também era a opinião do sr. Morrel, que queria realizar o traslado à força; mas o velho gritou tanto que eles ficaram com medo. Mercedes permaneceu à sua cabeceira. O sr. Morrel afastou-se fazendo sinal à catalã de que deixara uma bolsa na lareira. Porém, munido da receita do médico, o velho nada quis ingerir. Finalmente, após três dias de desespero e abstinência, ele expirou, amaldiçoando os que haviam causado sua desgraça e dizendo a Mercedes:

"— Se a senhorita vier a reencontrar o meu Edmond, diga-lhe que morro abençoando-o."

O abade se levantou, deu duas voltas pelo quarto levando a mão trêmula à sua garganta seca.

— E o senhor acha que ele morreu...

— De fome... senhor, de fome — disse Caderousse. — Afirmo que isso é tão verdadeiro quanto estarem aqui dois cristãos.

O abade, com uma mão convulsiva, pegou o copo d'água ainda pela metade, esvaziou-o de um trago e sentou novamente, com os olhos avermelhados e as faces pálidas.

— Admita que se trata de uma grande tragédia! — disse com uma voz rouca.

— Tanto maior, senhor, na medida em que Deus não tem nada a ver com ela e apenas os homens são sua causa.

— Passemos então a esses homens — disse o abade —, mas veja bem — continuou, com uma expressão quase ameaçadora —, o senhor se comprometeu a me contar tudo: vejamos, quais foram esses homens que fizeram morrer o filho de desespero e o pai, de fome?

— Dois homens com inveja dele, senhor, um por amor, o outro por ambição: Fernand e Danglars.

— E de que maneira se manifestou essa inveja?

— Eles denunciaram Edmond como agente bonapartista.

— Mas qual dos dois o denunciou, qual dos dois foi o verdadeiro culpado?

— Ambos, senhor, um escreveu a carta, o outro a pôs no correio.

— E onde essa carta foi escrita?

— No próprio La Réserve, na véspera do casamento.

— Então foi isso mesmo, foi isso mesmo — murmurou o abade. — Oh, Faria! Faria! Como entendias os homens e as coisas!

— O que está dizendo, senhor? — perguntou Caderousse.

— Nada — disse o abade —, continue.

— Foi Danglars quem escreveu a denúncia com a mão esquerda para que sua letra não fosse reconhecida, e Fernand quem a enviou.

— Mas — exclamou o abade de repente — o senhor também estava lá!

— Eu! — disse Caderousse pego de surpresa. — Quem lhe disse que eu estava lá?

O abade viu que fora longe demais.

— Ninguém — disse ele —, mas para estar tão bem a par de todos esses detalhes, deve ter sido testemunha deles.

— É verdade — disse Caderousse, com a voz cava —, eu estava lá.

— E não se opôs a essa infâmia? — perguntou o abade. — Então é cúmplice deles.

— Senhor — disse Caderousse —, todos os dois me haviam feito beber a ponto de quase perder a razão. Eu via tudo enevoado. Disse o que pode dizer um homem nesse estado; mas os dois me responderam que era uma peça que desejavam lhe pregar, e que essa peça não teria maiores consequências.

— No dia seguinte, senhor, no dia seguinte, o senhor viu muito bem que ela havia tido; entretanto, não disse nada; o senhor estava lá durante sua prisão.

— Sim, eu estava lá e quis falar, quis dizer tudo, mas Danglars me segurou.

"— E se por acaso ele for culpado — ele me disse —, e se tiver realmente feito escala na ilha de Elba, e se estiver realmente encarregado de entregar uma carta ao comitê bonapartista de Paris, e se encontrarem essa carta com ele, os que o tiverem apoiado serão considerados seus cúmplices.

"Tive medo da política tal como era então praticada, admito; calei-me, foi uma covardia, concordo, mas não foi um crime."

— Compreendo: o senhor se omitiu, só isso.

— Sim, senhor — respondeu Caderousse —, e este é o meu remorso noite e dia. Peço com muita frequência perdão a Deus, eu juro, ainda mais que esse ato, o único que tenho a me recriminar seriamente em todo o curso da minha vida, é muito provavelmente a causa de minhas adversidades. Estou expiando um instante de egoísmo; também é o que digo sempre para a Carconte quando ela se queixa: "Cale-se, mulher, é a vontade de Deus."

E Caderousse abaixou a cabeça com todos os sinais de um verdadeiro arrependimento.

— Bem, o senhor falou com franqueza; acusar-se assim é merecer o perdão.

— Infelizmente — disse Caderousse —, Edmond está morto e não pôde me perdoar!

— Ele ignorava... — disse o abade.

— Mas agora talvez saiba — disse Caderousse. — Dizem que os mortos sabem tudo.

Fez-se um instante de silêncio: o abade se levantara e passeava pensativo; então voltou ao lugar e sentou-se.

— O senhor mencionou um tal de sr. Morrel por duas ou três vezes. Quem era esse homem?

— Era o proprietário do *Pharaon*, o patrão de Dantès.

— E que papel desempenhou tal homem nessa triste história? — indagou o abade.

— O papel de um homem honesto, corajoso e afeiçoado, senhor. Por vinte vezes intercedeu em favor de Edmond; quando o imperador voltou, escreveu, suplicou, ameaçou, de modo que, na segunda Restauração, foi muito perseguido como bonapartista. Por dez vezes, como eu lhe disse, foi à casa do velho Dantès para levá-lo a sua casa, e na véspera ou antevéspera de sua morte, também lhe disse, tinha deixado na lareira uma bolsa com a qual as dívidas do velhote foram pagas e seu enterro, subvencionado; de maneira que o pobre velho pôde pelo menos morrer como vivera, sem prejudicar ninguém. Eu ainda tenho essa bolsa, uma grande bolsa de seda vermelha.

— E — perguntou o abade — esse sr. Morrel ainda vive?

— Sim — disse Caderousse.

— Nesse caso — disse o abade —, deve ser um homem abençoado por Deus, deve ser rico... feliz...?

Caderousse sorriu amargamente.

— Pois sim, feliz como eu — ele disse.

— O sr. Morrel, infeliz! — exclamou o abade.

— Está à beira da miséria, senhor, e pior ainda, à beira da desonra.

— Como pode ser?

— Pois é desse jeito — respondeu Caderousse. — Depois de vinte e cinco anos de trabalho, depois de ocupar o posto mais respeitável no comércio de Marselha, o sr. Morrel está completamente arruinado. Perdeu cinco embarcações em dois anos, sofreu três bancarrotas terríveis e sua única e última esperança está no mesmo *Pharaon* antes comandado pelo pobre Dantès, que deve voltar das Índias com um carregamento de cochinilha e de índigo. Se esse paquete não se apresentar, como os outros, seu dono estará perdido.

— E ele tem mulher e filhos, o infeliz? — perguntou o abade.

— Sim; tem uma mulher que, em tudo isso, comporta-se como uma santa; tem uma filha que estava para se casar com um homem a quem amava, mas cuja família agora não quer que ele se case com uma moça arruinada; tem um filho, por fim, tenente do exército; no entanto, como pode perceber, tudo isso redobra o sofrimento desse pobre homem, em vez de suavizá-lo. Se fosse sozinho, ele estouraria os miolos e ponto final.

— Isso é terrível! — murmurou o abade.

— Eis como Deus recompensa a virtude, senhor — disse Caderousse. — Veja, eu, que nunca cometi um deslize afora o que lhe contei, estou na miséria; eu, depois de assistir à minha pobre mulher morrer de febre, sem nada poder fazer por ela, morrerei de fome como morreu o velho Dantès, enquanto Fernand e Danglars espojam-se no ouro.

— E como isso aconteceu?

— Tudo terminou bem para eles, enquanto para as pessoas honestas tudo termina mal.

— O que aconteceu com Danglars? O mais culpado, não é, o instigador?

— Que aconteceu? Saiu de Marselha; entrou, por recomendação do sr. Morrel, que ignorava seu crime, como amanuense num banco espanhol; na época da guerra da Espanha[20], foi o encarregado de parte do abastecimento do exército francês e fez fortuna; então, com esse primeiro dinheiro, apostou em ações e triplicou, quadruplicou seu capital; então, viúvo ele mesmo da filha do seu banqueiro, casou-se com uma viúva, a sra. de Nargonne, filha do sr. Salvieux, camareiro do atual rei e que goza do mais alto prestígio. Virou milionário, foi feito barão; de maneira que é barão Danglars agora, com um palacete na rua du Mont-Blanc, dez cavalos nas estrebarias, seis lacaios na antecâmara e não sei quantos milhões em seus cofres.

— Ah! — disse o abade num tom peculiar. — E é feliz?

— Ah, feliz, quem pode dizer uma coisa dessas? O infortúnio ou a felicidade, eis o segredo das paredes; as paredes têm ouvidos, mas não têm língua; se alguém é feliz com uma grande fortuna, Danglars é feliz.

— E Fernand?

— Fernand é coisa completamente diferente.

— Mas como pôde fazer fortuna um pobre pescador catalão, sem recursos, sem educação? Confesso que isso está além do meu alcance.

— E do alcance de todo mundo também; deve haver algum estranho segredo em sua vida que ninguém conhece.

— Mas, enfim, por que degraus visíveis ele alcançou essa elevada fortuna ou essa elevada posição?

— Ambas, senhor, ambas! Tem fortuna e posição ao mesmo tempo.

— O senhor só pode estar brincando.

— Bem que eu poderia estar! Mas escute e vai compreender.

"Fernand, alguns dias antes do retorno do *Pharaon*, caiu no alistamento. Os Bourbon deixaram-no bem tranquilo entre os catalães, mas Napoleão voltou, um recrutamento extraordinário foi decretado e Fernand viu-se obrigado a partir. Eu também parti; mas como era mais velho que Fernand e acabava de me casar com a infeliz da minha mulher, fui apenas enviado ao litoral.

"Fernand, por sua vez, foi arregimentado nas tropas ativas, chegou à fronteira com seu destacamento e participou da batalha de Ligny[21].

"Na noite seguinte à batalha, ele estava de plantão na porta de um general que mantinha relações secretas com o inimigo. Nessa mesma noite o general devia juntar-se aos ingleses. Ele propôs a Fernand que o acompanhasse; Fernand aceitou, deixou seu posto e seguiu o general.

---

20. Guerra da Espanha: intervenção de tropas francesas para restabelecer o poder absoluto de Fernando VII (1784-1833), rei espanhol de sangue Bourbon, mesma linhagem da monarquia francesa.

21. Batalha de Ligny: batalha vencida por Napoleão contra as tropas da Santa Aliança em 16 de junho de 1815, ou seja, durante os Cem Dias. Ela dá início à campanha de Waterloo.

"O que teria levado Fernand à corte marcial, se Napoleão houvesse permanecido no trono, serviu-lhe como recomendação junto aos Bourbon. Ele retornou à França com a insígnia de subtenente e, como a proteção do general, que goza de altos privilégios, não o abandonou, tornou-se capitão em 1823, por ocasião da guerra da Espanha, isto é, precisamente quando Danglars arriscava suas primeiras especulações. Fernand era espanhol, foi enviado a Madri para lá sentir o moral de seus compatriotas; lá encontrou Danglars, entrou em contato com ele, prometeu ao seu general um apoio entre os realistas da capital e das províncias, recebeu promessas, assumiu compromissos por sua vez e guiou seu regimento por trilhas que só ele conhecia entre desfiladeiros vigiados pelos realistas, acabando por prestar tamanhos serviços nessa curta campanha que, depois da tomada do Trocadéro, foi nomeado coronel e recebeu a cruz de oficial da Legião de Honra, com o título de conde."

— Destino! Destino! — murmurou o abade.

— Sim, mas ouça, isso não é tudo. Terminada a guerra da Espanha, a carreira de Fernand viu-se comprometida pela longa paz que prometia reinar na Europa. Apenas a Grécia se insurgira contra a Turquia e mal começara a guerra de sua independência; todos os olhos voltavam-se para Atenas: era moda lastimar e apoiar os gregos. O governo francês, sem protegê-los abertamente, como o senhor sabe, tolerava as migrações parciais. Fernand solicitou e obteve autorização para servir na Grécia, contudo permanecendo contudo sempre fora do controle do exército.

"Pouco tempo depois, soube-se que o conde de Morcerf, era o nome que ele usava, entrara para o serviço de Ali Paxá[22] com a patente de general-instrutor.

"Ali Paxá foi assassinado, como sabe; mas antes de morrer recompensou os serviços de Fernand, deixando-lhe uma soma considerável, com a qual Fernand retornou à França, onde sua patente de tenente-general foi homologada.

22. Ali Paxá: também conhecido como Ali Paxá de Tepelene ou Tebelin (1741-1822). Militar albanês, nascido num clã poderoso da cidade de Tepelene (na moderna Albânia), que passou grande parte da sua juventude como fora da lei. Após prestar serviços ao Império Otomano, voltou à cidade natal em triunfo. Ascendeu, assim, à posição de governador da província no Império Otomano. Estabelecendo-se na cidade de Janina, sua crueldade rendeu-lhe o epíteto de "Leão de Janina". Com o intuito de conseguir um porto marítimo na costa albanesa, Ali formou uma aliança com Napoleão. Após a derrota de Bonaparte em Waterloo, Ali rapidamente estabeleceu nova aliança com os ingleses, o que lhe valeu a posse de três cidades costeiras no mar Adriático. Desejando criar um estado autônomo, estabeleceu laços diplomáticos com os independentistas gregos, o que lhe valeu a inimizade do sultão Mahmud II. Este começou por destituí-lo dos seus cargos oficiais e chamou-o a Constantinopla. Ali não apenas recusou-se a atender ao chamado como organizou um movimento de resistência ao poder do sultão. Em janeiro de 1822, agentes turcos conseguiram assassiná-lo, enviando a sua cabeça para Constantinopla.

— De maneira que hoje...? — perguntou o abade.

— De maneira que hoje — completou Caderousse — ele possui um palacete magnífico em Paris, na rua du Helder, nº27.

O abade abriu a boca, ficou por um instante como um homem que hesita, mas fazendo um esforço sobre si mesmo:

— E Mercedes — perguntou —, é verdade que desapareceu?

— Desapareceu sim — disse Caderousse —, como desaparece o sol para nascer no dia seguinte ainda mais cintilante.

— Então ela também fez fortuna? — perguntou o abade, com um sorriso irônico.

— Mercedes é neste momento uma das mais elegantes damas de Paris — disse Caderousse.

— Continue — disse o abade —, parece que estou escutando o relato de um sonho. Mas eu mesmo vi coisas tão extraordinárias, as que o senhor me conta me espantam menos.

— Mercedes inicialmente ficou desesperada com o golpe que lhe arrebatava Edmond. Eu lhe contei de suas diligências junto ao sr. de Villefort e seu devotamento ao pai de Dantès. Em meio ao desespero, um novo sofrimento veio atingi-la, foi a partida de Fernand, de Fernand cujo crime ela ignorava e a quem considerava um irmão.

"Fernand partiu. Mercedes ficou só.

"Três meses se passaram com ela em lágrimas: nenhuma notícia de Edmond, nenhuma notícia de Fernand; nada diante dos olhos senão um velho que definhava, agonizando de desespero.

"Uma noite, depois de um dia inteiro sentada, como era seu costume, no vértice dos dois caminhos que levam de Marselha até os catalães, ela voltou para casa mais abatida que nunca: nem seu noivo nem seu amigo voltavam por aqueles dois caminhos e ela não tinha notícia de nenhum dos dois.

"De repente pareceu-lhe ouvir um passo familiar; virou-se com ansiedade, a porta se abriu e ela viu Fernand surgir com seu uniforme de subtenente.

"Não era sequer meia compensação pelo seu choro, mas era uma porção de sua vida passada que lhe voltava.

"Mercedes pegou as mãos de Fernand num êxtase que este entendeu como amor, porém não era senão alegria por não estar mais sozinha no mundo e por rever enfim um amigo, após as longas horas de tristeza solitária. Além disso, convém dizer, Fernand jamais tinha sido traído, não era amado, só isso; outro detinha todo o coração de Mercedes, esse outro estava ausente... estava desaparecido... talvez estivesse morto. A este último pensamento, Mercedes explodia em soluços e se contorcia de dor; mas esta hipótese, que antigamente ela rechaçava quando lhe era sugerida por um terceiro, voltava agora por si só ao seu espírito; aliás, de sua parte, o velho Dantès não parava de dizer: 'Nosso Edmond está morto, pois, se não estivesse morto, voltaria para nós.'

"O velho morreu, como eu lhe disse: se tivesse vivido, talvez Mercedes jamais se tornasse mulher de outro, pois ele teria estado ali para recriminar sua infidelidade. Fernand compreendeu isso. Quando soube da morte do velho, voltou. Desta vez, era um tenente. Na primeira viagem, não dissera a Mercedes uma palavra de amor; na segunda, lembrou-lhe que a amava.

"Mercedes pediu mais seis meses para esperar e chorar Edmond."

— Na verdade — disse o abade, com um sorriso amargo —, fazia dezoito meses ao todo. O que além disso pode pedir o amante mais adorado?

Depois murmurou as palavras do poeta inglês: *Frailty, thy name is woman!*[23]

— Seis meses mais tarde — continuou Caderousse —, o casamento foi realizado na igreja das Accoules.

— Era a mesma igreja em que ela devia se casar com Edmond — murmurou o abade —, apenas o noivo mudara, só isso.

— Mercedes então se casou — continuou Caderousse —, porém, embora aos olhos de todos ela tenha parecido calma, nem por isso deixou de desmaiar ao passar em frente ao La Réserve, onde dezoito meses antes ficara noiva daquele que teria percebido que ainda amava se tivesse ousado olhar no fundo do seu coração.

"Fernand, mais feliz, porém não mais tranquilo, pois encontrei-o nessa época e ele temia incessantemente o retorno de Edmond, cuidou logo de afastar a mulher de suas origens e se exilar ele próprio. Havia ao mesmo tempo muitos perigos e lembranças remanescentes na terra dos catalães.

"Uma semana depois das bodas, partiram."

— E o senhor reviu Mercedes? — perguntou o abade.

— Sim, na época da guerra da Espanha, em Perpignan, onde Fernand a deixara; na oportunidade ela cuidava da educação do filho.

O abade estremeceu.

— Do filho? — perguntou.

— Sim — respondeu Caderousse —, do pequeno Albert.

— Contudo, para instruir esse filho — continuou o abade —, ela mesma não precisaria ter recebido instrução? Acho que ouvi Edmond dizer que ela era filha de um simples pescador, bela, mas inculta.

— Oh — disse Caderousse —, então ele conhecia muito mal a própria noiva! Mercedes poderia ter sido rainha, senhor, se a coroa devesse pousar

---

23. "*Frailty, thy name is woman*": numa tradução livre, "Leviandade, teu nome é mulher", citação do clássico shakespeariano *Hamlet*, ato I, cena 2. Nesta passagem, o príncipe dinamarquês queixa-se da mãe, que com menos de dois meses de viuvez contraiu novas núpcias com o irmão do falecido esposo, assim impedindo o filho de subir ao trono.

— Seis meses mais tarde, o casamento foi realizado na igreja das Accoules.

apenas nas cabeças mais belas e inteligentes. Sua fortuna já se expandia, e ela se expandia com sua fortuna. Aprendia desenho, aprendia música, aprendia tudo. Acho, aliás, cá entre nós, que ela fazia tudo isso para se distrair, para esquecer, e que enfiava tantas coisas na cabeça para lutar contra o que havia em seu coração. Mas é chegada a hora da verdade — continuou Caderousse —, a fortuna e os homens a consolaram, sem dúvida. É rica, é condessa e, no entanto…

Caderousse calou-se.

— No entanto, o quê? — perguntou o abade.

— No entanto, tenho certeza de que não é feliz — disse Caderousse.

— E o que o faz acreditar nisto?

— Pois bem, quando me vi eu mesmo desgraçado, pensei que meus velhos amigos me dariam alguma ajuda. Apresentei-me na casa de Danglars, que sequer me recebeu. Estive na casa de Fernand, que pelo criado de quarto fez chegar a mim cem francos.

— Então não esteve com nenhum dos dois?

— Não, mas a sra. de Morcerf me viu.

— Como assim?

— Quando saí, uma bolsa caiu a meus pés; continha vinte e cinco luíses; levantei bruscamente a cabeça e vi Mercedes fechando a persiana.

— E o sr. de Villefort? — perguntou o abade.

— Oh! Este não era meu amigo; este eu não conhecia; a este, nada tinha a pedir.

— Mas não saberia o que foi feito dele e qual foi sua participação no infortúnio de Edmond?

— Não; sei apenas que, pouco depois de mandá-lo para a prisão, casou-se com a srta. de Saint-Méran e logo deixou Marselha. Decerto a felicidade lhe terá sorrido como aos outros, decerto está rico como Danglars, respeitado como Fernand; somente eu, como vê, continuei pobre, miserável e esquecido por Deus.

— Está enganado, meu amigo – disse o abade. — Às vezes Deus parece esquecer, quando sua justiça descansa, mas chega sempre o momento em que ele se lembra, e aqui está a prova disso.

A essas palavras, o abade tirou o diamante do bolso e, apresentando-o a Caderousse, disse:

— Pegue, meu amigo, tome este diamante, pois ele lhe pertence.

— Como, é todo meu?! — exclamou Caderousse. — Ah, senhor, não é uma piada?

— Este diamante era para ser dividido entre seus amigos: Edmond tinha apenas um amigo, a divisão torna-se então inútil. Pegue o diamante e venda-o; vale cinquenta mil francos, repito, e tal soma, espero, basta para tirá-lo da miséria.

— Oh, senhor — disse Caderousse, projetando timidamente uma das mãos e com a outra enxugando o suor que brilhava em sua testa. — Oh, senhor, não brinque com a felicidade ou o desespero de um homem!

— Sei o que é a felicidade e sei o que é o desespero, e nunca jogaria com tais sentimentos. Pegue então, mas em troca...

Caderousse, que já tocava o diamante, retirou a mão.

O abade sorriu.

— Em troca — prosseguiu —, dê-me essa bolsa de seda vermelha que o sr. Morrel deixou na lareira do velho Dantès e que, segundo suas palavras, continua em suas mãos.

Caderousse, cada vez mais espantado, foi até um grande armário de carvalho, abriu-o e entregou ao abade uma bolsa comprida, de seda vermelha amassada, tendo nas laterais duas argolas de cobre que um dia foram douradas.

O abade pegou-a e, como prometera, entregou o diamante a Caderousse.

— Oh, o senhor é um homem de Deus! — exclamou Caderousse. — Pois na verdade ninguém sabia que Edmond lhe dera esse diamante e o senhor poderia tê-lo.

"Bem" pensou o abade consigo mesmo, "você teria feito isso, ao que parece."

O abade se levantou e pegou seu chapéu e suas luvas.

— E tudo o que o senhor me disse é realmente verdade, correto? Posso acreditar em todos os pormenores?

— Veja, sr. abade — disse Caderousse —, eis no canto dessa parede um Cristo de madeira benta; eis sobre esse baú o livro dos evangelhos da minha mulher; abra-o e prestarei juramento sobre ele, com a mão estendida na direção de Cristo, vou jurar para o senhor pela salvação da minha alma, pela minha fé de cristão, que lhe contei todas as coisas como elas aconteceram e como o anjo dos homens o dirá no ouvido de Deus no dia do Juízo Final!

— Está bem — disse o abade, convencido, diante de tal ênfase, de que Caderousse dizia a verdade —, está bem; que esse dinheiro o ajude! Adeus, volto para longe dos homens, que tanto mal fazem um ao outro.

E o abade, desvencilhando-se com grande dificuldade dos impulsos entusiásticos de Caderousse, levantou ele mesmo a barra da porta, saiu, montou o cavalo, saudou pela última vez o estalajadeiro, que se confundia em despedidas ruidosas, e partiu, fazendo o mesmo caminho que já fizera na vinda.

Quando Caderousse deu meia-volta, viu logo atrás de si a Carconte, mais pálida e trêmula que nunca.

— Será realmente verdade o que eu ouvi? — disse ela.

— O quê? Que ele deu o diamante todinho para nós? — disse Caderousse, quase louco de alegria.

— Sim.

— Nada é mais verdadeiro, pois aqui está ele.

A mulher admirou-o por um instante; depois, com uma voz surda:

— E se for falso? — disse ela.

Caderousse empalideceu e vacilou.

— Falso... — murmurou. — Falso... E para que esse homem teria me dado um diamante falso?

— Para arrancar seu segredo sem pagar por ele, imbecil!

Caderousse permaneceu por um instante aturdido sob o peso dessa suposição.

— Oh! — disse ele no fim de um instante. Então, pegando o chapéu, que enfiou sobre o lenço vermelho amarrado em volta da cabeça: — Vamos logo saber a verdade.

— Mas como?

— Há joalheiros de Paris na feira de Beaucaire. Vou lhes mostrar o diamante. Você vigia a casa, mulher; em duas horas estarei de volta.

E Caderousse precipitou-se para fora e pôs-se a correr na direção oposta à que o abade acabava de tomar.

— Cinquenta mil francos! — murmurou a Carconte, que ficara a sós. — É dinheiro... mas não é uma fortuna.

— E se for falso?

7. O LIVRO DE REGISTRO DAS PRISÕES

No dia seguinte àquele em que acontecera, na estrada de Bellegarde para Beaucaire, a cena que acabamos de relatar, um homem de trinta a trinta e dois anos, vestindo um fraque azul-claro, uma calça de nanquim e um colete branco, tendo ao mesmo tempo aspecto e sotaque britânicos, apresentou-se ao prefeito de Marselha.

— Senhor — disse-lhe —, sou o representante oficial da Casa Thomson & French, de Roma. Há dez anos mantemos relações com a Casa Morrel & Filho, de Marselha. Temos cerca de cem mil francos investidos nessas relações e estamos um tanto preocupados, pois dizem que ela ameaça falência: venho, portanto, expressamente de Roma para pedir-lhe informações sobre essa instituição.

— Cavalheiro — respondeu o prefeito —, sei efetivamente que há quatro ou cinco anos a desgraça parece perseguir o sr. Morrel. Ele perdeu sucessivamente quatro ou cinco embarcações e sofreu três ou quatro bancarrotas; porém não cabe a mim, não obstante eu mesmo seja seu credor em dez mil francos, dar nenhuma informação sobre a situação de sua fortuna. Pergunte-me como prefeito o que acho do sr. Morrel e respondo-lhe que é um homem probo ao extremo e que até agora cumpriu todos os seus compromissos com absoluta exatidão. Eis tudo que posso lhe dizer, senhor; se quiser saber mais, dirija-se ao sr. Boville, inspetor das prisões, na rua de Noailles, nº15; ele tem, creio eu, duzentos mil francos investidos na Casa Morrel; se houver realmente alguma coisa a temer nesse aspecto, como tal soma é mais significativa que a minha, provavelmente ele estará mais bem-informado que eu.

O inglês pareceu apreciar essa suprema delicadeza, fez uma saudação, saiu e encaminhou-se, naquele passo peculiar aos filhos da Grã-Bretanha, para a rua indicada.

O sr. de Boville estava em seu gabinete. Ao percebê-lo, o inglês teve um gesto de surpresa, demonstrando que aparentemente não era a primeira vez que se encontrava diante daquele a quem vinha visitar. Quanto ao sr. de Boville, estava tão desesperado que era evidente que todas as faculdades do seu espírito, absortas no pensamento que o ocupava no momento, não podiam se dar ao luxo de ter sua memória e sua imaginação vagando no passado.

O inglês, com a fleugma de sua nação, repetiu-lhe praticamente nos mesmos termos a pergunta que acabava de fazer ao prefeito de Marselha.

— Oh, cavalheiro! — exclamou o sr. de Boville. — Infelizmente seus temores são mais que fundados, e o senhor vê um homem desesperado. Eu tinha duzentos mil francos investidos na Casa Morrel: esses duzentos mil francos eram o dote da minha filha, que eu esperava casar em quinze dias; esses duzentos mil francos me deveriam ser restituídos, cem mil no dia 5 deste mês, cem mil no dia 5 do próximo. Eu comunicara ao sr. Morrel meu desejo de que o retorno desse investimento fosse feito pontualmente, e não é que ele veio aqui, cavalheiro, há cerca de meia hora, para me dizer que se a sua embarcação, o *Pharaon*, não estiver de volta aqui até o dia 5, ele se verá na impossibilidade de me fazer tal pagamento?

— Ora — disse o inglês —, isso me parece apenas um adiamento.

— Diga, cavalheiro, que se parece mais com uma bancarrota! — exclamou o sr. de Boville, desesperado.

O inglês pareceu refletir um instante, depois perguntou:

— Quer dizer, senhor, que essa dívida lhe inspira temores?

— Quero dizer que a vejo como perdida.

— Pois bem! Eu a resgato do senhor.

— O senhor?

— Sim, eu.

— Mas com um desconto enorme, provavelmente?

— Não, mediante duzentos mil francos; nossa financeira — acrescentou o inglês rindo — não pratica esse tipo de negócio.

— E o senhor paga...

— Em dinheiro.

E o inglês tirou do bolso um maço de títulos bancários que podia alcançar o dobro da soma que o sr. de Boville temia perder.

Um raio de alegria atravessou o semblante do sr. de Boville; porém, apesar disso, ele tentou se controlar e disse:

— Cavalheiro, devo avisar-lhe que, segundo toda probabilidade, o senhor não conseguirá nem seis por cento dessa soma.

— Isso não me importa — respondeu o inglês. — Isso diz respeito à Casa Thomson & French, em nome da qual atuo. Talvez ela tenha interesse em apressar a ruína de uma casa rival. Mas o que sei, senhor, é que estou disposto a descontar essa soma em pagamento pela transferência da dívida que o senhor fará para mim; solicitarei apenas um direito de corretagem.

— Imagine, cavalheiro, isso é mais que justo! — exclamou o sr. de Boville. — A comissão é em geral um e meio por cento: quer dois? Quer três? Quer cinco? Quer mais, caramba? Fale!

— Senhor — replicou o inglês rindo —, sou como a instituição para a qual trabalho, não faço esse tipo de negócio; não: meu direito de corretagem é de outra natureza.

— Fale, então, cavalheiro, estou ouvindo.

— O senhor é inspetor das prisões?

— Há mais de catorze anos.

— Mantém registros de entrada e saída?

— Sem dúvida.

— Nesses registros estão anexadas observações relativas aos prisioneiros?

— Cada prisioneiro tem sua ficha.

— Pois bem, senhor, fui criado em Roma por um abade, um pobre coitado que desapareceu de repente. Soube, mais tarde, que ele havia sido confinado no castelo de If, e gostaria de saber alguns detalhes sobre sua morte.

— Como ele se chamava?

— Abade Faria.

— Oh, lembro-me perfeitamente! — exclamou o sr. de Boville. — Era um louco.

— Assim o diziam.

— Oh, era com toda a certeza!

— É possível; e como sua loucura se manifestava?

— Ele dizia ter conhecimento de um imenso tesouro e oferecia somas loucas ao governo em troca de sua liberdade.

— Pobre coitado! E ele morreu?

— Sim, senhor, há cerca de cinco ou seis meses, em fevereiro passado.

— O senhor tem uma memória prodigiosa, cavalheiro, para lembrar assim das datas.

— Lembro-me desta porque a morte do pobre coitado foi acompanhada de um acontecimento singular.

— Pode-se saber que acontecimento foi esse? — perguntou o inglês, com uma expressão de curiosidade que um bom observador ficaria perplexo de vislumbrar em sua fleugmática fisionomia.

— Por Deus, sim, senhor: a masmorra do abade ficava a uma distância de quinze a dezesseis metros da ocupada por um ex-agente bonapartista, um dos que mais haviam contribuído para o retorno do usurpador em 1815, homem muito determinado e perigoso.

— É mesmo? — disse o inglês.

— Sim — respondeu o sr. de Boville. — Eu mesmo tive a oportunidade de estar com esse homem em 1816 ou 1817, e só se podia descer à sua masmorra com uma escolta de soldados: esse homem me causou uma profunda impressão e jamais esquecerei o seu rosto.

O inglês sorriu imperceptivelmente.

— O senhor então dizia — continuou ele — que as duas masmorras...

— Eram separadas por uma distância de dezesseis metros, mas parece que esse Edmond Dantès...

— Esse homem perigoso chamava-se...

— Edmond Dantès. Sim, senhor; parece que esse Edmond Dantès arranjara algumas ferramentas, ou as fabricara, pois encontramos um túnel pelo qual os prisioneiros se comunicavam.

— Esse túnel teria sido aberto com o objetivo de evasão?

— Justamente; mas, infelizmente para os prisioneiros, o abade Faria mergulhou num estado cataléptico e morreu.

— Compreendo; isso deve ter interrompido os planos de evasão.

— Para o morto, sim — respondeu o sr. de Boville —, mas não para o vivo; ao contrário, esse Dantès viu nisso um meio de apressar sua fuga; provavelmente supunha que os prisioneiros mortos no castelo de If eram enterrados num cemitério comum; assim, ele transportou o defunto para a sua cela, ocupou o lugar dele no saco dentro do qual o haviam costurado e esperou a hora do enterro.

— Um método audacioso e que sugere certa coragem — comentou o inglês.

— Oh, como eu lhe disse, senhor, era um homem muito perigoso; por felicidade, ele próprio livrou o governo dos temores que este nutria a seu respeito.

— O que quer dizer?

— Ora, não compreende?

— Não.

— O castelo de If não possui cemitério; os mortos são simplesmente lançados ao mar, após terem uma bola de ferro de dezessete quilos acorrentada nos pés.

— E então? — indagou o inglês, como se compreendesse com dificuldade.

— E então? Prenderam-lhe a bola de ferro de dezessete quilos nos pés e o lançaram ao mar.

— Verdade?

— Sim, meu caro — continuou o inspetor. — Imagine o espanto do fugitivo quando se percebeu jogado do alto dos rochedos. Gostaria de ter visto a cara dele nesse momento.

— Teria sido difícil fazê-lo.

— Não importa! — disse o sr. de Boville, a quem a certeza de recuperar duzentos mil francos deixava de bom humor. — Não importa! Posso imaginá-la.

E caiu na gargalhada.

— Eu também — disse o inglês.

E pôs-se a rir por sua vez, mas como riem os ingleses, isto é, com a ponta dos dentes.

— Isso significa — continuou o inglês, recuperando o sangue-frio — que o fugitivo se afogou.

— Dos pés à cabeça.

— Quer dizer que o diretor do castelo ficou livre ao mesmo tempo do furioso e do louco?

— Exatamente.

— Mas alguma espécie de boletim de ocorrência deve ter sido feito a respeito desse incidente? — perguntou o inglês.

— Sim, sim, uma certidão de óbito. O senhor compreende, os pais de Dantès, se ele os tivesse, poderiam querer verificar se estava morto ou vivo.

— De maneira que agora eles podem ficar tranquilos caso tenham alguma herança a receber. Ele está morto, definitivamente morto?

— Oh, meu Deus, sim! E lhes entregaremos a certidão quando quiserem.

— Assim seja — disse o inglês. — Mas voltemos aos registros das prisões.

— É verdade. Essa história nos desviou deles. Perdão.

— Perdão por quê? Pela história? Em absoluto, ela me pareceu curiosa.

— E de fato o é. Então o senhor deseja ver tudo que se relaciona ao seu infeliz abade, que era por sua vez a doçura em pessoa?

— Eu gostaria muito.

— Passe para o meu gabinete e lhe mostrarei.

E ambos passaram ao gabinete do sr. de Boville.

Tudo ali estava efetivamente numa ordem perfeita: cada registro tinha seu número, cada ficha, seu escaninho. O inspetor fez o inglês sentar-se em sua poltrona e colocou à sua frente o livro de registros do castelo de If, dando-lhe todo o tempo para que o folheasse, enquanto ele, por sua vez, sentado num canto, lia o jornal.

O inglês encontrou com facilidade a ficha relativa ao abade Faria; mas aparentemente a história que lhe contara o sr. de Boville o interessara bastante, pois, após ter tomado ciência daqueles primeiros documentos, continuou a folhear o livro até chegar ao dossiê de Edmond Dantès. Nele encontrou cada coisa em seu lugar: denúncia, interrogatório, petição de Morrel, anotação do sr. de Villefort. Dobrou cuidadosamente a denúncia, guardou-a no bolso, leu o interrogatório, viu que dele não constava o nome Noirtier, percorreu a petição, datada de 10 de abril de 1815, na qual Morrel, seguindo o conselho do substituto, exagerava, com a melhor das intenções, uma vez que Napoleão reinava na época, os serviços que Dantès prestara à causa imperial, serviços que o parecer de Villefort demonstrava incontestáveis. Então compreendeu tudo. Sob a segunda Restauração, aquele pleito dirigido a Napoleão, guardado por Villefort, tornara-se uma arma terrível nas mãos do procurador do rei. Por conseguinte, não se espantou mais, ao folhear o registro, com essa anotação posta numa chave diante do seu nome:

> EDMOND DANTÈS: Bonapartista radical, teve participação importante no retorno da ilha de Elba.
> A ser mantido confinado sob grande sigilo e sob a mais rigorosa vigilância.

Abaixo destas linhas estava escrito com outra letra:

Considerando a anotação acima, *nada a fazer*.

Dobrou cuidadosamente a denúncia e guardou-a no bolso.

Ao comparar a caligrafia da chave com a do parecer colocado sob a petição de Morrel, o inglês adquiriu a certeza de que a anotação da chave exibia a mesma caligrafia do parecer, isto é, fora feita pela mão de Villefort.

Quanto à anotação que acompanhava a anotação na chave, o inglês compreendeu que devia ter sido consignada por algum inspetor que demonstrara um interesse passageiro pela situação de Dantès, mas que a informação que acabamos de fornecer colocara na impossibilidade de dar sequência a tal interesse.

Como dissemos, o inspetor, por discrição e para não incomodar o aluno do abade Faria em suas pesquisas, afastara-se e lia o *Drapeau Blanc*[24].

Sendo assim, não viu o inglês dobrar e guardar no bolso a denúncia escrita por Danglars sob o caramanchão do La Réserve, que exibia o selo dos Correios de Marselha de 27 de fevereiro, entrega das 6 da tarde.

Ainda que tivesse visto, convém no entanto dizer, dava pouquíssima importância àquele papel e imensa importância aos seus duzentos mil francos para se opor ao gesto do inglês, por mais incorreto que fosse.

— Obrigado — disse este, fechando ruidosamente o livro de registros. — Tenho o que preciso; agora sou eu que devo cumprir minha promessa: faça-me uma simples transferência do seu crédito e reconheça nessa transferência ter recebido o valor de seu investimento; vou contar a soma.

E cedeu seu lugar na escrivaninha ao sr. de Boville, que a ela se instalou sem cerimônia e apressou-se em fazer a transferência pedida, enquanto o inglês contava títulos bancários sobre o arquivo.

---

24. *Drapeau Blanc*: jornal monarquista que circulou de junho de 1819 a fevereiro de 1827, e depois de julho de 1829 a julho de 1830.

8. A CASA MORREL & FILHO

Quem houvesse deixado Marselha alguns anos antes, tendo conhecido o interior da Casa Morrel & Filho, e voltado na época de que estamos falando, teria ali se deparado com uma grande mudança.

Em vez daquela atmosfera de vida, abastança e felicidade que emana, por assim dizer, de uma firma próspera; em vez daquelas fisionomias alegres mostrando-se por trás das cortinas das janelas, daqueles funcionários atarefados atravessando corredores com uma pena atrás da orelha; em vez daquele pátio abarrotado de pacotes, ecoando gritos e risadas de mensageiros, essa pessoa teria observado, à primeira vista, alguma coisa de triste e morto. No corredor deserto e no pátio vazio, dos numerosos funcionários que antigamente povoavam os escritórios, apenas dois haviam restado: o primeiro era um rapaz de vinte e três ou vinte e quatro anos chamado Emmanuel Herbant, o qual namorava a filha do sr. Morrel e permanecera na firma a despeito das tentativas de seus pais de tirá-lo de lá; o outro era um envelhecido moço da tesouraria, chamado Coclès, apelido que lhe haviam dado os rapazes que antigamente povoavam essa grande colmeia fervilhante, hoje quase inabitada, o qual tão bem e tão completamente substituíra seu verdadeiro nome que, segundo toda probabilidade, ele sequer teria atendido se o chamassem hoje por esse nome.

Coclès permanecera no serviço do sr. Morrel e, na situação do nobre homem, ocorrera uma singular mudança: fora ao mesmo tempo promovido a tesoureiro e rebaixado à categoria de empregado doméstico.

Nem por isso deixava de ser o mesmo Coclès, bondoso, paciente, devotado, mas inflexível a respeito da aritmética, única matéria acerca da qual desafiaria o mundo inteiro, inclusive o sr. Morrel, e isto conhecendo apenas sua tábua de Pitágoras[25], que sabia na ponta da língua, para onde quer que estivesse virada e qualquer que fosse o erro no qual se tentasse fazê-lo cair.

Em meio à tristeza geral que invadira a Casa Morrel, Coclès era aliás o único que permanecia impassível. Porém, que ninguém se engane quanto a isso; tal impassibilidade não resultava de falta de afeição, mas, ao contrário, de uma inabalável convicção. Assim como os ratos que, dizem, abandonam pouco a pouco um navio previamente condenado pelo destino a perecer no mar, de maneira que esses hóspedes egoístas o abandonam completamente no momento em que ele levanta a âncora, da mesma forma, dizíamos, toda aquela massa de amanuenses e empregados que tirava sua subsistência da firma do armador desertara, pouco a pouco, do escritório e do armazém; ora, Coclès vira todos irem embora sem sequer pensar em conferir a causa de sua partida; tudo, como dissemos, reduzia-se para Coclès a uma questão de algarismos. Já há vinte anos na Casa Morrel, vira os pagamentos serem efetuados sempre tão franca e regularmente que não admitia a hipótese de tal regularidade ser interrompida e tais pagamentos suspensos, assim como o moleiro dono de um moinho abastecido pelas águas de um caudaloso rio não admite que esse rio possa parar de correr. Com efeito, até esse momento, nada ainda abalara a convicção de Coclès. O último fim de mês fora fechado com uma pontualidade rigorosa. Coclès apontara um erro de setenta centavos cometido pelo sr. Morrel em seu prejuízo e, no mesmo dia, levara os catorze *sous* excedentes ao sr. Morrel. Este, com um sorriso melancólico, os pegara e deixara cair numa gaveta praticamente vazia, dizendo:

— Coclès, o senhor é a pérola dos tesoureiros.

E Coclès se retirara contentíssimo, pois um elogio do sr. Morrel, essa pérola das pessoas honestas de Marselha, lisonjeava mais Coclès que uma gratificação de cinquenta escudos.

Depois desse fim de mês tão vitoriosamente fechado, porém, o sr. Morrel passara horas cruéis. Para enfrentar aquele fim de mês, havia reunido todos os seus recursos, e ele mesmo, temendo que o rumor de sua angústia se espalhasse por Marselha se o vissem recorrer a tais extremos, fizera uma viagem até a feira de Beaucaire para vender algumas joias pertencentes à sua mulher e à sua filha, além de uma parte da sua prataria. Mediante tal sacrifício, tudo ainda se passara honrosamente para a Casa Morrel; mas o caixa havia ficado completamente vazio. O crédito, apavorado pelo boato que corria, retraíra-se com seu egoísmo habitual; e, para fazer face aos cem mil francos que deve-

25. Tábua de Pitágoras: tabela de multiplicação atribuída ao filósofo grego Pitágoras (584 a.C.-496 a.C.).

riam ser pagos no dia 5 do presente mês ao sr. de Boville, e aos outros cem mil francos que iriam vencer no dia 5 do mês seguinte, a única esperança real do sr. Morrel residia no *Pharaon*, cuja partida fora informada por uma embarcação que levantara âncora ao mesmo tempo que ele e chegara a porto seguro.

Mas essa embarcação, proveniente de Calcutá como o *Pharaon*, já chegara havia quinze dias, ao passo que do *Pharaon* não se tinha notícia.

Foi nesse estado de coisas que, no dia seguinte àquele em que concluíra com o sr. de Boville o importante negócio já mencionado, o representante da Thomson & French, de Roma, apresentou-se na casa do sr. Morrel.

Emmanuel o recebeu. O rapaz, que se assustava a cada novo rosto que aparecia, pois cada novo rosto anunciava um novo credor, o qual, receoso, vinha questionar o dono da firma, o rapaz, como dizíamos, quis poupar ao seu patrão o aborrecimento dessa visita. Interrogou o recém-chegado, mas este declarou que nada tinha a dizer ao sr. Emmanuel e que era com o sr. Morrel em pessoa que desejava falar. Emmanuel, suspirando, chamou Coclès. Coclès apareceu e o rapaz ordenou-lhe que conduzisse o estrangeiro até o sr. Morrel.

Coclès foi na frente e o estrangeiro o seguiu.

Na escada, encontraram uma bonita moça de dezesseis a dezessete anos, que olhou para o estrangeiro com inquietação.

Coclès não notou aquela expressão em seu rosto, que não obstante pareceu não ter escapado ao estrangeiro.

— O sr. Morrel está no gabinete, srta. Julie? — perguntou o tesoureiro.

— Sim, pelo menos acho que está — disse a rapariga, hesitante. — Vá verificar, Coclès, e, se meu pai estiver lá, anuncie o cavalheiro.

— Anunciar-me seria inútil, senhorita — respondeu o inglês —, o sr. Morrel não conhece o meu nome. Mas basta esse bom homem dizer que sou o representante oficial dos srs. Thomson e French, de Roma, com os quais a firma do sr. seu pai mantém relações.

A rapariga empalideceu e continuou a descer, enquanto Coclès e o estrangeiro continuavam a subir.

Ela entrou no escritório onde ficava Emmanuel, e Coclès, com a ajuda de uma chave que estava em seu poder, e que anunciava suas entradas solenes diante do patrão, abriu uma porta envidraçada no fim do corredor do segundo andar, introduziu o estrangeiro num vestíbulo, abriu uma segunda porta, que fechou atrás de si e, após ter deixado por um instante sozinho o representante da Thomson & French, reapareceu fazendo-lhe sinal de que podia entrar.

O inglês entrou; encontrou o sr. Morrel sentado diante de uma mesa, empalidecendo ao se deparar com as assustadoras colunas do livro-caixa onde estava inscrito seu passivo.

Ao ver o estrangeiro, o sr. Morrel fechou o livro, levantou-se e ofereceu-lhe um assento; em seguida, ao ver o estrangeiro sentar, sentou-se também.

Catorze anos haviam mudado muito o digno comerciante, que, aos trinta e seis anos no começo dessa história, estava agora prestes a completar cinquenta: seus cabelos haviam embranquecido, sua testa estava sulcada por rugas de preocupação; seu olhar, enfim, outrora tão firme e determinado, tornara-se vago e irresoluto, parecendo temer sempre a obrigação de se fixar ou numa ideia ou num homem.

O inglês olhou para ele com um misto evidente de curiosidade e interesse.

— O cavalheiro — disse Morrel, cujo mal-estar parecia redobrar a esse exame — deseja falar comigo?

— Sim, senhor. Sabe da parte de quem venho, não?

— Da parte da Casa Thomson & French, pelo menos ao que me disse meu tesoureiro.

— Ele lhe disse a verdade, senhor. A Casa Thomson & French tinha, no correr deste mês e do próximo, trezentos ou quatrocentos mil francos a pagar na França, e conhecendo a rigorosa pontualidade do senhor, reuniu todos os papéis que pôde encontrar sob sua assinatura e me encarregou, à medida que esses papéis vencessem, de receber os fundos junto ao senhor e investi-los.

Morrel soltou um longo suspiro e passou a mão em sua testa coberta de suor.

— Então — perguntou Morrel —, o senhor tem promissórias assinadas por mim?

— Sim, senhor, uma soma bastante considerável.

— Quanto? — perguntou Morrel, tentando emprestar segurança à própria voz.

— Ora, para começar temos aqui — disse o inglês, tirando um maço de papéis do seu bolso — uma transferência de duzentos mil francos feita à nossa firma pelo sr. de Boville, o inspetor das prisões. Reconhece dever essa soma ao sr. de Boville?

— Sim, senhor, trata-se de um investimento que ele fez na minha firma, a quatro e meio por cento, já se vão cinco anos...

— E que o senhor deve quitá-lo...

— Metade no dia 5 deste mês, metade no 5 do próximo mês.

— É isso; e ainda tenho aqui trinta e dois mil e quinhentos francos, no correr deste mês: são promissórias assinadas pelo senhor e passadas à nossa ordem por avalistas.

— Eu as reconheço — disse Morrel, cujo rosto o vermelho da vergonha tingia enquanto pensava que, pela primeira vez na vida, talvez não conseguisse honrar sua assinatura. — É tudo?

— Não, senhor, tenho também esses valores para o fim do mês que vem, passados a nós pela Casa Pascal e a Casa Wild & Turner, de Marselha, somando cinquenta e cinco mil francos aproximadamente; ao todo são duzentos e oitenta e sete mil e quinhentos francos.

Impossível descrever o que sofria o infeliz Morrel durante essa enumeração.

— Duzentos e oitenta e sete mil e quinhentos francos — repetiu ele mecanicamente.

— Sim, senhor — respondeu o inglês. — Ora — continuou ele, após um instante de silêncio —, não lhe esconderei, sr. Morrel, que, embora fazendo jus à sua probidade sem manchas até o presente, corre em Marselha que o senhor não estaria em condições de fazer face aos seus compromissos.

Após essa introdução quase brutal, Morrel empalideceu terrivelmente.

— Cavalheiro — disse ele —, até o presente, e faz mais de vinte e quatro anos que recebi a firma das mãos do meu pai, firma que ele mesmo administrou durante trinta e cinco anos, ou nenhum título assinado por Morrel & Filho foi apresentado à contabilidade sem ser pago.

— Sim, sei disso — respondeu o inglês —, mas, de homem honrado para homem honrado, fale francamente, pagará estes com a mesma pontua-lidade?

Morrel estremeceu e olhou aquele que lhe falava com mais segurança do que o fizera até então.

— Às perguntas feitas com tal franqueza — disse ele —, convém dar uma resposta franca. Sim, cavalheiro, pagarei se, como espero, meu navio chegar a porto seguro, pois essa chegada me restituirá o crédito que os sucessivos acidentes de que fui vítima me confiscaram; mas, se porventura o *Pharaon*, esse último recurso de que dependo, vier a me faltar...

As lágrimas subiram aos olhos do coitado do armador.

— E então — perguntou seu interlocutor —, se esse último recurso vier a lhe faltar...?

— Pois bem — continuou Morrel —, cavalheiro, é cruel dizer isso... contudo, já acostumado aos infortúnios, precisarei me acostumar à vergonha, pois bem, creio que serei obrigado a suspender meus pagamentos.

— Não tem nenhum amigo que possa ajudá-lo nesse caso?

Morrel sorriu tristemente.

— Nos negócios, cavalheiro — ele disse —, não temos amigos, o senhor sabe muito bem disso, temos apenas sócios.

— É verdade — murmurou o inglês. — Então tem apenas uma única esperança?

— Uma única.

— A última?

— A última.

— De maneira que, se essa esperança lhe faltar...

— Estou perdido, cavalheiro, completamente perdido.

— Quando eu vinha para sua casa, um paquete adentrava o porto.

— Sei disso, cavalheiro. Um rapaz que permaneceu fiel apesar da minha má sorte passa parte do tempo num mirante situado no alto da casa, na esperança de vir a ser o primeiro a me anunciar uma boa notícia. Eu soube por ele da entrada desse paquete.

— E não é o seu?

— Não, é um navio paquete, o *Gironde*; vem da Índia também, mas não é o meu.

— Talvez ele saiba de alguma coisa acerca do *Pharaon* e lhe traga alguma notícia.

— Será que preciso lhe dizer, senhor?! Meu receio de saber notícias do meu três-mastros é quase tão grande quanto o de permanecer na incerteza. A incerteza ainda é esperança.

Em seguida, o sr. Morrel acrescentou com uma voz abafada:

— Esse atraso não é natural; o *Pharaon* partiu de Calcutá em 5 de fevereiro; há mais de um mês devia estar aqui.

— O que é isso? — perguntou o inglês, aguçando os ouvidos. — E o que quer dizer esse barulho?

— Oh, meu Deus, meu Deus! — exclamou Morrel, empalidecendo. — O que mais será?

Com efeito, faziam um grande barulho na escada; pessoas iam e vinham, ouvia-se até mesmo um grito de dor.

Morrel levantou-se para abrir a porta, mas faltaram-lhe forças e ele voltou a afundar na poltrona.

Os dois homens ficaram um em frente ao outro, Morrel tremendo dos pés à cabeça, o estrangeiro olhando-o com uma expressão de profunda piedade. O barulho cessara, mas entrementes parecia que Morrel esperava alguma coisa; aquele barulho tinha uma causa, devia ter uma consequência.

Pareceu ao estrangeiro que subiam suavemente a escada e que os passos, de várias pessoas, paravam no corredor.

Uma chave foi introduzida na fechadura da primeira porta e ouviu-se a porta ranger.

— Apenas duas pessoas possuem a chave daquela porta — murmurou Morrel —, Coclès e Julie.

Ao mesmo tempo, a segunda porta se abriu e eles viram aparecer a moça, pálida, com as faces banhadas de lágrimas.

Morrel levantou-se trêmulo e apoiou-se no braço de sua poltrona, sem poder mais ficar de pé. Sua voz queria interrogar, porém ele não tinha mais voz.

— Oh, meu pai! — exclamou a jovem, com as mãos unidas em súplica. — Perdoe a sua filha por ser a mensageira de uma notícia ruim!

Morrel empalideceu terrivelmente; Julie lançou-se em seus braços.

— Oh, papai, papai! — disse ela. — Coragem!

— Então o *Pharaon* naufragou? — perguntou Morrel, com uma voz estrangulada.

A moça não respondeu, mas fez um sinal afirmativo com a cabeça, apoiada no peito do pai.

— E a tripulação? — perguntou Morrel.

— Salva — disse a moça —, salva pelo navio bordelês que acaba de entrar no porto.

Morrel levantou as duas mãos para o céu com uma expressão de resignação e de sublime gratidão.

— Obrigado, meu Deus! — disse Morrel. — Pelo menos golpeais apenas a mim.

Por mais fleugmático que fosse o inglês, uma lágrima umedeceu sua pálpebra.

— Entrem — disse Morrel —, entrem, pois presumo que todos estejam na porta.

Com efeito, mal pronunciara essas palavras, a sra. Morrel entrou soluçando; Emmanuel a seguia; ao fundo, na saleta, viam-se os rudes semblantes de sete ou oito marujos seminus. À vista daqueles homens, o inglês estremeceu; deu um passo em sua direção, mas se conteve e se recolheu, ao contrário, no canto mais escuro e afastado do gabinete.

A sra. Morrel foi sentar-se na poltrona, tomou uma das mãos do marido entre as suas, enquanto Julie permanecia recostada no peito do pai. Emmanuel ficara a meio caminho do quarto e parecia servir de elo entre o grupo da família Morrel e os marujos que estavam à porta.

— Como isso aconteceu? — perguntou Morrel.

— Aproxime-se, Penelon — disse o rapaz —, e relate o acontecido.

Um velho marinheiro, bronzeado pelo sol do equador, avançou revolvendo nas mãos os restos de um chapéu.

— Bom dia, sr. Morrel — disse ele, como se tivesse deixado Marselha na véspera e chegasse de Aix ou de Toulon.

— Bom dia — disse o armador, não conseguindo deixar de sorrir em meio às suas lágrimas. — Mas, onde está o capitão?

— No que se refere ao capitão, sr. Morrel, ficou doente em Palma; porém, se Deus quiser, não será nada e o senhor o verá chegar dentro de alguns dias tão bem de saúde quanto nós dois.

— Ótimo... agora, fale, Penelon — disse o sr. Morrel.

Penelon, passando o tabaco que mascava da bochecha direita para a bochecha esquerda, pôs a mão diante da boca, virou de lado, lançou na saleta um longo jato de saliva escura, avançou e, equilibrando-se nos quadris, disse:

— Na oportunidade, sr. Morrel, estávamos alguma coisa como entre o cabo Branco e o cabo Mogador, navegando sob uma bonita brisa sul-sudoeste, após nos arrastarmos durante uma semana de calmaria, quando o capitão

Gaumard aproxima-se de mim, devo dizer que eu estava no leme, e me diz: "Seu Penelon, o que acha daquelas nuvens que se levantam ao longe no horizonte?"

"Eu estava justamente olhando para elas naquele momento.

"— O que acho, capitão?! Acho que estão se formando um pouco mais rápido que de costume e que são mais negras do que convém a nuvens que não tenham más intenções.

"— É a minha opinião também — disse o capitão —, e vou continuar tomando as minhas precauções. Estamos com velas demais para o vento que vai fazer daqui a pouco... Olá! Apertem bem os sobrejoanetes e abaixem o pitifoque.

"Já não era sem tempo; a ordem ainda não estava executada e o vento já estava em nosso encalço e a embarcação adernava.

"— Bem — disse o capitão —, ainda temos muita vela, dê um jeito de amarrar a vela principal.

"Cinco minutos depois, a vela principal estava amarrada e navegávamos apenas com a mezena, as velas da gávea e os joanetes.

"— E agora, seu Penelon — me disse o capitão —, por que está balançando a cabeça?

"— Porque, veja bem, no seu lugar eu não me contentaria com isso.

"— Acho que tem razão, velho — disse ele —, vamos ter uma ventania.

"— Ah, capitão — eu lhe respondo —, quem apostasse que lá adiante está batendo uma ventania ainda ganharia alguma coisa em cima disso; é uma bela e boa tempestade, ou então não me chamo Penelon!

"Isso significa que víamos o vento chegar como vemos chegar a areia em Montredon[26]; felizmente o responsável era um homem que conhecia aquilo.

"— Arranje-se para pegar duas rizes nas velas da gávea! — gritou o capitão —, afrouxe as bolinas, braceie a barlavento, recolha as velas da gávea, examine as talhas sobre as vergas!"

— Isso não basta naquelas paragens — interrompeu o inglês. — Eu teria pego quatro rizes e me livrado da mezena.

Essa voz firme, sonora e inesperada, fez todo mundo tremer. Penelon colocou a mão sobre os olhos e olhou para aquele que antecipava tão magistralmente a manobra de seu capitão.

— Fizemos ainda melhor que isso, senhor — disse o velho marujo, com certo respeito —, pois orçamos a brigandina e colocamos a barra ao vento para correr à frente da tempestade. Dez minutos depois, amarrávamos as velas da gávea e seguíamos secos de velas.

---

26. Montredon: antigo nome da ilha do Farol, já citada anteriormente. Trata-se de uma praia de areia, daí a fala do marujo.

— A embarcação era muito velha para arriscar isso — discordou o inglês.

— Pois foi justamente o que nos desgraçou. Ao cabo de doze horas, em que balançamos como se o diabo tivesse pegado em armas, declarou-se uma infiltração de água. "Penelon — disse-me o capitão —, acho que estamos afundando, meu velho; passe-me então o leme e desça ao porão."

"Entrego-lhe o leme, desço; já havia um metro de água. Subo de novo gritando: 'Às bombas! às bombas!' Mas, claro, já era tarde demais! Assim mesmo pusemos mãos à obra; mas acho que quanto mais água tirávamos mais entrava.

"— Ah! palavra de honra — disse eu quatro horas depois —, já que afundamos, deixe afundar, morre-se apenas uma vez!

"— É assim que dá o exemplo, mestre Penelon? — disse o capitão. — Pois muito bem... espere, espere!

"Foi pegar uma pistola em sua cabine.

"— O primeiro que largar a bomba de sucção — ele disse —, eu arrebento seus miolos!"

— Muito bem — disse o inglês.

— Os bons motivos são a melhor coisa para dar coragem — continuou o marujo —, ainda mais que nesse ínterim o tempo clareara e o vento diminuíra; mas nem por isso a água deixava de subir, não muito, cinco centímetros talvez por hora, mas, enfim, subia. Cinco centímetros por hora, veja o senhor, não parece nada; mas em doze horas isso significa nada menos que sessenta centímetros, e sessenta centímetros é mais que meio metro. Meio metro mais um, que já tínhamos, dá um metro e meio. Ora, quando uma embarcação tem um metro e meio de água na barriga, pode ser considerada hidrópica.

"— Pronto — disse o capitão —, já chega, e o sr. Morrel nada tem a nos censurar: fizemos o possível para salvar o barco; agora temos que tratar de salvar os homens. Para a chalupa, grumetes, e mais rápido!

"Escute, sr. Morrel — continuou Penelon —, nós amamos de fato o *Pharaon*, mas por mais que o marinheiro ame seu navio, ama ainda mais a própria pele. Portanto, não esperamos ele falar duas vezes; dito isto, o senhor vê que a embarcação se queixava e parecia nos dizer: 'Podem ir embora, mas vão logo!' E ele não mentia, o pobre *Pharaon*; sentíamos literalmente ele se afundar sob nossos pés. Tanto é que, num piscar de olhos, a chalupa estava no mar e nós oito dentro dela.

"O capitão desceu por último, ou melhor, não, não desceu, pois não queria deixar o navio, fui eu que o peguei à força e joguei para os colegas, depois pulei por minha conta. Já não era sem tempo. Quando eu acabava de pular, o tombadilho arrebentou com um barulho que parecia o canhoneio de um brigue de quarenta e oito peças de artilharia.

"Dez minutos depois, ele mergulhou a proa, depois a popa, em seguida começou a girar sobre si mesmo, como um cachorro atrás do próprio rabo; e depois, adeus, camaradas, brrru...! tudo estava acabado, era o fim do *Pharaon*!

— … *fui eu que o peguei à força e joguei para os colegas* …

"Quanto a nós, ficamos três dias sem beber nem comer; de modo que já falávamos em tirar à sorte para saber quem alimentaria os demais, quando avistamos o *Gironde*: fizemos sinais, ele nos viu, embicou a proa em nossa direção, nos mandou sua chalupa e nos recolheu. Eis como a coisa aconteceu, sr. Morrel, palavra de honra! Pela minha fé de marujo! Não é, pessoal?"

Um murmúrio geral de aprovação demonstrou que o narrador reunira todos os sufrágios graças à verdade do que dizia e ao pitoresco dos detalhes.

— Bem, meus amigos — disse o sr. Morrel —, vocês são corajosos, e eu já sabia que a tragédia da qual eu era vítima não tinha outro culpado senão o meu destino. É vontade de Deus e não culpa dos homens. Adoremos a vontade de Deus. Mas, me digam, quanto vocês têm a receber de soldo?

— Bah! Não falemos nisto, sr. Morrel.

— Pelo contrário, falemos — disse o armador com um sorriso triste.

— Já que insiste, temos três meses a receber... — disse Penelon.

— Coclès, pague duzentos francos a cada um desses bravos. Em outros tempos — continuou Morrel —, eu teria acrescentado: dê a cada um duzentos francos de gratificação; mas os tempos são ingratos, meus amigos, e o pouco de dinheiro que me resta não me pertence mais. Então me desculpem e não deixem de me apreciar menos por isto.

Penelon fez uma careta de enternecimento, voltou-se para os seus companheiros, trocou algumas palavras com eles e voltou.

— A propósito, sr. Morrel — disse ele, passando seu tabaco para o outro lado da boca e lançando outra cusparada na saleta, que foi fazer companhia à primeira —, a propósito...

— De quê?

— Do dinheiro...

— Qual é o problema?

— O problema! Sr. Morrel, meus colegas estão dizendo que por enquanto se contentarão com cinquenta francos cada um e esperarão pelo restante.

— Obrigado, meus amigos, obrigado! — exclamou o sr. Morrel, comovido até o fundo do coração. — Todos vocês têm o coração de ouro; mas peguem, peguem e, se encontrarem um bom trabalho, candidatem-se, estão livres.

Esta última parte da frase teve um efeito prodigioso nos dignos marujos. Olharam-se uns para os outros com a expressão perturbada. Penelon, cuja respiração vacilava, quase engoliu seu tabaco; felizmente levou a mão à garganta a tempo.

— Como, sr. Morrel — disse ele, com uma voz estrangulada —, como!? Está nos despedindo! Então está descontente conosco?

— Não, meus filhos — disse o armador. — Não, não estou descontente com vocês, muito pelo contrário. Não, não os estou demitindo. Mas, que querem, não tenho mais navios, não preciso mais de marujos.

— Como não tem mais navio! — exclamou Penelon. — Ora, o senhor construirá outros, vamos esperar. Deus é testemunha, sabemos o que é velejar contra o vento!

— Não tenho mais dinheiro para construir navios, Penelon — disse o armador com um triste sorriso —, logo, não posso aceitar sua oferta, por mais gentil que seja.

— Ora essa! Se não tem dinheiro, não precisa nos pagar; faremos como fez esse coitado do *Pharaon*, navegaremos sem vela, e não se fala mais nisso!

— Basta, basta, meus amigos — disse Morrel, arfando de emoção. — Vão, por favor. Nos encontraremos em tempos melhores. Emmanuel — acrescentou o armador —, acompanhe-os e se empenhe para que meus desejos sejam realizados.

— Pelo menos até logo, não é, sr. Morrel? — disse Penelon.

— Sim, meus amigos, pelo menos é o que espero; vão.

E fez um sinal para Coclès, que saiu na frente. Os marujos seguiram o tesoureiro, e Emmanuel seguiu os marujos.

— Agora — disse o armador à mulher e à filha —, deixem-me sozinho por um instante; tenho que conversar com o cavalheiro.

E apontou com os olhos o representante da Casa Thomson & French, que durante toda a cena permanecera em pé e imóvel num canto, participando apenas com as poucas palavras que relatamos. As duas mulheres ergueram os olhos para o estrangeiro, de quem se haviam esquecido completamente, e se retiraram; porém, ao se retirarem, a moça dirigiu para esse homem um relance sublime de súplica, ao qual ele respondeu com um sorriso que um observador imparcial teria ficado surpreso de ver naquele rosto de gelo. Os dois homens ficaram sozinhos.

— Muito bem, senhor! — disse Morrel, deixando-se cair em sua poltrona. — O senhor viu tudo, ouviu tudo, não tenho mais nada a lhe dizer.

— Vi, senhor — disse o inglês —, que foi vítima de uma nova e imerecida tragédia, como as outras, o que só faz aumentar meu desejo de lhe ser agradável.

— Oh, senhor! — disse Morrel.

— Vejamos — disse o estrangeiro. — Sou um de seus principais credores, não é mesmo?

— Pelo menos é o que está de posse das promissórias de mais curto prazo.

— Quer um prazo maior para me pagar?

— Um prazo poderia me salvar a honra e, por conseguinte, a vida.

— Precisa de quanto tempo?

Morrel hesitou.

— Dois meses — disse.

— Muito bem — disse o estrangeiro —, dou-lhe três.

— Mas acha que a Thomson & French...

— Fique tranquilo, senhor, assumo toda a responsabilidade. Hoje é dia 5 de junho.

— Exato.

— Pois bem, renove todas essas promissórias para 5 de setembro; e 5 de setembro, às onze da manhã — o pêndulo marcava onze horas em ponto naquele momento —, apresentar-me-ei em sua casa.

— Ficarei à sua espera — disse Morrel —, ou o senhor será pago, ou estarei morto.

Estas últimas palavras foram pronunciadas tão baixinho que o estrangeiro não conseguiu ouvi-las.

As promissórias foram renovadas, as velhas, rasgadas, e o pobre armador tinha ainda três meses à sua frente para reunir seus últimos recursos.

O inglês recebeu seus agradecimentos com a fleugma peculiar à sua nação e despediu-se de Morrel, que o acompanhou abençoando-o até a porta.

Ao descer a escada, encontrou Julie. A moça fingia estar descendo, mas na realidade o aguardava.

— Oh, senhor! — ela disse, juntando as mãos.

— A senhorita — disse o estrangeiro — receberá um dia uma correspondência assinada... Simbad, o marujo... faça minuciosamente o que lhe disser esta carta, por mais estranha lhe pareça a recomendação.

— Sim, senhor — respondeu Julie.

— Promete que fará?

— Juro.

— Ótimo! Adeus, senhorita. Continue sempre a moça bondosa e santa que é, e tenho esperanças de que Deus a recompensará dando-lhe Emmanuel como marido.

Julie soltou um gritinho, ficou vermelha como uma cereja e segurou no corrimão para não cair.

O estrangeiro seguiu adiante dirigindo-lhe um aceno de despedida.

No pátio encontrou Penelon, que segurava um maço de cem francos em cada mão e parecia não conseguir se decidir a levá-los consigo.

— Venha, meu amigo — disse-lhe o estrangeiro —, preciso conversar com o senhor.

9. O 5 DE SETEMBRO

O prazo concedido pelo representante da Casa Thomson & French, no momento em que Morrel menos esperava, pareceu ao infeliz armador um desses retornos de felicidade que anunciam ao homem que o destino finalmente cansou de espezinhá-lo. No mesmo dia, contou o que lhe acontecera à filha, à mulher e a Emmanuel, e um pouco de esperança, se não de tranquilidade, penetrou na família. Mas infelizmente Morrel não tinha negócios apenas com a Casa Thomson & French, que se mostrara tão conciliadora. Como ele dizia, no comércio temos sócios, não amigos. Por mais que se interrogasse profundamente, não conseguia entender aquela atitude generosa dos srs. Thomson e French; só a explicava pela reflexão inteligentemente egoística que essa firma teria feito: mais vale sustentar um homem que nos deve perto de trezentos mil francos e ter esses trezentos mil francos no fim de três meses do que apressar sua ruína e reaver seis ou oito por cento do capital.

Infelizmente, fosse por ódio ou cegueira, nem todos os sócios de Morrel fizeram a mesma reflexão, alguns chegaram inclusive a fazer a reflexão oposta. As duplicatas assinadas por Morrel foram então apresentadas à tesouraria com um escrupuloso rigor e, graças ao prazo concedido pelo inglês, foram quitadas por Coclès com absoluta transparência. Coclès, portanto, permaneceu em sua tranquilidade fatídica. Apenas o sr. Morrel percebeu com terror que, se tivesse que pagar, dia 5, os cem mil francos de Boville e, dia 30, os trinta e dois mil e quinhentos francos de duplicatas para as quais, bem como para a dívida com o inspetor das prisões, tinha um prazo, seria a partir daquele mês um homem arruinado.

A opinião de todo o comércio de Marselha era de que, sob os sucessivos reveses que o afligiam, Morrel não iria resistir. O espanto então foi grande ao verem seu mês fechado com a pontualidade de costume. Entretanto, isso não fez com que a confiança voltasse aos espíritos, e adiaram unanimemente para o fim do mês seguinte a declaração de falência do desafortunado armador.

O mês inteiro passou-se em esforços inauditos por parte de Morrel para mobilizar todos os seus recursos. Em outros tempos, suas promissórias, em qualquer data que fosse, eram aceitas com confiança, e até mesmo requisitadas. Morrel tentou negociar promissórias para noventa dias e encontrou todos os bancos fechados. Felizmente, tinha algumas receitas com as quais podia contar; essas receitas se concretizaram. Morrel viu-se então em condições de cumprir seus compromissos quando chegou o fim de julho.

De resto, não se voltou a ver em Marselha o representante da Casa Thomson & French; no dia seguinte ou dois dias após sua visita ao sr. Morrel, ele havia desaparecido; ora, como em sua passagem pela cidade ele só estivera com o prefeito, o inspetor das prisões e o sr. Morrel, sua passagem não deixara outro vestígio senão a diferente lembrança que essas três pessoas guardaram dele. Quanto aos marujos do *Pharaon*, deviam ter encontrado trabalho, pois desapareceram também.

O capitão Gaumard, recuperado da indisposição que o retivera em Palma, retornou por sua vez. Hesitou em se apresentar na residência do sr. Morrel, mas este soube de sua chegada e foi pessoalmente encontrá-lo. O digno armador sabia antecipadamente, pelo relato de Penelon, do comportamento corajoso do capitão durante todo o naufrágio, e foi ele que tentou consolá-lo. Levava-lhe o montante do seu soldo, que o capitão Gaumard não teria ousado ir receber.

Quando descia a escada, o sr. Morrel encontrou Penelon, que ia subindo. Penelon, aparentemente, fizera bom uso do dinheiro, pois vestia roupas novinhas em folha. Ao se deparar com o armador, o digno timoneiro pareceu embaraçadíssimo; enfiou-se no canto mais afastado do corredor, passou alternadamente seu tabaco de mascar da bochecha esquerda para a direita e da direita para a esquerda, revolvendo olhos arregalados e assustados, respondendo apenas com uma pressão tímida ao aperto de mão que lhe ofereceu com sua cordialidade de costume o sr. Morrel. O sr. Morrel atribuiu o embaraço de Penelon à elegância de sua toalete: era evidente que o bom homem não pagara do seu bolso aquele luxo todo; então já estava empregado a bordo de algum navio, e sua vergonha resultava de que não tinha, se assim podemos nos exprimir, feito o luto completo pelo *Pharaon*. Talvez inclusive viesse para informar ao capitão Gaumard sua boa sorte e lhe contar as prodigalidades de seu novo patrão.

— Boa gente — disse Morrel afastando-se —, possa seu novo patrão amá-los como eu os amei e ser mais feliz do que eu!

Agosto transcorreu em tentativas incessantemente renovadas por Morrel de recuperar sua antiga linha de crédito ou abrir uma nova. No dia 20 de agosto soube-se em Marselha que ele comprara uma passagem numa diligência e comentou-se então que a falência devia ser declarada no fim do mês corrente e que Morrel partira antes para não assistir a esse ato cruel, delegado provavelmente ao seu representante oficial Emmanuel e seu tesoureiro Coclès. Porém, contrariando todas as previsões, quando chegou o dia 31 de agosto, o guichê da tesouraria abriu como de costume. Coclès apareceu atrás da gradinha, calmo como o justo de Horácio[27], examinou com a atenção de sempre o título que lhe apresentavam e, da primeira até a última, pagou as duplicatas com a mesma pontualidade. Houve inclusive dois pagamentos a investidores, previstos pelo sr. Morrel e que Coclès pagou com a mesma pontualidade das duplicatas nominais ao armador. Ninguém entendia mais nada, e adiavam, com a tenacidade particular dos profetas do mau agouro, a falência para o fim de setembro.

No dia 1º o sr. Morrel chegou. Era esperado por toda a família com grande ansiedade; daquela viagem a Paris deveria resultar sua última esperança de salvação. Morrel pensara em Danglars, então milionário e outrora seu devedor, uma vez que fora por recomendação de Morrel que Danglars conseguira um emprego junto ao banqueiro espanhol com quem começara sua imensa fortuna. Agora, dizia-se, Danglars possuía seis ou oito milhões, um crédito ilimitado. Danglars, sem tirar um escudo do bolso, podia salvar Morrel; avalizando um único empréstimo, Morrel estava salvo. Morrel vinha pensando em Danglars fazia tempo: mas há certas repulsas instintivas que não dominamos, e Morrel adiara o máximo possível recorrer a esse supremo recurso. Estava certo, pois voltara prostrado sob a humilhação de uma recusa.

Assim, ao voltar, Morrel não exalara nenhuma queixa, não proferira nenhuma recriminação; beijara chorando a mulher e a filha, estendera a mão amistosa para Emmanuel, fechara-se em seu gabinete do segundo andar e chamara Coclès.

— Dessa vez — haviam dito as duas mulheres a Emmanuel —, estamos perdidos.

Em seguida, num breve conciliábulo entre elas, tinha sido combinado que Julie escreveria a seu irmão, num quartel em Nîmes, para que viesse sem perda de tempo.

As pobres mulheres sentiam instintivamente que precisavam de todas as forças para resistir ao golpe que as ameaçava.

A propósito, Maximilien Morrel, embora com apenas vinte e dois anos, já tinha grande influência sobre o pai.

---

27. "o justo de Horácio": referência a uma passagem das *Odes*, III, v.1.

Era um moço determinado e direito. No momento em que se tratara de abraçar uma profissão, seu pai não quisera lhe impor previamente um futuro e consultou as inclinações do jovem Maximilien. Este então havia declarado que desejava seguir a carreira militar; fizera, por conseguinte, excelentes estudos, entrara por concurso na Escola Politécnica e saíra de lá subtenente no 53º regimento de infantaria. Havia um ano ocupava aquele posto e tinha a promessa de ser promovido a tenente na primeira oportunidade. No regimento, Maximilien Morrel era elogiado como rígido observador não apenas de todas as obrigações impostas ao soldado, como de todos os deveres sugeridos ao homem, e só era chamado de o *estoico*. Não é preciso dizer que muitos daqueles que lhe davam esse epíteto o repetiam apenas como papagaios, pois sequer sabiam o que isso queria dizer.

Era esse moço que sua mãe e sua irmã chamavam em seu socorro para apoiá-las na circunstância grave que percebiam que iam enfrentar.

Não haviam se enganado sobre a gravidade daquela circunstância, pois, um instante depois que o sr. Morrel entrou no gabinete com Coclès, Julie viu este último sair de lá pálido, trêmulo e com o semblante completamente transtornado.

Quis interrogá-lo, quando ele passava perto dela; mas o bom homem, continuando a descer a escada com uma precipitação que não lhe era costumeira, contentou-se em exclamar, levantando os braços:

— Oh, senhorita, senhorita! Que desgraça terrível! E quem um dia poderia acreditar numa coisa dessas!

Um instante depois, Julie viu-o subir de novo, carregando dois ou três livros-caixa, uma pasta e um saco de dinheiro.

Morrel consultou os livros, abriu a pasta, contou o dinheiro.

Todos os seus recursos somavam seis ou oito mil francos, suas receitas até o dia 5, quatro ou cinco mil; o que perfazia, calculando pelo máximo, um ativo de catorze mil francos para fazer face a uma promissória de duzentos e oitenta e sete mil e quinhentos francos. Não havia nem como oferecer um adiantamento daqueles.

Entretanto, quando Morrel desceu para jantar, parecia bastante calmo. Essa calma assustou as duas mulheres além do que poderia ter feito o mais profundo abatimento.

Depois do jantar, Morrel tinha o costume de sair; ia tomar seu café no Clube dos Fócidos[28] e ler o *Sémaphore*[29]: naquele dia não saiu e tornou a subir para o seu gabinete.

---

28. No que se refere à Fócida e a Marselha, ver Parte I, cap.1, nota 1.

29. *Sémaphore*: diário fundado em 1928, cujo nome completo era *Le Sémaphore de Marseille*.

Quanto a Coclès, parecia inteiramente perplexo. Durante uma parte do dia ficara no pátio, sentado numa pedra, com a cabeça descoberta sob um sol de trinta graus.

Emmanuel tentava tranquilizar as mulheres, mas não era eloquente. O jovem estava suficientemente a par dos negócios da firma para não perceber que uma grande catástrofe pairava sobre a família Morrel.

Anoiteceu: as duas mulheres permaneciam de vigília, esperando que ao descer de seu gabinete Morrel entrasse no cômodo onde costumavam ficar; mas ouviram-no passar diante da porta, abafando seus passos provavelmente no receio de ser chamado.

Elas aguçaram os ouvidos, ele voltou para o gabinete e trancou a porta por dentro.

A sra. Morrel mandou sua filha ir se deitar; em seguida, meia hora depois que Julie se retirara, levantou-se, tirou os sapatos e foi até o corredor espiar pela fechadura o que o marido fazia.

No corredor percebeu uma sombra que se retirava: era Julie, também preocupada, que se antecipara à mãe.

A jovem foi até a sra. Morrel.

— Ele está escrevendo — disse.

As duas mulheres se entenderam sem falar.

A sra. Morrel curvou-se até a altura da fechadura. Com efeito, Morrel escrevia; porém, o que não observara a moça, e a sra. Morrel observou, é que seu marido escrevia em papel timbrado.

Ocorreu-lhe a terrível ideia de que ele fazia seu testamento; ficou arrepiada dos pés à cabeça, e no entanto teve forças para não dizer nada.

No dia seguinte, o sr. Morrel parecia completamente calmo; ficou em seu escritório como de costume, desceu para o desjejum como de costume, apenas depois do jantar sentou sua filha perto de si, pegou a cabeça da jovem nos braços e a manteve longamente contra o seu peito.

À noite, Julie disse à mãe que, embora aparentemente calmo, notara que o coração do pai batia violentamente.

Os dois dias seguintes transcorreram praticamente da mesma forma. Na noite de 4 de setembro, o sr. Morrel voltou a pedir à filha a chave de seu gabinete.

Julie estremeceu diante deste pedido, que lhe pareceu sinistro. Por que seu pai lhe pedia aquela chave que ela nunca largava e que só lhe era pedida em sua infância para castigá-la?!

A moça olhou para o sr. Morrel.

— Que fiz de errado, meu pai — disse ela —, para que queira essa chave de volta?

— Nada, minha filha, nada — respondeu o infeliz Morrel, a quem esse pedido tão simples fez brotar lágrimas nos olhos —, apenas preciso dela.

Julie fingiu procurar a chave.

— Devo ter deixado no meu quarto — disse.

E saiu: porém, em vez de se dirigir ao quarto, desceu e correu para consultar Emmanuel.

— Não entregue essa chave ao seu pai — disse este —, e amanhã de manhã, se possível, não saia de perto dele.

Ela tentou questionar Emmanuel; mas este não sabia mais nada, ou não queria dizer mais nada.

Durante toda a noite de 4 para 5 de setembro, a sra. Morrel permaneceu com o ouvido colado ao revestimento de madeira. Escutou o marido andar agitado pelo quarto até as três da manhã.

Apenas às três horas ele se atirou na cama.

As duas mulheres passaram a noite juntas. Desde a noite da véspera esperavam por Maximilien.

Às oito horas, o sr. Morrel entrou no quarto delas. Estava calmo, mas liase a agitação da noite em seu rosto pálido e desfeito.

As mulheres não ousaram lhe perguntar se dormira bem.

Morrel tratou melhor a mulher e foi mais paternal com a filha do que jamais fora; não conseguia despregar os olhos de sua pobre filha e parar de abraçá-la.

Julie lembrou-se da recomendação de Emmanuel e fez menção de ir atrás do pai quando ele saiu; mas este a repeliu delicadamente:

— Faça companhia à sua mãe — disse-lhe.

Julie quis insistir.

— É uma ordem! — disse Morrel.

Era a primeira vez que Morrel dizia à filha: "É uma ordem!", mas dizia aquilo num tom marcado por uma doçura tão paternal que Julie não ousou dar um passo à frente.

Ficou no mesmo lugar, de pé, muda e imóvel. Um instante depois, a porta se reabriu e ela sentiu braços a rodeando e uma boca colando à sua testa.

Levantou os olhos e soltou uma exclamação de alegria:

— Maximilien, meu irmão! — exclamou.

A esse grito, a sra. Morrel acorreu e se lançou nos braços do filho.

— Mamãe — disse o rapaz olhando alternadamente para a sra. Morrel e sua filha —, qual é o problema? Sua carta me assustou e vim correndo.

— Julie — disse a sra. Morrel, fazendo sinal para o rapaz —, vá dizer ao seu pai que Maximilien acaba de chegar.

A moça correu para fora do quarto, mas, no primeiro degrau da escada, encontrou um homem com uma carta nas mãos.

— Não é a srta. Julie Morrel? — disse o homem, com um sotaque italiano dos mais pronunciados.

— Sim, senhor — respondeu Julie balbuciante. — Mas que quer de mim? Não o conheço.

— Leia esta mensagem — disse o homem, estendendo-lhe um bilhete.

Julie hesitava.

— Diz respeito à salvação do seu pai — disse o mensageiro.

A moça arrancou-lhe o bilhete das mãos.

Abriu-o então vivamente e leu:

Vá imediatamente à rua das Allées de Meilhan, entre na casa nº15, peça à zeladora a chave do quarto do quinto andar, entre nesse quarto, pegue no canto da lareira uma bolsa de seda vermelha e leve essa bolsa para o seu pai.

É importante que seja antes das onze horas.

A senhorita me prometeu obedecer cegamente, lembro-lhe essa promessa.

SIMBAD, O MARUJO

A moça deu um grito de alegria, levantou os olhos, procurando, para interrogá-lo, o homem que lhe entregara o bilhete, mas ele desaparecera.

Ela então voltou os olhos para o bilhete e o leu pela segunda vez e percebeu que havia um *post-scriptum*.

Leu:

É importante que a senhorita cumpra essa missão pessoalmente e sozinha; se for acompanhada ou alguém mais se apresentar, a zeladora responderá que não sabe do que se trata.

Esse *post-scriptum* foi uma poderosa correção à alegria da moça. Não teria nada a temer? Não seria alguma armadilha que lhe preparavam? Sua inocência deixava-a sem saber que perigos podia correr uma moça de sua idade, mas não precisamos conhecer o perigo para temer; há inclusive uma coisa a ser observada, é que são justamente os perigos desconhecidos que inspiram os maiores terrores.

Julie hesitava, resolveu pedir um conselho.

Porém, por força de uma estranha intuição, não foi nem à mãe nem ao irmão que recorreu, foi a Emmanuel.

Desceu, contou-lhe o que acontecera no dia em que o emissário da Thomson & French tinha ido ao escritório de seu pai; mencionou a cena da escada, repetiu-lhe a promessa que ela fizera e lhe mostrou a mensagem.

— A senhorita deve comparecer — disse Emmanuel.

— Comparecer? — murmurou Julie.

— Sim, vou acompanhá-la.

— Mas não viu que tenho de estar sozinha?

— Estará sozinha também — respondeu o moço —, mas vou esperá-la na esquina da rua du Musée; e se a senhorita demorar a ponto de me causar qualquer preocupação, então irei procurá-la e, palavra de honra, malditos sejam aqueles de quem a senhorita tiver alguma queixa.

— Então, Emmanuel — continuou hesitando a moça —, na sua opinião eu devo ir ao encontro?

— Sim; o mensageiro não lhe disse que se tratava da salvação do seu pai?

— Mas pense bem, Emmanuel, que perigo ele corre? — perguntou a moça.

Emmanuel hesitou por um instante, mas o desejo de convencer a moça de uma vez e sem demora prevaleceu.

— Escute — disse-lhe —, hoje é dia 5 de setembro, não é?

— Sim.

— Hoje, às onze horas, seu pai tem perto de trezentos mil francos a pagar.

— Sim, sabemos disso.

— Muito bem — disse Emmanuel —, o que tem no caixa não chega a quinze mil.

— Então o que vai acontecer?

— Vai acontecer que se hoje, antes das onze horas, seu pai não encontrar alguém que o socorra, ao meio-dia ele será obrigado a se declarar em bancarrota.

— Oh, venha, venha! — exclamou a moça, arrastando o moço com ela.

Durante esse tempo, a sra. Morrel contara tudo ao filho.

O rapaz sabia muito bem que, em consequência dos sucessivos reveses sofridos por seu pai, grandes mudanças haviam ocorrido no padrão de vida da família; mas ignorava que as coisas houvessem chegado àquele ponto.

Ficou arrasado.

Em seguida, de repente, precipitou-se para fora dos aposentos e subiu rapidamente a escada, pois julgava o pai em seu gabinete, mas foi inútil bater.

Ao chegar à porta do gabinete, ouviu a do quarto se abrir, virou-se e viu seu pai. Em vez de subir direto para o gabinete, o sr. Morrel voltara para lá, saindo apenas agora.

O sr. Morrel deu um grito de surpresa ao se deparar com Maximilien; ignorava a chegada do rapaz. Ficou parado ali mesmo, apertando com o braço esquerdo algo que mantinha escondido sob o redingote.

Maximilien desceu vigorosamente a escada e se lançou no pescoço do pai; porém, de repente, recuou, deixando apenas a mão direita apoiada no peito do pai.

— Papai, papai! Em nome dos céus — exclamou o rapaz —, por que essas armas?

— Maximilien — respondeu Morrel, olhando fixamente para o filho —, você é um homem, e um homem honrado; venha, vou lhe contar.

E Morrel subiu com uma passada firme até seu gabinete, enquanto Maximilien o seguia vacilante.

Morrel abriu a porta e a fechou atrás do filho; em seguida atravessou o vestíbulo, aproximou-se da escrivaninha, deixou as pistolas num canto da mesa e apontou para o filho, com a ponta do dedo, um livro-caixa aberto.

Esse livro-caixa era o retrato fiel da situação.

Morrel tinha a pagar dentro de meia hora duzentos e oitenta e sete mil e quinhentos francos.

Possuía ao todo quinze mil e cinquenta e sete francos.

— Leia — disse Morrel.

O rapaz leu e ficou por um instante como que esmagado.

Morrel não dizia uma palavra; que teria podido dizer que modificasse o inexorável decreto dos números!

— E o senhor fez tudo que podia, meu pai — perguntou o rapaz, no fim de um instante —, para superar essa infelicidade?

— Sim — respondeu Morrel.

— Não conta com nenhuma receita?

— Com nenhuma.

— Esgotou todos os seus recursos?

— Todos.

— E dentro de meia hora — disse Maximilien com uma voz sombria —, nosso nome estará desonrado!

— O sangue lava a desonra — disse Morrel.

— Tem razão, meu pai, eu compreendo.

Em seguida, estendendo as mãos para as pistolas:

— Há uma para o senhor e uma para mim — disse ele —, obrigado!

Morrel deteve sua mão.

— E sua mãe... e sua irmã... quem as alimentará?

Um arrepio percorreu o corpo inteiro do rapaz.

— Meu pai — disse ele — está pensando em me dizer para viver?

— Sim, é o que lhe digo — disse Morrel —, pois é seu dever; você tem o temperamento calmo, forte, Maximilien... Maximilien, você não é um homem comum; não lhe exijo nada, não lhe ordeno nada, apenas lhe digo: examine sua situação como se fosse um estranho e julgue-a por si mesmo.

O rapaz refletiu por um instante, e uma expressão de resignação sublime apareceu-lhe nos olhos; ele não fez senão retirar, com um movimento lento e triste, suas dragona e contradragona, insígnias de sua patente.

— Pois bem — disse estendendo a mão para Morrel —, morra em paz, papai! Eu viverei.

Morrel fez menção de se lançar de joelhos diante do filho. Maximilien o puxou para si e esses nobres corações bateram por um instante um contra o outro.

— Sabe que não tenho culpa? — disse Morrel.

Maximilien sorriu.

— Eu sei, meu pai, que o senhor é o homem mais honesto que já conheci.

— Pois bem, está tudo dito: agora volte para junto de sua mãe e sua irmã.

— Papai — disse o rapaz, dobrando o joelho —, abençoe-me.

Morrel pegou a cabeça do filho entre suas mãos, aproximou-a dele e nela imprimiu várias vezes os lábios.

— Oh, sim, sim, sim — disse —, eu o abençoo em meu nome e em nome de três gerações de homens inatacáveis. Escute agora o que eles dizem pela minha voz: o edifício que o infortúnio destruiu, a Providência pode reconstruir. Ao me verem morto de uma morte desse tipo, os mais inexoráveis terão piedade de você; talvez lhe concedam o prazo que me teriam recusado; trabalhe então para que a palavra infame não seja pronunciada; ponha mãos à obra, trabalhe, meu jovem, lute com ardor e coragem: vivam, você, sua mãe e sua irmã, do estrito necessário, a fim de que, dia a dia, o patrimônio daqueles a quem devo aumente e frutifique em suas mãos. Pense que o dia da reabilitação será um belo dia, um grande dia, um dia solene, o dia em que nesse mesmo escritório você dirá: "Meu pai morreu porque não podia fazer o que faço hoje; mas morreu tranquilo e calmo, porque sabia que eu o faria ao morrer."

— Oh, papai, papai — exclamou o rapaz —, se apesar de tudo o senhor pudesse viver!

— Se eu vivesse, tudo mudaria; se eu vivesse, o interesse se transformaria em dúvida, a piedade, em volúpia; se eu vivesse, não seria nada além de um homem que faltou com a palavra, que descumpriu seus compromissos, não seria nada além de um falido, em suma. Se eu morrer, ao contrário, pense nisso, Maximilien, meu cadáver será apenas o de um homem honesto e desgraçado. Vivo, meus melhores amigos evitariam minha casa; morto, Marselha inteira me acompanhará chorando até a minha última morada; vivo, você teria vergonha do meu nome; morto, você erguerá a cabeça e dirá: "Sou o filho daquele que se matou porque, pela primeira vez, foi obrigado a faltar com a palavra."

O rapaz soltou um gemido, mas pareceu resignado. Era a segunda vez que a convicção entrava não em seu coração, mas em seu espírito.

— E agora — disse Morrel —, deixe-me sozinho e trate de afastar as mulheres.

— Não quer falar com a minha irmã? — perguntou Maximilien.

A última e frágil esperança do rapaz nessa entrevista, eis por que a sugeria. O sr. Morrel balançou a cabeça.

— Estive com ela pela manhã — respondeu —, e fiz minha despedidas.

— Não tem nenhuma recomendação particular a me fazer, meu pai? — perguntou Maximilien, com uma voz alterada.

— Sim, meu filho, uma recomendação sagrada.

— Fale, meu pai.

— A Casa Thomson & French é a única que por humanidade, ou talvez por egoísmo, quem sou eu para ler o coração dos homens, teve pena de mim. Seu representante, aquele que, daqui a dez minutos, se apresentará para receber o montante de uma duplicata de duzentos e oitenta e sete mil e quinhentos francos, não direi que me concedeu, mas me ofereceu três meses. Que essa firma seja a primeira a ser reembolsada, meu filho, que esse homem seja sagrado para você.

— Sim, meu pai — disse Maximilien.

— E agora, mais uma vez, adeus — disse Morrel —, vá, vá, preciso ficar sozinho; você encontrará meu testamento na escrivaninha do meu quarto.

O rapaz continuou de pé, inerte, tendo apenas a força da vontade, mas não a da execução.

— Escute, Maximilien — disse o pai —, suponha que eu seja um soldado como você, que tenha recebido a ordem de conquistar um reduto, e que você sabe que devo ser morto ao conquistá-lo, você não me diria o que disse ainda há pouco: "Vá, meu pai, pois o senhor se desonrará se viver, e mais vale a vida que a vergonha!"?

— Sim, sim — disse o rapaz —, sim.

E, apertando convulsivamente Morrel em seus braços, conformou-se:

— Vá, meu pai.

E precipitou-se para fora do gabinete.

Quando o filho saiu, Morrel ficou por um instante de pé, com os olhos fixos na porta; depois esticou a mão, encontrou o cordão de uma campainha e o acionou.

Dali a pouco, Coclès apareceu.

Não era mais o mesmo homem; aqueles três dias de resignação o haviam prostrado. Este pensamento, "a Casa Morrel vai suspender seus pagamentos", o curvava para a terra mais do que teriam feito vinte outros anos nas costas.

— Meu bom Coclès — falou Morrel, num tom cuja expressão seria impossível reproduzir —, você vai ficar no vestíbulo. Quando esse cavalheiro, que já veio há três meses, você sabe, o representante da Thomson & French, vier, você o anunciará.

Coclès não respondeu nada; fez um sinal com a cabeça, foi sentar no vestíbulo e esperou.

Morrel jogou-se de novo na cadeira; seus olhos se dirigiram para o pêndulo. Restavam-lhe sete minutos, apenas isso; o ponteiro caminhava com uma rapidez incrível; parecia vê-lo em movimento.

O que se passou então, nesse momento supremo, no espírito daquele homem, que, ainda jovem, em consequência de um raciocínio talvez falso, ou ao menos especioso, iria se separar de tudo que amava no mundo e deixar a vida, que tinha para ele todas as ternuras da família, é impossível de exprimir. Seria preciso ver, para se fazer uma ideia, sua testa coberta de suor, e entretanto resignada, seus olhos molhados de lágrimas, e entretanto erguidos ao céu.

O ponteiro continuava sua trajetória, as pistolas estavam carregadas; ele esticou a mão, pegou uma e murmurou o nome da filha.

Em seguida largou a arma mortal, pegou da pena e escreveu umas poucas palavras.

Pareceu então que não se despedira suficientemente da filha querida.

Então voltou-se para o pêndulo; não contava mais minuto por minuto, mas segundo por segundo.

Pegou novamente a arma, a boca entreaberta e os olhos fixados no ponteiro; depois estremeceu ao barulho que ele próprio fazia armando o cão.

Nesse momento, um suor mais frio atravessou sua testa, uma angústia mais mortal apertou seu coração.

Ouviu a porta da escada ranger.

Em seguida abriu-se a do seu gabinete.

O pêndulo ia dar onze horas.

Morrel não se voltou, esperou estas palavras de Coclès: "O representante da Casa Thomson & French".

E aproximou a arma da boca...

De repente ouviu um grito: era a voz da filha.

Voltou-se e percebeu Julie; a pistola escapou-lhe das mãos.

— Papai! — exclamou a jovem, ofegante e quase morrendo de alegria. — Salvo! O senhor está salvo!

E jogou-se nos braços do pai, erguendo na mão uma bolsa de seda vermelha.

— Salvo, minha filha! — disse Morrel. — Que quer dizer?

— Sim, salvo! Veja, veja — disse a moça.

Morrel pegou a bolsa e estremeceu, pois uma vaga recordação lembrou-lhe o objeto que havia lhe pertencido.

De um lado estava a duplicata de duzentos e oitenta e sete mil e quinhentos francos.

A duplicata estava quitada.

Do outro, um diamante do tamanho de uma avelã, com estas três palavras escritas num pedaço de pergaminho: "Dote de Julie".

Morrel passou a mão na testa: julgava estar sonhando.

Nesse momento o pêndulo deu onze badaladas.

O timbre vibrou para ele como se cada martelada de aço vibrasse o seu próprio coração.

— Agora, minha filha — disse ele —, explique-se. Onde encontrou essa bolsa?

— Num prédio da rua das Allées de Meilhan, no nº15, no canto da lareira de um modesto quartinho no quinto andar.

— Mas — exclamou Morrel —, essa bolsa não é sua.

Julie estendeu ao pai o bilhete que tinha recebido de manhã.

— E você foi sozinha a essa casa? — disse Morrel após ter lido.

— Emmanuel me acompanhou, meu pai. Ele devia me esperar na esquina da rua du Musée; mas, estranho, quando voltei, não estava mais lá.

— Sr. Morrel! — gritou uma voz na escada. — Sr. Morrel!

— É a voz dele — disse Julie.

Nesse instante Emmanuel entrou, o rosto transfigurado pela alegria e a emoção.

— O *Pharaon*! — exclamou. — O *Pharaon*!

— Salvo! O senhor está salvo!

— O que tem o *Pharaon*? Enlouqueceu, Emmanuel? Sabe muito bem que ele naufragou.

— O *Pharaon*! Senhor, o *Pharaon* foi avistado; o *Pharaon* está entrando no porto.

Morrel caiu de novo na cadeira, faltavam-lhe forças; sua inteligência recusava-se a registrar essa série de acontecimentos incríveis, insólitos, fabulosos.

Foi a vez de seu filho entrar.

— Papai — exclamou Maximilien —, então o senhor achava que o *Pharaon* estava perdido? A vigia o avistou, ele está entrando no porto.

— Meus amigos — disse Morrel —, se for assim, temos que acreditar num milagre de Deus! Impossível! Impossível!

Mas o que era real e não menos incrível era aquela bolsa que ele segurava nas mãos, era aquela duplicata quitada, era aquele diamante magnífico.

— Ah, senhor — disse Coclès por sua vez —, que significa isso, o *Pharaon*?

— Vamos, meus filhos — disse Morrel, levantando-se —, vamos ver, e que Deus tenha piedade de nós se for uma notícia falsa.

Desceram; a sra. Morrel esperava no meio da escada: a pobre mulher não ousara subir.

Num instante, estavam na Canebière.

Havia uma multidão no porto.

Toda essa multidão abriu passagem para Morrel.

— O *Pharaon*! O *Pharaon*! — diziam todas as vozes.

Com efeito, coisa maravilhosa, inaudita, em frente à torre Saint-Jean, uma embarcação, estampando na popa estas palavras escritas em letras brancas: *Le Pharaon* (Morrel & Filho, de Marselha), exatamente da envergadura do outro *Pharaon* e carregado, como o outro, de cochinilha e índigo, lançava âncora e recolhia velas; na ponte, o capitão Gaumard dava suas ordens e o mestre Penelon fazia sinais para o sr. Morrel.

Não havia mais dúvida: o testemunho dos sentidos estava ali, e dez mil pessoas vinham confirmar esse testemunho.

Enquanto Morrel e seu filho se abraçavam na plataforma, sob os aplausos de toda a cidade testemunha daquele prodígio, um homem, cujo rosto estava semicoberto por uma barba negra, e que, escondido atrás da guarita de um policial, contemplava essa cena com enternecimento, murmurou estas palavras:

— Seja feliz, nobre coração; seja abençoado por todo o bem que fez e que ainda fará; e que minha gratidão permaneça na sombra assim como sua boa ação.

Com um sorriso em que transpareciam alegria e felicidade, deixou o refúgio onde se escondera e, sem que ninguém lhe desse atenção, tão preocupados estavam todos com o acontecimento do dia, desceu uma dessas escadinhas que servem de desembarcadouro e chamou três vezes:

— Jacopo! Jacopo! Jacopo!

Aproximou-se então uma chalupa, acolheu-o a bordo e o conduziu a um iate ricamente aparelhado, para cuja ponte ele se lançou com a agilidade de um marujo; dali, olhou mais uma vez para Morrel, que, chorando de alegria, distribuía cordiais apertos de mão a toda aquela multidão e agradecia com um olhar vago aquele benfeitor desconhecido a quem parecia procurar no céu.

— E agora — disse o desconhecido —, adeus bondade, humanidade, gratidão... Adeus a todos os sentimentos que regozijam o coração...! Tomei o lugar da Providência para recompensar os bons... que o Deus vingador me ceda o seu para punir os maus!

A essas palavras, fez um sinal e, como se esperasse apenas esse sinal para partir, o iate logo fez-se ao mar.

10. ITÁLIA – SIMBAD, O MARUJO

No início do ano de 1838, encontravam-se em Florença dois rapazes pertencentes à sociedade mais elegante de Paris; um, o visconde Albert de Morcerf, o outro, o barão Franz d'Épinay. Ficara combinado entre eles que passariam o Carnaval do mesmo ano em Roma, onde Franz, que já morava havia quatro anos na Itália, serviria de cicerone para Albert.

Ora, como não é coisa muito simples passar o Carnaval em Roma, sobretudo quando se faz questão de não dormir na praça del Popolo ou no Campo Vaccino, escreveram ao sr. Pastrini, proprietário do Hotel de Londres, na praça di Spagna, suplicando que lhes reservasse um apartamento confortável.

O sr. Pastrini respondeu que só tinha à disposição dois quartos e um banheiro situados *al secondo piano*[30], os quais ele oferecia pela módica quantia de um luís por dia. Os rapazes aceitaram; em seguida, querendo aproveitar o tempo que lhe restava, Albert partiu para Nápoles. Quanto a Franz, permaneceu em Florença.

Depois de desfrutar por um tempo da vida proporcionada pela cidade dos Medicis, depois de passear o suficiente nesse Éden chamado Cascine[31], depois de ter sido recebido na casa daqueles anfitriões magníficos que fazem as honras de Florença, ocorreu-lhe o capricho, já tendo visto a Córsega, berço de Bonaparte, de conhecer a ilha de Elba, esse grande hotel de Napoleão.

30. *Al secondo piano*: no segundo andar.

31. Cascine: nome de um parque nos arredores de Florença.

Uma noite, portanto, soltou uma *barchetta* da argola de ferro que a prendia ao porto de Livorno, deitou-se no fundo embrulhado em seu casaco e disse aos marinheiros somente estas palavras: "À ilha de Elba!"

A barca deixou o porto como a ave marinha deixa o ninho, e no dia seguinte Franz desembarcava em Porto Ferraio.

Franz atravessou a ilha imperial após ter seguido todos os rastros deixados pelos passos do gigante e foi embarcar em Marciana.

Duas horas após ter deixado a terra, desceu novamente em Pianosa, onde o esperavam, dizia-se, revoadas sem fim de perdizes-vermelhas.

A caçada não foi boa. Franz matou algumas magras perdizes, se tanto, e, como todo caçador que se cansou para nada, voltou para o seu barco de péssimo humor.

— Ah, se Vossa Excelência desejasse — disse-lhe o capitão —, faria uma bela caçada!

— E onde isso?

— Está vendo aquela ilha? — continuou o patrão, esticando o braço para o sul e mostrando uma massa cônica que saía do mar tingido no mais belo índigo.

— E daí, que ilha é essa? — perguntou Franz.

— A ilha de Monte Cristo — respondeu o livornês.

— Mas não tenho autorização para caçar nessa ilha.

— Vossa Excelência não precisa, a ilha é deserta.

— Incrível! — exclamou o rapaz. — Uma ilha deserta no meio do Mediterrâneo, que coisa curiosa.

— E coisa natural, Excelência. Essa ilha é um banco de rochedos, e talvez não haja uma única faixa de terra cultivável em toda a sua superfície.

— E a quem pertence essa ilha?

— À Toscana.

— Que caça encontrarei lá?

— Milhares de cabras-selvagens.

— Que sobrevivem lambendo pedras — disse Franz, com um sorriso de incredulidade.

— Não, mas pastando as urzes, os mirtos e os lentiscos que crescem em seus intervalos.

— Mas onde eu dormiria?

— Em terra firme, nas cavernas, ou a bordo, enrolado em seu casaco. Aliás, se for do agrado de Sua Excelência, podemos partir logo depois da caçada; o senhor sabe que velejamos tão bem à noite quanto de dia, e que, na falta de vela, temos os remos.

Como Franz ainda tinha muito tempo até o reencontro com seu companheiro, e como não precisava mais se preocupar em arrumar um alojamento em Roma, aceitou a sugestão que compensaria aquela primeira caçada.

Diante de sua resposta afirmativa, os marujos trocaram entre si algumas palavras em voz baixa.

— E agora? — perguntou ele. — Qual é a novidade? Teria surgido algum empecilho?

— Não — respondeu o capitão —, mas devemos prevenir Vossa Excelência que a ilha encontra-se em contumácia.

— Que significa isso?

— Significa que, como Monte Cristo é inabitada e serve às vezes de ponto de apoio para contrabandistas e piratas que vêm da Córsega, da Sardenha ou da África, se um sinal qualquer denunciar nossa passagem pela ilha, seremos obrigados a ficar em quarentena por seis dias após nossa volta a Livorno.

— Diabos! Isso muda tudo! Seis dias! O mesmo que Deus precisou para criar o mundo. É um pouco demais, rapazes.

— Mas quem dirá que Sua Excelência esteve em Monte Cristo?

— Oh, não serei eu! — exclamou Franz.

— Nós tampouco — disseram os marujos.

— Nesse caso, rumo a Monte Cristo.

O capitão comandou a manobra; embicaram a proa para a ilha e o barco singrou em sua direção.

Franz deixou a operação se encerrar e, quando a nova rota havia sido tomada, quando a vela se inflou com a brisa e os quatro marinheiros reassumiram seus lugares, três na frente, um no leme, ele reatou a conversa.

— Meu caro Gaetano — disse ao capitão —, o senhor acaba de me dizer, creio, que a ilha de Monte Cristo servia de refúgio para piratas, o que me parece um rebanho bem diferente de um rebanho de cabras.

— Sim, Excelência, e é verdade.

— Eu sabia da existência dos contrabandistas, mas achava que depois da tomada de Argel e da destruição da Regência[32] os piratas só existiam nos romances de Cooper e do capitão Marryat[33].

— Pois bem, Vossa Excelência estava enganado: existem tanto piratas quanto salteadores, supostamente exterminados pelo papa Leão XVII e que, no entanto, todos os dias atacam viajantes até as portas de Roma. Não ouviu

32. "depois da tomada de Argel e da destruição da Regência": em 1830, as tropas francesas conquistaram Argel, antes ocupada pelos turcos, levando Hussein, o regente por eles eleito, a exilar-se em Nápoles.

33. "romances de Cooper e do capitão Marryat": James Fenimore Cooper (1789-1851), escritor inglês especializado em romances de aventura, sendo o mais famoso deles *O último dos moicanos*, de 1826. Frederick Marryat (1792-1848), além de ser ele próprio capitão da marinha real inglesa, dedicou-se à descrição da vida do mar e de seus personagens.

dizer que, há cerca de seis meses, o encarregado de negócios da França junto à Santa Sé foi desfalcado a quinhentos passos de Velletri[34]?

— Realmente.

— Pois então! Se Vossa Excelência morasse em Livorno, como nós, ouviria dizer, de tempos em tempos, que uma pequena embarcação carregada de mercadorias, ou que um bonito iate inglês, esperado em Bastia, em Porto Ferraio ou Civita Vecchia, não chegou, que não sabem o que foi feito dele, e que provavelmente deve ter se despedaçado contra algum rochedo. Ora, esse rochedo que ele encontrou é uma barca chata e estreita, tripulada por seis ou oito homens, que o surpreenderam ou pilharam em uma noite escura e tempestuosa, nos arredores de alguma ilha selvagem e inabitada, como salteadores surpreendem e pilham uma diligência nas profundezas de um bosque.

— Mas enfim — insistiu Franz, ainda esticado em sua barca —, por que estes a quem tal incidente acontece não se queixam, por que não recorrem à vingança do governo francês, sardo ou toscano, contra esses piratas?

— Por quê? — disse Gaetano com um sorriso.

— Sim, por quê?

— Em primeiro lugar, porque eles transferem da embarcação ou do iate para a barca tudo que é cobiçável; depois amarram a tripulação pelos pés e pelas mãos, prendem no pescoço de cada homem uma bola de ferro de quase doze quilos, fazem um buraco do tamanho de uma barrica na quilha da embarcação capturada, sobem novamente para a ponte, fecham as escotilhas e passam para a barca. Ao cabo de dez minutos, a embarcação começa a se queixar e a gemer, afundando pouco a pouco. Primeiro um dos lados mergulha, depois o outro, depois volta à tona de novo, depois mergulha outra vez, afundando mais e mais. De repente, um barulho igual a um disparo de canhão ressoa: é o ar quebrando o convés. Então a embarcação balança como um afogado se debatendo, mais pesada a cada movimento. Logo a água, comprimida nas cavidades, projeta-se das fendas, semelhante às colunas líquidas lançadas pelas ventas de um cachalote gigante. Finalmente, a embarcação solta um último estertor, dá um último giro sobre si mesma e é tragada, cavando no abismo um imenso funil que rodopia um instante, enche-se pouco a pouco e acaba por desaparecer completamente; de modo que no fim de cinco minutos é preciso o olho do próprio Deus para ir buscar no fundo desse mar calmo a embarcação desaparecida.

"Compreende agora — acrescentou o capitão sorrindo —, por que o barco não volta para o porto e por que a tripulação não faz queixa?"

Se Gaetano houvesse contado a coisa antes de sugerir a expedição, era provável que Franz tivesse pensado duas vezes antes de empreendê-la; mas haviam partido, e pareceu-lhe covardia recuar. Era um desses homens que não

34. Velletri: comuna na província de Roma, situada nos montes Albanos.

procuram o perigo, mas que, quando o perigo surge à sua frente, conservam um sangue-frio inalterável para combatê-lo: era um desses homens de vontade serena, que consideram um perigo na vida um simples adversário num duelo, que calculam seus movimentos, que estudam sua força, que recuam para tomar fôlego, não o suficiente para parecerem covardes, que, compreendendo num relance todas as vantagens, matam num piscar de olhos.

— Bah! — disse ele. — Atravessei a Sicília e a Calábria, naveguei durante dois meses pelo arquipélago[35], e nunca vi sombra de salteador ou pirata.

— Mas eu não disse isso a Sua Excelência — disse Gaetano — para fazê-lo desistir do seu plano; Sua Excelência me interrogou e eu lhe respondi, só isso.

— Sim, meu caro Gaetano, e sua conversa é das mais interessantes; portanto, como quero desfrutar dela o máximo de tempo possível, toque para Monte Cristo.

Nesse ínterim, aproximavam-se rapidamente do fim da viagem; ventava frio, e o barco fazia seis a sete milhas por hora. À medida que se aproximavam, a ilha parecia irromper maior do seio do mar; e, através da atmosfera límpida dos últimos raios do sol, distinguia-se, como projéteis de um arsenal, aquele amontoamento de rochas empilhadas umas sobre as outras, entre as quais avermelhavam as moitas e enverdeciam as árvores. Quanto aos marujos, embora parecessem absolutamente tranquilos, era evidente que sua vigilância estava alerta e que seu olhar interrogava o vasto espelho no qual deslizavam, em cujo horizonte viam-se alguns solitários barcos de pesca, com suas velas brancas, balançando como gaivotas na crista das ondas.

Estavam a apenas quinze milhas de Monte Cristo quando o sol começou a se pôr atrás da Córsega, cujas montanhas apareciam à direita, recortando no céu sua sombra denteada; aquela massa de pedras, semelhante ao gigante Adamastor[36], erguia-se ameaçadora diante do barco, roubando-lhe o sol, que dourava sua parte superior; pouco a pouco, a sombra subiu do mar e pareceu expulsar à sua frente esse último reflexo do dia que ia se extinguir; finalmente, o raio luminoso foi rechaçado para cima do cone, onde se deteve por um instante como o fulgor inflamado de um vulcão; finalmente a sombra, sempre ascendente, invadiu progressivamente o topo, como invadira a base, e a ilha apareceu como uma montanha cinzenta que continuava a escurecer. Meia hora depois, era noite fechada.

---

35. "arquipélago": formado pelas ilhas Eólias, ou Líparas, situadas na província de Messina, ao norte da Sicília.

36. Adamastor: gigante guardião do cabo das Tormentas, atual cabo da Boa Esperança, mencionado por Luís de Camões (c.1524-80) no canto V do poema épico *Os lusíadas*.

Felizmente, os marinheiros estavam numa zona rotineira, a qual conheciam até a menor pedra do arquipélago toscano; pois, no meio da escuridão profunda que envolvia o barco, Franz não estava completamente despreocupado. A Córsega sumira completamente, a própria ilha de Monte Cristo tornara-se invisível; mas os marujos pareciam ter, como o lince, a faculdade de enxergar nas trevas, e o piloto, que se mantinha no leme, não acusava a menor hesitação.

Desde o pôr do sol, cerca de uma hora já se passara quando Franz julgou perceber uma sombra a um quarto de milha à esquerda; porém, sendo impossível distinguir o que era, ele teve medo de provocar a hilaridade de seus marujos, tomando nuvens flutuantes por terra firme, e manteve o silêncio. Porém, de repente, uma intensa luminosidade apareceu na margem; a terra podia se assemelhar a uma nuvem, mas o fogo não era um meteoro.

— Que luz é essa? — perguntou.

— Schh! — sinalizou o patrão. — É uma fogueira.

— Mas o senhor dizia que a ilha era inabitada!

— Eu dizia que não tinha população fixa, mas disse também que é um ponto de apoio para os contrabandistas.

— E para os piratas!

— E para os piratas — disse Gaetano, repetindo as palavras de Franz. — Foi por isso que dei ordens para passar a ilha, pois, como pode ver, a fogueira acha-se atrás de nós.

— Mas essa fogueira — continuou Franz — me parece antes um motivo de segurança que de preocupação; pessoas que temessem ser vistas não teriam acendido essa fogueira.

— Oh, isso não quer dizer nada — disse Gaetano —, se o senhor pudesse julgar, no meio da escuridão, a posição da ilha, veria que, situada como está, essa fogueira não pode ser percebida nem do litoral, nem da Pianosa, mas apenas do mar alto.

— Então receia que essa fogueira nos anuncie más companhias?

— É do que precisamos nos certificar — respondeu Gaetano, com os olhos sempre fixos na estrela terrestre.

— E como se certificar?

— O senhor verá.

A essas palavras, Gaetano confabulou com seus companheiros e, ao fim de cinco minutos de conversa, executaram em silêncio uma manobra com a ajuda da qual, num instante, mudaram de direção; então retomaram a rota que acabavam de fazer, e, alguns segundos depois dessa mudança de direção, a fogueira desapareceu, escondida por algum acidente geográfico.

Então o piloto no leme deu um novo rumo à pequena embarcação, que se aproximou visivelmente da ilha e que logo não estava distante dela mais que quarenta metros.

Gaetano desceu a vela, e o barco ficou imóvel.

Tudo isso tinha sido feito no maior silêncio e, aliás, desde a mudança de rota, nenhuma palavra fora pronunciada a bordo.

Gaetano, que sugerira a expedição, assumira toda a responsabilidade. Os quatro marujos não despregavam os olhos dele, ao mesmo tempo em que instalavam os remos e se mantinham evidentemente prontos para fazer uso deles, o que, graças à escuridão, não era difícil.

Quanto a Franz, inspecionava suas armas com esse sangue-frio que lhe conhecemos; tinha dois fuzis de cano duplo e uma carabina, carregou-os, verificou a munição e esperou.

Durante esse tempo, o capitão se desfizera de seu casaco e de sua camisa, prendera a calça em volta da cintura, e, como estava descalço, não tivera nem sapatos nem meias para tirar. Uma vez nesses trajes, ou melhor, livre desses trajes, pôs um dedo nos lábios fazendo sinal para manterem o mais profundo silêncio e, deixando-se tragar pelo mar, nadou para a margem com tanta precaução que era impossível ouvir o menor ruído. Apenas pela esteira fosforescente sulcada pelos seus movimentos era possível acompanhar seu percurso.

Não demorou e até essa esteira desapareceu: era óbvio que Gaetano alcançara terra.

Todos no pequeno barco permaneceram imóveis durante meia hora, no fim da qual viram reaparecer perto da margem e aproximar-se do barco a mesma esteira luminosa. Num instante, em duas braçadas, Gaetano alcançou o barco.

— E então? — perguntaram juntos Franz e os quatro marujos.

— E então! — disse ele. — São contrabandistas espanhóis; têm com eles apenas dois salteadores corsos.

— E que fazem esses dois salteadores corsos com contrabandistas espanhóis?

— Ora, meu Deus, Excelência — continuou Gaetano, num tom de profunda caridade humana —, uns ajudam os outros. Frequentemente os ladrões se veem perseguidos em terra firme pelos *gendarmes* ou *carabinieri*; que fazem eles? Encontram um barco e, nesse barco, bons rapazes como nós. Então vêm nos pedir hospitalidade em nossa casa flutuante. Como recusar socorro a um pobre-diabo perseguido? Nós o recebemos e, para maior segurança, ganhamos o largo. Isso não nos custa nada e salva a vida, ou pelo menos a liberdade, de um dos nossos semelhantes, que, na próxima oportunidade, retribui o favor que lhes prestamos indicando um bom lugar para desembarcarmos nossas mercadorias sem sermos perturbados por curiosos.

— Então é isso! — admirou-se Franz. — Então também é um pouco contrabandista, meu caro Gaetano?

— Ora, que quer, Excelência? — ele respondeu, com um sorriso impossível de descrever. — Fazemos um pouco de tudo: afinal, temos que viver.

— Então mantém relações com as pessoas que ocupam Monte Cristo agora?

— Mais ou menos. Nós marinheiros somos como os franco-maçons, nos reconhecemos por meio de alguns sinais.

— E acha que nada teríamos a temer desembarcando também?

— Absolutamente nada; contrabandistas não são ladrões.

— Mas esses dois salteadores corsos... — continuou Franz, calculando antecipadamente todas as possibilidades de perigo.

— Ora, meu Deus! — disse Gaetano. — Não é culpa deles serem salteadores, é da autoridade!

— Como assim?

— Mas é claro! São perseguidos por terem feito uma *pele*, não outra coisa; como se a vingança não estivesse na natureza do corso!

— O que significa fazer uma *pele*? Ter assassinado um homem? — perguntou Franz, continuando suas investigações.

— Significa ter eliminado um inimigo — disse o capitão —, o que é bem diferente.

— Ótimo! — tranquilizou-se o rapaz. — Peçamos então hospitalidade aos contrabandistas e aos ladrões. Acha que irão nos dar?

— Sem dúvida alguma.

— Quantos são?

— Quatro, Excelência, com os dois ladrões, seis.

— Ótimo! É exatamente o nosso número; estamos inclusive, no caso de esses senhores mostrarem más disposições, em forças iguais e, por conseguinte, em condições de contê-los. Portanto, pela última vez, toque para Monte Cristo.

— Sim, Excelência; mas nos permitiria tomar outras precauções?

— Como não, meu caro! Seja sensato como Nestor[37] e prudente como Ulisses. Faço mais que permitir, exorto-o a isso.

— Muito bem! Então, silêncio! — fez Gaetano.

Todo mundo se calou.

Para um homem que, como Franz, vê todas as coisas tais quais elas realmente são, o momento, sem ser perigoso, não deixava de ter certa gravidade. Ele se achava na escuridão mais profunda, isolado, no meio do mar, com marinheiros que não o conheciam e que não tinham motivo algum para ser leais a ele; todos sabiam que carregava em seu cinturão alguns milhares de francos e tinham por dez vezes, se não com inveja, pelo menos com curiosidade, examinado suas ar-

37. Nestor: personagem da mitologia grega, mencionado em ambas as epopeias homéricas, a *Ilíada* e a *Odisseia*. Era um dos argonautas, tripulantes da nau *Argo* que procuravam o Velocino de Ouro. Genericamente, Nestor tem o papel de sábio ancião que dá conselho aos jovens e bravos soldados.

mas, que eram muito bonitas. Por outro lado, ia desembarcar, sem outra escolta a não ser a desses homens, em uma ilha de nome muito religioso, mas que parecia não prometer a Franz hospitalidade muito diferente da oferecida no Calvário a Jesus, graças aos seus contrabandistas e ladrões. Além de tudo, aquela história de navios afundados, que ele julgara exagerada durante o dia, parecia-lhe mais verossímil à noite. Assim, instalado naquele duplo perigo talvez imaginário, não largava os olhos daqueles homens e nem o fuzil de sua mão.

Enquanto isso os marinheiros haviam subido novamente as velas e retomado sua esteira já sulcada por tantas idas e vindas. Através da escuridão, Franz, já um pouco acostumado às trevas, distinguia o gigante de granito que o barco costeava; depois, finalmente, passando outra vez pelo ângulo de um rochedo, percebeu a fogueira brilhando, mais reluzente que nunca, e, em volta dessa fogueira, cinco ou seis pessoas sentadas.

A crepitação do fogo penetrava uma centena de passos no mar. Gaetano costeou a luminosidade, mantendo entretanto a embarcação na parte não iluminada; em seguida, quando ela ficou bem em frente à fogueira, embicou a proa em sua direção e entrou corajosamente naquele círculo luminoso, entoando uma canção de pescador cujo canto sustentava sozinho e cujo refrão seus companheiros repetiam em coro.

À primeira palavra da canção, os homens sentados em torno da fogueira se levantaram e se aproximaram do ancoradouro, os olhos fixos no barco, do qual tentavam visivelmente medir a força e adivinhar as intenções. Logo pareceram ter feito um exame suficiente e foram, à exceção de um único, que permaneceu de pé na praia, sentar-se novamente em torno da fogueira, diante da qual assava um cabrito inteiro.

Quando o barco chegou a uns quinze metros da terra, o homem que estava na praia fez mecanicamente, com sua carabina, o gesto de uma sentinela à espera de uma patrulha, e gritou "Quem vem lá!", em dialeto sardo.

Franz engatilhou friamente seus dois tiros.

Gaetano trocou algumas palavras com esse homem, das quais o viajante não entendeu nada, mas que evidentemente lhe diziam respeito.

— Sua Excelência — perguntou o capitão — quer dizer seu nome ou se manter incógnito?

— Meu nome deve permanecer inteiramente desconhecido; diga-lhes simplesmente — ordenou Franz — que sou um francês em viagem de passeio.

Quando Gaetano transmitiu essa resposta, a sentinela deu ordens a um dos homens sentado diante da fogueira, o qual se levantou imediatamente e desapareceu entre as pedras.

Fez-se o silêncio. Cada um parecia preocupado com seus assuntos: Franz, com seu desembarque, os marujos, com suas velas, os contrabandistas, com seu cabrito; porém, em meio a essa aparente despreocupação, todos se observavam mutuamente.

O homem que se afastara reapareceu de repente no lado oposto daquele pelo qual desaparecera. Fez um sinal com a cabeça para a sentinela, que virou para o lado deles e contentou-se em pronunciar as palavras: "*S'accomodi.*"

O *s'accomodi* italiano é intraduzível; quer dizer, ao mesmo tempo, venha, entre, seja bem-vindo, sinta-se em casa, o senhor é quem manda. É como aquela frase turca de Molière[38], que tanto espantava o burguês fidalgo pela quantidade de coisas que continha.

Os marujos não esperaram duas vezes: em quatro remadas, o barco tocou a terra. Gaetano pulou para a praia e trocou algumas palavras em voz baixa com a sentinela; seus companheiros desceram um atrás do outro; por fim chegou a vez de Franz.

Ele levava um de seus fuzis a tiracolo, Gaetano levava o outro, um dos marujos carregava sua carabina. Seus trajes eram os de um artista e dândi ao mesmo tempo, o que não inspirou aos anfitriões nenhuma suspeita e, por conseguinte, nenhuma preocupação.

Amarraram o barco na margem, deram alguns passos para procurar local apropriado para acampar; mas provavelmente o ponto para o qual se dirigiam não era da conveniência do contrabandista que ocupava o posto de vigilante, pois ele gritou para Gaetano:

— Não, por aí não, por favor.

Gaetano balbuciou uma desculpa e, sem insistir, avançou para o lado oposto, enquanto dois marujos, para iluminar o caminho, foram acender tochas na fogueira.

Deram cerca de trinta passos e pararam numa pequena esplanada, toda cercada por rochas nas quais haviam escavado uma espécie de assentos, bem parecidos com pequenas guaritas, onde se podia montar guarda sentado. Nas cercanias, em veios de terra vegetal, cresciam alguns carvalhos-anões e moitas grossas de mirtos. Franz abaixou uma tocha e reconheceu, num monte de cinzas, que não era o primeiro a perceber o conforto daquele local e que ali devia ser um dos pousos habituais dos visitantes nômades da ilha de Monte Cristo.

Quanto à sua expectativa por alguma aventura, ela havia desaparecido; uma vez com os pés em terra firme, depois que viu as disposições, se não amistosas, pelo menos indiferentes de seus anfitriões, toda a sua preocupação desaparecera e, com o cheiro do cabrito que assava no acampamento vizinho, a preocupação transformara-se em apetite.

---

38. "frase turca de Molière": citação de *O burguês fidalgo*, ato IV, cena III: "CLÉONTE: *Bel-men.*/ COVIELLE: Ele disse que vós deveis segui-lo imediatamente para vos preparar para a cerimônia, a fim de em seguida encontrar-se com vossa filha e concluir o casamento./ M. JOURDAN: Tanta coisa em duas palavras?"

Trocou uma palavrinha sobre essa nova circunstância com Gaetano, o qual lhe respondeu que não existia nada mais simples que uma ceia quando tinham, como eles no barco, pão, vinho, seis perdizes e um bom fogo para assá-las.

— Aliás — acrescentou —, se Vossa Excelência acha o cheiro do cabrito tão tentador, posso propor aos nossos vizinhos duas de nossas aves por uma fatia do quadrúpede.

— Faça isso, Gaetano, faça isso — disse Franz. — O senhor realmente nasceu com o talento da negociação.

Durante esse tempo, os marujos haviam arrancado braçadas de urzes e amarrado feixes de mirtos e carvalhos-verdes, aos quais haviam ateado fogo, o que proporcionava uma fogueira bem respeitável.

Franz esperava com impaciência, inalando sem parar o aroma do cabrito, o retorno do capitão, quando este reapareceu e veio em sua direção com uma expressão bastante preocupada.

— E então? — perguntou. — O que há de novo? Recusam nossa oferta?

— Ao contrário — respondeu Gaetano. — O chefe, a quem disseram que o senhor era um rapaz francês, convidou-o para cear com ele.

— Veja só! Mas que homem civilizado esse chefe, não vejo por que recusar; ainda mais que contribuo com parte da ceia.

— Oh! Não é isso: ele tem o que cear, e muito mais, é que ele estabelece uma condição para o senhor se apresentar na casa dele.

— Na casa dele! — reagiu o rapaz. — Então ele construiu uma casa?

— Não; mas nem por isso deixa de ter um lar bem confortável, pelo menos é o que dizem.

— Conhece então esse chefe.

— Ouvi falar dele.

— E bem ou mal?

— Das duas maneiras.

— Diabo! E que condição é essa?

— É que concorde em ter os olhos vendados e só retire a venda quando ele solicitar.

Franz sondou o que pôde o olhar de Gaetano para saber o que escondia aquela proposta.

— É difícil! — disse este, correspondendo ao pensamento de Franz. — Sei muito bem que a coisa merece reflexão.

— Que faria no meu lugar? — indagou o rapaz.

— Eu, que nada tenho a perder, iria.

— Aceitaria?

— Sim, nem que fosse por curiosidade.

— Há então alguma coisa curiosa para se ver na casa desse chefe?

— Escute — disse Gaetano, baixando a voz —, não sei se o que dizem é verdade...

Parou para ver se nenhum estranho o escutava.

— E o que dizem?

— Dizem que o Palácio Pitti[39], se comparado ao subterrâneo onde mora esse chefe, não passa de uma cabana.

— Que delírio! — disse Franz, sentando-se novamente.

— Oh, não é delírio — continuou o capitão —, é uma realidade! Cama, piloto do *Saint-Ferdinand*, entrou lá um dia e saiu maravilhado, dizendo que só existem semelhantes tesouros nos contos de fadas.

— E essa agora! Sabia — disse Franz — que com essas palavras o senhor me faria descer na caverna de Ali Babá?

— Conto-lhe o que me contaram, Excelência.

— Então me aconselha a aceitar?

— Oh, não estou dizendo isso! Vossa Excelência fará como lhe aprouver. Não gostaria de lhe dar um conselho numa situação dessas.

Franz refletiu por alguns instantes, compreendeu que aquele homem tão rico não podia lhe querer mal, a ele que carregava apenas alguns mil francos; e, como não vislumbrava em tudo aquilo nada além de um excelente jantar, aceitou. Gaetano foi levar sua resposta.

Entretanto, como dissemos, Franz era prudente; assim, queria ter o máximo possível de detalhes sobre seu anfitrião estranho e misterioso. Voltou-se então para o marujo que, durante esse diálogo, depenara as perdizes com a gravidade de um homem orgulhoso de suas funções, e perguntou-lhe de onde aqueles homens haviam desembarcado, uma vez que não via nem barcos, nem *speronari*, nem tartanas.

— Não estou preocupado com isso — disse o marujo — e conheço a embarcação que eles usam.

— É uma bela embarcação?

— Desejo uma igual para Vossa Excelência dar a volta ao mundo.

— Ela é muito grande?

— Mais de cem toneladas aproximadamente. É, em todo caso, um barco de sonho, um *yatch*, como dizem os ingleses, mas fabricado, veja o senhor, de maneira a resistir a todas as intempéries no mar.

— E onde foi construído?

— Ignoro. Mas me parece genovês.

---

39. Palácio Pitti: grande palácio renascentista de Florença, cujo aspecto atual data do séc. XVII. Originariamente construído em 1458, com projeto de Brunelleschi, ou de seu aprendiz Luca Fancelli, servia de residência urbana a Luca Pitti, um banqueiro florentino. Ao longo dos tempos, e tendo passado por reformas e ampliações, foi também residência das poderosas famílias Medicis, Bourbon, Bonaparte e Savoia. É considerado um dos melhores exemplos da arquitetura maneirista florentina.

— E como um chefe de contrabandistas — continuou Franz — ousa mandar construir um iate destinado ao seu tipo de comércio no porto de Gênova?

— Eu não disse — respondeu o marujo — que o dono do iate era um contrabandista.

— Não; mas Gaetano disse, me parece.

— Gaetano tinha visto a tripulação de longe, mas não tinha falado com ninguém.

— Mas, se esse homem não é um chefe de contrabandistas, o que é então?

— Um rico senhor que viaja por prazer.

"Ora, o personagem fica cada vez mais misterioso, uma vez que as versões são diferentes", pensou Franz.

— E como ele se chama?

— Quando lhe perguntam isso, ele responde que se chama Simbad, o marujo. Mas duvido que seja seu nome verdadeiro.

— Simbad, o marujo?

— Sim.

— E onde mora esse senhor?

— No mar.

— De que país ele é?

— Não sei.

— Já o viu?

— Algumas vezes.

— Que tipo de homem é?

— Vossa Excelência julgará por si mesmo.

— E aonde ele vai me receber?

— Certamente nesse palácio subterrâneo mencionado por Gaetano.

— E você nunca teve curiosidade, quando fez escala aqui e encontrou a ilha deserta, de tentar penetrar nesse palácio encantado?

— Oh, claro que sim, Excelência — respondeu o marinheiro —, e mais de uma vez até; mas nossas buscas sempre foram inúteis. Escavamos a caverna de todos os lados e não descobrimos a menor passagem. Além do quê, dizem, a porta não se abre com uma chave, mas com uma palavra mágica.

— Decididamente — murmurou Franz —, aqui estou eu no meio de um conto das *Mil e uma noites*.

— Sua Excelência o aguarda — disse atrás dele uma voz que reconheceu como a da sentinela.

O recém-chegado estava acompanhado por dois homens da tripulação do iate.

Como resposta, Franz tirou seu lenço e ofereceu-o àquele que lhe dirigira a palavra.

Sem dizer mais nada, vendaram-lhe os olhos com um cuidado que indicava o temor de que cometesse alguma indiscrição; em seguida fizeram-no jurar que não tentaria tirar a venda em hipótese alguma.

Sem dizer mais nada, vendaram-lhe os olhos.

Ele jurou.

Então os dois homens pegaram-no cada um por um braço e ele caminhou guiado por eles e precedido pela sentinela.

Cerca de trinta passos depois, Franz percebeu, pelo cheiro cada vez mais apetitoso do cabrito, que passava novamente pelo acampamento; então fizeram-no dar mais uns cinquenta passos, avançando evidentemente para o lado cujo acesso haviam proibido a Gaetano: proibição que agora se explicava. Em seguida, pela mudança de atmosfera, compreendeu que entrava num subterrâneo; ao cabo de alguns segundos de caminhada, ouviu um estalo e pareceu-lhe que a atmosfera mudava mais uma vez de natureza e se tornava quente e perfumada; finalmente, sentiu que seus pés pousavam num tapete grosso e mole; seus guias o abandonaram. Fez-se um instante de silêncio, e uma voz disse em bom francês, embora com um leve sotaque estrangeiro:

— Seja bem-vindo em minha casa, cavalheiro, e pode retirar o lenço.

Franz, como era natural que fizesse, não esperou repetirem aquele convite; levantou o lenço e viu-se diante de um homem de trinta e oito a quarenta anos, vestindo um traje tunisiano, isto é, um solidéu vermelho com uma longa borla de seda azul, um casaco de tecido preto, todo bordado em ouro, calças cor-de-vinho largas e bufantes, polainas da mesma cor, bordadas em ouro como o casaco, e babuchas amarelas; um magnífico *cashmere* rodeava-lhe a cintura e um pequeno cânjar[40] pontiagudo e curvo atravessava esse cinturão.

Embora de uma palidez quase lívida, esse homem tinha uma fisionomia notavelmente bela; seus olhos eram vivos e penetrantes; seu nariz, reto e quase nivelado com a testa, indicava o tipo grego em toda sua pureza, e seus dentes, brancos como pérolas, destacavam-se admiravelmente sob o bigode preto que os emoldurava.

Porém, sua palidez era estranha; dir-se-ia um homem confinado há muito tempo num túmulo e que não conseguiu recuperar a carnação dos vivos.

Sem ser de grande estatura, tinha de toda forma um belo porte e, como os homens do Midi, mãos e pés pequenos.

Mas o que realmente espantou Franz, depois de ter chamado de delírio o relato de Gaetano, foi a suntuosidade do ambiente.

O aposento era todo forrado com tapeçarias turcas na tonalidade carmim, com relevos de flores de ouro. Num reservado ficava uma espécie de divã, encimado por um troféu de armas árabes com bainhas de prata dourada e resplandecentes de pedrarias; do teto pendia uma luminária de cristal de Veneza, de forma e cor encantadoras, e seus pés repousavam num tapete turco no qual afundavam até o tornozelo: reposteiros pendiam diante da porta pela qual Franz entrara e diante de outra porta, que dava acesso a um segundo aposento que parecia esplendidamente iluminado.

O anfitrião, por um instante, deixou Franz entregue à surpresa; aliás, este lhe devolvia exame por exame e não tirava os olhos dele.

— Cavalheiro — disse finalmente —, mil perdões pelas precauções exigidas do senhor para introduzi-lo em minha morada; porém, como essa ilha fica deserta a maior parte do tempo, se o segredo deste lugar fosse conhecido, eu provavelmente encontraria, ao voltar, meu alojamento em péssimo estado, o que seria bastante desagradável para mim, não pela perda que isso me causaria, mas porque não teria a certeza de poder, quando o quisesse, me isolar do mundo em geral. Agora tratarei de fazê-lo esquecer esse pequeno contratempo, oferecendo-lhe o que decerto o senhor não esperaria encontrar aqui, isto é, uma ceia razoável e camas excelentes.

---

40. Cânjar: tipo de adaga oriental de punho longo, de lâmina estreita e curva.

— Asseguro-lhe, meu caro anfitrião — respondeu Franz —, que não precisa se desculpar. Sempre são vendados os olhos das pessoas que penetram nos palácios encantados; veja Raoul nos *Huguenotes*[41], e efetivamente não tenho do que me queixar, pois o que o senhor me mostra vai além das maravilhas das *Mil e uma noites*.

— Ai de mim! Dir-lhe-ei como Lúculo[42]: "Se eu tivesse sabido da honra de sua visita, ter-me-ia preparado." Mas, enfim, coloco minha ermida, tal como é, à sua disposição; tal como é, minha ceia lhe é oferecida. Ali, estamos servidos?

Quase no mesmo instante, o reposteiro se abriu e um negro núbio, preto como ébano e vestindo uma simples túnica branca, fez um sinal ao seu senhor de que este podia passar para a sala de refeições.

— Outra coisa — disse o desconhecido a Franz —, não sei se o senhor concorda, mas penso que não existe nada mais embaraçoso do que ficar duas ou três horas cara a cara com alguém sem saber por que nome se chamar. Observe que respeito muito as leis da hospitalidade para perguntar-lhe seu nome ou seu título; apenas lhe peço que me aponte um nome qualquer com a ajuda do qual eu possa lhe dirigir a palavra. Quanto a mim, para deixá-lo à vontade, direi que me costumam chamar de Simbad, o marujo.

— E eu — respondeu Franz — direi que, como não me falta, para estar na situação de Aladim, senão a famosa lâmpada maravilhosa, não vejo nenhuma dificuldade em, por ora, ser chamado de Aladim. Assim, não sairemos do Oriente, para onde sou tentado a crer que fui transportado pelo poder de algum bom gênio.

— Ótimo! Sr. Aladim — disse o estranho anfitrião —, viu meu criado sinalizando que estamos servidos, pois não? Queira então se dar ao trabalho de entrar na sala de refeições; seu humilde servo toma-lhe a frente para mostrar o caminho.

E, a essas palavras, levantando o reposteiro, Simbad tomou efetivamente a frente de Franz.

Franz passava de encantamento a encantamento; a mesa estava esplendidamente servida. Tranquilizado quanto a esse ponto importante, passeou os olhos à sua volta. A sala de jantar era não menos esplêndida que a alcova que acabava de deixar; toda em mármore, com baixos-relevos antigos de grande

---

41. "Raoul nos *Huguenotes*": Raoul é um personagem da ópera *Os huguenotes*, de Meyerbeer (1791-1864). Nobre protestante francês, no primeiro ato recebe uma carta na qual a rainha lhe ordena que siga seu pajem de olhos vendados.

42. Lúculo: referência a *Vida de Lúculo*, LXXXII, de Plutarco, na passagem em que Cícero se faz convidar por Lúcio Licínio Lúculo, um importante político e general da República Romana. Ver também Parte III, cap.16, nota 133.

Simbad, o marujo.

valor, tinha, nas duas extremidades de seu formato oblongo, magníficas estátuas carregando cestas nas cabeças. Tais cestas continham duas pirâmides de frutas sublimes; eram abacaxis da Sicília, romãs de Málaga, laranjas das ilhas Baleares, pêssegos da França e tâmaras da Tunísia.

Quanto à ceia, compunha-se de um faisão assado rodeado por melros da Córsega, um presunto de javali na gelatina, um pernil de cabrito ao molho tártaro, um linguado magnífico e uma gigantesca lagosta. Os intervalos entre os grandes pratos eram preenchidos por bandejinhas contendo o *entremets*[43].

As bandejas eram de prata, os pratos, de porcelana japonesa.

Franz esfregou os olhos para se certificar de que não sonhava.

43. *Entremets*: pratos doces servidos após os queijos e antes das frutas.

Apenas Ali era admitido no serviço, e saía-se muito bem. O convidado cumprimentou seu anfitrião por isso.

— Sim — respondeu este, ao mesmo tempo em que fazia as honras da ceia com grande desenvoltura —, é um pobre-diabo dedicadíssimo a mim e que faz o possível. Lembra-se de que eu lhe salvei a vida e, ao que parece, prezava sua cabeça, mostrando certa gratidão para comigo por havê-la conservado.

Ali aproximou-se do seu patrão, pegou-lhe a mão e a beijou.

— E seria muito indiscreto, sr. Simbad — disse Franz —, perguntar-lhe em que circunstância praticou essa boa ação?

— Oh, meu Deus, é muito simples — respondeu o anfitrião. — Parece que o danado andou rondando o harém do bei de Túnis[44] mais do que seria conveniente para um sujeito de sua cor; de maneira que foi condenado pelo bei a ter a língua, a mão e a cabeça cortadas; a língua no primeiro dia, a mão no segundo e a cabeça no terceiro. Eu sempre quis ter um mudo a meu serviço; esperei que lhe cortassem a língua e sugeri ao bei que o cedesse em troca de um magnífico fuzil de cano duplo que, na véspera, havia me parecido despertar os desejos de Sua Alteza. Ele vacilou por um instante, tanto fazia questão de dar fim ao pobre-diabo. Porém, acrescentei a esse fuzil um facão de caça inglês com o qual eu fatiara o iatagã[45] de Sua Alteza; de maneira que o bei decidiu poupar-lhe a mão e a cabeça, mas sob a condição de que ele nunca mais pusesse os pés em Túnis. A recomendação era desnecessária. Já bem distante das costas da África, o incréu continuava no fundo do porão; só conseguimos tirá-lo de lá quando estávamos fora da vista da terceira parte do mundo.

Franz permaneceu calado e pensativo por um instante, matutando o que devia pensar da bonomia cruel com que seu anfitrião acabava de lhe fazer aquele relato.

— E, assim como o prestigioso marujo do qual tomou o nome — disse, mudando de assunto —, o senhor passou a vida viajando?

— Sim; foi uma promessa que fiz numa época em que julgava não poder cumpri-la — disse o desconhecido sorrindo. — Fiz algumas promessas desse tipo, as quais um dia espero cumprir, uma a uma.

Embora Simbad houvesse pronunciado essas palavras com o maior sangue-frio, seus olhos tinham lançado um olhar de estranha ferocidade.

— O senhor sofreu muito? — perguntou Franz.

---

44. Bei: título conferido aos governadores de província e soberanos vassalos dos sultões otomanos.

45. Iatagã: arma branca mulçumana, desprovida de guarda, cuja lâmina descreve uma curva em dois sentidos diferentes.

Simbad estremeceu e olhou-o fixamente.

— O que lhe deu esta impressão? — perguntou ele.

— Tudo — respondeu Franz. — Sua voz, seu olhar, sua palidez e a própria vida que o senhor leva.

— Eu! Levo a vida mais feliz que conheço, uma verdadeira vida de paxá; sou o rei da criação; gosto de um lugar, ali permaneço; aborreço-me, vou embora; sou livre como um pássaro, tenho asas como ele; as pessoas a minha volta me obedecem a um sinal. De vez em quando, divirto-me zombando da justiça humana e lhe confiscando um bandoleiro que ela procura, um criminoso que ela persegue. Além disso, tenho minha justiça pessoal, baixa e alta, sem liminares e sem apelação, que condena ou absolve, e com a qual ninguém pode se intrometer. Ah, se o senhor tivesse saboreado a minha vida, não iria querer outra e não retornaria jamais ao mundo, a menos que tivesse algum grande plano a realizar nele.

— Uma vingança, por exemplo! — disse Franz.

O desconhecido dirigiu ao rapaz um desses olhares que mergulham no mais recôndito do coração e do pensamento.

— E por que uma vingança? — perguntou.

— Porque — replicou Franz — o senhor me parece um homem que, perseguido pela sociedade, tem uma conta terrível a acertar com ela.

— Bom palpite! — disse Simbad, rindo sua risada estranha, que mostrava dentes brancos e pontiagudos. — Mas errou; tal como me vê, sou uma espécie de filantropo; talvez um dia vá a Paris fazer concorrência ao sr. Appert e ao homem do pequeno sobretudo azul[46].

— E será a primeira vez que fará essa viagem?

— Oh, por Deus, sim! Pareço muito pouco curioso, não? Mas lhe asseguro que não foi culpa minha se demorei tanto; isso acontecerá mais dia menos dia!

— E pretende fazer essa viagem em breve?

— Ainda não sei, depende de circunstâncias subordinadas a combinações incertas.

— Eu gostaria de estar lá na época em que o senhor for. Farei de tudo para retribuir, na medida do meu possível, a hospitalidade que me proporciona tão generosamente em Monte Cristo.

— Eu aceitaria sua oferta com grande satisfação — respondeu o anfitrião —, mas infelizmente, caso eu vá, talvez seja incógnito.

Enquanto isso a ceia ia adiante e parecia ter sido servida exclusivamente para Franz, pois o desconhecido mal tocara com a ponta dos dentes em uma

46. "ao sr. Appert e ao homem do pequeno sobretudo azul": Benjamin-Nicolas-Marie Appert (1797-1847), secretário-geral da Sociedade da Moral Cristã. Edme Champion (1766-1852), joalheiro extremamente bem-sucedido, que realizava grandes gestos filantrópicos e vestia-se sempre com um pequeno sobretudo azul.

Finalmente, Ali trouxe a sobremesa, ou melhor,
retirou as cestas das mãos das estátuas e colocou-as na mesa.

ou duas bandejas do esplêndido festim que oferecera e ao qual seu inesperado convidado honrara com tanta largueza.

Finalmente, Ali trouxe a sobremesa, ou melhor, retirou as cestas das mãos das estátuas e colocou-as na mesa.

Entre as duas cestas, colocou uma pequena taça de prata dourada fechada por uma tampa do mesmo metal.

O respeito com que Ali trouxera aquela taça atiçou a curiosidade de Franz. Levantou a tampa e viu uma espécie de massa esverdeada semelhante à compota de angélica, mas que lhe era totalmente desconhecida.

Recolocou a tampa, tão ignorante acerca do que a taça continha após ter recolocado a tampa quanto antes de tê-la levantado, e, dirigindo os olhos para o seu anfitrião, viu-o sorrir do seu desapontamento.

— Não consegue adivinhar — lhe disse este — a espécie de comestível contida nesse pequeno recipiente e isso lhe intriga, não é?

— Confesso que sim.

— Pois bem, essa espécie de geleia verde não é mais nem menos que a ambrosia que Hebe servia à mesa de Júpiter[47].

— Mas essa ambrosia — disse Franz —, ao passar pela mão dos homens, provavelmente perdeu seu nome celestial para assumir um nome humano; em linguagem vulgar, como se chama esse ingrediente, pelo qual, a propósito, não sinto a menor simpatia?

— Ora, eis justamente o que revela a nossa origem material! — exclamou Simbad. — Não raro passamos ao lado da felicidade sem a ver, sem a olhar, ou, quando a vemos e olhamos, sem a reconhecer. Se for materialista e o ouro for seu deus, prove disso e as minas do Peru, de Guzarate e da Golconda[48] lhe serão franqueadas. Se for um homem de imaginação, um poeta, prove igualmente, e as fronteiras do possível desaparecerão; o campo do infinito se abrirá, o senhor passeará, com o coração e o espírito livres, pelo domínio sem limites do devaneio. Se for ambicioso, se corre atrás das grandezas da Terra, prove disso também e dentro de uma hora será rei, não rei de um pequeno reino escondido num canto da Europa, como a França, a Espanha ou a Inglaterra, mas rei do mundo, rei do universo, rei da criação. Seu trono será erguido sobre a montanha em que Satã tentou Jesus[49]; e, sem precisar lhe prestar homenagem, sem ser obrigado a lhe beijar as garras, será o soberano senhor de todos os reinos da Terra. Não é tentador o que lhe ofereço, diga-me, e não é uma coisa muito fácil, uma vez que basta fazer isso? Observe.

A essas palavras, destampou por sua vez a pequena taça de prata que continha a substância tão louvada, serviu-se de uma pequena colherada da geleia mágica, levou-a à boca e saboreou-a lentamente, com os olhos semicerrados e a cabeça inclinada para trás.

Franz deu-lhe tempo para absorver sua iguaria favorita; em seguida, quando o viu voltar um pouco a si, disse:

— Mas, enfim, que iguaria tão preciosa é esta?

— Já ouviu falar do Velho da Montanha[50] — perguntou-lhe seu anfitrião —, o mesmo que quis assassinar Filipe Augusto?

---

47. "Hebe servia à mesa de Júpiter": na mitologia greco-romana, Hebe é filha legítima de Zeus, ou Júpiter. Por ter o privilégio da eterna juventude, representava a donzela dedicada às tarefas do lar, entre elas, servir néctar e ambrosia aos deuses.

48. Guzarate e Golconda: ver Parte I, cap.17, nota 81.

49. "montanha em que Satã tentou Jesus": Mateus, IV, 8-9.

50. Velho da Montanha: Hassan bin Sabbah Homairi (1034-1124), líder religioso e militar, seguidor do ismaelismo, seita muçulmana surgida no séc.IX, que combinava elementos zoroastrianos, cristãos e islâmicos, e cujo nome deriva de Ismael, supostamente o sétimo profeta da humanidade, tendo sido os seis primeiros Adão, Noé, Abraão, Moisés, Jesus e Maomé.

— Certamente.

— Pois bem! Então sabe que ele reinava sobre um rico vale que dominava a montanha, origem de seu pitoresco apelido. Nesse vale havia magníficos jardins cultivados por Hassan bin Sabah, e, nesses jardins, pavilhões isolados. Era nesses pavilhões que ele introduzia seus eleitos e, segundo Marco Polo, lhes dava de comer uma determinada erva que os transportava ao paraíso, em meio a uma vegetação sempre em flor, frutas sempre maduras, mulheres sempre virgens. Ora, o que esses jovens bem-aventurados tomavam por realidade era um sonho; mas um sonho tão suave, tão embriagador, tão voluptuoso, que eles vendiam corpo e alma àquele que lhos havia proporcionado, e, obedecendo às suas ordens como às de Deus, iam golpear no fim do mundo a vítima indicada, morrendo torturados sem se queixar, só de pensar que a morte que sofriam era apenas uma transição para aquela vida de delícias cujo gosto inicial a erva sagrada, servida diante do senhor, lhes propiciara.

— Então — exclamou Franz — é haxixe! Sim, conheço isso, de ouvir falar pelo menos.

— O senhor disse a palavra exata, sr. Aladim, é haxixe, tudo que há de melhor e de mais puro no haxixe de Alexandria, haxixe de Abugor, o grande fabricante, o homem único, o homem para quem deveriam construir um palácio com esta inscrição: *Ao mercador da felicidade, o mundo grato.*

— Sabe — disse-lhe Franz — que estou com muita vontade de julgar por mim mesmo a verdade ou o exagero dos seus elogios?

— Julgue por si mesmo, caro hóspede, julgue; mas não se atenha a uma primeira prova; como em todas as coisas, convém habituar os sentidos a uma impressão nova, doce ou violenta, triste ou alegre. Há uma luta da natureza contra essa divina substância, da natureza que não é feita para a alegria e que se mantém aferrada à dor. É preciso que a natureza vencida sucumba nesse combate, é preciso que à realidade suceda o sonho; e então o sonho reinará soberano,

---

Ao longo da vida, Hassan angariou muitos fiéis dispostos a obedecê-lo cegamente, entre os quais destacam-se os "hashishins", ou "assassinos", uma ramificação do ismaelismo que viria a adotar o haxixe como elemento ritual. O termo "assassino" pode significar "sob efeito de haxixe", "seguidor de Hassan" ou ainda "a base", se estiver etimologicamente ligado a "al-Assas", expressão pela qual Hassan também era conhecido. Reinando a partir da fortaleza Alamut, no alto das montanhas do Irã, ganhou o epíteto de "Velho da Montanha" e a fama de ser imortal. É possível que esta decorra do fato de seus descendentes herdarem, além do poder, o mesmo epíteto, assim criando uma impressão de continuidade que ultrapassava o tempo da vida humana. O Ocidente, bem como alguns povos muçulmanos inimigos, de fato chegaram a crer em sua imortalidade. Só isso poderia explicar a lenda segundo a qual ele tentou assassinar Filipe Augusto (1165-1223), rei dos francos nascido quarenta e um anos após sua morte, que participou da terceira expedição à Terra Santa.

então é o sonho que se transformará em vida e a vida que se transformará em sonho; mas quanta diferença nessa transfiguração!, isto é, comparando as dores da existência real com os gozos da existência artificial, o senhor não vai querer viver nunca mais, mas sim sonhar para sempre. Quando deixar seu mundo individual e voltar ao mundo dos outros, julgará estar passando de uma primavera napolitana para um inverno lapão, julgará estar trocando o Paraíso pela Terra, o céu pelo inferno. Experimente o haxixe, caro hóspede! Experimente!

Como resposta, Franz pegou uma colher daquela pasta maravilhosa, com a mesma dose ingerida pelo seu anfitrião, e levou-a à boca.

— Diabos! — disse ele, após ter engolido a geleia divina. — Ainda não sei se o resultado será tão agradável como o senhor diz, mas a coisa não me parece tão suculenta como afirma.

— Porque as franjas do seu palato ainda não estão afeitas à sublimidade da substância que degustam. Diga-me uma coisa: por acaso apreciou na primeira vez as ostras, o chá, a *porter*, as trufas, e todas as coisas que apreciou depois? Dá para entender os romanos, que temperam faisões com assa-fétida[51] e os chineses, que comem ninhos de andorinhas? Por Deus, não. Pois bem, acontece a mesma coisa com o haxixe: se comê-lo de enfiada durante uma semana, nenhuma comida no mundo lhe parecerá alcançar o requinte desse sabor que talvez hoje lhe pareça insosso e nauseabundo. Aliás, passemos ao aposento contíguo, isto é, ao seu quarto, Ali nos servirá o café e nos entregará os cachimbos.

Ambos se levantaram. Enquanto este que se atribuíra o nome de Simbad, e que assim denominamos de tempos em tempos de maneira a poder, como seu convidado, dar-lhe uma denominação qualquer, dava ordens ao seu criado, Franz entrou no quarto vizinho.

Este tinha móveis mais simples, embora não menos suntuosos. Tinha a forma de um círculo e um grande divã o contornava por inteiro. Mas divã, paredes, tetos e assoalhos eram todos forrados com peles magníficas, suaves e macias como os tapetes mais macios; eram peles de leões-do-atlas[52], com poderosas jubas; eram peles de tigres-de-bengala, com listras quentes, peles de leopardos-do-cabo[53] alegremente pintalgadas como o que aparece em

---

51. Assa-fétida: goma-resina de origem vegetal, de cheiro extremamente desagradável.

52. Leões-do-atlas (*Panthera leo leo*): espalhados antigamente pela região ocidental da África do Norte, os leões-do-atlas ou berberes desapareceram completamente da natureza. No Marrocos, alguns alcançaram o séc.XX, mas acabaram sendo levados à extinção nos anos 1940. A última morte foi registrada em 1942 nas montanhas do Atlas, próximo à estrada entre Marrakech e Urzazate.

53. Leopardos-do-cabo (*Panthera pardus melanotica*): animal em extinção, seu hábitat originário é a África do Sul.

Dante[54], e, por fim, peles de ursos da Sibéria, raposas da Noruega; todas essas peles estavam jogadas profusamente umas sobre as outras, de maneira que era como andar no gramado mais fofo e repousar no leito mais sedoso.

Os dois homens deitaram-se no divã; alguns chibuques de canos de jasmim e bocais de âmbar encontravam-se à mão, todos preparados para que não fosse preciso fumar duas vezes no mesmo. Cada um deles pegou o seu. Ali os acendeu e saiu para ir buscar o café.

Houve um momento de silêncio, durante o qual Simbad abandonou-se aos pensamentos que pareciam ocupá-lo incessantemente, mesmo em meio à conversa, e Franz entregou-se àquele devaneio mudo no qual caímos quase sempre ao fumar um tabaco excelente, que parece carregar com a fumaça todas as aflições do espírito e dar em troca ao fumante todos os sonhos da alma.

Ali trouxe o café.

— Como vai tomá-lo? — perguntou o desconhecido. — À francesa ou à turca, forte ou fraco, com ou sem açúcar, passado ou fervido? Escolha: podemos prepará-lo de várias formas.

— Vou tomá-lo à turca — respondeu Franz.

— E faz bem — exclamou seu anfitrião. — Isso prova que tem pendores para a vida oriental. Ah, os orientais, veja o senhor, são os únicos homens que sabem viver! Quanto a mim — acrescentou ele, com um desses singulares sorrisos que não escapavam ao rapaz —, quando tiver concluído meus negócios em Paris, irei morrer no Oriente; e, se quiser me encontrar, será preciso me buscar no Cairo, em Bagdá ou em Isfahan[55].

— Ora — disse Franz —, será a coisa mais fácil do mundo, pois sinto que estão nascendo em mim asas de águia, e, com essas asas, darei a volta ao mundo em vinte e quatro horas.

— Ah, ah! É o haxixe agindo; ótimo! Abra suas asas e voe para as regiões sobre-humanas; não tema nada, zelamos pelo senhor, e se, como as de Ícaro, suas asas derreterem ao sol, estaremos aqui para recebê-lo.

Então ele disse algumas palavras em árabe a Ali, que fez um gesto de obediência e se retirou, mas sem deixar de ficar por perto.

Quanto a Franz, uma estranha transformação operava-se nele. Todo o cansaço físico do dia, toda a preocupação causada pelos fatos da noite desapa-

54. "como o que aparece em Dante": referência à *Divina comédia*, em "Inferno", canto I, 31-36: "E eis que, ao encetar a rampa certa,/ uma onça ligeira e desenvolta,/ de pelo maculado recoberta,/ saltando à minha frente e à minha volta,/ tanto me obstava a via do meu destino/ que mais vezes voltei-me para a volta."

55. Isfahan: cidade localizada no centro do Irã, e atualmente uma das mais populosas do país, que na Antiguidade era conhecida como Aspadana.

reciam, como nesse primeiro momento de repouso em que ainda vivemos o bastante para sentir a chegada do sono. Seu corpo parecia adquirir uma leveza imaterial, seu espírito iluminava-se de maneira inaudita, seus sentidos pareciam duplicar suas faculdades; o horizonte continuava a se alargar, porém não mais aquele horizonte escuro sobre o qual pairava um terror vago e que ele vira antes do sono, mas um horizonte azul, transparente, vasto, com tudo que o mar tem de azul, com tudo que o sol tem de lantejoulas, com tudo que a brisa tem de perfumes; então, em meio aos cantos dos seus marujos, cantos tão límpidos e cristalinos que com eles teríamos feito uma harmonia divina se pudéssemos escrevê-los, ele via aparecer a ilha de Monte Cristo não mais como um escolho ameaçador sobre as ondas, mas como um oásis perdido no deserto; em seguida, à medida que o barco se aproximava, os cantos tornavam-se mais numerosos, pois uma harmonia encantatória e misteriosa subia daquela ilha para Deus, como se alguma fada, como Loreley[56], ou algum feiticeiro, como Anfião[57], quisesse para lá atrair uma alma ou para lá construir uma cidade.

Enfim o barco tocou a terra, mas sem esforço, sem solavanco, como lábios tocam lábios, e entrou na caverna sob aquela música mágica e incessante. Franz desceu, ou melhor, julgou descer alguns degraus, respirando um ar fresco e aromatizado como o que devia reinar em torno da caverna de Circe[58], composto de perfumes tais que fazem o espírito sonhar, ardores tais que fazem os sentidos queimarem, e reviu tudo o que vira antes do seu sono, desde Simbad, o anfitrião fantástico, até Ali, o servidor mudo; depois tudo pareceu se apagar e confundir aos seus olhos, como as últimas silhuetas de uma lanterna mágica que se apaga, e ele se viu na câmara das estátuas, iluminado apenas por uma daquelas lamparinas antigas e pálidas que velam no meio da noite pelo sono ou a volúpia.

Eram as mesmas estátuas prenhes de forma, luxúria e poesia, de olhos magnéticos, sorrisos lascivos, cabeleiras opulentas. Eram Frineia[59], Cleópatra, Messalina[60], essas três grandes cortesãs; depois, no meio daquelas sombras

56. Loreley: segundo a lenda germânica, num penhasco do rio Reno vive uma jovem chamada Loreley, dona de longos cabelos loiros e de uma linda e melodiosa voz. Seu canto hipnotiza os capitães das embarcações, que acabam batendo nas rochas e afundando.

57. Anfião: na mitologia grega, filho de Zeus e da rainha de Tebas, Antíope. Anfião recebeu do deus Apolo uma lira cuja magia permitiu-lhe fortificar a cidade, pois as pedras, movidas por sua música, colocavam-se umas sobre as outras e erguiam o muro.

58. Circe: deusa grega, feiticeira capaz de transformar os homens em animais.

59. Frineia: célebre hetaíra, ou cortesã, da Grécia antiga, cuja beleza inspirou escultores e pintores.

60. Messalina: Valéria Messalina (17-48) foi a terceira mulher do imperador Tibério Cláudio Nero César Druso (10 a.C.-54), e desde jovem frequentou a corte imperial.

impudicas insinuou-se, como um raio brilhante, como um anjo cristão no meio do Olimpo, uma daquelas figuras castas, uma daquelas sombras calmas, uma daquelas visões delicadas que parecia velar sua fronte virginal sob todas aquelas impurezas de mármore.

Pareceu-lhe então que as três estátuas haviam reunido seus três amores para um único homem e que esse homem era ele, que se aproximavam do leito onde ele sonhava um segundo sono, os pés perdidos em suas longas túnicas brancas, o pescoço nu, as cabeleiras desenrolando-se como uma onda, numa daquelas poses às quais os deuses sucumbiam, mas às quais resistiam os santos, com aquele olhar inflexível e ardoroso da serpente sobre o pássaro, e ele se abandonava a esses olhares cruéis como uma asfixia, voluptuosos como um beijo.

Franz julgou fechar os olhos e, por meio do último olhar que lançava em volta, entrever a estátua pudica que se velava por inteiro; em seguida, com os olhos fechados para as coisas reais, seus sentidos abriram-se para as impressões impossíveis.

Foi então uma volúpia sem trégua, um amor sem repouso, como o que prometia o Profeta aos seus eleitos. Logo todas aquelas bocas de pedra adquiriram vida, todos aqueles peitos se aqueceram, a tal ponto que, para Franz, submetido pela primeira vez aos efeitos do haxixe, aquele amor era quase uma dor, aquela volúpia, quase uma tortura, quando sentia roçar em sua boca alterada os lábios daquelas estátuas, flexíveis e frios como os anéis de uma cobra; porém, quanto mais seus braços tentavam repelir aquele amor desconhecido, mais seus sentidos rendiam-se ao encanto daquele devaneio misterioso, de modo que, após uma luta pela qual teria dado a alma, entregou-se sem hesitação e acabou por cair ofegante, queimado pelo cansaço, esgotado pela volúpia, sob os beijos daquelas amantes de mármore e sob os encantos desse sonho inaudito.

11. DESPERTAR

Quando Franz voltou a si, os objetos exteriores pareciam uma segunda parte do seu sonho; julgou-se num sepulcro onde mal penetrava, como um olhar de compaixão, um raio de sol; ele esticou a mão e sentiu a pedra; sentou-se; estava deitado em seu albornoz, sobre um leito de arbustos secos bastante confortáveis e odoríferos.

A visão desaparecera por completo e, como se as estátuas não tivessem passado de sombras saídas de seus túmulos durante o sonho, haviam fugido ao despertar.

Deu alguns passos em direção ao ponto de onde vinha a luz; a toda agitação do sonho sucede a calma da realidade. Viu-se numa caverna, avançou para o lado da entrada e, através da porta cimbrada, avistou um céu e um mar azuis. O ar e a água resplandeciam aos raios do sol da manhã; na praia, os marujos estavam sentados conversando e rindo; dez metros adentrando o mar, o barco balouçava graciosamente sobre sua âncora.

Franz desfrutou então, por um tempo, daquela brisa fria que roçava sua testa; escutou o barulho enfraquecido da onda desdobrando-se e deixando nas rochas uma renda de espuma branca como prata; entregou-se sem refletir, sem pensar, a esse encanto divino que há nas coisas da natureza, sobretudo quando saímos de um sonho fantástico; depois, pouco a pouco, aquela vida ao ar livre, tão calma, tão pura, tão grande, lembrou-lhe a inverossimilhança do seu sono, e as lembranças começaram a voltar à sua memória.

Lembrou-se de sua chegada na ilha, de sua apresentação a um chefe de contrabandistas, de um palácio subterrâneo cheio de esplendores, de uma ceia excelente e de uma colherada de haxixe.

Porém, diante dessa realidade de dia claro, parecia-lhe que havia pelo menos um ano que todas essas coisas tinham acontecido, de tal forma o sonho que tivera estava vivo em seu pensamento e ganhava importância em seu espírito. Assim, de tempos em tempos, sua imaginação fazia sentar no meio dos marujos, ou atravessar um rochedo, ou se balançar no barco, uma daquelas sombras que haviam estrelado sua noite com beijos. Além disso, tinha a cabeça completamente livre e o corpo completamente descansado; nada pesava em sua mente, mas, ao contrário, sentia um bem-estar geral, uma faculdade de absorver o ar e o sol maior que nunca.

Aproximou-se então alegremente de seus marujos.

Estes se levantaram ao vê-lo, e o capitão aproximou-se.

— O sr. Simbad — disse ele — nos encarregou de transmitir todos os cumprimentos a Vossa Excelência pedindo-nos para lhe exprimir o quanto lamenta não poder se despedir; mas espera que lhe desculpe quando souber que um compromisso urgentíssimo o chama a Málaga.

— Quer dizer, meu caro Gaetano — disse Franz —, que tudo isso é então verdadeiramente real? Existe um homem que me recebeu nesta ilha, que aqui me proporcionou uma hospitalidade régia e que partiu durante o meu sono?

— Tanto existe que lá está o seu pequeno iate se afastando, com todas as velas desfraldadas, e no qual, caso se disponha a pegar sua luneta, reconhecerá, segundo toda probabilidade, seu anfitrião em meio à tripulação.

E, ao dizer estas palavras, Gaetano esticou o braço na direção de uma pequena embarcação que fazia velas rumo à ponta meridional da Córsega.

Franz sacou da sua luneta, ajustou o foco e apontou-a na direção indicada.

Gaetano não se enganava. Na popa da embarcação, o misterioso estrangeiro mantinha-se de pé, virado para o seu lado e, como ele, empunhando uma luneta; vestia exatamente o mesmo traje sob o qual aparecera na véspera para o seu convidado e agitava um lenço em sinal de adeus.

Franz retribuiu-lhe a saudação, puxando por sua vez seu lenço e o agitando como o outro agitava o dele.

Um segundo depois uma ligeira nuvem de fumaça desenhou-se na popa da embarcação, destacou-se com graciosidade e subiu lentamente para o céu; em seguida, uma débil detonação chegou até Franz.

— Veja, ouça — disse Gaetano —, ele lhe dá adeus.

O rapaz pegou sua carabina e atirou para cima, mas sem esperança de que o barulho conseguisse transpor a distância que separava o iate da costa.

— Que ordena Vossa Excelência? — disse Gaetano.

— Primeiro, que acenda uma tocha.

— Ah, sim, compreendo — respondeu o capitão —, para procurar a entrada dos aposentos encantados. Com todo o prazer, Excelência, se isto o diverte, vou lhe dar a tocha solicitada. Também já me ocorreu essa ideia que lhe ocorre, e tive o mesmo capricho por umas três ou quatro vezes; mas acabei por desistir. Giovanni — acrescentou ele —, acenda uma tocha e traga para Sua Excelência.

Giovanni obedeceu. Franz pegou a tocha e entrou no subterrâneo, seguido por Gaetano.

Reconheceu o lugar onde despertara pelo leito de arbustos ainda remexido; mas em vão passou a tocha por sobre a completa superfície externa da caverna; não percebeu nada, a não ser, pelos vestígios de fumaça, que outros antes dele já haviam tentado inutilmente a mesma investigação.

Entretanto, não deixou um centímetro daquela muralha granítica, impenetrável como o futuro, sem exame; não encontrou uma fissura em que não houvesse introduzido a lâmina de seu facão de caça; não observou uma saliência que não tenha empurrado, na esperança de que cedesse; mas foi tudo inútil, e ele perdeu, sem qualquer resultado, duas horas nessa busca.

Ao fim desse tempo, desistiu; Gaetano estava triunfante.

Quando Franz voltou à praia, o iate aparecia apenas como um pontinho branco no horizonte; ele então recorreu à luneta, mas mesmo com o instrumento era impossível distinguir alguma coisa.

Gaetano lembrou-lhe que ele viera para caçar cabras, do que se esquecera completamente. Franz então pegou seu fuzil e começou a percorrer a ilha com a expressão de um homem que cumpre seu dever mais do que desfruta de um prazer; quinze minutos mais tarde, matara uma cabra e dois cabritos. Mas essas cabras, embora selvagens e ariscas como camurças, apresentavam grande semelhança com nossas cabras domésticas, e Franz não as via como caça.

Além disso, ideias poderosas e de outro tipo ocupavam seu espírito. Desde a véspera ele se tornara indubitavelmente o herói de um conto das *Mil e uma noites*. Sem poder evitá-lo, retornou à caverna.

Logo, a despeito da inutilidade de sua primeira exploração, começou uma segunda, após ter dito a Gaetano para assar um dos cabritos. Essa segunda visita durou muito tempo, pois, quando voltou, o cabrito estava assado e o almoço, pronto.

Franz sentou-se no lugar onde, na véspera, tinham vindo, da parte daquele anfitrião misterioso, para convidá-lo a cear; então continuou a vislumbrar, como uma gaivota aninhada na crista de uma onda, o pequeno iate, que continuava a avançar para a Córsega.

— Mas — disse ele a Gaetano —, o senhor anunciou que o sr. Simbad fazia velas para Málaga, ao passo que me parece que ele navega diretamente para Porto Vecchio.

— Não se lembra — disse o capitão — que eu lhe disse que sua tripulação incluía no momento dois ladrões corsos?

— É verdade! E ele vai deixá-los na costa? — perguntou Franz.

— Exatamente. Ah, é um indivíduo — exclamou Gaetano — que não teme a Deus nem ao diabo, ao que dizem, e que desviará cinquenta léguas de sua rota para fazer um favor a um pobre homem.

— Mas esse tipo de favor poderia muito bem complicá-lo com as autoridades do país onde ele exerce esse gênero de filantropia — disse Franz.

— Pois sim! — gracejou Gaetano. — O que podem as autoridades com ele? Ele ri na cara delas! Basta tentar persegui-lo. Em primeiro lugar, seu iate não é uma embarcação, é um pássaro, que deixaria uma fragata bem para trás; depois, se resolvesse aportar, não teria ele amigos em toda parte?

O que havia de mais claro nisso tudo era que o sr. Simbad, o anfitrião de Franz, tinha a honra de se relacionar com os contrabandistas e os ladrões de toda a costa do Mediterrâneo; o que não deixava de lhe conferir um status bem estranho.

Quanto a Franz, nada mais o retinha em Monte Cristo; perdendo toda a esperança de encontrar o segredo da caverna, apressou-se em almoçar e ordenou a seus homens que preparassem o barco para quando tivesse terminado.

Meia hora depois estava a bordo.

Lançou um último olhar para o iate, prestes a desaparecer no golfo de Porto Vecchio.

Deu sinal de partida.

Enquanto o barco punha-se em movimento, o iate desaparecia.

Com ele apagava-se a última realidade da noite precedente; da mesma forma, ceia, Simbad, haxixe e estátuas, tudo começava, para Franz, a se fundir no mesmo sonho.

O barco navegou o dia inteiro e a noite inteira; no dia seguinte, quando o sol nasceu, a ilha de Monte Cristo é que havia desaparecido.

Uma vez com os pés em terra firme, Franz esqueceu os fatos que acabavam de acontecer, pelo menos momentaneamente, para terminar sua temporada de prazer e elegância em Florença e se juntar ao seu companheiro, que o aguardava em Roma.

Partiu, então, e no sábado à noite a diligência deixou-o na praça di Pietra.

Seus aposentos, como dissemos, estavam reservados com antecedência. Ele só precisava dirigir-se ao hotel de mestre Pastrini, o que não era coisa muito fácil, pois a multidão apinhava as ruas e Roma já se encontrava às voltas com aquele rumor surdo e febril que precede os grandes eventos. Ora, em Roma, há quatro grandes eventos por ano: Carnaval, Semana Santa, Corpus Christi e São Pedro[61].

---

61. São Pedro: os apóstolos Pedro e Paulo são os fundadores da comunidade cristã de Roma. No ano em que se passa a história, 1838, a festa de Sao Pedro foi celebrada no dia 28 de junho, e a de São Paulo, no dia 29.

Todo o resto do ano, a cidade recaía em sua monótona apatia, estado intermediário entre a vida e a morte, que a torna semelhante a uma espécie de escala entre este mundo e o outro; escala sublime, pouso impregnado de poesia e caráter onde Franz já se deleitara cinco ou seis vezes e que a cada vez achava mais maravilhoso e fantástico.

Enfim, atravessou aquela multidão cada vez maior e mais agitada e alcançou o hotel. À sua primeira pergunta, recebeu como resposta, com aquela impertinência peculiar a determinados cocheiros de fiacre e aos hoteleiros em geral, que não havia mais lugar para ele no Hotel de Londres. Então enviou seu cartão a mestre Pastrini e mandou chamar Albert de Morcerf. O recurso deu certo, e o próprio mestre Pastrini acorreu, desculpando-se por haver feito Sua Excelência esperar, repreendendo seus rapazes, pegando o castiçal da mão do cicerone[62] que já se apoderara do forasteiro e se preparava para conduzi-lo até Albert, quando este veio ao seu encontro.

O apartamento reservado compunha-se de dois pequenos quartos e um banheiro. Os dois quartos davam para a rua, circunstância que mestre Pastrini valorizou acrescentando-lhe um mérito incalculável. O resto do andar estava alugado para um personagem riquíssimo, que julgavam siciliano ou maltês; o hoteleiro não pôde dizer ao certo à qual das duas nações pertencia o forasteiro.

Este forasteiro chamava-se conde de Monte Cristo.

— Está tudo muito bem, mestre Pastrini — disse Franz —, mas precisaríamos imediatamente de uma ceia qualquer para esta noite, e uma caleche para amanhã e os outros dias.

— Quanto à ceia — respondeu o hoteleiro —, serão servidos agora mesmo; mas, quanto à caleche…

— Como quanto à caleche?! — exclamou Albert. — Um momento, um momento! Nem brinque, mestre Pastrini! Precisamos de uma caleche.

— Senhor — disse o hoteleiro —, faremos tudo que for possível para arranjarmos uma. É tudo que posso dizer.

— E quando teremos a resposta? — perguntou Franz.

— Amanhã de manhã — respondeu o hoteleiro.

— Que diabos! — disse Albert. — Vamos pagar mais caro por ela, e pronto: sabemos como é; com Drake ou Brion[63], vinte e cinco francos nos dias da semana e trinta ou trinta e cinco nos domingos e festas; ponha cinco francos por dia de comissão, saindo tudo por quarenta e não se fala mais nisso.

---

62. Cicerone: no caso, cicerone significa um guia de viagem contratado.

63. Drake ou Brion: comerciantes parisienses de cavalos.

Albert de Morcerf.

— Tenho inclusive receio de que esses senhores, mesmo recebendo o dobro, não lhes conseguisse nada.

— Em último caso, mandaremos atrelar cavalos na minha; está um pouco avariada pela viagem, mas não importa.

— Não há cavalos disponíveis.

Albert olhou para Franz como um homem que recebeu uma resposta que lhe parece incompreensível.

— Está ouvindo, Franz! Não há cavalos — disse ele —, mas será que não arranjaríamos nem mesmo cavalos de viagem?

— Estão todos alugados há quinze dias, sobraram apenas os absolutamente necessários ao serviço.

— Que me diz disso? — perguntou Franz a Albert.

— Digo que, quando uma coisa vai além da minha inteligência, tenho o hábito de não me aferrar a ela e de passar para outra. A ceia está pronta, mestre Pastrini?

— Sim, Excelência.

— Ótimo, vamos cear primeiro.

— Mas e a caleche, e os cavalos? — indagou Franz.

— Fique tranquilo, caro amigo, virão sozinhos; basta chegarmos ao preço.

E Morcerf, com essa admirável filosofia que nada crê impossível enquanto sua bolsa encontra-se estufada ou a carteira recheada, ceou, deitou-se, dormiu a sono solto e sonhou que desfilava no Carnaval, numa caleche de seis cavalos.

12. BANDIDOS ROMANOS

No dia seguinte, Franz acordou primeiro e, assim que acordou, fez soar a campainha.

O tilintar da sineta ainda vibrava, quando mestre Pastrini em pessoa entrou.

— Pronto! — disse o hoteleiro triunfante, sem sequer esperar que Franz o interrogasse. — Eu já desconfiava desde ontem, Excelência, quando não queria prometer nada; os senhores chegaram muito tarde, não resta mais uma única caleche em Roma: para os últimos três dias, claro.

— Sim — disse Franz —, ou seja, para quando ela é absolutamente necessária.

— O que houve? — perguntou Albert, entrando. — Nada de caleche?

— Isso mesmo, prezado amigo — respondeu Franz —, adivinhou de primeira.

— Muito bom! Que bela cidade é esta sua cidade eterna!

— Isso quer dizer, Excelência — continuou mestre Pastrini, desejando preservar, aos olhos de seus hóspedes, certa dignidade para a capital do mundo cristão —, que não há mais caleche a partir de domingo de manhã até terça-feira à tarde, mas que daqui até lá encontrarão cinquenta, se quiserem.

— Já é alguma coisa — disse Albert. — Hoje é domingo; quem sabe o que pode acontecer daqui até o próximo domingo?

— A chegada de dez a doze mil turistas — respondeu Franz —, os quais dificultarão ainda mais as coisas.

— Meu amigo — disse Morcerf —, desfrutemos o presente e não agouremos o futuro.

— Pelo menos — perguntou Franz — podemos ter uma janela?

— Dando para onde?

— Para a rua do Corso[64], caramba!

— Ah, claro, uma janela! — exclamou mestre Pastrini. — Impossível, completamente impossível! Restava uma no quinto andar do Palácio Doria, que foi alugada a um príncipe russo por vinte sequins ao dia.

Os dois rapazes entreolhavam-se estupefatos.

— Muito bem, meu caro — disse Franz a Albert —, sabe o que de melhor temos a fazer? É irmos passar o Carnaval em Veneza; lá, pelo menos, se não encontrarmos um coche, encontraremos uma gôndola.

— Mas de jeito nenhum! — exclamou Albert. — Decidi assistir ao Carnaval de Roma e o farei, nem que seja em cima de uma perna de pau.

— Apoiado! — exclamou Franz. — É uma ideia triunfal, sobretudo para apagar os *moccoletti*[65]; vamos nos fantasiar de polichinelos-vampiros ou de habitantes das Landes[66] e faremos um sucesso estrondoso.

— Suas Excelências continuam a querer um coche até domingo?

— Em nome de Deus! — disse Albert. — Acha que vamos percorrer as ruas de Roma a pé feito os contínuos da administração pública?

— Vou correr para executar as ordens de Suas Excelências — disse mestre Pastrini. — Aviso-lhes, porém, que o coche lhes custará seis piastras por dia.

— E eu, meu caro sr. Pastrini, eu, que não sou nosso vizinho milionário, aviso-lhe da minha parte que, considerando ser esta a quarta vez que venho a Roma, sei muito bem o preço das caleches, dias comuns, domingos e festas. Nós lhe daremos doze piastras por hoje, amanhã e depois de amanhã, e ainda terá um belíssimo lucro.

— Mas, Excelência...! — exclamou mestre Pastrini, tentando se rebelar.

— Aceite, meu caro anfitrião, aceite — disse Franz —, ou vou eu mesmo fazer meu preço com seu *affetatore*[67], que é o meu também; trata-se de um velho amigo, que já me roubou não muito pouco dinheiro em sua vida e que, na esperança de me roubar mais, fará por um preço menor que o que lhe ofereço: o senhor perderá a diferença e a culpa será sua.

---

64. Corso: nome da rua mais fervilhante de Roma na época, que deriva dos desfiles de cavalo lá realizados desde o séc. XVI.

65. *Moccoletti*: diminutivo plural de *moccolo*, ou vela; vela consumida pela metade. O diminutivo singular, que aparecerá adiante no romance, é *moccoletto*.

66. Landes: departamento da França localizado na região da Aquitânia.

67. *Affetatore*: intermediário, atravessador.

— Não se dê esse trabalho, Excelência — disse mestre Pastrini, com aquele sorriso do especulador italiano que se declara vencido —, farei o melhor que puder e espero que fique satisfeito.

— Magnífico! Assim é que se fala.

— Para quando quer o coche?

— Para daqui a uma hora.

— Daqui a uma hora estará na porta.

Com efeito, uma hora depois o coche esperava os dois rapazes: era um modesto fiacre, que, considerando a solenidade da circunstância, fora promovido a caleche; no entanto, por mais medíocre sua aparência, os dois rapazes viram-se bem felizes de contar com ele para os últimos três dias.

— Excelência! — gritou o cicerone, ao ver Franz pôr o nariz para fora da janela. — Convém aproximar a caleche do palácio?

Por mais habituado que Franz estivesse com a grandiloquência italiana, sua primeira reação foi olhar em volta; mas era a ele mesmo que aquelas palavras se dirigiam.

Franz era a Excelência, a caleche era o fiacre, o palácio era o Hotel de Londres.

Todo o talento laudatório da nação estava nessa única frase.

Franz e Albert desceram. A caleche aproximou-se do palácio. Suas Excelências esticaram as pernas sobre as banquetas, o cicerone pulou no assento de trás.

— Aonde Suas Excelências querem que eu as conduza?

— Ora, a São Pedro primeiro e ao Coliseu depois — disse Albert, como autêntico parisiense.

Mas Albert nao sabia de uma coisa: é que é preciso um dia para ver São Pedro e um mês para estudá-la. O dia se resumiu portanto na visita a São Pedro.

De repente os dois amigos perceberam que o dia estava acabando.

Franz sacou seu relógio, eram quatro e meia.

Rumaram de volta para o hotel. Na porta, Franz deu ordens para o cocheiro estar pronto às oito horas. Queria mostrar a Albert o Coliseu ao luar, como mostrara São Pedro à luz do dia. Quando mostramos uma cidade que já visitamos a um amigo, exibimos a mesma vaidade que ao mostrar uma mulher de quem fomos amantes.

Por isso Franz traçou o itinerário para o cocheiro; ele devia sair pela porta del Popolo, acompanhar a muralha exterior e entrar pela porta San Giovanni. Assim, o Coliseu lhes apareceria sem nenhum preparativo, e sem que o Capitólio, o Fórum, o arco de Sétimo Severo, o templo de Antonino e Faustina e a Via Sacra tivessem servido de degraus espalhados em seu caminho para lhe diminuir o impacto.

Puseram-se à mesa: mestre Pastrini prometera um festim esplêndido para seus hóspedes; serviu-lhes um jantar medíocre: melhor nem comentá-lo.

No fim do jantar, o hoteleiro veio em pessoa; Franz imaginou que era para receber seus cumprimentos e se preparava para apresentá-los quando, às suas primeiras palavras, foi interrompido:

— Excelência, estou lisonjeado com sua aprovação; mas não foi por isso que subi até o quarto dos senhores…

— Foi para nos dizer que arranjou um coche? — perguntou Albert acendendo um charuto.

— Nada disso, e inclusive, Excelência, o senhor faria bem em não pensar mais nisso e se dar por satisfeito. Em Roma, as coisas ou são possíveis ou não. Quando lhes disserem que não são possíveis, desistam.

— Em Paris, é bem mais cômodo: quando não é possível, paga-se o dobro e tem-se na mesma hora o que se pede.

— Ouço todos os franceses dizerem isso — disse mestre Pastrini, um pouco atingido —, o que me faz não compreender como podem viajar.

— A verdade — começou Albert, soltando fleugmaticamente sua fumaça para o teto, inclinando-se para trás e equilibrando sua poltrona em apenas dois pés — é que são os loucos e simplórios como nós que viajam; as pessoas sensatas não deixam seu palacete na rua du Helder, o bulevar de Gand e o Café de Paris.

Desnecessário dizer que Albert morava na rua mencionada, dava todos os dias o passeio da moda e jantava diariamente no único café possível de se jantar, desde que se esteja em bons termos com os garçons.

Mestre Pastrini ficou em silêncio por um instante; era evidente que pensava numa resposta, a qual sem dúvida não lhe parecia perfeitamente clara.

— Mas, enfim — disse Franz por sua vez, interrompendo as reflexões geográficas de seu hospedeiro —, o senhor veio com um propósito; quer nos expor o objeto de sua visita?

— Ah, é verdade; ei-lo: os senhores encomendaram a caleche para as oito horas?

— Precisamente.

— Pretendem visitar *il Colosseo*?

— Quer dizer o Coliseu?

— É exatamente a mesma coisa.

— Que seja.

— O senhor disse ao seu cocheiro para sair pela porta del Popolo, dar a volta nos muros e entrar pela porta San Giovanni?

— Foram minhas próprias palavras.

— Muito bem! Esse itinerário é impossível.

— Impossível!

— Ou no mínimo muito perigoso.

— Perigoso! Por quê?

— Por causa do famoso Luigi Vampa.

— Para começar, meu caro anfitrião, quem é o famoso Luigi Vampa? — perguntou Albert. — Ele pode até ser muito famoso em Roma, mas previno-o de que é desconhecido em Paris.

— Como! Não o conhecem?

— Não tenho essa honra.

— Nunca ouviram ninguém pronunciar seu nome?

— Nunca.

— Pois bem! É um bandido ao lado do qual os Deseraris e os Gasparone[68] não passam de coroinhas.

— Atenção, Albert! — exclamou Franz. — Finalmente temos um bandido!

— Aviso-lhe, meu caro anfitrião, que não vou acreditar em uma palavra do que vai nos dizer. Acertado esse ponto entre nós, fale o quanto quiser, estou escutando. "Era uma vez..." Muito bem, adiante!

Mestre Pastrini voltou-se para o lado de Franz, que lhe parecia o mais razoável dos dois rapazes. Temos que fazer justiça ao bom homem: já hospedara muitos franceses na vida, mas nunca havia compreendido certa faceta de seu temperamento.

— Excelência — disse ele gravemente, dirigindo-se, como dissemos, a Franz —, se me acha um mentiroso, é inútil eu dizer o que desejava lhe dizer: posso entretanto afirmar que era no interesse de Vossas Senhorias.

— Albert não falou que o senhor é mentiroso, meu caro sr. Pastrini — replicou Franz —, ele disse que não acredita no senhor, só isso. Da minha parte, acredito no senhor, fique tranquilo: fale então.

— Por outro lado, Excelência, compreende muito bem que, se duvidam da minha veracidade...

— Meu caro — respondeu Franz —, o senhor é mais suscetível que Cassandra[69], que entretanto era profetisa e que ninguém escutava, enquanto o senhor dispõe de pelo menos metade do seu público. Vamos, sente-se e conte-nos quem é o sr. Vampa.

---

68. Deseraris e Gasparone: Deseraris foi o chefe do bando da Independência, composto de trinta homens e quatro mulheres, que durante o ano de 1817 exerceu poder absoluto na região da Calábria. Antonio Gasparone, líder de um bando de criminosos da região dos Abrúzios que, traído por sua amante, foi preso em 1826 e condenado a trabalhos forçados na fortaleza de CivitaVecchia, onde Alexandre Dumas o visitou em 1835. Muito da biografia de Vampa é tirado da vida de Gasparone.

69. Cassandra: na mitologia grega, Cassandra e o seu irmão gêmeo, Heleno, ainda crianças, foram encontrados dormindo enquanto duas serpentes passavam a língua em seus ouvidos. Tal incidente deixou-os sensíveis a ponto de poderem escutar as vozes dos deuses. Cassandra tornou-se uma profetisa, mas quando se negou a dormir com o deus Apolo, ele, por vingança, amaldiçoou-a, fazendo com que ninguém jamais acreditasse em suas profecias. Ela passou então a ser frequentemente considerada louca.

— Já disse, Excelência, é um bandido como não vemos desde o famoso Mastrilla[70].

— Ótimo! Que relação há entre esse bandido e a ordem que dei ao meu cocheiro de sair pela porta del Popolo e entrar pela porta San Giovanni?

— Há — respondeu mestre Pastrini — que o senhor poderá efetivamente sair por uma, mas duvido que volte pela outra.

— Por que isso? — perguntou Franz.

— Porque, quando anoitece, não há mais segurança a quinhentos metros das portas.

— Jura? — exclamou Albert.

— Sr. visconde — disse mestre Pastrini, ainda magoado no fundo do coração pela dúvida emitida por Albert sobre sua credibilidade —, o que digo não é para o senhor, é para o seu companheiro de viagem, que conhece Roma e sabe que não se brinca com essas coisas.

— Meu caro — disse Albert dirigindo-se a Franz —, eis uma aventura admirável à nossa disposição: enchemos nossa caleche com pistolas, trabucos e fuzis de cano duplo. Luigi Vampa aparece para nos deter, nós o detemos. Trazemos ele para Roma; assim prestamos uma homenagem a Sua Santidade, que nos pergunta o que pode fazer para retribuir tão prestimoso favor. Então reivindicamos pura e simplesmente uma caleche e dois cavalos de suas estrebarias e assistimos ao Carnaval com um meio de transporte digno; sem contar que provavelmente o povo romano, grato, irá nos coroar no Capitólio e nos proclamar, como Cúrcio e Horácio Cocles[71], os salvadores da pátria.

Enquanto Albert desfiava tal proposta, mestre Pastrini fazia uma cara que tentaríamos em vão descrever.

— Em primeiro lugar — perguntou Franz a Albert —, onde arranjaria essas pistolas, esses trabucos, esses fuzis de cano duplo com que pretende abarrotar seu coche?

— O fato é que não será no meu arsenal — disse ele —, pois em Terracina[72] levaram-me até o punhal; e quanto ao seu?

---

70. Mastrilla: há uma referência a este bandido em *Diário de uma viagem à Itália e à Suíça durante o ano de 1828*, de Stendhal: "O amor fez dele um assassino: foi banido dos Estados de Roma e de Nápoles, onde reapareceu inúmeras vezes, escapou sempre à Justiça e morreu tranquilamente, enquanto se dizia arrependido de seus crimes."

71. Cúrcio e Horácio Cocles: Quinto Cúrcio Rufo, historiador e pensador romano do séc.I. Horácio Cocles, soldado que, segundo a lenda romana, em 507 a.C. evitou a invasão de Roma.

72. Terracina: entreposto que dava acesso aos Estados romanos e onde, segundo a passagem leva a crer, as armas dos viajantes eram confiscadas antes que entrassem na cidade.

— Fizeram a mesma coisa comigo em Acquapendente[73].

— Vê! Meu caro hoteleiro — exclamou Albert, acendendo seu segundo charuto no que restava do primeiro —, o senhor sabia que essa precaução é muito conveniente para os ladrões e que me parece claramente tomada em conluio com eles?

Mestre Pastrini decerto achou a piada comprometedora, pois respondeu apenas pela metade e continuou a se dirigir a Franz como à única criatura razoável com quem podia se entender adequadamente:

— Sua Excelência sabe que não é costume alguém se defender quando é atacado por salteadores.

— Como! — admirou-se Albert, cuja coragem se revoltava à ideia de se deixar depenar sem nada dizer. — Como não é costume!?

— Exatamente, pois toda defesa seria inútil. Que pretende fazer contra uma dúzia de bandidos saindo de um fosso, de um casebre ou de um aqueduto e que lhe enfiam uma arma na cara todos ao mesmo tempo?

— Por Deus! Pretendo resistir até a morte! — exclamou Albert.

O hoteleiro voltou-se para Franz com uma expressão que queria dizer: "Decididamente, Excelência, seu colega é louco."

— Meu caro Albert — disse Franz —, sua resposta é sublime e equivale ao "*Que morra!*" do velho Corneille[74]: porém, quando Horácio respondia isso, tratava-se da salvação de Roma, e a coisa valia a pena. Porém, quanto a nós, observe que se trata de um mero capricho a satisfazer e que seria ridículo, por um capricho, arriscarmos a vida.

— Ah, *per Bacco*! — exclamou mestre Pastrini. — Já não era sem tempo, isso é que se chama falar.

Albert serviu-se de um copo de *lacrima-christi*[75], que bebeu em pequenos goles, resmungando palavras ininteligíveis.

— Muito bem, mestre Pastrini — disse Franz, — agora que meu companheiro está calmo e que o senhor pôde apreciar minhas disposições pacíficas, agora vejamos, quem é esse sr. Luigi Vampa? É um pastor de ovelhas ou um patrício? É jovem ou velho? Baixo ou alto? Descreva-o a fim de que, se porventura o encontrarmos pelo mundo, como Jean Sbogar ou Lara[76], possamos ao menos reconhecê-lo.

---

73. Acquapendente: comuna italiana na província de Vitérbio, no Lazio. Seu nome indica a profusão de quedas d'água existentes na região, as quais formam o rio Paglia, que separa o Lazio da Toscana.

74. "Que morra!": Citação da peça ***Horácio***, ato III, cena 4, de Corneille (1606-84) dramaturgo francês.

75. *Lacrima-christi*: latim para "Lágrima de Cristo", nome de um vinho proveniente do sopé do vulcão Vesúvio.

76. "Jean Sbogar ou Lara": *Jean Sbogar* é o título de um romance de Charles Nodier (1780-1844), que conta a história do líder de um bando armado que aterroriza o Vêneto e a

— Sou a melhor pessoa para informá-lo quanto a isso, Excelência, por saber detalhes exatos, uma vez que conheci Luigi Vampa ainda criança. Um dia, quando eu mesmo caí em suas garras, indo de Ferentino para Alatri, ele se lembrou, felizmente para mim, do nosso antigo relacionamento; deixou-me ir não apenas sem pagar resgate, como me deu de presente um belo relógio e me contou sua história.

— Vejamos o relógio — disse Albert.

Mestre Pastrini tirou do bolsinho um magnífico Breguet que estampava o nome de seu fabricante, o timbre de Paris e uma coroa de conde.

— Aqui está — disse ele.

— Caramba! — espantou-se Albert. — Apresento-lhe meus cumprimentos; tenho um bem parecido... — tirou seu relógio do bolso do colete — e me custou três mil francos.

— Passemos à história — disse Franz por sua vez, puxando uma poltrona e fazendo sinal para que mestre Pastrini sentasse.

— Suas Excelências permitem? — perguntou o hoteleiro.

— Ora, ora — fez Albert —, o senhor não é um pregador para falar de pé, meu caro.

O hoteleiro sentou-se após ter dirigido a cada um de seus futuros ouvintes uma saudação respeitosa, que tinha como objetivo indicar que estava disposto a dar as informações que quisessem pedir sobre Luigi Vampa.

— Alto lá! — disse Franz, interrompendo mestre Pastrini no momento em que este abria a boca. — O senhor diz que conheceu Luigi Vampa ainda criança; então ele ainda é jovem?

— Como jovem? Claro que é; tem vinte e dois anos, se tanto! Oh, é um rapagão que irá longe, tenha certeza!

— Que me diz, Albert? É bonito isso, com vinte e dois anos já ter criado fama — disse Franz.

— É verdade, e, na idade dele, Alexandre, César e Napoleão, que depois fizeram um certo barulho pelo mundo, não estavam tão adiantados.

— Então — disse Franz, dirigindo-se ao hoteleiro —, o herói cuja história vamos ouvir tem apenas vinte e dois anos?

— Se tanto, como tive a honra de lhe dizer.

— É alto ou baixo?

— De estatura mediana; mais ou menos como Sua Excelência — disse o hoteleiro, apontando para Albert.

— Obrigado pela comparação — disse este, fazendo uma reverência.

Dalmácia até se apaixonar por uma jovem, a quem promete não tocar até que tenha se redimido de seus pecados. *Lara, uma lenda* é o título de um poema, publicado em 1814, de Lord Byron (1788-1824).

— Continue, mestre Pastrini — disse Franz, sorrindo da suscetibilidade do amigo. — E a que classe da sociedade ele pertencia?

— Era um simples pastorzinho, empregado na fazenda do conde de San Felice, situada entre Palestrina e o lago de Gabii. Nascera em Pampinara e havia entrado aos cinco anos para o serviço do conde. Seu pai, igualmente pastor em Anagni, tinha um pequeno rebanho e vivia da lã de seus carneiros e com o que conseguia do leite de suas ovelhas, que vendia em Roma.

"Ainda criança, o pequeno Vampa tinha um caráter estranho. Um dia, aos sete anos de idade, foi procurar o pároco de Palestrina e lhe pediu para ensiná-lo a ler. Era coisa difícil, pois o jovem pastor não podia abandonar seu rebanho. Mas o bondoso pároco ia todos os dias dizer a missa num pequeno burgo pobre e irrelevante demais para pagar um padre, e que, não tendo sequer nome, era conhecido por dell'Borgo. Ele então propôs a Luigi que se encontrassem no meio do caminho, na hora do seu retorno, quando teria sua aula, prevenindo-o de que essa aula seria curta e de que ele, por conseguinte, deveria aproveitá-la.

"O menino aceitou com alegria.

"Todos os dias Luigi levava seu rebanho para pastar na estrada que ia de Palestrina a Borgo; todos os dias, às nove da manhã, o padre e a criança sentavam-se à beira de um fosso e o pequeno pastor aprendia no breviário do pároco.

"No fim de três meses, ele sabia ler.

"Não bastava, agora precisava aprender a escrever.

"O padre encomendou a um professor de caligrafia em Roma três alfabetos: um com letras grandes, um com letras médias e um com letras pequenas, e mostrou-lhe que, copiando esse alfabeto numa ardósia, com a ajuda de uma ponta de ferro, ele podia aprender a escrever.

"Na mesma noite, depois de reconduzir o rebanho para a fazenda, o pequeno Vampa correu até o ferreiro de Palestrina, arranjou um prego grande, forjou-o, martelou-o, arredondou-o e fez com ele uma espécie de estilete antigo.

"No dia seguinte, reuniu uma provisão de placas de ardósia e pôs mãos à obra.

"No fim de três meses, ele sabia escrever.

"O pároco, impressionado com aquela profunda inteligência e comovido com aquela aptidão, deu-lhe de presente diversos cadernos de papel, um pacote de penas e um canivete.

"Isso significou um novo estudo, mas tal estudo não era nada perto do outro. Uma semana depois, ele manejava a pena como manejava o estilete.

"O pároco contou esse episódio ao conde de San Felice, que desejou conhecer o pastorzinho, fez com que lesse e escrevesse à sua frente, ordenou a seu intendente que o fizesse comer com os criados e deu-lhe duas piastras por mês.

"Com esse dinheiro, Luigi comprou livros e lápis.

"Com efeito, aplicara a todos os objetos a facilidade de imitação que tinha e, como Giotto criança[77], desenhava sobre suas ardósias ovelhas, árvores e casas.

"Depois, com a ponta do canivete, começou a esculpir a madeira e a lhe dar todo tipo de formas. Foi assim que Pinelli[78], o escultor popular, começou.

"Uma garotinha de seis ou sete anos, isto é, um pouco mais jovem que Vampa, pastoreava por sua vez ovelhas numa fazenda perto de Palestrina; era órfã, nascida em Valmontone, e chamava-se Teresa.

"As duas crianças encontravam-se, sentavam-se perto uma da outra, deixavam seus rebanhos se misturar e pastar juntos, conversavam, riam e brincavam; em seguida, à noite, separavam os carneiros do conde de San Felice daqueles do barão de Cervetri, e as crianças se despediam para voltar às suas respectivas fazendas, prometendo encontrarem-se no dia seguinte pela manhã.

"Na manhã seguinte cumpriam a palavra, e cresciam assim, lado a lado.

"Vampa completou doze anos e a pequena Teresa, onze.

"Enquanto isso seus instintos naturais se desenvolviam.

"Além do gosto pelas artes, que levara tão longe quanto o podia fazer no isolamento, Luigi era triste por excentricidade, arrebatado por impulso, colérico por capricho, sempre sarcástico. Nenhum dos rapazes de Pampinara, de Palestrina ou de Valmontone conseguiu ascendência sobre ele, muito menos ser seu amigo. Seu temperamento voluntarioso, sempre disposto a exigir mas nunca a fazer qualquer concessão, repelia qualquer atitude amistosa, qualquer demonstração de simpatia. Apenas Teresa governava com uma palavra, um olhar, um gesto, aquele caráter inflexível, que vergava sob a mão de uma mulher mas que, sob a de qualquer homem, teria se enrijecido até quebrar.

"Teresa, ao contrário, era viva, esperta e alegre, mas excessivamente vaidosa: as duas piastras que o intendente do conde de San Felice dava a Luigi, e o que ele arrecadava com todas as pequenas esculturas que vendia aos comerciantes de brinquedos de Roma, transformavam-se em brincos de pérolas, colares de cristal e agulhas de cabelo de ouro. Assim, graças à prodigalidade de seu amiguinho, Teresa era a camponesa mais bonita e elegante das cercanias de Roma.

"As duas crianças continuaram a crescer, passando todos os seus dias juntas e se entregando sem resistência aos instintos de sua natureza primitiva. Assim, em suas conversas, em seus anseios, em seus sonhos, Vampa via-se sempre

---

77. "como Giotto criança": antes de se imortalizar como pintor, Giotto di Bondone (1266-1337) pastoreava ovelhas. Certo dia, o já consagrado pintor Giovanni Cimabue (c.1240-1302) o encontrou e, espantado com a vivacidade dos desenhos que o jovem riscava nas pedras, levou-o para ser seu aprendiz.

78. Pinelli: Bartolommeo Pinelli (1781-1835), um dos mais populares artistas italianos do início do séc.XIX, especializado em pintar e esculpir tipos do povo.

As duas crianças encontravam-se, sentavam-se perto uma da outra, deixavam seus rebanhos se misturar e pastar juntos…

capitão de navio, general de exército ou governador de uma província; Teresa via-se rica, usando os mais belos vestidos e com um séquito de criados de libré; depois, quando haviam passado o dia inteiro bordando seu futuro com esses arabescos loucos e brilhantes, separavam-se para reconduzir seus carneiros aos estábulos e descer de novo, do topo de seus sonhos, à humildade de sua real posição.

"Um dia, o jovem pastor contou ao intendente do conde que vira um lobo sair das montanhas da Sabina e rondar seu rebanho. O intendente deu-lhe um fuzil: era o que Vampa queria.

"Esse fuzil verificou-se por acaso um excelente cano de Brescia, que era carregado como uma carabina inglesa; porém um dia, o conde, ao atacar uma raposa ferida, quebrara-lhe a coronha e ele fora deixado de lado.

"Isso não era uma dificuldade para um escultor como Vampa. Estudou a coronha original, calculou o que precisava mudar nela para deixá-la do seu agrado e fez outra coronha, cinzelada com ornamentos tão maravilhosos que, se vendida em separado na cidade, decerto teria valido quinze ou vinte piastras.

"Mas sua intenção não era essa: um fuzil fora por muito tempo o sonho do rapaz. Em todos os países em que a independência substitui a liberdade, a primeira necessidade sentida por todo coração forte, por toda organização poderosa, é a de uma arma que possibilite tanto o ataque quanto a defesa, e que, fazendo perigoso aquele que a empunha, muitas vezes o faça temido.

"A partir desse momento, Vampa dedicou suas horas de folga ao exercício do fuzil; comprou pólvora e balas, e tudo virou alvo para ele: o tronco da oliveira, triste, franzino e cinzento, que cresce na encosta das montanhas da Sabina; a raposa que, à noite, saía do seu território para dar início à caçada noturna, e a águia que planava no ar. Logo se tornou tão habilidoso que Teresa superou o medo que sentira inicialmente ao ouvir a detonação e divertiu-se vendo seu jovem companheiro colocar a bala de seu fuzil onde queria, com tanta precisão quanto se a tivesse jogado com a mão.

"Uma noite, um lobo saiu efetivamente de um bosque de pinheiros próximo a um local que os dois jovens tinham o hábito de frequentar: o lobo não dera dez passos na planície e estava morto.

"Vampa, orgulhosíssimo de seu belo disparo, pôs o lobo nos ombros e o levou para a fazenda.

"Todos esses detalhes davam a Luigi uma certa reputação nos arredores; em qualquer lugar que se encontre, o homem superior cria uma clientela de admiradores. Falava-se daquele jovem pastor como o mais habilidoso, o mais forte e o mais corajoso camponês num perímetro de cinquenta quilômetros; e, embora Teresa, por sua vez, num círculo ainda maior, passasse por uma das mais belas raparigas da Sabina, ninguém se atrevia a lhe dizer uma palavra de amor, pois sabiam-na amada por Vampa.

"Apesar disso, os dois jovens nunca haviam trocado palavras de amor. Tinham crescido um ao lado do outro como duas árvores que entrelaçam suas raízes sob o solo, seus galhos no ar, seu perfume no céu; apenas o desejo de estarem juntos era o mesmo; esse desejo tornara-se uma necessidade, e eles se conformavam mais com a morte que com um único dia de separação.

"Teresa tinha dezesseis anos e Vampa, dezessete.

"Por volta dessa época, começou-se a falar muito de um bando de salteadores em vias de se organizar nos montes Lepini. A prática do assalto nunca foi seriamente extirpada nos arredores de Roma. Às vezes faltam chefes, mas, quando um chefe se apresenta, é raro que lhe falte um bando.

"O célebre Cucumello[79], encurralado nos Abrúzios[80], expulso do reino de Nápoles, onde travara uma verdadeira guerra, havia cruzado o Garigliano[81]

79. Cucumello: bandido famoso na Itália, assim descrito por Dumas: "Este Cucumello era um bandido muito famoso, embora de segunda classe: além disso, era pequeno, ruivo e não inspirava confiança, muito feio em suma, pecado capital para um chefe de bando."

como Manfred[82] e viera refugiar-se entre Sonnino e Piperno[83], às margens do Amaseno.

"Era ele que vinha organizando um bando e caminhava nos passos de Decesaris e Gasparone, a quem esperava superar em breve. Vários jovens de Palestrina, de Frascati e de Pampinara desapareceram. A princípio, todos se preocuparam, em seguida souberam que tinham ido se juntar ao bando de Cucumello.

"No fim de um certo tempo, Cucumello tornou-se objeto da atenção geral. Citavam-se desse chefe de bandoleiros traços de audácia extraordinária e brutalidade revoltante.

"Um dia ele raptou uma moça, Rita, filha do agrimensor de Frosinone. As leis dos bandoleiros são claras: uma moça pertence a quem a rapta primeiro, depois os outros a disputam num sorteio e a infeliz é objeto dos prazeres de todo o bando até ser abandonada ou morrer.

"Quando os pais são suficientemente ricos para resgatá-la, um emissário é enviado para negociar o resgate; a cabeça da prisioneira responde pela segurança do emissário. Se o pagamento de um resgate é recusado, a prisioneira é irrevogavelmente condenada.

"A moça tinha um namorado no bando de Cucumello; chamava-se Carlini.

"Reconhecendo o rapaz, ela estendeu seu braço para ele e julgou-se salva. Mas o pobre Carlini, reconhecendo-a, por sua vez, sentiu o coração se despedaçar; pois não tinha dúvidas quanto ao destino que esperava sua amada.

"Entretanto, como ele era o favorito de Cucumello, como partilhara diversos perigos com ele ao longo de três anos, como lhe salvara a vida matando, com um tiro de pistola, um *carabiniere* que já tinha o sabre erguido sobre sua cabeça, teve a esperança de que Cucumello tivesse alguma pena dele.

"Chamou então o chefe à parte, enquanto a moça, sentada e recostada no tronco de um grande pinheiro que se erguia no meio de uma clareira da floresta, fizera um véu com o chapéu pitoresco das camponesas romanas e escondia o rosto dos olhares lascivos dos bandidos.

"Então contou-lhe tudo, seus amores com a prisioneira, seus juramentos de fidelidade e como, todas as noites, desde que estavam nos arredores, encontravam-se perto de umas ruínas.

---

80. Abrúzios: região da Itália central, onde se situam os Apeninos.

81. Garigliano: rio na região da Itália central.

82. Manfred: herói de um poema dramático homônimo, com tintas góticas, escrito em 1816-17 por Lord Byron.

83. Sonnino e Piperno: Sonnino é uma aldeia na região central da Itália; Piperno era o nome de uma antiga cidade situada na província de Roma.

"Justamente naquela noite Cucumello enviara Carlini até uma aldeia vizinha, e ele não pudera comparecer ao encontro; mas Cucumello ali estava por acaso, dizia ele, e tinha sido então que raptara a moça.

"Carlini suplicou ao chefe que abrisse uma exceção a seu favor, respeitando a Rita, e disse-lhe que seu pai era rico e pagaria um bom resgate.

"Cucumello pareceu render-se às súplicas do amigo, encarregando-o de encontrar um pastor que pudessem enviar ao pai de Rita em Frosinone.

"Carlini então se aproximou todo alegre da moça, disse-lhe que ela estava salva e pediu-lhe que escrevesse uma carta a seu pai, na qual contaria o que acontecera e anunciaria que seu resgate estava fixado em trezentas piastras.

"Os bandidos davam ao pai um prazo de apenas doze horas, isto é, até o dia seguinte às nove horas da manhã.

"Escrita a carta, Carlini apoderou-se dela e correu para a planície a fim de achar um mensageiro.

"Encontrou um jovem pastor acompanhando seu rebanho. Os mensageiros naturais dos bandoleiros são os pastores, que vivem entre a cidade e a montanha, entre a vida selvagem e a civilizada.

"O jovem pastor foi-se imediatamente, prometendo estar em Frosinone em menos de uma hora.

"Carlini voltou todo alegre para anunciar aquela boa notícia à sua amante.

"Encontrou o bando na clareira, onde ceavam alegremente as provisões confiscadas dos camponeses à guisa de tributo; em meio a esses alegres convivas, procurou em vão Cucumello e Rita.

"Perguntou onde estavam; os salteadores responderam com uma gargalhada. Um suor frio escorreu na testa de Carlini e ele sentiu a angústia invadir sua alma.

"Repetiu a pergunta. Um dos convidados encheu um copo de vinho de Orvietto e lhe ofereceu, dizendo:

"— À saúde do bravo Cucumello e da bela Rita!

"Nesse momento, Carlini julgou ouvir um grito de mulher. Adivinhou tudo. Pegou o copo, quebrou-o na face de quem o havia oferecido e projetou-se na direção do grito.

"Cem passos adiante, perto de uma moita, encontrou Rita desmaiada nos braços de Cucumello.

"Ao perceber Carlini, Cucumello levantou-se, empunhando uma pistola em cada mão.

"Os dois bandoleiros olharam-se por um instante: um, com o sorriso da luxúria nos lábios, o outro, com a palidez da morte na fronte.

"Tudo levava a crer que alguma coisa de terrível ia acontecer entre os dois homens. Mas, pouco a pouco, os traços de Carlini relaxaram; sua mão, que levara a uma das pistolas que tinha no cinturão, caiu pendente ao seu lado.

"Rita estava deitada entre os dois.

"A lua iluminou a cena.

"— E então! — disse-lhe Cucumello. — Cumpriu a missão de que lhe encarreguei?

"— Sim, capitão — respondeu Carlini —, e amanhã, antes das nove horas, o pai de Rita estará aqui com o dinheiro.

"— Excelente. Enquanto isso, vamos passar uma noite alegre. Essa moça é encantadora, e você realmente tem bom gosto, mestre Carlini. Então, como não sou egoísta, vamos voltar para junto dos companheiros e tirar na sorte a quem ela pertencerá agora.

"— Então está decidido a entregá-la à lei comum? — perguntou Carlini.

"— E por que abriria uma exceção em seu benefício?

"— Pensei que, com a minha súplica...

"— E que é mais que os outros?

"— Está certo.

"— Mas, fique tranquilo — continuou Cucumello rindo —, cedo ou tarde, chegará a sua vez.

Os dentes de Carlini cerravam-se a ponto de quase quebrarem.

"— Vamos — disse Cucumello, dando um passo na direção dos comensais —, você vem?

"— Vou daqui a pouco...

"Cucumello afastou-se sem perder Carlini de vista, pois sem dúvida temia que este o golpeasse por trás. Mas nada no bandido denunciava uma intenção hostil.

"Ele estava de pé, de braços cruzados, perto de Rita ainda desmaiada.

"Por um instante, Cucumello achou que o rapaz ia pegá-la nos braços e fugir. Mas agora pouco lhe importava, tivera de Rita o que desejava; e, quanto ao dinheiro, trezentas piastras divididas pelo bando perfaziam tão parca soma que ele pouco estava ligando.

"Seguiu então em frente, em direção à clareira; porém, para seu grande espanto, Carlini chegou ali quase ao mesmo tempo que ele.

"— O sorteio! O sorteio! — gritaram todos os bandidos ao avistarem o chefe.

"E os olhos de todos aqueles homens brilharam de embriaguez e lascívia, enquanto as labaredas da fogueira lançavam sobre suas pessoas um fulgor rubro que os fazia semelhantes a demônios.

"Era justo o que eles pediam; o chefe fez um sinal com a cabeça anunciando que concordava com seu pedido. Todos os nomes foram postos dentro de um chapéu, o de Carlini junto com os outros, e o mais jovem do bando tirou uma cédula da urna improvisada.

"A cédula estampava o nome de Diavolaccio.

"Tinha sido aquele mesmo que lhe sugerira brindar ao chefe e a quem Carlini respondera quebrando-lhe o copo no rosto.

"De um grande corte, aberto das têmporas até a boca, saía sangue aos borbotões.

"Diavolaccio, vendo-se assim agraciado pelo destino, soltou uma gargalhada.

"— Capitão — disse ele —, ainda há pouco Carlini não quis beber à sua saúde, diga-lhe para beber à minha; talvez ele tenha mais condescendência com o senhor do que comigo.

"Todos esperavam uma explosão da parte de Carlini; mas, para grande espanto de todos, ele pegou um copo com uma das mãos, uma garrafa com a outra, e depois, enchendo o copo:

"— À sua saúde, Diavolaccio — brindou ele, com uma voz de plena calma.

"E engoliu o conteúdo do copo sem que a mão tremesse. Em seguida, sentando-se perto do fogo:

"— Minha parte da ceia! — reivindicou ele. — Essa corrida que fiz me abriu o apetite.

"— Viva Carlini! — gritaram os salteadores.

"— Já não era sem tempo, isso é que é levar as coisas como bom companheiro.

"E todos voltaram a formar um círculo em volta da fogueira, enquanto Diavolaccio se afastava.

"Carlini comia e bebia como se nada tivesse acontecido.

"Os bandidos olhavam-no com espanto, sem nada compreender daquela impassibilidade, quando ouviram atrás deles o solo percutir um passo pesado.

"Voltaram-se e perceberam Diavolaccio segurando a moça nos braços.

"Ela estava com a cabeça jogada para trás, e seus longos cabelos pendiam até o chão.

"À medida que ambos entravam no perímetro da luz projetada pela fogueira, percebia-se a palidez da moça e a palidez do bandido.

"Aquela aparição tinha algo de tão estranho e solene que todos puseram-se de pé, exceto Carlini, que continuou sentado bebendo e comendo como se nada acontecesse à sua volta.

"Diavolaccio continuou a avançar em meio ao mais profundo silêncio e depositou Rita aos pés do capitão.

"Todos puderam então verificar a causa da palidez da moça e da palidez do bandido: Rita tinha uma faca enfiada até o cabo abaixo de seu mamilo esquerdo.

"Todos os olhos dirigiram-se para Carlini: a bainha do seu cinturão estava vazia.

"— Ah, ah! — disse o chefe. — Agora entendo por que Carlini ficou para trás.

"Toda natureza selvagem está apta a apreciar uma ação forte; embora talvez nenhum dos bandidos fosse capaz de fazer o que Carlini acabava de fazer, todos compreendiam o que ele fizera.

"— Muito bem! — disse Carlini, levantando-se por sua vez e se aproximando do cadáver com a mão na coronha de uma de suas pistolas. — Há mais alguém querendo disputar essa mulher comigo?

"— Não — disse o chefe —, ela é toda sua!

"Então Carlini a pegou por sua vez nos braços, e carregou-a para fora do círculo de luz projetado pelas chamas da fogueira.

"Cucumello dispôs as sentinelas como de costume, e os bandoleiros se deitaram, enrolados em seus casacos, em volta da fogueira.

À meia-noite a sentinela deu o toque de alvorada; num instante, o chefe e seus companheiros puseram-se de pé.

"Era o pai de Rita, que chegava em pessoa trazendo o resgate da filha.

"— Tome — disse ele a Cucumello, estendendo-lhe um saco de dinheiro —, aqui estão trezentas pistolas, entregue a minha filha.

"Mas o chefe, sem pegar o dinheiro, fez-lhe sinal para segui-lo. O velho obedeceu; ambos se afastaram sob as árvores, cujos galhos filtravam os raios do luar. Finalmente Cucumello parou, esticando o braço e apontando para o velho duas pessoas ao pé de uma árvore.

"— Veja — disse ele —, peça sua filha a Carlini, ele lhe prestará contas dela.

"E voltou na direção de seus companheiros.

"O velho permaneceu imóvel, com os olhos fixos. Percebia que alguma desgraça desconhecida, imensa, inaudita, pairava sobre sua cabeça.

"Finalmente deu alguns passos para o grupo informe que ele não conseguia distinguir.

"Com o barulho que fazia ao avançar em sua direção, Carlini levantou a cabeça e as formas dos dois personagens começaram a aparecer mais nítidas aos olhos do velho.

"Uma mulher estava deitada no solo, a cabeça nos joelhos de um homem sentado e debruçado sobre ela; foi ao se levantar que esse homem revelou o rosto da mulher que mantinha apertada contra seu peito.

"O velho reconheceu a filha, e Carlini reconheceu o velho.

"— Eu estava à sua espera — disse o bandido ao pai de Rita.

"— Miserável! — disse o velho. — O que você fez?

"E olhava aterrado para Rita, pálida, imóvel, ensanguentada, com uma faca no peito.

"Um raio do luar atingiu-a e iluminou-a com sua luz baça.

"— Cucumello estuprou sua filha — disse o bandido —, e eu, como a amava, matei-a, pois, em seguida, ela serviria de brinquedo para todo o bando.

"O velho não pronunciou uma única palavra, apenas ficou pálido como um espectro.

"— Agora — disse Carlini —, se errei, vingue-a.

— Agora, se errei, vingue-a.

"Ele arrancou a faca do seio da moça e, levantando-se, foi oferecê-la com uma das mãos ao velho, enquanto com a outra abria o casaco e lhe apresentava o peito nu.

"— Você agiu bem — disse o velho com uma voz abafada. — Abrace-me, meu filho.

"Carlini se atirou soluçando nos braços do pai de sua amada. Eram as primeiras lágrimas derramadas por aquele homem sanguíneo.

"Agora — disse o velho a Carlini —, ajude-me a enterrar minha filha.

"Carlini foi procurar duas pás, e o pai e o namorado começaram a cavar a terra ao pé de um carvalho, cujos galhos frondosos deviam cobrir o túmulo da jovem.

"Cavado o túmulo, o pai a beijou primeiro, o namorado, logo depois; então, um pegando-a pelos pés, o outro, pelos ombros, baixaram-na à cova.

"Eles em seguida se ajoelharam, um de cada lado, e disseram as preces dos mortos.

"Quando terminaram, cobriram o cadáver com terra até fechar o túmulo.

"Então, estendendo-lhe a mão:

"— Obrigado, meu filho! — disse o velho a Carlini. — Agora, deixe-me sozinho.

"— Mas… — protestou ele.

"— Deixe-me, é uma ordem.

"Carlini obedeceu, foi se juntar aos seus camaradas, enrolou-se em seu casaco e logo pareceu tão profundamente adormecido quanto os outros.

"Na véspera havia sido decidido que levantariam acampamento.

"Uma hora antes do amanhecer, Cucumello acordou seus homens e foi dada ordem de partida.

"Mas Carlini não quis deixar a floresta sem saber do paradeiro do pai de Rita.

"Dirigiu-se para o lugar onde o deixara.

"Encontrou o velho enforcado em um dos galhos do carvalho que fazia sombra ao túmulo da filha.

"Jurou então, sobre o cadáver de um e a cova da outra, vingá-los a ambos.

"Mas não pôde cumprir o juramento; dois dias depois, numa refrega com os *carabinieri* romanos, Carlini foi morto.

"Causou espanto a todos, porém, que, encarando o inimigo de frente, ele tivesse recebido uma bala entre os dois ombros.

"O espanto cessou quando um dos bandidos observou para seus colegas que Cucumello achava-se dez passos atrás de Carlini quando este caíra.

"Na manhã em que deixaram a floresta de Frosinone, ele seguira Carlini na escuridão, ouvira o juramento que este fizera e, como homem precavido, resolvera agir antes.

"Contavam-se sobre esse chefe de bando dez outras histórias não menos curiosas que esta.

"Assim, de Fondi a Peruggia, todo mundo tremia ao simples nome de Cucumello.

"Essas histórias haviam sido assunto frequente das conversas entre Luigi e Teresa.

"A moça estremecia diante de todos esses relatos; mas Vampa a tranquilizava com um sorriso, dando um tapinha no seu bom fuzil, no qual era tão fácil de colocar a munição; e, quando ela não sossegava, mostrava-lhe a cem passos um corvo qualquer empoleirado num galho morto, encostava o fuzil na face, apertava o gatilho e o animal, atingido, caía ao pé da árvore.

"Contudo, o tempo passava: os dois jovens haviam decidido se casar quando tivessem, Vampa, vinte anos, e Teresa, dezenove.

“Eram ambos órfãos; tinham que pedir o consentimento apenas de seu patrão; pediram e obtiveram-no.

“Um dia em que conversavam sobre seus planos para o futuro, ouviram dois ou três disparos; em seguida, de repente, um homem saiu do bosque nas cercanias do qual os dois jovens costumavam levar seus rebanhos para pastar e correu na direção deles.

“Ao chegar ao alcance da voz:

“— Estão atrás de mim! — gritou-lhes. — Podem me esconder?

“Os dois jovens logo perceberam que aquele fugitivo devia ser algum bandoleiro; mas entre o camponês e o bandoleiro romano existe uma simpatia inata que faz com que o primeiro esteja sempre disposto a ajudar o segundo.

“Vampa, sem nada dizer, correu então até a pedra que fechava a entrada da caverna, desobstruiu a entrada puxando a pedra, fez sinal ao fugitivo para se refugiar naquele asilo desconhecido de todos, empurrou a pedra e foi sentar-se perto de Teresa.

“Quase imediatamente, quatro *carabinieri* apareceram a cavalo na orla do bosque; três pareciam estar no encalço do fugitivo, o quarto arrastava pelo pescoço um bandido prisioneiro.

“Os três *carabinieri* exploraram a região num relance, avistaram os dois jovens, galoparam em sua direção e os interrogaram.

“Não tinham visto nada.

“— Que pena — lamentou o chefe da brigada —, pois o que procuramos é o chefe.

“— Cucumello!? — não puderam deixar de exclamar, juntos, Luigi e Teresa.

“— Sim — respondeu o policial —, e como sua cabeça está a prêmio, de mil escudos romanos, haveria quinhentos para vocês se nos ajudassem a agarrá-lo.

“Os dois jovens trocaram um olhar. O policial teve um instante de esperança. Quinhentos escudos romanos equivalem a três mil francos, e três mil francos são uma fortuna para dois pobres órfãos que vão se casar.

“— É, é uma pena — disse Vampa —, mas não o vimos.

Então os *carabinieri* vasculharam a região em diferentes direções, mas sem sucesso.

“Em seguida foram embora, um depois do outro.

“Então Vampa foi retirar a pedra, e Cucumello saiu.

“Ele vira, através das brechas da porta de granito, os dois jovens conversarem com os *carabinieri*; desconfiara do assunto daquela conversa, lera no rosto de Luigi e de Teresa a inabalável resolução de não entregá-lo, tirou das algibeiras uma bolsa cheia de ouro e ofereceu-a aos dois.

"Mas Vampa ergueu a cabeça com altivez; quanto a Teresa, seus olhos brilharam pensando em tudo que poderia comprar em ricas joias e belas roupas com aquela bolsa cheia de ouro.

"Cucumello era um demônio ardiloso: assumira a forma de um bandido em vez da de uma serpente; surpreendeu aquele olhar, reconheceu em Teresa uma digna filha de Eva e embrenhou-se na floresta, voltando diversas vezes a pretexto de saudar seus libertadores.

"Passaram-se vários dias sem que Cucumello fosse visto, sem que se ouvisse falar dele.

"A época do Carnaval aproximava-se. O conde de San Felice anunciou um grande baile de máscaras, para o qual os mais elegantes de Roma tinham sido convidados.

"Teresa tinha imensa vontade de ir a esse baile. Luigi pediu a seu protetor, o intendente, permissão para ele e ela se dissimularem entre a criadagem da casa. A permissão lhe foi concedida.

"O objetivo principal do baile promovido pelo conde era agradar sua filha Carmela, a quem ele adorava.

"Carmela era da mesma idade e tinha o mesmo corpo que Teresa, e Teresa era pelo menos tão bela quanto Carmela.

"Na noite do baile, Teresa pôs seu vestido mais bonito, seus prendedores de cabelo mais ricos, suas bijuterias mais reluzentes. Vestia o traje típico das mulheres de Frascati.

"Luigi vestia a roupa tão pitoresca do camponês romano nos dias de festa.

"Ambos se misturaram, como lhes haviam permitido, aos criados e aos camponeses.

"Era uma festa magnífica. Não apenas a *villa* resplandecia de luzes, como milhares de lanternas coloridas pendiam das árvores do jardim. Assim, o palácio não demorou a se expandir para os terraços e os terraços, para as aleias.

"Em cada encruzilhada havia uma orquestra, bufês e bebidas; alguns interrompiam seus passeios, outros formavam quadrilhas e dançavam onde quisessem dançar.

"Carmela estava fantasiada de mulher de Sonnino. Usava uma touca toda bordada de pérolas, as agulhas em seus cabelos eram de ouro e diamantes, a cinta, de seda turca com grandes flores estampadas, o casaco e a saia, de *cashmere*, o avental, de musselina das Índias; os botões do decote eram pedras preciosas.

"Duas colegas suas estavam fantasiadas, uma de mulher de Netuno, a outra, de mulher de Riccia[84].

---

84. Netuno e Riccia: Netuno é uma aldeia, situada no mar Tirreno, a sessenta quilômetros ao sudoeste de Roma; Riccia, um burgo, no alto dos montes Albanos.

"Quatro rapazes das mais ricas e nobres famílias de Roma acompanhavam-nas com aquela espontaneidade italiana que não tem igual em nenhum outro país do mundo: estavam fantasiados, por sua vez, de camponeses de Albano, Velletri, Civita Castellana e Sora.

"Não preciso dizer que essas fantasias de camponeses, assim como as das camponesas, resplandeciam de ouro e pedras preciosas.

"Ocorreu a Carmela organizar uma quadrilha de casais, só que faltava uma mulher.

"Carmela olhou à sua volta, mas nenhuma de suas convidadas tinha uma fantasia análoga à sua ou à de suas colegas.

"O conde de San Felice apontou-lhe, no meio das camponesas, Teresa, apoiada no braço de Luigi.

"O senhor nos permite, meu pai? — disse Carmela.

"Claro — respondeu o conde —, não estamos no Carnaval?

"Carmela debruçou-se para um rapaz que a acompanhava e disse-lhe algumas palavras, apontando com o dedo a rapariga.

"O jovem seguiu com os olhos a bonita mão que o guiava, fez um sinal de obediência e convidou Teresa a participar da quadrilha liderada pela filha do conde.

"Teresa sentiu como que uma labareda atravessar-lhe o rosto. Interrogou Luigi com o olhar: não havia jeito de recusar. Luigi deixou escorregar lentamente o braço de Teresa, que ele mantinha sob o seu, e Teresa, afastando-se conduzida pelo seu elegante par, foi ocupar, toda trêmula, seu lugar na quadrilha aristocrática.

"Claro, aos olhos de um artista, a precisa e severa fantasia de Teresa teria um caráter bem diferente das de Carmela e suas colegas; mas Teresa era uma moça frívola e vaidosa; os bordados da musselina, as folhagens estampadas na cinta, o brilho do *cashmere* deslumbrante, o reflexo das safiras e diamantes deixavam-na louca.

"Por sua vez, Luigi sentia nascer em seu íntimo um sentimento desconhecido: era como uma dor surda que apertava seu coração primeiro e dali, latejante, corria pelas suas veias e se lhe apoderava de todo o corpo; seguiu com os olhos os menores movimentos de Teresa e seu par; quando suas mãos se tocavam ele sentia vertigens, suas artérias pulsavam com violência, e parecia que um sino vibrava em seus ouvidos. Quando se falavam, embora Teresa escutasse, tímida e olhos no chão, os discursos de seu par, enquanto Luigi lia nos olhos ardentes do belo rapaz que aqueles discursos eram elogios, parecia-lhe que o chão se abria sob seus pés e que todas as vozes do inferno sopravam-lhe ideias de morte e assassinato. Então, temendo deixar-se arrastar por essa loucura, ele se agarrava com uma das mãos à sebe junto à qual estava de pé, enquanto com a outra apertava num gesto convulsivo o punhal de cabo esculpido que atravessava seu cinturão e que, sem se dar conta, ele puxava às vezes quase por inteiro da bainha.

"Luigi estava com ciúmes! Percebia que, arrebatada por sua natureza frívola e orgulhosa, Teresa poderia lhe escapar.

"Enquanto isso, a jovem camponesa, a princípio tímida e quase assustada, logo se recobrara. Dissemos que Teresa era bela. Isso não é tudo, Teresa era graciosa, de uma graça selvagem cuja força nada tem a ver com a nossa, artificial e afetada.

"Obteve praticamente todas as honras da quadrilha: e, se tinha inveja da filha do conde de San Felice, não ousaríamos dizer que Carmela não tivesse inveja dela.

"Assim, foi com não poucos elogios que seu belo par reconduziu-a ao lugar onde a convidara e onde Luigi a esperava.

"Por duas ou três vezes, durante a contradança, a moça lançara-lhe um olhar e, em todas elas, vira-o pálido e crispado. Numa dessas vezes, por sinal, a lâmina da faca, desembainhada pela metade, ofuscara seus olhos como um sinistro relâmpago.

"Logo, foi quase trêmula que deu o braço ao amante.

"A quadrilha fora um grande sucesso, e era evidente que convinha fazer uma segunda edição; apenas Carmela se opunha; mas o conde de San Felice pediu tão carinhosamente à moça que ela acabou por consentir.

"Imediatamente um dos cavalheiros adiantou-se para convidar Teresa, sem a qual era impossível a realização da contradança; mas a moça já sumira.

"Com efeito, Luigi não se julgara capaz de aguentar uma segunda provação; e, meio por convencimento, meio à força, arrastara Teresa para outro canto do jardim. Teresa cedera a contragosto; mas percebera a figura transtornada do rapaz; compreendera, pelo seu silêncio intercalado por tremores nervosos, que alguma coisa estranha lhe acontecia. Ela própria não estava imune a uma excitação interior, e, muito embora não tivesse feito nada de mal, compreendia que Luigi estivesse no direito de recriminá-la. Em relação a quê?, ignorava-o; mas nem por isso deixava de sentir que as censuras seriam merecidas.

"Entretanto, para grande espanto de Teresa, Luigi continuou calado, e nenhuma palavra entreabriu seus lábios durante todo o resto da noite. Quando o frio noturno expulsou os convidados dos jardins e as portas da *villa* fecharam-se atrás deles para uma festa íntima, ele se limitou a levar Teresa embora; então, quando ela se preparava para entrar em casa, ele disse:

"— Teresa, em que você estava pensando enquanto dançava na presença da jovem condessa de San Felice?

"— Eu estava pensando... — respondeu a moça, com toda a franqueza de sua alma — que daria a metade da minha vida para ter uma roupa como a dela.

"— E o que lhe dizia seu par?

"— Dizia-me que só dependia de mim ter aquela roupa e que, para tanto, bastava eu dizer uma palavra.

"— Ele tem razão — respondeu Luigi. — Deseja isso tão intensamente quanto diz?

"— Sim.

"— Muito bem, você o terá!

"A moça, perplexa, levantou a cabeça para interrogá-lo; mas o rosto dele estava tão taciturno e terrível que as palavras congelaram em seus lábios.

"Aliás, depois de dizer aquelas palavras, Luigi se afastara.

"Teresa, com os olhos dentro da noite, seguiu-o enquanto foi capaz de enxergar. Então, quando ele desapareceu, voltou para casa suspirando.

"Nessa mesma noite aconteceu um fato extraordinário, provavelmente por imprudência de algum criado que se esquecera de apagar as luminárias; o fogo se alastrou pela *villa* San Felice, inclusive pelas dependências do apartamento da bela Carmela. Despertada no meio da noite pela luz das chamas, ela pulou da cama, enfiou seu *robe de chambre* e tentou fugir pela porta; mas o corredor que precisava atravessar já era vítima do incêndio. Ela voltou então ao seu quarto, gritando por socorro quando, de repente, sua janela, situada a seis metros do chão, se abriu; um jovem camponês pulou dentro do apartamento, tomou-a nos braços e, com uma força e habilidade sobre-humanas, carregou-a para o gramado, onde ela desmaiou. Quando recuperou os sentidos, tinha o pai à sua frente. Todos os criados a cercavam, tentando ajudá-la. Uma ala inteira da *villa* estava reduzida a cinzas; mas isso não tinha importância, Carmela estava sã e salva.

"Procuraram seu salvador por toda parte, contudo, seu salvador não reapareceu; perguntaram a todo mundo, ninguém o vira. Quanto a Carmela, estava tão transtornada que não o havia identificado.

"Em todo caso, para o conde, que era podre de rico, afora o perigo corrido por Carmela, o qual lhe pareceu, pela maneira milagrosa como a filha escapara, antes uma nova graça da Providência que um infortúnio real, a perda provocada pelas chamas não significou grande coisa.

"No dia seguinte, à hora habitual, Luigi e Teresa se encontraram na orla da floresta. Ele chegara primeiro. Foi em direção à moça com uma grande alegria; parecia ter esquecido completamente a cena da véspera. Ela estava visivelmente pensativa; porém, ao ver Luigi assim bem-disposto, afetou por sua vez a indiferença risonha que era o fundo de seu caráter, quando alguma paixão não o vinha perturbar.

"Luigi pegou o braço de Teresa sob o seu, levou-a até a porta da caverna e ali se deteve. A moça, compreendendo que ali havia alguma coisa extraordinária, encarou-o fixamente.

"— Teresa — começou Luigi —, você não me disse ontem à noite que daria tudo no mundo para ter uma roupa igual à da filha do conde?

"— Sim — disse Teresa com espanto —, mas eu estava louca ao expressar esse desejo.

"— E eu lhe respondi: 'Está bem, você a terá.'

"— Sim — repetiu a moça, cujo espanto aumentava a cada palavra de Luigi —, mas você respondeu assim para me agradar.

"— Nunca prometi nada que não lhe tivesse dado, Teresa — disse orgulhosamente Luigi. — Entre na caverna e vista-se.

"A essas palavras, ele puxou a pedra e mostrou a caverna iluminada por duas velas que ardiam de cada lado de um magnífico espelho; sobre a mesa rústica, feita por Luigi, esparramavam-se o colar de pérolas e as agulhas de diamantes; sobre uma cadeira ao lado estava depositado o restante do traje.

"Teresa soltou um grito de alegria, e, sem querer saber da procedência da roupa, sem se dar ao trabalho de agradecer a Luigi, precipitou-se para a gruta transformada em câmara de toalete.

"Atrás dela, Luigi empurrou a pedra de volta, pois acabava de avistar, na crista de uma pequena colina que obstruía, do lugar onde ele estava, a visão de Palestrina, um forasteiro a cavalo, que refugava um instante, como se hesitasse quanto ao caminho a tomar, desenhando-se no azul do céu com aquela nitidez de contorno peculiar aos distantes países meridionais.

"Ao avistar Luigi, o forasteiro imprimiu um galope ao cavalo e veio em sua direção.

"Luigi não se enganara; o forasteiro, que ia de Palestrina para Tívoli, não conhecia o caminho muito bem.

"O rapaz apontou-lhe a direção certa; mas, como a duzentos e cinquenta metros dali a estrada se dividia em três e como ao chegar àquele ponto o forasteiro poderia se perder de novo, este pediu a Luigi que lhe servisse de guia.

"Em dez minutos, Luigi e o forasteiro chegaram à espécie de encruzilhada indicada pelo jovem pastor.

"Lá, com um gesto majestoso como o de um imperador, ele apontou com a mão aquele dos três caminhos que o forasteiro devia seguir:

"— Eis o seu caminho, Excelência, não tem mais o que errar agora.

"— E eis a sua recompensa — disse o forasteiro oferecendo ao jovem pastor algumas moedas de pouco valor.

"— Obrigado — disse Luigi, recolhendo a mão. — Presto favores, não os vendo.

"— Mas — disse o forasteiro, que em todo caso parecia habituado à diferença entre o servilismo do homem das cidades e o orgulho do camponês —, se recusa uma paga, seria capaz de aceitar um presente?

"— Isso é diferente.

"— Ótimo — disse o forasteiro —, aceite esses dois sequins de Veneza e dê-os à sua noiva para ela fazer um par de brincos.

"— E o senhor, então, aceite esse punhal — ofereceu o jovem pastor. — De Albano a Civita Castellana, não encontraria um cujo cabo tivesse sido esculpido com tanto esmero.

"— Aceito — respondeu o forasteiro —, mas então agora sou eu que estou em dívida, pois esse punhal vale mais que dois sequins.

"— Para um comerciante talvez; mas para mim, que o esculpi pessoalmente, mal vale uma piastra.

"— Como se chama? — perguntou o forasteiro.

"— Luigi Vampa — respondeu o pastor, no mesmo tom com que teria respondido: Alexandre, rei da Macedônia. — E o senhor?

"— Meu nome — disse o forasteiro — é Simbad, o marujo."

Franz d'Épinay deixou escapar um grito de surpresa.

— Simbad, o marujo! — exclamou.

— Sim — continuou o narrador —, foi o nome que o forasteiro deu a Vampa como se fosse o dele.

— Muito bem! Mas que os senhores têm contra esse nome? — interrompeu Albert. — É um belíssimo nome, e devo confessar que as aventuras do patrono desse cavalheiro me divertiram muito na mocidade.

Franz não insistiu mais. Aquele nome, Simbad, o marujo, como podemos depreender, despertara nele todo um mundo de recordações, como o fizera na véspera o nome Monte Cristo.

— Prossiga — disse ao hoteleiro.

— Vampa enfiou com desdém os dois sequins no bolso e voltou lentamente pelo caminho por onde viera. Ao chegar a duzentos ou trezentos passos da caverna, julgou ouvir um grito.

"Parou, tentando discernir de que lado vinha aquele grito.

"Ao cabo de um segundo, ouviu seu nome pronunciado distintamente.

"O grito vinha do lado da caverna.

"Pulou como um antílope, armando seu fuzil e correndo ao mesmo tempo; chegou em menos de um minuto ao topo da pequena colina oposta àquela de onde avistara o forasteiro.

"Lá os gritos: 'Socorro!' chegaram mais nítidos aos seus ouvidos.

"Lançou os olhos para o espaço que sua vista alcançava; um homem raptava Teresa, como o centauro Nesso a Djanira[85].

"O tal homem, que se dirigia para o bosque, já estava a três quartos do caminho que levava da caverna até a floresta.

"Vampa mediu o intervalo; aquele homem estava a pelo menos duzentos passos à sua frente, não havia meio de alcançá-lo antes que ele alcançasse o bosque.

"O jovem ficou paralisado como se os seus pés tivessem criado raízes. Apoiou a coronha do seu fuzil no ombro, ergueu lentamente o cano na direção do raptor, acompanhou-o durante um segundo em sua corrida e fez fogo.

---

85. Nesso e Djanira: na mitologia grega, Djanira, esposa de Hércules, foi sequestrada pelo centauro Nesso, que tentou violentá-la. Hércules, vindo em seu socorro, matou o centauro, que, antes de morrer, deu a Djanira uma túnica envenenada, assegurando-lhe tratar-se de um símbolo da fidelidade conjugal.

"O raptor estacou; seus joelhos dobraram e ele caiu arrastando Teresa em sua queda.

"Ora, Teresa levantou-se prontamente; quanto ao fugitivo, permaneceu deitado, debatendo-se nas convulsões da agonia.

"Vampa precipitou-se para junto de Teresa, pois a dez passos do moribundo as pernas haviam lhe faltado e ela caíra de joelhos. O rapaz tinha medo de que a bala que acabava de abater seu inimigo houvesse simultaneamente ferido sua noiva.

"Felizmente, não era nada disso, era tão somente o terror que paralisara as forças de Teresa. Quando Luigi teve plena certeza de que ela estava sã e salva, voltou-se para o ferido.

"Este acabava de expirar com os punhos fechados, a boca contraída pela dor e os cabelos eriçados pelo suor da agonia.

"Seus olhos permaneciam abertos e ameaçadores.

"Vampa aproximou-se do cadáver e reconheceu Cucumello.

"Desde o dia em que fora salvo pelos dois jovens, o bandido se apaixonara por Teresa e havia jurado possuir a moça. Desde esse dia a espionara; e, aproveitando-se do momento em que seu noivo a deixara sozinha para apontar o caminho para o forasteiro, raptara-a e já a julgava sua quando a bala de Vampa, guiada pela infalível mira do jovem pastor, atravessara seu coração.

"Vampa observou-o por um instante, sem que a menor emoção transparecesse em seu rosto, ao passo que Teresa, ao contrário, ainda tremendo, não ousava se aproximar do bandido morto senão timidamente, lançando, por cima do ombro do noivo, um olhar hesitante para o cadáver.

"No fim de um momento, Vampa voltou-se para a noiva:

"— Ah, ah! — disse ele. — Muito bem, você está vestida; é a minha vez de fazer a toalete.

"Com efeito, Teresa estava coberta dos pés à cabeça com as roupas da filha do conde de San Felice.

"Vampa agarrou o corpo de Cucumello, arrastou-o para a caverna, enquanto Teresa permaneceu do lado de fora.

"Se outro forasteiro tivesse passado naquele momento, teria visto uma coisa estranha: uma pastora guardando suas ovelhas com um vestido de *cashmere*, brincos e um colar de pérolas, broches de diamantes e botões de safiras, esmeraldas e rubis.

"Provavelmente, teria acreditado estar na época de Florian e afirmado, ao voltar a Paris, que vira a pastora dos Alpes[86] sentada ao sopé dos montes Sabinos.

---

86. "pastora dos Alpes": M. de Florian, sobrinho de Voltaire, tradutor de Cervantes para o francês e autor de vários livros, entre fábulas e romances, publicou em 1804 o romance *Claudine, ou la petit Savoyard*, no qual a personagem-título era a pastora de um convento. O romance fez grande sucesso na época.

"Quinze minutos depois Vampa saiu por sua vez da caverna. Sua roupa não era menos elegante, no seu gênero, que a de Teresa.

"Vestia um casaco de veludo grená com botões de ouro trabalhados, um colete de seda todo coberto de bordados, uma echarpe romana enrolada em volta do pescoço, uma bolsa pontilhada de ouro e de seda vermelha e verde; calça de veludo azul-celeste, presa na altura dos joelhos por argolas de diamantes, perneiras de pele de gamo coloridas com mil arabescos e um chapéu, sobre o qual flutuavam fitas de todas as cores; dois relógios pendiam de seu cinto e um magnífico punhal atravessava a cartucheira.

"Teresa soltou um grito de admiração. Vampa, naquela roupa, parecia uma pintura de Léopold Robert ou de Schnetz[87].

"Ele tinha vestido o traje completo de Cucumello.

"O rapaz percebeu o efeito que produzia em sua noiva, e um sorriso de orgulho desenhou-se-lhe na boca.

"— Agora — disse ele a Teresa —, está disposta a partilhar o meu destino, seja ele qual for?

"— Oh, sim! — exclamou a jovem com entusiasmo.

"— A me seguir aonde eu for?

"— Ao fim do mundo.

"— Então pegue meu braço e vamos, pois não temos tempo a perder.

"A jovem passou seu braço sob o do amante, sem lhe perguntar sequer para onde este a levava; naquele momento, ele lhe parecia belo, orgulhoso e poderoso como um deus.

"E ambos foram em direção à floresta, cujos limites atravessaram em poucos minutos.

"Não preciso dizer que Vampa conhecia as trilhas da montanha; logo, embrenhou-se na floresta sem hesitar um único instante, embora não houvesse nenhuma trilha aberta, identificando o percurso apenas pelas árvores e arbustos; caminharam assim cerca de uma hora e meia.

"Chegaram então ao lugar mais fechado da mata. Um curso d'água, cujo leito estava seco, levava até um desfiladeiro profundo. Vampa tomou aquele estranho caminho, que, encaixado entre duas margens e escurecido pela densa sombra dos pinheiros, parecia, exceto pela descida fácil, o atalho do Averno[88] de que fala Virgílio.

"Teresa, agora amedrontada pelo aspecto do lugar selvagem e ermo, apertava-se contra o seu guia sem dizer uma palavra; mas, ao vê-lo prosseguir a

---

87. "Robert ou de Schnetz": Léopold Robert (1754-1835), pintor suíço, e Jean-Victor Schnetz (1787-1870), pintor francês, eram famosos por seus quadros históricos no estilo neoclássico.

88. "o atalho do Averno": na *Eneida*, canto VI, v.126, Virgílio situa aí a entrada do reino dos mortos.

marcha num passo uniforme, uma espécie de calma profunda irradiava-se sobre seu rosto e ela encontrava forças para dissimular sua emoção.

"De repente, a dez passos de distância, um homem pareceu sair de uma árvore atrás da qual estava escondido, e encarou Vampa:

"— Nenhum passo a mais — gritou — ou está morto!

"— Ora, ora — disse Vampa, levantando a mão num gesto de desprezo, enquanto Teresa, sem dissimular mais seu terror, apertou-se contra ele —, por acaso lobos se entredevoram?

"— Quem é você? — perguntou a sentinela.

"— Sou Luigi Vampa, pastor da fazenda de San Felice.

"— Que deseja?

"— Desejo falar com seus colegas, que estão na clareira de Rocca Bianca.

"— Siga-me então — disse a sentinela —, ou melhor, já que sabe o caminho, ande na frente.

"Vampa sorriu com uma expressão de desprezo por aquela precaução do bandido, passou à frente com Teresa e foi adiante com o mesmo passo firme e tranquilo que o levara até ali.

"No fim de cinco minutos, o bandido fez-lhes sinal para que fizessem alto.

"Os dois jovens obedeceram.

"O bandido imitou três vezes o pio do corvo.

"Um coaxar respondeu a esse triplo chamado.

"— Muito bem — disse o bandido. — Agora pode continuar.

"Luigi e Teresa puseram-se novamente a caminho.

"Porém, à medida que avançavam, Teresa, tremendo, apertava-se contra seu amante; com efeito, por entre as árvores, era possível perceber armas e o brilho dos canos de fuzil.

"A clareira de Rocca Bianca situava-se no topo de uma pequena montanha, sem dúvida um vulcão em outras eras, vulcão extinto antes que Rômulo e Remo tivessem desertado Alma para virem construir Roma.

"Teresa e Luigi chegaram ao topo e instantaneamente se viram diante de vinte bandidos.

"— Este moço está atrás de vocês e deseja lhes falar — disse a sentinela.

"— E que deseja ele nos dizer? — perguntou o bandido que, na ausência do chefe, era o interino no comando.

"— Desejo dizer que estou cansado da profissão de pastor — disse Vampa.

"— Ah, compreendo — disse o lugar-tenente —, e vem nos pedir para ser admitido em nossas fileiras?

"— Seja bem-vindo! — gritaram vários bandidos de Ferentino, de Pampinara e de Anagni, que haviam reconhecido Luigi Vampa.

"— Pois é, só que não venho lhes pedir para ser apenas seu companheiro.

"— E que vem nos pedir? — perguntaram os bandidos com espanto.

"— Venho pedir para ser o capitão de vocês — disse o rapaz.

"Os bandidos caíram na gargalhada.

" — E que fez para aspirar a essa honra? — perguntou o lugar-tenente.

"— Matei o seu chefe Cucumello, cujos despojos aqui estão — disse Luigi —, e ateei fogo na *villa* de San Felice para dar um vestido de núpcias à minha noiva.

"Uma hora depois, Luigi Vampa era eleito capitão em lugar de Cucumello."

— Muito bem, meu caro Albert — disse Franz voltando-se para o amigo —, que acha agora do cidadão Luigi Vampa?

— Acho que é um mito — respondeu Albert — e que nunca existiu.

— O que é um mito? — perguntou Pastrini.

— Demoraria muito para explicar, meu caro hospedeiro — respondeu Franz. — Então está dizendo que "mestre" Vampa exerce nesse momento sua profissão nas cercanias de Roma?

— E com uma ousadia de que nunca bandoleiro algum deu exemplo.

— Quer dizer que a polícia não foi capaz de agarrá-lo?

— Que remédio! Ele tem ao seu lado ao mesmo tempo os pastores da planície, os pescadores do Tibre e os contrabandistas da costa. Procuram-no na montanha, está no rio; é perseguido no rio, vai para o mar alto; então, quando o julgam refugiado nas ilhas del Giglio, del Giannutri ou Monte Cristo, topam com ele em Albano, Tívoli ou La Riccia.

— E como ele age com os viajantes?

— Ah, meu Deus, é muito simples. De acordo com a distância a que se encontra da cidade, ele dá oito horas, doze horas, um dia, para pagarem seu resgate; passado esse tempo, concede uma hora de misericórdia. No sexagésimo minuto dessa hora, se não receber o dinheiro, explode os miolos do prisioneiro com um tiro de pistola ou enfia o punhal em seu coração, e ponto final.

— E então, Albert — perguntou Franz ao companheiro —, continua disposto a ir ao Coliseu pelas avenidas exteriores?

— Com certeza — disse Albert —, se for o caminho mais pitoresco.

Nesse momento soaram nove horas, a porta se abriu e o cocheiro apareceu.

— Excelências — disse ele —, o coche está à sua espera.

— Ótimo — disse Franz —, nesse caso, ao Coliseu!

— Pela porta del Popolo, Excelências, ou pelas ruas?

— Pelas ruas, caramba! Pelas ruas! — exclamou Franz.

— Ah, meu caro — disse Albert, levantando-se por sua vez e acendendo seu terceiro charuto —, na verdade eu o julgava mais corajoso!

Com isso, os dois rapazes desceram a escada e embarcaram no coche.

13. APARIÇÃO

Franz encontrara um meio-termo para Albert chegar ao Coliseu sem passar por nenhuma ruína antiga, e, por conseguinte, sem que os preparativos graduais tirassem do colosso uma ínfima parte de suas gigantescas proporções. Era seguir a via Sistina, dobrar em ângulo reto em frente à Santa Maria Maggiore e chegar pela via Urbana e San Pietro in Vincoli até a via del Colosseo.

Esse itinerário, aliás, oferecia outra vantagem: era não distrair em nada Franz da impressão que lhe produzira a história contada por mestre Pastrini, e na qual estava estranhamente envolvido seu misterioso anfitrião de Monte Cristo. Assim, enfiara-se no seu canto e se entregara a mil interrogações infinitas, que fizera a si próprio e para as quais, sem exceção, não encontrara uma resposta satisfatória.

Afora isso, outra coisa lembrara-lhe seu amigo Simbad, o marujo: eram as misteriosas relações entre os salteadores e os homens do mar. O que dissera mestre Pastrini sobre a proteção encontrada por Vampa nos barcos dos pescadores e dos contrabandistas lembrava a Franz aqueles dois bandoleiros corsos que ele encontrara ceando com a tripulação do pequeno iate, o qual desviara de sua rota para fundear em Porto Vecchio com o único fim de desembarcá-los em terra. O nome atribuído a seu anfitrião de Monte Cristo, pronunciado pelo seu anfitrião do Hotel de Londres, demonstrava-lhe que ele exercia sua filantropia tanto nas costas de Piombino, Civita Vecchia, Óstia e Gaete quanto nas da Córsega, da Toscana e da Espanha; e como ele mesmo, de acordo com a lembrança de Franz, falara de Túnis e de Palermo, aquela era uma prova de que ele abraçava um círculo de relações bem extenso.

Ainda que exercendo grande poder sobre o espírito do rapaz, todas essas reflexões desapareceram no instante em que ele viu erguer-se diante de si o espectro sombrio e gigantesco do Coliseu, através de cujas aberturas a lua projetava os longos e pálidos raios que caem dos olhos dos fantasmas. O coche parou a alguns passos da Meta Sudans[89]. O cocheiro veio abrir a portinhola; os dois rapazes pularam do coche e se viram diante de um cicerone que aparecera de repente.

Como o do hotel os seguira, agora tinham dois.

Impossível, de toda forma, evitar em Roma esse luxo dos guias: além do cicerone genérico, que se apodera de você no instante em que você põe o pé na soleira da porta do hotel, e não o larga mais até o dia em que põe o pé fora da cidade, há também um cicerone específico vinculado a cada monumento, e eu diria até a cada setor do monumento. Julguem então por si mesmos se faltam *ciceroni* no Coliseu, isto é, no monumento por excelência, que fazia Marcial dizer[90]: "Que Mênfis cesse de se vangloriar dos bárbaros milagres de suas pirâmides, que parem de cantar as maravilhas da Babilônia; tudo deve ceder diante do imenso trabalho do anfiteatro dos césares e todas as vozes da reputação deviam se juntar para enaltecer esse monumento."

Franz e Albert não tentaram subtrair-se à tirania dos cicerones. De resto, isso seria dificílimo, considerando que apenas os guias têm direito a percorrer o monumento com tochas. Não opuseram nenhuma resistência, portanto, e entregaram-se de pés e mãos atados aos guias.

Franz conhecia aquele passeio por já tê-lo feito umas dez vezes. Mas como seu companheiro, novato, punha pela primeira vez os pés no monumento de Flávio Vespasiano, devo admitir a seu favor, apesar do falatório ignorante de seus guias, que estava impressionadíssimo. Quem não a conhece não faz a mínima ideia da majestade dessa ruína, cujas proporções ainda são duplicadas pela misteriosa claridade desse luar meridional, cujos raios parecem um crepúsculo do Ocidente.

Assim, mal Franz, o pensador, deu cem passos sob os pórticos interiores, deixando Albert com seus guias, que não tencionavam renunciar ao direito imprescritível de lhe revelar em todos os detalhes o Fosso dos Leões, o Camarim dos Gladiadores, o Pódio dos Césares, ele enveredou por uma escada em escombros e, deixando-os continuar sua rota simétrica, foi muito pura e simplesmente sentar-se à sombra de uma coluna, em frente a uma chanfradura que lhe permitia admirar o gigante de granito em toda sua maravilhosa extensão.

---

89. Meta Sudans: fonte construída por Tito Flávio Domiciano (51-96), imperador romano de 81 a 96.

90. "que fazia Marcial dizer": referência ao primeiro capítulo da obra de Marcial (c.40-102) *De spetaculis*, intitulado "O anfiteatro de Domiciano".

Franz estava ali havia uns quinze minutos, perdido, como eu disse, na sombra de uma coluna, observando Albert, que acabava de sair de um vomitório localizado na outra extremidade do Coliseu, acompanhado por seus dois carregadores de tochas, os quais, semelhantes a sombras que seguem um fogo-fátuo, desciam de degrau em degrau até os lugares reservados às vestais, quando julgou ouvir uma pedra rolando, desgarrada da escada em frente àquela que acabava de subir para chegar ao lugar onde estava sentado. Decerto não é coisa rara uma pedra, pisoteada pelo tempo, se soltar e rolar no abismo; mas, dessa vez, parecia-lhe que a pedra cedera aos pés de um homem e que um barulho de passos vinha até ele, embora quem o provocava fizesse de tudo para abafá-lo.

Com efeito, ao cabo de um instante, um homem apareceu, saindo gradualmente da sombra à medida que subia a escada, cujo vão, situado defronte de Franz, era iluminado pela lua, mas cujos degraus, à medida que neles se descia, mergulhavam na escuridão.

Podia ser um turista como ele, preferindo a meditação solitária à tagarelice irrelevante de seus guias, e, por conseguinte, sua aparição nada tinha que pudesse surpreendê-lo; porém, pela hesitação com que subiu os últimos degraus, pela maneira como, ao chegar na plataforma, se deteve e pareceu escutar, era evidente que fora ali com um objetivo específico e que estava à espera de alguém.

Com um movimento instintivo, Franz esquivou-se o mais que pôde atrás da coluna.

A dez pés do solo onde estavam ambos, a abóbada estava esburacada e uma abertura redonda, semelhante à de um poço, permitia avistar o céu todo cheio de estrelas.

Em torno dessa abertura, que talvez há centenas de anos já desse passagem aos raios da lua, cresciam moitas, cujos recortes verdes e débeis destacavam-se nitidamente do azul fosco do firmamento, enquanto grandes cipós e potentes galhos de trepadeiras pendiam desse terraço superior e balançavam sob a abóbada, feito cordas flutuantes.

O personagem cuja chegada misteriosa atraíra a atenção de Franz estava instalado numa semipenumbra, que não lhe permitira distinguir seus traços, mas que entretanto não era suficientemente escura para impedi-lo de examinar sua roupa: estava agasalhado num grande casaco marrom do qual uma das abas, aberta sobre seu ombro esquerdo, escondia-lhe a parte inferior do rosto, enquanto seu chapéu de abas largas cobria a parte superior. Apenas a extremidade de suas roupas achava-se iluminada sob a luz oblíqua que passava pela abertura, permitindo distinguir uma calça preta emoldurando graciosamente uma bota de verniz.

Aquele homem pertencia evidentemente, se não à aristocracia, pelo menos à alta sociedade.

Depois de alguns minutos ali, começou a dar sinais visíveis de impaciência, quando então um ligeiro ruído se fez ouvir no terraço superior.

No mesmo instante, uma sombra pareceu interceptar a luz, um homem surgiu no vão da abertura, mergulhou seu olhar penetrante nas trevas e percebeu o homem do casaco; imediatamente ele agarrou um punhado dos cipós pendentes e das trepadeiras flutuantes, deixou-se deslizar e, chegando a três ou quatro pés do solo, saltou com leveza. Vestia a roupa de um genuíno indivíduo do Trastevere[91].

— Desculpe, Excelência — disse ele em dialeto romano —, por tê-lo feito esperar. Mesmo assim, me atrasei apenas poucos minutos. Acaba de dar dez horas em São João de Latrão.

— Fui eu que me antecipei e não o senhor que se atrasou — respondeu o estranho no mais puro toscano. — Portanto, nada de cerimônia; aliás, se me tivesse feito esperar, eu logo imaginaria ter sido por algum motivo independente de sua vontade.

— E teria tido razão, Excelência. Venho do castelo Sant'Angelo, e tive todas as dificuldades do mundo para falar com Beppo.

— Quem é esse Beppo?

— Beppo é um empregado da prisão, a quem dou um dinheirinho para saber o que se passa dentro do castelo de Sua Santidade.

— Ah, ah! Vejo que é um homem precavido, meu caro!

— Que posso fazer, Excelência! Nunca se sabe o que pode acontecer; talvez um dia eu também seja apanhado na rede, como o pobre Peppino, e precise de um rato para roer as malhas da minha prisão[92].

— Resumindo, o que soube?

— Haverá duas execuções terça-feira às duas horas, como é hábito em Roma nas aberturas das grandes festas. Um condenado será *mazzolato*[93]; trata-se de um miserável que matou o padre por quem foi criado e que não nos interessa em nada. O outro será *decapitato*, e este é o coitado do Peppino.

— O que o senhor queria, meu caro? O senhor inspira um terror tão grande, não apenas ao governo pontifício mas também aos reinos vizinhos, que eles desejam a qualquer custo dar um exemplo.

— Mas Peppino nem sequer faz parte do meu bando; é um pobre pastor que não cometeu outro crime a não ser nos fornecer víveres.

---

91. "genuíno indivíduo do Trastevere": habitante do bairro popular na margem direita do rio Tibre.

92. "rato para roer as malhas": alusão à fábula "O leão e o rato", de La Fontaine (1621-95).

93. *Mazzolato*: executado com uma clava, ou maça, de madeira ou metal.

— O que o torna um perfeito cúmplice. Tanto que estão cheios de considerações para com ele; em vez de torturá-lo, como ao senhor se um dia lhe puserem as mãos, vão se contentar em guilhotiná-lo. De toda forma, isso irá variar os entretenimentos do povo e haverá espetáculo para todos os gostos.

— Sem contar aquele que estou preparando e pelo qual ninguém espera — respondeu o indivíduo do Trastevere.

— Meu caro amigo, permita-me dizer — disse o homem do casaco — que o senhor me parece disposto a fazer alguma besteira.

— Estou disposto a tudo para impedir a execução do pobre-diabo que está em dificuldades por ter me servido; *per la* Madona! Eu me veria como um covarde se não fizesse alguma coisa por esse bravo rapaz!

— E o que fará?

— Espalharei vinte homens em volta do cadafalso e, quando o trouxerem, ao meu sinal, atacaremos a escolta com punhais e o libertaremos.

— Isso me parece muito arriscado, e não tenho dúvida de que o meu plano é melhor que o seu.

— E qual é o seu plano, Excelência?

— Darei mil piastras a alguém que conheço e que obterá o adiamento da execução de Peppino para o ano que vem; em seguida, ao longo do ano, darei mil piastras a outro alguém que conheço e o farei fugir da prisão.

— Tem certeza de que vai dar certo?

— *Pardieu* — disse em francês o homem do casaco.

— Perdão? — perguntou o trasteverino.

— Quero dizer, meu caro, que farei mais sozinho com o meu ouro que o senhor e toda a sua gente com seus punhais, pistolas, carabinas e trabucos. Portanto, não se preocupe.

— Magnífico; mas, se fracassar, estaremos preparados.

— Continuem a postos, se for do seu agrado, mas esteja certo de que obterei o indulto.

— É depois de amanhã, terça-feira. Muito cuidado, pois o senhor tem apenas amanhã.

— Ora! O dia compõe-se de vinte e quatro horas, cada hora compõe-se de sessenta minutos, cada minuto compõe-se de sessenta segundos; em oitenta e seis mil e quatrocentos segundos é possível fazer muita coisa.

— Como saberemos se foi bem-sucedido, Excelência?

— É muito simples; aluguei as três últimas janelas do Café Ruspoli; se eu conseguir o indulto, as duas janelas do canto serão guarnecidas com damasco amarelo, mas a do meio será guarnecida com damasco branco e uma cruz vermelha.

— Perfeito. E por intermédio de quem o senhor fará chegar o indulto?

— Envie-me um dos seus homens disfarçado de penitente e entregarei a ele. Graças ao seu disfarce, ele chegará ao pé do cadafalso e dará a bula ao chefe da confraria, que a levará ao carrasco. Nesse ínterim, dê a notícia a Peppino; que ele não morra de medo ou enlouqueça, pois isto significaria uma despesa inútil de nossa parte.

— Escute, Excelência — disse o camponês —, sabe que lhe sou leal e tem certeza disso, pois não?

— Espero que sim, pelo menos.

— Ótimo! Se o senhor salvar Peppino, será mais que lealdade no futuro, será obediência.

— Cuidado com o que diz, meu caro! Talvez um dia eu o lembre disso, pois talvez um dia, também, precise de você…

— Saiba então, Excelência, que me encontrará na hora da necessidade como eu o encontrei a essa mesma hora; e, se por acaso estiver do outro lado do mundo, bastará me escrever: "Faça isso", e eu o farei, palavra de…

— Schhh! — fez o desconhecido. — Ouço um barulho.

— São turistas visitando o Coliseu com tochas.

— É tolice que nos deixemos ver juntos. Esses guias são informantes e poderiam reconhecê-lo; por mais honrosa que seja a nossa amizade, caro amigo, se souberem que somos ligados como somos, essa ligação, tenho grande receio, me faria perder parte da minha credibilidade.

— Então, se o senhor conseguir o indulto…

— A janela do meio guarnecida com uma cortina de damasco branco e uma cruz vermelha.

— Se não conseguir…?

— Três cortinas amarelas.

— Nesse caso…?

— Nesse caso, meu amigo, brinque à vontade com seu punhal, dou-lhe permissão e estarei lá para assistir.

— Adeus, Excelência, conto com o senhor, conte comigo.

A essas palavras, o indivíduo do Trastevere desapareceu pela escada, enquanto o desconhecido, cobrindo mais que nunca o rosto com o casaco, passou a dois passos de Franz e desceu na arena pelos degraus externos.

Um segundo depois, Franz ouviu seu nome ressoar sob as abóbadas: era Albert que o chamava.

Antes de responder, esperou que os dois homens ganhassem distância, sem se preocupar em lhes informar que haviam tido uma testemunha que, embora sem ver seus rostos, não perdera uma palavra de sua conversa.

Dez minutos depois, Franz deslizava para o Hotel de Londres, escutando com uma distração bastante impertinente a erudita dissertação que Albert fazia, citando Plínio e Calpúrnio[94], sobre as redes guarnecidas de pontas de ferro que impediam os animais ferozes de avançar nos espectadores.

---

94. Plínio e Calpúrnio: o Plínio aqui referido pode ser Gaius Plinius Secundus, um nobre romano, cientista e historiador que morreu na erupção do Vesúvio em 79 d.C., também

Deixava-o continuar sem contradizê-lo; tinha pressa em ficar sozinho para pensar sem distração no que acabava de acontecer à sua frente.

Daqueles dois homens, um lhe era claramente estranho, e era a primeira vez que o via e ouvia, mas não se dava o mesmo com o outro; e, embora Franz não tivesse distinguido seu rosto, constantemente tragado pela sombra ou escondido pelo casaco, as vibrações daquela voz o haviam impressionado suficientemente da primeira vez que as ouvira para que pudessem um dia voltar a ressoar à sua frente sem que as reconhecesse.

Havia, sobretudo nas entonações sarcásticas, alguma coisa de estridente e metálico, que o fizera estremecer nas ruínas do Coliseu tanto quanto na caverna de Monte Cristo.

Franz estava totalmente convencido de que aquele homem não era outro senão Simbad, o marujo.

Em qualquer outra circunstância, a curiosidade que lhe inspirara tal homem teria sido tão grande que ele teria se apresentado à sua frente; mas, naquela oportunidade, a conversa que acabava de ouvir era demasiado íntima para que ele não fosse contido pelo medo, bastante sensato, de que sua aparição não o agradaria. Deixara-o, portanto, afastar-se, como vimos, mas prometendo-se, caso o encontrasse de novo, não deixar escapar a segunda oportunidade como fizera com a primeira.

Franz estava preocupado demais para dormir bem. Sua noite foi empregada em passar e repassar no espírito todas as circunstâncias relacionadas ao homem da caverna e ao desconhecido do Coliseu, e que tendiam a fazer desses dois personagens o mesmo indivíduo; quanto mais Franz refletia, mais se aferrava a essa opinião.

Dormiu com o raiar do dia, o que fez com que só acordasse bem tarde. Albert, como autêntico parisiense, já tomara suas precauções para a noite. Mandara reservar um camarote no Teatro Argentina.

Franz tinha várias cartas a escrever para a França, deixou portanto o coche com Albert o resto do dia.

Às cinco horas, Albert voltou; entregara suas cartas de recomendação, tinha convites para todas as noites e vira Roma.

Um dia fora suficiente para Albert fazer tudo isso.

Sem falar que teve tempo de se informar da ópera em cartaz e dos atores que a representariam.

---

chamado de Plínio, o Velho, ou seu sobrinho-neto, Gaius Plinius Caecilius Secundus (62-113), estadista, orador e escritor, também chamado Plínio, o Jovem. Tito Calpúrnio Sículo, poeta bucólico romano do séc.VI, famoso por suas éclogas.

A peça intitulava-se *Parisina*[95]; os atores tinham nome: Coselli, Moriani e a Spech[96].

Nossos dois rapazes não estavam tão infelizes, como podemos ver; iriam assistir à representação de uma das melhores óperas do autor de *Lucia di Lammermoor*[97], com três dos artistas mais famosos da Itália.

Albert jamais se habituara aos teatros ultramontanos, com lugares cativos na frente e desprovidos tanto de galerias quanto de camarotes abertos; era duro para um homem que tinha sua poltrona no Bouffe[98] e uma cota do camarote infernal no Opéra[99].

O que não impedia Albert de fazer toaletes flamejantes todas as vezes que ia ao Opéra com Franz; toaletes vãs; pois, temos que admitir, para vergonha de um dos representantes mais dignos da nossa moda, embora há quatro anos sulcasse a Itália em todos os sentidos, Albert não tivera uma única aventura amorosa.

Às vezes Albert tentava brincar a esse respeito, mas no fundo ficava singularmente mortificado; ele, Albert de Morcerf, um dos moços mais concorridos, continuava deixando a desejar. A coisa era ainda mais penosa na medida em que, de acordo com o modesto costume dos nossos queridos compatriotas, Albert partira de Paris com a convicção de que teria os maiores sucessos na Itália e faria as delícias do bulevar de Gand com o relato de suas façanhas.

Coitado! Não lhe acontecera nada disso: as encantadoras condessas genovesas, florentinas e napolitanas estavam presas não aos seus maridos, mas aos seus amantes, e Albert adquirira a cruel convicção de que as italianas levam pelo menos uma vantagem sobre as francesas, a de serem fiéis à sua infidelidade.

Não quero dizer que na Itália, como em toda parte, não haja exceções.

---

95. *Parisina*: tragédia lírica composta por Gaetano Donizetti (1797-1848), cujo libreto, baseado no poema homônimo de Lord Byron, foi escrito pelo poeta e político italiano Gabriele D'Annunzio (1863-1938).

96. Coselli, Moriani e Spech: respectivamente Domenico Coselli (1801-55), Napoleone Moriani (1806-77) e a soprano conhecida como La Spech, que encarnou o papel-título nesta montagem. Ao que parece, o autor fez uma pequena confusão entre o compositores.

97. *Lucia di Lammermoor*: ópera de Gaetano Donizetti, com libreto de Salvatore Cammarano (1801-52), baseada no romance *The Bride of Lammermoor*, de Walter Scott.

98. Bouffe: apelido do teatro Opéra Comique.

99. "camarote infernal no Ópera": setor do teatro onde se concentravam os jovens rapazes das famílias ricas de Paris, os "leões".

Em contrapartida, Albert era não apenas um cavalheiro definitivamente elegante, como também um homem muito inteligente; além do mais, era visconde: visconde de nobreza recente, é verdade, mas hoje ninguém precisa justificar seus títulos, não interessa se datam de 1399 ou de 1815! Acima de tudo isso, pairavam cinquenta mil libras de renda. Mais do que o necessário, como se vê, para estar na moda em Paris. Era então de certa forma humilhante ainda não ter sido seriamente notado por ninguém em nenhuma das cidades pelas quais passara.

Mas ele esperava se recuperar em Roma, o Carnaval sendo, em todos os países da Terra que celebram essa adorável instituição, uma época de liberdade, quando até os mais severos deixam-se arrastar por alguma loucura. Ora, como o Carnaval começava no dia seguinte, era muito importante que Albert mostrasse seu cartão de visita antes dessa abertura.

Com essa intenção, portanto, havia alugado um dos camarotes mais visíveis do teatro, e feito, para a ocasião, uma toalete irrepreensível. Era na primeira fila, equivalente à galeria na França. Em todo caso, lá e cá as três primeiras fileiras são igualmente aristocráticas, sendo chamadas por essa razão de fileiras nobres.

A propósito, esse camarote, no qual cabiam doze com folga, custara aos dois amigos um pouco menos caro que um camarote de quatro pessoas no Ambigu[100].

Albert ainda tinha outra esperança, de que, se acontecesse de ocupar um lugar no coração de uma bela romana, isso o levasse naturalmente a conquistar um *posto* no coche, e, por conseguinte, a ver o Carnaval do alto de um veículo aristocrático ou de uma sacada principesca.

Todas essas considerações animavam Albert mais que nunca. Ele dava as costas para os atores, debruçava-se para fora do camarote e mirava todas as beldades femininas com um binóculo de quinze centímetros de comprimento.

Isso não fazia com que nenhuma delas recompensasse, com um olhar sequer, ainda que de curiosidade, toda a agitação a que Albert se entregava.

Com efeito, toda a plateia conversava sobre seus assuntos, seus amores, seus programas, sobre o Carnaval que começava no dia seguinte, a semana Santa que se aproximava, sem prestar a menor atenção aos atores ou à peça, à exceção dos momentos importantes, quando então todos se voltavam, fosse para ouvir uma parte do recitativo de Coselli, fosse para aplaudir algum feito brilhante de Moriani, fosse para gritar bravo para a Spech; em seguida, as conversas particulares readquiriam seu ritmo normal.

---

100. Ambigu: teatro cujo nome completo era Ambigu-Comique, luxuosamente reconstruído em 1828 após um incêndio, no qual eram levados melodramas.

Perto do fim do primeiro ato, a porta de um camarote até ali ainda vazio se abriu, e Franz viu entrar uma pessoa à qual tivera a honra de ter sido apresentado em Paris, que ele julgava ainda na França. Albert viu o movimento esboçado pelo amigo a essa aparição e, voltando-se para ele, perguntou:

— Conhece essa mulher?

— Conheço; que acha dela?

— Encantadora, meu caro, e loura. Oh, que cabelo adorável! É francesa?

— É veneziana.

— E você a chama de…

— Condessa G…

— Oh, conheço-a de nome! — exclamou Albert. — Dizem que é tão inteligente quanto bonita. Diacho, quando penso que poderia tê-la conhecido no último baile da sra. de Villefort, no qual ela estava presente, e que desprezei isso: sou um grande tolo!

— Quer que eu repare esse erro? — perguntou Franz.

— Como! Conhece-a tão intimamente assim para me acompanhar ao seu camarote?

— Tive a honra de falar com ela três ou quatro vezes na vida; mas, como sabe, isso é rigorosamente o bastante para não se cometer uma inconveniência.

Nesse momento, a condessa avistou Franz e lhe fez um aceno gracioso com a mão, ao qual ele respondeu com uma respeitosa inclinação da cabeça.

— Ora, mas parece que está nas boas graças dela! — admirou-se Albert.

— Pois bem! Eis o que o engana, fazendo-nos, a nós franceses, cometer tolices sem conta no estrangeiro; é o fato de submetermos tudo aos nossos pontos de vista parisienses; na Espanha, e sobretudo na Itália, não julgue nunca a intimidade das pessoas pela liberalidade dos cumprimentos. Conquistei apenas a simpatia da condessa, ponto final.

— Simpatia do coração? — perguntou Albert, rindo.

— Não, de espírito, só isso — respondeu seriamente Franz.

— E quando isso aconteceu?

— Durante um passeio ao Coliseu, semelhante ao que fizemos juntos.

— Ao luar?

— Sim.

— Sozinhos?

— Praticamente!

— E conversaram…

— Sobre os mortos.

— Ah — exclamou Albert —, muito recreativo, de fato! Pois bem! Quanto a mim, prometo-lhe que, se tiver a felicidade de ser o consorte dessa bela condessa num passeio desse tipo, só falarei dos vivos.

— E talvez cometa um erro.

— Enquanto isso não acontece, vai me apresentar a ela como prometeu?

— Assim que o pano cair.

— Como é longo esse maldito primeiro ato!

— Escute o *finale*, é belíssimo, e Coselli canta-o admiravelmente.

— Sim, que estilo!

— A Spech é dramática demais nessa passagem.

— Dá para entender que, depois de ouvir a Sontag e a Malibran[101]...

— Não acha excelente a técnica de Moriani?

— Não gosto dos morenos que cantam louro.

— Ah, meu caro — disse Franz, voltando-se, enquanto Albert continuava a espiar pelo binóculo —, você é muito difícil.

Finalmente o pano caiu, para grande satisfação do visconde de Morcerf, que pegou seu chapéu, ajeitou rapidamente o cabelo, a gravata, os punhos, e lembrou a Franz que estava à sua espera.

Como, de sua parte, a condessa, que Franz interrogava com os olhos, sugeriu-lhe com um sinal que seria bem-vindo, ele não tardou a satisfazer a pressa de Albert. Seguido por seu companheiro, que aproveitou o percurso para retificar os vincos que os movimentos pudessem ter imprimido à gola de sua camisa e à lapela de seu casaco, contornou o hemiciclo e foi bater no camarote nº4, ocupado pela condessa.

Imediatamente o rapaz que sentava ao lado dela na frente do camarote se levantou, cedendo o lugar, segundo o costume italiano, ao recém-chegado, que deve cedê-lo por sua vez à chegada de outra visita.

Franz apresentou Albert à condessa como um dos nossos mais distintos rapazes por sua posição social e sua inteligência; o que, aliás, era verdade; pois em Paris, e no meio em que vivia, Albert era um cavalheiro irrepreensível. Acrescentou que, desesperado por não ter conseguido aproveitar a temporada da condessa em Paris para ser apresentado a ela, Albert o encarregara de reparar esse erro, missão que cumpria pedindo à condessa, em relação à qual ele próprio precisaria de um intermediário, para desculpá-lo por sua indiscrição.

A condessa respondeu dirigindo um encantador cumprimento a Albert e estendendo a mão para Franz.

Albert, convidado por ela, ocupou o lugar vazio na frente, enquanto Franz sentou-se na segunda fileira, atrás da condessa.

Albert descobrira um excelente assunto para conversar: era Paris; falava de amigos que tinha em comum com a condessa. Franz percebeu que ele estava em seu terreno. Deixou-o à vontade e, pedindo-lhe seu gigantesco binóculo, começou por sua vez a explorar a sala.

---

101. Sontag e Malibran: Henriette Sontag (1806-54), soprano; Madame Malibran (1808-36), mezzo-contralto.

Sozinha na frente de um camarote, sentada na terceira fileira diante deles, estava uma mulher admiravelmente bela, vestindo um traje típico grego, que usava com tanta desenvoltura que era evidente ser seu traje habitual.

Atrás dela, na sombra, desenhava-se a forma de um homem cujo rosto era impossível discernir.

Franz interrompeu a conversa de Albert e da condessa para perguntar a esta última se conhecia a bela albanesa, tão digna de atrair não só a atenção dos homens, como a das mulheres.

— Não — disse ela —, tudo que sei é que está em Roma desde o começo da temporada; pois, na abertura do teatro, eu a vi onde está agora; e faz um mês que não perde uma única representação, ora acompanhada pelo homem que está com ela neste momento, ora simplesmente escoltada por um criado negro.

— Qual é a sua opinião sobre ela, condessa?

— Extremamente bela. Medora[102] devia se parecer com essa mulher.

Franz e a condessa trocaram um sorriso. Ela voltou a conversar com Albert, e Franz a observar sua albanesa.

O pano se abriu com um balé. Era um daqueles bons balés italianos, encenados pelo famoso Henry, que conquistara como coreógrafo, na Itália, uma reputação colossal, a qual o infeliz veio a perder no Teatro Náutico; um daqueles balés em que todo mundo, desde o protagonista até o último coadjuvante, tem tanta importância na ação que cento e cinquenta pessoas fazem o mesmo gesto ao mesmo tempo e levantam o mesmo braço ou a mesma perna.

O balé intitulava-se *Dorlisca*.

Franz estava preocupado demais com sua bela grega para dar atenção ao balé, por mais interessante que este fosse. Quanto a ela, sentia um prazer visível com o espetáculo, prazer que fazia um contraste supremo com a despreocupação profunda do seu acompanhante, o qual, enquanto durou a obra-prima coreográfica, não fez um movimento, parecendo, apesar do barulho infernal que faziam os trompetes, os címbalos e os cálamos na orquestra, saborear as doçuras celestiais de um sono tranquilo e radioso.

Finalmente o balé terminou e o pano caiu em meio aos aplausos frenéticos de uma plateia inebriada.

Graças a esse hábito de partir a ópera com um balé, os entreatos são muito curtos na Itália, os cantores têm tempo de descansar e mudar de figurino enquanto os bailarinos executam suas piruetas e elaboram seus *entrechats*.

---

102. Medora: personagem do poema de Lord Byron, *The Corsair*, no qual é amante de Conrad, o chefe dos piratas, e morre de tristeza após ter recebido a notícia da morte do homem que amava.

A bela grega.

Teve início a abertura do segundo ato; aos primeiros golpes de arco, Franz viu o dorminhoco se levantar lentamente e se aproximar da grega, que se voltou para lhe dirigir algumas palavras e de novo apoiou os cotovelos no balaústre do camarote.

O rosto de seu interlocutor continuava na sombra, e Franz era incapaz de distinguir qualquer um de seus traços.

O pano abriu, a atenção de Franz foi necessariamente atraída pelos atores, e seus olhos abandonaram por um instante o camarote da bela grega para se concentrarem no palco.

O ato começa, como sabemos, com o dueto do sonho: Parisina, dormindo, deixa escapar diante de Azzo o segredo de seu amor por Ugo; o esposo traído passa por todos os tormentos do ciúme, até que, convencido de que sua mulher lhe é infiel, acorda-a para lhe anunciar sua vingança iminente.

Esse dueto é um dos mais belos, mais expressivos e mais terríveis já saídos da pena fecunda de Donizetti. Franz o escutava pela terceira vez, e, embora não fosse considerado um melômano aficionado, aquilo produziu sobre ele um efeito profundo. Ia, por conseguinte, juntar seus aplausos aos da sala, quando suas mãos, prestes a se reunir, permaneceram afastadas, e o bravo que escapava de sua boca expirou em seus lábios.

O homem do camarote ficara de pé, e, com a cabeça na luz, Franz acabava de identificar o misterioso habitante de Monte Cristo, aquele cujo aspecto e voz, na noite anterior, julgara reconhecer nas ruínas do Coliseu.

Não havia dúvida, o estranho viajante morava em Roma.

A expressão da fisionomia de Franz estava certamente em harmonia com a perturbação que essa aparição lançava em seu espírito, pois a condessa olhou para ele, caiu na risada e perguntou-lhe o que tinha.

— Sra. condessa — respondeu Franz —, eu quis saber ainda há pouco se conhecia aquela mulher albanesa; agora lhe pergunto se conhece seu marido.

— Tão pouco quanto a ela — respondeu a condessa.

— Nunca prestou atenção nele?

— Aí está uma pergunta bem à francesa! O senhor sabe muito bem que, para nós, italianas, não existe outro homem no mundo a não ser o que amamos!

— Está certo — respondeu Franz.

— Seja como for — ela disse, encostando o binóculo de Albert nos próprios olhos e dirigindo-o para o camarote —, deve ser algum novo desterrado, algum fantasma que saiu do túmulo com a autorização do coveiro, pois me parece terrivelmente pálido.

— Ele é sempre assim — respondeu Franz.

— Conhece-o então? — perguntou a condessa. — Então sou eu quem lhe pergunto quem ele é.

— Creio já tê-lo visto e acho que o reconheço.

— É mais que compreensível — ela disse, fazendo um meneio com seus belos ombros, como se um calafrio corresse por suas veias —, um homem desses não dá para esquecer.

O efeito que Franz sentira não era então uma impressão particular, uma vez que outra pessoa o sentia como ele.

— E então — perguntou Franz à condessa, depois que ela fez questão de olhar pelo binóculo mais uma vez —, que pensa desse homem?

— Que parece lorde Ruthwen[103] em carne e osso.

Com efeito, essa segunda evocação a Byron impressionou Franz: se havia um homem capaz de convencê-lo da existência de vampiros, era aquele homem.

---

103. Lorde Ruthwen: nome de um vampiro presente em várias obras literárias e teatrais de grande sucesso na época.

— Preciso saber quem é — disse Franz, levantando-se.

— Oh, não! — exclamou a condessa. — Não, não me deixe, conto com o senhor para me levar em casa, está preso.

— Como! Está realmente com medo? — perguntou-lhe Franz, debruçando-se em seu ouvido.

— Escute — disse-lhe ela —, Byron jurou para mim que acreditava em vampiros, disse inclusive que já vira alguns, descreveu-me sua fisionomia. Pois bem, é literalmente como ele: aqueles cabelos pretos, aqueles olhos imensos, luzindo uma chama estranha, aquela palidez mortal; além do mais, observe que ele não está com uma mulher igual às outras mulheres, está com uma estrangeira... uma grega, uma cismática... provavelmente alguma feiticeira como ele. Por favor, não vá. Comece amanhã sua investigação se bem lhe aprouver, mas hoje declaro que está preso.

Franz insistiu.

— Escute — disse ela, levantando-se —, vou embora; não posso ficar até o fim do espetáculo, tenho um mundo de gente em casa: seria tão pouco galante a ponto de me negar sua companhia?

Não havia outra resposta a dar senão pegar o chapéu, abrir a porta e oferecer o braço à condessa.

Foi o que ele fez.

A condessa estava de fato muito abalada; e o próprio Franz não conseguia escapar de certo terror supersticioso, tanto mais espontâneo na medida em que, se na condessa devia-se a uma sensação instintiva, nele era o resultado de uma lembrança.

Percebeu que ela tremia ao subir no coche.

Acompanhou-a até em casa: não havia ninguém lá e ninguém a esperava; ele a censurou por isso.

— Na verdade — disse-lhe ela —, não me sinto muito bem e preciso ficar a sós; a visão daquele homem me deixou transtornada.

Franz esboçou uma risada.

— Não ria — disse ela —, aliás, sua risada não é sincera. E prometa-me uma coisa.

— O quê?

— Prometa.

— Tudo que quiser, exceto desistir de descobrir quem é esse homem. Tenho motivos que não posso lhe dizer para saber quem ele é, de onde vem e para onde vai.

— De onde vem, ignoro; mas, para onde vai, posso dizer-lhe; vai para o inferno com certeza.

— Voltemos à promessa que queria arrancar de mim, condessa — disse Franz.

— Ah, é de voltar diretamente para o hotel e não tentar ver esse homem esta noite. Há certas afinidades entre as pessoas de quem nos despedimos e as pessoas que encontramos. Não sirva de veículo entre esse homem e eu. Amanhã, corra atrás dele se bem lhe aprouver; mas nunca me apresente a ele, se não quiser me matar de medo. Dito isto, boa-noite; trate de dormir; quanto a mim, sei muito bem que não vou pregar o olho.

E, a essas palavras, a condessa despediu-se de Franz, deixando-o sem saber se ela se divertira às suas custas ou se realmente sentira tanto medo.

Ao voltar para o hotel, Franz encontrou Albert vestindo um *robe de chambre*, de polainas, e voluptuosamente estendido numa poltrona enquanto fumava seu charuto.

— Ah, é você! — disse-lhe ele. — Palavra que só o esperava amanhã.

— Meu caro Albert — respondeu Franz —, fico feliz por encontrar a oportunidade de lhe dizer de uma vez por todas que você faz uma ideia errada das mulheres italianas; parece-me, entretanto, que suas desventuras amorosas deveriam ter servido para se livrar dela.

— Que remédio! Essas mulheres demoníacas são incompreensíveis! Elas lhe dão a mão e apertam a sua; falam com você baixinho e pedem para você levá-las em casa; com menos da metade uma parisiense já perderia a reputação!

— Mas é justamente porque nada têm a esconder e vivem à luz do dia que as mulheres são tão sem-cerimônia no belo país onde ecoa o *sì*[104], como diz Dante. Aliás, você viu muito bem que a condessa sentiu medo de verdade.

— Medo de quê? Daquele honesto cavalheiro que estava à nossa frente com a grega bonita? Mas eu quis esclarecer as coisas quando saíram, e cruzei com eles no corredor. Não sei onde diabos você arranjou todas essas ideias do outro mundo! É um rapaz muito formoso, muito bem-vestido, e que, tudo indica, veste-se na França com o Blain ou o Humann[105]; um pouco pálido, é verdade, mas você sabe que palidez é marca de distinção.

Franz sorriu, Albert tinha grandes aspirações a ser pálido.

— Eu também — disse-lhe Franz — estou convencido de que as ideias da condessa sobre esse homem são insensatas. Ele falou perto de você? Você ouviu alguma palavra que tenha dito?

— Ele falou, mas em romaico. Identifiquei o idioma por algumas palavras gregas desfiguradas. Devo lhe dizer, meu caro, que no colégio eu era um ás em grego.

— Então ele falava romaico?

— É provável.

— Não resta dúvida — murmurou Franz —, é ele.

— Que disse?

---

104. "onde ecoa o *sì*": referência à *Divina comédia* de Dante, "Inferno", canto XXXIII, v.79-80: "Ai Pisa, vitupério que és das gentes/ da bela terra lá onde o *sì* soa."

105. Blain e Humann: costureiros parisienses da moda em Paris naquela época.

— Nada. O que faz por aqui?

— Estava lhe preparando uma surpresa.

— Qual?

— Sabia que é impossível arranjar uma caleche?

— Caramba! E não fizemos de tudo que era humanamente possível para arranjar uma?

— Pois bem! Tenho uma ideia maravilhosa.

Franz olhou para Albert como um homem que não depositava muita confiança em sua imaginação.

— Meu caro — disse Albert —, você está me honrando com um olhar que mereceria que eu lhe pedisse uma reparação.

— Estou pronto a fazê-la, caro amigo, se a ideia for tão engenhosa quanto diz.

— Escute.

— Estou escutando.

— Não há jeito de arranjar coche, não é?

— Não.

— Nem cavalos?

— Tampouco.

— Mas será que arranjamos uma carroça?

— Talvez.

— Uma junta de bois?

— É provável.

— Muito bem, meu caro! Eis os nossos apetrechos. Vou mandar decorar a carroça, nos fantasiamos de lavradores napolitanos e representamos *ao natural* o magnífico quadro de Léopold Robert[106]. Se, para maior semelhança, a condessa quiser vestir uma fantasia de mulher de Puzzole ou de Sorrento, isso completará a mascarada, e ela é suficientemente bonita para que a apontem como o modelo para a mulher com a criança.

— Puxa! — exclamou Franz. — Dessa vez tem razão, doutor Albert, eis uma ideia realmente boa.

— E toda nacional, imitação dos reis indolentes, meu caro, só isso! Ah, senhores romanos, acham que correremos pelas suas ruas a pé como os *lazzaroni*[107], e isso porque os senhores não dispõem de caleches e cavalos? Deixem estar! Vamos inventá-los!

---

106. Léopold Robert: sobre L. Robert, ver, nesta Parte, a nota 87. Aqui o autor parece referir-se especificamente ao quadro *Moisson dans les Marais pontins*, de 1831. Nele, uma charrete de rodas altas, puxada por uma parelha de bois, transporta uma mulher sentada com uma criança nos braços.

107. *Lazzaroni:* termo derivado do nome Lázaro, personagem do Novo Testamento, que na Itália designava os membros das classes mais baixas da sociedade, o equivalente ao "populacho".

— E já contou a alguém sobre essa ideia triunfal?

— Ao nosso hoteleiro. Quando voltei da rua, chamei-o aqui em cima e lhe expus as minhas pretensões. Ele me garantiu que nada era mais fácil; eu queria dourar os chifres dos bois, mas ele me disse que isso exigiria três dias; portanto, temos que dispensar esse supérfluo.

— E onde ele está?

— Quem?

— Nosso hoteleiro?

— Atrás da coisa. Amanhã talvez já seja tarde.

— De maneira que ele vai nos responder esta noite?

— Estou à espera dele.

Nesse momento a porta se abriu, e mestre Pastrini enfiou a cabeça.

— *Permesso*? — perguntou ele.

— Claro que é permitido! — exclamou Franz.

— E então? — disse Albert. — Encontrou a carroça requisitada e os bois solicitados?

— Achei melhor que isso — declarou ele, com uma fisionomia de plena satisfação.

— Muito cuidado, meu caro hoteleiro — disse Albert —, o melhor é inimigo do bom.

— Que Vossas Excelências confiem em mim — respondeu mestre Pastrini, num tom contido.

— Mas enfim o que aconteceu? — perguntou Franz por sua vez.

— Por acaso sabiam — perguntou o hoteleiro — que o conde de Monte Cristo está hospedado neste mesmo andar?

— Acredito deveras — disse Albert —, uma vez que é por causa dele que estamos alojados como dois estudantes da rua Saint Nicolas du Chardonnet.

— Pois bem, ele está ciente do embaraço em que se encontram e manda-lhes oferecer dois lugares em seu coche e dois lugares em suas janelas do Palácio Ruspoli.

Albert e Franz entreolharam-se.

— Mas — indagou Albert —, devemos aceitar a oferta desse estranho, de um homem que não conhecemos?

— Que tipo de homem é esse conde de Monte Cristo? — indagou Franz ao hoteleiro.

— Um importante grão-senhor siciliano ou maltês, não sei ao certo, mas nobre como um Borghese[108] e rico como uma jazida de ouro.

---

108. Borghese: família de mecenas italianos da Renascença, originária da região de Siena. Reuniu uma magnífica coleção de obras de arte em seu palácio de Roma, a Villa Borghese, próximo à praça del Popolo.

— Que tipo de homem é esse conde de Monte Cristo?

— Parece-me — disse Franz a Albert — que, se tivesse tão boas maneiras como diz nosso hoteleiro, esse homem deveria ter feito seu convite chegar a nós de outra forma, seja nos escrevendo, seja…

Nesse momento bateram à porta.

— Entre — disse Franz.

Um criado, vestindo uma libré muito elegante, apareceu no umbral do quarto.

— Da parte do conde de Monte Cristo, para o sr. Franz d'Épinay e o sr. visconde Albert de Morcerf — disse ele.

E apresentou ao hoteleiro dois cartões, que ele passou aos rapazes.

— O sr. de Monte Cristo — continuou o criado — pede autorização aos cavalheiros para, na qualidade de vizinho, se apresentar amanhã de manhã em seus aposentos; ele terá a honra de se informar junto a esses cavalheiros a que hora estarão disponíveis.

— Caramba — disse Albert a Franz —, não há nada a corrigir, está tudo aí.

— Transmita ao conde — respondeu Franz — que nós é que teremos a honra de visitá-lo.

O criado se retirou.

— Eis o que chamo de um ataque de elegância — disse Albert. — Está bem, o senhor tinha toda a razão, mestre Pastrini, o seu conde de Monte Cristo é um homem educadíssimo.

— Então aceitam a oferta dele?

— Naturalmente — respondeu Albert. — Mas admito: sinto pena pela nossa carroça e pelos lavradores; e, se não fossem as janelas do Palácio Ruspoli para compensar o que perdemos, creio que voltaria à minha primeira ideia. Que me diz, Franz?

— Como você, digo que são as janelas do Palácio Ruspoli que me decidem — respondeu Franz a Albert.

Com efeito, essa oferta de dois lugares numa janela do Palácio Ruspoli lembrara a Franz a conversa que havia escutado, nas ruínas do Coliseu, entre o seu desconhecido e o seu sujeito do Trastevere, conversa em que o homem do casaco assumiu o compromisso de obter o indulto do condenado. Ora, se o homem do casaco era, como tudo levava Franz a crer, o mesmo cuja aparição na sala Argentina tanto o preocupara, ele decerto o reconheceria, e então nada o impediria de satisfazer a curiosidade a seu respeito.

Franz passou parte da noite a sonhar com aquelas duas aparições e a ansiar pelo dia seguinte. Na verdade, tudo deveria se esclarecer então; e, dessa vez, a menos que seu anfitrião de Monte Cristo possuísse o anel de Giges[109] e, graças a esse anel, a faculdade de se tornar invisível, não haveria como ele lhe escapar. Assim, Franz acordou antes das oito horas.

Quanto a Albert, como não tinha os mesmos motivos de Franz para ser matinal, ainda dormia a sono solto.

Franz mandou chamar o hoteleiro, que se apresentou obsequioso como sempre.

— Mestre Pastrini — disse-lhe —, não há uma execução marcada para hoje?

— Sim, Excelência; mas se me pergunta isso para conseguir uma janela, chega tarde demais.

---

109. Anel de Giges: referência a um episódio narrado por Platão, em *A República*. Nele, um pastor chamado Giges encontra uma cratera aberta por uma tempestade. Ao descer pelo buraco, vê um enorme cavalo de bronze, com aberturas laterais. Dentro do cavalo ele descobre o cadáver de um homem com um anel no dedo. Ao colocar o anel do defunto, Giges descobre que, virando o anel para a palma de sua mão, ele se torna invisível. O episódio mostra como Giges, a partir do momento que detém este poder, comete vários atos condenáveis, como seduzir a rainha, matar o soberano e usurpar o poder.

— Não — respondeu Franz. — Aliás, se eu quisesse de fato assistir a esse espetáculo, creio que encontraria lugar no monte Pincio[110].

— Oh, presumo que Vossa Excelência não queira se imiscuir com a ralé, uma vez que lá fica o seu anfiteatro natural.

— É quase certo eu não ir — disse Franz. — Mas gostaria de saber alguns detalhes.

— Quais?

— Gostaria de saber o número de condenados, seus nomes e o gênero de seu suplício.

— Isso vem bem na hora, Excelência! Acabam justamente de me entregar as *tavolette*.

— Que são as *tavolette*?

— As *tavolette* são tabuinhas de madeira afixadas em todas as esquinas na véspera das execuções e nas quais são inscritos os nomes dos condenados, a causa da condenação e o modo de suplício. Esse aviso tem como objetivo convidar os fiéis a rezar a Deus para que dê um arrependimento sincero aos culpados.

— E lhe entregam essas *tavolette* para o senhor juntar suas preces às dos fiéis? — perguntou Franz com um ar de dúvida.

— Não, Excelência; eu me entendi com o rapaz e ele me traz isso da mesma forma que me traz cartazes de espetáculos, a fim de que, se algum hóspede meu quiser assistir à execução, esteja informado.

— Puxa, mas esta é uma consideração de grande delicadeza! — exclamou Franz.

— Oh — disse mestre Pastrini sorrindo —, posso me gabar de fazer tudo ao meu alcance para satisfazer os nobres estrangeiros que me honram com sua confiança.

— Estou vendo, meu caro hospedeiro! E é o que vou repetir a quem quiser ouvir, fique certo disso. Enquanto isso, gostaria de ler uma dessas *tavolette*.

— É muito fácil — respondeu o hoteleiro, abrindo a porta —, mandei afixar uma no corredor.

Saiu, soltou a *tavoletta* e trouxe-a para Franz.

Eis a tradução literal do cartaz patibular:

> Comunicamos a todos que terça-feira, 22 de fevereiro, primeiro dia do Carnaval, serão executados na praça del Popolo, por decreto do tribunal de La Rota, os assim designados Andrea Rondolo, culpado de assassinato sobre a pessoa mui

110. Monte Pincio: colina urbanizada com jardins que domina a praça del Popolo.

respeitável e venerável de don César Terlini, cônego da igreja de São João de Latrão, e o assim designado Peppino, vulgo "Rocca Priori", culpado de cumplicidade com o detestável bandoleiro Luigi Vampa e os homens de seu bando.

O primeiro será *mazzolato*.

E o segundo, *decapitato*.

As almas caridosas são rogadas a pedir a Deus um arrependimento sincero para os dois desditosos condenados.

Era justamente o que Franz ouvira na antevéspera, nas ruínas do Coliseu, e nada mudara no programa: os nomes dos condenados, a causa de seu suplício e o gênero de execução eram exatamente os mesmos.

Portanto, segundo toda a probabilidade, o sujeito de Trastevere não era outro senão o bandoleiro Luigi Vampa e o homem do casaco, Simbad, o marujo, que, em Roma, como em Porto Vecchio e Túnis, prosseguia no curso de suas expedições filantrópicas.

Enquanto isso o tempo passava, eram nove horas, e Franz ia acordar Albert quando, para seu grande espanto, viu-o sair já vestido do quarto. O Carnaval galopara em sua cabeça e o despertara mais cedo do que o amigo esperava.

— Muito bem — disse Franz ao hoteleiro —, agora que estamos ambos prontos, acredita o senhor, meu caro Pastrini, que podemos nos apresentar ao conde de Monte Cristo?

— Oh, certamente! — respondeu ele. — O conde de Monte Cristo é madrugador, e tenho certeza de que já está de pé há mais de duas horas.

— E julga o senhor que não há indiscrição em nos apresentarmos agora?

— Em absoluto.

— Nesse caso, Albert, se estiver pronto...

— Mais do que pronto — disse Albert.

— Vamos agradecer ao nosso vizinho pela cortesia.

— Vamos!

Franz e Albert tinham apenas o corredor para atravessar, o hoteleiro passou à frente e tocou para eles; um criado veio abrir.

— *I signori francesi* — disse o hoteleiro.

O criado fez uma cortesia e sinalizou-lhes para que entrassem.

Atravessaram dois aposentos mobiliados com um luxo que não julgavam existir no hotel de mestre Pastrini, chegando finalmente a um salão de uma elegância completa. Um tapete turco estendia-se no assoalho e os móveis mais confortáveis ofereciam suas almofadas fofas e seus espaldares reclinados. Magníficos quadros de mestres, entremeados por esplêndidos troféus de guerra, encontravam-se pendurados nas paredes, e grandes reposteiros estampados esvoaçavam nas portas.

— Se Suas Excelências quiserem fazer a gentileza de sentar — disse o criado —, vou avisar o sr. conde.

E sumiu por uma das portas.

No momento em que essa porta se abriu, o som de uma *guzla*[111] chegou até os dois amigos, mas logo se extinguiu: a porta, aberta e fechada quase ao mesmo tempo, não deixara, por assim dizer, penetrar no salão senão uma lufada de harmonia.

Franz e Albert trocaram um olhar e admiraram os móveis, quadros e armas. Tudo isso, à segunda vista, parecia-lhes ainda mais magnífico que à primeira.

— E então! — perguntou Franz ao amigo. — Que me diz sobre tudo isso?

— Caramba, meu caro, digo que é preciso que nosso vizinho seja um grande investidor, que apostou na baixa em títulos espanhóis, ou algum príncipe que viaja incógnito.

— Schhh! — fez Franz. — É o que vamos saber, pois aí vem ele.

Com efeito, o barulho de uma porta se abrindo acabava de chegar até os visitantes; e quase imediatamente o reposteiro que a cobria, erguendo-se, deu passagem ao dono de todas aquelas riquezas.

Albert avançou em sua direção, mas Franz continuou pregado no lugar.

Aquele que acabava de entrar não era outro senão o homem do casaco no Coliseu, o desconhecido do camarote, o misterioso anfitrião da ilha de Monte Cristo.

---

111. *Guzla*: instrumento musical, de uma ou duas cordas, em forma de violão, muito usado nos Bálcãs.

14. A MAZZOLATA

— Senhores — disse o conde de Monte Cristo ao entrar —, recebam todas as minhas desculpas pelo bilhete retardatário, mas receei ser indiscreto vindo mais cedo a seus aposentos. Aliás, os senhores comunicaram-me que viriam, e fiquei à sua disposição.

— Franz e eu, meu caro conde, temos mil agradecimentos a lhe fazer — disse Albert. — O senhor está efetivamente tirando-nos de um grande apuro, e estávamos em vias de criar os coches mais fantásticos no momento em que seu gracioso convite nos chegou às mãos.

— Ora, meu Deus, cavalheiros — replicou o conde, fazendo sinal aos dois rapazes para sentarem-se num divã —, é culpa desse imbecil do Pastrini se os deixei aflitos esse tempo todo! Ele não me falou uma palavra a respeito do transtorno dos senhores, a mim que, sozinho e isolado como estou, não procurava senão uma oportunidade para conhecer meus vizinhos. Ao saber que lhes podia ser útil em alguma coisa, agarrei prontamente a oportunidade para lhes apresentar meus cumprimentos.

Os dois rapazes fizeram uma mesura. Franz ainda não achara uma palavra para dizer; ainda não conseguira saber o que fazer e, como nada indicava no conde uma disposição de reconhecê-lo, ou um desejo de ser reconhecido por ele, não sabia se devia, por uma palavra qualquer, fazer alusão ao passado ou deixar o futuro lhe trazer novas provas. Além disso, se por um lado estava certo de que era ele no camarote na véspera, por outro não era capaz de responder tão categoricamente se fora ele que vira no Coliseu na antevéspera; resolveu então deixar as coisas correrem sem dar uma deixa mais explícita para o conde. Até porquê, Franz tinha ascendência sobre ele, era senhor de seu segredo, ao passo que o conde, ao contrário, não exercia a menor pressão sobre ele, que nada tinha a esconder.

Mesmo assim o jovem resolveu levar a conversa para um ponto que podia, entrementes, lançar alguma luz sobre certas dúvidas.

— Sr. conde — disse ele —, o senhor nos ofereceu lugar em seu coche e em suas janelas do Palácio Ruspoli; poderia agora nos dizer como conseguir um *poste*[112] qualquer, como se diz na Itália, na praça del Popolo?

— Ah, sim, é verdade — disse o conde, com um ar distraído e observando Morcerf detidamente —, não vai acontecer, na praça del Popolo, alguma espécie de execução?

— Sim — respondeu Franz, vendo que Monte Cristo chegara sozinho aonde ele desejava levá-lo.

— Espere, espere, creio ter dito ontem ao meu intendente para cuidar desse assunto; quem sabe eu não possa lhes prestar esse outro favorzinho?

Esticou a mão para um cordão de campainha e puxou três vezes.

— Por acaso alguma vez o senhor já se preocupou — dirigiu-se ele a Franz — com o emprego do tempo e o meio de simplificar as idas e vindas dos criados? Eu, da minha parte, fiz um estudo: quando toco uma vez, é para o meu camareiro; duas vezes, para o meu mestre-cuca; três vezes, para o meu intendente. Dessa forma, não perco nem um minuto, nem uma palavra. Vejam, aqui está o nosso homem.

Viu-se então entrar um indivíduo de quarenta a quarenta e cinco anos, que pareceu a Franz assemelhar-se, como se parecem duas gotas d'água, ao contrabandista que o introduzira na caverna, mas este não deu o menor sinal de reconhecê-lo. Percebeu então que a senha estava dada.

— Sr. Bertuccio — disse o conde —, ocupou-se ontem, como lhe ordenei, de obter uma janela com vista para a praça del Popolo?

— Sim, Excelência — respondeu o intendente —, mas já era muito tarde.

— Como! — disse o conde, franzindo o cenho. — Não lhe disse que eu queria uma?

— E Vossa Excelência tem uma, a que estava alugada ao príncipe Lobanieff; mas fui obrigado a pagar por ela cem...

— Ótimo, ótimo, sr. Bertuccio, poupe a estes cavalheiros os detalhes domésticos; conseguiu a janela, é tudo que preciso. Dê o endereço da casa ao cocheiro e permaneça na escada para nos conduzir. Isso é tudo, vá.

O intendente saudou e deu um passo para se retirar.

— Ah — prosseguiu o conde —, faça-me a gentileza de perguntar a Pastrini se ele recebeu a *tavoletta* e se pode me enviar o programa da execução.

---

112. *Poste*: um assento.

— Isso é desnecessário — interveio Franz, sacando sua caderneta do bolso. — Tive essas tabuinhas diante dos olhos, copiei-as e aqui estão.

— Muito bem; nesse caso, sr. Bertuccio, pode se retirar, não preciso mais do senhor. Avise-nos apenas quando o almoço estiver servido. Os cavalheiros — continuou, voltando-se para os dois amigos — me dariam a honra de almoçar comigo?

— Na verdade, sr. conde — disse Albert —, não queríamos abusar.

— Ao contrário, será um grande prazer, um dia os senhores me retribuirão tudo isso em Paris, um ou outro e, talvez, ambos. Sr. Bertuccio, mande colocar três lugares à mesa.

Pegou a caderneta das mãos de Franz.

— Dizíamos então — continuou, no mesmo tom em que leria os classificados — que "serão executados na praça del Popolo, por decreto do tribunal de La Rota, os assim designados Andrea Rondolo, culpado de assassinato sobre a pessoa mui respeitável e venerável de don César Terlini, cônego da igreja de São João de Latrão, e o assim designado Peppino, vulgo 'Rocca Priori', culpado de cumplicidade com o detestável bandoleiro Luigi Vampa e os homens de seu bando...". Hum! "O primeiro será *mazzolato*, o segundo, *decapitato*." Sim, com efeito — prosseguiu o conde —, era exatamente assim que a coisa devia acontecer a princípio; mas creio que ontem houve alguma mudança na ordem e nas formalidades da cerimônia.

— Bah! — reclamou Franz.

— Sim, ontem na casa do cardeal Rospigliosi, onde passei o serão, discutiam algo como um indulto concedido a um dos condenados.

— A Andrea Rondolo? — perguntou Franz.

— Não... — respondeu o conde displicentemente — ao outro... — ele deu uma olhada na caderneta, como que para se lembrar do nome — a Peppino, vulgo "Rocca Priori". Isso os priva de uma guilhotinada, mas resta-lhes a *mazzolata*, um suplício bastante curioso quando visto pela primeira vez, e até mesmo na segunda; enquanto o outro, que devem conhecer aliás, é muito simples e monótono: não acontece nada de inesperado. A mandaia[113] não se engana, não treme, não resvala, não é preciso repetir trinta vezes como o soldado que cortava a cabeça do conde de Chalais[114], ao qual, em todo caso, Richelieu talvez houvesse recomendado a vítima. Por favor — acrescentou o

113. Mandaia: modelo primitivo de guilhotina, utilizada no Midi francês e na Itália do séc. XVI.

114. Conde de Chalais: Henri de Tayllerand, conde de Chalais, alto-funcionário de Luís XIII e amante da duquesa de Chevreuse, conspirou contra a vida do cardeal de Richelieu, principal força política no governo depois do rei. Foi condenado à morte e decapitado, em 1626, mas como um seu aliado sequestrou o carrasco, outro condenado (e não um soldado), inexperiente em execuções, foi encarregado de executá-lo.

conde num tom desdenhoso —, não me venham falar dos europeus no que se refere a suplícios, eles não entendem nada disso, achando-se na verdade na infância, ou melhor, na velhice da crueldade.

— Na verdade, senhor conde — respondeu Franz —, parece que o senhor fez um estudo comparado dos suplícios nos diferentes povos do mundo.

— São poucos os que não vi — replicou friamente o conde.

— E sentiu prazer ao assistir a esses horríveis espetáculos?

— Minha primeira reação foi de repulsa, a segunda, de indiferença, a terceira, de curiosidade.

— Curiosidade! Palavra terrível, não acha?

— Por quê? Na vida não há senão uma preocupação grave: a morte. Pois bem! Não é curioso estudar as diferentes maneiras pelas quais a alma pode sair do corpo, e como, dependendo das características, dos temperamentos e até mesmo dos costumes do país, os indivíduos suportam essa suprema passagem do ser ao nada? Quanto a mim, defendo um ponto de vista: quanto mais se viu morrer, mais se torna fácil morrer. Logo, do meu ponto de vista, a morte talvez seja um suplício, mas não uma expiação.

— Não o compreendo muito bem — disse Franz. — Explique-se, pois o que diz excita minha curiosidade além de todas as medidas.

— Ouça — disse o conde, e seu rosto instilou-se de fel, como o rosto de outro homem se tinge de sangue. — Se um homem causou a morte, fazendo uso de torturas impensáveis, em meio a tormentos sem fim, do seu pai, da sua mãe, da sua amante, enfim, de uma dessas criaturas que, quando extirpadas do coração de alguém, deixam nele um vazio eterno e uma chaga sempre sangrenta, os senhores acham suficiente a reparação que a sociedade outorga a esse alguém, só porque o ferro da guilhotina atravessou a base do occipital e os músculos trapézios do assassino, e porque o homem que os fez sentir anos de sofrimentos morais sentiu dores físicas por alguns segundos?

— Sim, eu sei — replicou Franz —, a justiça humana deixa a desejar como consoladora: derrama sangue em troca de sangue, resumindo; temos que lhe pedir o que ela pode e não outra coisa.

— Apresento-lhes outro caso, agora material — continuou o conde —, em que a sociedade, atacada em sua base de sustentação pela morte de um indivíduo, vinga a morte com a morte; mas não existem milhões de dores capazes de rasgar as entranhas de um homem sem que a sociedade dê a mínima, sem que lhe ofereça o meio de vingança insuficiente ainda há pouco mencionado? Não existem crimes para os quais o empalamento dos turcos, os afogamentos dos persas, os nervos esmigalhados dos iroqueses seriam suplícios demasiadamente brandos e que, no entanto, a sociedade indiferente deixa sem castigo... ? Responda, não existem esses crimes?

— Sim — respondeu Franz —, e é para puni-los que o duelo é tolerado.

— Ah, o duelo — exclamou o conde —, maneira delicada, penso eu, de alcançar seu objetivo, quando este é a vingança! Um homem raptou sua amada, um homem seduziu sua mulher, um homem desonrou sua filha; de uma vida inteira, que tinha o direito de esperar de Deus o quinhão de felicidade que Ele prometeu a todo ser humano ao criá-lo, um homem fez uma existência de dor, miséria e infâmia, e o senhor se julga vingado porque nesse homem, que instilou o delírio em seu espírito e o desespero em seu coração, o senhor deu uma estocada de espada no peito ou alojou uma bala na cabeça? Faça-me o favor! Sem contar que é ele que não raro sai triunfante da luta, limpo aos olhos do mundo e, de certa forma, absolvido por Deus. Não, não — continuou o conde —, se eu tivesse que me vingar, não seria assim que me vingaria.

— Quer dizer que desaprova o duelo? Quer dizer que não se bateria num duelo? — perguntou Albert, perplexo ao ouvir tão estranha teoria.

— Oh, mas claro que sim! — exclamou o conde. — Vamos esclarecer: eu me bateria em duelo por uma ninharia, por um insulto, por um desmentido, por uma bofetada, e isso tão despreocupadamente, graças à destreza que desenvolvi em todos os exercícios do corpo e ao paulatino hábito que adquiri do perigo, que teria quase certeza de matar o meu homem. Oh, claro que sim! Eu me bateria em duelo por tudo isso; mas, no caso de uma dor lenta, profunda, infinita, eterna, eu daria em troca, se fosse possível, uma dor semelhante à que me havia sido causada: olho por olho, dente por dente, como dizem os orientais, nossos mestres em todas as coisas, esses eleitos da Criação que souberam construir para si uma vida de sonhos e um paraíso de realidades.

— Mas — disse Franz ao conde —, com essa teoria que o constitui juiz e carrasco em causa própria, seria difícil manter, por si só, um equilíbrio em que se escapasse da força da lei por toda a eternidade. O ódio é cego, a raiva atordoa, e aquele que serve a vingança arrisca-se a beber uma bebida amarga.

— Sim, se for pobre e desastrado; não, se for milionário e habilidoso. Aliás, a pior coisa que lhe pode acontecer é esse último suplício de que falávamos ainda há pouco, o qual a filantrópica Revolução Francesa instituiu no lugar do esquartejamento e da roda. Muito bem! O que é o suplício, se ele se vingou? Na verdade, estou quase lamentando que, segundo toda a probabilidade, esse miserável Peppino não venha a ser *decapitato*, como eles dizem, o senhor veria o tempo que a coisa dura e se é realmente o caso de falar sobre ela. Mas, pela minha honra, cavalheiros, que assunto para um dia de Carnaval! Como surgiu? Ah, agora me lembro! O senhor solicitou-me um lugar na minha janela; pois bem, o senhor o terá; mas passemos à mesa primeiro, pois eis que nos anunciam que estamos servidos.

Com efeito, um criado abriu uma das quatro portas do salão e pronunciou as palavras sacramentais:

— *Al suo commodo!*[115]

---

115. *Al suo commodo*: em italiano, algo como “Quando os senhores desejarem”.

Os dois rapazes levantaram-se e passaram à sala de jantar.

Durante o almoço, que estava excelente e foi servido com um requinte infinito, os olhos de Franz procuraram os de Albert a fim de ler a impressão que, sem dúvida, teriam produzido nele as palavras do anfitrião; porém, fosse porque em sua despreocupação habitual ele não lhes tivesse dado muita atenção, fosse porque a concessão que o conde de Monte Cristo lhe fizera a respeito do duelo o tivesse reconciliado com ele, fosse enfim porque os antecedentes que relatamos, conhecidos apenas por Franz, houvessem bastado para potencializar apenas dentro de si o efeito das teorias do conde, ele não sentiu seu companheiro preocupado com coisa alguma; muito pelo contrário, fazia as honras à refeição como homem havia quatro ou cinco meses condenado à culinária italiana, isto é, a uma das piores culinárias do mundo.[116] Quanto ao conde, mal roçava os pratos; parecia que, ao se pôr à mesa com seus convidados, cumpria um mero dever de polidez e que esperava sua partida para pedir algum prato exótico ou exclusivo.

Isso lembrava a Franz, contra sua vontade, o pavor que o conde inspirara à condessa G..., e a convicção em que a deixara, de que o conde, o homem por ele apontado no camarote defronte ao seu, era um vampiro.

No fim do almoço, Franz sacou seu relógio.

— Ora! — disse-lhe o conde. — O que houve?

— O senhor vai nos desculpar, meu caro conde — respondeu Franz —, mas ainda temos mil coisas a fazer.

— Por exemplo?

— Não temos fantasias e hoje a fantasia é de rigor.

— Então não se preocupe com isso. Temos, ao que sei, na praça del Popolo, um quarto particular; mandarei levar para lá as fantasias que se dispuserem a me indicar, e nos fantasiaremos na hora.

— Depois da execução? — exclamou Franz.

— Provavelmente depois, durante ou antes, como quiserem.

— Em frente ao cadafalso?

— O cadafalso faz parte da festa.

— Veja, sr. conde, estive pensando — disse Franz —, realmente fico grato por sua gentileza, mas vou me contentar em aceitar um lugar no seu coche e um lugar na janela do Palácio Ruspoli, deixando-o livre para dispor do meu lugar na janela da praça del Popolo.

---

116. Dumas tinha implicância com a comida italiana e espanhola, como atesta em seu *Grande dicionário de culinária* (Zahar, 2006): "A Itália é um feliz meio-termo entre a França e a Espanha, pois lá, onde se come mal, os bons hotéis proclamam: 'Temos cozinheiro francês'; já na Espanha, onde se come abominavelmente, os grandes hotéis alardeiam: 'Temos cozinheiro italiano.'"

— Mas vai perder, aviso-o, algo muito interessante — argumentou o conde.

— O senhor me contará depois — respondeu Franz —, e estou convencido de que em sua boca o relato me impressionará quase tanto quanto a visão o poderia fazer. Aliás, mais de uma vez eu já tentei me forçar a assistir a uma execução e nunca pude me decidir a fazê-lo; e você, Albert?

— Eu — respondeu o visconde — vi executarem Castaing[117]; mas acho que eu estava um pouco bêbado nesse dia. Era o dia da minha formatura, e havíamos passado a noite em não sei qual cabaré.

— Aliás, esta não é uma razão, só porque não fez uma coisa em Paris não significa que não deva fazê-la no estrangeiro: quando viajamos, é para nos instruir, quando mudamos de lugar, é para ver. Imagine a cara que faria se lhe perguntassem: "Como eles executam em Roma?", e o senhor respondesse: "Não sei". Afinal, dizem que o condenado é um bandido infame, um maluco que matou a golpes de grelha de lareira um bondoso cônego que o criara como um filho. Que diabos! Quando se mata um homem da Igreja, usa-se uma arma mais digna que uma grelha, sobretudo quando esse homem da Igreja é talvez nosso pai. Se forem à Espanha, assistirão às touradas, não é? Muito bem! Suponha que é um combate que vamos ver; lembrem-se dos antigos romanos do circo, das caçadas em que se matavam trezentos leões e uma centena de homens. Lembre-se então daqueles oitenta mil espectadores que aplaudiam, daquelas comportadas matronas que levavam até lá suas filhas para casar e daquelas encantadoras vestais de mãos brancas que faziam com o polegar um encantador sinalzinho que queria dizer: "Vamos, nada de preguiça! Acabem com esse homem que já está quase morto."

— Você vai, Albert? — perguntou Franz.

— Ora se vou, meu caro! Eu estava como você, mas a eloquência do conde me decidiu.

— Então vamos, uma vez que você quer — concedeu Franz. — Mas, a caminho da praça del Popolo, tenho que passar na rua do Corso, isso é possível, sr. conde?

— A pé, sim; de coche, não.

— Pois irei a pé.

— Precisa realmente passar na rua do Corso?

— Sim, tenho uma coisa para ver lá.

---

117. Castaing: Edme-Samuel Castaing (1796-1823), médico e químico especialista em venenos impossíveis de detectar, foi acusado e condenado por ter envenenado toda uma família, com vistas a herdar sua fortuna. Sua execução ocorreu em 1823. Há aqui um pequeno anacronismo do autor, pois Albert de Morcerf, por sua idade, deve ter nascido em torno de 1817, e mesmo que tivesse, ainda criança, assistido a uma execução, dificilmente poderia estar bêbado ou ser frequentador de cabarés.

— Muito bem! Passemos pela rua do Corso, mandaremos o coche nos esperar na praça del Popolo, pela rua del Babuino; é até bom que eu passe pela rua do Corso para ver se as ordens que dei foram executadas.

— Excelência — interrompeu o criado, abrindo a porta —, um homem vestido de penitente pede para lhe falar.

— Ah, sim — respondeu o conde —, sei do que se trata. Senhores, queiram voltar ao salão; encontrarão na mesa de centro excelentes charutos de Havana, junto-me aos senhores num instante.

Os dois rapazes levantaram-se e saíram por uma porta, enquanto o conde, após ter renovado suas desculpas, saía pela outra. Albert, que era um grande aficcionado e que, desde que estava na Itália, não considerava sacrifício menor ver-se privado dos charutos do Café de Paris, aproximou-se da mesa e soltou um grito de alegria ao perceber charutos da mais alta qualidade.

— E então — perguntou-lhe Franz —, que acha do conde de Monte Cristo?

— O que acho!? — exclamou Albert, visivelmente espantado diante da pergunta de seu companheiro. — Acho que é um homem encantador, que faz magnificamente as honras da casa, que viu muito, estudou muito, refletiu muito, que é, como Brutus, da escola estoica, e que — acrescentou, soltando amorosamente uma baforada de fumaça que subiu em espiral para o teto —, acima de tudo isso, possui excelentes charutos.

Era esta a opinião de Albert sobre o conde; ora, como Franz sabia que Albert tinha a pretensão de só formar uma opinião sobre os homens e as coisas depois de maduras reflexões, não tentou mudá-la em nada.

— Porém — disse ele —, notou uma coisa estranha?

— Qual?

— A atenção com que ele olhava para você.

— Para mim?

— É, para você.

Albert refletiu.

— Ah — disse ele, suspirando —, não há nada de espantoso nisso. Estou ausente de Paris há mais de um ano, devo estar com modos do outro mundo. O conde me terá tomado por um provinciano; explique-lhe, caro amigo, e diga, por favor, na primeira oportunidade, que não é nada disso.

Franz sorriu; um instante depois, o conde voltou.

— Aqui estou, cavalheiros — disse ele —, e à sua disposição. As ordens estão dadas: o coche vai para o lado da praça del Popolo, e nós para o nosso, se assim preferem, pela rua do Corso. Ora, pegue alguns charutos, sr. de Morcerf.

— Puxa, com grande satisfação — disse Albert —, pois os charutos italianos são ainda piores que os produzidos na França pelo monopólio estatal. Quando o senhor for a Paris, retribuirei tudo isso.

— Longe de mim recusá-lo; espero ir lá algum dia e, já que o permite, irei bater à sua porta. Vamos, senhores, vamos, não temos tempo a perder; é meio-dia e meia, partamos.

Desceram todos os três. Então o cocheiro recebeu as últimas ordens de seu patrão e seguiu pela rua del Babuino, enquanto os pedestres voltavam pela praça di Spagna e pela rua Frattina, que ia do Palácio Fiano até o Palácio Ruspoli.

Todos os olhares de Franz dirigiram-se para as janelas deste último palácio; ele não esquecera o sinal combinado no Coliseu entre o homem do casaco e o do Trastevere.

— Quais são as suas janelas? — perguntou ao conde, no tom mais natural possível.

— As três últimas — respondeu ele, com uma displicência que nada tinha de afetado, pois não podia adivinhar com que propósito a pergunta lhe era feita.

Os olhos de Franz dirigiram-se rapidamente para as três janelas. As janelas laterais estavam com cortinas de damasco amarelo e a do meio, com cortinas de damasco branco com uma cruz vermelha.

O homem do casaco cumprira o prometido ao do Trastevere, e não havia mais dúvida, o homem do casaco era de fato o conde.

As três janelas ainda estavam vazias.

Enquanto isso, por todos os lados, preparativos eram feitos; colocavam-se cadeiras, instalavam-se cadafalsos, enfeitavam-se as janelas. As máscaras estavam proibidas, os coches só podiam circular ao som do sino; mas percebiam-se as máscaras atrás de todas as janelas, os coches atrás de todas as portas.

Franz, Albert e o conde continuaram a descer a rua do Corso. À medida que se aproximavam da praça del Popolo, a multidão tornava-se mais densa; acima das cabeças dessa multidão, viam-se despontar duas coisas: o obelisco encimado por uma cruz, que indica o centro da praça e, antes do obelisco, precisamente no ponto de correspondência visual das três ruas del Babuino, del Corso e di Ripetta, as duas traves supremas do cadafalso, entre as quais brilhava o ferro abaulado da mandaia.

Na esquina da rua encontraram o intendente do conde à espera do patrão.

A janela, alugada pelo preço com certeza exorbitante que o conde não quisera revelar aos seus convidados, pertencia ao segundo andar do grande palácio, situado entre a rua del Babuino e o monte Pincio; era, como dissemos, uma espécie de quarto de vestir contíguo a um quarto de dormir; ao fechar a porta do segundo, os locatários do primeiro estavam em seu espaço; sobre as cadeiras estavam depositadas fantasias de palhaço em seda branca e azul das mais elegantes.

— Como deixaram por minha conta a escolha das fantasias — disse o conde aos dois amigos —, mandei preparar estas para os senhores. Primeiro, é o que está mais na moda este ano; depois, é o que há de mais cômodo para os confetes, considerando que a farinha desaparece sobre o tecido.

Franz não ouviu senão muito imperfeitamente as palavras do conde, e talvez não houvesse estimado em seu justo valor essa nova gentileza, pois toda a sua atenção fora atraída pelo espetáculo que se desenrolava na praça del Popolo e pelo instrumento terrível que constituía naquele instante seu principal ornamento.

Era a primeira vez que Franz via uma guilhotina; dizemos guilhotina, pois a mandaia romana segue mais ou menos o padrão do nosso instrumento de morte. O cutelo, que tem a forma de um crescente que cortasse pela parte convexa, cai de uma altura menor, apenas isso.

Dois homens, sentados na tábua removível onde deitam o condenado, almoçavam durante a espera, comendo, pelo que Franz pôde ver, pão e salsichas; um deles levantou a tábua, tirou dali uma garrafa de vinho, deu um gole e passou a garrafa para o colega; esses dois homens eram os ajudantes do carrasco!

Só de pensar nisso, Franz sentiu o suor brotar na raiz dos seus cabelos.

Os condenados, transportados na noite da véspera dos Carceri Nuove para a pequena igreja de Santa Maria del Popolo, tinham passado a noite assistidos cada um por dois padres, numa capela de velório gradeada, diante da qual passeavam sentinelas rendidas de hora em hora.

Uma dupla fileira de *carabinieri*, disposta de ambos os lados da porta da igreja, estendia-se até o cadafalso, em torno do qual se abria, deixando livre uma passagem de aproximadamente três metros de largura e, em torno da guilhotina, uma área de uns cem passos de circunferência. Todo o resto da praça estava apinhado de cabeças de homens e mulheres. Muitas mulheres carregavam os filhos nos ombros. Essas crianças, que ultrapassavam a multidão em um torso, estavam admiravelmente bem-localizadas.

O monte Pincio parecia um vasto anfiteatro com todas as arquibancadas tomadas pelos espectadores; as sacadas das duas igrejas que fazem esquina nas ruas del Babuino e di Ripetta regurgitavam de curiosos privilegiados; os degraus dos peristilos pareciam uma maré movediça e multicolorida, que uma onda incessante empurrava contra o pórtico: cada saliência da muralha que pudesse abrigar um homem tinha sua estátua viva.

O que dizia o conde era então verdade: o espetáculo da morte é o que há de mais curioso na vida.

E, não obstante, em vez do silêncio que a solenidade do espetáculo parecia exigir, um intenso burburinho emergia daquela multidão, burburinho composto de risadas, apupos e gritos de alegria; era evidente também, como dissera o conde, que aquela execução não passava, para o povo, do começo do Carnaval.

De repente o burburinho cessou como que por encanto, a porta da igreja acabava de se abrir.

Uma confraria de penitentes, cada membro vestindo um saco cinza, furado apenas nos olhos, e segurando uma vela acesa nas mãos, apareceu primeiro; à frente caminhava o chefe da confraria.

Atrás dos penitentes vinha um homem de estatura elevada. O homem estava nu, a não ser por uma ceroula de malha, em cujo lado esquerdo, escon-

Atrás dos penitentes vinha um homem de estatura elevada.

dida em sua bainha, estava uma grande faca; ele carregava uma pesada maça de ferro no ombro direito. Esse homem era o carrasco.

Além disso, calçava sandálias amarradas em tiras nas canelas.

Atrás do carrasco, marchavam, na ordem em que deviam ser executados, à frente Peppino, depois Andrea.

Cada um estava acompanhado por dois padres.

Nenhum dos dois tinha os olhos vendados.

Peppino caminhava num passo bem firme; provavelmente fora avisado dos preparativos.

Andrea era amparado sob cada braço por um padre.

Ambos beijavam de vez em quando o crucifixo apresentado pelo seu confessor.

A essa simples visão, Franz sentiu as pernas bambearem; ele observou Albert. Este achava-se pálido como sua camisa e, num gesto mecânico, atirou longe o charuto, embora não tivesse fumado senão metade dele.

O conde era o único a parecer impassível. Apenas uma leve cor rubra ameaçava aflorar na palidez lívida de suas faces.

Seu nariz dilatava-se como o de um animal feroz que fareja sangue, e seus lábios, ligeiramente entreabertos, revelavam dentes brancos, pequenos e pontiagudos como os de um chacal.

E, entretanto, apesar de tudo isso, seu rosto tinha uma expressão de delicadeza sorridente que Franz nunca vira nele; seus olhos pretos, sobretudo, transmitiam uma mansuetude e um aveludado extraordinários.

Enquanto isso, os dois condenados continuavam a avançar em direção ao cadafalso e, à medida que avançavam, era possível distinguir os traços de seus rostos. Peppino era um bonito rapaz de vinte e quatro a vinte e seis anos, tinha a pele bronzeada pelo sol e um olhar livre e selvagem. Andava de cabeça erguida e parecia farejar o vento para ver de que lado chegaria seu libertador.

Andrea era gordo e baixo; seu rosto, vilmente cruel, não indicava a idade; podia entretanto ter mais ou menos trinta anos. Na prisão, deixara a barba crescer. Sua cabeça caía num dos ombros, suas pernas vergavam; todo o seu ser parecia obedecer a um movimento mecânico em que sua vontade não se impunha.

— Se não me engano — dirigiu-se Franz ao conde —, o senhor havia me dito que teríamos apenas uma execução?

— Disse-lhe a verdade — ele respondeu friamente.

— Entretanto, vejo dois condenados.

— Sim; mas, desses dois condenados, a um cabe à morte, enquanto o outro ainda tem longos anos pela frente.

— Creio que, se o indulto tiver de vir, não há mais tempo a perder.

— Pois ei-lo que chega; observe — disse o conde.

Com efeito, no momento em que Peppino chegava ao pé da mandaia, um penitente, que parecia atrasado, atravessou uma das fileiras sem que os soldados impedissem sua passagem, e, avançando para o chefe da confraria, entregou-lhe um papel dobrado em quatro.

O olhar ardente de Peppino não perdera nenhum desses detalhes; o chefe da confraria desdobrou o papel, leu e levantou a mão.

— O Senhor seja abençoado e Sua Santidade seja louvada! — disse em voz alta e clara. — Um dos condenados foi agraciado com o indulto.

— O indulto! — exclamou o povo num único grito. — Ele recebeu um indulto!

À palavra indulto, Andrea pareceu pular e ergueu a cabeça.

— Indulto para quem? — gritou.

Peppino permaneceu imóvel, calado e arfante.

— Foi concedido o indulto da pena de morte para Peppino, vulgo Rocca Priori — disse o chefe da confraria.

E passou o papel para o capitão dos *carabinieri*, o qual, depois de lê-lo, devolveu-o.

— Indulto para Peppino! — exclamou Andrea, completamente recuperado do torpor em que parecia mergulhado. — Por que indulto para ele e não para mim? Devíamos morrer juntos; prometeram-me que ele morreria antes de mim, não podem me fazer morrer sozinho, não quero morrer sozinho, não quero!

E se desvencilhou do braço dos dois padres, retorcendo-se, berrando, rugindo e fazendo tentativas insensatas de romper as cordas que lhe amarravam as mãos.

O carrasco fez sinal para seus dois ajudantes, que pularam do cadafalso e foram dominar o condenado.

— Que diabos está acontecendo? — perguntou Franz ao conde, pois, como tudo isso se dava em dialeto romano, ele não entendera muito bem.

— O que está acontecendo? — disse o conde. — Não percebe? Ora, aquela criatura humana que vai morrer está furiosa porque seu semelhante não vai morrer junto com ela; se pudesse, rasgá-lo-ia com unhas e dentes para impedir que este desfrutasse da vida de que ela vai ser privada. Oh, homens, homens! Raça de crocodilos!, como diz Karl Moor[118] — exclamou o conde, estendendo os dois punhos para aquela multidão —, que reconheço bem à minha frente e que ao longo dos tempos nunca deixam de fazer jus a si mesmos!

Com efeito, Andrea e os dois ajudantes do carrasco rolavam pelo chão; o condenado continuava a gritar: "Ele tem que morrer, quero que ele morra! Não podem me matar sozinho!"

— Observem, observem — continuou o conde, segurando com a mão os dois rapazes —, observem, pois, palavra de honra, é curioso; eis um homem que estava resignado ao seu destino, que caminhava para o cadafalso, que iria morrer como um covarde, é verdade, mas que iria, enfim, morrer sem resistência e sem recriminações: sabem o que lhe dava alguma força? Sabem o que o consolava? Sabem o que o fazia aceitar pacientemente esse suplício? Era que um outro partilhava sua angústia; era que um outro ia morrer como ele; era que um outro ia morrer antes dele! Levem dois carneiros para o açougue, dois bois para o matadouro, e tente explicar a um deles que seu companheiro não morrerá, o carneiro balirá de alegria, o boi mugirá de prazer; mas o homem, o homem, que Deus fez à sua imagem, o homem, a quem Deus impôs como primordial, como única, como suprema lei o amor pelo próximo, o homem, a quem Deus conferiu a voz para exprimir seu pensamento, qual será seu primeiro grito ao saber que seu companheiro está salvo? Uma blasfêmia. Glória ao homem, essa obra-prima da natureza, esse rei da criação!

---

118. Karl Moor: personagem criado por Friedrich Shiller (1759-1805), na peça *Os salteadores*, ato I, cena 2.

Enquanto isso, os dois condenados continuavam a avançar em direção ao cadafalso.

E o conde caiu na risada, mas uma risada terrível, que indicava que devia ter sofrido muito para rir assim.

Enquanto isso, a luta continuava, e era uma coisa pavorosa de se ver. Os dois ajudantes do carrasco conduziam Andrea para o cadafalso; o povo tomara partido contra ele, e vinte mil vozes gritavam num único grito: "À morte! À morte!"

Franz deu um passo para trás; mas o conde pegou novamente seu braço e o manteve diante da janela.

— Que está fazendo? — disse-lhe. — Piedade? Tal piedade, acredite, é bem despropositada! Se o senhor ouvisse o uivo de um cão raivoso, o senhor pegaria seu fuzil, se precipitaria para a rua, mataria sem misericórdia e à queima-roupa o pobre animal, que, no fim das contas, seria culpado apenas de ter sido mordido por outro cão e ter retribuído o que lhe fizeram: e aí está o senhor nutrindo piedade por um homem que nenhum outro homem mordeu, e que, entretanto, matou seu benfeitor, e que agora, não podendo mais matar porque está com as mãos amarradas, quer a todo custo assistir à morte do seu companheiro de cativeiro, do seu companheiro de infortúnio! Não, não, observe, observe.

A recomendação tornara-se quase desnecessária, Franz estava fascinado pelo horrível espetáculo. Os dois ajudantes haviam trazido o condenado para o cadafalso, e ali, apesar de seus esforços, suas mordidas, seus gritos, haviam-no obrigado a pôr-se de joelhos. Enquanto isso, o carrasco postara-se ao lado com o cutelo imóvel; então, a um sinal, os ajudantes afastaram-se. O condenado tentou levantar-se, mas, antes que tivesse tempo, o cutelo abateu-se sobre sua têmpora esquerda; ouviu-se um barulho surdo e seco, a vítima caiu como um boi, o rosto na terra, depois, num solavanco, virou-se de barriga para cima. Então o carrasco largou o cutelo, tirou a faca do cinto, com único golpe rasgou-lhe a garganta e, subindo imediatamente depois sobre seu corpo, começou a pisoteá-lo.

A cada pressão, um jato de sangue esguichava do pescoço do condenado.

Nesse momento, Franz não aguentou mais; recuou num ímpeto e foi cair numa poltrona quase desmaiado.

Albert, de olhos fechados, permaneceu ereto, mas agarrado às cortinas da janela.

O conde mantinha-se de pé e triunfante como o anjo da maldade.

15. O CARNAVAL DE ROMA

Quando Franz voltou a si, viu Albert bebendo um copo d'água, do qual sua palidez indicava ter grande necessidade, e o conde, já vestindo sua fantasia de palhaço. Lançou mecanicamente os olhos para a praça; tudo havia desaparecido, cadafalso, carrascos, vítimas; só restava o povo, ruidoso, atarefado, alegre; o sino do monte Citorio, que não dobra senão pela morte do papa e para a abertura da *mascherata*, badalava incessantemente.

— E então! — perguntou ele ao conde. — O que aconteceu?

— Nada, absolutamente nada — disse este —, como pode ver; apenas o Carnaval começou, e precisamos nos vestir.

— Com efeito — respondeu Franz —, de toda aquela cena horrível não resta senão o vestígio de um sonho.

— É porque foi apenas um sonho, um pesadelo, que o senhor teve.

— Sim, eu; mas e o condenado?

— É um sonho também; a única diferença é que ele continuou dormindo, ao passo que o senhor acordou; e quem pode dizer qual dos dois é o maior beneficiado?

— Mas, e Peppino — perguntou Franz —, aonde foi parar?

— Peppino é um rapaz sensato destituído de qualquer amor-próprio, que, contrariando radicalmente o hábito dos homens, sempre furiosos quando não estão em primeiro plano, ficou encantado ao ver que a atenção geral dirigia-se ao seu companheiro; em consequência disso, aproveitou-se dessa distração para, sem sequer agradecer aos dignos padres que o haviam acompanhado, misturar-se à multidão e desaparecer. Decididamente, o homem é um animal muito ingrato e muito egoísta... Mas vista sua fantasia; siga o exemplo do sr. de Morcerf.

Com efeito, Albert enfiava mecanicamente sua calça de tafetá por cima de sua calça preta e suas botas de verniz.

— E então, Albert, sente-se disposto a entrar nessa festa louca? — perguntou Franz. — Vamos, responda com franqueza.

— Não — ele disse —, na verdade, depois de ter visto uma coisa dessas, sinto-me calmo e compreendo o que dizia o sr. conde: uma vez habituados a esse espetáculo, é o único que ainda nos proporciona emoções.

— Sem contar que apenas nesses momentos podemos fazer estudos psicológicos — disse o conde. — No primeiro degrau do cadafalso, a morte arranca a máscara que carregamos a vida inteira e o verdadeiro rosto aparece. Temos que concordar, o de Andrea não era bonito de se ver... Canalha hediondo! Vamos nos fantasiar, cavalheiros, vamos nos fantasiar!

Teria sido ridículo para Franz desempenhar o papel de menino sensível e não seguir o exemplo dado por seus companheiros. Vestiu então sua fantasia e pôs sua máscara, evidentemente menos pálida que seu rosto.

Concluída a toalete, desceram. O coche aguardava na porta, enfeitado com confete e buquês de flores.

Entraram na fila.

Difícil imaginar reviravolta mais completa do que a que acabava de se operar. No lugar do espetáculo de morte, soturno e silencioso, a praça del Popolo apresentava o aspecto de uma orgia louca e frenética. Uma profusão de máscaras surgia, transbordando de todos os lados, escapando pelas portas, descendo pelas janelas; os coches desembocavam em todas as esquinas, carregados de pierrôs, arlequins, dominós, marqueses, trasteverinos, personagens grotescos, cavaleiros, camponeses: todos gritando, gesticulando, atirando ovos cheios de farinha, confete, buquês; atingindo com gritos e projéteis amigos e estrangeiros, conhecidos e desconhecidos, sem que ninguém tivesse o direito de se insurgir, sem que ninguém fizesse outra coisa senão rir.

Franz e Albert eram como homens levados a uma orgia a fim de esquecerem uma mágoa profunda; à medida que bebem e se embriagam, sentem o adensamento do véu entre o passado e o presente. Viam sempre, ou melhor, continuavam a sentir neles o reflexo do que tinham visto. Mas, pouco a pouco, a embriaguez geral os contagiou; pareceu-lhes que sua razão vacilante iria abandoná-los; sentiam uma necessidade estranha de participar daquela algazarra, daquele movimento, daquela vertigem. Um punhado de confete lançado em Morcerf de um coche vizinho, e que, cobrindo-o de poeira, bem como a seus dois companheiros, espetou seu pescoço e toda a área do rosto não protegida pela máscara, como se lhe tivessem lançado uma centena de alfinetes, terminou de empurrá-lo para a luta generalizada já em curso entre todas as máscaras nas quais esbarravam. Levantou-se por sua vez no coche, enfiou as mãos abertas nos sacos e, com todo o vigor e habilidade de que era capaz, arremessou por sua vez ovos e balas aos seus vizinhos.

Com isso, a guerra estava declarada. A lembrança do que tinham visto meia hora antes apagou-se completamente no espírito dos dois rapazes, tanto o espetáculo multicolorido, móvel e insensato que tinham sob os olhos os distraíra. Quanto ao conde de Monte Cristo, como dissemos, não parecera nem por um instante impressionado.

Com efeito, imaginemos essa grande e bela rua do Corso, de uma ponta a outra ladeada por palácios de quatro ou cinco andares, com todas as sacadas enfeitadas com tapeçarias, com todas as janelas drapejadas; nessas sacadas e janelas, trezentos mil espectadores, romanos, italianos, estrangeiros vindos

... com todo o vigor e habilidade de que era capaz, arremessou por sua vez ovos e balas aos seus vizinhos.

dos quatro cantos do mundo — todas as aristocracias reunidas, aristocracias de berço, de dinheiro, de talento; mulheres sedutoras, que, sofrendo elas próprias a influência desse espetáculo, debruçam-se nas sacadas, penduram-se para fora das janelas, fazem chover sobre os coches que passam uma geada de confete, a qual lhes é retribuída com buquês; a densa atmosfera de balas que descem e flores que sobem; depois, no chão das ruas, uma multidão alegre, incansável, enlouquecida, com fantasias das mais extravagantes: couves gigantescas desfilando, cabeças de búfalos mugindo sobre corpos de homens, cães que parecem andar nas patas de trás; em meio a tudo isso, uma máscara que se ergue, e, nessa tentação de santo Antão sonhada por Callot[119], alguma Astarteia[120] mostrando um rosto deslumbrante, a quem desejaríamos seguir e de quem estamos separados por uma espécie de demônios iguais aos que vemos em sonhos —, e teremos uma tênue ideia do que é o Carnaval de Roma.

Na segunda volta, o conde ordenou que parassem o coche e pediu permissão aos companheiros para se despedir, deixando seu coche à disposição deles. Franz olhou para cima: estavam em frente ao Palácio Ruspoli e, na janela do meio, guarnecida com um tecido de damasco branco com uma cruz vermelha, achava-se um dominó[121] azul, sob o qual a imaginação de Franz concebeu, sem dificuldade, a bela grega do Teatro Argentina.

— Cavalheiros — disse o conde saltando do coche —, quando estiverem cansados de ser atores e quiserem voltar a ser espectadores, saibam que dispõem de um lugar nas minhas janelas. Enquanto isso, disponham do meu cocheiro, do meu coche e dos meus criados.

Esquecemos de dizer que o cocheiro do conde estava gravemente vestido com uma pele de urso negro, exatamente igual à de Odry em *O urso e o paxá*[122], e que os dois lacaios de pé atrás da caleche vestiam fantasias de macacos verdes, coladas em seus corpos, e máscaras com molas, as quais usavam para fazer caretas aos passantes.

Franz agradeceu ao conde sua gentil oferta: quanto a Albert, flertava com um coche abarrotado de camponesas romanas, estacionado, como o do conde, numa daquelas pausas tão comuns nas filas, e esmagava buquês.

---

119. "sonhada por Callot": Jacques Callot (c.1592-1635), gravurista e artesão barroco do ducado de Lorraine. A gravura citada é de 1630.

120. Astarteia: a deusa fenícia da Lua.

121. Dominó: fantasia ou, no caso, pessoa fantasiada, que consistia em uma túnica longa e leve, de amplas mangas e capuz.

122. "Odry em *O urso e o paxá*": o ator Jacques-Charles Odry (1778-1853) atuou na comédia *O urso e o paxá*, escrita por Augustin Eugène Scribe (1791-1861) e Joseph-Xavier Saintine (1798-1865), e encenada no Teatro de Variedades de Paris, em 1820.

Infelizmente para ele, a fila voltou a andar e, enquanto ele descia para a praça del Popolo, o coche que atraíra sua atenção subia novamente em direção ao Palácio de Veneza.

— Ah, meu caro! — disse ele a Franz. — Não viu...?

— O quê? — perguntou Franz.

— Ora, aquela caleche repleta de camponesas romanas.

— Não.

— Pois tenho certeza de que são mulheres maravilhosas.

— Pena que você está mascarado, meu caro Albert — disse Franz —, era uma oportunidade para se recuperar dos seus desapontamentos amorosos!

— Oh — respondeu ele meio rindo, meio convencido —, espero realmente que o Carnaval não passe sem me trazer alguma compensação!

Apesar dessa esperança de Albert, o dia se passou sem outra aventura além do encontro, duas ou três vezes renovado, com a caleche das camponesas romanas. Num desses encontros, fosse por acaso, fosse por cálculo de Albert, sua máscara caiu.

Nesse momento, ele pegou o que restava do buquê e jogou para a caleche.

Uma das maravilhosas mulheres que Albert adivinhava sob a fantasia coquete de camponesas foi, sem dúvida, tocada por aquele galanteio, pois, por sua vez, quando o coche dos dois amigos voltou a passar, ela o retribuiu com um buquê de violetas.

Albert precipitou-se para o buquê. Como Franz não tinha nenhum motivo para acreditar que era destinado a ele, deixou Albert apoderar-se das flores. Albert prendeu-as gloriosamente em sua lapela e o coche prosseguiu sua corrida triunfante.

— Pronto — gracejou Franz —, uma semente de aventura!

— Ria quanto quiser — respondeu Albert —, mas na verdade creio que sim; não largo mais esse buquê.

— Puxa, também acredito piamente! — disse Franz rindo. — É um sinal de gratidão.

A brincadeira, em todo caso, logo ganhou caráter de realidade, pois quando, ainda arrastados pela fila, Franz e Albert cruzaram de novo com o coche das camponesas, a que lançara o buquê para Albert bateu palmas ao ver sua lapela.

— Bravo, meu caro, bravo — parabenizou-lhe Franz —, a coisa vai maravilhosamente bem! Quer que eu vá embora para ficar mais à vontade?

— Não — disse ele —, não apressemos as coisas; não quero me deixar levar como um tolo na primeira demonstração, num encontro com hora marcada, como dizemos para o baile do Opéra. Se a bela camponesa estiver disposta a ir mais longe, iremos encontrá-la amanhã, ou melhor, ela nos encontrará. Então me dará sinal de vida e verei o que fazer.

— Na verdade, meu caro Albert — disse Franz —, você é sábio como Nestor e prudente como Ulisses; e, para a sua Circe conseguir transformá-lo num animal qualquer, terá que ser ou muito habilidosa ou muito poderosa.

Albert tinha razão. A bela desconhecida provavelmente resolvera não levar adiante o flerte naquele dia; pois, embora os rapazes ainda dessem várias voltas, não voltaram a se deparar com a caleche que procuravam com os olhos. Devia ter desaparecido por uma das ruas adjacentes.

Voltaram então para o Palácio Ruspoli, mas o conde também desaparecera com o dominó azul. De todo modo, as duas janelas cortinadas com damasco amarelo continuavam ocupadas por pessoas que ele devia ter convidado.

Nesse momento, o mesmo sino que repicara na abertura da *mascherata* deu o toque de recolher. A fila do Corso logo se desfez e num instante todos os coches desapareceram pelas ruas transversais.

Franz e Albert estavam então em frente à rua delle Muratte.

O cocheiro enveredou por ela sem nada dizer. Alcançando a praça di Spagna e contornando o Palácio Poli, parou em frente ao hotel.

Mestre Pastrini veio receber seus hóspedes na soleira da porta.

A primeira providência de Franz foi informar-se acerca do conde e exprimir desculpas por não ter chegado a tempo, mas mestre Pastrini tranquilizou-o, dizendo que o conde de Monte Cristo encomendara um segundo coche para si e que este fora pegá-lo às quatro horas no Palácio Ruspoli. Além disso, estava encarregado, da parte dele, de oferecer aos dois amigos a chave de seu camarote no Teatro Argentina.

Franz interrogou Albert a respeito de suas disposições, mas Albert tinha grandes planos a executar antes de pensar em ir ao teatro; por conseguinte, em vez de responder, perguntou a mestre Pastrini se este poderia lhe arranjar um alfaiate.

— Um alfaiate — perguntou o hoteleiro —, e para quê?

— Para que nos confeccione, de hoje para amanhã, roupas de camponeses romanos, tão elegantes quanto possível — respondeu Albert.

Mestre Pastrini balançou a cabeça.

— Confeccionar duas fantasias de hoje para amanhã! — exclamou. — Eis, peço perdão a Vossa Excelência, um pedido à francesa; duas fantasias! Numa semana em que o senhor não encontra um alfaiate que aceite pregar seis botões num colete, ainda que lhe pague um escudo por cada um desses botões!

— Sou então obrigado a desistir das fantasias que desejo?

— Não, porque temos essas fantasias já prontas. Deixe esse assunto comigo, e amanhã, quando acordar, encontrará uma coleção de chapéus, casacos e calças do seu agrado.

— Meu caro — disse Franz a Albert —, confiemos no nosso hoteleiro, ele já nos provou ser homem bastante capaz; jantemos então tranquilamente e, depois do jantar, vamos ver *A italiana em Argel*[123].

---

123. *A italiana em Argel*: no original, *L'Italiana in Algeri*, ópera de Gioacchino Antonio Rossini (1792-1868), estreada em 1813.

— Tudo bem quanto à *Italiana em Argel* — disse Albert —, mas note bem, mestre Pastrini, que eu e o cavalheiro — continuou, apontando para Franz — consideramos importantíssimo ter amanhã as roupas que pedimos.

O hoteleiro afirmou pela última vez a seus hóspedes que não precisavam se preocupar com nada e que seriam servidos conforme seus desejos; ao que Franz e Albert subiram para se livrar de suas fantasias de palhaço.

Albert, ao tirar a sua, apertou com o maior cuidado seu buquê de violetas: ele seria, no dia seguinte, o sinal para que fosse reconhecido.

Os dois amigos sentaram-se à mesa; porém, enquanto jantava, Albert não conseguiu deixar de observar a notória diferença existente entre os respectivos méritos do cozinheiro de mestre Pastrini e o do conde de Monte Cristo. Ora, a verdade obrigou Franz a admitir, a despeito das prevenções que parecia ter contra o conde, que a comparação era desfavorável ao *chef* de mestre Pastrini.

Na sobremesa, o criado perguntou para que horas os rapazes desejavam o coche. Albert e Franz entreolharam-se, receando com sinceridade que estivessem abusando. O criado percebeu.

— Sua Excelência, o conde de Monte Cristo — disse-lhes —, deu ordens claras para que o coche ficasse o dia inteiro à disposição de Suas Senhorias; Suas Senhorias podem, portanto, dispor dele sem receio de ser inconvenientes.

Os rapazes resolveram aproveitar até o fim a cortesia do conde, ordenando que atrelassem o coche enquanto iriam substituir a toalete do dia, amarfanhada devido às numerosas batalhas travadas, pela toalete da noite.

Tomada essa precaução, dirigiram-se para o Teatro Argentina e instalaram-se no camarote do conde.

No correr do primeiro ato, a condessa G… adentrou o seu; o primeiro olhar que lançou foi para o lado onde, na véspera, vira o conde, de modo que percebeu os dois amigos no camarote daquele acerca do qual exprimira a Franz, vinte e quatro horas antes, tão estranha opinião.

Seu binóculo estava apontado para ele com tanta obstinação que Franz logo constatou a crueldade que seria demorar-se mais tempo para satisfazer sua curiosidade; assim, usando do privilégio concedido aos espectadores dos teatros italianos, que consiste em fazer das salas de espetáculo suas salas de visita, os dois amigos deixaram o camarote para irem render homenagens à condessa.

Assim que entraram em seu camarote, ela fez sinal a Franz para ocupar o lugar de honra.

Albert, por sua vez, instalou-se atrás.

— E então? — disse ela, mal dando tempo de Franz sentar. — Parece que o senhor não tinha nada mais urgente a fazer do que travar relações com o novo lorde Ruthwen… e ei-los os melhores amigos do mundo…

— Embora ainda não se trate de uma intimidade recíproca como supõe, não posso negar que passamos o dia inteiro sob seus auspícios, sra. condessa.

— Como, o dia inteiro?

— Literalmente, juro: pela manhã, aceitamos seu desjejum, durante toda a *mascherata*, corremos o Corso em seu coche, enfim, esta noite, viemos assistir ao espetáculo em seu camarote.

— Então o conhecem?

— Sim e não.

— Como assim?

— É uma longa história.

— Que vai me contar, não?

— A senhora ficaria com muito medo.

— Mais um motivo.

— Espere pelo menos que a história tenha um fecho.

— Que seja, gosto das histórias completas. Enquanto isso, como entraram em contato? Quem os apresentou a ele?

— Ninguém; ao contrário, foi ele que se apresentou a nós.

— Quando isso?

— Ontem à noite, depois que a deixei em casa.

— Por intermédio de quem?

— Oh, meu Deus! Pelo intermédio bastante prosaico do nosso hoteleiro.

— Então ele está hospedado no Hotel de Londres, como os senhores?

— Não só no mesmo hotel, como no mesmo andar.

— Qual é o nome dele? Pois decerto o senhor sabe seu nome...

— Perfeitamente: conde de Monte Cristo.

— Que nome é esse? Não é um nome de estirpe.

— Não, é o nome de uma ilha que ele comprou.

— E ele é conde?

— Conde toscano.

— Que remédio, engoliremos este junto com os outros — alfinetou a condessa, que era de uma das famílias mais antigas das cercanias de Veneza. — E, a propósito, que tipo de homem ele é?

— Pergunte ao visconde de Morcerf.

— Ouviu, cavalheiro? Fui encaminhada ao senhor — disse a condessa.

— Seríamos pedantes se não o achássemos encantador, senhora — respondeu Albert. — Um amigo de dez anos não teria feito mais por nós, e isso com uma graça, uma delicadeza e uma cortesia que sugerem um autêntico homem elegante.

— Ora, ora — admirou-se a condessa, rindo —, no fim vão ver que o meu vampiro não passa de algum novo-rico querendo se desculpar pelos seus milhões, e que assumiu o olhar de Lara[124] para ser confundido com o sr. de Rothschild. E ela, os senhores a viram?

---

124. "olhar de Lara": nova referência ao poema de Lord Byron intitulado *Lara, a Tale*, de 1814, no qual o protagonista é o modelo do típico herói romântico-byroniano.

— Ela, quem? — perguntou Franz, sorrindo.

— A bela grega de ontem.

— Não. Escutamos, tenho quase certeza, o som de sua *guzla*, mas ela permaneceu completamente invisível.

— A verdade, meu caro Franz, é que ao dizer invisível você está simplesmente querendo fazer mistério — disse Albert. — Então quem acha que era aquele dominó azul na janela com a cortina de damasco branco?

— E onde ficava essa janela com a cortina de damasco branco? — perguntou a condessa.

— No Palácio Ruspoli.

— O conde tinha então janelas no Palácio Ruspoli?

— Exatamente. A senhora passou pela rua do Corso?

— Naturalmente.

— Pois bem, reparou em duas janelas com cortinas de damasco amarelo e uma com cortinas de damasco branco com uma cruz vermelha? Essas três janelas pertenciam ao conde.

— Ora essa, mas então esse homem é um nababo? Sabem quanto custam três janelas como essas para uma semana de Carnaval, e no Palácio Ruspoli, isto é, no melhor ponto do Corso?

— Duzentos ou trezentos escudos romanos.

— Aumente para dois ou três mil.

— Puxa!

— Será que essa bela renda vem da ilha que ele possui?

— Da ilha? Ela não rende um *bajocco*[125].

Então por que a comprou?

— Por capricho.

— Quer dizer que é um tipo singular?

— O fato — disse Albert — é que ele me pareceu bastante excêntrico. Se morasse em Paris, se frequentasse nossos espetáculos, eu lhe diria, meu caro, que é ou um piadista de mau gosto fazendo pose, ou um pobre-diabo perdido pela literatura; na verdade, esta manhã ele fez dois ou três programas dignos de Didier ou de Antony[126].

Nesse momento chegou uma visita e, segundo o costume, Franz cedeu o lugar ao recém-chegado; tal circunstância, além da troca de lugares, resultou na mudança do rumo da conversa.

---

125. *Bajocco*: em francês barroco, moeda dos Estados romanos.

126. "Didier ou Antony": protagonistas, respectivamente, dos dramas em cinco atos *Marion Delorme* (1831), de Victor Hugo, e *Antony*, do próprio Dumas.

Uma hora mais tarde, os dois amigos voltavam para o hotel. Mestre Pastrini já providenciara as fantasias para o dia seguinte e prometeu-lhes que ficariam satisfeitos com o seu tirocínio diligente.

Com efeito, no dia seguinte às nove horas ele entrava no quarto de Franz acompanhado por um alfaiate carregando oito ou dez fantasias de camponeses romanos. Os dois amigos escolheram duas iguais, que se ajustavam mais ou menos ao seu tamanho, e encarregaram o hoteleiro de mandar confeccionar vinte metros de fita para cada um dos chapéus e de providenciar dois encantadores lenços de seda com as listras em diagonal e cores vivas que os homens do povo, nos dias de festa, costumam amarrar na cintura.

Albert estava impaciente para ver como a nova fantasia lhe cairia: era um casaco e uma calça de veludo azul, meias com triângulos bordados, sapatos de fivela e um colete de seda. Enfim, Albert só tinha a ganhar com essa pitoresca fantasia; e quando a faixa abraçou sua elegante cintura, quando o chapéu, ligeiramente caído de lado, deixou desenrolarem-se sobre seus ombros cascatas de fitas, Franz foi obrigado a admitir que os trajes típicos contam muito na superioridade física atribuída a determinados povos. Os turcos, antigamente tão pitorescos com suas longas túnicas multicoloridas, não são horríveis agora com seus redingotes azuis abotoados e seus solidéus gregos que lhes dão um aspecto de vinho açucarado?

Franz transmitiu seus elogios a Albert, que, enquanto isso, de pé diante do espelho, sorria com um ar de satisfação que nada tinha de equívoco.

Estavam nesse ponto quando o conde de Monte Cristo entrou.

— Cavalheiros — disse ele —, considerando que, por mais agradável seja um companheiro de programas, a liberdade é ainda mais agradável, venho lhes comunicar que para hoje e os dias vindouros deixo à sua disposição o coche do qual já desfrutaram ontem. Nosso hoteleiro deve lhes ter dito que disponho de três ou quatro de reserva; logo, os senhores não me estarão privando de nada; usem-no com toda a liberdade, seja para seus programas, seja para seus negócios. Nosso ponto de encontro, caso tenham alguma coisa a me dizer, é o Palácio Ruspoli.

Os dois rapazes ameaçaram fazer alguma ressalva, mas, a bem da verdade, não tinham nenhuma boa razão para recusar uma oferta que, aliás, os beneficiava. Acabaram então por aceitar.

O conde de Monte Cristo ficou cerca de quinze minutos com eles, discorrendo com grande desembaraço sobre os mais diversos assuntos. Estava, como já pudemos observar, bem-informado sobre a literatura de todos os países. Um relance nas paredes de seu salão provara a Franz e a Albert que era um amante de pintura. Algumas palavras despretensiosas, que ele deixou escapar sem querer, provaram-lhes que as ciências não lhe eram estranhas, parecendo estar familiarizado, sobretudo, com a química.

Os dois amigos não tinham a pretensão de retribuir ao conde o almoço que este lhes proporcionara; teria sido uma brincadeira de muito mau gosto oferecer-lhe, em troca da excelência de sua mesa, o trivial bastante medíocre de mestre Pastrini. Disseram-lhe tudo isso francamente, e ele recebeu essas desculpas como um homem capaz de apreciar tal delicadeza.

Albert estava fascinado com as maneiras do conde, a quem apenas o saber científico o impedia de identificar como um autêntico fidalgo. A liberdade de dispor plenamente do coche era o que mais o alegrava: tinha sua mira apontada para as graciosas camponesas e, como na véspera elas haviam desfilado num coche muito elegante, não o desagradava continuar dando mostras de estar em pé de igualdade com elas nesse aspecto.

À uma e meia, os dois rapazes desceram; o cocheiro e os lacaios haviam tido a ideia de vestir suas librés sobre as peles de animais que usavam como fantasia, o que lhes dava uma aparência ainda mais grotesca que na véspera, a ponto de lhes render vários elogios de Franz e Albert.

Albert prendera sentimentalmente seu buquê de violetas murchas na lapela.

À primeira badalada do sino, partiram e adentraram a rua do Corso pela rua Vittoria.

Na segunda volta, um buquê de violetas novas, arremessado de um carro cheio de mulheres fantasiadas de palhaço e que veio cair na caleche do conde, indicou a Albert que, tal como ele e seu amigo, as camponesas da véspera haviam mudado de fantasia e que, fosse por acaso, fosse por um sentimento análogo àquele que o movera, enquanto ele galantemente vestira-se com a fantasia delas, elas, por sua vez, tinham vestido a dele.

Albert prendeu o novo buquê no lugar do outro, mas conservou o buquê murcho nas mãos; e, quando passou novamente pela caleche, levou-o apaixonadamente aos lábios, gesto que pareceu divertir bastante não apenas a jovem que o arremessara, como também suas loucas amigas.

O dia não foi menos animado que a véspera. É provável, inclusive, que um profundo observador tenha constatado um aumento na algazarra e na alegria. Por um instante avistaram o conde em sua janela, mas, quando o coche voltou a passar, ele já havia desaparecido.

Desnecessário dizer que a troca de galanteios entre Albert e a *pagliaccina* dos buquês de violetas durou o dia inteiro.

À noite, ao retornar, Franz encontrou uma carta da embaixada; esta lhe anunciava que ele teria a honra de ser recebido no dia seguinte por Sua Santidade. Em todas as viagens anteriores que fizera a Roma, solicitara e obtivera o mesmo privilégio; e, tanto por religião quanto por gratidão, não queria deixar a capital da cristandade sem prestar sua respeitosa homenagem aos pés de um dos sucessores de são Pedro, o raro exemplo de todas as virtudes.

Naquele dia, portanto, estava fora de questão para ele pensar em Carnaval; pois, apesar da bondade com que ele reveste sua grandeza, é sempre com um respeito cheio de profunda emoção que nos preparamos para nos curvar diante desse nobre e santo venerável chamado Gregório XVI[127].

Ao sair do Vaticano, no dia seguinte, Franz voltou direto para o hotel, evitando mesmo passar pela rua do Corso. Levava consigo um tesouro em pensamentos pios, e o contato entre eles e a folia da *mascherata* teria sido uma profanação.

Às cinco horas e dez minutos, Albert voltou. Estava no auge da alegria; a *pagliaccina* voltara a vestir sua fantasia de camponesa e, ao passar pela caleche de Albert, erguera a máscara.

Era encantadora.

Franz deu a Albert seus mais sinceros cumprimentos; este os recebeu como homem a quem são devidos. Percebera, disse ele, por certos sinais de inimitável elegância, que sua bela desconhecida devia pertencer à mais alta aristocracia.

Albert estava decidido a lhe escrever no dia seguinte.

Franz, ao mesmo tempo em que recebia essa confidência, observou que Albert parecia ter alguma coisa a lhe pedir e que não obstante hesitava fazê-lo. Insistiu, declarando-lhe antecipadamente que estava disposto a fazer, em prol de sua felicidade, todos os sacrifícios que estivessem ao seu alcance. Albert se fez de rogado apenas o tempo exigido por uma polidez amistosa: enfim, acabou por admitir que Franz lhe prestaria um favor se deixasse a caleche apenas para ele no dia seguinte.

Albert atribuía à ausência do amigo a extrema gentileza que a bela camponesa fizera ao erguer sua máscara.

Franz não era egoísta a ponto de interromper Albert no meio de uma aventura que prometia ser simultaneamente tão instigante para a sua curiosidade e tão lisonjeira para o seu amor-próprio. Conhecia bastante bem a grande indiscrição do amigo para ter certeza de que ele o manteria a par dos menores detalhes de seu sucesso; e, como fazia quatro anos que ele percorria a Itália em todos os sentidos, sem sequer uma chance de esboçar um caso amoroso por conta própria, não desagradava a Franz saber como as coisas se dariam numa situação como essa.

Prometeu então a Albert que no dia seguinte se contentaria em assistir ao espetáculo das janelas do Palácio Ruspoli.

Com efeito, no dia seguinte viu Albert passar e repassar. Levava consigo um enorme buquê, provavelmente o encarregado de levar sua epístola amorosa. Essa probabilidade virou certeza quando Franz reviu o mesmo buquê,

---

127. Gregório XVI: nome adotado pelo papa Bartolomeu Alberto Cappellari (1765-1846), quando eleito em 1831. Recebeu o escritor Alexandre Dumas no Vaticano, em 1835.

Era encantadora.

que chamava a atenção por um círculo de camélias brancas, nas mãos de uma encantadora *pagliaccina* em cetim cor-de-rosa.

A noite, portanto, não era mais da alegria, era do delírio. Albert não duvidava de que a bela desconhecida fosse responder pelo mesmo intermediário. Franz antecipou-se aos desejos do amigo, dizendo-lhe que todo aquele barulho o fatigava e que decidira usar o dia seguinte para rever seu álbum e fazer anotações.

Em todo caso, Albert não se enganara em suas previsões: no dia seguinte à noite, Franz viu-o saltar para dentro de seu quarto, agitando mecanicamente um quadrado de papel que segurava em um dos cantos.

— E então! — disse ele. — Eu estava errado?

— Ela respondeu? — exclamou Franz.

— Leia.

Esta palavra foi pronunciada com uma entonação impossível de ser reproduzida. Franz pegou o bilhete e leu:

Terça-feira, às sete horas, desça do seu coche em frente à rua dei Pontefici, e siga a camponesa romana que arrancar o seu *moccoletto*. Quando chegar ao primeiro degrau da igreja de San Giacomo, não se esqueça, para que ela possa reconhecê-lo, de prender uma fita rosa no ombro da sua fantasia de palhaço.

Daqui até lá não me verá mais.

Confiança e discrição.

— E então! — disse Albert a Franz, quando este chegou ao fim da leitura. — Que pensa disso, caro amigo?

— Pois penso — respondeu Franz — que a coisa assume claramente o caráter de uma aventura muito agradável.

— É a minha opinião também — disse Albert —, e receio muito que você vá sozinho ao baile do duque de Bracciano.

Franz e Albert haviam recebido naquela mesma manhã um convite do célebre banqueiro romano.

— Abra o olho, meu caro Albert — disse Franz —, toda a aristocracia estará na casa do duque; e, no caso de a sua bela desconhecida ser realmente da aristocracia, não poderá se eximir de aparecer por lá.

— Apareça ou não, mantenho minha opinião sobre ela — continuou Albert. — Leu o bilhete?

— Sim.

— Conhece a educação medíocre dada na Itália às mulheres do *mezzo cito*[128]?

Assim era designada a burguesia.

— Sim — respondeu Franz outra vez.

— Pois bem! Releia o bilhete, examine a letra e ache um erro que seja, de sintaxe ou de ortografia.

De fato, a letra era esmerada e a ortografia, irrepreensível.

— Você é um predestinado — disse Franz a Albert, devolvendo-lhe o bilhete pela segunda vez.

— Ria o quanto quiser, zombe à vontade — replicou Albert —, estou apaixonado.

— Oh, meu Deus, você me assusta! — exclamou Franz. — Vejo que não apenas irei sozinho ao baile do duque de Bracciano, como é possível que volte sozinho para Florença.

— É fato: se a minha desconhecida for tão amável quanto bela é, declaro-lhe que finco o pé em Roma por pelo menos seis semanas. Adoro Roma e, além disso, tive grande inclinação por arqueologia.

---

128. "do *mezzo cito*": da classe média.

— Claro... Com mais um ou dois encontros feito esse, volto a ter esperanças de vê-lo membro da Academia de Paleografia e Beletrismo.

Albert preparava-se para discutir seriamente seus direitos à cadeira acadêmica, mas vieram anunciar aos dois rapazes que o jantar estava servido. Ora, o amor em Albert não era de forma alguma antagônico ao apetite. Ele se apressou, portanto, bem como seu amigo, em se pôr à mesa, disposto a retomar a conversa depois do jantar.

Terminado o jantar, anunciaram o conde de Monte Cristo. Havia dois dias que os rapazes não o viam. Um negócio, dissera mestre Pastrini, o chamara a Civita Vecchia. Partira na noite da véspera e acabara de chegar não fazia uma hora.

O conde foi encantador; talvez por ter se julgado excessivo, talvez porque a ocasião não despertava nele nenhuma das fibras acrimoniosas que certas circunstâncias já haviam feito vibrar por duas ou três vezes em suas amargas palavras, foi quase como todo mundo. Aquele homem era um verdadeiro enigma para Franz. Seria impossível o conde duvidar que o jovem forasteiro o tinha reconhecido; entretanto, nenhuma palavra saída de sua boca desde o reencontro dos dois parecia sugerir que ele se lembrasse de o ter visto antes. Em contrapartida, por mais que Franz sentisse vontade de aludir ao seu primeiro contato, o medo de desagradar um homem que o cobrira, a ele e a seu amigo, de gentilezas o fazia hesitar; permaneceu então na mesma reserva que ele.

O conde soubera que os dois amigos haviam pensado em comprar um camarote no Teatro Argentina e que a resposta fora que estava tudo esgotado.

Assim, trazia-lhes a chave do seu; pelo menos este era o pretexto para sua visita.

Franz e Albert opuseram alguma resistência, alegando o receio de prejudicá-lo; mas o conde respondeu-lhes que, como naquela noite ia ao Teatro Valle, seu camarote no Teatro Argentina ficaria vazio caso não o desfrutassem.

Essa declaração fez os dois amigos aceitarem.

Franz acostumara-se pouco a pouco com a palidez do conde, que tanto o impressionara da primeira vez que a vira. Não podia deixar de reconhecer a beleza de sua cabeça severa, cuja palidez era o único defeito, ou a principal qualidade. Verdadeiro herói de Byron, Franz não podia, não diremos vê-lo, mas sequer pensar nele sem imaginar aquele rosto sombrio nos ombros de Manfred ou sob a touca de Lara. Tinha o vinco na testa que indica a incessante presença de um pensamento amargo; tinha os olhos de fogo de quem lê no mais recôndito das almas; tinha o lábio altivo e sarcástico que confere às palavras que dele escapam a característica peculiar de se gravarem profundamente na memória dos que as escutam.

O conde não era mais um jovem; tinha pelo menos quarenta anos; não obstante, percebia-se claramente que era feito para entusiasmar os jovens com quem esbarrasse. Na realidade, por uma definitiva semelhança com os heróis fantásticos do poeta inglês, o conde parecia deter o poder do fascínio.

Albert não media palavras sobre a felicidade que ele e Franz haviam tido de encontrar um homem daqueles. Franz era menos entusiasta, mas apesar disso sentia a influência exercida por todo homem superior no espírito dos que o cercam.

Pensava naquele plano que o conde já manifestara por duas ou três vezes de ir a Paris, e não duvidava que, com seu caráter excêntrico, seu rosto marcante e sua fortuna colossal, essa visita causaria um grande alvoroço.

Contudo, não queria estar em Paris quando ele por lá se encontrasse.

A noite se passou como as noites em geral se passam num teatro italiano, não com as pessoas a escutar os cantores, mas a fazer visitas e conversar. A condessa G... pretendia encaminhar a conversa para o conde, mas Franz anunciou-lhe que tinha uma novidade muito mais recente para contar e, apesar das demonstrações de falsa modéstia a que se entregou Albert, relatou à condessa o grande acontecimento que, nos últimos três dias, constituía o objeto de preocupação dos dois amigos.

Na medida em que essas intrigas não são raras na Itália, ao menos a julgar pelo que contam os viajantes, a condessa não deu nenhuma mostra de incredulidade, felicitando Albert pelas primícias de uma aventura fadada a terminar de maneira tão satisfatória.

Despediram-se e prometeram encontrar-se no baile do duque de Bracciano, para o qual Roma inteira estava convidada. A dama do buquê manteve sua promessa: nos dois dias seguintes não deu a Albert nenhum sinal de vida.

Finalmente a terça-feira chegou, o último e mais frenético dos dias de Carnaval. Na terça-feira, os teatros são abertos às dez horas da manhã, uma vez que, depois das oito da noite, entra-se na Quaresma. Na terça-feira, todos que, por falta de tempo, dinheiro ou entusiasmo, ainda não haviam participado das festas precedentes, misturam-se à bacanal, deixando-se arrastar pela orgia e contribuindo com sua parcela de barulho e agitação para o barulho e a agitação generalizados.

Das duas às cinco, Franz e Albert acompanharam a fila, trocando punhados de confete com os coches da fila oposta e os pedestres que circulavam por entre as patas dos cavalos e as rodas das charretes, sem que ocorresse no meio dessa terrível horda um único acidente, uma única discussão, uma única rixa. Sob esse aspecto, os italianos são o povo por excelência. As festas para eles são verdadeiras festas. O autor desta história, que morou na Itália durante cinco ou seis anos[129], não se lembra de jamais ter visto uma solenidade perturbada por um único desses fatos que servem de corolário às nossas.

---

129. "morou na Itália durante cinco ou seis anos": o autor exagera seu tempo de permanência no país. Todas somadas, as passagens de Alexandre Dumas pela Itália giram em torno de dois anos.

Albert estava triunfante em sua fantasia de palhaço. Tinha no ombro um laço de fita cor-de-rosa cujas pontas iam até os joelhos. Para não criar nenhuma confusão entre ele e Franz, este repetira a fantasia de camponês romano.

Quanto mais avançava o dia, mais o tumulto aumentava; não havia em nenhuma de todas aquelas ruas, em nenhum daqueles coches, em nenhuma das janelas, uma boca que permanecesse muda, um braço que permanecesse desocupado; era uma autêntica tempestade humana composta de trovões de gritos e de uma saraivada de caramelos, buquês, ovos, laranjas e flores.

Às três horas, o barulho de latas percutidas ao mesmo tempo na praça del Popolo e no Palácio de Veneza, atravessando com dificuldade aquele horrível tumulto, anunciou que o Corso ia começar.

O *corso*, como os *moccoli*, é um dos episódios marcantes dos últimos dias de Carnaval. Ao barulho dessas latas, os coches romperam instantaneamente suas fileiras e se refugiaram cada um na rua transversal mais próxima do lugar onde se encontravam.

Todas essas evoluções são realizadas, de resto, com uma inconcebível habilidade e uma rapidez maravilhosa, e isso sem que a polícia precise sequer demarcar um espaço ou traçar um percurso para cada um.

Os pedestres encostam-se nos palácios, em seguida ouve-se um grande estrépito de cavalos e de bainhas de sabres.

Um destacamento de *carabinieri*, com quinze deles à frente, percorria a galope e em todo o seu comprimento a rua do Corso, desobstruindo-a para dar passagem aos *barberi*[130]. Quando o destacamento chegou ao Palácio de Veneza, o retinir de outra bateria de latas anunciou que a rua estava livre.

Quase imediatamente, em meio a um clamor imenso, unânime, inaudito, passaram como sombras sete ou oito cavalos excitados pelos gritos de trezentas mil pessoas e pelas castanholas de ferro que pulavam em seus dorsos; em seguida, o canhão do Castelo de Sant'Angelo disparou três salvas: era para anunciar que o vencedor era o número três.

Imediatamente, sem outro sinal a não ser esse, os coches voltaram a se deslocar, refluindo em direção ao Corso, transbordando por todas as ruas como torrentes por um instante represadas que se lançam todas ao mesmo tempo no leito do rio que alimentam, e o fluxo imenso recomeçou, mais rápido que nunca, entre as duas margens de granito.

No entanto, um novo elemento de barulho e agitação ainda viria a se misturar àquela massa: os vendedores de *moccoli* acabavam de entrar em cena.

Os *moccoli* ou *moccoletti* são velas que variam de espessura, desde o círio pascal até o toco de porão, e que despertam nos atores da grande cena final

130. *Barberi*: tipo de cavalo originário da África do Norte.

do Carnaval romano duas preocupações opostas: 1ª a de conservar acesos seu *moccoletto*; 2ª a de apagar o *moccoletto* dos demais.

O *moccoletto* é como a vida: o homem só encontrou um meio de transmiti-la; e esse meio ele herdou de Deus.

Mas Este descobriu mil maneiras de confiscá-lo; é verdade que para essa suprema operação o diabo lhe deu alguma ajuda.

O *moccoletto* é aceso em contato com uma chama qualquer.

Mas quem descreverá os mil meios inventados para apagar o *moccoletto*, os foles gigantescos, os extintores monstro, os leques sobre-humanos?

Todos então correram para comprar *moccoletti*, Franz e Albert como os demais.

A noite chegava rapidamente e, ao grito de "*Moccoli*!", repetido pelas vozes estridentes de mil fabricantes, duas ou três estrelas já começavam a brilhar acima da multidão. Foi como um sinal.

No fim de dez minutos, cinquenta mil luzes cintilaram, descendo do Palácio de Veneza em direção à praça del Popolo e subindo da praça del Popolo para o Palácio de Veneza.

Dir-se-ia a festa dos fogos-fátuos.

É impossível imaginar sem ter visto.

Suponham todas as estrelas soltando-se do céu e vindo se misturar na terra a uma dança louca.

Tudo isso acompanhado por gritos jamais ouvidos pelo ouvido humano no restante da face do globo.

Nesse momento, mais que em todos os outros, as distinções sociais se apagam. O *facchino*[131] agarra-se ao príncipe, o príncipe ao trasteverino, o trasteverino ao burguês, todos soprando, apagando, reacendendo. Se o velho Éolo[132] aparecesse nesse momento, seria proclamado rei dos *moccoli* e Aquiles[133], herdeiro presumido da coroa.

Essa corrida louca e flamejante durou cerca de duas horas; a rua do Corso estava iluminada como o dia, distinguiam-se os traços dos espectadores até o terceiro e quarto andares.

De cinco em cinco minutos Albert puxava seu relógio; finalmente ele marcou sete horas.

---

131. *Facchino*: em italiano, o porteiro.

132. Éolo: na mitologia grega, o deus dos ventos.

133. Aquiles: guerreiro mitológico grego, morto na guerra de Troia. Na Antiguidade, o modelo de herói por excelência, simultaneamente belo, robusto e corajoso, sempre buscando estar acima da sua condição de mortal.

Os dois amigos estavam justamente na altura da rua dei Pontefici; Albert saltou da caleche com seu *moccoletto* na mão.

Duas ou três máscaras se aproximaram para apagá-lo ou arrancá-lo dele, mas Albert, feito hábil pugilista, nocauteou-os um depois do outro e continuou sua corrida em direção à igreja de San Giacomo.

Os degraus estavam apinhados de curiosos e mascarados que lutavam para arrancar a tocha das mãos uns dos outros. Franz seguia Albert com o olhar e o viu pisar o primeiro degrau; em seguida, quase imediatamente, uma máscara vestindo a batida fantasia de camponesa com buquê esticou o braço e, sem nenhuma resistência da parte dele dessa vez, arrancou-lhe o *moccoletto*.

Franz estava muito longe para ouvir as palavras trocadas entre eles; mas provavelmente estas nada tinham de hostil, pois ele viu Albert e a camponesa se afastarem de braços dados.

Seguiu-os durante um certo tempo no meio da multidão, perdendo-os de vista na rua Tomacelli.

De repente, o som do sino que decreta o fim do Carnaval ressoou, e no mesmo instante os *moccoli* se apagaram como por encanto. Uma forte lufada de vento parecia ter destruído tudo.

Franz viu-se na mais profunda escuridão.

Simultaneamente cessaram todos os gritos, como se a poderosa lufada que carregara as luzes houvesse ao mesmo tempo carregado o barulho.

Não se ouviu mais nada a não ser o deslizar das charretes levando os mascarados para suas casas; não se viu mais nada a não ser as luzes brilhando atrás das janelas.

O Carnaval havia terminado.

16. AS CATACUMBAS DE SÃO SEBASTIÃO

Franz possivelmente nunca sentira uma impressão mais contrastante em sua vida, uma passagem tão brusca da alegria para a tristeza, quanto naquele momento; poderia se dizer que Roma, ao sopro mágico de algum demônio noturno, acabava de se transformar num vasto sepulcro. Por um acaso que só fazia aumentar a intensidade das trevas, a lua, que estava minguante, não deveria aparecer antes das onze horas da noite; as ruas que o rapaz atravessava estavam mergulhadas assim na mais profunda escuridão. O trajeto, pelo menos, era curto; ao cabo de dez minutos, seu coche, ou melhor, o do conde, parou em frente ao Hotel de Londres.

O jantar estava servido; porém, como Albert avisara que não devia chegar tão cedo, Franz pôs-se à mesa sem ele.

Mestre Pastrini, acostumado a vê-los jantar juntos, indagou sobre as causas de sua ausência; Franz limitou-se a responder que Albert recebera um convite na antevéspera e o aceitara. O súbito apagar dos *moccoletti*, a penumbra que substituíra a luz, o silêncio que sucedera o barulho deixaram no espírito de Franz uma certa tristeza, não isenta de preocupação. Jantou portanto em profundo silêncio, a despeito da obsequiosa solicitude do hoteleiro, que entrou duas ou três vezes para saber se ele não precisava de nada.

Franz estava decidido a esperar Albert até a última hora. Por isso, pediu o coche apenas para as onze horas, rogando a mestre Pastrini que o avisasse imediatamente se Albert porventura reaparecesse no hotel. Às onze horas Albert não regressara. Franz se vestiu e partiu, avisando ao hoteleiro que passaria a noite na casa do duque de Bracciano.

Esta é uma das casas mais encantadoras de Roma; sua dona, uma das últimas herdeiras dos Colona, fazia todas as honras à perfeição.

Daí resulta que as festas que o duque promove gozam de fama por toda a Europa. Franz e Albert haviam chegado à cidade com cartas de recomendação para ele; assim, a primeira pergunta que dirigiu a Franz foi acerca do paradeiro de seu companheiro de viagem. Franz respondeu-lhe que, no momento em que os *moccoli* estavam sendo apagados, ele o perdera de vista na Tomacelli.

— Então ele não voltou? — perguntou o duque.

— Esperei-o até agora — respondeu Franz.

— E sabe aonde ele ia?

— Não, precisamente; entretanto, creio que se tratava de alguma coisa como um encontro amoroso.

— Diabos! — disse o duque. — Hoje não é um bom dia, ou melhor, é uma noite ruim para se atrasar, não é mesmo, sra. condessa?

Estas últimas palavras dirigiam-se à condessa G..., que acabava de chegar e que desfilava de braços dados ao sr. Torlonia[134], irmão do duque.

— Ao contrário, penso que é uma noite encantadora — respondeu a condessa. — Os que estão aqui não se queixarão senão de uma coisa, é de que ela passará muito rápido.

— Ora — replicou o duque sorrindo —, não falo das pessoas que estão aqui; estas não correm outro perigo a não ser, os homens, de se apaixonarem pela senhora, as mulheres, de ficarem doentes de inveja ao vê-la tão bela; falo dos que andam pelas ruas de Roma.

— Mas, meu bom Deus — perguntou a duquesa —, quem anda pelas ruas de Roma a uma hora dessas a não ser para vir ao baile?

— Nosso amigo Albert de Morcerf, sra. condessa, que deixei no encalço de uma desconhecida por volta das sete horas da noite — disse Franz —, e que não vi mais desde então.

— Como! E não sabe onde ele está?

— Não faço a mínima ideia.

— E ele está armado?

— Está fantasiado de palhaço.

— Não deveria tê-lo deixado ir — disse o duque a Franz —, o senhor, que conhece Roma melhor que ele.

— Oh, claro! Seria o mesmo que tentar parar o número três dos *barberi* que venceu a corrida hoje — respondeu Franz. — E depois, o que acha que pode lhe acontecer?

---

134. Torlonia: família romana excepcionalmente rica nos sécs.XVIII e XIX, quando sua casa bancária administrava os bens do Vaticano.

— Quem sabe?! A noite está muito escura, e o Tibre fica bem próximo à rua Tomacelli.

Franz sentiu um calafrio percorrer-lhe as veias ao perceber o estado de espírito do duque e da condessa tão em acordo com suas próprias preocupações pessoais.

— Comuniquei ao hotel que tinha a honra de passar a noite em sua casa, sr. duque — disse Franz —, e pedi que me avisassem quando ele voltasse.

— A propósito — disse o duque —, creio que um de meus criados está à sua procura.

O duque não estava errado; ao avistar Franz, o criado aproximou-se dele.

— Excelência — disse o serviçal —, o dono do Hotel de Londres manda avisá-lo que um homem está à sua espera com uma carta do visconde de Morcerf.

— Com uma carta do visconde! — exclamou Franz.

— Sim.

— E quem é esse homem?

— Ignoro.

— Por que ele não trouxe a carta aqui?

— O mensageiro não me deu nenhuma explicação.

— E onde está o mensageiro?

— Foi embora assim que me viu entrar no salão de baile para preveni-lo.

— Oh, meu Deus! — a condessa disse a Franz. — Corra; coitado, talvez tenha sofrido um acidente qualquer.

— Vou já para lá — disse Franz.

— Voltará para nos dar notícias? — perguntou a condessa.

— Sim, se a coisa não for grave; de outra forma, eu mesmo não sei o que irei fazer.

— Em todo caso, prudência — disse a condessa.

— Oh, fique tranquila.

Franz pegou seu chapéu e saiu a toda pressa. Havia dispensado o coche, pedindo que voltasse dali a duas horas; mas, felizmente, o Palácio Bracciano, do qual um dos lados dá para a rua do Corso e o outro para a praça dos Santos Apóstolos, fica aproximadamente a dez minutos de caminhada do Hotel de Londres. Ao se aproximar do hotel, Franz viu um homem de pé no meio da rua; não teve a menor dúvida de ser ele o mensageiro de Albert. O homem estava embrulhado num grande sobretudo. Veio em sua direção; porém, para grande espanto de Franz, foi o homem que lhe dirigiu a palavra em primeiro lugar.

— Que quer de mim, Excelência? — disse ele, dando um passo atrás como alguém que deseja ficar de sobreaviso.

— Não é o senhor — perguntou Franz — que tem uma carta do visconde Morcerf para mim?

— É Vossa Excelência que está hospedado no hotel do Pastrini?
— Sim.
— É Vossa Excelência que é o companheiro de viagem do visconde?
— Sim.
— Qual é o nome de Vossa Excelência?
— Barão Franz d'Épinay.
— É de fato à Vossa Excelência que essa carta é destinada.
— Devo responder? — perguntou Franz, tomando-lhe a carta das mãos.
— Sim, pelo menos é o que espera o seu amigo.
— Suba até o meu quarto, então, para que eu lhe dê a resposta.
— Prefiro aguardar aqui — replicou o mensageiro, rindo.
— Por que isso?
— Vossa Excelência compreenderá quando tiver lido a carta.
— Então eu o reencontrarei aqui?
— Sem dúvida alguma.

Franz entrou; na escada, encontrou mestre Pastrini.

— E então? — este lhe perguntou.
— E então o quê? — retrucou Franz.
— Esteve com o homem que desejava lhe falar da parte do seu amigo?
— Sim, estive — respondeu Franz —, e ele me entregou esta carta. Peça para iluminarem o meu quarto, por favor.

O hoteleiro deu ordens a um criado para que precedesse Franz com uma vela. O rapaz percebera uma expressão preocupada em mestre Pastrini, e essa expressão deu-lhe ainda mais vontade de ler a carta do colega: aproximou-se da vela assim que esta foi acesa e desdobrou o papel. A carta era escrita com a letra de Albert e assinada por ele. Franz releu-a duas vezes, tão inesperado era o que continha.

Ei-la, textualmente reproduzida.

> Caro amigo, assim que receber a presente faça a gentileza de pegar na minha carteira, que encontrará na gaveta quadrada da escrivaninha, a carta de crédito; junte-lhe a sua se ela não for suficiente. Corra até os Torlonia, pegue lá agora mesmo quatro mil piastras e entregue-as ao portador. É urgente que essa soma me seja enviada sem delongas.
>
> Não insisto mais, contando com você como você poderia contar comigo.
>
> PS. *I believe now the italian banditti*[135].
>
> Seu amigo,
>
> ALBERT DE MORCERF

135. *I believe now the italian banditti*: "Agora acredito em bandidos italianos."

Embaixo dessas linhas, encontravam-se as seguintes palavras em italiano:

Se alle sei della mattina le quattro mile piastre non sono nelle mie mani, alla sette il conte Alberto avia cessato di vevere.[136]

LUIGI VAMPA

Esta segunda assinatura esclareceu tudo para Franz, que compreendeu a relutância do mensageiro em subir até o seu quarto; a rua parecia-lhe mais segura que o quarto de Franz. Albert caíra nas mãos do famoso chefe dos bandidos em cuja existência por tanto tempo se recusara a acreditar.

Não havia tempo a perder. Franz correu para a escrivaninha, abriu-a, na gaveta indicada encontrou a carteira e na carteira a carta de crédito: esta montava a seis mil piastras, porém, dessas seis mil piastras, Albert já gastara três mil. Quanto a Franz, não possuía nenhuma carta de crédito; como morava em Florença e só viera a Roma para passar sete ou oito dias, trouxera consigo uma centena de luíses, e desses cem luíses restavam-lhe no máximo cinquenta.

Faltavam, portanto, entre setecentas e oitocentas piastras para que Franz e Albert, juntos, dispusessem da soma exigida. É verdade que Franz podia contar, num caso como aquele, com a gentileza dos srs. Torlonia.

Preparava-se então para voltar ao Palácio Bracciano sem perder um instante quando subitamente teve uma ideia.

Pensou no conde de Monte Cristo. Franz ia dar ordens para que chamassem mestre Pastrini quando o viu aparecer em pessoa na soleira da porta.

— Meu caro sr. Pastrini — disse-lhe vivamente —, acha que o conde está em seus aposentos?

— Sim, Excelência, voltou há pouco.

— Tempo suficiente para que já tenha se deitado?

— Duvido.

— Então bata à sua porta, por favor, e peça-lhe permissão para eu me apresentar.

Mestre Pastrini foi imediatamente cumprir as instruções que lhe davam; cinco minutos depois, estava de volta.

— O conde aguarda Vossa Excelência — disse ele.

Franz atravessou o corredor, um criado introduziu-o nos aposentos do conde. Ele estava num pequeno gabinete rodeado por divãs, que Franz ainda não conhecia. O conde foi em sua direção.

---

136. *Se alle sei della … cessato di vevere*: "Se às seis horas da manhã as quatro mil piastras não estiverem em minhas mãos, às sete horas o visconde Albert de Morcerf terá deixado de existir." [Nota do Autor.]

— Ora, que bons ventos o trazem a uma hora dessas — disse-lhe. — Teria vindo partilhar uma ceia, por acaso? Seria, lhe asseguro, muita amabilidade de sua parte.

— Não, venho lhe falar de um incidente grave.

— Um incidente! — disse o conde, encarando Franz com o olhar profundo que lhe era costumeiro. — E que incidente é esse?

— Estamos a sós?

O conde foi até a porta e voltou.

— Inteiramente a sós — respondeu ele.

Franz apresentou-lhe a carta de Albert.

— Leia — disse-lhe.

O conde leu a carta.

— Ah, ah! — fez ele.

— Viu o *post-scriptum*?

— Sim — disse ele —, aqui está:

Se alle sei della mattina le quattro mile piastre non sono nelle mie mani, alla sette il conte Alberto avia cessato di vevere.

LUIGI VAMPA

— Que acha disso? — perguntou Franz.

— Tem a soma exigida?

— Sim, menos oitocentas piastras.

O conde foi à sua escrivaninha, abriu-a e, deslizando uma gaveta cheia de ouro, disse a Franz:

— Espero que não me faça a ofensa de recorrer a outro além de mim.

— Ao contrário, como pode ver, vim direto ao senhor — disse Franz.

— E lhe agradeço por isso; tome.

E fez sinal a Franz para se servir na gaveta.

— Será de fato necessário mandar essa soma para Luigi Vampa? — perguntou o rapaz, também olhando o conde fixamente.

— O que acha?! — exclamou. — Julgue por si mesmo, o *post-scriptum* é claro.

— Parece-me que, se o senhor se desse ao trabalho de procurar, encontraria um meio de simplificar muito a negociação — disse Franz.

— E qual seria? — perguntou o conde, espantado.

— Por exemplo, se fôssemos juntos procurar Luigi Vampa, tenho certeza de que ele não nos recusaria a liberdade de Albert...

— Por minha causa? E que influência o senhor presume que eu tenha sobre esse bandido?

— Não acaba de lhe prestar um desses favores inesquecíveis?

— E qual?

— Não acaba de salvar a vida de Peppino?

— Ah, ah! Quem disse isso?

— Que importa? Eu sei.

O conde ficou por um instante mudo e com o cenho franzido.

— E se eu fosse ao encontro de Vampa, o senhor me acompanharia?

— Se a minha companhia não fosse por demais desagradável.

— Pois bem! Que seja; o tempo está bonito, um passeio pelos arredores de Roma só pode nos fazer bem.

— Precisamos levar armas?

— Para quê?

— Ou dinheiro?

— É inútil. Onde está o homem que trouxe este bilhete?

— Na rua.

— À espera da resposta?

— Sim.

— Precisamos ter alguma ideia de aonde estamos indo; vou chamá-lo.

— Não adianta, ele não quis subir.

— Ao seu quarto, talvez; aos meus aposentos, não criará dificuldade.

O conde foi até a janela do gabinete que dava para a rua e assobiou de determinada maneira. O homem do casaco desgrudou-se da parede e avançou até o meio da rua.

— *Salite*[137]! — disse o conde, no mesmo tom com que teria dado uma ordem a seu criado.

O mensageiro obedeceu sem demora, sem hesitação, com presteza até, e, transpondo os quatro degraus da escada da frente, entrou no hotel. Cinco segundos depois, estava à porta do gabinete.

— Ah, é você, Peppino! — disse o conde.

Mas Peppino, em vez de responder, jogou-se de joelhos, pegou a mão do conde e nela colou seus lábios diversas vezes.

— Ah, ah! — disse o conde. — Ainda não esqueceu que lhe salvei a vida! É estranho, pois já se passou uma semana.

— Não, Excelência, e jamais esquecerei — respondeu Peppino, com profunda gratidão em sua voz.

— Jamais é muito tempo! Mas, enfim, já é alguma coisa você acreditar nisso. Levante-se e responda.

Peppino deu uma olhadela preocupada na direção de Franz.

---

137. *Salite!*: “Suba!”

— Oh, pode falar perante Sua Excelência — disse ele —, é um amigo meu. — Peço licença para lhe dar esse título — disse o conde em francês, voltando-se para Franz —, isso é necessário para estimular a confiança deste homem.

— Pode falar na minha frente — repetiu Franz —, sou amigo do conde.

— Então está bem — disse Peppino, voltando-se para o conde. — Que Vossa Excelência me interrogue, e eu responderei.

— Como o visconde Albert caiu nas garras de Luigi?

— Excelência, a caleche do francês cruzou por diversas vezes com a caleche de Teresa.

— A namorada do chefe?

— Sim. O francês se engraçou para ela, Teresa entrou na brincadeira; o francês atirou-lhe buquês, ela os jogou de volta para ele; tudo isso, naturalmente, com o consentimento do chefe, que estava na mesma caleche.

— Como! — exclamou Franz. — Luigi Vampa estava na caleche das camponesas romanas?

— Era ele que a conduzia, disfarçado de cocheiro — respondeu Peppino.

— E depois? — perguntou o conde.

— Pois bem! Depois, o francês tirou a máscara; Teresa, ainda com o consentimento do chefe, fez o mesmo; o francês solicitou um encontro, Teresa concedeu o encontro solicitado; só que, em vez de Teresa, era Beppo quem estava nos degraus da igreja San Giacomo.

— Como?! — interrompeu Franz mais uma vez. — Aquela camponesa que lhe arrancou o *moccoletto*...?

— Era um garoto de quinze anos — respondeu Peppino. — Mas seu amigo não deve sentir vergonha de ter sido ludibriado; Beppo enganou muitos outros, acredite.

— E Beppo o levou para fora dos muros? – perguntou o conde.

— Exatamente; uma caleche esperava-os no fim da Tomacelli; Beppo entrou, convidando o francês a segui-lo; este não esperou duas vezes. Ofereceu galantemente a mão direita a Beppo e instalou-se junto a ele. Beppo disse então que ia levá-lo até uma *villa* situada a quatro quilômetros de Roma. O francês assegurou a Beppo que estava disposto a segui-lo até o fim do mundo. O cocheiro subiu prontamente a rua di Ripetta e atravessou a porta San Paolo; e, ao enveredarem pelos campos, como o francês se assanhou muito, que diabo, Beppo encostou-lhe um par de pistolas na garganta; incontinenti o cocheiro parou os cavalos, voltou-se em seu assento e fez a mesma coisa. Ao mesmo tempo, quatro dos nossos, que estavam escondidos nas margens do Almo, precipitaram-se para as portinholas. O francês bem que tentou se defender, chegou a estrangular um pouco Beppo, pelo que ouvi dizer, mas não havia nada a ser feito contra seis homens armados. Foi obrigado a se render; fizeram-no descer do coche, acompanharam as margens do ribeirão e o levaram até Teresa e Luigi, que o esperavam nas catacumbas de São Sebastião[138].

— Muito bem! Mas — disse o conde virando-se para Franz —, essa história é ridícula. Que me diz sobre ela, o senhor que é um perito?

— Digo que a julgaria engraçadíssima — respondeu Franz — se tivesse acontecido a outra pessoa que não o pobre Albert.

— O fato é — disse o conde — que se o senhor não houvesse me encontrado aqui, a boa sorte teria custado um pouco caro ao seu amigo; mas acalme-se, ele pagará apenas com o medo.

— E ainda vamos atrás de Albert? — perguntou Franz.

— O que acha?! Ainda mais que ele está num lugar bastante pitoresco. Conhece as catacumbas de São Sebastião?

— Não, nunca desci lá, mas me prometi que um dia o faria.

— Ótimo! Eis que a oportunidade se apresenta, e seria difícil encontrar outra melhor. Está com seu coche?

— Não.

— Não importa; eles têm o hábito de manter um atrelado para mim, noite e dia.

— Atrelado?

— Sim, sou um homem cheio de caprichos; convém lhe dizer que às vezes, levantando-me no fim do jantar, no meio da noite, sinto vontade de partir para um ponto qualquer do mundo, e parto.

O conde deu um toque na campainha, seu criado de quarto apareceu.

— Mande sair o coche extra — disse o conde — e retire as pistolas que estão nas bolsas; não é necessário acordar o cocheiro, Ali conduzirá.

No fim de um instante, ouviu-se o barulho do coche parando diante da porta.

O conde puxou seu relógio.

— Meia-noite e meia — disse. — Poderíamos partir às cinco da manhã e ainda chegar a tempo; mas talvez essa demora faça o seu companheiro passar uma péssima noite, melhor então irmos correndo tirá-lo das mãos dos infiéis. Continua disposto a me acompanhar?

— Mais que nunca.

— Ótimo! Então venha.

Franz e o conde saíram, seguidos por Peppino.

Na porta, encontraram o coche. Ali estava na boleia. Franz reconheceu o escravo mudo da caverna de Monte Cristo.

---

138. Catacumbas de São Sebastião (ou cemitério de São Calisto): originalmente, longos corredores escavados para a retirada da areia do local. Mais tarde, foram aumentados e utilizados pelos cristãos, que lá se escondiam e enterravam seus mortos.

Franz e o conde subiram no coche, que era um cupê; Peppino instalou-se ao lado de Ali, e partiram no galope. Ali recebera ordens prévias, pois tomou a rua do Corso, atravessou o Campo Caccino, subiu a estrada San Gregorio e chegou à porta São Sebastião; lá o guarda quis criar algumas dificuldades, mas o conde de Monte Cristo apresentou uma autorização do chefe de polícia de Roma para entrar e sair da cidade a qualquer hora do dia ou da noite; a cancela foi então erguida, o guarda recebeu um luís por se dar a esse trabalho, e eles passaram.

A estrada percorrida pelo coche era a antiga via Ápia, toda margeada por túmulos. De vez em quando, à luz da lua que despontava, parecia a Franz ver como uma sentinela destacar-se de uma ruína; mas sem demora, a um sinal trocado entre Peppino e essa sentinela, esta voltou a entrar na sombra e desapareceu.

Um pouco antes do circo de Caracala[139], o coche parou. Peppino foi abrir a portinhola e o conde e Franz desceram.

— Chegaremos em dez minutos — disse o conde ao seu companheiro.

Em seguida chamou Peppino à parte, deu-lhe uma ordem baixinho, e Peppino partiu após se ter munido de um archote retirado da cabine do coche.

Cinco minutos ainda se passaram, durante os quais Franz viu o pastor se enfiar por um pequeno atalho, em meio aos acidentes de terreno que formam o solo convulsionado da planície de Roma, e desaparecer pelos altos arbustos avermelhados que parecem a juba eriçada de um leão gigantesco.

— Agora — disse o conde —, vamos atrás dele.

Franz e o conde enveredaram por sua vez pelo mesmo atalho, que, ao longo de cem passos, os conduziu por um declive até o fundo de uma ravina.

Logo perceberam dois homens conversando na penumbra.

— Devemos continuar a avançar? — perguntou Franz ao conde. — Ou é melhor esperarmos?

— Vamos; Peppino deve ter avisado a sentinela da nossa chegada.

Com efeito, um daqueles dois homens era Peppino, o outro era um bandoleiro na função de vigia.

Franz e o conde se aproximaram; o bandoleiro fez uma saudação.

— Excelência — disse Peppino, dirigindo-se ao conde —, se quiser me seguir, a entrada das catacumbas fica a dois passos daqui.

— Tudo bem — disse o conde —, caminhe na frente.

Atrás de um aglomerado de arbustos, em meio a algumas pedras, oferecia-se um vão pelo qual um homem mal podia passar.

---

139. Circo de Caracala: construção de grandes dimensões, em formato oblongo, conhecida por esse nome até 1825, quando então passou a ser conhecida como Circo de Maxêncio.

Peppino foi o primeiro a escorregar pela fenda; porém, assim que deu alguns passos, a passagem subterrânea se alargou. Então ele parou, acendeu o archote e voltou-se para ver se estava sendo seguido.

O conde se enfiara na frente por uma espécie de respiradouro, e Franz o acompanhava.

O terreno entranhava-se por um declive suave e alargava-se à medida que avançavam; enquanto isso, porém, Franz e o conde continuavam obrigados a caminhar curvados, mal conseguindo andar lado a lado. Deram ainda cinquenta passos dessa maneira, sendo então detidos pelo grito: "Quem vem lá?"

Ao mesmo tempo, em meio à escuridão, viram brilhar, no cano de uma carabina, o reflexo de seu próprio archote.

— Amigo! — disse Peppino.

Ele avançou sozinho e disse algumas palavras em voz baixa a essa segunda sentinela, que, como a primeira, saudou fazendo sinal para os visitantes noturnos de que podiam seguir adiante.

Atrás da sentinela havia uma escada de uns vinte degraus; Franz e o conde desceram os vinte degraus e viram-se numa espécie de encruzilhada mortuária. Cinco acessos divergiam como os raios de uma estrela, e as paredes das muralhas, com nichos superpostos escavados na forma de caixões, indicavam que entravam finalmente nas catacumbas.

Numa dessas cavidades, cuja extensão era impossível precisar, viam-se, de dia, alguns reflexos luminosos.

O conde colocou a mão no ombro de Franz.

— Quer ver um acampamento de foras da lei em repouso? — perguntou.

— Certamente — respondeu Franz.

— Muito bem! Venha comigo... Peppino, apague o archote.

Peppino obedeceu, e Franz e o conde se acharam na mais profunda escuridão; entretanto, a cerca de uns cinquenta metros à frente, continuaram a dançar ao longo das paredes alguns fulgores avermelhados mais visíveis ainda depois que Peppino apagara seu archote.

Avançaram silenciosamente, o conde guiando Franz como se detivesse a singular faculdade de enxergar nas trevas. De toda forma, o próprio Franz distinguia com mais facilidade seu caminho à medida que se aproximava daqueles reflexos que lhes serviam de referência.

Três arcadas, a do meio servindo de porta, davam-lhes passagem.

Essas arcadas abriam-se de um lado para a galeria onde estavam o conde e Franz e, do outro, para uma grande câmara quadrada toda rodeada por nichos semelhantes aos já citados. No centro dessa câmara erigiam-se quatro pedras que outrora haviam servido de altar, como indicava a cruz que ainda as encimava.

Uma única lamparina, instalada sobre um fuste de coluna, iluminava com uma luz pálida e vacilante a estranha cena que se oferecia aos olhos dos dois visitantes escondidos na penumbra.

Era o chefe do bando, Luigi Vampa.

Um homem estava sentado, o cotovelo apoiado nessa coluna, e lia, dando as costas para as arcadas por cujo vão os recém-chegados o observavam.

Era o chefe do bando, Luigi Vampa.

Ao redor dele, agrupados ao seu bel-prazer, deitados em seus casacos ou recostados numa espécie de banco de pedra, que reinava ao redor de todo o mausoléu, distinguiam-se uns vinte bandoleiros, cada um com sua carabina ao alcance da mão.

Ao fundo, silenciosa, quase invisível e igual a uma sombra, uma sentinela passeava de um lado para o outro diante de uma espécie de abertura, apenas perceptível porque as trevas pareciam mais densas naquele lugar.

Quando o conde julgou os olhos de Franz suficientemente deleitados com esse quadro pitoresco, levou o dedo aos lábios para lhe recomendar silêncio e, subindo os três degraus que levavam da galeria ao mausoléu, entrou na câmara pela arcada central e avançou em direção a Vampa, que estava tão profundamente mergulhado em sua leitura que não ouviu o ruído de seus passos.

— *Quem vem lá?* — gritou a sentinela mais ociosa, que viu, à luz de uma lamparina, uma espécie de sombra crescendo atrás do seu chefe.

A esse grito Vampa levantou-se rapidamente, puxando simultaneamente uma pistola do cinto.

E num instante todos os bandidos ficaram de pé e vinte canos de carabina apontaram para o conde.

— Excelente! — disse este com a voz mais tranquila do mundo, sem mexer um único músculo do rosto. — Excelente! Quanta gentileza para receber um amigo, caro Vampa!

— Abaixar armas! — gritou o chefe, fazendo um sinal imperativo com uma das mãos, enquanto com a outra tirava respeitosamente o chapéu.

Em seguida, voltando-se para o singular personagem que dominava a cena, disse-lhe:

— Desculpe, sr. conde, mas eu estava tão longe de esperar a honra de sua visita que não o reconheci.

— Você parece ter a memória curta para muitas coisas, Vampa — disse o conde —, e não apenas se esquece do rosto das pessoas, como das condições estabelecidas com elas.

— E de que condições me esqueci, sr. conde? — perguntou o bandoleiro, feito alguém que, se cometeu um erro, não pede mais que repará-lo.

— Não foi combinado — lembrou o conde — que não apenas a minha pessoa, como a dos meus amigos, seria sagrada para você?

— E em que descumpri o trato, Excelência?

— Esta noite você raptou e transportou para cá o visconde Albert de Morcerf. Pois bem! — continuou o conde, num tom que causou calafrios em Franz. — Esse rapaz é um *dos meus amigos*, esse rapaz está hospedado no mesmo hotel que eu, esse rapaz fez o Corso durante uma semana na minha caleche e, não obstante, repito, você o raptou, transportou para cá e — acrescentou o conde, sacando a carta do bolso — pediu resgate por ele como se fosse qualquer um.

— Por que não me avisaram, vocês aí? — irritou-se o chefe, dirigindo-se a seus homens, que recuaram todos diante do seu olhar. — Por que me expuseram assim a faltar com a minha palavra para com um homem como o sr. conde, que tem a vida de todos aqui em suas mãos? Pelo sangue de Cristo! Se eu descobrisse que algum de vocês sabia que o rapaz era amigo de Sua Excelência, eu estouraria seus miolos pessoalmente.

— Vê? — disse o conde, voltando-se para onde estava Franz. — Eu lhe disse que devia haver algum engano.

— Não está sozinho? — perguntou Vampa, inquieto.

— Estou com a pessoa a quem essa carta se destinava e à qual eu quis provar que Luigi Vampa era um homem de palavra. Venha, Excelência — ele disse a Franz —, aqui está Luigi Vampa, ele vai dizer-lhe pessoalmente o quanto está inconsolável pelo erro que acaba de cometer.

Franz aproximou-se; o chefe deu alguns passos na direção de Franz.

— Seja bem-vindo entre nós, Excelência — disse-lhe Vampa. — O senhor ouviu o que acaba de dizer o conde, e o que lhe respondi: acrescento que não era minha intenção, pelas quatro mil piastras em que fixei o resgate do seu amigo, que isso acontecesse.

— Mas — disse Franz, preocupado olhando em volta — onde está o prisioneiro? Não o vejo.

— Nada lhe aconteceu, espero... — disse o conde, franzindo o cenho.

— O prisioneiro está ali — disse Vampa, indicando com a mão a reentrância diante da qual desfilava o bandido de plantão —, e vou pessoalmente anunciar-lhe que está livre.

O chefe avançou para o lugar por ele apontado como a prisão de Albert, e Franz e o conde o seguiram.

— Que faz o prisioneiro? — perguntou Vampa à sentinela.

— Juro que não sei — respondeu este —, não faço ideia; há mais de uma hora que não ouço nada.

— Venha, Excelência! — disse Vampa.

O conde e Franz subiram sete ou oito degraus, sempre precedidos pelo chefe, que puxou um ferrolho e empurrou uma porta.

Então, à luz de uma lamparina semelhante à que iluminava o mausoléu, pôde-se ver Albert, envolvido num casaco emprestado por um dos bandidos, deitado num canto e dormindo um sono profundo.

– Ora! — gracejou o conde, dando o sorriso que lhe era tão peculiar. — Nada mal para um homem que devia ser fuzilado às sete da manhã.

Vampa olhou para o adormecido Albert com uma certa admiração; via-se que não era insensível àquela prova de coragem.

— Tem razão, sr. conde — admitiu ele —, este homem deve ser um dos seus amigos.

Em seguida, aproximando-se de Albert e tocando em seu ombro:

— Excelência! — disse ele. — Poderia fazer a gentileza de despertar?

Albert se espreguiçou, esfregou as pálpebras e abriu os olhos.

— Ah, ah! — disse ele. — É o senhor, capitão! Por Deus, deveria ter me deixado dormir; estava tendo um sonho delicioso: eu dançava o galope na casa de Torlonia com a condessa G...!

Puxou seu relógio, que conservara consigo para calcular o tempo transcorrido.

— Uma e meia da manhã! — exclamou. — Mas por que diabos está me acordando a uma hora dessas?

— Para lhe dizer que está livre, Excelência.

— Meu caro — replicou Albert totalmente à vontade —, guarde bem para o futuro esta máxima de Napoleão, o Grande: "Só me acorde para as más notícias." Se tivesse me deixado dormir, eu teria terminado o meu galope e lhe teria sido grato por toda a vida... Então pagaram o meu resgate?

— Não, Excelência.

— Ora essa! Como então estou livre?

— Alguém, a quem nada posso recusar, veio reclamá-lo.

— Veio até aqui?

— Até aqui.

— Minha nossa! Esse alguém é muito amável.

Albert olhou à sua volta e percebeu Franz. Então perguntou:

— Como pôde, meu caro Franz, levar a amizade a esse ponto?

— Não fui eu — explicou Franz —, mas o nosso vizinho, o sr. conde de Monte Cristo.

— Ah, minha nossa! Sr. conde — disse alegremente Albert, arrumando o lenço que tinha no pescoço e os punhos de sua roupa —, o senhor é de fato um homem especial, espero que me considere seu eterno devedor, primeiro pelo episódio do coche, agora por este aqui! — e estendeu a mão ao conde, que sentiu um calafrio ao lhe estender a sua, mas que não obstante a estendeu.

O fora da lei olhava toda essa cena com uma expressão estupefata; era evidente que estava acostumado a ver seus prisioneiros tremerem diante de sua figura, e eis que havia um cujo humor sarcástico não sofrera alteração. Quanto a Franz, estava encantado por Albert haver defendido, ainda que perante um bandido, a honra nacional.

— Meu caro Albert — disse-lhe ele —, se fizer a gentileza de se apressar, ainda teremos tempo de terminar a noite na casa de Torlonia; você pegará o galope no ponto em que o havia interrompido e, dessa forma, não guardará nenhum rancor do *signor* Luigi, que se comportou, em todo esse episódio, como homem galante.

— É mesmo — concordou ele —, tem razão, e poderemos estar lá às duas horas. *Signor* Luigi — continuou Albert —, há alguma outra formalidade a ser cumprida para nos despedirmos de Vossa Excelência?

— Nenhuma, cavalheiro — respondeu o fora da lei —, e o senhor está livre como o ar.

— Nesse caso, desejo-lhe uma vida boa e alegre; venham, senhores, venham!

E Albert, seguido por Franz e pelo conde, desceu a escada e atravessou o salão quadrado; todos os bandidos estavam de pé, com os chapéus nas mãos.

— Peppino — disse o chefe —, dê-me o archote.

— Ora, o que está fazendo? — perguntou o conde.

— Vou acompanhá-los — disse o capitão. — É a menor homenagem que posso prestar a Vossa Excelência.

E, arrebatando o archote aceso das mãos do pastor, passou à frente de seus convidados, não como um valete em atitude servil, mas como um rei que precede embaixadores.

Ao chegar à porta, inclinou-se.

— E agora, sr. conde — disse ele —, renovo minhas desculpas e espero que não guarde nenhum ressentimento pelo que acaba de acontecer.

— Não, meu caro Vampa — agradeceu o conde. — Aliás, você redime seus erros de forma tão galante que somos quase tentados a nos regozijar por havê-los cometido.

— Senhores! — disse o chefe, voltando-se para o lado dos rapazes. — Talvez a oferta não lhes pareça atraente; mas, se um dia sentirem vontade de me fazer uma segunda visita, serão bem-vindos onde quer que eu esteja.

Franz e Albert saudaram-no. O conde saiu primeiro, Albert em seguida, Franz deixou-se ficar por último.

— Vossa Excelência tem algo a me pedir? — perguntou Vampa sorrindo.

— Sim, admito — respondeu Franz —, tenho curiosidade em saber qual era o livro que o senhor lia com tanta atenção à nossa chegada.

— Os *Comentários* de César — disse o fora da lei. — É o meu livro de cabeceira.

— E então! Não vem? — perguntou Albert.

— É para já — respondeu Franz —, aqui estou!

E foi a sua vez de sair pelo respiradouro.

Deram alguns passos na planície.

— Ah, perdão! — disse Albert, voltando-se. — Pode fazer a gentileza, capitão?

E acendeu seu charuto no archote de Vampa.

— Agora, sr. conde — disse ele —, a maior ligeireza possível! Faço questão de terminar a noite na casa do duque de Bracciano.

Encontraram o coche onde o haviam deixado; o conde disse uma única palavra, em árabe, a Ali, e os cavalos partiram em disparada.

O relógio de Albert marcava duas horas em ponto quando os dois amigos entraram novamente no salão de baile.

Seu retorno causou sensação; porém, como voltavam juntos, todas as preocupações relativas a Albert cessaram instantaneamente.

— Condessa — disse o visconde de Morcerf, andando em sua direção —, ontem a senhora teve a bondade de me prometer um galope, chego um pouco tarde para reivindicar essa graciosa promessa; mas aqui está o meu amigo, de quem a senhora conhece a sinceridade, que lhe dirá que a culpa não foi minha.

E, como nesse momento a música dava o sinal da valsa, Albert passou o braço em torno da cintura da condessa e desapareceu com ela no turbilhão dos dançarinos.

Enquanto isso, Franz pensou no singular arrepio que percorrera o corpo do conde de Monte Cristo quando este se vira de certa forma obrigado a apertar a mão de Albert.

17. O ENCONTRO

No dia seguinte, a primeira frase de Albert ao se levantar foi para sugerir a Franz uma visita ao conde. Já lhe agradecera na véspera, mas julgava que um favor como o que ele lhe prestara merecia muito bem dois agradecimentos.

Franz, que um misto de atração e terror impelia para o conde de Monte Cristo, não quis deixar Albert sozinho na companhia daquele homem e o acompanhou; ambos foram introduzidos na sala de estar: cinco minutos depois, o conde surgiu.

— Sr. conde — disse-lhe Albert, caminhando em sua direção —, permita-me repetir esta manhã o que disse ontem de maneira débil: nunca esquecerei em que circunstância o senhor me socorreu, sempre me lembrarei que lhe devo a vida, ou quase isso.

— Meu caro vizinho — respondeu o conde rindo —, o senhor exagera em suas cortesias para com a minha pessoa. Sua dívida não passa de uma economia de cerca de vinte mil francos em seu orçamento de viagem, e isso é tudo; portanto, não falemos mais nisso. Por outro lado, receba todos os meus cumprimentos, seu comportamento altivo e tranquilo faz jus a elogios.

— Não foi nada de mais, conde! — disse Albert. — Imaginei que tivesse me metido numa confusão e que um duelo tivesse se seguido, e quis mostrar uma coisa àqueles bandidos: é que se duela em todos os países do mundo, mas apenas os franceses duelam rindo. Todavia, como nem por isso minha gratidão é menor, venho lhe perguntar se, por meu intermédio, dos meus amigos e conhecidos, não lhe posso ser útil em alguma coisa. Meu pai, o conde de Morcerf, que é de ori-

— Não foi nada de mais, conde! Imaginei que tivesse me metido numa confusão e que um duelo tivesse se seguido.

gem espanhola, ocupa uma posição privilegiada na França e na Espanha; venho me colocar, a mim e a todas as pessoas que me amam, a seu dispor.

— Perfeito! — disse o conde. — Admito, sr. de Morcerf, que esperava sua oferta e aceito-a de bom grado. Tenho uma coisa em vista e gostaria de lhe pedir um imenso favor.

— Qual?

— Nunca estive em Paris; não conheço Paris...

— Verdade?! — exclamou Albert. — Conseguiu viver até hoje sem ver Paris? É inacreditável!

— Entretanto, é assim; mas sinto, como o senhor, que ignorar por mais tempo a capital do mundo inteligente é coisa impossível. E tem mais: talvez eu já tivesse feito essa viagem indispensável tempos atrás se houvesse conhecido alguém para me introduzir nesse mundo onde não tenho quaisquer relações.

— Oh, um homem como o senhor! — exclamou Albert.

— É muita bondade sua; mas, como não me atribuo outro mérito senão o de poder competir, na condição de milionário, com o sr. Aguado ou o sr. Rothschild[140], e como não vou a Paris para jogar na Bolsa, essa pequena circunstância me refreou. Agora sua oferta me faz decidir. Vejamos, compromete-se, meu caro sr. de Morcerf — o conde acompanhou essas palavras com um sorriso singular —, compromete-se, quando eu for à França, a me abrir as portas desse mundo onde causarei tanta espécie quanto um hurão ou um cochinchinês?

— Oh, quanto a isto, sr. conde, deliciado e de coração aberto! — respondeu Albert. — Nada mais a propósito por sinal (meu caro Franz, não goze com a minha cara), visto que fui chamado a Paris por uma carta que recebi justamente esta manhã, cujo teor é a minha aliança com uma família muito simpática e com as melhores relações na sociedade parisiense.

— Aliança por casamento? — disse Franz rindo.

— Oh, meu Deus, sim! Portanto, quando voltar a Paris vai me encontrar um homem ponderado e talvez pai de família. O que combina bastante com a minha gravidade natural, não é mesmo? Em todo caso, conde, repito, eu e os meus estamos à sua disposição de corpo e alma.

— Aceito — disse o conde —, pois juro que só me faltava uma oportunidade como esta para concretizar planos que há muito venho ruminando.

Franz não duvidou um único instante de que esses planos eram os mesmos acerca dos quais o conde deixara escapar uma pista na caverna de Monte Cristo, e olhou para o conde enquanto ele dizia essas palavras, tentando captar em sua fisionomia alguma revelação dos planos que o levavam a Paris; mas era muito difícil perscrutar a alma daquele homem, sobretudo quando ele a cobria com o véu de um sorriso.

— Agora, falando sério, conde — disse Albert, encantado pela oportunidade de ciceronear um homem como Monte Cristo —, esses planos não seriam daqueles que se esfumam, como os que fazemos mil quando viajamos e que, construídos com areia, são carregados pela primeira brisa?

— Não, palavra de honra — prometeu o conde. — Quero ir a Paris, preciso ir.

— E quando será isso?

— Ora, quando o senhor mesmo estará por lá?

---

140. "sr. Aguado ou sr. Rothschild": Alejandro-Maria Aguado (1784-1842), marquês de Marimas del Guadalquivir, agente financeiro espanhol, radicado na França desde 1815; James Mayer de Rothschild (1792-1868), fundador do braço francês da célebre casa bancária de sua família.

— Eu — disse Albert —, oh, meu Deus! Dentro de quinze dias ou três semanas no mais tardar; o tempo de voltar.

— Muito bem! — disse o conde. — Dou-lhe três meses; como vê, dou-lhe bastante folga.

— E daqui a três meses — exclamou Albert com alegria — o senhor baterá à minha porta?

— Quer um encontro com dia e hora marcados? — perguntou o conde. — Aviso-lhe que sou de uma pontualidade desesperadora.

— Dia e hora marcados — disse Albert. — Para mim, está ótimo.

— Pois seja — ele esticou a mão até um calendário pendurado perto do espelho. — Estamos, hoje, em 21 de fevereiro — ele sacou o relógio —, são dez e meia da manhã. Quer me esperar no dia 21 de maio próximo, às dez e meia da manhã?

— Perfeitamente! — disse Albert. — O almoço estará pronto.

— O senhor mora...

— Na rua du Helder nº27.

— Não vou importuná-lo em sua casa?

— Moro na casa do meu pai, mas num pavilhão independente no fundo do quintal.

— Ótimo.

O conde pegou sua agenda e escreveu: "Rua du Helder nº27, 21 de maio, às dez e meia".

— E agora — disse o conde, guardando de volta a agenda no bolso —, fique tranquilo, o ponteiro do seu relógio não será tão preciso quanto o meu.

— Ainda o vejo antes de partir? — perguntou Albert.

— Depende: quando irá partir?

— Amanhã, às cinco da tarde.

— Nesse caso, despeço-me agora. Tenho um compromisso em Nápoles e só estarei de volta aqui no sábado ou na manhã de domingo. E o senhor — perguntou a Franz —, também está de partida, sr. barão?

— Sim.

— Para a França?

— Não, para Veneza. Ainda fico um ou dois anos na Itália.

— Então não nos veremos em Paris?

— Receio não ter essa honra.

— Muito bem, cavalheiros, boa viagem — disse o conde aos dois amigos, estendendo a cada um uma das mãos.

Era a primeira vez que Franz tocava na mão daquele homem; estremeceu, pois era gelada como a de um defunto.

— Pela última vez — disse Albert —, a combinação está valendo, o senhor me deu sua palavra de honra, não foi? Rua du Helder nº27, 21 de maio, às dez e meia da manhã?

— 21 de maio, às dez e meia da manhã, rua du Helder nº27 — repetiu o conde.

Ao que os dois rapazes cumprimentaram o conde e saíram.

— O que há com você? — disse Albert a Franz ao chegarem no hotel. — Parece preocupado.

— Sim — disse Franz —, admito, o conde é um homem singular, e vejo com preocupação esse encontro marcado em Paris.

— Esse encontro... com preocupação! Que coisa! Está maluco, meu caro Franz? — exclamou Albert.

— Que posso fazer — disse Franz —, maluquice ou não, é assim.

— Escute — replicou Albert —, e fico feliz por esta oportunidade de lhe dizer isso, mas você sempre me pareceu muito frio com o conde, que, por sua vez, ao contrário, sempre achei perfeito conosco. Tem alguma coisa específica contra ele?

— Talvez.

— Já o havia encontrado em algum lugar antes de o encontrar aqui?

— Exatamente.

— Onde isso?

— Promete não repetir uma palavra do que vou lhe contar?

— Prometo.

— Palavra de honra?

— Palavra de honra.

— Ótimo. Então escute.

E Franz pôs-se a contar a Albert sua expedição à ilha de Monte Cristo, como encontrara uma tripulação de contrabandistas e, no meio dessa tripulação, dois bandidos corsos. Deteve-se em todas as circunstâncias da hospitalidade feérica que o conde lhe proporcionara em sua gruta das *Mil e uma noites*; contou-lhe a ceia, o haxixe, as estátuas, a realidade e o sonho, e como, ao despertar, nada mais restava como prova e lembrança de todos aqueles acontecimentos, a não ser o pequeno iate fazendo velas ao horizonte, rumo a Porto Vecchio.

Passou então a Roma, à noite do Coliseu, à conversa que ouvira entre ele e Vampa, relativa a Peppino e durante a qual o conde prometera obter o indulto para o bandido, promessa que tão bem cumprira, como nossos leitores puderam avaliar.

Chegou em seguida à aventura da noite precedente, ao embaraço em que se vira ao constatar que lhe faltavam seiscentas ou setecentas piastras para completar o resgate e, finalmente, à ideia que tivera de se dirigir ao conde, ideia que deu ao mesmo tempo resultado tão pitoresco e satisfatório.

Albert escutava Franz com todos os ouvidos.

— E daí!? — exclamou quando ele terminou. — Onde vê nisso tudo alguma coisa a ser censurada? O conde é um viajante, o conde é proprietário de um barco, uma vez que é rico. Vá a Portsmouth ou a Southampton, verá os portos apinhados de iates pertencentes a ricos ingleses que têm o mesmo capricho. Para ter onde pernoitar nessas viagens, para não comer essa pavorosa cozinha que nos envenena, eu, há quatro meses, você há quatro anos; para não deitar nessas camas abomináveis nas quais não se consegue dormir, nada melhor que equipar um ninho em Monte Cristo. Após equipar seu ninho, ele teme que o governo toscano o despeje e que seus gastos tenham sido vãos, então compra a ilha e assume seu nome. Meu caro, procure na memória, e diga-me quantos conhecidos seus apropriam-se do nome de propriedades que nunca possuíram.

— Mas — disse Franz a Albert — e os bandidos corsos em meio à tripulação?

— Ora, o que há de espantoso nisso? Sabe melhor que ninguém, é ou não é?, que os bandidos corsos não são ladrões, mas pura e simplesmente fugitivos que alguma *vendetta* exilou de sua cidade ou aldeia; podemos portanto conhecê-los sem nos comprometer; quanto a mim, declaro que se um dia for à Córsega, antes de me apresentar ao chefe de polícia e ao governador, vou me apresentar aos bandidos de *Colomba*[141], se é que é possível encontrá-los; eles me parecem encantadores.

— Mas Vampa e seu bando — retorquiu Franz —, estes são bandidos que atacam para roubar; espero que não negue isso. Que me diz da influência do conde sobre esses homens?

— Digo, meu caro, que, como segundo toda a probabilidade devo a vida a essa influência, não me cabe criticá-la intempestivamente. Portanto, em vez de considerá-la, como faz você, um crime capital, você deve compreender que eu a desculpe, se não por ter salvo a minha vida, o que talvez seja um pouco exagerado, pelo menos por me haver feito poupar quatro mil piastras, o que significa simplesmente vinte e quatro mil libras na nossa moeda, soma que ninguém estima que eu valha na França; o que prova — acrescentou Albert, rindo — que ninguém é profeta em sua terra.

— Pois justamente! Qual é a terra do conde? Que língua ele fala? Quais são seus meios de subsistência? De onde vem sua imensa fortuna? Qual foi essa primeira parte de sua vida, misteriosa e desconhecida, que tingiu a segunda com essa tonalidade sombria e misantrópica? Eis, no seu lugar, o que eu gostaria de saber.

— Meu caro Franz — replicou Albert —, quando, ao receber a minha carta, você percebeu que precisávamos da influência do conde, você deve ter dito a ele: "Albert de Morcerf, meu amigo, corre perigo, ajude-me a livrá-lo desse perigo!" Não foi assim?

— Foi.

---

141. *Colomba*: novela de Prosper Merimée (1803-70), que entretanto seria publicada apenas em 1840, ou seja, dois anos depois do episódio narrado neste capítulo.

— Terá ele lhe perguntado: Quem é esse sr. Albert de Morcerf? Qual a origem desse nome? De onde lhe vem sua fortuna? Quais são seus meios de subsistência? Onde nasceu? Ele lhe perguntou tudo isso? Responda!

— Não, admito.

— Ele foi até lá, sem rodeios. Livrou-me das garras do sr. Vampa, onde apesar da minha atitude cheia de desenvoltura, como você diz, eu não fazia um belo papel, confesso. Pois bem, meu caro, quando em troca desse favor ele me pede para fazer por ele o que fazemos todos os dias para o primeiro príncipe russo ou italiano que passa por Paris, isto é, apresentá-lo à sociedade, quer que eu me negue! Há de convir que enlouqueceu.

Vale ressaltar que dessa vez, excepcionalmente, toda a razão estava do lado de Albert.

— Enfim — disse Franz com um suspiro —, faça como quiser, meu caro visconde; pois tudo que me diz é muito apropriado, tenho que admitir; mas nem por isso deixa de ser verdade que o conde de Monte Cristo é um homem estranho.

— O conde de Monte Cristo é um filantropo. Ele não lhe contou com que objetivo vai a Paris. Pois bem, ele vai para concorrer aos prêmios Montyon[142]; e, se bastar a minha voz para que os obtenha, e a influência desse cavalheiro tão feio[143] para isso se concretizar, ótimo! Eu lhe dou uma e lhe asseguro a outra. Chega desse assunto, meu caro Franz, vamos comer e depois façamos uma última visita a São Pedro.

Fizeram como dizia Albert, e, no dia seguinte, às cinco horas da tarde, os dois rapazes se despediam, Albert de Morcerf para voltar a Paris, Franz d'Épinay para passar quinze dias em Veneza.

Porém, antes de entrar no coche, Albert ainda entregou ao contínuo do hotel, tamanho era seu receio de que seu convidado faltasse ao encontro, um cartão para o conde de Monte Cristo, no qual, acima destas palavras: "Visconde Albert de Morcerf", ele escrevera a lápis:

21 de maio, às dez e meia da manhã,
rua du Helder nº 27

---

142. "prêmios Montyon": prêmios concedidos *post-mortem* pelo grande filantropo Antoine-Jean-Baptiste-Robert Auget, barão de Montyon (1733-1820), que legou sua fortuna para ser distribuída, anualmente, nos seguintes prêmios: pelo aperfeiçoamento de processos mecânicos visando a segurança dos trabalhadores; pelo aperfeiçoamento de processos mecânicos em geral; pelo livro de maior contribuição à humanidade; o "prêmio virtude", para o ato mais corajoso realizado por um francês pobre; além de prêmios para as academias de estudo e de uma doação para os hospitais de Paris.

143. "desse cavalheiro tão feio": possível referência a Charles-Guillaume Étienne (1777-1845), jornalista, fundador do jornal *Constitutionnel*, escritor de sucesso, adversário dos escritores românticos, entre eles Alexandre Dumas, e que presidiu o júri dos prêmios Montyon em 1839.

PARTE III

1. OS COMENSAIS

Na casa da rua du Helder, onde em Roma Albert de Morcerf marcara um encontro com o conde de Monte Cristo, eram grandes os preparativos na manhã do dia 21 de maio para honrar a palavra do rapaz.

Albert de Morcerf morava num pavilhão situado no canto de um grande pátio e defronte a um outro prédio, destinado aos criados. Apenas duas janelas desse pavilhão davam para a rua, as demais se abriam, três para o pátio, e duas outras, nos fundos, para o jardim.

Entre o pátio e o jardim, construída com o mau gosto da arquitetura imperial, ficava a residência frívola, vasta, na última moda do conde e da condessa de Morcerf.

Em toda a largura da propriedade, dando para a rua, reinava um muro com vasos de flores espaçados em cima e interrompido no meio por um grande portão gradeado com hastes douradas, que servia para as visitas de cerimônia. Uma portinhola quase colada na cabine do porteiro dava passagem para que os serviçais ou *maîtres* entrassem ou saíssem a pé.

Adivinhava-se, nessa escolha do pavilhão destinado à moradia de Albert, a delicada precaução de uma mãe que, não querendo se apartar do filho, tinha não obstante compreendido que um rapaz da idade do visconde precisava de liberdade integral. Por outro lado, também era possível constatar, devemos dizê-lo, o inteligente egoísmo do rapaz, arrebatado por essa vida livre e indolente, que é a dos filhos de boa família, e que douravam sua vida como ao passarinho sua gaiola.

Por essas duas janelas que davam para a rua, Albert de Morcerf podia fazer suas explorações no lado de fora. A visão exterior é imprescindível para os jovens, que sempre querem ver o mundo atravessando seu horizonte, ainda que esse horizonte seja o da rua! Além disso, realizada sua exploração e caso ela merecesse um estudo mais aprofundado, Albert de Morcerf podia, para se dedicar às suas buscas, sair por um portãozinho que ficava no lado oposto daquele que indicamos perto da guarita do porteiro, e que merece uma menção especial.

Era um portãozinho que parecia esquecido de todos desde a época em que a casa fora construída, e que julgavam condenado para sempre, tão discreto e empoeirado parecia, mas cuja fechadura e dobradiças regularmente lubrificadas sugeriam um uso misterioso e assíduo. Esse portãozinho disfarçado competia com o outro portão, zombando do porteiro, de cuja vigilância e jurisdição escapava, abrindo-se como a famosa entrada da caverna das *Mil e uma noites*, como o Sésamo encantado de Ali Babá, mediante algumas palavras cabalísticas ou alguns arranhões convencionados, pronunciadas pelas vozes mais meigas ou operados pelos dedos mais delicados deste mundo.

No fim de uma galeria vasta e calma, com a qual esse portãozinho se comunicava e que servia de vestíbulo, abria-se, à direita, a sala de jantar de Albert, que dava para o pátio, e, à esquerda, sua sala de estar, que dava para o jardim. Arbustos, de trepadeiras que se abriam em leque através das janelas, escondiam do pátio e do jardim o interior desses dois cômodos, os únicos, situados no térreo como o eram, onde teriam podido penetrar os olhares indiscretos.

No andar de cima, esses dois cômodos se repetiam, somados a um terceiro, sobre o vestíbulo. Esses três cômodos eram uma sala de visitas, um quarto de dormir e uma alcova.

A única mobília da sala de estar era um divã argelino destinado aos fumantes.

A alcova do primeiro andar desembocava no quarto de dormir e, por uma porta invisível, comunicava-se com a escada. Como vemos, todas as medidas de precaução estavam tomadas.

Acima desse primeiro andar reinava um vasto ateliê, ampliado com a derrubada de paredes e divisórias, pandemônio que o artista exigira ao dândi. Ali se refugiavam e amontoavam todos os sucessivos caprichos de Albert, as trompas de caça, os baixos, as flautas, uma orquestra completa, uma vez que por um instante Albert mostrara não inclinação, mas diletantismo pela música; os cavaletes, as paletas, os pastéis, pois ao diletantismo pela música sucedera a fatuidade da pintura; finalmente, os floretes, as luvas de boxe, os espadins e bengalas de todo tipo; pois, afinal, seguindo as tradições dos rapazes na moda da época a que chegamos, Albert de Morcerf cultivava, com infinitamente mais perseverança do que o fizera com a música e a pintura, essas três artes que completam a educação leonina[1], isto é, a esgrima, o boxe e o bastão[2]. Ele recebia alternadamente nesse aposento, destinado a todos os exercícios do corpo, Grisier, Cooks e Charles Leboucher[3].

O restante dos móveis desse aposento privilegiado eram antigas cristaleiras da época de Francisco I[4], cristaleiras abarrotadas de porcelanas chinesas, vasos japoneses, louças de Luca della Robbia[5] e bandejas de Bernard de Palissy[6]; poltronas antigas, nas quais talvez houvessem sentado Henrique IV[7] ou Sully[8], Luís XVIII ou Richelieu, pois duas dessas poltronas ornamentadas com um emblema esculpido em que rebrilhavam, sobre fundo anil, três lírios de França, encimados por uma coroa real, provinham visivelmente dos guarda-móveis do Louvre, ou, pelo menos, de algum castelo real. Sobre essas poltronas, de fundos escuros e severos, esparramavam-se suntuosos tecidos de cores vivas, tingidos pelo sol da Pérsia ou urdidos pelos dedos das mulheres de Calcutá ou de Chandernagor[9]. O que faziam ali esses tecidos, não sabemos; esperavam, recreando os olhos, uma destinação desconhecida por parte de seu proprietário, e, enquanto esperavam, iluminavam o apartamento com seus reflexos sedosos e dourados.

No lugar mais visível reinava um piano, fabricado por Roller e Blanchet[10] em pau-rosa, piano à altura dos nossos salões de liliputianos, sem por isso deixar de encerrar uma orquestra em sua estreita e sonora caixa, que gemia

---

1. "educação leonina": a educação recebida pelos "leões", os jovens endinheirados da sociedade parisiense.

2. Bastão: no original, "*bâton*", possível referência aos bastões usados para se esquiar na neve ou a algum outro tipo de esporte elegante.

3. Augustin-Edme Grisier: professor de artes marciais, dono de uma sala de armas frequentada por Alexandre Dumas; Cooks: dono de uma sala de ginástica em Paris; Charles Leboucher (1763-1833): pugilista e professor de uma variação do esporte na qual os pés também são usados para golpear o adversário.

4. Francisco I: rei da França coroado em 1515 e que reinou até sua morte em 1547.

5. Luca della Robbia (1400-82): escultor e ceramista italiano.

6. Bernard de Palissy (c.1500-90): pintor, escultor, naturalista e ceramista francês.

7. Henrique IV: Henrique de Bourbon (1553-1610), também chamado o Grande, foi o primeiro rei de França pertencente à família dos Bourbon.

8. Sully: Maximilien de Béthune (1560-1641), barão de Rosni, ministro das finanças de Henrique IV.

9. Chandernagor: pequena cidade e antiga possessão francesa na Índia, sob cujo domínio permaneceu, com intermitências, de 1673 a 1951.

10. Roller e Blanchet: Nicolas Blanchet (1660-1731) e Roller eram fabricantes de pianos que criaram uma sociedade em 1826.

sob o peso das obras-primas de Beethoven, Weber[11], Mozart, Haydn, Grétry[12] e Porpora[13].

Além disso, ao longo das paredes, em cima das portas, no teto, espadas, punhais, alavancas, crises[14], maças, machadinhas, armaduras completas e douradas, tauxiadas, incrustadas; ervanários, blocos de minerais, aves empalhadas abrindo para um voo imóvel suas asas cor de fogo e seu bico, que nunca fecham.

Desnecessário dizer que esse aposento era o preferido de Albert.

No entanto, no dia do encontro, o rapaz, em mangas de camisa, estabelecera seu quartel-general na sala de visitas do andar térreo. Ali, sobre uma mesa contornada a distância por um divã grande e macio, resplandeciam, nos potes de louça craquelê que os holandeses adoram, todos os tabacos conhecidos, desde o fumo amarelo de Petersburgo até o fumo preto do Sinai, passando pelo maryland, o porto-rico e o latakiê. Ao lado, em escaninhos de madeira odorífera, estavam classificados, por ordem de tamanho e qualidade, os puros, os regalia, os havanas e os manilhas; finalmente, num armário sempre aberto, uma coleção de cachimbos alemães, chibuques com bocais de âmbar, ornamentados com corais, e narguilés incrustados de ouro, com longos tubos de marroquim enrolados como serpentes, esperava o capricho ou a simpatia dos fumantes. Albert presidira pessoalmente à arrumação, ou melhor, à desordem simétrica, que, depois do café, os comensais de um almoço moderno gostam de contemplar através da fumaça que escapa de suas bocas e sobe em direção ao teto em compridas e caprichosas espirais.

Às quinze para as dez, um criado de quarto entrou. Era um pequeno *groom*[15] de quinze anos, que não falava senão o inglês, atendia pelo nome de John e perfazia toda a criadagem de Morcerf. Naturalmente que no dia a dia o cozinheiro da casa ficava à sua disposição, bem como, nas grandes ocasiões, o caçador do conde.

Esse criado de quarto, que se chamava Germain e gozava da confiança irrestrita do seu jovem patrão, trazia um maço de jornais, que deixou numa mesa, e um pacote de cartas, que entregou a Albert.

---

11. Weber: Carl-Maria-Friedrich-Ernst von Weber (1786-1826), compositor da escola romântica, além de pianista e crítico alemão.

12. Grétry: André-Ernest-Modeste Grétry (1741-1813), compositor belga que, de 1767 em diante, trabalhou na França, vindo a adquirir nacionalidade francesa.

13. Porpora: Nicola Porpora (1686-1768), compositor e professor de canto italiano famoso por toda a Europa de sua época.

14. Cris: punhal malaio, de lâmina ondulada em forma de labareda.

15. *Groom*: serviçal.

Albert lançou um olhar distraído para aquelas diferentes missivas, selecionou duas com caligrafias delicadas e envelopes perfumados, as quais abriu e leu com certa atenção.

— Como chegaram estas cartas? — perguntou.

— Uma chegou pelo correio, a outra foi entregue pelo criado de quarto da sra. Danglars.

— Mande dizer à sra. Danglars que aceito o lugar que ela me oferece em seu camarote... Espere... mais tarde, durante o dia, passe na casa de Rosa; diga-lhe que irei, honrando seu convite, cear com ela quando sair do Opéra, e leve para ela seis garrafas de vinhos sortidos, de Chipre, de Xerez, de Málaga, e uma barrica de ostras de Ostende... Compre as ostras no Borrel[16] e não se esqueça de dizer que são para mim.

— A que horas o senhor quer ser servido?

— Que horas são?

— Quinze para as dez.

— Ótimo, sirva às dez e meia em ponto. Debray talvez se veja obrigado a ir ao Ministério... E a propósito... — Albert consultou sua agenda — é precisamente a hora que marquei com o conde, dia 21 de maio, às dez e meia da manhã. E embora não confie muito em sua promessa, quero ser pontual. Por falar nisso, sabe se a sra. condessa já levantou?

— Se o sr. visconde quiser, posso me informar.

— Sim... Você lhe solicitará acesso a uma de suas adegas, a minha está incompleta, e lhe dirá que terei a honra de passar em sua casa por volta das três horas e que peço permissão para lhe apresentar alguém.

O criado saiu. Albert jogou-se no divã, rasgou o envelope de dois ou três jornais, passou os olhos pelos espetáculos, fez uma careta ao ver que era dia de ópera e não de balé, procurou em vão nos anúncios de perfumaria um opiáceo para os dentes que lhe haviam recomendado e desprezou sucessivamente as três gazetas mais concorridas de Paris, murmurando no meio de um prolongado bocejo:

— Realmente, esses jornais estão cada dia mais chatos.

Nesse momento, um coche de passeio estacionou em frente ao portão e, logo em seguida, o criado entrou para anunciar o sr. Lucien Debray. Um rapaz alto e louro, pálido, de olhos cinzentos e resolutos, lábios finos e frios, terno azul com botões de ouro trabalhados, gravata branca, lornhão de tartaruga pendurado num fio de seda, o qual, num esforço do nervo temporal e do nervo zigomático, ele conseguia prender de tempos em tempos na cavidade do seu olho direito, entrou sem sorrir, sem falar e com um ar semioficial.

---

16. Borrel: grande empório de ostras brancas e verdes na época.

— Bom dia, Lucien... Bom dia! — disse Albert. — Puxa, meu caro, você me assusta com a sua pontualidade! Ora, que digo eu? Pontualidade! Você, que eu esperava por último, chega às cinco para as dez, ao passo que o encontro definitivo só se dará às dez e meia! É um milagre! Por acaso o Ministério caiu?

— Não, caríssimo — disse o rapaz, incrustando-se no divã —, tranquilize-se, continuamos na corda bamba, mas nunca caímos, e começo a crer que passamos pura e simplesmente à estagnação, sem contar que as atribulações da Península[17] logo irão nos consolidar.

— Ah, é verdade, vocês estão enxotando don Carlos da Espanha[18].

— Em absoluto, caríssimo, não vamos confundir as coisas; providenciamos para que ele atravessasse a fronteira da França e lhe oferecemos uma hospitalidade régia em Bourges.

— Em Bourges?

— É, e ele não tem do que se queixar, diabos! Bourges é a capital do rei Carlos VII[19]! Não sabia disso? Toda Paris já sabe desde ontem, e anteontem a coisa já transpirara na Bolsa, pois o sr. Danglars, não sei por que meios esse homem sabe das notícias ao mesmo tempo que nós, apostou na alta e ganhou um milhão.

— Já você, parece que ganhou uma nova insígnia, pois vejo uma listra azul acrescentada à sua coleção...

— Bobagem! Eles me outorgaram a medalha de Carlos III[20] — respondeu Debray displicentemente.

— Vamos, não finja indiferença, admita que gosta de receber essas coisas.

— Claro que sim; como complemento da toalete, uma medalha cai muito bem num casaco preto abotoado; é elegante.

---

17. "atribulações na Península": considerando que a história de *O conde de Monte Cristo* se passa ao longo dos anos 1830, esta passagem é um anacronismo do autor referente à primeira das Guerras Carlistas, ocorrida entre 1833 e 1840, que giravam em torno da disputa do trono da Espanha após a morte de Fernando VII (1784-1833). Tais conflitos foram assim batizados após o irmão do rei, Carlos (1788-1855), ter se recusado a deixar o trono para sua sobrinha, Isabel (1830-1904) e sua cunhada regente, Cristina (1806-78). Após a derrota de seus exércitos, Carlos foi acolhido pela França, em Bourges.

18. Carlos María Isidro Benito de Bourbon (1788-1855), conhecido como o Infante Carlos de Bourbon, e cujo pleito ao trono espanhol provocou a pimeira Guerra Carlista.

19. Carlos VII de França (1403-61), que reorganizou a monarquia francesa após a Guerra dos Cem Anos e que de fato tinha a sede de sua corte em Bourges.

20. Medalha de Carlos III: ordem fundada em 1771, na Espanha. Ao que parece, uma recompensa a Debray pelo asilo francês concedido ao pretendente derrotado ao trono espanhol.

— E — disse Morcerf sorrindo — ficamos parecidos com o príncipe de Gales ou o duque de Reichstadt[21].

— Eis portanto a razão desta minha visita tão matinal, caríssimo.

— Porque está com a medalha de Carlos III e queria me anunciar essa boa nova?

— Não; porque passei a noite a enviar cartas: vinte e cinco despachos diplomáticos. Voltei para casa esta manhã, quis dormir, mas fiquei com dor de cabeça e me levantei para montar a cavalo durante uma hora. No Bois de Boulogne, o tédio e a fome me invadiram, dois inimigos que raramente andam juntos e que não obstante se uniram contra mim; uma espécie de aliança carlo-republicana; lembrei então que havia um festim na sua casa esta manhã, e cá me vê; estou com fome, alimente-me; estou entediado, divirta-me.

— É meu dever de anfitrião, querido amigo — disse Albert, chamando o criado, enquanto Lucien remexia, na ponta de sua bengala com castão de ouro incrustado de turquesa, os jornais desdobrados. — Germain, uma taça de xerez e torradas. Enquanto isso, meu caro Lucien, aproveite os charutos, de contrabando, naturalmente; faço questão que os prove e convide seu ministro a nos vender iguais, e não essa espécie de folhas de nogueira que ele condena os bons cidadãos a fumar.

— Você enlouqueceu! Nunca farei uma coisa dessas. A partir do momento em que viessem do governo, não iria mais querê-los e os acharia execráveis. Aliás, isso não é da alçada do Interior, diz respeito às Finanças: dirija-se ao sr. Humann[22], setor das contribuições indiretas, corredor A, nº26.

— Confesso — disse Albert — que a extensão dos seus conhecimentos me surpreende. Por favor, pegue um charuto!

— Ah, caro visconde — disse Lucien, acendendo um manilha com uma vela cor-de-rosa que ardia num castiçal de prata dourada e jogando-se de costas no divã —, como você é feliz por não ter o que fazer! Na verdade, não sabe a sorte que tem!

— E que faria no meu lugar, meu caro pacificador de reinos — emendou Morcerf com uma ligeira ironia —, se não fizesse nada? Ora! Secretário particular de um ministro, lançado ao mesmo tempo na grande cabala europeia e nas pequenas intrigas de Paris; tendo reis e, melhor ainda, rainhas

---

21. "príncipe de Gales ou o duque de Reichstadt": príncipe de Gales é, desde 1301 (data da anexação do País de Gales pela Inglaterra), o título do herdeiro do trono do Reino Unido. O título de duque de Reichstadt pertencera a Napoléon-François-Joseph-Charles Bonaparte (1811-32), filho de Napoleão Bonaparte, que no período em que a história se passa já havia morrido no exílio em Viena, Áustria.

22. Humann: Jean-Georges Humann (1780-1842), ministro das Finanças da França.

a proteger[23], partidos a conciliar, eleições a dirigir; fazendo mais a partir de seu gabinete com sua pena e seu telégrafo que Napoleão fazia de seus campos de batalha com sua espada e suas vitórias; desfrutando de vinte e cinco mil libras de renda além do cargo; um cavalo pelo qual Château-Renaud lhe ofereceu quatrocentos luíses e que você não quis lhe vender; um alfaiate que não erra uma calça, sem falar no Opéra, no Jockey Club e no Teatro de Variedades; você não se distrai com nada disso? Pois então muito bem, vou distraí-lo.

— Como?

— Apresentando-lhe uma pessoa nova.

— Homem ou mulher?

— Homem.

— Oh, já conheço muitos!

— Mas não um como esse de quem estou falando.

— De onde ele vem então? Do fim do mundo?

— De mais longe, talvez.

— Ah, diabos! Espero que ele não traga o nosso café da manhã!

— Não, fique tranquilo, nosso café da manhã é confeccionado nas cozinhas maternas. Quer dizer que está com fome?

— Estou, confesso, por mais humilhante que seja admiti-lo. Mas jantei ontem na casa do sr. de Villefort; e, já observou, caro amigo?, janta-se muito mal na casa de todos esses especuladores; parece que eles têm remorsos.

— Não me venha com essa! Depreciar os jantares dos outros como se comesse muito bem na casa dos seus ministros...

— É, mas pelo menos não convidamos as pessoas de bom-tom; e, se não fôssemos obrigados a fazer as honras de nossa mesa a alguns pedantes que pensam e que sobretudo votam bem, evitaríamos como a peste jantar nas nossas casas, pode acreditar.

— Então, meu caro, sirva-se de um segundo copo de xerez e de outra torrada.

— Com prazer; seu vinho espanhol é excelente, é uma prova de que fizemos bem em pacificar esse país.

— Sim, mas e don Carlos?

— Ora! Don Carlos beberá vinho de Bordeaux e daqui a dez anos casaremos seu filho com a rainhazinha[24].

---

23. "rainhas a proteger": trata-se de Cristina e Isabel de Espanha, envolvidas na Guerra Carlista e mais afeitas ao liberalismo e ao despotismo esclarecido defendido pela França.

24. "casaremos seu filho com a rainhazinha": o filho do infante Carlos chamava-se Carlos Luís Maria Fernando (1818-61), conde de Montemolin, e jamais viria a se casar com a prima Isabel, filha de Fernando VII (embora esta pudesse ter sido uma solução para os problemas dinásticos espanhóis, como sugere o personagem).

— O que lhe valerá a ordem do Tosão de Ouro, se ainda estiver no Ministério.

— Albert, parece que esta manhã você adotou como sistema me alimentar com fumaça.

— Há de convir comigo que é o que ainda entretém melhor o estômago; mas, veja, acabo de ouvir a voz de Beauchamp no vestíbulo, discuta com ele, isso lhe dará paciência.

— A respeito do quê?

— A respeito dos jornais.

— Oh, caro amigo — disse Lucien, com um desprezo soberano —, acha que eu leio jornais!

— Mais uma razão, assim a discussão ganhará força.

— O sr. Beauchamp! — anunciou o criado.

— Entre, entre, pena terrível! — disse Albert, levantando-se e indo em direção ao rapaz. — Pronto, aqui está Debray, que o detesta sem o ter lido, pelo menos ao que diz.

— E tem toda razão — disse Beauchamp —, é como eu, critico-o sem saber o que ele faz. Bom dia, comendador.

— Ah, você já soube! — respondeu o secretário particular, trocando um aperto de mão e um sorriso com o jornalista.

— Mas é claro! — emendou Beauchamp.

— E o que dizem na sociedade?

— Que sociedade? Temos muitas sociedades no ano da graça de 1838.

— Ora, na sociedade crítico-política, da qual o senhor é um dos leões.

— Mas dizem que é uma coisa justíssima e que o senhor semeia vermelho demais para que brote um fiapo de azul[25].

— Excelente, excelente, nada mau — disse Lucien. — Por que não é um dos nossos, meu caro Beauchamp? Com a sua língua ferina, faria fortuna em três ou quatro anos.

— Justamente, espero apenas uma coisa para seguir o seu conselho: um Ministério assegurado por seis meses. Agora, uma palavrinha, meu caro Albert, pois é melhor deixar o coitado do Lucien respirar um pouco. Café da manhã? Afinal, ainda tenho a Câmara. Como podem ver, nem tudo é cor-de-rosa na nossa profissão.

— Vamos apenas tomar o café da manhã; estamos à espera de mais duas pessoas, iremos para a mesa assim que elas chegarem.

---

25. "semeia vermelho demais para que brote um fiapo azul": por fiapo azul, entenda-se uma condecoração, uma medalha; portanto, o sentido da expressão é "uma política agressiva demais para fazer jus a uma condecoração".

— E que tipo de pessoas espera para o café da manhã? — perguntou Beauchamp.

— Um fidalgo e um diplomata — respondeu Albert.

— Então é coisa de umas duas horinhas para o fidalgo e duas longas horas para o diplomata. Estarei de volta na hora da sobremesa. Guarde para mim morangos, café e charutos. Vou comer uma costeleta na Câmara.

— Não faça nada disso, Beauchamp, pois ainda que o fidalgo fosse um Montmorency[26] e o diplomata, um Metternich[27], tomaremos nosso desjejum às dez e meia em ponto; enquanto isso, faça como Debray, saboreie o meu xerez e as minhas torradas.

— Bom, então eu fico. Preciso desesperadamente me distrair esta manhã.

— Ótimo, ei-lo como Debray! E eu, que achava que a oposição fica alegre quando o Ministério está triste...

— Ah, caro amigo, é porque não faz ideia do que me ameaça. Esta manhã ouvirei um discurso do sr. Danglars na Câmara dos Deputados, e esta noite, na casa da mulher dele, uma tragédia de um par de França. Que o governo constitucional vá para os diabos! E, já que tínhamos a escolha, por que escolhemos este?

— Compreendo; o senhor está precisando se abastecer de hilaridade.

— Ora, não fale mal dos discursos do sr. Danglars — disse Debray. — Ele vota com vocês, é da oposição.

— Pois aí reside o mal! Da mesma forma, espero que o mande discursar no Luxemburgo para rir dele mais à vontade.

— Meu caro — disse Albert a Beauchamp —, vê-se bem que os assuntos da Espanha estão encaminhados, pois você está de uma amargura revoltante esta manhã. Não se esqueça, porém, que uma crônica parisiense noticiou o meu casamento com a srta. Eugénie Danglars. Não posso, portanto, em sã consciência, deixá-lo falar mal da eloquência de um homem que um dia pode me dizer: "Sr. visconde, saiba que o dote da minha filha é de dois milhões."

— Pelo amor de Deus! — disse Beauchamp. — Esse casamento nunca se realizará. O rei o fez barão, poderá fazê-lo par, mas não o fará fidalgo, e o conde de Morcerf é uma espada aristocrática demais para consentir, ainda que mediante dois parcos milhões, numa aliança funesta. O visconde de Morcerf só pode se casar com uma marquesa.

— Mas dois milhões é uma bela soma! — replicou Morcerf.

— É o capital social de um teatro de bulevar ou de uma ferrovia que ligasse o Jardim Botânico ao Râpée.

---

26. Montmorency: família francesa cuja nobreza remonta à Idade Média.

27. Metternich: ou príncipe Klemens von Metternich (1773-1859), estadista austríaco que, à época, era a principal figura política da Europa Central.

— Deixe-o falar, Morcerf — retrucou Debray com um ar de superioridade —, e se case. Vai se casar com a grife de uma bolsa, não é? Pois bem, que diferença faz! Nesse caso, é preferível ter nessa grife um brasão a menos e um zero a mais; você tem sete merletas[28] em suas armas, dará três à sua mulher e ainda lhe restarão quatro. É uma a mais do que possui o sr. de Guise, que quase foi rei da França e cujo primo de segundo grau era imperador da Alemanha.[29]

— Nossa, acho que você tem razão, Lucien — respondeu Albert distraidamente.

— Com certeza! Além do mais, não resta dúvida de que todo milionário é nobre como um bastardo, o que significa que ele pode sê-lo.

— Scchh! Não diga isso, Debray — interrompeu Beauchamp, rindo —, pois temos Château-Renaud, que, para curá-lo de sua mania de paradoxos, lhe atravessará o corpo com a espada de Renaud de Montauban[30], seu ancestral.

— Ele se arrependeria muito — respondeu Lucien —, pois sou mau, muito mau.

— Que beleza! — exclamou Beauchamp. — O Ministério agora canta Béranger[31], aonde vamos chegar, meu Deus?

— O sr. de Château-Renaud! O sr. Maximilien Morrel! — disse o criado, anunciando dois novos comensais.

— Agora estamos todos aqui! — exclamou Beauchamp. — Podemos comer, pois, se não me engano, você esperava apenas mais duas pessoas, Albert…

— Morrel! — murmurou Albert surpreso. — Morrel! De quem se trata?

Antes que tivesse terminado de falar, o sr. de Château-Renaud, formoso rapaz de trinta anos, fidalgo dos pés à cabeça, isto é, com a aparência de um Guiche e a inteligência de um Montemart[32], segurara Albert pela mão:

— Permita, meu caro — disse ele —, apresentar-lhe o sr. capitão dos spahis[33] Maximilien Morrel, meu amigo e, mais que isso, meu salvador. Em

---

28. Merletas: termo heráldico que designa uma ave desenhada de perfil, sem bico e sem pés.

29. Sr. de Guise: o nobre francês Henrique de Guise (1550-88) não era primo do imperador alemão Rodolfo II (1552-1612). Certamente o autor faz alusão jocosa às intrincadas relações mantidas entre os Guise e os Habsburgo no séc.XVI.

30. Renaud de Montauban: herói ficcional que surgiu na literatura europeia do séc.XIII.

31. Béranger: Pierre-Jean de Béranger (1780-1857), compositor popular francês. Ao ser criticado por haver acrescentado ao seu nome a partícula "de", que designava membros da nobreza, compôs a canção a que o texto se refere, uma pérola de autoironia: "Ora essa! Eu aprendo o que se critica./ O 'de' que precede meu nome./ Sois vós da nobreza antiga?/ Eu, nobre? Oh! Por favor, senhores, não./ Não, nada de cavaleiro./ Eu não tenho o diploma em pergaminho./ Eu sei apenas amar a minha pátria …/ Eu sou mau e muito mau."

32. Guiche e Montemart: famílias nobres que se opuseram a Napoleão.

33. Spahis: regimentos da cavalaria ligeira do exército francês, recrutados predominantemente entre as populações argelinas, tunisianas e marroquinas. O termo vem de *sipahi*, palavra derivada do persa que designava os corpos de cavalaria otomanos.

todo caso, o homem sabe se apresentar por si mesmo. Cumprimente o meu herói, visconde.

Ele então se preparou para examinar aquele alto e nobre rapaz, de fronte ampla, olhar penetrante e bigode preto, que nossos leitores se lembram de ter visto em Marselha, numa circunstância excessivamente dramática para que o tenham esquecido.

Um suntuoso uniforme, metade francês, metade oriental, admiravelmente trajado, valorizava seu peito largo decorado com a medalha da Legião de Honra e destacava a proeminência altiva de seu porte. O jovem oficial inclinou-se numa elegância polida; Morrel era gracioso em todos os gestos, pois era um forte.

— Cavalheiro — disse Albert, com uma cortesia afetuosa —, o sr. barão de Château-Renaud sabia antecipadamente todo o prazer que me proporcionaria ao nos apresentar; o senhor está entre os amigos dele, esteja entre os nossos.

— Muito bem — disse Château-Renaud —, e almeje, meu caro visconde, que, em caso de necessidade, ele faça pelo senhor o que fez por mim.

— E o que ele fez? — perguntou Albert.

— Oh — disse Morrel —, não vale a pena falar nisso, e o cavalheiro exagera.

— Como! — disse Château-Renaud. — Não vale a pena falar nisso! Uma vida não merece comentários? Na verdade, é por demais filosófica a sua postura, meu caro sr. Morrel... Bom para o senhor, que arrisca a vida todos os dias, mas não para mim, que a arrisco uma vez por acidente...

— Pelo que entendo disso tudo, barão, o sr. capitão Morrel salvou-lhe a vida.

— Oh, meu Deus, sim, literalmente! — declarou Château-Renaud.

— E quando foi isso? — perguntou Beauchamp.

— Beauchamp, meu amigo, saiba que estou morrendo de fome! — disse Debray. — Portanto, não venha com suas histórias.

— Está bem, mas — disse Beauchamp — não estou impedindo que se ponham à mesa... Château-Renaud nos contará isso lá.

— Cavalheiros — disse Morcerf —, ainda são apenas dez e quinze, notem bem, e esperamos um último comensal.

— Ah, é verdade, um diplomata — disse Debray.

— Um diplomata ou outra coisa, não sei muito bem, o que sei é que, por conta própria, encarreguei-o de uma missão concluída tão satisfatoriamente que, se eu fosse rei, tê-lo-ia feito, no mesmo instante, cavaleiro de todas as minhas ordens, tivesse eu ao mesmo tempo à disposição a do Tosão de Ouro e a da Jarreteira.

— Então, já que ninguém vai para a mesa ainda — disse Debray —, sirva-me um copo de xerez como o outro, e conte-me isso, barão.

— Todos aqui sabem da ideia que tive de ir à África.

— Uma rota já percorrida pelos seus ancestrais, meu caro Château-Renaud — respondeu Morcerf galantemente.

— Sim, mas duvido que tenha sido, como eles, para libertar o túmulo de Cristo.

— E tem razão, Beauchamp — disse o jovem aristocrata. — Era simplesmente para dar uns tiros de amador. O duelo me repugna, como sabe, desde que duas testemunhas, que eu tinha escolhido para ajustar umas contas, me obrigaram a quebrar o braço de um dos meus melhores amigos... Ora, meu Deus! Desse desafortunado Franz d'Épinay, que todos vocês conhecem.

— Ah, sim! É verdade — disse Debray —, o senhor se bateu tempos atrás... Qual foi o motivo?

— Que o diabo me carregue se me lembro! — disse Château-Renaud. — Mas o que lembro perfeitamente é que, envergonhado por deixar dormir um talento como o meu, tive vontade de experimentar sobre os árabes umas pistolas novas que eu acabara de ganhar de presente. Em consequência disso, embarquei para Oran; de Oran alcancei Constantine e cheguei justamente a tempo de ver o fim do cerco[34]. Bati em retirada, como os demais. Durante quarenta e oito horas, suportei bem a chuva do dia e a neve da noite; finalmente, na terceira manhã, meu cavalo morreu de frio. Pobre animal! Acostumado às mantas e à proteção da estrebaria... um cavalo árabe que só se julgou um pouco expatriado ao encontrar dez graus de frio na Arábia.

— Então é por isso que quer comprar o meu cavalo inglês... — disse Debray. — Supõe que ele suportará o frio melhor que o seu cavalo árabe.

— Está enganado, pois jurei nunca mais voltar à África.

— Então ficou realmente com medo? — perguntou Beauchamp.

— Realmente, tenho que admitir — respondeu Château-Renaud —, e havia motivos para isso! Como ia dizendo, meu cavalo estava morto; eu batia em retirada a pé; seis árabes chegaram a galope para me cortar a cabeça, matei dois com meus tiros de fuzil, dois com meus tiros de pistola, na mosca; mas restavam dois, e me vi desarmado. Um deles agarrou meus cabelos, é por isso que agora os uso curtos, ninguém sabe o que pode acontecer, o outro colocou seu iatagã no meu pescoço, e eu já sentia o frio agudo do ferro quando o cavalheiro à sua frente disparou por sua vez sobre eles, matou aquele que me segurava pelos cabelos com um tiro de pistola e arrebentou, com um golpe de sabre, a cabeça do que se preparava para me cortar a garganta. O cavalheiro dera-se a missão de salvar um homem naquele dia, quis o acaso que

---

34. "fim do cerco": sede de uma província independente, Constantine foi atacada pelos franceses em 1836, num episódio da colonizaçao do Norte da África, e ocupada no ano seguinte.

fosse eu; quando eu for rico, encomendarei a Klagmann ou a Marochetti[35] uma estátua do Acaso.

— Sim — disse Morrel sorrindo —, era 5 de setembro, isto é, o aniversário do dia em que meu pai foi salvo milagrosamente; assim, quando posso, celebro esse dia todos os anos por meio de alguma ação...

— Heroica, não é mesmo? — interrompeu Château-Renaud. — Em resumo, fui o escolhido, mas isso não é tudo. Após me ter salvado do ferro, ele

— Um deles agarrou meus cabelos, o outro colocou seu iatagã no meu pescoço, e eu já sentia o frio agudo do ferro ...

35. "Klagmann ou Marochetti": Jean-Baptiste Klagmann (1810-67), escultor e decorador francês; barão Charles Marochetti (1805-67), também escultor, mas nascido na Itália.

me salvou do frio, oferecendo-me não a metade do seu casaco, como fazia são Martinho, mas o casaco inteiro; para matar a fome, dividiu comigo, adivinhem o quê?

— Um patê do Chez Félix[36]? — perguntou Beauchamp.

— Não, seu cavalo, do qual comemos cada um um pedaço, com grande apetite; era duro.

— O cavalo? — perguntou Morcerf, rindo.

— Não, o sacrifício — respondeu Château-Renaud. — Pergunte a Debray se ele sacrificaria seu puro-sangue inglês por um estranho...

— Por um estranho, não — disse Debray —, por um amigo, talvez.

— Devo ter adivinhado que o senhor viria a ser meu amigo, meu caro barão — disse Morrel. — Aliás, já tive a honra de lhe dizer, heroísmo ou não, sacrifício ou não, naquele dia eu precisava fazer uma oferenda à sorte ingrata, como recompensa pelo benefício que a boa sorte me proporcionara tempos atrás.

— Esse episódio a que alude o sr. Morrel — continuou Château-Renaud — é uma admirável história que ele lhes contará um dia, quando tiverem estreitado relações; por hoje, vamos proteger o estômago, não a memória. A que horas o café da manhã será servido, Albert?

— Às dez e meia.

— Em ponto? — perguntou Debray, consultando seu relógio.

— Oh, os senhores certamente me concederão os cinco minutos de misericórdia — disse Morcerf —, pois eu também espero um salvador.

— A quem ele salvou?

— A mim, ora essa! — respondeu Morcerf. — Então acha que não posso ser salvo como qualquer outro e que apenas os árabes cortam cabeças?! Nosso café da manhã é um desjejum filantrópico, e teremos à nossa mesa, pelo menos é o que espero, dois benfeitores da humanidade.

— Como faremos? Afinal, temos apenas um prêmio Montyon[37]...

— Não vejo problema! Iremos outorgá-lo a alguém que nada fez para merecê-lo. Em geral é assim que a Academia se sai dos apuros.

— E de onde ele vem? — perguntou Debray. — Desculpe a insistência; sei muito bem que já respondeu a essa pergunta, mas muito vagamente, o que me permite fazê-la novamente.

---

36. Chez Félix: famosa confeitaria parisiense da época.

37. "um prêmio de Montyon": ver Parte II, cap.17, nota 142.

— Na verdade — disse Albert —, não faço ideia. Quando o convidei, três meses atrás, ele estava em Roma; nesse ínterim, porém, quem sabe o itinerário que fez!

— E o julga capaz de ser pontual? — perguntou Debray.

— Julgo-o capaz de tudo — respondeu Morcerf.

— Cuidado, porque, com os cinco minutos de misericórdia, só dispomos agora de dez minutos.

— Ótimo! Vou aproveitar para lhes falar um pouco do meu convidado.

— Perdão — disse Beauchamp —, é alguma coisa folhetinesca que vai nos contar?

— Com certeza — disse Morcerf —, e das mais curiosas, eu diria.

— Então conte, pois já vi que perderei a Câmara; precisarei recuperar o tempo perdido.

— Eu estava em Roma no último Carnaval.

— Sabemos disso — replicou Beauchamp.

— Sim, mas o que não sabem é que fui raptado por bandoleiros.

— Não existem bandoleiros — disse Debray.

— Mas claro que sim, e inclusive pavorosos, isto é, admiráveis, pois eram belos de dar medo.

— Vamos, meu caro Albert — disse Debray —, confesse que seu cozinheiro se atrasou, que as ostras não chegaram de Marennes ou de Ostende e que, a exemplo de Madame de Maintenon[38], você quer substituir uma bandeja por um conto. Vá em frente, meu caro, somos suficientemente bons companheiros para lhe perdoar por isso e para escutar sua história, por mais fabulosa que ela prometa ser.

— E eu lhe afirmo que, por mais fabulosa que seja, vou contá-la de ponta a ponta. Os bandoleiros haviam então me raptado e levado para um lugar tristíssimo conhecido como as catacumbas de São Sebastião.

— Já estive lá — disse Château-Renaud —, quase tive febre.

— Pois fiz melhor que isso — disse Morcerf —, tive realmente febre. Disseram-me que eu era prisioneiro até pagar um resgate, uma miséria, quatro mil escudos romanos, vinte e seis mil libras de Tours. Para meu infortúnio, não tinha comigo mais que mil e quinhentos; eu estava no fim da minha viagem e meu crédito, esgotado. Escrevi a Franz. E, pelo amor de Deus, prestem atenção: Franz estava lá, podem lhe perguntar se minto uma vírgula; escrevi

38. Madame de Maintenon: (1635-1719) segunda mulher de Luís XIV, responsável por uma grande "melhoria" nos padrões morais da corte francesa. O episódio a que o personagem se refere é obscuro. Poderia ser uma alusão ao fato de Maintenon ser de uma família protestante arruinada, estando portanto obrigada a fazer serviços domésticos, e ter entrado na corte como babá dos filhos bastardos do rei, contando histórias para as crianças.

a Franz que, se ele não chegasse às sete da manhã com os quatro mil escudos, às sete e dez[39] eu teria me juntado aos santos bem-aventurados e aos gloriosos mártires em cuja companhia eu tinha a honra de me encontrar. E o sr. Luigi Vampa, nome do meu chefe de bandoleiros, teria, peço-lhes por favor que acreditem nisso, cumprido sua palavra escrupulosamente.

— E Franz chegou com os quatro mil escudos? — perguntou Château-Renaud. — Que diabos! Ninguém se aperta por quatro mil escudos quando se chama Franz d'Épinay ou Albert de Morcerf.

— Não, ele chegou pura e simplesmente acompanhado do convidado que lhes anuncio e espero lhes apresentar.

— Quem diria! Mas trata-se então de um Hércules matando Caco[40], esse cavalheiro, um Perseu libertando Andrômeda[41]?

— Não, é um homem mais ou menos da minha altura.

— Armado até os dentes?

— Não tinha sequer uma agulha de tricô.

— Mas ele providenciou o seu resgate?

— Ele disse duas palavras ao ouvido do chefe, e me vi livre.

— Pediram-lhe inclusive desculpas pelo ocorrido — disse Beauchamp.

— Exatamente — disse Morcerf.

— Que coisa! Seria então esse homem o Ariosto[42]?

— Não, era simplesmente o conde de Monte Cristo.

— Ninguém tem esse nome, conde de Monte Cristo — duvidou Debray.

— Creio que não — acrescentou Château-Renaud, com o sangue-frio de alguém que conhece na ponta dos dedos o nobiliário europeu. — Quem conhece um conde de Monte Cristo em algum lugar?

— Talvez ele venha da Terra Santa — disse Beauchamp. — Um dos seus ancestrais terá possuído o Calvário, como os Montemart, o mar Morto.

---

39. "às seis e dez": no bilhete, o horário estipulado é sete horas. Será para enfatizar a urgência que Morcerf o antecipa?

40. "Hércules matando Caco": na mitologia grega, Caco, filho de Hefaísto, deus do fogo e dos metais, era um gigante de três cabeças, que morava em uma caverna. Hércules matou-o por asfixia, pondo fim a suas pilhagens.

41. "Perseu libertando Andrômeda": na mitologia grega, Andrômeda era filha de Cepeu, rei da Etiópia, e de Cassiopeia, que ousou equiparar a beleza de sua filha à das nereidas, filhas de Nereu, um deus marinho. Indignado, Nereu incitou um monstro a devastar a Etiópia. Andrômeda foi então amarrada num rochedo, em sacrifício pelo fim da destruição, sendo libertada por Perseu, herói grego com o qual viria a se casar.

42. Ariosto: Ludovico Ariosto (1474-1533), poeta italiano, autor, entre outras obras, do poema *Orlando Furioso*. Seu estilo é famoso pela serenidade, segurança e contenção, e, simultaneamente, pelo brilho de suas palavras.

— Perdão — disse Maximilien —, mas creio que vou lhes tirar desse apuro, cavalheiros; Monte Cristo é uma pequena ilha da qual muito ouvi falar pelos marujos do meu pai; um grão de areia no meio do Mediterrâneo, um átomo no infinito.

— É exatamente isso — disse Albert. — Pois muito bem! Desse grão de areia, desse átomo, é soberano e rei aquele de que lhes falo; talvez tenha comprado esse título de conde em algum lugar na Toscana.

— Então é rico o seu conde?

— Por Deus! Suponho que sim.

— Mas isso deve ser visível, me parece…

— Aí é que se engana, Debray.

— Não estou mais entendendo.

— Leu as *Mil e uma noites*?

— Ora essa! Que pergunta!

— Ótimo! Consegue saber se as pessoas que vemos ali são ricas ou pobres? Se seus grãos de trigo não são rubis ou diamantes? Elas têm a aparência de miseráveis pescadores, concorda?, você os trata como tais, e de repente abrem alguma caverna onde você descobre um tesouro que dá para comprar a Índia.

— E daí?

— E daí que o meu conde de Monte Cristo é um desses pescadores. Tem inclusive um nome extraído da coisa, chama-se Simbad, o marujo, e possui uma caverna cheia de ouro.

— E viu essa caverna, Morcerf? — perguntou Beauchamp.

— Eu não, Franz. Mas, cuidado! Não podemos tocar nesse assunto diante do conde. Franz penetrou na caverna de olhos vendados, foi servido por mudos e mulheres ao lado das quais, ao que parece, Cleópatra não passa de uma sirigaita. Porém, das mulheres ele não tem muita certeza, visto que só entraram depois que ele comeu haxixe; de maneira que é bem possível que o que ele tomou por mulheres fosse simplesmente uma quadrilha de estátuas.

Os rapazes olharam para Morcerf com um olhar que queria dizer:

— Devagar, meu caro! Enlouqueceu ou está zombando de nós?

— Realmente — disse Morrel pensativo —, também ouvi de um velho marinheiro chamado Penelon alguma coisa semelhante ao que diz o sr. de Morcerf.

— Ah — disse Albert —, ainda bem que o sr. Morrel vem em meu socorro. Isso os contraria, não é mesmo, que ele lance um novelo de linha em meu labirinto?

— Perdão, caro amigo — disse Debray —, é que está nos contando coisas tão inverossímeis…

— Ah, ora bolas! Isso é porque seus embaixadores e seus cônsules não lhes contam nada! Eles não têm tempo, pois precisam molestar seus compatriotas que se encontram em viagem!

— Quer dizer que agora se irrita e cai em cima dos nossos pobres agentes! Meu Deus! Como quer que eles os protejam? Todos os dias a Câmara lhes come um pouco dos salários; daqui a pouco não terão mais nenhum. Quer ser embaixador, Albert? Faço-o ser nomeado para Constantinopla.

— Não, obrigado! Para que o sultão, à minha primeira demonstração de apoio a Mehemet Ali[43], me mande para a corda e meus secretários me estrangulem?!

— Agora você está vendo as coisas com clareza — disse Debray.

— Sim, mas nada disso impede meu conde de Monte Cristo de existir!

— Ora essa! Todo mundo existe, que milagre!

— Todo mundo existe, sem dúvida, mas não nessas condições. Nem todo mundo tem escravos negros, galerias principescas, armas como na casbá[44], cavalos de seis mil francos a unidade, amantes gregas!

— Você viu a amante grega?

— Sim, vi e ouvi. Vi no Teatro Argentina, ouvi um dia em que tomei o café da manhã com o conde.

— Ele então come, o seu homem extraordinário?

— Bem... Se come, é tão pouco que nem vale a pena comentar.

— Deve ser um vampiro.

— Riam se quiserem. Era essa a opinião da condessa G..., que, como sabem, conheceu lorde Ruthwen.

— Ah, que beleza! — disse Beauchamp. — Temos aqui, para um homem não jornalista, o par da famosa serpente marinha do *Constitutionnel*; um vampiro, é perfeito!

— Olhos rutilantes cuja pupila se retrai e dilata a seu bel-prazer — disse Debray —, ângulo facial desenvolvido, fronte magnífica, tez lívida, barba preta, dentes brancos e aguçados, bem como suas maneiras.

— Muito bem! É precisamente isso — disse Morcerf —, e a caracterização foi perfeita. Sim, maneiras aguçadas e incisivas. Esse homem me deu muitos calafrios; num daqueles dias, quando assistíamos juntos a uma execução, julguei que iria passar mal, e era pior vê-lo e ouvi-lo discorrer friamente sobre todos os suplícios da terra do que ouvir os gritos da vítima.

---

43. Mehemet Ali (c.1769-1849): líder militar otomano e paxá do Egito (1805-49). Com a ajuda de conselheiros franceses, fez do Egito a maior potência do Mediterrâneo oriental. Dedicou-se então a conquistar o poder central, voltando-se contra o sultão. Foi derrotado graças à união de três das maiores potências europeias, França, Inglaterra e Rússia. Mas, enquanto ingleses e russos disputavam a primazia de influenciar a política da Turquia, a França voltou a apoiar Mehemet Ali, até que, em 1841, em troca de sua rendição ao sultão, a hereditariedade de seu poder no Egito foi consolidada. Ver também Parte II, cap.6, nota 22.

44. Casbá: fortaleza e palácio de um soberano na África do Norte.

— Ele não o levou a passear pelas ruínas do Coliseu para sugar o seu sangue, Morcerf? — perguntou Beauchamp.

— Ou, após o ter libertado, não fez você assinar um pergaminho cor de fogo, por intermédio do qual você lhe entregava sua alma, como Esaú seu direito de primogenitura[45]?

— Zombem! Zombem o quanto quiserem, cavalheiros! — disse Morcerf, um pouco despeitado. — Quando olho para os senhores, belos parisienses, habituados ao bulevar de Gand, frequentadores do Bois de Boulogne, e me lembro desse homem, pois bem!, parece que não somos da mesma espécie.

— E me gabo disso! — disse Beauchamp.

— Em todo caso — acrescentou Château-Renaud —, o seu conde de Monte Cristo não deixa de ser um homem galante em seus momentos ociosos, a não ser, é bom ressaltar, por seus pequenos conluios com os bandoleiros italianos.

— Ei! Não existem bandoleiros italianos! — disse Debray.

— Nem vampiros! — acrescentou Beauchamp.

— Nem conde de Monte Cristo — acrescentou Debray. — Veja, querido Albert, eis que soam dez e meia.

— Confesse que teve um pesadelo, e vamos para a mesa — disse Beauchamp.

Mas a vibração do pêndulo ainda não se extinguira quando a porta se abriu e Germain anunciou:

— Sua Excelência o conde de Monte Cristo!

Sem querer, todos os ouvintes deram um pulo, denotando a preocupação que o relato de Morcerf infiltrara em suas almas. O próprio Albert não conseguiu se furtar a uma emoção súbita.

Não se ouviram nem coche na rua, nem passos no vestíbulo; até mesmo a porta se abrira sem ruído.

O conde apareceu no umbral, vestido com extrema simplicidade, mas o leão mais exigente não teria encontrado nada a censurar em sua toalete. Tudo demonstrava um bom gosto requintado, tudo saía das mãos dos mais elegantes fornecedores, o terno, o chapéu e a roupa branca.

Parecia não ter mais de trinta e cinco anos, e o que impressionou a todos foi sua extrema semelhança com o retrato que Debray traçara dele.

---

45. "como Esaú seu direito de primogenitura": Gênesis, XXV, 29-33: "E Jacó cozera um guisado; e veio Esaú do campo, e estava ele cansado;/ E disse Esaú a Jacó: Deixa-me, peço-te, comer desse guisado vermelho, porque estou cansado. Por isso se chamou Edom./ Então disse Jacó: Vende-me hoje a tua primogenitura./ E disse Esaú: Eis que estou a ponto de morrer; para que me servirá a primogenitura?/ Então disse Jacó: Jura-me hoje. E jurou-lhe e vendeu a sua primogenitura a Jacó."

O conde avançou sorrindo até o meio do salão em direção a Albert, que, indo ao seu encontro, ofereceu-lhe a mão sofregamente.

— A pontualidade — disse Monte Cristo — é a polidez dos reis, segundo as palavras, creio, de um dos seus soberanos[46]. Porém, por maior que seja a boa vontade deles, nem sempre é a dos viajantes. Entretanto, espero, meu caro visconde, que me desculpe, considerando minha boa vontade, os dois ou três segundos de atraso com os quais receio ter chegado ao nosso encontro. Dois mil e quinhentos quilômetros não são percorridos sem algum contratempo, sobretudo na França, onde é proibido, ao que parece, espancar os postilhões.

— Sr. conde — respondeu Albert —, eu estava justamente anunciando sua visita a alguns amigos meus, que reuni em virtude da promessa que o senhor se dispôs a me fazer e os quais tenho a honra de lhe apresentar. São os srs. barão de Château-Renaud, cuja nobreza remonta aos doze pares[47] e cujos ancestrais ocuparam um lugar na Távola Redonda; o sr. Lucien Debray, secretário particular do ministro do Interior; o sr. Beauchamp, terrível jornalista, o pavor do governo francês, mas de quem, apesar de sua celebridade nacional, talvez nunca tenha ouvido falar na Itália, visto que seu jornal é censurado lá; e, finalmente, o sr. Maximilien Morrel, capitão dos spahis.

A esse nome, o conde, que até então saudara cortesmente mas com uma frieza e impassibilidade inglesas, sem querer, deu um passo à frente, e um leve rubor passou como um raio por suas faces pálidas.

— O cavalheiro veste o uniforme dos novos vencedores franceses[48] — disse ele —, é um belo uniforme.

Impossível dizer qual era o sentimento que dava tão profunda vibração à voz do conde e que fazia brilhar, aparentemente à sua revelia, seu olho tão belo, tão calmo e tão límpido, quando ele não tinha motivo algum para velá-lo.

— Nunca tinha visto nossos africanos, senhor? — perguntou Albert.

— Nunca — replicou o conde, de novo plenamente senhor de si.

— Pois bem! Sob esse uniforme bate um dos corações mais corajosos e nobres do exército.

— Oh, sr. conde! — interrompeu Morrel.

— Deixe-me falar, capitão... Acabamos de saber — disse Albert — de um rasgo tão heroico do cavalheiro que, embora seja a primeira vez que o vejo, a ele reivindico a graça de apresentá-lo como um amigo.

---

46. "A pontualidade é a polidez dos soberanos": palavras atribuídas a Luís XVIII.

47. Doze pares: no tempo do império carolíngio, de Carlos Magno (c.742-814), os doze pares de França seriam algo equivalente aos cavaleiros da Távola Redonda do mitológico rei Artur.

48. "novos vencedores franceses": referindo-se àqueles que participaram do cerco de Constantine (ver nota 34 neste mesmo capítulo).

E foi possível, a essas palavras, observar em Monte Cristo o estranho olhar de fixidez, o rubor furtivo e o ligeiro tremor nas pálpebras que, nele, a emoção descerrava.

— Ah, o cavalheiro é um nobre coração — disse o conde —, melhor assim!

Essa espécie de exclamação, que correspondia ao próprio pensamento do conde mais do que àquilo que Albert acabava de dizer, surpreendeu a todos e sobretudo a Morrel, que, perplexo, observava Monte Cristo. Porém, ao mesmo tempo, a entonação era tão delicada e por assim dizer tão suave que, por mais estranha que fosse tal exclamação, não havia meio de se aborrecer com ela.

— Ora, por que ele duvidaria disso? — sussurrou Beauchamp a Château-Renaud.

— Na verdade — respondeu este, que, com sua experiência mundana e a perspicácia do olho aristocrático, analisara o mais profundamente possível a Monte Cristo —, na verdade Albert não nos enganou, e o conde é um personagem peculiar; que acha, Morrel?

— De fato — disse este com o olhar franco e a voz simpática —, em todo caso ele me agrada, apesar da estranha reflexão que acaba de fazer a meu respeito.

— Cavalheiros — disse Albert —, Germain me anuncia que estão servidos. Meu caro conde, permita mostrar-lhe o caminho.

Passaram todos silenciosamente à sala de refeições. Cada um ocupou seu lugar.

— Senhores — disse o conde, sentando-se —, permitam-me uma confissão que será minha desculpa para todas as inconveniências que eu porventura venha a cometer: sou estrangeiro, mas estrangeiro a tal ponto que é a primeira vez que venho a Paris. A vida francesa, portanto, é completamente desconhecida para mim, e até este momento pratiquei apenas a vida oriental, a mais alheia às boas tradições parisienses. Peço-lhes então que me desculpem se virem em mim alguma coisa de excessivamente turco, napolitano ou árabe. Dito isto, senhores, vamos comer.

— Que maneira de colocar as coisas! — murmurou Beauchamp. — É efetivamente um grão-senhor.

— Um grão-senhor estrangeiro — acrescentou Debray.

— Um grão-senhor de todos os países, sr. Debray — disse Château-Renaud.

2. O CAFÉ DA MANHÃ

O conde, lembramos, era um comensal sóbrio. Ao fazer essa observação, Albert revelava um temor de que, de cara, a vida parisiense desagradasse ao forasteiro pelo seu lado mais material, mas ao mesmo tempo o mais necessário.

— Meu caro conde — disse ele —, o senhor me encontra vítima de um receio, o de que a cozinha da rua du Helder não lhe agrade tanto quanto a da praça di Spagna. Eu deveria ter-lhe perguntado seu gosto para mandar preparar alguns pratos de sua predileção.

— Se me conhecesse mais — respondeu sorrindo o conde —, não se daria a esse trabalho humilhante por um viajante como eu, que sobreviveu sucessivamente com *macaroni* em Nápoles, polenta em Milão, *olla podrida* em Valência, *pilau* em Constantinopla, *carri*[49] na Índia e ninhos de andorinha na China. Não existe culinária para um cosmopolita como eu. Como de tudo e em toda parte, apenas como pouco; e hoje, que o senhor censura minha sobriedade, estou no meu dia de apetite, pois não como desde ontem de manhã.

— Como, desde ontem de manhã! — exclamaram os demais. — Não come há vinte e quatro horas?

49. *Olla podrida, pilau* e *carri*: *olla podrida* é uma mistura de carnes, guarnições de legumes e temperos, longamente cozida e apimentada; *pilau* é um arroz semicozido, com gordura, temperado à base de pimenta-vermelha e misturado com carne assada; *carri*, um prato de carne de ave doméstica, preparado com uma combinação de temperos.

— Não — respondeu Monte Cristo. — Fui obrigado a me afastar do meu caminho e pedir informações nos arredores de Nîmes, de maneira que estava um pouco atrasado e não quis parar.

— E comeu no seu coche? — perguntou Morcerf.

— Não, dormi, como acontece quando me entedio sem ter coragem de me distrair ou quando sinto fome sem ter vontade de comer.

— Mas consegue controlar o sono? — perguntou Morrel.

— Um pouco.

— Tem uma receita para isso?

— Infalível.

— Isso seria excelente para nós, os africanos, pois nem sempre temos o que comer e raramente temos do que beber — disse Morrel.

— Sim — concordou Monte Cristo. — Infelizmente, minha receita, perfeita para um homem como eu, que leva uma vida bastante fora do comum, seria muito perigosa se ministrada a um exército, que não despertaria quando precisassem dele.

— E podemos saber que receita é essa? — perguntou Debray.

— Oh, meu Deus, sim — disse Monte Cristo —, não faço segredo dela: é uma mistura de excelente ópio, que fui buscar eu mesmo em Cantão, para ter certeza de tê-lo puro, e do melhor haxixe colhido no Oriente, isto é, entre o Tigre e o Eufrates; junte esses dois ingredientes em porções iguais e faça umas pílulas, que devem ser engolidas no momento exigido. Dez minutos depois, o efeito se faz sentir. Perguntem ao sr. barão Franz d'Épinay; creio que ele experimentou um dia.

— Sim — respondeu Morcerf —, ele me falou alguma coisa sobre isso, guardou inclusive boas recordações.

— Mas — disse Beauchamp, que em sua condição de jornalista era bastante incrédulo — o senhor carrega sempre essa droga consigo?

— Sempre — respondeu Monte Cristo.

— Seria indiscrição pedir para ver essas preciosas pílulas? — continuou Beauchamp, querendo testar o estrangeiro.

— Não, senhor — respondeu o conde.

E tirou do bolso uma maravilhosa *bonbonnière* esculpida em uma única esmeralda e fechada com um trinco de ouro, que, destravado, dava passagem a uma bolinha esverdeada e do tamanho de uma ervilha. Essa bola tinha um cheiro acre e penetrante; havia quatro ou cinco iguais na esmeralda, capaz de conter uma dúzia.

A *bonbonnière* deu a volta na mesa, mas era muito mais para examinarem a admirável esmeralda que para ver ou farejar as pílulas que os comensais a passavam de um para o outro.

— E é o seu cozinheiro que lhe prepara essa iguaria? — perguntou Beauchamp.

— Não, senhor — disse Monte Cristo —, não deixo assim meus prazeres reais à mercê de mãos indignas. Sou um excelente químico, eu mesmo preparo minhas pílulas.

— Eis uma admirável esmeralda e a maior que já vi, embora minha mãe tenha algumas joias de família muito especiais — disse Château-Renaud.

— Eu tinha três iguais a essa — replicou o conde de Monte Cristo —; dei uma ao Grão-Senhor[50], que a engastou em seu sabre; a outra ao nosso Santo Padre, o papa, que a mandou incrustar em sua tiara ao lado de uma esmeralda similar, porém menos bela, que fora dada ao seu predecessor,

— Eis uma admirável esmeralda e a maior que já vi …

50. Grão-Senhor: título do sultão do império otomano.

Pio VII[51], pelo imperador Napoleão; guardei a terceira para mim e a mandei lapidar, o que lhe tirou metade do valor, embora a tenha tornado mais cômoda para o uso que eu queria lhe dar.

Todos olhavam para Monte Cristo com espanto; este falava com tanta simplicidade que era evidente que ou dizia a verdade ou estava louco; entretanto, a esmeralda em suas mãos fazia com que se inclinassem naturalmente pela primeira suposição.

— E o que lhe deram esses dois soberanos em troca desse magnífico presente? — perguntou Debray.

— O Grão-Senhor, a liberdade de uma mulher — respondeu o conde. — Nosso Santo Padre, o papa, a vida de um homem. De maneira que uma vez na minha vida fui tão poderoso quanto se Deus me tivesse feito nascer nos degraus de um trono.

— E foi Peppino que o senhor libertou, não foi? — exclamou Morcerf. — Foi nele que o senhor aplicou seu direito de misericórdia?

— Talvez — disse Monte Cristo, sorrindo.

— Sr. conde, não faz ideia do prazer que sinto ouvindo-o falar assim! — disse Morcerf. — Eu o anunciara aos meus amigos como um homem fabuloso, como um encantador das *Mil e uma noites*, como um feiticeiro da Idade Média; mas os parisienses são pessoas tão sutis em paradoxos que tomam por caprichos da imaginação as verdades mais incontestáveis, quando essas verdades não se encaixam em todas as esferas de sua vida cotidiana. Por exemplo, aqui estão Debray, que lê, e Beauchamp, que publica todos os dias que interpelaram e depenaram no bulevar um membro atrasado do Jockey Club; que assassinaram quatro pessoas na rua Saint-Denis ou no faubourg Saint-Germain; que prenderam dez, quinze, vinte ladrões, seja num café do bulevar du Temple, seja nas Termas de Juliano, e os quais contestam a existência dos bandidos da Maremma[52], dos campos de Roma ou dos pântanos Pontins. Diga-lhes então pessoalmente, por favor, senhor conde, que fui raptado por esses bandidos e que, sem a sua generosa interferência, eu estaria esperando, segundo toda a probabilidade, a ressurreição eterna nas catacumbas de São Sebastião, em vez de lhes dar de comer na minha indigna casinha da rua du Helder.

— Bah! — fez Monte Cristo. — O senhor tinha prometido nunca mais falar dessa ninharia.

51. Pio VII: nome adotado por Barnaba Chiaramonti (1742-1823) quando de sua entronização como sumo pontífice em 1800. O presente de Napoleão, um anel de esmeralda, é um fato histórico, que precedeu sua coroação como imperador pelo papa, em 1804.

52. Maremma: pântanos da Itália central.

— Não fui eu, sr. conde! — exclamou Morcerf. — Foi um outro a quem o senhor prestou o mesmo serviço que a mim e que o senhor teria confundido comigo. Falemos disso, ao contrário, eu lhe peço; pois, caso se disponha a falar desse episódio, é possível que não apenas repita um pouco do que já sei, como também muito do que não sei.

— Mas me parece — disse o conde sorrindo — que o senhor desempenhou nesse episódio um papel suficientemente relevante para saber tão bem quanto eu o que aconteceu.

— Promete que, se eu disser tudo que sei — sugeriu Morcerf —, dizer por sua vez tudo que eu não sei?

— É bastante justo — respondeu Monte Cristo.

— Pois bem — volveu Morcerf —, ainda que o meu amor-próprio sofra com isso, durante três dias julguei-me objeto das provocações de uma jovem mascarada que eu tomava por descendente das Túlias ou das Popeias[53], ao passo que eu era pura e simplesmente objeto das provocações de uma labrega; e observem que digo labrega para não dizer camponesa. O que sei é que, como um tolo, mais tolo ainda que aquele de quem eu falava há pouco, tomei por essa camponesa um bandido adolescente de quinze a dezesseis anos, de queixo imberbe, cintura fina, que, quando eu estava prestes a me dar licença, depositando um beijo sobre seu ombro casto, colocou a pistola na minha garganta e, com a ajuda de sete ou oito comparsas, me levou, ou melhor, me arrastou para o fundo das catacumbas de São Sebastião, onde encontrei um erudito chefe de bandidos, palavra de honra, o qual lia os *Comentários* de César, e que se dignou a interromper sua leitura para me dizer que, se no dia seguinte, às seis horas da manhã, eu não tivesse despejado quatro mil escudos em sua caixa, no dia seguinte às seis horas e quinze minutos eu teria deixado de existir completamente. A carta existe, Franz a guardou, assinada por mim, com um pós-escrito do chefe Luigi Vampa. Se não acreditam, escrevo para Franz, que mandará autenticar as assinaturas. Eis o que sei. Agora, o que não sei é como o senhor foi capaz, meu caro conde, de impor tão grande respeito aos bandidos de Roma, que tão poucas coisas respeitam. Confesso que Franz e eu ficamos pasmos de admiração.

— Nada mais simples — respondeu o conde —, conheço o famoso Vampa há mais de cinco anos. Ainda menino e quando ainda era pastor, um dia em que

53. "Túlias ou Popeias": Túlia, na história mitológica de Roma, era filha do rei Sérvio Túlio e mulher de Tarquínio Soberbo. Instigou o marido a expulsar o pai do trono e, após o assassinato deste último, passou com seu carro por cima do cadáver; Popeia Sabina era esposa do futuro imperador Oto quando sua beleza atraiu a atenção de Nero. Tornou-se inicialmente sua amante, e, depois do divórcio de Otávia, sua esposa. "A imperatriz tinha tudo que desejava, exceto bondade" (Tácito). Encorajou o assassinato de Agripina (a Jovem) e morreu grávida depois de ser chutada pelo marido. Foi deificada.

lhe dei alguma moeda de ouro por me haver indicado o caminho, ele me deu, por sua vez, para não ficar me devendo nada, um punhal esculpido por ele, o qual o senhor deve ter visto na minha coleção de armas. Mais tarde, fosse por ter esquecido essa troca de singelos presentes, capazes de estimular a amizade entre nós, fosse porque não me reconheceu, Vampa tentou me raptar; mas fui eu, ao contrário, que o capturei junto com uma dúzia dos seus homens. Eu poderia tê-lo entregue à justiça romana, que é sumária e teria sido ainda mais célere a seu respeito, mas não fiz nada disso. Mandei-os embora, ele e os comparsas.

— Com a condição de que não pecassem mais — disse o jornalista, rindo. — Vejo com satisfação que cumpriram escrupulosamente tal promessa.

— Não, senhor — respondeu Monte Cristo —, com a simples condição de que me respeitassem para sempre, a mim e aos meus amigos. Talvez lhes pareça estranho o que vou lhes dizer, aos senhores, socialistas, progressistas, humanitaristas; mas nunca me preocupo com o próximo, nunca tento proteger a sociedade que não me protege, e digo mais, que geralmente só se preocupa comigo para me prejudicar; negando-lhes minha estima e mantendo-me neutro a seu respeito, são a sociedade e o meu próximo que continuam a me dever.

— Finalmente! — exclamou Château-Renaud. — Eis o primeiro homem corajoso que ouço pregar o egoísmo leal e brutalmente: que coisa mais bonita! Bravo, sr. conde!

— Pelo menos é sincero — disse Morrel —, mas estou certo de que o sr. conde não se arrependeu de uma vez ter negligenciado os princípios que, não obstante, acaba de nos expor de forma tão absoluta.

— E de que forma negligenciei esses princípios, cavalheiro? — perguntou Monte Cristo, que de tempos em tempos sentia-se impelido a observar Maximilien com tanta atenção que já por duas ou três vezes o intrépido rapaz abaixara o rosto diante do olhar claro e límpido do conde.

— Ora — respondeu Morrel —, ao libertar o sr. de Morcerf, a quem o senhor não conhecia, parece-me ter prestado um serviço ao seu próximo e à sociedade.

— Da qual ele constitui o mais belo ornamento — disse gravemente Beauchamp, esvaziando de um trago uma taça de champanhe.

— Meu caro — exclamou Morcerf —, ei-lo arrebatado pelo raciocínio, o senhor, isto é, um dos lógicos mais implacáveis que conheço; verá daqui a pouco, claramente demonstrado, que, longe de ser um egoísta, é, ao contrário, um filantropo. Ah, conde, o senhor se diz oriental, levantino, malaio, hindu, chinês, selvagem; chama-se Monte Cristo pelo nome de família, Simbad, o marujo, pelo nome de batismo, e eis que no mesmo dia em que põe o pé em Paris já dá mostras de possuir instintivamente o grande mérito ou o grande defeito de nossos excêntricos parisienses, isto é, o de usurpar os vícios que não tem e esconder as virtudes que tem!

— Meu caro visconde — disse Monte Cristo —, não vejo em tudo que eu disse ou fiz uma única palavra que me valha, da sua parte e da parte desses cavalheiros, o suposto elogio que acabo de receber. O senhor não era um estranho para mim, uma vez que eu o conhecia, lhe havia cedido dois quartos, oferecido um desjejum, emprestado um dos meus coches, juntos víramos passar as máscaras na rua do Corso e assistíramos de uma janela da praça del Popolo a uma execução que o impressionou tanto que o senhor quase desmaiou. Ora, pergunto a todos os senhores, podia eu deixar meu hóspede nas garras desses terríveis bandidos, como os senhores os chamam? Aliás, como sabem, ao ir em seu socorro minha segunda intenção era usá-lo para me introduzir nos salões de Paris quando eu viesse visitar a França. É possível que por um breve tempo o senhor tenha considerado essa resolução um plano vago e fugaz; mas hoje, como pode ver, é uma boa e bela realidade, diante da qual deve curvar-se sob o risco de descumprir sua palavra.

— E vou cumpri-la — disse Morcerf —, mas temo por sua desilusão, meu caro conde, o senhor, habituado aos terrenos acidentados, aos fatos pitorescos, aos fantásticos horizontes. Por aqui não verá sombra de um episódio do gênero a que sua vida aventureira o acostumou. Nosso Chimborazzo é Montmartre; nosso Himalaia é o monte Valérien; nosso Grande Deserto[54] é a planície de Grenelle, aliás parece que lá estão perfurando um poço artesiano para que as caravanas disponham de água. Temos ladrões, muitos até, embora não tantos quanto dizem, mas esses ladrões receiam muito mais o guarda medíocre que o fidalgo imponente; enfim, a França é um país tão prosaico e Paris, uma cidade tão civilizada, que o senhor não encontrará, procurando em nossos oitenta e cinco departamentos, repito, oitenta e cinco departamentos, pois, naturalmente, separo a Córsega da França, que o senhor não encontrará em nossos oitenta e cinco departamentos uma única montanha sobre a qual não haja um telégrafo e uma única caverna um pouco escura na qual um comissário de polícia não tenha mandado instalar um bico de gás. Sendo assim, há apenas um favor que posso lhe prestar, meu caro conde, e para este coloco-me à sua disposição: apresentá-lo em toda parte, ou fazê-lo ser apresentado pelos meus amigos, claro. Aliás, o senhor não precisa de ninguém para isso; com seu nome, sua fortuna e sua inteligência — Monte Cristo inclinou-se com um sorriso ligeiramente irônico —, qualquer um se apresenta por si mesmo em qualquer lugar e é bem-recebido em toda parte. Portanto, só lhe posso ser útil numa coisa. Se porventura determinados hábitos da vida parisiense, determinadas experiências do conforto, determinado conhecimento dos nossos bazares podem me recomendar ao senhor, ponho-me à sua disposição para lhe encontrar uma casa conveniente. Não me atrevo a lhe sugerir que partilhe comigo meus aposentos como

54. Chimborazzo e Grande Deserto: respectivamente, uma montanha vulcânica da cordilheira dos Andes e o deserto de Gobi, chamado de Grande Deserto pelo viajante Marco Polo (1254-1324), em seu *Livro das maravilhas: A descrição do mundo*, I, LVIII.

partilhei os seus em Roma, eu, que não professo o egoísmo, mas que sou egoísta por excelência; pois na minha casa, exceto eu, não haveria sequer uma sombra, a menos que essa sombra fosse a de uma mulher.

— Ah — disse o conde —, eis uma ressalva conjugal. Com efeito, em Roma o senhor mencionou alguma coisa sobre um casamento esboçado; devo felicitá-lo por sua felicidade próxima?

— A coisa continua em estado de projeto, senhor conde.

— E quem diz projeto — replicou Debray — quer dizer eventualidade.

— Em absoluto! — disse Morcerf. — Meu pai o exige, e espero de fato, o quanto antes, apresentar-lhes, se não minha mulher, pelo menos minha prometida: a srta. Eugénie Danglars.

— Eugénie Danglars! — repetiu Monte Cristo. — Espere: o pai dela não é o senhor barão Danglars?

— Ele mesmo — respondeu Morcerf —, mas de baronato recém-criado.

— Oh, que importa — replicou Monte Cristo —, se ele prestou ao Estado serviços que fizeram jus a essa distinção?

— Enormes — disse Beauchamp. — Embora liberal na alma, em 1829 ele conseguiu um empréstimo de seis milhões para o rei Carlos X, que o fez, minha nossa, barão e cavaleiro da Legião de Honra, de maneira que usa a fita não no bolso do colete, como poderíamos crer, mas com toda a pompa na lapela do casaco.

— Ah! — disse Morcerf, rindo. — Beauchamp, Beauchamp, guarde isso para o *Corsaire* e o *Charivari*[55], mas poupe meu futuro sogro na minha frente.

Depois, voltando-se para Monte Cristo:

— Mas o senhor acaba de pronunciar seu nome como alguém que conhecesse o barão... — disse ele.

— Não o conheço — respondeu displicentemente Monte Cristo —, mas provavelmente não vou demorar a conhecê-lo, visto que tenho um crédito aberto junto a ele pelas firmas Richard & Blount, de Londres, Arstein & Eskeles, de Viena, e Thomson & French, de Roma.

Ao pronunciar estes dois últimos nomes, Monte Cristo olhou para Maximilien Morrel com o rabo do olho.

Se o estrangeiro esperara produzir algum efeito sobre Maximilien Morrel, não se enganara. Maximilien estremecera como se houvesse recebido um choque elétrico.

— Thomson & French — disse ele —, conhece tal estabelecimento, senhor?

— São meus banqueiros na capital do mundo cristão — respondeu tranquilamente o conde. — Posso lhe ser útil em alguma coisa junto a eles?

---

55. *Corsaire* e *Charivari*: jornais satíricos da época, fundados em 1822 e 1832, respectivamente.

— Oh, sr. conde, talvez pudesse ajudar em nossas buscas, infrutíferas até o momento; há muito tempo essa firma fez um favor à nossa, e sempre, não sei por quê, negou nos ter feito esse favor.

— Às suas ordens, cavalheiro — respondeu Monte Cristo, inclinando-se.

— Entretanto — disse Morcerf —, o sr. Danglars nos afastou singularmente do assunto da nossa conversa. Tratava-se de encontrar uma moradia à altura do conde de Monte Cristo; vejamos, senhores, juntemos forças para produzir uma ideia. Onde instalaremos este novo hóspede da grande Paris?

— No faubourg Saint-Germain — disse Château-Renaud. — O cavalheiro encontrará lá um encantador palacete entre um pátio e um jardim.

— Bah! Château-Renaud — disse Debray —, você só conhece o triste e bisonho faubourg Saint-Germain; não lhe dê ouvidos, sr. conde, instale-se na Chaussée-d'Antin; é o verdadeiro centro de Paris.

— Bulevar do Opéra — disse Beauchamp —, num sobrado. O sr. conde mandará instalar almofadas drapejadas de prata e verá, fumando seu chibuque ou ingerindo suas pílulas, toda a capital desfilar diante dos seus olhos.

— E você, Morrel — disse Château-Renaud —, não tem uma ideia, não sugere nada?

— Realmente — disse sorrindo o rapaz —, ao contrário, tenho uma, mas esperava que o cavalheiro se deixasse tentar por alguma das brilhantes ofertas que acabam de lhe fazer. Agora, como ele não responde, creio poder oferecer-lhe um apartamento numa casinha encantadora, toda Pompadour[56], que minha irmã aluga há um ano na rua Meslay.

— O senhor tem uma irmã? — perguntou Monte Cristo.

— Tenho sim, e uma excelente irmã.

— Casada?

— Há uns nove anos.

— Feliz? — perguntou novamente o conde.

— Tão feliz quanto é permitido a uma criatura humana sê-lo — respondeu Maximilien. — Ela se casou com o homem a quem amava, o qual nos permaneceu fiel durante a nossa maré de azar: Emmanuel Herbaut.

Monte Cristo sorriu imperceptivelmente.

— Eu moro lá seis meses por ano — continuou Maximilien —, e estarei, com meu cunhado Emmanuel, à disposição do sr. conde para todas as informações que precisar.

— Um momento! — exclamou Albert, antes que Monte Cristo tivesse tido tempo de responder. — Preste atenção no que faz, sr. Morrel, irá enclau-

---

56. Pompadour: estilo decorativo variante do rococó, batizado em referência a Jeanne-Antoinette Poisson (1721-14), mais conhecida como Madame de Pompadour, amante e conselheira do rei Luís XV (1710-74), uma das mulheres mais poderosas de sua época.

surar um viajante, Simbad, o marujo, na vida do lar; de um homem que está aqui para conhecer Paris, o senhor vai fazer um patriarca.

— Oh, absolutamente — respondeu Morrel sorrindo —, minha irmã tem vinte e cinco anos, meu cunhado, trinta: são jovens, alegres e felizes; aliás, o sr. conde se sentirá em casa e só encontrará seus anfitriões quando lhe aprouver descer até a casa deles.

— Obrigado, cavalheiro, obrigado — disse Monte Cristo —, irei me contentar, caso me dê essa honra, em ser apresentado pelo senhor à sua irmã; mas não aceitei a oferta de nenhum desses cavalheiros porque já tenho minha moradia toda preparada.

— Como! — exclamou Morcerf. — Então vai se hospedar num hotel? Seria muito desconfortável para o senhor.

— Por acaso eu estava desconfortável em Roma? — perguntou Monte Cristo.

— Pelo amor de Deus! Em Roma — disse Morcerf — o senhor gastou cinquenta mil piastras para mobiliar um apartamento; presumo que não esteja disposto a repetir tamanha despesa todos os dias.

— Não foi isso que me decidiu — respondeu Monte Cristo —, mas eu estava resolvido a ter uma casa em Paris, uma casa minha, quero dizer. Enviei meu criado na frente e ele já deve ter comprado essa casa e mobiliado-a para mim.

— Mas quer dizer que tem um criado que conhece Paris! — exclamou Beauchamp.

— Assim como eu, é a primeira vez que ele vem à França; é negro e não fala — disse Monte Cristo.

— Então, é Ali? — perguntou Albert, em meio à surpresa geral.

— Sim, senhor, é o próprio Ali, meu núbio, meu mudo, que o senhor viu em Roma, creio.

— Sim, claro — respondeu Morcerf —, lembro-me perfeitamente. Mas como encarregou um núbio de comprar uma casa em Paris, e um mudo, de mobiliá-la? O pobre coitado deve ter se atrapalhado todo!

— Está redondamente enganado. Tenho certeza, ao contrário, de que ele terá escolhido todas as coisas de acordo com meu gosto, pois, como sabem, meu gosto não é o de todo mundo. Ele chegou há uma semana; deve ter corrido a cidade com o instinto de um bom cão caçando solitário; ele conhece meus caprichos, minhas fantasias, minhas necessidades; deve ter organizado tudo ao meu jeito. Estava avisado de que eu chegaria hoje às dez horas; às nove horas estava à minha espera na barreira de Fontainebleau; entregou-me esse papel; é meu novo endereço: pegue, leia.

E Monte Cristo passou um papel para Albert.

— Champs-Élysées 30 — leu Morcerf.

— Ah, eis uma coisa realmente original! — Beauchamp não pôde evitar de dizer.

— E bastante principesca — acrescentou Château-Renaud.

— Como! Não conhece a sua casa? — perguntou Debray.

— Não — respondeu Monte Cristo —, já lhes disse que não queria chegar atrasado. Fiz minha toalete no coche e desembarquei na porta do visconde.

Os rapazes entreolharam-se; não sabiam se era uma comédia representada por Monte Cristo, mas tudo que saía da boca daquele homem tinha, a despeito do caráter original, uma simplicidade tão elegante que não se podia supor que ele mentisse. Aliás, por que mentiria?

— Teremos então que nos contentar — disse Beauchamp — em prestar ao sr. conde todos os pequenos serviços que estão ao nosso alcance. Eu, em minha posição de jornalista, abro-lhe os teatros de Paris.

— Obrigado, cavalheiro — disse Monte Cristo, sorrindo. — Meu intendente já tem ordens para alugar um camarote em cada um deles.

— E seu intendente também é núbio e mudo? — perguntou Debray.

— Não, cavalheiro, é simplesmente um compatriota dos senhores, se é que um corso pode ser compatriota de alguém: o sr. de Morcerf conhece-o.

— Seria por acaso o bravo *signor* Bertuccio, tão eficiente em alugar janelas?

— Exatamente, e o senhor o viu na minha casa no dia em que tive a honra de recebê-lo para o desjejum. É um excelente homem, que foi um pouco soldado, um pouco contrabandista, um pouco de tudo que se pode ser, enfim. Desconfio inclusive que tenha alguma pendência com a polícia, por uma ninharia, algo como uma punhalada.

— E escolheu esse honesto cidadão do mundo como seu intendente, sr. conde? — disse Debray. — Quanto ele lhe rouba por ano?

— Pois bem, palavra de honra — disse o conde —, tenho certeza que não mais que um outro qualquer; mas toca meus negócios, não conhece a impossibilidade e conservo-o comigo.

— Quer dizer — espicaçou Château-Renaud — que está com casa montada; tem um palacete nos Champs-Élysées, criados, intendente, só lhe falta uma amante.

Albert sorriu: pensava na bela grega que vira no camarote do conde no Teatro Valle e no Teatro Argentina.

— Tenho algo melhor que isso — retrucou Monte Cristo —, tenho uma escrava. Os senhores alugam suas amantes no Opéra, no Vaudeville, no Teatro de Variedades; eu comprei a minha em Constantinopla; custou mais caro, porém, nesse aspecto, já não preciso me preocupar.

— Mas se esquece — disse rindo Debray — que somos, como disse o rei Carlos, francos no nome, francos na natureza; não sabe que, ao tocar o pé na terra da França, sua escrava tornou-se livre?

— Quem lhe dirá isso? — perguntou Monte Cristo.

— Ora, o primeiro que aparecer.

— Ela só fala romaico.

— Então é diferente.

— Mas pelo menos a veremos? — perguntou Beauchamp. — Ou, já tendo um mudo, também tem eunucos?

— Juro que não — disse Monte Cristo —, não levo o orientalismo a esse ponto. Tudo que me cerca é livre para me deixar, e, ao me deixar, não precisará mais de mim nem de ninguém; talvez por isso ninguém me deixe.

Há muito tempo já haviam passado aos doces e aos charutos.

— Meu caro — disse Debray enquanto se levantava —, são duas e meia, seu convidado é encantador, mas não existe boa companhia que não abandonemos, inclusive às vezes por uma que é má; preciso voltar ao meu Ministério. Mencionarei o conde ao ministro, precisamos saber quem de fato ele é.

— Cuidado — disse Morcerf —, os mais espertos desistiram disso.

— Bah! Destinamos três milhões à nossa polícia; é verdade que eles são quase sempre gastos antes, mas isso não interessa, ainda sobram uns cinquenta mil francos para aplicarmos.

— E quando souber quem ele é, você me dirá?

— Prometo. Até logo, Albert; senhores, seu humílimo...

E, ao sair, Debray gritou bem alto no vestíbulo:

— Mande avançar!

— Bom — disse Beauchamp a Albert —, não vou à Câmara, mas posso oferecer a meus leitores uma coisa melhor que um discurso de Danglars.

— Por misericórdia, Beauchamp, nem uma palavra, eu lhe suplico; não me tire o mérito de apresentá-lo e explicá-lo. Ele não é curioso?

— Ele é melhor que isso — respondeu Château-Renaud —, é realmente um dos homens mais extraordinários que conheci em minha vida. Você vem, Morrel?

— Levarei apenas o tempo de entregar meu cartão ao conde, que vai me prometer uma visitinha à rua Meslay 14.

— Esteja certo de que não deixarei de ir, senhor — disse o conde, inclinando-se.

E Maximilien Morrel saiu com o barão Château-Renaud, deixando Monte Cristo a sós com Morcerf.

3. A APRESENTAÇÃO

Quando Albert se viu a sós com Monte Cristo:

— Prezado conde — disse-lhe —, permita que eu comece meu ofício de cicerone mostrando-lhe um modelo de apartamento de solteiro. Habituado aos palácios da Itália, será para o senhor um estudo calcular em quantos metros quadrados consegue viver um dos rapazes de Paris que não é conhecido por ser o pior alojado. À medida que formos passando de um aposento para o outro, abriremos as janelas para que o senhor possa respirar.

Monte Cristo já conhecia a sala de refeições e o salão do térreo. Albert levou-o primeiro ao seu ateliê; era, como se lembram, seu cômodo favorito.

Monte Cristo era um apreciador de todas as coisas que Albert amontoara por lá: velhos baús, porcelanas japonesas, tapetes orientais, pedrarias de Veneza, armas de todos os países do mundo, tudo lhe era familiar e, ao primeiro relance, identificava o século, o país e a origem. Morcerf julgara ser o explicador, e era ele, ao contrário, que fazia, sob a direção do conde, um curso de arqueologia, de mineralogia e de história natural. Desceram para o rés do chão. Albert introduziu seu hóspede no salão. Lá ficavam em exibição obras dos pintores modernos; havia paisagens de Dupré[57], com bambus compridos, árvores esguias, vacas mugindo e céus maravilhosos; havia cavaleiros árabes de Dela-

57. Dupré: Jules Dupré (1811-89), pintor francês da escola de Barbizon, cujos membros eram especialistas em paisagens. Dupré era conhecido pela atmosfera dramática e trágica de seus quadros.

croix, com longos albornozes brancos, cinturões reluzentes, armas tauxiadas, cujos cavalos mordiam-se furiosamente, enquanto os homens se dilaceravam com maças de ferro; aquarelas de Boulanger, ilustrando todo o *Nossa Senhora de Paris*[58] com esse vigor que faz do pintor um êmulo do poeta; havia telas de Díaz, que faz as flores mais belas que as flores, o sol mais brilhante que o sol; desenhos de Decamps, tão coloridos quanto os de Salvator Rosa, porém mais poéticos; pastéis de Giraud e de Müller, representando crianças com cabeças de anjo, mulheres com traços de virgem; croquis arrancados do álbum de viagem ao Oriente de Dauzats,[59] que haviam sido rabiscados em alguns segundos sobre a sela de um camelo ou sob o domo de uma mesquita; enfim, tudo que a arte moderna pode oferecer em retribuição e indenização pela arte perdida e desaparecida com os séculos precedentes.

Albert esperava, pelo menos dessa vez, mostrar alguma coisa diferente ao estrangeiro recém-chegado; porém, para seu grande espanto, este, sem precisar examinar as assinaturas, entre as quais, por sinal, algumas revelavam-se apenas pelas iniciais, atribuiu instantaneamente o nome dos respectivos autores às suas obras, de maneira que era fácil ver que ele não apenas conhecia cada um daqueles nomes, como também apreciara e estudara cada um daqueles talentos.

Do salão passaram ao quarto. Era ao mesmo tempo um modelo de elegância e gosto severo; ali, um único retrato, mas assinado por Léopold Robert[60], resplandecia em sua moldura de ouro fosco.

Esse retrato atraiu imediatamente os olhares do conde de Monte Cristo, que deu três passos rápidos pelo quarto e parou subitamente diante dele.

Era o de uma jovem entre vinte e cinco e vinte e seis anos[61], de pele morena, olhar de fogo disfarçado sob uma pálpebra lânguida; usava a roupa típica das pescadoras catalãs, com sua blusa vermelha e preta, suas agulhas de

58. *Nossa Senhora de Paris*: romance de Victor Hugo (1802-85), publicado em 1831 e também conhecido como *O corcunda de Notre-Dame.*

59. Diaz, Decamps, Salvator Rosa, Giraud, Müller, Dauzats: Narcisse Virgilio Díaz (1807-76), pintor francês, de pais espanhóis, também da escola de Barbizon; Alexandre-Gabriel Decamps (1803-60), pintor francês especializado em imagens orientalistas; Salvator Rosa (1615-73) pintor italiano do período barroco; Pierre-François-Eugène Giraud (1806-81), pintor francês; Friedrich Müller (1749-1823), que também assinava Maler, pintor alemão conhecido por seu sentimentalismo e por idílicas paisagens campestres; Adrien Dauzats (1804-68), pintor acadêmico francês, também dado ao orientalismo.

60. Léopold Robert: Ver Parte II, cap.12, nota 87.

61. No momento da narrativa, Mercedes tem trinta e dois anos.

ouro enfiadas nos cabelos; ela contemplava o mar, com uma silhueta elegante destacando-se contra o duplo azul das ondas e do céu.

O quarto estava na penumbra, o que impediu Albert de ver a palidez lívida que se espalhava pelas faces do conde e de surpreender o calafrio nervoso que percorreu seus ombros e seu peito.

Fez-se um instante de silêncio, durante o qual Monte Cristo continuou com o olho obstinadamente grudado naquela pintura.

— Tem aqui uma bela amante, visconde — disse Monte Cristo, com uma voz perfeitamente calma —, e essa roupa, roupa de baile provavelmente, combina muito bem com ela.

— Ah, sr. conde — disse Albert —, eis um equívoco que eu não lhe perdoaria se, ao lado desse retrato, o senhor tivesse visto algum outro. O senhor não conhece minha mãe; é ela que vê dentro dessa moldura; quis ser pintada assim, há uns seis ou oito anos. Essa roupa é uma fantasia, ao que parece, e a semelhança é tão grande que acredito ver minha mãe tal como era em 1830. A condessa mandou fazer esse retrato numa ausência do conde. Sem dúvida tinha intenção de preparar uma agradável surpresa para quando ele retornasse; mas, coisa estranha, esse retrato não agradou ao meu pai; e o valor da pintura, que é, como pode ver, um dos mais belos quadros de Léopold Robert, não conseguiu demovê-lo de sua antipatia. Cá entre nós, meu caro sr. conde, o sr. de Morcerf é um dos pares mais assíduos no Luxemburgo, um general famoso pela teoria, mas um amante das artes dos mais medíocres; não se dá o mesmo com a minha mãe, que pinta notavelmente e que, estimando muito essa obra para dela separar-se definitivamente, presenteou-a a mim, para que, na minha casa, ela ficasse menos sujeita a contrariar o sr. de Morcerf, cujo retrato pintado por Gros[62] ainda vou lhe mostrar. Perdoe se falo assim de assuntos familiares e íntimos; mas, como terei a honra de levá-lo até os aposentos do conde, digo-lhe isso para que não elogie esse retrato na frente dele. Além disso, o quadro tem uma influência funesta, pois é muito raro minha mãe vir aqui sem olhar para ele, e mais raro ainda que o contemple sem chorar. A nuvem que o aparecimento dessa pintura trouxe para a casa foi, de resto, a única a se formar entre o conde e a condessa, que, embora casados há mais de vinte anos, permanecem unidos como no primeiro dia.

Monte Cristo lançou um olhar fugaz para Albert, como se a procurar uma intenção oculta em suas palavras; mas era evidente que o rapaz as dissera com toda a simplicidade da alma.

62. Gros: Antoine-Jean, ou barão de Gros (1771-1835), pintor francês, conhecido por seus retratos de personalidades políticas e batalhas históricas.

— Agora que viu todas as minhas riquezas, sr. conde — disse Albert —, permita que lhas ofereça, por mais indignas que sejam; considere-se em casa. Para colocá-lo ainda mais à vontade, queira me acompanhar até os aposentos do sr. Morcerf, a quem escrevi de Roma acerca do favor que me prestou e a quem anunciei a visita que o senhor me prometera; posso inclusive dizê-lo, o conde e a condessa esperavam com impaciência que lhes fosse permitido prestar seus agradecimentos. Sei que não liga para essas coisas, sr. conde, e que as cenas de família não impressionam muito Simbad, o marujo: o senhor viu cenas tão diferentes! Aceite entretanto o que lhe ofereço como iniciação à vida parisiense, uma vida de cerimônias, visitas e apresentações.

Monte Cristo inclinou-se para responder; aceitava a proposta sem entusiasmo e sem remorso, como uma das conveniências sociais que todo homem decente aceita como dever. Albert chamou seu criado de quarto e ordenou-lhe que fosse avisar o sr. e a sra. de Morcerf de que o conde de Monte Cristo iria ter com eles.

Albert seguiu-o, tendo o conde atrás de si.

Ao chegar ao vestíbulo do sr. de Morcerf, via-se em cima da porta que dava para o salão um escudo que, por seus ornatos suntuosos e sua harmonia com a decoração do aposento, indicava a importância que o dono da casa atribuía àquele brasão.

Monte Cristo deteve-se diante do brasão, o qual examinou com atenção.

— Anil com sete merletas de ouro dispostas em banda. Seria o escudo de sua família, meu caro? — perguntou. — Afora o conhecimento das peças do brasão, o que me permite decifrá-lo, sou muito ignorante em matéria heráldica, eu, conde por acaso, fabricado na Toscana com a ajuda de uma comenda de Santo Estêvão[63], e que teria prescindido de bancar o grão-senhor se não me houvessem repetido que isso é coisa absolutamente necessária quando se viaja muito. Pois, enfim, convém de fato, ainda que seja para que a alfândega não nos inspecione, ter alguma coisa pintada nos painéis laterais de nosso coche. Desculpe-me, portanto, se lhe faço essa pergunta.

— Ela não é de forma alguma indiscreta, senhor — disse Morcerf, com a simplicidade da convicção —, e o senhor adivinhou: são nossas armas, isto é, as do lado de meu pai; mas estão, como pode ver, recostadas num escudo que é de goles com torre de prata, e que é a do lado de minha mãe; pela linhagem das mulheres, sou espanhol, mas a casa de Morcerf é francesa e, pelo que sei, uma das mais antigas do Sul da França.

---

63. Comenda de Santo Estêvão: instituída em 1562, por Cosmo de Medicis (1380-1464), e oficializada pelo grão-duque Ferdinando (1610-70). Suas insígnias eram uma cruz de oito pontas vermelha, com bordas de ouro, ladeada por flores de lis e encimada por uma coroa real.

— Sim — respondeu Monte Cristo —, é o que as merletas simbolizam. Quase todos os peregrinos armados que tentaram ou fizeram a conquista da Terra Santa usaram, em seus brasões, ou cruzes, sinal da missão à qual se haviam dedicado, ou pássaros migratórios, símbolo da longa viagem que iam empreender e que esperavam realizar sob as asas da fé. Um de seus ancestrais paternos deve ter participado de algumas das cruzadas de vocês e, supondo que seja pelo menos a de são Luís[64], isso nos faz remontar ao século XIII, o que já é uma beleza.

— É possível — disse Morcerf. — Em algum canto no gabinete de meu pai há uma árvore genealógica que nos informará a respeito e acerca da qual antigamente eu tecia comentários que teriam edificado muito d'Hozier e Jaucourt[65]. Agora, não penso mais nisso; por outro lado, vou lhe dizer, sr. conde, e isto é do âmbito das minhas atribuições de cicerone, que estão começando a dar muita atenção a essas coisas sob o nosso governo popular.

— Pois bem! Então o seu governo deveria ter escolhido em seu passado alguma coisa melhor que esses dois cartazes[66] que observei nos monumentos de vocês e que não têm nenhum senso heráldico. Quanto ao senhor, visconde — continuou Monte Cristo, voltando-se para Morcerf —, o senhor é mais feliz que o seu governo, pois suas armas são de fato belas e falam à imaginação. Sim, não resta dúvida, o senhor é ao mesmo tempo da Provença e da Espanha; é o que explica, se o retrato que me mostrou é fiel, essa bela cor morena que eu tanto admirava no rosto da nobre catalã.

Seria preciso ser Édipo ou a própria esfinge para adivinhar a ironia que o conde imprimiu a essas palavras, aparentemente sublinhadas por uma grande polidez; assim sendo, Morcerf agradeceu-lhe com um sorriso e, passando à sua frente para lhe mostrar o caminho, empurrou a porta que se abria embaixo das armas e que, como dissemos, dava para o salão.

No lugar mais visível desse salão via-se outro retrato; era o de um homem de trinta e cinco a trinta e oito anos, vestindo um uniforme de oficial-general, com o duplo galão espiralado, sinal das patentes superiores, a fita da Legião de Honra no pescoço, no grau de comendador, e no peito, à direita, a medalha de grão-oficial da ordem do Salvador, e à esquerda, a da grã-cruz de Carlos III, que indicava que a pessoa representada naquele retrato devia ter

64. são Luís: ou Luís IX (1214-70), rei da França morto no Norte da África, durante a oitava cruzada.

65. Hozier e Jaucourt: Pierre d'Hozier (1592-1660), genealogista francês; Louis de Jaucourt (1704-79), homem de ciências, colaborador na *Enciclopédia* de Diderot.

66. "dois cartazes": referência a um episódio no qual o brasão do rei francês Carlos V (1338-80), tradicionalmente composto de três flores de lis, foi substituído por outro com duas tábuas da lei.

combatido na Grécia e na Espanha ou, o que dá absolutamente no mesmo em matéria de honrarias, cumprido alguma missão diplomática nos dois países.

Monte Cristo estava a esmiuçar aquele retrato com não menos atenção que dera ao outro quando uma porta lateral se abriu e ele ficou diante do conde de Morcerf em pessoa.

Era um homem entre quarenta e quarenta e cinco anos, mas que parecia ter pelo menos cinquenta, cujos bigode e sobrancelhas negros contrastavam estranhamente com cabelos quase brancos, cortados bem rente no estilo militar; vestia-se à paisana e usava em sua lapela uma fita cujos diferentes debruns evocavam as diferentes ordens com que havia sido condecorado. Esse homem entrou com um passo bastante nobre e com uma espécie de precipitação. Monte Cristo observou-o vindo em sua direção sem dar um único passo; parecia que seus pés estavam pregados no assoalho como seus olhos no rosto do conde de Morcerf.

— Meu pai — disse o rapaz —, tenho a honra de lhe apresentar o sr. conde de Monte Cristo, esse generoso amigo que tive a felicidade de conhecer nas circunstâncias difíceis que são de seu conhecimento.

— O cavalheiro é bem-vindo — disse o conde de Morcerf, cumprimentando o conde de Monte Cristo com um sorriso — e prestou à nossa casa, ao lhe conservar seu único herdeiro, um favor que solicitará eternamente a nossa gratidão.

E, dizendo estas palavras, o conde de Morcerf apontava uma poltrona para Monte Cristo, enquanto ele próprio sentava-se de frente para a janela.

Monte Cristo, ao ocupar a poltrona indicada pelo conde de Morcerf, acomodou-se de maneira a permanecer protegido pela sombra das grandes cortinas de veludo e a poder ler, dali, nos traços do conde, marcados pelo cansaço e pela preocupação, toda uma história de dores secretas, escritas em cada uma das rugas que o tempo lhe dera.

— A sra. condessa — disse Morcerf — estava fazendo sua toalete quando o visconde a mandou avisar da visita que iria ter a felicidade de receber; ela descerá, daqui a dez minutos estará no salão.

— É muita honra para mim — disse Monte Cristo — ser apresentado, logo no dia de minha chegada a Paris, a um homem cujo mérito corresponde à reputação e com quem o destino, pelo menos uma vez, não foi injusto; mas será que o destino ainda não tem, nas planícies do Mitidja ou nas montanhas do Atlas[67], um bastão de marechal a lhe oferecer?

— Oh — replicou Morcerf, corando um pouco —, deixei o serviço militar, cavalheiro. Nomeado par sob a Restauração, fiz a primeira campanha[68]

---

67. Planície do Mitidja: planície localizada ao norte da África, aproximadamente a cinquenta quilômetros ao sul de Argel; montanhas do Atlas: cordilheiras que separam as margens do oceano Atlântico e do mar Mediterrâneo do deserto do Saara.

e servi sob as ordens do marechal de Bourmont; por conseguinte, podia pretender a um comando superior, e quem sabe o que teria acontecido se o ramo primogênito houvesse permanecido no trono! Mas a Revolução de Julho[69] era, ao que parece, suficientemente gloriosa para se permitir ser ingrata, e o foi com todo o contingente que não datava do período imperial; em virtude disso, pedi minha exoneração, uma vez que, depois de conquistarmos nossas insígnias no campo de batalha, esquecemos como manobrar no terreno escorregadio dos salões; abandonei a espada, lancei-me na política, dedico-me à indústria, estudo as artes úteis. Durante meus vinte anos de serviço, nunca deixei de desejar isso, mas não tinha tempo.

— São coisas assim que alicerçam a superioridade de sua nação sobre os outros países, cavalheiro — respondeu Monte Cristo. — Fidalgo originário de casa ilustre, dono de bela fortuna, primeiro o senhor aceitou conquistar as patentes menores como soldado obscuro, o que é raríssimo; depois, uma vez feito general, par de França e comendador da Legião de Honra, dignou-se a recomeçar um segundo aprendizado, sem outra esperança, sem outra recompensa senão a de um dia vir a ser útil a seus semelhantes... Ah, cavalheiro, eis o que é belo; eu diria até mais, eis o que é sublime.

Albert olhava e escutava Monte Cristo com perplexidade; não estava habituado a vê-lo entregue àqueles arroubos de entusiasmo.

— Infelizmente — continuou o visitante, sem dúvida para dissipar a imperceptível nuvem que suas palavras acabavam de fazer passar sobre a fronte de Morcerf —, não fazemos assim na Itália; crescemos segundo nossa raça e nossa espécie, conservando a mesma folhagem, o mesmo porte e, frequentemente, a mesma inutilidade por toda a nossa vida.

— Mas, senhor — respondeu o conde de Morcerf —, a Itália não é pátria para um homem do seu mérito, e a França talvez não seja ingrata com todo mundo; ela trata mal seus filhos, mas em geral acolhe generosamente os estrangeiros.

— Ora, meu pai! — disse Albert com um sorriso. — Vê-se bem que o senhor não conhece o conde de Monte Cristo. Seus deleites não são deste mundo; ele não aspira às honras, delas extraindo tão somente o que cabe num passaporte.

— Eis a expressão mais apropriada que já ouvi a meu respeito — comentou o estrangeiro.

---

68. Primeira campanha: primeira campanha na conquista da Argélia, que terminou com a tomada de Argel, em junho de 1830.

69. Revolução de Julho (de 1830): movimento que teve como pano de fundo a propagação do liberalismo e do nacionalismo, e como causas a crise econômica e o recrudescimento do regime absolutista pelo sucessor de Luís XVIII, Carlos X (1797-1836), que terminou sendo destronado.

— O cavalheiro foi soberano do próprio futuro — disse o conde de Morcerf com um suspiro —, e escolheu o caminho das flores.

— Precisamente, senhor — replicou Monte Cristo, com um desses sorrisos que um pintor jamais será capaz de reproduzir e que levaria um fisiologista à loucura se o tentasse analisar.

— Se eu não receasse fatigar o sr. conde — disse o general, evidentemente encantado com as maneiras de Monte Cristo —, eu o teria levado à Câmara; haverá hoje uma sessão curiosa para qualquer um que não conheça nossos senadores modernos.

— Eu lhe seria muito grato, cavalheiro, se o senhor se dispusesse a renovar tal oferta em outra ocasião; mas hoje fui agraciado com a esperança de ser apresentado à sra. condessa, e vou esperar.

— Ah, aqui está minha mãe! — exclamou o visconde.

Com efeito, Monte Cristo, virando-se subitamente, viu a sra. de Morcerf na entrada do salão, no umbral da porta oposta àquela pela qual entrara seu marido: imóvel e pálida, deixou, quando Monte Cristo voltou-se para ela, cair o braço que, não se sabe por quê, apoiara-se no portal dourado; estava ali havia alguns segundos e ouvira as últimas palavras pronunciadas pelo visitante ultramontano.

Este se levantou e saudou profundamente a condessa, que, por sua vez, inclinou-se muda e cerimoniosa.

— Deus do céu, senhora — perguntou o conde de Morcerf —, sente-se bem? Seria por acaso o calor desse salão que lhe faz mal?

— Está doente, mamãe? — exclamou o visconde, precipitando-se para Mercedes.

Ela agradeceu a ambos com um sorriso.

— Não — disse ela —, mas sinto-me comovida ao ver pela primeira vez aquele sem a intervenção do qual estaríamos agora em prantos e de luto. Senhor — continuou a condessa, avançando com a majestade de uma rainha —, devo-lhe a vida de meu filho e, por essa boa ação, o abençoo. Agora sou grata pelo prazer que me proporciona com a oportunidade de agradecer, assim como o abençoei, isto é, do fundo do coração.

O conde inclinou-se de novo, ainda mais profundamente que da primeira vez. Estava ainda mais pálido que Mercedes.

— Madame — disse —, o sr. conde e a senhora me recompensam com excessiva generosidade por uma ação muito simples. Salvar um homem, poupar um tormento a um pai, proteger a sensibilidade de uma mulher, isto não é praticar uma boa ação, é praticar um ato de humanidade.

A essas palavras, pronunciadas com uma delicadeza e cortesia refinadas, a sra. de Morcerf respondeu num tom profundo:

— É muito auspicioso para o meu filho, senhor, tê-lo como amigo, e agradeço a Deus que tenha feito as coisas assim.

E Mercedes ergueu seus belos olhos ao céu com uma gratidão tão infinita que neles o conde julgou perceber o tremor de duas lágrimas.

O sr. de Morcerf aproximou-se dela.

— Senhora — disse ele —, já pedi minhas desculpas ao sr. conde por ver-me obrigado a deixá-los, e peço-lhe que as renove junto a ele. A sessão abre às duas horas, são três, e tenho que falar.

— Vá, senhor, tentarei fazer com que o nosso hóspede esqueça sua ausência — disse a condessa no mesmo tom suscetível. — Sr. conde — continuou, virando-se para Monte Cristo —, pode nos dar a honra de passar o resto do dia conosco?

— Agradeço, senhora, e creia-me penhorado pelo convite, mas desembarquei esta manhã na sua porta diretamente do meu coche de viagem. Como estou instalado em Paris, ignoro-o; onde estou, também mal o sei. É uma preocupação ligeira, sei disso, mas não obstante considerável.

— Mas vai nos prometer que teremos esse prazer uma outra vez, não é mesmo? — perguntou a condessa.

Monte Cristo inclinou-se sem responder, mas o gesto podia passar por um assentimento.

— Então não o retenho, senhor — disse a condessa, — pois não desejo que a minha gratidão seja vista como indiscrição ou inconveniência.

— Meu caro conde — disse Albert —, caso se disponha a aceitar, tentarei retribuir-lhe em Paris sua graciosa cortesia em Roma e colocar meu cupê à sua disposição até que tenha tido tempo de organizar os seus pertences.

— Mil vezes obrigado por sua gentileza, visconde — disse Monte Cristo. — Mas presumo que o sr. Bertuccio tenha empregado adequadamente as quatro horas e meia que acabo de lhe dar e eu encontre, aí em frente, um coche qualquer todo atrelado.

Albert estava acostumado com aquelas maneiras do conde; sabia que ele estava, como Nero, em busca do impossível, e não se surpreendia mais com nada; porém, quis julgar por si mesmo de que forma suas ordens haviam sido executadas; acompanhou-o, portanto, até a saída do palacete.

Monte Cristo não se enganara. Assim que apareceu no vestíbulo do conde de Morcerf, um lacaio, o mesmo que em Roma fora levar a carta do conde aos dois rapazes e lhes anunciar sua visita, projetara-se para fora do peristilo, de maneira que, ao chegar às escadas, o ilustre viajante encontrou efetivamente um coche à sua espera.

Era um cupê saído das oficinas de Keller[70] e uma parelha pela qual Drake havia, com o conhecimento de todos os leões de Paris, recusado ainda na véspera a soma de dezoito mil francos.

---

70. Keller: Keller & Filhos, fabricante parisiense de coches e carroças de todos os tipos.

— Senhor — disse o conde a Albert —, não lhe convido para me acompanhar até a minha casa, uma vez que só lhe poderia apresentar uma casa improvisada, e tenho, como sabe, no que se refere a improvisações, uma reputação a zelar. Conceda-me um dia e permita-me convidá-lo. Estarei então mais convicto de não infringir as leis da hospitalidade.

— Se está me pedindo um dia, sr. conde, fico tranquilo, não será uma casa que o senhor me apresentará, será um palácio. Definitivamente, o senhor tem um gênio à sua disposição.

— Que beleza, faça com que acreditem nisso — gracejou Monte Cristo, colocando o pé nos degraus forrados de veludo de seu esplêndido veículo —, vai contar ponto para mim junto às damas.

E avançou para dentro do coche, que se fechou atrás dele e partiu a galope, mas não suficientemente rápido para que o conde deixasse de perceber o gesto imperceptível que fez balançar a cortina do salão onde ele deixara a sra. de Morcerf.

Quando Albert voltou aos aposentos de sua mãe, encontrou a condessa na alcova, afundada numa grande poltrona de veludo: o quarto inteiro, mergulhado na penumbra, permitia que se enxergasse apenas a lantejoula faiscante presa aqui e ali no corpo de algum objeto decorativo ou na quina de alguma moldura dourada.

Albert não pôde ver o rosto da condessa, perdido numa nuvem de gaze que ela enrolara em torno dos cabelos como uma auréola de vapor, mas teve a impressão de que sua voz estava alterada. Distinguiu também, em meio aos perfumes das rosas e dos girassóis da jardineira, o vestígio ácido e pungente dos sais de vinagre; num dos aparadores trabalhados da lareira, com efeito, o frasco da condessa, despontando de seu estojo de couro, atraiu a atenção preocupada do rapaz.

— Está doente, mãe? — exclamou ao entrar. — E teria se sentido mal durante a minha ausência?

— Eu? Não, Albert; mas, compreenda, essas rosas, esses tuberosos e essas flores de laranjeira exalam, durante os primeiros calores, para quem não está habituada, perfumes tão intensos...

— Sendo assim, minha mãe — disse Morcerf, levando a mão à campainha —, é preciso levá-los para o vestíbulo. A senhora está de fato indisposta; mesmo ainda há pouco, quando entrou, estava muito pálida.

— É mesmo? Eu estava pálida, Albert?

— De uma palidez que lhe vai muito bem, minha mãe, mas que nem por isso deixou de nos assustar menos, a mim e a meu pai.

— Seu pai comentou alguma coisa com você? — perguntou Mercedes, num impulso.

— Não, foi diretamente à senhora, lembra-se?, que ele fez essa observação.

— Não me lembro — respondeu a condessa.

Um criado entrou, atendendo ao som da campainha acionada por Albert.

— Leve essas flores para o vestíbulo ou para o gabinete de toalete — disse o visconde —, elas fazem mal à condessa.

O criado obedeceu.

Houve um longo silêncio, que durou o tempo todo da mudança na decoração.

— Que nome é esse, Monte Cristo? — perguntou a condessa quando o criado saiu, levando o último vaso de flores. — Será um nome de família, um nome de domínio, um simples título?

— Acredito que seja um título, minha mãe, apenas isso. O conde comprou uma ilha no arquipélago toscano e, segundo o que ele mesmo dizia esta manhã, fundou uma comendadoria. A senhora sabe que é assim que se faz para Santo Estêvão de Florença, para São Jorge Constantiniano de Parma[71] e até para a ordem de Malta. Em todo caso, ele não tem nenhuma pretensão à nobreza, autointitulando-se um conde por acaso, embora a opinião geral em Roma seja a de que o conde é um grão-senhor.

— Ele é muito educado — comentou a condessa —, pelo menos até onde pude julgar durante os poucos instantes em que esteve aqui.

— Oh, muitíssimo, minha mãe! Seus modos são tão perfeitos que superam em muito tudo que conheci de mais aristocrático nas três nobrezas mais altivas da Europa, isto é, a inglesa, a espanhola e a alemã.

A condessa refletiu por um instante e prosseguiu, após essa breve hesitação:

— Você viu, meu querido Albert, esta é uma pergunta de mãe que lhe dirijo, preste atenção, você viu o sr. de Monte Cristo na intimidade; você tem a perspicácia, você tem o desembaraço social, mais tato do que em geral se tem na sua idade; acredita que o conde seja realmente o que parece ser?

— E o que ele parecer ser?

— Você próprio disse, agora mesmo, um grão-senhor.

— O que lhe disse, minha mãe, é que o consideravam como tal.

— Mas qual é a sua opinião, Albert?

— Não tenho, admito, opinião definitiva sobre ele; suponho que seja maltês.

— Não pergunto sobre sua origem; pergunto sobre sua pessoa.

— Ah, sobre sua pessoa é outra coisa; em relação a ele vi tantas coisas estranhas que, se quiser que lhe diga o que penso, responderei que sem difi-

---

71. "é assim que se faz para Santo Estêvão de Florença, para São Jorge Constantiniano de Parma": como a passagem demonstra, essas instâncias nobiliárquicas estavam ligadas a uma determinada cidade. A ordem de Santo Estêvão, já mencionada, ligava-se a Florença, a constantiniana de Parma, com sede territorial na cidade deste nome, era controlada pela família Farnese.

culdade o veria como um dos homens de Byron, marcado com o sinete fatal do infortúnio; algum Manfred, alguma Lara, algum Werner[72]; um remanescente, enfim, de alguma venerável família que, deserdado da fortuna paterna, encontrou uma substituta graças à força de seu gênio aventureiro, que o instalou acima das leis da sociedade.

— O que está dizendo...?

— Estou dizendo que Monte Cristo é uma ilha no meio do Mediterrâneo, sem habitantes, sem guarnição, antro de contrabandistas de todas as nações, de piratas de todos os países. Quem sabe se esses dignos industriais não pagam um direito de asilo ao seu senhor?

— É possível — disse a condessa, pensativa.

— Mas não importa — emendou o rapaz —, contrabandista ou não, a senhora há de concordar, minha mãe, depois de tê-lo conhecido, que o sr. conde de Monte Cristo é um homem notável e fará grande sucesso nos salões de Paris. Por exemplo, na manhã de hoje, na minha casa, ele fez sua estreia na sociedade deixando estupefato até mesmo Château-Renaud.

— E que idade pode ter o conde? — perguntou Mercedes, atribuindo visivelmente grande importância a essa pergunta.

— Entre trinta e cinco e trinta e seis anos, minha mãe.

— Tão moço, é impossível! — exclamou Mercedes, respondendo ao mesmo tempo ao que lhe dizia Albert e ao que lhe dizia seu próprio pensamento.

— Entretanto, é verdade. Por três ou quatro vezes ele me disse, e decerto sem premeditação, "em tal época eu tinha cinco anos", "em tal outra eu tinha dez anos", "em tal outra, doze"; como a minha curiosidade me mantinha atento a esses detalhes, eu aproximava as datas, e nunca o flagrei em erro. Logo, a idade desse homem singular, que não tem idade, é, tenho certeza disso, trinta e cinco anos. Além do mais, lembre-se, minha mãe, como seu olho é vivo, como seus cabelos são escuros e como sua fronte, embora pálida, não tem rugas; é uma natureza não apenas vigorosa, mas ainda jovem.

A condessa abaixou a cabeça como se estivesse sob um temporal de pensamentos amargos.

— E esse homem ficou seu amigo, Albert? — perguntou ela, com um arrepio nervoso.

— Creio que sim, senhora.

— E você... gosta dele também?

— Ele me agrada, senhora, a despeito do que diga Franz d'Épinay, que pretendia fazê-lo passar aos meus olhos como um homem que voltou do além.

A condessa fez um gesto de terror.

---

72. Para Manfred e Lara, ver notas da Parte II (182 e 72, respectivamente); Werner: personagem da peça homônima escrita por Byron, a última a ser concluída, em 1821.

A condessa fez um gesto de terror.

— Albert — disse ela com uma voz alterada —, sempre o precavi contra novos conhecidos. Agora você é um homem, podendo, por sua vez, me dar conselhos. Apesar disso, repito: seja prudente, Albert.

— Eu precisaria antes, querida mãe, para que tal conselho me fosse útil, saber do que desconfiar. O conde nunca brinca, o conde só bebe água dourada com uma gota de vinho de Espanha; o conde anunciou-se tão rico que, sem cair no ridículo, nunca me pediria dinheiro emprestado; que tenho então a temer da parte do conde?

— Tem razão — diz a condessa —, e meus terrores são absurdos, ainda mais tendo como objeto o homem que salvou sua vida. A propósito, seu pai o recebeu bem, Albert? É importante nos desfazermos em gentilezas em relação ao conde. O sr. de Morcerf às vezes está ocupado, seus negócios deixam-no irritado, e ele poderia, sem querer...

— Meu pai foi perfeito, senhora — interrompeu Albert. — Eu diria mais: pareceu infinitamente lisonjeado com os dois ou três respeitosos cumprimentos que o conde lhe dirigiu não só com felicidade, mas com senso de oportunidade, como se o conhecesse há trinta anos. Cada uma dessas pequenas flechas lisonjeiras devem ter mexido com meu pai — acrescentou Albert, rindo —, de modo que se despediram como os melhores amigos do mundo, com o sr. Morcerf, inclusive, querendo levá-lo até a Câmara para que ouvisse seu discurso.

A condessa não respondeu; estava absorta num devaneio tão profundo que seus olhos foram se fechando pouco a pouco. O rapaz, de pé à sua frente, observava-a com o amor filial terno e afetuoso dos filhos cujas mães ainda são jovens e belas; então, após ter visto seus olhos se fecharem, escutou-a respirar por um instante naquela suave imobilidade, e, julgando-a adormecida, afastou-se na ponta dos pés, fechando com precaução a porta do quarto.

— Esse diabo de homem — murmurou ele, balançando a cabeça —, eu bem que lhe avisei que faria sensação em Paris. Posso avaliar o efeito por ele provocado num termômetro infalível. Minha mãe notou-o; logo, ele deve de fato ser notável.

E desceu às suas cavalariças, não sem um despeito secreto: embora sem qualquer intenção, o conde de Monte Cristo adquirira uma parelha que devolvia seus baios a uma categoria inferior na visão dos entendidos.

— Definitivamente — disse ele —, os homens não são iguais; preciso pedir ao meu pai que desenvolva essa teoria na Câmara Alta.

4. O SR. BERTUCCIO

Nesse ínterim, o conde chegara à sua casa; levara seis minutos no percurso. Esses seis minutos foram suficientes para que fosse admirado por vinte rapazes, que, cientes do preço da parelha que eles próprios não puderam comprar, haviam esporeado suas montarias para vislumbrar o esplêndido senhor que se proporcionava cavalos de dez mil francos cada.

A casa escolhida por Ali, e que devia servir de moradia urbana para Monte Cristo, situava-se à direita subindo os Champs-Élysées, entre um pátio e um jardim. Um arvoredo frondoso, que se erguia no meio do pátio, escondia uma parte da fachada. Em torno desse arvoredo avançavam, semelhantes a dois braços, duas aleias que, estendendo-se à direita e à esquerda, levavam os coches, a partir do portão gradeado, até uma dupla escada, que a cada degrau exibia um vaso de porcelana cheio de flores. Essa casa, isolada no centro de um amplo espaço, tinha, além da entrada principal, outra entrada, que dava para a rua de Ponthieu.

Antes mesmo de o cocheiro berrar pelo porteiro, o maciço portão gradeado deslizou sobre os gonzos; o conde fora avistado e, em Paris como em Roma, bem como por toda parte, atendiam-no com a rapidez de um raio. Então o cocheiro entrou e descreveu o semicírculo sem diminuir a velocidade. O portão já tornara a ser fechado quando as rodas ainda rangiam no cascalho da aleia.

O coche parou no lado esquerdo da escada de entrada; dois homens apareceram junto à portinhola. Um era Ali, que sorriu para o patrão com um incrível sorriso de franca alegria, e que se viu recompensado com um simples olhar de Monte Cristo.

O outro cumprimentou humildemente e ofereceu seu braço ao conde para ajudá-lo a apear do coche.

— Obrigado, senhor Bertuccio — disse o conde, pulando ligeiramente os três degraus do estribo. — E o tabelião?

— Está no salão menor, Excelência — respondeu Bertuccio.

— E os cartões de visita que eu lhe disse para mandar gravar assim que tivesse o número da casa?

— Estão prontos, sr. conde. Fui ao melhor gravador do Palais-Royal, que executou a chapa na minha frente; o primeiro cartão impresso foi levado agora mesmo, conforme suas ordens, ao sr. barão Danglars, deputado, rua de la Chaussée-d'Antin nº7; os demais estão sobre a lareira do quarto de Vossa Excelência.

— Ótimo. Que horas são?

— Quatro horas.

Monte Cristo entregou suas luvas, seu chapéu e sua bengala ao mesmo lacaio francês que se precipitara ao vestíbulo do conde de Morcerf para anunciar o coche, depois passou para o salão menor, conduzido por Bertuccio, que lhe mostrou o caminho.

— Atenção para os mármores desse vestíbulo, que são medíocres — disse Monte Cristo —, espero que tirem logo tudo isso daqui.

Bertuccio inclinou-se.

Como dissera o intendente, o tabelião esperava no salão menor.

Tinha o rosto honesto de um amanuense de Paris, elevado à dignidade intransponível de tabelião do bairro.

— É o senhor o tabelião encarregado de vender a casa de campo que quero comprar? — perguntou Monte Cristo.

— Sim, sr. conde — respondeu o tabelião.

— A escritura de venda está pronta?

— Sim, sr. conde.

— Trouxe-a consigo?

— Aqui está.

— Perfeito. E onde fica essa casa que estou comprando? — perguntou displicentemente Monte Cristo, dirigindo-se um pouco a Bertuccio e um pouco ao tabelião.

O intendente fez um gesto que significava: "Não sei."

O tabelião olhou para Monte Cristo, incrédulo:

— Como — disse ele —, o sr. conde não sabe onde fica a casa que está comprando?

— Não, palavra de honra — disse o conde.

— O senhor não a conhece?

— E como diabos a conheceria? Cheguei de Cádiz esta manhã, jamais estive em Paris, é inclusive a primeira vez que ponho os pés na França.

— Então é diferente — respondeu o tabelião —, a casa comprada pelo sr. conde fica em Auteuil.

A essas palavras, Bertuccio empalideceu visivelmente.

— E onde fica Auteuil? — perguntou Monte Cristo.

— A dois passos daqui, sr. conde — disse o tabelião —, um pouco depois de Passy, num sítio encantador, no meio do Bois de Boulogne.

— Tão perto assim! — disse Monte Cristo. — Mas isso não é o campo. Como, diabos, pôde escolher uma casa nas portas de Paris, senhor Bertuccio?

— Eu! — exclamou o intendente com uma estranha ansiedade. — Não, por favor, não foi a mim que o sr. conde encarregou de escolher essa casa; que o sr. conde faça a gentileza de se lembrar, procurar na memória, interrogar suas lembranças.

— Ah, está certo — disse Monte Cristo —, agora me lembro. Li esse anúncio num jornal e me deixei seduzir pelo título mentiroso: "casa de campo."

— Ainda há tempo — disse vivamente Bertuccio —, e, se Vossa Excelência quiser me encarregar de procurar em qualquer outro lugar, encontrarei o que houver de melhor, seja em Enghien, seja em Fontenay-aux-Roses, seja em Bellevue.

— Não, não precisa — disse despreocupadamente Monte Cristo. — Já que tenho esta, ficarei com ela.

— E o senhor tem razão — disse ansiosamente o tabelião, que temia perder seus honorários. — É uma propriedade encantadora: água corrente, bosques frondosos, moradia confortável, embora abandonada há algum tempo; sem falar no mobiliário, o qual, por mais velho que seja, tem valor, sobretudo hoje quando todos estão atrás de antiguidades. Perdão, mas creio que o sr. conde tem o gosto de sua época.

— Dito assim — ponderou Monte Cristo —, então é conveniente.

— Ah, senhor, é melhor que isso, é magnífica!

— Caramba! Não vamos perder uma oportunidade dessas — disse Monte Cristo. — A escritura, por favor, sr. tabelião...

E assinou rapidamente, após ter verificado no documento a passagem onde estavam mencionados a localização da casa e os nomes dos proprietários.

— Bertuccio — disse ele —, poderia entregar cinquenta e cinco mil francos ao cavalheiro?

O intendente saiu num passo inquieto e voltou com um maço de letras de câmbio; que o tabelião contou como um homem acostumado a receber seu dinheiro apenas depois da purga legal.

— E agora — perguntou o conde —, estão cumpridas todas as formalidades?

— Todas, sr. conde.

— Está com as chaves?

— Estão nas mãos do zelador que toma conta da casa; mas aqui está a ordem que lhe dei para instalar o cavalheiro em sua propriedade.

— Excelente.

E Monte Cristo fez um sinal com a cabeça para o tabelião que queria dizer: "Não preciso mais do senhor, vá embora."

— Mas — atreveu-se o honesto tabelião —, me parece que o sr. conde se enganou; são apenas cinquenta mil francos, tudo incluído.

— E os seus honorários?

— Estão incluídos nesta soma, sr. conde.

— Mas não veio de Auteuil até aqui?

— Sim, sem dúvida.

— Pois bem, preciso pagar pelo seu incômodo — disse o conde.

E dispensou-o com um gesto.

O tabelião saiu recuando e saudando até o chão; era a primeira vez, desde o dia em que obtivera sua matrícula, que encontrava um cliente daqueles.

— Acompanhe o cavalheiro — disse o conde a Bertuccio.

E o intendente saiu atrás do tabelião.

Assim que ficou sozinho, o conde tirou do bolso uma pequena agenda com fechadura, abrindo-a com uma chavezinha amarrada no seu pescoço e que nunca o abandonava.

Depois de ter procurado por um instante, deteve-se numa folha rabiscada com algumas anotações, confrontou essas anotações com a escritura de venda na mesa e, ruminando suas lembranças, disse consigo:

— Auteuil, rua de la Fontaine nº28; não há dúvida, é essa. Devo agora acrescentar a isso uma confissão arrancada por meio do terror religioso ou do terror físico? Seja como for, daqui a uma hora saberei de tudo. Bertuccio! — gritou ele, batendo com uma espécie de martelinho com cabo dobrável numa campainha que devolveu um som agudo e prolongado, semelhante ao de um gongo oriental. — Bertuccio!

O intendente apareceu no umbral.

— Sr. Bertuccio — disse o conde —, não me disse uma vez que tinha viajado pela França?

— Por determinadas regiões da França, sim, Excelência.

— Conhece os arrabaldes de Paris, sem dúvida?

— Não, Excelência, não — respondeu o intendente, com uma espécie de tremor nervoso que Monte Cristo, perito em emoções, atribuiu com razão a uma viva preocupação.

— É uma pena — disse ele — que nunca tenha visitado os arrabaldes de Paris, pois quero visitar minha propriedade esta noite mesmo, e, como vai me acompanhar, eu contava com algumas informações úteis de sua parte.

— A Auteuil? — exclamou Bertuccio, cuja tez acobreada tornou-se quase lívida. — Eu, ir a Auteuil?

— Qual o problema? Que há de tão espantoso no fato de ir a Auteuil?, eu lhe pergunto. Quando eu me instalar em Auteuil, o senhor terá de ir, uma vez que faz parte da criadagem.

Bertuccio abaixou a cabeça diante do olhar imperioso do patrão e permaneceu paralisado, sem resposta.

— E essa agora! Que há com o senhor? Serei obrigado a tocar novamente a campainha para ter o meu coche? — disse Monte Cristo, num tom que Luís XIV imprimiu ao pronunciar o famoso: "Eu quase tive que esperar!"

Bertuccio foi num pulo do salão menor para o vestíbulo e gritou com uma voz rouca:

— Os cavalos de Sua Excelência!

Monte Cristo escreveu duas ou três cartas. Quando lacrava a última, o intendente apareceu:

— O coche de Sua Excelência está na porta — anunciou ele.

— Ótimo, pegue suas luvas e seu chapéu! — ordenou Monte Cristo.

— A Auteuil?

— Devo acompanhar o sr. conde? — exclamou Bertuccio.

— Sem dúvida, é imprescindível que o senhor dê as suas ordens, uma vez que pretendo morar naquela casa.

Não havia exemplo de alguém um dia haver replicado uma injunção do conde; assim, o intendente, sem fazer qualquer objeção, foi atrás de seu patrão, que entrou no coche e lhe fez sinal para segui-lo. O intendente sentou-se respeitosamente no banco dianteiro.

5. A CASA DE AUTEUIL

Monte Cristo observara que, ao descer a escada, Bertuccio se persignara à maneira dos corsos, isto é, cortando o ar em cruz com o polegar, e que, ao ocupar seu lugar no coche, resmungara baixinho uma breve oração. Qualquer um que não fosse curioso teria tido pena da singular repugnância manifestada pelo digno intendente quanto ao passeio extramuros planejado pelo conde; porém, ao que parece, este se mostrava curioso demais para dispensar Bertuccio da pequena viagem.

Em vinte minutos chegaram a Auteuil. A emoção do intendente só fazia crescer. Ao entrar no vilarejo, Bertuccio, encolhido no canto do coche, pôs-se a examinar com uma emoção febril cada uma das casas pelas quais passavam.

— Mande parar na rua de la Fontaine, no nº28 — disse o conde, fitando impiedosamente o intendente ao qual dava essa ordem.

O suor escorreu do rosto de Bertuccio; entretanto ele obedeceu e, debruçando-se para fora do coche, gritou ao cocheiro:

— Rua de la Fontaine nº28.

O nº28 situava-se no fim do vilarejo. Durante a viagem, anoiteceu, ou melhor, uma nuvem negra carregada de eletricidade conferiu àquelas trevas prematuras o aspecto e a solenidade de um episódio dramático.

O coche parou e o lacaio precipitou-se para a portinhola, que abriu.

— Muito bem! — disse o conde. — Não vai descer, sr. Bertuccio? Vai ficar no carro? Mas que diabos anda ruminando esta noite?

Bertuccio correu para a portinhola e apresentou seu ombro ao conde, que, dessa vez, apoiou-se nele e desceu um a um os três degraus do estribo.

— Bata — disse — e anuncie-me.

Bertuccio bateu, a porta se abriu e o caseiro apareceu.

— Quem é? — perguntou ele.

— É o seu novo patrão, bom homem — disse o intendente.

E estendeu ao caseiro o bilhete de identificação dado pelo tabelião.

— A casa foi então vendida? — perguntou o caseiro. — E é o senhor que vem morar aqui?

— Sim, meu amigo — disse o conde —, e espero que não sinta saudade do seu ex-patrão.

— Oh, senhor — disse o caseiro —, não vou sentir muita saudade, pois nos vemos muito raramente; há mais de cinco anos que não aparece, e ele fez bem, se fez!, em vender uma casa que não lhe servia de nada.

— E como se chamava seu ex-patrão? — perguntou Monte Cristo.

— Sr. marquês de Saint-Méran; ah, tenho certeza de que ele não vendeu a casa pelo que ela lhe custou.

— O marquês de Saint-Méran! — exclamou Monte Cristo. — Mas esse nome não me é estranho — disse o conde. — Marquês de Saint-Méran...

E pareceu vasculhar a memória.

— Velho fidalgo — continuou o caseiro —, um fiel servidor dos Bourbon; tinha uma filha única, a qual ele casou com o sr. de Villefort, que foi procurador do rei em Nîmes e depois em Versalhes.

Monte Cristo lançou um olhar que encontrou Bertuccio mais lívido que a parede na qual se apoiava para não cair.

— E essa moça não morreu? — perguntou Monte Cristo. — Acho que ouvi alguma coisa sobre isso.

— Sim, senhor, há vinte e um anos, e desde então estivemos apenas três vezes com o infeliz marquês.

— Obrigado, obrigado — disse Monte Cristo, avaliando a prostração do intendente, que não podia mais esticar aquela corda sem arrebentá-la. — Dê-me luz, homem.

— Devo acompanhá-lo, senhor?

— Não é necessário, Bertuccio iluminará meu caminho.

E Monte Cristo acrescentou a essas palavras duas moedas de ouro, que provocaram uma explosão de bênçãos e suspiros.

— Ah, cavalheiro! — disse o caseiro, após ter procurado inutilmente no aparador da lareira e nas prateleiras circunvizinhas. — É que não tenho velas aqui.

— Pegue uma das lanternas do coche, Bertuccio, e mostre-me os aposentos — disse o conde.

O intendente obedeceu sem replicar, mas era fácil ver, pelo tremor da mão que segurava a lanterna, o quanto lhe custava obedecer.

A casa de Auteuil.

Percorreram um rés do chão bastante amplo, um primeiro andar composto de uma sala de visitas, um banheiro e dois quartos de dormir. Por um dos quartos, chegava-se a uma escada em espiral que dava num jardim.

— Veja, uma escada de serviço — disse o conde —, isso é muito cômodo. Ilumine, sr. Bertuccio; passe na frente e vamos ver aonde essa escada nos leva.

— Senhor — disse Bertuccio —, ela dá no jardim.

— E como sabe disso, pode fazer o favor de me dizer?

— Isto é, suponho que dê.

— Muito bem, vamos nos certificar.

Bertuccio deu um suspiro e seguiu na frente. A escada terminava efetivamente no jardim.

Na porta do lado de fora, o intendente se deteve.

— Adiante, sr. Bertuccio! — exclamou o conde.

Mas o homem a quem ele se dirigia estava atônito, estúpido, aniquilado. Seus olhos esbugalhados procuravam em torno de si como os vestígios de um passado terrível, e seus punhos crispados pareciam tentar rechaçar lembranças assustadoras.

— E então? — insistiu o conde.

— Não, não! — exclamou Bertuccio, apoiando a mão no canto da parede interna. — Não, senhor, não irei adiante, é impossível!

— O que está dizendo? — articulou a voz irresistível de Monte Cristo.

— Há de admitir, sr. conde — exclamou o intendente —, que isso não é normal; que, precisando comprar uma casa em Paris, compre-a justamente em Auteuil e que, comprando-a em Auteuil, sua casa seja o nº28 da rua de la Fontaine! Ah, por que não lhe contei tudo antes, meu senhor! Com certeza não teria exigido que eu viesse. Não esperava que a casa do sr. conde fosse justamente esta. Como se não houvesse em Auteuil outra casa senão a casa do assassinato!

— Oh, oh! — fez Monte Cristo, detendo-se subitamente. — Que palavra feia acaba de pronunciar! Homem endemoniado! Corso empedernido! Sempre cheio de mistérios ou superstições! Vamos, pegue essa lanterna e visitemos o jardim; comigo, não precisa ter medo, espero!

Bertuccio segurou firme a lanterna e obedeceu.

A porta, ao se abrir, revelou um céu baço no qual a lua se esforçava em vão para lutar contra um mar de nuvens, que a cobriam com suas ondas escuras, por ela iluminadas um instante e que em seguida se perderam, mais escuras ainda, nas profundezas do infinito.

O intendente quis tomar a esquerda.

— De jeito nenhum, senhor — disse o Monte Cristo —, para que ir pelas aleias? Temos aqui um belo gramado, vamos em frente.

Bertuccio enxugou o suor que escorria de sua testa, mas obedeceu; entretanto, continuava a desviar para a esquerda.

Monte Cristo, ao contrário, privilegiava a direita. Ao chegar a um arvoredo, parou.

O intendente não se aguentou:

— Afaste-se, senhor! — exclamou. — Afaste-se, eu suplico, o senhor está exatamente no lugar!

— Que lugar?

— O mesmo lugar onde ele caiu.

— Meu caro sr. Bertuccio — disse Monte Cristo rindo —, componha-se, eu lhe ordeno; não estamos em Sartene ou em Corte. Isto aqui não é um terreno baldio, mas um jardim inglês, malconservado, concordo, mas não convém caluniá-lo por isso.

— Senhor, saia daí! Saia daí, eu suplico!

— Senhor, saia daí, eu suplico!

— Creio que está enlouquecendo, seu Bertuccio — disse friamente o conde. — Se assim for, avise-me, pois mandarei interná-lo em alguma casa de saúde antes que aconteça uma tragédia.

— Ai de mim, Excelência! — disse Bertuccio, balançando a cabeça e juntando as mãos numa atitude que teria feito o conde rir, se pensamentos de um interesse superior não o tivessem arrebatado nesse momento, desviando sua atenção para as menores expansões daquela consciência temerosa. — Ai de mim, Excelência, a tragédia aconteceu!

— Sr. Bertuccio — disse o conde —, sinto-me muito à vontade para lhe dizer que, gesticulando dessa forma, vai torcer os braços e que está revolvendo os olhos como um possuído de cujo corpo o diabo não quer sair; ora, já observei que o diabo mais tinhoso em permanecer em seu posto é quase sempre um segredo. Eu o sabia corso, eu o sabia sombrio e sempre ruminando alguma velha história de *vendetta*, e fechava os olhos para isso na Itália, porque na Itália esse tipo de coisa faz parte da tradição, mas na França quase todos consideram o assassinato uma coisa de muito mau gosto: há policiais designados para prender quem o comete, juízes que o condenam e cadafalsos que o vingam.

Bertuccio juntou as mãos, e como, ao executar essas diferentes evoluções, não abandonava sua lanterna, a luz iluminava seu rosto transtornado.

Monte Cristo examinou-o com o mesmo olhar que em Roma examinara o suplício de Andrea; então, num tom de voz que fez novo arrepio percorrer o corpo do desventurado intendente, disse:

— O abade Busoni então mentiu para mim quando, depois de sua viagem à França, em 1829, encaminhou-o a mim, munido de uma carta de recomendação na qual me enaltecia suas preciosas qualidades. Muito bem! Vou escrever para o abade; irei responsabilizá-lo pelo seu protegido e com certeza saberei tudo sobre essa história de assassinato. Porém, aviso-lhe, sr. Bertuccio, que, quando eu moro num determinado país, tenho o hábito de me conformar às suas leis, e não sinto vontade nenhuma de me enredar com a justiça da França por sua causa.

— Oh, não faça isso, Excelência! Não o servi fielmente? — suplicou Bertuccio, desesperado. — Sempre fui honesto e inclusive, sempre que pude, pratiquei boas ações.

— Não digo que não — replicou o conde —, mas por que diabos está agitado dessa maneira? Isso é mau sinal: uma consciência limpa não provoca essa palidez nas faces, esse tremor nas mãos de um homem…

— Mas, sr. conde — respondeu Bertuccio, hesitando —, o senhor mesmo não me disse que o sr. abade Busoni, que ouviu minha confissão nas prisões de Nîmes, lhe avisara, ao me encaminhar à sua casa, que eu tinha uma grave acusação pesando sobre mim?

— Sim, mas como ele o encaminhava a mim dizendo que o senhor daria um excelente intendente, julguei que tinha roubado, só isso!

— Oh, sr. conde! — fez Bertuccio, com menosprezo.

— Ou, como o senhor era corso, que não havia conseguido resistir ao desejo de fazer uma pele, como lá se diz, por antífrase, quando, ao contrário, o correto seria dizer desfazer uma.

— Está bem! Sim, meu senhor, sim, meu bondoso senhor, foi isso! — gritou Bertuccio, atirando-se aos joelhos do conde. — Sim, foi uma vingança, juro, uma simples vingança.

— Compreendo; o que não compreendo é por que justamente esta casa o exalta a esse ponto.

— Mas, meu senhor, não seria isso natural — replicou Bertuccio —, uma vez que foi nesta casa que a vingança se consumou?

— O quê! Na minha casa!

— Oh, meu senhor, ela ainda não lhe pertencia — respondeu Bertuccio, ingenuamente.

— Mas então a quem pertencia? Ao sr. marquês de Saint-Méran, nos disse, creio, o caseiro. Que diabos então o senhor tinha para se vingar do marquês de Saint-Méran?

— Oh, não era dele, meu senhor, era de um outro.

— Estranha coincidência — disse Monte Cristo, parecendo ceder às suas reflexões —, o senhor ver-se, completamente por acaso, sem nenhuma preparação, na casa onde aconteceu uma cena que lhe dá remorsos tão horríveis.

— Meu senhor — disse o intendente —, é a fatalidade a causa de tudo isso: primeiro, o senhor compra uma casa precisamente em Auteuil, essa casa é a casa onde cometi um assassinato; o senhor desce ao jardim precisamente pela escada por onde ele desceu; o sr. se detém exatamente no lugar onde ele recebeu o golpe; a dois passos, sob esse plátano, ficava o fosso onde ele acabava de enterrar o filho; ora, isso tudo não pode ser obra do acaso, não, pois, se assim fosse, o acaso se assemelharia muito à Providência.

— Pois bem, vejamos, sr. corso, suponhamos que seja a Providência; da minha parte, sempre suponho tudo que se queira; aliás, convém fazer concessões aos espíritos dos doentes. Vamos, recomponha-se e me conte essa história.

— Só a contei uma vez, e foi para o abade Busoni. Tais coisas — acrescentou Bertuccio, balançando a cabeça — só podem ser ditas sob o sigilo da confissão.

— Nesse caso, meu caro Bertuccio — disse o conde —, preferirá que eu o devolva ao seu confessor; o senhor, como ele, dará um belo abade, cartuxo ou bernardino, e aí poderão conversar sobre seus segredos. Quanto a mim, porém, sinto um pouco de medo de uma companhia apavorada com fantasmas; não me agrada um empregado meu que se nega a atravessar o meu jardim à noite. Além do mais, admito, não me desperta a curiosidade saber como seria a visita de um comissário de polícia; pois fique ciente do seguinte, seu Bertuccio: na Itália, só se compra a justiça quando ela se cala, mas na França, ao contrário, apenas quando ela fala. Maldição! Eu o julgava um tantinho corso, um contrabandista mediano, um ótimo intendente, mas vejo que ainda é mais versátil. O senhor não me pertence mais, sr. Bertuccio.

— Oh, patrão, patrão! — desesperou-se o intendente, aterrado a essa ameaça. — Oh, se a garantia do meu emprego depende disso, falarei, direi tudo; e se eu o deixar, pois bem!, então será para marchar até o cadafalso.

— Nesse caso, a coisa muda de figura — disse Monte Cristo —, mas, se quiser mentir, reflita: é preferível que não fale nada.

— Não, senhor, juro pela salvação da minha alma, contarei tudo! Pois o próprio abade soube apenas uma parte do meu segredo. Mas, antes de qualquer coisa, suplico-lhe, afaste-se desse plátano; veja, o luar vai iluminar aquela nuvem, e aí, posicionado como está, embrulhado nesse casaco que me esconde sua silhueta, que se parece ao do sr. de Villefort.

— Como! — exclamou Monte Cristo. — Foi o sr. de Villefort…

— Vossa Excelência o conhece?

— O ex-procurador do rei em Nîmes?

— Sim.

— Que havia se casado com a filha do marquês de Saint-Méran?

— Sim.

— E que tinha no sistema judiciário a reputação do magistrado mais honesto, mais severo, mais rigoroso?

— Pois bem, senhor! — exclamou Bertuccio. — Esse homem de reputação inatacável…

— Sim.

— Era um canalha.

— Bah! — fez Monte Cristo. — Impossível!

— Entretanto, é como lhe digo.

— Jura? — duvidou Monte Cristo. — E tem uma prova disso?

— Pelo menos, tinha.

— E a perdeu, cabeça de vento?

— Perdi; mas procurando bem, podemos encontrar.

— Sério?! — disse o conde. — Conte-me isso, sr. Bertuccio! Pois isso começa a me interessar de verdade.

E o conde, cantarolando uma pequena ária da *Lucia*[73], foi sentar-se num banco, enquanto Bertuccio o seguia ruminando suas lembranças.

Bertuccio ficou de pé à sua frente.

73. "uma ária da *Lucia*": subentende-se *Lucia de Lammermoor*, ópera de Donizetti.

6. A VENDETTA

— De que ponto o sr. conde quer que eu comece a contar? — perguntou Bertuccio.

— Ora, do ponto que quiser — disse Monte Cristo —, uma vez que não sei absolutamente nada.

— Porém, eu julgava que o sr. abade Busoni contara a Vossa Excelência…

— Sim, alguns detalhes possivelmente, mas sete ou oito anos se passaram desde então, e esqueci tudo.

— Quer dizer que posso, sem receio de aborrecer Vossa Excelência…

— Comece, sr. Bertuccio, comece, vai ser para mim como o jornal vespertino.

— Os fatos remontam a 1815.

— Ah, ah! — disse Monte Cristo. — Isso não é ontem, 1815.

— Não, senhor, e no entanto os menores detalhes estão presentes em minha memória, como se estivéssemos hoje no dia seguinte. Eu tinha um irmão, um irmão mais velho, que estava a serviço do imperador. Ele era tenente num regimento formado inteiramente por corsos. Esse irmão era o meu único amigo; tínhamos ficado órfãos, eu aos cinco anos, ele aos dezoito; ele me criara como se fosse seu filho. Em 1814, sob os Bourbon, havia se casado; o imperador voltou da ilha de Elba, meu irmão logo retomou o serviço militar e, levemente ferido em Waterloo, retirou-se com o exército para o outro lado do Loire.

— Mas é a história dos Cem Dias que está a me contar, sr. Bertuccio — interrompeu o conde —, e ela já se acha escrita, se não me engano.

— Perdão, Excelência, mas esses primeiros detalhes são necessários, e o senhor me prometeu paciência.

— Em frente! Em frente! Minha palavra é uma só.

— Um dia, recebemos uma carta; preciso lhe dizer que morávamos na pequena aldeia de Rogliano, na ponta do cabo corso; essa carta era do meu irmão; ele nos dizia que o exército fora dispersado e que estava retornando por Châteauroux, Clermont-Ferrand, Le Puy e Nîmes; se eu tivesse algum dinheiro, ele me pediria que o deixasse à sua disposição em Nîmes, com um estalajadeiro nosso conhecido, com quem eu mantinha algumas relações.

— De contrabando — comentou Monte Cristo.

— Ora, meu Deus, sr. conde, temos que sobreviver.

— Naturalmente; continue então.

— Eu gostava muito do meu irmão, já lhe disse, Excelência; assim, resolvi não apenas lhe enviar o dinheiro, mas levá-lo pessoalmente. Eu possuía mil francos, deixei quinhentos para Assunta, minha cunhada; peguei os outros quinhentos e pus-me a caminho de Nîmes. Era coisa fácil, eu tinha meu barco, um carregamento a fazer no mar; tudo favorecia o meu plano. Porém, feito o carregamento, o vento virou, de maneira que ficamos quatro ou cinco dias sem condições de entrar no Ródano. Finalmente conseguimos; subimos até Arles; deixei o barco entre Bellegarde e Beaucaire, tomando o rumo de Nîmes.

— Estamos chegando, pois não?

— Sim, senhor: desculpe, mas como Vossa Excelência verá, menciono apenas detalhes absolutamente necessários. Pois bem, era a época dos violentos massacres no Midi[74]. Havia por lá dois ou três salteadores conhecidos como Trestaillon, Truphemy e Graffan, que degolavam nas ruas todos os suspeitos de bonapartismo. O sr. conde provavelmente há de ter ouvido falar desses assassinatos?

— Vagamente, eu estava muito longe da França nessa época. Continue.

— Ao entrar em Nîmes marchava-se literalmente em sangue; a cada passo, um monte de cadáveres: os assassinos, organizados em bandos, matavam, saqueavam e incendiavam.

“Diante dessa carnificina, senti um calafrio, não por mim; eu, simples pescador corso, não tinha muita coisa a temer; ao contrário, aqueles eram bons tempos para nós, contrabandistas, mas pelo meu irmão, meu irmão soldado do Império, retornando do exército do Loire com seu uniforme e suas dragonas, o qual, por conseguinte, tinha tudo a temer.

---

74. “violentos massacres no Midi”: após a retirada das forças partidárias de Napoleão II — então uma criança de quatro anos —, os realistas, liderados por Trestaillon, Truphemy e Graffan, promoveram um verdadeiro massacre na região, pilhando as propriedades e realizando execuções sumárias, entre julho e agosto de 1815.

"Corri até o nosso estalajadeiro. Meus pressentimentos não me haviam enganado: meu irmão chegara na véspera a Nîmes e, precisamente na porta daquele a quem acabava de pedir hospitalidade, fora assassinado.

"Fiz o diabo para identificar os assassinos, mas ninguém se atreveu a dizer seus nomes, tanto medo tinham. Pensei então naquela justiça francesa, de que tanto me haviam falado, que por sua vez não teme nada, e me apresentei ao procurador do rei."

— E esse procurador do rei chamava-se Villefort? — perguntou distraidamente Monte Cristo.

— Sim, Excelência: ele vinha de Marselha, onde havia sido substituto. Seu zelo levou-o a ser promovido. Fora um dos primeiros, pelo que se dizia, a anunciar ao governo a partida da ilha de Elba.

— Então — volveu Monte Cristo —, o senhor se apresentou na casa dele.

— Senhor, eu lhe disse, meu irmão foi assassinado ontem nas ruas de Nîmes; não sei quem cometeu o crime, mas é sua missão descobri-lo. O senhor é o chefe da justiça daqui, e cabe à justiça vingar os que ela não soube defender.

"— E o que fazia o seu irmão? — perguntou o procurador do rei.

"— Era tenente no batalhão corso.

"— Um soldado do usurpador, então?

"— Um soldado dos exércitos franceses.

"— Que seja! — ele replicou. — Fez uso da espada e pereceu pela espada.

"— Está enganado, senhor; pereceu pelo punhal.

"— Que quer que eu faça? — indagou o magistrado.

"— Mas já lhe disse: quero que o vingue.

"— E de quem?

"— De seus assassinos.

"— E porventura os conheço?

"— Mande-os procurar.

"— Para quê? Seu irmão deve ter arrumado alguma discussão e sido morto num duelo. Todos esses soldados veteranos são levados por excessos que, se lhes valiam louvores sob o Império, agora depõem contra eles; ora, nossa gente do Midi não gosta nem dos soldados, nem dos excessos.

"— Senhor — insisti —, não é por mim que peço. Eu posso chorar ou me vingar, e pronto; mas o coitado do meu irmão deixou uma mulher. Já se me acontecer algum infortúnio, essa pobre criatura morrerá de fome, pois ela só tinha o trabalho do meu irmão para sobreviver. Consiga uma pensãozinha do governo para ela.

"— Cada revolução tem suas catástrofes — respondeu o sr. de Villefort —, seu irmão foi vítima desta, é uma fatalidade, e o governo não deve nada à sua família por isso. Se tivéssemos que julgar todas as vinganças que os partidários do usurpador praticaram contra os partidários do rei quando, por sua vez, detinham o poder, seu irmão hoje talvez fosse condenado à morte. O que aconteceu foi algo absolutamente corriqueiro, pois é a lei da represália.

"— Ora, senhor! — exclamei. — Como pode falar assim comigo, o senhor, um magistrado...!

"— Todos os corsos são loucos, palavra de honra! — respondeu o sr. de Villefort. — Continuam a acreditar que seu compatriota é imperador. O senhor errou de época, meu caro; devia ter me dito isso dois meses atrás. Hoje é tarde demais; saia, portanto, e, se não sair, chamo alguém para tirá-lo daqui.

"Olhei para ele por um instante para ver se com uma nova súplica haveria alguma esperança. Aquele homem era de pedra. Aproximei-me dele:

"— Pois bem — eu lhe disse à meia-voz —, uma vez que conhece os corsos, deve saber que eles cumprem com sua palavra. O senhor julga terem agido corretamente matando meu irmão, que era bonapartista, porque o senhor é monarquista; pois bem! Eu, que também sou bonapartista, declaro-lhe uma coisa: é que vou matá-lo, ao senhor. A partir deste momento eu lhe anuncio a *vendetta*; portanto, preste bem atenção e cuide-se tanto quanto puder, pois, na primeira vez em que nos virmos cara a cara, sua última hora terá chegado.

"E, com essas palavras, antes que ele se recuperasse da surpresa, abri a porta e escapei."

— Ah, ah! — admirou-se Monte Cristo. — Com a sua cara honesta o senhor faz uma coisa dessas, senhor Bertuccio, e com um procurador do rei ainda por cima! Mas que coisa! E ele pelo menos sabia o que significava essa palavra, *vendetta*?

— Sabia tão bem que a partir daquele momento não saiu mais sozinho e se trancou em casa, ordenando que me procurassem por toda parte. Felizmente, eu estava tão bem-escondido que ele não conseguiu me encontrar. Então, foi invadido pelo medo; tremeu ao pensar que ainda tinha de permanecer em Nîmes por um longo tempo; solicitou sua transferência e, como era de fato um homem influente, foi nomeado para Versalhes; mas, como o senhor sabe, não existe distância para um corso que jurou vingança contra o inimigo, e seu coche, por mais bem-conduzido que fosse, nunca teve mais de meio dia de vantagem à minha frente, que, não obstante, o seguia a pé.

"O importante não era matá-lo, tive cem oportunidades para isso, mas matá-lo sem ser desmascarado e, sobretudo, sem ser preso. Daí em diante eu não me pertencia mais; tinha que proteger e alimentar minha cunhada. Durante três meses espionei o sr. de Villefort; durante três meses ele não deu um passo, uma saída, um passeio que meu olhar não o seguisse aonde ele fosse. Acabei descobrindo que ele vinha misteriosamente a Auteuil: segui-o mais uma vez e o vi entrar nesta casa onde estamos; porém, em vez de entrar como todo mundo pela porta da rua, ele vinha, seja a cavalo, seja de coche, deixava coche ou cavalo no albergue e entrava por esse portãozinho que o senhor está vendo."

Monte Cristo fez um sinal com a cabeça, demonstrando que, em meio à escuridão, distinguia efetivamente a passagem indicada por Bertuccio.

— Eu não tinha mais o que fazer em Versalhes, fixei-me em Auteuil e me informei. Se quisesse pegá-lo, era aqui, e evidentemente, aqui que eu devia preparar minha armadilha.

"— A casa pertencia, como o caseiro disse a Vossa Excelência, ao sr. de Saint-Méran, sogro de Villefort. O sr. de Saint-Méran morava em Marselha; por conseguinte, essa casa de campo era inútil para ele. Dessa forma, eu soube que ele acabava de alugá-la para uma jovem viúva, conhecida apenas pelo título de baronesa.

"Com efeito, uma noite, observando por cima do muro, vi uma mulher jovem e esbelta passeando sozinha nesse jardim, que não era devassado por nenhuma janela estranha; ela olhava frequentemente para o lado do portãozinho, e compreendi que naquela noite esperava o sr. de Villefort. Quando ficou suficientemente perto de mim para que, a despeito da escuridão, eu pudesse distinguir seus traços, vi uma bela rapariga de dezoito a dezenove anos, alta e loura. Como ela não vestia senão um penhoar e nada distorcesse seu perfil, pude observar que estava grávida e que sua gravidez parecia inclusive bastante avançada.

"Instantes depois, o portãozinho foi aberto; um homem entrou; a moça correu o mais rápido que pôde ao seu encontro; atiraram-se nos braços um do outro, beijaram-se carinhosamente e voltaram juntos para a casa.

"Esse homem era o sr. de Villefort. Presumi que, ao sair, sobretudo se saísse à noite, ele devia atravessar sozinho o jardim em todo o seu comprimento."

— E — perguntou o conde — soube o nome dessa mulher depois disso?

— Não, Excelência — respondeu Bertuccio. — Como verá, não tive tempo de saber.

— Continue.

— Eu poderia até ter matado o procurador do rei aquela noite — continuou Bertuccio —, mas ainda não conhecia o jardim suficientemente bem em todos os seus detalhes. Fiquei com medo de não matá-lo de uma vez só e, caso alguém acorresse aos seus gritos, não conseguir fugir. Adiei o plano para o encontro seguinte. Para que nada me escapasse, aluguei um quartinho com vista para a rua que passava defronte ao muro do jardim.

"Três dias depois, por volta das sete da noite, vi, saindo da casa, um criado a cavalo, o qual se pôs a galope pelo caminho que dá na estrada de Sèvres; presumi que tomava o rumo de Versalhes. Eu não estava enganado. Três horas mais tarde, o homem voltou coberto de poeira; havia entregue a mensagem.

"Dez minutos depois, outro homem a pé, envolvido num casaco, abriu o portão do jardim, que se fechou atrás dele.

"Desci rapidamente. Embora não tivesse visto o rosto de Villefort, reconheci-o pelas batidas do meu coração. Atravessei a rua e fui até um poste situado na extremidade do muro, com a ajuda do qual eu espionara o jardim da primeira vez.

"Dessa vez não me contentei em espionar; tirei minha faca do bolso, certifiquei-me de que a ponta estava bem-afiada e pulei o muro.

"Minha primeira preocupação foi correr até a porta; ele deixara a chave do lado de dentro, tomando a simples precaução de dar duas voltas na fechadura.

"Nada impedia, portanto, minha fuga por aquele lado. Pus-me a estudar os espaços. O jardim formava um quadrado comprido, um gramado de finas folhas inglesas estendia-se no meio, nos cantos desse gramado ficavam arvoredos frondosos e entremeados por flores outonais.

"Para ir da casa até o pequeno portão, ou dele até a casa, entrando ou saindo, o sr. de Villefort era obrigado a passar rente a um desses arvoredos.

"Estávamos no fim de setembro; o vento soprava com força; uma réstia de lua pálida, e velada a cada instante por grossas nuvens que deslizavam rapidamente pelo céu, embranquecia o cascalho das aleias que levavam à casa, mas não conseguia atravessar a escuridão daqueles arvoredos frondosos, onde um homem podia ficar de tocaia sem temor de ser detectado.

"Escondi-me naquele mais próximo ao percurso provável de Villefort; assim que me instalei, em meio às lufadas de vento que vergavam as árvores acima da minha cabeça, julguei distinguir algo semelhante a gemidos. Mas, o senhor sabe, ou melhor, não sabe, sr. conde, que aquele que espera o momento de cometer um assassinato julga sempre ouvir gritos roucos no ar. Duas horas se passaram, durante as quais, por diversas vezes, julguei ouvir os mesmos gemidos. Deu meia-noite.

"Quando o último som ainda vibrava, feito um eco lúgubre, percebi uma luminosidade nas janelas da escada secreta pela qual descemos há pouco.

"A porta se abriu e o homem do casaco reapareceu. Chegara o momento terrível; mas eu me preparara tão intensamente para aquele momento que nada esmoreceu dentro de mim; puxei a faca, preparei-a e fiquei a postos.

"O homem do casaco veio em linha reta na minha direção; porém, à medida que avançava no descampado, julguei notar que tinha uma arma na mão direita; tive medo, não de uma luta, mas de um insucesso. Quando ele ficou a apenas alguns passos de mim, percebi que o que eu tomara por uma arma não passava de uma pá.

"Eu ainda não fora capaz de adivinhar com que objetivo o sr. de Villefort tinha uma pá nas mãos, quando ele se deteve na orla do arvoredo, lançou um olhar em volta e começou a cavar um buraco na terra. Foi então que percebi que havia alguma coisa dentro de seu casaco, o qual ele acabava de depositar no gramado para ter maior liberdade de movimento.

"Então, confesso, uma certa curiosidade insinuou-se no meu ódio: quis ver o que Villefort acabava de fazer; permaneci imóvel, sem fôlego; esperei.

"Logo a seguir uma ideia me ocorreu, a qual se confirmou quando vi o procurador do rei tirar de dentro do casaco uma pequena arca de sessenta centímetros de comprimento e quinze a vinte centímetros de largura.

"Deixei-o colocar a arca no buraco, que ele tapou com a terra retirada; em seguida, ele pisoteou aquela terra remexida para fazer desaparecer os vestígios do trabalho noturno. Pulei em cima dele e lhe enfiei a faca no peito, dizendo-lhe:

"— Sou Giovanni Bertuccio! Sua morte pelo meu irmão e seu tesouro pela viúva: como pode ver, a minha vingança é mais completa do que eu mesmo esperava.

"Não sei se ele ouviu essas palavras; não acredito, pois tombou sem soltar um grito; senti os respingos de sangue esquentando as minhas mãos e o meu rosto; mas eu estava bêbado, delirava; aquele sangue refrescava ao invés de queimar. Num segundo, desenterrei a arca com a ajuda da pá; em seguida, para que não vissem o que eu levara, tapei por minha vez o buraco, joguei a pá por cima do muro e corri para a porta, que fechei dando duas voltas pelo lado de fora e cuja chave levei comigo."

— Bom! — disse Monte Cristo. — Trata-se, pelo que vejo, de um pequeno assassinato seguido de roubo.

— Não, Excelência — respondeu Bertuccio —, era uma *vendetta* seguida de restituição.

— E a soma era gorda, pelo menos?

— Não era dinheiro.

— Ah, sim, agora me lembro — disse Monte Cristo —, o senhor não falou de uma criança?

— Justamente, Excelência. Corri até o rio, sentei na ribanceira e, ansioso para saber o que continha a arca, arrebentei a fechadura com a minha faca.

"Num cueiro de cambraia estava embrulhado um bebê recém-nascido; seu rosto arroxeado, suas mãos violeta sugeriam que devia ter sucumbido a uma asfixia causada por cordões naturais enrolados em volta de seu pescoço; entretanto, como ele ainda não estava frio, hesitei em atirá-lo na água que corria aos meus pés. Com efeito, ao cabo de um instante, julguei sentir uma leve batida na região do coração; removi do pescoço o cordão que o apertava e, como eu havia sido enfermeiro no hospital de Bastia, fiz o que poderia ter feito um médico naquela circunstância, isto é, insuflei-lhe corajosamente ar nos pulmões, os quais, depois de quinze minutos de esforço, vi respirar, e ouvi um grito escapar de seu peito.

"Quanto a mim, também lancei um grito, mas um grito de alegria. 'Deus não me amaldiçoou' — pensei —, 'uma vez que permite que eu restitua a vida a uma criatura humana em troca da vida que tirei de outra!'"

— E que fez com a criança? — perguntou Monte Cristo. — Era uma bagagem problemática para um homem que precisava fugir.

— Ora, não me passou pela cabeça ficar com ela. Mas eu sabia que em Paris existia uma instituição onde essas infelizes criaturas são acolhidas. Ao pas-

— Num cueiro de cambraia estava embrulhado um bebê recém-nascido ...

sar pela barreira, declarei ter encontrado a criança na estrada, e me informei. A arca reforçava o que eu dizia; o cueiro de cambraia sugeria que o bebê era de pais ricos; o sangue que manchava minhas roupas podia tanto pertencer à criança quanto a outro indivíduo qualquer. Não fizeram nenhuma objeção; encaminharam-me para a instituição, que ficava no finzinho da rua d'Enfer. Após ter tomado a precaução de cortar o cueiro em dois, de maneira a que uma das duas letras nele estampadas continuasse a envolver o corpo da criança, depositei meu fardo na roda, toquei a campainha e corri o mais rápido que pude. Quinze dias depois, eu estava de volta a Rogliano e dizia a Assunta:

"— Console-se, minha irmã; Israel morreu, mas eu o vinguei.

"Então ela me pediu que explicasse essas palavras e contei-lhe o acontecido.

"— Giovanni — Assunta me disse —, você devia ter trazido a criança, poderíamos ter substituído os pais que ela perdeu, teríamos lhe dado o nome de Benedetto e, como reconhecimento por essa boa ação, Deus nos teria abençoado definitivamente.

"Como resposta, entreguei-lhe a metade do cueiro que eu conservara, a fim de poder reivindicar a criança se ficássemos mais ricos."

— E com que letras esse cueiro estava marcado? — perguntou Monte Cristo.

— Com um H e um N encimados por um diadema de barão.

— Percebo, Deus me perdoe!, que o senhor está usando termos técnicos para descrever um brasão, sr. Bertuccio! Onde diabos fez seus estudos heráldicos?

— No seu serviço, sr. conde, no qual se aprende de tudo.

— Continue, estou curioso para saber duas coisas.

— Quais, meu senhor?

— O paradeiro desse garotinho; não me disse que era menino, sr. Bertuccio?

— Não, Excelência; não me lembro de ter dito isto.

— Ah, eu julgava ter ouvido, devo ter me enganado.

— Não, não se enganou; pois era efetivamente um menino; mas Vossa Excelência desejava, como dizia, saber duas coisas: qual é a segunda?

— A segunda é o crime de que o senhor era acusado quando pediu um confessor e, a essa solicitação, o abade Busoni foi encontrá-lo na prisão de Nîmes.

— Será um relato possivelmente longo, Excelência.

— Que importa? São apenas dez horas, o senhor sabe que eu não durmo, e suponho que, da sua parte, também não esteja com muita vontade de dormir.

Bertuccio inclinou-se e retomou sua narração.

— Em parte para expulsar as lembranças que me assediavam, em parte para prover as necessidades da pobre viúva, voltei com força ao trabalho de contrabandista, nessa época facilitado pelo relaxamento das leis que sempre acontece após as revoluções. O litoral do Midi, sobretudo, achava-se mal vigiado, em virtude dos eternos motins que ocorriam, ora em Avignon, ora em Nîmes, ora em Uzes. Aproveitamos essa espécie de trégua que nos era concedida pelo governo para fazermos contato em todo o litoral. Depois do assassinato de meu irmão nas ruas de Nîmes, eu me negara a voltar a essa cidade. Daí resultou que o estalajadeiro com quem fazíamos negócios, percebendo que não o procurávamos mais, veio à nossa procura e nos informou que abrira uma filial de sua estalagem na estrada que liga Bellegarde a Beaucaire, cuja tabuleta estampava: "Ponte do Gard". Tínhamos também, fosse do lado de Aigues-Mortes, fosse nas Martigues, fosse em Bouc[75], uma dúzia de entrepostos nos quais armazenávamos as merca-

---

75. "fosse nas Martigues, fosse em Bouc": Martigues, cidade francesa situada no departamento de Bouches-du-Rhône entre a laguna de Berre e o Mediterrâneo, os quais são ligados pelo canal de Carconte; Bouc é um canal secundário do canal que liga Marselha ao Reno; o porto de Bouc é uma localidade às margens daquele.

dorias e nos quais, em caso de necessidade, encontrávamos refúgio contra agentes alfandegários e policiais. O contrabando é uma profissão que rende muito quando nela aplicamos alguma inteligência, secundada por certo vigor; quanto a mim, vivia nas montanhas, tendo agora uma dupla razão para temer policiais e agentes da alfândega, visto que qualquer comparecimento perante os juízes podia gerar um inquérito, que esse inquérito é sempre uma incursão no passado, e que no meu passado podia-se descobrir agora uma coisa mais grave que charutos introduzidos por contrabando ou barris de aguardente circulando sem autorização. Assim, preferindo mil vezes a morte à prisão, fiz coisas espantosas, que, mais de uma vez, me provaram ser o excessivo apego que dispensamos ao corpo, na prática, o único obstáculo ao êxito de projetos que exigem decisão rápida e execução vigorosa e determinada. Com efeito, depois que sacrificamos nossas vidas, deixamos de ser iguais aos outros homens, ou melhor, os outros homens deixam de ser nossos iguais, e qualquer um que tomou essa resolução sente, na mesma hora, suas forças decuplicarem e seu horizonte se ampliar.

— Filosofia, sr. Bertuccio! — interrompeu o conde. — Quer dizer que fez de tudo um pouco na vida?

— Oh, perdão, Excelência!

— Não! Não! É que filosofia às dez e meia da noite é um pouco demais. Mas não tenho outra observação a fazer, na medida em que a considero correta, o que não se pode dizer de todas as filosofias.

— Minhas empreitadas tornaram-se então cada vez mais longas, cada vez mais frutíferas. Assunta era dona de casa, e nossa pequena fortuna aumentava. Um dia, quando eu partia para uma incursão:

"— Vá — disse ela —, e na volta lhe prepararei uma surpresa.

"Interroguei-a inutilmente: ela não quis me dizer nada e parti.

"A incursão durou cerca de seis semanas; estivemos em Lucca para carregar azeite e em Livorno para pegar algodão inglês; nosso desembarque se deu sem contrariedade, realizamos nossos lucros e voltamos todos satisfeitos.

"Ao entrar em casa, a primeira coisa que vi no lugar mais visível do quarto de Assunta, num berço suntuoso comparado ao restante dos aposentos, foi uma criança de sete a oito meses. Soltei um grito de alegria. Os únicos momentos de tristeza por que passei depois do assassinato do procurador do rei decorriam do abandono daquela criança. Não preciso dizer que, remorsos pelo assassinato em si, não senti nenhum.

"A coitada da Assunta adivinhara tudo: aproveitara-se da minha ausência e, munida da metade do cueiro, havendo escrito, para não esquecer, dia e hora precisos em que a criança fora entregue no albergue, tomara o rumo de Paris e fora ela própria reclamá-lo. Nenhuma objeção lhe havia sido feita e a criança lhe fora devolvida.

"Ah, confesso, sr. conde, que, ao ver aquela criaturinha dormindo no berço, meu peito estufou e lágrimas saíram dos meus olhos!

"— Na verdade, Assunta — exclamei —, você é uma mulher digna, e a Providência irá abençoá-la!"

— Isso — disse Monte Cristo — é menos correto que a sua filosofia; não passa de fé.

— Ai de mim, Excelência! — prosseguiu Bertuccio. — O senhor tem toda a razão, e foi essa mesma criança que Deus encarregou da minha punição. Nunca natureza mais perversa declarou-se tão precocemente; entretanto, não se pode dizer que tenha sido mal-educado, pois minha cunhada o tratava como o filho de um príncipe; era um menino de rosto encantador, olhos azul-claros como aqueles tons de porcelana chinesa que se harmonizam tão bem com o branco lácteo do tom geral; por outro lado, seus cabelos, de um louro muito vivo, davam à sua fisionomia um caráter estranho, duplicado pela vivacidade de seu olhar e pela malícia de seu sorriso. Infelizmente, há um provérbio que diz que o ruivo ou é completamente bom ou completamente mau; o provérbio não mente com relação a Benedetto; desde pequeno ele se revelou mau dos pés à cabeça. É também verdade que o carinho da mãe estimulou seus primeiros pendores; a criança, para a qual a minha pobre cunhada ia ao mercado da cidade, distante vinte ou vinte e cinco quilômetros, comprar as frutas mais frescas e os doces mais delicados, preferia, às laranjas de Palma e às conservas de Gênova, as castanhas roubadas do vizinho, passando por cima de cercas vivas, ou as maçãs secas guardadas em seu celeiro, muito embora tivesse à sua disposição as castanhas e maçãs do nosso pomar.

"Um dia, Benedetto devia ter uns cinco ou seis anos, o vizinho Wasilio, que, fiel às tradições do lugar, não trancava nem sua bolsa nem suas joias, pois, como o sr. conde sabe melhor do que ninguém, na Córsega não há ladrões, veio queixar-se a nós de que um luís desaparecera de sua bolsa. Achamos que ele havia errado na conta, mas ele afirmava ter certeza do que dizia. Nesse dia, Benedetto estava fora de casa desde cedo, e foi uma grande preocupação quando, à noite, o vimos voltar arrastando um macaco que encontrara, ele dizia, acorrentado ao pé de uma árvore.

"Havia um mês, a paixão da perversa criança, que não sabia mais o que inventar, era ter um macaco. Provavelmente fora um saltimbanco, de passagem por Rogliano, com vários desses animais cujas piruetas o haviam encantado, que lhe inspirara aquele infeliz capricho.

"— Não existem macacos nos nossos bosques — eu lhe disse. — Ainda mais macaco acorrentado; portanto, confesse como arranjou este.

"Benedetto sustentou sua mentira, e a fez acompanhar de detalhes que honravam mais sua imaginação que sua honestidade; eu fiquei irritado, ele começou a rir; eu o ameacei, ele deu dois passos atrás.

"— Não pode me espancar — ele disse —, não tem esse direito, você não é o meu pai.

"Nunca soubemos quem lhe contara esse fatal segredo, que lhe havíamos escondido com tantas precauções; de toda forma, essa resposta, na qual a criança revelou-se por inteiro, me pegou de surpresa, meu braço erguido caiu realmente, sem tocar o culpado; a criança triunfou, e essa vitória deu-lhe tamanha audácia que a partir desse momento todo o dinheiro de Assunta, cujo amor por ele parecia aumentar à medida que ele, o garoto, se tornava menos digno desse amor, foi desviado para caprichos que ela não sabia combater, loucuras que ela não tinha coragem de impedir. Quando eu estava em Rogliano, as coisas ainda corriam razoavelmente bem; porém, assim que eu partia, Benedetto tornava-se o chefe da casa e tudo degringolava. Com onze anos incompletos, escolhia todos os seus colegas entre rapazes de dezoito ou vinte anos, os piores elementos de Bastia e de Corte[76], e já nessa época, por algumas traquinices que mereciam nome mais severo, a justiça nos admoestara.

"Fiquei assustado; qualquer informação podia ter consequências funestas. Justamente nesse momento eu fui obrigado a me afastar da Córsega para uma expedição importante. Refleti longamente e, antecipando-me a fim de evitar novas tragédias, resolvi levar Benedetto comigo. Eu esperava que a vida ativa e rude de contrabandista, a disciplina severa a bordo, mudasse aquele caráter prestes a se corromper, se é que já não estava terrivelmente corrompido.

"Chamei então Benedetto à parte e lhe propus que me acompanhasse, cercando essa proposta de todas as promessas capazes de seduzir uma criança de doze anos.

"Ele me deixou terminar, e, quando terminei, caiu na risada:

"— Está maluco, tio? — disse ele, que me chamava assim quando estava de bom humor. — Eu, trocar a vida que levo pela que o senhor leva, minha boa e excelente preguiça pelo horrível trabalho que o senhor se impôs! Passar a noite no frio, o dia no calor; ficar escondido o tempo todo; ser baleado se puser o nariz para fora, e tudo isso para ganhar um dinheirinho! Dinheiro, tenho o quanto quiser! É só pedir, e mamãe Assunta me dá. Como vê, eu seria um completo imbecil se aceitasse o que me propõe.

"Eu fiquei estupefato com aquela audácia e aquele raciocínio. Benedetto voltou para brincar com seus colegas e o flagrei me apontando para eles como um idiota."

— Que criança encantadora! — ironizou Monte Cristo.

— Oh, se ele fosse meu — respondeu Bertuccio —, se ele fosse meu filho, ou pelo menos meu sobrinho, eu o teria colocado no caminho reto, pois a consciência dá forças. Mas a ideia de que iria espancar uma criança cujo pai eu matara tornava impossível qualquer corretivo. Dei bons conselhos à

76. Bastia e Corte: cidades que distam, respectivamente, quarenta e três e cento e treze quilômetros de Rogliano.

minha cunhada, que, nas nossas conversas, tomava incessantemente a defesa do coitadinho, e, como ela admitiu que somas consideráveis haviam sumido por diversas vezes, indiquei-lhe um lugar onde pudesse esconder nosso pequeno tesouro. Quanto a mim, minha decisão estava tomada. Benedetto sabia ler, escrever e contar perfeitamente, pois, quando calhava de se aplicar no trabalho, aprendia em um dia o que os outros levavam uma semana. Minha decisão, dizia eu, estava tomada: iria empregá-lo como secretário em alguma nau de longo curso, e, sem o avisar de nada, raptá-lo uma manhã e transportá-lo para bordo; dessa forma, recomendando-o ao capitão, todo seu futuro dependia dele. Decidido esse plano, parti para a França.

"Dessa vez, todas as nossas operações deviam ser executadas no golfo de Lion, e essas operações tornavam-se cada vez mais difíceis, pois estávamos em 1829. A calma havia sido plenamente restabelecida e, por conseguinte, o policiamento do litoral se regularizara, mais severo do que nunca. A vigilância, ainda por cima, fora momentaneamente intensificada em virtude da feira de Beaucaire, que acabava de começar.

"O início da expedição não encontrou obstáculo. Amarramos nossa barca, que possuía um fundo falso no qual escondíamos nossas mercadorias de contrabando, em meio a uma quantidade de embarcações que atravessavam as margens do Ródano, de Beaucaire até Arles. Ao chegarmos ali, começamos o descarregamento noturno de nossas mercadorias proibidas e sua introdução na cidade, por intermédio de pessoas que mantinham relações conosco ou de estalajadeiros cujos estabelecimentos usávamos como depósitos. Seja porque o sucesso nos tornou imprudentes, seja porque fomos traídos, uma tarde, por volta das cinco horas, quando íamos comer alguma coisa, nosso grumete apareceu todo esbaforido dizendo que avistara um destacamento de agentes alfandegários dirigindo-se para o nosso lado. Não era precisamente o destacamento que nos assustava — companhias inteiras, sobretudo naquele momento, rondavam ininterruptamente as margens do Ródano —, eram, nas palavras do moço, as precauções que aquele destacamento tomava para não ser detectado. Num instante nos pusemos de pé, mas já era tarde demais; nosso barco, objeto evidente das buscas, estava cercado. Dentre os agentes da alfândega, percebi alguns policiais; e, tão tímido à visão destes quanto era normalmente destemido à visão de qualquer outro corpo militar, desci ao porão e, passando por uma escotilha, deixei o rio me carregar, depois nadei entre as margens, respirando apenas a longos intervalos, de modo que alcancei, sem ser visto, uma trincheira que acabavam de escavar, comunicando o Ródano com o canal que vai de Beaucaire a Aigues-Mortes. Se eu chegasse lá, estava salvo, pois poderia seguir pela trincheira, novamente sem ser visto. Alcancei então esse canal sem acidentes. Não era por acaso nem sem premeditação que eu seguira aquele caminho; já mencionei para Vossa Excelência um estalajadeiro de Nîmes que tocava um hotelzinho na estrada de Bellegarde para Beaucaire."

— Sim — disse Monte Cristo —, lembro-me perfeitamente. Esse homem digno, se não me engano, era inclusive seu comparsa.

— Isso mesmo — respondeu Bertuccio —, porém, havia sete ou oito anos que ele cedera seu estabelecimento para um velho alfaiate de Marselha, o qual, arruinado em sua profissão, cogitara fazer fortuna em outra. Não preciso dizer que os pequenos acordos que tínhamos com o primeiro proprietário foram mantidos com o segundo; era então a esse homem que eu pretendia pedir proteção.

— E como se chamava esse homem? — perguntou o conde, que parecia voltar a mostrar algum interesse pelo relato de Bertuccio.

— Chamava-se Gaspard Caderousse, era casado com uma mulher de Carconte e de quem não conhecíamos outro nome afora o de sua aldeia; a mulher era uma coitada, vítima da febre palustre, que morria aos pouquinhos. Quanto ao homem, era um sujeito forte, entre quarenta e quarenta e cinco anos, que mais de uma vez nos dera, em circunstâncias difíceis, provas de presença de espírito e coragem.

— E está me dizendo — perguntou Monte Cristo — que essas coisas se passaram no ano de…

— 1829, sr. conde.

— Em que mês?

— Junho.

— No começou ou no fim?

— Dia 3, à tardinha.

— Ah! — exclamou Monte Cristo. — 3 de junho de 1829… Bem, continue.

— Portanto, era a Caderousse que eu pretendia pedir proteção; mas, como de hábito, inclusive em circunstâncias normais, não entrávamos em seu estabelecimento pela porta que dava para a estrada, e resolvi não infringir esse costume; pulei a cerca do jardim, passei rastejando por entre as oliveiras raquíticas e as figueiras-bravas, receando que Caderousse tivesse algum forasteiro em sua estalagem, até alcançar uma espécie de desvão, no qual mais de uma vez passara a noite tão bem quanto na melhor cama. Esse desvão era separado do saguão da estalagem apenas por uma divisória de tábuas, na qual brechas haviam sido abertas especialmente para nós, a fim de que dali pudéssemos espreitar o momento oportuno de sinalizar que estávamos nas proximidades. Minha intenção era, se Caderousse estivesse sozinho, avisá-lo da minha chegada, terminar em seu estabelecimento a refeição interrompida com o surgimento dos agentes, e me aproveitar da tempestade que se preparava para voltar às margens do Ródano e me certificar do paradeiro da barca e dos seus ocupantes. Enfiei-me portanto no desvão e ainda bem, pois justamente nesse momento Caderousse entrava com um desconhecido.

"Fiquei quieto e esperei, não em absoluto na intenção de surpreender os segredos do meu anfitrião, mas porque não podia fazer de outro jeito; aliás, a mesma coisa já acontecera antes umas dez vezes.

"O homem que acompanhava Caderousse era manifestamente um forasteiro no Midi da França; era um desses negociantes ambulantes que vêm vender joias na feira de Beaucaire e que, durante esse mês de feira, para a qual afluem vendedores e compradores de todas as partes da Europa, às vezes fazem até cem ou cento e cinquenta mil francos em negócios.

"Caderousse entrou impetuosamente na frente. Em seguida, vendo a sala de baixo vazia como de costume e tranquilamente vigiada pelo seu cão, chamou a mulher.

"— Ei, Carconte — disse ele —, aquele digno abade não nos enganou; o diamante era verdadeiro.

"Uma exclamação alegre fez-se ouvir; quase imediatamente, a escada estalou sob um passo afligido pela fraqueza e a doença.

"— Que está dizendo? — perguntou a mulher, mais pálida que uma defunta.

"— Estou dizendo que o diamante era verdadeiro, não me deixa mentir aqui o cavalheiro, um dos primeiros joalheiros de Paris, que está disposto a nos dar cinquenta mil francos por ele. Entretanto, para ter certeza de que o diamante de fato nos pertence, ele pede que você lhe conte, como eu já fiz, de que maneira milagrosa o diamante veio parar em nossas mãos. Enquanto isso, senhor, sente-se, por favor; como está muito abafado, vou buscar alguma coisa para refrescá-lo.

"O joalheiro examinava com atenção o interior da estalagem e a pobreza bem visível daqueles que iam lhe vender um diamante que parecia saído do escrínio de um príncipe.

"— Conte-me, madame — ele disse —, querendo provavelmente aproveitar-se da ausência do marido para que nenhum sinal da parte deste influenciasse a mulher e para verificar se os dois relatos encaixariam um com o outro.

"— Minha nossa! — disse a mulher com volubilidade. — É uma bênção do céu pela qual estávamos longe de esperar. Imagine, meu caro senhor, que, lá por 1814 ou 1815, meu marido era colega de um marujo chamado Edmond Dantès: esse infeliz rapaz, que Caderousse esquecera completamente, não o esqueceu por sua vez, deixando-lhe, moribundo, o diamante que acaba de ver.

"— Mas como ele se tornou proprietário desse diamante? — perguntou o joalheiro. — Já o possuía antes de entrar na prisão?

"— Não, senhor — respondeu a mulher —, mas encarcerado ele conheceu, ao que parece, um inglês riquíssimo; como na prisão seu companheiro de cela caiu doente e Dantès cuidou dele como se fosse um irmão, o inglês, quando se viu livre do cativeiro, deixou para o desafortunado Dantès, que, menos feliz que ele, morreu na prisão, esse diamante, que por sua vez nos legou ao morrer, encarregando o digno abade, que aqui esteve de manhã, de entregá-lo a nós.

"— É exatamente a mesma história — murmurou o joalheiro —, e, no fim das contas, pode ser verdadeira, por mais inverossímil que pareça à primeira vista. O único problema é o preço, sobre o qual não concordamos.

"— Como? Não concordamos! — disse Caderousse. — Pensei que tivesse aceitado o preço que lhe pedi.

"— Quer dizer... — disse o joalheiro — ofereci quarenta mil francos por ele.

"— Quarenta mil! — exclamou a Carconte. — Por esse preço, nem pensar, nunca o venderemos ao senhor. O abade nos disse que valia cinquenta mil francos, e ainda sem a ourivesaria.

"— E como se chamava esse abade? — perguntou o incansável interrogador.

"— Abade Busoni — respondeu a mulher.

"— Era então um estrangeiro?

"— Um italiano dos arredores de Mântua, creio.

"— Mostre-me de novo esse diamante — volveu o joalheiro — para que eu o observe melhor; frequentemente avaliamos mal as pedras num primeiro exame.

"Caderousse tirou do bolso um estojinho de couro preto, abriu-o e o passou ao joalheiro. À visão do diamante, que era do tamanho de uma avelã, lembro-me como se fosse agora, os olhos da Carconte faiscaram de ganância."

— E que pensava acerca de tudo isso, senhor intrometido? — perguntou Monte Cristo. — Acreditava nessa fábula?

— Sim, Excelência; eu não via Caderousse como um mau sujeito, julgava-o mesmo incapaz de haver cometido um crime, sequer um roubo.

— Isso enobrece mais o seu coração que a sua experiência, senhor Bertuccio. Conhecia esse Edmond Dantès, o homem em questão?

— Não, Excelência, nunca tinha ouvido falar em tal pessoa até aquele momento e nunca ouvi falar de novo desde então, a não ser uma única vez, pelo próprio abade Busoni, quando estive com ele nas prisões de Nîmes.

— Ótimo! Continue.

— O joalheiro pegou o anel das mãos de Caderousse e tirou do bolso uma minúscula pinça de aço e um par de balanças de cobre; então, afastando as tenazes de ouro que fixavam a pedra no anel, removeu o diamante de seu alvéolo e o pesou minuciosamente.

"— Posso chegar a quarenta e cinco mil francos — disse —, mas não dou um tostão a mais; aliás, como era este o valor do diamante, trouxe a soma exata comigo.

"— Oh, não seja por isso — disse Caderousse —, volto com o senhor a Beaucaire para pegar os outros cinco mil francos.

"— Não — retrucou o joalheiro, devolvendo o diamante a Caderousse. — Não vale mais que isso e já estou arrependido de lhe ter oferecido tal soma, visto que há um defeito na pedra o qual me passara desapercebido; mas não interessa, tenho apenas uma palavra, eu disse quarenta e cinco mil francos, não me desdigo.

"— Pelo menos recoloque o diamante no anel — disse a Carconte, acidamente.

"— Muito bem — disse o joalheiro.

"E recolocou a pedra no engaste.

"— Bom, bom, bom — disse Caderousse, guardando o estojo no bolso —, vamos procurar outro comprador.

"— Sim — replicou o joalheiro —, mas não vai ser assim tão fácil com outro qualquer; ninguém irá contentar-se com as informações que me deu. Não é normal um homem como o senhor possuir um diamante de cinquenta mil francos; vão avisar aos magistrados, vai ser preciso encontrar o abade Busoni, e abades que distribuem diamantes de dois mil luíses são raros; a justiça vai meter o bedelho, o senhor vai parar na prisão e, se for declarado inocente e libertado, depois de três ou quatro meses de cativeiro, o anel terá se perdido no arquivo do tribunal, ou lhe entregarão uma pedra falsa que valerá três francos em vez de um diamante que vale cinquenta mil, supostamente cinquenta e cinco mil, mas o qual, há de convir, meu camarada, assumimos grandes riscos ao adquiri-lo.

"Caderousse e sua mulher interrogaram-se com o olhar.

"— Não — disse Caderousse — não somos ricos o bastante para desperdiçar cinco mil francos.

"— Como preferir, caro amigo — disse o joalheiro. — Em todo caso, a dinheirama está comigo.

"E tirou de um dos bolsos um punhado de ouro, que fez cintilar os olhos maravilhados do estalajadeiro, e, do outro, um maço de títulos bancários.

"Visivelmente, teve início uma luta encarniçada no íntimo de Caderousse; era evidente que aquele estojinho de couro que ele virava e revirava em sua mão não lhe parecia corresponder, como valor, à enorme soma que fascinava seus olhos. Voltou-se para a mulher:

"— Que me diz? — perguntou baixinho.

"— Aceite, aceite — disse ela. — Se o joalheiro voltar a Beaucaire sem o diamante, vai nos denunciar; e, como ele mesmo diz, quem nos garante que um dia vamos botar os olhos no abade Busoni de novo?

"— Pois muito bem, negócio fechado! — disse Caderousse. — Pegue então o diamante por quarenta e cinco mil francos, mas a minha mulher quer uma corrente de ouro e eu, um par de argolas de prata.

"O joalheiro tirou do bolso uma caixa comprida e achatada que continha várias amostras dos objetos requisitados.

"— Pegue — disse ele —, sou um homem transparente nos negócios; escolha.

"A mulher escolheu uma corrente de ouro que devia valer uns cinco luíses e o marido, um par de argolas de orelha que devia valer quinze francos.

"— Espero que não se arrependa — disse o joalheiro.

"— O abade disse que valia cinquenta mil francos... — resmungou Caderousse.

"— Vamos, vamos, passe para cá! Que homem terrível! — disse o joalheiro, tirando-lhe o diamante das mãos. — Estou lhe dando quarenta e cinco mil francos, duas mil e quinhentas libras de renda, isto é, uma fortuna como eu mesmo queria ter, e ele ainda não está satisfeito!

"— E os quarenta e cinco mil francos — perguntou Caderousse, com uma voz rouca. — Afinal, onde estão?

"— Aqui — disse o joalheiro.

"E contou na mesa quinze mil francos em ouro e trinta mil francos em títulos bancários.

"— Espere eu acender a lamparina — disse a Carconte —, já não está tão claro e podemos nos enganar.

"Com efeito, a noite caíra durante essa negociação e, com a noite, a tempestade que ameaçava meia hora antes. A trovoada rugia ao longe, mas nem o joalheiro, nem Caderousse, nem a Carconte pareciam preocupar-se com ela, possuídos que estavam todos os três pelo demônio do lucro. Eu mesmo sentia um estranho fascínio à visão de todo aquele ouro e todos aqueles títulos. Parecia que eu estava num sonho e, como acontece num sonho, sentia-me pregado no lugar.

"Caderousse contou e recontou o ouro e os títulos, depois passou-os para a mulher, que também os contou e recontou.

"Enquanto isso, o joalheiro fazia o diamante refletir sob os feixes de luz da lamparina, e o diamante lançava raios que faziam esquecer aqueles que, precursores da tempestade, começavam a reboar nas janelas.

"— E então! A conta está certa? — perguntou o joalheiro.

"— Sim — disse Caderousse. — Pegue a pasta e traga uma bolsa, Carconte.

"A Carconte foi até um armário e voltou trazendo uma velha pasta de couro, da qual foram retiradas algumas cartas sebentas em cujo lugar foram colocadas as notas, e uma bolsa na qual estavam guardados dois ou três escudos de seis libras, que provavelmente compunham toda a fortuna do miserável casal.

"— Agora — disse Caderousse —, embora o senhor nos tenha subtraído uns dez mil francos, quem sabe não gostaria de cear conosco? É de coração.

"— Obrigado, está ficando tarde e preciso voltar para Beaucaire; minha mulher ficaria preocupada — disse o joalheiro, tirando um relógio de bolso. — Caramba! Vai dar nove horas, não chegarei a Beaucaire antes da meia-noite. Adeus, minhas crianças; se outros abades Busoni aparecerem por aqui, lembrem-se de mim.

"— Daqui a uma semana o senhor não estará mais em Beaucaire — disse Caderousse —, uma vez que a feira termina semana que vem.

"— É verdade, mas isso não quer dizer nada; escreva para o meu endereço em Paris, aos cuidados do sr. Joannès, no Palais-Royal, Galerie de Pierre nº45; virei imediatamente, caso o negócio valha a pena.

"Uma trovoada rugiu, acompanhada de um relâmpago tão violento que quase ofuscou a claridade da lamparina.

"— Oh, oh! — admirou-se Caderousse. — Vai embora mesmo com esse temporal?

"— Oh! Não tenho medo de trovão — disse o joalheiro.

"— E dos ladrões? — perguntou a Carconte. — A estrada nunca é segura durante a feira.

"— Oh, quanto aos ladrões — disse Joannès, como se chamava o joalheiro —, eis o que lhes aguarda!

"E sacou do bolso um par de pequenas pistolas carregadas até a boca.

"— Isto aqui — continuou ele — são cães que ladram e mordem ao mesmo tempo: são para os dois primeiros que cobiçarem o meu diamante, 'seu' Caderousse.

"Caderousse e a mulher trocaram um olhar sombrio, como se tivessem pensado a mesma coisa ao mesmo tempo.

"— Então, boa viagem! — despediu-se Caderousse.

"— Obrigado! — agradeceu o joalheiro.

"Ele então pegou a bengala que havia deixado junto a um velho baú e saiu. No momento em que abriu a porta, entrou uma lufada de vento tão forte que quase apagou a lamparina.

"— Oh! — disse o homem. — Vai ser um temporal daqueles e tenho duas léguas de terra a percorrer!

"— Fique — disse Caderousse —, pode dormir aqui.

"— Sim, fique — disse a Carconte com uma voz trêmula —, cuidaremos do senhor.

"— Impossível, preciso dormir em Beaucaire.

"Caderousse foi lentamente até a soleira da porta.

"— Não se vê nem céu nem terra — disse o joalheiro, já fora da casa. — É para a direita ou a esquerda?

"— Para a direita — disse Caderousse. — Não há como errar, a estrada tem árvores dos dois lados.

"— Bom, lá vou eu — disse a voz quase perdida na distância.

"— Então feche a porta — disse a Carconte —, não gosto de portas abertas quando troveja.

"— E quando há dinheiro na casa, não é? — respondeu Caderousse, dando duas voltas na fechadura.

"Ele entrou, foi até o armário, retirou a bolsa e a pasta, e ambos começaram a contar pela terceira vez seu ouro e suas notas. Nunca vi expressão igual à daqueles dois rostos, cuja cupidez era iluminada pela tênue luminosidade. A mulher, principalmente, era hedionda; duplicara-se o tremor febril que em geral a animava. Seu semblante, de pálido, ficou lívido; seus olhos cavados chamejavam.

"— Agora me conte — perguntou ela com uma voz abafada —, por que lhe ofereceu pousada?

"— Ora — respondeu Caderousse, estremecendo —, para… para que ele não enfrentasse esse tempo até Beaucaire.

"— Ah, bom! — disse a mulher, com uma expressão impossível de reproduzir. — Eu cá comigo achava que era para outra coisa.

"— Mulher, mulher! — exclamou Caderousse. — Como pode ter semelhantes ideias e por que não as guarda consigo?

"— Tanto faz — disse a Carconte, após um instante de silêncio. — Você não é homem.

"— Como assim? — reagiu Caderousse.

"— Se tivesse sido homem, ele não teria saído daqui.

"— Mulher!

"— Ou não chegaria a Beaucaire…

"— Mulher!

"— A estrada faz um cotovelo, e ele é obrigado a seguir a estrada, ao passo que ao longo do canal corre um atalho.

"— Mulher, está a ofender o bom Deus. Veja, escute…

"Com efeito, escutaram um raio terrível ao mesmo tempo em que um clarão azulado iluminou toda a sala, e a descarga, minguando lentamente, pareceu afastar-se arrependida da casa maldita.

"— Jesus! — disse a Carconte, fazendo o sinal da cruz.

"Naquele instante, e em meio ao silêncio de terror que normalmente sucede as trovoadas, ouviram alguém bater à porta.

"Caderousse e a mulher estremeceram e se entreolharam, apavorados.

"— Quem vem lá? — berrou Caderousse, levantando-se e juntando num único monte o ouro e os títulos espalhados na mesa e que ele cobria com as duas mãos.

"— Eu! — disse uma voz.

"— Eu quem?

"— Ora, meu Deus, Joannès, o joalheiro!

"— E agora?! Você dizia — continuou a Carconte, com um sorriso assustador — que eu estava a ofender o bom Deus! Eis que o bom Deus nos envia ele de volta.

"Caderousse desmoronou pálido e ofegante em sua cadeira. A Carconte, ao contrário, levantou-se, dirigiu-se com um passo firme até a porta e a abriu.

"— Entre, entre, caro sr. Joannès — disse ela.

"— Minha nossa! — disse o joalheiro, todo molhado de chuva. — Parece que o diabo não quer que eu volte para Beaucaire esta noite. As menores loucuras são as melhores, meu caro sr. Caderousse; o senhor me ofereceu hospitalidade, aceito-a e volto para pernoitar em sua casa.

"Caderousse balbuciou algumas palavras enxugando o suor que corria em sua testa. A Carconte deu duas voltas na fechadura após a entrada do joalheiro."

— Jesus!

7. A CHUVA DE SANGUE

"Ao entrar, o joalheiro lançou um olhar indagador à sua volta; mas, caso não tivesse suspeitas, nada parecia despertá-las; caso as tivesse, nada parecia confirmá-las.

"Caderousse continuava a segurar, com as duas mãos, seus títulos bancários e seu ouro. A Carconte sorria para o hóspede o mais simpaticamente que podia.

"— Ah, ah! — disse o joalheiro. — Parece que estavam com medo de não terem recebido a quantia certa, que recontavam seu tesouro depois que saí.

"— Não — disse Caderousse. — Mas o episódio que nos fez seu possuidor é tão inesperado que nos parece inacreditável, e se não temos a prova material diante dos nossos olhos, ainda julgamos estar sonhando.

"O joalheiro sorriu.

"— Há forasteiros hospedados em sua estalagem? — perguntou.

"— Não — respondeu Caderousse —, não oferecemos pernoite; estamos muito perto da cidade e ninguém para aqui.

"— Então vou incomodá-lo horrivelmente?

"— Nos incomodar, o senhor, meu caro! — disse graciosamente a Carconte. — De forma alguma, juro.

"— Vejamos, aonde irão me instalar?

"— No quarto de cima.

"— Mas não é o seu quarto?

"— Oh, não faz mal: temos uma segunda cama no cômodo ao lado.

"Caderousse, perplexo, observava sua mulher. O joalheiro cantarolou uma melodia despretensiosa, aquecendo as costas num feixe de gravetos que a Carconte acabava de acender na lareira para secar o seu hóspede.

"Nesse ínterim, ela trazia para um canto da mesa, sobre a qual estendera uma toalha, os restos magros de um jantar, a que acrescentou dois ou três ovos cozidos.

"Caderousse guardara novamente o dinheiro em sua pasta, o ouro na bolsa e as duas coisas no armário. Andava de um lado para o outro, sombrio e pensativo, erguendo de vez em quando a cabeça para o joalheiro, que se quedava fumando no átrio e que, à medida que se secava de um lado, virava do outro.

"— Acabei — disse a Carconte, colocando uma garrafa de vinho na mesa —, quando quiser comer, está pronto.

"— E vocês? — perguntou Joannès.

"— Eu não vou comer — respondeu Caderousse.

"— Jantamos muito tarde — apressou-se a dizer a Carconte.

"— Então comerei sozinho? — indagou o joalheiro.

"— Vamos servi-lo — respondeu a Carconte, com uma solicitude que não era habitual, nem com seus hóspedes pagantes.

"De vez em quando, Caderousse lançava-lhe um olhar rápido como um raio.

"A tempestade não diminuía.

"— Está ouvindo, está ouvindo? — agitou-se a Carconte. — O senhor fez bem em voltar, por Deus.

"— O que não me impede, se o furacão melhorar durante a ceia, de seguir viagem — disse o joalheiro.

"— É o mistral — disse Caderousse, balançando a cabeça —, e só deve parar amanhã.

"E soltou um suspiro.

"— Nossa! — exclamou o joalheiro, sentando-se à mesa. — Coitado de quem está lá fora.

"— Pois é — emendou a Carconte —, vai ter uma péssima noite.

"O joalheiro começou a comer e a Carconte continuou a lhe dispensar todas as amabilidades de uma anfitriã zelosa; ela, em geral tão mal-humorada e intratável, tornara-se um modelo de gentileza e cortesia. Se o joalheiro a tivesse conhecido antes, tão grande mudança decerto o teria surpreendido e lhe inspirado alguma suspeita. Quanto a Caderousse, não dizia palavra, continuava seu vaivém, parecendo inclusive hesitante em fitar o seu hóspede.

"Quando a ceia chegou ao fim, o próprio Caderousse foi abrir a porta.

"— Acho que a tempestade está se acalmando — disse.

"Nesse momento, porém, como que para desmenti-lo, uma trovoada terrível sacudiu a casa, e uma rajada de vento e chuva entrou e apagou a lamparina.

"Caderousse fechou novamente a porta; sua mulher acendeu uma vela no braseiro agonizante.

"— Agora — disse ela ao joalheiro —, o senhor deve estar cansado; já fiz sua cama, suba para se deitar e durma bem.

"Joannès ainda ficou por um instante, assegurando-se de que a tempestade realmente não diminuía, e, quando teve certeza de que os trovões e a chuva só faziam aumentar, desejou boa-noite aos seus anfitriões e subiu a escada.

"Ele passou por cima da minha cabeça, e ouvi o rangido de cada degrau sob seus passos.

"A Carconte seguiu-o com um olhar ávido, enquanto Caderousse, ao contrário, dava-lhe as costas e sequer olhava em sua direção.

"Todos esses detalhes, que fui lembrar mais tarde, não me impressionaram em nada no momento em que desfilavam sob meus olhos; afinal de contas, nada ali parecia fora do normal, e, com exceção da história do diamante, que me soava um tanto inverossímil, tudo me parecia dentro do figurino. Então, como estava morto de cansaço e pretendia aproveitar a primeira trégua que a tempestade desse aos elementos, resolvi dormir algumas horas e ir embora no meio da noite.

"No cômodo de cima eu ouvia o joalheiro, que tomava, por sua vez, todas as providências para passar a melhor noite possível. Não demorou e a cama estalou embaixo dele, que acabava de se deitar.

"Senti meus olhos fechando-se por conta própria e, como não desconfiara de nada, nem tentei lutar contra o sono; lancei um último olhar para o interior da cozinha. Caderousse estava sentado ao lado de uma mesa comprida, num daqueles bancos de madeira que, nas estalagens de aldeia, substituem as cadeiras; estava de costas para mim, de modo que eu não conseguia ver sua fisionomia; aliás, ainda que estivesse na posição oposta, isso me teria sido impossível, na medida em que ele estava com a cabeça afundada nas duas mãos.

"A Carconte observou-o por um tempo, deu de ombros e foi sentar-se à sua frente.

"Nesse momento a chama agonizante alcançou um resto de lenha seca por ela esquecido; uma luminosidade um pouco mais intensa iluminou a sala escura. A Carconte mantinha os olhos pregados no marido, que continuava na mesma posição, e vi-a estendendo para ele sua mão adunca e tocando-o na testa.

"Caderousse estremeceu. Achei que a mulher mexia os lábios, mas, fosse porque falasse baixinho, fosse porque meus sentidos já estivessem entorpecidos pelo cansaço, os sons de sua fala não chegaram aos meus ouvidos. Eu não enxergava mais senão através de uma bruma, naquela vacilação precursora do sono durante a qual nos julgamos no início de um sonho. Finalmente meus olhos se fecharam e perdi a consciência de mim mesmo.

"Eu estava num sono profundo quando fui acordado por um disparo de pistola, seguido de um grito terrível. Alguns passos cambaleantes ressoaram no assoalho do quarto e uma massa inerte veio desabar na escada, bem em cima da minha cabeça.

"Eu ainda não estava plenamente lúcido. Ouvia gemidos, depois gritos abafados, como os que acompanham uma luta.

"Um último grito, mais prolongado que os outros e que degenerou em gemidos, veio me tirar completamente da letargia.

"Apoiei-me sobre um de meus braços, abri os olhos, que não enxergaram nada no escuro, e levei a mão à testa, sobre a qual parecia gotejar, através das tábuas da escada, uma chuva morna e abundante.

"O mais profundo silêncio sucedeu àqueles sons terríveis. Ouvi passos de homem andando acima da minha cabeça; esses passos fizeram a escada estalar. O homem desceu à sala térrea, aproximou-se da lareira e acendeu uma vela.

"Esse homem era Caderousse; tinha o rosto pálido e a camisa toda ensanguentada.

"Acesa a vela, ele subiu novamente a escada, e novamente ouvi seus passos rápidos e inquietos.

"Um instante depois, tornou a descer. Tinha nas mãos o pequeno estojo preto; certificou-se de que o diamante estava efetivamente lá, hesitou por um momento em qual dos bolsos o guardaria; então, possivelmente julgando um bolso esconderijo insuficientemente seguro, enrolou-o em seu lenço vermelho, que amarrou em volta do pescoço.

"Em seguida correu até o armário, tirou dali seus títulos bancários e seu ouro, guardou os primeiros na algibeira de sua calça, o último no bolso do casaco, pegou duas ou três camisas e, lançando-se em direção à porta, desapareceu na escuridão. Foi quando tudo ficou claro para mim; censurei-me pelo que acabava de acontecer como se tivesse sido o verdadeiro culpado. Pareceu-me ouvir gemidos: o desafortunado joalheiro podia não estar morto; talvez estivesse ao meu alcance, prestando-lhe socorro, reparar uma parte do mal que eu não praticara, mas permitira que houvessem praticado. Forcei com os ombros uma das tábuas mal-encaixadas que separavam da sala a espécie de tambor dentro do qual eu estava deitado; as tábuas cederam e eu entrei na casa.

"Corri até a vela e me lancei pela escada; um corpo atravessado a obstruía, era o cadáver da Carconte.

"O disparo de pistola que eu ouvira havia sido desferido sobre ela: tinha a garganta atravessada de lado a lado e, além do duplo ferimento que sangrava aos borbotões, vomitava sangue pela boca. Estava certamente morta. Passei a perna por cima do corpo e segui em frente.

"Dentro do cômodo reinava a mais terrível desordem. Dois ou três móveis haviam sido derrubados; os lençóis, aos quais o infeliz joalheiro se agarrara, encontravam-se espalhados pelo aposento. Quanto a ele, estava deitado no chão, a cabeça recostada na parede, chafurdando numa onda de sangue que escorria de três grandes ferimentos recebidos no peito.

"No quarto ferimento restara uma faca comprida de cozinha, da qual não se via senão o cabo.

"Andei até a segunda pistola, que não disparara, a pólvora estando provavelmente molhada.

"Aproximei-me do joalheiro; com efeito, ainda não dera o último suspiro. Com o barulho que fiz, e sobretudo pelo tremor do assoalho, reabriu os olhos esbugalhados, conseguiu fixá-los por um instante sobre mim, mexeu os lábios como se quisesse falar e expirou.

"Esse espetáculo pavoroso me deixara quase louco; a partir do momento em que eu não podia mais socorrer ninguém, sentia apenas uma necessidade, a de fugir. Precipitei-me pela escada, enfiando as mãos no cabelo e soltando um rugido de terror.

"Na sala de baixo havia cinco ou seis agentes da alfândega e dois ou três policiais, um exército inteiro armado.

"Fui preso; sequer tentei opor resistência, não era mais senhor dos meus sentidos. Tentei falar, emiti uns gritos desarticulados, foi só.

"Percebi que os agentes alfandegários e os policiais apontavam o dedo para mim; abaixei os olhos e vi que estava coberto de sangue. Aquela chuva tépida que eu sentira cair sobre mim através das tábuas da escada era o sangue da Carconte.

"Apontei para o lugar onde eu estava escondido.

"— O que ele está querendo dizer? — perguntou um policial.

"Um agente alfandegário foi verificar.

"— Ele quer dizer que passou por ali — respondeu.

"E mostrou o buraco pelo qual eu efetivamente passara.

"Compreendi então que me tomavam pelo assassino. Recuperei a voz, recuperei a força; desvencilhei-me das mãos dos dois homens que me seguravam, exclamando:

"— Não fui eu! Não fui eu!

"Dois policiais encostaram suas carabinas no meu rosto.

"— Se fizer um movimento — disseram —, é um homem morto.

"— Mas — exclamei —, estou dizendo que não fui eu!

"— Conte sua historinha para os juízes de Nîmes — responderam. — Enquanto isso, siga-nos; e, se quiser ouvir um conselho, não resista.

"Não era mesmo a minha intenção resistir, pois estava abalado pelo espanto e pelo terror. Fui posto em algemas, amarraram-me às ancas de um cavalo e levaram-me até Nîmes.

"Eu havia sido seguido por um agente da alfândega; ele me perdera de vista nas cercanias da casa e desconfiara que eu passaria a noite ali; fora avisar seus companheiros, que haviam chegado justamente a tempo de ouvir o tiro da pistola e me flagrar em meio àquelas evidências de culpa; compreendi imediatamente a dificuldade que teria para provar minha inocência.

— … mexeu os lábios como se quisesse falar e expirou.

"Dessa forma, agarrei-me apenas a uma coisa: a primeira solicitação que fiz ao juiz foi que mandasse procurar por toda parte um tal de abade Busoni, que naquele mesmo dia passara pela estalagem da Ponte do Gard. Se Caderousse houvesse inventado a história, se aquele abade não existisse, era evidente que eu estava perdido, a menos que Caderousse também fosse preso e confessasse tudo.

"Dois meses se passaram, durante os quais, devo dizê-lo em favor do meu juiz, todas as buscas foram feitas para encontrar aquele a quem procurava. Eu já tinha perdido as esperanças. Caderousse não fora preso. Eu seria julgado na primeira sessão, quando, no dia 8 de setembro, ou seja, três meses e cinco dias depois do ocorrido, o abade Busoni, com quem eu já não contava mais, apresentou-se na cadeia, dizendo que soubera que um prisioneiro queria falar com ele. Isso chegara aos seus ouvidos em Marselha, disse ele, e correra para realizar a minha vontade.

"Pode imaginar com que ardor o recebi; contei-lhe tudo de que fora testemunha, abordei com preocupação a história do diamante; contra toda minha expectativa, ela era ponto por ponto verdadeira; ainda contra minha expectativa, ele acreditou em tudo que lhe contei. Foi então que, arrebatado pela sua generosa caridade, percebendo nele um profundo conhecimento dos costumes da minha terra, pensando que o perdão para o único crime que cometi na vida talvez pudesse brotar de seus lábios tão benevolentes, contei-lhe, sob o sigilo da confissão, a aventura de Auteuil em todos os seus detalhes. O que fiz estouvadamente obteve o mesmo resultado que se o tivesse feito por cálculo; a confissão desse primeiro assassinato, que nada me obrigava a revelar, provou-lhe que eu não cometera o segundo, e ele se despediu ordenando-me que esperasse e prometendo fazer tudo ao seu alcance para convencer os juízes da minha inocência.

"Tive a prova de que ele efetivamente tentava me ajudar quando vi minha prisão abrandar-se gradualmente e soube que iria ser julgado após a sessão em curso.

"Nesse intervalo, a Providência permitiu que Caderousse fosse capturado no estrangeiro e trazido para a França. Confessou tudo, negando a premeditação e sobretudo que houvesse instigado a mulher. Foi condenado, até a morte, às galés e eu fui posto em liberdade."

— E então — disse Monte Cristo — o senhor se apresentou a mim, portador de uma carta do abade Busoni?

— Sim, Excelência, ele realmente demonstrou interesse por mim.

"— Seu ofício de contrabandista vai levá-lo à perdição — o abade me disse. — Se sair daqui, abandone-o.

"— Mas, padre — perguntei-lhe —, como quer que eu viva e faça minha pobre cunhada viver?

"— Um dos meus penitentes — ele me respondeu — tem grande estima por mim e encarregou-me de lhe arranjar um homem de confiança. Quer ser esse homem? Posso recomendá-lo.

"— Oh, padre! — exclamei. — Quanta bondade!

"— Mas jura que não vou me arrepender por isso?

"Estendi a mão para jurar.

"— Não é necessário — disse ele —, conheço e aprecio os corsos, eis a minha recomendação.

"E escreveu as poucas linhas que lhe entreguei e que fizeram Vossa Excelência ter a bondade de me aceitar em seu serviço. Agora, pergunto com orgulho a Vossa Excelência: já teve do que se queixar de mim?

— Não — respondeu o conde. — E, reconheço com satisfação, o senhor é um bom servidor, Bertuccio, embora lhe falte confiança.

— A mim, sr. conde!?

— Sim, ao sr. Como pode ter uma cunhada e um filho adotivo e nunca ter me falado deles antes?

— Ai de mim, Excelência, é que ainda falta lhe contar a parte mais triste da minha vida. Fui para a Córsega. Tinha pressa, o senhor compreende, de rever e consolar minha pobre cunhada; porém, ao chegar a Rogliano, encontrei a casa de luto; acontecera uma cena horrível, da qual os vizinhos ainda guardam lembrança! Minha pobre cunhada, seguindo meus conselhos, resistia às exigências de Benedetto, que, insistentemente, queria apoderar-se de todo o dinheiro existente na casa. Certa manhã, ameaçou-a e sumiu pelo resto do dia. Ela chorou, pois a querida Assunta era uma mãe para o miserável. Veio a noite, ela o esperou acordada. Quando, às onze horas, ele voltou com dois amigos, companheiros habituais de todas as suas loucuras, ela lhe estendeu os braços; mas eles a dominaram e um dos três, receio deveras que tenha sido esse garoto infernal, um dos três bradou:

"— Vamos direto à questão, e é bom que ela confesse logo onde está o dinheiro.

"Coincidentemente, o vizinho Wasilio estava em Bastia; apenas sua mulher ficara na casa. Ninguém, exceto ela, podia ver ou escutar o que acontecia na casa de minha cunhada. Dois deles agarraram a pobre Assunta, que, sem acreditar na possibilidade daquele crime, sorria para os que viriam a ser seus carrascos; o terceiro foi armar barricadas nas portas e janelas; quando voltou, os três juntos, abafando os gritos de terror que ela dava diante daqueles preparativos mais sérios, aproximaram os pés de Assunta do braseiro, com o que esperavam fazê-la confessar onde estava escondido nosso pequeno tesouro; porém, durante a luta, o fogo alastrou-se para a roupa dela; eles então largaram a vítima, para não se queimarem. Toda em chamas, ela correu para a porta, mas a porta estava fechada.

"Ela se precipitou para a janela; mas a janela estava obstruída. Então a vizinha ouviu gritos hediondos: era Assunta pedindo socorro. Logo sua voz foi abafada; os gritos transformaram-se em gemidos e, no dia seguinte, após uma noite de terror e angústia, quando a mulher de Wasilio atreveu-se a sair de sua casa e conseguiu que o juiz abrisse a nossa, encontraram Assunta com metade do corpo queimado, mas ainda respirando, os armários arrombados, o dinheiro desaparecido. Quanto a Benedetto, deixara Rogliano para nunca mais voltar; depois desse dia, não foi mais visto e nunca mais ouvi sequer falar dele.

"Foi após receber essa triste notícia — continuou Bertuccio — que procurei Sua Excelência. Não tinha o que lhe dizer sobre Benedetto, pois ele desaparecera, e nem de minha cunhada, pois ela estava morta."

— E o que pensou acerca desse episódio? — perguntou Monte Cristo.

— Que era o castigo pelo crime que eu tinha cometido — respondeu Bertuccio. — Ah, esses Villefort são uma raça maldita!

— Concordo — murmurou o conde num tom lúgubre.

— E agora — prosseguiu Bertuccio —, Vossa Excelência compreende, não é mesmo?, por que esta casa, em que não ponho os pés desde essa época, por que este jardim, onde subitamente me vi, por que este lugar, onde matei um homem, causaram-me essas sombrias emoções cuja fonte Vossa Excelência quis conhecer; afinal de contas é muito possível que aqui, aos meus pés, o sr. de Villefort esteja deitado na cova que abrira para o seu filho.

— Com efeito, tudo é possível — disse Monte Cristo, levantando-se do banco em que estava sentado. — Inclusive — acrescentou baixinho —, que o procurador do rei não esteja morto. O abade Busoni agiu bem ao encaminhá-lo a mim. O senhor também agiu bem ao me contar sua história, pois não pensarei errado a seu respeito. Quanto a esse Benedetto, tão mal batizado[77], nunca tentou descobrir seu rastro? Nunca procurou saber seu paradeiro?

— Nunca, se soubesse onde estava, em vez de ir ao seu encontro, teria fugido como de um monstro. Não, felizmente, nunca mais ouvi falar dele pela boca de ninguém neste mundo; espero que tenha morrido.

— Não espere isso, Bertuccio — disse o conde. — Os maus não morrem assim, pois Deus parece tomá-los sob sua proteção para usá-los como instrumento de suas vinganças.

— Que seja — disse Bertuccio. — Só peço aos céus é para nunca mais vê-lo de novo. Agora — continuou o intendente, abaixando a cabeça —, o sr. conde sabe tudo; o senhor é meu juiz aqui na Terra como Deus o será nas alturas; não me dirá algumas palavras de consolo?

— Tem razão, com efeito, e posso lhe dizer o que lhe diria o abade Busoni: aquele que o senhor golpeou, o tal Villefort, merecia um castigo pelo que fizera com o senhor e talvez por outra coisa ainda. Benedetto, se estiver vivo, será instrumento, como lhe disse, de alguma vingança divina, depois receberá a sua punição. Quanto ao senhor, tem na realidade apenas uma censura a se fazer: pergunte-se por que, depois de arrancar essa criança da morte, não a entregou à mãe: eis o crime, Bertuccio.

— Sim, senhor, eis o crime e o verdadeiro crime, pois nesse ponto fui um covarde; eu restituíra a vida à criança, só tinha uma coisa a fazer, como o senhor disse: devolver a criança à mãe. Mas, para isso, precisava fazer buscas, chamar a atenção, talvez me entregar; não quis morrer, agarrava-me à vida em nome da minha cunhada, do amor-próprio inato que nos impele a permanecer inteiros e vitoriosos em nossa vingança; e talvez, quem sabe, eu me agarrasse à vida simplesmente pelo amor à vida. Oh, não sou um bravo como o meu desafortunado irmão!

Bertuccio escondeu o rosto entre as mãos, enquanto Monte Cristo dirigiu-lhe um longo e indefinível olhar.

Em seguida, após um instante de silêncio, tornado mais solene ainda pela hora e pelo lugar:

— Para terminar dignamente essa conversa, que será a última sobre essas aventuras, sr. Bertuccio — disse o conde, num tom melancólico que não lhe era habitual —, guarde bem minhas palavras, que ouvi muitas vezes o próprio abade Busoni pronunciar: "Para todos os males, há dois remédios: o tempo e o silêncio." Agora, sr. Bertuccio, permita-me passear um pouco por esse jardim. O que é uma emoção violenta para o senhor, ator neste palco, será para mim uma sensação quase delicada e que dobrará o valor dessa

---

77. "tão mal-batizado": *Benedetto*, em italiano, significa "abençoado".

propriedade. As árvores, veja, sr. Bertuccio, só dão prazer porque dão sombra, e mesmo a sombra só dá prazer porque traz devaneios e visões. Eis que comprei um jardim julgando comprar um simples terreno cercado de muros e, ao contrário, de repente esse terreno verifica-se um jardim povoado por fantasmas, os quais não estavam mencionados no contrato. Ora, amo os fantasmas; nunca ouvi dizer que os mortos tivessem feito em seis mil anos o mal que os vivos fazem em um dia. Entre então, sr. Bertuccio, e durma em paz. Se o seu confessor, no momento supremo, for menos indulgente que o abade Busoni, mande me chamar; se eu ainda estiver neste mundo, encontrarei palavras que embalarão suavemente sua alma no momento em que ela estiver preparada para fazer essa rude viagem que chamamos de eternidade.

Bertuccio inclinou-se respeitosamente e se afastou dando um suspiro.

Monte Cristo ficou só, e deu quatro passos à frente:

— Aqui, perto desse plátano — murmurou —, a cova em que a criança foi depositada; ali, o portão pelo qual se entra no jardim; nesse canto, a escada dissimulada que leva ao quarto de dormir. Não vejo necessidade de anotar tudo isso na minha caderneta, pois eis diante dos meus olhos, à minha volta, sob os meus pés, o mapa em relevo, o mapa vivo.

E o conde, após uma última volta naquele jardim, foi reencontrar o seu coche. Bertuccio, que o vira pensativo, subiu no assento ao lado do cocheiro, sem nada dizer.

Tomaram o caminho de volta a Paris.

Naquela mesma noite, ao chegar à casa dos Champs-Élysées, o conde de Monte Cristo visitou toda a residência como o teria feito um homem familiarizado com ela há longos anos; embora caminhasse na frente, não abriu uma única vez uma porta em lugar de outra, e tampouco percorreu escada ou corredor que não o conduzisse diretamente aonde pretendia ir. Ali acompanhava-o nessa vistoria noturna. O conde deu diversas ordens a Bertuccio, relativas à decoração ou à nova distribuição dos aposentos, e, tirando o relógio do bolso, disse ao prestativo núbio:

— São onze e meia, Haydée não deve demorar. As mulheres francesas foram avisadas?

Ali apontou para o apartamento destinado à bela grega, tão isolado que, com a porta dissimulada por um reposteiro, podia-se visitar a casa inteira sem desconfiar que ali houvesse um salão e dois quartos habitados; Ali, íamos dizendo, estendeu a mão na direção do apartamento, fez o número três com sua mão esquerda e, sobre essa mesma mão, espalmada na horizontal, apoiando a cabeça, fechou os olhos e fingiu estar dormindo.

— Ah! — disse Monte Cristo, habituado àquela linguagem. — Há três esperando no quarto, não é?

— Sim — fez Ali, sacudindo a cabeça de cima para baixo.

— A senhora estará cansada hoje à noite — continuou Monte Cristo — e provavelmente vai querer dormir. Que não a façam falar: as damas de companhia francesas devem apenas saudar sua nova senhora e se retirar; cuide para que a aia grega não se comunique com as francesas.

Ali inclinou-se.

Logo se ouviu o brado do porteiro; o portão gradeado se abriu, um coche deslizou pela aleia e parou em frente à escada. O conde desceu para recebê-la; a portinhola já estava aberta; ele estendeu a mão a uma jovem mulher, envolvida numa manta de seda verde, toda bordada em fios de ouro, que lhe cobria a cabeça.

A moça tomou a mão que lhe era estendida, beijou-a com um misto de amor e respeito, e algumas palavras foram trocadas, carinhosas da parte da mulher e com uma suave gravidade da parte do conde, nessa língua sonora que o velho Homero pôs na boca de seus deuses.

Então, precedida por Ali, que carregava uma grande vela de cera cor-de-rosa, a moça, que não era outra senão a bela grega companheira assídua de Monte Cristo na Itália, foi levada até seu apartamento, e o conde recolheu-se ao pavilhão que reservara para seu próprio uso.

À meia-noite e meia todas as luzes estavam apagadas na casa, levando a crer que todos dormiam.

8. O CRÉDITO ILIMITADO

No dia seguinte, por volta das duas da tarde, uma caleche, atrelada a dois magníficos cavalos ingleses, parou em frente à porta de Monte Cristo. Um homem vestindo um casaco azul, com botões de seda da mesma cor, um colete branco, atravessado por uma enorme corrente de ouro, e uma calça cor de avelã, com cabelos tão negros e cobrindo de tal maneira as sobrancelhas que despertavam a suspeita de não serem naturais, tanto pareciam em desarmonia com as rugas inferiores que não conseguiam esconder; um homem, enfim, de cinquenta a cinquenta e cinco anos, que buscava ostentar quarenta, passou a cabeça pela portinhola de um cupê, em cujo painel estava pintada uma coroa de barão, e despachou seu *groom* para perguntar ao porteiro se o conde de Monte Cristo encontrava-se em casa.

Enquanto aguardava, esse homem considerou, com uma atenção tão minuciosa que beirava a impertinência, o exterior da residência, o que era possível distinguir do jardim, e a libré de alguns criados, que iam e vinham. O olhar desse homem era vivo, mas antes astucioso que espiritual. Seus lábios eram tão finos que, em vez de se projetarem para fora, entravam na boca; finalmente, o tamanho e a proeminência das maçãs do rosto, sinal infalível de astúcia, a depressão na testa, a intumescência do occipital, que ultrapassava em muito grandes orelhas das menos aristocráticas, contribuíam para dar, levando-se em conta o conjunto da fisionomia, um caráter quase repugnante ao aspecto desse personagem, entretanto, bastante recomendável aos olhos do vulgo, por seus cabelos magníficos, pelo enorme diamante que exibia na camisa e pela fita vermelha que se estendia de uma lapela à outra do casaco.

O *groom* bateu na guarita do porteiro e perguntou:

— Não é aqui a residência do conde de Monte Cristo?

— É aqui que reside Sua Excelência — respondeu o porteiro —, mas...

Consultou Ali com o olhar.

Ali fez um sinal negativo.

— Mas...? — perguntou o *groom*.

— Mas Sua Excelência não está recebendo — respondeu o porteiro.

— Nesse caso, eis o cartão do meu patrão, o sr. barão Danglars. Entregue-o ao conde de Monte Cristo, dizendo-lhe que, ao se dirigir para a Câmara, meu patrão fez um desvio para ter a honra de visitá-lo.

— Eu não falo com Sua Excelência — disse o porteiro. — O mordomo cumprirá a missão.

O *groom* voltou para o coche.

— E então? — perguntou Danglars.

O menino, todo envergonhado pela lição que acabava de receber, deu ao patrão a resposta que recebera do porteiro.

— Oh — reagiu Danglars —, então é um príncipe esse cavalheiro, que é chamado de Excelência e a quem apenas um mordomo pode dirigir-se; não faz mal, como ele tem um crédito comigo, terá de me procurar quando quiser dinheiro.

E Danglars jogou-se de volta no fundo do coche gritando para o condutor, de maneira a ser ouvido do outro lado da rua:

— À Câmara dos Deputados!

Através de uma gelosia de seu pavilhão, Monte Cristo, avisado a tempo, observara o barão e o estudara, com a ajuda de um excelente binóculo, com não menos atenção que o sr. Danglars dedicara à análise da casa, do jardim e das librés.

— Definitivamente — fez ele com um gesto de repulsa e enfiando os tubos de seu binóculo num estojo de marfim —, é uma criatura feia esse homem; é impressionante, quando o vemos reconhecemos a serpente de fronte achatada, o abutre de crânio protuberante e o bútio de bico aguçado!

— Ali! — gritou. Então deu uma batida num gongo de cobre. Ali apareceu. — Chame Bertuccio — disse.

No mesmo instante, Bertuccio entrou.

— Vossa Excelência mandou me chamar? — perguntou o intendente.

— Sim, senhor — disse o conde. — Viu os cavalos que acabam de parar à minha porta?

— Naturalmente, Excelência, são inclusive muito bonitos.

— Como é possível — disse Monte Cristo, franzindo o cenho —, quando lhe peço os dois cavalos mais vistosos de Paris, que haja na cidade dois outros cavalos tão vistosos quanto os meus, e que esses cavalos não estejam nas minhas cavalariças?

Ao cenho franzido e à entonação severa dessa voz, Ali abaixou a cabeça.

— Não é culpa sua , bom Ali — disse o conde em árabe, com uma brandura que não julgaríamos possível em sua voz, nem em sua fisionomia —, você não é especialista em cavalos ingleses.

A serenidade voltou aos traços de Ali.

— Sr. conde — disse Bertuccio —, os cavalos que menciona não estavam à venda.

Monte Cristo deu de ombros:

— Saiba, sr. intendente, que tudo está sempre à venda para quem sabe dar o preço.

— O sr. Danglars pagou dezesseis mil francos por eles, sr. conde.

— E daí?! Tinha que lhe ter oferecido trinta e dois mil; ele é banqueiro, e um banqueiro nunca perde a oportunidade de dobrar seu capital.

— O sr. conde está falando sério? — indagou Bertuccio.

Monte Cristo olhou para o intendente como se estivesse perplexo com essa pergunta.

— Esta noite — disse ele — tenho uma visita a fazer; quero esses dois cavalos atrelados ao meu coche com arreios novos.

Bertuccio retirou-se fazendo uma mesura; perto da porta, parou e perguntou:

— A que horas Sua Excelência pretende fazer essa visita?

— Às cinco — respondeu Monte Cristo.

— Observo a Vossa Excelência que são duas horas — atreveu-se o intendente.

— Sei disso — contentou-se em responder o conde.

Em seguida, voltando-se para Ali, ordenou:

— Desfile todos os cavalos diante da patroa; que ela escolha a parelha mais conveniente e mande me dizer se quer jantar comigo. Nesse caso, que a mesa seja posta em seus aposentos; vá e, ao descer, chame o mordomo.

Ali mal acabava de sair, e o mordomo entrou por sua vez.

— Sr. Baptistin — disse o conde —, há um ano que está a meu serviço; é hora da prova que imponho a todo o meu pessoal: o senhor me convém.

Baptistin inclinou-se.

— Resta saber se eu lhe convenho.

— Oh, sr. conde! — apressou-se a dizer Baptistin.

— Escute até o fim — continuou o conde. — O senhor ganha mil e quinhentos francos por ano, isto é, o salário de um bom e bravo oficial que arrisca a vida todos os dias; o senhor tem uma mesa que muitos chefes de repartição, infelizes servos infinitamente mais atarefados que o senhor, invejariam. Criado, o senhor mesmo tem criados que cuidam da sua roupa e de suas necessidades. Além dos mil e quinhentos francos de salário, o senhor me rouba, nas compras que faz para a minha toalete, cerca de outros mil e quinhentos francos.

— Oh, Excelência!

— Não estou me queixando, sr. Baptistin, isso é razoável; entretanto, quero que tudo isso pare por aqui. O senhor não encontraria em lugar nenhum um emprego igual a esse que sua boa estrela lhe proporcionou. Nunca espanco meus criados, nunca praguejo, nunca dou vazão à minha raiva, perdoo sempre um erro, jamais uma negligência ou um esquecimento. Minhas ordens são geralmente lacônicas, mas claras e precisas; prefiro repeti-las duas vezes, até três, a vê-las mal-interpretadas. Sou suficientemente rico para saber tudo que quero saber, e sou muito curioso, tome cuidado. Portanto, se eu viesse a saber que o senhor falou bem ou mal de mim, comentou minhas atitudes, vigiou minha conduta, o senhor deixaria imediatamente a minha casa. Nunca advirto os criados mais de uma vez. Está avisado, vá!

Baptistin inclinou-se e deu três ou quatro passos para se retirar.

— A propósito — continuou o conde —, esquecia-me de dizer que, todos os anos, invisto determinada quantia em benefício dos meus criados. Os que demito perdem necessariamente esse dinheiro, do qual usufruem os que ficam e que a ele terão direito após a minha morte. Faz um ano que o senhor está comigo, sua fortuna começou, dê-lhe sequência.

Essa alocução, feita diante de Ali, que permanecia impassível, considerando-se que não entendia uma palavra de francês, produziu sobre o sr. Baptistin um efeito que compreenderão todos os que estudaram a fisiologia do empregado doméstico francês.

— Farei tudo para me conformar em todos os pontos aos desejos de Vossa Excelência — ele disse. — Nesse sentido, vou adotar Ali como modelo.

— Oh, em absoluto! — disse o conde, com uma frieza de mármore. — Ali tem muitos defeitos misturados às suas qualidades; portanto, não o tome como exemplo, pois ele é uma exceção; Ali não recebe salários, não é um criado, é meu escravo, é meu cão; se faltasse com seu dever, não iria despedi-lo, mas matá-lo.

Baptistin arregalou os olhos.

— Duvida? — disse Monte Cristo.

E repetiu para Ali as mesmas palavras que acabava de dizer a Baptistin.

Ali escutou, sorriu, aproximou-se do seu patrão, pôs um joelho no chão e lhe beijou respeitosamente a mão.

Esse pequeno corolário da lição levou ao clímax da estupefação o sr. Baptistin.

O conde fez sinal a Baptistin para sair e que Ali o seguisse. Ambos passaram ao seu gabinete e ali conversaram longamente.

Às cinco horas, o conde deu três toques no seu gongo. Um toque chamava Ali, dois toques, Baptistin, três toques, Bertuccio.

O intendente entrou.

— Meus cavalos! — disse Monte Cristo.

— Estão no coche, Excelência — replicou Bertuccio. — Devo acompanhar o sr. conde?

— Não, o cocheiro, Baptistin e Ali, isso basta.

O conde desceu e viu, atrelados a seu coche, os cavalos que admirara pela manhã no coche de Danglars.

Passando perto deles, lançou-lhes um olhar apressado.

— São bonitos, de fato — disse —, e fez bem em comprá-los; é verdade que um pouco atrasado.

— Excelência — disse Bertuccio —, não foi fácil comprá-los, e custaram bem caro.

— Os cavalos são menos belos por isso? — perguntou o conde, dando de ombros.

— Se Vossa Excelência está satisfeito — disse Bertuccio —, tudo está bem. Aonde vai Vossa Excelência?

— Rua de la Chaussée-d'Antin, à casa do barão Danglars.

Essa conversa deu-se no alto da escada. Bertuccio deu um passo para descer o primeiro degrau.

— Espere, senhor — disse Monte Cristo, detendo-o. — Preciso de um pedaço de terra à beira-mar, na Normandia, por exemplo, entre o Havre e Boulogne. Eu lhe dou margem para trabalhar, como vê. Seria preciso que, nessa propriedade, houvesse um pequeno porto, uma pequena enseada, uma pequena baía, onde minha corveta pudesse entrar e ancorar; ela precisa apenas de quatro metros e meio de água. A embarcação ficará sempre a postos para se pôr ao largo, a qualquer hora do dia ou da noite que me aprouver lhe dar o sinal. O senhor se informará em todos os cartórios a respeito de uma propriedade nessas condições que lhe exponho; quando tiver conhecimento de alguma, irá visitá-la e, se ficar satisfeito, compre-a no seu nome. A corveta deve estar a caminho de Fécamp, correto?

— Eu a vi partir na mesma noite em que deixamos Marselha.

— E o iate?

— O iate tem ordens para permanecer em Martigues.

— Bem! O senhor se corresponderá de tempos em tempos com os dois capitães que as comandam, de modo a que eles não fiquem relaxados.

— E quanto ao barco a vapor?

— Que está em Chalon-sur-Saône?

— Sim.

— As mesmas ordens que para os dois veleiros.

— Perfeitamente!

— Quando a propriedade estiver comprada, quero postos de muda de cinquenta em cinquenta quilômetros na estrada do Norte e na estrada do Midi.

— Vossa Excelência pode contar comigo.

O conde esboçou um gesto de satisfação, desceu os degraus e pulou no coche, que, puxado pelo trote da magnífica parelha, só parou em frente ao palacete do banqueiro.

Danglars presidia uma comissão, designada para discutir uma ferrovia, quando lhe vieram anunciar a visita do conde de Monte Cristo. A sessão, em todo caso, estava praticamente encerrada.

Ao nome do conde, ele se levantou.

— Cavalheiros — disse, dirigindo-se aos seus colegas, dos quais vários eram ilustres membros de uma ou outra Câmara —, perdoem-me se me despeço assim; mas imaginem os senhores que a financeira Thomson & French, de Roma, me envia um tal de conde de Monte Cristo, abrindo-lhe um crédito ilimitado no meu banco. É a brincadeira mais esdrúxula que meus congêneres estrangeiros já fizeram comigo. Fiquei muito curioso, palavra de honra, os senhores compreendem, e ainda estou curioso. Passei esta manhã na casa do pretenso conde. Se fosse um conde de verdade, hão de convir que não seria tão rico. O cavalheiro não está recebendo. Que lhes parece? Não se lhes afigura um capricho de alteza ou de donzela a atitude do sr. de Monte Cristo? De toda forma, a casa situada nos Champs-Élysées lhe pertence, segundo me informei, e pareceu-me digna. Mas um crédito ilimitado — emendou Danglars, rindo sua risada má — torna mais que exigente o banqueiro em cujo estabelecimento o crédito é aberto. Portanto, tenho pressa em ver nosso homem. Julgo-me ludibriado. Mas eles não sabem com quem estão lidando; ri melhor quem ri por último.

Ao dizer essas palavras, com uma ênfase que lhe inflou as narinas, o sr. barão despediu-se de seus convidados e passou para um salão branco e dourado que era famoso na rua Chaussée-d'Antin.

Foi de lá que deu ordens para introduzirem o visitante, disposto a conhecê-lo de uma vez por todas.

O conde estava de pé, considerando algumas cópias de Albano e do Fattore[78], que impingiram ao barão como originais, e que, não obstante serem cópias, destoavam drasticamente das folhagens douradas de todas as cores que decoravam os tetos.

Ao barulho que Danglars fez ao entrar, o conde se voltou.

Danglars cumprimentou-o ligeiramente com a cabeça e fez sinal ao conde para que sentasse numa poltrona de madeira dourada, estofada de cetim branco bordado com fios de ouro.

O conde sentou-se.

— É ao sr. de Monte Cristo que tenho a honra de falar?

---

78. Albano e Fattore: Francesco Albani (1578-1660), vulgo Albano, pintor barroco italiano, conhecido pelo ar gracioso de suas imagens; Luca Giordano (1632-1705), *Il Fattore* ou "o fazedor", ou ainda *Il Fa Presto*, "aquele que faz rápido", pintor da corte espanhola de imensa produção, entre a qual se destacam as pinturas feitas para o palácio do Escorial.

— E eu — respondeu o conde — ao senhor barão Danglars, cavaleiro da Legião de Honra, membro da Câmara dos Deputados?

Monte Cristo repetia todos os títulos que vira no cartão do barão.

Danglars sentiu a estocada e mordeu os lábios.

— Desculpe-me, cavalheiro — disse ele —, por não ter me referido de saída ao título com o qual o senhor me foi anunciado; porém, como sabe, vivemos sob um governo popular e sou um representante dos interesses do povo.

— Ou seja — espicaçou Monte Cristo —, ao mesmo tempo em que preservou o hábito de ser chamado de barão, perdeu o de chamar os outros de conde.

— Ah, tampouco faço questão do meu, senhor — respondeu displicentemente Danglars. — Eles me nomearam barão e fizeram-me cavaleiro da Legião de Honra por alguns serviços prestados, mas...

Danglars sentiu a estocada e mordeu os lábios.

— Mas o senhor abdicou dos seus títulos, como fizeram outrora os srs. de Montmorency e de La Fayette[79]? É um belo exemplo a ser seguido, senhor.

— Não completamente, entretanto — disse Danglars, embaraçado. — Para os criados, o senhor entende...

— Sim, para o seu pessoal, o senhor é fidalgo; para os jornalistas, senhor; e para os eleitores, cidadão. São nuances que combinam bem com o governo constitucional. Compreendo perfeitamente.

Danglars voltou a morder os lábios; viu que, naquele terreno, não tinha como medir-se com Monte Cristo; tentou então retornar para um assunto que lhe era mais familiar.

— Sr. conde — disse, inclinando-se —, recebi uma carta de recomendação da Thomson & French.

— Fico encantado, sr. barão. Permita-me tratá-lo como o trata seu pessoal, é um mau hábito adquirido em países onde ainda há barões, justamente porque não se fazem mais deles. Fico encantado, eu dizia; não será necessário que eu mesmo me apresente, o que é sempre muito constrangedor. O senhor então dizia que recebeu uma carta de recomendação?

— Sim — disse Danglars —, mas admito que não compreendi muito bem o seu sentido.

— Bah!

— E tinha tido inclusive a honra de passar em sua casa para lhe pedir algumas explicações.

— Faça isso, senhor, aqui estou; ouvindo e disposto a ouvir.

— Tenho essa carta comigo, creio — disse Danglars, vasculhando no bolso. — Sim, aqui está: esta carta abre para o sr. conde de Monte Cristo um crédito ilimitado no meu estabelecimento.

— Ora, sr. barão! Que vê de obscuro nessas palavras?

— Nada, meu caro; apenas a palavra *ilimitado*...

— Que diabo! Essa palavra não é francesa...? Compreenda, são anglo-americanos que escrevem.

— Oh, perfeitamente, senhor, e, no tocante à semântica, não há nada a reparar, o mesmo não acontecendo, porém, no que se refere à contabilidade.

— Será que, a seu ver, a Thomson & French — perguntou Monte Cristo com o ar mais ingênuo que pôde assumir — não é suficientemente sólida,

79. Montmorency e La Fayette: Mathieu Jean Felicité de Montmorency (1767-1826), duque de Montmorency-Laval, e Marie-Joseph Paul-Yves-Roch Gilbert du Motier (1757-1834), marquês de La Fayette, eram, à época de sua abdicação, ambos jovens pertencentes à nobreza, mas de inspiração liberal. Em 4 de agosto de 1789, ao eclodir a Revolução Francesa, abdicaram de suas prerrogativas nobiliárquicas em prol da destruição do regime absolutista.

sr. barão? Raios! Isso me deixaria preocupado, pois tenho alguns investimentos com eles.

— Ah, totalmente sólida! — respondeu Danglars, com um sorriso quase zombeteiro. — Mas o sentido da palavra *ilimitado*, em matéria de finanças, é tão vago…

— Que é ilimitado, não é mesmo? — disse Monte Cristo.

— É justamente isso, senhor, que eu queria dizer. Ora, o vago é a dúvida, e, diz o sábio, "na dúvida, abstém-te"[80].

— O que significa — continuou Monte Cristo — que, se a Thomson & French está disposta a fazer loucuras, o banco Danglars não está disposto a seguir seu exemplo.

— Como assim, sr. conde?

— Oh, é o que parece; os srs. Thomson & French fazem negócios sem algarismos; mas o sr. Danglars tem um limite para os seus; é um homem sábio, como dizia ainda há pouco.

— Senhor — respondeu altivamente o banqueiro —, ninguém ainda reclamou da minha tesouraria.

— Então — respondeu friamente Monte Cristo —, parece que serei o primeiro.

— O que o levaria a isso?

— As explicações que me pede, cavalheiro, e que mais parecem hesitações…

Danglars mordeu os lábios; era a segunda vez que era derrotado por aquele homem e, dessa vez, em seu próprio campo. Sua cortesia escarninha era apenas fingimento, chegava às raias da impertinência.

Monte Cristo, ao contrário, sorria com a maior boa vontade do mundo e exibia, quando assim desejava, certa expressão ingênua que lhe era muito vantajosa.

— Enfim, cavalheiro — disse Danglars após um momento de silêncio —, vou tentar me fazer compreender, solicitando que determine o senhor mesmo a soma que pretende retirar do meu banco.

— Mas, senhor — replicou Monte Cristo, decidido a não perder uma polegada de terreno na discussão —, se requisitei um crédito ilimitado em seu estabelecimento, foi justamente porque não sabia de que soma precisaria.

O banqueiro julgou chegado o momento de tomar a dianteira; jogou-se para trás na poltrona e, com um sorriso pesado e orgulhoso, disse:

— Oh, senhor, não tenha medo de realizar seus desejos; poderá então se convencer de que o capital do banco Danglars, por mais limitado que

80. "Na dúvida, abstém-te": máxima atribuída a Zoroastro, profeta nascido na Pérsia (atual Irã), provavelmente em meados do séc.VII a.C.

seja, é capaz de satisfazer as mais amplas exigências, e ainda que pedisse um milhão...

— Por acaso está brincando? — disse Monte Cristo.

— Eu disse um milhão — repetiu Danglars com uma pose ridícula.

— E que faria eu com um milhão? — devolveu o conde. — Por Deus! Cavalheiro, se eu precisasse de apenas um milhão, não teria aberto um crédito para essa ninharia. Um milhão? Um milhão eu trago sempre na minha pasta ou no meu *nécessaire* de viagem.

E Monte Cristo retirou de uma caderneta, onde estavam seus cartões de visita, duas apólices do Tesouro de quinhentos mil francos cada uma, pagáveis ao portador.

Convinha aniquilar, e não irritar, um homem como Danglars. A bordoada teve seu efeito, o banqueiro vacilou e sentiu a vertigem, arregalando para Monte Cristo dois olhos atônitos, cujas pupilas dilatavam-se pavorosamente.

— Vamos, admita — disse Monte Cristo — que está desafiando a Thomson & French. Meu Deus! É muito simples: previ o caso e, embora bastante alheio aos negócios, tomei minhas precauções. Aqui estão outras duas cartas iguais à que lhe é dirigida; uma é do banco Arnstein & Eskeles, de Viena, para o sr. barão de Rothschild, a outra é do banco Baring, de Londres, para o sr. Laffitte. Basta uma palavra do cavalheiro para que eu acabe com todas as suas preocupações, apresentando-me em uma ou outra dessas duas casas.

Estava feito: Danglars deu-se por vencido. Abriu com um terror visível a carta de Viena e a carta de Londres, que o conde lhe estendia na ponta dos dedos, e verificou a autenticidade das assinaturas com uma minúcia que teria sido insultuosa para Monte Cristo se ele não contasse com a perplexidade do banqueiro.

— Oh, cavalheiro, aqui estão três assinaturas que valem muitos milhões — disse Danglars, levantando-se como para saudar a força do ouro personificada no homem que tinha à sua frente. — Três créditos ilimitados em nossos estabelecimentos! Perdoe-me, sr. conde, porém, mesmo deixando de lado a desconfiança, é impossível não me admirar.

— Oh, um banco feito o seu não se admiraria com isso! — disse Monte Cristo, na maior polidez. — Nesse caso, pode enviar-me algum dinheiro, não é mesmo?

— Diga, sr. conde; estou às suas ordens.

— Ótimo! — concluiu Monte Cristo. — Agora que nos entendemos, pois nos entendemos, não é mesmo?

Danglars fez um sinal afirmativo com a cabeça.

— E não tem mais nenhuma desconfiança? — continuou Monte Cristo.

— Oh, sr. conde! — exclamou o banqueiro. — Nunca tive nem sombra.

— Não, o senhor queria uma prova, só isso. Muito bem — repetiu o conde —, agora que nos entendemos, agora que não tem mais nenhuma desconfiança, estipulemos, se fizer a gentileza, uma soma geral para o primeiro ano: seis milhões, por exemplo.

— Seis milhões, pois não! — disse Danglars, sufocado.

— Se eu precisar de mais — emendou mecanicamente Monte Cristo —, engordamos um pouco esta cifra; mas não pretendo passar mais de um ano na França, e durante esse ano não creio que ultrapasse essa quantia... Enfim, veremos... Queira, para começar, despachar quinhentos mil francos para mim amanhã. Estarei em casa até o meio-dia e, se porventura não estiver, deixarei um recibo com o meu intendente.

— O dinheiro estará em sua casa às dez horas da manhã, sr. conde — respondeu Danglars. — Quer ouro, cartas de crédito, ou dinheiro?

— Ouro e cartas de crédito; meio a meio, por favor.

E o conde se levantou.

— Devo lhe confessar uma coisa, sr. conde — disse Danglars por sua vez. — Eu julgava ter noções precisas sobre todas as grandes fortunas da Europa. Não obstante, a sua, que me parece considerável, era, admito, completamente desconhecida para mim. Ela é recente?

— Não, senhor — respondeu Monte Cristo. — Ela é, ao contrário, de data bem remota: era uma espécie de tesouro de família no qual não se podia mexer, e portanto os juros acumulados triplicaram o capital; a época fixada pelo testamenteiro prescreveu há apenas alguns anos: e assim, faço uso dela há apenas alguns anos, e sua ignorância a esse respeito é bastante natural; em todo caso, o senhor a conhecerá melhor dentro em breve.

E o conde fez acompanhar essas palavras de um dos sorrisos de cera que tanto amedrontavam Franz d'Épinay.

— Com seu bom gosto e suas intenções, cavalheiro — continuou Danglars —, o senhor vai espalhar um luxo pela capital que irá nos esmagar a todos, pobres e singelos milionários. Entretanto, como me parece um diletante, pois quando entrei o senhor admirava meus quadros, peço permissão para lhe mostrar minha galeria: toda ela de quadros antigos, todos quadros de mestres autenticados como tais; não gosto dos modernos.

— Tem razão, senhor, pois eles em geral têm um grande defeito: o de ainda não terem tido tempo de se tornarem antigos.

— Posso lhe mostrar algumas estátuas de Thorwaldsen, Bartolini, Canova[81], todos artistas estrangeiros? Como vê, não aprecio os artistas franceses.

---

81. Thorwaldsen, Bartolini, Canova: Bertel Thorwaldsen (1768-1844), escultor neoclássico dinamarquês; Lorenzo Bartolini (1777-1850) e Antonio Canova (1757-1822), os mais importantes artistas da escola neoclássica na escultura italiana.

— Tem o direito de ser injusto com eles, senhor, são seus compatriotas.

— Mas tudo isso ficará para mais tarde, quando houvermos nos conhecido melhor. Por hoje, contento-me, caso me permita, claro, apresentar-lhe à baronesa Danglars; peço desculpas pela precipitação, mas um cliente como o senhor faz praticamente parte da família.

Monte Cristo inclinou-se em sinal de que aceitava a honra que o financista dispunha-se a lhe conceder.

Danglars tocou; um lacaio, vestindo uma libré reluzente, apareceu.

— A sra. baronesa está em seus aposentos? — perguntou Danglars.

— Sim, sr. barão — respondeu o lacaio.

— Sozinha?

— Não, a senhora está recebendo.

— Não será indiscreto apresentá-lo na frente de outros, não é mesmo, sr. conde? Não está incógnito...

— Não, sr. barão — disse Monte Cristo, sorrindo —, não me arrogo esse direito.

— E quem está na companhia da baronesa? O sr. Debray? — perguntou Danglars, com uma bonomia que fez Monte Cristo, já informado sobre os transparentes segredos íntimos do financista, sorrir interiormente.

— Sim, o sr. Debray, sr. barão — respondeu o lacaio.

Danglars fez um sinal com a cabeça.

Depois, voltando-se para Monte Cristo, explicou:

— O sr. Lucien Debray é um velho amigo nosso, secretário particular do ministro do Interior. Quanto à minha mulher, foi benévola ao se casar comigo, pois pertence a uma antiga família, é uma senhora de Salvieux, viúva em primeiras núpcias do sr. coronel barão de Nargonne.

— Não tenho a honra de conhecer a senhora Danglars; mas já estive com o sr. Lucien Debray.

— Ora! — exclamou Danglars. — Onde isso?

— Na casa do sr. de Morcerf.

— Ah! Conhece o visconde? — interessou-se Danglars.

— Vimo-nos reunidos em Roma, na época do Carnaval.

— Ah, sim — disse Danglars —, não ouvi falar de alguma coisa como uma aventura singular, com bandoleiros e ladrões nas ruínas? Ele foi tirado de lá milagrosamente. Creio que comentou alguma coisa sobre isso com a minha mulher e a minha filha na sua volta da Itália.

— A senhora baronesa está à espera dos cavalheiros — disse o lacaio ao voltar.

— Passo à frente do senhor para lhe mostrar o caminho — anunciou Danglars, fazendo uma mesura.

— E eu o sigo — respondeu Monte Cristo.

9. A PARELHA TORDILHA

O barão, seguido pelo conde, atravessou uma longa fileira de aposentos notáveis pela suntuosidade pesada e o mau gosto pomposo, e chegou à alcova da sra. Danglars, pequeno cômodo octogonal forrado de cetim cor-de-rosa e musselina das Índias; as poltronas eram em madeira antiga dourada e com forros de antigamente; as bandeiras das portas representavam pastorais no gênero de Boucher[82]; finalmente, dois bonitos pastéis de moldura redonda, combinando com o restante do mobiliário, faziam desse quartinho o único do palacete com certo caráter; é verdade que não obedecera completamente ao projeto elaborado pelo sr. Danglars e seu arquiteto, uma das mais respeitáveis e eminentes celebridades do Império, e que sua decoração foi obra exclusiva da baronesa e de Lucien Debray. Isto fazia com que o sr. Danglars, grande admirador de antiguidades no estilo Diretório, desprezasse abertamente aquele pequeno e elegante refúgio, onde, em todo caso, em geral só era admitido com a condição de justificar sua presença levando mais alguém; na realidade, portanto, não era Danglars que apresentava, ao contrário, ele que era apresentado, sendo bem ou mal recebido conforme a fisionomia do visitante fosse agradável ou desagradável para a baronesa.

82. Boucher: François Boucher (1703-70), pintor francês, talvez o maior artista decorativo de sua época.

A sra. Danglars, cuja beleza ainda valia menção, a despeito dos seus trinta e seis anos[83], estava ao seu piano, pequena obra-prima de marchetaria, ao passo que Lucien Debray, sentado diante de uma mesa de costura, folheava um álbum.

Antes da chegada do conde, Lucien já tivera tido tempo de contar à baronesa diversas coisas relativas a ele. Durante o café da manhã na casa de Albert, vimos a impressão que Monte Cristo causara sobre os convidados; tal impressão, por menos impressionável que ele fosse, ainda não se extinguira em Debray, e as informações que dera à baronesa a respeito do conde surtiram efeito. A curiosidade da sra. Danglars, excitada pelos detalhes já revelados por Morcerf e pelos novos que Lucien fornecera, estava em seu auge. Assim, aquela combinação de piano e álbum não passava de uma dessas pequenas astúcias da sociedade, com a ajuda das quais dissimulam-se as mais fortes precauções. Por conseguinte, a baronesa recebeu o sr. Danglars com um sorriso, o que de sua parte não era comum. Já o conde, retribuindo seu cumprimento, fez uma cerimoniosa, mas ao mesmo tempo graciosa, reverência.

Lucien, por sua vez, trocou com o conde uma saudação de quem já foi apresentado e com Danglars, um gesto de intimidade.

— Sra. baronesa — disse Danglars —, permita que lhe apresente o sr. conde de Monte Cristo, que me foi encaminhado por meus congêneres de Roma com as mais efusivas recomendações: tenho apenas uma palavra a dizer, e que vai num instante torná-lo a coqueluche de todas as nossas belas damas: ele vem a Paris planejando aqui permanecer um ano e gastar seis milhões durante esse tempo; isso promete uma série de bailes, jantares, *medianoches*, para os quais espero que o sr. conde não nos esqueça, assim como não o esqueceremos em nossas festinhas.

Embora a apresentação fosse grosseiramente bajuladora, em geral é tão raro um homem vir a Paris para gastar em um ano a fortuna de um príncipe que a sra. Danglars lançou sobre o conde um olhar que não era desprovido de certo interesse.

— E o senhor chegou…? — perguntou a baronesa.

— Ontem de manhã, senhora.

— E vem, como costuma fazer, pelo que me disseram, do fim do mundo?

— De Cádiz dessa vez, senhora, pura e simplesmente.

— Oh, o senhor chega numa estação horrível! Paris é detestável no verão; acabaram-se os bailes, as reuniões, as festas. A ópera italiana está em Londres,

83. "seus trinta e seis anos": segundo as informações já fornecidas pelo autor, ela a essa altura deveria ter quarenta anos.

a ópera francesa está em toda parte, exceto em Paris; e, quanto ao Théâtre-Français, saiba que não está em lugar nenhum. Isso quer dizer que só nos restam como distração algumas tediosas corridas de cavalo no Campo de Marte e em Satory. Pretende apostar, sr. conde?

— Da minha parte, senhora — disse Monte Cristo —, farei tudo que se faz em Paris, caso tenha a felicidade de encontrar alguém que me informe adequadamente sobre os hábitos franceses.

— Gosta de cavalos, sr. conde?

— Passei uma parte da minha vida no Oriente, senhora, e os orientais, como sabem, estimam apenas duas coisas no mundo: a nobreza dos cavalos e a beleza das mulheres.

— Ah, sr. conde — disse a baronesa —, deveria ter sido galante e colocado as mulheres na frente.

— Como vê, senhora, eu tinha razão quando ainda há pouco desejava um preceptor que me orientasse a respeito dos hábitos franceses.

Nesse momento, a aia favorita da baronesa Danglars entrou e, aproximando-se de sua patroa, sussurrou-lhe algumas palavras ao ouvido.

A sra. Danglars empalideceu.

— Impossível! — ela disse.

— Mas é a pura verdade, senhora — respondeu a camarista.

A sra. Danglars voltou-se para o marido.

— Isso é verdade, senhor?

— O quê, senhora? — perguntou Danglars, visivelmente agitado.

— O que me diz essa moça…

— E o que ela diz?

— Diz que o meu cocheiro, quando foi pegar os meus cavalos para atrelá-los ao meu coche, não os encontrou nas cavalariças. Que significa isso? É o que lhe pergunto.

— Senhora — disse Danglars —, escute.

— Oh, estou escutando, senhor, pois estou curiosa para saber o que vai me dizer; nomeio esses cavalheiros nossos juízes, e vou começar por lhes dizer do que se trata. Senhores — continuou a baronesa —, o sr. barão Danglars tem dez cavalos nas cavalariças; dentre esses dez cavalos, há dois que são meus, cavalos encantadores, os mais bonitos de Paris; o senhor os conhece, sr. Debray, meus tordilhos! Muito bem! Justamente quando a sra. de Villefort pede, e eu lhe prometo, o meu coche emprestado para ir ao Bois amanhã, eis que os dois cavalos sumiram! O sr. Danglars deve ter recebido alguns milhares de francos por eles e tê-los vendido. Oh, raça maldita, meu Deus, a dos especuladores!

— Senhora — respondeu Danglars —, os cavalos eram muito ariscos, tinham apenas quatro anos, eu morria de medo pela senhora.

— Espere um pouco! — disse a baronesa. — Sabe muito bem que há um mês tenho no meu serviço o melhor cocheiro de Paris, a menos, claro, que o tenha vendido junto com os cavalos.

— Cara amiga, vou adquirir outros iguais, até mesmo mais bonitos, se os houver; porém cavalos dóceis, calmos, e que não me inspirem mais esse terror.

A baronesa deu de ombros com uma expressão de profundo desprezo.

Danglars pareceu não perceber esse gesto mais que conjugal e, voltando-se para Monte Cristo, disse:

— Na verdade, lamento não tê-lo conhecido antes, sr. conde. Está montando casa?

— Exatamente.

— Eu os teria oferecido ao senhor. Imagine que os passei adiante por uma ninharia; porém, como lhe disse, queria me desfazer deles: são cavalos de rapaz.

— Agradeço-lhe, senhor — disse o conde. — Esta manhã comprei cavalos muito bons, e não muito caros. Dê uma olhada, senhor Debray, é um especialista, creio?

Enquanto Debray aproximava-se da janela, Danglars aproximou-se de sua mulher.

— Imagine, senhora — disse-lhe baixinho —, que me vieram oferecer uma soma exorbitante por esses cavalos. Não sei qual foi o maluco em vias de se arruinar que me mandou seu intendente esta manhã. O fato é que ganhei dezesseis mil francos no negócio; não me aborreça e lhe darei quatro mil e dois mil para Eugénie.

A sra. Danglars deitou sobre seu marido um olhar esmagador.

— Oh, meu Deus! — exclamou Debray.

— Que foi agora? — perguntou a baronesa.

— Mas ou muito me engano ou são seus cavalos, seus próprios cavalos atrelados ao coche do conde.

— Meus tordilhos! — exclamou a sra. Danglars.

E precipitou-se na direção da janela.

— Com efeito, são eles — disse ela.

Danglars estava estupefato.

— Será possível? — perguntou Monte Cristo, manifestando surpresa.

— É inacreditável! — murmurou o banqueiro.

A baronesa disse uma palavrinha ao ouvido de Debray, que, por sua vez, aproximou-se de Monte Cristo.

— A baronesa manda lhe perguntar por quanto seu marido lhe vendeu sua parelha.

— Não sei ao certo — disse o conde —, foi uma surpresa que o meu intendente preparou para mim, e... que me custou trinta mil francos, acho.

Debray foi transmitir a resposta à baronesa.

Danglars estava tão pálido e desconcertado que o conde quase teve pena dele.

— Veja — disse-lhe Monte Cristo — como as mulheres são ingratas: a precaução que o senhor tomou não comoveu a baronesa um instante. Ingrata não é a palavra, louca eu deveria dizer. Mas, que remédio, amamos sempre o que machuca; portanto, o mais simples, acredite em mim, caro barão, é deixá-las fazer sempre o que lhes der vontade; se derem com os burros n'água, paciência! Só podem censurar a si mesmas.

Danglars não respondeu nada, previa uma cena desastrosa num futuro próximo; o cenho da baronesa já estava franzido, e, como o de Júpiter Olímpico, pressagiava uma tempestade; Debray, que a sentia em formação, alegou um compromisso e foi embora. Monte Cristo, que não queria perder as posições que conquistara permanecendo por mais tempo, cumprimentou a sra. Danglars e partiu, abandonando o barão à cólera da esposa.

— Ótimo! — pensou Monte Cristo enquanto se retirava. — Cheguei aonde queria; eis que tenho nas mãos a paz do casal e vou ganhar de uma tacada o coração do cavalheiro e o coração da dama; que felicidade! Por outro lado — acrescentou —, nessa confusão não fui apresentado à srta. Eugénie Danglars, a quem entretanto teria apreciado muito conhecer. Mas — continuou, com aquele sorriso que lhe era peculiar —, aqui estamos em Paris e tempo é o que não nos falta... Ficará para mais tarde!

A essa reflexão, o conde entrou no coche e voltou para casa.

Duas horas mais tarde, a sra. Danglars recebeu uma carta encantadora do conde de Monte Cristo, na qual este lhe declarava que, não querendo fazer sua estreia no mundo parisiense sob o infortúnio de uma mulher bonita, suplicava-lhe que aceitasse os cavalos de volta.

Tinham os mesmos arreios que ela vira neles pela manhã; porém, no centro de cada roseta que exibiam nas orelhas, o conde mandara costurar um diamante.

A Danglars, também, coube uma carta.

O conde pedia-lhe permissão para passar à baronesa aquele capricho de milionário, rogando-lhe que o desculpasse pelos ornatos orientais de que a remessa dos cavalos se fazia acompanhar.

Durante a noite, Monte Cristo partiu para Auteuil, na companhia de Ali.

No dia seguinte, por volta das três horas, Ali, chamado por um toque de gongo, entrou no gabinete do conde.

— Ali — disse-lhe Monte Cristo —, você já me falou muito de sua habilidade em lançar a peia...

Ali fez sinal que sim e empertigou-se orgulhosamente.

— Pois bem! Quer dizer que, com uma peia, você pararia um boi?

Ali fez sinal que sim com a cabeça.

— Um tigre?

Ali fez o mesmo sinal.

— Um leão?

Ali fez o gesto de um homem arremessando a peia e imitou um rugido estrangulado.

— Ótimo, estou entendendo! — disse Monte Cristo. — Já caçou leões?

Ali fez um sinal orgulhoso com a cabeça.

— Mas conseguiria deter dois cavalos furiosos e desembestados?

Ali sorriu.

— Excelente! Escute — disse Monte Cristo. — Daqui a pouco passará um coche atrelado a dois cavalos tordilhos, os mesmos que eram meus ontem. Ainda que seja esmagado, você precisa parar esse coche em frente à minha porta.

Ali desceu até a rua e riscou uma linha no chão em frente à porta: em seguida entrou novamente e apontou a linha para o conde, que o seguira com os olhos.

O conde deu-lhe um tapinha no ombro: era sua maneira de agradecer a Ali. Então o núbio foi fumar seu chibuque na esquina da casa e da rua, enquanto Monte Cristo entrava despreocupado.

Entretanto, por volta das cinco horas, isto é, a hora em que o conde esperava o coche, era possível discernir nele sinais quase imperceptíveis de uma ligeira impaciência; ele perambulava num quarto que dava para a rua, volta e meia aguçando os ouvidos e de tempos em tempos se aproximando da janela, pela qual podia ver Ali a soltar baforadas de tabaco com uma regularidade que indicava estar o núbio totalmente concentrado em sua importante tarefa.

De repente ouviu-se um chacoalhar distante, mas que se aproximava com a rapidez do raio; surgiu então uma caleche cujo cocheiro tentava inutilmente frear os cavalos, que avançavam furiosos, desembestados, corcoveando feito loucos.

Na caleche, uma jovem mulher e uma criança de sete a oito anos, abraçadas, haviam perdido, devido ao supremo terror, até mesmo a força de soltar um grito; teria bastado uma pedra sob a roda ou uma árvore no trajeto para arrebentar o coche, que estalava. O veículo mantinha-se no meio do caminho e ouviam-se na rua os gritos apavorados daqueles que presenciavam a cena.

Subitamente, Ali deixa de lado seu chibuque, saca a peia, arremessa-a, envolve com uma volta tripla as pernas dianteiras do cavalo da esquerda, deixa-se arrastar três ou quatro passos pela violência do impulso; porém, ao fim desses três ou quatro passos, o cavalo capturado desaba, cai sobre o varal, quebrando-o, e Ali paralisa os esforços feitos pelo cavalo que permanecera de pé para continuar sua corrida. O cocheiro aproveita-se desse instante de trégua para pular do assento; mas Ali já agarrava as narinas do segundo cavalo com seus dedos de ferro, e o animal, relinchando de dor, deitou-se convulsivamente ao lado de seu companheiro.

Subitamente, Ali deixa de lado seu chibuque,
saca a peia, arremessa-a ...

Isso levou o tempo de uma bala para atingir o alvo.

Ainda assim, foi o suficiente para que, da casa em frente à qual o acidente aconteceu, um homem se precipitasse seguido por diversos criados. Assim que o cocheiro abriu a portinhola, ele retirou da caleche a dama, que com uma das mãos agarrava-se à almofada, enquanto com a outra apertava o filho desmaiado contra o peito. Monte Cristo carregou os dois para o salão, instalando-os num sofá:

— Não tenha mais medo — disse ele —, a senhora está salva.

A mulher voltou a si e, como resposta, apontou para o filho um olhar mais eloquente que todas as preces.

Com efeito, a criança continuava desmaiada.

— Posso compreender, senhora — disse o conde, examinando a criança. — Mas fique tranquila, não lhe aconteceu nada, foi apenas o medo que o deixou nesse estado.

— Oh, senhor — exclamou a mãe —, não está dizendo isso para me tranquilizar? Veja como ele está pálido! Meu filho! Meu filhinho! Meu Édouard! Responda à sua mãe! Ah, senhor, mande buscar um médico! Minha fortuna para quem trouxer meu filho de volta!

Monte Cristo fez um gesto para acalmar a mãe desconsolada e, abrindo uma arca, tirou dali um frasco da Boêmia, incrustado de ouro, contendo um líquido vermelho como sangue e do qual deixou cair uma única gota nos lábios da criança.

A criança, embora ainda pálida, logo reabriu os olhos.

A essa visão, a alegria da mãe foi quase ao delírio.

— Onde estou? — ela exclamou. — E a quem devo tanta felicidade, após tão cruel provação?

— A senhora está — respondeu Monte Cristo — na casa de um homem regozijado por lhe haver poupado um sofrimento.

— Oh, maldita curiosidade! — disse a dama. — Paris inteira falava desses magníficos cavalos da sra. Danglars, e fiz a loucura de querer testá-los.

— Como! — exclamou o conde, com uma surpresa admiravelmente representada. — Esses cavalos são os da baronesa?

— Sim, o senhor a conhece?

— À sra. Danglars...? Tive essa honra, e minha alegria é dupla ao vê-la salva do perigo a que esses cavalos lhe expuseram; pois esse perigo, é a mim que deve atribuí-lo. Eu havia comprado esses cavalos do barão ontem mesmo, mas a baronesa pareceu sentir tanta falta deles que os devolvi, rogando-lhe que os aceitasse de volta.

— Mas então o senhor é o conde de Monte Cristo, de quem Hermine me falou tanto ontem?

— Sim, senhora — respondeu o conde.

— Da minha parte, cavalheiro, sou a sra. Héloïse de Villefort.

O conde reagiu como um homem diante do qual se pronuncia um nome completamente desconhecido.

— Oh, como o sr. de Villefort ficará grato! — continuou Héloïse. — Pois, afinal, ele lhe deve a vida de nós dois: o senhor lhe devolveu sua mulher e seu filho. Seguramente, sem seu generoso criado, essa querida criança e eu estaríamos mortos.

— Nem me fale, senhora, ainda tremo com o perigo que correu.

— Oh, espero que me permita recompensar dignamente o devotamento daquele homem!

— Senhora — respondeu Monte Cristo —, por favor, não paparique Ali, nem com elogios, nem com recompensas: são hábitos que não quero que ele adquira. Ali é meu escravo; ao salvá-la, ele me serve, e seu dever é servir-me.

— Mas ele arriscou a vida — disse a sra. de Villefort, a quem aquele tom soberano tocava singularmente.

— Eu salvei essa vida, senhora — respondeu Monte Cristo —, por conseguinte ela me pertence.

A sra. de Villefort calou-se; talvez refletisse sobre aquele homem que, ao primeiro contato, causava tão profunda impressão nos espíritos.

Durante esse instante de silêncio, o conde pôde contemplar à vontade o filho que a mãe cobria de beijos. Era pequeno, franzino, tinha a pele branca como a das crianças ruivas e, não obstante, uma floresta de cabelos negros, rebeldes a qualquer penteado, cobria sua testa protuberante, caindo sobre seus ombros, emoldurando seu rosto e redobrando a vivacidade de seus olhos cheios de malícia dissimulada e maldade juvenil; sua boca, ainda incipientemente vermelha, era fina de lábios e larga de abertura; os traços daquela criança de oito anos já anunciavam os de uma de pelo menos doze. Seu primeiro gesto foi livrar-se com uma brusca cotovelada dos braços de sua mãe e ir abrir a arca de onde o conde retirara o frasco do elixir; em seguida, sem pedir permissão a ninguém, e como criança habituada a satisfazer todos os seus caprichos, pôs-se a destampar os tubos.

— Não toque nisso, meu amigo — disse vivamente o conde —, algumas dessas bebidas são perigosas não apenas se ingeridas, como também se inaladas.

A sra. de Villefort empalideceu e segurou o braço do filho, puxando-o para si; porém, mais calma, não demorou a lançar sobre a arca um olhar breve porém expressivo, que o conde captou de relance.

Nesse momento, Ali entrou.

A sra. de Villefort esboçou um gesto de alegria, trazendo a criança para mais perto ainda de si, e disse:

— Édouard, olhe para esse bondoso criado. Ele foi muito corajoso, pois arriscou a vida para deter os cavalos que nos arrastavam e o coche que ia se despedaçar. Agradeça-lhe, portanto, pois sem ele, provavelmente, a essa hora estaríamos ambos mortos.

A criança projetou os lábios e desviou desdenhosamente a cabeça.

— Ele é muito feio — disse.

O conde sorriu como se a criança acabasse de corresponder às suas expectativas; quanto à sra. de Villefort, repreendeu o filho com uma moderação que decerto não teria agradado a Jean-Jacques Rousseau, se o nome do pequeno Édouard fosse Émile[84].

— Como vê — disse o conde em árabe, a Ali —, essa dama pede ao filho que lhe agradeça por ter salvado a vida de ambos, e a criança responde que você é muito feio.

84. Émile: referência ao livro *Emílio, ou Da educação*, escrito em 1762, pelo filósofo francês Jean-Jacques Rousseau (1712-78).

Ali desviou por um instante sua cabeça inteligente e olhou para a criança sem expressão visível; mas um simples frêmito de sua narina informou a Monte Cristo que o árabe acabava de ficar profundamente magoado.

— Cavalheiro — perguntou a sra. de Villefort, levantando-se para ir embora —, esta é sua residência permanente?

— Não, senhora — respondeu o conde —, é uma espécie de alojamento básico que comprei: moro na avenida dos Champs-Élysées nº30. Mas vejo que está recuperada e deseja se retirar. Acabo de ordenar que atrelem esses mesmos cavalos ao meu coche, e Ali, esse rapaz tão feio — disse ele, sorrindo para a criança —, vai ter a honra de levá-los de volta para casa, enquanto seu cocheiro permanece aqui para consertar a caleche. Assim que o reparo indispensável estiver terminado, uma das minhas parelhas a deixará na casa da sra. Danglars.

— Mas — disse a sra. de Villefort —, eu nunca me atreveria a voltar com esses mesmos cavalos.

— Oh, espere para ver, senhora — disse Monte Cristo. — Sob a mão de Ali, ficarão dóceis como cordeiros.

Com efeito, Ali aproximara-se dos cavalos que haviam se reerguido com muita dificuldade. Tinha na mão uma pequena esponja embebida em vinagre aromático; esfregou as narinas e têmporas dos cavalos, cobertas de suor e espuma, e quase imediatamente eles começaram a bufar com força e a estremecer de corpo inteiro por alguns segundos.

Em seguida, em meio a uma multidão que os destroços do coche e o barulho do incidente haviam atraído para defronte da casa, Ali atrelou os cavalos ao cupê do conde, juntou as rédeas, subiu ao assento e, para grande espanto dos espectadores que tinham visto aqueles cavalos arrastados como por um turbilhão, foi obrigado a usar vigorosamente o chicote para fazê-los partir, e ainda assim não conseguiu obter dos famosos tordilhos, agora estúpidos, petrificados, mortos, senão um trote, tão vacilante e lânguido que a sra. de Villefort só alcançou o faubourg de Saint-Honoré, onde morava, duas horas depois.

Mal chegou em casa, dissipadas as primeiras preocupações da família, ela escreveu o seguinte bilhete à sra. Danglars:

> Querida Hermine,
> Eu e meu filho acabamos de ser salvos milagrosamente por esse mesmo conde de Monte Cristo de quem tanto falamos ontem à noite e que eu estava longe de imaginar que veria hoje. Ontem você me falou dele com um entusiasmo que não consegui deixar de ridicularizar lá no fundo do meu espírito simplório, mas hoje considero esse entusiasmo muito aquém do homem que o inspirava. Seus cavalos desembestaram nos jardins do Ranelagh[85], como se tivessem sido

85. Ranelagh: parque público parisiense cujo nome deriva de lorde Ranelagh, irlandês idealizador de bailes ao ar livre em Dublin.

tomados por um frenesi, e íamos provavelmente nos despedaçar, meu querido Édouard e eu, contra a primeira árvore da estrada ou o primeiro marco da aldeia, quando um árabe, um negro, um núbio, um homem negro enfim, servo do conde, a um sinal deste, creio, deteve o arroubo dos cavalos, sob o risco de se arrebentar ele próprio, e foi realmente um milagre isso não ter acontecido. Então o conde acorreu, carregou-nos para sua casa, Édouard e eu, e trouxe meu filho de volta à vida. No coche dele próprio fui levada para casa; o seu lhe será devolvido amanhã. Encontrará os seus cavalos bastante debilitados após esse acidente; estão como aturdidos; parece que não podem perdoar a si mesmos por se haverem deixado domar por um homem. O conde nos encarregou de lhe dizer que dois dias de repouso na palha e uma dieta de cevada os deixarão tão animados, quer dizer, assustadores, como ontem.

Adeus! Não lhe agradeço pelo meu passeio e, não obstante, quando reflito, vejo que seria ingratidão magoar-me com você pelos caprichos de sua parelha; pois é a um desses caprichos que devo ter conhecido o conde de Monte Cristo, e o ilustre estrangeiro me parece, independentemente dos milhões de que dispõe, um enigma tão curioso e interessante que pretendo estudá-lo a todo custo, ainda que para isso seja obrigada a dar outro passeio pelo Bois com estes seus mesmos cavalos.

Édouard resistiu ao acidente com uma coragem espantosa. Desmaiou, mas não emitiu um grito antes nem derramou uma lágrima depois. Você vai repetir que o amor materno me cega; mas há uma alma de ferro neste corpinho tão franzino e delicado.

Nossa querida Valentine diz muitas coisas à sua querida Eugénie; da minha parte, beijo-a do fundo do coração.

HÉLOÏSE DE VILLEFORT

PS: Faça com que eu encontre de uma maneira ou de outra o conde de Monte Cristo em sua casa, faço questão absoluta de revê-lo. Em todo caso, acabo de obter do sr. de Villefort a promessa de que irá lhe fazer uma visita; espero, claro, que ele a retribua.

À noite, a peripécia de Auteuil era o assunto de todas as conversas: Albert a relatava à sua mãe, Château-Renaud, no Jockey Club, Debray, no salão do ministro; o próprio Beauchamp concedeu ao conde, em seu jornal, uma nota de vinte linhas, que tratou o nobre estrangeiro como herói de todas as mulheres da aristocracia.

Muita gente procurou a casa da sra. de Villefort com o intuito de renovar sua visita em melhor momento, para então ouvir de sua boca todos os detalhes da pitoresca aventura.

Quanto ao sr. de Villefort, como dissera Héloïse, ele vestiu um casaco preto, luvas brancas, sua mais bela libré, e subiu na charrete que foi, no dia seguinte pela manhã, estacionar à porta do nº30 da casa dos Champs-Élysées.

10. IDEOLOGIA

Se o conde de Monte Cristo frequentasse há mais tempo a sociedade parisiense, teria dado o devido valor ao gesto a ele dispensado pelo sr. de Villefort.

À vontade na corte, fosse o rei no trono do ramo primogênito ou do ramo caçula, fosse o ministro governante doutrinário, liberal ou conservador; reputado hábil por todos, como geralmente são reputados os que nunca experimentaram fracassos políticos; odiado por muitos, mas calorosamente protegido por uns poucos sem todavia ser amado por ninguém, o sr. de Villefort ocupava um alto cargo na magistratura e mantinha-se nessas alturas como um Harlay ou um Molé[86]. Seu salão, regenerado por uma jovem mulher e por uma filha de seu primeiro casamento que mal fizera dezoito anos, nem por isso deixava de ser um desses salões austeros de Paris, em que são observados o culto às tradições e a religião da etiqueta. Polidez fria, fidelidade absoluta aos princípios governamentais, desprezo profundo pelas teorias e pelos teóricos, ódio profundo aos ideólogos, eram estes os elementos da vida íntima e pública exibidos pelo sr. de Villefort.

---

86. "como um Harlay ou um Molé": o autor pode estar se referindo a Nicolas de Harlay (1546-1629), senhor de Sancy, militar e diplomata francês, ou a seu filho, Achille Harlay de Sancy, bispo de Saint-Malo (1581-1646), e também diplomata, intelectual e linguista, ambos com trajetórias marcadas pela capacidade de sobrevivência política em circunstâncias de instabilidade institucional; conde Louis-Mathieu Molé (1781-1855), político francês, feito ministro da Justiça por Napoleão I e, mais tarde, servidor de vários gabinetes durante o reinado de Luís XVIII.

O sr. de Villefort não era apenas um magistrado, era quase um diplomata. Suas relações com a antiga corte, da qual falava sempre com dignidade e deferência, faziam-no respeitar a nova, e ele sabia tanta coisa que não apenas era sempre poupado, como ainda algumas vezes, consultado. Poderia não ter sido assim, caso houvessem conseguido se desembaraçar do sr. de Villefort, mas este habitava, como os senhores feudais rebeldes a seu suserano, uma fortaleza inexpugnável. Tal fortaleza era seu cargo de procurador do rei, cujas vantagens, sem exceção, ele explorava maravilhosamente, e do qual só sairia para ser eleito deputado, substituindo dessa forma a neutralidade pela oposição.

Em geral, o sr. de Villefort fazia ou retribuía poucas visitas. Sua mulher visitava para ele: era um costume aceito na sociedade, que punha na conta das graves e numerosas ocupações do magistrado o que na realidade não passava de orgulho calculado, uma quintessência de aristocracia, enfim, uma aplicação do axioma: *Finge valorizar-te e serás valorizado*, que é cem vezes mais útil em nossa sociedade que o axioma grego: *Conhece-te a ti mesmo*, substituído em nossos dias pela arte menos difícil e mais vantajosa de conhecer os outros.

Para seus amigos, o sr. de Villefort era um protetor poderoso; para seus inimigos, um adversário discreto, mas encarniçado; para os indiferentes, a estátua da lei personificada num homem: altivo, de fisionomia impassível, olhar opaco e baço, ou insolentemente penetrante e escrutador, era este o homem cujo pedestal fora construído, e depois cimentado, por quatro revoluções habilmente sobrepostas umas às outras.

O sr. de Villefort tinha a reputação de ser o homem menos curioso e menos banal da França; dava um baile todos os anos e só aparecia nele por quinze minutos, isto é, quarenta e cinco minutos a menos que o rei nos seus; nunca era visto nem nos teatros, nem nos concertos, nem em qualquer local público; às vezes, raramente, jogava uma partida de uíste, sendo preciso nessas ocasiões reunir parceiros dignos dele: algum embaixador, arcebispo, príncipe, presidente ou, finalmente, alguma duquesa viúva.

Este era o homem dono do coche que acabava de estacionar à porta de Monte Cristo.

O mordomo anunciou o sr. de Villefort no momento em que o conde, debruçado sobre uma grande mesa, seguia num mapa o itinerário de São Petersburgo até a China.

O procurador do rei entrou com o mesmo passo grave e cadenciado com que entrava no tribunal; era de fato o mesmo homem, ou melhor, a continuação do mesmo homem que víramos outrora substituto em Marselha. A natureza, coerente com seus princípios, nele não mudara em nada o curso que devia seguir. De esguio passara a magro, de pálido, a amarelo, seus olhos embutidos tornaram-se cavos, e seus óculos, com hastes de ouro, ao pousarem em suas órbitas, pareciam fazer parte do rosto; exceto pela gravata branca, o restante de seu figurino era completamente preto, e essa

De esguio passara a magro, de pálido, a amarelo…

cor fúnebre contrastava apenas com o sutil debrum do cordão vermelho imperceptivelmente atravessado em sua lapela, como a linha de sangue ali desenhada por um pincel.

Por mais senhor de si que fosse, Monte Cristo examinou o magistrado com visível curiosidade, retribuindo-lhe o cumprimento, enquanto Villefort, desconfiado por hábito e pouco crédulo, sobretudo quanto às maravilhas sociais, dispunha-se a ver no nobre estrangeiro — como Monte Cristo já era conhecido — mais um arrivista vindo explorar um novo teatro, ou um malfeitor saído da prisão, que um príncipe da Santa Sé ou um sultão das *Mil e uma noites*.

— Senhor — disse Villefort no tom esganiçado que os magistrados afetam em seus períodos oratórios e do qual não conseguem, ou não querem, se desfazer na conversa —, o notável favor que prestou ontem à minha mulher e ao meu filho obriga-me ao dever de agradecê-lo. Venho, portanto, cumprir esse dever e exprimir-lhe toda a minha gratidão.

Ao pronunciar essas palavras, o olhar severo do magistrado nada perdera de sua arrogância habitual. As palavras que acabava de dizer foram articuladas por sua voz de procurador-geral, com aquela rigidez inflexível de pescoço e de ombros que, repetimos, fazia seus bajuladores o apontarem como a estátua viva da lei.

— Cavalheiro — replicou o conde, por sua vez com uma frieza glacial —, fico muito feliz de ter podido proteger um filho para sua mãe, pois dizem que o sentimento da maternidade é de todos o mais sagrado. Essa felicidade que me invade o dispensaria, senhor, de cumprir um dever cuja execução sem dúvida me honra, pois sei que o sr. de Villefort não é pródigo na homenagem que me faz, a qual, porém, por mais preciosa que seja, não se iguala à minha satisfação pessoal.

Villefort, perplexo com essa réplica inesperada, estremeceu como um soldado que sente o golpe infligido sob sua armadura, e um vinco em seu lábio indicou desdenhosamente que desde já não considerava o conde de Monte Cristo um fidalgo muito civilizado.

Então lançou os olhos à sua volta, procurando alguma coisa capaz de ressuscitar a conversa que morrera e parecia já estar enterrada.

Viu o mapa que Monte Cristo examinava quando ele entrara, e disse:

— O senhor se interessa por geografia? É um estudo estimulante, ainda mais para alguém que, segundo afirmam, viu tantos países quanto os impressos nesse atlas.

— Sim — respondeu o conde —, quis fazer com a espécie humana, como um todo, o que o senhor pratica diariamente com as exceções, isto é, um estudo fisiológico. Depois, pensei que seria mais fácil passar do conjunto para a parte, do que da parte para o conjunto. É um axioma algébrico que dita que se proceda do conhecido para o desconhecido, e não do desconhecido para o conhecido... Mas, sente-se, cavalheiro, faça o obséquio.

E Monte Cristo apontou uma poltrona ao procurador do rei, que foi obrigado a puxá-la para si, ao passo que o conde precisou apenas voltar a se jogar naquela sobre a qual estava ajoelhado quando o procurador do rei entrara. Ao fazê-lo, ficou de perfil para o seu visitante, de costas para a janela e com o cotovelo apoiado no mapa geográfico que constituía, por ora, o objeto da conversa, conversa esta que assumia, como o fizera nas casas de Morcerf e Danglars, um estilo inteiramente compatível, se não com a situação, pelo menos com os personagens.

— Ah, está a filosofar — replicou Villefort, após um breve instante de silêncio, durante o qual, como um atleta que encontra um adversário indigesto, recompusera suas forças. — Pois bem! Palavra de honra! Se, como o senhor, eu nada tivesse para fazer, procuraria um passatempo menos triste.

— É verdade — devolveu Monte Cristo —, o homem é uma feia lagarta para quem o estuda ao microscópio solar. Mas, como acaba de dizer, não tenho nada para fazer. Vejamos, será que por acaso tem alguma coisa para fazer, cavalheiro? Ou, falando mais claramente, julga que o que faz merece ser chamado de alguma coisa?

A perplexidade de Villefort duplicou após esse segundo golpe tão incisivamente desferido por aquele estranho adversário. Havia muito tempo que o magistrado não fora alvo de um disparate dessa força, ou melhor, para ser mais preciso, era a primeira vez que ouvia algo assim.

O procurador do rei deu tratos à bola para responder.

— Cavalheiro — disse —, o senhor é estrangeiro e, como afirma, creio, uma parte de sua vida transcorreu nos países orientais; não sabe, portanto, o quanto a justiça humana, sumária nessas regiões bárbaras, adota em nosso país procedimentos cautelosos e compassados.

— Perfeito, perfeito; é o *pede claudo*[87] antigo. Sei tudo isso, pois foi sobretudo à justiça de todos os países que me dediquei; foi o processo penal de todas as nações que comparei à justiça natural; e, devo dizê-lo, cavalheiro, foi precisamente essa lei dos povos primitivos, isto é, a lei de talião[88], que julguei mais de acordo com o coração de Deus.

— Se tal lei fosse adotada, senhor — disse o procurador do rei —, ela simplificaria bastante os nossos códigos e faria com que nossos magistrados não tivessem mais, como o senhor dizia há pouco, muita coisa para fazer.

— Quem sabe isso não pode vir a acontecer? — especulou Monte Cristo. — O senhor sabe que as invenções humanas caminham do composto para o simples, e que o simples é sempre a perfeição.

— Enquanto isso, senhor — disse o magistrado —, nossos códigos subsistem com seus artigos contraditórios, extraídos dos costumes gauleses, das leis romanas, das tradições francas; ora, há de concordar que não se adquire o conhecimento de todas essas leis sem longos trabalhos, fazendo-se necessário um estudo profundo para adquirir esse conhecimento e, adquirido esse conhecimento, uma grande força mental para não esquecê-lo.

— Sou dessa opinião, cavalheiro; mas tudo o que o senhor sabe, de sua parte, a respeito do código francês, sei eu, da minha, não apenas a respeito desse código, mas a respeito dos códigos de todas as nações: as leis inglesas, turcas, japonesas e hindus me são tão familiares quanto as francesas; portan-

---

87. *Pede claudo*: a citação completa é *pede paena claudo*, ou "o castigo manco", último verso das *Odes*, de Horácio.

88. Lei de talião: do latim *lex talionis*, *lex* sendo lei e *talis*, tal, parelho. Também dita pena de talião, consiste na rigorosa reciprocidade entre o crime e a pena, apropriadamente chamada retaliação. Esta lei é frequentemente expressa pela máxima "olho por olho, dente por dente". É uma das mais antigas existentes. Os primeiros indícios da lei de talião foram encontrados no Código de Hamurábi, em 1730 a.C., na Babilônia.

to, eu tinha razão ao dizer que, relativamente, pois saiba que tudo é relativo, cavalheiro, que relativamente a tudo que fiz, o senhor tem muito pouca coisa a fazer, e que, relativamente ao que aprendi, ainda tem muita coisa a aprender.

— Mas com que objetivo aprendeu tudo isso? — indagou Villefort, espantado.

Monte Cristo sorriu.

— Bem, cavalheiro — disse ele —, vejo que, a despeito da reputação que criou de homem superior, o senhor vê todas as coisas do ponto de vista material e vulgar da sociedade, começando no homem e terminando no homem, isto é, do ponto de vista mais limitado e tacanho permitido à inteligência humana abraçar.

— Explique-se, senhor — disse Villefort, cada vez mais perplexo —, não o compreendo... muito bem.

— Afirmo, cavalheiro, que, com os olhos pregados na organização social das nações, o senhor vê apenas as molas da máquina, e não o operário sublime que a faz funcionar; afirmo que o senhor não reconhece à sua frente e à sua volta senão os titulares dos postos cujos diplomas foram assinados por ministros ou por um rei, e que os homens colocados por Deus acima dos titulares, dos ministros e dos reis, com uma missão a cumprir em vez de um posto a ocupar, estes escapam à sua visão curta. Isso é típico da fraqueza humana, de órgãos débeis e incompletos. Tobias[89] tomava o anjo que lhe fora devolver a visão por um rapaz comum. As nações tomavam Átila[90], que devia destruí-las, por um conquistador como todos os conquistadores, e foi preciso que ambos revelassem suas missões celestes para que fossem reconhecidos; foi preciso que um dissesse: "Eu sou o anjo do Senhor"; e o outro: "Eu sou o flagelo de Deus", para que a essência divina de ambos fosse revelada.

— Então — disse Villefort, cada vez mais perplexo e julgando falar com um ser iluminado, ou um louco —, o senhor se vê como uma dessas criaturas extraordinárias que acaba de citar?

— Por que não? — respondeu friamente Monte Cristo.

— Perdão, cavalheiro — continuou Villefort, embasbacado —, o senhor vai me desculpar se, ao me apresentar em sua casa, eu ignorava estar me apresentando na casa de um homem cujos conhecimentos e inteligência vão

---

89. Tobias: referência bíblica, Tobias, XII, 15: "Sou Rafael, um dos sete anjos que estão sempre prontos a penetrar na glória do Senhor."

90. Átila: rei dos hunos (406-53), que governou o maior império europeu de seu tempo, cujas possessões estendiam-se da Europa Central até o mar Negro, do Danúbio até o Báltico. Durante seu reinado, foi um dos maiores inimigos dos impérios romanos oriental e ocidental. Em grande parte da Europa, é tido como paradigma de crueldade.

muito além dos conhecimentos triviais e da inteligência normal dos homens. Não é costume entre nós franceses, desafortunados corruptos da civilização, fidalgos como o senhor, possuidores de uma fortuna imensa, pelo menos é o que afirmam, observe que não interrogo, apenas repito, não é costume, eu dizia, esses privilegiados pela riqueza perderem seu tempo com especulações sociais, com sonhos filosóficos, em geral concebidos para consolar aqueles a quem a sorte deserdou dos bens da terra.

— Ora, cavalheiro — replicou o conde —, quer dizer que alcançou a situação eminente de que desfruta sem admitir, e sequer encontrar, exceções? Nunca exercita seu olhar, muito embora tão necessitado de perspicácia e segurança, adivinhando num relance a natureza do homem sobre o qual seu olhar recaiu? Um magistrado não deveria ser, não o melhor aplicador da lei, não o mais astucioso intérprete das obscuridades da chicana, mas uma sonda metálica a explorar os corações, uma pedra de toque a detectar o ouro de que toda alma é sempre feita com mais ou menos liga?

— Juro que o senhor me confunde — disse Villefort —, nunca ouvi ninguém falar dessa maneira.

— É porque está constantemente enclausurado no círculo das condições gerais e nunca ousou abrir suas asas rumo às esferas superiores que Deus povoou com criaturas invisíveis ou excepcionais.

— E admite, senhor, que essas esferas existem e que as criaturas excepcionais e invisíveis misturam-se a nós?

— Por que não? Por acaso vê o ar que respira e sem o qual não poderia viver?

— Então não vemos essas criaturas que menciona?

— Ao contrário, vemo-las quando Deus permite que se materializem; o senhor as toca, esbarra com elas, fala com elas e elas lhe respondem.

— Ah! — exclamou Villefort, sorrindo. — Confesso que gostaria de ser avisado se uma dessas criaturas entrasse em contato comigo.

— Seu desejo foi atendido, cavalheiro, pois foi avisado ainda há pouco, e agora, mais uma vez, repito o aviso.

— Quer dizer que faz parte delas?

— Sou uma dessas criaturas excepcionais, sim, senhor, e creio que, até o dia de hoje, homem algum viu-se numa posição igual à minha. Os domínios dos reis são limitados, seja por montanhas, seja por rios, seja por uma mudança de costumes, seja por uma língua diferente. Meu reino, por sua vez, é do tamanho do mundo, pois não sou nem italiano, nem francês, nem hindu, nem americano, nem espanhol: sou cosmopolita. Nenhum país pode dizer que me viu nascer. Somente Deus sabe que torrão há de me ver morrer. Adoto todos os costumes, falo todas as línguas. Julga-me francês, não é mesmo?, pois falo o francês com tanta facilidade e pureza quanto o senhor… Pois bem! Ali, meu núbio, julga-me árabe; Bertuccio, meu intendente, julga-me romano; Haydée, minha escrava, julga-me grego. Portanto, compreenda, não sendo de país algum, não pedindo proteção a governo algum, não reconhecendo homem algum como irmão, nem um único dos escrúpulos que detêm os poderosos ou paralisam os fracos me paralisa ou detém. Tenho apenas dois adversários; não direi vencedores, pois, com persistência os subjugo: a distância e o tempo. O terceiro, e o mais terrível, é a minha condição de homem mortal. Apenas esta pode deter-me no caminho que trilho e antes de alcançar o objetivo ao qual me proponho: todo o resto eu já tenho sob controle. O que os homens chamam de circunstâncias do destino, isto é, a ruína, a mudança, o fortuito, está inteiramente previsto; e se algumas podem me atingir, nenhuma pode me derrubar. A menos que morra, serei sempre o que sou; eis por que lhe digo coisas que o senhor nunca ouviu, sequer da boca dos reis, pois os reis precisam do senhor e os outros homens o temem. Quem é que não diz consigo, numa sociedade tão ridiculamente organizada como a nossa: "Quem sabe um dia não precisarei do procurador do rei?"

— Mas, cavalheiro, o senhor mesmo não poderia vir a dizer uma coisa dessas? Pois, a partir do momento em que mora na França, acha-se automaticamente submetido às leis francesas.

— Sei disso, cavalheiro — respondeu Monte Cristo. — Mas quando pretendo visitar determinado país, começo a estudar, por meus próprios meios, todos os homens de quem posso ter algo a esperar ou a temer, e acontece de eu conhecê-los tão bem quanto eles se conhecem, e talvez melhor. O resultado disso é que o procurador do rei com quem eu tiver de lidar, seja ele quem for, ficará certamente mais embaraçado que eu mesmo.

— O que significa — disse Villefort com hesitação — que, sendo a natureza humana fraca, todo homem, de acordo com o senhor, cometeu... erros?

— Erros... ou crimes — respondeu displicentemente Monte Cristo.

— E que apenas o senhor, dentre os homens, os quais não reconhece como irmãos, foram suas palavras — replicou Villefort, com uma voz ligeiramente alterada —, apenas o senhor é perfeito?

— Perfeito, não — respondeu o conde —, impenetrável, só isso. Mas, se a conversa o desagrada, paremos por aqui, cavalheiro; sou tão ameaçado pela sua justiça quanto o senhor pelo meu sexto sentido.

— Não, não, cavalheiro! — pediu Villefort com veemência, provavelmente temendo dar a impressão de que recuava. — Não! Com sua conversa brilhante e, quase sublime, o senhor alçou-me acima dos parâmetros triviais; não estamos mais conversando, estamos dissertando. Ora, sabe muito bem que às vezes os catedráticos de teologia da Sorbonne, ou os filósofos em suas querelas, desferem-se verdades cruéis; suponha que estamos fazendo teologia social e filosofia teológica, e eu lhe direi esta, por mais rude que seja: meu irmão, estás incorrendo no orgulho; estás acima dos outros, mas acima do senhor está Deus.

— Acima de todos, cavalheiro! — enfatizou Monte Cristo, com uma entonação tão profunda que Villefort foi percorrido por um calafrio involuntário. — Peco por orgulho em relação aos homens, serpentes sempre prontas a se erguerem contra quem as olha de cima sem esmagá-las com o pé. Mas deposito esse orgulho perante Deus, que me tirou do nada para fazer de mim o que sou.

— Vamos, sr. conde, admiro-o — disse Villefort, que pela primeira vez nesse estranho diálogo acabava de empregar a fórmula aristocrática para tratar o forasteiro que até então chamara apenas de senhor. — Sim, digo-lhe, se for realmente forte, realmente superior, realmente santo ou impenetrável, o que, tem razão, vem a dar praticamente no mesmo, seja soberbo, cavalheiro; é a lei das dominações. Mas, não obstante, deve ter uma ambição qualquer...

— Tenho uma, senhor.

— Qual?

— Eu também, como acontece com todo homem uma vez na vida, fui levado por Satã até a mais alta montanha da Terra; lá chegando, ele me apontou o mundo inteiro e, como dissera outrora a Cristo, disse a mim: "Pronto, filho dos homens, o que queres para me adorar?"[91] Refleti então longamente, pois havia muito tempo uma terrível ambição de fato devorava o meu coração; em seguida, respondi-lhe: "Escuta, sempre ouvi falar da Providência, entretanto nunca a vi, nem nada que a ela se assemelhe; quero ser a Providência, pois o que sei de mais belo, de maior e de mais sublime no mundo é recompensar e punir." Mas Satã abaixou a cabeça e soltou um suspiro: "Estás enganado" disse ele, "a Providência existe; não a vês porque, filha de Deus, ela é invisível como o pai. Não viste nada que se lhe assemelhe porque ela procede por desígnios ocultos e caminha por sendas obscuras; tudo que posso fazer por ti é tornar-te um agente dessa Providência." O negócio foi fechado, e nele talvez eu perca minha alma, mas não importa — disse Monte Cristo. — Se tivesse que fazer de novo, eu faria.

Villefort olhava para Monte Cristo com um espanto sublime.

— Sr. conde — disse ele —, tem parentes?

— Não, senhor, sou sozinho no mundo.

— Que pena!

— Por quê? — perguntou Monte Cristo.

— Porque poderia ter visto um espetáculo capaz de quebrar o seu orgulho. Não teme senão a morte, não é o que diz?

— Não digo que a temo, digo que somente ela pode me deter.

---

91. "Pronto, filho dos homens, o que queres para me adorar?": referência bíblica, Mateus, IV, 8-9: "Novamente o transportou o diabo a um monte muito alto; e mostrou-lhe todos os reinos do mundo, e a glória deles./ E disse-lhe: Tudo isto te darei se, prostrado, me adorares."

— E a velhice?

— Minha missão estará cumprida antes que eu envelheça.

— E a loucura?

— Não consegui enlouquecer, e o senhor conhece o axioma: *non bis in idem*[92]; é um axioma penal, e, por conseguinte, da sua alçada.

— Cavalheiro — replicou Villefort —, há outra coisa a temer além da morte, da velhice ou da loucura: há, por exemplo, a apoplexia, esse raio que o atinge sem destruí-lo, e depois do qual, todavia, tudo acaba. Continua-se a mesma pessoa mas todavia não se é mais a mesma pessoa; aquele que, como Ariel, se aproximava do anjo, não passa mais senão de uma massa inerte que, como Caliban[93], se aproxima da besta; isso, como eu disse, na língua dos homens é chamado, simplesmente, uma apoplexia. Venha, por favor, continuar esta conversa em minha casa, sr. conde, no dia em que sentir vontade de encontrar um adversário capaz de o compreender e ávido para o refutar; eu lhe apresentarei o meu pai, o sr. Noirtier de Villefort, um dos jacobinos[94] mais ardorosos da Revolução Francesa, isto é, a mais esplêndida audácia posta a serviço da mais vigorosa organização; um homem que, como o senhor, talvez não tenha visto todos os reinos da terra, mas que ajudou a abalar um dos mais poderosos; um homem que, como o senhor, julgava-se um dos enviados, não de Deus, mas do Ser Supremo[95], não da Providência, mas da Fatalidade. Pois bem, senhor! O rompimento de um vaso sanguíneo no lóbulo cerebral acabou com tudo, não em um dia, não em uma hora, mas em um segundo. Na véspera, o sr. Noirtier, ex-jacobino, ex-senador, ex-carbonário, zombava da guilhotina, zombava do canhão, zombava do punhal, o sr. Noirtier jogava com as revoluções, o sr. Noirtier, para quem a França não passava de um vasto tabuleiro do qual peões, torres, cavalos e rainhas deviam desaparecer, contanto que o rei fosse posto em xeque; o sr. Noirtier, tão temível, um dia depois era *o pobre sr. Noirtier*, velho paralítico, submetido às vontades da criatura mais fraca da casa, isto é, sua neta Valentine; um cadáver mudo e gelado, enfim, que vive sem sofrer apenas para dar tempo à matéria de atingir sem percalços sua inteira decomposição.

— Lamentavelmente — disse Monte Cristo —, esse espetáculo não é estranho nem para os meus olhos nem para o meu pensamento; sou um pouco

---

92. *Non bis in idem*: axioma jurídico segundo o qual a pessoa julgada por um fato não pode ser perseguida uma segunda vez pelo mesmo fato.

93. Caliban: criatura meio-homem meio-besta, que habita a ilha que serve de cenário à peça *A tempestade*, de Shakespeare.

94. "um dos jacobinos mais ardorosos": ver Parte I, cap.6, nota 22.

95. Ser Supremo: entidade cujo culto foi criado durante a permanência dos jacobinos no poder.

médico e, como meus confrades, mais de uma vez procurei a alma na matéria viva e na matéria morta; e, como a Providência, ela permaneceu invisível aos meus olhos, embora presente no meu coração. Cem autores, desde Sócrates, desde Sêneca, desde santo Agostinho, desde Gall[96], fizeram em prosa ou em verso a aproximação que o senhor acaba de fazer; ainda assim, compreendo que os sofrimentos de um pai possam operar grandes mudanças no espírito do filho. Irei, senhor, uma vez que acaba de me comprometer, vislumbrar, em benefício da minha humildade, esse terrível espetáculo que deve entristecer imensamente a sua casa.

— O que sem dúvida ocorreria se Deus não me houvesse dado uma ampla compensação. Diante do velho que desce rastejando para o túmulo, estão duas crianças entrando na vida: Valentine, uma filha do meu primeiro casamento com a srta. Renée de Saint-Méran, e Édouard, esse filho cuja vida o senhor salvou.

— E que conclui dessa compensação? — perguntou Monte Cristo.

— Concluo, cavalheiro — respondeu Villefort —, que meu pai, desatinado pelas paixões, cometeu alguns desses erros que escapam à justiça humana, embora sejam da alçada da justiça de Deus! E que Deus, não querendo punir senão uma única pessoa, escolheu-o como vítima.

Monte Cristo, com um sorriso nos lábios, soltou do fundo do coração um rugido que teria colocado Villefort para correr, se este o tivesse podido ouvir.

— Adeus, cavalheiro — disse o magistrado, que já havia algum tempo se levantara e falava de pé. — Despeço-me levando do senhor uma lembrança de estima que, espero, poderá ser-lhe útil quando me conhecer melhor, pois não sou em absoluto um homem banal, longe disso. A propósito, o senhor conquistou, na sra. de Villefort, uma amiga eterna.

O conde cumprimentou e contentou-se em acompanhar Villefort apenas até a porta de seu gabinete, o qual se dirigiu para seu coche precedido por dois lacaios. A um sinal do patrão, eles correram para abrir a portinhola.

Em seguida, quando o procurador do rei desapareceu:

— Basta — disse Monte Cristo, extraindo com esforço um sorriso do seu peito opresso —, basta, chega desse veneno. Agora que o meu coração está impregnado por ele, vamos procurar o antídoto.

Dando um toque no gongo:

— Subo aos aposentos da senhora — disse a Ali. — Prepare um coche para daqui a trinta minutos!

---

96. Gall: Franz Joseph Gall (1758-1828) médico vienense pioneiro no estudo da localização das funções mentais no cérebro. Por volta de 1800, desenvolveu a cranioscopia, mais tarde rebatizada de frenologia, que consistia num método para desvendar a personalidade e o desenvolvimento das faculdades mentais e morais com base na forma externa do crânio.

11. HAYDÉE

Todos lembram quais eram os novos, ou melhor, os velhos conhecidos do conde de Monte Cristo que moravam na rua Meslay: eram Maximilien, Julie e Emmanuel.

A esperança depositada na auspiciosa visita que iria fazer, nesses poucos momentos felizes que iria passar, nessa réstia de luz do paraíso que se insinuava no inferno, onde se instalara voluntariamente, havia espalhado, a partir do momento em que perdera Villefort de vista, a mais encantadora serenidade no rosto do conde. Ali, que acorrera ao toque do gongo, vendo aquele rosto irradiando com tanta força uma alegria tão rara, retirou-se na ponta dos pés, segurando a respiração, como se tentasse não espantar os bons pensamentos que julgava ver pairando em volta do patrão.

Era meio-dia: o conde reservara uma hora para subir aos aposentos de Haydée; era como se a alegria não pudesse de repente voltar a sua alma por tanto tempo machucada, e ela precisasse se preparar para emoções mais doces, como outras almas precisam se preparar para emoções violentas.

A jovem grega ocupava, como dissemos, um apartamento completamente independente daquele do conde. Tal apartamento era inteiro mobiliado ao estilo oriental; o piso era forrado por grossos tapetes turcos, tecidos de brocado caíam ao longo das paredes e cada aposento era contornado por um amplo divã com pilhas de almofadas que se deslocavam ao capricho dos que delas faziam uso.

Haydée tinha três damas de companhia francesas e uma grega. As três francesas ficavam no primeiro cômodo, prontas a acorrer ao som de uma pequena campainha de ouro e a obedecer às ordens da escrava romaica, que sabia o suficiente de francês para transmitir as vontades de sua patroa às três aias, a quem Monte Cristo recomendara dedicar a Haydée os desvelos que dedicariam a uma rainha.

A moça encontrava-se no cômodo mais recuado de seu apartamento, isto é, numa espécie de alcova em forma de círculo, iluminada apenas por cima e na qual o dia penetrava somente através das janelas de vidro cor-de-rosa. Estava deitada no chão sobre almofadas de cetim azul com brocados em prata, o torso recostado no divã, emoldurando a cabeça com o braço direito frouxamente dobrado, enquanto, com a mão do braço esquerdo, fixava entre os lábios a piteira de coral na qual se encaixava o tubo flexível do narguilé, fazendo com que o vapor chegasse à sua boca perfumado pela água de beijoim, através da qual sua delicada aspiração o obrigava a passar.

A uma francesa sua pose, mais que natural para uma mulher do Oriente, teria parecido de uma frivolidade talvez um pouco afetada.

Quanto à sua roupa, era a das mulheres epirotas, isto é, ceroulas de cetim branco com flores cor-de-rosa bordadas, deixando aparentes dois pés de criança, que julgaríamos de mármore de Paros, se os tivéssemos visto brincar com duas sandalinhas de bico revirado, com brocados de ouro e pérolas; uma túnica com listras compridas azuis e brancas, amplas mangas com uma fenda nos braços, com botões de pérolas em casas de tecido prateado; por fim, uma espécie de blusa que deixava expostos, graças ao decote aberto em forma de coração, o pescoço e toda a parte superior do colo, abotoada na altura dos seios por três botões de diamante. A parte inferior da blusa e a superior das ceroulas perdiam-se num daqueles cintos de cores vivas e compridas franjas sedosas que despertam a inveja das nossas elegantes parisienses.

A cabeça exibia um pequeno barrete de ouro bordado com pérolas, meio inclinado, e sob o barrete, do lado em que ele caía, despontava uma bela rosa de tons púrpura, emaranhada a cabelos tão pretos que pareciam azuis.

Quanto à beleza desse rosto, era a beleza grega em toda a perfeição do tipo, com seus grandes olhos negros aveludados, nariz reto, lábios de coral e dentes de pérolas.

Para concluir, sobre esse conjunto encantador, a flor da juventude espraiava-se com todo o seu brilho e perfume: Haydée devia ter dezenove ou vinte anos.

Monte Cristo chamou a criada grega e ordenou-lhe que pedisse a Haydée permissão para ele entrar.

Haydée prontamente fez sinal à criada para que erguesse o reposteiro que pendia sobre a porta, cujo umbral quadrado emoldurou a moça deitada como numa tela encantadora. Monte Cristo avançou.

Haydée soergueu-se, largando o narguilé, estendendo a mão ao conde e ao mesmo tempo recebendo-o com um sorriso:

— Por que — disse ela, na língua sonora de Esparta e Atenas — pede permissão para entrar nos meus aposentos? Não é mais o meu senhor, não sou mais a sua escrava?

— Não é mais o meu senhor, não sou mais a sua escrava?

Monte Cristo sorriu.

— A srta. Haydée sabe... — ele disse.

— Por que não diz *você* como sempre? — interrompeu a jovem grega. — Cometi algum erro? Nesse caso, convém me punir, mas não me tratar de *senhorita*.

— Haydée — respondeu o conde —, saiba que estamos na França e que, por conseguinte, você está livre.

— Livre para fazer o quê? — perguntou a rapariga.

— Livre para me deixar.

— Deixá-lo! E por que o deixaria?

— Como posso saber? Vamos conhecer a sociedade.

— Não quero conhecer ninguém.

— E se, dentre os belos rapazes que lhe serão apresentados, houver alguém que lhe agrade, eu não seria injusto a ponto de...

— Nunca vi homem mais belo que você e nunca amei ninguém a não ser meu pai e você.

— Pobre criança — disse Monte Cristo —, isso é porque você mal falou com outra pessoa além de seu pai e eu.

— Que importa! Por que precisaria falar com mais alguém? Meu pai me chamava de *sua alegria*, você me chama de *amor*, e ambos me chamam de *minha criança.*

— Lembra-se do seu pai, Haydée?

A jovem sorriu.

— Ele está aqui e aqui — ela respondeu, colocando a mão nos olhos e no coração.

— E eu, onde estou?

— Você — disse ela — está em toda parte.

Monte Cristo pegou a mão de Haydée para beijá-la; mas a ingênua criança retirou a mão e ofereceu a testa.

— Agora, Haydée — disse ele —, saiba que está livre, que é soberana, que é rainha; pode continuar usando suas roupas típicas ou abandoná-las como bem lhe aprouver; permanecerá aqui enquanto quiser, sairá quando quiser sair; haverá sempre um coche atrelado para você; Ali e Myrto lhe farão companhia e estarão às suas ordens. Peço-lhe apenas uma coisa.

— Fale.

— Guarde segredo acerca do seu nascimento, não diga uma palavra sobre o seu passado; não pronuncie sob qualquer pretexto o nome de seu pai nem o de sua mãe.

— Já lhe disse, senhor, não verei ninguém.

— Escute, Haydée; talvez essa reclusão toda oriental seja impossível em Paris. Continue a aprender sobre a vida dos nossos países do Norte como fez em Roma, Florença, Milão e Madri; isso lhe será útil para sempre, continue você vivendo aqui ou no caso de sua volta para o Oriente.

A moça ergueu para o conde grandes olhos úmidos e respondeu:

— Ou no caso de nossa volta para o Oriente, é o que quer dizer, não é, meu amo?

— Sim, minha menina — disse Monte Cristo. — Sabe muito bem que nunca serei eu a abandoná-la. Não é a árvore que abandona a flor, é a flor que abandona a árvore.

— Eu jamais o deixarei — sentenciou Haydée —, pois tenho certeza de que não conseguiria viver sem você.

— Pobre criança! Daqui a dez anos estarei velho e daqui a dez anos você ainda será jovem.

— Meu pai tinha uma barba branca comprida, isso não me impedia de amá-lo; meu pai tinha sessenta anos e me parecia mais belo que todos os rapazes que eu via.

— Mas, seja sincera e me diga, acha que vai se acostumar aqui?

— Verei você?

— Todos os dias.

— Ora, por que pergunta então, senhor?

— Receio que se entedie.

— Não creio, pois de manhã pensarei que você virá e à noite recordarei que você veio; aliás, quando estou sozinha, tenho grandes lembranças, revejo quadros imensos, vastos horizontes com o Pindo e o Olimpo ao longe; e depois, tenho no coração três sentimentos com os quais nunca nos entediamos: tristeza, amor e gratidão.

— Você é uma digna filha do Épiro, Haydée, graciosa e poética, e vê-se que descende dessa família de deusas que nasceu em seu país. Sendo assim, fique tranquila, minha menina, farei com que sua juventude não se perca, pois, se me ama como a seu pai, amo-a como a minha filha.

— Está enganado, senhor; eu não amava meu pai como o amo; meu amor por você é um amor diferente. Meu pai está morto e eu não estou morta; ao passo que, se você morrer, morrerei.

O conde, com um sorriso de profunda tristeza, estendeu para a moça a sua mão, na qual, como de costume, ela imprimiu o toque de seus lábios.

E o conde, bem-disposto para a conversa que teria com Morrel e sua família, partiu murmurando estes versos de Píndaro[97]: "A mocidade é uma flor cujo fruto é o amor… Feliz o vinhateiro que o colhe após tê-lo visto lentamente amadurecer."

Conforme suas ordens, o coche estava pronto. Ele entrou e o coche, como sempre, partiu a galope.

97. Píndaro: poeta lírico greco (518-440 a.C.)

12. A FAMÍLIA MORREL

Minutos depois, o coche estava na rua Meslay nº14.

A casa era branca, risonha e precedida de um quintal no qual dois pequenos canteiros exibiam lindas flores.

No empregado que lhe abriu aquela porta o conde reconheceu o velho Coclès. Mas como este, lembramos, tinha apenas um olho e esse olho debilitara-se consideravelmente naqueles nove anos, Coclès não reconheceu o conde.

Os coches, para estacionar em frente à entrada, precisavam contornar um pequeno repuxo que esguichava de um laguinho de pedra, enfeite de luxo que despertara grande inveja no bairro e originara o apelido da casa: "Pequeno Versalhes".

Desnecessário dizer que no lago agitava-se uma profusão de peixes vermelhos e amarelos.

A casa, erguida sobre um andar de cozinhas e porões, tinha, além do térreo, dois andares completos e mansardas; os moços haviam-na comprado com dependências, que consistiam num imenso ateliê, dois pavilhões ao fundo de um jardim e o próprio jardim. Emmanuel, na primeira visita, vira naquela disposição um pequeno negócio a ser feito; reservara para si a casa, metade do jardim, e traçara uma linha, isto é, construíra um muro entre ele e os ateliês, que arrendara com os pavilhões e a área do jardim a eles contígua; de maneira que se via alojado por uma soma bastante módica e tão bem-instalado em sua casa quanto o mais minucioso proprietário de um palacete do faubourg Saint-Germain.

A sala de jantar era de carvalho; o salão, todo em acaju e veludo azul; o quarto, em tons de limão e damasco verde; havia, além disso, um gabinete de trabalho para Emmanuel, que não trabalhava, e uma sala de música para Julie, que não tocava nenhum instrumento.

O segundo andar inteiro pertencia a Maximilien, que ali dispunha de uma reprodução exata dos aposentos da irmã, embora a sala de jantar estivesse convertida numa sala de bilhar, na qual se reunia com os amigos.

Ele mesmo supervisionava um curativo em seu cavalo, fumando seu charuto na entrada do jardim, quando o coche do conde parou em frente à casa.

Coclès abriu a porta, como dissemos, e Baptistin, lançando-se do assento, perguntou se o sr. e sra. Herbault e o sr. Maximilien Morrel podiam receber o conde de Monte Cristo.

— O conde de Monte Cristo! — exclamou Morrel, jogando fora o charuto e lançando-se na direção do visitante. — Claro que podemos recebê-lo! Ah! Obrigado, cem vezes obrigado, senhor conde, por não ter esquecido a promessa.

E o jovem oficial apertou tão cordialmente a mão do conde que este pôde confirmar a franqueza do gesto, vendo claramente que havia sido aguardado com impaciência e recebido com entusiasmo.

— Venha, venha — disse Maximilien —, quero ser o seu arauto; um homem como o senhor não deve ser anunciado por um criado; minha irmã está no jardim, despetalando suas rosas murchas; meu irmão lê seus dois jornais, *La Presse* e *Les Débats*, a seis passos dela, pois, em qualquer lugar onde esteja a sra. Herbault, basta olhar num raio de quatro metros e o sr. Emmanuel lá está; isto vale "reciprocamente", como dizem na Escola Politécnica.

O barulho de passos fez se erguer a cabeça de uma moça de vinte a vinte e cinco anos, vestindo um *robe de chambre* de seda e despetalando com um cuidado muito particular uma rosa-chá.

Essa mulher era a nossa pequena Julie, que se tornara, como previra o emissário da Thomson & French, sra. Emmanuel Herbault.

Ao ver um estranho, ela soltou um grito. Maximilien pôs-se a rir.

— Não se faça de rogada, minha irmã — disse ele —, embora esteja em Paris há apenas dois ou três dias, o sr. conde já sabe o que é uma dona de casa do Marais e, se não sabe, você vai lhe ensinar.

— Ah, senhor! — disse Julie. — Trazê-lo dessa forma é uma traição do meu irmão, que não tem a menor consideração pela pobre da irmã... Penelon! Penelon!

Um velho que capinava um canteiro de roseiras-de-bengala largou o ancinho na terra e se aproximou, boné nas mãos, dissimulando o máximo que podia um chícharo enfiado momentaneamente nas profundezas de suas bochechas. Algumas mechas brancas prateavam sua cabeleira ainda vasta, ao passo que sua pele bronzeada e seu olho atrevido e vivo revelavam o velho marujo, queimado pelo sol do equador e calejado pelo vento das tempestades.

— Pensei tê-la ouvido me chamar, srta. Julie — disse ele. — Estou aqui.

A sra. Emmanuel Herbault.

Penelon conservara o hábito de chamar a filha de seu patrão de senhorita Julie e nunca adquirira o hábito de chamá-la de sra. Herbault.

— Penelon — disse Julie —, vá avisar o sr. Emmanuel da maravilhosa visita que temos aqui, enquanto Maximilien conduzirá o cavalheiro ao salão.

Depois, voltando-se para Monte Cristo:

— O senhor permite que eu me ausente um minuto, não é mesmo?

E sem esperar pelo assentimento do conde, correu para trás de uma folhagem e dirigiu-se até a casa por uma aleia lateral.

— E essa agora, meu caro sr. Morrel — disse Monte Cristo —, aflige-me perceber que provoco uma revolução em sua família!

— Calma, calma — disse Maximilien rindo —, ainda não viu o marido, que deve estar trocando o casaco por um redingote! Oh, isso é porque o senhor é conhecido na rua Meslay, estava anunciado, peço-lhe que acredite.

— O senhor parece ter aqui uma família feliz — disse o conde, refletindo o próprio pensamento.

— Oh, sim! Respondo por isso, sr. conde; como pode ser de outra forma? Não lhes falta nada para ser felizes; são jovens, são alegres, amam-se e, com vinte e cinco mil libras de renda, eles imaginam, logo eles, que já conviveram com imensas fortunas, imaginam possuir a riqueza dos Rothschild.

— Mas isso é pouco, vinte e cinco mil libras de renda — disse Monte Cristo, com uma delicadeza tão sutil que penetrou no coração de Maximilien como se fosse a voz de um pai carinhoso. — Mas não vão parar por aí os nossos moços, vão ser milionários quando chegar a hora. Seu cunhado é advogado... médico...?

— Era negociante, sr. conde, e havia assumido a empresa de meu desafortunado pai. O sr. Morrel morreu deixando uma fortuna de quinhentos mil francos; eu fiquei com metade, minha irmã com a outra, pois éramos apenas duas crianças. Seu marido, que a desposara sem possuir outro patrimônio a não ser sua nobre honestidade, sua inteligência de primeira linha e sua reputação imaculada, quis possuir o mesmo que sua mulher. Trabalhou até juntar duzentos e cinquenta mil francos; seis anos foram suficientes. Era, juro, sr. conde, um espetáculo tocante o dessas duas crianças tão laboriosas, tão unidas, por sua capacidade destinadas à mais elevada fortuna e que, não querendo mudar nada na rotina da empresa paterna, levaram seis anos para fazer o que inovadores teriam feito em dois ou três; dessa forma, Marselha ainda ecoa os elogios que não puderam deixar de negar a tão corajosa abnegação. Finalmente, um dia, Emmanuel veio conversar com sua mulher, que terminava de pagar a hipoteca.

"— Julie — disse ele — eis o último maço de cem francos que Coclès acaba de me entregar, completando os duzentos e cinquenta mil francos que fixamos como limite para os nossos ganhos. Esse pouco com que precisaremos nos contentar daqui para a frente será satisfatório para você? Escute, a empresa faz cerca de um milhão em negócios por ano e pode render quarenta mil francos de lucro. Se quisermos, dentro de uma hora podemos vender a clientela por trezentos mil francos, pois eis uma carta do sr. Delaunay, que nos oferece essa quantia em troca do nosso capital, que ele pretende juntar ao seu. Pense bem no que quer fazer.

"— Meu amigo — disse minha irmã —, a Casa Morrel não pode ser dirigida senão por um Morrel. Salvar o nome do nosso pai para todo o sempre das vicissitudes do destino, isso não vale por si só trezentos mil francos?

"— Era o que eu pensava — respondeu Emmanuel. — Mesmo assim, queria saber sua opinião.

"— Pois bem, meu amigo, ei-la. Todas as nossas receitas estão realizadas, todas as nossas promissórias, pagas; podemos colocar um ponto final embaixo da contabilidade desses últimos quinze dias e fechar nossos guichês; coloquemos esse ponto final e fechemos.

"O que foi feito no mesmo instante. Eram três horas. Às três e quinze, um cliente apresentou-se para fazer o seguro de dois navios; era um lucro líquido de quinze mil francos.

"— Senhor — disse Emmanuel —, para tal seguro queira dirigir-se ao nosso colega, o sr. Delaunay. Quanto a nós, deixamos os negócios.

"— E desde quando? — perguntou o cliente, espantado.

"— Quinze minutos atrás.

"Aí está — continuou Maximilien, sorrindo — como minha irmã e meu cunhado dispõem apenas de vinte e cinco mil libras de renda."

Maximilien mal terminava seu relato, durante o qual o coração do conde dilatara-se cada vez mais, quando Emmanuel reapareceu, restaurado por um chapéu e um redingote. Fez o cumprimento de quem conhece a qualidade do visitante; em seguida, depois de guiar o conde em torno do pequeno canteiro florido, levou-o de volta à casa.

O salão já estava perfumado com flores que mal cabiam num imenso vaso japonês de alças naturais. Julie, adequadamente vestida e graciosamente penteada (realizara essa façanha em dez minutos), apresentou-se para receber o conde à sua entrada.

Ouvia-se o cacarejo de aves num viveiro próximo; os galhos dos falsos-ébanos e das acácias cor-de-rosa vinham bordar com seus cachos as cortinas de veludo azul; tudo naquele refúgio pequeno e encantador respirava calma, desde o canto do passarinho até o sorriso dos donos da casa.

O conde absorvera essa felicidade logo que entrara; por isso estava mudo, sonhador, esquecendo-se de que o aguardavam para continuar a conversa interrompida após os primeiros cumprimentos.

Percebeu esse silêncio, agora quase inconveniente, e, desvencilhando-se de seu devaneio, disse finalmente:

— Senhora, perdoe-me por uma emoção que deve surpreendê-la, pois está acostumada com essa paz e felicidade que encontrei aqui; mas, para mim, é coisa tão inédita ver a satisfação num rosto humano, que não me canso de olhar para a senhora e seu marido.

— Somos realmente muito felizes, senhor — replicou Julie. — Mas sofremos durante muito tempo, e poucas pessoas pagaram tão caro pela felicidade como nós.

A curiosidade desenhou-se nos traços do conde.

— Oh, é uma história comprida de família, como lhe dizia outro dia Château-Renaud — interveio Maximilien. — Para o senhor, conde, habituado a ver ilustres infortúnios e alegrias esplêndidas, haveria pouco interesse nessa cena íntima. No entanto, como Julie acaba de dizer, sofremos dores crudelíssimas, embora restritas a esse âmbito modesto…

— E Deus dispensou-lhes, como o faz para todos, consolo para o sofrimento? — perguntou Monte Cristo.

— Sim, sr. conde — disse Julie. — De certa maneira, pois fez por nós o que não faz senão para seus eleitos: enviou-nos um de seus anjos.

O rubor subiu às faces do conde, e ele tossiu para dissimular sua emoção levando o lenço à boca.

— Os que nasceram num berço de ouro e nunca desejaram nada — disse Emmanuel — não sabem o que é a felicidade de viver; assim como os que não conhecem o valor de um céu aberto, pois nunca tiveram sua vida à mercê de quatro tábuas lançadas num mar furioso.

Monte Cristo levantou-se e, sem nada dizer, pois o tremor de sua voz poderia deixar transparecer a emoção que o agitava, começou a percorrer o salão passo a passo.

— Nossa magnificência o faz sorrir, sr. conde — disse Maximilien, que seguia Monte Cristo com os olhos.

— Não, não — respondeu Monte Cristo, bastante pálido e comprimindo com uma das mãos as batidas do seu coração, enquanto com a outra mostrava ao rapaz uma redoma de cristal sob a qual uma bolsa de seda repousava preciosamente deitada sobre uma almofada de veludo negro. — Eu apenas me perguntava para que serve essa bolsa, que, de um lado, contém um papel, me parece, e do outro, um belíssimo diamante.

Maximilien assumiu um ar grave e respondeu:

— Isso, sr. conde, é o nosso tesouro de família mais precioso.

— Realmente, é um diamante belíssimo — replicou Monte Cristo.

— Oh, meu irmão, não se refere ao preço da pedra, embora esteja avaliada em cem mil francos; ele quer apenas dizer que os objetos guardados nessa bolsa são as relíquias do anjo de que lhe falávamos.

— Aí está algo que não compreendo e que, ainda assim, não devo perguntar, senhora — disse Monte Cristo, inclinando-se. — Perdoe-me, não quis ser indiscreto.

— Indiscreto, foi o que disse? Oh, ao contrário, sr. conde, o senhor nos deixa felizes ao criar uma oportunidade para que falemos sobre o assunto! Se escondêssemos como um segredo a bela ação evocada por essa bolsa, não a exporíamos assim aos olhos de todos. Oh, gostaríamos de poder difundi-la por todo o universo, para que um frêmito do nosso desconhecido benfeitor nos revelasse sua presença.

— É verdade? — perguntou Monte Cristo, com uma voz abafada.

— Senhor — disse Maximilien, levantando a redoma de cristal e beijando religiosamente a bolsa de seda —, isso foi tocado pela mão de um homem que salvou o meu pai da morte, a nós, da ruína, e nosso nome, da vergonha; de um homem graças a quem, hoje, nós, pobres crianças fadadas à miséria e às lágrimas, podemos ouvir pessoas extasiarem-se diante da nossa felicidade. Essa carta — e Maximilien tirou um papel da bolsa e apresentou-o ao conde —, essa carta foi escrita por ele no dia em que meu pai tomara uma resolução desesperada, e esse diamante foi dado como dote à minha irmã por esse generoso desconhecido.

Monte Cristo abriu o papel e a leu com uma indefinível expressão de felicidade; era o bilhete que nossos leitores conhecem, dirigido a Julie e assinado Simbad, o marujo.

— Desconhecido? Quer dizer que o homem que lhes prestou esse serviço permaneceu desconhecido?

— Sim, senhor, nunca tivemos a felicidade de apertar sua mão; entretanto, não foi por falta de pedir a Deus esse favor — disse Maximilien. — Porém, houve em toda essa aventura uma misteriosa supervisão que continuamos sem entender; tudo foi conduzido por uma mão invisível, poderosa como a de um feiticeiro.

— Oh — disse Julie —, ainda não perdi completamente a esperança de um dia beijar essa mão como beijo a bolsa que ela tocou. Há quatro anos, Penelon estava em Trieste: Penelon, sr. conde, é esse bravo marujo que o senhor viu com um ancinho na mão, e que, de contramestre, passou a jardineiro. Penelon, portanto, estando em Trieste, viu no cais um inglês que ia embarcar num iate e reconheceu aquele que veio à casa de meu pai em 5 de junho de 1829 e me escreveu esse bilhete em 5 de setembro. Era efetivamente o mesmo, ele assegura, mas não ousou dirigir-lhe a palavra.

— Um inglês! — disse Monte Cristo, sonhador e que se inquietava com cada olhar de Julie. — Um inglês, foi o que ouvi?

— Sim — respondeu Maximilien —, um inglês que se apresentou em nossa casa como emissário da financeira Thomson & French de Roma. Eis porque, quando o senhor disse outro dia na casa do sr. de Morcerf que os srs. Thomson & French eram seus banqueiros, o senhor me viu estremecer. Pelo amor de Deus, senhor, isso aconteceu, como dissemos, em 1829; conheceu esse inglês?

— Mas não me disse também que a Thomson & French havia negado reiteradamente ter-lhes prestado esse serviço?

— Sim.

— Por acaso esse inglês não seria um homem que, grato ao seu pai por alguma boa ação que ele próprio esquecera, teria aproveitado o pretexto para lhe prestar um serviço?

— Tudo é possível nessas circunstâncias, senhor, até mesmo um milagre.

— Qual era o nome dele?

— Não nos deixou outro nome — respondeu Julie, olhando para o conde mais detidamente — a não ser aquele com que assinou o bilhete: Simbad, o marujo.

— O que, sem dúvida, não é um nome, mas um pseudônimo.

Então, enquanto Julie observava-o ainda mais detidamente e tentava captar e reunir algumas notas de sua voz:

— Vejamos — continuou ele —, não seria um homem mais ou menos da minha altura, um pouco mais alto talvez, um pouco mais magro, aprisionado numa gravata alta, abotoado, forte, cintado e sempre de lápis na mão?

— Oh, mas então o conhece? — exclamou Julie, os olhos faiscando de alegria.

— Não — disse Monte Cristo —, apenas suponho. Conheci um lorde Wilmore que era pródigo em generosidades.

— Sem se revelar...

— Era um homem extravagante que não acreditava na gratidão.

— Oh! — exclamou Julie num tom sublime, juntando as mãos. — Em que acredita então o infeliz?

— Não acreditava, pelo menos na época em que o conheci — disse Monte Cristo, tocado até a última fibra por aquela voz emanada do fundo da alma —, mas pode ser que depois disso tenha tido alguma prova da existência da gratidão.

— E conhece esse homem, senhor? — perguntou Emmanuel.

— Oh, se o conhece, senhor — exclamou Julie —, fale, fale, pode nos levar até ele, mostrá-lo, dizer onde está? Insista, Maximilien, insista, Emmanuel; se um dia viéssemos a encontrá-lo, ele seria obrigado a acreditar na memória do coração.

Monte Cristo sentiu duas lágrimas rolarem de seus olhos; deu mais alguns passos pelo salão.

— Pelo amor de Deus, senhor — disse Maximilien —, se sabe alguma coisa sobre esse homem, conte-nos o que sabe!

— Que pena! — disse Monte Cristo, represando a emoção de sua voz. — Se for lorde Wilmore o seu benfeitor, temo de fato que nunca mais o vejam. Despedi-me dele há dois ou três anos em Palermo; e estava de partida para os países mais fabulosos do mundo, de modo que duvido muito que volte um dia.

— Ah, como o senhor é cruel! — exclamou Julie com pavor.

E as lágrimas vieram aos olhos da jovem.

— Senhora — disse gravemente Monte Cristo, devorando com o olhar as duas pérolas líquidas que rolavam sobre as faces de Julie —, se lorde Wilmore tivesse visto o que acabo de ver aqui, ele ainda amaria a vida, pois as lágrimas que a senhora derrama iriam reconciliá-lo com o gênero humano.

E estendeu a mão para Julie, que lhe deu a sua, arrastada que se via pelo olhar e pela inflexão do conde.

— Mas esse lorde Wilmore — disse ela, agarrando-se a uma última esperança — tinha um país, uma família, pais, era conhecido, enfim? Será que não poderíamos...?

— Oh, não procure, senhora — disse o conde —, não alimente doces quimeras acerca disso que deixei escapar. Não, provavelmente lorde Wilmore não é o homem a quem procura: era meu amigo, eu conhecia todos os seus segredos, ele teria me contado este.

— E ele não lhe disse nada? — exclamou Julie.

— Nada.

— Nunca nenhuma palavra que o tivesse feito supor...?

— Nunca.

— Entretanto, o senhor disse o nome dele sem piscar.

— Ah, é possível... nesses casos, a gente supõe.

— Minha irmã, minha irmã — disse Maximilien, vindo em socorro do conde —, o cavalheiro tem razão. Lembre-se do que o nosso bondoso pai nos dizia frequentemente: "Não foi um inglês que nos proporcionou essa felicidade."

Monte Cristo estremeceu.

— O seu pai lhes dizia... o sr. Morrel...? — perguntou, agitado.

— Meu pai, senhor, considerava esse episódio um milagre. Meu pai acreditava num benfeitor que teria saído do túmulo por nós. Oh, era uma superstição comovente, senhor, e eu mesmo, a despeito de não acreditar nela, estava longe de querer destruir tal crença em seu nobre coração! Por exemplo, quantas vezes ele não sonhou, pronunciando baixinho o nome de um amigo querido, o nome de um amigo perdido? E, quando estava prestes a morrer, quando a aproximação da eternidade imprimiu em seu espírito algo da iluminação do túmulo, esse pensamento, que até então não passara de uma desconfiança, tornou-se uma convicção, e as últimas palavras que ele pronunciou agonizante foram estas: "Maximilien, era Edmond Dantès!"

A palidez do conde, que havia alguns segundos ia aumentando, tornou-se assustadora a essas palavras. Todo o sangue afluiu ao seu coração, ele não conseguia falar; sacou o relógio como se tivesse esquecido a hora, pegou seu chapéu, apresentou um cumprimento brusco e embaraçado à sra. Herbault e, apertando as mãos de Emmanuel e de Maximilien, disse:

— Senhora, permita-me voltar de vez em quando para prestar-lhe minhas homenagens. Gosto da sua casa, e lhe sou grato pela acolhida, pois esta é a primeira vez que esqueci de mim em muitos anos.

E saiu com largas passadas.

— É um homem singular esse conde de Monte Cristo — disse Emmanuel.

— Sim — respondeu Maximilien —, mas me parece ter excelente coração, e tenho certeza de que gosta da gente.

— E eu! — respondeu Julie. — Sua voz me falou ao coração e por duas ou três vezes julguei que não era a primeira vez que a ouvia.

13. PÍRAMO E TISBE[98]

Quase no fim do faubourg Saint-Honoré, atrás de um belo palacete, notável entre as notáveis residências desse rico bairro, estende-se um vasto jardim cujas castanheiras frondosas ultrapassam os imensos paredões, altos como muralhas, e deixam, quando chega a primavera, cair suas folhas cor-de-rosa e brancas em dois vasos de pedra canelada, dispostos paralelamente sobre duas pilastras quadrangulares, nas quais se encaixa um portão gradeado da época de Luís XIII.

Essa entrada grandiosa está condenada, a despeito dos magníficos gerânios que crescem nos dois vasos e que balançam ao vento suas folhas marmorizadas e suas flores roxas, desde que os donos da propriedade, e isso faz muito tempo, contentaram-se com a posse do palacete, do pátio cheio de árvores que dá para o faubourg e do jardim fechado por esse portão, que dava antigamente para uma magnífica horta de meio hectare, anexa à propriedade. Porém, tendo o demônio da especulação riscado uma linha, isto é, uma rua, na extremidade dessa horta, e tendo a rua, mesmo antes de existir, recebido, graças a uma reluzente placa de ferro, um nome, os donos pensaram em vender aquela horta para assim construir algo com vista para a rua e competir com essa grande artéria de Paris chamada faubourg Saint-Honoré.

---

98. Píramo e Tisbe: Píramo e Tisbe namoravam separados por um muro. Combinaram então de fugir. Chegando ao local do encontro, Tisbe viu aproximar-se um leão, com a boca ensanguentada, e fugiu, deixando cair seu véu, que o animal destroçou e manchou de sangue. Píramo, chegando ao local, julgou-a devorada pela fera, e matou-se com sua espada. Tisbe, de volta para o encontro, depara-se com o amante morto e suicida-se.

Em matéria de especulação, contudo, o homem põe e o dinheiro dispõe; a rua batizada morreu no berço: o comprador da horta, após ter pago pontualmente, não conseguiu revendê-la pela soma que pretendia e, esperando uma alta de preço que não podia deixar, cedo ou tarde, de indenizá-lo muito além de suas perdas passadas e do seu capital imobilizado, contentou-se em alugar aquele terreno a hortelões, mediante a soma de quinhentos francos por ano.

Isso significava dinheiro empregado a meio por cento, o que não é muito para os tempos que correm, quando tanta gente o emprega a cinquenta, e ainda considera o dinheiro um recurso medíocre.

Entretanto, como dissemos, o portão gradeado do jardim, que antigamente dava para a horta, está condenado e a ferrugem corrói as suas dobradiças; e não é só isso: para que ignóbeis verdureiros não conspurquem com seus reles olhares o interior do terreno aristocrático, uma cerca de tábuas foi aplicada nas barras até uma altura de seis pés. É verdade que as tábuas não estão ajustadas a ponto de impedir um olhar furtivo por entre as brechas; mas essa casa é uma casa severa, que não teme as indiscrições.

Nessa horta, em vez de couves, cenouras, rabanetes, ervilhas e melões, crescem grandes alfafas, única lavoura a sugerir que ainda se dá atenção àquele sítio abandonado. Um portãozinho baixo, abrindo-se para a rua planejada, dá acesso a esse terreno cercado de muros, que seus locatários acabam de abandonar em virtude de sua infertilidade, e que, depois de uma semana, em vez de render meio por cento, como no passado, não rende mais absolutamente nada.

Do lado da residência, as mencionadas castanheiras que coroam o muro não impedem outras árvores luxuriantes e floridas de insinuar os galhos ávidos de ar por entre seus intervalos. Num canto onde a folhagem é tão frondosa que a luz mal penetra, um grande banco de pedra e cadeiras de jardim sugerem um local de reunião ou o refúgio favorito de algum morador do palacete, situado a cem passos, e que mal percebemos através da muralha verde que o cerca. Finalmente, a escolha desse recanto misterioso é ao mesmo tempo justificada pela ausência de sol, pelo frescor eterno, mesmo durante os dias mais quentes do verão, pelo chilrear dos pássaros e pela distância da casa e da rua, isto é, dos negócios e do barulho.

À tardinha de um dos dias mais quentes que a primavera já proporcionou aos moradores de Paris, havia nesse banco de pedra um livro, uma sombrinha, uma cesta de costura e um lenço de cambraia começando a ser bordado; e, não longe desse banco, perto do portão, de pé diante das tábuas, espreitando a divisória da cerca, uma jovem mulher tinha seus olhos mergulhados por uma fenda no jardim deserto já nosso conhecido.

Quase no mesmo instante, o portãozinho desse terreno fechava-se sem barulho, e um homem jovem, alto, forte, vestindo um blusão de brim grosseiro, gorro de veludo, mas cujos bigodes, barba e cabelos pretos esmeradamente tratados destoavam um pouco daquela roupa simples, após um rápido relance lançado ao redor para se certificar de que ninguém o espiava, passou por esse portão, fechando-o atrás de si, e dirigiu-se num passo precipitado até a cerca.

À visão daquele a quem esperava, mas não provavelmente naqueles trajes, a moça teve medo e fez menção de recuar.

No entanto, através dos vãos da cerca, o rapaz, com um olhar que não pertence senão aos amantes, vira flutuar o vestido branco e a longa faixa azul. Ele correu para a divisória e, aproximando sua boca de uma brecha, disse:

— Não tenha medo, Valentine, sou eu.

A moça se aproximou.

— Oh — disse ela —, por que chegou tão tarde hoje? Não sabe que daqui a pouco vamos jantar e que precisei de muita diplomacia e esperteza para me livrar da minha madrasta, que me vigia, da minha aia, que me espiona, e do meu irmão, que me atormenta, para vir trabalhar aqui nesse bordado, que,

— Não tenha medo, Valentine, sou eu.

eu receio, nunca chegará ao fim? Depois, quando houver se desculpado pelo atraso, você me dirá que roupa nova é essa que houve por bem adotar e quase fez com que não o reconhecesse.

— Querida Valentine — disse o rapaz —, você está muito acima do meu amor para que eu me atreva a falar dele. Apesar disso, todas as vezes que a vejo preciso lhe dizer que a adoro, para que o eco das minhas próprias palavras acaricie delicadamente o meu coração quando não está mais diante de mim. Agradeço-lhe agora pela repreensão; é encantadora, pois me prova, não ouso dizer que estava à minha espera, mas que pensava em mim. Queria saber a causa do meu atraso e o motivo do meu disfarce; vou lhe dizer e espero que os desculpe: escolhi uma profissão.

— Uma profissão! Que significa isso, Maximilien? E por acaso somos suficientemente felizes para que brinque com os nossos assuntos?

— Oh — exclamou o rapaz —, Deus me livre de brincar com o que é a minha vida; porém, cansado de correr pelos campos e escalar muralhas, seriamente assustado com a ideia que uma noite dessas a senhorita incutiu em mim, segundo a qual um dia seu pai me faria julgar como ladrão, o que comprometeria a honra de todo o exército francês, e não menos assustado com a possibilidade de que viessem a desconfiar, ao verem perambular eternamente por esse terreno, onde não há mais uma única cidadela a ser sitiada ou a menor casamata a ser defendida, um capitão dos spahis, virei hortelão e adotei o uniforme da minha profissão.

— Mas que loucura!

— Ao contrário, é a coisa mais sensata, creio, que fiz na minha vida, pois nos dá toda a segurança.

— Como assim? Explique-se.

— Muito bem! Fui procurar o dono desse terreno; o arrendamento aos antigos locatários chegara ao fim e o aluguei novamente. Toda essa alfafa que você vê me pertence, Valentine; nada me impede de construir uma cabana nesse feno e morar agora a vinte passos de você. Oh, não posso conter minha alegria e minha felicidade! Acredita, Valentine, que há quem pague por essas coisas? Impossível, não é mesmo? Pois bem! Toda essa felicidade, toda essa ventura, toda essa alegria pelas quais eu teria dado dez anos da minha vida, me custam, adivinhe quanto...? Quinhentos francos por ano, pagáveis por trimestre. Assim, como pode ver, não há mais nada a temer. Estou na minha casa, posso colocar escadas no meu muro e olhar por cima, e tenho o direito, sem medo de que uma patrulha venha me importunar, de lhe dizer que a amo, enquanto seu orgulho não se sentir ferido ao ouvir essa palavra sair da boca de um pobre operário vestindo uma roupa de trabalho e usando um gorro.

Valentine soltou um gritinho alegre de surpresa; depois, bruscamente:

— Ai de nós, Maximilien! — disse ela com tristeza, como se uma nuvem de ciúme de repente encobrisse o raio de sol que iluminava o seu coração.

— Agora teremos muita liberdade, nossa felicidade nos fará tentar a Deus; vamos nos iludir com a nossa segurança e nossa segurança nos levará à perdição.

— Como pode me dizer isso, querida, a mim que, desde que a conheço, provo-lhe todos os dias que subordinei meus pensamentos e minha vida à sua vida e a seus pensamentos? O que a fez confiar em mim? Minha felicidade, não é mesmo? Quando você me falou que um vago instinto lhe dizia que estava correndo um grande perigo, coloquei meu devotamento a seu serviço, sem lhe pedir outra recompensa senão a felicidade de servi-la. Durante esse tempo, será que, por uma palavra, um sinal, dei-lhe ensejo de se arrepender por me haver distinguido dentre os que se teriam regozijado de morrer por você? Você me disse, pobre menina, que estava noiva do sr. d'Épinay, que seu pai se decidira por essa aliança, isto é, que ela era uma certeza, pois tudo que o sr. de Villefort quer acontece infalivelmente. Pois bem! Permaneci na sombra, esperando tudo, não da minha vontade, não da sua, mas dos acontecimentos da Providência, de Deus, e ainda assim você me ama, teve pena de mim, Valentine, e o admitiu; obrigado por essa doce palavra, só lhe peço que me repita de tempos em tempos fazendo-me esquecer de tudo.

— Foi isso que lhe deu coragem, Maximilien, e foi isso que fez da minha vida ao mesmo tempo um mar de rosas e um inferno, a ponto de eu me perguntar frequentemente o que é preferível, o tormento que outrora me causavam o rigor da minha madrasta e sua preferência cega pelo meu meio-irmão ou a felicidade repleta de perigos que desfruto quando estou com você.

— Perigo! — exclamou Maximilien. — Como pode dizer palavra tão dura e tão injusta! Já viu escravo mais submisso que eu? Você permitiu que eu lhe dirigisse a palavra algumas vezes, Valentine, mas me proibiu de segui-la; obedeci. Depois que descobri um jeito de frequentar esse terreno, de conversar com você através dessa cerca, estar enfim tão perto de você sem vê-la, alguma vez já pedi, fale, para tocar a bainha do seu vestido através dessas tábuas? Alguma vez já dei um passo para transpor esse muro, obstáculo ridículo para a minha juventude e a minha força? Jamais uma única censura sobre o seu rigor, jamais um desejo expresso em voz alta; permaneci fiel à minha palavra como um cavaleiro dos tempos antigos. Admita pelo menos isso para que eu não a repute injusta.

— É verdade — disse Valentine, passando entre duas tábuas a ponta de um dos seus dedos esguios, no qual Maximilien pousou os lábios. — É verdade, você é um namorado honesto. Mas, afinal, meu querido Maximilien, você agiu apenas no seu interesse; sabia muito bem que, no dia em que o escravo ficasse exigente, perderia tudo. Você me prometeu a amizade de um irmão, a mim que não tenho amigos, a mim que meu pai esquece, a mim que minha madrasta persegue e que só tem como consolação o velho paralítico, mudo, congelado, cuja mão é incapaz de apertar a minha, de quem apenas o olho é capaz de falar comigo e cujo coração bate provavelmente para mim com um resto de calor. Trapaça amarga do destino, que me faz inimiga e vítima de todos que são mais fortes que eu e me dá um cadáver como apoio e amigo! Oh, é verdade, Maximilien, repito, sou muito infeliz e você tem razão em me amar por mim e não por você!

— Valentine — disse o rapaz, profundamente emocionado —, não direi que você é meu único amor no mundo, pois amo também minha irmã e meu cunhado, mas é com um amor delicado e calmo, que em nada se assemelha ao sentimento que lhe dedico. Quando penso em você, meu sangue pulsa, meu peito infla, meu coração transborda; mas essa força, esse ardor, essa potência sobre-humana, eu os empregarei para amá-la apenas até o dia em que me disser para empregá-los em seu benefício. Dizem que o sr. Franz d'Épinay ficará ausente mais um ano; em um ano, quantas oportunidades favoráveis podem nos sorrir, quantos acontecimentos podem nos ajudar! Portanto, continuemos a alimentar esperanças, é tão bom e doce ter esperanças! Porém, enquanto isso, você, Valentine, você que me censura pelo meu egoísmo, o que você foi para mim? A bela e fria estátua da Vênus casta. Em troca desse devotamento, dessa obediência, dessa contenção, o que me prometeu? Nada. O que me concedeu? Muito pouca coisa. Você me fala do sr. d'Épinay, seu noivo, e lamenta a ideia de um dia ser dele. Vamos, Valentine, isso é tudo que tem na alma? Como! Eu lhe empenho minha vida, entrego-lhe minha alma, dedico-lhe até a mais insignificante batida do meu coração, e quando sou todo seu, eu, quando digo comigo baixinho que morrerei se a perder, você não se aterroriza diante da simples ideia de pertencer a outro! Oh, Valentine, Valentine! E se eu fosse você, se me sentisse amado como você tem certeza de que é amada por mim, eu já teria passado cem vezes uma das mãos pelas tábuas dessa cerca e teria apertado a mão do infeliz Maximilien, dizendo-lhe: "Sou sua, só sua, Maximilien, neste mundo e no outro."

Valentine não respondeu nada, mas o rapaz ouvia-a suspirar e chorar.

A reação de Maximilien foi instantânea.

— Oh — gritou —, Valentine, Valentine! Esqueça minhas palavras se nelas há qualquer coisa que possa magoá-la!

— Não — ela respondeu —, você tem razão; mas não vê que sou uma criatura infeliz, abandonada numa casa quase inóspita, pois meu pai é quase um estranho, e cuja vontade vem sendo minada há dez anos, dia a dia, hora a hora, minuto a minuto, pela vontade de ferro dos senhores que me oprimem? Ninguém sabe o que sofro e não o revelo a ninguém senão a você. Aparentemente, e aos olhos de todos, tudo é agradável para mim, tudo me sorri; na realidade, tudo me é hostil. A sociedade diz: "O sr. de Villefort é demasiado grave e severo para ser carinhoso com a filha; mas ela pelo menos teve a felicidade de encontrar uma segunda mãe na sra. de Villefort." Pois bem! A sociedade se engana, meu pai me abandona com indiferença e minha madrasta me odeia com uma obstinação ainda mais terrível na medida em que é disfarçada por um eterno sorriso.

— Odiá-la! A você, Valentine! E como podem odiá-la?

— Ai de mim, querido! — suspirou Valentine. — Sou obrigada a confessar que esse ódio por mim é fruto de um sentimento quase natural. Ela adora o filho, meu irmão Édouard.

— E daí?

— E daí!? Acho estranho misturar ao que dizíamos um assunto de dinheiro. E daí!? Meu amigo, acho que pelo menos o ódio que ela nutre por mim tem essa origem. Ela não tem fortuna pessoal, já eu sou rica pelo ramo da minha mãe e tal fortuna ainda será mais que duplicada pela do sr. e da sra. de Saint-Méran, que um dia virá para as minhas mãos. Pois bem, acho que ela está com inveja. Oh, meu Deus! Se eu pudesse lhe dar metade dessa fortuna e me sentir na casa do sr. de Villefort como uma filha na casa de seu pai, faria isso agora mesmo, não duvide.

— Pobre Valentine!

— Sim, sinto-me acorrentada e ao mesmo tempo tão fraca que esses elos parecem me sustentar e tenho medo de rompê-los. Além disso, meu pai não é um homem cujas ordens possam ser impunemente infringidas. É poderoso contra mim, seria contra você, seria contra o próprio rei, protegido que é por um passado sem mácula e por uma posição quase inatacável. Oh, Maximilien, juro-lhe, não luto porque receio magoá-lo com essa luta.

— Mas, enfim, Valentine — replicou Maximilien —, por que não ter esperanças, por que ver o futuro sempre sombrio?

— Ah, meu amigo, porque eu o julgo pelo passado!

— Entretanto, vejamos, se não sou um partido ilustre do ponto de vista aristocrático, por outro lado prezo, sob muitos aspectos, a sociedade na qual você vive. A época em que havia duas Franças na França não existe mais; as mais ilustres famílias da monarquia fundiram-se com as famílias do Império, a aristocracia da lança desposou a aristocracia do canhão. Muito bem! Da minha parte, pertenço a esta última: tenho um belo futuro no exército, desfruto de uma fortuna limitada, mas independente; a memória do meu pai, enfim, é venerada em nossa terra como a de um dos negociantes mais honestos que já existiram. Digo nossa terra, Valentine, porque você é quase de Marselha.

— Não me fale de Marselha, Maximilien, basta essa palavra para me lembrar minha bondosa mãe, aquele anjo que todos prantearam, e que, depois de velar pela filha durante sua curta passagem pela Terra, ainda vela por ela, pelo menos é o que espero, em sua eterna morada no céu. Oh, se a coitada da minha mãe estivesse viva, Maximilien, eu não teria mais nada a temer; eu lhe diria que o amo e ela nos protegeria!

— Infelizmente, Valentine — disse Maximilien —, se ela vivesse, provavelmente eu não lhe conheceria, pois, como você mesmo disse, você seria feliz se ela vivesse, e Valentine feliz teria me olhado desdenhosamente do alto de sua grandeza.

— Ah, meu amigo — exclamou Valentine —, agora é você que está sendo injusto... Mas, diga-me...

— Que quer que eu lhe diga? — respondeu Maximilien, vendo que Valentine hesitava.

— Diga-me — continuou a moça —, será que já houve no passado alguma desavença entre o seu pai e o meu?

— Não que eu saiba — respondeu Maximilien —, exceto pelo fato de seu pai ter sido um partidário mais que zeloso dos Bourbon e o meu, um homem fiel ao imperador. É, presumo, tudo que houve de discordância entre eles. Mas por que essa pergunta, Valentine?

— Vou lhe contar — disse Valentine —, pois você tem que saber de tudo. Muito bem! Foi no dia em que sua indicação para oficial da Legião de Honra foi publicada no jornal. Estávamos todos na casa do meu avô, o sr. Noirtier, e lá estava também o sr. Danglars, aquele banqueiro cujos cavalos quase mataram minha mãe e meu irmão anteontem, conhece? Eu lia o jornal em voz alta para o meu avô, enquanto aqueles senhores conversavam sobre o casamento da srta. Danglars. Quando cheguei no parágrafo que lhe dizia respeito e que eu já lera, pois desde a manhã da véspera você havia me anunciado a boa nova; quando cheguei, como ia dizendo, no parágrafo que lhe dizia respeito, eu estava felicíssima... mas tremia toda vendo-me obrigada a pronunciar seu nome em voz alta, e decerto o teria omitido se não temesse que interpretassem mal o meu silêncio; então, reuni toda a minha coragem, e li.

— Querida Valentine!

— Pois bem! Assim que seu nome ressoou, meu pai voltou a cabeça. Eu estava tão persuadida, veja como sou louca!, de que todo mundo ia ser golpeado por esse nome como se ele fosse um raio, que acreditei ver meu pai estremecer, bem como, quanto a este, era uma ilusão, tenho certeza, bem como o sr. Danglars.

"— Morrel — disse o meu pai —, espere um instante! — E ele franziu o cenho. — Seria um desses Morrel de Marselha, um desses radicais bonapartistas que nos criaram tanta dificuldade em 1815?

"— Sim — respondeu o sr. Danglars —, creio inclusive que é o filho do velho armador."

— Não acredito! — exclamou Maximilien. — E qual foi a resposta do seu pai, diga, Valentine?

— Oh, uma coisa horrível que não me atrevo a repetir!

— Por favor — pediu Maximilien, sorrindo.

— O imperador deles — disse meu pai franzindo o cenho outra vez — sabia pôr aqueles fanáticos em seu lugar. Ele os chamava de "carne para canhão", e era o único nome que mereciam. Vejo com alegria que o novo governo vem revigorando esse princípio salutar. Ainda que não seja em seu nome que ele preserva a Argélia, eu o felicitaria por isso, embora ela nos custe tão caro.

— É de fato uma política muito brutal — disse Maximilien. — Mas não ruborize, querida amiga, pelo que disse o sr. de Villefort; meu corajoso pai não ficava em nada atrás do seu nesse ponto, e repetia sem parar: "Por que será que o imperador, que cria tantas coisas belas, não cria um regimento de juízes e advogados e os despacha todos para a linha de fogo?" Como vê, querida, os partidos equivalem-se quanto ao pitoresco da expressão e à delicadeza do pensamento. Mas e o sr. Danglars, qual foi seu comentário depois dessa tirada do procurador do rei?

— Oh, ele se pôs a rir, com aquela risada furtiva que lhe é peculiar e que soa feroz para mim. No instante seguinte, os dois se levantaram e foram embora. Só então percebi que o meu avô estava todo agitado. Preciso lhe dizer, Maximilien, que apenas eu pressinto as agitações desse infeliz paralítico, e aliás já desconfiava que a conversa que se dera à sua frente (pois não davam mais a mínima para o coitado do meu avô!), o impressionara bastante, considerando que haviam falado mal do seu imperador, e, ao que parece, ele era fanático por Napoleão.

— Trata-se, com efeito — disse Maximilien —, de um dos nomes mais conhecidos do Império: foi senador, e, como você sabe ou não sabe, Valentine, participou de praticamente todas as conspirações bonapartistas tramadas sob a Restauração.

— Sim, já ouvi algumas vezes sussurrarem essas coisas, que me parecem estranhas: o avô bonapartista, o pai monarquista; enfim, que se há de fazer...? Voltei-me então para ele, que me apontou o jornal com os olhos.

"— Que há com o senhor, vovô? — perguntei-lhe. — Está contente?

"Ele fez sinal de que sim com a cabeça.

"— Com o que o meu pai acaba de dizer?

"Fez sinal de que não.

"— Com o que disse o sr. Danglars?

"Fez mais uma vez sinal de que não.

"— É então por causa da nomeação do sr. Morrel — eu não ousava dizer Maximilien — como oficial da Legião de Honra?

"Fez sinal de que sim.

"— Acredita nisso, Maximilien? Ele estava contente por você ter sido nomeado oficial da Legião de Honra, você que meu avô nem conhece. Talvez fosse loucura da parte dele, pois dizem que está voltando à infância; mas adorei aquele sim."

— É curioso — pensou Maximilien. — Seu pai então me odiaria, em contrapartida seu avô... Que coisa estranha essa história de amores e ódios partidários!

— Schh! — fez Valentine subitamente. — Esconda-se, fuja; vem vindo alguém!

Maximilien precipitou-se para o ancinho e começou a capinar impiedosamente a alfafa.

— Senhorita! Senhorita! — gritou uma voz atrás das árvores. — A sra. de Villefort está à sua procura e a chama; há uma visita no salão.

— Uma visita! — disse Valentine toda agitada. — E quem nos faz essa visita?

— Um grão-senhor, um príncipe, pelo que dizem, o conde de Monte Cristo.

— Estou indo — disse Valentine bem alto.

Esse nome fez estremecer do outro lado da cerca aquele para quem o *estou indo* de Valentine era destinado, como despedida ao fim de cada encontro.

— E essa agora! — disse consigo Maximilien, apoiando-se pensativo em seu ancinho. — Como o conde de Monte Cristo conhece o sr. de Villefort?

14. TOXICOLOGIA

Era de fato o sr. conde de Monte Cristo que acabava de entrar na casa dos Villefort, com a intenção de retribuir ao sr. procurador do rei a visita que este lhe fizera, e, a esse nome, toda a casa, como é muito compreensível, ficou em polvorosa.

A sra. de Villefort, que estava no salão quando o conde foi anunciado, mandou logo chamar o filho, para que a criança reiterasse os agradecimentos ao conde, e Édouard, que havia dois dias ouvia incessantemente o nome do grande personagem, apressou-se a comparecer, não por obediência à mãe, não para agradecer ao conde, mas por curiosidade e para fazer alguma observação que o levasse a introduzir uma das caretas que faziam sua mãe dizer: "Oh, menino mau! Mas sou obrigada a perdoá-lo, tem tanta presença de espírito!"

Feitas as primeiras cortesias de praxe, o conde informou-se acerca do sr. de Villefort.

— Meu marido foi jantar na casa do sr. chanceler — respondeu a jovem mulher. — Saiu neste instante, e lamentará muito, tenho certeza, ter sido privado da felicidade de vê-lo.

Duas visitas que haviam precedido o conde no salão, e que o devoravam com os olhos, retiraram-se após o tempo razoável exigido pelo decoro e pela curiosidade.

— Aliás, onde está sua irmã Valentine? — perguntou a sra. de Villefort a Édouard. — Mande avisá-la, pois quero ter a honra de apresentá-la ao sr. conde.

— Tem uma filha, senhora? — perguntou o conde. — Mas deve ser uma criança...

— É filha do sr. de Villefort — respondeu a jovem mulher —, filha de um primeiro casamento, uma moça alta e bonita.

— Mas melancólica — interrompeu o jovem Édouard, arrancando, para fazer um penacho no seu chapéu, as plumas da cauda de uma magnífica arara que gritava de dor em seu poleiro dourado.

A sra. de Villefort contentou-se em dizer:

— Silêncio, Édouard! Esse jovem inconsequente não deixa de ter alguma razão, e está apenas repetindo o que já me ouviu dizer várias vezes com pesar; pois a srta. Villefort tem, a despeito de tudo que fazemos para distraí-la, um temperamento tristonho e um humor taciturno, que prejudicam muito o efeito de sua beleza. Mas onde está ela que não aparece; Édouard, vá ver o motivo de sua demora.

— É porque estão procurando onde ela não está.

— E onde estão procurando?

— No quarto do vovô Noirtier.

— E você acha que ela não está lá?

— Não, não, não, não, não, ela não está lá — respondeu Édouard, cantarolando.

— E onde ela está? Se você sabe, diga de uma vez.

— Está embaixo da grande castanheira — continuou o cruel menino, enquanto oferecia, malgrado os gritos da mãe, moscas vivas ao periquito, que parecia adorar aquela espécie de caça.

A sra. de Villefort esticava a mão para tocar a campainha e informar à camareira o local onde encontraria Valentine, quando esta entrou. Parecia triste, com efeito, e, observando-a com atenção, era possível até discernir vestígios de lágrimas em seus olhos.

Valentine, a quem nós, arrebatados pela rapidez da narrativa, apresentamos ao leitor sem maiores detalhes, era uma jovem alta e esbelta, de dezenove anos, com cabelos castanho-claros, olhos azul-escuros, andar lânguido e marcada pela refinada distinção que caracterizara sua mãe. Suas mãos brancas, esguias, seu pescoço de madrepérola e suas faces marmorizadas por cores fugazes davam-lhe, à primeira vista, o aspecto dessas belas inglesas cujos meneios, muito poeticamente, eram comparados a cisnes se admirando.

Ela entrou, portanto, e, ao ver na companhia de sua mãe o estrangeiro do qual já tanto ouvira falar, cumprimentou-o sem nenhuma afetação de donzela e sem baixar os olhos, com uma graça que redobrou a atenção do conde.

Ele se levantou.

— Srta. de Villefort, minha enteada — disse a sra. de Villefort a Monte Cristo, desencostando-se do seu sofá e apontando Valentine com a mão.

— E o sr. de Monte Cristo, rei da China, imperador da Cochinchina — acrescentou o jovem trocista, lançando um olhar furtivo para a irmã.

Dessa vez a sra. de Villefort empalideceu e esteve a ponto de se irritar com o flagelo doméstico que respondia pelo nome de Édouard; porém, contra todas as expectativas, o conde sorriu e pareceu observar a criança com condescendência, o que levou ao auge a alegria e o entusiasmo da mãe.

— Mas, senhora — disse o conde, reatando a conversa e encarando alternadamente a sra. de Villefort e Valentine —, será que não tive a honra de encontrá-las em algum lugar, a senhora e a senhorita? Ainda há pouco eu já pensava nisso; e, quando a senhorita entrou, sua presença foi uma luz a mais posta sobre uma lembrança confusa, perdoem-me dizê-lo.

— Não é provável, senhor; a srta. de Villefort não gosta muito de reuniões sociais, e raramente saímos — disse a jovem mulher.

— Mas não foi em uma reunião social que vi a senhorita, bem como a senhora, madame, e esse adorável traquinas. Por sinal, não conheço absolutamente ninguém da sociedade parisiense, pois, creio ter tido a honra de lhe dizer, estou em Paris há poucos dias. Não, se me permitem lembrar... esperem...

O conde pôs a mão na testa como para concentrar todas as suas recordações:

— Não, foi ao ar livre... foi... não sei... mas me parece que essa lembrança é inseparável de um belo sol de uma espécie de festa religiosa... a senhorita tinha flores na mão; a criança corria atrás de um belo pavão no jardim, e a senhora, por sua vez, estava sob um caramanchão... Ajude-me, senhora; será que as coisas que digo não lhe evocam nada?

— Não, nada — respondeu a sra. de Villefort. — Apesar disso, parece-me, cavalheiro, que se o tivesse visto em algum lugar, sua lembrança teria permanecido presente na minha memória.

— O sr. conde talvez nos tenha visto na Itália — arriscou timidamente Valentine.

— Com efeito, na Itália... é possível — disse Monte Cristo. — Já foi à Itália, senhorita?

— Minha madrasta e eu estivemos lá há dois anos. Os médicos temiam pelos meus pulmões e me haviam recomendado o ar de Nápoles. Passamos por Bolonha, Peruggia e Roma.

— Ah, é verdade, senhorita! — exclamou Monte Cristo, como se essa simples indicação bastasse para consolidar suas recordações. — Foi em Peruggia, no dia da Festa do Santo Sacramento, no jardim da hospedaria do Correio, onde por acaso nos reunimos, a senhora, a senhorita, seu filho e eu; lembro-me de ter tido a honra de vê-los.

— Lembro-me perfeitamente de Peruggia, cavalheiro, e da hospedaria do Correio, e da festa que menciona — disse a sra. de Villefort. — Mas em vão interrogo minhas lembranças. Tenho vergonha da minha memória fraca, pois não me recordo de ter tido a honra de vê-lo.

— É estranho, eu tampouco — disse Valentine, levantando seus belos olhos para Monte Cristo.

— Ah, mas eu me lembro! — disse Édouard.

— Vou ajudá-la, senhora — continuou o conde. — O dia tinha sido escaldante; as senhoras esperavam cavalos que não chegavam, por causa da solenidade. A senhorita isolou-se nas profundezas do jardim, e o filho da senhora desapareceu, correndo atrás da ave.

— Eu a alcancei, mamãe, a senhora sabe — disse Édouard —, arranquei três penas de sua cauda.

— A senhora permaneceu sob o caramanchão da videira, não se lembra? Estava sentada num banco de pedra e, enquanto, como lhe disse, a srta. de Villefort e o sr. seu filho estavam ausentes, conversou longamente com alguém...

— Sim, é verdade, sim — disse a jovem mulher, ruborizando —, estou lembrando, com um homem vestindo um sobretudo de lã... com um médico, acho.

— Exatamente, senhora; esse homem era eu; estava morando havia quinze dias naquela hospedaria, tinha curado a febre do meu criado e a difteria do meu hoteleiro, de maneira que me viam como um grande médico. Conversamos longamente, senhora, sobre assuntos diversos, Peruggino, Rafael[99], costumes, roupas, a famosa *aqua tofana*, cujo segredo, disseram-lhe, ainda era conservado por alguns em Veneza.

— Ah, é verdade — disse a sra. de Villefort, com vivacidade e uma certa preocupação —, agora me lembro.

— Não recordo mais em detalhe o que a senhora me disse — prosseguiu o conde, absolutamente tranquilo —, mas lembro claramente que, partilhando a meu respeito o equívoco generalizado, consultou-me sobre a saúde da srta. de Villefort.

— Por outro lado, o senhor era efetivamente médico — disse a sra. de Villefort —, uma vez que curou doentes.

— Molière ou Beaumarchais[100] lhe responderiam, senhora, que foi justamente por não ser médico que os curei, ou melhor, que meus doentes foram curados. De minha parte, contento-me em lhe dizer que estudei a fundo química e ciências naturais, mas apenas como diletante, a senhora compreende.

---

99. "Peruggino, Rafael": a passagem se refere aos pintores renascentistas italianos Pietro di Cristoforo Vanuci, ou Pietro Peruggino (1450-1523), e Rafael Sanzio (1483-1520).

100. "Molière ou Beaumarchais": Jean-Baptiste Poquelin, dramaturgo mais conhecido como Molière (1622-73) e autor de *O doente imaginário* (1763), no qual o protagonista, um hipocondríaco, submete-se aos mais exóticos tratamentos de médicos inescrupulosos; Pierre-Augustin Caron de Beaumarchais (1732-99) autor, entre outras, de *As bodas de Fígaro* (1784), e admirador ardoroso de Molière, cujas obras editou e zelou para que chegassem à posteridade.

Nesse momento soaram as seis horas.

— Pronto, seis horas — disse a sra. de Villefort, visivelmente agitada. — Por que não vai ver se o seu avô está preparado para jantar, Valentine?

Valentine levantou-se e, saudando o conde, saiu sem pronunciar palavra.

— Oh, meu Deus, senhora, seria por minha causa que despacha a srta. de Villefort? — perguntou o conde, quando Valentine saiu.

— Imagine! — respondeu, perturbada, a jovem mulher. — Mas é a hora em que servimos ao sr. Noirtier a triste refeição que assegura sua triste existência. Está informado, cavalheiro, acerca do estado deplorável no qual se encontra o pai de meu marido?

— Sim, senhora, o sr. de Villefort me contou; uma paralisia, creio.

— Infelizmente, sim; esse desafortunado velho sofre da ausência completa de movimentos, apenas a alma subsiste naquela máquina humana, e ainda assim pálida e trêmula, como um lampião prestes a se apagar. Mas, perdão, cavalheiro, por aborrecê-lo com nossas mazelas domésticas; interrompi-o no momento em que me dizia ser um exímio químico.

— Oh, eu não dizia isso, senhora — respondeu o conde com um sorriso. — Muito pelo contrário, estudei química porque, decidido a viver a maior parte do tempo no Oriente, quis seguir o exemplo do rei Mitridates.

— *Mithridates, rex Ponticus*[101] — disse o estouvado, recortando silhuetas num magnífico álbum. — O mesmo cujo café da manhã era todos os dias acompanhado por uma xícara de veneno com creme.

— Édouard! Criança malvada! — exclamou a sra. de Villefort, arrancando o livro mutilado das mãos do filho. — Você é insuportável, não há quem aguente. Deixe-nos em paz e junte-se à sua irmã Valentine no quarto do seu querido vovô Noirtier.

— O álbum... — disse Édouard.

— Como assim, o álbum?

— Pois é: quero o álbum...

— Por que recortou esses desenhos?

— Porque é divertido.

— Saia daqui! Saia!

— Não saio se não me derem o álbum — disse a criança, instalando-se numa grande poltrona, fiel a seu hábito de jamais ceder.

— Pegue-o e deixe-nos em paz — arrematou a sra. de Villefort.

E entregou o álbum a Édouard, que foi saindo acompanhado pela mãe.

O conde seguiu a sra. de Villefort com os olhos.

---

101. *Mithridates, rex Ponticus*: bordão dos livros de latim elementar na França da época, significando "Mitridates, rei do Ponto". O Ponto, região à beira do mar Negro, era governado por Mitridates, que durante o séc.I a.C. guerreou contra Roma.

— Édouard! Criança malvada!

— Vejamos se ela vai fechar a porta quando o menino sair — murmurou consigo Monte Cristo.

A sra. de Villefort fechou a porta com grande cuidado após a passagem do menino; o conde fingiu não dar importância ao fato.

Em seguida, lançando um olhar à sua volta, a jovem mulher veio sentar-se na conversadeira.

— Permita observar, senhora — disse o conde, com a desenvoltura já nossa conhecida —, que é muito severa com esse simpático diabinho.

— Sou obrigada a isso, cavalheiro — replicou a sra. de Villefort, com uma afetação toda maternal.

— O sr. Édouard recitava Cornélio Nepo[102] discorrendo sobre o rei Mitridates — disse o conde —, e a senhora o interrompeu numa citação que

102. Cornélio Nepo: medíocre historiador romano do séc.I a.C.

prova que o preceptor não perdeu tempo com ele e que seu filho está bastante adiantado para a sua idade.

— O fato é, sr. conde — respondeu a mãe ligeiramente lisonjeada — que ele tem uma grande facilidade e aprende tudo o que deseja. Tem apenas um defeito, é ser muito voluntarioso; mas, a propósito do que ele dizia, acredita, por exemplo, sr. conde, que Mitridates fizesse uso dessas precauções e que essas precauções pudessem ser eficientes?

— Acredito tão piamente, senhora, que eu mesmo fiz uso delas para não ser envenenado em Nápoles, Palermo e Esmirna, isto é, em três ocasiões em que, sem essa precaução, corri o risco de deixar a vida.

— E o recurso foi bem-sucedido?

— Plenamente.

— De fato; lembro-me que o senhor já me contara alguma coisa parecida em Peruggia.

— Verdade?! — reagiu o conde, com uma surpresa admiravelmente representada. — Agora sou eu que não me lembro.

— Eu lhe perguntava se os venenos agiam da mesma forma e com a mesma virulência nos homens do Norte e nos homens do Mediterrâneo, e o senhor chegou a me responder que os temperamentos frios e linfáticos dos setentrionais não apresentavam as mesmas aptidões que a natureza exuberante e vigorosa dos indivíduos do Midi.

— O que é verdade — disse Monte Cristo. — Vi russos devorarem, sem serem incomodados, substâncias vegetais que infalivelmente teriam matado um napolitano ou um árabe.

— Acredita, então, que o resultado seria ainda mais fatal aqui do que no Oriente e que, em meio às nossas brumas e nossas chuvas, um homem se habituaria mais facilmente do que sob uma latitude mais quente a essa absorção progressiva do veneno?

— Sim; todavia, naturalmente, estaríamos tão somente protegidos contra um veneno ao qual estivéssemos habituados.

— Compreendo; e como o senhor, por exemplo se habituaria, ou melhor, como se habituou?

— Foi muito fácil. Suponha que conheça antecipadamente o veneno que querem usar contra si... suponha que esse veneno seja a... brucina[103], por exemplo...

— A brucina é extraída da falsa-angustura, creio — disse a sra. de Villefort.

---

103. Brucina (*Brucea ferruginea*): a brucina ($C_{23}H_{26}N_2O_4$) pode ser extraída da casca da falsa-angustura quando mergulhada em álcool; ela possui as mesmas propriedades fisiológicas da estricnina. [Nota do Autor.]

— Exatamente, senhora — respondeu Monte Cristo. — Mas creio que não tenho muito a lhe ensinar; receba minhas congratulações. Tais conhecimentos são raros nas mulheres.

— Oh, admito — disse a sra. de Villefort —, tenho uma forte paixão pelas ciências ocultas, que falam à imaginação como uma poesia e se resolvem em algarismos como uma equação algébrica; mas, por favor, continue, o assunto me interessa muito.

— Pois bem! — disse Monte Cristo. — Suponha que o veneno seja a brucina, por exemplo, e que a senhora tome um miligrama no primeiro dia, dois miligramas no segundo. Aí está! No fim de dez dias a senhora terá tomado um centigrama; no fim de vinte dias, aumentando a dose em outro miligrama, terá tomado três centigramas, isto é, uma quantidade que suportaria sem inconveniente, enquanto seria muito perigoso para outra pessoa que não tivesse tomado as mesmas precauções; enfim, um mês depois, bebendo água de uma única garrafa, a senhora mataria a pessoa que tivesse bebido dessa água ao mesmo tempo, e nem perceberia, a não ser por um singelo mal-estar, que nela havia uma substância venenosa qualquer misturada.

— Não conhece outro antídoto?

— Não.

— Eu lia muito esse episódio de Mitridates — disse a sra. de Villefort, pensativa —, e o tomava por uma fábula.

— Não, senhora; contrariando o hábito da história, é uma verdade. Mas o que acaba de dizer, o que me pede, não é fruto de uma pergunta caprichosa, uma vez que há dois anos a senhora já me fazia esse tipo de pergunta e agora me diz que o episódio de Mitridates a preocupava.

— É verdade, senhor, os dois estudos favoritos da minha juventude foram botânica e mineralogia, e depois, quando soube mais tarde que o uso das ervas explicava com frequência toda a história dos povos e a vida dos indivíduos do Oriente, como as flores explicam todo o seu pensamento amoroso, lamentei não ser homem para me tornar um Flamel, um Fontana, ou um Cabanis[104].

— Ainda mais, senhora — disse Monte Cristo —, que os orientais não se limitam, como Mitridates, a fazer dos venenos uma couraça, transformam-nos também num punhal; nas mãos deles, a ciência torna-se não apenas uma arma defensiva, mas também frequentemente agressiva; uma é útil contra os sofrimentos físicos, a outra, contra os inimigos; com o ópio, a beladona, a falsa-angustura, o pau-de-cobra, o louro-cereja, eles põem para dormir os que desejavam acordá-los. Não existe uma única mulher egípcia, turca ou

104. Flamel, Fontana, Cabanis: Nicolas Flamel (1330-1418), alquimista; Félix Fontana (1730-1805), fisiologista que estudou a ação dos venenos; Pierre-Jean-Georges Cabanis (1757-1808) médico famoso em sua época.

grega, que aqui vocês chamam de curandeiras, que não saiba, em matéria de química, o suficiente para estarrecer um médico e, em matéria de psicologia, para aterrar um confessor.

— Jura?! — assustou-se a sra. de Villefort, cujos olhos irradiavam um estranho fulgor durante essa conversa.

— Ora, meu Deus, claro que sim — continuou Monte Cristo —, os dramas secretos do Oriente atam-se e desatam-se dessa forma, desde a erva que faz amar até a erva que faz morrer; desde a beberagem que abre as portas do céu até a que mergulha um homem no inferno. Há tantas nuances de todos os gêneros quanto caprichos e extravagâncias na natureza humana, física e moral; e, eu diria até mais, a arte desses químicos consegue adequar admiravelmente o remédio e o mal às suas necessidades de amor ou aos seus desejos de vingança.

— Mas, senhor — retrucou a jovem senhora —, quer dizer que essas sociedades orientais com que conviveu parte da sua vida são tão fantásticas quanto os contos que nos chegam de seus belos países? Um homem pode ser eliminado impunemente nessas regiões? Então é real a Bagdá ou a Bassorá do sr. Galland? Os sultões e vizires que regem essas sociedades, e que constituem o que na França chamamos de governo, são então autênticos Harun-al-Raschid e Giafar,[105] que não apenas perdoam um envenenador, como ainda o fazem primeiro-ministro se o crime foi engenhoso, e que, nesse caso, mandam registrar a história em letras douradas para se divertirem em seus momentos de tédio?

— Não, senhora, o fantástico deixou de existir até mesmo no Oriente; lá também, disfarçados sob outros nomes e escondidos sob outros uniformes, há comissários de polícia, investigadores, procuradores do rei e peritos. Os criminosos são enforcados, decapitados e empalados com a maior tranquilidade; mas estes, como exímios fraudadores, souberam despistar a justiça humana e garantir o sucesso de suas iniciativas por meio de hábeis estratagemas. Entre nós, um tolo possuído pelo demônio do ódio ou da cupidez, que tenha um inimigo para destruir ou um avô para aniquilar, vai até o mercador de ervas, dá um nome falso que o identifica muito mais que o autêntico, e compra, a pretexto de que os ratos não o deixam dormir, cinco ou seis gramas de arsênico; se for um especialista, dirige-se a cinco ou seis herbanários, sendo reconhecido em todas as cinco ou seis ocasiões; depois, quando está de posse da sua poção, ministra a seu inimigo, a seu avô, uma

105. Galland, Harun-al-Raschid, Giafar: Antoine Galland (1646-1715), tradutor e adaptador das *Mil e uma noites*, publicando seu trabalho entre 1704 e 1711. Em sua versão, Harun-al-Raschid, grande califa de Bagdá, é o vizir, enquanto Giafar, seu confidente e amigo íntimo, é o herói.

dose de arsênico que arrebentaria com um mamute ou um mastodonte e que, sem mais nem menos, faz a vítima soltar berros que assustam todo o bairro. Chega então um punhado de agentes e policiais, mandam chamar um médico, que abre o morto e recolhe, com uma colher, o arsênico em seu estômago e vísceras. No dia seguinte, cem jornais noticiam o fato com o nome da vítima e do assassino. Na mesma noite o herbanário ou os herbanários vem ou vêm dizer: "Fui eu que vendi o arsênico para o cavalheiro." E em vez de identificarem o comprador, identificarão vinte; afinal o tolo criminoso é capturado, aprisionado, interrogado, confrontado, confundido, condenado e guilhotinado; ou, sendo uma mulher com algum valor, é agraciada com a prisão perpétua. Eis como os setentrionais entendem a química, senhora. Desrues[106], porém, era melhor, devo admitir.

— Que se há de fazer, senhor! — disse rindo a jovem senhora. — Fazemos o possível. Nem todo mundo detém o segredo dos Medici ou dos Bórgia.

— Agora — disse o conde, empertigando-se —, gostaria que eu lhe revelasse a causa de todas essas inépcias? É que nos teatros franceses, ao menos até onde pude julgar ao ler as peças em cartaz, veem-se sempre pessoas engolindo o conteúdo de um tubo ou mordendo o castão de um anel e caindo mortas e secas: cinco minutos depois, baixa o pano; os espectadores se dispersam. Ignoram-se as consequências do assassinato; nunca se vê nem o comissário de polícia com seu cachecol, nem o major com seus quatro homens, e isso autoriza amplamente os cérebros simplórios a acreditar que as coisas acontecem dessa forma. Porém, saia um pouquinho da França, vá ou a Alepo, ou ao Cairo, ou apenas a Nápoles e Roma, e verá passar na rua pessoas empertigadas, frescas e róseas, acerca das quais o diabo coxo[107], se a roçasse com seu manto, poderia lhe dizer: "Esse cavalheiro está envenenado há três semanas e estará definitivamente morto daqui a um mês."

— Mas, então — disse a sra. de Villefort —, eles descobriram o segredo daquela famosa *aqua tofana*, que me diziam perdido em Peruggia?

— Por Deus, minha senhora, será que alguma coisa se perde entre os homens? As artes deslocam-se e dão a volta ao mundo; as coisas mudam de nome, só isso, e o vulgo é iludido; mas o resultado é sempre o mesmo; o veneno incide particularmente sobre este ou aquele órgão; um sobre o estômago, o outro sobre o cérebro, o outro sobre os intestinos. Pois bem! O veneno determina uma tosse, essa tosse, uma congestão no peito ou qualquer outra

---

106. Desrues: merceeiro e herbanário parisiense enforcado em 1777 depois de haver envenenado a mulher e o filho.

107. "o diabo coxo": referência ao livro deste nome, uma novela, publicada em 1707 pelo escritor e dramaturgo francês Alain-René Le Sage (1668-1747). Esta havia sido inspirada na novela do escritor espanhol Luis Vélez de Guevara (1579-1644), de 1641.

doença catalogada no livro da ciência, o que não a impede de ser absolutamente mortífera, e, se não o for, de passar a sê-lo graças aos remédios que lhe ministram os ingênuos médicos, em geral péssimos químicos, trabalhem eles a favor ou contra a doença, como preferir; e eis um homem morto com arte e dentro de todas as regras, sobre o qual a justiça nada tem a questionar, como dizia um horrível químico amigo meu, o excelente abade Adelmonte de Taormina, na Sicília, que estudara a fundo esses fenômenos nacionais.

— É assustador, mas é admirável — disse a jovem senhora, paralisada pela atenção. — Confesso que considerava essas histórias invencionices da Idade Média.

— Sim, provavelmente, mas que ainda são aperfeiçoadas em nossos dias. Para que serviriam o tempo, os estímulos, as medalhas, as cruzes, os prêmios Montyon[108], se não para conduzir a sociedade à sua mais elevada perfeição? Ora, o homem somente será perfeito quando for capaz de criar e destruir como Deus; destruir, ele já sabe, é meio caminho andado, realmente.

— De maneira — replicou a sra. de Villefort, voltando invariavelmente ao seu objetivo — que os venenos dos Bórgia, dos Medici, dos René, dos Ruggieri e, mais tarde provavelmente, do barão de Trenk[109], tão explorados pelo drama moderno e o romance...

— Eram objetos de arte, senhora, e não outra coisa — respondeu o conde. — Acredita que o verdadeiro cientista dirige-se banal e diretamente ao indivíduo? Em absoluto. A ciência ama os ricochetes, as façanhas, a fantasia, se podemos dizer assim. O excelente abade Adelmonte, por exemplo, de quem eu lhe falava ainda há pouco, fez, sob esse aspecto, experimentos impressionantes.

— Conte mais!

— Vou lhe contar apenas um. Ele tinha um belo jardim cheio de legumes, flores e frutas; entre esses legumes, o abade escolhia o mais simples de todos, uma couve, por exemplo. Durante três dias regava essa couve com uma solução de arsênico; no terceiro dia, a couve caía doente e amarelecia, era o momento de colhê-la; para todos, parecia madura e conservava sua aparência simples, apenas para o abade Adelmonte estava envenenada. Levando a couve para casa, ele então pegava um coelho — o abade Adelmonte tinha uma coleção de coelhos, gatos e porquinhos-da-índia que não ficava nada a dever à sua coleção de legumes, flores e frutas — e lhe dava uma folha de couve para co-

---

108. Ver Parte II, cap.17, nota 122.

109. René: René Bianchi, perfumista milanês que acompanhava Catarina de Medici (1519-89), rainha consorte francesa de origem italiana, foi acusado de ser envenenador; Cosimo Ruggieri (séc.XVIII), astrólogo florentino agregado à corte francesa; barão Friedrick Trenk (séc.XVIII), espião austríaco que terminaria guilhotinado pela Revolução, na França.

mer: o coelho morria. Que investigador ousaria questionar isso e que procurador do rei já cogitou de elaborar contra o sr. Magendie ou o sr. Flourens[110] uma acusação a respeito dos coelhos, porquinhos-da-índia e gatos que eles mataram? Nenhum. Eis, portanto, o coelho morto sem a interferência da justiça. Morto esse coelho, o abade Adelmonte manda sua cozinheira limpá-lo e joga seus intestinos num monte de adubo. Sobre esse adubo, há uma galinha, que dá uma bicada nesses intestinos, cai doente por sua vez e morre no dia seguinte. Enquanto ela se debate nas convulsões da agonia, passa um abutre, há muitos abutres onde Adelmonte mora, e o animal investe contra o cadáver, carrega-o para um rochedo e o janta. Três dias depois, o infeliz abutre, que, depois dessa refeição, viu-se constantemente indisposto, sente-se tomado por uma dormência no alto do pescoço; rola no vazio e vem cair pesadamente no seu aquário; o lúcio, a enguia e a moreia comem gulosamente, a senhora sabe, e mordem o abutre. Pois bem! Suponha que, no dia seguinte, sirvam em sua mesa essa enguia, esse lúcio ou essa moreia, envenenados até a quarta geração. Seu convidado, por conseguinte, será envenenado até a quinta, e morrerá ao cabo de oito ou dez dias de dor nas vísceras, enjoos, abscessos no piloro. Farão a autópsia, e os médicos dirão: "O indivíduo morreu de um tumor no fígado ou de uma febre tifoide."

— Mas — disse timidamente a sra. de Villefort —, todas essas circunstâncias, que o senhor encadeia umas nas outras, podem ser dribladas pelo menor acidente; o abutre pode não passar a tempo ou cair a cem passos do aquário.

— Ah! É justamente nesse ponto que reside a arte: para ser um grande químico no Oriente, é preciso dirigir o acaso; isso é possível.

A sra. de Villefort devaneava e escutava.

— Mas — disse ela —, o arsênico é indelével; uma vez absorvido, estará no corpo do homem a partir do momento em que houver entrado em quantidade suficiente para matá-lo.

— Ótimo — exclamou Monte Cristo —, ótimo! Foi precisamente o que eu disse ao bom Adelmonte.

"Ele refletiu, sorriu e me respondeu com um provérbio siciliano, que é também, creio, um provérbio francês: 'Meu filho, o mundo não foi feito em um dia, mas em sete: volte domingo.'

---

110. Magendie e Flourens: François Magendie (1783-1855), fisiologista francês, conhecido por suas vivissecções, isto é, operações feitas em animais vivos para estudos fisiológicos; Marie-Jean-Pierre Flourens (1794-1867), fisiologista francês, pioneiro no desenvolvimento de técnicas anestésicas, cujos experimentos incluíram lesões cerebrais intencionalmente provocadas em coelhos e pombos, para observar seus efeitos na motricidade, sensibilidade e comportamento dos animais.

"No domingo seguinte, voltei; em vez de ter regado sua couve com arsênico, ele a regara com uma solução de sal à base de estricnina, *Strycnos colubrina*, como dizem os cientistas. Dessa vez, a couve não tinha o aspecto nada doente, em absoluto; da mesma forma, o coelho não desconfiou de nada; da mesma forma, cinco minutos depois o coelho estava morto; a galinha comeu o coelho, no dia seguinte faleceu. Então fizemos o papel dos abutres, carregamos a galinha e a abrimos. Dessa vez todos os sintomas específicos haviam desaparecido, restando apenas os sintomas genéricos. Nenhuma indicação específica em nenhum órgão; exasperação do sistema nervoso, ponto final, e vestígios de congestão cerebral, não mais que isso; a galinha não tinha sido envenenada, morrera de apoplexia. É um caso raro entre as galinhas, sei muito bem, mas muito comum nos homens."

A sra. de Villefort parecia cada vez mais sonhadora.

— Ainda bem — disse ela — que essas substâncias só podem ser preparadas pelos químicos, pois, com certeza, metade do mundo envenenaria a outra.

— Pelos químicos ou por pessoas que lidam com química — respondeu Monte Cristo, displicentemente.

— E depois — disse a sra. de Villefort, esquivando-se a todo custo de seus próprios pensamentos —, por mais artisticamente preparado que seja, um crime é sempre um crime: e se ele escapa à investigação humana, não escapa ao olhar de Deus. Os orientais são mais fortes que nós nos casos de consciência e, prudentemente, suprimiram o inferno, nada mais que isso.

— Perdão, senhora, este é um escrúpulo que deve brotar espontaneamente numa alma honesta como a sua, mas que não demoraria a ser desenraizado pelo raciocínio. O lado mau do pensamento humano será sempre resumido por esse paradoxo de Jean-Jacques Rousseau, a senhora conhece: "O mandarim que matamos a cinco léguas de distância bastando erguer a ponta do dedo."[111] A vida do homem dá-se em meio a essas coisas e sua inteligência se esgota ao sonhá-las. A senhora encontraria pouquíssimas pessoas dispostas a fincar brutalmente uma faca no coração do seu semelhante, ou que lhe ministrassem, para fazê-lo desaparecer da superfície do globo, essa quantidade de arsênico que mencionávamos ainda há pouco. Seria realmente ou uma excentricidade ou uma tolice. Para chegar a esse ponto, o sangue precisa esquentar até os trinta e seis graus, o pulso deve bater noventa vezes

111. "O mandarim ... a ponta do dedo": dilema moral bastante em voga na época, que pode ser exposto nos seguintes termos: se para herdar muito dinheiro bastasse apertar um botão e matar um mandarim que nunca se viu e que vive do outro lado do mundo, quem não apertaria? Atribuído ora a Rousseau, ora a François-René de Chateaubriand, foi também objeto de uma novela de Eça de Queiroz.

por minuto e a alma deve sair de seus limites normais; porém, se passar, como se faz em filologia, da palavra ao sinônimo amenizado, a senhora faz uma simples eliminação; em vez de cometer um ignóbil assassinato, se pura e simplesmente tirar do caminho aquele que a importuna, e isso sem choque, sem violência, sem o aparato desses sofrimentos que, ao se tornarem um suplício, fazem da vítima um mártir e de quem age, um *carnifex*[112] por excelência; se não houver nem sangue, nem berros, nem contorções, nem sobretudo essa horrível e comprometedora instantaneidade da consumação, então a senhora escapa ao cutelo da lei humana, que lhe diz: "Não perturbe a sociedade!" Eis como procedem e têm êxito os orientais, personagens graves e fleugmáticos, que pouco se preocupam com questões de tempo nas conjecturas de certa relevância.

— Resta a consciência — disse a sra. de Villefort, num tom impressionado e com um suspiro abafado.

— Sim — disse Monte Cristo —, sim, felizmente resta a consciência, sem a qual estaríamos desgraçados. Depois de toda ação um pouco vigorosa, é a consciência que nos salva, pois nos fornece mil boas desculpas, cujos únicos juízes somos nós; e essas razões, excelentes que sejam para nos preservar o sono, talvez fossem insuficientes para nos preservar a vida, perante um tribunal. Ricardo III, por exemplo, deve ter sido maravilhosamente servido por sua consciência após a eliminação dos dois filhos de Eduardo IV; com efeito, ele podia dizer consigo mesmo: "Esses dois filhos de um rei cruel e perseguidor haviam herdado os vícios do pai, apenas eu soube pressenti-los em suas inclinações juvenis; essas duas crianças me impediam de fazer a felicidade do povo inglês, cujo infortúnio teriam inevitavelmente causado."[113] Assim foi servida por sua consciência lady Macbeth, que queria, independentemente do que Shakespeare tenha dito, dar um trono não a seu marido, mas a seu filho. Ah! O amor materno é uma virtude tão grande, uma motivação tão poderosa, que justifica muitas coisas; caso contrário, depois da morte de Duncan, lady Macbeth teria ficado muito infeliz sem a sua consciência.[114]

A sra. de Villefort absorvia com avidez essas assustadoras máximas e esses horríveis paradoxos emitidos pelo conde com aquela ingênua ironia que lhe era peculiar.

---

112. *Carnifex*: palavra latina que significa, literalmente, "fazedor de carne"; sendo *caro*, carne, e *facio*, fazer. No caso, significa "carrasco", "verdugo".

113. Após a morte de Eduardo IV, rei da Inglaterra, seu irmão Ricardo trancou os dois sobrinhos numa torre e fez o Parlamento entronizá-lo, em seguida assassinando os jovens prisioneiros. Dumas cita aqui um trecho da peça de Shakespeare sobre o tema.

114. Duncan é o rei da Escócia assassinado por Macbeth e sua esposa na peça de Shakespeare.

Então, após um instante de silêncio:

— Sabia, sr. conde — disse ela —, que o senhor é um terrível argumentador e que vê o mundo sob um prisma bem funesto? Foi observando a humanidade através dos tubos de ensaio e das retortas que a avaliou dessa forma? Concordo, o senhor é um grande químico, e aquele elixir que o senhor deu para o meu filho e que o trouxe tão rapidamente à vida...

— Oh, não acredite nisso, senhora! — disse Monte Cristo. — Uma gota desse elixir bastou para trazer à vida essa criança que morria, mas três gotas teriam insuflado sangue em seus pulmões e lhe provocado uma taquicardia; seis lhe teriam cortado a respiração e causado uma nova síncope, muito mais grave do que a primeira; dez, enfim, o teriam fulminado. Percebeu como o afastei rapidamente daquelas garrafinhas que ele teve a imprudência de tocar?

— Então era um veneno terrível?

— Oh, meu Deus, não! Para começar, vamos admitir o seguinte, que a palavra veneno não existe, uma vez que em medicina nos servimos dos venenos mais violentos, os quais se tornam, dependendo de como são ministrados, remédios salutares.

— O que era então?

— Era uma engenhosa poção do meu amigo, o excelente abade Adelmonte, e que ele me ensinou a aplicar.

— Oh — disse a sra. de Villefort —, deve ser um excelente antiespasmódico.

— Insuperável. A sra. viu — respondeu o conde —, e dele faço uso frequente, com toda a prudência possível, é claro — acrescentou num sorriso!

— Acredito — replicou no mesmo tom a sra. de Villefort. — Quanto a mim, tão nervosa e propensa ao desmaio, precisaria de um doutor Adelmonte que me sugerisse métodos para respirar livremente e me tranquilizar com relação ao medo que sinto de um belo dia morrer sufocada. Enquanto isso, como a coisa é difícil de encontrar na França, e como provavelmente seu abade não está disposto a viajar a Paris por minha causa, fico com os antiespasmódicos do sr. Planche, e a menta e as gotas de Hoffmann[115] me são importantíssimas. Veja, tenho aqui pastilhas feitas sob medida para mim; a dose tem que ser dupla.

Monte Cristo abriu a caixinha de tartaruga apresentada pela jovem senhora e inalou o cheiro das pastilhas como um diletante digno de apreciar a fórmula.

---

115. Planche e Hoffmann: Louis-Antoine Planche (1776-1840), farmacêutico e químico francês; Friedrich Hoffmann (1660-1742), médico da corte prussiana, criador do licor antiespasmódico.

— São sofisticadas — disse ele —, mas dependentes da deglutição, função frequentemente impossível de realizar por parte da pessoa desmaiada. Prefiro a minha fórmula.

— Ora, com toda a certeza eu também preferiria, sobretudo tendo em vista os efeitos que eu mesma vi; mas, deve ser um segredo, e não sou suficientemente indiscreta para pedi-lo ao senhor.

— Mas eu, senhora — disse Monte Cristo levantando-se —, sou suficientemente galante para lho oferecer.

— Oh, cavalheiro!

— Lembre-se apenas de uma coisa: em doses pequenas, é um remédio, em doses cavalares, é um veneno. Uma gota dá a vida, como a senhora viu; cinco ou seis matariam inexoravelmente e de uma maneira terrível, ainda mais se imaginar que não alterariam em nada o sabor de uma taça de vinho. Mas paro por aqui, senhora, até parece que a estou incentivando.

Acabava de dar seis e meia, e anunciaram uma amiga da sra. de Villefort que vinha jantar com ela.

— Se eu tivesse a honra de estar na sua presença pela terceira ou quarta vez, sr. conde, em vez de na segunda — disse a sra. de Villefort —, se tivesse a honra de ser sua amiga, em vez de simplesmente ter a felicidade de ser sua devedora, eu insistiria em que ficasse para jantar e não capitularia ante uma primeira recusa.

— Mil perdões, senhora — respondeu Monte Cristo —, eu próprio tenho um compromisso inadiável. Prometi levar uma princesa grega ao teatro, uma amiga que ainda não conhece o Grand Opéra e que conta comigo para levá-la.

— Vá, cavalheiro, mas não se esqueça da minha receita.

— De que forma, senhora!? Para isso seria preciso esquecer uma hora de conversa, como acabamos de ter, o que é completamente impossível.

Monte Cristo cumprimentou e saiu.

A sra. de Villefort continuou sonhadora.

— Eis um homem estranho — disse consigo —, mas ele não me engana, seu nome de batismo deve ser Adelmonte.

Já para Monte Cristo, o resultado havia superado suas expectativas.

“Convenhamos”, pensou ao sair, “essa é uma terra fértil; tenho certeza de que a semente que ali semeei não morrerá.”

E no dia seguinte, fiel à sua promessa, enviou a receita.

15. ROBERTO DIABO[116]

A desculpa do Opéra saiu melhor que a encomenda, pois naquela noite havia um espetáculo na Academia Real de Música. Levasseur[117], após uma longa indisposição, voltava no papel de Bertram, e, como sempre, a obra do maestro da moda atraíra a mais brilhante sociedade de Paris.

Morcerf, tal qual a maioria dos jovens endinheirados, tinha sua estala de orquestra, além de dez camarotes de conhecidos seus a quem podia solicitar um assento, afora aquele a que tinha direito no camarote dos leões.

Château-Renaud possuía a estala contígua à sua.

Beauchamp, na condição de jornalista, era o rei da sala e encontrava lugar em toda parte.

Naquela noite, Lucien Debray tinha à sua disposição o camarote do ministro e oferecera-o ao conde de Morcerf, o qual, diante da recusa de Mercedes, transmitira o convite para Danglars, mandando dizer-lhe que passaria à noite para ver a baronesa e sua filha, caso essas damas fizessem a gentileza de aceitar o camarote que ele oferecia. As damas nem pensaram em recusar. Ninguém é tão ávido por camarotes de graça quanto um milionário.

---

116. *Roberto Diabo*: ópera em cinco atos, estreada em 1831, de Giacomo Meyerbeer (1791-1864), famoso compositor nascido na Alemanha.

117. Levasseur: Nicolas-Prosper Levasseur (1791-1871), cantor de ópera, baixo-dramático, que estreou em 1813 e foi o primeiro a interpretar o papel de Bertram, o salvador do protagonista diabólico.

Danglars, por sua vez, declarara que seus princípios políticos e sua condição de deputado da oposição não lhe permitiam frequentar o camarote do ministro. Assim, a baronesa escrevera a Lucien pedindo que a buscasse, visto que não podia ir ao Opéra sozinha com Eugénie.

De fato, se as duas mulheres tivessem ido desacompanhadas, certamente seriam tachadas de indecorosas; ao passo que, se a srta. Danglars fosse ao Opéra com a mãe e o amante da mãe, não haveria nada a dizer: convém enxergar o mundo como ele é.

O pano se abriu, como sempre, com a sala quase vazia. É outro hábito da *fashion* parisiense, chegar depois de iniciado o espetáculo; daí resulta que o primeiro ato se passa, do ponto de vista dos espectadores que chegaram na hora, não assistindo ou ouvindo a peça, mas acompanhando a chegada dos espectadores atrasados e ouvindo apenas o barulho das portas e das conversas.

— Olhe! — disse de repente Albert, ao ver abrir-se um camarote lateral de primeira fila. — Olhe! A condessa G...!

— Quem é a condessa G...? — perguntou Château-Renaud.

— Ora, barão, eis uma dúvida que não lhe perdoo; está me perguntando quem é a condessa G...?

— Ah, é verdade — disse Château-Renaud. — Seria aquela encantadora veneziana?

— Precisamente.

Nesse momento, a condessa G... avistou Albert e trocou com ele uma saudação acompanhada de um sorriso.

— Conhece-a? — perguntou Château-Renaud.

— Sim — respondeu Albert —, Franz apresentou-nos em Roma.

— Quer me prestar em Paris o mesmo favor que Franz lhe prestou em Roma?

— Com todo o prazer.

— Schhh! — fez o público.

Os dois rapazes continuaram a conversa, parecendo não se preocupar em nada com o desejo da plateia de ouvir a música.

— Ela estava nas corridas do Campo de Marte — disse Château-Renaud.

— Hoje?

— Sim.

— Puxa, é verdade! Hoje era dia de corrida. Você apostou?

— Oh, uma miséria, cinquenta luíses.

— E quem ganhou?

— Nautilus; apostei nele.

— Mas foram três páreos?

— Sim. Era o prêmio do Jockey Club, uma taça de ouro. Aconteceu inclusive uma coisa muito estranha.

— O quê?

— Schhh! — fez o público.

— O quê? — repetiu Albert.

— Foram um cavalo e um jóquei completamente desconhecidos que ganharam o páreo.

— Como assim?

— Ora, meu Deus, é como estou lhe dizendo; ninguém havia dado atenção a um cavalo inscrito com o nome de Vampa e a um jóquei inscrito com o nome de Jó, quando vimos avançar de repente um admirável alazão e um jóquei magro feito um osso; tiveram que colocar vinte libras de chumbo em seu bolso, o que não o impediu de cruzar a linha três corpos à frente de Ariel e Barbaro, que disputavam com ele.

— E ninguém ficou sabendo quem era o dono do cavalo e do jóquei?

— Não.

— Você disse que esse cavalo estava inscrito com o nome de...

— Vampa.

— Então — disse Albert —, estou mais inteirado que você: sei a quem ele pertence.

— Silêncio, caramba! — manifestou-se pela terceira vez a plateia.

Dessa vez a revolta era tão grande que os dois rapazes acabaram percebendo que o público se dirigia a eles. Voltaram-se por um instante, procurando na multidão um homem que assumisse a responsabilidade pelo que consideravam uma impertinência; mas ninguém aceitou o desafio, e eles dirigiram os olhos para o palco.

O camarote do ministro então se abriu e a sra. Danglars, sua filha e Lucien Debray ocuparam seus lugares.

— Ah, ah! — disse Château-Renaud. — Vejo pessoas conhecidas suas, visconde. Por que diabos está olhando para a direita? Estão à sua procura.

Albert voltou-se e seus olhos encontraram efetivamente os da baronesa Danglars, que lhe dirigiu uma pequena saudação com o leque. Quanto à srta. Eugénie, seus grandes olhos negros mal se dignaram baixar até a orquestra.

— Na verdade, meu caro — disse Château-Renaud —, afora o casamento desigual, e não creio que seja isso que o preocupa desse jeito, não entendo o que você pode ter contra a srta. Danglars; é, na verdade, uma belíssima pessoa.

— Belíssima, decerto — disse Albert —, mas confesso que, em matéria de beleza, prefiro alguma coisa mais delicada, mais suave, mais feminina, enfim.

— Veja como são os moços — disse Château-Renaud, que em sua condição de homem de trinta anos assumia ares paternais com Morcerf —, nunca estão satisfeitos. Como, meu caro! Arranjam-lhe uma noiva esculpida qual Diana Caçadora e você não está contente!

— Pois, justamente, eu teria preferido alguma coisa no gênero Vênus de Milo ou de Cápua. Essa Diana Caçadora, sempre no meio de suas ninfas, me assusta um pouco; tenho medo de que ela me julgue um Acteon[118].

Com efeito, um rápido olhar dirigido à moça quase explicava a impressão que Morcerf acabara de admitir. A srta. Danglars era bonita, mas, como dissera Albert, de uma beleza um tanto contida: seus cabelos exibiam uma bela tonalidade negra, mas em seus cachos naturais notava-se certa rebeldia à mão que desejava impor-lhes sua vontade; seus olhos, negros como os cabelos, emoldurados sob magníficas sobrancelhas, que tinham apenas um defeito, o de às vezes franzirem, destacavam-se principalmente por uma expressão de firmeza, que impressionava no olhar de uma mulher; seu nariz tinha as proporções exatas que um escultor teria dado às de Juno[119]; apenas a sua boca era grande demais, mas enfeitada com belos dentes, os quais iluminavam lábios cujo carmim demasiado vivo contrastava com a palidez de sua pele; por fim, um sinal instalado no canto da boca, e maior do que em geral se apresenta essa espécie de capricho da natureza, terminava de conferir a essa fisionomia o caráter decidido que assustava um pouco Morcerf.

Aliás, todo o resto da pessoa de Eugénie combinava com essa cabeça que acabamos de tentar descrever. Era, como havia dito Château-Renaud, Diana Caçadora, mas com alguma coisa mais firme e musculosa em sua beleza.

Quanto à educação que recebera, se havia uma observação a lhe fazer, era que, assim como certos aspectos de sua fisionomia, ela parecia pertencer a outro sexo. Com efeito, falava duas ou três línguas, desenhava com facilidade, fazia versos e compunha música. Esta última arte era sua grande paixão, que praticava com uma de suas amigas de internato, menina sem fortuna, mas com todos os talentos possíveis para tornar-se, ao que asseguravam, excelente cantora. Comentava-se que um grande compositor dedicava a esta última um interesse quase paternal, e a fazia trabalhar na esperança de que um dia ela viesse a fazer fortuna com sua voz.

Essa possibilidade de a srta. Louise d'Armilly, era o nome da jovem virtuose, futuramente entrar para o teatro fazia com que a srta. Danglars, a despeito de a receber em casa, não se mostrasse em público em sua companhia. Em todo caso, sem ocupar na casa do banqueiro a posição independente de uma amiga, Louise ocupava uma posição superior à das professoras comuns.

Segundos depois que a sra. Danglars havia entrado em seu camarote, o pano caíra e, graças à chance, proporcionada pela longa duração dos entrea-

---

118. Acteon: filho do tebano Aristeu e caçador vaidoso, Acteon foi transformado em cervo e devorado por cachorros, como castigo por haver surpreendido Diana enquanto esta se banhava.

119. Juno: nome latino de Hera, esposa e irmã de Zeus.

tos, de o público passear pelo saguão ou fazer visitas de meia hora, a plateia ficara praticamente vazia.

Morcerf e Château-Renaud foram dos primeiros a sair. Por um instante a sra. Danglars pensou que aquela pressa de Albert tinha como objetivo ir cumprimentá-la, e debruçara no ouvido de sua filha para lhe anunciar essa visita; mas esta contentara-se em balançar a cabeça sorrindo; e, ao mesmo tempo, como para provar quão fundada era a desconfiança de Eugénie, Morcerf apareceu num camarote lateral à primeira fila. Esse camarote era o da condessa G...

— Ah, aqui está o senhor viajante — disse ela, estendendo-lhe a mão com toda a cordialidade de uma velha conhecida. — É muito amável ter-me reconhecido e, sobretudo, dado-me a primazia da primeira visita.

— Creia, senhora — respondeu Albert —, que se soubesse de sua chegada a Paris e o seu endereço, não teria esperado tanto. Mas permita-me apresentar o sr. barão de Château-Renaud, meu amigo, um dos raros fidalgos remanescentes na França, e por intermédio de quem acabo de saber que a senhora estava nas corridas do Campo de Marte.

Château-Renaud cumprimentou-a.

— Ah, assistiu às corridas, cavalheiro? — perguntou alegremente a condessa.

— Sim, senhora.

— Ótimo! — emendou com vivacidade a sra. G... — Pode me dizer a quem pertencia o cavalo que ganhou o prêmio do Jockey Club?

— Não, senhora — disse Château-Renaud —, e eu fazia a mesma pergunta a Albert.

— Faz realmente questão, sra. condessa? — perguntou Albert.

— De quê?

— De saber quem é o dono do cavalo?

— Infinitamente... Imagine só que... Por acaso saberia, senhor visconde?

— A senhora parecia querer contar uma história: "imagine só", foram suas palavras.

— Muito bem! Imagine só que esse encantador cavalo alazão e o esbelto joqueizinho de jaqueta cor-de-rosa me haviam, à primeira vista, inspirado uma simpatia tão grande que eu torcia por ambos, exatamente como se tivesse apostado neles metade da minha fortuna; portanto, quando os vi cruzando a linha de chegada com três corpos de vantagem sobre os outros competidores, fiquei tão feliz que comecei a bater palmas como uma louca. Calcule meu espanto quando, ao chegar em casa, esbarro na escada com o joqueizinho cor-de-rosa! Achei que o vencedor da corrida talvez morasse no mesmo prédio que eu, mas, ao abrir a porta do meu salão, a primeira coisa que vi foi a taça de ouro, o prêmio do cavalo e do jóquci desconhecidos. Dentro da taça havia um papelzinho com estas palavras: "Para a condessa G..., lorde Ruthwen"!

— É justamente isso — disse Morcerf.

— Como assim "é justamente isso"?! Que está querendo dizer?

— Estou querendo dizer que é lorde Ruthwen em pessoa.

— Que lorde Ruthwen?

— O nosso, o vampiro, o do Teatro Argentina.

— Sério?! — exclamou a condessa. — Então ele está aqui?

— Exatamente.

— E o senhor encontra-se com ele? Recebe-o? Vai à casa dele?

— É meu amigo íntimo, e o próprio sr. de Château-Renaud teve a honra de conhecê-lo.

— Quem pode garantir que foi ele que ganhou?

— Seu cavalo, inscrito com o nome de Vampa.

— Muito bem, e daí?

— E daí que a senhora não se lembra do famoso bandido que me raptou?

— É verdade!

— De cujas garras o conde me arrancou tão milagrosamente?

— Claro.

— O nome dele era Vampa. Tem que admitir que é ele.

— Mas por que teria me oferecido essa taça?

— Em primeiro lugar, condessa, porque falei muito da senhora, peço-lhe que acredite; depois, porque ele deve ter ficado encantado ao encontrar uma compatriota e feliz pelo interesse que essa compatriota lhe dispensava.

— Espero do fundo do coração que nunca lhe tenha contado as loucuras que dissemos a seu respeito.

— Caramba, tal juramento não posso fazer, e essa atitude de lhe oferecer essa taça sob o nome de lorde Ruthwen...

— Mas isso é pavoroso, ele vai me odiar mortalmente.

— O procedimento dele é o de um inimigo?

— Não, devo admitir.

— Pois então!

— Quer dizer que ele está em Paris?

— Sim.

— E que impressão causou?

— Ora — disse Albert —, falou-se dele durante uma semana, depois vieram a coroação da rainha da Inglaterra e o roubo dos diamantes de Mlle Mars[120], que ocuparam todas as conversas.

— Meu caro — interveio Château-Renaud —, vê-se bem que o conde é seu amigo e que o trata como tal. Não acredite no que Albert lhe diz, sra. condessa, ao contrário, em Paris só se fala do conde de Monte Cristo. Para co-

120. "diamante de Mlle Mars": referência a um caso policial famoso na época, que versava sobre o roubo das joias da Mlle Mars, diva teatral da época e amiga do autor.

meçar, ele ofereceu à sra. Danglars cavalos de trinta mil francos; em seguida, salvou a vida da sra. de Villefort; depois, ao que tudo indica, ganhou a corrida do Jockey Club. Sustento, ao contrário, a despeito do que diga Morcerf, que o conde ainda é o assunto do momento e que será o assunto daqui a um mês se continuar com suas excentricidades, o que, de resto, parece ser seu estilo normal de vida.

— É possível... — disse Morcerf. — Mas, olhem só, quem pegou o camarote do embaixador da Rússia?

— Qual? — perguntou a condessa.

— Aquele entre as colunas da primeira fila; parece totalmente remodelado.

— Realmente — disse Château-Renaud. — Será que havia alguém ali durante o primeiro ato?

— Onde?

— Nesse camarote...

— Não — respondeu a condessa —, não vi ninguém; mas quer dizer — continuou ela, voltando à primeira conversa — que acredita ter sido o seu conde de Monte Cristo o vencedor do prêmio?

— Tenho certeza disso.

— E quem me enviou a taça?

— Sem nenhuma dúvida.

— Mas eu não o conheço, e tenho muita vontade de devolvê-la.

— Oh, não faça isso! Ele lhe mandaria outra, esculpida em alguma safira ou escavada em rubis. São métodos de ação próprios, que quer, temos que aceitá-lo como é.

Nesse momento ouviu-se a campainha anunciando o início do segundo ato. Albert levantou-se para voltar a seu lugar.

— Ainda o vejo? — perguntou a condessa.

— Nos entreatos, se permitir, virei me informar se posso ter alguma utilidade para a senhora aqui em Paris.

— Senhores — disse a condessa —, todas as noites de sábado estou em casa para os amigos, rua de Rivoli 22. Estão avisados.

Os rapazes cumprimentaram e saíram.

Ao entrarem na sala, viram a plateia de pé com os olhos fixos num único ponto; os olhares de ambos acompanharam a direção geral e se detiveram no camarote que fora do embaixador da Rússia. Um homem de preto, de trinta e cinco a quarenta anos, acabava de entrar com uma mulher vestindo um traje oriental. A mulher era de uma beleza superior, e sua roupa era tão rica que, como dissemos, todos os olhos se haviam voltado instantaneamente para ela.

— Ora! — disse Albert. — É Monte Cristo e sua grega.

Com efeito, eram o conde e Haydée.

No fim de um instante, a moça era objeto da atenção não apenas da plateia, mas de todo o teatro; as mulheres debruçavam-se para fora de seus camarotes a fim de ver brilhar sob as luzes dos lustres uma cascata de diamantes.

O segundo ato desenrolou-se em meio ao rumor surdo que, entre as multidões, indica um grande acontecimento. Ninguém pensou em pedir silêncio. Aquela mulher tão jovem, tão bela e tão deslumbrante era o espetáculo mais curioso a que se podia assistir.

Dessa vez, um sinal da sra. Danglars demonstrou claramente para Albert que a baronesa desejava sua visita no entreato seguinte.

Morcerf era muito bem-educado para se fazer esperar quando demonstravam claramente que era esperado. Encerrado aquele ato, apressou-se então a subir até o balcão.

Cumprimentou as duas damas e estendeu a mão para Debray.

A baronesa recebeu-o com um sorriso encantador e Eugénie, com sua frieza habitual.

— Meu caro — disse Debray —, você está diante de um homem esgotado que lhe pede socorro para substituí-lo. Eis que madame me atormenta com perguntas sobre o conde e quer saber de onde ele é, de onde vem, aonde vai. Por Deus, não sou Cagliostro[121] e, para me safar, disse apenas: "Pergunte tudo isso a Morcerf, ele conhece seu Monte Cristo na ponta dos dedos"; então acenamos para você.

— Não é incrível — disse a baronesa — que, tendo meio milhão de fundos secretos à sua disposição, ele não saiba mais que isso?

— Senhora — disse Lucien —, peço que acredite que, se eu tivesse meio milhão à minha disposição, eu o empregaria em coisa diferente, não em desencavar informações sobre o sr. de Monte Cristo, cujo único mérito, do meu ponto de vista, é ser duas vezes mais rico que um nababo; porém passo a palavra a meu amigo Morcerf; arranjem-se com ele, isso não me diz mais respeito.

— Um nababo certamente não me teria enviado um par de cavalos de trinta mil francos, com quatro diamantes nas orelhas, de cinco mil francos cada um.

— Oh, diamantes — disse Morcerf rindo — são sua mania. Acho que, igual a Potemkin[122], ele os tem sempre nos bolsos, semeando-os em seu caminho como o Pequeno Polegar fazia com suas pedrinhas.

— Ele deve ter descoberto alguma jazida — disse a sra. Danglars. — Sabe que ele tem um crédito ilimitado no banco do barão?

— Não, não sabia — respondeu Albert —, mas deve ser isso mesmo.

— E que anunciou ao sr. Danglars sua intenção de ficar um ano em Paris gastando aqui seis milhões?

---

121. Cagliostro: Alessandro Cagliostro (1743-95), ou conde Cagliostro, foi um viajante, ocultista, alquimista, curandeiro e maçom do séc.XVIII. Há quem associe seu nome a Giuseppe Bálsamo, italiano famoso como mágico e alquimista. Alexandre Dumas era um desses, tendo escrito um romance protagonizado por Bálsamo.

122. Potemkin: Grigori Alexandrovitch Orlov (1734-83), príncipe de Potemkin e amante da czarina Catarina II (1729-96), era famoso por ostentar sua riqueza.

— É o xá da Pérsia viajando incógnito.

— E essa mulher, sr. Lucien — disse Eugénie —, reparou como é bonita?

— Na verdade, só mesmo a senhorita para ser tão justa com as pessoas do seu sexo.

Lucien aproximou seu binóculo do olho.

— Encantadora! — disse ele.

— E essa mulher, sr. de Morcerf, sabe quem é?

— Senhorita — disse Albert, respondendo a essa interpelação quase direta —, sei apenas um pouco, como de tudo que diz respeito ao personagem misterioso de quem falamos. Essa mulher é grega.

— Vê-se facilmente por sua roupa, e o senhor está repetindo tão somente o que a sala inteira já sabe.

— Lastimo — desculpou-se Morcerf — ser um cicerone tão ignorante, mas devo confessar que meus conhecimentos param nesse ponto; sei, além

— E essa mulher, sr. de Morcerf, sabe quem é?

disso, que ela é musicista, pois um dia em que almocei na casa do conde ouvi os sons de uma *guzla* que só podiam provir dela.

— Então o seu conde recebe? — perguntou a sra. Danglars.

— E esplendidamente, eu lhe juro.

— Tenho que pressionar Danglars para lhe oferecer um jantar qualquer, um baile qualquer, a fim de que ele os retribua.

— Como? A senhora iria à casa dele? — perguntou Debray, rindo.

— Por que não? Com meu marido!

— Mas ele é solteiro, esse misterioso conde.

— Vê muito bem que não — disse a baronesa, também rindo e apontando para a bela grega.

— Essa mulher é uma escrava, pelas próprias palavras dele, lembra-se, Morcerf, em seu almoço?

— Convenha, meu caro Lucien — disse a baronesa —, que parece mais uma princesa.

— Das *Mil e uma noites.*

— Das *Mil e uma noites*, não digo; mas o que faz uma princesa, meu caro? São os diamantes, e ela está coberta deles.

— É até um pouco exagerado — disse Eugénie. — Ficaria mais bonita sem eles, pois veríamos seu pescoço e seus braços, que têm uma forma encantadora.

— Oh, a artista! Bastou vê-la para se apaixonar — disse a sra. Danglars.

— Gosto de tudo que é belo — declarou Eugénie.

— Mas que acha do conde, então? — perguntou Debray. — Tampouco ele me parece mal.

— O conde?! — exclamou Eugénie, como se ainda não tivesse cogitado olhar para ele. — O conde é muito pálido.

— Justamente — disse Morcerf —, é nessa palidez que está o segredo que investigamos. A condessa G… sugere, a senhora sabe, que é um vampiro.

— Então a condessa G… está de volta? — perguntou a baronesa.

— Naquele camarote lateral — disse Eugénie —, quase à nossa frente, mamãe; aquela mulher, com lindos cabelos louros, é ela.

— Oh, sim! — disse a sra. Danglars. — Sabe o que deveria fazer, Morcerf?

— Ordene, senhora.

— Deveria fazer uma visita ao seu conde de Monte Cristo e trazê-lo até nós.

— Para quê? — perguntou Eugénie.

— Ora, para falarmos com ele; não está curiosa em conhecê-lo?

— Nem um pouquinho.

— Criança estranha! — murmurou a baronesa.

— Bem — disse Morcerf —, pode ser que ele venha espontaneamente. Pronto, acaba de vê-la, senhora, e a cumprimenta.

A baronesa retribuiu o cumprimento ao conde, acompanhado de um sorriso encantador.

— Que seja — disse Morcerf —, eu me sacrifico; despeço-me e vou ver se não há um jeito de lhe falar.

— Vá até o camarote dele; é muito simples.

— Mas não fui apresentado.

— A quem?

— À bela grega.

— Não diz que é uma escrava?

— Sim, mas a senhora, por sua vez, sugere que é uma princesa... Não. Espero que, ao me ver sair, ele saia.

— É possível. Vá!

— Pois não.

Morcerf cumprimentou e saiu. Efetivamente, no momento em que passava em frente ao camarote do conde, a porta se abriu; o conde falou algumas palavras em árabe a Ali, que permanecia no corredor, e pegou o braço de Morcerf.

Ali fechou a porta e ficou de pé à sua frente; no corredor, formava-se uma aglomeração em torno do núbio.

— Na verdade — disse Monte Cristo —, a sua Paris é uma cidade estranha e seus parisienses, um povo singular. Parece até que é a primeira vez que veem um núbio. Observe-os aglomerando-se em volta do pobre Ali, que não sabe o que isso significa. Uma coisa eu lhe digo: por exemplo, um parisiense pode ir a Túnis, a Constantinopla, a Bagdá ou ao Cairo, e não farão uma roda em volta dele.

— É porque os seus orientais são pessoas sensatas e só olham para o que vale a pena ser visto; mas, acredite, Ali só goza dessa popularidade porque lhe pertence e porque, neste momento, o senhor é o homem da moda.

— Verdade?! E a quem devo esse favor?

— Por Deus! Ao senhor mesmo. O senhor dá como presente parelhas de mil luíses; salva a vida da mulher do procurador do rei; inscreve nas corridas, sob o nome de major Black, cavalos puro-sangue e jóqueis do tamanho de um sagui; enfim, ganha taças de ouro e as faz de presente para as mulheres bonitas.

— E quem foi o demônio que lhe contou todas essas loucuras?

— Ora! Em primeiro lugar, a sra. Danglars, que morre de vontade de o ver em seu camarote, ou melhor, de que o vejam lá; em segundo, o jornal de Beauchamp; e, finalmente, minha própria imaginação. Por que chama seu cavalo de Vampa se quer manter-se incógnito?

— Ah, é verdade — disse o conde —, foi uma imprudência. Mas diga-me, o conde de Morcerf às vezes não vem ao Opéra? Procurei e não o vi em lugar nenhum.

— Ele virá esta noite.

— Ficará onde?

— No camarote da baronesa, acho.

— Essa encantadora pessoa que está com ela é filha dela?

— É.

— Receba meus cumprimentos.

Morcerf sorriu.

— Voltaremos a falar nisso mais tarde e em detalhe — ele disse. — Que acha da música?

— De que música?

— Ora, da que acaba de ouvir.

— Acho que é uma música belíssima, considerando que foi escrita por um compositor humano e é cantada por aves bípedes e sem plumas, como dizia o finado Diógenes[123].

— Puxa! Mas, meu caro conde, falando assim parece que o senhor pode ouvir a seu bel-prazer os sete cânticos do Paraíso...

— Não deixa de ser verdade. Quando quero ouvir música divina, visconde, música como nunca ouvido mortal ouviu, eu durmo.

— Excelente! Pois aqui o senhor está no lugar perfeito; durma, meu caro conde, durma, o Opéra não foi inventado para outra coisa.

— Não, na verdade essa orquestra faz muito barulho. Para que eu durma o sono de que falei, preciso de calma e silêncio, e depois de um certo ingrediente...

— Ah! O famoso haxixe?

— Justamente, visconde, quando quiser ouvir música, venha cear comigo.

— Mas já ouvi naquele almoço — disse Morcerf.

— Em Roma?

— É.

— Ah, era a *guzla* de Haydée. Sim, a infeliz exilada às vezes entretém-se tocando para mim canções do seu país.

Morcerf não insistiu mais; por sua vez, o conde se calou.

Nesse momento soou a campainha.

— O senhor me dá licença? — perguntou o conde, dirigindo-se ao seu camarote.

— Pois não!

— Transmita muitas coisas à condessa G... da parte do seu vampiro.

— E à baronesa?

— Diga-lhe que terei a honra, caso ela permita, de ir lhe apresentar minhas homenagens ao longo da noite.

O espetáculo recomeçou. Durante o terceiro ato, o conde de Morcerf foi, como prometera, juntar-se à sra. Danglars.

O conde de Morcerf não era desses homens que fazem uma revolução numa sala; dessa forma, ninguém percebeu sua chegada senão aqueles em cujo camarote ele fora ocupar um lugar.

---

123. Diógenes: Platão definiu o homem como um bípede desplumado; Diógenes depenou um galo e jogou-o diante dele, dizendo: "Eis o homem de Platão". Diógenes Laércio, *Vida de Diógenes*, VI, XL.

Monte Cristo, entretanto, avistou-o, e um leve sorriso aflorou em seus lábios.

Quanto a Haydée, não via nada enquanto a cortina estava aberta; como todas as naturezas primitivas, adorava tudo que fala ao ouvido e à visão.

O terceiro ato desenrolou-se como de costume; as srtas. Noblet, Julia e Leroux executaram os *entrechats* de sempre[124]; o príncipe de Granada foi desafiado por Roberto Mário[125]; enfim, aquele majestoso rei que vocês conhecem deu a volta na sala para mostrar seu manto de veludo, segurando a moça pela mão; depois o pano caiu, e a plateia desaguou imediatamente no *foyer* e nos corredores.

O conde deixou o seu camarote e, após um instante, apareceu no da baronesa Danglars.

A baronesa não conseguiu conter um grito de surpresa com uma pitadinha de alegria.

— Ah, que bom, sr. conde — ela exclamou —, pois na verdade eu estava ansiosa para juntar minhas desculpas verbais aos agradecimentos escritos que já lhe fiz.

— Oh, senhora — disse o conde —, ainda se lembra dessa ninharia? Eu já esquecera completamente.

— Sim; mas o que não se esquece, sr. conde, é que no dia seguinte o senhor salvou minha boa amiga sra. de Villefort do perigo a que a expuseram aqueles mesmos cavalos.

— Ainda assim, senhora, não mereço seus agradecimentos; foi Ali, meu núbio, que teve a felicidade de prestar o eminente serviço à sra. de Villefort.

— E foi Ali também — disse o conde de Morcerf — que salvou meu filho das garras dos bandoleiros romanos?

— Não, senhor conde — disse Monte Cristo apertando a mão que o general lhe estendia —, não; dessa vez recebo os agradecimentos na minha conta; mas o senhor já me agradeceu, já os recebi e, na verdade, sinto-me envergonhado de o ver ainda tão grato. Faça-me então a honra, por favor, sra. baronesa, de me apresentar à senhorita sua filha.

— Oh, o senhor está mais que apresentado, de nome pelo menos, pois há dois ou três dias o senhor é nosso único assunto. Eugénie — continuou a baronesa, voltando-se para a filha —, o sr. conde de Monte Cristo.

---

124. "Noblet ... *entrechats* de sempre": referência ao *Balé dos nomes*, peça famosa na época e interpretada por três dançarinas do corpo de baile do Ópera, Lise Noblet (1801-52), Julia e Pauline Leroux (1809-91).

125. Roberto Mário: Roberto é o nome do personagem-título, Mário, do cantor Giovanni de Candia, que entretanto só estrearia no Ópera em 1838, depois de terminada a ação do romance. O príncipe de Granada é outro personagem da ópera.

O conde inclinou-se: a srta. Danglars fez um ligeiro movimento com a cabeça.

— Está acompanhado por uma bela moça, sr. conde — disse Eugénie. — É sua filha?

— Não, senhorita — disse Monte Cristo, perplexo com aquela extrema ingenuidade ou aquela surpreendente segurança —, é uma infeliz grega da qual sou tutor.

— E que se chama…?

— Haydée — respondeu Monte Cristo.

— Uma grega! — murmurou o conde de Morcerf.

— Sim, conde — disse a sra. Danglars. — Diga-me agora se viu na corte de Ali Tebelin[126], que o senhor tão gloriosamente serviu, traje tão admirável como o que temos diante dos olhos.

— Ah! — disse Monte Cristo. — Serviu em Janina, sr. conde?

— Fui general-inspetor das tropas do paxá — respondeu Morcerf —, e minha modesta fortuna, não escondo, é fruto das liberalidades do ilustre chefe albanês.

— Olhem! — insistiu a sra. Danglars.

— Onde? — balbuciou Danglars.

— Lá! — disse Monte Cristo.

E, envolvendo o conde de Morcerf com o braço, debruçou-se junto com ele para fora do camarote.

Nesse instante, Haydée, que procurava o conde com os olhos, avistou seu rosto pálido ao lado do de Morcerf, com quem se mantinha abraçado.

Essa visão produziu na moça o efeito de uma cabeça de Medusa; fez um movimento para a frente como que para devorar ambos com o olhar, depois, quase imediatamente, recuou, soltando um gritinho, que foi entretanto percebido pelas pessoas que se achavam mais próximas dela e de Ali, que prontamente abriu a porta.

— Mas o que está acontecendo com sua pupila, sr. conde? — perguntou Eugénie. — Parece não estar passando bem.

— Com efeito — disse o conde —, mas não se assuste, senhorita. Haydée é muito nervosa e, por conseguinte, suscetível aos cheiros: um perfume que lhe seja desagradável basta para fazê-la desmaiar; mas — acrescentou o conde, tirando um frasco do bolso —, tenho comigo o remédio.

E, após ter cumprimentado a baronesa e a filha com uma única saudação, trocou um derradeiro aperto de mão com o conde, em seguida com Debray, e saiu do camarote da sra. Danglars.

---

126. Ver Parte II, cap.17, nota 142.

Quando voltou ao seu, Haydée ainda estava muito pálida; assim que ele apareceu, ela agarrou sua mão.

Monte Cristo percebeu que as mãos da rapariga estavam úmidas e geladas ao mesmo tempo.

— Com quem estava conversando, senhor? — perguntou a moça.

— Ora — respondeu Monte Cristo —, com o conde de Morcerf, que esteve a serviço do seu ilustre pai e que admite dever-lhe a fortuna.

— Ah, o miserável! — exclamou Haydée. — Foi ele que o vendeu aos turcos; e essa fortuna é o preço de sua traição. Então não sabia disso, querido amo?

— De fato, já ouvi falar alguma coisa sobre essa história no Épiro — disse Monte Cristo —, mas ignoro os detalhes. Venha, minha filha, você irá me fornecê-los, deve ser curioso.

— Oh, sim, vamos; acho que morreria se permanecesse por mais tempo diante desse homem.

— Oh, sim, vamos; acho que morreria se permanecesse por mais tempo diante desse homem.

E Haydée, levantando rapidamente, envolveu-se em seu xale de cashmere branco bordado com pérolas e coral e saiu intempestivamente no momento em que o pano se abria.

— Veja se esse homem faz alguma coisa igual a alguém! — disse a condessa G... a Albert, que voltara para perto dela. — Ele escuta religiosamente o terceiro ato de *Roberto*, e vai embora justamente quando o quarto ato está prestes a começar.

16. A ALTA E A BAIXA

Alguns dias depois desse encontro, Albert de Morcerf foi visitar Monte Cristo em sua casa dos Champs-Élysées, que já assumira o aspecto de palácio que o conde, graças à imensa fortuna de que dispunha, imprimia às suas residências, mesmo as mais temporárias.

Ele vinha renovar os agradecimentos da sra. Danglars, anteriormente manifestados numa carta assinada baronesa Danglars, cujo nome de batismo era Hermine de Salvieux.

Albert estava na companhia de Lucien Debray, que acrescentou às palavras do amigo alguns cumprimentos provavelmente não oficiais, mas cuja razão de ser, em virtude da elegância de seu olhar, o conde não podia suspeitar.

Pareceu-lhe inclusive que Lucien estava ali movido por uma dupla curiosidade, e que parte de tal sentimento emanava da rua de Chaussée-d'Antin. Com efeito, ele podia supor, sem medo de se enganar, que a sra. Danglars, incapaz de conhecer com os próprios olhos a alma de um homem que dava cavalos de trinta mil francos e ia ao Opéra com uma escrava grega vestindo um milhão em diamantes, encarregara os olhos com os quais tinha o hábito de ver de lhe dar informações sobre essa alma.

Mas o conde pareceu não desconfiar de qualquer correlação entre a visita de Lucien e a curiosidade da baronesa.

— Tem relações assíduas com o barão Danglars? — perguntou a Albert de Morcerf.

— Sim, sr. conde; sabe muito bem o que eu lhe disse.

— Isso ainda persiste?

— Mais que nunca — disse Lucien —, o negócio está fechado.

E Lucien, provavelmente julgando que aquela palavra imiscuída na conversa dava-lhe o direito de a esta permanecer alheio, instalou seu lornhão de tartaruga no olho e, levando o castão de ouro da bengala aos lábios, pôs-se a dar uma volta no aposento, examinando armas e quadros.

— Ah! — disse Monte Cristo. — Mas o senhor nunca me deu a entender que a solução seria tão imediata.

— Que posso fazer? As coisas caminham imperceptivelmente; enquanto não pensamos nelas, elas pensam em nós; e, quando nos voltamos, somos surpreendidos pela direção que tomaram. Meu pai e o sr. Danglars serviram juntos na Espanha, meu pai no exército, o sr. Danglars no setor de víveres. Foi lá que meu pai, arruinado pela Revolução, e o sr. Danglars, que por sua vez nunca tivera patrimônio, lançaram os fundamentos, meu pai de sua fortuna

Debray.

política e militar, que é bela, o sr. Danglars, de sua fortuna política e financeira, que é magnífica.

— Sim, com efeito — disse Monte Cristo —, durante a visita que lhe fiz, o sr. Danglars me falou sobre isso; e — ele continuou, dando um relance na direção de Lucien, que folheava certo álbum — é bonita a srta. Eugénie? Pois creio me lembrar que Eugénie é seu nome.

— Muito bonita, ou melhor, belíssima — respondeu Albert —, mas de uma beleza que não aprecio. Sou um indigno!

— Já fala como se fosse o marido!

— Oh! — disse Albert, olhando ao redor para ver, por sua vez, o que fazia Lucien.

— Eu diria — disse Monte Cristo, baixando a voz — que o senhor não me parece muito entusiasmado com esse casamento!

— A srta. Danglars é rica demais para mim — disse Morcerf —, isso me assusta.

— Deixe disso! — replicou Monte Cristo. — É uma bela rainha; o senhor também não é rico?

— Meu pai possui algo como umas cinquenta mil libras de renda e talvez me dê dez ou doze quando eu me casar.

— De fato isso é pouco — disse o conde —, principalmente em Paris; mas a fortuna não é tudo neste mundo, um belo nome e um elevado status social também têm valor. Seu nome é célebre, sua posição, magnífica, e depois o conde de Morcerf é um soldado e é agradável ver essa integridade de Bayard aliar-se à pobreza de Duguesclin[127]; o desinteresse é o mais belo raio de sol sob o qual pode reluzir uma nobre espada. Quanto a mim, ao contrário, julgo essa união mais que auspiciosa: a srta. Danglars o enriquecerá e o senhor a enobrecerá.

Albert balançou a cabeça e ficou pensativo.

— Há mais uma coisa — ele disse.

— Confesso — prosseguiu Monte Cristo — que me custa compreender essa repugnância por moça tão rica e bela.

— Oh, meu Deus — disse Morcerf —, essa repugnância, se repugnância há, não é apenas da minha parte!

— Mas da parte de quem então? Pois o senhor me disse que o seu pai desejava esse casamento.

---

127. "integridade de Bayard... Duguesclin": Pierre Terrail (1473-1524), o cavaleiro de Bayard, foi um militar francês que entrou para a história como um modelo de honradez; Bertrand Duguesclin (1320-80), herói militar francês famoso por suas façanhas. Entretanto, na juventude, havia sido deserdado pelo pai.

— Da parte da minha mãe, e minha mãe é um olho prudente e seguro. Pois, veja, ela não sorriu diante dessa união; ela tem não sei que tipo de prevenção contra os Danglars.

— Oh — disse o conde num tom um pouco forçado —, isso pode ser revertido; a sra. condessa de Morcerf, que é a distinção, a aristocracia, o refinamento em pessoa, hesita um pouco em tocar mãos plebeias, grosseiras e rudes: isso é natural.

— Não creio que se trate disso — disse Albert. — Sei é que me parece que esse casamento, caso se realize, a fará infeliz. Faz seis semanas que devíamos nos reunir para discutir certos arranjos, mas tive uma enxaqueca daquelas...

— Verdadeira? — perguntou o conde sorrindo.

— Oh, bastante verdadeira, o medo provavelmente... tanto que adiaram a reunião para dois meses depois. Não tenho por que ter pressa, o senhor compreende; ainda não fiz vinte e um anos, e Eugénie tem apenas dezessete; mas os dois meses expiram na semana que vem. O acordo precisa ser concretizado. Não pode imaginar, meu caro conde, o quanto estou embaraçado... Ah, como o senhor é feliz em ser livre!

— Ora, seja livre também; o que o impede, posso perguntar?

— Oh, seria uma decepção enorme para o meu pai se eu não me casasse com a srta. Danglars.

— Case-se então — disse o conde, com um singular movimento dos ombros.

— Sim — disse Morcerf —, mas para minha mãe não será uma decepção, será um sofrimento.

— Então não se case — disse o conde.

— Veremos, vou tentar, o senhor me dará um conselho, não é mesmo? E, se possível, irá me tirar desse embaraço. Oh, para não fazer minha excelente mãe sofrer, acho que eu brigaria com o conde meu pai.

Monte Cristo esquivou-se; parecia perturbado.

— Ei! — disse Morcerf a Debray, que estava sentado numa poltrona funda junto à ponta do salão, segurando com a mão direita um lápis e com a esquerda uma caderneta. — Que está fazendo, um croqui ao estilo de Poussin?

— Eu? — reagiu ele tranquilamente. — Oh, imagine, um croqui, gosto demais de pintura para fazer uma coisa dessas! De jeito nenhum, faço justo o oposto de pintura, faço números.

— Números?

— Sim, faço contas; isso lhe diz respeito indiretamente, visconde; calculo quanto o banco de Danglars ganhou com a última alta do Haiti: de duzentos e seis o fundo pulou para quatrocentos e nove em três dias, e o prudente banqueiro comprara muito a duzentos e seis. Deve ter ganho trezentas mil libras.

— Não foi sua melhor tacada — disse Morcerf. — Ele não ganhou um milhão este ano com os títulos da Espanha?

— Escute, meu caro — disse Lucien —, aqui está o conde de Monte Cristo, que lhe dirá, como os italianos: "*Danaro e santia/ Meta della meta*".[128] E isso ainda é muito. Da mesma forma, quando me vêm com essa lenga-lenga, dou de ombros.

— Ora, estão falando do Haiti? — perguntou Monte Cristo.

— Oh, o Haiti é outra coisa; o Haiti é o *écarté*[129] da agiotagem francesa. Podemos gostar da *bouillote*, prezar o uíste, ser loucos pelo bóston, e mesmo assim cansar de tudo isso; mas voltamos sempre ao *écarté*: é o nosso antepasto. Por exemplo, ontem o sr. Danglars vendeu a quatrocentos e seis e embolsou trezentos mil francos; se houvesse esperado o dia de hoje, o fundo voltava a cair a duzentos e cinco e, em vez de ganhar trezentos mil francos, ele perdia vinte ou vinte e cinco mil.

— E por que o fundo caiu de quatrocentos e nove para duzentos e cinco? — perguntou Monte Cristo. — Desculpe, sou muito ignorante a respeito das peripécias da Bolsa.

— Porque — respondeu Albert, rindo — as notícias se sucedem e não coincidem.

— Minha nossa! — exclamou o conde. — O sr. Danglars joga para ganhar ou perder trezentos mil francos num dia! Quer dizer que é imensamente rico?

— Não é ele quem joga! — corrigiu vivamente Lucien. — É a sra. Danglars; ela é realmente intrépida.

— Mas você, Lucien, que é razoável e conhece a frágil estabilidade das notícias, uma vez que está na fonte delas, deveria impedi-la — disse Morcerf com um sorriso.

— Como posso fazer isso, se nem o marido consegue? — perguntou Lucien. — Você conhece o temperamento da baronesa; ninguém tem influência sobre ela, e ela só faz o que quer.

— Oh, se eu estivesse no seu lugar! — especulou Albert.

— E daí?

— Eu a curaria; seria um serviço a ser prestado a seu futuro genro.

— Como assim?

— Por Deus! É muito fácil. Eu lhe daria uma lição.

— Uma lição?

— Sim. Sua posição de secretário do ministro lhe dá uma grande autoridade em relação às notícias; basta você abrir a boca para os agentes de câmbio

---

128. *Danaro e santia/ Meta della meta*: "Dinheiro e santidade/ Metade da metade." [Nota do Autor.]

129. *Écarté*: jogo de cartas, normalmente jogado a dois, com trinta e duas cartas.

estenografarem imediatamente suas palavras; faça-a perder uma centena de mil francos sucessivamente, e isso a fará prudente.

— Não compreendo — balbuciou Lucien.

— Entretanto, é cristalino — respondeu o rapaz com uma ingenuidade que nada tinha de afetada. — Anuncie-lhe uma bela manhã alguma coisa de insólita, uma notícia telegráfica que apenas você poderia saber; que Henrique IV, por exemplo, foi visto ontem na casa de Gabrielle[130]; assim os fundos irão subir, ela planejará a jogada dela na Bolsa com base nisso e decerto perderá, pois Beauchamp escreverá no dia seguinte em seu jornal: "É um equívoco as pessoas bem-informadas sugerirem que o rei Henrique IV foi visto anteontem na casa de Gabrielle, esse fato é completamente inexato; o rei Henrique IV não deixou a Pont-Neuf."

Lucien começou a rir com o canto dos lábios. Monte Cristo, embora aparentemente indiferente, não havia perdido uma palavra da conversa, e seu olho penetrante chegara inclusive a ler um segredo no embaraço do secretário.

Tal embaraço de Lucien, que escapara completamente a Albert, fez com que o primeiro abreviasse a visita.

Seu desconforto era visível. Ao acompanhá-lo até a porta, o conde disse-lhe algumas palavras em voz baixa, às quais ele respondeu:

— Será um prazer, sr. conde, aceito.

O conde voltou até o jovem de Morcerf.

— Não acha, pensando bem — disse-lhe —, que errou ao falar sobre sua sogra como o fez na frente do sr. Debray?

— Por favor, sr. conde, não pronuncie essa palavra antecipadamente.

— Agora sério e sem exageros, a condessa é assim tão contrária a esse casamento?

— A ponto de a baronesa raramente nos visitar, e minha mãe, acho que foi duas vezes em sua vida na casa da sra. Danglars.

— Sendo assim — disse o conde —, atrevo-me a lhe falar de coração aberto: o sr. Danglars é meu banqueiro, o sr. de Villefort cumulou-me de gentilezas como gratidão por um serviço que lhe prestei, pessoalmente, graças a um feliz acaso. Vislumbro atrás de tudo isso uma avalanche de jantares e recepções. Ora, para não ser um estorvo pomposo, e, se preferir, até mesmo para ter o mérito de tomar a dianteira, planejei reunir na minha casa de campo de Auteuil o sr. e a sra. Danglars e o sr. e a sra. de Villefort. Se eu convidá-lo

---

130. Henrique IV e Gabrielle: Henrique, o Grande (1553-1610), rei da França e que tinha por amante Gabrielle d'Estrées (c.1570-99). Henrique foi quem, ao se converter ao catolicismo para poder reinar, cunhou a célebre frase: "Paris bem vale uma missa."

para esse jantar, bem como o sr. conde e a sra. condessa de Morcerf, não irá tal reunião parecer uma espécie de encontro matrimonial, ou melhor, não irá a sra. condessa de Morcerf considerar a coisa dessa forma, sobretudo se o sr. barão de Danglars me der a honra de levar sua filha? Nesse caso, sua mãe terá horror a mim, o que não quero em absoluto; faço questão, ao contrário, e diga-lhe isso todas as vezes que tiver uma chance, de cair em suas boas graças.

— Puxa, conde — disse Morcerf —, agradeço-lhe pela franqueza que usou comigo, e aceito a exclusão a mim proposta. Embora diga que faça questão de cair nas boas graças da minha mãe, não precisa se preocupar.

— Acha? — perguntou Monte Cristo, interessado.

— Oh, tenho certeza! Quando se despediu outro dia, conversamos uma hora sobre o senhor... Mas, mas voltando ao assunto, perfeito! Se minha mãe viesse a saber dessa atenção de sua parte, e tomarei a liberdade de contar-lhe, tenho certeza de que ficaria muitíssimo agradecida. É verdade que, por outro lado, meu pai ficaria furioso.

O conde começou a rir.

— Ótimo! — disse ele a Morcerf. — O senhor está avisado. Porém, acho que apenas o seu pai ficará furioso; o sr. e a sra. Danglars vão me considerar um homem de péssimas maneiras. Eles sabem que nos frequentamos com certa intimidade, que o senhor inclusive é meu mais antigo amigo parisiense e, não o encontrando em minha casa, vão me perguntar por que não o convidei. Tente pelo menos arranjar um compromisso anterior que pareça verossímil, do qual me dará ciência por meio de um bilhete. O senhor sabe: com banqueiros, vale o escrito.

— Farei melhor que isso, sr. conde — disse Albert. — Minha mãe quer respirar o ar marinho. Para que dia está marcado o seu jantar?

— Sábado.

— Hoje é terça-feira; amanhã à noite partimos; depois de amanhã bem cedinho estaremos em Le Tréport. Saiba, conde, que o senhor é um homem encantador quando deixa as pessoas à vontade desse jeito!

— Eu!? Na verdade, o senhor me superestima; quero apenas ser simpático consigo.

— Em que dia fez os seus convites?

— Hoje mesmo.

— Ótimo! Vou correr até a casa do sr. Danglars para lhe avisar que minha mãe e eu deixamos Paris amanhã. Não estive com o senhor; por conseguinte, nada sei sobre o seu jantar.

— Está louco! E o sr. Debray, que acaba de vê-lo na minha casa?!

— Ah, é verdade!

— Ao contrário, estive com o senhor e o convidei para o jantar com toda a naturalidade, e o senhor, ingenuamente, respondeu-me que não poderia comparecer porque estava de partida para Le Tréport.

— Ótimo! Então está resolvido. Mas e o senhor, irá visitar minha mãe antes de amanhã?

— Antes de amanhã é difícil; além disso, eu chegaria em meio a seus preparativos de viagem.

— Pois bem! Faça algo ainda melhor; o senhor era apenas um homem encantador, será um homem adorável.

— Que preciso fazer para alcançar essa sublimidade?

— O que precisa fazer?

— Eu é que pergunto.

— Hoje o senhor está livre como o ar; venha jantar comigo; estaremos *en petit comité*, apenas o senhor, minha mãe e eu. O senhor mal esteve com ela; agora poderá vê-la mais de perto. É uma mulher extraordinária, e só lamento uma coisa: é que não exista outra com vinte anos a menos; logo haveria, juro, uma condessa e uma viscondessa de Morcerf. Quanto a meu pai, não irá encontrá-lo. Tem compromisso essa noite e vai jantar na casa do grão-referendário[131]. Venha, recordaremos nossas viagens. O senhor, que viu o mundo inteiro, nos contará suas aventuras; nos contará a história dessa bela grega que estava consigo a outra noite no Opéra, que o senhor diz ser sua escrava mas que trata como princesa. Falaremos italiano e espanhol. Vamos, aceite; minha mãe lhe será grata.

— Mil desculpas — disse o conde. — O convite é dos mais delicados, e lamento profundamente não poder aceitá-lo. Não sou livre como o senhor pensa, e, ao contrário, tenho um compromisso muito importante.

— Atenção! O senhor acaba de me ensinar como, em se tratando de um jantar, nos desvencilhamos de uma coisa desagradável. Agora exijo uma prova. Felizmente, não sou banqueiro como o sr. Danglars; mas sou, aviso, tão incrédulo quanto ele.

— Então lhe darei essa prova — disse o conde.

E tocou a campainha.

— Hum! — fez Morcerf. — Já é a segunda vez que o senhor se recusa a jantar com a minha mãe. Isso é coisa pensada, conde.

Monte Cristo estremeceu.

— Oh, nem diga isso! — disse ele. — Aliás, eis a prova que chega.

Baptistin entrou e postou-se de pé à porta, aguardando.

— Eu não estava ciente de sua visita, não é?

— Diabos! O senhor é um homem tão extraordinário que não responderei.

— Pelo menos eu não teria como adivinhar que o senhor me convidaria para jantar.

---

131. Grão-referendário: título dado, entre os pares de França, àquele encarregado de colocar o selo do Parlamento nos atos dele emanados e de cuidar de seus arquivos.

— Oh, quanto a isso, é provável.

— Pois muito bem! Escute. Baptistin... que lhe disse eu esta manhã quando o chamei ao meu gabinete de trabalho?

— Para fechar a porta do sr. conde depois do toque das cinco horas.

— E depois?

— Oh, sr. conde...! — disse Albert.

— Não, não; quero me livrar definitivamente dessa reputação misteriosa que o senhor me atribuiu, meu caro visconde. É muito difícil encarnar o Manfred eternamente. Quero viver numa casa de vidro. E depois... Continue, Baptistin.

— Depois, para receber apenas o sr. major Bartolomeo Cavalcanti e seu filho.

— Está ouvindo, o sr. major Bartolomeo Cavalcanti, um homem da mais antiga nobreza da Itália e de quem Dante deu-se o trabalho de ser o d'Hozier... lembra-se, ou não, no décimo canto do "Inferno"[132]; além dele, seu filho, um rapaz encantador mais ou menos da sua idade, visconde, usando o mesmo título e que faz sua entrada no mundo parisiense com os milhões do seu pai. O major vai me trazer esta noite seu filho Andrea, o *contino*, como dizemos na Itália. Irá deixá-lo aos meus cuidados. Se ele tiver méritos, darei um empurrãozinho. O senhor me ajudará, não é mesmo?

— Sem dúvida! Esse major Cavalcanti então é um velho amigo seu? — perguntou Albert.

— Em absoluto, é um digno fidalgo, muito educado, muito modesto, muito discreto, como tantos há na Itália, descendentes diretos das velhas famílias. Encontrei-o diversas vezes, em Florença, Bolonha, Lucca, e ele me avisou de sua chegada. Conhecidos de viagens são exigentes, reivindicam, em qualquer circunstância, a amizade que lhes dispensamos uma vez por acaso; como se o homem civilizado, que consegue conviver uma hora com qualquer um, não tivesse sempre uma segunda intenção! Esse simpático major Cavalcanti vai rever Paris, que só viu de passagem, sob o Império, a caminho da gelada Moscou. Devo oferecer-lhe um bom jantar, ele me deixará o filho; prometerei cuidar dele, permitirei que faça todas as loucuras que lhe der na veneta, e estaremos quites.

— Magnífico! — exclamou Albert. — E vejo que o senhor é um excelente mentor. Então até logo, estaremos de volta no domingo. A propósito, recebi notícias de Franz.

— Verdade! — admirou-se Monte Cristo. — E ele continua gostando da Itália?

---

132. No canto X do "Inferno" (v.52-72), na *Divina comédia*, Dante encontra o pai de Guido, seu "melhor amigo", o epicurista Cavalcante Cavalcanti. A ironia do conde completa-se na referência ao genealogista francês Pierre d'Hozier (1592-1660).

— Creio que sim; apesar de sentir saudades do senhor. Diz que o senhor era o sol de Roma, cujo céu, sem a sua presença, ficou nublado. Salvo engano, ele inclusive diz que chove por lá.

— Então seu amigo Franz me reavaliou?

— Ao contrário, continua a julgá-lo fantástico em primeiro grau; eis por que sente saudades do senhor.

— Rapaz encantador — disse Monte Cristo —, e pelo qual senti uma viva simpatia na primeira noite em que o vi, procurando uma ceia qualquer e dispondo-se a aceitar a minha. Ele é, creio, filho do general d'Épinay?

— Exatamente.

— O mesmo que foi assassinado tão miseravelmente em 1815?

— Pelos bonapartistas.

— É isso! Caramba, gosto dele! Não existem planos de casamento para ele também?

— Sim, deve casar-se com a srta. de Villefort.

— É mesmo?

— Assim como eu devo me casar com a srta. Danglars — replicou Albert rindo.

— Está rindo…

— Sim.

— Por que ri?

— Rio porque me parece ver desse lado a mesma simpatia pelo casamento que há do outro lado entre a srta. Danglars e eu. Mas, o senhor há de convir, meu caro conde, que estamos falando das mulheres como as mulheres falam dos homens; isso é imperdoável!

Albert levantou-se.

— Já vai?

— A pergunta é boa! Há duas horas que o importuno e tem a polidez de me perguntar se vou embora! Na verdade, conde, o senhor é o homem mais gentil da Terra! E seus criados, como são educados! O sr. Baptistin, principalmente! Nunca consegui ter um assim. Os meus parecem todos inspirar-se nos criados do Théâtre Français, os quais, justamente por terem apenas uma palavra a dizer, vêm sempre dizê-la na ribalta. Assim, caso se desfaça do sr. Baptistin, peço-lhe a preferência.

— Está concedida.

— Isso não é tudo, espere: transmita meus cumprimentos ao seu discreto homem de Lucca, ao fidalgo Cavalcanti dei Cavalcanti; e, se por acaso ele quiser casar o filho, encontre para este uma mulher bem rica, bem nobre, por parte de mãe, pelo menos, e, claro, baronesa por parte de pai. Posso ajudá-lo.

— Oh, oh! — respondeu Monte Cristo. — Sério, está certo disso?

— Sim.

— Preste atenção! Não se deve jurar nada.

— Ah, conde — exclamou Morcerf —, que favor me prestaria, e como eu ficaria cem vezes grato, se, por sua causa, eu continuasse solteiro por mais uns dez anos.

— Tudo é possível — respondeu Monte Cristo gravemente.

Despedindo-se de Albert, ele entrou em seus aposentos e bateu três vezes no gongo.

Bertuccio apareceu.

— Senhor Bertuccio — disse ele —, fique sabendo que sábado à noite darei uma recepção na casa de Auteuil.

Bertuccio sentiu um calafrio.

— Muito bem, patrão — disse ele.

— Preciso do senhor — continuou o conde — para que tudo esteja preparado adequadamente. Aquela casa é muito bonita, ou pelo menos pode ficar muito bonita.

— Seria preciso mudar tudo para chegar a isso, sr. conde, pois as pinturas envelheceram.

— Pois refaça-as todas, à exceção de uma, a vermelha do quarto de dormir das senhoras. Deixe-a exatamente como está.

Bertuccio inclinou-se.

— Tampouco mexa no jardim; mas no pátio faça o que quiser; prefiro inclusive que não o reconheçam.

— Farei o melhor possível para que o sr. conde fique satisfeito. Eu ficaria mais seguro, entretanto, se o sr. conde pudesse me dizer suas intenções para o jantar.

— Na verdade, sr. Bertuccio — disse o conde —, desde que está em Paris sinto-o um pouco desorientado, hesitante; então não me conhece mais?

— Mas Sua Excelência poderia pelo menos me dizer quem são seus convidados!

— Ainda não sei de nada, e o senhor tampouco precisa saber. Lúculo janta na casa de Lúculo[133], ponto final.

Bertuccio inclinou-se e saiu.

---

133. A citação é de Plutarco, mas eis a versão de Dumas: "Certo dia, por um acaso incrível, Lúculo não tinha convidado ninguém para sentar à sua mesa. Seu cozinheiro veio lhe pedir ordens: 'Estou sozinho', disse Lúculo. O cozinheiro, pensando que um jantar de dez ou doze mil sestércios poderia bastar, agiu nesse sentido. Terminado o jantar, Lúculo mandou chamá-lo e repreendeu-o vigorosamente. O cozinheiro desculpou-se, dizendo-lhe: 'Mas o senhor estava sozinho.' 'É justamente nos dias em que estou sozinho à mesa', respondeu Lúculo, 'que é preciso cuidar do meu jantar; pois, nesse dia, Lúculo janta na casa de Lúculo'." (in *Memórias gastronômicas de todos os tempos*, op.cit.)

17. O MAJOR CAVALCANTI

Nem o conde nem Baptistin haviam mentido ao anunciarem a Morcerf aquela visita do major de Lucca, a qual servia de pretexto para Monte Cristo recusar o jantar a ele oferecido.

Acabava de dar sete horas, e o sr. Bertuccio, de acordo com as ordens que recebera, partira às duas para Auteuil, quando um fiacre parou à porta do palacete e pareceu fugir todo encabulado mal havia despejado perto do portão um homem de cerca de cinquenta e dois anos, vestindo um desses redingotes verdes com alamares pretos, cujo estilo é imperecível, ao que parece, na Europa. Uma calça folgada de lã azul, botas ainda bem limpas, embora de verniz duvidoso e com solas um pouco grossas, luvas de gamo, um chapéu que se aproximava pela forma de um chapéu de policial, um colarinho preto, contornado por um debrum branco, o qual, se porventura seu proprietário não o usasse por livre e espontânea vontade, poderia ter passado por uma golilha: eram estes os pitorescos trajes nos quais se apresentou o personagem que tocou na entrada, perguntando se não era no nº30 dos Champs-Élysées que morava o sr. conde de Monte Cristo, e que, à resposta afirmativa do porteiro, entrou, fechou o portão atrás de si e dirigiu-se para a escadaria da entrada.

A cabeça pequena e angulosa desse homem, seus cabelos grisalhos, seu bigode cheio e esbranquiçado fizeram-no ser reconhecido por Baptistin, que, informado de seus traços exatos, esperava-o antes do vestíbulo. Dessa forma, mal ele pronunciou seu nome diante do inteligente servo, Monte Cristo foi avisado de sua chegada.

O forasteiro viu-se introduzido no salão mais simples. O conde aguardava-o ali e foi até ele com uma expressão risonha.

— Ah, caro senhor — disse —, seja bem-vindo. Eu estava à sua espera.

— É mesmo? — disse o homem de Lucca. — Sua Excelência me esperava?

— Sim, fui avisado da sua chegada hoje às sete horas.

— Da minha chegada? Então estava avisado?

— Precisamente.

— Ah, melhor assim! Temia, confesso, que tivessem se esquecido dessa pequena precaução.

— Qual?

— De avisá-lo.

— Oh, de forma alguma!

— Mas tem certeza de que não está enganado?

— Tenho certeza.

— Ah, caro senhor, seja bem-vindo. Eu estava à sua espera.

— Era de fato a mim que Vossa Excelência esperava hoje às sete horas?

— Era de fato ao senhor. A propósito, verifiquemos.

— Oh, não precisava ter o trabalho de me esperar — disse o homem de Lucca.

— Ao contrário! Ao contrário! — disse Monte Cristo.

O homem de Lucca pareceu ligeiramente inquieto.

— Vejamos — disse Monte Cristo —, o cavalheiro não é o sr. marquês Bartolomeo Cavalcanti?

— Bartolomeo Cavalcanti — repetiu o homem de Lucca —, é exatamente isso.

— Ex-major no exército da Áustria?

— Era major que eu era? — perguntou timidamente o velho militar.

— Sim — disse Monte Cristo —, era major. É o nome que damos na França à patente que o senhor tinha na Itália.

— Bem — disse o homem de Lucca —, de minha parte, não peço mais que isso, o senhor compreende…

— Por sinal, o senhor não veio aqui espontaneamente — interrompeu Monte Cristo.

— Oh, com toda a certeza!

— Foi encaminhado por alguém.

— Sim.

— Terá sido por aquele excelente abade Busoni?

— É isso! — exclamou alegremente o major.

— E tem uma carta?

— Aqui está.

— Meu Deus, até que enfim. Passe-a para cá.

E Monte Cristo pegou a carta, que abriu e leu.

O major observava o conde com olhos arregalados, os quais passeavam curiosamente pelos recantos do aposento, mas que voltavam invariavelmente a seu proprietário.

— Isso mesmo… esse querido abade, "o major Cavalcanti, um digno advogado de Lucca, descendente dos Cavalcanti de Florença" — continuou Monte Cristo ao mesmo tempo que lia —, "gozando de uma fortuna de meio milhão de rendimentos".

Monte Cristo levantou os olhos do papel e fez uma saudação.

— Meio milhão, diz ele; caramba!, meu caro sr. Cavalcanti.

— Existe esse meio milhão? — perguntou o homem de Lucca.

— Com toda a certeza; e deve ser assim, pois o abade Busoni é o homem que melhor conhece as grandes fortunas da Europa.

— Tudo bem quanto ao meio milhão — disse o homem de Lucca —, mas, palavra de honra, eu não achava que o montante fosse tão alto.

— Porque o senhor tem um administrador desonesto; que quer, caro sr. Cavalcanti, não há como fugir disso!

— O senhor acaba de me abrir os olhos — disse gravemente o homem de Lucca —, porei o engraçadinho na rua.

Monte Cristo continuou:

— "E a quem falta apenas uma coisa para ser feliz."

— Oh, meu Deus, sim! Apenas uma — disse o homem de Lucca suspirando.

— "Reencontrar um filho adorado."

— Um filho adorado!

— "Raptado quando era criança ou por um inimigo de sua nobre família ou por ciganos."

— Aos cinco anos de idade — repetiu o homem de Lucca, com um profundo suspiro e levantando os olhos para o céu.

— Pobre pai! — disse Monte Cristo.

O conde continuou:

— "Devolvo-lhe a esperança, devolvo-lhe a vida, sr. conde, anunciando-lhe que o senhor poderá ajudá-lo a encontrar esse filho, que há quinze anos ele procura em vão."

O homem de Lucca olhou para Monte Cristo com uma indefinível expressão de preocupação.

— Posso ajudá-lo — respondeu Monte Cristo.

O major pôs-se de pé.

— Ah, ah! — disse ele. — A carta era então verdadeira até o fim?

— Duvidou disso, caro sr. Bartolomeo?

— De forma alguma, jamais! Como poderia! Um homem grave, um homem de caráter religioso como o abade Busoni, não seria capaz de tal brincadeira; mas o senhor não leu tudo, Excelência.

— Ah! é verdade — disse Monte Cristo —, há um *post-scriptum*.

— Sim — repetiu o homem de Lucca —, há... um... *post-scriptum*.

— "Para não causar ao major Cavalcanti o estorvo de transferir fundos do seu banqueiro, envio-lhe uma letra de câmbio de dois mil francos para suas despesas de viagem, e um crédito, com o senhor, da soma de quarenta e oito mil francos, que o senhor continua a me dever."

Os olhos do major acompanharam esse *post-scriptum* com uma visível ansiedade.

— Bom! — contentou-se em dizer o conde.

— Ele disse bom — murmurou consigo o homem de Lucca, para depois balbuciar. — Dessa forma... senhor...

— Dessa forma...? — perguntou Monte Cristo.

— Dessa forma, o *post-scriptum*...

— E daí! O *post-scriptum*...?

— É recebido tão favoravelmente quanto o resto da carta?

— Com certeza. Temos uma conta, o abade Busoni e eu; não sei se são exatamente quarenta e oito mil libras que lhe devo; mas umas poucas cédulas não vão criar rusgas entre nós. Ora, quer dizer que atribuía grande importância a esse *post-scriptum*, caro sr. Cavalcanti?

— Confesso — respondeu o homem de Lucca — que, depositando plena confiança na assinatura do abade Busoni, não viajei precavido; de maneira que, se esses recursos me faltassem, eu me veria muito atrapalhado em Paris.

— E um homem como o senhor atrapalha-se em algum lugar? — indagou Monte Cristo. — Por favor!

— E como! Sem conhecer ninguém — explicou o homem de Lucca.

— Mas o senhor é conhecido.

— Sou conhecido, de maneira que...

— Termine, sr. Cavalcanti!

— De maneira que o senhor me entregará essas quarenta e oito mil libras?

— Ao primeiro pedido.

O major revolvia os olhos arregalados e pasmos.

— Mas sente-se — disse Monte Cristo. — Na verdade, não sei onde estou com a cabeça... fiz o senhor ficar em pé durante quinze minutos.

— Não se incomode.

O major puxou uma poltrona e sentou.

— Agora — continuou o conde —, quer tomar alguma coisa; um copo de xerez, de porto, de alicante?

— De alicante, já que insiste; é meu vinho predileto.

— Tenho um excelente. Com um biscoito, não é?

— Com um biscoito, já que me obriga a isso.

Monte Cristo tocou a campainha; Baptistin apareceu.

O conde foi em sua direção.

— E então...? — perguntou baixinho.

— O rapaz chegou — respondeu o mordomo, no mesmo tom.

— Muito bem; onde o instalou?

— No salão azul, como Sua Excelência ordenara.

— Magnífico. Traga alicante e biscoitos.

Baptistin saiu.

— Na verdade — disse o homem de Lucca —, estou meio sem-jeito por incomodá-lo tanto.

— Imagine! — disse Monte Cristo.

Baptistin voltou com os copos, o vinho e os biscoitos.

O conde encheu um copo e derramou no segundo apenas algumas gotas do rubi líquido contido na garrafa, toda coberta de teias de aranha e de todos os demais sinais que indicavam a antiguidade do vinho com muito mais segurança do que o fazem as rugas num homem.

O major não teve dúvidas em relação àquela divisão, pegou o copo cheio e um biscoito.

O conde ordenou a Baptistin que deixasse a bandeja ao alcance da mão de seu convidado, o qual, começando a degustar o alicante com a ponta dos lábios, fez uma careta de satisfação e introduziu delicadamente o biscoito no vinho.

— Quer dizer, cavalheiro — disse Monte Cristo —, que o senhor morava em Lucca, era rico, é nobre, gozava da consideração geral, possuía tudo que faz um homem feliz?

— Tudo, Excelência — disse o major, engolindo seu biscoito —, absolutamente tudo.

— E que só faltava uma coisa à sua felicidade?

— Apenas uma — disse o homem de Lucca.

— Reencontrar seu filho?

— Ah! — lamentou o major, pegando um segundo biscoito. — Mas isso me fazia muita falta.

O digno homem de Lucca levantou os olhos para o céu e tentou fazer um esforço para suspirar.

— Agora, vejamos, caro sr. Cavalcanti — recomeçou Monte Cristo —, de onde veio esse filho tão saudoso? Pois a mim me disseram que o senhor havia continuado solteiro.

— Achavam isso, senhor — disse o major —, e até eu…

— Sim — emendou Monte Cristo —, e até o senhor acreditou nessa história. Um pecado de juventude que queria esconder aos olhos de todos.

O homem de Lucca levantou-se, assumiu sua expressão mais calma e digna, ao mesmo tempo que abaixava modestamente os olhos, fosse para redobrar sua contenção, fosse para auxiliar sua imaginação, embora olhasse de esguelha para o conde, cujo sorriso estereotipado nos lábios continuava a anunciar a mesma benevolente curiosidade.

— Sim, senhor — disse ele —, eu queria esconder esse erro de todos.

— Não por sua causa — disse Monte Cristo —, pois um homem está acima dessas coisas.

— Oh, não por mim, decerto — disse o major com um sorriso, balançando a cabeça.

— Mas pela mãe do menino — disse o conde.

— Por sua mãe! — exclamou o homem de Lucca, pegando um terceiro biscoito. — Por sua pobre mãe!

— Então beba, caro senhor Cavalcanti — disse Monte Cristo, servindo ao homem de Lucca um segundo copo de alicante. — A emoção o está sufocando.

— Pela pobre mãe! — murmurou o homem de Lucca, testando se a força de vontade não poderia, ao agir sobre a glândula lacrimal, molhar o canto do seu olho com uma falsa lágrima.

— Que pertence a uma das primeiras famílias da Itália, suponho…

— Nascida em Fiesole[134], sr. conde, nascida em Fiesole!

— Cujo nome é?

— Quer saber como se chama?

— Deus meu! — disse Monte Cristo. — Não precisa me dizer, já sei.

— O sr. conde sabe tudo — disse o homem de Lucca, inclinando-se.

— Oliva Corsinari, não é?

— Oliva Corsinari!

— Marquesa?

— Marquesa!

— A qual, não obstante, o senhor acabou por desposar, a despeito da oposição da família?

— Meu Deus! Sim, acabei por fazê-lo.

— E — continuou Monte Cristo — está com seus documentos em ordem?

— Que documentos? — perguntou o homem de Lucca.

— Ora, a certidão de casamento com Oliva Corsinari e a certidão de nascimento da criança!

— A certidão de nascimento da criança?

— A certidão de nascimento de Andrea Cavalcanti, do seu filho; o nome dele não é Andrea?

— Acho que sim — disse o homem de Lucca.

— Como? O senhor acha?

— Caramba! Não ouso afirmar, faz tanto tempo que ele está desaparecido.

— É justo — disse Monte Cristo. — Enfim, tem todos esses documentos?

— Senhor conde, lastimo anunciar que, ignorando a necessidade de munir-me desses papéis, deixei de trazê-los comigo.

— Ah, diabos! — exclamou Monte Cristo.

— Eles eram absolutamente necessários?

— Indispensáveis!

O homem de Lucca esfregou a testa.

— Ah, *per Baccho*! — repetiu. — Indispensáveis!

— Sem dúvida; e se levantassem por aqui alguma dúvida sobre a validade do seu casamento, sobre a legitimidade do seu filho?!

— Está certo — disse o homem de Lucca. — Poderiam levantar dúvidas.

— Seria desagradável para o rapaz.

— Seria fatal.

134. Fiesole: comuna italiana da região da Toscana, província de Florença.

— Isso poderia fazê-lo perder um magnífico casamento.

— *O peccato*!

— Na França, o senhor compreende, impera a severidade; não basta, como na Itália, procurar um padre e lhe dizer: "Nos amamos, case-nos." Existe o casamento civil na França e, para se casar civilmente, fazem-se necessários papéis que comprovem a identidade.

— A lástima é que não tenho esses papéis.

— Ainda bem que eu os tenho — disse Monte Cristo.

— O senhor?

— Sim.

— O senhor os tem?

— Eu os tenho.

— Ah, e essa! — exclamou o homem de Lucca, o qual, vendo o objetivo de sua viagem frustrado pela ausência dos papéis, temia que esse esquecimento criasse algum obstáculo às suas quarenta e oito mil libras. — Ah, e essa! Que felicidade. Sim — repetiu —, que felicidade, pois eu não teria pensado nisso.

— Acredito, não se pode pensar em tudo. Mas felizmente o abade Busoni pensou nisso para o senhor.

— Veja só, esse querido abade!

— É um indivíduo precavido.

— É um indivíduo admirável — disse o homem de Lucca. — E ele os enviou para o senhor?

— Aqui estão.

O homem de Lucca juntou as mãos em sinal de admiração.

— O senhor casou-se com Oliva Corsinari na igreja de Santa Paula de Monte Cattini; aqui está a certidão do padre.

— Jesus, é mesmo! Aqui está ela — disse o major, perplexo.

— E aqui está a certidão de batismo de Andrea Cavalcanti, expedida pelo pároco de Seravezza.

— Está tudo em ordem — disse o major.

— Então pegue esses papéis, com os quais nada tenho a fazer, e entregue-os a seu filho, que os guardará com todo o carinho.

— Tenho certeza! Se ele os perdesse...

— E daí, se ele os perdesse? — perguntou Monte Cristo.

— E daí — respondeu o homem de Lucca — que seríamos obrigados a escrever para lá, e demora muito tirar outros.

— Com efeito, seria difícil — disse Monte Cristo.

— Quase impossível — respondeu o homem de Lucca.

— Folgo em saber que o senhor compreende o valor desses papéis.

— Para mim eles não têm preço.

— Agora — disse Monte Cristo —, e quanto à mãe do rapaz?

— E quanto à mãe do rapaz… — repetiu o major, preocupado.

— E quanto à marquesa Corsinari?

— Meu Deus! — disse o homem de Lucca, que vislumbrava dificuldades no horizonte. — Será que precisamos dela?

— Não — replicou Monte Cristo. — Aliás, ela não…?

— Claro, claro — disse o major —, ela…

— Pagou seu tributo à natureza…?

— Desafortunadamente, sim! — disse com animação o homem de Lucca.

— Soube que ela morreu há dez anos — continuou Monte Cristo.

— E ainda choro sua morte, senhor — disse o major, puxando do bolso um lenço quadriculado e enxugando primeiro o olho esquerdo e depois o direito.

— Para o senhor ver — disse Monte Cristo —, somos todos mortais. Agora o senhor compreende, caro sr. Cavalcanti, que é inútil saberem na França que o senhor está separado de seu filho há quinze anos. Todas essas histórias de ciganos que raptam crianças não têm crédito por aqui. O senhor despachou-o para ser educado num colégio do interior e quer que ele termine essa educação no convívio da sociedade parisiense. Eis por que o senhor deixou Viareggio, onde morava desde a morte de sua mulher. Isso será o suficiente.

— Acha?

— Com certeza.

— Então, ótimo.

— Se viessem a saber alguma coisa sobre essa separação…

— Ah, sim. O que eu diria?

— Que um preceptor infiel, subornado pelos inimigos da sua família…

— Pelos Corsinari?

— Claro… raptara essa criança para que seu nome se extinguisse.

— Está certo, uma vez que ele é filho único.

— Muito bem! Agora que está tudo acertado, que suas lembranças, renovadas, não irão traí-lo, o senhor provavelmente adivinhou que eu lhe preparei uma surpresa?

— Agradável? — perguntou o homem de Lucca.

— Ah — disse Monte Cristo —, vejo que não se consegue enganar nem o olho nem o coração de um pai!

— Hum! — fez o major.

— Fizeram-lhe alguma revelação indiscreta, ou melhor, o senhor pressentiu que ele estava aqui?

— Quem, aqui?

— Sua criança, seu filho, seu Andrea.

— Pressenti — respondeu o homem de Lucca com a maior fleugma do mundo. — Então ele está aqui?

— Aqui mesmo — disse Monte Cristo. — Quando o mordomo entrou, ainda há pouco, avisou-me da sua chegada.

— Ah, excelente! Ah, excelente! — disse o major, agarrando a cada exclamação os alamares de sua polonesa.

— Meu caro senhor — disse Monte Cristo —, compreendo toda a sua emoção, o senhor precisa de tempo para se recobrar; quero também preparar o rapaz para esse encontro tão desejado, pois presumo que ele não esteja menos impaciente que o senhor.

— Também acho — disse Cavalcanti.

— Muito bem! Daqui a quinze minutinhos estaremos prontos.

— Quer dizer que irá trazê-lo à minha presença, que leva sua bondade a ponto de apresentá-lo pessoalmente a mim?

— Não, não pretendo em absoluto colocar-me entre um pai e seu filho, os senhores ficarão a sós, sr. major; mas fique tranquilo, pois, mesmo no caso de a voz do sangue permanecer muda, o senhor não terá com que se enganar; ele entrará por esta porta. É um formoso rapaz louro, um pouco louro demais talvez, de maneiras solícitas; o senhor verá.

— A propósito — disse o major —, sabia que só trouxe comigo os dois mil francos que esse bondoso abade Busoni me entregou? E tudo se foi na viagem...

— E o senhor precisa de dinheiro... é muito justo, senhor Cavalcanti. Pronto, aqui está, para arredondar, oito notas de mil francos.

Os olhos do major brilharam como um carbúnculo.

— São quarenta mil francos que lhe devo — disse Monte Cristo.

— Vossa Excelência quer um recibo? — perguntou o major, enfiando as notas no bolso interno de sua polonesa.

— Para quê? — disse o conde.

— Ora, para acertar suas contas com o abade Busoni.

— Vá lá! O senhor me dará um recibo geral quando receber os quarenta últimos mil francos. Entre pessoas honestas, precauções desse tipo são desnecessárias.

— Ah, sim, é verdade — disse o major —, entre pessoas honestas.

— Agora, uma última palavra, marquês.

— Diga.

— Permite uma pequena recomendação, não é mesmo?

— E como não! Peço-a.

— Não seria nada mal se deixasse de usar essa polonesa.

— Realmente?! — espantou-se o major, olhando o traje com certa complacência.

— Sim, isso ainda é usado em Viareggio, mas em Paris há muito tempo essa roupa, por mais elegante que seja, saiu de moda.

— Que desagradável — disse o homem de Lucca.

— Se fizer muita questão, pegue-a de volta quando for embora.

— Mas o que vou vestir?

— O que tiver em suas malas.

— Como assim, nas minhas malas?! Tenho apenas uma bolsa.

— Consigo, presumo. Para que se estorvar? Aliás, um velho soldado gosta de caminhar com equipamento ligeiro.

— Foi justamente por isso…

— Mas o senhor é um homem precavido e mandou suas malas na frente. Elas chegaram ontem no Hotel des Princes, na rua Richelieu. É lá que seus aposentos estão reservados.

— Então, nessas malas…

— Suponho que tenha tido a precaução de mandar seu criado embalar tudo de que vai precisar: roupas à paisana, uniformes. Nas ocasiões importantes, vista a farda, vai causar boa impressão. Não se esqueça da sua cruz. Zombam dela na França, mas continuam a usá-la.

— Claro, claro, claro! — disse o major, que ia de deslumbre em deslumbre.

— E agora — disse Monte Cristo — que seu coração está encouraçado contra as emoções muito vivas, prepare-se, caro sr. Cavalcanti, para rever seu filho Andrea.

E fazendo uma saudação encantadora ao homem de Lucca, embevecido em êxtase, Monte Cristo desapareceu atrás do reposteiro.

18. ANDREA CAVALCANTI

O conde de Monte Cristo entrou no salão contíguo ao que Baptistin designara como salão azul e onde acabava de precedê-lo um rapaz de aspecto desenvolto, muito elegantemente vestido, que um cabriolé de praça deixara, meia hora antes, à porta do palacete. Baptistin não tivera dificuldade em identificá-lo: era de fato aquele rapaz alto de cabelos louros, barba ruiva, olhos negros, cuja tez esmaltada e pele deslumbrante de brancura lhe haviam sido descritas por seu patrão.

Quando o conde entrou no salão, o jovem estava displicentemente estendido num sofá, golpeando distraidamente sua bota com um pequeno rebenque de junco com castão de ouro.

Ao avistar Monte Cristo, ele se levantou imediatamente e perguntou:

— Conde de Monte Cristo?

— Sim, senhor — respondeu este —, e tenho a honra de falar, creio, com o sr. visconde Andrea Cavalcanti.

— Visconde Andrea Cavalcanti — repetiu o rapaz, emprestando às palavras uma saudação cheia de desembaraço.

— O senhor tem uma carta que o credencia junto a mim? — inquiriu Monte Cristo.

— Não falei sobre isso em virtude da assinatura, que me pareceu estranha.

— Simbad, o marujo, não é?

— Justamente. Ora, como nunca conheci outro marujo Simbad sem ser o das *Mil e uma noites*…

— Pois bem! É um descendente dele, um amigo meu, muito rico, um inglês mais que original, quase louco, cujo verdadeiro nome é lorde Wilmore.

— Ah, isso explica tudo! — disse Andrea. — Então tudo corre às mil maravilhas. Foi esse mesmo inglês que eu conheci... em... Sim, ótimo! Sr. conde, estou às suas ordens.

— Se o que me dá a honra de dizer é verdade — replicou o conde, sorrindo —, espero que seja suficientemente generoso para me fornecer alguns detalhes sobre o senhor e sua família.

— Com todo o prazer, sr. conde — respondeu o rapaz, com uma disponibilidade que demonstrava a solidez de sua memória. — Sou, como o senhor disse, o visconde Andrea Cavalcanti, filho do major Bartolomeo Cavalcanti, descendente dos Cavalcanti inscritos no Livro de Ouro de Florença. Nossa família, apesar de ainda muito rica, pois meu pai possui meio milhão de renda, passou por muitas desgraças, e eu mesmo, senhor, aos cinco ou seis anos, fui raptado por um preceptor desleal; de maneira que há quinze anos não vejo o autor dos meus dias. Procuro-o desde que alcancei a idade da razão, desde que sou livre e senhor dos meus passos, mas em vão. Para concluir, essa carta do seu amigo Simbad, o marujo, me anuncia que ele está em Paris e me autoriza a procurar o senhor para obter notícias.

— Na verdade, tudo que o senhor conta é muito interessante — disse o conde, olhando com uma sombria satisfação aquele semblante despreocupado, marcado por uma beleza semelhante à do anjo mau —, e o senhor fez muito bem em obedecer em todos os pontos ao convite do meu amigo Simbad, pois seu pai está de fato aqui e o procura.

O conde, após sua entrada no salão, não havia perdido de vista o rapaz. Admirara a segurança do seu olhar e a firmeza de sua voz; mas a estas palavras tão espontâneas: *Seu pai está de fato aqui e o procura*, o jovem Andrea deu um pulo, exclamando:

— Meu pai! Meu pai aqui?

— Exatamente — respondeu Monte Cristo —, seu pai, o major Bartolomeo Cavalcanti.

A impressão de terror espalhada nos traços do rapaz logo se extinguiu.

— Ah, sim, é verdade — disse ele —, o major Bartolomeo Cavalcanti. E está me dizendo, senhor conde, que ele está aqui, esse querido pai?

— Sim, senhor. Acrescento inclusive que o deixei há pouco. A história que ele me contou desse filho querido, perdido em outros tempos, me tocou muito; na verdade, seus sofrimentos, seus temores, suas esperanças a esse respeito comporiam um poema comovente. Um dia, afinal, ele recebeu notícias anunciando-lhe que os raptores de seu filho propunham-se a entregá-lo, ou a indicar seu paradeiro, mediante uma soma bem alta. Nada deteve esse bondoso pai; a soma foi enviada à fronteira do Piemonte, bem como um passaporte com visto para a Itália. O senhor estava no sul da França, creio...

— Sim, senhor — respondeu Andrea, todo atrapalhado —, sim, eu estava no sul da França.

— Um coche não ia esperá-lo em Nice?

— Exatamente, senhor; nele, fiz o trajeto Nice-Gênova, Gênova-Turim, Turim-Chambéry, Chambéry-Pont de Beauvoisin e Pont de Beauvoisin-Paris.

— Formidável! Ele ainda tinha esperanças de encontrá-lo no caminho, pois era a mesma estrada que ele próprio percorria; eis por que seu itinerário foi assim traçado.

— Mas — disse Andrea —, se esse querido pai tivesse me encontrado, duvido que me reconhecesse; mudei um pouco desde que o perdi de vista.

— Oh, a voz do sangue! — disse Monte Cristo.

— Ah, é, é verdade — balbuciou o rapaz —, eu não pensava na voz do sangue.

— Agora — prosseguiu Monte Cristo —, uma única coisa preocupa o marquês Cavalcanti, é o que o senhor fez enquanto esteve afastado dele; de que maneira o senhor foi tratado por seus perseguidores; se obedeceram, de acordo com sua origem, todos os respeitos que lhe eram devidos; enfim, se não subsistiu desse sofrimento moral ao qual o senhor foi exposto, sofrimento cem vezes pior que o sofrimento físico, alguma sequela nas faculdades de que a natureza tão generosamente o dotou; e se o senhor acredita de fato que pode recuperar e sustentar dignamente na sociedade o status que lhe pertence.

— Senhor — balbuciou o rapaz aturdido —, espero que nenhum relato falso…

— Ainda não terminei! Ouvi falar do senhor pela primeira vez por intermédio do meu amigo Wilmore, o filantropo. Soube que ele o encontrara numa situação desagradável, ignoro qual, e não lhe fiz perguntas: não sou curioso. Seus infortúnios o interessaram; logo, o senhor é interessante. Ele me disse que gostaria de devolver-lhe a posição que o senhor perdera na sociedade, que procuraria o seu pai, que o encontraria; procurou-o e, segundo parece, encontrou, uma vez que ele cá está; em suma, o abade Busoni me avisou ontem da sua chegada, dando-me ainda algumas outras instruções relativas à sua fortuna; isso é tudo. Sei que meu amigo Wilmore é excêntrico, mas ao mesmo tempo, como homem estabelecido, rico feito uma mina de ouro, e que, por conseguinte, pode manter suas excentricidades sem que elas o arruínem, prometi seguir suas instruções. Agora, senhor, não se incomode com minha pergunta: como serei obrigado a patrociná-lo um pouco, gostaria de saber se os infortúnios de que foi vítima, todos alheios à sua vontade e que não diminuem em absoluto a consideração que lhe dispenso, não o distanciaram desse mundo onde sua fortuna e seu nome o impelem a fazer tão boa figura.

— Senhor — respondeu o rapaz, recuperando o desembaraço à medida que o conde falava —, tranquilize-se quanto a esse ponto: os raptores que me afastaram de meu pai, e que, provavelmente, tinham como objetivo me vender mais tarde, como de fato aconteceu, calcularam, para tirar bom partido de mim, que era preciso preservar todo meu valor pessoal e até mesmo aumentá-lo ainda mais, se fosse possível; recebi então uma excelente educação, e fui tratado pelos ladrões de crianças assim como o eram, na Ásia Menor, os escravos dos quais seus amos faziam gramáticos, médicos e filósofos, para vendê-los mais caros no mercado de Roma.

Monte Cristo sorriu com satisfação; não havia esperado tanto, ao que parece, do sr. Andrea Cavalcanti.

— A propósito — continuou o rapaz —, se houvesse em mim alguma falha de educação, ou antes, de desembaraço social, esta seria facilmente perdoável, em consideração aos infortúnios que acompanharam meu nascimento e persistiram em minha mocidade.

— Ótimo — disse displicentemente Monte Cristo —, trate este assunto como bem lhe aprouver, visconde, pois o senhor é o patrão, e isso lhe diz respeito; mas, pelo amor de Deus, em contrapartida, eu não diria uma palavra sobre todas essas aventuras. A sua história é um romance, e a sociedade, que adora os romances espremidos entre duas capas de papelão, desconfia estranhamente daqueles que vê encapados num pergaminho vivo, ainda que dourado, como o senhor. Eis a dificuldade que eu me permitiria lhe assinalar, sr. visconde; assim que tiver contado a alguém sua história comovente, ela correrá na sociedade completamente desvirtuada. O senhor será obrigado a se fazer de Antony[135], e o tempo dos Antony já passou. Talvez faça sucesso pela curiosidade, mas nem todo mundo gosta de ser o centro das atenções e o alvo dos comentários. Pode ser que isso o canse.

— Creio que tem razão, sr. conde — disse o rapaz, empalidecendo à sua revelia diante do olhar inflexível de Monte Cristo. — Este é um grande inconveniente.

— Oh, também não precisa exagerar — abrandou Monte Cristo —, pois, ao evitar um erro, podemos cair na loucura. Não, é um simples plano de conduta a definir; e, para um homem inteligente como o senhor, esse plano é ainda mais fácil de adotar, na medida em que corresponde a seus interesses. Será preciso lutar, com testemunhos e amizades honradas, contra tudo que seu passado pode ter de obscuro.

Andrea perdeu visivelmente a pose.

— Decerto eu me ofereceria ao senhor como avalista e aval — disse Monte Cristo —, mas na minha terra é um hábito moral duvidar dos meus melhores amigos, e uma necessidade procurar fazer os outros duvidarem; dessa forma eu desempenharia um papel fora do meu uso, como dizem os atores das tragédias, e me arriscaria a ser vaiado, o que é inútil.

---

135. *Antony*: no drama em cinco atos, estreado em 1831 e escrito pelo próprio Alexandre Dumas, o personagem-título é um bastardo.

— Entretanto, senhor conde — disse Andrea com audácia —, em consideração a lorde Wilmore, que me recomendou ao senhor…

— Sim, perfeitamente — concordou Monte Cristo —, mas lorde Wilmore não me deixou ignorar, caro sr. Andrea, que o senhor tivera uma juventude um tanto tempestuosa. Oh — disse o conde, percebendo o gesto esboçado por Andrea —, não peço uma confissão; aliás, foi para que o senhor não precisasse de ninguém que fizeram o sr. marquês Cavalcanti, seu pai, vir de Lucca. Vai vê-lo, está um pouco hirto, um pouco afetado; mas é um problema de farda e, quando souberem que está no exército da Áustria há dezoito anos, tudo será desculpado; em geral, não somos exigentes em relação aos austríacos. Em suma, asseguro-lhe que é um pai bastante aceitável.

— Ah, fique tranquilo, cavalheiro; já não o vejo há tanto tempo que não guardo nenhuma lembrança.

— Além disso, há de convir, uma grande fortuna faz a gente suportar muitas coisas.

— Então meu pai é realmente rico, cavalheiro?

— Milionário… quinhentos mil francos de renda.

— Quer dizer — perguntou o rapaz com ansiedade — que vou me achar numa posição… agradável?

— Das mais agradáveis, meu caro senhor; ele lhe dará cinquenta mil libras de renda por ano, durante todo o tempo que o senhor permanecer em Paris.

— Ora, nesse caso, fico para sempre.

— Calma! Quem pode responder pelas circunstâncias, meu caro senhor? O homem põe e Deus dispõe…

Andrea soltou um suspiro.

— Mas, enfim — ele disse —, o tempo todo que eu ficar em Paris, e… se nenhuma circunstância daqui me arrancar, esse dinheiro que acabou de mencionar está garantido?

— Oh, completamente.

— Pelo meu pai? — perguntou Andrea, preocupado.

— Sim, mas avalizado por lorde Wilmore, que abriu para o senhor, a pedido do seu pai, um crédito de cinco mil francos por mês junto ao sr. Danglars, um dos banqueiros mais sólidos de Paris.

— E meu pai pretende permanecer muito tempo em Paris? — perguntou Andrea com inquietude.

— Apenas alguns dias — respondeu Monte Cristo —, o serviço dele não lhe permite ausentar-se mais de duas ou três semanas.

— Oh, querido pai! — disse Andrea, visivelmente encantado com aquela partida iminente.

— Sendo assim — disse Monte Cristo, fingindo se iludir pelo tom dessas palavras —, não quero retardar nem por um instante a hora do encontro dos senhores. Está preparado para abraçar esse digno sr. Cavalcanti?

— Espero que não duvide disso...

— Ótimo! Nesse caso, entre no salão, caro amigo, onde encontrará um pai à sua espera.

Andrea saudou com ênfase o conde e entrou no salão.

O conde seguiu-o com os olhos e, ao vê-lo desaparecer, empurrou uma mola fixada num quadro, o qual, afastando-se da moldura, permitia que seu olhar, por um interstício habilmente arquitetado, penetrasse no salão.

Andrea fechou a porta atrás de si e avançou na direção do major, que se levantou assim que ouviu o barulho de passos se aproximando.

— Ah, cavalheiro e querido pai — disse Andrea em voz alta, de maneira a que o conde o ouvisse através da porta fechada —, é realmente o senhor?

— Bom dia, querido filho — respondeu o major com gravidade.

— Após tantos anos de separação — disse Andrea, continuando a olhar para o lado da porta —, que felicidade reencontrá-lo!

— De fato, a separação foi longa.

— Não vamos nos abraçar, senhor? — replicou Andrea.

— Como quiser, meu filho — disse o major.

E os dois homens se abraçaram como se abraça no Théâtre Français, isto é, passando a cabeça por cima do ombro.

— Então, aqui estamos reunidos! — exclamou Andrea.

— Aqui estamos reunidos — repetiu o major.

— Para nunca mais nos separar?

— Naturalmente; penso, querido filho, que agora que você vê a França como uma segunda pátria...

— O fato é — disse o rapaz — que eu ficaria desesperado se tivesse que sair de Paris.

— Quanto a mim, compreenda, não saberia viver fora de Lucca. Voltarei para a Itália assim que puder.

— Mas antes de partir, caríssimo pai, sem dúvida o senhor me entregará documentos que me ajudem a legitimar o sangue que me corre nas veias.

— Sem dúvida nenhuma, pois vim expressamente com esse intuito; tive muita dificuldade em localizá-lo para poder entregar-lhe estes documentos; se tivéssemos que recomeçar nossa procura um pelo outro, isso tomaria a última parte da minha vida.

— E os documentos?

— Aqui estão.

Andrea agarrou sofregamente a certidão de casamento do seu pai, sua própria certidão de batismo e, após ter aberto tudo com uma avidez típica de um bom filho, percorreu os dois papéis numa velocidade e desenvoltura que denotavam o golpe de vista mais afiado, bem como o mais vivo interesse.

Quando terminou, uma indefinível expressão de alegria brilhou em sua fronte. Observando o major com um sorriso estranho, disse, em excelente toscano:

E os dois homens se abraçaram como se abraça no Théâtre Français,
isto é, passando a cabeça por cima do ombro.

— Dá para acreditar?! Quer dizer que não há galés na Itália...?

O major aprumou-se.

— E por que isso agora? — perguntou.

— Então lá é permitido forjar documentos desse tipo? Na França, pela metade disso, meu caríssimo pai, seríamos mandados para pegar um ar em Toulon[136] por cinco anos.

— Está contente? — disse o homem de Lucca, tentando assumir uma expressão majestosa.

136. "pegar um ar em Toulon": referência à prisão de trabalhos forçados que existia nesta cidade.

— Meu caro sr. Cavalcanti — disse Andrea, apertando o braço do major —, quanto está recebendo para ser meu pai?

O major fez menção de falar.

— Schhh! — disse Andrea baixando a voz. — Vou me antecipar para lhe inspirar confiança; estou recebendo cinquenta mil francos por ano para ser seu filho: portanto pode compreender que não serei eu a negar que o senhor seja meu pai.

O major olhou à sua volta com preocupação.

— Ei! Fique tranquilo, estamos sozinhos — disse Andrea. — Além do mais, estamos falando italiano.

— Pois muito bem! A mim — disse o homem de Lucca —, vão dar cinquenta mil francos, pagos de uma só vez.

— Senhor Cavalcanti — disse Andrea —, acredita em conto de fadas?

— Não, antigamente não, mas agora vejo-me obrigado a acreditar.

— Então teve provas?

O major puxou da algibeira um punhado de ouro.

— Palpáveis, como pode ver.

— Então acha que posso acreditar nas promessas que me fizeram?

— É a minha opinião.

— E que esse conde magnífico as cumprirá?

— Ponto por ponto; mas, compreenda, para atingir esse objetivo, temos que desempenhar o nosso papel.

— Como assim...?

— Eu, o de pai carinhoso...

— Eu, o de filho respeitoso.

— Já que eles querem que o senhor descenda de mim...

— *Eles*, quem?

— Ora, não sei de nada, os que lhe escreveram; não recebeu uma carta?

— Exatamente.

— Como eu.

— De quem?

— De um tal abade Busoni.

— Que o senhor não conhece...

— Que nunca vi.

— Que dizia ele nessa carta?

— Não vai me trair?

— Claro que não, nossos interesses são os mesmos.

— Então leia.

E o major passou uma carta para o rapaz.

Andrea leu em voz baixa:

O senhor é pobre, uma desditosa velhice o aguarda. Quer ficar, se não rico, pelo menos independente?

Parta imediatamente rumo a Paris e vá reivindicar ao senhor conde de Monte Cristo, avenida dos Champs-Élysées nº30, o filho que teve com a marquesa de Corsinari e que foi raptado aos cinco anos de idade.

Esse filho chama-se Andrea Cavalcanti.

Para que não ponha em dúvida a disposição que o abaixo assinado tem de lhe ser agradável, encontrará em anexo:

1º Um título de duas mil e quatrocentas libras toscanas, que podem ser sacadas no estabelecimento do sr. Gozzi, em Florença;

2º Uma carta de apresentação para o sr. conde de Monte Cristo, junto a quem abrirei um crédito de quarenta e oito mil francos em seu nome.

Esteja na casa do conde no dia 26 de maio às sete horas da noite.

assinado: ABADE BUSONI

— É isso.

— Como é isso!? Que quer dizer? — perguntou o major.

— Que recebi mais ou menos a mesma coisa.

— O senhor?

— Sim, eu.

— Do abade Busoni?

— Não.

— De quem então?

— De um inglês, um tal de lorde Wilmore, que usa o nome de Simbad, o marujo.

— E que o senhor não conhece, assim como tampouco eu conheço o abade Busoni?

— Exatamente; porém, estou mais avançado que o senhor.

— Esteve com ele?

— Sim, uma vez.

— Onde?

— Ah! Isso é justamente o que não posso lhe dizer; o senhor saberia tanto quanto eu, e isso é inútil.

— E essa carta lhe dizia…?

— Leia.

O senhor é pobre e um futuro miserável é o que lhe resta: quer ter um nome, ser livre, ser rico?

— Veja só! — exclamou o rapaz, balançando nos saltos dos sapatos. — Como se essa pergunta fosse possível!

Saia de Nice pela porta de Gênova e embarque na carruagem que encontrará atrelada. Passe por Turim, Chambéry e Pont-de-Beauvoisin. Apresente-se na casa do senhor conde de Monte Cristo, avenida dos Champs-Élysées, no dia 26 de maio, às sete horas da noite, e pergunte pelo seu pai.

O senhor é filho do marquês Bartolomeo Cavalcanti e da marquesa Oliva Corsinari, como comprovarão os papéis que lhe serão entregues pelo marquês, os quais lhe permitirão apresentar-se com esse nome na sociedade parisiense.

Quanto a seu status, uma renda de cinquenta mil francos por ano lhe permitirá sustentá-lo.

Em anexo, um título de cinco mil libras, a serem sacadas junto ao sr. Ferrea, banqueiro em Nice, e uma carta de apresentação para o conde de Monte Cristo, encarregado de prover suas necessidades.

SIMBAD, O MARUJO

— Hum! — disse o major. — Que coisa linda!

— Não é mesmo?

— Esteve com o conde?

— Acabo de vê-lo.

— E ele confirmou?

— Tudo.

— Compreende alguma coisa dessa história?

— Claro que não.

— Há um trouxa nesse negócio…

— De toda forma, não sou nem eu nem o senhor…

— Não, certamente.

— Então, e daí?!

— Tanto faz para nós, não é mesmo?

— Exatamente, era o que eu queria dizer; vamos até o fim e atuemos em conjunto.

— De acordo; verá que sou digno de ser seu parceiro.

— Não duvidei disso um só instante, querido pai.

— O senhor me lisonjeia, querido filho.

Monte Cristo escolheu esse momento para entrar no salão. Ao ouvirem o barulho de seus passos, os dois homens atiraram-se nos braços um do outro; o conde os encontrou abraçados.

— Excelente, sr. marquês! — disse Monte Cristo. — Parece que encontrou um filho que corresponde às suas expectativas.

— Ah, sr. conde, estou sufocado de alegria!

— E o senhor, meu rapaz?

— Ah, sr. conde, arrebento de felicidade!

— Ditoso pai! Ditosa criança! — exclamou o conde.

— Apenas uma coisa me entristece — disse o major —, a necessidade em que me vejo de deixar Paris tão prontamente.

— Oh, caro sr. Cavalcanti — disse Monte Cristo —, o senhor não irá, espero, até que eu lhe apresente alguns amigos.

— Estou às ordens do sr. conde — disse o major.

— Agora, vamos, rapaz, confesse.

— A quem?

— Ao senhor seu pai; diga-lhe algumas palavras sobre suas finanças.

— Ah, maldição! — praguejou Andrea. — O senhor está tocando uma corda sensível.

— Está ouvindo, major? — perguntou Monte Cristo.

— Claro que estou.

— Sim, mas compreende?

— Perfeitamente.

— Seu querido filho diz que precisa de dinheiro.

— Que quer que eu faça?

— Que lhe dê algum, ora!

— Eu?

— Sim, o senhor.

Monte Cristo passou entre os dois homens.

— Tome! — disse a Andrea, enfiando-lhe um maço de cédulas na mão.

— Que é isso?

— A resposta do seu pai.

— Do meu pai?

— Sim. Não acabou de dar a entender que precisava de dinheiro?

— Sim. E daí?

— Pois bem! Ele me encarrega de lhe entregar isso.

— Um adiantamento sobre as minhas rendas?

— Não, para suas despesas de instalação.

— Oh, querido pai!

— Silêncio — disse Monte Cristo —, está vendo claramente que ele não quer que eu revele que isso provém dele.

— Aprecio essa delicadeza — disse Andrea, enfiando as cédulas na algibeira de sua calça.

— Ótimo — disse Monte Cristo —, agora vão!

— E quando teremos a honra de rever o sr. conde? — perguntou Cavalcanti.

— Ah, sim — repetiu Andrea —, quando teremos essa honra?

— Sábado, se quiserem... sim... pronto... sábado. Ofereço um jantar na minha casa de Auteuil, rua de la Fontaine nº28, várias pessoas estão convidadas, entre elas o sr. Danglars, seu banqueiro, vou apresentá-los, convém de fato que ele conheça os senhores para descontar seu dinheiro.

— Traje de gala? — perguntou o major a meia voz.

— Traje de gala: uniforme, cruz, culotes curtos.

— E eu?

— Oh, o senhor, com grande simplicidade: calça preta, botas de verniz, colete branco, casaco preto ou azul, gravata longa; pegue Blain ou Vérenique[137] para vesti-lo. Se não sabe seus endereços, Baptistin sabe. Quanto me-

137. "Blain ou Vérenique": alfaiates parisienses da época.

nos afetar pretensão em seu traje, sendo rico como é, melhor efeito causará. Se comprar cavalos, vá no Devédeux; se comprar um faeton, vá no Baptiste.

— A que horas podemos nos apresentar?

— Por volta das seis e meia.

— Muito bem, lá estaremos — disse o major, levando a mão ao chapéu.

Os dois Cavalcanti cumprimentaram o conde e saíram.

O conde aproximou-se da janela e viu ambos atravessando o pátio, de braços dados.

— Na verdade — disse ele —, eis dois grandes miseráveis. Pena que não sejam efetivamente pai e filho!

Após um instante de sombria reflexão:

— Vamos à casa dos Morrel — disse ele. — Creio que o asco me enjoa mais do que o ódio.

— Na verdade, eis dois grandes miseráveis.
Pena que não sejam efetivamente pai e filho!

19. O CERCADO DE ALFAFA

Convém que nossos leitores nos permitam reconduzi-los àquele cercado anexo à casa do sr. de Villefort. Para além da cerca invadida por castanheiras, encontraremos nossos velhos conhecidos.

Dessa vez Maximilien chegou primeiro. Foi ele quem colou o olho nas tábuas, espreitando, no jardim profundo, uma sombra entre as árvores e o rangido de uma botinha de seda sobre a areia das aleias.

Finalmente, o rangido tão desejado se fez ouvir, porém, em vez de uma, foram duas sombras que se aproximaram. O atraso de Valentine fora ocasionado por uma visita da sra. Danglars e de Eugénie, visita que se estendera para além da hora em que Valentine era esperada. Portanto, a fim de não faltar ao encontro, a moça sugerira à srta. Danglars um passeio pelo jardim, querendo mostrar a Maximilien sua ausência de culpa naquele atraso, que certamente o fazia sofrer.

O rapaz entendeu tudo com aquela intuição rápida característica dos apaixonados, e seu coração sossegou. Aliás, sem chegar ao alcance da voz, Valentine orientou seu passeio de maneira a que Maximilien pudesse vê-la passar e repassar; a cada vez que ela passava e repassava, um olhar secreto de sua companheira, lançado para o outro lado da cerca e recolhido pelo rapaz, dizia-lhe:

— Tenha paciência, amigo, está vendo que a culpa não é minha.

E Maximilien, com efeito, exercitava sua paciência ao mesmo tempo que admirava o contraste entre as duas moças: entre a loura de cabelos lânguidos e a postura vergada como um belo salgueiro e a morena de olhos orgulhosos e o porte ereto como um pinheiro; bem, é escusado dizer que, nessa comparação entre duas naturezas tão opostas, toda a vantagem, pelo menos no coração do rapaz, ia para Valentine.

Após meia hora de passeio, as duas moças se afastaram. Maximilien compreendeu que a visita da srta. Danglars chegara ao fim.

Com efeito, um instante depois, Valentine reapareceu sozinha. Com medo de que um olhar indiscreto seguisse o seu retorno, vinha lentamente; e, em vez de avançar diretamente para a cerca, foi sentar-se num banco, após haver, sem afetação, interrogado cada tufo de folhagem e mergulhado seu olhar no fundo de todas as aleias.

Tomadas essas precauções, correu para a cerca.

— Bom dia, Valentine — disse uma voz.

— Bom dia, Maximilien; fiz-lhe esperar, mas viu a causa?

— Sim, reconheci a srta. Danglars; não julgava você tão ligada a essa jovem.

— Quem disse que éramos ligadas, Maximilien?

— Ninguém; mas me pareceu que isso se depreendia da maneira como vocês se davam o braço, da maneira como conversavam; eram como duas colegas de internato trocando confidências.

— Com efeito, trocávamos confidências — disse Valentine. — Ela me confessava sua repugnância ao seu casamento com o sr. de Morcerf e eu lhe confessava da minha parte que via como uma infelicidade meu casamento com o sr. d'Épinay.

— Querida Valentine!

— Eis por que, meu amigo — prosseguiu a rapariga —, você viu essa aparência de entrega entre mim e Eugénie; era porque, enquanto eu falava do homem que não posso amar, pensava no homem que amo.

— Como você é boa em todas as coisas, Valentine, e tem dentro de si uma coisa que a srta. Danglars jamais terá: o encanto indefinido que é, para a mulher, o que o perfume é para a flor, o que o sabor é para a fruta; pois não basta a uma flor ser bela, não basta a uma fruta ser bela.

— É o seu amor que me faz ver as coisas assim, Maximilien.

— Não, Valentine, juro que não. Veja, eu observava vocês duas ainda há pouco e, pela minha honra, embora fazendo justiça à beleza da srta. Danglars, não entendia como um homem poderia se apaixonar por ela.

— É porque, como você dizia, Maximilien, eu estava aqui e minha presença o fazia injusto.

— Não... mas cá entre nós... uma questão de simples curiosidade e que emana de certas ideias que formei sobre a srta. Danglars.

— Oh, muito injustas, sem que eu saiba exatamente quais são. Quando vocês nos julgam, a nós, pobres mulheres, não devemos esperar indulgência.

— Com a ressalva de que, entre vocês, vocês são justíssimas umas com as outras!

— Porque, quase sempre, há paixão em nossas opiniões. Mas volte à sua pergunta.

— Será porque a srta. Danglars ama um outro que ela hesita em casar-se com o sr. de Morcerf?

— Maximilien, eu lhe disse que não era amiga de Eugénie.

— Ora, meu Deus — disse Morrel —, sem serem amigas, moças trocam confidências; admita que lhe fez algumas perguntas quanto a isso. Ah, vejo que sorri!

— Sendo assim, Maximilien, não precisamos ter essa cerca de tábuas entre nós.

— Vamos, o que disse ela?

— Ela me disse que não amava ninguém — respondeu Valentine. — Disse que tinha horror ao casamento; que sua maior alegria teria sido levar uma vida livre e independente; e que chegava a desejar que seu pai perdesse a fortuna para tornar-se artista, como sua amiga, a srta. Louise d'Armilly.

— Ah, está vendo?!

— Ora! O que isso prova? — perguntou Valentine.

— Nada — respondeu Maximilien sorrindo.

— Então — disse Valentine —, por que está sorrindo?

— Ah — disse Maximilien —, agora é você que está olhando, Valentine.

— Quer que eu me afaste?

— Oh, não! De forma alguma! Mas voltemos a falar de você.

— Ah, é verdade, pois mal temos dez minutos para ficarmos juntos.

— Meu Deus! — exclamou Maximilien, consternado.

— Sim, Maximilien, você tem razão — disse Valentine com melancolia —, e você tem aqui uma namorada infeliz. Que existência vou obrigá-lo a suportar, pobre Maximilien, você, tão propenso à felicidade! Censuro-me amargamente por isso, acredite em mim.

— Ora, Valentine, que importância tem isso? Se me sinto feliz assim; se essa espera infinita me parece compensada, da minha parte, por cinco minutos de sua presença, por duas palavras de sua boca e por essa convicção profunda, eterna, de que Deus não criou dois corações tão harmoniosos como os nossos, e não os reuniu quase milagrosamente, para depois separá-los.

— Obrigado, espere por nós dois, Maximilien: isso me fará feliz pela metade.

— O que está acontecendo, Valentine, para você me deixar tão cedo?

— Não sei; a sra. de Villefort me pediu para passar em seus aposentos para uma comunicação da qual depende, ela mandou me dizer, parte da minha fortuna. Ora, meu Deus, que eles peguem a minha fortuna, sou muito rica; e que, depois de a pegarem, deixem-me tranquila e livre; você me amará mesmo pobre, não é, Morrel?

— Oh, vou amá-la para sempre! Que me importa riqueza ou pobreza, se a minha Valentine ficar perto de mim e eu tiver certeza de que ninguém poderá roubá-la! Mas essa comunicação, Valentine, não acha que pode ser alguma notícia relativa ao seu casamento?

— Não creio.

— Mesmo assim, escute, Valentine, e não tenha medo, pois, enquanto eu viver, não serei de nenhuma outra.

— Acha que me tranquiliza dizendo isso, Maximilien?

— Desculpe! Tem razão, sou um grosseirão. Pois bem! Então eu queria lhe dizer que outro dia estive com o sr. de Morcerf.

— E daí?

— O sr. Franz é amigo dele, como sabe.

— Sim; e daí?

— E daí! Ele recebeu uma carta de Franz, anunciando-lhe seu retorno em breve.

Valentine empalideceu e apoiou a mão na cerca.

— Ah, meu Deus — ela disse —, se for isso! Mas não, a comunicação não viria da parte da sra. de Villefort.

— Por que não?

— Porque... não tenho certeza... mas me parece que a senhora de Villefort, ao mesmo tempo em que não se opõe francamente, não nutre simpatia por esse casamento.

— Que bom! Valentine, parece que vou adorar esta sra. de Villefort.

— Oh, não se apresse, Maximilien! — disse Valentine, com um sorriso triste.

— Ora, se ela é contra esse casamento, para rompê-lo talvez esteja aberta a alguma outra proposta.

— Não acredite nisso, Maximilien; não são os maridos que a sra. de Villefort repele, é o casamento.

— Como? O casamento! Se ela detesta tanto o casamento, por que ela se casou?

— Você não está entendendo, Maximilien. Veja, quando, há um ano, eu mencionei a ela minha intenção de me retirar para um convento, ela, apesar das observações que se julgou obrigada a me fazer, adotou minha sugestão com alegria. Instigado por ela, tenho certeza, meu pai também consentira; apenas o coitado do meu avô me deteve. Não pode imaginar, Maximilien, que expressão esse velho desafortunado tem nos olhos, ele, que só ama a mim no mundo e que, Deus me perdoe se for uma blasfêmia, só é amado por mim. Se você soubesse, quando ele tomou conhecimento da minha decisão, como me olhou, o quanto havia de crítica naquele olhar e de desespero naquelas lágrimas que rolavam sem queixas, sem suspiros, ao longo de suas faces imóveis! Ah, Maximilien, senti uma espécie de remorso; lancei-me aos seus pés gritando: "Perdão, perdão, meu avô! Façam de mim o que quiserem, mas não o deixarei!" Então ele levantou os olhos para o céu! Maximilien, posso sofrer muito; aquele olhar do meu velho avô me pagou antecipadamente pelo que vou sofrer.

— Querida Valentine! Você é um anjo. Esgrimindo à direita e à esquerda contra beduínos, a menos que Deus não os tenha julgado infiéis, não sei o que fiz para merecer essas confidências. Mas enfim, raciocinemos, Valentine, qual será então o interesse da sra. de Villefort em que você não se case?

— Não ouviu eu lhe dizer agora mesmo que era rica, Maximilien, muito rica? Tenho, pelo lado da minha mãe, cerca de cinquenta mil libras de renda; meu avô e minha avó, o marquês e a marquesa de Saint-Méran, devem me deixar outro tanto; o sr. Noirtier tem visivelmente a intenção de me fazer sua única herdeira. Daí resulta, portanto, que, comparativamente, meu irmão Édouard, que não espera, da parte da sra. de Villefort, nenhuma fortuna, é pobre. Ora, a sra. de Villefort ama essa criança com adoração e, se eu tivesse me tornado uma religiosa, toda a minha fortuna, concentrada no meu pai, que herdava do marquês, da marquesa e de mim, caberia a seu filho.

— Oh, como é estranha essa cobiça numa jovem e bela mulher!

— Observe que não é por ela, Maximilien, mas para o seu filho, e que o que você recrimina-lhe como um defeito, do ponto de vista do amor materno, é quase uma virtude.

— Mas, e se você deixasse uma parte dessa fortuna para esse filho, Valentine? — perguntou Maximilien.

— Como fazer uma proposta dessas — disse Valentine —, principalmente à mulher que só tem na boca a palavra "desinteresse"?

— Valentine, meu amor continua sagrado para mim, e, como toda coisa sagrada, cobri-o com o véu do meu respeito e o encerrei no coração; ninguém no mundo, nem mesmo minha irmã, desconfia então desse amor, que não revelei a quem quer que fosse neste mundo. Valentine, permita-me falar desse amor com um amigo.

Valentine estremeceu.

— Com um amigo? — disse ela. — Oh, meu Deus! Maximilien, fico arrepiada ouvindo-o falar assim! Com um amigo? E quem seria esse amigo?

— Escute, Valentine: já sentiu por alguém uma dessas simpatias irresistíveis, dessas que, embora vendo a pessoa pela primeira vez, você julga conhecê-la há muito tempo, e fica se perguntando onde e quando a viu, de modo que, incapaz de lembrar o lugar e a época, chega a acreditar que foi num mundo anterior ao nosso e que essa simpatia é apenas uma lembrança despertada?

— Já.

— Pois bem! Senti isso na primeira vez que vi esse homem extraordinário.

— Um homem extraordinário?

— Sim.

— Que o senhor então conhece há muito tempo?

— Há oito ou dez dias, se tanto.

— E você chama de amigo um homem a quem conhece há oito dias? Oh, Maximilien, eu o julgava mais avaro no uso dessa bela palavra "amigo".

— Teoricamente, você tem razão, Valentine; mas diga o que disser, nada me fará reconsiderar esse sentimento instintivo. Acredito que esse homem estará misturado a tudo de bom que me acontecer no futuro, o qual às vezes seu olhar profundo parece conhecer e sua mão poderosa, dirigir.

— É então um adivinho? — perguntou Valentine, sorrindo.

— Puxa — disse Maximilien —, frequentemente sou levado a crer que ele adivinha... sobretudo quando é para o bem.

— Oh — disse Valentine com tristeza —, apresente-me a esse homem, Maximilien, que eu saiba por seu intermédio se serei suficientemente amada para me indenizar por tudo que sofri!

— Minha querida! Mas você o conhece!

— Eu?

— É aquele que salvou a vida da sua madrasta e do filho dela.

— O conde de Monte Cristo?

— Ele mesmo.

— Oh — exclamou Valentine —, ele nunca será meu amigo, já é amigo demais da minha madrasta.

— O conde, amigo da sua madrasta, Valentine? Meu instinto não falharia a esse ponto; tenho certeza de que está enganada.

— Oh, se você soubesse, Maximilien! Mas já não é Édouard que reina na casa, é o conde: é o queridinho da sra. de Villefort, que vê nele a síntese dos conhecimentos humanos; admirado, ouça, admirado pelo meu pai, que diz nunca ter ouvido alguém formular ideias tão elevadas com tanta eloquência; idolatrado por Édouard, que, apesar do medo dos grandes olhos negros do conde, corre para ele assim que o vê chegar e lhe abre as mãos, nas quais sempre é depositado algum brinquedo admirável. Quando o sr. de Monte Cristo não está com o meu pai, ou quando o sr. de Monte Cristo não está com a sra. de Villefort, o sr. de Monte Cristo está com ele.

— Muito bem! Querida Valentine, se as coisas são assim, você já deve ter sentido ou em breve sentirá os efeitos de sua presença. Ele conheceu Albert de Morcerf na Itália, foi para tirá-lo das mãos de bandidos; encontrou a sra. Danglars, foi para lhe oferecer um presente régio; sua madrasta e seu irmão passara diante da sua porta, foi para que seu núbio lhes salvasse a vida. Esse homem tem evidentemente o poder de influenciar as coisas. Nunca vi gostos mais simples aliados a tão grande magnificência. Seu sorriso é tão doce, quando o dirige a mim, que esqueço como os outros julgam seu sorriso amargo. Oh, fale, Valentine, ele já lhe sorriu assim? Se o fez, você será feliz.

— A mim! — espantou-se a moça. — Oh, meu Deus, Maximilien, ele não apenas não olha para mim, ou melhor, se passo por acaso, ele desvia os olhos de mim. Oh, ele não é generoso! Ou não tem esse olhar profundo que lê no coração, e que você lhe atribui erradamente; pois, se fosse generoso, ao ver-me sozinha e triste naquele casarão, teria me protegido com essa influência que ele exerce; e, já que ele desempenha, como você sugere, o papel de sol, teria aquecido meu coração com um de seus raios. Acredita que ele goste de você, Maximilien; ora, o que sabe sobre isso? Os homens fazem um semblante gracioso para um grão-oficial de quase dois metros de altura como você, com um longo bigode e um grande sabre, mas julgam poder esmagar sem receio uma pobre moça que chora.

— Oh, Valentine! Está enganada, juro.

— Se não é assim, Maximilien, se ele me tratasse diplomaticamente, isto é, como homem que, de uma forma ou de outra, quer se insinuar na casa, ele teria, nem que fosse uma única vez, me honrado com esse sorriso que você tanto enaltece; mas não, ele me viu infeliz, compreendeu que não lhe posso ser útil para nada e não dá a mínima para mim. Quem sabe inclusive se, para cortejar meu pai, a sra. de Villefort ou meu irmão, ele não me perseguirá na medida em que seu poder o permitir? Vamos, francamente, não sou uma mulher que merece ser desprezada assim sem motivo; você mesmo disse isso. Ah, desculpe — continuou a moça, vendo a impressão que essas palavras produziam em Maximilien —, sou má, e estou dizendo sobre esse homem coisas que sequer sabia carregar no coração. Veja, não nego a existência desse poder mencionado por você, e que ele o exerça até mesmo sobre mim; mas, caso ele o exerça, é de uma maneira danosa, corruptora, como pode ver, dos bons pensamentos.

— Está bem, Valentine — disse Morrel com um suspiro —, não falemos mais nisso; não lhe direi nada.

— Ai de mim! Meu amigo — lamentou Valentine —, eu o atormento, posso perceber. Oh, como gostaria de apertar sua mão para lhe pedir perdão! Mas tudo que peço é para ser persuadida; conte-me, o que o conde de Monte Cristo fez por você?

— Admito que você me deixa constrangido, Valentine, ao me perguntar o que o conde fez por mim; nada de exuberante, sei muito bem. Da mesma forma, como já lhe disse, minha afeição por ele é toda instintiva e nada tem de racional. Será que o sol me afetou? Não, ele me aquece e, à sua luz, vejo você, isso é tudo. Será que este ou aquele perfume me influenciou? Não, seu cheiro recria agradavelmente um dos meus sentidos. Não tenho outra coisa a dizer quando me perguntam por que enalteço esse perfume. Minha amizade por ele é estranha como a dele por mim. Uma voz secreta me adverte que há mais que acaso nessa amizade imprevista e recíproca. Descubro alguma correlação até mesmo entre seus atos mais simples, até mesmo entre seus mais recônditos pensamentos, e as minhas ações e os meus pensamentos. Você vai rir de mim de novo, Valentine, mas, desde que conheci esse homem, ocorre-me a ideia absurda de que tudo que me acontece emana dele. Por outro lado, vivi trinta anos sem precisar desse protetor, não é mesmo? Não importa, vamos a um exemplo: ele me convidou para jantar no sábado, nada mais natural no ponto em que estamos, não acha? Pois bem! Que vim a saber mais tarde? Seu pai está convidado para esse jantar, sua mãe estará lá. Vou encontrar-me com eles, e quem sabe o que resultará desse contato no futuro? São circunstâncias aparentemente muito simples; entretanto, da minha parte, vejo nelas alguma coisa que me impressiona, que me dá uma confiança estranha. Digo para mim mesmo que o conde, esse homem singular que adivinha tudo, quis me colocar na presença do sr. e da sra. de Villefort, e às vezes, juro, procuro ler em seus olhos se ele adivinhou o meu amor.

— Meu querido — disse Valentine —, eu o tomaria por um visionário, e teria efetivamente medo pelo seu bom senso, se ouvisse de sua boca apenas raciocínios desse gênero. Imagine! Vê realmente algo mais que uma coincidência nesse encontro? Por favor, reflita. Meu pai, que nunca sai de casa, esteve dez vezes a ponto de recusar esse convite à sra. de Villefort, que, ao contrário, arde de desejo de ver esse nababo extraordinário em seus próprios domínios, e foi com grande dificuldade que arrancou de meu pai a promessa de acompanhá-la. Não, não, acredite; não tenho, afora você, Maximilien, outra pessoa nesse mundo a quem pedir socorro, a não ser o meu avô, um cadáver!, ou outro apoio ao qual recorrer, a não ser minha pobre mãe, uma sombra!

— Sinto que você tem razão, Valentine, e que a lógica está do seu lado — admitiu Maximilien —, mas sua doce voz, sempre tão poderosa sobre mim, hoje não me convence.

— Tampouco a sua — retrucou Valentine —, e confesso que, se não tem outro exemplo a apresentar...

— Tenho um — insistiu Maximilien, hesitando. — Mas, na verdade, Valentine, eu mesmo sou obrigado a confessá-lo, é ainda mais absurdo que o primeiro.

— Tanto pior — disse Valentine sorrindo.

— E, não obstante — continuou Morrel —, não deixa de ser menos conclusivo para mim, homem todo inspiração e sentimento, que algumas vezes, nesses dez anos de exército, deveu a vida a esses lampejos íntimos, que ditam a você um movimento para a frente ou para trás, a fim de que a bala que devia matá-lo passe ao seu lado.

— Querido Maximilien, por que não atribuir esse desvio das balas às minhas orações? Quando você está em combate, não é mais para mim que rezo a Deus e minha mãe, é para você.

— Isso, depois que a conheci — disse Morrel, sorrindo —, mas e antes de eu a conhecer, Valentine?

— Muito bem, já que você prefere não me dever nada, malvado, vamos ao exemplo que você mesmo confessa ser absurdo.

— Pois bem! Olhe por entre as tábuas, e veja lá embaixo, naquela árvore, o cavalo novo que me trouxe.

— Oh, que animal magnífico! — exclamou Valentine. — Por que não o trouxe para perto do portão? Eu teria lhe falado, e ele, me entendido.

— É realmente, como vê, um animal muito caro — disse Maximilien. — Ora, você sabe que a minha fortuna é limitada, Valentine, e que sou o que se chama de um homem razoável. Muito bem! Eu tinha visto, num negociante de cavalos, esse magnífico Medeah, é assim que o chamo. Perguntei quanto custava: responderam-me quatro mil e quinhentos francos. Tive que me abster, como pode compreender; admirei-o por mais tempo e parti, confesso, com o coração apertado, pois o cavalo olhara para mim carinhosamente, me afagara com sua cabeça e rodopiara à minha volta da maneira mais provocante e encantadora. Nessa mesma noite, eu tinha alguns amigos em casa. O sr. de Château-Renaud, o sr. Debray e cinco ou seis outros maus sujeitos que você

— Pois bem! Olhe por entre as tábuas, e veja lá embaixo, naquela árvore, o cavalo novo que me trouxe.

tem a felicidade de não conhecer, sequer de nome. Sugeriram uma *bouillote*; eu nunca jogo, pois não sou rico o suficiente para perder, nem pobre o suficiente para desejar ganhar. Mas eu estava em casa, você compreende, e não tinha outra a coisa a fazer senão mandar trazerem o baralho, e foi o que fiz.

"Quando íamos para a mesa, o sr. de Monte Cristo chegou. Ocupou seu lugar, jogamos, e ganhei; mal ouso confessar-lhe, Valentine, ganhei cinco mil francos. Despedimo-nos à meia-noite. Não consegui mais me conter, chamei um cabriolé e ordenei que me levasse ao negociante de cavalos. Palpitante, febril, toquei; quem abriu deve ter me tomado por um louco. Precipitei-me para dentro mal a porta se abriu. Penetrei nas cavalariças, olhei no cocho. Oh, felicidade! Medeah mascava seu feno. Corro para uma sela, eu mesmo a ponho em seu dorso, passo-lhe a rédea, Medeah presta-se com imensa graciosidade a essa operação! Em seguida, depositando os quatro mil e quinhentos francos nas mãos do negociante estupefato, retorno, ou melhor, passeio a noite inteira pelos Champs-Élysées. Pois bem! Vejo luz na janela do conde, pareceu-me perceber sua sombra por trás das cortinas. Agora, Valentine, eu juraria que o conde soube que eu desejava esse cavalo e que perdeu expressamente para me fazer ganhá-lo."

— Meu querido Maximilien — disse Valentine —, realmente você é muito fantasioso... não me amará por muito tempo... Um homem que faz poesia desse jeito não sentiria prazer perecendo numa paixão monótona como a nossa... Mas, Deus do céu! Preste atenção, estão me chamando... consegue ouvir?

— Oh, Valentine! — disse Maximilien pela pequena fresta da cerca. — Seu dedo, o menor, para eu beijá-lo.

— Maximilien, havíamos declarado sermos duas vozes, duas sombras, um para o outro!

— Como desejar, Valentine.

— Ficará feliz se eu fizer o que pede?

— Oh, sim!

Valentine subiu num banco e passou, não seu dedo mínimo através do vão, mas sua mão inteira por cima da cerca.

Maximilien soltou um grito e, projetando-se por sua vez sobre o marco do terreno, agarrou aquela mão adorada e nela aplicou seus lábios ardentes; mas assim que a mãozinha deslizou nas suas, o rapaz viu Valentine fugir, talvez assustada com a sensação que acabava de experimentar!

O CONDE DE MONTE CRISTO

CLÁSSICOS ZAHAR
em edição comentada e ilustrada

Jane Eyre*
Charlotte Brontë

David Copperfield
Charles Dickens

Sherlock Holmes (9 vols.)*
A terra da bruma
Arthur Conan Doyle

As aventuras de Robin Hood*
O conde de Monte Cristo*
Os três mosqueteiros*
Vinte anos depois
O visconde de Bragelonne (2 vols.)
Alexandre Dumas

O corcunda de Notre Dame*
Victor Hugo

O Fantasma da Ópera
Gaston Leroux

Carmen e outras histórias
Prosper Mérimée

Frankenstein*
Mary Shelley

A ilha do tesouro
Robert Louis Stevenson

Drácula*
Bram Stoker

Aventuras de Huckleberry Finn*
As aventuras de Tom Sawyer
Mark Twain

20 mil léguas submarinas*
A ilha misteriosa*
Viagem ao centro da Terra*
A volta ao mundo em 80 dias*
Jules Verne

A besta humana
Emile Zola

* Disponível também em edição bolso de luxo
Veja a lista completa da coleção no site www.zahar.com.br/classicoszahar

ALEXANDRE
DUMAS

O CONDE DE MONTE CRISTO

EDIÇÃO COMENTADA
E ILUSTRADA

Tradução, apresentação e notas:
André Telles e Rodrigo Lacerda

3ª edição
7ª reimpressão

ZAHAR

Grafia atualizada segundo o Acordo Ortográfico da Língua Portuguesa de 1990, que entrou em vigor no Brasil em 2009.

Cet ouvrage, publié dans le cadre du Programme d'Aide à la Publication 2013 Carlos Dummond de Andrade de la Médiateque de la Maison de France, bénéficie du soutien du Ministère français des Affaires Etrangères et Européennes

Este livro, publicado no âmbito do programa de auxílio à publicação 2013 Carlos Drummond de Andrade da Mediateca da Maison de France, contou com o apoio do Ministério francês das Relações Exteriores

Título original
Le Comte de Monte Cristo

Capa
Rafael Nobre

Projeto gráfico
Mari Taboada

CIP-Brasil. Catalogação na publicação
Sindicato Nacional dos Editores de Livros, RJ

Dumas, Alexandre, 1802-1870
D92c O Conde de Monte Cristo: edição comentada e ilustrada / Ale-
3.ed. xandre Dumas; tradução, apresentação e notas André Telles, Rodrigo Lacerda. — 3ª ed. — Rio de Janeiro: Zahar, 2020.
il. (Clássicos Zahar)

Tradução de: Le Comte de Monte Cristo.
ISBN 978-85-378-1869-5

1. Romance francês. I. Telles, André. II. Lacerda, Rodrigo. III. Título. IV. Série.

CDD: 843
19-61851 CDU: 82-31(44)

EDITORA SCHWARCZ S.A.
Praça Floriano, 19, sala 3001 – Cinelândia
20031-050 – Rio de Janeiro – RJ
Telefone: (21) 3993-7510
www.companhiadasletras.com.br
www.blogdacompanhia.com.br
facebook.com/editorazahar
instagram.com/editorazahar
twitter.com/editorazahar

SUMÁRIO

PARTE IV

PARTE V

PARTE VI

PARTE IV

1. O SR. NOIRTIER DE VILLEFORT

Eis o que aconteceu na casa do procurador do rei depois da partida da sra. Danglars, de sua filha, e durante a conversa que acabamos de relatar.

O sr. de Villefort entrara nos aposentos de seu pai, seguido pela sra. de Villefort; quanto a Valentine, sabemos onde estava.

Após terem cumprimentado o ancião, e depois de terem dispensado Barrois, velho empregado, há mais de vinte e cinco anos no seu serviço, ambos acomodaram-se junto a ele.

O sr. Noirtier continuou instalado em sua grande cadeira de rodas, na qual o acomodavam pela manhã e da qual o tiravam à noite, sentado em frente a um espelho que refletia todo o aposento e lhe permitia ver, sem esboçar um movimento sequer, impossível em seu estado, quem entrava em seu quarto, quem saía e o que faziam à sua volta; imóvel como um cadáver, com olhos inteligentes e vivos, ele olhava seus filhos, cuja cerimoniosa reverência anunciava-lhe algum assunto oficial inesperado.

A visão e a audição eram os dois únicos sentidos que ainda avivavam, como duas fagulhas, aquela matéria humana já em grande parte preparada para o túmulo; porém, desses dois sentidos, apenas um revelava a vida interior que animava a estátua, e o olhar que denunciava essa vida interior assemelhava-se a uma dessas luzes longínquas que, durante a noite, informam ao viajante perdido num deserto que existe uma criatura vigilante no silêncio e na escuridão.

Assim, nesse olho escuro do velho Noirtier, rematado por uma sobrancelha negra, ao passo que os seus cabelos, os quais ele usava compridos e caindo nos ombros, eram brancos; nesse olho, como acontece com todo órgão humano superexigido pela ausência de outros órgãos, havia se concentrado toda a atividade, toda a habilidade, toda a força, toda a inteligência antes distribuídas em seu corpo e em seu espírito. Claro, faltavam-lhe o gesto do braço, o som da voz, a atitude do corpo, mas o olhar poderoso compensava tudo. Ele ordenava com os olhos, agradecia com os olhos; era um cadáver com olhos vivos, e às vezes nada era mais assustador que esse rosto de mármore, sobre o qual se acendia a cólera ou brilhava a alegria. Apenas três pessoas eram capazes de compreender essa linguagem do infeliz paralítico: eram Villefort, Valentine e o velho criado que mencionamos. Mas, como Villefort apenas raramente procurava o pai, só o fazendo, por assim dizer, quando não havia outra saída; e como, quando estava com ele, não procurava agradá-lo tentando compreendê-lo, toda a felicidade do velho repousava em sua neta, e Valentine conseguira, graças ao devotamento, ao amor e à paciência, compreender em um olhar todos os pensamentos de Noirtier. A essa linguagem muda ou ininteligível para os demais, ela respondia com toda a sua voz, toda a sua fisionomia, toda a sua alma, de maneira que se estabeleciam diálogos animados entre aquela moça e aquela suposta argila, agora quase pó, que, apesar de tudo, ainda era homem de saber imenso, de perspicácia inaudita e de vontade tão poderosa quanto pode sê-lo a alma presa na matéria pela qual ela perdeu a força de se fazer obedecida.

Valentine então resolvera esse estranho problema de compreender o pensamento do velho para fazê-lo compreender o dela; e, graças a esse estudo, era muito raro que, nos assuntos do dia a dia, ela não acertasse com precisão o desejo daquela alma viva ou a necessidade daquele cadáver quase insensível.

Quanto ao criado, como dissemos, na medida em que servia há mais de vinte e cinco anos seu patrão, conhecia tão bem seus hábitos que era raro Noirtier precisar pedir-lhe alguma coisa.

Villefort, portanto, não precisava do auxílio nem de um nem de outro para entabular com seu pai a estranha conversa que vinha ter. Ele próprio, como dissemos, conhecia perfeitamente o vocabulário do velho, e se não o utilizava com frequência era por enfado ou indiferença. Deixou então Valentine descer para o jardim, dispensou Barrois e, depois de ocupar o lugar à direita de seu pai, enquanto a sra. de Villefort sentava-se à esquerda, disse:

— Senhor, não estranhe que Valentine não tenha subido conosco e que eu tenha dispensado Barrois, pois a entrevista que teremos é daquelas que não podem se desenrolar diante de uma jovem ou um criado; a sra. de Villefort e eu temos uma comunicação a lhe fazer.

O rosto de Noirtier permaneceu impassível durante esse preâmbulo, ao passo que o olho de Villefort parecia querer mergulhar até o mais recôndito do coração do velho.

— Essa comunicação — continuou o procurador do rei no seu tom gelado, que parecia jamais admitir contestação —, a sra. de Villefort e eu temos certeza de que lhe será conveniente.

O olho do velho continuou sem expressão; ele escutava, não mais que isso.

— Senhor — emendou Villefort —, vamos casar Valentine.

Um rosto de cera não teria permanecido mais frio que o rosto do velho diante dessa notícia.

— O casamento será realizado daqui a menos de três meses — continuou Villefort.

O olho do velho continuou inanimado.

A sra. de Villefort tomou a palavra, apressando-se a acrescentar:

— Achamos que essa notícia lhe agradaria; aliás, Valentine sempre pareceu merecer sua afeição; portanto, só nos resta dizer o nome do rapaz a ela destinado. É um dos mais respeitáveis partidos a que Valentine pode pretender; há fortuna, um belo nome e as mais completas garantias de felicidade no comportamento e nas inclinações daquele a quem lhe destinamos, cujo nome o senhor não deve ignorar. Trata-se do sr. Franz de Quesnel, barão d'Épinay.

Villefort, durante o pequeno discurso da esposa, pespegou no ancião um olhar mais atento do que nunca. Quando a sra. de Villefort pronunciou o nome de Franz, o olho de Noirtier, que seu filho conhecia tão bem, estremeceu, e as pálpebras, dilatando-se como teriam feito lábios ao abrir passagem para as palavras, lançaram, por sua vez, um fulgor.

O procurador do rei, ciente das antigas relações de inimizade pública existentes entre seu pai e o pai de Franz, compreendeu aquele fogo e aquela agitação; deixou-os contudo passar como desapercebidos e, retomando a comunicação no ponto em que sua mulher a deixara, disse:

— Senhor, é importante, como sem dúvida compreenderá, que Valentine enfim se estabeleça, já que está para completar dezenove anos. Entretanto, não o esquecemos de forma alguma nas negociações, e nos certificamos antecipadamente de que o marido de Valentine aceitaria, se não morar conosco, o que talvez importunasse o jovem casal, pelo menos que o senhor, a quem Valentine preza particularmente, e a quem, por sua vez, o senhor parece retribuir essa afeição, morasse com eles, de maneira que não perdesse nenhum de seus hábitos e tivesse dois filhos, em vez de um, para cuidar do senhor.

O fulgor do olhar de Noirtier tornou-se sangrento.

Certamente alguma coisa de terrível se passava na alma do velho; certamente o grito da dor e da cólera vinha à sua garganta e, não podendo explodir, sufocava-o, pois seu rosto ficou roxo e seus lábios, azuis.

Villefort abriu tranquilamente uma janela, dizendo:

— Está muito quente aqui, e esse calor faz mal ao sr. Noirtier.

Em seguida voltou, mas continuou de pé.

— Esse casamento — acrescentou a sra. de Villefort — é do agrado do sr. d'Épinay e família; aliás, sua família compõe-se apenas de um tio e uma tia. Com a morte da mãe durante o parto e o assassinato do pai em 1815, isto é, quando a criança completava dois anos, ele depende, portanto, apenas da própria vontade.

O fulgor do olhar de Noirtier tornou-se sangrento.

— Assassinato misterioso — disse Villefort —, cujos autores permanecem desconhecidos, embora a suspeita tenha pairado sobre a cabeça de muita gente.

Noirtier fez um esforço tamanho que seus lábios se contraíram como para sorrir.

— Ora — continuou Villefort —, os verdadeiros culpados, os que sabem que cometeram o crime, aqueles sobre quem pode se abater a justiça dos homens durante a vida e a justiça de Deus após a morte, ficariam muito felizes de estar em nosso lugar e ter uma filha para oferecer ao sr. Franz d'Épinay, apagando assim até mesmo o vestígio da suspeita.

Noirtier acalmara-se com uma força inesperada para aquela compleição despedaçada.

— Sim, compreendo — respondeu ele com o olhar a Villefort; e esse olhar exprimia tanto o profundo desdém quanto a cólera inteligente.

Villefort, por sua vez, respondeu a esse olhar, cujo teor havia percebido, com uma ligeira sacudidela dos ombros.

Depois fez sinal à sua mulher para se levantar.

— Agora, senhor — disse a sra. de Villefort —, receba todos os meus respeitos. Gostaria que Édouard viesse lhe apresentar seus respeitos?

Convencionara-se que o velho exprimia aprovação fechando os olhos, recusa piscando várias vezes e algum desejo levantando-os para o alto.

Para chamar Valentine, fechava apenas o olho direito.

Para chamar Barrois, fechava o esquerdo.

Diante da sugestão da sra. de Villefort, piscou várias vezes os olhos.

A sra. de Villefort, acolhida por uma recusa evidente, mordeu os lábios.

— Mando-lhe então Valentine? — perguntou ela.

— Sim — manifestou o velho, fechando os olhos com vivacidade.

O sr. e a sra. de Villefort cumprimentaram e saíram dando ordens para que chamassem Valentine, já avisada de que teria algo a fazer durante o dia junto ao sr. Noirtier.

Ao saírem, Valentine, ainda corada de emoção, entrou nos aposentos do ancião. Bastou um olhar para compreender o quanto sofria seu avô e quantas coisas ele tinha a lhe dizer.

— Oh, vovô — exclamou —, o que aconteceu? Aborreceram-no, não é, e o senhor está com raiva?

— Sim — exprimiu ele, fechando os olhos.

— De quem será? Do meu pai? Não. Da sra. de Villefort? Não. De mim?

O velho fez sinal de que sim.

— De mim? — reagiu Valentine surpresa.

O velho repetiu o sinal.

— E que lhe fiz então, querido vovô? — exclamou Valentine.

Nenhuma resposta; ela continuou:

— Não estive com o senhor durante o dia… Contaram-lhe então alguma coisa sobre mim?

— Sim — fez o velho com vivacidade.

— Vamos então investigar. Meu Deus, juro, vovô… Ah! O sr. e a sra. de Villefort saíram daqui, não foi?

— Sim.

— E foram eles que lhe disseram essas coisas que o aborrecem? O que foi então? Quer que eu vá perguntar para que possa me desculpar junto ao senhor?

— Não, não — fez o olhar.

— Oh, mas assim eu me assusto! Que puderam eles lhe dizer, meu Deus!

E ela investigou.

— Oh, percebo — disse, baixando a voz e se aproximando do velho. — Talvez tenham falado a respeito do meu casamento…

— Sim — replicou o olhar, irritado.

— Compreendo; o senhor me odeia pelo meu silêncio. Oh, veja, eles me haviam recomendado expressamente que não lhe contasse nada; não haviam dito nada nem a mim, e de certa forma descobri esse segredo por indiscrição; eis por que fui tão reservada com o senhor. Perdoe-me, vovô Noirtier.

Novamente fixo e sem expressão, o olhar pareceu responder: "Não é apenas o seu silêncio que me aflige."

— O que é então? — perguntou a jovem. — Acha que vou abandoná-lo, vovô, e que meu casamento me faria esquecê-lo?

— Não — fez o velho.

— Eles então lhe falaram que o sr. d'Épinay consentia que permanecêssemos juntos?

— Sim.

— Então por que está zangado?

Os olhos do velho assumiram uma expressão de ternura infinita.

— Sim, compreendo — disse Valentine. — Porque me ama?

O velho fez sinal de que sim.

— E receia que eu seja infeliz?

— Sim.

— Não gosta do sr. Franz?

Os olhos repetiram três ou quatro vezes:

— Não, não, não.

— Sofre muito então, vovô?

— Sim.

— Muito bem! Escute — disse Valentine, ajoelhando-se diante de Noirtier e passando-lhe os braços em volta do pescoço —, eu também sofro muito, pois também não gosto do sr. Franz d'Épinay.

Um brilho de alegria atravessou os olhos do ancião.

— Quando quis me retirar para um convento, lembra que ficou muito bravo comigo?

Uma lágrima umedeceu a pálpebra árida do velho.

— Pois bem — continuou Valentine —, era para escapar desse casamento, que constitui meu desespero.

A respiração de Noirtier tornou-se arfante.

— Então esse casamento o faz sofrer, vovô? Oh, meu Deus, se o senhor pudesse me ajudar, se nós dois conseguíssemos frustrar o plano deles! Mas o senhor não tem forças para lutar contra os dois, embora o seu temperamento seja tão forte e a vontade, tão firme; mas, quando se trata de lutar, o senhor é muito fraco e até mais fraco do que eu. Quanta tristeza! O senhor poderia ter sido para mim um protetor poderoso em seus dias de força e saúde, mas hoje só é capaz de me compreender e se alegrar ou afligir comigo. É uma última felicidade que Deus esqueceu de me tirar junto com as outras.

A essas palavras, nasceu uma tal expressão de malícia e profundidade nos olhos de Noirtier que neles a moça julgou ler as palavras:

— Você se engana, ainda posso fazer muito por você.

— Pode fazer alguma coisa por mim, querido vovô? — traduziu Valentine.

— Sim.

Noirtier ergueu os olhos. Era o sinal combinado entre ele e Valentine quando desejava alguma coisa.

— O que o senhor quer, vovô? Fale.

Valentine procurou por um instante em seu espírito, exprimiu em voz alta seus pensamentos à medida que estes se lhe apresentavam e, vendo que a tudo que ela sugeria o velho respondia constantemente *não*, disse:

— Vamos tentar um recurso melhor, já que sou tão burrinha!

Então recitou sucessivamente todas as letras do alfabeto, de A até N, enquanto seu sorriso interrogava o olhar do paralítico; no N, Noirtier fez um sinal afirmativo.

— Ah — disse Valentine —, a coisa que o senhor deseja começa com a letra N; é no N que devemos nos deter? Ótimo! Vejamos, vamos querer o quê no N? Na, ne, ni, no.

— Sim, sim, sim — concordou o velho.

— Ah, é *no*?

— Sim.

Valentine foi pegar um dicionário, que instalou num apoio em frente a Noirtier; abriu-o e, quando viu o olho do velho fixado nas folhas, seu dedo correu agilmente as colunas de cima a baixo.

O exercício, desde que há seis anos Noirtier caíra no estado lastimável em que se achava, a deixara tão desenvolta que ela adivinhava tão rapidamente o pensamento do velho quanto se ele próprio tivesse sido capaz de procurar no dicionário.

À palavra *notário*, Noirtier fez sinal para ela parar.

— *Notário* — ela disse. — Quer um notário, vovô?

O velho fez sinal de que era efetivamente um notário que ele desejava.

— Então precisamos chamar um notário? — perguntou Valentine.

— Sim — respondeu o paralítico.

— Meu pai deve saber disso?

— Sim.

— Tem pressa em ver o seu notário?

— Sim.

— Então mandaremos chamá-lo imediatamente, querido vovô. Isso é tudo que o senhor deseja?

— Sim.

Valentine correu até a campainha e despachou um criado para chamar o sr. e a sra. de Villefort ao quarto de Noirtier.

— Está satisfeito? — perguntou Valentine. — Sim... não há dúvida... o quê? Não estava fácil de descobrir?

E a moça sorriu para o avô como se o fizesse para uma criança.

O sr. de Villefort entrou conduzido por Barrois.

— Que deseja, senhor? — perguntou ao paralítico.

— Senhor — disse Valentine —, meu avô deseja ver um notário.

A esse pedido estranho, e sobretudo inesperado, o sr. de Villefort trocou um olhar com o paralítico.

— Sim — fez este último, com uma firmeza indicativa de que, com a ajuda de Valentine e de seu velho criado, agora informado do que ele queria, estava preparado para travar a luta.

— Está solicitando um notário? — repetiu Villefort.

— Sim.

— Para fazer o quê?

Noirtier não respondeu.

— Por que precisa de um notário? — insistiu Villefort.

O olhar do paralítico permaneceu imóvel e, por conseguinte, mudo, o que significava: "Persisto em minha vontade."

— Para nos pregar alguma peça? — disse Villefort. — Precisa mesmo disso?

— Mas afinal — disse Barrois, disposto a insistir, com a perseverança típica dos velhos criados —, se o meu senhor deseja um notário, aparentemente é porque precisa de um. Portanto, vou chamar um notário.

Barrois não reconhecia outro patrão senão Noirtier e não admitia que suas vontades fossem contestadas em nada.

— Sim, quero um notário — exprimiu o velho, fechando os olhos com uma expressão de desafio como se dissesse: "Vamos ver se ele se atreve a me negar o que quero."

— Teremos um notário, já que o deseja a qualquer custo; mas vou me desculpar junto a ele e o senhor mesmo se desculpará, pois a cena será mais que ridícula.

— Não interessa — disse Barrois —, vou chamá-lo assim mesmo.

E o velho criado saiu, triunfante.

2. O TESTAMENTO

Quando Barrois saiu, Noirtier olhou para Valentine com o interesse malicioso que tantas coisas anuncia. A moça compreendeu aquele olhar e Villefort também, pois ficou taciturno e franziu o cenho.

Tomou um assento, instalou-se no quarto do paralítico e esperou.

Noirtier fitava-o completamente indiferente; porém, com o canto do olho, ordenara a Valentine que não se preocupasse e ficasse também.

Quarenta e cinco minutos depois, o criado voltou com o notário.

— Cavalheiro — disse Villefort após os cumprimentos iniciais —, o senhor foi convocado pelo sr. Noirtier de Villefort, que aqui está. Uma paralisia geral lhe confiscou o uso dos membros e da voz, e somente nós, com grande dificuldade, conseguimos captar alguns farrapos de seus pensamentos.

Noirtier lançou um olhar de clamor para Valentine, clamor tão grave e imperativo que ela respondeu prontamente:

— Da minha parte, cavalheiro, compreendo tudo que meu avô quer dizer.

— É verdade — acrescentou Barrois —, tudo, absolutamente tudo, como eu dizia ao cavalheiro no caminho.

— Com licença, senhor, e a senhorita também — interveio o notário, dirigindo-se a Villefort e a Valentine —, este é um caso em que o funcionário público não pode proceder inconsequentemente sem assumir uma responsabilidade temerária. O primeiro critério, para que um documento seja válido, é que o notário esteja efetivamente convencido de que interpretou fielmente a vontade daquele que a dita. Ora, não posso ter certeza da autorização ou desautorização de um cliente que não fala. Como o objeto de seus desejos e repugnâncias, considerando seu mutismo, não me pode ser provado claramente, meu Ministério é mais que inútil e seria ilegalmente exercido.

O notário deu um passo para se retirar. Um imperceptível sorriso de triunfo desenhou-se nos lábios do procurador do rei. Por sua vez, Noirtier olhou para Valentine com tamanha expressão de sofrimento que ela se interpôs no caminho do notário.

— Senhor — ela disse —, a língua que falo com o meu avô é uma língua fácil de ser aprendida; da mesma forma que o compreendo, posso em poucos minutos fazer com que o compreenda também. Ora, meu senhor, do que mais precisa para ficar em perfeita paz com sua consciência?

— Daquilo que faz com que nossos papéis tenham validade, senhorita — respondeu o notário —, isto é, a certeza da autorização ou desautorização. É possível fazer-se um testamento doente de corpo, mas é imperioso fazê-lo mentalmente são.

— Pois bem, cavalheiro, com dois sinais o senhor ficará persuadido de que meu avô nunca desfrutou tanto da plenitude de sua inteligência. O sr. Noirtier, privado da voz, privado do movimento, fecha os olhos quando quer dizer sim e pisca diversas vezes quando quer dizer não. Agora o senhor sabe o suficiente para conversar com o sr. Noirtier, experimente.

O olhar que o velho dirigiu para Valentine era tão úmido de ternura e gratidão que foi compreendido pelo próprio notário.

— Ouviu e compreendeu o que sua neta disse, senhor? — perguntou o notário.

Noirtier fechou lentamente os olhos e os reabriu após um instante.

— E concorda com o que ela diz? Isto é, que os sinais indicados por ela são efetivamente aqueles com a ajuda dos quais o senhor transmite seu pensamento?

— Sim — fez novamente o velho.

— Foi o senhor que mandou me chamar?

— Sim.

— Para fazer seu testamento?

— Sim.

— E não quer que eu me retire sem ter feito esse testamento?

O paralítico piscou os olhos com vivacidade e várias vezes.

— Ótimo! Está vendo, senhor? — perguntou a moça. — Agora terá a consciência tranquila?

Mas antes que o notário pudesse responder, Villefort puxou-o à parte.

— Cavalheiro — disse ele —, acredita que um homem consiga suportar impunemente um choque físico tão terrível quanto o que sofreu o sr. Noirtier de Villefort sem que o próprio lado moral tenha sido gravemente atingido?

— Não é precisamente isso que me preocupa, senhor — respondeu o notário —, mas me pergunto como conseguiremos adivinhar seus pensamentos, a fim de provocar suas respostas.

— Como vê, é impossível — disse Villefort.

Valentine e o velho ouviam essa conversa. Noirtier deteve seu olhar inflexível em Valentine, olhar que evidentemente pedia uma reação.

— Não se preocupe com isso, cavalheiro — ela interveio. — Por mais difícil que seja, ou que assim lhe pareça, penetrar o pensamento do meu avô, eu o revelarei de maneira a dissipar todas as dúvidas nesse sentido. Já se vão seis anos que estou junto ao sr. Noirtier, e, ele próprio pode confirmar, nestes seis anos, que nem um único de seus desejos permaneceu sepultado em seu coração por ele não conseguir me transmitir…

— Sim — fez o velho.

— Vamos tentar, então — disse o notário. — Aceita a senhorita como sua intérprete?

O paralítico fez sinal que sim.

— Bem, vejamos, cavalheiro, que deseja de mim e que ato deseja perpetrar?

Valentine enunciou todas as letras do alfabeto até a letra T.

A essa letra, o eloquente olhar de Noirtier a deteve.

— É a letra T que o cavalheiro pede — disse o notário. — É visível.

— Espere — disse Valentine, voltando-se para o avô. — Ta… te…

O velho interrompeu-a na segunda dessas sílabas.

Então Valentine pegou o dicionário e, aos olhos do atento notário, folheou suas páginas.

— Testamento — disse seu dedo parado pelo olhar de Noirtier.

— Testamento! — exclamou o notário. — A coisa é visível, o cavalheiro quer testar.

— Sim — fez Noirtier diversas vezes.

— Isso é maravilhoso, senhor, há de convir — disse o notário a Villefort, estupefato.

— Com efeito — replicou —, e mais maravilhoso ainda seria esse testamento, pois, cá entre nós, não acredito que os artigos venham a se organizar no papel, palavra por palavra, sem a inteligente inspiração da minha filha. Ora, talvez os interesses de Valentine nesse testamento a impeçam de ser a intérprete apropriada das obscuras vontades do sr. Noirtier de Villefort.

— Não, não! — fez o paralítico.

— Como! — espantou-se o sr. de Villefort. — Valentine não é parte interessada em seu testamento?

— Não — fez Noirtier.

— Cavalheiro — disse o notário, que, encantado com a experiência, prometia a si mesmo contar na sociedade os detalhes daquele pitoresco episódio —, nada me parece mais fácil agora que aquilo que ainda há pouco eu via como coisa impossível, e esse testamento será simplesmente

Então Valentine pegou o dicionário…

um testamento místico, isto é, previsto e autorizado pela lei na condição de ser lido perante sete testemunhas, ratificado pelo testador perante elas e fechado pelo notário, sempre perante elas. No que se refere ao prazo, levará um pouco mais de tempo que um testamento comum; em primeiro lugar, há as fórmulas de praxe que são sempre as mesmas e, quanto aos detalhes, a maioria será fornecida pela própria situação dos negócios do testador e pelo senhor, que, por tê-los administrado, conhece-os. Além disso, para que esse ato seja inatacável, vamos autenticá-lo de forma cabal; um dos meus colegas ficará ao meu lado e, contrariando a tradição, assistirá ao ditado. Está satisfeito, cavalheiro? — emendou o notário, dirigindo-se ao velho.

— Sim — respondeu Noirtier, radiante por ter sido compreendido.

"O que será que ele vai fazer?", perguntou-se Villefort, cuja posição elevada exigia certa reserva e que, para piorar, não conseguia adivinhar o objetivo do pai.

Voltou-se então para mandar trazerem o segundo notário designado pelo primeiro; mas Barrois, que ouvira tudo e adivinhara o desejo do patrão, já partira.

Em seguida o procurador do rei mandou chamar sua mulher.

Quinze minutos depois, estavam todos reunidos no quarto do paralítico, e o segundo notário chegara.

Com poucas palavras, os dois funcionários ministeriais acertaram o procedimento. Foi lida para Noirtier uma fórmula de testamento vaga, banal; então, para começar, por assim dizer, a perícia de sua sanidade, o primeiro notário, voltando-se para ele, disse:

— Uma vez que faremos o seu testamento, senhor, é em benefício de alguém.

— Sim — fez Noirtier.

— Tem alguma ideia da cifra a que monta sua fortuna?

— Sim.

— Vou pronunciar números que irão subindo sucessivamente; o senhor me interromperá quando eu tiver alcançado o que julga o seu.

— Sim.

Havia nesse interrogatório uma espécie de solenidade: aliás, talvez nunca a luta da inteligência contra a matéria tenha se mostrado tão visível; se não era sublime, como íamos dizer, era no mínimo um espetáculo curioso.

Formara-se um círculo em torno de Noirtier; o segundo notário estava sentado a uma mesa, pronto para escrever; o primeiro notário mantinha-se de pé à sua frente e o interrogava.

— Sua fortuna ultrapassa trezentos mil francos, não é mesmo? — perguntou.

Noirtier fez sinal de que sim.

— Possui quatrocentos mil francos? — perguntou o notário.

Noirtier permaneceu imóvel.

— Quinhentos mil?

Mesma imobilidade.

— Seiscentos mil? Setecentos mil? Oitocentos mil? Novecentos mil?

Noirtier fez sinal de que sim.

— Possui novecentos mil francos?

— Sim.

— Em imóveis? — perguntou o notário.

Noirtier fez sinal de que não.

— Em títulos?

Noirtier fez sinal de que sim.

— Esses títulos estão em suas mãos?

Um relance dirigido a Barrois fez com que o velho criado saísse e retornasse um instante depois com uma caixinha.

— Autoriza abrirmos essa caixinha? — perguntou o notário.

Noirtier fez sinal de que sim.

Abriram a caixinha e encontraram novecentos mil francos em títulos.

O primeiro notário passou sucessivamente cada título a seu colega; a conta batia, como Noirtier assinalara.

— É isso mesmo — ele disse —, evidente que sua inteligência está na plenitude de sua força e extensão.

Em seguida, voltando-se para o paralítico:

— Quer dizer — indagou — que o senhor possui novecentos mil francos de capital, os quais, pela forma como foram aplicados, devem proporcionar-lhe cerca de quarenta mil francos de renda?

— Sim — fez Noirtier.

— Para quem deseja legar essa fortuna?

— Oh — disse a sra. de Villefort —, isso é cristalino; o sr. Noirtier ama apenas a sua neta, a srta. Valentine de Villefort. É ela quem cuida dele há seis anos; com seus cuidados assíduos, soube cativar a afeição do avô, eu diria quase sua gratidão; logo, nada mais justo que ela receba uma recompensa por essa dedicação.

O olhar de Noirtier lançou um raio como para mostrar que não se iludia diante do falso assentimento dado pela sra. de Villefort às intenções que esta lhe supunha.

— É então para a srta. Valentine de Villefort que o senhor deixa esses novecentos mil francos? — perguntou o notário, que julgava ter de registrar tão somente essa cláusula, mas que não obstante fazia questão de se certificar do assentimento de Noirtier, pretendendo que todas as testemunhas dessa estranha cena constatassem aquele assentimento.

Valentine deu um passo atrás e chorava com os olhos baixos. O ancião olhou-a por um instante com uma expressão de profunda ternura; em seguida, voltando-se para o notário, piscou os olhos da maneira mais significativa.

— Não? — disse o notário. — Como? Não é a srta. Valentine de Villefort que o senhor institui como sua legatária universal?

Noirtier fez sinal de que não.

— Não está enganado? — exclamou o notário, perplexo. — Está de fato dizendo não?

— Não! — repetiu Noirtier. — Não!

Valentine ergueu a cabeça. Estava estupefata não com seu deserdamento, mas por ter provocado o sentimento que dita em geral atos daquele tipo.

Mas Noirtier fitou-a com uma expressão de ternura tão profunda que ela exclamou:

— Oh, vovô; percebo muito bem, é apenas sua fortuna que o senhor me confisca, seu coração continua meu...

— Oh, sim, claro que sim — disseram os olhos do paralítico, fechando-se com uma expressão que não podia fazer Valentine pensar outra coisa.

— Obrigado! Obrigado! — murmurou a rapariga.

Entretanto, essa recusa fizera nascer uma esperança inesperada no coração da sra. de Villefort. Ela se aproximou do ancião.

— Então é ao seu neto Édouard de Villefort que o senhor lega sua fortuna, querido sr. Noirtier? — perguntou a mãe.

O piscar dos olhos foi terrível: exprimia quase ódio.

— Não — constatou o notário. — Então é ao senhor seu filho aqui presente?

— Não — replicou o velho.

Os dois notários entreolharam-se estupefatos; Villefort e sua mulher coravam, um de vergonha, a outra de raiva.

— Mas o que lhe fizemos então, vovô? — disse Valentine. — Então não nos ama mais?

O olhar do velho passou rapidamente pelo filho e pela nora, detendo-se em Valentine com uma expressão de profunda ternura.

— Se é assim — disse ela —, se me ama, vovô, tente aliar esse amor ao que está fazendo neste momento. O senhor me conhece, sabe que nunca pensei na sua fortuna; a bem da verdade, fui informada de que, pelo lado de minha mãe, sou rica, riquíssima; então, explique-se.

Noirtier fixou seu olhar ardente na mão de Valentine.

— Minha mão? — ela disse.

— Sim — fez Noirtier.

— Sua mão! — repetiram todos os presentes.

— Ah, senhores, como veem, é tudo inútil, meu desafortunado pai está louco — disse Villefort.

— Oh — exclamou subitamente Valentine —, compreendo! Meu casamento, não é, vovô?

— Sim, sim, sim — repetiu três vezes o paralítico lançando um raio a cada vez que sua pálpebra se erguia.

— O senhor nos censura pelo casamento, não é?

— Sim.

— Mas isso é um absurdo — disse Villefort.

— Perdão, cavalheiro — disse o notário —, tudo isso, ao contrário, é bastante lógico e me parece concatenar perfeitamente.

— Não quer que eu me case com o sr. Franz d'Épinay?

— Não, não quero — exprimiu o olhar do velho.

— E deserda sua neta — exclamou o notário — porque ela faz um casamento que o contraria?

— Sim — respondeu Noirtier.

— De modo que, sem esse casamento, ela seria sua herdeira?

— Sim.

Fez-se então um profundo silêncio em torno do ancião.

Os dois notários consultavam-se; Valentine, com as mãos juntas, olhava para o avô com um sorriso de gratidão; Villefort mordia os lábios finos; a sra. de Villefort não conseguia reprimir um sentimento de alegria que, à sua revelia, espalhava-se pelo seu rosto.

— Ora — disse finalmente Villefort, rompendo esse silêncio —, parece que sou o único juiz das conveniências que falam a favor dessa união. Único senhor da mão da minha filha, quero que ela se case com o sr. Franz d'Épinay, e assim será.

Valentine desabou chorando numa poltrona.

— Senhor — disse o notário ao velho —, que pretende fazer com sua fortuna no caso de a srta. Valentine desposar o sr. Franz?

O velho permaneceu imóvel.

— Pretende dispor dela, não obstante?

— Sim — fez Noirtier.

— Em benefício de alguém de sua família?

— Não.

— Em benefício dos pobres, por acaso?

— Sim.

— Mas — disse o notário — o senhor sabe que a lei o proíbe de alienar inteiramente seu filho?

— Sim.

— O senhor disporá então da parte que a lei o autoriza a distribuir.

Noirtier permaneceu imóvel.

— Continua a querer dispor de tudo?

— Sim.

— Mas seu testamento não seria atacado depois da sua morte?

— Não.

— Meu pai me conhece, cavalheiro — disse o sr. de Villefort —, sabe que sua vontade será sagrada para mim; sabe, além disso, que não posso processar os pobres na minha posição.

O olhar de Noirtier exprimiu seu triunfo.

— Que decide, senhor? — perguntou o notário a Villefort.

— Nada, cavalheiro, é uma decisão pessoal de meu pai e sei que meu pai não muda de decisão. Portanto, estou resignado. Esses novecentos mil francos sairão da família para enriquecer os hospitais; mas não cederei a um capricho senil e agirei segundo minha consciência.

E Villefort retirou-se com a esposa, deixando seu pai livre para testar como bem entendesse.

O testamento foi elaborado no mesmo dia; as testemunhas se apresentaram, ele foi ratificado pelo velho, fechado na presença de todos e depositado junto ao sr. Deschamps, advogado da família.

3. O TELÉGRAFO

Ao voltarem para seus aposentos, o sr. e a sra. de Villefort souberam que o conde de Monte Cristo, vindo fazer-lhes uma visita, fora introduzido no salão, onde os aguardava; a sra. de Villefort, por demais transtornada para entrar assim de repente, passou pelo quarto, enquanto o procurador do rei, mais seguro de si, dirigiu-se ao salão.

Entretanto, por mais senhor que estivesse de suas sensações, por mais que tivesse composto a fisionomia, o sr. de Villefort não dissipou tão bem a nuvem de sua fronte a ponto de o conde, cujo sorriso brilhava radiante, não notar aquela expressão sombria e preocupada.

— Oh, meu Deus — disse Monte Cristo, após os primeiros cumprimentos —, o que há, sr. de Villefort? Teria eu chegado no momento em que o senhor elabora alguma acusação capital?

Villefort tentou sorrir.

— Não, sr. conde — disse ele —, aqui não há outra vítima senão eu. Sou eu que perco o processo; e foram o acaso, a teimosia, a loucura que se dirigiram aos tribunais.

— Do que está falando? — perguntou Monte Cristo, com um interesse perfeitamente dissimulado. — Foi realmente vítima de algum infortúnio grave?

— Oh, sr. conde — disse Villefort com uma calma cheia de amargura —, é melhor não falarmos nisso; é uma ninharia, mero prejuízo financeiro.

— Com efeito — respondeu Monte Cristo —, um prejuízo financeiro não é nada com a fortuna como a que o senhor possui e com um espírito filosófico e elevado como o seu!

— Justamente — respondeu Villefort —, não é em absoluto a questão do dinheiro que me preocupa, embora, no fim das contas, novecentos mil francos decerto mereçam uma lástima, ou pelo menos uma reação de desapontamento. O que mais me magoa é essa disposição do destino, do acaso, da fatalidade, não sei como denominar a força responsável pelo golpe que me atinge e que derruba minhas esperanças de fortuna, destruindo talvez o futuro da minha família pelo capricho de um velho infantilizado.

— Ora, meu Deus, do que está falando? — exclamou o conde. — Novecentos mil francos, o senhor disse? É, concordo, a soma merece ser lastimada, até mesmo por um filósofo. E quem o magoa dessa forma?

— Meu pai, de quem lhe falei.

— O sr. Noirtier! É verdade? Mas o senhor, salvo engano, me contou que ele estava completamente paralítico e que todas as suas faculdades estavam destroçadas...

— Sim, suas faculdades físicas, pois ele não consegue mais se mexer, não consegue falar, e, com tudo isso, no entanto, pensa, quer, age, como pode ver. Deixei-o há cinco minutos e, neste momento, ele está ocupado ditando um testamento para dois notários.

— Mas então ele falou?

— Fez melhor, fez-se compreender.

— Como assim?

— Com a ajuda do olhar; seus olhos continuaram a viver e, como pode perceber, matam.

— Ora, meu caro — disse a sra. de Villefort, a qual, por sua vez, acabava de entrar —, não estaria exagerando?

— Senhora... — saudou o conde, inclinando-se.

A sra. de Villefort cumprimentou-o com seu mais gracioso sorriso.

— Mas que coisa estou a ouvir da boca do sr. de Villefort! — exclamou Monte Cristo. — E que aborrecimento incompreensível...!

— Incompreensível, é esta a palavra! — reagiu o procurador do rei, sacudindo os ombros. — Um capricho de velho!

— E não há como fazê-lo voltar atrás em sua decisão?

— Impossível — disse a sra. de Villefort —, e inclusive depende do meu marido que esse testamento, em vez de ser feito em detrimento de Valentine, seja feito, ao contrário, em seu benefício.

O conde, percebendo que os dois esposos começavam a falar por parábolas, assumiu um ar distraído. Com a atenção mais profunda e a aprovação mais enfática, ficou a observar Édouard, que despejava tinta no bebedouro das aves.

— Minha cara — disse Villefort, respondendo à mulher —, sabe que detesto me fazer de patriarca em minha casa; nunca julguei que o destino do

... ficou a observar Édouard, que despejava tinta no bebedouro das aves.

universo dependesse de um sinal da minha cabeça. Por outro lado, é importante que minhas decisões sejam respeitadas na família e que a loucura de um velho e o capricho de uma criança não derrubem um projeto há longos anos enraizado em meu espírito. O barão d'Épinay era meu amigo, o senhor sabe, e uma aliança com seu filho seria das mais convenientes.

— Acha — disse a sra. de Villefort — que Valentine concorda com ele? É verdade... ela sempre se opôs a esse casamento, e não me surpreenderia que tudo que acabamos de ver e ouvir fosse a execução de um plano tramado pelos dois.

— Senhora — disse Villefort —, ninguém renuncia assim, creia-me, a uma fortuna de novecentos mil francos.

— Ela renunciaria ao mundo, pois se um ano atrás queria entrar para um convento.

— Não interessa — replicou Villefort —, afirmo que esse casamento deve realizar-se, senhora!

— A despeito da vontade de seu pai? — perguntou a sra. de Villefort, argumentando de outro jeito. — Isso é gravíssimo!

Monte Cristo fingia não escutar, sem perder uma palavra do que era dito.

— Senhora — continuou Villefort —, posso dizer que sempre respeitei o meu pai, já que, ao sentimento natural da descendência, somava-se em mim a consciência de sua superioridade moral; afinal, um pai é sagrado por duas razões: como nosso criador e como nosso senhor; mas hoje vejo-me obrigado a negar um juízo sadio no ancião que, a uma simples lembrança de ódio pelo pai, assim persegue o filho. Seria ridículo, portanto, se eu pautasse minha conduta pelos seus caprichos. Conservo o maior respeito pelo sr. Noirtier; sofro sem me queixar a punição pecuniária que ele me inflige; mas permaneço inflexível em minha vontade; a sociedade apreciará de que lado está a razão. Por conseguinte, casarei minha filha com o barão Franz d'Épinay porque esse casamento é, a meu ver, correto, honroso, e porque, definitivamente, quero casar minha filha com quem bem me aprouver.

— Quem diria! — reagiu o conde, cuja bem-educada aprovação do olhar o procurador do rei constantemente solicitara. — Quem diria! O sr. Noirtier deserda, nas suas palavras, a srta. Valentine porque ela vai se casar com o sr. Franz d'Épinay?

— Pela minha fé, sim, senhor, isso mesmo, a razão é essa — lastimou Villefort, sacudindo os ombros.

— A razão visível, pelo menos — acrescentou a sra. de Villefort.

— A razão real, senhora. Acredite, conheço meu pai.

— Isso é concebível? — respondeu a jovem senhora. — Em que, eu pergunto, o sr. d'Épinay desagrada mais que qualquer outro ao sr. Noirtier?

— Com efeito — disse o conde —, conheci o sr. Franz d'Épinay, filho do general de Quesnel, não é mesmo?, feito barão d'Épinay pelo rei Luís XVIII.

— Exatamente — respondeu Villefort.

— Ora, mas me parece um rapaz encantador!

— Como vê, isso é apenas um pretexto, tenho certeza — disse a sra. de Villefort. — Os velhos tiranizam suas afeições; o sr. Noirtier não quer que sua neta se case.

— Mas — disse Monte Cristo — não sabem de alguma causa para esse ódio?

— Oh, meu Deus, quem pode saber?

— Alguma antipatia política talvez?

— Com efeito, meu pai e o pai do sr. d'Épinay viveram tempos tempestuosos, de que só vi os últimos dias — disse Villefort.

— Seu pai não era bonapartista? — perguntou Monte Cristo. — Creio me lembrar que o senhor disse alguma coisa parecida.

— Meu pai foi acima de tudo um jacobino — respondeu Villefort, arrebatado pela emoção além dos limites da prudência —, e a toga de senador que Napoleão lançara em seus ombros apenas disfarçava o velho homem, mas sem modificá-lo. Quando meu pai conspirava, não era pelo imperador, era contra os Bourbon; pois meu pai tinha isso de terrível, nunca lutou pelas utopias irrealizáveis, mas pelas coisas possíveis, e aplicou ao êxito dessas coisas possíveis aquelas terríveis teorias da Montanha[1], que não recuavam diante de nada.

— Ora! — disse Monte Cristo. — Então é isso. O sr. Noirtier e o sr. d'Épinay devem ter se chocado no terreno da política. Não teria o sr. general d'Épinay, embora tendo servido sob Napoleão, conservado no fundo do coração sentimentos monarquistas? Não foi ele que terminou assassinado uma noite, ao sair de um clube bonapartista, onde o haviam atraído na esperança de conquistar mais um adepto?

Villefort fitou o conde quase com terror.

— Estou enganado? — disse Monte Cristo.

— Não, senhor — disse a sra. de Villefort —, ao contrário, foi assim mesmo; e foi justamente em virtude do que acaba de dizer que o sr. de Villefort, para ver extintos os velhos ódios, teve a ideia de promover a paixão entre dois filhos cujos pais haviam se odiado.

— Ideia sublime! — aprovou Monte Cristo. — Ideia pródiga em caridade e a qual a sociedade deveria aplaudir. Não há como negar, seria bonito ver a srta. Noirtier passar a se chamar sra. Franz d'Épinay.

Villefort estremeceu e perscrutou Monte Cristo como se quisesse ler no fundo de seu coração a intenção ditada pelas palavras que ele acabava de pronunciar.

Mas o conde conservou o benevolente sorriso estereotipado nos lábios e, mais uma vez, apesar da profundidade de seu olhar, o procurador do rei não enxergou além da epiderme.

— Dessa forma — continuou Villefort —, embora seja uma grande lástima para Valentine perder a fortuna do avô, não creio que o casamento se frustre devido a isso; não creio que o sr. d'Épinay recue diante desse revés pecuniário; ele verá que eu valho mais que a soma, eu, que a sacrifico em nome do desejo de cumprir com a minha palavra; ele calculará, inclusive, que Valentine é rica graças ao patrimônio da mãe, administrado pelo sr. e a sra. de Saint-Méran, seus avós maternos, que adoram a neta.

— E que merecem ser amados e tratados por Valentine como o sr. Noirtier — disse a sra. de Villefort. — A propósito, eles estarão em Paris no mais tardar daqui a um mês, e Valentine, depois dessa afronta, não precisará mais se enterrar com o sr. Noirtier como fez até agora.

1. Montanha: ver Parte I, cap.11, nota 58.

O conde escutava com complacência a voz discordante daqueles amores-próprios feridos e daqueles interesses aniquilados.

— Mas me parece — disse Monte Cristo, após um instante de silêncio —, e me desculpo antecipadamente pelo que vou dizer; parece-me que, se o sr. Noirtier deserda a srta. de Villefort, culpada por querer desposar um rapaz cujo pai ele detestou, pelo mesmo erro não pode punir esse amável Édouard.

— Não é verdade, senhor? — exclamou a sra. de Villefort com uma entonação impossível de descrever. — Não é injusto isso, odiosamente injusto? O pobrezinho do Édouard é tão neto do sr. Noirtier quanto Valentine, e, se porventura Valentine não tivesse que se casar com o sr. Franz, o sr. Noirtier deixaria tudo para ela; além disso, enfim, Édouard carrega o nome da família, o que não impede, mesmo supondo-a efetivamente deserdada pelo avô, que Valentine seja ainda assim três vezes mais rica do que ele.

Desferida essa estocada, o conde escutou e não falou mais.

— Muito bem — recomeçou Villefort —, muito bem, sr. conde, cessemos, eu lhe peço, de nos distrair com essas bagatelas familiares. Sim, é verdade, minha fortuna vai engrossar os rendimentos dos pobres, que hoje em dia são os verdadeiros ricos. Sim, meu pai terá me frustrado uma esperança legítima, e sem motivo; da minha parte, porém, terei agido como homem de bom senso, como homem de coração. O sr. d'Épinay, a quem eu prometera o rendimento dessa soma, o receberá, ainda que eu tenha que me impor as mais cruéis provações.

— Entretanto — interveio a sra. de Villefort, voltando à ideia obsessiva que murmurava incessantemente no fundo do seu coração —, talvez seja preferível relatar essa desventura ao sr. d'Épinay e ver qual será sua reação.

— Oh, seria uma grande desgraça! — exclamou Villefort.

— Uma grande desgraça? — repetiu Monte Cristo.

— Sem dúvida — emendou Villefort, baixando o tom. — Um casamento desfeito, mesmo por razões de dinheiro, lança opróbrio sobre uma moça. Além disso, velhos rumores a que eu pretendia dar um basta voltariam a ganhar corpo. Mas não, não vai acontecer nada disso. O sr. d'Épinay, se for homem honesto, se julgará ainda mais comprometido que antes pelo deserdamento de Valentine; caso contrário, estaria agindo com um simples interesse pecuniário. Não, isso é impossível.

— Penso como o sr. de Villefort — disse Monte Cristo, pregando seu olhar na sra. de Villefort —, e, se fosse suficientemente íntimo para me permitir um conselho, eu lhe diria, uma vez que o sr. d'Épinay está para chegar, pelo menos é o boato que corre, para amarrar esse assunto de maneira a que não pudesse ser desamarrado. Eu travaria essa luta, cujo desfecho deve ser tão honroso para o sr. de Villefort.

Este último levantou-se, exaltado por uma alegria visível, enquanto sua mulher empalidecia ligeiramente.

— Bem, era tudo que eu pedia, e farei valer a opinião de um conselheiro como o senhor — declarou ele, estendendo a mão para Monte Cristo. — Dito isto, que todo mundo considere o que ocorreu hoje como não acontecido; nada mudou em nossos planos.

— Senhor — disse o conde —, a sociedade, por mais injusta que seja, lhe será grata por sua decisão, eu garanto. Seus amigos ficarão orgulhosos e o sr. d'Épinay, ainda que precise aceitar a srta. de Villefort sem o dote, ficará encantado por entrar numa família capaz de elevar-se à altura desses sacrifícios para manter sua palavra e cumprir seu dever.

Ao dizer essas palavras, o conde havia levantado e preparava-se para sair.

— Está se despedindo, sr. conde? — perguntou a sra. de Villefort.

— Vejo-me obrigado, senhora, vim apenas lembrar sua promessa para sábado.

— Acha que a esqueceríamos?

— É muito bondosa, senhora; mas o sr. de Villefort tem ocupações tão graves e às vezes tão urgentes...

— Meu marido deu-lhe sua palavra — disse a sra. de Villefort —, o senhor acaba de constatar que, se ele a mantém quando está tudo perdido, com mais forte razão o faz quando tem tudo a ganhar.

— E — perguntou Villefort — a reunião será em sua casa dos Champs-Élysées?

— Não — disse Monte Cristo —, e é o que torna seu devotamento ainda mais meritório: é fora de Paris.

— Fora de Paris?

— Sim.

— E onde isso, perto da cidade, não é?

— Na entrada, a meia hora da barreira, em Auteuil.

— Em Auteuil! — exclamou Villefort. — Ah, é verdade, minha esposa me contou que o senhor estava passando uma temporada em Auteuil, uma vez que foi para sua casa que ela foi transportada. E em que lugar de Auteuil?

— Na rua de la Fontaine.

— Na rua de la Fontaine! — repetiu Villefort com uma voz estrangulada. — E qual é o número?

— O 28.

— Mas — exclamou Villefort — foi então ao senhor que venderam a casa do sr. de Saint-Méran?

— Do sr. de Saint-Méran? — perguntou Monte Cristo. — Essa casa então pertencia ao sr. de Saint-Méran?

— Sim — respondeu a sra. de Villefort — e sabe de uma coisa, sr. conde?

— O quê?

— Achou a casa bonita, não é mesmo?

— Encantadora.

— Pois bem, meu marido nunca quis morar lá!

— Oh — replicou Monte Cristo —, na realidade, cavalheiro, é uma prevenção que não consigo entender.

— Não gosto de Auteuil, senhor — respondeu o procurador do rei, quase sem se conter.

— Mas não serei tão desafortunado, espero — disse Monte Cristo, preocupado —, para que essa antipatia me prive da felicidade de recebê-los...

— Não, sr. conde... é o que espero... creia que farei tudo que puder — balbuciou Villefort.

— Oh — respondeu Monte Cristo —, não admito desculpas. Sábado, às seis horas, estarei à sua espera e, se não forem, eu acharia, sabe-se lá?, que há alguma lúgubre tradição, alguma lenda sangrenta naquela casa desabitada há mais de vinte anos.

— Irei, sr. conde, irei — disse Villefort com vivacidade.

— Obrigado — disse Monte Cristo. — Agora preciso despedir-me dos senhores.

— Com efeito, o senhor disse que era obrigado a nos deixar, meu caro conde — disse a sra. de Villefort —, e ia inclusive, creio, dizer-nos o motivo, quando foi interrompido por outro assunto.

— Na realidade, senhora — disse Monte Cristo —, ainda não sei se me atrevo a lhe dizer aonde vou.

— Ora, não se acanhe!

— Vou, como autêntico basbaque que sou, visitar uma coisa que muitas vezes me fez sonhar horas inteiras.

— O quê?

— Um telégrafo. Ah, minha nossa, tanto pior, eis a palavra pronunciada.

— Um telégrafo! — repetiu a sra. de Villefort.

— Sim, meu Deus, um telégrafo. Vi às vezes num trecho de estrada, numa colina, sob um belo sol, erguerem-se os braços escuros e dobráveis feito as patas de um imenso coleóptero, e não foi nunca sem emoção, juro-lhes, pois pensava que esses sinais bizarros cortando o ar com precisão, levando a milhares de quilômetros de distância a vontade desconhecida de um homem sentado diante de uma mesa até outro homem, sentado na extremidade da linha diante de outra mesa, desenhavam-se sobre o cinzento da nuvem ou sobre o azul do céu, em virtude da força exclusiva da vontade desse chefe todo-poderoso. E eu então acreditava em gênios, sílfides, gnomos, poderes ocultos enfim, e ria. Ora, nunca senti vontade de ver de perto esses gordos insetos de barriga branca, patas pretas e magras, pois temia encontrar sob suas asas de pedra o medíocre gênio humano, presunçoso, pedante, recheado de ciência, de cabala ou de feitiçaria. Mas eis que uma bela manhã soube que o motor de cada telégrafo era um pobre-diabo empregado a mil e duzentos francos por ano, ocupado o dia inteiro em observar não o céu como o astrônomo, não a água como o pescador, não a paisagem como um cérebro vazio, mas efetivamente o inseto de barriga branca, de patas pretas, seu análogo, instalado a cerca de quatro ou cinco léguas de si. Senti-me então tomado pela curiosidade de ver de perto essa crisálida viva, e assistir à comédia que, do fundo de sua casca, ela oferece a essa outra crisálida, puxando uns depois dos outros alguns fios de barbante.

— E vai até lá?

— Estou de partida.

— A que telégrafo? Ao do Ministério do Interior ou o do Observatório?

— Oh, não, lá eu encontraria pessoas que iriam me obrigar a compreender coisas que desejo ignorar e que me explicariam, à minha revelia, um mistério que elas não conhecem. Malditas sejam! Quero conservar as ilusões que ainda alimento sobre os insetos; já basta ter perdido as que alimentava em relação aos homens. Portanto, não irei nem ao telégrafo do Ministério do Interior nem ao telégrafo do Observatório. O que preciso é do telégrafo em pleno campo, para lá encontrar o homem puro petrificado em sua torre.

— O senhor é um fidalgo singular — disse Villefort.

— Que linha me aconselha a estudar?

— Ora, a mais ocupada no momento.

— Ótimo! A da Espanha, então?

— Exatamente. Quer uma carta do ministro para que lhe expliquem…

— Em absoluto — disse Monte Cristo —, estou lhe dizendo, ao contrário, que não quero que nada me seja explicado. A partir do momento que eu compreender alguma coisa, não haverá mais telégrafo, haverá apenas um sinal do sr. Duchâtel, ou do sr. de Montalivet[2], transmitido ao governador de Bayonne e travestido em duas palavras gregas: *Τηλε γραφειν*[3]. É a besta de patas pretas e a palavra aterradora que quero conservar em toda a sua pureza e em toda a minha veneração.

— Vá então, pois daqui a duas horas será noite e não verá mais nada.

— Diabos, o senhor me assusta! Qual é o mais próximo?

— Na estrada de Bayonne?

— Sim, vá lá, na estrada de Bayonne.

— É o de Châtillon.

— E o seguinte a Châtillon?

— É o da torre de Montlhéry, creio.

— Obrigado, até logo! Sábado, contarei-lhes minhas impressões.

Na porta, o conde encontrou os dois notários que acabavam de deserdar Valentine e se retiravam, encantados por terem patrocinado um ato que não podia deixar de lhes conferir grande honra.

---

2. "Duchâtel ou Montalivet": Charles-Marie Tanneguy (1803-67), conde de Duchâtel, sucessor de Marthe-Camille Bachasson (1801-80), conde de Montalivet, no Ministério do Interior.

3. *Τηλε γραφειν*: transliterando, *tele graphein*, isto é, "escrita de longe".

4. COMO LIVRAR UM JARDINEIRO DOS ARGANAZES[4] QUE COMEM SEUS PÊSSEGOS

Não na mesma noite, como dissera, mas na manhã seguinte, o conde de Monte Cristo saiu pela barreira do Inferno[5], tomou a estrada de Orléans, passou pela aldeia de Linas, sem parar no telégrafo que, justamente no momento de sua passagem, movia seus longos braços descarnados, e alcançou a torre de Montlhéry, situada, como todos sabem, no local mais elevado da planície desse nome.

Ao pé da colina, o conde apeou e, por um pequeno atalho circular, com quarenta e cinco centímetros de largura, começou a subir a montanha; chegando ao topo, viu-se detido por uma sebe na qual frutas verdes haviam sucedido às flores róseas e brancas.

Monte Cristo procurou o portão do cercadinho e não demorou a encontrá-lo. Era uma treliça de madeira, com as dobradiças de vime rangendo e fechando com um prego e um barbante. Num instante ele dominou o mecanismo e o portão se abriu.

O conde viu-se então num pequeno jardim de seis metros de comprimento por três e meio, limitado de um lado pela parte da cerca na qual encaixava-se a engenhosa engrenagem que descrevemos sob o nome de portão, e do outro pela velha torre que a hera recobria, entremeada por goivos e cravos-da-índia.

---

4. Arganaz (*Muscardinus avellanarius*): roedor arborícola de hábitos noturnos, alimenta-se de frutas, flores, sementes e nozes.

5. Barreira do Inferno: construções feitas na forma de grandes portais, ou propileus, que na Paris moderna tornaram-se a praça Denfert-Rochereau.

Não diríamos, ao vê-la assim enrugada e florida como uma avó a quem seus netos vêm desejar Feliz Natal, que ela pudesse contar muitos dramas terríveis se juntasse uma voz aos ouvidos ameaçadores que um velho provérbio atribui às muralhas.

Esse jardim era atravessado por uma aleia arenosa de cascalho vermelho, sobre a qual se curvava, com tons que teriam rejubilado os olhos de Delacroix, nosso Rubens[6] moderno, as franjas de um grande buxeiro, velho de muitos anos. Essa aleia tinha a forma de um 8, e girava prolongando-se, de maneira a perfazer num jardim de seis metros um passeio de dezoito. Nunca Flora, a sorridente e viçosa deusa dos bons jardineiros latinos, fora homenageada com um ritual tão minucioso e puro quanto o que lhe dedicavam no cercadinho.

Com efeito, das vinte roseiras que compunham o canteiro, nenhuma folha exibia vestígios de parasita, nenhum filamento, o pequeno cacho de pulgões-verdes que devastam e roem as plantas cultivadas em terreno úmido. Entretanto, não era umidade que faltava a esse jardim; a terra negra como breu e a folhagem opaca das árvores atestam-no suficientemente. Aliás, a umidade artificial teria prontamente substituído a umidade natural, graças a uma bacia cheia de água enfiada num canto do jardim, na qual estacionavam, sobre um tapete verde, uma rã e um sapo, que, por incompatibilidade de gênios provavelmente, mantinham-se sempre, dando-se as costas, em dois pontos opostos do círculo.

Nenhum capim, aliás, brotava nas aleias, nenhuma folha parasita nas platibandas. Uma jovem dama limparia e podaria com menos zelo os gerânios, cactos e azaleias de sua jardineira de porcelana do que o fazia o dono até então invisível do cercadinho.

Após ter fechado o portão, prendendo o barbante no prego, Monte Cristo deteve-se e abraçou a propriedade com o olhar.

— Ou o homem do telégrafo tem jardineiros o ano inteiro — disse ele — ou é apaixonado pela agricultura.

De repente esbarrou em alguma coisa, agachada atrás de um ancinho cheio de folhagem. Essa alguma coisa ergueu-se, deixando escapar uma exclamação que descrevia seu espanto, e Monte Cristo viu-se diante de um labrego de uns cinquenta anos colhendo morangos, os quais colocava sobre folhas de parreira.

Havia doze folhas de parreira e quase outros tantos morangos.

O labrego, ao se levantar, quase deixou cair os morangos, as folhas e o prato.

---

6. "Delacroix, nosso Rubens moderno": Eugène Delacroix (1798-1863), pintor e um dos mais importantes nomes do Romantismo francês; Peter Paul Rubens (1577-1640), pintor flamengo barroco.

— Está fazendo sua colheita, senhor? — perguntou Monte Cristo sorrindo.

— Perdão, cavalheiro — respondeu o labrego, levando a mão ao gorro —, não estou lá em cima, é verdade, mas desci agorinha mesmo.

— Não vou importuná-lo em nada, meu amigo — disse o conde. — Colha seus morangos, se é que ainda lhe sobrou algum.

— Ainda tenho dez — disse o homem —, pois aqui estão onze deles e eu tinha vinte e um, cinco a mais que no ano passado. Mas isso não surpreende, a primavera foi quente este ano, e o que os morangos precisam, veja bem, cavalheiro, é de calor. Eis por quê, em vez dos dezesseis que tive o ano passado, este ano, tenho este ano, veja bem, onze já colhidos, doze, treze, catorze, quinze, dezesseis, dezessete, dezoito. Ai, meu Deus, faltam dois, estavam aqui ainda ontem, cavalheiro, estavam aqui, tenho certeza, eu os contei. Só pode ter sido o filho da dona Simon que os afanou de mim; eu o vi rondando por aqui esta manhã. Ah, o patifezinho, roubar dentro de um cercado! Então ele não sabe aonde isso pode levá-lo?

— Com efeito — concordou Monte Cristo —, é grave, mas há de considerar o quinhão de juventude do delinquente e de sua gula.

— Claro — disse o jardineiro —, mesmo assim não deixa de ser muito desagradável. Mas, outra vez perdão, cavalheiro; estaria eu fazendo um chefe esperar?

E interrogava com um olhar receoso o conde e seu sobretudo azul.

— Acalme-se, amigo — respondeu ele, com o sorriso que fazia, ao seu bel-prazer, tão terrível ou tão benevolente, e que dessa vez exprimia somente a benevolência —, não sou um chefe em inspeção, mas um simples viajante movido pela curiosidade e que começa inclusive a se autocensurar pela visita, pois percebe que faz o senhor perder o seu tempo.

— Oh, o meu tempo não é caro — replicou o labrego com um sorriso melancólico. — Ainda assim é tempo do governo e eu não deveria desperdiçá-lo, mas recebi um sinal me comunicando que podia descansar por uma hora — dirigiu os olhos para um quadrante solar, pois havia de tudo naquele cercado da torre de Montlhéry, inclusive um quadrante solar — e, como vê, ainda tinha dez minutos à minha frente; além do mais, os morangos estão maduros, e um dia a mais... A propósito, acredita, cavalheiro, que os arganazes comem tudo?

— Não, que coisa impressionante! — respondeu gravemente Monte Cristo. — Arganazes são uma vizinhança intolerável, senhor, para nós que não os comemos com mel cristalizado, como faziam os romanos.

— Ah, os romanos os comiam? — indagou o jardineiro. — Comiam arganazes?

— Li isso em Petrônio[7] — disse o conde.

---

7. Petrônio: escritor romano (c.27-66), autor do *Satiricon*, a que alude Monte Cristo, mais especificamente à passagem do festim de Trimalquião, embora os arganazes não sejam nomeados.

— Acalme-se, amigo.

— Verdade? Não deve ser bom, apesar de dizerem: "Gordo como um arganaz". E não espanta, senhor, que os arganazes sejam gordos, visto que dormem o dia inteirinho, só acordando à noite, para roer. Veja, o ano passado eu tinha quatro abricós; eles me roubaram um. Tinha um pêssego, um só, verdade que é uma fruta rara; pois bem, cavalheiro, devoraram metade dele do lado da muralha; um pêssego soberbo, excelente. Nunca comi um melhor.

— O senhor o comeu? — perguntou Monte Cristo.

— Quer dizer, a metade que sobrou, o senhor entende. Estava uma delícia, senhor. Ah, caramba, esses senhores não escolhem os piores pedaços. É como o filho da dona Simon, não escolheu os piores morangos, ora bolas! Mas esse ano — continuou o horticultor —, fique tranquilo, isso não vai acontecer, ainda que eu tenha, quando as frutas estiverem prestes a amadurecer, de passar a noite vigiando-as.

Monte Cristo vira o suficiente. Todo homem tem sua paixão, que o devora no fundo da alma, como cada fruto, seu verme; a do homem do telégrafo era a fruticultura. Ele começou a recolher as folhas de parreira que escondiam os cachos do sol, satisfazendo com isso o coração do jardineiro.

— O senhor veio visitar o telégrafo? — ele perguntou.

— Sim, senhor, mas claro, se não for proibido pelos regulamentos.

— Oh, não é proibido, de jeito nenhum — disse o jardineiro —, na medida em que não há nada de perigoso, visto que ninguém sabe ou pode saber o que falamos.

— Foi justamente o que me disseram — replicou o conde —, que o senhor repetia sinais incompreensíveis até mesmo para si próprio.

— Com certeza, senhor, e prefiro assim — disse rindo o homem do telégrafo.

— Por que prefere assim?

— Porque dessa forma não tenho responsabilidade. Sou uma máquina, mais nada; contanto que funcione, não podem exigir outra coisa de mim.

"Diabos", disse Monte Cristo consigo mesmo, "será que porventura topei com um homem sem ambições? Por Deus, seria muito azar!"

— Cavalheiro — principiou o jardineiro, consultando seu quadrante solar —, os dez minutos vão expirar, volto ao meu posto. Gostaria de subir comigo?

— Pois não.

E Monte Cristo entrou efetivamente na torre, dividida em três andares; o de baixo continha algumas ferramentas de jardinagem, como pás, ancinhos e regadores, encostados na muralha: era todo o mobiliário.

O segundo era a habitação cotidiana, ou melhor, noturna, do funcionário. Continha alguns míseros utensílios de cozinha, uma cama, uma mesa, duas cadeiras, uma moringa de pedra, mais alguns legumes secos pendurados no teto e que o conde identificou como ervilhas-de-cheiro e feijões-da-espanha, cujas sementes o labrego conservava na casca. Ele etiquetara tudo aquilo com o desvelo de um professor de botânica do Jardim Botânico.

— É preciso estudar muito para se operar um telégrafo, meu caro? — perguntou Monte Cristo.

— Não é o estudo que demora muito, é o pagamento.

— E quanto recebe de salário?

— Mil francos, senhor.

— Não é alto.

— Não, mas temos direito ao alojamento, como pode ver.

Monte Cristo examinou o recinto e murmurou.

— Tomara que ele não se apegue ao alojamento.

Passaram ao terceiro andar; era o dormitório do telégrafo. Monte Cristo observou sucessivamente os dois controles de ferro com a ajuda dos quais o funcionário fazia a máquina operar.

— Muito interessante — ele disse —, mas com o passar do tempo não é uma vida que lhe parece insípida?

— É, no começo dá torcicolo de tanto olhar, mas no fim de um ou dois anos a gente acostuma; além do mais, temos horas de recreação e feriados.

— Feriados?

— Sim.

— Quais?

— Os dias nublados.

— Ah, compreendo.

— São meus dias de festa; nesses dias desço até o jardim e planto, corto, podo, mato as lagartas; resumindo, o tempo passa.

— Há quanto tempo está aqui?

— Há dez anos, mais cinco recebendo a verba incorporada, quinze.

— Está com…?

— Cinquenta e cinco anos.

— Quanto tempo de serviço precisa para se aposentar?

— Oh, senhor, vinte e cinco anos!

— E de quanto é essa aposentadoria?

— De cem escudos.

— Pobre humanidade! — murmurou Monte Cristo.

— O que disse, senhor? — perguntou o funcionário.

— Disse que é muito interessante.

— O quê?

— Tudo que está me mostrando… E não compreende nada dos seus sinais?

— Absolutamente nada.

— Nunca tentou compreender?

— Nunca, para quê?

— Ora, há sinais que se destinam diretamente ao senhor.

— Sem dúvida.

— E compreende estes?

— São sempre os mesmos.

— E o que dizem?

— *Nada de novo… o senhor tem uma hora…* ou *até amanhã…*

— O que é perfeitamente inocente — disse o conde. — Mas, veja, não é seu interlocutor entrando em ação?

— Ah, é verdade; obrigado, senhor.

— E qual é a mensagem dele? Consegue entender alguma coisa?

— Sim, ele me pergunta se estou a postos.

— E vai lhe responder…?

— Com um sinal que indique ao mesmo tempo ao meu interlocutor da direita que estou a postos e ao meu interlocutor da esquerda que se prepare por sua vez.

— Muito engenhoso — disse o conde.

— Vai ver — respondeu com orgulho o labrego —, ele vai falar dentro de cinco minutos.

— Então tenho cinco minutos — disse Monte Cristo —, é mais tempo do que preciso. Prezado senhor, permita-me fazer-lhe uma pergunta.

— Faça.

— Gosta de jardinagem?

— Adoro.

— E ficaria feliz, em vez de ter um terraço de seis metros, em ter uma gleba de duas jeiras?

— Cavalheiro, eu a transformaria no paraíso terrestre.

— Vive mal com seus mil francos?

— Muito mal; mas, enfim, vou vivendo.

— Porém possui apenas um jardinzinho.

— Ai, é verdade, o jardim não é grande.

— Ainda por cima, do jeito que vai, está populado por arganazes que devoram tudo.

— É o meu flagelo.

— Diga-me, e se tiver a infelicidade de desviar a cabeça quando o interlocutor da direita for operar?

— Eu não o veria.

— E o que aconteceria?

— Eu não poderia repetir seus sinais.

— E daí?

— E daí que, deixando de repeti-los por negligência, eu teria que pagar uma multa.

— De quanto?

— De cem francos.

— Um décimo do salário; essa é boa!

— Ah! — suspirou o funcionário.

— Isso já lhe aconteceu? — perguntou Monte Cristo.

— Uma vez, cavalheiro, quando eu estava enxertando uma rosa-chá.

— Muito bem. Agora, e caso se distraísse e mudasse alguma coisa no sinal ou transmitisse um outro?

— Aí é diferente, eu seria despedido e perderia minha aposentadoria.

— Trezentos francos?

— Cem escudos, senhor; portanto, vê que eu nunca faria nada disso.

— Nem mesmo por quinze anos do seu salário? Vamos, não acha que isso merece reflexão?

— Por quinze mil francos?

— Nem mais nem menos.

— O cavalheiro me assusta.

— Até parece!

— Quer me seduzir?

— Exatamente! Quinze mil francos, compreende?

— Cavalheiro, deixe-me ver o meu interlocutor da direita!

— Ao contrário, não olhe, olhe para isto.

— Do que se trata?

— Como? Não conhece esses papeizinhos?

— Cheques ao portador!

— Perfeito, são quinze.

— E a quem pertencem?

— Ao senhor, se quiser.

— A mim! — exclamou o funcionário, sufocado.

— Oh, meu Deus, sim! Ao senhor, de pleno direito.

— Cavalheiro, veja, meu interlocutor da direita está operando.

— Deixe-o operar.

— O senhor me distraiu, serei multado.

— Isso lhe custará cem francos; como vê, tem todo o interesse em aceitar meus quinze cheques.

— Cavalheiro, o interlocutor da direita está impaciente, está repetindo os sinais.

— Esqueça-o e pegue.

O conde colocou o maço na mão do funcionário.

— Mas — disse ele — isso não é tudo: com esses quinze mil francos o senhor não consegue sobreviver.

— Continuo no emprego.

— Não, irá perdê-lo; pois enviará um sinal diferente daquele de seu interlocutor.

— Oh, cavalheiro, o que está sugerindo?

— Uma brincadeira.

— Cavalheiro, a menos que eu seja obrigado...

— Pretendo efetivamente obrigá-lo...

E Monte Cristo sacou do bolso outro maço.

— Aqui estão outros dez mil francos — ele disse. — Com os quinze mil que estão no seu bolso, temos vinte e cinco mil. Com cinco mil francos, o senhor comprará uma bonita casinha e duas jeiras de terra: com os outros vinte mil, terá mil francos de renda.

— Uma gleba de duas jeiras?

— E mil francos de renda.

— Meu Deus! Meu Deus!

— Mas então pegue!

E Monte Cristo colocou à força os dez mil francos na mão do funcionário.

— Que devo fazer?

— Nada de muito difícil.

— O que, afinal?

— Repetir estes sinais aqui.

Monte Cristo tirou do bolso um papel no qual havia três sinais tracejados e números indicando a ordem em que deviam ser registrados.

— Não vai demorar, como pode ver.

— Sim, mas...

— É com esse método que o senhor terá pêssegos, e mais.

O método funcionou; vermelho de febre e suando em bicas, o labrego executou sucessivamente os três sinais fornecidos pelo conde, apesar dos enérgicos movimentos do interlocutor da direita, que, sem entender nada daquela mudança, começava a crer que o homem dos pêssegos enlouquecera.

Quanto ao interlocutor da esquerda, repetiu conscienciosamente os mesmos sinais, que foram recolhidos em definitivo pelo Ministério do Interior.

— Está rico agora — disse Monte Cristo.

— Sim — respondeu o funcionário —, mas a que preço!

— Escute, meu amigo — disse Monte Cristo —, não quero que fique com remorsos; portanto, acredite em mim, pois, juro, não causou mal algum a ninguém e serviu aos desígnios de Deus.

O funcionário olhava para os cheques, apalpava-os, contava-os. Estava pálido, ficou vermelho; finalmente, precipitou-se para o quarto a fim de beber um copo d'água, mas não teve tempo de alcançar a jarra, desmaiando em meio a seus feijões secos.

Cinco minutos depois que a notícia telegráfica chegara ao Ministério, Debray mandou atrelar os cavalos em seu cupê e correu à casa de Danglars.

— Seu marido possui títulos do empréstimo espanhol? — perguntou à baronesa.

— Acho que sim! Cerca de seis milhões.

— Mande-o vender ao preço que for.

— Por que isto?

— Porque don Carlos fugiu de Bourges e entrou na Espanha[8].

— Como sabe disso?

— Ora — disse Debray, sacudindo os ombros —, como sei das notícias.

A baronesa não esperou que ele repetisse: correu aos aposentos do marido, que por sua vez correu até o seu corretor, ordenando-lhe que vendesse a qualquer preço.

Quando viram que o sr. Danglars estava vendendo, os fundos espanhóis caíram imediatamente. Com isso, Danglars perdeu quinhentos mil francos, mas livrou-se de todos os títulos.

---

8. "Don Carlos fugiu de Bourges e entrou na Espanha": nova referência às Guerras Carlistas, em torno da disputa do trono da Espanha. O infante Carlos (1788-1855), que se refugiara na França, apenas voltou à Espanha em 16 de setembro de 1839, ou seja, anos depois do momento em que a ação se desenrola. Ver também Parte III, cap.1, notas 17-20.

A Bolsa de Valores.

À noite, lia-se no *Messager*:

> Despacho telegráfico
>
> O rei don Carlos escapou da vigilância de que era objeto em Bourges e voltou para a Espanha, pela fronteira da Catalunha. Barcelona sublevou-se em seu favor.

Durante toda a noite espalhou-se o boato da clarividência de Danglars, que vendera seus títulos, e da felicidade do agiota, que perdia apenas quinhentos mil francos com esse golpe.

Os que haviam conservado seus títulos ou comprado os de Danglars trocaram olhares, sentindo-se arruinados, e passaram uma péssima noite.

No dia seguinte, lia-se no *Moniteur*:

> Foi sem nenhum fundamento que o *Messager* noticiou ontem a fuga de don Carlos e a revolta de Barcelona.
>
> O rei don Carlos não deixou Bourges e a península goza da mais profunda tranquilidade.
>
> Um sinal telegráfico, mal interpretado devido à neblina, provocou esse equívoco.

Os fundos subiram ao dobro da cifra da qual haviam caído.

Isso significou, em perdas e no que deixou de ganhar, um milhão de diferença para Danglars.

— Bom! — disse Monte Cristo a Morrel, que se encontrava em sua casa no momento em que era anunciada a estranha reviravolta da Bolsa de que Danglars fora vítima. — Acabo de fazer, por vinte e cinco mil francos, uma descoberta pela qual teria pago cem mil.

— O que descobriu?

— Descobri como livrar um jardineiro dos arganazes que comem seus pêssegos.

5. OS FANTASMAS

À primeira vista, e examinada de fora para dentro, a casa de Auteuil nada tinha de esplêndido, nada do que se podia esperar de uma morada destinada ao magnífico conde de Monte Cristo; mas tal simplicidade devia-se à vontade do dono, que efetivamente ordenara que nada se mudasse no exterior; para se convencer disso, bastava considerar o interior. De fato, assim que a porta se abria, o espetáculo mudava.

O sr. Bertuccio superara-se no bom gosto dos móveis e na rapidez da execução; da mesma forma que uma noite o duque d'Antin mandara abater uma aleia de árvores que atrapalhava a visão de Luís XIV[9], em três dias o sr. Bertuccio mandara plantar um pátio antes inteiramente descampado, e belos álamos, além de sicômoros vindos com seus enormes blocos de raízes, assombreavam a fachada da casa, diante da qual, em vez de lajes dissimuladas pelo capim, estendia-se um gramado cujas placas haviam sido instaladas naquela mesma manhã e que formava um vasto tapete sobre o qual ainda rebrilhava a água com que fora regado.

Naturalmente, as ordens emanavam do conde; ele mesmo entregara a Bertuccio um mapa onde indicara a quantidade e o lugar das

9. "que atrapalhava a visão de Luís XIV": referência a um episódio em que Louis-Antoine de Pardaillan de Gondrin, duque d'Antin, (1665-1736), administrador de construções do rei Luís XIV (1643-1715), recebeu Sua Majestade como hóspede no palácio do Petit-Bourg. Ao perceber que uma aleia de árvores tapava a visao que o quarto do rei poderia ter para os jardins, sem hesitar, o anfitrião mandou derrubá-la.

árvores a serem plantadas, a forma e o espaço do gramado que devia suceder a área calçada.

Vista assim, a casa tornara-se irreconhecível, e o próprio Bertuccio bradava que não a conhecia mais, agora encaixada em sua moldura verde.

O intendente não teria ficado aborrecido, enquanto estava por ali, em fazer algumas transformações no jardim; mas o conde proibira taxativamente que tocassem em alguma coisa. Bertuccio compensou isso espalhando flores pelos vestíbulos, escadas e lareiras.

O que comprovava a extrema habilidade do intendente e a profunda ciência do patrão, um para servir, o outro para ser servido, é que essa casa, deserta por vinte anos, na véspera ainda tão escura e triste, impregnada com esse cheiro de bolor que podemos chamar de cheiro do tempo, adquirira em um dia, com o impacto da vida, os perfumes prediletos de seu dono, como se fosse o seu dia mais querido. É que o conde, ao chegar, tinha ali, à mão, seus livros e suas armas; sob os olhos, seus quadros preferidos; nos vestíbulos, os cães cujas carícias ele amava, os pássaros de quem amava o cantar; é que toda essa casa, despertada de seu longo sono como o palácio da Bela Adormecida, vivia, cantava, desabrochava, como uma dessas casas por muito tempo queridas e nas quais, quando por infelicidade são abandonadas, deixamos involuntariamente uma parte da nossa alma.

Criados iam e vinham alegres pelo belo pátio. Uns, supervisores das cozinhas, deslizando, como se morassem desde sempre na casa, por escadarias restauradas na véspera. Outros ocupavam as garagens, onde as equipagens, numeradas e classificadas, pareciam instaladas havia cinquenta anos, e as estrebarias, onde os cavalos no cocho respondiam relinchando aos cavalariços, que lhes falavam com infinitamente mais respeito que muitos criados ao patrão.

A biblioteca era dividida em duas alas, de ambos os lados da parede, e continha cerca de dois mil volumes. Uma seção inteira destinava-se aos romances modernos, e o que fora recentemente publicado já estava arrumado em seu lugar, exibindo suas encadernações vermelhas e douradas.

Do outro lado da casa, simetricamente à biblioteca, ficava a estufa, abastecida com plantas raras e uma profusão de grandes porcelanas japonesas. No meio da estufa, maravilha para a visão e o olfato, um bilhar que diríamos abandonado há no máximo uma hora pelos jogadores, que haviam deixado as bolas morrerem no feltro.

Apenas um único quarto fora respeitado pelo magnífico Bertuccio. Diante desse quarto, situado no ângulo esquerdo do primeiro andar, acessível através da grande escadaria e do qual se podia sair pela escada secreta, os criados passavam com curiosidade e Bertuccio, com terror.

Às cinco horas em ponto, o conde chegou, acompanhado por Ali, diante da casa de Auteuil. Bertuccio aguardava essa chegada num misto de impaciência e preocupação; esperava alguns elogios, embora temesse um franzir de cenho.

Monte Cristo apeou no pátio, percorreu a casa inteira e inspecionou o jardim, calado e sem esboçar qualquer sinal de aprovação ou descontentamento.

Apenas quando entrou em seu quarto pessoal, situado do lado oposto ao quarto fechado, estendeu a mão para a gaveta de um movelzinho em pau-rosa que ele já notara em sua primeira visita.

— Isso só pode servir para guardar luvas — disse.

— Com efeito — respondeu Bertuccio, entusiasmado —, abra e o senhor encontrará luvas.

Nos outros móveis, o conde também encontrou o que esperava encontrar: licores, charutos, joias.

— Ótimo! — acrescentou.

E o sr. Bertuccio retirou-se gratificado, tão grande, poderosa e real era a influência daquele homem sobre tudo que o rodeava.

Às seis horas em ponto, ouviu-se um trote de cavalo aproximar-se da porta de entrada. Era o nosso capitão dos spahis que chegava montando Medeah.

Monte Cristo aguardava-o na escada, sorriso nos lábios.

— Primeiro a chegar, eu tinha certeza! — Morrel gritou para ele. — Fiz de propósito para tê-lo um instante só para mim antes de todo mundo. Julie e Emmanuel desejam-lhe tudo de bom. Ah, mas sabia que aqui é magnífico?! Diga-me, conde, será que o seu pessoal cuidará bem do meu cavalo?

— Fique tranquilo, meu caro Maximilien, são especialistas.

— É que ele precisa ser escovado. Se soubesse o ritmo em que veio! Um verdadeiro raio!

— Ora, acredito piamente, um cavalo de cinco mil francos! — exclamou Monte Cristo, no tom de um pai que falasse ao filho.

— Está arrependido? — perguntou Morrel, com seu sorriso franco.

— Eu! Deus me livre! — respondeu o conde. — Não. Me arrependeria apenas se o cavalo não fosse bom.

— É tão bom, meu caro conde, que neste momento o sr. de Château-Renaud, o maior perito da França, e o sr. Debray, que monta os árabes do Ministério, correm atrás de mim, e estão um pouco distantes, como vê, sendo além disso seguidos de perto pelos cavalos da baronesa Danglars, que num trote fazem meros trinta quilômetros por hora!

— Então eles o seguiam?

— Veja, aí estão.

Com efeito, no mesmo instante, um cupê com a parelha fumegante e dois cavalos de sela arfantes chegaram ao portão da casa, que se abriu à frente deles. Imediatamente o cupê descreveu seu círculo e foi parar junto aos degraus da entrada, seguido pelos dois cavaleiros.

Num instante, Debray apeou e dirigiu-se à portinhola. Ofereceu a mão à baronesa, que lhe fez, ao descer, um gesto imperceptível para todos com exceção de Monte Cristo.

Mas o conde não perdia nada, e naquele gesto viu reluzir um bilhetinho branco tão imperceptível quanto o gesto, e que passou, com um desembaraço que indicava prática nessa manobra, da mão da sra. Danglars para a do secretário do ministro.

Atrás de sua esposa desceu o banqueiro, pálido como se saísse do sepulcro, e não de um cupê.

A sra. Danglars lançou à sua volta um olhar rápido e exploratório que apenas Monte Cristo pôde compreender, e com o qual ela alcançou o pátio, o peristilo, a fachada da casa. Em seguida, reprimindo uma ligeira perturbação, que decerto traduziu-se em seu rosto, se a esse rosto fosse permitido empalidecer, ela subiu a escada ao mesmo tempo em que dizia a Morrel:

— Cavalheiro, se fôssemos mais íntimos eu lhe perguntaria se o seu cavalo está à venda.

Morrel fez um sorriso parecido com uma careta e voltou-se para Monte Cristo, quase pedindo que o tirasse daquele embaraço.

O conde compreendeu.

— Ah, senhora — ele respondeu —, por que não dirige essa pergunta a mim?

— Com o senhor, cavalheiro, não temos o direito de desejar nada, pois já temos a certeza prévia de obter. Daí a pergunta ao sr. Morrel.

— Infelizmente — replicou o conde —, sou testemunha de que o sr. Morrel não pode ceder seu cavalo, tendo comprometido sua honra em nome de preservá-lo.

— Como assim?

— Ele apostou que domava Medeah num período de seis meses. A senhora agora compreende, baronesa, que, se ele se desfizesse do animal antes do prazo fixado pela aposta, não apenas a perderia, como seria acusado de medroso; e um capitão dos spahis, ainda que para satisfazer o capricho de uma bela mulher, o que, na minha opinião, é uma das coisas mais sagradas do mundo, não pode deixar correr um boato desse tipo.

— Compreende, senhora… — reforçou Morrel, ao mesmo tempo em que lançava um sorriso de gratidão ao conde.

— Aliás, me parece — disse Danglars num tom áspero, mal disfarçado pelo sorriso pegajoso — que a senhora já passou dos limites em matéria de cavalos.

A sra. Danglars não tinha o hábito de deixar passar ataques desse gênero sem dar o troco, porém, para grande espanto dos rapazes, ela fingiu não ouvir e não respondeu nada.

Monte Cristo sorria diante de tal silêncio, que denunciava uma humildade não habitual, enquanto mostrava à baronesa dois imensos vasos de porcelana chinesa, nos quais serpenteavam vegetações marinhas de tal espessura e ourivesaria que apenas a natureza podia ter aquela opulência, aquela seiva e aquele espírito.

A baronesa parecia deslumbrada.

— Nossa! Poderíamos plantar aí dentro uma castanheira das Tulherias! — exclamou ela. — Como podem ter sido cozidas essas enormidades?

— Ah, senhora — disse Monte Cristo —, não devemos perguntar isso a nós mesmos, fabricantes de estatuetas e vidro musselina[10]; é um trabalho de outras eras, uma espécie de obra dos gênios da terra e do mar.

— Como assim? E de que época pode ser?

— Não sei; apenas ouvi dizer que um imperador da China mandara construir um forno especial; e, nesse forno, uns depois dos outros, foram cozidos doze vasos iguais a este. Dois se quebraram ao calor do fogo; os outros dez foram descidos a cem braças no fundo do mar. O mar, sabendo o que dele se pedia, sobre os vasos lançou seus cipós, retorceu seus corais, incrustou suas conchas; este conjunto ganhou aderência após duzentos anos sob profundidades inauditas, pois uma revolução derrubou o imperador que empreendera esse experimento e deixou apenas os autos, que relatavam o cozimento dos vasos e sua descida ao fundo do mar. Dois séculos mais tarde, os autos foram descobertos e planejou-se a retirada dos vasos. Mergulhadores partiram, em máquinas especiais, para explorar a baía onde haviam sido lançados; mas dos dez encontraram apenas três, os demais tendo sido espalhados e quebrados pelas ondas. Amo esses vasos, em cujo fundo às vezes imagino que monstros informes, assustadores, misteriosos e semelhantes aos que apenas mergulhadores veem, gravaram com perplexidade seu olhar opaco e frio, e onde dormiram miríades de peixes, que neles se refugiavam para fugir da perseguição dos inimigos.

Nesse ínterim, Danglars, pouco afeito a curiosidades, arrancava mecânica e sucessivamente as flores de uma magnífica laranjeira. Quando terminou, dirigiu-se a um cacto, mas então o cacto, de temperamento mais difícil que a laranjeira, espetou-o ultrajantemente.

Ele então estremeceu e esfregou os olhos, como se saísse de um sonho.

— Cavalheiro — disse-lhe Monte Cristo sorrindo —, ao senhor que é um amante da pintura e que possui quadros tão magníficos, não recomendo os meus. Não obstante, aqui estão dois Hobbema, um Paul Potter, um Mieris, dois Gérard Dow, um Rafael, um Van Dyck, um Zurbaran e dois ou três Murillo[11], que são dignos de lhe ser apresentados.

---

10. Vidro musselina: vidro fosco, muito fino, ornado de desenhos transparentes que lembram a musselina.

11. Hobbema, Paul Potter, Mieris, Gérard Dow, Van Dyck, Zurbaran, Murillo: Meindert Hobbema (1638-1709), pintor holandês; Paul Potter (1625-54), pintor holandês, especializado em cenas com animais; Willem van Mieris (1662-1747), pintor holandês, especializado em quadros de gênero e retratos; Gérard Dow (1613-75), pintor holandês, também especializado em quadros de gênero e retratos; Anthony (Anton) van Dyck (1599-1641), retratista flamengo que se tornou o principal pintor da corte real inglesa em sua época; Francisco de Zurbaran (1598-1664) e Bartolomé Esteban Murillo (1618-82), pintores espanhóis.

— Minha nossa! — disse Debray. — Estou reconhecendo aqui um Hobbema.

— Oh! É mesmo?

— Claro, foram oferecê-lo ao museu.

— Que não tem um, creio... — atreveu-se Monte Cristo.

— Não, e que entretanto recusou-se a comprá-lo.

— Ora, por quê? — perguntou Château-Renaud.

— O senhor é uma graça; porque o governo não é tão rico assim.

— Queira me desculpar! — replicou Château-Renaud. — Ouço essas coisas todos os dias desde os oito anos de idade e ainda não me acostumei.

— Esse dia chegará... — disse Debray.

— Não acredito — respondeu Château-Renaud.

— O sr. major Bartolomeo Cavalcanti! O sr. visconde Andrea Cavalcanti! — anunciou Baptistin.

Uma gola de cetim preto recém-saída das mãos do fabricante, uma barba nova, bigodes grisalhos, olhar firme, um casaco de major engalanado com três placas e cinco cruzes, em suma, um traje irretocável de militar veterano, assim surgiu o major Bartolomeo Cavalcanti, aquele pai carinhoso nosso conhecido.

Perto dele, paramentado por roupas reluzentemente de novas, avançava, com um sorriso nos lábios, o visconde Andrea Cavalcanti, aquele filho respeitoso também nosso conhecido.

Os três rapazes conversavam; seus olhares iam do pai para o filho, detendo-se, naturalmente, por mais tempo neste último, que esquadrinhavam.

— Cavalcanti! — exclamou Debray.

— Belo nome — comentou Morrel. — Nossa!

— Realmente — disse Château-Renaud —, esses italianos podem saber escolher nomes, mas vestem-se muito mal.

— Não seja exigente, Château-Renaud — reprovou Debray. — Essa roupa acaba de sair das mãos de um excelente alfaiate, e são novas em folha.

— Pois é exatamente isso que me incomoda. Esse senhor parece estar se vestindo hoje pela primeira vez na vida.

— Quem são esses cavalheiros? — perguntou Danglars ao conde de Monte Cristo.

— O senhor ouviu, os Cavalcanti.

— O que me informa apenas o nome deles, e nada mais.

— Ah, é verdade, o senhor não está familiarizado com a nobreza da Itália; quem diz Cavalcanti, diz raça de príncipes.

— Fortuna respeitável? — perguntou o banqueiro.

— Fabulosa.

— O que fazem?

— Tentam consumi-la até não mais poder. Têm, a propósito, créditos em seu banco, pelo que disseram ao me visitar anteontem. Eu os convidei inclusive pensando no senhor. Vou apresentá-lo.

— Mas eles parecem falar perfeitamente o francês — observou Danglars.

— O filho foi educado num colégio no sul da França, em Marselha, ou nas redondezas, creio. Como o senhor poderá constatar no entusiasmo do jovem.

— Com o quê? — perguntou a baronesa.

— Com as francesas, senhora. Quer absolutamente arranjar uma esposa em Paris.

— Que boa ideia! — ironizou Danglars, dando de ombros.

A sra. Danglars olhou para o marido com uma expressão que, em qualquer outro momento, teria pressagiado tempestade; pela segunda vez, porém, se calou.

— O barão parece bastante melancólico hoje — disse Monte Cristo à sra. Danglars. — Estaria porventura sendo sondado para ministro?

— Não, que eu saiba, ainda não. O principal motivo, eu creio, é que jogou na Bolsa, perdeu e não sabe como agir.

— O sr. e sra. de Villefort! — bradou Baptistin.

As duas pessoas anunciadas entraram. O sr. de Villefort, apesar de seu poder de autocontenção, estava nitidamente perturbado. Ao tocar sua mão, Monte Cristo sentiu que ela tremia.

"Decididamente, só as mulheres para saberem dissimular", disse Monte Cristo consigo mesmo, olhando para a sra. Danglars, que sorria para o procurador do rei e beijava sua mulher.

Após os primeiros cumprimentos, o conde percebeu Bertuccio, ocupado até aquele momento para os lados da copa, insinuando-se num pequeno salão vizinho àquele em que todos estavam.

O intendente veio em sua direção.

— Que deseja, sr. Bertuccio? — perguntou-lhe Monte Cristo.

— Sua Excelência não me disse o número de convidados.

— Ah, é verdade!

— Quantos talheres?

— Conte o senhor mesmo.

— Já chegou todo mundo, Excelência?

— Sim.

Bertuccio espreitou pela porta entreaberta.

Monte Cristo observava-o avidamente.

— Ah, meu Deus! — ele exclamou.

— Que houve? — perguntou o conde.

— Aquela mulher...! Aquela mulher...!

— Qual?

— A de vestido branco e cheio de diamantes! A loura!

— A sra. Danglars?

— Não sei o nome dela. Mas é ela, senhor, é ela!

— Ela quem?

— Mas é ela, senhor, é ela!

— A mulher do jardim! A que estava grávida! A que passeava enquanto esperava...! Enquanto esperava...!

Bertuccio mantinha-se boquiaberto, pálido e de cabelo em pé.

— Enquanto esperava quem?

Bertuccio, sem responder, apontou Villefort com o dedo, fazendo um gesto similar ao de Macbeth para Banquo[12].

— Oh! Oh! — murmurou finalmente. — O senhor está vendo?

— O quê? Quem?

— Ele!

12. "Macbeth para Banquo": na peça de Shakespeare, o fantasma de Banquo aparece para seu assassino, o usurpador Macbeth, ato III, cena 1.

— Ele...! O sr. procurador do rei, de Villefort? Claro, estou vendo.

— Mas então eu não o matei?

— Ah, agora acho que está ficando louco, meu caro sr. Bertuccio — disse o conde.

— Mas então ele não morreu?

— Claro que não! Não morreu, como pode ver; em vez de golpeá-lo entre a sexta e a sétima vértebra esquerda, como seus compatriotas costumam fazer, o senhor deve ter golpeado mais acima, ou mais abaixo; e essas pessoas da justiça têm a alma aparafusada no corpo, ou então nada do que o senhor me contou é verdade, foi um sonho da sua imaginação, uma alucinação do seu espírito. O senhor dormiu digerindo mal sua vingança, esta lhe pesou no estômago, o senhor teve um pesadelo, apenas isso. Vamos, acalme-se e conte: o sr. e a sra. de Villefort, dois; o sr. e a sra. Danglars, quatro; o sr. de Château-Renaud, o sr. Debray, o sr. Morrel, sete; o sr. major Bartolomeo Cavalcanti, oito.

— Oito! — repetiu Bertuccio.

— Espere um pouco! Espere um pouco! Está com muita pressa, que diabos! Está se esquecendo de um dos meus convidados. Chegue um pouquinho para a esquerda... isso... O sr. Andrea Cavalcanti, aquele moço de preto que está admirando a Virgem de Murillo e se volta para cá agora.

Dessa vez Bertuccio esboçou um grito que o olhar de Monte Cristo extinguiu nos seus lábios.

— Benedetto! — murmurou baixinho. — Que fatalidade!

— São seis e meia, sr. Bertuccio — disse severamente o conde. — Foi a hora que determinei para o jantar; sabe que não gosto de esperar.

E Monte Cristo adentrou novamente o salão onde seus convidados o aguardavam, enquanto Bertuccio voltava à sala de jantar, escorando-se nas paredes.

Cinco minutos depois, as duas portas do salão foram abertas. Bertuccio apareceu e, fazendo, como Vatel em Chantilly[13], um último e heroico esforço, disse:

— O sr. conde está servido.

Monte Cristo ofereceu o braço à sra. de Villefort.

— Sr. de Villefort — disse ele —, por favor, faça companhia à sra. Danglars.

Villefort obedeceu, e passaram à sala de jantar.

---

13. "Vatel em Chantilly": François Vatel (1631-71), mestre-cuca do Grande Condé, no castelo de Chantilly, na França. A versão oficial acerca da morte de Vatel conclui que ele teria se suicidado por não haver preparado a tempo o peixe de Sua Majestade.

6. O JANTAR

Era visível, ao passarem para a sala de jantar, a disposição unânime de todos os comensais. Indagavam-se que estranha influência trouxera todos eles até aquela casa, e no entanto, por mais perplexos e preocupados que estivessem por se acharem ali, não queriam em absoluto se encontrar em outro lugar.

Todavia, as relações de data recente, a posição excêntrica e isolada, a fortuna desconhecida e quase fabulosa do conde impunham aos homens o dever de ser circunspectos e às mulheres, a lei de não entrar naquela casa onde não havia mulheres para recebê-las; e ainda assim, homens e mulheres haviam cometido infrações, uns, à circunspecção, as outras, ao decoro; e a curiosidade, arrastando-os em seu irresistível turbilhão, prevalecera sobre tudo.

Apenas os Cavalcanti, pai e filho, um a despeito da rigidez, o outro, do desembaraço, pareceram preocupados ao se ver reunidos, na casa de um homem cujo objetivo não compreendiam, com outros homens que viam pela primeira vez na vida.

A sra. Danglars fizera um gesto ao ver, a convite de Monte Cristo, o sr. de Villefort aproximar-se dela para lhe oferecer o braço, e o olhar do sr. de Villefort ficou perturbado atrás dos aros de ouro ao sentir o braço da baronesa pousar no seu.

Nenhum desses dois gestos escapara ao conde, e naquela simples tomada de contato entre dois indivíduos havia para o observador uma cena de grande interesse.

O sr. de Villefort tinha a sra. Danglars à sua direita e Morrel à esquerda.

O conde estava sentado entre a sra. de Villefort e Danglars.

Os outros intervalos foram preenchidos por Debray, sentado entre Cavalcanti pai e Cavalcanti filho, e Château-Renaud, sentado entre a sra. de Villefort e Morrel.

A refeição foi magnífica: Monte Cristo chamara a si a tarefa de derrubar completamente a simetria parisiense e dar, antes à curiosidade que ao apetite de seus convidados, o alimento que aquela desejava. O que foi oferecido equivalia a um festim oriental, mas oriental à maneira que o podiam ser os festins das fadas árabes.

Todas as frutas que os quatro cantos do mundo podem proporcionar, intactas e saborosas no chifre de abundância[14] da Europa, estavam arrumadas em pirâmides nos vasos chineses e nas taças japonesas. As aves raras vinham apresentadas com a parte brilhante de sua plumagem, os peixes monstruosos, estendidos sobre lâminas de prata, todos os vinhos do Arquipélago[15], da Ásia Menor e da África do Sul, armazenados em tubos de formas bizarras, cuja visão parecia acrescentar-lhes ainda mais sabor, desfilaram como uma dessas inspeções que Apício[16] promovia, com seus convidados, perante aqueles parisienses que julgavam perfeitamente compreensível gastar mil luíses num jantar para dez pessoas, contanto que, como Cleópatra, se comessem pérolas ou, como Lourenço de Medici, se bebesse ouro derretido.

Monte Cristo percebeu o espanto geral e começou a rir e zombar em voz alta.

— Admitam, senhores — disse ele —, que, ao se alcançar um certo nível de fortuna, nada é mais necessário que o supérfluo, assim como admitirão as senhoras que, ao se alcançar um certo nível de exaltação, nada mais concreto que o ideal, não é? Ora, levando adiante esse raciocínio, em que reside o maravilhoso? No que não compreendemos. O que é um bem verdadeiramente desejável? O que não podemos possuir. Ora, ver coisas que eu não posso compreender, proporcionar-me coisas impossíveis de possuir, eis o estudo de toda a minha vida. Consigo isso de duas maneiras: com dinheiro e vontade. Empenho na realização de uma fantasia, por exemplo, a mesma perseverança que o senhor, meu caro Danglars, em criar uma linha ferroviária; que o senhor, meu caro Villefort, em condenar um homem à morte; que o senhor, meu

14. "chifre de abundância": na mitologia grega, Amalteia, filha do rei de Creta, criou Zeus, alimentando-o com leite de cabra. Em agradecimento, Zeus presenteou-a com o chifre de uma cabra. Este chifre tinha o poder de dar à pessoa que o possuísse tudo que ela desejasse. Daí originou-se a lenda da cornucópia (em latim *cornu copiae*; ou chifre de abundância).

15. Arquipélago: neste caso no mar Egeu dos antigos, o Arquipélago estava compreendido entre a península dos Bálcãs, a oeste e ao norte, a Anatólia, a leste, e as ilhas de Rodes e Candia ao sul.

16. Apício: Marcus Gavius Apicius (séc.I d.C.), gastrônomo célebre no império romano.

O jantar…

caro Debray, em pacificar um reino; que o senhor, sr. de Château-Renaud, em agradar uma mulher; e que o nosso Morrel, em domar um cavalo que ninguém é capaz de montar. Por exemplo, vejam esses dois peixes, nascidos, um a trezentos quilômetros de São Petersburgo, o outro a trezentos quilômetros de Nápoles: não é divertido reuni-los na mesma mesa?

— Que peixes são esses então? — perguntou Danglars.

— O sr. de Château-Renaud, que já morou na Rússia, poderá lhe dizer o nome de um deles — respondeu Monte Cristo —, e ali o sr. major Cavalcanti, que é italiano, lhe dirá o nome do outro.

— Creio que este seja um esturjão-sterlet — arriscou Château-Renaud.

— Perfeito.

— E este — disse Cavalcanti —, se não me engano, é uma lampreia.

— Isso mesmo. Agora, sr. Danglars, pergunte a esses dois cavalheiros onde esses dois peixes são pescados?

— Ora — disse Château-Renaud —, os esturjões-sterlet são pescados apenas no Volga.

— Ora — disse Cavalcanti —, não existe senão o lago de Fusaro para fornecer lampreias desse porte.

— Pois então, exatamente; um chegou do Volga e o outro do lago de Fusaro.

— Impossível! — exclamaram em uníssono todos os convidados.

— Pois então! É justamente isso o que me diverte — disse Monte Cristo. — Sou como Nero; *cupitor impossibilium*[17]; e justamente o que também os diverte neste momento; é isso, enfim, que dentro de instantes fará essa carne, talvez na realidade inferior à da perca ou do salmão, nos parecer tão rebuscada; pois no espírito dos senhores era impossível obtê-la, mas, não obstante, aqui está ela.

— Mas como fizeram para trazer esses dois peixes até Paris?

— Oh, meu Deus, nada mais simples. Eles foram trazidos num grande tonel acolchoado, um de bambu e ervas do rio, o outro de juncos e plantas do lago; foram acondicionados num furgão fabricado expressamente para isso; viveram assim, o sterlet, doze dias, e a lampreia, oito; e ambos viviam perfeitamente quando meu cozinheiro apoderou-se deles para fazê-los morrer, um no leite, o outro no vinho. Não acredita, sr. Danglars?

— Digamos que eu desconfie — respondeu Danglars, sorrindo seu sorriso pegajoso.

— Baptistin! — chamou Monte Cristo. — Mande trazer o outro sterlet e a outra lampreia; o senhor sabe, os que vieram em outros tonéis e ainda estão vivos.

Danglars esbugalhou os olhos; a mesa aplaudiu.

Quatro criados trouxeram dois tonéis guarnecidos com plantas marinhas, dentro de cada um dos quais palpitava um peixe igual aos que estavam servidos na mesa.

— Mas por que dois de cada espécie? — perguntou Danglars.

— Porque um deles poderia morrer — respondeu Monte Cristo com simplicidade.

— O senhor é realmente um homem prodigioso — disse Danglars. — E, por mais que os filósofos falem, é soberbo ser rico.

— E ainda por cima ter ideias — disse a sra. Danglars.

— Oh, não me conceda a honra por ter tido esta, senhora; ela esteve muito em voga entre os romanos, e Plínio conta que despachavam de Óstia para Roma, revezando os escravos que os carregavam na cabeça, peixes de uma espécie então conhecida como *mulus*. Segundo a descrição que herdamos, é

---

17. *Cupitor impossibilium*: "aquele que deseja o impossível", citaçao dos *Anais*, 15, 42, de Tácito (55-120 d.C.), historiador romano.

provavelmente o salmonete. Também era um luxo tê-lo vivo, e um espetáculo divertidíssimo vê-lo morrer, pois ao morrer mudava de cor três ou quatro vezes e, como um arco-íris que se evapora, passava por todos os matizes do prisma, depois do que era despachado para as cozinhas. Sua agonia fazia parte de seu mérito. Se não fosse visto vivo, era desprezado morto.

— Sim — disse Debray —, mas são apenas quarenta ou oitenta quilômetros de Óstia a Roma.

— É verdade — disse Monte Cristo —, mas qual é o mérito de nascer dezoito séculos depois de Lúculo[18] se não for para fazer melhor do que ele?

Os dois Cavalcanti arregalaram olhos enormes, mas tiveram o bom senso de não dizer uma palavra.

— Tudo isso é adorável — disse Château-Renaud —, entretanto, o que admiro mais, confesso, é a incrível presteza com que o senhor é servido. Não é verdade, sr. conde, que comprou esta casa há cinco ou seis dias?

— Se tanto — disse Monte Cristo.

— Pois bem! Tenho certeza de que em uma semana ela sofreu uma transformação completa, pois, se não me engano, havia uma entrada diferente e o pátio era cimentado e vazio, ao passo que hoje o pátio é um magnífico gramado, cercado de árvores aparentemente centenárias.

— Que posso fazer? Gosto do verde e da sombra — explicou Monte Cristo.

— Com efeito — disse a sra. de Villefort —, antigamente entrava-se por uma porta que dava para a estrada, e lembro que, no dia da minha milagrosa salvação, foi pela estrada que o senhor me introduziu na casa.

— É verdade, senhora — admitiu Monte Cristo —, mas desde então preferi uma entrada que me permitisse ver o Bois de Boulogne através da grade.

— Em quatro dias — disse Morrel —, isso é um prodígio!

— De fato — concordou Château-Renaud —, de uma casa velha fazer uma nova, é um milagre; pois a casa era muito velha, e eu diria até muito triste. Recordo-me que minha mãe me incumbiu de visitá-la quando o sr. de Saint-Méran decidiu vendê-la, há dois ou três anos.

— O sr. de Saint-Méran? — perguntou Danglars. — Mas esta casa pertencia ao sr. de Saint-Méran antes que o senhor a comprasse?

— Parece que sim — respondeu Monte Cristo.

— Como, parece! Não sabe de quem a comprou?

— Juro que não, é meu intendente que cuida desses detalhes.

— Asseguro-lhes que há pelo menos dez anos ela não é habitada — afirmou Château-Renaud —, e era uma grande tristeza vê-la com suas persianas

18. Parte II, cap.10, nota 42, e Parte III, cap.16, nota 133.

e portas fechadas e seu pátio tomado pelo capim. Na verdade, se ela não houvesse pertencido ao sogro de um procurador do rei, poderíamos tomá-la por uma dessas casas amaldiçoadas em que algum crime foi cometido.

Villefort, que até então não tocara nos três ou quatro vinhos extraordinários colocados à sua frente, pegou um por acaso e o esvaziou de um gole só.

Monte Cristo deixou passar um instante; então, em meio ao silêncio que se seguira às palavras de Château-Renaud, disse:

— É estranho, sr. barão, mas o mesmo pensamento me ocorreu quando entrei aqui da primeira vez. E esta casa me pareceu tão lúgubre que nunca a teria comprado se o meu intendente não tivesse feito o negócio por mim. Provavelmente o malandro recebeu alguma propina do tabelião.

— É possível — balbuciou Villefort, tentando sorrir —, mas, acredite, não tenho nada a ver com essa corrupção. O sr. de Saint-Méran quis vender esta casa, parte do dote de sua neta, porque, se permanecesse por mais três ou quatro anos desabitada, iria cair em ruínas.

Foi a vez de Morrel empalidecer.

— Havia um quarto em especial — continuou Monte Cristo —, ah, meu Deus, aparentemente muito simples, um quarto como outro qualquer, forrado de damasco vermelho, que me pareceu, não sei por quê, excessivamente dramático.

— Por que isso? — perguntou Debray. — Por que dramático?

— Será que nos damos conta das coisas instintivas? — indagou Monte Cristo. — Não existem lugares onde parece que respiramos naturalmente a tristeza? Por quê? Ignoramos; por um encadeamento de recordações, um capricho do pensamento, que nos transporta para outra época, outro lugar, talvez sem nenhuma relação com a época e o lugar em que nos encontramos; tanto eles existem que o tal quarto me lembrava admiravelmente o da marquesa de Granges, ou o de Desdêmona[19]. Ora, meu Deus, já que terminamos de comer, devo lhes mostrar esse quarto, depois descemos de novo para tomar o café no jardim. Depois do jantar, o espetáculo.

Monte Cristo fez um sinal interrogando seus convidados. A sra. de Villefort se levantou, Monte Cristo fez o mesmo, todos imitaram seu exemplo.

Villefort e a sra. Danglars permaneceram por um instante como pregados no lugar; interrogavam-se com os olhos, frios, mudos e petrificados.

— Ouviu? — disse a sra. Danglars.

---

19. "o da marquesa de Granges, ou o de Desdêmona": a marquesa de Granges, dita "a bela provençal", era uma das mais belas mulheres da corte de Luís XIV, e foi assassinada de maneira brutal; Desdêmona é a heroína do *Otelo*, de Shakespeare, também brutalmente assassinada.

— Temos que ir — respondeu Villefort, levantando-se e lhe oferecendo o braço.

Todos já se haviam espalhado pela casa, levados pela curiosidade, pois claramente achavam que a visita não se limitaria àquele quarto, que não deixariam de percorrer o resto da choupana a partir da qual Monte Cristo fizera um palácio. Lançaram-se todos então pelas portas abertas. Monte Cristo esperou os dois retardatários; então, quando estes passaram, seguiu-os com um sorriso que, se os convidados pudessem entender, os teria deixado muito mais perplexos do que o quarto onde iriam entrar.

Puseram-se, portanto, a percorrer os aposentos, os quartos mobiliados no estilo oriental, com divãs e almofadas no lugar de camas, cachimbos e armas em vez de armários; os salões, que exibiam os mais belos quadros dos velhos mestres; alcovas forradas à chinesa, com cores cambiantes, desenhos fantásticos, tecidos maravilhosos; finalmente, chegaram ao famoso quarto.

O quarto do crime.

Este não tinha nada de especial, salvo que, embora já estivesse escurecendo, não estava iluminado e permanecia austero, enquanto os outros quartos haviam se revestido de uma nova aparência.

De fato, esses dois elementos bastavam para lhe conferir um aspecto lúgubre.

— Ui! — exclamou a sra. de Villefort. — É realmente assustador.

A sra. Danglars tentou balbuciar algumas palavras que ninguém ouviu.

Várias observações se cruzaram, e o consenso foi que o quarto de damasco vermelho possuía efetivamente um aspecto sinistro.

— Eu não disse? — perguntou Monte Cristo. — Observem como essa cama está colocada inusitadamente, papel de parede escuro e agressivo! E esses dois retratos a pastel, que a umidade empalideceu, não lembram, com seus lábios lívidos e seus olhos perplexos: "Eu vi!"

Villefort ficou branco, a sra. Danglars desabou numa espreguiçadeira instalada perto da lareira.

— Oh — disse a sra. de Villefort, sorrindo —, tem realmente coragem de sentar-se nessa cadeira em que o crime talvez tenha sido cometido?

A sra. Danglars levantou-se instantaneamente.

— E depois — disse Monte Cristo —, isso não é tudo.

— Tem mais? — perguntou Debray, a quem a perturbação da sra. Danglars não passara dasapercebida.

— Sim, o que há mais para se ver? — perguntou Danglars. — Pois até agora confesso que não vejo nada de extraordinário; e o senhor, major Cavalcanti?

— Ah! — disse este. — Em Pisa temos a torre de Ugolino, em Ferrara, a prisão de Tasso, e, em Rimini, o quarto de Francesca e Paolo[20].

— Pode ser, mas vocês não têm essa escadinha — contestou Monte Cristo, abrindo uma porta oculta pelos reposteiros. — Observem e digam-me o que acham disso.

— Que abóbada sinistra para uma escada! — disse Château-Renaud, rindo.

— De fato — disse Debray —, não sei se é o vinho de Quios que provoca melancolia, mas com certeza vejo essa casa toda de luto.

---

20. Torre de Ugolino, prisão de Tasso, quarto de Francesca e Paolo: Ugolino della Gherardesca (c.1220-89), conde de Donoratico, nasceu em Pisa. Ele, seus filhos e netos foram aprisionados por rivais políticos, os Gualandi, numa torre — a Torre Gualandi, ou a Torre da Muda (em referência às águias que lá trocavam as penas) —, onde morreram de fome. Dante Alighieri imortalizou o episódio no "Inferno" (canto XXXII. 124-140 e XXXIII. 1-90). Após a *Divina comédia*, a torre também ficou conhecida como Torre da Fome; Torquato Tasso (1544-95), poeta italiano que foi preso pelo irmão da princesa Leonora, com quem vinha tendo encontros amorosos; também no "Inferno" da *Divina comédia* (canto V) é contada a história do sofrimento de Francesca da Polenta e de seu cunhado e amante Paolo Malatesta da Rimini, irmão de Giovanni, marido traído de Francesca. Segundo Dante, Francesca e Paolo ocuparam a parte do inferno destinada aos adúlteros.

Quanto a Morrel, depois que comentaram o dote de Valentine, permaneceu triste e não pronunciara palavra.

— Imaginem — disse Monte Cristo — um Otelo, ou um sacerdote do Ganges qualquer, descendo essa escada passo a passo, por uma noite escura e tempestuosa, com algum lúgubre fardo que ele tem pressa de esconder da vista dos homens, quando não do olhar de Deus!

A sra. Danglars quase desmaiou no braço de Villefort, ele mesmo sentindo-se obrigado a buscar apoio na parede.

— Ai, meu Deus — exclamou Debray —, o que a senhora tem? Como está pálida!

— O que ela tem? — perguntou a sra. de Villefort. — É muito simples; ela tem que o sr. de Monte Cristo nos conta histórias aterradoras, sem dúvida na intenção de nos fazer morrer de medo.

— Exatamente — disse Villefort. — Com efeito, conde, o senhor está assustando as damas.

— O que está sentindo? — repetiu Debray, baixinho, à sra. Danglars.

— Nada, nada — disse ela, fazendo um esforço. — Preciso de ar, só isso.

— Quer descer até o jardim? — perguntou Debray, oferecendo o braço à sra. Danglars e avançando na direção da escada secreta.

— Não — disse ela —, não; prefiro ficar aqui.

— Sinceramente, senhora — disse Monte Cristo —, esse terror é real?

— Não, cavalheiro — disse a sra. Danglars. — Mas o senhor tem uma forma de presumir as coisas que confere à ilusão o aspecto da realidade.

— Oh, meu Deus, sim — disse Monte Cristo sorrindo —, e tudo isso é fruto da imaginação, pois, da mesma forma, o que nos impede de imaginar esse quarto como um bom e honesto quarto de mãe de família? Essa cama, com seu cortinado roxo, como um leito visitado pela deusa Lucina[21], e essa escada misteriosa, como a passagem pela qual, sorrateiramente, para não perturbar o sono reparador daquela que acabou de dar à luz, passa o médico ou a ama de leite, ou o próprio pai carregando o bebê adormecido...?

A sra. Danglars, em vez de se tranquilizar com essa amena descrição, soltou um gemido e desmaiou para valer.

— A sra. Danglars está passando mal — balbuciou Villefort. — Acho que precisamos levá-la para o coche.

— Oh, meu Deus! — afligiu-se Monte Cristo. — E eu, que esqueci meu frasco!

— Tenho o meu — disse a sra. de Villefort.

E passou para Monte Cristo um frasco cheio de um líquido vermelho similar àquele cuja benfazeja influência o conde testara em Édouard.

— Ah...! — disse Monte Cristo, tomando-o das mãos da sra. de Villefort.

---

21. Lucina: deusa romana do parto, representada sempre com um bebê nos braços.

— Sim — ela murmurou —, testei de acordo com suas instruções.

— E foi bem-sucedida?

— Creio que sim.

Haviam transportado a sra. Danglars para o quarto ao lado. Monte Cristo deixou cair sobre seus lábios uma gota da beberagem vermelha, e ela voltou a si, exclamando:

— Oh, que sonho pavoroso!

Villefort apertou seu punho com força, para lhe mostrar que não havia sonhado.

Foram procurar o sr. Danglars; porém, pouco afeito às impressões poéticas, este descera até o jardim e conversava com o sr. Cavalcanti pai sobre um projeto de ferrovia de Livorno a Florença.

Monte Cristo parecia desesperado. Pegou o braço da sra. Danglars e levou-a até o jardim, onde encontraram o sr. Danglars tomando café entre os srs. Cavalcanti pai e filho.

— Fale a verdade, senhora — disse-lhe —, eu realmente a assustei?

— Não, senhor, mas, como sabe, as coisas nos impressionam segundo a disposição de espírito em que nos achamos.

Villefort fez força para rir.

— Como o senhor vê — disse ele —, basta uma suposição, uma quimera...

— Pois bem! — disse Monte Cristo. — Acreditem se quiser, tenho a convicção de que um crime foi cometido nesta casa.

— Cuidado — disse a sra. de Villefort —, temos entre nós o procurador do rei.

— Realmente — respondeu Monte Cristo —, e, uma vez que chegamos até aqui, aproveitarei para dar o meu depoimento.

— Seu depoimento? — perguntou Villefort.

— Sim, e perante testemunhas.

— Tudo isso é muito interessante — disse Debray. — Se houve efetivamente crime, vamos ter uma digestão daquelas.

— Houve crime — afirmou Monte Cristo. — Sigam-me, senhores; venha, sr. de Villefort; para que tenha validade, o depoimento deve ser feito às autoridades competentes.

Monte Cristo pegou o braço de Villefort e, ao mesmo tempo em que apertava sob o seu o da sra. Danglars, arrastou o procurador do rei até embaixo do plátano onde a sombra era mais densa.

Todos os demais convidados os seguiam.

— Vejam — afirmou Monte Cristo — aqui, exatamente neste lugar — e bateu na terra com o pé —, aqui, para rejuvenescer estas árvores já veneráveis, mandei escavar e aterrar; muito bem, meus trabalhadores, ao escavarem, encontraram uma arca, ou melhor, ferragens de uma arca, em meio às quais jazia o esqueleto de uma criança recém-nascida. Isso não é fantasmagoria, espero...

Monte Cristo sentiu o braço da sra. de Villefort endurecer e o pulso de Villefort estremecer.

— Um recém-nascido? — repetiu Debray. — Diabos! Isso está começando a me parecer sério.

— Ora — disse Château-Renaud —, então eu não estava enganado ao supor agora mesmo que as casas possuíam uma alma e um rosto, como os homens, e que estampavam em sua fisionomia um reflexo de suas entranhas. A casa estava triste porque tinha remorsos; e os tinha porque acobertava um crime.

— Oh, quem disse que se trata de um crime? — rebateu Villefort, num último esforço.

— Como! Uma criança enterrada viva num jardim, isso não é um crime? — exclamou Monte Cristo. — Como denomina um ato desses, meu caro procurador do rei?

— Mas quem disse que ela foi enterrada viva?

— Por que enterrá-la aqui, se estava morta? Este jardim nunca foi um cemitério.

— Como são castigados os infanticidas neste país? — perguntou ingenuamente o major Cavalcanti.

— Oh, meu Deus, simplesmente cortam-lhes o pescoço! — respondeu Danglars.

— Ah, cortam-lhes o pescoço... — disse Cavalcanti.

— Acho que sim... Não é, sr. de Villefort? — indagou Monte Cristo.

— Sim, sr. conde — respondeu este, num tom que nada mais tinha de humano.

Monte Cristo percebeu que aquilo era tudo que podiam suportar as duas pessoas para as quais preparara tal cena; e, não querendo levá-la adiante, disse:

— Mas parece que esquecemos o café, senhores.

Então arrastou seus convidados para a mesa instalada no meio do gramado.

— Na verdade, sr. conde — disse a sra. Danglars —, sinto-me envergonhada de confessar minha fraqueza, mas fiquei abalada com tantas histórias terríveis; permitam que eu me sente, por favor.

E atirou-se numa cadeira.

Monte Cristo saudou-a e aproximou-se da sra. de Villefort.

— Creio que a sra. Danglars ainda necessita do seu frasco — sugeriu.

Mas antes que a sra. de Villefort houvesse se aproximado de sua amiga, o procurador do rei já sussurrara à sra. Danglars:

— Preciso lhe falar.

— Quando?

— Amanhã.

— Onde?

— No meu escritório... no parque, se preferir, lá é o lugar mais seguro.

Nesse instante, a sra. de Villefort se aproximou.

— Obrigada, querida amiga — disse a sra. Danglars, tentando sorrir —, já passou, sinto-me bem melhor.

7. O MENDIGO

A noite avançava; a sra. de Villefort manifestara o desejo de retornar a Paris, o que não ousara fazer a sra. Danglars, apesar do flagrante mal-estar que sentia.

A pedido da mulher, o sr. de Villefort foi o primeiro a dar sinal de partida, oferecendo um lugar em seu landau à sra. Danglars, a fim de que esta se beneficiasse dos cuidados de sua esposa. Quanto ao sr. Danglars, absorto numa palestra industrial das mais interessantes com o sr. Cavalcanti, não prestava a mínima atenção ao que acontecia.

Monte Cristo, enquanto pedia o frasco à sra. de Villefort, observara que o sr. de Villefort se aproximara da sra. Danglars. Orientado pela situação, adivinhara o que este lhe dissera, embora tivesse falado tão baixo que a própria sra. Danglars o escutara com dificuldade.

Sem se opor a nenhum preparativo, permitiu que Morrel, Debray e Château-Renaud partissem a cavalo e que, no landau do sr. de Villefort, embarcassem as duas damas; Danglars, de sua parte, cada vez mais seduzido por Cavalcanti pai, convidou-o a acompanhá-lo em seu cupê.

Quanto a Andrea Cavalcanti, dirigiu-se para o seu tílburi, que o aguardava em frente à porta, cujo enorme cavalo tordilho-chumbo era dominado por um *groom*, que exagerava nas mesuras à moda inglesa, alçando-se no bico das botas.

Andrea não falara muito durante o jantar, tanto por ser um rapaz muito inteligente quanto pelo receio natural de dizer alguma tolice em meio àqueles convidados ricos e poderosos, dentre os quais seu olho dilatado, talvez não sem temor, percebesse um procurador do rei.

Em seguida, fora monopolizado pelo sr. Danglars, que, após uma olhadela para o velho major de pescoço hirto e seu filho ainda um pouco tímido, e associando todos esses sintomas à hospitalidade de Monte Cristo, pensara estar lidando com algum nababo que viera a Paris para aperfeiçoar seu filho único na vida galante.

Contemplara, portanto, com uma simpatia incomum o descomunal diamante que brilhava no dedo mínimo do major, pois o italiano, como homem prudente e experiente, com medo que acontecesse alguma coisa com seu dinheiro, transformara-o imediatamente num objeto de valor. Depois do jantar, sempre a pretexto da indústria e das viagens, Danglars questionara pai e filho sobre seu estilo de vida; e pai e filho, avisados de que era no estabelecimento de Danglars que deveria ser aberto, para um, seu crédito de quarenta e oito mil francos, quando lhe fossem entregues, e para o outro, seu crédito anual de cinquenta mil libras, haviam sido amistosos e afáveis com o banqueiro, de cujos criados, se não se contivessem, teriam apertado a mão, tamanha era a expansividade que sua gratidão exigia.

Uma coisa em especial aumentou a consideração, diríamos quase a veneração, de Danglars por Cavalcanti. Este, fiel ao princípio de Horácio: *Nil admirari*[22], contentara-se, como vimos, em dar provas de ciência, apontando o lago de que se tiravam as melhores lampreias. Em seguida, comeu seu quinhão sem dizer uma palavra. Danglars concluíra daí que aquele gênero de suntuosidade era corriqueiro para o ilustre descendente dos Cavalcanti, o qual provavelmente se alimentava, em Lucca, com trutas que mandava vir da Suíça e lagostas que lhe enviavam da Bretanha, por meio de procedimentos iguais aos de que o conde se utilizara a fim de encomendar as lampreias do lago Fusaro e os sterlets do rio Volga. Portanto, acolheu com acentuada benevolência estas palavras de Cavalcanti:

— Amanhã, cavalheiro, terei a honra de lhe fazer uma visita de negócios.

— E eu, cavalheiro — respondera Danglars —, terei a honra de recebê-lo.

Foi quando ele sugeriu a Cavalcanti, caso isto não o privasse de ficar separado do filho por muito tempo, que o acompanhasse ao Hotel des Princes.

Cavalcanti respondera que há muito tempo seu filho se acostumara a levar uma vida de rapaz solteiro; portanto, possuía cavalos e coche próprios e, não tendo vindo juntos, não via problema em voltarem separados.

O major embarcara então no coche de Danglars, e o banqueiro sentara-se ao seu lado, cada vez mais encantado com as ideias de ordem e economia daquele homem, que, entretanto, dava ao filho cinquenta mil francos por ano, o que supunha uma fortuna de quinhentas ou seiscentas mil libras de renda.

---

22. *Nil admirari*: "Não se comover com nada", inspirada em Horácio, citação das *Epístolas*, I, 6, verso 1.

Quanto a Andrea, ele começou, para se fazer de importante, a repreender seu *groom* por tê-lo esperado no portão da saída, em vez de na escada, obrigando-o assim a caminhar trinta passos até o tílburi.

O *groom* recebeu a admoestação com humildade. Para conter o cavalo impaciente, que batia as patas, pegou o freio com a mão esquerda e estendeu com a direita as rédeas para Andrea, que as agarrou, enfiando agilmente sua bota de verniz no estribo.

Nesse momento, a mão de alguém pousou em seu ombro. O rapaz voltou-se, pensando que Danglars ou Monte Cristo haviam esquecido de lhe dizer alguma coisa e voltavam à carga no momento da partida.

Porém, em vez de um ou outro, percebeu um rosto estranho e bronzeado, emoldurado por uma barba modelada, com olhos reluzentes como carbúnculos e um sorriso escarninho espalhando-se em torno de uma boca em que brilhavam, alinhados em seu lugar e sem faltar um único, trinta e dois dentes brancos, aguçados e famintos como os de um lobo ou um chacal.

Um lenço de xadrez vermelho enrolava-se naquela cabeça de cabelos grisalhos e castanhos; um avental imundo e rasgado cobria aquele corpo magro alto e ossudo, cujos ossos pareciam, como os de um esqueleto, estalar quando andava. Enfim, a mão que pousou no ombro de Andrea, e que foi a primeira coisa vista pelo rapaz, pareceu-lhe gigantesca. O rapaz reconheceu aquele rosto à luz de um farol do seu tílburi ou apenas ficou impressionado com o horrível aspecto do interlocutor? Não saberíamos dizê-lo; mas o fato é que estremeceu e recuou bruscamente.

— Que quer de mim? — perguntou.

— Perdão, burguês! — respondeu o homem, levando a mão ao seu lenço vermelho. — É possível que eu esteja importunando, mas preciso lhe falar.

— É proibido mendigar à noite — disse o *groom*, fazendo um gesto para livrar seu patrão do importuno.

— Não estou mendigando, meu belo garoto — disse o desconhecido ao criado, com um sorriso irônico e tão assustador que este também recuou. — Desejo apenas dizer duas palavrinhas ao seu burguês, que me encarregou de uma missão há mais ou menos quinze dias.

— Vejamos — disse por sua vez Andrea, bem alto para que o criado não notasse sua perturbação —, que quer de mim? Seja breve, amigo.

— Eu queria... eu queria... — disse baixinho o homem de lenço vermelho — que fizesse a gentileza de me poupar o trabalho de voltar a pé para Paris. — Estou muito cansado e, como não jantei tão bem quanto você, mal consigo ficar de pé.

O rapaz estremeceu diante daquela estranha intimidade.

— Mas enfim — disse —, vejamos, o que deseja?

— Muito bem! Desejo que me deixe entrar em seu belo coche e que me leve de volta.

— Que quer de mim?

Andrea empalideceu, mas não respondeu.

— Oh, meu Deus, sim — confirmou o homem de lenço vermelho, enfiando as mãos nos bolsos e olhando para o rapaz com olhos provocadores —, é uma ideia que tive; está escutando, querido Benedetto?

A esse nome, o rapaz sem dúvida refletiu, pois aproximou-se do *groom* e disse:

— Este homem foi efetivamente encarregado por mim de uma missão da qual deve me prestar contas. Vá a pé até a barreira; lá, pegue um cabriolé a fim de não se atrasar.

O criado, surpreso, afastou-se.

— Deixe-me pelo menos ir para a sombra — disse Andrea.

— Oh, quanto a isso, eu mesmo vou levá-lo para um excelente lugar; espere… — disse o homem de lenço vermelho.

E, pegando o cavalo pelo freio, conduziu o tílburi a um lugar onde era efetivamente impossível a qualquer um ver a honra que Andrea lhe concedia.

— Oh, garanto — disse ele — que não é pela glória de subir em tão belo coche; não, é apenas porque estou cansado e, depois, um pouco, porque tenho negócios a tratar com você.

— Vamos, suba — disse o rapaz.

Pena que não fosse de dia, pois teria sido um espetáculo curioso ver aquele maltrapilho sentando-se sem-cerimônia sobre almofadas bordadas, ao lado do jovem e elegante condutor do tílburi.

Até a última casa do vilarejo, Andrea fustigou o cavalo sem dizer uma única palavra ao companheiro, que, por sua vez, sorria e mantinha-se em silêncio, como se deslumbrado por passear em tão boa condução.

Uma vez fora de Auteuil, Andrea observou os arredores para se certificar de uma vez por todas de que ninguém podia vê-los nem ouvi-los; e então, freando o cavalo e cruzando os braços diante do homem de lenço vermelho, interpelou-o:

— Só me faltava essa! Por que veio perturbar minha tranquilidade?

— Ora, e você, meu rapaz, por que desconfia de mim?

— Em que desconfiei do senhor?

— Em quê? Está me perguntando? Nos despedimos na ponte do Var[23], você me diz que está indo para o Piemonte e a Toscana e, nada disso, vem até Paris.

— E por que isso o incomoda?

— Por nada; ao contrário, espero inclusive que me ajude.

— Ah! ah! — disse Andrea. — Quer dizer que pretende tirar alguma vantagem de mim?

— Atenção! Estas são palavras muito fortes.

— É que o senhor cometeria um erro, mestre Caderousse, é um aviso que lhe dou.

— Ai, meu Deus, não se exalte, criança; entretanto você deve saber o que é o infortúnio. Pois bem! O infortúnio nos deixa invejosos. Julgava-o a percorrer o Piemonte e a Toscana, obrigado a bancar o *faccino* ou o *cicerone*; sinto muito por você, do fundo do coração, como sentiria se fosse meu filho. Você sabe que sempre o chamei de meu filho.

— E daí? E daí?

— Paciência, esquentadinho!

— Já perdi a paciência; vamos, termine.

23. Var: fronteira entre a França e o Piemonte.

— E vejo você passando como um corisco pela barreira dos Bons Homens[24] com um *groom*, num tílburi, e vestindo roupas reluzentes de novas. Por Deus! Você descobriu uma mina ou comprou uma concessão de agente de câmbio?

— Então admite que está com inveja?

— Não, estou contente, tão contente que desejo lhe apresentar meus cumprimentos, criança; mas, como eu não estava decentemente vestido, tomei minhas precauções para não comprometê-lo.

— Belas precauções! — disse Andrea. — O senhor me aborda diante do meu criado.

— Ora! Que quer que eu faça, meu filho! Abordo-o quando posso agarrá-lo. Você tem um cavalo muito rápido, um tílburi muito leve; escorrega naturalmente como uma enguia; se eu o perdesse esta noite, correria o risco de não mais encontrá-lo.

— Como pode ver, não me escondo.

— Vejo que está feliz e gostaria de dizer o mesmo; da minha parte, sou obrigado a me esconder; sem contar o medo de que você não me reconhecesse, mas me reconheceu — acrescentou Caderousse com um sorriso mau. — Vamos, você é a gentileza em pessoa.

— Afinal — disse Andrea —, do que o senhor precisa?

— Parou de me chamar de você...? Isso não é bom, Benedetto, velho colega; cuidado, assim vai me deixar exigente.

A ameaça conteve a cólera do rapaz: o vento de uma força maior acabava de dissipá-la.

Ele novamente fez o cavalo trotar.

— É ruim para você mesmo, Caderousse — disse Andrea —, comportar-se assim com um velho colega, como você mesmo me chamou agora há pouco; você é marselhês, eu sou...

— Sabe agora o que é?

— Não, mas fui criado na Córsega; você é velho e exaltado; eu sou jovem e tinhoso. Entre gente como nós, a ameaça não é boa coisa, tudo deve ser feito amigavelmente. É culpa minha se a sorte, que continua a ser ingrata com você, é, ao contrário, generosa comigo?

— Então a sorte está do seu lado? Quer dizer que não é um *groom* emprestado, não é um tílburi emprestado, não são roupas emprestadas que temos aqui? Tanto melhor! — exclamou Caderousse, com os olhos faiscando cobiça.

— Oh, isso está claro, e você sabe, não veio falar comigo à toa — disse Andrea, reconquistando confiança. — Se eu usasse um lenço como o seu na minha cabeça, um avental imundo e sapatos furados na sola, você não me reconheceria.

---

24. Barreira dos Bons Homens: também chamada barreira de Passy ou ainda barreira da Conferência.

— Note que está me desprezando, criança, e faz mal; agora que o encontrei, nada me impede de vestir cetim como qualquer outro, pois conheço sua generosidade. Se tiver duas roupas, você me dará uma; eu lhe dava minha porção de sopa de feijões quando você estava com fome.

— É verdade — admitiu Andrea.

— Que apetite você tinha! Continua com tão bom apetite?

— Claro que sim — disse Andrea, rindo.

— Deve ter jantado bem na casa desse príncipe de onde acabou de sair!

— Não é um príncipe, apenas um conde.

— Um conde? E rico, hein?

— Sim, mas não se fie nisso; é um cavalheiro de temperamento complicado.

— Oh, meu Deus, então fique tranquilo! Não temos planos para o seu conde e vamos deixá-lo inteirinho para você. Mas — acrescentou Caderousse, recuperando aquele sorriso mau que já lhe aflorara nos lábios — é preciso dar alguma coisa em troca, compreende…

— Vá lá, do que precisa?

— Acho que, com cem francos por mês…

— E então?

— Eu viveria…

— Com cem francos?

— Mal, compreenda; porém com…

— Com?

— Cento e cinquenta francos, eu ficaria bem feliz.

— Aqui estão duzentos — encerrou Andrea.

E colocou dez luíses de ouro nas mãos de Caderousse.

— Ótimo — disse este.

— Apresente-se ao porteiro no primeiro dia de cada mês e encontrará outro tanto.

— Ora, quer me humilhar mais ainda?

— Como assim?

— Encaminhando-me à criadagem… Não, esqueça, quero tratar apenas com você.

— Que seja! Mande me chamar, e todo dia primeiro do mês, desde que eu receba minha renda, você terá a sua.

— Ora, ora! Eu sabia que não estava enganado, você é um bom menino e é uma bênção quando a felicidade recompensa pessoas assim. Vamos, conte-me como tirou a sorte grande.

— Por que precisa saber? — perguntou Cavalcanti.

— Outra vez a desconfiança!

— Não. Vá lá. Encontrei meu pai.

— Um pai de verdade?

— E como! Enquanto pagar…

— Você acreditará e honrará; isso é justo. Como se chama o seu pai?

— Major Cavalcanti.

— E ele está satisfeito com você?

— Até agora parece que dou para o gasto.

— E quem o fez encontrar esse pai?

— O conde de Monte Cristo.

— Este de cuja casa você acaba de sair?

— Sim.

— Então trate de me introduzir na casa dele como parente próximo, já que pelo visto o conde recebe todo mundo.

— Muito bem, vou falar de você para ele; mas o que vai fazer enquanto isso?

— Eu?

— É, você.

— Muita gentileza sua se preocupar — disse Caderousse.

— Uma vez que se interessa por mim — prosseguiu Andrea —, suponho que, de minha parte, posso também colher algumas informações.

— É justo... Alugarei um quarto numa casa honesta, me vestirei com roupas decentes, farei a barba todos os dias e lerei os jornais no café da manhã. À noite, irei a algum espetáculo com um chefe de claque[25], com um jeito de padeiro aposentado; este é o meu sonho.

— Isso é ótimo! Se executar esse plano e for razoável, tudo correrá às mil maravilhas.

— Não acha, sr. Bossuet[26]? E você, que vai ser de você? Par de França?

— Eh, eh! — divertiu-se Andrea. — Quem sabe?

— O sr. major Cavalcanti talvez o seja... mas, infelizmente, a hereditariedade foi abolida.

— Nada de política, Caderousse! E agora que tem o que quer e que chegamos, pule do meu coche e suma.

— Nada disso, querido amigo!

— Como, nada disso?

— Pense um pouco, criança, um lenço vermelho na cabeça, sapatos sem sola, nenhum documento e dez napoleões de ouro no bolso, sem contar o que já havia nele, o que perfaz exatamente duzentos francos... iriam me deter inevitavelmente na barreira! Isso me obrigaria, para me justificar, a dizer que foi você quem me deu esses dez napoleões. Vai daí uma investigação e um inquérito; se ficarem sabendo que deixei Toulon sem dizer adeus, me levam de volta de brigada em brigada até a beira do Mediterrâneo. Eu volto a ser pura

---

25. Chefe de claque: o encarregado de sentir o clima do espetáculo e do público, fazendo este último reagir de acordo com as circunstâncias.

26. "sr. Bossuet": referência ao talento oratório de Jacques-Bénigne Bossuet (ver Parte I, cap.16, nota 80). Caderousse parece estar ironizando a elegância verbal de Andrea.

e simplesmente o nº58; adeus sonho de passar por um padeiro aposentado! Nada disso, meu filho; prefiro permanecer honrosamente na capital.

Andrea franziu o cenho; o suposto filho do sr. major Cavalcanti era, como ele próprio se gabava, um sujeito cruel. Parou um instante, deu um rápido relance à sua volta e, quando seu olhar acabava de descrever o círculo investigador, sua mão desceu inocentemente à algibeira, onde começou a acariciar a coronha de uma pistola de bolso.

Enquanto isso, Caderousse, que não perdia o colega de vista, passou as próprias mãos para trás das costas e já ia tirando sorrateiramente uma longa faca espanhola que carregava consigo para qualquer eventualidade.

Os dois amigos, como vemos, eram dignos de se entenderem, e se entenderam. A mão de Andrea saiu inofensiva da algibeira e subiu até o bigode ruivo, que ela cofiou por um tempo.

— Bom, Caderousse — disse Andrea —, quer dizer então que vai ser feliz...

— Farei o possível — respondeu o estalajadeiro da Ponte do Gard, enfiando novamente a faca na manga da camisa.

— Então, tudo bem, voltemos a Paris. Mas como vai fazer para atravessar a barreira sem despertar suspeitas? Parece-me que, com essa roupa, você se arrisca mais que a pé.

— Espere — disse Caderousse —, vai ver uma coisa.

Ele então pegou o chapéu de Andrea, a capa com gola alta que o *groom* excluído do tílburi deixara por ali e, colocando-a nas costas, assumiu a pose circunspecta de um criado de casa honesta, cujo patrão dirige pessoalmente o coche.

— E eu — disse Andrea —, vou ficar com a cabeça descoberta?

— Ora! — replicou Caderousse. — Venta tanto que uma rajada pode muito bem ter carregado o seu chapéu.

— Então vamos, para acabar logo com isso — conformou-se Andrea.

— Quem o está impedindo? — perguntou Caderousse. — Espero que não seja eu.

— Scchh! — fez Cavalcanti.

Atravessaram a barreira sem percalços.

Na primeira rua transversal, Andrea parou o cavalo e Caderousse apeou.

— Muito bem — disse Andrea —, e o casaco do meu criado e meu chapéu?

— Ah — respondeu Caderousse —, não vai querer que eu pegue uma gripe!

— Mas, e eu?

— Ora, você é jovem, ao passo que eu começo a envelhecer; até outra hora, Benedetto!

E enfiou-se na ruela, onde então desapareceu.

— É muito azar! — disse Andrea, soltando um suspiro. — Não se pode ser completamente feliz neste mundo!

8. CENA CONJUGAL

Os três rapazes haviam se separado na praça Luís XV, isto é, Morrel tomara a direção dos bulevares, Château-Renaud a da ponte da Revolução e Debray seguira o cais.

Morrel e Château-Renaud, segundo toda probabilidade, encaminharam-se para seus lares domésticos, como ainda dizem na tribuna da Câmara, nos discursos bem-feitos, e no teatro da rua Richelieu[27], nas peças bem-escritas; mas o mesmo não se deu com Debray. Ao chegar à portinhola do Louvre, ele quebrou à esquerda, atravessou o Carroussel a passos largos, enveredou pela rua Saint-Roch, saiu na rua Michodière e alcançou a porta do sr. Danglars, exatamente no mesmo instante em que o landau do sr. de Villefort, após tê-lo deixado, a si e sua esposa, no faubourg Saint-Honoré, parava para deixar a baronesa em casa.

Debray, sendo íntimo da casa, entrou primeiro no pátio, jogou as rédeas nas mãos de um criado, depois voltou ao portão para receber a sra. Danglars, a quem ofereceu o braço antes de se dirigirem aos seus aposentos.

Uma vez fechado o portão, com a baronesa e Debray ainda no pátio, ele perguntou:

— Que há com você, Hermine? Por que passou mal com aquele episódio, ou melhor, com aquela fábula que o conde contou?

---

27. "teatro da rua Richelieu": ou seja, a Comédie Française.

— Porque estava pessimamente disposta esta noite, meu amigo — respondeu a baronesa.

— Não, Hermine — replicou Debray —, não vai me convencer disso. Ao contrário, você estava na melhor das disposições quando chegou à casa do conde. O sr. Danglars estava de fato um tanto casmurro; mas sei muito bem o quanto você liga para o mau humor dele. Alguém lhe fez alguma coisa. Pode me contar; sabe que nunca vou admitir que lhe façam uma impertinência.

— Está enganado, Lucien, eu lhe asseguro — respondeu a sra. Danglars. — E as coisas aconteceram como eu lhe disse, além do mau humor que você percebeu e sobre o qual achei que não valia a pena falar.

Era evidente que a sra. Danglars estava sob a influência de uma dessas irritações nervosas de que frequentemente as próprias mulheres não se dão conta, ou então, como presumira Debray, que ela dissimulava alguma comoção inconfessável. Como homem acostumado a considerar os calores um dos elementos da vida feminina, ele não insistiu, esperando o momento oportuno, fosse para uma nova indagação, fosse para uma confissão *motu proprio*.[28]

À porta de seu quarto, a baronesa encontrou a srta. Cornélie. Esta era a camareira de confiança da baronesa.

— O que minha filha está fazendo? — perguntou a sra. Danglars.

— Estudou a noite inteira — respondeu a srta. Cornélie — e depois foi se deitar.

— Entretanto tenho a impressão de ouvi-la ao piano?

— É a srta. Louise d'Armilly que toca enquanto a senhorita está na cama.

— Muito bem — disse a sra. Danglars. — Venha me despir.

Entraram no quarto. Debray estendeu-se num grande sofá e a sra. Danglars entrou em seu toucador com a srta. Cornélie.

— Meu caro sr. Lucien — principiou a sra. Danglars através da portinhola do toucador —, ainda censura Eugénie por não lhe dar a honra de lhe dirigir a palavra?

— Senhora — disse Lucien, brincando com o cãozinho da baronesa, o qual, reconhecendo sua qualidade de amigo da casa, tinha o hábito de lhe fazer mil carícias —, não sou o único a recriminá-la, e outro dia creio ter ouvido Morcerf queixar-se pessoalmente à senhora por não conseguir arrancar uma palavra da noiva.

— É verdade — disse a sra. Danglars —, mas acho que uma dessas manhãs tudo vai mudar e o senhor verá Eugénie entrar em seu gabinete.

— No meu gabinete, comigo?

---

28. *Motu proprio*: latim para "por movimento próprio".

— Isto é, no do ministro.

— E por que isso?

— Para lhe pedir um emprego no Opéra[29]! Na verdade, nunca vi um entusiasmo como esse para a música. É ridículo para uma pessoa da sociedade!

Debray sorriu.

— Pois bem! — disse ele. — Que ela venha com o consentimento do barão e o seu, nós lhe daremos esse emprego e cuidaremos para que seja segundo seu mérito, embora sejamos muito pobres para pagar um talento tão grande quanto o dela.

— Pode ir, Cornélie — disse a sra. Danglars —, não preciso mais de você.

Cornélie desapareceu e, depois de um instante, a sra. Danglars saiu de seu toucador num encantador *négligé*, vindo sentar-se perto de Lucien.

Em seguida, pensativa, começou a acariciar o cãozinho.

Lucien fitou-a por um instante, em silêncio.

— Vamos, Hermine — ele disse enfim —, responda francamente: alguma coisa a aflige, não é?

— Não é nada — repetiu a baronesa.

Apesar disso, como estava sentindo calor, levantou-se, tentou respirar e foi mirar-se num espelho.

— Estou de meter medo esta noite — disse ela.

Debray, sorrindo, fazia menção de se levantar para tranquilizar a baronesa com relação à sua aparência, quando, de repente, a porta se abriu.

O sr. Danglars apareceu; Debray voltou a sentar-se.

Com o barulho da porta, a sra. Danglars voltou-se e olhou para o marido com uma perplexidade que sequer se deu ao trabalho de dissimular.

— Boa-noite, senhora — disse o banqueiro —, boa-noite, sr. Debray.

A baronesa provavelmente julgou que a visita inesperada significava alguma coisa, talvez um desejo de reparar as palavras amargas que haviam escapado ao barão durante o dia.

Ela se armou com uma expressão digna e, voltando-se para Lucien sem responder ao marido, pediu-lhe:

— Leia alguma coisa para mim, sr. Debray.

Debray, a quem de início aquela visita preocupara, recobrou-se com a calma da baronesa e esticou a mão para um livro marcado no meio por uma espátula com lâmina de madrepérola incrustada de ouro.

— Perdão — disse o banqueiro —, mas assim vai se cansar, baronesa, permanecendo acordada até tarde; são onze horas, e o sr. Debray mora muito longe.

---

29. "para lhe pedir um emprego no Opéra": a administração do teatro era subordinada ao segundo escritório da divisão de Belas-Artes, que por sua vez era ligada ao Ministério do Interior, onde Lucien trabalhava.

Debray ficou atônito, não em absoluto que o tom de Danglars não fosse perfeitamente calmo e cortês; mas, afinal, através daquela calma e cortesia, percebeu certa veleidade inusitada de contrariar a vontade da mulher aquela noite.

A baronesa também ficou surpresa e registrou seu espanto com um olhar que provavelmente deu o que pensar ao marido, se o marido não tivesse os olhos grudados num jornal, no qual procurava o fechamento dos juros.

Daí resultou que aquele olhar tão altivo foi desperdiçado, perdendo completamente seu efeito.

— Sr. Lucien — disse a baronesa —, afirmo-lhe que não estou com a mínima vontade de dormir, que tenho mil coisas a lhe contar esta noite e que o senhor vai passar a noite me escutando, ainda que precise dormir sentado.

— Às suas ordens, senhora — respondeu Lucien, fleugmaticamente.

— Meu caro sr. Debray — disse por sua vez o banqueiro —, não se mate, por favor, ouvindo as loucuras da sra. Danglars esta noite, pois as ouvirá amanhã do mesmo jeito; esta noite é minha, reservo-a, e a dedicarei, se fizer a gentileza de me permitir, a uma conversa com a minha mulher em torno de graves interesses.

Dessa vez, o golpe era tão direto e caía tão em cheio que deixou Lucien e a baronesa aturdidos; ambos se interrogaram com os olhos, a fim de obter forças um no outro contra aquela agressão; mas o irresistível poder do dono da casa triunfou e a força ficou com o marido.

— Não pense nem um pouco que estou lhe expulsando, meu caro Debray — continuou Danglars. — Em absoluto: uma circunstância imprevista me obriga a desejar ter esta noite mesmo uma conversa com a baronesa: isso me acontece muito raramente para que me guarde rancor.

Debray balbuciou algumas palavras, cumprimentou e saiu esbarrando nas quinas, como Nathan em *Athalie*[30].

— É incrível — disse ele, quando a porta voltou a se fechar — como esses maridos, que não obstante achamos tão ridículos, tomam a dianteira com facilidade!

Depois que Lucien se foi, Danglars instalou-se em seu lugar no sofá, fechou o livro que permanecera aberto e, assumindo uma pose horrivelmente pretensiosa, continuou a brincar com o cãozinho. Mas como o cão, que não tinha por ele a mesma simpatia que por Debray, quis mordê-lo, ele o agarrou pela pele do pescoço e o atirou, do outro lado do quarto, sobre uma espreguiçadeira.

---

30. "Nathan em *Athalie*": na tragédia *Athalie*, de Jean Racine (1639-99), no ato III, cena 5, o personagem Nathan fica desorientado.

Debray balbuciou algumas palavras, cumprimentou e saiu …

O animal lançou um ganido que atravessou o recinto; porém, ao chegar à sua destinação, encolheu-se atrás de uma almofada e, estupefato com aquele tratamento ao qual não estava acostumado, quedou-se mudo e sem movimento.

— Sabia, cavalheiro — disse a baronesa, sem piscar —, que está fazendo progressos? Em geral é apenas grosseiro; esta noite, está sendo brutal.

— É porque hoje à noite estou num mau humor pior que o de costume — respondeu Danglars.

Hermine olhou para o banqueiro com um supremo desdém. Em geral, aqueles trejeitos de seu olhar exasperavam o orgulhoso Danglars; mas naquela noite ele mal pareceu prestar atenção.

— Acha que ligo para os seus humores? — respondeu a baronesa, irritada diante da impassibilidade do marido. — Acha que essas coisas me dizem respeito? Guarde seus humores em seu quarto ou registre-os em seus arquivos; e, uma vez que tem empregados remunerados, descarregue neles sua irritação!

— De forma alguma — respondeu Danglars. — A senhora se engana em seus conselhos; portanto, não os seguirei. Meus escritórios são meu Pactolo[31], como diz, acho, o sr. Desmoutier[32], e não quero atormentar seu curso e sua calma. Meus empregados são gente honesta, que ganham minha fortuna para mim e a quem pago uma soma infinitamente abaixo do que merecem, se os avalio pelo que me proporcionam; portanto, não descarregarei neles a minha raiva, mas contra as pessoas que comem meus jantares, que dilaceram meus cavalos e dilapidam meu caixa.

— E quem são essas pessoas que dilapidam seu caixa? Explique-se mais claramente, cavalheiro, por favor.

— Oh, fique tranquila, embora fale por enigmas, não pretendo fazê-la ruminar a resposta por muito tempo — replicou Danglars. — As pessoas que dilapidam meu caixa são aqueles que retiram de lá quinhentos mil francos no espaço de uma hora.

— Não compreendo, senhor — disse a baronesa, tentando dissimular ao mesmo tempo a perturbação da voz e o rubor do rosto.

— Pelo contrário, compreende muito bem — disse Danglars —, mas, caso sua má vontade persistir, direi que acabo de perder setecentos mil francos sobre o empréstimo espanhol.

— Ah, e essa agora! — zombou a baronesa. — E é a mim que vem culpar por essa perda?

— Por que não?

— É minha culpa se perdeu setecentos mil francos?

— Em todo caso, minha não é.

— De uma vez por todas, senhor — reagiu acerbamente a baronesa —, já lhe disse para não me falar de caixa; é uma língua que não aprendi na casa dos meus pais e nem na do meu primeiro marido.

— Tenho certeza disso — replicou Danglars —, nenhum dos dois tinha um tostão furado.

— Uma razão a mais para eu não ter aprendido na casa deles o jargão bancário, que aqui me dilacera os ouvidos o dia inteiro; esse barulho de escudos sendo contados e recontados é odioso para mim, somente o som da sua voz pode me ser ainda mais desagradável.

---

31. Pactolo: nome do ribeirão em cujas águas se encontram lantejoulas de ouro. Segundo a fábula, essa propriedade apareceu depois que o rei Midas, a cujo contato tudo se convertia no precioso metal, ali se banhou, a conselho de Baco, para se livrar de tão funesta sina.

32. Desmoutier: Charles-Albert Desmoutier (1760-1801), escritor francês.

— Mas que coisa estranha! — disse Danglars. — E eu que acreditava que a senhora tinha o mais vivo interesse pelas minhas operações!

— Eu! E quem lhe fez acreditar nessa tolice?

— A senhora mesma.

— Ah! Logo quem!

— Sem dúvida.

— Eu gostaria que me dissesse em que ocasião!

— Oh, meu Deus, nada mais fácil! No último mês de fevereiro, a senhora foi a primeira a me falar dos investimentos no Haiti; havia sonhado que um navio entrava no porto do Havre e trazia notícia de um pagamento, supostamente adiado para as calendas gregas, que se iria realizar. Conheço a lucidez do seu sono; então mandei comprar abaixo do preço todos os títulos que pude encontrar da dívida do Haiti, e ganhei quatrocentos mil francos, dos quais cem mil lhe foram religiosamente entregues. A senhora fez deles o que bem quis, isso não me interessa.

"Em março, tratava-se de uma concessão de ferrovia. Três companhias se apresentavam, oferecendo as mesmas garantias. A senhora me disse que seu instinto, e, embora se pretenda alheia às especulações, acredito ao contrário que seu instinto é bastante aguçado em certas matérias, a senhora me disse que seu instinto a fazia crer que o privilégio seria concedido à companhia designada como do Midi.

"Inscrevi-me na mesma hora para adquirir dois terços das ações dessa companhia. O privilégio foi-lhe de fato concedido; como a senhora previra, o valor das ações triplicou, faturei um milhão, do qual duzentos e cinquenta mil francos foram entregues à senhora a título de comissão. Como empregou esses duzentos e cinquenta mil francos? Isso não é da minha conta."

— Mas aonde quer chegar, cavalheiro? — exclamou a baronesa, arrepiada pelo despeito e pela impaciência.

— Paciência, senhora, logo entenderá.

— Que alegria!

— Em abril, a senhora jantou na casa do ministro; falou-se da Espanha, e a senhora escutou uma conversa sigilosa; tratava-se da expulsão de don Carlos; comprei títulos espanhóis. A expulsão aconteceu, e ganhei seiscentos mil francos no dia em que Carlos V transpôs o Bidassoa[33]. Desses seiscentos mil francos, a senhora recebeu cinquenta mil escudos; eles lhe pertenciam, a senhora dispôs deles ao seu capricho, e não lhe peço satisfações; mas nem por isso deixa de ser verdade que recebeu quinhentas mil libras este ano.

33. Bidassoa: vencido em abril de 1839, o general Maroto assinará, contrariando don Carlos, a Convenção de Vergara, que punha fim à guerra civil no norte da Espanha. Don Carlos atravessaria então o rio Bidassoa, antes de se refugiar na França. Mencionar estes acontecimentos nesse momento da ação é, portanto, um anacronismo do autor.

— Muito bem, e daí, senhor?

— Ah, sim, e daí! Pois é justamente nesse momento que a coisa toda se degrada.

— O senhor tem um jeito de falar… realmente…

— Ele ilustra a minha ideia, é tudo que preciso… Afinal, esse momento deu-se há três dias. Há três dias, portanto, a senhora conversou sobre política com o sr. Debray, e julgou perceber pelas palavras dele que don Carlos voltara à Espanha; então eu vendo meus títulos, a notícia se espalha, não vendo mais, dou; no dia seguinte, verifica-se que a notícia era falsa e que, em virtude dessa falsa notícia, perdi setecentos mil francos.

— E daí?

— E daí! Considerando que lhe dou um quarto do que ganho, é portanto um quarto que me deve quando perco; um quarto de setecentos mil francos, isso dá cento e setenta e cinco mil francos.

— Mas o que está me dizendo não faz o menor sentido, e realmente não vejo por que misturar o nome do sr. Debray nessa história toda.

— Porque, se porventura não dispuser dos cento e setenta e cinco mil francos que pleiteio, a senhora terá que pedir um empréstimo a seus amigos, e o sr. Debray é um deles.

— Que absurdo! — gritou a baronesa.

— Oh! Nada de gestos, nada de gritos, nada de drama moderno, senhora, caso contrário me obrigaria a dizer que vejo daqui o sr. Debray rindo junto às quinhentas mil libras que lhe auferiu este ano, e dizendo consigo mesmo que finalmente encontrou o que os mais hábeis jogadores nunca conseguiram, isto é, uma roleta em que se ganha sem apostar e em que não se perde quando se perde.

A baronesa quis explodir.

— Miserável! — disse ela. — Tem a audácia de dizer que não sabia do que se atreve a me recriminar hoje?

— Não estou dizendo que sabia, não estou dizendo que não sabia, o que eu digo é: observe meu comportamento de quatro anos para cá, quando deixou de ser minha mulher e eu, seu marido, e verá que foi coerente. Um pouco antes do nosso rompimento, a senhora desejou estudar música com esse famoso barítono que estreou com tanto sucesso no Teatro Italiano; quanto a mim, quis estudar dança com aquela bailarina de imensa reputação em Londres. Isso me custou, tanto no seu caso como no meu, cerca de cem mil francos. Não falei nada porque a harmonia deve reinar entre os casais. Cem mil francos para que o homem e a mulher conheçam profundamente dança e música, não é muito caro. Não demorou muito, e eis que a senhora se cansou do canto e deu-lhe na veneta estudar diplomacia com um secretário de ministro; eu permito que o faça. A senhora compreende: que me importa, se paga as aulas com seu patrimônio? Mas hoje percebo que a senhora está tirando do meu, e que seu aprendizado pode me custar setecentos mil francos por mês. Alto lá, senhora, isso não pode continuar assim. Ou o diplomata dará aulas... gratuitas, e o tolerarei, ou ele não porá mais o pé na minha casa; está ouvindo, senhora?

— Oh, isso é demais, cavalheiro! — gritou Hermine, sufocada. — Está passando dos limites da ignomínia.

— Mas — disse Danglars — vejo com prazer que a senhora não fica aquém e que obedeceu voluntariamente a este axioma do Código: "A mulher deve obedecer a seu marido."

— Ofensas agora!

— Tem razão: vamos nos ater aos fatos e raciocinemos friamente. Nunca me intrometi nos seus negócios a não ser para o seu bem; aja da mesma maneira. Meu caixa não lhe diz respeito, segundo me disse? Então mexa no seu, mas não encha nem esvazie o meu. Aliás, quem sabe se tudo isso não é um golpe de Jarnac político[34]; se o ministro, furioso por me ver na oposição, e com inveja das simpatias populares que desperto, não está de conluio com o sr. Debray para me arruinar?

— É muito provável!

— Mas claro; quem já viu uma coisa dessas... uma falsa notícia telegráfica, isto é, o impossível, ou quase; sinais completamente diferentes transmitidos pelos dois últimos telégrafos...! Foi uma coisa armada expressamente contra mim, na verdade.

— Senhor — disse a baronesa com mais humildade —, julgo que não ignora que esse empregado foi demitido, que inclusive falou-se em processá-lo, que a ordem havia sido para prendê-lo e que essa ordem teria sido executada caso ele não houvesse se esquivado às primeiras investigações com uma fuga que prova ou sua loucura ou sua culpa... Está cometendo um erro.

— Sim, que faz rir os simplórios, que tira o sono de uma noite do ministro, que escurece as folhas de papel dos srs. secretários de Estado, mas que a mim custa setecentos mil francos.

— Mas, cavalheiro — disse subitamente Hermine —, uma vez que tudo isso, segundo suas palavras, é culpa do sr. Debray, por quê, em vez de dizê-lo diretamente ao sr. Debray, vem dizê-lo a mim? Por que acusa o homem e desconta na mulher?

— Por acaso eu conheço o sr. Debray? — replicou Danglars. — Por acaso desejo conhecê-lo? Por acaso quero saber dos seus conselhos? Por acaso quero segui-los? Acha que estou brincando? Não, é a senhora que faz tudo isso, não eu!

— Mas me parece, uma vez que usufrui deles...

Danglars deu de ombros.

— Criaturas loucas, realmente, essas mulheres que se julgam geniais porque urdiram uma ou dez intrigas e conseguiram passar desapercebidas em toda

34. Golpe de Jarnac: golpe violento, imprevisto e decisivo. Esta expressão alude a um duelo ocorrido em 1547, do qual um dos participantes viria a se tornar o barão de Jarnac.

Paris! Pois saiba que, ainda que tivesse escondido seus desregramentos do seu próprio marido, o que é o abecê da arte, pois na maior parte do tempo os maridos não querem enxergar, a senhora não passaria de uma pálida cópia do que faz metade de suas amigas, mulheres da sociedade. Mas comigo, não; enxerguei e continuo enxergando; em dezesseis anos, mais ou menos, a senhora talvez tenha conseguido esconder de mim um pensamento ou outro, mas não um procedimento, uma ação, um erro. Ao passo que a senhora, por sua vez, aplaudia-se por sua habilidade e acreditava piamente me enganar. Qual foi o resultado disso? Graças à minha pretensa ignorância, do sr. de Villefort ao sr. Debray, não há amigo seu que não tenha tremido à minha frente. Não há um que não me tenha tratado como dono da casa, minha única pretensão junto à senhora; não há um, enfim, que lhe tenha ousado dizer sobre mim o que hoje eu mesmo lhe digo. Permito que a senhora me torne odioso, mas não que me torne ridículo, e, acima de tudo, proíbo-a, com todas as letras, de me levar à falência.

Até o momento em que o nome de Villefort foi pronunciado, a baronesa conseguira se comportar; a esse nome, porém, empalideceu, levantando-se como movida por uma mola, esticou o braço como se conjurasse uma aparição e deu três passos em direção ao marido, como para lhe arrancar o fim do segredo que ele conhecia ou que talvez, em virtude de algum plano odioso, como eram todos os planos de Danglars, não queria deixar escapar completamente.

— O sr. de Villefort? Que significa isso? Que está sugerindo?

— Isso significa, senhora, que o sr. de Nargonne, seu primeiro marido, não sendo nem um filósofo, nem um banqueiro, ou talvez sendo ambos, e vendo que não havia nenhuma vantagem a tirar de um procurador do rei, morreu de sofrimento ou de raiva por tê-la encontrado grávida de seis meses após uma ausência de nove. Sou brutal, não somente sei disso, como disso me gabo: é um dos meus métodos bem-sucedidos nas minhas transações comerciais. Por quê, em vez de matar, ele se matou? Porque não tinha fortuna para salvar. Quanto a mim, porém, tenho compromissos com o meu caixa. O sr. Debray, meu sócio, me faz perder setecentos mil francos, pois que assuma sua parte na perda e toquemos nossos negócios. Caso contrário, que me trapaceie nessas cento e setenta e cinco mil libras e aja como agem os trapaceiros, que desapareça. Claro, é um rapaz simpático, sei disso, quando suas informações estão corretas; porém, quando não estão, há cinquenta no mundo que valem mais que ele.

A sra. Danglars estava aterrada. Mesmo assim, fez um esforço supremo para responder a esse último ataque. Afundou numa poltrona, pensando em Villefort, na cena do jantar, naquela estranha série de tragédias que havia alguns dias abatia-se sucessivamente sobre sua casa e transformava em escandalosas discussões a calma acolchoada do seu lar. Danglars sequer a olhava, embora ela fizesse de tudo para desmaiar. Ele puxou a porta do quarto sem acrescentar uma palavra e voltou para seus aposentos; de maneira que a sra. Danglars, ao voltar do seu desmaio de araque, chegou a crer que tivera um pesadelo.

9. PLANOS DE CASAMENTO

No dia seguinte a essa cena, na hora que Debray costumava escolher para, a caminho do escritório, fazer uma visitinha à sra. Danglars, seu cupê não apareceu no pátio.

A essa hora, isto é, por volta de meio-dia e meia, a sra. Danglars pediu seu coche e partiu.

Danglars, postado atrás de uma cortina, espreitara essa saída, por ele aguardada. Deu ordens para que o avisassem assim que a senhora reaparecesse; mas, às duas horas, ela ainda não voltara.

Às duas horas ele pediu seus cavalos, foi até a Câmara e se inscreveu para discursar contra o orçamento.

Do meio-dia às duas horas, Danglars permanecera em seu gabinete, abrindo despachos, cada vez mais soturno, amontoando algarismos sobre algarismos e recebendo, entre outras visitas, a do major Cavalcanti, que, sempre igualmente azul, igualmente empertigado e igualmente pontual, apresentou-se à hora combinada na véspera para realizar sua transação com o banqueiro.

Ao sair da Câmara, Danglars, que dera violentas mostras de agitação durante a sessão e fora mais acerbo do que nunca contra o Ministério, entrou em seu coche e ordenou ao condutor que o levasse à avenida dos Champs-Élysées nº30.

Monte Cristo estava em casa; porém, como tinha visita, pediu a Danglars que aguardasse um instante no salão.

O banqueiro, enquanto aguardava, viu a porta se abrir e entrar um homem vestido de padre, que, sem esperar como ele, provavelmente por ser mais íntimo da casa, cumprimentou-o, entrou nos aposentos e desapareceu.

... e ele viu entrar um homem vestido de padre ...

Um instante depois, a porta pela qual o padre entrara voltou a se abrir, e Monte Cristo apareceu.

— Peço desculpas, caro barão — disse o conde —, mas um dos meus bons amigos, o abade Busoni, que o senhor viu passar, acaba de chegar a Paris. Havia muito tempo que não nos víamos e não tive coragem de deixá-lo tão rapidamente. Espero que, considerando o motivo, o senhor me perdoe por fazê-lo esperar.

— Ora — disse Danglars —, é tudo muito simples; fui eu quem escolheu mal o momento e vou me retirar.

— Absolutamente, ao contrário, sente-se. Mas, Deus do céu! Que há com o senhor? Parece preocupadíssimo; na verdade, o senhor me assusta. Um capitalista aflito é como um cometa, pressagia sempre alguma desgraça no mundo.

— O que há, meu caro senhor — disse Danglars —, é que de uns dias para cá uma nuvem negra paira sobre mim e só tenho prejuízos.

— Ah, meu Deus — exclamou Monte Cristo —, foi vítima de outra queda na Bolsa!?

— Não, estou curado disso, pelo menos por alguns dias; trata-se simplesmente de uma bancarrota em Trieste.

— É verdade? E o seu falido seria por acaso Jacopo Manfredi?

— Exatamente! Imagine, um homem que fazia comigo, há não sei quanto tempo, negócios de oitocentos ou novecentos mil francos por ano. Nunca uma conta errada, nunca um atraso; um sujeito que pagava como um príncipe… que paga. Empresto-lhe um milhão, e não é que o maldito do Jacopo Manfredi suspende seus pagamentos?!

— De fato?

— Uma incrível fatalidade. Eu tinha com ele apólices de seiscentas mil libras, que me retornaram em aberto, e além disso ainda sou portador de quatrocentos mil francos em letras de câmbio assinadas por ele e pagáveis no fim de maio pelo seu representante em Paris. Estamos no dia 3 de junho, mandei descontá-las; claro, o representante sumiu. Somando isso ao meu negócio da Espanha, eis que tenho um belo fim do mês.

— Mas o negócio da Espanha resultou efetivamente numa perda?

— Com certeza, setecentos mil francos fora do meu caixa, nada menos que isso.

— Como, diabos, um velho chacal como o senhor pôde cair nessa esparrela?

— Ora, tudo culpa da minha mulher! Ela sonhou que don Carlos retornara à Espanha; ela acredita em sonhos. É magnetismo, diz ela, e quando sonha uma coisa, essa coisa, ela garante, acontece infalivelmente. Contando com essa convicção, permito que invista. Ela tem um capital e um corretor de valores: investe e perde. Verdade que não é o meu dinheiro, mas o dela, que aplica. Entretanto, não interessa, o senhor compreende, quando setecentos mil francos saem do bolso da mulher, o marido sempre abre um pouco o olho. Como! Não sabia disso? Mas a coisa fez um barulho dos diabos!

— Claro, o negócio chegou aos meus ouvidos, mas eu ignorava os detalhes. A propósito, sou completamente ignorante nesses negócios da Bolsa.

— Então não investe?

— Eu! E como quer que invista? Eu, que já tenho tanta dificuldade em cuidar das minhas rendas, seria obrigado a contratar ainda um amanuense e um tesoureiro, além do intendente. Mas, a respeito da Espanha, parece-me que a baronesa não sonhou totalmente a história do retorno de don Carlos. Os jornais não falaram alguma coisa sobre isso?

— Acredita então nos jornais?

— Eu, de forma alguma; mas achava que esse honesto *Messager* fazia exceção à regra e só publicava notícias precisas, as notícias telegráficas.

— Pois bem! Eis o que é inexplicável — continuou Danglars —, esse retorno de don Carlos era efetivamente uma notícia telegráfica.

— De modo — disse Monte Cristo — que é mais ou menos um milhão e setecentos mil francos que está perdendo este mês?

— Não tem mais ou menos, é exatamente a minha cifra.

— Diabos! Para uma fortuna de terceira categoria — disse Monte Cristo, compassivo —, é uma baixa pesada.

— De terceira categoria! — exclamou Danglars, um pouco humilhado. — Que raios quer dizer com isso?

— Pois é — continuou Monte Cristo —, divido as fortunas em três categorias: fortuna de primeira categoria, fortuna de segunda categoria, fortuna de terceira categoria. Chamo fortuna de primeira categoria aquela que se compõe de tesouros de que dispomos, terras, minas, títulos de Estados como a França, a Áustria e a Inglaterra, na medida em que esses tesouros, essas minas e essas rendas formem um total de uma centena de milhões. Chamo fortuna de segunda categoria os empreendimentos manufatureiros, as sociedades empresariais, os vice-reinados e principados que não ultrapassem um milhão e quinhentos mil francos de renda, o conjunto formando um capital de uns cinquenta milhões. Chamo finalmente fortuna de terceira categoria os capitais que se multiplicam por juros compostos, os ganhos dependentes da vontade de outras pessoas ou das vicissitudes do acaso, que uma bancarrota destrói, que uma notícia telegráfica abala; as especulações eventuais, as transações submetidas, em suma, aos caprichos dessa fatalidade que poderíamos designar como força menor, comparando-a à força maior, que é a força da natureza; o conjunto formando um capital fictício ou real de uns quinze milhões. Não é esta mais ou menos a sua posição, ou estou enganado?

— Caramba, sim! — respondeu Danglars.

— Daí resulta que, com meia dúzia de fins de mês como este — continuou Monte Cristo, imperturbável —, um banco de terceira categoria estaria agonizante.

— Oh — suspirou Danglars, com um sorriso bem amarelo —, como o senhor anda rápido!

— Vamos estipular sete meses — replicou Monte Cristo no mesmo tom. — Diga-me, já pensou por acaso que sete vezes um milhão e setecentos mil francos dão doze milhões ou perto disso? Não? Muito bem, tem razão, pois com reflexões desse tipo ninguém aplicaria seu capital, que é para o financista o que a pele é para o homem civilizado. Temos nossos hábitos mais ou menos suntuosos, é o nosso crédito; ao morrer, porém, o homem tem apenas sua pele, assim como, ao sair dos negócios, o senhor terá apenas seu patrimônio real, cinco ou seis milhões no máximo. Afinal, as fortunas de terceira categoria montam a tão somente um terço ou um quarto de sua aparência, assim como a locomotiva de uma estrada de ferro não passa, em meio à fumaça que a envolve e amplia, de uma máquina mais ou menos forte. Aí está! Desses cinco milhões que constituem seu ativo real, o senhor acaba de perder cerca de dois, o que diminui em outro tanto sua fortuna fictícia ou seu crédito; ou seja, meu caro sr. Danglars, sua pele acaba de ser rasgada por uma sangria que, reiterada quatro vezes, provocaria a morte. Ei! Ei! Olho vivo, meu caro sr. Danglars. Precisa de dinheiro? Quer que eu lhe empreste um pouco?

— Mas que péssimo matemático o senhor é! — exclamou Danglars, chamando em seu socorro toda a filosofia e toda a dissimulação das aparências. — A uma hora dessas, o dinheiro voltou aos meus cofres mediante outras especulações bem-sucedidas. O sangue perdido com a sangria voltou por meio da nutrição. Perdi uma batalha na Espanha, fui derrotado em Trieste, mas a minha frota naval da Índia terá saqueado alguns galeões, meus pioneiros do México terão descoberto alguma jazida.

— Excelente, excelente! Mas a cicatriz subsiste e, à primeira perda, reabrirá.

— Não, pois eu esmago certezas — prosseguiu Danglars, com a facúndia banal do charlatão, cujo papel é apregoar seu crédito. — Para me derrubar, seria preciso a queda de três governos.

— Ora! Já vimos isso.

— Que a escassez se disseminasse pela terra.

— Lembre-se das sete vacas gordas e das sete vacas magras.

— Ou que o mar se abrisse, como na época dos faraós; mesmo nessa hipótese, muitos mares e os galeões estariam prontos para compor uma frota.

— Melhor assim, mil vezes melhor assim, caro sr. Danglars — disse Monte Cristo. — E vejo que me enganei e que o senhor se classifica entre as fortunas da segunda categoria.

— Julgo poder aspirar a essa honra — gabou-se Danglars, com um dos sorrisos estereotipados que causavam em Monte Cristo o efeito de uma dessas luas difusas com que os maus pintores ornam suas ruínas. — Mas, uma vez que estamos falando de negócios — acrescentou, animado por encontrar esse motivo para mudar de assunto —, gostaria então de saber o que posso fazer pelo sr. Cavalcanti.

— Ora, dar-lhe dinheiro, se ele dispuser de um crédito junto ao senhor e se esse crédito lhe parecer bom.

— Excelente! Ele se apresentou esta manhã com um título de quarenta mil francos, pagável à vista em seu nome, assinado Busoni e enviado pelo senhor a mim com seu endosso. Percebe que descontei prontamente suas quarenta promissórias.

Monte Cristo fez um sinal com a cabeça que indicava toda a sua aprovação.

— Mas isso não é tudo — continuou Danglars. — Ele abriu um crédito para o filho dele no meu banco.

— Sem querer ser indiscreto, quanto ele dá ao rapaz?

— Cinco mil francos por mês.

— Sessenta mil francos por ano. Já desconfiava disso — disse Monte Cristo, sacudindo os ombros. — Esses Cavalcanti são uns poltrões. O que ele quer que um rapaz faça com cinco mil francos por mês?

— Mas, veja, se o rapaz precisar de uns mil francos a mais…

— Não se fie nisso, o pai os deixaria por conta do senhor. O senhor não conhece os milionários ultramontanos: são autênticos avarentos. E por meio de que banco abriu esse crédito para ele?

— Oh, pelo Banco Fenzi, um dos melhores de Florença!

— Não quero dizer que o senhor vá perder, longe de mim; porém, não obstante, atenha-se aos termos da letra.

— O senhor não confia nesse Cavalcanti!

— Eu! Eu lhe entregaria dez milhões apenas com sua assinatura. Esta fortuna corresponde às da segunda categoria, de que lhe falava havia pouco, meu caro sr. Danglars.

— E, com tudo isso, como ele é simples! Eu o teria tomado por um major, nada além.

— E o teria lisonjeado; pois, o senhor tem razão, a cara dele engana. Quando o conheci, pareceu-me um velho tenente mofando sob suas insígnias. Mas todos os italianos são assim, lembram velhos judeus, salvo quando nos deslumbram como magos do Oriente.

— O rapaz é melhor — disse Danglars.

— Sim, um pouco tímido, talvez; mas, em suma, pareceu-me bem-comportado. Eu estava preocupado.

— Por que motivo?

— Porque o senhor o viu na minha casa de certa forma fazendo sua estreia na sociedade, pelo menos ao que me disseram. Ele viajou com um preceptor muito severo e nunca tinha vindo a Paris.

— Todos esses italianos de estirpe têm o hábito de se casar entre si, não é mesmo? — perguntou Danglars displicentemente. — Eles adoram associar suas fortunas.

— É verdade, em geral fazem assim; mas Cavalcanti é um excêntrico que não faz nada igual aos outros. Não me sai da cabeça que ele está estabelecendo o filho na França para encontrar esposa.

— Acha isso?

— Tenho certeza.

— E ouviu falar de sua fortuna?

— A questão é apenas essa; enquanto uns atribuem-lhe milhões, outros supõem que ele não possui um paul[35].

— E qual a sua opinião?

— O senhor não precisa concordar; ela é absolutamente pessoal.

— Mas, afinal…

35. Paul: moeda dos Estados romanos.

— Minha opinião particular é que todos esses velhos potentados, todos esses antigos *condottieri*, pois esses Cavalcanti comandaram exércitos, governaram províncias... minha opinião, como eu ia dizendo, é que eles enterraram milhões em recantos que apenas seus ancestrais conhecem e dão a conhecer a seus descendentes de geração em geração. A prova disso é que são todos amarelos e ressequidos como seus florins da época da República, cujo reflexo absorvem de tanto mirá-los.

— Exatamente — disse Danglars —, e tanto isso é verdade que não conhecemos uma polegada de terra de nenhum deles.

— Muito pouco, pelo menos. De minha parte, posso dizer que, dos Cavalcanti, conheço apenas seu palácio de Lucca.

— Ah, ele tem um palácio! — disse Danglars rindo. — Já é alguma coisa.

— Sim, e ainda o aluga ao ministro das Finanças, morando enquanto isso numa casinha. Oh, já lhe disse, julgo o bom homem remediado!

— Ora, ora, o senhor não está sendo gentil com ele.

— Veja bem, mal o conheço. Creio tê-lo visto três vezes na vida. O que sei é por intermédio do abade Busoni e pelo próprio Cavalcanti. Esta manhã, ao comentar comigo seus planos para o filho, ele me sugeriu que, cansado de ver um capital considerável dormindo na Itália, um país defunto, gostaria de descobrir um jeito, fosse na França, fosse na Inglaterra, de ver seus milhões frutificarem. Mas não deixe de notar que, embora deposite grande confiança na pessoa do abade Busoni, da minha parte eu não garanto nada.

— Em todo caso, obrigado pelo cliente que me enviou. É um belíssimo nome para inscrever nos meus registros, e meu tesoureiro, a quem expliquei o que significava os Cavalcanti, está todo prosa. A propósito, e isso é uma simples pergunta de turista, quando essas pessoas casam o filho, elas contribuem com um dote?

— Oh, meu Deus, depende! Conheci um príncipe italiano, rico como uma mina de ouro, um dos primeiros nomes da Toscana, que, quando seus filhos se casavam segundo sua vontade, dava-lhes milhões, e, quando se casavam à sua revelia, contentava-se em lhes conceder uma renda de trinta escudos por mês. Digamos que, se Andrea se casasse de acordo com os anseios do pai, este talvez lhe desse um, dois, três milhões. Se fosse com a filha de um banqueiro, por exemplo, talvez se interessasse pelo negócio do sogro do filho. Suponhamos então que a nora o desagrade: adeus, o velho Cavalcanti pega a chave do seu cofre, dá duas voltas na fechadura e eis que temos o seu Andrea obrigado a viver como um malandro parisiense, escondendo cartas ou viciando dados.

— Esse rapaz vai encontrar uma princesa bávara ou peruana; vai querer uma coroa sólida, um Eldorado atravessado pelo Potosí[36].

---

36. Eldorado e Potosí: Eldorado é uma terra fantástica, cheia de riquezas, na América; Potosí, no antigo vice-reino do Peru, atual Bolívia, é o nome dado à região das minas de prata que fizeram a fortuna do império colonial espanhol.

— Não, todos esses grão-senhores ultramontanos casam-se frequentemente com simples mortais; são como Júpiter, gostam de cruzar as raças. Mas, cá entre nós, por acaso está querendo casar Andrea, meu caro sr. Danglars, para me fazer todas essas perguntas?

— Palavra de honra! — exclamou Danglars. — Isso não me parece uma especulação descabida, e sou essencialmente um especulador.

— Não seria com a srta. Danglars, presumo? Eu não gostaria de ver o ingênuo Andrea degolado por Albert…

— Albert! — exclamou Danglars, dando de ombros. — Ah, bem, sim, para ele isso é completamente indiferente.

— Mas ele está noivo da sua filha, creio…

— Quer dizer, o sr. de Morcerf e eu conversamos algumas vezes sobre esse casamento; mas a sra. de Morcerf e Albert…

— Não vai me dizer que não é um bom partido?

— Calma lá! Parece-me que a srta. Danglars não fica nada a dever ao sr. de Morcerf!

— Com efeito, o dote da srta. Danglars será esplêndido, não duvido disso, principalmente se o telégrafo não fizer novas loucuras.

— Oh, não é apenas o dote! Mas, a propósito, gostaria de lhe perguntar uma coisa…

— Pois não!

— Por que não convidou Morcerf e família para o seu jantar?

— Eu havia convidado também, mas ele alegou ter uma viagem a Dieppe com a sra. de Morcerf, a quem recomendaram o ar marinho.

— Claro, claro — disse Danglars, rindo —, isso deve lhe fazer bem.

— Por quê?

— Porque é o ar que ela respirou na juventude.

Monte Cristo deixou passar a epigrama sem parecer percebê-la.

— Por outro lado — disse o conde —, se Albert não é tão rico quanto a srta. Danglars, não se pode negar que possui um belo nome…

— Dc acordo, mas gosto do meu igualmente — retrucou Danglars.

— Claro, seu nome é popular, enfeitando o título com que julgaram enfeitá-lo; mas o senhor é um homem suficientemente inteligente para não ter compreendido que, segundo certos preconceitos excessivamente arraigados para serem extirpados, a nobreza de cinco séculos vale mais que a nobreza de vinte anos.

— E eis justamente por quê… — disse Danglars com um sorriso que tentava tornar sardônico — prefiro o sr. Andrea Cavalcanti ao sr. Albert de Morcerf.

— Mas não obstante — disse Monte Cristo —, suponho que os Morcerf não fiquem nada a dever aos Cavalcanti…

— Os Morcerf…! Preste atenção, meu caro conde — emendou Danglars —, o senhor é um homem galante, concorda?

— Assim o creio.

— Além disso, conhecedor de brasões…

— Um pouco.

— Pois bem! Observe a cor do meu; é mais forte que a do brasão de Morcerf.

— Por que será?

— Porque eu, embora não seja barão de nascença, pelo menos me chamo Danglars.

— E daí?

— Ao passo que ele não se chama Morcerf.

— Como assim, ele não se chama Morcerf?

— Longe disso.

— O senhor está brincando!

— No meu caso, alguém me fez barão, de maneira que o sou; já ele, fez-se conde por conta própria, de maneira que não o é.

— Impossível!

— Escute, meu caro conde — continuou Danglars —, o sr. de Morcerf é meu amigo, ou melhor, conhecido, há trinta anos; quanto a mim, sabe que faço um bom uso dos meus armoriais, considerando que nunca esqueci de onde vim.

— O que é prova de grande humildade ou imenso orgulho — disse Monte Cristo.

— Pois ouça! Na época em que eu era um modesto contador, Morcerf era um simples pescador.

— E chamava-se então?

— Fernand.

— Só isso?

— Fernand Mondego.

— Tem certeza?

— Por Deus! Ele me vendeu muito peixe, claro que o conheço.

— Então por que entrega-lhe sua filha?

— Porque, sendo Fernand e Danglars dois arrivistas, ambos nobilitados, ambos enriquecidos, no fundo ambos se equivalem, exceto, porém, por umas coisinhas que disseram sobre ele e nunca disseram sobre mim.

— O que seria?

— Nada.

— Ah, sim, compreendo; isso refresca minha memória a propósito do nome Fernand Mondego: ouvi esse nome na Grécia.

— A propósito do caso Ali Paxá?

— Exatamente.

— É aí que mora o mistério — emendou Danglars —, e confesso que daria muitas coisas para desvendá-lo.

— Não é difícil, se tiver muita vontade.

— Como assim?

— O senhor, sem dúvida, tem algum representante na Grécia...

— Claro!

— Em Janina?

— Tenho-os por toda parte...

— Ótimo! Escreva ao seu representante de Janina e pergunte que papel um francês chamado Fernand desempenhou na catástrofe de Ali Tebelin[37].

— Tem razão! — exclamou Danglars, levantando-se com ímpeto. — Escreverei hoje mesmo!

— Faça isso.

— Farei.

— E se receber alguma notícia escandalosa...

— Eu a comunicarei ao senhor.

— Isso muito me agradaria.

Danglars lançou-se para fora dos aposentos e precisou de apenas um pulo para chegar ao seu coche.

---

37. Ali Tebelin: ver Parte II, cap.6, nota 22.

10. O GABINETE DO PROCURADOR DO REI

Deixemos o banqueiro voltar no galope de seus cavalos e acompanhemos a sra. Danglars em seu passeio matinal.

Dissemos que meio-dia e meia a senhora pedira seus cavalos e saíra de coche.

Ela se dirigiu para os lados do faubourg Saint-Germain, entrou na rua Seine e mandou parar na travessa da Pont-Neuf.

Desceu e atravessou a passagem. Vestia-se muito simplesmente, como convém a uma mulher de bom gosto que sai de manhã.

Na rua Guénégaud, entrou num fiacre e deu como destino a rua do Harlay.

Mal entrou no coche, tirou do bolso um véu não muito espesso, que prendeu em seu chapéu de palha; em seguida colocou o chapéu na cabeça e viu com satisfação, mirando-se num espelhinho de bolso, que não revelava aos olhares dos outros senão sua pele branca e a pupila faiscante do seu olho.

O fiacre atravessou a Pont-Neuf e adentrou a praça Dauphine pelo pátio do Harlay. Quando a portinhola se abriu, a sra. Danglars pagou e, lançando-se pela escada, que transpôs com agilidade, logo estava no salão dos Passos Perdidos.

Pela manhã, além da azáfama dos negócios, há muita gente ocupada no Palácio de Justiça, e pessoas ocupadas não olham muito para as mulheres; portanto, a sra. Danglars atravessou o salão dos Passos Perdidos sem ser mais notada que outras dez mulheres à espera de seus advogados.

Havia uma aglomeração na sala de espera do sr. de Villefort, mas a sra. Danglars não precisou sequer pronunciar o seu nome. Assim que apareceu, um funcionário levantou-se, foi até ela, perguntou-lhe se ela não era a pessoa que tinha um compromisso com o sr. procurador do rei e, à sua resposta afirmativa, conduziu-a, por um corredor reservado, ao gabinete do sr. de Villefort.

O magistrado escrevia, sentado em sua poltrona, de costas para a porta. Ouviu a porta se abrir, o funcionário pronunciar estas palavras: "Entre, senhora!" e a porta se fechar, sem esboçar um único movimento; porém, assim que percebeu os passos do funcionário se distanciarem, virou-se com um gesto brusco, foi fechar os ferrolhos, puxar as cortinas e inspecionar cada canto do gabinete.

Quando teve a certeza de não ser mais visto nem ouvido, acalmou-se:

— Obrigado, senhora — disse ele —, por sua pontualidade.

E ofereceu um assento à sra. Danglars, que o aceitou, pois seu coração batia tão intensamente que ela quase não respirava.

— Pois é — disse o procurador do rei, sentando-se por sua vez e fazendo sua poltrona descrever um semicírculo, de modo a ficar de frente para a sra. Danglars —, faz muito tempo, minha cara, que não tenho a felicidade de conversar a sós consigo; e, para meu grande pesar, aqui estamos prontos a ter uma conversa bem difícil.

— Apesar disso, cavalheiro, o senhor vê que vim ao seu primeiro chamado, embora decerto essa conversa seja ainda mais difícil para mim que para o senhor.

Villefort sorriu amargamente.

— Então é verdade — ele disse, respondendo muito antes ao seu próprio pensamento do que às palavras da sra. Danglars — que todos os nossos expedientes deixaram vestígios, uns escuros, outros luminosos, em nosso passado! Então é verdade que todos os nossos passos nesta vida são como a marcha do réptil sobre a areia sulcando o solo! Que tristeza! Para muitos, esse rastro é um rastro de lágrimas!

— Cavalheiro — disse a sra. Danglars —, pode compreender minha perturbação, não é mesmo? Oh, ajude-me, por favor! Esta sala, por onde tantos culpados passaram trêmulos e envergonhados, esta poltrona, em que me vejo por minha vez envergonhada e trêmula...! Oh, admita, preciso de toda a minha razão para não ver em mim uma mulher culpada e, no senhor, um juiz ameaçador.

Villefort balançou a cabeça e soltou um suspiro.

— E eu — replicou — digo a mim mesmo que meu lugar não é na poltrona do juiz, mas no banco dos réus.

— O senhor? — perguntou a sra. Danglars, perplexa.

— Sim, eu.

— Creio que da sua parte, cavalheiro, seu puritanismo exagera a situação — disse a sra. Danglars, cujos olhos tão belos iluminaram-se fugazmente. — Esses rastros, mencionados pelo senhor, foram deixados por todas as juventudes ardentes. No fundo das paixões, além do prazer, há sempre uma pitada de remorso. Foi para isso que o Evangelho, esse eterno recurso dos sofredores, ofereceu-nos como esteio a admirável parábola da menina pecadora e da mulher adúltera[38]. Dessa forma, confesso, reportando-me a esses delírios de juventude, às vezes acho que Deus me perdoará, pois, se não a desculpa, pelo menos a compensação esteve presente nos meus sofrimentos; mas o senhor, que tem o senhor a temer de tudo isso, visto que aos homens todos desculpam e o escândalo enobrece?

— A senhora me conhece — replicou Villefort —, não sou um hipócrita, ou pelo menos não faço hipocrisia sem motivos. Se a minha fronte é severa, é porque muitos infortúnios a cobriram; se o meu coração virou pedra, foi para resistir aos golpes que recebeu. Eu não era assim na minha mocidade, eu não era assim naquela noite de noivado em que estávamos todos sentados em torno de uma mesa da rua do Corso em Marselha. Porém, desde então, muita coisa mudou em mim e ao meu redor; passei a vida a perseguir coisas difíceis e a destruir, diante das dificuldades, aqueles que, voluntária ou involuntariamente, por livre-arbítrio ou por acaso, viram-se colocados no meu caminho para me proporcionar tais empecilhos. É raro aquilo que ardentemente desejamos não ser ardentemente proibido por aqueles de quem o queremos obter ou de quem o tentamos arrancar. Nesse sentido, a maior parte das vilanias dos homens simplesmente apareceu diante deles, disfarçada sob a forma especiosa da necessidade; além do mais, cometida a maldade num momento de exaltação, de medo ou delírio, vemos que teria sido possível passar perto dela e a evitado. O meio que teria sido correto empregar, que não enxergamos na hora, cegos que estávamos, apresenta-se aos nossos olhos claro e simples; então nos dizemos: "Como não fiz isso em vez daquilo?" As damas, ao contrário, muito raramente são atormentadas por remorsos, pois muito raramente a decisão emana delas, seus infortúnios quase sempre lhes são impostos, seus erros quase sempre são o crime de um outro.

— Em todo caso, cavalheiro, há de convir que — respondeu a sra. Danglars —, se cometi um erro, mesmo esse erro tendo sido pessoal, recebi uma severa punição ontem à noite.

— Pobre mulher! — disse Villefort, apertando-lhe a mão. — Demasiado severa para suas forças, pois por duas vezes a senhora quase sucumbiu, e apesar disso…

— O quê?

---

38. "da menina pecadora e da mulher adúltera": a pecadora perdoada e amada, Lucas, VII, 36-50; a mulher adúltera, João, VIII, 1-11.

O gabinete do procurador do rei.

— O quê! Sinto-me na obrigação de lhe pedir... Reúna toda a sua coragem, senhora, pois ainda não chegamos ao fim.

— Meu Deus! — exclamou ela, assustada. — O que mais vem por aí?

— A senhora enxerga apenas o passado, e decerto ele é triste. Pois bem! Imagine um futuro ainda mais triste, um futuro... terrível com certeza... sangrento talvez!

A baronesa conhecia a calma de Villefort; ficou tão apavorada com sua exaltação que abriu a boca para gritar, mas o grito morreu em sua garganta.

— Como esse terrível passado ressuscitou? — exclamou Villefort. — Como, do fundo da tumba e do fundo dos nossos corações, onde dormia, pôde ele sair como um fantasma para empalidecer nossas faces e corar nossas frontes?

— Ai de nós! — disse Hermine. — O acaso, possivelmente.

— O acaso! — repetiu Villefort. — Não, não, senhora, não existe acaso!

— Claro que existe; não foi um acaso, fatal, é verdade, que causou tudo isso? Não foi o acaso que fez o conde de Monte Cristo comprar aquela casa? Não foi o acaso que o impeliu a escavar o quintal? Não foi o acaso, enfim, que desenterrou aquela infeliz criança de sob as árvores? Pobre inocente criatura saída de mim, a quem nunca pude dar um beijo, mas a quem dei muitas lágrimas. Ah, meu coração desfaleceu quando o conde mencionou esses amados despojos encontrados sob as flores!

— Pois bem! Isso não é verdade, senhora, e sou obrigado a lhe contar uma coisa terrível — respondeu Villefort, com uma voz cava. — Não, não houve despojos encontrados sob as flores; não, não houve criança desenterrada; não, não precisa chorar; não, não precisa gemer: precisa tremer!

— Que quer dizer com isso? — gritou a sra. Danglars, estremecendo.

— Quero dizer que o sr. de Monte Cristo, ao escavar ao pé daquelas árvores, não podia encontrar nem esqueleto de criança, nem ferragens de arca, pois não havia nada disso sob aquelas árvores.

— Não havia nada disso! — repetiu a sra. Danglars, fixando no procurador do rei olhos cujas pupilas, assustadoramente dilatadas, indicavam o terror. — Não havia nada disso! — repetiu, como uma pessoa que tenta captar pelo som das palavras e o barulho da voz as ideias prestes a lhe escapar.

— Não! — confirmou Villefort, deixando a testa cair nas mãos. — Não, mil vezes não!

— Quer dizer que não foi lá que depositou a desgraçada criança, senhor? Por que me enganar? Com que objetivo? Vamos, fale…

— Foi lá… Mas ouça, ouça, senhora, e irá lastimar-se por mim; por mim, que durante vinte anos carreguei, sem dividir nada consigo, o fardo de sofrimentos que vou lhe comunicar.

— Meu Deus! O senhor me assusta! Mas não importa, fale, sou toda ouvidos.

— A senhora sabe como terminou aquela dolorosa noite em que a senhora arfava em seu leito, naquele quarto de damasco vermelho, enquanto eu, quase tão ofegante, esperava o parto. A criança veio, recebi-a sem movimento, sem respiração, sem voz, nós a julgamos morta.

A sra. Danglars fez um movimento rápido, como se quisesse projetar-se da poltrona.

Mas Villefort deteve-a, juntando as mãos como para implorar sua atenção.

— Nós a julgamos morta — repetiu. — Coloquei-a numa arca que devia substituir o caixão, desci até o jardim, abri uma cova e enterrei-a às pressas. Mal eu terminava de cobri-la com terra, o braço do corso projetou-se na minha direção. Vi algo como uma sombra levantar-se e, como um relâmpago, brilhar. Senti uma dor, quis gritar, um calafrio percorreu meu corpo e apertou minha garganta… Caí agonizante, achando que estava morto. Nunca irei esquecer sua sublime coragem, quando, depois que recuperei a consciência, arrastei-me arfante até o pé da escada, onde, arfante por sua vez, a senhora me socorreu. Convinha manter silêncio sobre a terrível catástrofe; a senhora teve coragem de retornar à sua casa, amparada pela ama de leite; um duelo foi o pretexto para o meu ferimento. Contrariando todas as expectativas, o segredo permaneceu conosco; fui transportado para Versalhes; lutei três meses contra a morte; finalmente, quando parecia reconectado à vida, recomendaram-me o sol e o ar do Midi. Fui carregado por quatro homens de Paris até Chalon, fazendo trinta quilômetros por dia. A sra. de Villefort seguia a padiola em seu coche. Em Chalon, vi-me em pleno Saône, depois atravessei o Ródano e, contando apenas com a velocidade do carregador, desci até Arles, depois de Arles, embarquei novamente na minha liteira e prossegui viagem até Marselha. Minha convalescença durou seis meses; não mais ouvi falar da senhora, não ousei me informar do seu paradeiro. Quando regressei a Paris, soube que, viúva do sr. de Nargonne, a senhora desposara o sr. Danglars.

"Em que pensei depois que recobrei a consciência? Sempre na mesma coisa, sempre no cadáver de criança que, todas as noites, nos meus sonhos, alçava-se do seio da terra e pairava sobre a cova, ameaçando-me com o olhar e o gesto. Portanto, assim que pus os pés em Paris, fui em busca de informações; a casa não havia sido habitada desde que dela saímos, mas acabava de ser alugada por nove anos. Fui procurar o locatário, fingi um desejo profundo de não ver aquela casa, que pertencia ao pai e à mãe da minha mulher, passar para mãos estranhas; ofereci uma indenização a fim de que rompessem o contrato; pediram seis mil francos, eu teria dado dez, vinte mil. Eu os tinha comigo, e providenciei imediatamente a assinatura da rescisão. Quando obtive essa tão desejada cessão, parti no galope para Auteuil. Ninguém, desde que eu havia saído, entrara na casa.

"Eram cinco horas da tarde, subi ao quarto vermelho e esperei a noite chegar.

"Ora, tudo que eu vinha me dizendo ao longo de um ano durante minha agonia contínua reproduziu-se, mais ameaçador que nunca, no meu pensamento.

"Aquele corso que me declarara a *vendetta*, que me seguira de Nîmes a Paris; aquele corso, que se escondera no jardim e me golpeara, me viu abrindo a cova, me viu enterrando a criança; ele poderia vir a conhecer a senhora; talvez a conhecesse... Não a faria pagar, um dia, pelo segredo desse terrível episódio...? Não seria para ele uma doce vingança, quando ficasse sabendo que eu não morrera com sua punhalada? Era urgente, portanto, que, antes de qualquer coisa e a qualquer custo, eu destruísse todos os vestígios materiais; não restaria senão a realidade avassaladora na minha lembrança.

"Por causa disso eu havia anulado o contrato, por causa disso eu viera, por causa disso eu esperei.

"Anoiteceu, deixei a escuridão ganhar corpo; não havia luz no quarto, onde rajadas de vento sacudiam os postigos, atrás dos quais, a todo instante, eu julgava ver algum espião emboscado. De tempos em tempos eu estremecia; parecia-me ouvir seus gemidos atrás de mim, naquela cama, e não me atrevia a olhar. Meu coração batia em meio ao silêncio e eu o sentia bater tão violentamente que temi que meu ferimento terminasse por reabrir. Ouvi extinguirem-se, um após o outro, todos aqueles diversos ruídos campestres. Percebi que não tinha mais nada a temer, que não podia ser visto nem ouvido, e resolvi descer novamente.

"Escute, Hermine, julgo-me tão corajoso quanto qualquer outro homem, mas, quando retirei do meu peito aquela chavinha da escada, tão cara a nós dois e que a senhora quis prender numa argola de ouro, quando abri a porta, quando, através das janelas, vi uma lua pálida lançar, sobre os degraus em espiral, uma longa faixa de luz branca igual a um espectro, colei na parede, quase gritei; achei que ia enlouquecer.

"Enfim, consegui me controlar. Desci a escada, degrau a degrau; a única coisa que não conseguia dominar era um estranho tremor nos joelhos. Agarrei-me ao corrimão; se o tivesse largado um instante, teria desabado.

"Cheguei à porta de baixo; do lado de fora dessa porta, uma pá estava encostada no muro. Peguei uma lamparina baça; no meio do gramado, parei para acendê-la, e segui adiante.

"Era fim de novembro, todo o verdor do jardim desaparecera, as árvores eram apenas esqueletos com longos braços descarnados e as folhas faziam ranger o cascalho sob meus passos.

"O terror fustigava tão intensamente o meu coração que, ao me aproximar da moita, saquei do bolso uma pistola e a engatilhei. Permanecia em mim a impressão de ver, através dos galhos, a figura do corso.

"Iluminei a moita com a lamparina baça; não havia ninguém. Dei uma olhada ao redor, estava efetivamente sozinho; nenhum barulho perturbava o silêncio da noite, exceto o pio de uma coruja, que lançava seu grito agudo e lúgubre como se convocasse os fantasmas da noite.

"Prendi a lamparina na forquilha de um galho que eu notara um ano antes, exatamente no lugar onde parei para abrir a cova.

"Durante o verão, o mato crescera abundante no local; chegado o outono, ninguém estivera lá para capinar. Entretanto, uma área de vegetação mais rala chamou minha atenção. Era evidente que havia sido ali que eu remexera a terra. Pus mãos à obra.

"Finalmente chegara o momento que eu aguardava havia mais de um ano.

"Cheio de esperança, trabalhei, sondei cada tufo de capim, julgando sentir uma resistência na ponta da pá: nada! E, entretanto, fiz um buraco duas vezes maior que o primeiro. Supus que me iludira, que me enganara de lugar; orientei-me, observei as árvores, procurei reconhecer os detalhes que me haviam impressionado. Uma aragem fria e aguda soprava por entre os galhos secos, mas, apesar disso, o suor escorria da minha testa. Lembrei que recebera a punhalada justamente quando pisoteava a terra para fechar a cova; ao pisotear essa terra, apoiara-me num tronco de ébano; atrás de mim estava uma pedra artificial destinada a servir de banco a quem passeasse por ali; pois, ao cair, minha mão, que acabava de soltar o ébano, sentira a frieza dessa pedra. À minha direita, o ébano, atrás de mim, a pedra; caí e assim fiquei, pus-me novamente de pé e comecei a cavar e alargar o buraco: nada, sempre nada! A arca não estava lá!"

— A arca não estava lá? — murmurou a sra. Danglars, sufocada pelo terror.

— Não pense que me limitei a essa tentativa — continuou Villefort —, não. Vasculhei a moita; imaginei que o assassino, tendo desenterrado a arca e julgando tratar-se de um tesouro, dela quisera se apoderar e a carregara consigo; em seguida, constatando seu erro, fizera por sua vez outro buraco e a enterrara novamente: nada. Ocorreu-me que talvez ele não tivesse tomado tantas precauções e simplesmente a abandonara num canto qualquer. Para

— ... nada, sempre nada! A arca não estava lá!

verificar essa primeira hipótese e fazer uma busca, eu precisava aguardar o amanhecer. Subi de novo para o quarto e aguardei.

— Oh, meu Deus!

— Amanheceu, desci mais uma vez. Fui direto até a moita. Esperava descobrir pistas que me houvessem escapado na escuridão. Eu cavara uma área de terra com mais de seis metros quadrados, numa profundidade de mais de sessenta centímetros. Um assalariado teria suado um dia inteiro para fazer o que eu fiz em uma hora. E nada, não vi absolutamente nada.

"Comecei então a procurar a arca, baseado na suposição de que ele a jogara num canto qualquer. Isso devia ter acontecido ao longo do caminho que levava até o portão de saída; mas essa nova investigação foi tão inútil quanto a primeira e, com o coração apertado, voltei à moita, na qual porém já não depositava mais nenhuma esperança."

— Oh — exclamou a sra. Danglars —, qualquer um teria enlouquecido!

— Por um momento imaginei que iria fazê-lo — admitiu Villefort —, mas não tive essa felicidade; porém, apelando para minhas forças e, por conseguinte, para minhas ideias, me perguntei: "Por que aquele homem teria carregado o cadáver?"

— Mas o senhor mesmo disse — respondeu a sra. Danglars —, para ter uma prova.

— Claro que não, senhora, não podia mais ser por isso; ninguém guarda um cadáver durante um ano. Este é levado até um magistrado, a quem se presta um depoimento. Ora, não havia acontecido nada disso.

— Muito bem! E daí? ... — perguntou Hermine, toda palpitante.

— E daí que existe algo mais terrível, mais fatal, mais assustador para nós; e daí que a criança talvez esteja viva e que o assassino pode tê-la salvado.

A sra. Danglars explodiu num grito terrível, agarrando as mãos de Villefort, e exclamou:

— Meu filho estava vivo! O senhor enterrou meu filho vivo! Não tinha certeza de que meu filho estava morto e o enterrou! Ah...!

A sra. Danglars levantara e pusera-se diante do procurador do rei, cujos punhos apertava entre suas mãos delicadas, de pé e quase ameaçadora.

— Como vou saber? Estou supondo isso como poderia estar supondo outra coisa — respondeu Villefort, com o olhar fixo indicando que esse homem tão poderoso estava prestes a atingir os limites do desespero e da loucura.

— Ah, meu filho, meu pobre filho! — exclamou a baronesa, voltando a desabar em sua poltrona e sufocando as lágrimas num lenço.

Villefort recobrou-se e compreendeu que, para desviar a tempestade maternal formando-se sobre sua cabeça, precisava fazer a sra. Danglars sentir o mesmo terror que ele sentia.

— Compreende então que, se for assim — ele disse, levantando-se por sua vez e se aproximando da baronesa para lhe falar mais baixo —, estamos perdidos. Essa criança vive, alguém sabe que ela vive, alguém sabe o nosso segredo; e, se Monte Cristo fala na nossa frente de uma criança desenterrada de um lugar onde essa criança não estava mais, é ele quem detém esse segredo.

— Deus, Deus justo, Deus vingador! — murmurou a sra. Danglars.

A resposta de Villefort resumiu-se a uma espécie de rugido.

— Mas e a criança, e a criança, cavalheiro? — repetiu a mãe obstinada.

— Oh, como a procurei! — respondeu Villefort, retorcendo os próprios braços. — Quantas vezes a chamei em minhas longas noites insones! Quantas vezes desejei uma riqueza de rei para comprar um milhão de segredos de um milhão de homens e encontrar meu segredo entre os seus! Enfim, um dia em que eu novamente pegava na pá pela centésima vez, perguntei-me pela centésima vez também o que aquele corso pudera fazer da criança: uma criança é um estorvo para um fugitivo; talvez, ao perceber que ela ainda vivia, a tivesse jogado no rio.

— Oh, impossível! — exclamou a sra. Danglars. — É possível assassinar um homem por vingança, mas ninguém afoga uma criança a sangue-frio!

— Talvez — continuou Villefort — ele a tenha deixado no Albergue de Crianças Abandonadas.

— Oh, sim, sim! — exclamou a baronesa. — É lá que o meu filho está, senhor!

— Corri até o albergue e soube que, exatamente naquela noite, a noite de 20 de setembro[39], uma criança fora deixada na torre; estava embrulhada na metade de uma toalha de mesa de cambraia fina, intencionalmente rasgada. Essa metade de toalha estampava uma metade de coroa de barão e a letra H.

— É isso mesmo, é isso mesmo! — exclamou a sra. Danglars. — Toda a minha roupa de mesa estampava essa marca; o sr. de Nargonne era barão e meu nome é Hermine. Obrigado, meu Deus! Meu filho não morreu!

— Não, não morreu!

— E o senhor diz isso... diz isso sem recear me matar de alegria! Onde está ele? Onde está o meu filho?

Villefort deu de ombros.

— Eu lá sei? — respondeu. — Acha que, se soubesse, a faria passar por todas essas gradações, como faria um dramaturgo ou um romancista? Quem me dera, não possuo esse talento. Transcorridos cerca de seis meses, uma mulher foi reivindicar a criança com a outra metade da toalha de mesa. Esta mulher forneceu todas as garantias exigidas pela lei, e a criança lhe foi entregue.

39. Na Parte VI, cap.13, Andrea dirá ter nascido "na noite de 27 para 28 de setembro de 1817".

— Mas o senhor devia ter se informado acerca dessa mulher, era fundamental tê-la descoberto.

— E em que acha que me empenhei, senhora? Simulei uma investigação criminal, pondo em seu encalço tudo que a polícia possui de perdigueiros treinados e agentes hábeis. Seguimos seu rastro até Châlons, onde o perdemos.

— Perderam?

— Sim, perdemos; perdemos para sempre.

A sra. Danglars escutara esse relato com um suspiro, uma lágrima, um grito para cada circunstância.

— E isso é tudo? — ela perguntou. — O senhor se limitou a isso?

— Oh, não! — exclamou Villefort. — Nunca parei de procurar, de indagar, de me informar, embora precise admitir que, de uns dois ou três anos para cá, relaxei um pouco. Mas, hoje mesmo, vou recomeçar com mais perseverança e obstinação do que nunca; e, tome nota, terei êxito, a senhora verá; pois não é mais a consciência que me incita, é o medo.

— O conde de Monte Cristo, porém — replicou a sra. Danglars —, desconhece todos esses fatos; caso contrário, suponho que não desejaria ter qualquer relação conosco.

— Oh, a maldade dos homens é muito profunda — disse Villefort —, pois é mais profunda que a bondade de Deus. Reparou nos olhos desse homem, enquanto falava conosco?

— Não.

— Mas por acaso já parou para examiná-lo mais detidamente?

— Sem dúvida. É estranho, ponto final. Apenas uma coisa me impressionou, é que ele não tocou em nada durante o magnífico jantar que nos ofereceu, não reivindicou a sua porção de nenhum dos pratos.

— Sim! Sim! — exclamou Villefort. — Também notei isso! Se soubesse o que sei agora, tampouco eu teria tocado em alguma coisa, pois imaginaria que ele pretendia nos envenenar.

— E estaria enganado, como vê.

— Sim, sem dúvida; mas, creia, esse homem tem outros planos. Eis por que a chamei aqui, eis por que pedi para falar consigo, eis por que quis precavê-la contra todos, mas sobretudo contra ele. Diga-me — continuou Villefort, fixando seus olhos na baronesa ainda mais profundamente do que o fizera até então —, não comentou nossa relação com ninguém?

— Nunca, com ninguém.

— A senhora compreende — emendou afetuosamente Villefort — que, ao dizer com ninguém, perdoe-me pela insistência, quero dizer com ninguém no mundo, pois não?

— Oh, sim, sim, compreendo muito bem — enfatizou a baronesa, ruborizando. — Nunca, juro!

— Não tem o hábito de escrever à noite o que aconteceu durante a manhã? Não mantém um diário?

— Não! Ai de mim! Minha vida é uma grande frivolidade; eu mesma esqueço o que fiz durante o dia.

— Sabe se fala enquanto dorme?

— Tenho um sono de bebê, não se lembra?

O rosto da baronesa ficou roxo e a palidez se espalhou pelo de Villefort.

— É verdade — ele disse, tão baixo que mal se ouviu.

— E agora? — perguntou a baronesa.

— E agora! Sei muito bem o que me resta a fazer — declarou Villefort. — Em no máximo uma semana saberei quem é esse sr. de Monte Cristo, de onde vem, para onde vai e por que discorre à nossa frente sobre crianças desenterradas de seu jardim.

Villefort pronunciou essas palavras com uma ênfase que provocaria calafrios no conde, caso este as pudesse ter ouvido.

Em seguida, apertou a mão que a baronesa hesitava em lhe oferecer e a acompanhou respeitosamente até a porta.

A sra. Danglars chamou outro fiacre, que a levou à travessa do lado oposto da qual estavam seu coche e o condutor. Este, à sua espera, cochilava tranquilamente no assento.

11. UM BAILE DE VERÃO

Naquele mesmo dia, por volta da hora em que a sra. Danglars fazia a visita, por nós relatada, ao gabinete do sr. procurador do rei, uma caleche de viagem, ao entrar na rua du Helder, atravessava o portão do nº27 e parava no pátio.

Ao cabo de um instante, a portinhola se abriu e a sra. de Morcerf desceu, amparada pelo braço do filho.

Assim que acompanhou a mãe até os aposentos dela, Albert pediu um banho, seus cavalos e, após se vestir com a ajuda do criado de quarto, ordenou que o levassem aos Champs-Élysées, até a casa do conde de Monte Cristo.

O conde recebeu-o com seu sorriso habitual. Era uma coisa estranha: ninguém parecia conseguir conquistar um centímetro do coração ou do espírito desse homem. Os que pretendiam, se podemos dizer assim, forçar a passagem de sua intimidade, encontravam um muro.

Morcerf, que corria em sua direção de braços abertos, ao vê-lo, e a despeito do seu sorriso amistoso, deixou cair os braços e não ousou senão lhe estender a mão.

Monte Cristo, por sua vez, tocou-a, mas sem apertá-la, como sempre.

— Muito bem! Aqui estou — disse ele —, caro conde.

— Seja bem-vindo.

— Cheguei há uma hora.

— De Dieppe?

— De Le Tréport.

— Ah, é verdade.

— E a minha primeira visita é para o senhor.

— Muito generoso de sua parte — disse Monte Cristo, como se tivesse falado coisa completamente diversa.

— Então, vejamos, alguma novidade?

— Novidade? O senhor pergunta isto a mim, a um estrangeiro!

— Explico-me: quando pergunto pelas novidades, estou indagando se fez alguma coisa por mim?

— Então havia me encarregado de alguma missão? — indagou Monte Cristo, com uma inquietude gozadora.

— Vamos, vamos — disse Albert —, não finja indiferença. Dizem que existem fluidos sensitivos que ignoram as distâncias. Pois bem! Em Le Tréport, recebi um choque elétrico; se não trabalhou por mim, pelo menos pensou em mim.

— Isso é possível — disse Monte Cristo. — Com efeito, pensei no senhor; mas a corrente magnética de que eu era condutor agia, confesso, independentemente da minha vontade.

— Sério! Conte-me isso, por favor.

— É fácil, o sr. Danglars jantou na minha casa.

— Isso eu sei muito bem, uma vez que foi para fugir de sua presença que viajamos, minha mãe e eu.

— Mas ele jantou com o sr. Andrea Cavalcanti.

— Seu príncipe italiano?

— Não exageremos. O sr. Andrea atribui-se apenas o título de visconde.

— Atribui-se, foi o que ouvi?

— Sim: atribui-se.

— Logo, não o é?

— Ora, e como eu vou saber? Ele se atribuiu o título, eu lhe atribuo, todos lhe atribuem; não é como se ele o possuísse?

— O senhor é de fato um homem estranho, admita. E daí?

— E daí o quê?

— O sr. Danglars então jantou em sua casa?

— Sim.

— Com seu visconde Andrea Cavalcanti?

— Com o visconde Andrea Cavalcanti, o marquês seu pai, a sra. Danglars, o sr. e a sra. de Villefort, pessoas encantadoras, o sr. Debray, Maximilien Morrel e depois, quem mais… espere… ah!, o sr. de Château-Renaud.

— Falaram de mim?

— Não foi pronunciada uma palavra.

— Que pena.

— Por que lamenta? Se o esqueceram, me parece, ao agirem assim não fizeram o que o senhor desejava?

— Meu caro conde, se não falaram de mim é porque pensaram muito, e é isso que me desespera.

— Que lhe importa, uma vez que a srta. Danglars não estava entre os que pensavam? Ah, é verdade que ela podia pensar em casa.

— Oh, quanto a isto, não, tenho certeza; ou, se ela pensava, era certamente da mesma forma que penso nela.

— Que tocante! — ironizou o conde. — Quer dizer que se detestam?

— Escute — disse Morcerf —, se a srta. Danglars fosse mulher para ter pena do martírio que eu não sofro por ela, recompensando-me ao quebrar as convenções matrimoniais decretadas por nossas famílias, isso me seria muito conveniente. Em suma, acredito que a srta. Danglars pode ser uma amante encantadora; mas, como mulher, raios...

— Quer dizer — gracejou Monte Cristo — que essa é sua maneira de pensar no futuro?

— Oh, meu Deus, sim, um pouco brutal, é verdade, mas pelo menos cristalina. Ora, uma vez que não posso tornar esse sonho realidade; uma vez que, para alcançar determinado objetivo, é preciso que a srta. Danglars venha a ser minha mulher, isto é, que more comigo, pense ao meu lado, cante ao meu lado, faça versos e música a dez passos da minha pessoa, e isso durante todo o tempo da minha vida, então fico apavorado. Uma amante, meu caro conde, podemos abandonar; mas uma esposa, que diabo!, é outra coisa, conservamos para sempre, de perto ou de longe, cabe ressaltar. Ora, é terrível conservar a srta. Danglars para sempre, ainda que de longe.

— O senhor é difícil, visconde.

— Sim, pois frequentemente penso numa coisa impossível.

— No quê?

— Em encontrar uma mulher para mim como meu pai encontrou para ele.

Monte Cristo empalideceu e fitou Albert, que brincava com magníficas pistolas, cujas molas fazia ranger nervosamente.

— Quer dizer que seu pai foi muito feliz? — ele perguntou.

— O senhor conhece minha opinião sobre minha mãe, sr. conde: um anjo do céu; ei-la ainda bela, sempre inteligente, melhor que nunca. Chego de Le Tréport; para qualquer outro filho, ora, meu Deus, fazer companhia à sua mãe seria uma magnanimidade ou uma obrigação; mas, no meu caso, passei quatro dias a sós com ela, mais satisfeito, mais tranquilo, mais poético, eu diria, do que se tivesse conduzido a Le Tréport a rainha Mab ou Titânia[40].

— É uma perfeição desesperadora, e o senhor dá, a todos que o escutam, grande vontade de permanecer celibatários.

40. "rainha Mab ou Titânia": Titânia, a rainha das fadas, na peça *Sonhos de uma noite de verão*, de Shakespeare, é a imagem transposta da rainha Mab da tradição popular inglesa, mencionada por Mercutio em *Romeu e Julieta*, ato I, cena IV.

A avenida dos Champs-Élysées.

— Eis justamente porque — continuou Morcerf —, sabendo existir no mundo mulher tão maravilhosa, não faço questão de me casar com a srta. Danglars. Já reparou como às vezes o nosso egoísmo reveste de cores brilhantes tudo que nos pertence? O diamante que faiscava na vitrine de Marlé ou de Fossin[41] torna-se muito mais bonito quando passa a ser nosso; porém, se a evidência nos obrigar a reconhecer que existe outro de constituição ainda mais cristalina, e nos virmos obrigados a exibir eternamente esse diamante inferior a um outro, compreende o sofrimento?

41. "vitrine de Marlé ou de Fossin": Paul Marlé e Fossin pai e filho, todos fabricantes de joias e bijuterias.

— Frívolo! — murmurou o conde.

— Eis por que vou pular de alegria o dia em que a srta. Eugénie perceber que não passo de um átomo franzino e que, se mal possuo cem mil francos, ela possui milhões.

Monte Cristo sorriu.

— Eu tinha pensado em outra coisa — continuou Albert. — Franz gosta das coisas excêntricas, e eu quis, à sua revelia, fazê-lo apaixonar-se pela srta. Danglars; porém, depois de quatro cartas que lhe escrevi no estilo mais sedutor possível, Franz respondeu, com a maior naturalidade: "Sou excêntrico, não nego, mas a minha excentricidade não chega a ponto de faltar com a minha palavra após tê-la empenhado."

— Eis o que chamo de amizade devota: oferecer a alguém a mulher que só se quer a título de amante.

Albert sorriu e acrescentou:

— A propósito, nosso prezado Franz está para chegar; mas isso não deve interessar ao senhor, acho que não gosta dele…

— Eu! — estranhou Monte Cristo. — Ora, meu caro visconde, de onde tirou a ideia de que eu não gostava do sr. Franz? Eu gosto de todo mundo.

— E eu estou incluído nesse todo mundo… obrigado.

— Oh, não vamos confundir — disse Monte Cristo. — Gosto de todo mundo da maneira que Deus nos ordenou que amássemos o nosso próximo, de maneira cristã; mas, na realidade, odeio apenas determinadas pessoas. Voltemos ao sr. Franz d'Épinay. Então ele está para chegar?

— Sim, convocado pelo sr. de Villefort, tão ansioso, ao que parece, de casar a srta. Valentine quanto o sr. Danglars de casar a srta. Eugénie. Decididamente, deve ser muito cansativo ser pai de moças importantes; acho que isso lhes dá febre e que seu pulso bate noventa vezes por minuto, até se verem livres delas.

— Mas o sr. d'Épinay não é como o senhor; ele aceita com paciência o infortúnio.

— Melhor que isso, ele o leva a sério; usa gravatas brancas e já fala de sua família. Em todo caso, tem grande consideração pelos Villefort.

— Merecida, não é mesmo?

— Creio que sim. O sr. de Villefort sempre passou por um homem severo, mas justo.

— Já era tempo — disse Monte Cristo —, pelo menos existe uma pessoa que o senhor não trata como ao coitado do sr. Danglars.

— Isso talvez se deva ao fato de eu não estar sendo obrigado a me casar com sua filha — respondeu Albert rindo.

— Na verdade, meu caro, o senhor é de uma vaidade revoltante.

— Eu?

— Sim, o senhor. Pegue, então, um charuto.

— Com muito prazer. E por que sou vaidoso?

— Porque está aí se defendendo, relutando a se casar com a srta. Danglars. Ora, meu Deus, deixe as coisas acontecerem e talvez você não seja o primeiro a faltar com a palavra.

— Bah! — fez Albert, arregalando os olhos.

— É verdade! Sem dúvida, meu caro visconde, não o colocarão numa igreja à força, que diabos! Agora, falando sério — continuou Monte Cristo, mudando a entonação —, sua vontade é romper?

— Eu daria cem mil francos por isso.

— Excelente! Comemore: o sr. Danglars está disposto a pagar o dobro para atingir o mesmo objetivo.

— Tal felicidade é, de fato, real? — animou-se Albert, que, apesar disso, não pôde impedir que uma nuvem imperceptível pairasse sobre sua fronte. — Mas, meu caro conde, o sr. Danglars tem motivos para isso?

— Ah, eis que surge a natureza orgulhosa e egoísta! Enfim encontro o homem que pretende esburacar o amor-próprio do outro a machadadas, mas grita quando esburacam o seu com uma agulha.

— Não! Mas é que me parece que o sr. Danglars…

— Deveria estar deslumbrado com o senhor, não é mesmo? Pois bem! O sr. Danglars é um homem de mau gosto, convenhamos, e está ainda mais deslumbrado com outro…

— Com quem, afinal?

— Ignoro; estude, observe, capte as alusões quando passarem, e faça bom proveito.

— Bem, compreendo; escute, minha mãe… não, minha mãe, não, desculpe, meu pai, teve a ideia de dar um baile.

— Um baile nesta época do ano?

— Os bailes de verão estão na moda.

— Mesmo que não estivessem, bastaria a condessa querer e eles ficariam.

— Ou algo parecido. O senhor compreende, são bailes puro-sangue; os que permanecem em Paris no mês de julho são parisienses autênticos. Pode encarregar-se de convidar os srs. Cavalcanti?

— Daqui a quantos dias terá lugar o seu baile?

— Será no sábado.

— O sr. Cavalcanti pai terá partido.

— Mas o sr. Cavalcanti filho fica. Quer se encarregar de levar o sr. Cavalcanti filho?

— Escute, visconde, não conheço o sr. Cavalcanti filho.

— Não o conhece?

— Não; vi-o pela primeira vez há três ou quatro dias, e não respondo por nada.

— Mas o senhor o recebe com cordialidade!

— Comigo, é diferente; ele me foi recomendado por um excelente abade, que pode por sua vez ter sido ludibriado. Convide-o diretamente, será ótimo assim, mas não me peça que o apresente; se mais tarde ele viesse a se casar com a srta. Danglars, o senhor me acusaria de manipulação e iria querer cortar a minha garganta; aliás, não sei nem se eu mesmo irei.

— Aonde?

— Ao seu baile.

— Por que não iria?

— Em primeiro lugar, porque o senhor ainda não me convidou.

— Vim expressamente para entregar em mãos seu convite.

— Oh, muito simpático; mas pode ser que me veja impossibilitado.

— Depois que eu lhe disser uma coisa, o senhor será suficientemente gentil para sacrificar a nosso favor todas as suas impossibilidades.

— Então diga-a.

— É um pedido da minha mãe.

— A sra. condessa de Morcerf? — perguntou o conde, estremecendo.

— Ah, conde — disse Albert —, aviso-lhe que a sra. de Morcerf conversa livremente comigo; e, se não sentiu vibrar dentro de si as fibras sensitivas que eu mencionava ainda há pouco, é porque carece completamente dessas fibras, pois durante quatro dias falamos apenas do senhor.

— De mim? Desse jeito o senhor me envaidece!

— Escute, isso é privilégio do seu status: ser um problema vivo.

— Ah, quer dizer que também sou um problema para sua mãe? Na verdade, eu a julgava suficientemente razoável para não se entregar a esses arroubos da imaginação!

— Problema, meu caro conde, problema para todos, para minha mãe e para os demais; problema aceito, mas não resolvido, o senhor permanece em estado de enigma, fique tranquilo. Minha mãe só continua a perguntar como o senhor pode ser tão jovem. Creio que, no fundo, enquanto a condessa G... o toma por lorde Ruthwen, minha mãe o toma por Cagliostro[42], ou pelo conde de Saint-Germain[43]. Na primeira vez que for visitar a sra. de Morcerf, ratifique nela essa opinião. Isso não lhe será difícil, pois o senhor possui a pedra filosofal de um e a inteligência do outro.

---

42. Cagliostro: ver Parte III, cap.5, nota 121.

43. Conde de Saint-Germain: figura histórica (1668-1751) que dizia conhecer a fórmula do elixir da juventude.

— Agradeço por ter me avisado — disse o conde, sorrindo —, vou tentar estar à altura de tantas suposições.

— Então irá no sábado?

— Sendo um pedido da sra. de Morcerf.

— Muito amável da sua parte.

— E o sr. Danglars?

— Oh, este já recebeu um convite triplo; meu pai se encarregou disso. Vamos tentar também ter o grande d'Aguessau[44] e o sr. de Villefort; mas não temos muita esperança.

— A esperança é a última que morre, diz o provérbio.

— O senhor dança, caro conde?

— Eu?

— Sim, o senhor? O que haveria de espantoso se dançasse?

— Realmente, enquanto não se passa dos quarenta... Não, não danço; mas gosto de apreciar a dança. E a sra. de Morcerf, dança?

— Nunca, tampouco; vocês podem conversar, ela tem tanta vontade de conversar com o senhor!

— Realmente?

— Palavra de honra! E declaro que o senhor é o primeiro homem pelo qual minha mãe manifestou essa curiosidade.

Albert pegou seu chapéu e se levantou; o conde acompanhou-o até a porta.

— Faço-me uma censura — disse Monte Cristo parando no alto da escada.

— Qual?

— Fui indiscreto, não devia ter lhe falado do sr. Danglars.

— Ao contrário, fale mais, fale quando quiser, fale sempre; mas da mesma forma.

— Ótimo, o senhor me tranquiliza. A propósito, quando chega o sr. d'Épinay?

— Daqui a cinco ou seis dias, no máximo.

— E quando ele se casa?

— Assim que o sr. e a sra. de Saint-Méran chegarem.

— Traga-o para me visitar quando estiver em Paris. Embora o senhor acredite que não gosto dele, declaro que ficaria feliz em vê-lo.

— Muito bem, vossas ordens serão executadas, alteza.

— Até logo!

— Até sábado, em todo caso; sem falta, não é mesmo?

---

44. "o grande d'Aguessau": provável referência a algum descendente de Henri-François d'Aguessau (1688-1751) chanceler de Luís XV, era um modelo de integridade e devotamento aos interesses públicos.

— Ora, eu lhe dei minha palavra.

O conde acompanhou Albert com os olhos, acenando-lhe com a mão. Em seguida, quando subiu no faeton, voltou-se e, dando com Bertuccio atrás de si, perguntou:

— E então?

— Ela foi ao Palácio — respondeu o intendente.

— Ficou muito tempo?

— Uma hora e meia.

— E voltou para casa?

— Diretamente.

— Ótimo, meu caro sr. Bertuccio — alegrou-se o conde. — E agora, se tenho um conselho a lhe dar, é ir à Normandia para ver se não encontra o pedaço de terra de que lhe falei.

Bertuccio saudou e, como seus desejos estavam em perfeita harmonia com a ordem que recebera, partiu naquela mesma noite.

12. AS INFORMAÇÕES

O sr. de Villefort fez o que prometera à sra. Danglars e a si mesmo, sobretudo, procurando saber de que forma o sr. conde de Monte Cristo tomara conhecimento da história da casa de Auteuil.

Escreveu naquele mesmo dia a um certo sr. de Boville — que, após ter sido inspetor das prisões, havia ingressado, com uma patente superior, na polícia de segurança —, para obter as informações que desejava, e este pediu dois dias para saber com precisão junto a quem poderiam se informar.

Expirados os dois dias, o sr. de Villefort recebeu o seguinte bilhete:

> A pessoa designada como conde de Monte Cristo é amigo íntimo de lorde Wilmore, rico estrangeiro que às vezes vemos em Paris e aqui se encontra neste momento; também é amigo do abade Busoni, padre siciliano de grande reputação no Oriente, onde promoveu diversas obras de caridade.

O sr. de Villefort respondeu expedindo uma ordem para que tomassem as informações mais urgentes e precisas sobre esses dois estrangeiros. Na noite seguinte, sua ordem estava executada, e eis as informações por ele recebidas: o abade, que passava uma temporada de apenas um mês em Paris, morava num pequeno sobrado de apenas dois andares atrás do seminário de Saint-Sulpice; quatro cômodos, dois em cima e dois embaixo, compunham todo o alojamento, do qual era o único inquilino.

Os dois cômodos de baixo compunham-se de uma sala de jantar com mesa, cadeiras e um armário de carvalho, e ainda uma sala de madeira pintada de branco, sem ornamentos, sem tapetes e sem relógio. Via-se que, para si mesmo, o abade limitava-se aos objetos de primeira necessidade.

É verdade que o abade ficava mais na sala do primeiro andar. Esta sala, abarrotada de livros de teologia e pergaminhos, em meio aos quais ele ficava, por meses a fio, sepultado, como dizia seu criado de quarto, era na realidade menos uma sala que uma biblioteca.

Esse criado observava os visitantes através de uma espécie de gradil. Quando um rosto lhe era desconhecido ou não lhe agradava, ele respondia que o sr. abade não estava em Paris, uma desculpa suficiente para muitos, pois sabiam que o abade viajava com frequência, permanecendo muito tempo fora.

De toda forma, estivesse ou não no sobrado, estivesse em Paris ou no Cairo, o abade não interrompia suas doações, e o gradil servia de entreposto para as esmolas que o criado distribuía incessantemente em nome do patrão.

O outro cômodo, situado junto à biblioteca, era um dormitório. Uma cama sem cortinado, quatro poltronas e um sofá de veludo de Utrecht amarelo formavam, além de um genuflexório, toda a mobília.

Quanto a lorde Wilmore, morava na rua Fontaine Saint-Georges. Era um desses turistas ingleses que consumiam toda sua fortuna em viagens. Alugava um apartamento mobiliado, onde passava apenas duas ou três horas por dia e onde raramente dormia. Uma de suas manias era negar-se peremptoriamente a falar a língua francesa, que não obstante escrevia, diziam, com grande correção.

No dia seguinte àquele em que essas preciosas informações chegaram ao sr. procurador do rei, um homem, saltando de um coche na esquina da rua Férou, foi bater a uma porta verde-oliva e perguntou pelo abade Busoni.

— O sr. abade saiu pela manhã — respondeu o criado.

— Tenho o direito de não me contentar com essa resposta — disse o visitante —, pois venho da parte de uma pessoa para quem todos estão sempre em casa. Mas queira fazer a gentileza de entregar ao abade Busoni...

— Já lhe disse que ele não se encontra — atalhou o criado.

— Nesse caso, quando ele voltar, entregue-lhe essa carta e esse papel lacrado. O abade estará em casa hoje às oito horas?

— Oh, infalivelmente, cavalheiro, a menos que o sr. abade esteja trabalhando, e então é como se estivesse fora.

— Voltarei então esta noite à hora mencionada — rebateu o visitante.

E se retirou.

Com efeito, na hora indicada, o mesmo homem voltou no mesmo coche, o qual, dessa vez, em vez de parar na esquina da rua Férou, parou em frente à porta verde. O homem bateu, abriram a porta e ele entrou.

Pelos gestos de deferência que o criado lhe dedicou, compreendeu que sua carta causara o efeito desejado.

— O sr. abade está em casa? — perguntou ele.

— Sim, está trabalhando em sua biblioteca; mas aguarda o cavalheiro — respondeu o criado.

O estranho subiu uma escada bastante rudimentar e, diante de uma mesa cuja superfície estava inundada pela concentração de luz de um amplo abajur, enquanto o resto do ambiente estava na penumbra, avistou o abade, em trajes eclesiásticos, com a cabeça coberta por um daqueles capelos sob os quais jazia o crânio dos latinistas eruditos da Idade Média.

— É ao sr. Busoni que tenho a honra de falar? — perguntou o visitante.

— Sim, senhor — respondeu o abade —, e o senhor é a pessoa que o sr. de Boville, ex-intendente das prisões, me envia da parte do sr. chefe de polícia?

— Precisamente, senhor.

— Um dos agentes da Surêté de Paris[45]?

— Sim, senhor — respondeu o estranho com uma espécie de hesitação e, sobretudo, um pouco de rubor.

O abade endireitou as grandes lentes que lhe cobriam não apenas os olhos, mas as têmporas, e, sentando-se, fez sinal ao visitante para que o fizesse também.

— Sou todo ouvidos, cavalheiro — disse o abade, com um sotaque italiano dos mais pronunciados.

— A missão de que fui encarregado, senhor — principiou o visitante, pesando cada uma de suas palavras como se estas hesitassem em sair —, é uma missão confidencial para quem a executa e para aquele junto a quem ela é executada.

O abade assentiu.

— Sim — prosseguiu o estranho —, sua probidade, sr. abade, é tão conhecida do sr. chefe de polícia que ele quer saber do senhor, como magistrado, uma coisa que interessa à segurança pública em nome da qual fui enviado. Esperamos portanto, sr. abade, que não haja laços de amizade nem consideração humana que possam constrangê-lo a mascarar a verdade para a justiça.

— Contanto, cavalheiro, que as coisas que lhe interessem não arranhem os escrúpulos da minha consciência. Sou um sacerdote, cavalheiro, e os segredos da confissão, por exemplo, devem permanecer entre mim e a justiça de Deus, e não entre mim e a justiça humana.

— Oh, fique tranquilo, sr. abade — disse o estranho —, sob nenhuma circunstância iremos deixar sua consciência desguarnecida.

A essas palavras, o abade, desviando a luz do abajur ao seu lado, ergueu esse mesmo foco luminoso em direção ao lado oposto, de maneira que, ao mes-

45. Surêté: antigo nome de uma direção geral do Ministério do Interior, encarregada do policiamento, e que, em 1966, foi rebatizada como Polícia Nacional.

mo tempo em que iluminava em cheio o rosto do estranho, o seu permanecia na penumbra.

— Perdão, sr. abade — disse o emissário do sr. chefe de polícia —, mas essa luz me cansa terrivelmente a vista.

O abade abaixou a cúpula de papelão verde.

— Agora, cavalheiro, sou todo ouvidos, fale.

— Vamos aos fatos. Conhece o sr. conde de Monte Cristo?

— Está querendo dizer o sr. Zaccone, presumo...

— Zaccone! Então ele não se chama Monte Cristo?

— Monte Cristo é um nome de domínio, ou melhor, nome de um rochedo, e não um nome de família.

— Muito bem, que seja; não vamos perder tempo com palavras; uma vez que o sr. de Monte Cristo e o sr. Zaccone são o mesmo homem...

— Absolutamente o mesmo.

— Falemos do sr. Zaccone.

— De acordo.

— Eu lhe perguntava se o conhece.

— Muito.

— Quem é ele?

— É filho de um rico armador de Malta.

— Sim, já sei, é o que dizem; mas, o senhor há de convir, a polícia não pode contentar-se com um *dizem*.

— Entretanto — replicou o abade, com um sorriso dos mais afáveis —, quando esse *dizem* é verdade, convém que todo mundo se contente com ele e que a polícia faça como todo mundo.

— Mas tem certeza do que diz?

— Ora, se tenho certeza!

— Observe, senhor, que não suspeito de forma alguma de sua boa-fé. Apenas pergunto: tem certeza?

— Escute, conheci o sr. Zaccone pai.

— Ah, bom!

— Sim, e criancinha brinquei dez vezes com o filho dele nos canteiros de obras.

— Contudo, e o título de conde?

— Sabe como é, isso se compra.

— Na Itália?

— Em toda parte.

— Mas e essas riquezas, que são imensas, pelo que também dizem...

— Oh, quanto a isso — respondeu o abade —, imensa é a palavra certa.

— Quanto acha que ele possui, o senhor que o conhece?

— Oh, com certeza entre cinquenta e duzentas mil libras de renda.

— Ah, isso parece mais razoável — disse o visitante —, no entanto falam de três, quatro milhões.

— Duzentas mil libras de renda, cavalheiro, dão exatamente quatro milhões de capital.

— Mas falavam de três ou quatro milhões de renda!

— Oh, isso não é verossímil.

— E conhece sua ilha de Monte Cristo?

— Claro; assim como todo homem que vem para a França, por mar, de Palermo, Nápoles ou Roma, pois passamos ao lado dela e a vemos ao passar.

— É um recanto encantador, pelo que afirmam.

— É um rochedo.

— E por que o conde comprou um rochedo?

— Justamente para ser conde. Na Itália, para ser conde, ainda é preciso um condado.

— Provavelmente ouviu falar das aventuras de juventude do sr. Zaccone.

— O pai?

— Não, o filho.

— Ah, eis onde começam minhas incertezas, pois não é que perdi meu jovem colega de vista?

— Ele fez serviço militar?

— Creio que sim.

— Em que arma?

— Na marinha.

— Vamos, não é seu confessor?

— Não, senhor; achava que ele era luterano.

— Como, luterano?

— Estou dizendo que achava; não estou afirmando. Aliás, julgava a liberdade de cultos em vigor na França.

— Sem dúvida, e não é das crenças dele que nos ocupamos neste momento, mas das atitudes; em nome do sr. chefe de polícia, intimo-o a dizer o que sabe.

— Passa por um homem muito caridoso. Nosso Santo Padre, o papa, o fez cavaleiro de Cristo[46], graça que só concede aos príncipes, pelos eminentes serviços prestados aos cristãos do Oriente. Ele possui cinco ou seis importantes condecorações conquistadas por serviços prestados dessa forma aos príncipes ou aos Estados.

— E ele as exibe?

— Não, mas tem orgulho delas; diz que prefere as recompensas concedidas aos benfeitores da humanidade que as concedidas aos destruidores de homens.

— Então esse homem seria um *quaker*[47]?

---

46. Cavaleiros de Cristo: ordem instituída pelo rei Denis de Portugal (1261-1325) em 1319 e no mesmo ano ratificada pelo papa João XXII (1249-1334).

47. *Quakers*: nome dado aos membros da Sociedade Religiosa dos Amigos, denominação fundada na Inglaterra no séc.XVII, como uma dissidência do cristianismo.

— Justamente, é um *quaker*, tirando o chapelão e o traje marrom, naturalmente.

— Sabe se tem amigos?

— Sim, pois transforma em amigos a todos que conhece.

— Mas, afinal, deve ter algum inimigo?

— Apenas um.

— Cujo nome é…

— Lorde Wilmore.

— Onde posso achá-lo?

— Neste exato momento, em Paris.

— E ele pode me dar informações?

— Preciosas. Estava na Índia quando Zaccone passou por lá.

— Sabe onde ele mora?

— Em algum lugar na zona de Chaussée-d'Antin; mas ignoro a rua e o número.

— Não se dá bem com esse inglês?

— Gosto muito de Zaccone, mas ele o detesta; esfriamos por causa disso.

— Sr. abade, acha que o conde de Monte Cristo já havia estado na França antes da viagem que acaba de fazer a Paris?

— Ah, quanto a isso, posso lhe responder com segurança. Não, senhor, nunca veio aqui, uma vez que se dirigiu a mim, há seis meses, para obter as informações que desejava. De minha parte, como eu ignorava em que período eu mesmo estaria de volta a Paris, recomendei-lhe o sr. Cavalcanti.

— Andrea?

— Não; Bartolomeo, o pai.

— Muito bem, senhor, tenho somente mais uma coisa a lhe perguntar, e o intimo, em nome da honra da humanidade e da religião, a me responder sem rodeios.

— Fale, cavalheiro.

— Sabe com que finalidade o conde de Monte Cristo comprou uma casa em Auteuil?

— Claro, pois ele me contou.

— Com que finalidade, então?

— A de transformá-la num hospício de alienados, semelhante ao fundado pelo barão de Pisani em Palermo. Conhece esse hospício?

— De nome, senhor.

— É uma instituição magnífica.

Dito isso, o abade cumprimentou o estranho como quem deseja sugerir que não se aborreceria em voltar ao trabalho interrompido.

O visitante, talvez porque houvesse compreendido o desejo do abade, ou porque chegara ao fim de suas perguntas, levantou-se por sua vez.

O abade acompanhou-o até a porta.

— Sabe com que finalidade o conde de Monte Cristo comprou uma casa em Auteuil?

— O senhor dá esmolas suntuosas — disse o visitante —, e, apesar de o dizerem rico, atrevo-me a oferecer alguma coisa aos pobres; da sua parte, dignar-se-ia a aceitar minha oferta?

— Obrigado, senhor, há apenas uma coisa de que sou cioso no mundo, é de que o bem que eu faça nasça de mim.

— Mas mesmo assim...

— É uma resolução imutável. Mas procure, senhor, e achará! Ai de mim! Há muita miséria pelo caminho de todo homem rico!

O abade cumprimentou pela última vez, abrindo a porta; o estranho o cumprimentou de volta e saiu.

O coche levou-o diretamente à casa do sr. de Villefort.

Uma hora depois, o coche saiu de novo e dessa vez dirigiu-se à rua Fontaine Saint-Georges. No nº5, parou. Ali morava lorde Wilmore.

O estranho escrevera a lorde Wilmore para lhe solicitar um encontro, que este marcara para as dez horas. Assim, quando o emissário do sr. chefe de polícia chegou faltando dez minutos para o horário acertado, recebeu como resposta que lorde Wilmore, a precisão e a pontualidade em pessoa, ainda não voltara, mas estaria de volta infalivelmente às dez horas em ponto.

O visitante esperou no salão. Este nada tinha de notável, era como todos os salões de uma casa mobiliada.

Uma lareira com dois vasos de Sèvres modernos, um pêndulo com um Cupido retesando seu arco, um espelho dividido em dois; de cada lado desse espelho, uma gravura representando, a primeira, Homero a arrastar seu guia, a segunda, Belisário a pedir esmola[48]; um papel de parede acinzentado, um móvel forrado de vermelho com estampas em preto: assim era o salão de lorde Wilmore.

Era também iluminado por globos de vidro fosco, que espalhavam apenas uma luminosidade tênue, a qual parecia expressamente disposta para os olhos cansados do emissário do sr. chefe de polícia.

Após dez minutos de espera, o carrilhão deu dez horas; na quinta badalada, a porta se abriu e lorde Wilmore apareceu.

Este era um homem antes alto que baixo, com suíças rarefeitas e ruivas, de tez branca e cabelos entre louros e grisalhos. Vestia-se com toda a excentricidade inglesa, isto é, usava um casaco azul com botões de ouro e a gola alta pespontada, como se usava em 1811; um colete de casimira branca e uma calça de nanquim três polegadas mais curta, mas que presilhas do mesmo tecido impediam de subir até os joelhos.

Suas primeiras palavras ao entrar foram:

— O senhor sabe que não falo francês.

— Sei, pelo menos, que não gosta de falar nossa língua — respondeu o emissário do sr. chefe de polícia.

— Mas não se acanhe em fazer uso dela — retrucou lorde Wilmore —, pois, se não a falo, compreendo-a perfeitamente.

— E eu — respondeu o visitante, mudando de idioma — falo inglês correntemente, o bastante para travar conversa nessa língua. Portanto, não se incomode, senhor.

— Uau! — fez lorde Wilmore, com aquela entonação exclusiva dos nativos mais puros da Grã-Bretanha.

O emissário do chefe de polícia estendeu a lorde Wilmore sua carta de apresentação. Este leu-a com uma fleugma toda anglicana; em seguida, quando terminou a leitura, disse em inglês:

---

48. "Homero a arrastar ... esmola": possível referência não a Homero, mas a *Belisário*, quadro do pintor neoclássico francês Barão Gérard (1770-1837), exposto em 1795 e hoje desaparecido, mas reproduzido numa gravura por Auguste Boucher (1779-1857). Já a segunda imagem mencionada é do pintor Jacques-Louis David, e foi gravada por Antoine-Alexandre Morel (1765-1829).

— Percebo, percebo muito bem.

Começaram então as perguntas.

Foram aproximadamente as mesmas dirigidas ao abade Busoni. Mas como lorde Wilmore, em sua qualidade de inimigo do conde de Monte Cristo, não usava do mesmo comedimento que o abade, as respostas foram muito mais extensas, e ele contou a mocidade de Monte Cristo. Este, segundo suas palavras, aos dez anos, entrara na tropa de um desses reizinhos da Índia em guerra com os ingleses; fora lá que ele, Wilmore, o encontrara pela primeira vez, e que tinham lutado um contra o outro. Nessa guerra, Zaccone fora feito prisioneiro e enviado para a Inglaterra, confinado num pontão, do qual fugiu a nado. Começaram então suas viagens, seus duelos, suas paixões; veio a insurreição da Grécia e ele servira nas fileiras dos gregos. Enquanto lhes servia como soldado, descobrira uma mina de prata nas montanhas da Tessália, mas tomara a precaução de guardar para si a descoberta. Depois de Navarin[49], e quando o governo grego se consolidou, ele pediu ao rei Oto uma concessão para explorar a mina; tal concessão foi-lhe outorgada. Daí a fortuna imensa, que podia, segundo lorde Wilmore, alcançar um ou dois milhões de renda, fortuna que, todavia, podia secar subitamente, no caso de a própria mina secar.

— Mas — perguntou o visitante — sabe a razão de sua vinda à França?

— Especulação com ferrovias — disse lorde Wilmore. — Além do mais, como químico talentoso e físico não menos perspicaz, ele inventou um novo telégrafo, cuja aplicação pretende implementar.

— Quanto gasta aproximadamente por ano? — perguntou o emissário do sr. chefe de polícia.

— Oh, quinhentos ou seiscentos mil francos no máximo — respondeu lorde Wilmore. — Ele é avaro.

Era evidente que o ódio incitava o inglês a falar, e este, não sabendo o que recriminar no conde, recriminava sua avareza.

— Sabe alguma coisa a respeito de sua casa de Auteuil?

— Claro que sim.

— Ótimo! E o que sabe?

— Pergunta com que finalidade ele a comprou?

— Sim.

— Pois bem! O conde é um especulador que certamente irá à falência com seus experimentos e utopias: enfiou na cabeça que, em Auteuil, nas cercanias da

49. "Depois de Navarin": quando a Grécia proclamou sua independência, em 25 de março de 1821, os turcos reagiram com massacres. O estopim de batalha da Navarin, vencida pela frota anglo-franco-russa, contra a frota egipto-turca, em 1827, foi o desrespeito da Turquia ao armistício com os gregos, imposto pelas potências estrangeiras. Frederico Luís da Baviera (1815-67), que assumiu o nome de Oto I, foi posto no trono da Grécia após a chamada Conferência de Londres, ocorrida em 1832.

casa que ele acaba de comprar, há uma mina de água mineral que pode rivalizar com as águas de Bagnères-de-Luchon e Cauterets. Ele quer fazer de sua aquisição uma *Bad-haus*[50], como dizem os alemães. Ele já revirou duas ou três vezes todo o jardim em busca da maldita nascente; e, como não conseguiu descobri-la, o senhor irá vê-lo, daqui a não muito tempo, comprando as casas vizinhas. Ora, como eu o odeio, espero que, seja em sua ferrovia, em seu telégrafo elétrico ou em seu empreendimento de banhos, ele se arruíne; eu o sigo para saborear sua derrocada, que não pode deixar de acontecer mais dia menos dia.

— E por que o odeia? — perguntou o visitante.

— Eu o odeio — respondeu lorde Wilmore — porque, ao passar pela Inglaterra, ele seduziu a mulher de um dos meus amigos.

— Mas, se o odeia, por que não tenta se vingar dele?

— Já duelei três vezes com o conde — disse o inglês. — Na primeira vez, com a pistola, na segunda, com a espada, na terceira, com o sabre.

— E o resultado desses duelos foi?

— Na primeira vez, ele me quebrou o braço, na segunda, me perfurou o pulmão; e, na terceira, me fez esse ferimento.

O inglês levantou a gola da camisa que lhe subia até as orelhas, mostrando uma cicatriz cuja vermelhidão indicava data não muito antiga.

— De maneira que o odeio ainda mais — repetiu o inglês —, e espero que só morra pelas minhas mãos.

— Mas — estranhou o emissário da chefatura — não pretende matá-lo, me parece.

— Uau! — fez o inglês. — Todos os dias pratico tiro e todos os dias Grisier[51] vem à minha casa.

Era o que o visitante queria saber, ou melhor, era tudo que o inglês parecia saber. O agente então se levantou e, após ter cumprimentado lorde Wilmore, que lhe respondeu com a rigidez e a polidez inglesas, retirou-se.

Lorde Wilmore, por sua vez, após ter ouvido a porta da rua se fechar atrás dele, entrou em seu dormitório, onde, num passe de mágica, perdeu seus cabelos louros, suas suíças ruivas, seu falso maxilar e sua cicatriz, readquirindo os cabelos pretos, a tez fosca e os dentes de pérola do conde de Monte Cristo.

É verdade que, por sua vez, foi o sr. de Villefort, e não o emissário do sr. chefe de polícia, que entrou na casa do sr. de Villefort.

O procurador do rei estava um pouco mais calmo com aquela dupla visita, que, de resto, não lhe informara nada de tranquilizador, mas tampouco de preocupante. Daí resultou que, pela primeira vez desde o jantar de Auteuil, dormiu à noite com certa serenidade.

50. *Bad-haus*: casa de banhos.

51. Grisier: Augustin Grisier (1791-1865), mestre de armas de Alexandre Dumas.

13. O BAILE

Os dias mais quentes de julho haviam chegado, quando veio se apresentar por sua vez, na sequência do tempo, o sábado em que devia acontecer o baile do sr. de Morcerf.

Eram dez horas da noite: as grandes árvores no jardim do palacete do conde destacavam-se nitidamente contra o céu, no qual deslizavam, desvendando uma tonalidade de azul salpicada por estrelas douradas, os últimos vapores de uma tempestade que rugira ameaçadora o dia inteiro.

Nas salas do térreo ouvia-se a música sussurrando e a valsa e o galope num turbilhão, enquanto feixes resplandecentes de luz atravessavam como facas os vãos das persianas.

Nesse momento, uma dezena de criados estava encarregada de servir no jardim, e a eles a dona da casa, tranquilizada pelo tempo cada vez mais ameno, acabava de ordenar que preparassem a ceia.

Até então, a dúvida era se a refeição seria posta na sala de jantar ou sob uma comprida tenda de lona erguida no gramado. Aquele bonito céu azul, todo coberto de estrelas, acabava de decidir o processo em favor da tenda e do gramado.

As aleias do jardim estavam iluminadas com lanternas coloridas, como é costume na Itália, e a mesa da ceia, abarrotada de velas e flores, como é costume em todos os países onde se compreende um pouco o luxo da mesa, o mais raro de todos, quando pretendemos encontrá-lo completo.

No momento em que a condessa de Morcerf, após ter dado as últimas ordens, adentrava novamente seus salões, estes começavam a se encher de convidados atraídos pela encantadora hospitalidade da condessa, muito mais que pela posição elevada do conde; pois todos tinham a certeza antecipada de que aquela festa ofereceria, graças ao bom gosto de Mercedes, alguns detalhes dignos de serem comentados ou imitados em caso de necessidade.

A sra. Danglars, a quem os acontecimentos que relatamos haviam inspirado uma profunda preocupação, hesitara em ir à casa da sra. de Morcerf, até que, pela manhã, seu coche cruzara com o de Villefort. Este lhe fizera um aceno, os dois coches se aproximaram e, através das portinholas, o procurador do rei perguntara:

— Vai à casa da sra. Morcerf?

— Não — respondera a sra. Danglars —, estou muito angustiada.

— Irá cometer um erro — retrucou Villefort, com um olhar significativo —, seria importante que fosse vista lá.

— Acha? — perguntou a baronesa.

— Acho.

— Nesse caso, irei.

E os dois coches retomaram seu itinerário divergente. Portanto, a sra. Danglars tinha vindo apenas com sua beleza própria, mas também deslumbrante de luxo; ela entrou por uma porta no exato momento em que Mercedes entrava por outra.

A condessa despachou Albert em direção à sra. Danglars; Albert avançou, fez à baronesa, acerca de sua toalete, os elogios merecidos, e tomou-lhe o braço para conduzi-la ao lugar que lhe aprouvesse escolher.

Albert olhou ao redor.

— Está procurando a minha filha? — perguntou a baronesa, sorrindo.

— Devo admitir — disse Albert. — Teria feito a crueldade de não trazê-la?

— Acalme-se, ela encontrou a srta. de Villefort e tomou seu braço; veja, estão as duas atrás de nós, ambas de vestido branco, uma com um buquê de camélias, outra com um buquê de miosótis; mas, e quanto a...

— O quê? O que a senhora procura? — perguntou Albert sorrindo.

— Não receberá aqui esta noite o conde de Monte Cristo?

— Dezessete! — respondeu Albert.

— Que significa isso?

— Significa que está tudo bem — riu o visconde —, e que a senhora é a décima sétima pessoa que me faz a mesma pergunta; está bem cotado o conde! Cumprimento-o por isso...

— E o senhor responde a todos como a mim?

— Ah, é verdade, não lhe respondi; acalme-se, senhora, teremos o homem da moda, somos privilegiados.

— O senhor esteve ontem no Opéra?

— Não.

— Mas ele estava.

— Sério! E o *excentric man* fez alguma nova extravagância?

— E ele consegue se mostrar sem isso? Elssler dançava em *O diabo coxo*[52]; a princesa grega estava entusiasmada. Depois da cachucha, ele enfiou um magnífico anel no buquê e o lançou para a encantadora bailarina, que no terceiro ato reapareceu para homenageá-lo com seu anel no dedo. E a princesa grega, o senhor a receberá também?

— Não, serão obrigados a se privar dela; sua posição na casa do conde não é muito clara.

— Pois bem, deixe-me aqui e vá cumprimentar a sra. de Villefort — disse a baronesa. — Vejo que ela está morrendo de vontade de falar com o senhor.

Albert cumprimentou a sra. Danglars e foi em direção à sra. de Villefort, que abriu a boca à medida que ele se aproximava.

— Aposto — disse Albert, interrompendo-a — que sei o que vai me perguntar.

— Ah, duvido! — disse a sra. de Villefort.

— Se eu acertar, admitirá?

— Sim.

— Palavra de honra?

— Palavra de honra!

— Vai me perguntar se o conde de Monte Cristo já chegou ou se ele virá...

— Nada disso. Não é com ele que me preocupo neste momento. Eu ia lhe perguntar se recebeu notícias do sr. Franz.

— Recebi, ontem.

— O que ele lhe dizia?

— Que partia junto com a carta.

— Ótimo. Agora o conde...

— O conde virá, fique tranquila.

— Sabia que ele tem outro nome sem ser Monte Cristo?

— Não, não sabia.

— Monte Cristo é o nome de uma ilha, e ele tem um nome de família.

— Nunca o ouvi pronunciá-lo.

— Pois bem! Estou mais avançada que o senhor; ele se chama Zaccone.

— É possível.

— É maltês.

— Também é possível.

— Filho de um armador.

— Oh, mas, convenhamos, a senhora deveria contar essas coisas em voz alta, faria o maior sucesso!

---

52. "Elssler dançava em *O diabo coxo*": Fanny Elssler (1810-84), famosa bailarina austríaca da época; *O diabo coxo*, balé-pantomima em três atos, escrito por Jean Coralli Peracini (1779-1854), e Burat de Gurgy (??-1840), baseado no livro de Le Sage.

— Serviu na Índia, explora uma mina de prata na Tessália e está em Paris para criar uma estância de águas minerais em Auteuil.

— Que coisa! E, bem a propósito — disse Morcerf —, novidades! Autoriza-me a repeti-las?

— Sim, mas em gotas, uma por uma, sem dizer que as ouviu de mim.

— Por quê?

— Porque é quase um segredo desvendado.

— Por quem?

— Pela polícia.

— Então essas novidades surgiram…

— Ontem à noite na casa do delegado. Paris levou um choque, como pode perceber, diante desse luxo inusitado, e a polícia colheu informações.

— Que beleza! Só faltava prenderem o conde como vagabundo, sob o pretexto de que é muito rico.

— Com certeza, era o que poderia ter acontecido se as informações não lhe fossem tão favoráveis.

— Pobre conde, e ele suspeita do perigo que correu?

— Não acredito.

— Então será uma caridade avisá-lo. Assim que ele chegar, não deixarei de fazê-lo.

Nesse momento, um belo rapaz de olhos vivos, cabelos pretos e bigode reluzente foi cumprimentar respeitosamente a sra. de Villefort. Albert estendeu-lhe a mão.

— Senhora — disse Albert —, tenho a honra de lhe apresentar o sr. Maximilien Morrel, capitão dos spahis, um dos nossos bons e, sobretudo, bravos oficiais.

— Já tive o prazer de encontrar o cavalheiro em Auteuil, na casa do conde de Monte Cristo — respondeu a sra. de Villefort, esquivando-se com uma frieza intencional.

Essa resposta, e principalmente o tom com que foi pronunciada, entristeceu o coração do infeliz Morrel; mas uma compensação o aguardava; ao se voltar, viu no umbral da porta um rosto branco e belo, cujos olhos dilatados e sem expressão aparente não desgrudavam dele, enquanto o buquê de miosótis subia lentamente a seus lábios.

Aquela saudação foi tão bem-compreendida que Morrel, em resposta, com a mesma expressão no olhar, aproximou o lenço de sua boca; e as duas estátuas vivas, cujos corações batiam tão celeremente sob o mármore aparente de seus rostos separados um do outro por toda a amplidão da sala, esqueceram-se por um instante, ou melhor, por um instante esqueceram-se de todo mundo naquela muda contemplação.

Poderiam ter permanecido mais tempo assim, perdidos um no outro, sem que ninguém notasse seu alheamento a todas as coisas: o conde de Monte Cristo acabava de entrar.

... ao se voltar, viu um rosto branco e belo, cujos olhos dilatados e seus em expressão aparente não desgrudavam dele.

Já dissemos que o conde, fosse por prestígio artificial, fosse por prestígio natural, chamava a atenção em todos os lugares em que se apresentava; nao era seu casaco preto, irretocável, é verdade, em seu corte, mas simples e sem maiores enfeites; não era seu colete branco, sem bordado algum; não era sua calça, encaixando-se nos pés da maneira mais delicada, que chamava a atenção; era sua pele fosca, seus cabelos negros cacheados, seu rosto calmo e puro, seu olhar profundo e melancólico, era, enfim, sua boca, desenhada com um refinamento maravilhoso, capaz de assumir com enorme facilidade uma expressão de altivo desdém, que fazia todos os olhares grudarem nele.

Podia haver homens mais belos, mas decerto não os havia mais *significativos*, que nos perdoem a expressão; tudo no conde queria dizer alguma coisa e tinha seu valor, pois a prática do pensamento útil dera a seus traços, à expressão de seu rosto e ao mais insignificante de seus gestos, uma docilidade e firmeza incomparáveis.

Mas nossa sociedade parisiense é tão estranha que talvez nada houvesse chamado a atenção se, por baixo de tudo isso, não subjazesse uma história misteriosa, dourada por uma imensa fortuna.

Seja como for, sob o peso dos olhares e em meio às trocas dos cumprimentos de passagem, ele avançou até a sra. de Morcerf, que, de pé em frente à lareira enfeitada com flores, vira-o surgir num espelho instalado em frente à porta e se preparara para recebê-lo.

Ela se voltou então para o convidado com um sorriso cheio de dignidade, no mesmo instante que ele se inclinava numa cortesia.

Provavelmente ela julgou que o conde iria falar; provavelmente, por sua vez, o conde julgou que ela iria dirigir-lhe a palavra; mas os dois lados permaneceram mudos, de tal forma uma banalidade parecia-lhes indigna de ambos; e, após uma troca de cumprimentos, Monte Cristo dirigiu-se até Albert, que se encaminhava para ele com a mão espalmada.

— Esteve com a minha mãe? — perguntou Albert.

— Acabo de ter a honra de cumprimentá-la — disse o conde —, mas não vi o seu pai.

— Veja! Está conversando ali com um pequeno grupo de grandes celebridades.

— É verdade — disse Monte Cristo — que os cavalheiros ali reunidos são celebridades? Eu nunca teria imaginado! E de que tipo? Há celebridades de todas as espécies, como sabe.

— Em primeiro lugar, há um cientista, aquele sujeito alto e ressequido; ele descobriu nos campos de Roma um lagarto que possui uma vértebra a mais que os demais, e voltou para comunicar essa descoberta ao Instituto. O negócio foi contestado durante muito tempo; mas, finalmente, o triunfo coube ao sujeito alto e ressequido. A vértebra provocou um estardalhaço no mundo científico; o sujeito alto e ressequido, que era apenas cavaleiro da Legião de Honra, foi nomeado oficial.

— Com todos os méritos! — disse Monte Cristo. — Eis uma cruz que me parece sensatamente concedida; quer dizer que, se ele descobrir uma segunda vértebra, será nomeado comendador?

— É provável — disse Morcerf.

— E aquele outro, que teve a singular ideia de se pavonear com uma roupa azul bordada de verde, quem pode ser?

— Não foi ele quem teve a ideia de se pavonear com essa roupa: foi a República, a qual, como sabe, tinha veleidades artísticas e, querendo criar uma farda para os acadêmicos, rogou a David[53] que lhes desenhasse uma.

53. David: Jacques-Louis David (1748-1825), o mais famoso pintor neoclássico francês, também desenhou o fardão dos membros da Academia Francesa.

— Ah, está me dizendo — disse Monte Cristo — que esse senhor é acadêmico?

— É membro da douta assembleia faz uma semana.

— E qual é o seu mérito, sua especialidade?

— Sua especialidade? Acho que enfia alfinetes na cabeça de coelhos, faz galinhas comerem garancina, extrai com barbatanas de baleia a medula espinhal de cães...

— E ele é da Academia de Ciências por causa disso?

— Não, da Academia Francesa.

— Mas o que tem a Academia Francesa a ver com tais pesquisas?

— Vou lhe dizer, parece...

— Que seus experimentos fizeram a ciência dar um grande passo, provavelmente?

— Não, mas que ele escreve com muito estilo.

— Isso — disse Monte Cristo — deve lisonjear imensamente o amor-próprio dos coelhos em cujas cabeças ele enfia alfinetes, das galinhas cujos ossos ele tinge de vermelho e dos cães cuja medula espinhal ele extirpa.

Albert começou a rir.

— E aquele outro? — perguntou o conde.

— Aquele ali?

— É, o terceiro.

— Ah, o de azul-claro?

— Sim.

— É um colega do conde, que vem se opor calorosamente a que a Câmara dos Pares tenha um uniforme; fez um grande sucesso na tribuna com essa matéria; estava mal com as gazetas liberais, mas sua nobre oposição aos desejos da corte acaba de reconciliá-lo com elas; falam em nomeá-lo embaixador.

— E quais são seus títulos com vistas ao pariato?

— Fez duas ou três *opéras-comiques*, comprou quatro ou cinco ações do *Siècle*[54], e votou durante cinco ou seis anos a favor do Ministério.

— Bravo, visconde! — disse Monte Cristo, rindo. — O senhor é um anfitrião muito divertido; agora me fará um favor, não é mesmo?

— Qual?

— Não me apresente a esses cavalheiros, e, caso eles peçam para serem apresentados a mim, avise-me.

Nesse momento, o conde sentiu uma mão em seu braço; voltou-se, era Danglars.

— Ah, é o senhor, barão! — exclamou ele.

---

54. *Le Siècle*: jornal diário francês do séc.XIX, no qual Balzac publicou diversos romances.

— Para que me chamar de barão? — perguntou Danglars. — Sabe muito bem que não ligo para o meu título. Não sou como o sr. visconde; o senhor faz questão, não é mesmo?

— Naturalmente — respondeu Albert —, considerando que, se eu não fosse visconde, não seria mais nada, enquanto o senhor pode sacrificar seu título de barão que lhe resta ainda o de milionário.

— O qual me parece o mais belo título sob a Monarquia de Julho[55] — replicou Danglars.

— Infelizmente — disse Monte Cristo —, ninguém é milionário vitalício como é barão, par de França ou acadêmico; prova disso são os milionários Franck & Pulmann, de Frankfurt, que acabam de declarar bancarrota.

— É verdade? — perguntou Danglars, empalidecendo.

— Palavra de honra, recebi essa notícia agora à noite, por um mensageiro; eu tinha aproximadamente um milhão com eles; porém, avisado a tempo, exigi o reembolso há cerca de um mês.

— Ah, meu Deus! — disse Danglars. — Eles sacaram junto a mim duzentos mil francos.

— Muito bem, agora está avisado; a assinatura deles vale cinco por cento.

— Oh, mas estou sendo avisado tarde demais — disse Danglars —, eu honrei a assinatura deles.

— Bom! — disse Monte Cristo. — Lá se vão mais duzentos mil francos, que vão se somar...

— Schhh! — disse Danglars. — Não comente essas coisas... — então, aproximando-se de Monte Cristo — ... sobretudo na frente do sr. Cavalcanti filho — acrescentou o banqueiro, que, após pronunciar estas palavras, voltou-se sorridente na direção do rapaz.

Morcerf deixara o conde para ir falar com sua mãe. Danglars deixou-o para cumprimentar Cavalcanti filho. Monte Cristo viu-se sozinho por um instante.

Nesse ínterim, o calor começava a se tornar excessivo.

Os criados circulavam pelos salões com as bandejas cheias de frutas e sorvetes.

Monte Cristo enxugou com o lenço o rosto molhado de suor; mas recuou quando a bandeja passou à sua frente e não pegou nada para se refrescar.

A sra. de Morcerf não desgrudava os olhos de Monte Cristo. Viu passar a bandeja sem que ele a tocasse; captou inclusive o gesto com que ele a repeliu.

---

55. Monarquia de Julho: governo monárquico, de linha liberal, instalado na França de 1830 a 1848, após uma revolução derrubar o último Bourbon, que entregou o poder a Luís Felipe de Orléans (1773-1850). Ver também Parte III, cap.3, nota 69.

— Albert — disse ela —, notou uma coisa?

— O quê, minha mãe?

— Que o conde nunca aceitou jantar na casa do sr. de Morcerf.

— Sim, mas aceitou tomar o café da manhã na nossa, uma vez que foi nessa ocasião que fez sua estreia na sociedade.

— Sua casa não é a casa do conde de Morcerf — murmurou Mercedes —, e, desde que ele chegou, não paro de examiná-lo.

— E então?

— E então! Ele ainda não comeu nada.

— O conde é muito sóbrio.

Mercedes sorriu tristemente.

— Aproxime-se dele — ela disse — e, quando a primeira bandeja passar, insista.

— Por que isso, mãe?

— Faça-me essa gentileza, Albert — pediu Mercedes.

Albert beijou a mão de sua mãe e foi instalar-se perto do conde.

Uma outra bandeja passou, carregada como as precedentes; ela viu Albert insistir junto ao conde, pegar inclusive um sorvete e lhe oferecer, mas ele recusou obstinadamente.

Albert voltou para junto da mãe; a condessa estava muito pálida.

— Muito bem — ela disse —, você viu, ele recusou.

— Sim, mas, em que isso pode preocupá-la?

— Você sabe, Albert, as mulheres são singulares. Eu teria visto com prazer o conde comer alguma coisa na minha casa, nem que fosse uma semente de romã. Em todo caso, pode ser que ele não esteja habituado aos costumes franceses, pode ser que tenha preferência por alguma outra coisa.

— Meu Deus, não! Na Itália ele comia de tudo, eu vi; talvez esteja indisposto esta noite.

— Além disso — reforçou a condessa —, vivendo quase sempre em climas quentes, talvez seja menos sensível ao calor.

— Não acredito, pois ele se queixava de estar sufocando e perguntava por quê, visto que as janelas já estavam abertas, não se abriam também as gelosias.

— Sendo assim — disse Mercedes —, não me resta dúvida de que essa abstinência é intencional.

E ela deixou o salão.

Um minuto depois, as persianas se abriram, e todos puderam, através dos jasmineiros e das clematites que enfeitavam as janelas, ver o jardim iluminado pelas lanternas e a ceia posta sob a tenda.

Dançarinos e dançarinas, jogadores e confabuladores soltaram um grito de alegria; todos aqueles pulmões constrangidos aspiravam deliciados o ar que entrava aos borbotões.

No mesmo instante, Mercedes reapareceu, mais pálida do que antes, mas com aquela firmeza na fisionomia que lhe era notável em determinadas circunstâncias. Foi diretamente até o grupo do qual seu marido era o centro:

— Não prenda esses cavalheiros, sr. conde — disse —, eles também vão preferir, se não estiverem jogando, respirar no jardim a sufocar aqui dentro.

— Ah, senhora — disse um velho general muito galante, que cantara: *Vamos para a Síria!*[56] em 1809 —, não iremos sozinhos para o jardim.

— De acordo — disse Mercedes —, então vou dar o exemplo.

E voltando-se para Monte Cristo:

— Sr. conde — disse ela —, faça-me a honra de me oferecer o seu braço.

O conde quase vacilou a essas simples palavras; olhou então para Mercedes. Esse momento teve a rapidez de um raio e, no entanto, pareceu à condessa ter durado um século, tanto Monte Cristo instilara pensamentos naquele único olhar.

Ofereceu o braço à condessa; ela se apoiou nele, ou, melhor dizendo, roçou-o com sua mãozinha, e ambos desceram uma das escadarias da entrada ladeada por azaleias e camélias.

Atrás deles, e por outra escada, precipitaram-se para o jardim, com ruidosas exclamações de alegria, umas vinte pessoas.

---

56. "*Vamos para a Síria*": canção cujos versos são atribuídos à rainha da Holanda Hortênsia de Beauharnais (1783-1837), mas que pertenciam à família real francesa, ou ao escritor e conde Alexandre de Labourde (1773-1842). Foram, entretanto, musicados por Louis-François-Philippe Drouet (1792-1855). A canção era uma das preferidas dos bonapartistas durante o Segundo Império, a ponto de se tornar conhecida como um hino nacional.

14. O PÃO E O SAL

A sra. de Morcerf penetrou na abóbada de folhagem com seu companheiro: essa abóbada era uma aleia de tílias que levava a uma estufa.

— Não acha que estava muito calor no salão, sr. conde? — perguntou ela.

— Sim, senhora; e sua ideia de abrir as portas e persianas foi excelente.

Terminando estas palavras, o conde percebeu que a mão de Mercedes tremia.

— Mas a senhora, com esse vestido leve e sem outra proteção para o pescoço além desse lenço de gaze, não estaria com frio? — indagou ele.

— Sabe para onde o estou levando? — perguntou a condessa, sem responder à pergunta de Monte Cristo.

— Não, senhora — este respondeu —, mas, como vê, não oponho resistência.

— Para a estufa lá embaixo, no fim da aleia que percorremos.

O conde olhou para Mercedes como para interrogá-la; mas ela seguiu adiante sem nada dizer; da sua parte, Monte Cristo permaneceu em silêncio.

Chegaram è estrutura, coberta de frutas magníficas que, no começo de julho, atingiam a maturação sob aquela temperatura sempre calculada para substituir o calor do sol, com tanta frequência ausente em nossa terra.

A condessa largou o braço de Monte Cristo e foi colher um cacho de uvas moscatel numa parreira.

— Veja, sr. conde — disse ela, com um sorriso tão triste que era possível ver lágrimas nascendo no canto dos olhos —, nossas uvas na França não são comparáveis, sei disso, às suas uvas da Sicília e de Chipre, mas o senhor será indulgente com nosso débil sol do norte.

O conde inclinou-se e deu um passo atrás.

— Vai recusar? — disse Mercedes, com uma voz trêmula.

— Senhora — respondeu Monte Cristo —, peço que me desculpe humildemente, porém jamais como moscatel.

Mercedes, suspirando, deixou o cacho cair. Um pêssego magnífico pendia de uma espaldeira vizinha, aquecido, como o cepo de uvas, pelo calor artificial da estufa. Mercedes aproximou-se da fruta aveludada e a colheu.

— Tome esse pêssego, então — ela disse.

Mas o conde fez o mesmo gesto de recusa.

— Oh, de novo! — exclamou ela, num tom tão aflito que parecia represar uma lágrima. — De fato, não estou com sorte.

Um longo silêncio seguiu-se a essa cena; o pêssego, como o cacho de uvas, rolara sobre a areia.

— Sr. conde — disse finalmente Mercedes, olhando para Monte Cristo com um olhar suplicante —, há um comovente costume árabe que torna eternos amigos aqueles que dividiram o pão e o sal sob o mesmo teto.

— Conheço-o, minha senhora — respondeu o conde —, mas estamos na França, e não na Arábia, e na França não existem mais amizades eternas, apenas a divisão do pão e do sal.

— Mas, enfim — disse a condessa, palpitante e com os olhos pregados nos olhos de Monte Cristo, cujo braço ela agarrou quase convulsivamente com as duas mãos —, somos amigos, não é mesmo?

O sangue afluiu ao coração do conde, que ficou pálido como a morte, e depois, subindo do coração para o rosto, invadiu suas faces, e seus olhos hesitaram no vazio durante alguns segundos, como os de um homem paralisado pela vertigem.

— Claro que somos amigos, senhora — ele replicou. — Aliás, por que não o seríamos?

Esse tom era tão distante do que desejava a sra. de Morcerf que ela se voltou para soltar um suspiro mais parecido com um gemido, disse:

— Obrigada.

E seguiu adiante. Deram assim a volta no jardim sem pronunciar uma única palavra.

— Senhor — retomou a condessa, após dez minutos de passeio silencioso —, é verdade que viu muito, viajou muito, sofreu muito?

— Sofri muito, sim, senhora — respondeu Monte Cristo.

— Mas é feliz agora?

— Sem dúvida — respondeu o conde —, pois ninguém ouve queixas de minha parte.

— Oh, de novo! De fato, não estou com sorte.

— E sua felicidade presente dá mais serenidade à sua alma?

— Minha felicidade presente iguala-se a meu infortúnio passado — disse o conde.

— Não é casado? — perguntou a condessa.

— Eu, casado! — respondeu Monte Cristo, estremecendo. — Quem pôde dizer-lhe uma coisa dessas?

— Ninguém me disse, mas o senhor foi visto várias vezes no Opéra na companhia de uma jovem e bela pessoa.

— É uma escrava que comprei em Constantinopla, senhora, filha de príncipe que adotei, não tendo outra afeição no mundo.

— Vive então sozinho?

— Vivo sozinho.

— Não tem irmã... filho... pai...?

— Não tenho ninguém.

— Como pode viver assim, sem nada que o prenda à vida?

— Não é culpa minha, senhora. Em Malta amei uma mulher e ia me casar com ela, quando a guerra chegou e me carregou para longe dela como um turbilhão. Eu julgara que ela me amava suficientemente para me esperar, para permanecer fiel até mesmo diante do meu túmulo. Quando voltei, estava casada. É a história de todo homem que passou pelos vinte anos. Talvez eu tivesse o coração mais fraco que os outros, pois sofri mais do que eles o teriam feito no meu lugar, só isso.

A condessa deteve-se por um momento, como se precisasse daquela pausa para respirar.

— Sim — ela disse —, e esse amor permaneceu no seu coração... Só se ama de verdade uma vez... E nunca voltou a ver essa mulher?

— Nunca.

— Nunca!

— Não voltei mais ao país onde ela vivia.

— Em Malta!

— Sim, em Malta.

— Então ela está em Malta?

— Acho que sim.

— E o senhor a perdoou pelo quanto o fez sofrer?

— A ela, sim.

— Mas apenas a ela; continua a odiar os que o separaram dela?

A condessa estacou diante de Monte Cristo; ainda tinha nas mãos um fragmento do cacho perfumado.

— Pegue.

— Eu jamais como moscatel, senhora — respondeu Monte Cristo, como se o assunto entre os dois fosse aquele.

A condessa jogou o cacho na moita mais próxima com um gesto de desespero.

— Inflexível! — ela murmurou.

Monte Cristo permaneceu sem expressão, como se a censura não fosse a ele dirigida.

Albert então apareceu.

— Oh, mãe, uma grande tragédia!

— O que aconteceu? — assustou-se a condessa, reerguendo-se como se, depois do sonho, tivesse sido trazida à realidade. — Uma tragédia, foi o que disse? Com efeito, tragédias acontecem.

— O sr. de Villefort está aqui.

— E daí?

— Veio buscar a mulher e a filha.

— E por que isso?

— Porque a sra. marquesa de Saint-Méran chegou a Paris trazendo a notícia de que o sr. de Saint-Méran morreu ao deixar Marselha, na primeira parada para a troca dos cavalos. A sra. de Villefort, que estava eufórica, não queria nem compreender nem acreditar nessa desgraça; mas a srta. Valentine, às primeiras palavras e por algumas precauções tomadas pelo pai, adivinhou tudo: esse golpe abateu-a como um raio, e ela desmaiou.

— E o que o sr. de Saint-Méran é da srta. de Villefort? — perguntou o conde.

— Seu avô materno. Vinha para apressar o casamento de Franz e sua neta.

— Ah! É verdade!

— E essa agora! Franz será obrigado a adiar. Por que o sr. de Saint-Méran não é também avô da srta. Danglars?

— Albert! Albert! — disse a sra. de Morcerf num tom de censura. — O que está dizendo? Ah, sr. conde, o senhor, por quem ele tem tão grande consideração, diga-lhe que foi grosseiro!

Ela deu alguns passos.

Monte Cristo fitou-a de um modo tão estranho e com uma expressão ao mesmo tempo tão pensativa e marcada por afetuosa admiração que ela voltou sobre seus passos.

Então pegou a mão dele ao mesmo tempo em que apertava a de seu filho, e, juntando-as, disse:

— Somos amigos, não somos?

— Oh, seu amigo, senhora, não tenho essa pretensão — disse o conde —, mas, em todo caso, sou seu mui respeitoso criado.

A condessa partiu com um inexprimível aperto no coração; antes que tivesse dado dez passos, o conde viu-a levar o lenço aos olhos.

— O senhor e minha mãe tiveram alguma diferença? — perguntou Albert, perplexo.

— Ao contrário — respondeu o conde —, uma vez que ela acaba de me dizer diante do senhor que somos amigos.

E olharam para o salão que Valentine e o sr. e sra. de Villefort acabavam de deixar.

Não precisamos dizer que Morrel foi atrás deles.

15. A SRA. DE SAINT-MÉRAN

Uma cena lúgubre acabava efetivamente de se desenrolar na casa do sr. de Villefort.

Após a saída das duas damas para o baile, ao qual todos os esforços da sra. de Villefort não foram capazes de convencer o marido a acompanhá-la, o procurador do rei fechara-se em seu gabinete, como de hábito, com uma pilha de documentos que teria intimidado qualquer um, mas que, no cotidiano de sua vida, mal eram suficientes para satisfazer seu voraz apetite de trabalhador.

Mas, dessa vez, os documentos não passavam de mera desculpa. Villefort não estava se recolhendo para trabalhar, mas para refletir; e, depois de fechar a porta e ordenar que só o importunassem se algo importante acontecesse, sentou-se em sua poltrona e voltou a passar novamente na memória tudo que, de sete ou oito dias para cá, fazia transbordar a taça de suas tristes aflições e amargas recordações.

Portanto, em vez de atacar as pastas amontoadas à sua frente, ele abriu uma gaveta da escrivaninha, manipulou um segredo e retirou o maço de suas anotações pessoais, manuscritos preciosos, entre os quais classificara e etiquetara, com números que só ele conhecia, os nomes de todos aqueles que, em sua carreira política, em seus negócios financeiros, em suas perseguições nos tribunais ou em seus amores misteriosos, haviam se tornado seus inimigos.

O número deles era bem grande, agora que ele começara a vacilar. Entretanto, todos aqueles nomes, por mais poderosos e formidáveis que fossem, haviam-no feito sorrir muitas vezes, como sorri o viajante que, do ponto culminante da montanha, contempla a seus pés os picos escarpados, as trilhas impraticáveis e as arestas dos precipícios os quais, para vencer, levou tanto tempo e galgou tão penosamente.

Depois de repassar todos aqueles nomes na memória, de os haver relido, estudado e comentado em suas listas, balançou a cabeça.

— Não — murmurou —, nenhum desses inimigos teria esperado paciente e laboriosamente este dia para vir me esmagar agora com o meu segredo. Às vezes, como diz Hamlet[57], o barulho das coisas mais profundamente sepultadas sai da terra e, como o fogo do fósforo, corre loucamente pelo ar; mas são chamas que iluminam apenas por um momento para depois se extinguirem. A história deve ter sido contada pelo corso a algum padre, que a deve ter passado adiante por sua vez. O sr. de Monte Cristo, uma vez informado, para esclarecer...

"— Mas para que esclarecer — prosseguiu Villefort após um instante de reflexão. — Que interesse tem o sr. de Monte Cristo, o sr. Zaccone, filho de um armador de Malta, explorador de uma mina de prata na Tessália, pela primeira vez na França, em esclarecer um fato sombrio, nebuloso e inútil como este? Em meio às informações incoerentes que me foram dadas pelo abade Busoni e por lorde Wilmore, pelo amigo e pelo inimigo, apenas uma coisa ressaiu clara, precisa, patente aos meus olhos: é que em nenhuma época, em nenhum momento, em nenhuma circunstância, houve o menor contato entre nós dois."

Mas Villefort dizia-se essas palavras sem acreditar nelas de fato. O mais terrível para ele ainda não era a revelação, pois podia negar ou mesmo responder; preocupava-se pouco com aquele *Mene Tequel Peres*[58], que aparecia de repente em letras de sangue na parede; o que o preocupava era conhecer o corpo a quem pertencia a mão que as traçara.

Quando finalmente parecia estar conseguindo se acalmar e, em vez daquele futuro político que entrevira algumas vezes em seus sonhos de ambição, ia se contentando, por medo de despertar esse inimigo adormecido havia tanto tempo, com um futuro restrito às alegrias do lar, um barulho de coche reverberou no pátio. Então ele ouviu na escada os passos de uma pessoa idosa, depois soluços e exclamações de tristeza, como os criados fazem quando querem se mostrar tocados pela dor de seus patrões.

Correu para destravar o ferrolho de seu gabinete. Dali a pouco, sem ser anunciada, uma velha senhora entrou, de xale nos braços e chapéu nas mãos. Seus cabelos embranquecidos revelavam uma testa macilenta como marfim amarelo, e seus olhos, em cujos cantos a idade escavara rugas profundas, quase desapareciam sob o rosto inchado pelo pranto.

---

57. "como diz Hamlet": paráfrase da fala: "a vilania/ Mesmo oculta, há de vir à luz do dia", ato I, cena 2.

58. "*Mene Tequel Peres*": ver Parte I, cap.15, nota 69.

— Ah, que desgraça! Eu também vou morrer!
Oh, sim, com certeza, morrerei!

— Oh, senhor! — exclamou. — Ah, que desgraça! Eu também vou morrer! Oh, sim, com certeza, morrerei!

Desabando numa poltrona mais próxima da porta, ela explodiu em soluços.

Os criados, de pé na soleira da porta e não ousando avançar, observavam o velho criado de Noirtier, que, tendo escutado aquele barulho do quarto do patrão, também acorrera e se mantinha atrás dos outros. Villefort levantou-se e precipitou-se para sua sogra, pois era ela mesma.

— Oh, meu Deus, senhora — perguntou —, o que aconteceu? O que a transtorna dessa maneira? E o sr. de Saint-Méran não está consigo?

— O sr. de Saint-Méran está morto — disse a velha marquesa, sem preâmbulo, sem expressão e com uma espécie de estupor.

Villefort recuou um passo e bateu as mãos uma na outra.

— Morto...! — balbuciou. — Morto assim... de repente?

— Há uma semana — continuou a sra. de Saint-Méran —, embarcamos no coche após o jantar. O sr. de Saint-Méran estava doente havia alguns dias: entretanto, a ideia de rever nossa querida Valentine deu-lhe coragem e, apesar das dores, quis partir, quando, a trinta quilômetros de Marselha, viu-se presa, após ter ingerido suas pastilhas habituais, de um sono tão profundo que não me parecia natural. Mesmo assim, hesitei em acordá-lo, ainda que seu rosto me parecesse avermelhado e as veias de suas têmporas pulsassem com mais violência que de costume. Porém, como anoitecera e eu não enxergava mais nada, deixei-o dormir. Dali a pouco ele soltou um grito cavo e dilacerante, como o de um homem que sofre no sono, e jogou a cabeça para trás num movimento brusco. Chamei o criado, mandei o postilhão parar, chamei o sr. de Saint-Méran, fiz-lhe respirar meu frasco de sais; tudo se acabara, ele estava morto, e foi ao lado de seu cadáver que cheguei a Aix.

Villefort permanecia estupefato e boquiaberto.

— E a senhora chamou um médico, decerto?

— Na mesma hora; mas, como eu lhe disse, era tarde demais.

— Sem dúvida, mas pelo menos ele podia identificar a doença da qual o infeliz marquês morrera.

— Meu Deus! Sim, senhor, ele me disse: parece que foi uma apoplexia fulminante.

— E o que fez a senhora?

— O sr. de Saint-Méran sempre disse que, se morresse longe de Paris, desejava que seu corpo fosse trasladado para o túmulo da família. Mandei colocá-lo num caixão de chumbo e o precedo em alguns dias.

— Oh, meu Deus, pobre mãe — exclamou Villefort —, ter de tomar essas providências depois de tamanho golpe, e na sua idade!

— Deus me deu forças até o fim; a propósito, esse querido marquês decerto teria feito por mim o que fiz por ele. A bem da verdade, depois que o deixei para trás, sinto-me como uma louca. Já não consigo chorar; segundo dizem, na minha idade não temos mais lágrimas, mesmo assim acho que enquanto sofrêssemos deveríamos poder chorar. Onde está Valentine, senhor? Foi por ela que viemos, quero ver Valentine.

Villefort achou de péssimo tom dizer que Valentine estava num baile; disse apenas à marquesa que sua neta saíra com a madrasta e que iriam avisá-la.

— Imediatamente, senhor, imediatamente, eu lhe suplico — disse a velha dama.

Villefort colocou o braço da sra. de Saint-Méran sob o seu e conduziu-a a seus aposentos.

— Descanse, minha mãe — disse ele.

A marquesa ergueu a cabeça a essa palavra e, vendo o homem que lembrava sua filha tão saudosa que, para ela, revivia em Valentine, sentiu-se golpeada por aquela palavra, mãe, e não conseguiu reprimir as lágrimas, caindo de joelhos numa poltrona onde afundou sua venerável cabeça.

Villefort deixou-a aos cuidados das mulheres, enquanto o velho Barrois subia esbaforido até os aposentos de seu patrão; pois nada assusta tanto os idosos como a morte deixar por um instante sua companhia para ir golpear outro velho. Em seguida, enquanto a sra. de Saint-Méran, ainda ajoelhada, rezava do fundo do coração, ele mandou chamar um fiacre e foi pessoalmente pegar a mulher e a filha na residência da sra. de Morcerf para levá-las para casa. Quando apareceu na porta do salão, estava tão pálido que Valentine correu até ele gritando:

— Oh, papai! Aconteceu uma desgraça!

— Sua bondosa avó acaba de chegar, Valentine — disse o sr. de Villefort.

— E meu avô? — perguntou a rapariga, toda trêmula.

A resposta do sr. de Villefort resumiu-se a oferecer o braço à filha.

Na hora certa: Valentine, tomada por uma vertigem, cambaleou; a sra. de Villefort correu para ampará-la e ajudou o marido a carregá-la para o fiacre, dizendo:

— Que coisa estranha! Quem poderia suspeitar disso? Oh, sim, que coisa estranha!

E toda aquela família pesarosa saiu assim, exalando sua tristeza, como uma fumaça preta, em meio ao resto dos convidados.

No pé da escada, Valentine encontrou Barrois, que a esperava:

— O sr. de Noirtier deseja vê-la esta noite — ele disse baixinho.

— Diga-lhe que irei assim que sair dos aposentos da minha querida avó — respondeu Valentine.

Na delicadeza de sua alma, a moça compreendera que quem mais precisava dela naquele momento era a sra. de Saint-Méran.

Valentine encontrou sua avó na cama; mudas carícias, corações confrangidos, suspiros entrecortados, lágrimas ardentes, eis os únicos detalhes transmissíveis dessa entrevista, à qual assistia, de braços dados com seu marido, a sra. de Villefort, cheia de respeito, ao menos aparentemente, pela pobre viúva.

No fim de um instante, ela se debruçou no ouvido de seu marido e disse:

— Com sua permissão, é melhor eu me retirar, pois minha presença ainda parece afligir sua sogra.

A sra. de Saint-Méran ouviu-a.

— Sim, sim — disse ela no ouvido de Valentine —, que ela se vá; mas, você, fique.

Enquanto isso, Barrois subira pela primeira vez para junto do velho Noirtier; este ouvira o barulho pela casa e enviara, como dissemos, o antigo criado para se informar.

Quando este voltou, aquele olhar tão vivo e acima de tudo tão inteligente interrogou o emissário:

— Sinto muito, senhor — disse Barrois —, aconteceu um grande infortúnio: a sra. de Saint-Méran está aqui, e seu marido morreu.

O sr. de Saint-Méran e Noirtier nunca haviam sido amigos íntimos; entretanto, sabemos o efeito que sempre causa sobre um velho o anúncio da morte de outro velho.

Noirtier deixou a cabeça cair sobre o peito, como um homem atormentado ou como um homem que pensa; depois fechou apenas um olho.

— A srta. Valentine? — disse Barrois.

Noirtier fez sinal de que sim.

— Ela está no baile, sabe muito bem disso, uma vez que ela veio se despedir do senhor em vestido de gala.

Noirtier fechou novamente o olho esquerdo.

— Sim, quer vê-la?

O velho fez sinal de que era este o seu desejo.

— Muito bem, sem dúvida vão buscá-la na casa da sra. de Morcerf; vou esperá-la chegar e lhe direi para vir aqui. Assim está bom?

— Sim — respondeu o paralítico.

Barrois ficou à espreita do retorno de Valentine e, como vimos, quando ela retornou, expôs-lhe o desejo do avô.

Em virtude desse desejo, Valentine foi até o quarto de Noirtier ao sair dos aposentos da sra. Saint-Méran, que, agitada como havia estado, acabara por sucumbir ao cansaço e dormia um sono febril.

Haviam colocado ao alcance de sua mão uma mesinha sobre a qual ficava uma garrafa de laranjada, sua bebida habitual, e um copo.

Em seguida, como dissemos, a moça deixara a cama da marquesa para dirigir-se ao quarto de Noirtier.

Valentine foi dar um beijo no velho, que a observou tão ternamente que a moça sentiu brotar em seus olhos lágrimas cuja fonte julgava exaurida.

O velho insistia com o olhar.

— Sim, sim — disse Valentine —, você quer dizer que continuo a ter um bom avô, certo?

O velho fez sinal de que efetivamente era isso que seu olhar queria dizer.

— Ai! Felizmente… — respondeu Valentine. — Sem isso, o que seria de mim, meu Deus?

Era uma hora da manhã. Barrois, com vontade de ir deitar, observou que, depois de uma noite tão dolorosa, todo mundo precisava de descanso. O velho não quis dizer que sua forma de descansar era ver a neta. Despediu-se de Valentine, a quem efetivamente o sofrimento e o cansaço conferiam um ar melancólico.

No dia seguinte, ao entrar no quarto de sua avó, Valentine encontrou-a na cama. A febre não baixara, ao contrário, um fogo escuro brilhava nos olhos da velha marquesa, que parecia às voltas com uma violenta irritação nervosa.

— Oh, meu Deus, querida vovó, a senhora piorou? — exclamou Valentine, ao perceber todos aqueles sintomas de agitação.

— Não, minha filha, não — disse a sra. de Saint-Méran —, mas aguardava impaciente que você chegasse para mandar chamar seu pai.

— Meu pai? — perguntou Valentine, preocupada.

— Sim, quero falar com ele.

Valentine não se atreveu a contrariar o desejo da avó, cujo motivo aliás ignorava, e um instante depois Villefort entrou.

— Senhor — disse a sra. de Saint-Méran, sem circunlóquios e como se parecesse temer que o tempo lhe faltasse —, trata-se, o senhor me escreveu, de um casamento para essa criança?

— Sim, senhora — respondeu Villefort —, é inclusive mais que um projeto, é um compromisso.

— O nome do seu genro é sr. Franz d'Épinay?

— Sim, senhora.

— É o filho do general d'Épinay, que era dos nossos e foi assassinado alguns dias antes de o usurpador voltar da ilha de Elba?

— Esse mesmo.

— Essa aliança com a neta de um jacobino não o repugna?

— Nossas dissensões civis felizmente extinguiram-se, minha mãe — disse Villefort. — O sr. d'Épinay era uma criança quando seu pai morreu; ele conhece muito pouco o sr. Noirtier, e o verá, se não com prazer, pelo menos com indiferença.

— É um partido conveniente?

— Sob todos os aspectos.

— O rapaz...?

— Goza da consideração geral.

— É correto?

— É um dos homens mais distintos que conheço.

Durante toda essa conversa, Valentine permanecera muda.

— Pois bem, senhor — disse após alguns segundos de reflexão a sra. de Saint-Méran —, é preciso se apressarem, pois tenho pouco tempo de vida.

— A senhora! A senhora, vovó! — exclamaram o sr. de Villefort e Valentine.

— Sei o que digo — replicou a marquesa. — Portanto, precisam correr a fim de que, não tendo mais mãe, ela tenha pelo menos a avó para abençoar seu casamento. Sou a única que lhe resta do lado da minha infeliz Renée, que o senhor tão rápido esqueceu, cavalheiro.

— Ah, senhora! — exclamou Villefort. — Esquece-se de que convinha dar uma mãe a essa pobre órfã.

— Uma madrasta nunca é uma mãe, senhor! Mas não é disso que se trata, trata-se de Valentine; deixemos os mortos sossegados no seu canto.

Tudo isso era dito com tal volubilidade e ênfase que havia alguma coisa na conversa que se assemelhava a um começo de delírio.

— Será feito de acordo com seu desejo, senhora — disse Villefort —, e isso, com toda a boa vontade, visto que seu desejo coincide com o meu; e, a chegada próxima do sr. d'Épinay a Paris...

— Querida vovó — disse Valentine —, o decoro, o luto ainda recente... Gostaria então de fazer um casamento sob tão tristes auspícios?

— Minha filha — interrompeu a velha com veemência —, não me venha com essas razões banais que impedem os espíritos fracos de construir solidamente o seu futuro. Eu também fui casada no leito de morte da minha mãe e, asseguro-lhe, não fui infeliz por causa disso.

— De novo essa ideia de morte! — exclamou Villefort.

— De novo! Sempre! Estou lhe dizendo que vou morrer, está ouvindo! Muito bem, antes de morrer, quero ter visto meu genro; quero ordenar-lhe que faça minha neta feliz; quero ler em seus olhos se pretende me obedecer; quero conhecê-lo, em suma, pessoalmente — continuou a velha, com uma expressão assustadora —, para vir buscá-lo do fundo da minha sepultura se ele não for o que deve ser, se não for o que precisa ser.

— Senhora — disse Villefort —, convém afastar de si essas ideias exaltadas, que chegam a beirar a loucura. Os mortos, uma vez deitados no túmulo, dormem ali sem jamais se reerguer.

— Oh, sim, sim, vovó, acalme-se! — interveio Valentine.

— E eu, senhor, estou lhe dizendo que não é de forma alguma como acredita. Passei uma noite terrível, pois me via de certa forma dormindo como se minha alma já pairasse acima do meu corpo. Meus olhos, que eu fazia de tudo para abrir, fechavam-se à minha revelia; e no entanto sei muito bem que isso vai lhes parecer impossível, principalmente ao senhor. Pois bem! De olhos fechados vi, exatamente onde o senhor está, vindo desse canto onde há uma porta que dá para o gabinete de toalete da sra. de Villefort, vi entrar sorrateiramente uma forma branca.

Valentine deu um grito.

— Era a febre que a agitava, senhora — disse Villefort.

— Duvide se quiser, mas tenho certeza do que digo: vi uma forma branca; e, como se Deus temesse que eu recusasse o testemunho de apenas um dos meus sentidos, ouvi meu copo se mexer, isso, isso, este mesmo que está aqui, ali na mesa.

— Oh, vovó, era um sonho!

— Tanto não era um sonho que estendi a mão para a sineta e, a esse gesto, a sombra desapareceu. A camareira, então, entrou com uma luz. Os fantasmas só se mostram aos que devem vê-los: era a alma do meu marido. Pois bem! Se a alma do meu marido volta para me chamar, por que a minha

— … *ouvi meu copo se mexer* …

alma, por sua vez, não voltaria para defender minha filha? O laço é ainda mais direto, me parece.

— Oh, senhora — disse Villefort, remoendo-se a contragosto até o fundo de suas entranhas —, não estimule essas ideias lúgubres; vai morar conosco, viverá muito tempo feliz, amada, honrada, e a faremos esquecer…

— Nunca! Nunca! Nunca!! — disse a marquesa. — Quando chega o sr. d'Épinay?

— Está sendo esperado de uma hora para outra.

— Ótimo; assim que ele chegar, avise-me. Temos que correr, correr. Depois, gostaria de consultar um tabelião para me certificar de que todo o nosso patrimônio caberá a Valentine.

— Oh, vovó — murmurou Valentine, pousando seus lábios na testa ardente da ancestral —, então querem me fazer morrer? Meu Deus, está com febre! Não é um tabelião que precisamos chamar, é um médico!

— Um médico? — a velha reagiu, dando de ombros. — Não estou doente; tenho sede, só isso.

— Que quer beber, vovó?

— Como sempre, você sabe muito bem, minha laranjada. Meu copo está ali naquela mesa, passe-o para mim, Valentine.

Valentine serviu a laranjada da garrafa no copo e pegou-o com certo pavor para dá-lo à avó, pois era o mesmo copo que, como ela havia dito, fora tocado pela sombra.

A marquesa esvaziou o copo de um só gole.

Em seguida, revirou-se no travesseiro, repetindo:

— O tabelião! O tabelião!

O sr. de Villefort saiu. Valentine sentou-se perto da cama da avó. A pobre criança parecia ela também ter grande necessidade desse médico que recomendara à avó. Um rubor igual ao de uma chama queimava suas faces, a respiração estava curta e ofegante, seu pulso batia como se tivesse febre.

Isso porque a infeliz menina pensava no desespero de Maximilien quando soubesse que a sra. de Saint-Méran, ao invés de ser sua aliada, agia, sem o conhecer, como se fosse inimiga dele.

Mais de uma vez Valentine cogitara contar tudo à sua avó, e não teria hesitado um único instante se Maximilien Morrel se chamasse Albert de Morcerf ou Raoul de Château-Renaud: mas Morrel era de casta plebeia, e Valentine sabia o desprezo que a orgulhosa marquesa de Saint-Méran tinha por tudo que não era de estirpe. Portanto, sempre que estivera prestes a vir à tona, este segredo fora repelido em seu coração pela triste certeza de que o revelaria inutilmente, e de que, uma vez ele conhecido pelo seu pai e sua madrasta, tudo estaria perdido.

Passaram-se duas horas. A sra. de Saint-Méran dormia um sono febril e agitado. O tabelião foi anunciado.

Embora esse anúncio tivesse sido feito em voz baixa, a sra. de Saint-Méran soergueu-se do travesseiro.

— O tabelião? — perguntou. — Que entre, que entre!

O tabelião estava na porta; entrou.

— Saia, Valentine — disse a sra. de Saint-Méran—, e deixe-me a sós com o cavalheiro.

— Mas, vovó…

— Saia, saia.

A moça beijou a testa da velha e saiu com o lenço nos olhos.

Na porta, encontrou o criado de quarto, que lhe disse que o médico esperava no salão.

Valentine desceu rapidamente. O médico era amigo da família e, ao mesmo tempo, um dos homens mais talentosos da época. Gostava muito de Valentine, cuja chegada ao mundo assistira. Tinha uma filha quase da mesma idade da srta. de Villefort, porém nascida de mãe tuberculosa, e sua vida era um temor constante a respeito da criança.

— Oh — disse Valentine —, caro sr. d'Avrigny, nós o esperávamos com grande impaciência. Mas, antes de qualquer coisa, como vão Madeleine e Antoinette?

Madeleine era filha do sr. d'Avrigny e Antoinette, sua sobrinha.

O sr. d'Avrigny sorriu tristemente.

— Antoinette, muito bem — respondeu —, Madeleine, excelente. Mas a senhorita mandou me chamar, querida criança? Espero que nem o seu pai nem a sra. de Villefort estejam doentes! Quanto a nós, embora seja visível que não podemos nos livrar de nossas aflições, presumo que precise de mim apenas para recomendá-la a não deixar nossa imaginação divagar...

Valentine corou; o sr. d'Avrigny era quase milagroso em matéria de adivinhações, pois era um desses médicos que continuam a tratar o físico pelo moral.

— Não — disse ela —, é por causa da minha infeliz avó. Já sabe da desgraça que se abateu sobre nós?

— Não sei de nada — disse o sr. d'Avrigny.

— Ai de mim! — disse Valentine, contendo os soluços. — Meu avô morreu.

— O sr. de Saint-Méran?

— Ele mesmo.

— Assim de repente?

— Um ataque fulminante de apoplexia.

— Uma apoplexia? — repetiu o médico.

— Sim. De maneira que a minha infeliz avó está com a ideia fixa de que seu marido, de quem nunca se separara antes, a está chamando e que ela vai se juntar a ele. Oh, sr. d'Avrigny, eu lhe peço que cuide da coitada da minha avó!

— Onde está ela?

— Em seu quarto, com o tabelião.

— E o sr. Noirtier?

— Sempre o mesmo, uma perfeita lucidez de espírito, mas a mesma imobilidade, o mesmo mutismo.

— E o mesmo amor pela senhorita, não é, minha querida?

— Sim — disse Valentine, suspirando —, ele gosta muito de mim.

— E quem não gostaria?

Valentine sorriu tristemente.

— E o que tem sua avó?

— Uma singular excitação nervosa, um sono agitado e peculiar; esta manhã imaginava, enquanto dormia, que sua alma pairava acima do corpo, o qual ela via descansar: isso é delírio. Julga ter visto um fantasma entrar no quarto e ter ouvido o barulho que o suposto fantasma fazia ao tocar seu copo.

— Curioso — disse o médico —, eu não sabia que a sra. de Saint-Méran era sujeita a tais alucinações.

— Foi a primeira vez que a vi assim — disse Valentine —, e esta manhã ela me deu medo, achei que estava louca; e o meu pai, caro dr. d'Avrigny, que o senhor conhece como um espírito sério, pois bem!, até o meu pai ficou impressionado.

— Vamos examiná-la — disse o sr. d'Avrigny —, o que diz me parece bem estranho.

O tabelião descia; foram avisar a Valentine que sua avó estava sozinha.

— Pode subir — ela disse ao médico.

— E a senhorita?

— Oh, não me atrevo, ela tinha me proibido de chamá-lo. Além disso, como viu, também estou agitada, febril, indisposta, darei uma volta no jardim para me recuperar.

O médico apertou a mão de Valentine e, enquanto subia aos aposentos da velha, a moça descia a escada da entrada.

Não vemos necessidade de indicar a área do jardim que constituía o passeio favorito de Valentine. Após ter dado duas ou três voltas pelos canteiros que rodeavam a casa, após ter colhido uma rosa para pôr no cinto ou nos cabelos, ela se enfiou sob a aleia assombreada que conduzia a um banco; então, do banco, dirigiu-se para a cerca.

Dessa vez, como de costume, Valentine deu duas ou três voltas em meio às suas flores, mas sem colhê-las; o luto do seu coração, que ainda não tivera tempo de se espalhar pela sua pessoa, repelia o simples ornamento. Em seguida encaminhou-se na direção da aleia. À medida que avançava, parecia-lhe ouvir uma voz chamando seu nome. Parou, assustada.

Então essa voz chegou mais distinta aos seus ouvidos, e ela reconheceu a voz de Maximilien.

16. A PROMESSA

Era com efeito Morrel, que não vivia mais desde a véspera. Com o instinto típico dos amantes e das mães, adivinhara que, na esteira do retorno da sra. de Saint-Méran e da morte do marquês, aconteceria alguma coisa na casa dos Villefort que envolveria seu amor por Valentine.

Como sabemos, seus pressentimentos concretizaram-se, e não era mais uma simples preocupação que o deixava tão ensimesmado e trêmulo junto à cerca das castanheiras.

Porém, Valentine não fora avisada da presença de Morrel, não era a hora em que ele vinha habitualmente, e foi um puro acaso, ou, caso prefiram, um feliz sortilégio, que a impeliu para o jardim. Quando ela apareceu, Morrel a chamou; ela correu para a cerca.

— Você, a esta hora! — exclamou Valentine.

— Sim, minha pobre querida — respondeu Morrel —, venho buscar e trazer más notícias.

— Então esta é a casa da dor — disse Valentine. — Fale, Maximilien. Mas, a bem da verdade, a soma dos sofrimentos já é mais que suficiente.

— Querida Valentine — disse Morrel, tentando recobrar-se de sua própria emoção para falar apropriadamente —, ouça bem, por favor, pois tudo que vou lhe dizer é solene. Quando pretendem casá-la?

— Escute — disse, por sua vez, Valentine —, não quero lhe esconder nada, Maximilien. Esta manhã falaram sobre o meu casamento, e minha avó, com quem eu contava como um apoio garantido, não apenas declarou-se a favor do casamento, como o deseja a tal ponto que apenas o atraso do sr. d'Épinay o retarda, e no dia seguinte à sua chegada o contrato será assinado.

Um suspiro doloroso abriu o peito do rapaz. Ele fitou longa e tristemente a moça.

— Ai de mim! — ele murmurou. — É terrível ouvir a mulher a quem se ama dizer, tranquilamente: "O momento do seu suplício está marcado: será daqui a algumas horas; mas, não importa, tem que ser assim, e da minha parte não farei nenhuma objeção." Pois bem! Se você me diz que esperam apenas o sr. d'Épinay para assinar o contrato, se você pertencerá a ele no dia seguinte à sua chegada, amanhã mesmo estará comprometida com o sr. d'Épinay, pois ele chegou a Paris no início do dia de hoje.

Valentine deixou escapar um grito.

— Eu estava na casa do conde de Monte Cristo, uma hora atrás — disse Morrel. — Comentávamos, sobre o sofrimento da família Villefort e eu o seu sofrimento, quando de repente um coche deslizou no pátio. Ouça. Até então eu não acreditava em pressentimentos, Valentine, mas agora preciso acreditar. Ao som desse coche, fiquei arrepiado; não demorei a ouvir passos na escada. Os passos reverberantes do comendador[59] não aterrorizaram tanto don Juan quanto esses passos a mim. Finalmente a porta se abre; Albert de Morcerf entra na frente, e eu estava prestes a desconfiar de mim mesmo, a achar que estava enganado, quando atrás dele avança outro rapaz, e o conde exclama: "Ah! Sr. barão Franz d'Épinay!" Recorri a tudo que tenho de força e de coragem no meu coração para me conter. Talvez tenha empalidecido, quem sabe tremido, mas com certeza mantive o sorriso nos lábios. Porém, cinco minutos depois, saí sem ter ouvido uma palavra do que se disse durante aqueles cinco minutos; fiquei aniquilado.

— Pobre Maximilien! — murmurou Valentine.

— Isso, quanto a mim, Valentine. Vamos, agora me responda, como a um homem cuja vida ou morte depende de sua resposta. Que pretende fazer?

Valentine abaixou a cabeça; estava arrasada.

— Escute — disse Morrel —, esta não é a primeira vez que você reflete na situação a que chegamos. Ela é grave, é opressiva, suprema. Não penso que este seja o momento para se entregar a uma aflição estéril; isso é bom para os inclinados a se remoer por dentro e a beber lágrimas copiosas. Gente assim existe, e Deus provavelmente levará em conta essa resignação na Terra; mas qualquer um disposto a lutar não perde esse tempo precioso e devolve imediatamente ao destino o golpe que acaba de receber. Está disposta a lutar contra o destino, Valentine? Fale, pois é isso que venho perguntar.

---

59. "os passos reverberantes do comendador": assim como na lenda, na peça *Don Juan*, de Molière, estreada em 1665, o pai de d. Ana, uma das mulheres assediadas pelo protagonista, é morto por este em duelo. Mais tarde, volta, como um fantasma de pedra, para vingar-se.

Valentine estremeceu e olhou para Morrel com os olhos arregalados e perplexos. Aquela ideia de resistir a seu pai, a sua avó, a toda sua família, enfim, sequer lhe ocorrera.

— Que está dizendo, Maximilien? — perguntou Valentine. — E o que chama de luta? Oh, seria um sacrilégio! O quê!? Acha que eu lutaria contra a ordem do meu pai, contra o desejo da minha avó moribunda! Isso é impossível!

Morrel esboçou um gesto.

— Você tem o coração muito nobre para não me compreender, e tão bem me compreende, querido Maximilien, que o vejo reduzido ao silêncio. Lutar, eu! Deus me livre! Não, não; guardo todas as minhas forças para lutar contra mim mesma e beber minhas lágrimas, como você diz. Quanto a afligir meu pai, quanto a perturbar os últimos momentos de minha avó, jamais!

— Tem toda a razão — admitiu Morrel, fleugmaticamente.

— Que maneira de dizer isso, meu Deus! — exclamou Valentine, magoada.

— Digo-lhe isso como homem que a admira, senhorita — replicou Maximilien.

— Senhorita! — exclamou Valentine. — Senhorita! Oh, egoísta! Vê o meu desespero e finge não compreender.

— Está enganada; ao contrário, compreendo-a perfeitamente. A senhorita não quer contrariar o sr. de Villefort, não quer desobedecer à marquesa e amanhã assinará o contrato que deverá uni-la a seu marido.

— Mas, meu Deus! Posso agir de outra maneira?

— Não deve perguntar a mim, senhorita, pois não sou um bom juiz para essa causa, e meu egoísmo me cegará — respondeu Morrel, cuja irritação crescente era anunciada pela voz abafada e os punhos fechados.

— O que teria me proposto, Morrel, se eu me encontrasse disposta a aceitar sua sugestão? Vamos, responda. Não basta dizer "está agindo erradamente", precisa dar um conselho.

— Está falando sério, Valentine, posso lhe dar esse conselho? Diga.

— Claro, querido Maximilien, se ele for bom, conte comigo; sabe muito bem que sou devotada ao seu amor.

— Valentine — disse Morrel, terminando de mover uma tábua já solta —, dê-me a sua mão como prova de que perdoa minha raiva. Estou com a cabeça confusa, faz uma hora que as ideias mais loucas atravessam sucessivamente o meu espírito. Oh, se recusasse o meu conselho...!

— Muito bem! Que conselho é esse?

— Ei-lo, Valentine.

A moça ergueu os olhos para o céu e soltou um suspiro.

— Sou livre — declarou Maximilien —, sou suficientemente rico para nós dois; juro que você será minha mulher antes que meus lábios pousem em sua fronte.

— Você me faz tremer — disse a moça.

— Venha comigo — continuou Morrel —, levo-a para a casa da minha irmã, que é digna de ser sua irmã; embarcaremos para a Argélia, depois para a Inglaterra ou os Estados Unidos, caso não prefira que nos refugiemos em alguma província, onde esperaremos, para voltar a Paris, nossos amigos vencerem a resistência de sua família.

Valentine abaixou a cabeça.

— Já esperava por isso, Maximilien — disse ela. — É um conselho louco, e eu seria ainda mais louca que você se não o interrompesse neste mesmo instante com uma única palavra: impossível, Morrel, impossível.

— Irá então se curvar ao seu destino, tal como a sorte o dispuser, e sem sequer tentar combatê-lo? — disse Morrel decepcionado.

— Sim, ainda que isso me custe a vida.

— Pois bem, Valentine — continuou Maximilien —, novamente admito que você tem razão. De fato, sou eu que estou sem juízo, e você apenas me prova que a paixão cega os espíritos mais lúcidos. Portanto, agradeço-lhe por raciocinar sem paixão. Que seja: amanhã você estará inevitavelmente prometida ao sr. Franz d'Épinay, não em virtude de uma formalidade teatral criada para dar desfecho a uma comédia, a qual denominamos "assinatura do contrato", mas por livre e espontânea vontade.

— Você está novamente me levando ao desespero, Maximilien! — disse Valentine. — Novamente está enfiando ainda mais o punhal na ferida! O que faria, me diga, se a sua irmã desse ouvidos a um conselho como esse?

— Senhorita — respondeu Morrel, com um sorriso amargo —, sou egoísta, como afirmou, e na minha condição de egoísta não penso no que fariam os outros numa situação como a minha, mas sim no que pretendo fazer. Julgo conhecê-la depois de um ano ter se passado; investi, desde que a conheci, todas as minhas chances de felicidade no seu amor; chegou o dia em que a senhorita declarou seu amor por mim, e a partir desse dia coloquei todas as minhas chances de futuro em seu poder: isso era a minha vida. Agora não penso mais nada; apenas me digo que a sorte virou, que eu acreditara ter conquistado o céu e o perdi. Todos os dias acontece de um jogador perder não apenas o que possui, mas também o que não possui.

Morrel pronunciou essas palavras com absoluta calma; Valentine olhou-o por um instante, com seus grandes olhos perscrutadores, tentando não permitir que os de Morrel vasculhassem a incerteza que já se agitava no fundo do seu coração.

— Mas, enfim, o que vai fazer? — perguntou Valentine.

— Vou ter a honra de me despedir da senhorita; Deus, que ouve minhas palavras e lê no fundo do meu coração, é testemunha de que lhe desejo uma vida suficientemente serena, feliz e pródiga, de modo a que não haja lugar para se lembrar de mim.

— Oh! — murmurou Valentine.

— Adeus, Valentine, adeus! — disse Morrel, fazendo uma cortesia.

— Aonde vai? — gritou a moça, esticando a mão através da cerca e agarrando Maximilien pela roupa, pois compreendia, por sua própria agitação interior, que a calma de seu bem-amado não podia ser real. — Aonde vai?

— Vou fazer de tudo para não importunar mais a sua família, dando um exemplo a ser seguido por todos os homens honestos e fiéis que se virem na minha situação.

— Antes de ir embora, conte-me o que irá fazer, Maximilien...

O rapaz sorriu tristemente.

— Oh, fale, fale! — suplicou Valentine. — Por favor!

— Está revendo sua decisão, Valentine?

— Ela não pode mudar, infeliz! Sabe muito bem! — desesperou-se a moça.

— Então, adeus, Valentine!

Valentine sacudiu a cerca com uma força de que não a julgaríamos capaz; e, enquanto Morrel se afastava, passou as duas mãos através dela e, juntando-as e contorcendo os braços:

— O que vai fazer? Quero saber! — gritava. — Aonde vai?

— Oh, fique sossegada — respondeu Maximilien, detendo-se a três passos da cerca. — Não é minha intenção responsabilizar outro homem pelos rigores que o destino me reserva. Qualquer outro a ameaçaria, dizendo ir procurar o sr. Franz, a fim de provocá-lo e enfrentá-lo em duelo, o que não teria o menor cabimento. O que o sr. Franz tem a ver com tudo isso? Ele me conheceu esta manhã, já se esqueceu de mim. Não sabia sequer que eu existia quando arranjos maquinados por suas respectivas famílias determinaram que vocês seriam um do outro. Logo, não tenho nada a dizer ao sr. Franz e, eu juro, não vou culpá-lo por isso.

— Mas a quem vai culpar? A mim?

— A você, Valentine! Oh, Deus me livre! A mulher é sagrada; a mulher amada é uma santa.

— A si mesmo então, infeliz, a si mesmo?

— Sou eu o culpado, não é mesmo? — torturou-se Morrel.

— Maximilien — disse Valentine —, venha até aqui, isto é uma ordem!

Maximilien aproximou-se com seu sorriso meigo e, não fosse pela palidez, poder-se-ia dizer que tinha sua expressão habitual.

— Escute, minha querida, minha adorada Valentine — ele disse, com sua voz melodiosa e grave —, pessoas como nós, que jamais esboçaram um pensamento que as fizesse corar perante a sociedade, perante seus pais e perante Deus, pessoas como nós podem ler no coração um do outro como num livro aberto. Não estou fazendo romance, não sou um herói melancólico, não me arvoro nem a Manfred nem a Antony: mas, sem palavras, sem clamores, sem juras, apostei minha vida em você. Você me decepciona e tem razões para agir dessa forma, já lhe disse e repito; mas a verdade é que essa decepção arruína a minha vida. No momento em que se afasta de mim, Valentine, fico só no mundo. Minha irmã é feliz junto ao marido; esse marido é somente meu cunhado, isto é, um homem que apenas as convenções sociais vinculam a mim; ninguém na Terra, portanto, sentirá falta da minha existência, doravante inútil. Eis o que farei: vou esperar até o último segundo o seu casamento, pois não quero perder uma sombra que seja dessas chances inesperadas que às vezes o acaso nos proporciona, pois, daqui até lá, o sr. Franz d'Épinay pode morrer; no instante em que vocês dois se aproximarem, um raio pode cair sobre o altar. Tudo parece crível ao condenado à morte; para ele, os milagres classificam-se na ordem do possível desde que se trate da salvação de sua vida. Então, como eu dizia, esperarei até o último instante; quando o meu infortúnio se impuser como um fato irremediável, sem esperanças, escreverei uma carta confidencial ao meu cunhado, uma carta ao chefe de polícia para preveni-lo acerca dos meus desígnios e, no canto de um bosque qualquer, no fundo de uma vala qualquer, às margens de um rio qualquer, arrebentarei o meu crânio, palavra do filho do homem mais honesto que já viveu na França.

Um tremor convulsivo agitou os membros de Valentine; ela largou a cerca que segurava com as duas mãos, seus braços penderam e duas grandes lágrimas rolaram em sua face.

O rapaz permaneceu diante dela, taciturno e decidido.

— Oh, por piedade, por piedade — ela disse —, viverá, não é mesmo?

— Não, pela minha honra — disse Maximilien. — Mas que lhe importa isso? Terá cumprido o seu dever e estará com a consciência tranquila.

Valentine caiu de joelhos, juntando os cacos do seu coração.

— Maximilien — ela disse —, Maximilien, meu amigo, meu irmão na Terra, meu verdadeiro esposo nos céus, eu lhe peço, faça como eu, viva com o sofrimento. Talvez um dia voltemos a nos reunir.

— Adeus, Valentine! — repetiu Morrel.

— Meu Deus! — exclamou a jovem, erguendo as duas mãos para o céu com uma expressão sublime. — Vê que fiz tudo que pude para permanecer mulher submissa: pedi, supliquei, implorei; ele não escutou nem meus pedidos, nem minhas súplicas, nem minhas lágrimas. Pois bem! — continuou ela, ainda enxugando as lágrimas e recuperando a firmeza. — Pois bem! Não quero morrer de remorsos, prefiro morrer de vergonha. Você vai viver, Maximilien, e não serei de ninguém, apenas sua. A que horas? Quando? Imediatamente? Fale, ordene, estou pronta.

Morrel, que dera novamente alguns passos para se afastar, voltara e, pálido de alegria, o coração em júbilo, estendendo através da cerca as duas mãos para Valentine:

— Valentine — disse ele —, minha querida, não fale assim, caso contrário é melhor me deixar morrer. Ora, por que eu recorreria à violência, se nós dois nos amamos? Quer me obrigar a viver por senso de humanidade, só isso? Nesse caso, prefiro morrer.

— Oh, Senhor — murmurou Valentine, ainda conversando com Deus —, quem me ama no mundo? Ele. Quem me consolou de todos os meus sofrimentos? Ele. Em quem repousam minhas esperanças, em quem se detém minha vista enevoada, em quem se abriga meu coração ferido? Nele, ele, sempre ele. Pois bem! É sua vez de ter razão; Maximilien, irei com você, abandonarei a casa do meu pai, tudo. Oh, como sou ingrata! — gritou Valentine, soluçando. — Com todos! Até com o meu bondoso avô, de quem eu já me esquecia!

— Não — disse Maximilien —, você não irá abandoná-lo. Você me disse que o sr. Noirtier nutriu certa simpatia por mim. Pois bem! Antes de fugir, você lhe contará tudo; do consentimento que ele lhe der você fará um escudo perante Deus; depois, assim que nos casarmos, ele virá juntar-se a nós; em vez de um neto, terá dois. Você me contou como se comunicam; aprenderei rapidamente essa comovente língua dos sinais, concorde, Valentine. Oh, juro, em vez do desespero que nos espera, é a felicidade que lhe prometo!

— Oh, veja, Maximilien, veja como é grande seu poder sobre mim, você quase me faz acreditar no que está dizendo, e no entanto o que está dizendo não faz o menor sentido, já que o meu pai irá me amaldiçoar. Conheço seu coração inflexível, nunca me perdoará. Portanto, ouça, Maximilien, se por artifício, oração ou acidente, ainda não sei, se, enfim, eu der um jeito de conseguir atrasar o casamento, estará à minha espera?

— Sim, juro, se você, por sua vez, jurar que esse casamento hediondo nunca virá a se realizar e que, mesmo sendo arrastada até o juiz, até o padre, dirá não!

— Juro, Maximilien, pelo que tenho de mais sagrado no mundo: minha mãe!

— Então, esperemos — concordou Morrel.

— Sim, esperemos — repetiu Valentine, que a esta palavra voltou a respirar. — Muitos fatores podem ser a solução para desgraçados como nós.

— Confio em você, Valentine — disse Morrel —, tudo que fizer estará bem-feito. Entretanto, se suas preces forem ignoradas, se o seu pai, se a sra. de Saint-Méran exigirem que o sr. d'Épinay seja convocado amanhã para assinar o contrato…

— Tem a minha palavra, Morrel…

— Em vez de assiná-lo…

— Irei ao seu encontro e fugiremos; mas daqui até lá, não desafiemos a Deus, Morrel; não nos encontremos mais: é um milagre, uma providência, que ainda não nos tenham surpreendido. Se fôssemos surpreendidos, se soubessem como nos encontramos, estaríamos perdidos.

— Tem razão, Valentine; mas como vou saber…

— Pelo tabelião, o sr. Deschamps.

— Conheço-o.

— E por mim mesma. Eu lhe escreverei, acredite em mim. Meu Deus! Esse casamento é tão odioso para mim quanto para você, Maximilien!

— Excelente! Obrigado, minha adorada Valentine — exclamou Morrel. — Então está tudo dito; quando me der o sinal, você transporá estes muros em meus braços. Nada será difícil para você: um coche estará à sua espera no portãozinho do cercado, você entrará nele comigo, eu a levarei para a casa da minha irmã. Lá, incógnitos se preferir, exibindo-nos se desejar, teremos consciência da nossa força e da nossa vontade, e não nos deixaremos degolar como o cordeiro, cuja única defesa são os suspiros.

— Combinado — disse Valentine. — De sua parte, Maximilien, eu sei, o que fizer, estará bem-feito.

— Oh!

— E então? Está contente com sua mulher? — perguntou a moça tristemente.

— Minha adorada Valentine, dizer que sim é pouco.

— Diga sempre.

Valentine aproximara-se, ou melhor, aproximara os lábios da cerca, e suas palavras insinuavam-se, com seu hálito perfumado, até os lábios de Morrel, que colava sua boca no outro lado da barreira fria e inexorável.

— Até logo — disse Valentine, desvencilhando-se dessa felicidade —, até logo!

— Receberei uma carta sua?

— Sim.

— Obrigado, querida esposa! Até breve.

O estalo de um beijo inocente e perdido ressoou; Valentine foi embora sob as tílias.

Morrel, ao escutar o último ruído de seu vestido roçando no arvoredo, de seus pés sobre o cascalho, ergueu os olhos para o céu com um sorriso inefável de gratidão por lhe permitir ser amado daquela forma, e também se afastou dali.

O rapaz voltou para casa e esperou o resto da noite e o dia seguinte inteiro sem nada receber. Finalmente, dois dias depois, por volta das dez da manhã, quando se preparava para procurar o sr. Deschamps, o tabelião, recebeu pelo correio um bilhetinho, que reconheceu como sendo de Valentine, embora nunca tivesse visto sua letra.

Era concebido nestes termos:

> Lágrimas, súplicas e preces de nada adiantaram. Ontem, durante duas horas, estive na igreja Saint-Philippe du Roule e, durante duas horas, rezei a Deus do fundo da minha alma; Deus é insensível como os homens, e a assinatura do contrato está marcada para esta noite, às nove horas.

Tenho apenas uma palavra, assim como um só coração, Morrel, e esta palavra está comprometida: meu coração é seu!

Esta noite, portanto, às quinze para as nove, na cerca.

Sua esposa,

VALENTINE DE VILLEFORT

PS: Minha infeliz avó está cada vez pior; ontem, sua exaltação transformou-se em delírio; hoje, seu delírio beira a loucura.

Você me amará muito, não é, Morrel, para me fazer esquecer que a terei deixado nessas condições...?

Creio que estão escondendo do vovô Noirtier que a assinatura do contrato deve acontecer esta noite.

Morrel não se limitou às informações fornecidas por Valentine; foi até o tabelião, que lhe confirmou a notícia: a assinatura do contrato estava marcada para as nove da noite.

Em seguida, passou na casa de Monte Cristo; foi ali que soube mais: Franz já viera lhe anunciar a novidade; por sua vez, a sra. de Villefort escrevera ao conde para que tivesse a bondade de desculpá-la se não o convidava, mas a morte do sr. de Saint-Méran e o estado da viúva lançavam sobre essa reunião um véu de tristeza com o qual ela não queria assombrear a fronte do conde, a quem desejava todas as felicidades.

Na véspera, Franz fora apresentado à sra. de Saint-Méran, que saíra da cama para essa apresentação e para lá voltou imediatamente.

Morrel, como não é difícil compreender, achava-se num estado de agitação que não podia escapar a um olhar tão penetrante como o do conde. Assim, Monte Cristo foi mais afetuoso que nunca com ele; tão afetuoso que por duas ou três vezes Maximilien esteve a ponto de lhe contar tudo. Mas lembrou-se da promessa formal feita a Valentine, e o segredo permaneceu no fundo de seu coração.

O rapaz releu a carta de Valentine vinte vezes ao longo do dia. Era a primeira vez que ela lhe escrevia, e em que ocasião! Cada vez que lia essa carta, Maximilien renovava para si mesmo o juramento de fazer Valentine feliz. Com efeito, que autoridade não detém a mulher que toma decisão tão corajosa! Que devotamento não merece daquele por quem tudo sacrificou! Como não ser ela, para o bem-amado, o primeiro e mais digno objeto de culto! É ao mesmo tempo rainha e esposa, e não existe alma suficiente para lhe agradecer e amá-la.

Morrel divagava com uma agitação inexprimível sobre aquele momento em que Valentine chegaria dizendo:

— Aqui estou, Maximilien; tome-me em seus braços.

Ele organizara minuciosamente a fuga; duas escadas haviam sido escondidas na cerca; um cabriolé, a ser conduzido pelo próprio Maximilien, esperava; nenhum criado, nenhuma luz; na curva da primeira rua, acenderiam lanternas, pois não convinha, por excesso de precaução, cair nas mãos da polícia.

De tempos em tempos, calafrios atravessavam o corpo de Morrel. Ele pensava no momento em que, do topo daquele muro, protegeria a descida de Valentine e sentiria, trêmula e abandonada em seus braços, aquela de quem apertara apenas a mão e beijara apenas a ponta dos dedos.

No cair da tarde, porém, quando Morrel sentiu a hora se aproximando, ele experimentou a necessidade de ficar sozinho. Seu sangue fervia, as perguntas mais simples, a mera voz de um amigo o teriam irritado. Fechou-se em casa, tentando ler, mas seu olhar deslizou sobre as páginas, sem nada compreender, e acabou por deixar o livro de lado, a fim de esboçar, pela segunda vez, seu plano, com suas escadas e sua cerca.

Finalmente a hora chegou.

O homem apaixonado nunca permite que os relógios façam serenamente o seu percurso; Morrel atormentou tanto os seus que eles acabaram por soar oito e meia às seis horas. Disse consigo que era hora de partir, que nove horas era efetivamente a hora da assinatura do contrato, mas que, segundo toda probabilidade, Valentine não esperaria aquela assinatura inútil. Por conseguinte, Morrel, depois de ter saído da rua Meslay às oito e meia, segundo o seu carrilhão, entrava no cercado quando oito horas soaram em Saint-Philippe du Roule.

O cavalo e o cabriolé foram escondidos atrás de um pequeno casebre em ruínas, no qual Morrel costumava se esconder.

O dia foi morrendo aos poucos, e as folhagens do jardim amontoaram-se em grandes tufos de um escuro opaco.

Com o coração palpitante, Morrel saiu do esconderijo e foi olhar pelo buraco da cerca; ainda não havia ninguém.

Deu oito e meia.

Morrel já esperava há meia hora, andando de um lado para o outro; depois, em intervalos cada vez mais próximos, grudando seu olho nas tábuas. O jardim escurecia cada vez mais, contudo era em vão que ele procurava um vestido branco nessa escuridão, era em vão que buscava ouvir o ruído de passos naquele silêncio.

A casa, avistada através das folhagens, permanecia em sombras, não apresentando nenhum sinal de uma residência que se abre para um acontecimento tão importante quanto a assinatura de um contrato de casamento.

Morrel consultou seu relógio, que marcava nove e quinze, mas quase imediatamente a voz de um carrilhão, já ouvido por duas ou três vezes, retificou o erro de seu relógio, dando as nove e meia.

Já era meia hora de espera a mais do que a própria Valentine fixara. Ela dissera nove horas, ou mais provavelmente antes do que depois.

Este foi o momento mais terrível para o coração do rapaz, sobre o qual cada segundo caía como um martelo de chumbo.

O menor rumor da folhagem, o menor assobio do vento atiçava seus ouvidos e fazia o suor aflorar em sua testa. Então, todo arrepiado, ele prendeu sua escada e, para não perder tempo, apoiou o pé no primeiro degrau.

Em meio a essas alternâncias de medo e esperança, em meio a essas dilatações e apertos do coração, as dez horas soaram na igreja.

— Oh — murmurou Maximilien com terror —, é impossível a assinatura do contrato durar tanto tempo, a menos que tenha ocorrido algum imprevisto; considerei todas as possibilidades, calculei o tempo que duram todas as formalidades, aconteceu alguma coisa.

Então, ora ele andava agitado de um lado para o outro em frente ao portão, ora voltava para apoiar a testa febril no ferro gelado. Será que Valentine desmaiara após a assinatura do contrato, ou fora detida em sua fuga? Estas eram as duas únicas hipóteses conjeturadas pelo rapaz, ambas desesperadoras.

O que ele achou mais plausível foi terem faltado forças a Valentine durante a fuga, e ela ter caído sem sentidos pelo caminho.

— Oh, se for assim — exclamou ele, lançando-se para o topo da escada —, irei perdê-la, e por minha culpa!

O demônio que lhe inoculara esse pensamento não o abandonou mais, zumbindo em seu ouvido com aquela persistência que faz determinadas dúvidas, no fim de um instante, em virtude do raciocínio, tornarem-se convicções. Seus olhos, que procuravam atravessar a escuridão crescente, julgaram perceber alguma coisa caída na aleia escura; Morrel atreveu-se a chamar, e pareceu-lhe que o vento lhe devolvia um lamento desarticulado.

A meia hora acabava de soar; era impossível conter-se por mais tempo, suas suposições eram infinitas. As têmporas de Morrel latejavam com força, nuvens passavam diante de seus olhos. Ele passou uma perna por sobre o muro e pulou para o outro lado.

Estava na casa dos Villefort, acabava de entrar ali pulando o muro; pensou nas consequências de uma atitude como aquela, mas não chegara até ali para recuar.

Durante um tempo, esgueirou-se pelo muro. Do lugar onde estava, descortinava-se a casa.

Morrel então certificou-se de uma coisa de que já suspeitara ao tentar insinuar seu olhar através das árvores: em vez das luzes que esperava ver brilhar em todas as janelas, como seria natural nos dias de cerimônia, não viu nada a não ser a massa cinzenta e ainda velada por uma grande cortina de sombra projetada por uma imensa nuvem, que se esparramava sobre a lua.

De tempos em tempos uma luz atravessava, como que desgarrada, as três janelas do primeiro andar. Estas três janelas eram as dos aposentos da sra. de Saint-Méran.

Uma outra luz permanecia imóvel por trás das cortinas vermelhas. Essas cortinas eram as do quarto da sra. de Villefort.

Morrel adivinhou tudo isso. Tantas vezes, para acompanhar Valentine em pensamento em todas as horas do dia, tantas vezes, como íamos dizendo, desenhara a planta daquela casa que, sem tê-la visto, já a conhecia.

... passou uma perna por sobre o muro
e pulou para o outro lado.

Aquela escuridão e aquele silêncio deixaram o rapaz ainda mais angustiado do que havia ficado com a ausência de Valentine.

Transtornado, louco de dor, decidido a enfrentar qualquer coisa para rever Valentine e se certificar da tragédia que pressentia, fosse qual fosse, Morrel dirigiu-se até a orla do arvoredo e já se preparava para atravessar o mais rapidamente possível o canteiro, expondo-se completamente, quando um som de voz ainda bem distante, mas que o vento carregava, chegou até ele.

A esse barulho, deu um passo atrás; quando tinha metade do corpo fora da folhagem, enfiou-se nela completamente e permaneceu imóvel e mudo, enfurnado na penumbra.

Sua decisão estava tomada: se fosse Valentine sozinha, ele a avisaria com uma palavra quando passasse; se Valentine estivesse acompanhada, pelo menos a veria e se certificaria de que nada de ruim lhe acontecera; se fossem estranhos, captaria palavras de sua conversa e conseguiria compreender aquele mistério até então incompreensível.

Quando a lua saiu da nuvem que a ocultava, Morrel viu surgir, na porta da escadaria, o vulto de Villefort, seguido por um homem vestido de preto. Eles desceram os degraus e avançaram na direção do arvoredo. Ainda não haviam dado quatro passos quando, naquele homem vestido de preto, Morrel reconheceu o doutor d'Avrigny.

O rapaz, ao vê-los caminhar em sua direção, recuou mecanicamente até dar com o tronco do sicômoro que compunha o centro do arvoredo; ali foi obrigado a se deter.

Pouco depois o cascalho parou de ranger sob os passos daqueles homens.

— Ah, caro doutor — disse o procurador do rei —, eis o céu que se declara frontalmente contra a nossa casa. Que morte horrível, fulminante! Não tente me consolar, ai de mim! A dor é recente e profunda demais! Morta, morta!

Um suor frio gelou a fronte do rapaz e fez seus dentes baterem. Quem então morrera naquela casa que o próprio Villefort julgava amaldiçoada?

— Meu caro sr. de Villefort — respondeu o médico, num tom que redobrou o terror de Maximilien —, não o trouxe aqui para consolá-lo, muito pelo contrário.

— Que quer dizer? — perguntou o procurador do rei, assustado.

— Quero dizer que, por trás da infelicidade que acaba de lhe atingir, talvez haja outra maior ainda.

— Oh, meu Deus! — murmurou Villefort, juntando as mãos em desespero. — Que mais tem a me dizer?

— Não há ninguém nos arredores, meu amigo?

— Oh, estamos completamente a sós. Mas que significam todas essas precauções?

— Significam que tenho uma confidência terrível a lhe fazer — disse o médico. — Vamos nos sentar.

Seria mais exato dizer que Villefort deixou-se cair num banco. O médico permaneceu de pé à sua frente, com uma das mãos em seu ombro. Morrel, gelado de medo, apoiava a testa numa das mãos e com a outra apertava o coração, cuja palpitação temia que ouvissem.

— Morta, morta! — repetia, em pensamento, com a voz do seu coração.

E ele mesmo sentia-se moribundo.

— Fale, doutor, sou todo ouvidos — disse Villefort. — Adiante, estou preparado para tudo.

— A sra. de Saint-Méran era muito idosa, sem dúvida, mas gozava de excelente saúde.

Morrel respirou pela primeira vez em dez minutos.

— O sofrimento a matou — disse Villefort —, sim, o sofrimento, doutor! O hábito de viver há mais de quarenta anos ao lado do marquês...!

— Não foi o sofrimento, meu caro Villefort — disse o médico. — O sofrimento pode matar, embora sejam raros os casos, mas não mata num dia, não mata numa hora, não mata em dez minutos.

Villefort não respondeu nada; apenas levantou a cabeça, que mantivera baixa até aquele instante, e olhou para o médico com olhos estupefatos.

— O senhor ficou com ela durante a agonia? — perguntou d'Avrigny.

— Naturalmente — respondeu o procurador do rei. — O senhor discretamente pediu que eu não me afastasse.

— Observou os sintomas do mal a que a sra. de Saint-Méran sucumbiu?

— Certamente. A sra. de Saint-Méran teve três ataques sucessivos, com o intervalo de alguns minutos entre um e outro, gradativamente mais próximos e mais graves. Quando o senhor chegou, a sra. de Saint-Méran já estava ofegante havia alguns minutos. Teve então uma crise que tomei por um simples ataque de nervos; porém comecei realmente a me assustar quando a vi soerguer-se na cama, membros e pescoço hirtos. Então, pela fisionomia do senhor, percebi que a coisa era mais grave do que eu pensava. Passada a crise, procurei seus olhos, não os encontrei. O senhor tomava o pulso, contava as batidas do coração. Quando a segunda crise irrompeu, o senhor ainda não se voltara para mim. Essa segunda crise foi mais terrível que a primeira; repetiram-se os mesmos movimentos nervosos, a boca se contraiu e ficou roxa. No terceiro, ela expirou. Desde o primeiro, eu sugeri que poderia ser tétano; o senhor confirmou minha opinião.

— Sim, na frente de todos — respondeu o médico —, mas agora estamos a sós.

— O que vai me dizer, meu Deus?

— Que os sintomas de tétano e envenenamento por substâncias vegetais são absolutamente idênticos.

O sr. de Villefort pôs-se de pé; em seguida, após um instante de imobilidade e silêncio, deixou-se cair novamente no banco.

— Oh, meu Deus! Doutor — disse —, tem consciência de suas palavras?

Morrel não sabia se estava sonhando ou se estava acordado.

— Escute — disse o médico —, conheço bem a gravidade da minha declaração e o caráter do homem ao qual ela está sendo feita.

— É ao magistrado ou ao amigo que se dirige? — perguntou Villefort.

— Ao amigo, neste momento apenas ao amigo. As relações entre os sintomas do tétano e os sintomas de envenenamento por substâncias vegetais são de tal modo similares que, se eu precisasse assinar embaixo do que estou lhe dizendo agora, declaro que hesitaria. Portanto, repito, não é ao magistrado que me dirijo, é ao amigo. Pois bem! Ao amigo, eu declaro: ao longo de seus quarenta e cinco minutos de duração, estudei a agonia, as convulsões e a morte da sra. de Saint-Méran. Na minha convicção, não apenas a sra. de

Saint-Méran morreu envenenada, como eu também diria, sim, diria qual veneno que a matou.

— Cavalheiro! Cavalheiro!

— Estava tudo ali, veja: sonolência interrompida por crises nervosas, superexcitação do cérebro, torpor dos centros. A sra. de Saint-Méran sucumbiu a uma dose violenta de brucina ou estricnina, a ela ministrada provavelmente por acaso, talvez por engano.

Villefort agarrou a mão do médico.

— Oh, isso é impossível! — exclamou. — Estou sonhando! Estou sonhando! É terrível ouvir uma coisa dessas de um homem como o senhor! Em nome dos céus, eu lhe suplico, caro doutor, admita que pode estar enganado.

— Claro que posso, mas…

— Mas…?

— Mas não creio que esteja.

Villefort agarrou a mão do médico.

— Doutor, tenha pena de mim; de uns dias para cá vêm me acontecendo tantas coisas insólitas que penso na possibilidade de estar louco.

— Alguém mais além de mim esteve com a sra. de Saint-Méran?

— Ninguém.

— Despacharam para a farmácia alguma receita que não me tenha sido submetida?

— Nenhuma.

— A sra. de Saint-Méran tinha inimigos?

— Não que eu soubesse.

— Alguém tinha interesse em sua morte?

— Claro que não, meu Deus, claro que não! Minha filha é sua única herdeira. Apenas Valentine... Oh, se tal hipótese me ocorresse eu me apunhalaria para punir meu coração por ter abrigado tal pensamento um segundo que fosse.

— Oh! — exclamou por sua vez o sr. d'Avrigny. — Caro amigo, Deus não permite que eu acuse alguém, falo apenas de um acidente, compreenda bem, de um engano. Entretanto, acidente ou engano, o fato aí está, sussurrando à minha consciência, e pedindo à minha consciência que fale alto. Informe-se.

— Com quem? Como? De quê?

— Vejamos: Barrois, o velho criado, não teria se enganado e dado à sra. de Saint-Méran alguma poção preparada para seu patrão?

— Para o meu pai?

— Sim.

— Mas como uma poção preparada para o sr. Noirtier pode envenenar a sra. de Saint-Méran?

— Nada mais simples: sabe que os venenos funcionam como remédios para certas doenças; a paralisia é uma delas. Há aproximadamente três meses, após ter feito de tudo para devolver o movimento e a fala ao sr. Noirtier, decidi tentar um último recurso; há três meses, como eu dizia, venho tratando-o com brucina; assim, na última poção que encomendei para ele, entravam seis centigramas; seis centigramas inócuos para os órgãos paralisados do sr. Noirtier e aos quais, por sinal, ele se acostumou mediante doses sucessivas, seriam seis centigramas suficientes para matar qualquer outro que não ele.

— Meu caro doutor, não existe nenhuma comunicação entre os aposentos do sr. Noirtier e os da sra. de Saint-Méran, e Barrois nunca entrou no quarto da minha sogra. Enfim, digo-lhe, doutor, embora saiba que é o homem mais experiente e sobretudo mais consciencioso do mundo, embora em qualquer circunstância sua palavra seja para mim uma tocha que me orienta como a luz do sol, ainda assim, doutor, ainda assim, preciso, a despeito dessa convicção, me apoiar neste axioma: *Errare humanum est*[60].

60. *Errare humanum est*: "errar é humano", conceito extraído de uma frase do filósofo grego Sêneca (4 a.C.-65 d.C.), em suas *Questões naturais*, livro IV, 2.

— Escute, Villefort — disse o médico —, haveria dentre meus colegas algum em quem depositaria tanta confiança quanto em mim?

— Por que pergunta isso? Aonde pretende chegar?

— Chame-o, eu lhe direi o que vi, o que observei, faremos a autópsia.

— E encontrará vestígios do veneno?

— Não, do veneno não, não disse isso, mas constataremos a exasperação do sistema nervoso, reconheceremos a asfixia patente, incontestável, e lhe diremos: "Caro Villefort, se foi por negligência que a coisa se deu, vigie seus criados; se foi por ódio, vigie seus inimigos."

— Oh, meu Deus! O que está me propondo, d'Avrigny? — respondeu Villefort, abatido. — A partir do momento em que houver mais alguém de posse deste segredo, uma investigação se fará necessária, e uma investigação na minha casa. Impossível! Entretanto — continuou o procurador do rei, recompondo-se e, ao mesmo tempo, fitando o médico com inquietude —, se quiser, se exigir absolutamente, farei isso. Com efeito, talvez eu devesse investigar esse caso: minha consciência assim me ordena. Mas, doutor, o senhor me vê antecipadamente invadido pela tristeza. Introduzir na minha casa tanto escândalo, depois de tanta dor! Oh, minha mulher e minha filha vão morrer com isso; e eu, eu, doutor, o senhor sabe, um homem não chega aonde cheguei, um homem não foi procurador do rei durante vinte e cinco anos sem ser acossado por uma horda de inimigos; os meus são numerosos. Esse caso ruidoso será para eles um triunfo que os fará estremecer de alegria, enquanto eu serei coberto pela vergonha. Doutor, perdoe-me essas ideias mesquinhas. Se o senhor fosse padre, eu não me atreveria a emiti-las; mas o senhor é um homem, conhece os outros homens. Doutor, doutor, o senhor não me disse nada, não é mesmo?

— Caro sr. de Villefort — respondeu o médico, abalado —, meu primeiro dever é a humanidade. Eu teria salvado a sra. de Saint-Méran se a ciência tivesse o poder de fazê-lo, mas ela está morta, eu me dedico aos vivos. Enterremos no fundo dos nossos corações esse terrível segredo. Permitirei, se os olhos de alguns atentarem para esse fato, que imputem à minha ignorância o silêncio que mantive. Enquanto isso, senhor, continue a investigar, investigue diligentemente, pois talvez a coisa não pare aí... E quando tiver descoberto o culpado, serei eu quem lhe dirá: "O senhor é o magistrado, faça o que bem entender!"

— Oh, obrigado, obrigado, doutor! — agradeceu Villefort, com uma alegria indizível. — Nunca tive amigo melhor que o senhor.

Como se temesse que o doutor d'Avrigny recuasse nessa concessão, ele se levantou e puxou o doutor na direção da casa.

Afastaram-se.

Morrel, como se tivesse necessidade de respirar, pôs a cabeça para fora do arvoredo, e o luar iluminou aquele rosto tão pálido que parecia o de um fantasma.

— Deus me protege de forma evidente, porém terrível — disse. — Mas, e Valentine, e Valentine, pobre amiga? Resistirá ela a tanto sofrimento?

Ao dizer essas palavras, olhou alternadamente para a janela de cortinas vermelhas e para as três janelas de cortinas brancas.

A luz extinguira-se quase completamente na janela de cortinas vermelhas. Provavelmente a sra. de Villefort acabava de apagar sua lamparina, e apenas o abajur enviava seu reflexo às vidraças.

Na ponta da casa, ao contrário, viu abrir-se uma das três janelas com cortinas brancas. Uma vela colocada na lareira lançou alguns feixes pálidos de luz para o lado de fora, e uma sombra veio por um instante debruçar-se na sacada.

Morrel sentiu um calafrio; pareceu-lhe ter ouvido um soluço.

Não surpreendia que aquela alma habitualmente tão corajosa e forte, agora perturbada e exaltada pelas duas paixões humanas mais intensas, o amor e o medo, se visse enfraquecida a ponto de sofrer alucinações supersticiosas.

Embora fosse impossível, escondido como estava, que Valentine o avistasse, julgou ser chamado pela sombra da janela. Seu espírito perturbado dizia-lhe isso, seu coração ardente o repetia. Esse duplo equívoco tornou-se uma realidade irresistível, quando então ele, por um desses incompreensíveis impulsos da juventude, saiu de seu esconderijo e, com duas passadas, sob o risco de dar o alerta por algum grito involuntário escapado da moça, atravessou o canteiro que o luar tornava amplo e branco como um lago, alcançando o renque de laranjeiras que se estendia em frente à casa, alcançou os degraus da escada da entrada, que subiu rapidamente, e empurrou a porta, que se abriu sem resistência à sua frente.

Valentine não o tinha visto; seus olhos dirigidos para o céu acompanhavam uma nuvem prateada que deslizava pela abóbada, cuja forma era a de uma sombra subindo ao céu; seu espírito poético e exaltado dizia-lhe que era a alma da avó.

Enquanto isso, Morrel atravessara o vestíbulo e encontrara o corrimão da escada. Tapetes estendidos nos degraus abafavam seus passos; aliás, Morrel chegara a tal ponto de exaltação que nem a presença do sr. de Villefort o teria assustado. Se o sr. de Villefort se apresentasse à sua vista, sua decisão estava tomada: iria abordá-lo e confessar tudo, suplicando-lhe que desculpasse e aprovasse o amor que o unia à sua filha, e sua filha a ele. Morrel estava louco.

Por sorte, não encontrou com ninguém.

Foi principalmente nesse instante que o conhecimento da planta da casa, adquirido por intermédio de Valentine, lhe foi útil. Chegou sem incidentes ao topo da escada, e quando, ao chegar ali, parou para se orientar, um soluço cuja entonação reconheceu indicou-lhe o caminho a seguir; voltou-se; uma porta entreaberta deixava o reflexo de uma luz e o som de uma voz chorosa chegarem até ele. Empurrou essa porta e entrou.

No fundo de uma alcova, sob o lençol branco que cobria sua cabeça e desenhava sua forma, jazia a defunta, mais terrível ainda aos olhos de Morrel após a revelação do segredo que o acaso colocara em sua posse.

Ao lado da cama, de joelhos, a cabeça enterrada nas almofadas de um amplo sofá, Valentine, arrepiada e sacudida pelos soluços, estendia acima da cabeça, que não se via, suas duas mãos juntas e hirtas.

Ela saíra da janela ainda aberta e rezava bem alto com ênfases que teriam comovido o coração mais insensível. A palavra escapava de seus lábios, rápida, incoerente, ininteligível, tanto a dor apertava sua garganta com tenazes incandescentes.

A lua, deslizando através do vão das janelas, empalidecia a luz da vela e azulava, com seus matizes fúnebres, esse quadro de desolação.

Morrel não pôde resistir a tal espetáculo. Não era de uma devoção exemplar, ou fácil de se deixar impressionar, mas Valentine sofrendo, chorando, retorcendo os braços diante dele, era mais do que podia suportar em silêncio. Maximilien soltou um suspiro, murmurou um nome, e a cabeça afogada nas lágrimas e marmorizada no veludo da poltrona, uma cabeça de Madalena de Correggio[61], ergueu-se e permaneceu voltada para ele.

Valentine o viu e não demonstrou qualquer espanto. Já não existem emoções intermediárias num coração invadido pelo desespero supremo.

Morrel estendeu sua mão para a namorada. Valentine, como desculpas por ter faltado ao encontro, apenas apontou o cadáver que jazia sob a mortalha e recomeçou a soluçar.

Nem um nem outro ousava falar naquele quarto. Ambos hesitavam em romper um silêncio que parecia ordenado pela morte, de pé em algum canto e com o dedo nos lábios.

Finalmente, Valentine foi a primeira a ousar.

— Querido — disse ela —, como pode estar aqui? Ai de mim! Eu lhe daria as boas-vindas, se a morte já não houvesse aberto para você a porta dessa casa.

— Valentine — disse Morrel, com voz trêmula e as mãos unidas —, eu a esperei desde as oito e meia. Não via você chegar, fiquei preocupado, pulei o muro, penetrei no jardim; então, vozes comentando esse incidente fatal...

— Vozes de quem? — perguntou Valentine.

Morrel estremeceu, pois toda a conversa do médico e do sr. de Villefort voltou-lhe à mente e, através da mortalha, ele examinou aqueles braços retorcidos, aquele pescoço duro, aqueles lábios roxos.

— As vozes dos seus criados — respondeu — me disseram tudo.

— Mas vir até aqui significa nossa perdição, querido — disse Valentine, sem terror e sem raiva.

---

61. Correggio: Antônio Allegri (1489-1534), conhecido como Correggio, pintor da Renascença italiana.

Valentine apenas apontou o cadáver que jazia sob a mortalha.

— Perdoe-me — respondeu Morrel no mesmo tom —, vou me retirar.

— Não — disse Valentine —, você seria descoberto, fique.

— Mas, e se vier alguém?

A moça balançou a cabeça.

— Não virá ninguém — disse. — Fique tranquilo, eis a nossa salvaguarda.

E mostrou a silhueta do cadáver desenhada pela mortalha.

— Mas o que aconteceu com o sr. d'Épinay? Fale, eu lhe suplico — volveu Morrel.

— O sr. Franz chegou para assinar o contrato no exato instante em que minha avó dava o último suspiro.

— Que infelicidade! — exclamou Morrel, com uma sensação de alegria egoísta, pois pensava consigo mesmo que aquela morte retardaria indefinidamente a data do casamento de Valentine.

— Mas o que duplica minha dor — continuou a moça, como se aquela reação devesse receber prontamente um castigo — é que essa desventurada e querida avó, ao morrer, ordenou que concluíssemos o casamento o mais cedo possível. Ela também, meu Deus, julgando me proteger, agia contra mim!

— Ouça! — disse Morrel.

Os dois jovens fizeram silêncio.

Ouviram uma porta se abrindo e passos estalando no assoalho do corredor e nos degraus da escada.

— É o meu pai saindo de seu gabinete — explicou Valentine.

— E se despedindo do médico — acrescentou Morrel.

— Como sabe que é o médico? — perguntou Valentine, perplexa.

— Presumo — disse Morrel.

Valentine fitou o rapaz.

Enquanto isso, ouviram a porta da rua se fechando. O sr. de Villefort fora passar a chave no portão do jardim e subia novamente a escada.

Ao chegar ao vestíbulo, parou por um instante, como se hesitasse entre ir para seus aposentos ou dirigir-se ao quarto da sra. de Saint-Méran. Morrel precipitou-se para trás de uma portinhola. Valentine não fez qualquer movimento; dir-se-ia que uma dor suprema a colocava acima dos temores comuns.

O sr. de Villefort foi para o seu quarto.

— Agora — disse Valentine —, você não pode mais sair nem pelo portão do jardim nem pela porta da rua.

Morrel olhou a rapariga com espanto.

— Agora — disse ela —, só há uma saída autorizada e segura, é a do quarto do meu avô.

Valentine se levantou.

— Venha — disse ela.

— Para onde? — perguntou Maximilien.

— Ao quarto do meu avô.

— Eu, no quarto do sr. Noirtier?

— Sim.

— Tem certeza?

— Tenho, e há muito tempo. É o único amigo que tenho no mundo, e nós dois precisamos dele... Venha.

— Atenção, Valentine — disse Morrel, hesitando em fazer o que a moça lhe ordenava —, atenção, a venda caiu dos meus olhos: ao vir aqui, cometi um ato irracional. E quanto a você, está raciocinando com clareza, querida?

— Sim — disse Valentine —, e tenho apenas um escrúpulo no mundo, é o de abandonar os despojos da minha infeliz avó, os quais fui encarregada de velar.

— Valentine — disse Morrel —, a morte é sagrada por si mesma.

— Sim — respondeu a moça. — Aliás, será por pouco tempo, venha.

Valentine atravessou a galeria e desceu uma escadinha que levava até o quarto de Noirtier. Morrel a seguia na ponta dos pés. Ao chegarem ao corredor do quarto, encontraram o velho criado.

— Barrois — disse Valentine —, feche a porta e não deixe ninguém entrar.

Ela foi a primeira a entrar.

Noirtier, ainda em sua poltrona, atento ao menor ruído, instruído pelo seu velho criado de tudo que acontecia, encarava com olhares ávidos a porta do quarto; viu Valentine, e seus olhos faiscaram.

Havia nos procedimentos e na atitude da moça alguma coisa de grave e solene que impressionou o velho. Seu olho, até ali faiscante, tornou-se indagador.

— Querido avô — disse ela com uma voz pausada —, ouça bem: sabe que a bondosa vovó Saint-Méran morreu há uma hora e que agora, exceto o senhor, não tenho mais ninguém que me ame no mundo?

Uma expressão de ternura infinita passou pelos olhos do velho.

— Portanto, não é apenas ao senhor que devo confidenciar minhas mágoas ou minhas esperanças?

O paralítico fez sinal de que sim.

Valentine pegou Maximilien pela mão.

— Então — disse —, olhe bem para esse cavalheiro.

O velho fixou em Morrel seu olhar penetrante e ligeiramente perplexo.

— É o sr. Maximilien Morrel — disse ela —, filho daquele honesto negociante de Marselha de quem provavelmente já ouviu falar...

— Sim — fez o velho.

— É um nome limpo, que Maximilien está em vias de tornar glorioso, pois, aos trinta anos, é capitão dos spahis, oficial da Legião de Honra.

O velho fez sinal de que se lembrava.

— Pois bem, vovô — continuou Valentine, pondo-se de joelhos diante do velho e apontando para Maximilien com uma das mãos —, amo-o e serei apenas dele! Se me obrigarem a casar com outro, vou me consumir ou me matar.

Os olhos do velho exprimiam todo um mundo de pensamentos tumultuosos.

— O senhor gosta do sr. Maximilien Morrel, não é, vovô? — perguntou a moça.

— Sim — fez o velho imóvel.

— Pode então nos proteger, nós que somos também seus filhos, contra a vontade do meu pai?

Noirtier pespegou seu olhar inteligente em Morrel, como para lhe dizer:

— Depende.

Maximilien compreendeu.

— A senhorita — disse ele a Valentine — tem um dever a cumprir no quarto de sua avó; pode me dar licença de ter a honra de conversar um instante com o sr. Noirtier?

— Pois bem, vovô, amo-o e serei apenas dele.

— Sim, sim, é isso — fez o olho do velho.

Em seguida, olhou para Valentine com preocupação.

— Está perguntando como ele fará para compreendê-lo, vovô?

— Sim.

— Oh, não se preocupe! Falamos tanto de você que ele sabe como nos comunicamos.

Então, voltando-se para Maximilien com um sorriso adorável, não obstante velado por uma profunda tristeza, ela disse:

— Ele sabe tudo que eu sei.

Valentine levantou-se, aproximou uma cadeira para Morrel e recomendou a Barrois que não deixasse ninguém entrar. Depois de beijar carinhosamente o avô e se despedir tristemente de Morrel, ela saiu.

Então Morrel, para provar a Noirtier que tinha a confiança de Valentine e conhecia bem todos os seus segredos, pegou o dicionário, a pena e o papel, e colocou-os sobre a mesa onde havia uma lamparina.

— Mas em primeiro lugar — disse Morrel —, permita-me, senhor, dizer-lhe quem sou, como amo a srta. Valentine e quais são minhas pretensões a seu respeito.

— Estou ouvindo — fez Noirtier.

Era um espetáculo bastante imponente ver aquele velho, aparentemente um fardo inútil, tornar-se o único protetor, o único amparo, o único juiz de dois amantes jovens, belos, fortes e entrando na vida.

Sua fisionomia, marcada por uma nobreza e austeridade notáveis, impunha-se a Morrel, que, tremendo, começou seu relato.

Contou então como conhecera, como se apaixonara por Valentine e como a moça, em seu isolamento e infelicidade, acolhera a oferta do seu devotamento. Revelou sua origem, sua posição, sua fortuna; e, mais de uma vez, ao interrogar o olhar do paralítico, este olhar respondeu:

— Muito bem, continue.

— Agora — disse Morrel, terminando esta parte do relato —, senhor, que lhe falei do meu amor e das minhas esperanças, posso lhe falar dos meus planos?

— Sim — fez o velho.

— Pois bem! Eis o que havíamos planejado.

E então contou tudo a Noirtier: como um cabriolé esperava no cercado, como pretendia abduzir Valentine, levá-la para a casa de sua irmã, desposá-la e, numa respeitosa espera, aguardar o perdão do sr. de Villefort.

— Não — disse Noirtier.

— Não? — surpreendeu-se Morrel. — Não é assim que devemos fazer?

— Não.

— Quer dizer que esse plano não tem o seu assentimento?

— Não.

— Como quiser! Mas há um outro jeito — disse Morrel.

O olhar indagador do velho perguntou:

— Qual?

Maximilien continuou:

— Irei falar com sr. Franz d'Épinay, fico satisfeito em poder lhe dizer isso na ausência da srta. de Villefort, e me comportarei com ele de maneira a obrigá-lo a ser um homem galante.

O olhar de Noirtier continuou a interrogar.

— O que farei?

— Sim.

— Pois bem. Como eu dizia, irei falar com ele e contar acerca dos laços que me unem à srta. Valentine. Se for um homem delicado, provará sua delicadeza renunciando espontaneamente à mão da noiva, o que lhe granjeará minha amizade e meu devotamento eternos; se recusar, seja porque o interesse o leve a isso, seja porque um ridículo orgulho o faça persistir, depois de lhe ter provado que ele constrangeria minha mulher, que Valentine me ama e não amará a ninguém senão a mim, duelarei com ele dando-lhe todas as vantagens, e ou o matarei ou ele me matará. Se eu o matar, ele não se casará com Valentine; se ele me matar, terei certeza absoluta de que Valentine não se casará com ele.

Noirtier considerava com imenso prazer aquela nobre e sincera fisionomia, na qual se reproduziam todos os sentimentos que a língua francesa pode exprimir, somando a ela, com a expressividade de um belo rosto, tudo que a cor acrescenta a um desenho sólido e verdadeiro.

Entretanto, quando Morrel terminou de falar, Noirtier fechou os olhos diversas vezes, o que era, como sabemos, sua maneira de dizer não.

— Não? — disse Morrel. — Então desaprova o segundo plano assim como desaprovou o primeiro?

— Sim, desaprovo — fez o velho.

— Mas o que fazer então, senhor? — perguntou Morrel. — As últimas palavras da sra. de Saint-Méran foram para que o casamento de sua neta não tardasse a se realizar. Devo deixar as coisas se consumarem?

Noirtier permaneceu imóvel.

— Sim, compreendo — disse Morrel —, devo esperar.

— Sim.

— Mas qualquer delonga nos prejudicará, senhor — replicou o rapaz. — Sozinha, Valentine não terá forças, irão dominá-la como a uma criança. Tendo milagrosamente entrado aqui para saber o que estava acontecendo, e após ser milagrosamente admitido perante o senhor, não me parece razoável esperar que essa boa sorte se repita. As alternativas limitam-se às duas que lhe expus, acredite, perdoando-me a audácia em nome de minha juventude. Diga-me qual das duas prefere: autoriza a srta. Valentine a se confiar à minha honra?

— Não.

— Prefere que eu vá falar com o sr. d'Épinay?

— Não.

— Mas, meu Deus! De quem nos virá o socorro que esperamos do céu?

O velho sorriu com os olhos como se tivesse o hábito de sorrir quando lhe falavam do céu. Ainda restavam resíduos de ateísmo nas ideias do velho jacobino.

— Do acaso? — perguntou Morrel.

— Não.

— Do senhor?

— Sim.

— Do senhor?

— Sim — repetiu o velho.

— O senhor compreende o que estou lhe perguntando? Desculpe-me a insistência, mas minha vida depende de sua resposta: nossa salvação virá do senhor?

— Sim.

— O senhor tem certeza?

— Sim.

— Responde por ela?

— Sim.

Reinava no olhar que fazia essa afirmação uma segurança tal que não havia meio de duvidar de sua vontade, quando não de sua força.

— Oh, obrigado, mil vezes obrigado! Mas como, a menos que um milagre de Deus lhe devolva a fala, o gesto, o movimento, como poderá o senhor, mudo e imóvel, se opor a esse casamento?

Um sorriso iluminou o rosto do velho, sorriso estranho este, de olhos sobre um rosto imóvel.

— Quer dizer que devo esperar? — perguntou o rapaz.

— Sim.

— Mas, e o contrato?

O mesmo sorriso reapareceu.

— Está me dizendo que ele não será assinado?

— Sim — confirmou Noirtier.

— Quer dizer que o contrato sequer será assinado! — exclamou Morrel. — Oh, perdoe-me, senhor! Ao anúncio de uma grande felicidade, temos todo o direito de desconfiar. O contrato não será assinado?

— Não — disse o paralítico.

Apesar dessa garantia, Morrel hesitava em acreditar. Aquela promessa de um velho impotente era tão estranha que, em vez de provir de uma força de vontade, podia emanar de uma debilitação dos órgãos. Não é natural um alienado que ignora a loucura pretender realizar coisas fora de seu alcance? O fraco alardeia os fardos que levanta, o tímido, os gigantes que enfrenta, o pobre, os tesouros que manipula, o mais humilde camponês, em virtude do seu orgulho, chama-se Júpiter.

Fosse porque Noirtier houvesse percebido a indecisão do rapaz, fosse porque não desse inteiramente fé à docilidade que este demonstrara, ele o encarou fixamente.

— Que deseja, senhor? — perguntou Morrel. — Que eu renove minha promessa de não fazer nada?

O olhar de Noirtier permaneceu fixo e firme, como para dizer que uma promessa não lhe bastava; depois passou do rosto para a mão.

— Quer que eu jure, senhor? — perguntou Maximilien.

— Sim, quero — fez o paralítico, com a mesma solenidade.

Morrel compreendeu que o velho atribuía grande importância àquele juramento.

Estendeu a mão.

— Pela minha honra — disse —, juro esperar sua decisão para agir contra o sr. d'Épinay.

— Ótimo — fizeram os olhos do velho.

— Agora, senhor — perguntou Morrel —, ordena que eu me retire?

— Sim.

— Sem rever a srta. Valentine?

— Sim.

Morrel fez sinal de que estava disposto a obedecer.

— Agora — disse Morrel —, permita, senhor, que seu filho o beije como, ainda há pouco, fez sua filha.

Não havia do que duvidar na expressão dos olhos de Noirtier.

O rapaz pousou seus lábios na testa do ancião, no mesmo lugar onde a moça pousara os seus.

Em seguida, cumprimentou-o mais uma vez e saiu.

Do lado de fora do quarto, encontrou o velho criado. Avisado por Valentine, este esperava Morrel, a quem guiou, por uma galeria sinuosa e escura, até uma portinha dando para o jardim.

Dali Morrel encaminhou-se para o portão. Pelo arvoredo, subiu num instante no alto do muro e, com sua escada, num segundo estava no cercado de alfafa onde seu cabriolé continuava à espera.

Entrou no coche despedaçado por tantas emoções, porém com o coração mais sereno, e chegou por volta da meia-noite à rua Meslay. Atirando-se na cama, dormiu como se mergulhado numa profunda embriaguez.

17. O JAZIGO DA FAMÍLIA VILLEFORT

Dois dias depois, uma multidão considerável achava-se reunida, por volta das dez horas da manhã, à porta do sr. de Villefort, e viu-se avançar uma longa fila de coches fúnebres e de coches particulares ao longo do faubourg Saint-Honoré e da rua de la Pépinière.

Dentre esses coches, havia um de formato singular, que parecia ter feito longa viagem. Era uma espécie de furgão pintado de preto, e fora um dos primeiros a chegar ao lúgubre encontro.

Houve quem se informasse a seu respeito, apurando que, por uma estranha coincidência, aquele coche encerrava o corpo do sr. marquês de Saint-Méran e que os ali chegados para um único cortejo seguiam agora dois cadáveres.

Era muita gente; o sr. marquês de Saint-Méran, um dos dignitários mais zelosos e fiéis do rei Luís XVIII e do rei Carlos X, conservara inúmeros amigos, os quais, somados às pessoas cujas obrigações sociais punham em contato com Villefort, formavam um grupo considerável.

Mandaram avisar imediatamente às autoridades e conseguiram que os dois cortejos se realizassem ao mesmo tempo. Um segundo coche, paramentado com a mesma pompa mortuária, foi trazido até a porta do sr. de Villefort, e o caixão foi transportado do furgão do correio para o carro fúnebre.

Os dois corpos deviam ser sepultados no cemitério Père-Lachaise, onde havia muito tempo o sr. de Villefort mandara erguer o jazigo destinado à sepultura de toda a sua família.

No jazigo já descansava o corpo da infeliz Renée, a quem seu pai e sua mãe vinham se juntar após dez anos de separação.

Paris, sempre curiosa, sempre comovida com as pompas da morte, assistiu, num religioso silêncio, à passagem do esplêndido cortejo que acompanhava à última morada dois nomes da velha aristocracia, entre os mais célebres pelo espírito tradicionalista, pela firmeza no trato e pelo devotamento obstinado aos princípios.

No mesmo coche fúnebre, Beauchamp, Albert e Château-Renaud comentavam essa morte quase súbita.

— Vi a sra. de Saint-Méran ano passado, ainda em Marselha — dizia Château-Renaud. — Eu voltava da Argélia; era uma mulher destinada a viver cem anos, graças à sua saúde perfeita, à sua inteligência sempre presente e à sua atividade sempre prodigiosa. Quantos anos ela tinha?

— Setenta — respondeu Albert —, pelo menos foi o que Franz me disse. Mas não foi em absoluto a idade que a matou, foi o sofrimento que sentiu

O cortejo fúnebre.

pela morte do marquês. Parece que depois de sua morte, violentamente abalada, ela não recobrou de todo a razão.

— Mas, afinal, ela morreu do quê? — perguntou Beauchamp.

— De um derrame cerebral, ao que parece, ou de uma apoplexia fulminante. Não é a mesma coisa?

— Mais ou menos,

— De uma apoplexia? — disse Beauchamp. — Difícil acreditar. A sra. de Saint-Méran, que também vi uma ou duas vezes na vida, era pequena, franzina, de uma constituição muito mais nervosa que sanguínea. São raras as apoplexias provocadas pelo sofrimento num corpo de constituição tal como o da sra. de Saint-Méran.

— Em todo caso — disse Albert —, seja qual for a doença ou o médico que a matou, eis o sr. de Villefort, ou melhor, a srta. Valentine, ou melhor ainda, nosso amigo Franz, de posse de uma herança magnífica: oitenta mil libras de renda, creio.

— Herança que será praticamente duplicada com a morte do velho jacobino Noirtier.

— Aí está um avô tenaz — disse Beauchamp. — *Tenacem propositi virum*[62]. Apostou com a morte que enterraria todos os seus herdeiros, eu acho. Vai conseguir, caramba. É o típico velho convencional de 93, que dizia a Napoleão em 1814: "O sr. está caindo porque seu império é um caule jovem, exaurido pelo crescimento; use a República como apoio, voltemos com uma boa constituição aos campos de batalha, e prometo-lhe quinhentos mil soldados, uma outra Marengo e uma segunda Austerlitz. As ideias não morrem, *sire*, às vezes adormecem, mas despertam mais fortes que antes."

— É como se, para ele — disse Albert —, os homens fossem ideias. Apenas uma coisa me preocupa, é saber como Franz d'Épinay lidará com um sogro que não prescinde um instante de sua esposa. Mas onde Franz se meteu?

— Ora, está no primeiro coche, com o sr. de Villefort, que já o considera da família.

Em cada um dos coches que seguiam o cortejo, a conversa era praticamente a mesma. A surpresa era geral com aquelas duas mortes tão próximas e tão rápidas. No entanto, em nenhum deles suspeitava-se do terrível segredo revelado, em seu passeio noturno, pelo sr. d'Avrigny ao sr. de Villefort.

Meia hora depois, chegaram à porta do cemitério. O dia estava ameno, mas o céu, escuro, por conseguinte em grande harmonia com a fúnebre cerimônia que se realizaria com a presença de todos. Dentre os grupos que se dirigiram ao jazigo da família, Château-Renaud reconheceu Morrel, que viera sozinho e de cabriolé. Caminhava só, muito pálido e silencioso, na pequena trilha ladeada por teixos.

---

62. *Tenacem propositi virum*: citação das *Odes*, III, 3, de Horácio, que significa "O homem firme em seus desígnios".

— Você por aqui! — saudou Château-Renaud, passando seu braço sob o do jovem capitão. — Então conhece o sr. de Villefort? Nesse caso, como nunca o vi na casa dele?

— Não é o sr. de Villefort que conheço — respondeu Morrel. — Era a sra. de Saint-Méran que eu conhecia.

Nesse momento, Albert juntou-se a eles com Franz.

— O lugar é mal-escolhido para uma apresentação — disse Albert —, mas não importa, não somos supersticiosos. Sr. Morrel, permita-me apresentar-lhe o sr. Franz d'Épinay, um excelente companheiro de viagem, com quem fiz a volta da Itália. Meu caro Franz, o sr. Maximilien Morrel, um excelente amigo que fiz durante sua ausência e cujo nome você ouvirá da minha boca sempre que eu falar de coração, inteligência e delicadeza.

Morrel hesitou por um instante. Ficou se perguntando se não era uma condenável hipocrisia aquele cumprimento quase amistoso dirigido ao homem que ele, no fundo, combatia; mas seu juramento e a gravidade das circunstâncias voltaram-lhe à lembrança. Esforçou-se em nada transparecer em sua fisionomia, contendo-se e, cumprimentou Franz.

— A srta. de Villefort está muito triste, não é? — perguntou Debray a Franz.

— Oh, senhor — respondeu Franz —, uma tristeza inexplicável. Hoje de manhã estava tão desfeita que mal a reconheci.

Essas palavras aparentemente simples despedaçaram o coração de Morrel. Aquele homem então vira Valentine, falara com ela?

Foi quando o jovem e apaixonado oficial precisou de todas as forças para resistir ao desejo de quebrar seu juramento.

Ele tomou o braço de Château-Renaud e arrastou-o rapidamente para o jazigo, diante do qual os encarregados das pompas fúnebres acabavam de depositar os dois caixões.

— Magnífica morada — comentou Beauchamp, lançando os olhos para o mausoléu —, palácio de verão, palácio de inverno. Também vai morar aí, meu caro d'Épinay, pois daqui a pouco será da família. Quanto a mim, na minha condição de filósofo, quero uma casinha de campo, um chalé distante debaixo das árvores, e não tantas pedras sobre o coitado do meu corpo. Ao morrer, direi àqueles que estiverem ao meu redor o que Voltaire escrevia a Pirron: *Eo rus*[63], e tudo terá terminado... Vamos, caramba! Coragem, Franz, sua mulher é herdeira.

---

63. *Eo rus*: "Vou ao campo." Alexis Pirron (1689-1773) foi um autor dramático, desafeto de Voltaire. Preterido ao postular uma vaga na Academia, fez questão de gravar em sua lápide: "Aqui jaz Pirron, que não foi nada, sequer acadêmico."

— Na verdade, Beauchamp — disse Franz —, você está insuportável. Os escândalos políticos o acostumaram a rir de tudo, e os homens que causam esses escândalos não estão acostumados a crer em nada. Mas, enfim, Beauchamp, quando tiver a honra de se achar entre homens comuns, e a felicidade de esquecer um pouquinho a política, tente recuperar o seu coração, que você deixa no bengaleiro da Câmara dos Deputados ou da Câmara dos Pares.

— Ora, meu Deus — disse Beauchamp —, o que é a vida? Uma pausa na antecâmara da morte.

— Declaro meu protesto a Beauchamp — pontuou Albert. E recuou quatro passos com Franz, deixando Beauchamp prosseguir sua dissertação filosófica com Debray.

O jazigo da família de Villefort formava um quadrado de pedras brancas com cerca de seis metros de altura. Uma separação interna dividia em dois compartimentos a família Saint-Méran e a família Villefort, e cada compartimento tinha sua porta de entrada.

Não se viam, como nos outros túmulos, essas ignóbeis gavetas superpostas, nas quais uma distribuição econômica encerra os mortos com uma inscrição que lembra um rótulo. Tudo que se percebia à primeira vista pela porta de bronze era uma antecâmara severa e escura, separada do túmulo por uma das paredes.

Era no meio dessa parede que se abriam as duas portas que acabamos de mencionar, as quais se comunicavam com as sepulturas dos Villefort e Saint-Méran.

Ali os sofrimentos podiam expressar-se livremente, sem que os visitantes estouvados, que fazem de uma visita ao Père-Lachaise um programa no campo ou um encontro amoroso, viessem perturbar, com seus cantos, gritos ou correrias, a muda contemplação ou a prece banhada de lágrimas em memória ao morador do jazigo.

Os dois caixões entraram no jazigo da direita, que era o da família de Saint-Méran. Foram depositados sobre plataformas especialmente preparadas, que esperavam antecipadamente seus despojos mortais. Apenas Villefort, Franz e alguns parentes próximos penetraram no santuário.

Como as cerimônias religiosas haviam sido realizadas na porta e não haveria discursos a fazer, os presentes logo se despediram. Château-Renaud, Albert e Morrel retiraram-se para o seu lado; Debray e Beauchamp, para o seu.

Franz permaneceu, com o sr. de Villefort, na porta do cemitério. Morrel parou assim que arranjou um pretexto. Viu Franz e o sr. de Villefort num coche de luto, tendo um mau presságio diante daquela confabulação. Voltou então para Paris e, embora estivesse no mesmo coche que Château-Renaud e Albert, não ouviu uma palavra do que os dois disseram.

Com efeito, quando Franz foi se despedir do sr. de Villefort, este havia perguntado:

— Meu caro barão, quando o vejo de novo?

— Quando quiser, senhor — respondera Franz.

— O mais cedo possível.

— Estou às suas ordens, senhor; gostaria que voltássemos juntos?

— Se não for um incômodo...

— De forma alguma.

Foi assim que o futuro sogro e o futuro genro entraram no mesmo coche e que Morrel, ao vê-los passar, com razão concebeu graves inquietudes.

Villefort e Franz voltaram ao faubourg Saint-Honoré.

O procurador do rei, sem entrar nos aposentos de ninguém, sem falar nem à mulher nem à filha, introduziu o rapaz em seu gabinete e, apontando-lhe uma cadeira, disse:

— Sr. d'Épinay, devo lembrá-lo, e o momento talvez não seja tão mal escolhido quanto pensamos a princípio, pois o respeito aos mortos é a primeira oferenda a ser depositada no caixão; como eu dizia, devo lembrá-lo do anseio exprimido anteontem pela sra. de Saint-Méran em seu leito de agonia: o casamento de Valentine não deve sofrer adiamentos. O senhor sabe que os negócios da falecida estão perfeitamente em ordem; que seu testamento lega a Valentine toda a fortuna dos Saint-Méran. O tabelião me mostrou ontem as certidões que permitem redigir de forma definitiva o contrato de casamento. Tem minha autorização para chamar o tabelião e consultar essas certidões. O tabelião é o sr. Deschamps, praça Beauvau, faubourg Saint-Honoré.

— Senhor — respondeu d'Épinay —, este talvez não seja o momento para a srta. Valentine, mergulhada como está no sofrimento, pensar num esposo. Na verdade, eu recearia...

— Valentine — interrompeu o sr. de Villefort — não sentirá satisfação mais viva do que a de cumprir as últimas vontades da avó. Logo, os obstáculos não virão desse lado, respondo por isso.

— Nesse caso, senhor — respondeu Franz —, como também não virão do meu, faça como lhe for conveniente. Minha palavra está dada e a cumprirei, não apenas com prazer, mas também com alegria.

— Sendo assim — disse Villefort —, nada mais nos detém; o contrato deveria ter sido assinado há dois dias, ou seja, está pronto: podemos assiná-lo hoje mesmo.

— Mas e o luto? — indagou Franz, hesitante.

— Fique tranquilo, senhor — respondeu Villefort. — Uma coisa que a minha casa não negligencia é o decoro. A srta. de Villefort poderá recolher-se, durante os três meses de praxe, em seu domínio de Saint-Méran; digo seu domínio, pois este lhe pertence. Lá, dentro de uma semana, se o senhor se dispuser, sem ruídos, sem estardalhaço, sem pompa, o casamento civil será realizado. Era um desejo da sra. de Saint-Méran, que ela se casasse nessa propriedade. Concluído o casamento, o senhor poderá voltar a Paris, enquanto sua mulher passará o tempo do luto com a madrasta.

— Como lhe aprouver, cavalheiro — assentiu Franz.

— Nesse caso — disse o sr. de Villefort —, faça a gentileza de esperar meia hora. Valentine descerá até o salão. Mandarei chamar o sr. Deschamps, leremos e assinaremos o contrato sem delongas e, esta noite mesmo, a sra. de Villefort acompanhará Valentine até o seu domínio, onde daqui a uma semana iremos encontrá-las.

— Senhor — disse Franz —, tenho apenas um pedido a lhe fazer.

— E qual é?

— Desejo que Albert de Morcerf e Raoul de Château-Renaud estejam presentes a essa assinatura. O senhor sabe que eles são minhas testemunhas.

— Meia hora é o suficiente para avisá-los. Quer ir chamá-los pessoalmente? Quer que eu mande alguém chamá-los?

— Prefiro ir pessoalmente, senhor.

— Estarei à sua espera daqui a meia hora, barão, e daqui a meia hora Valentine estará pronta.

Franz cumprimentou o sr. de Villefort e saiu.

Mal a porta da rua se fechou atrás do rapaz, Villefort mandou avisar Valentine para que descesse ao salão dentro de meia hora, pois estavam à espera do tabelião e do sr. d'Épinay.

Essa notícia inesperada produziu um grande alvoroço na casa. A sra. de Villefort não queria acreditar naquilo, e Valentine sentiu-se esmagada por um raio.

Ela olhou à sua volta como para procurar a quem pedir socorro.

Quis descer ao quarto do avô, mas encontrou o sr. de Villefort na escada, o qual pegou-a pelo braço e a levou para o salão.

Na antecâmara, Valentine encontrou Barrois e lançou ao velho servidor um olhar desesperado.

Logo depois de Valentine, foi a sra. de Villefort quem entrou no salão com o pequeno Édouard. Era visível que a jovem mulher também tivera sua cota dos sofrimentos da família; estava pálida e parecia terrivelmente cansada.

Sentou-se, pôs Édouard no colo e, de tempos em tempos, apertava contra o peito, com movimentos quase convulsivos, aquela criança na qual sua vida parecia estar concentrada.

Logo se ouviu o barulho de dois coches entrando no pátio.

Um era o do tabelião, o outro, o de Franz e seus amigos.

Num instante estavam todos reunidos no salão.

Valentine estava tão pálida que era possível enxergar as veias azuis de suas têmporas desenhando-se em torno de seus olhos e correndo ao longo de suas faces.

Franz não conseguia esquivar-se de uma violenta emoção.

Château-Renaud e Albert olhavam-se com espanto: a cerimônia que acabava de terminar não lhes parecia mais triste do que essa que estava prestes a começar.

Sentou-se, pôs Édouard no colo e apertava-o contra o peito, com movimentos quase convulsivos.

A sra. de Villefort instalara-se na penumbra, atrás de uma cortina de veludo, e, como estava constantemente debruçada sobre o filho, era difícil ler em seu rosto o que se passava em seu coração.

O sr. de Villefort mantinha-se, como sempre, impassível.

O tabelião, após ter arrumado, com o rigor característico das pessoas da lei, os papéis sobre a mesa, e ter sentado na poltrona e endireitado os óculos, voltou-se para Franz:

— É o sr. Franz de Quesnel, barão d'Épinay? — perguntou, embora o soubesse perfeitamente.

— Sim, cavalheiro — respondeu Franz.

O tabelião assentiu.

— Devo então avisá-lo, senhor — disse ele —, e isso da parte do sr. de Villefort, que seu casamento planejado com a srta. de Villefort mudou as disposições do sr. Noirtier em relação à neta, e que ele aliena inteiramente a fortuna que devia transmitir-lhe. Apressemo-nos a acrescentar — continuou o tabelião — que, uma vez que o testador, mesmo tendo o direito de alienar apenas parte de sua fortuna, alienou tudo, o testamento não só não resistirá à contestação, como será declarado nulo e não realizado.

— Sim — disse Villefort. — Não obstante, declaro antecipadamente ao sr. d'Épinay que, enquanto eu for vivo, o testamento de meu pai nunca será contestado, visto que ocupo uma posição que proíbe até mesmo a sombra de um escândalo.

— Senhor — disse Franz —, lamento que essa questão tenha sido levantada na presença da srta. Valentine. Nunca procurei saber o montante de sua fortuna, pois, por mais reduzida que seja, continuará mais respeitável que a minha. O que a minha família buscou na aliança com o sr. de Villefort foi a consideração; o que eu procuro é a felicidade.

Valentine fez um sinal imperceptível de agradecimento, enquanto duas lágrimas silenciosas escorriam ao longo de suas faces.

— A propósito, senhor — disse Villefort, dirigindo-se a seu futuro genro —, salvo frustrar parte de suas expectativas, esse testamento inesperado não tem nada que deva atingi-lo pessoalmente. Ele se deve à senilidade mental do sr. Noirtier. O que desagrada a meu pai não é que a srta. de Villefort case com o senhor, é que Valentine se case. Uma união com qualquer outro lhe teria inspirado o mesmo desgosto. A velhice é egoísta, senhor, e a srta. de Villefort era para ele uma fiel companhia, que a baronesa d'Épinay não mais lhe poderá proporcionar. O estado lamentável em que se acha meu pai faz com que raramente o ponhamos a par dos assuntos sérios, os quais sua cabeça avariada não permite acompanhar. Estou plenamente convencido de que, a essa hora, embora conserve a lembrança de que sua neta está casando, o sr. Noirtier esqueceu-se até mesmo do nome daquele que irá se tornar seu neto.

Mal o sr. de Villefort terminava esse comentário, ao qual Franz respondeu com uma saudação, a porta do salão se abriu e Barrois apareceu.

— Senhores — disse ele, com uma voz estranhamente firme para um criado dirigindo-se aos patrões em circunstância tão solene —, o sr. Noirtier de Villefort deseja falar imediatamente com o sr. Franz de Quesnel, barão d'Épinay.

Ele também, como o tabelião, e a fim de que não pudesse haver erro de pessoa, dava todos os seus títulos ao noivo.

Villefort estremeceu, a sra. de Villefort deixou o filho escorregar de seu colo, Valentine ergueu-se pálida e muda como uma estátua.

Albert e Château-Renaud trocaram um segundo olhar mais perplexo que o primeiro.

O tabelião olhou para Villefort.

— Isso é impossível — disse o procurador do rei. — Aliás, o sr. d'Épinay não pode ausentar-se do salão neste momento.

— É justamente neste momento — replicou Barrois, com a mesma firmeza — que o sr. Noirtier, meu patrão, deseja tratar de assuntos importantes com o sr. Franz d'Épinay.

— E desde quando o vovô Noirtier consegue falar? — perguntou Édouard, com sua habitual impertinência.

Mas essa piada não fez sorrir nem mesmo a sra. de Villefort, tanto estavam todos preocupados, tanto a situação parecia solene.

— Diga ao sr. Noirtier — retrucou Villefort — que ele pede algo impossível.

— Neste caso, o sr. Noirtier avisa aos cavalheiros — replicou Barrois — que se fará transportado até o salão.

A perplexidade atingiu o clímax.

Uma espécie de sorriso desenhou-se no rosto da sra. de Villefort. Valentine, a despeito de si mesma, ergueu os olhos para o teto, em agradecimento aos céus.

— Valentine — disse o sr. de Villefort —, vá se informar, por favor, do que se trata esse novo capricho de seu avô.

Valentine deu prontamente uns passos para sair, mas o sr. de Villefort voltou atrás.

— Espere — disse ele —, vou acompanhá-la.

— Perdão, senhor — disse Franz por sua vez —, porém me parece que, tendo sido eu a quem o sr. Noirtier mandou chamar, é a mim que compete aquiescer a seus desejos; aliás, ficarei feliz em lhe apresentar os meus respeitos, não tendo tido ainda a oportunidade de solicitar esta honra.

— Oh, meu Deus! — disse Villefort, com uma visível preocupação. — Não se incomode por isso.

— Desculpe, senhor — respondeu Franz, no tom de um homem que tomou sua decisão. — Não posso perder esta oportunidade de provar ao sr. Noirtier que ele estava errado em nutrir antipatias contra mim. Estou decidido a vencê-las, sejam elas quais forem, com meu profundo devotamento.

E, sem mais se deixar reter por Villefort, Franz levantou-se e foi atrás de Valentine, que já descia a escada com a alegria de um náufrago prestes a tocar um rochedo.

O sr. de Villefort seguiu os dois.

Château-Renaud e Morcerf trocaram um terceiro olhar ainda mais perplexo que os dois primeiros.

18. A ATA

Noirtier esperava, vestido de preto e instalado em sua poltrona. Quando as três pessoas que ele pretendia ver entraram, ele olhou para a porta, que seu criado de quarto fechou imediatamente.

— Preste atenção — disse Villefort baixinho a Valentine, que não conseguia esconder a alegria —, se o sr. Noirtier quiser comunicar coisas que impeçam seu casamento, proíbo-a de compreendê-las.

Valentine corou, mas não respondeu.

Villefort aproximou-se de Noirtier.

— Aqui está o sr. Franz d'Épinay — disse-lhe. — O senhor o convocou e ele submete-se aos seus desejos. Há muito tempo ansiamos por essa entrevista, sem dúvida, e ficarei feliz se ela lhe provar o quanto é infundada sua oposição ao casamento de Valentine.

Noirtier respondeu apenas com um olhar, que fez um arrepio percorrer as veias de Villefort.

Ele fez um sinal para que Valentine se aproximasse.

Num segundo, graças aos recursos que costumava utilizar nas conversas com o avô, ela encontrou a palavra *chave*.

Então ela consultou o olhar do paralítico, que se fixou na gaveta de um movelzinho instalado entre as duas janelas.

Ela abriu a gaveta e encontrou efetivamente uma chave.

Quando pegou essa chave e o velho confirmou ser de fato a que pedia, os olhos do paralítico dirigiram-se para uma antiga escrivaninha há muitos anos esquecida, que supostamente guardava apenas uma papelada inútil.

— Devo abrir a escrivaninha? — perguntou Valentine.

— Sim — fez o velho.

— Devo abrir as gavetas?

— Sim.

— As laterais?

— Não.

— A do meio?

— Sim.

Valentine abriu e retirou um maço de papéis.

— É isso que deseja, vovô? — perguntou.

— Não.

Ela retirou sucessivamente todos os outros papéis, até que não restasse absolutamente mais nada na gaveta.

— Mas agora a gaveta está vazia — disse ela.

Os olhos de Noirtier estavam fixados no dicionário.

— Sim, vovô, compreendo — disse a moça.

E repetiu, uma depois da outra, cada letra do alfabeto; no S, Noirtier a interrompeu:

Ela abriu o dicionário e procurou até a palavra *segredo*.

— Ah, existe um segredo? — perguntou Valentine.

— Sim — fez Noirtier.

— E quem conhece esse segredo?

Noirtier olhou para a porta pela qual o criado havia saído.

— Barrois? — perguntou Valentine.

— Sim — fez Noirtier.

— Devo chamá-lo?

— Sim.

Valentine foi até a porta e chamou Barrois.

Enquanto isso, o suor da impaciência brilhava na testa de Villefort, e Franz permanecia estupefato.

O velho criado apareceu.

— Barrois — disse Valentine —, meu avô me pediu que pegasse a chave nesse console, abrisse essa escrivaninha e puxasse essa gaveta. Ela tem um segredo, e parece que você o conhece. Abra-a.

Barrois olhou para o velho.

— Obedeça — disse o olho inteligente de Noirtier.

Barrois obedeceu. Um fundo falso se abriu e exibiu um maço de papéis amarrados, com uma fita vermelha.

— É isso que deseja, senhor? — perguntou Barrois.

— Sim — fez Noirtier.

— A quem devo entregar esses papéis? Ao sr. de Villefort?

— Não.

— À srta. Valentine.

— Não.

— Ao sr. Franz d'Épinay?

— Sim.

Franz recebeu os papéis das mãos de Barrois e, lançando os olhos na capa, leu:

> Para ser depositado, após a minha morte, junto ao meu amigo general Durand, que, por sua vez, ao morrer, legará esse pacote a seu filho, com a ordem de conservá-lo, pois encerra um documento da mais alta relevância.

— Pois não, senhor! — perguntou Franz. — O que quer que eu faça com esse papel?

— Possivelmente que o conserve lacrado como está — interveio o procurador do rei.

— Não, não — respondeu energicamente Noirtier.

— Talvez deseje que o cavalheiro o leia — sugeriu Valentine.

— Sim — respondeu o velho.

— Está ouvindo, sr. barão, meu avô lhe pede que leia este papel — disse Valentine.

— Nesse caso, sentemo-nos — disse Villefort com impaciência —, pois isso vai levar algum tempo.

— Sentem-se — fez o olho do velho.

Villefort sentou-se, mas Valentine permaneceu de pé ao lado do avô, apoiada em sua poltrona, e Franz de pé diante dele.

Segurava o misterioso papel na mão.

— Leia — disseram os olhos do velho.

Franz desfez o envelope e um grande silêncio instalou-se no quarto. Em meio a esse silêncio, ele leu:

> Excerto da ata de uma sessão do clube bonapartista da rua Saint-Jacques, realizada em 5 de fevereiro de 1815.

Franz interrompeu a leitura.

— 5 de fevereiro de 1815! O dia em que meu pai foi assassinado!

Valentine e Villefort quedaram-se mudos; apenas o olho do velho dizia claramente: "Continue."

— Mas foi ao sair desse clube — emendou Franz — que o meu pai morreu!

O olhar de Noirtier continuou a dizer: "Leia."

Ele prosseguiu.

> Os abaixo-assinados Louis-Jacques Beaurepaire, tenente-coronel de artilharia, Étienne Duchampy, general de brigada, e Claude Lecharpal, diretor das águas e florestas,

Declaram que, em 4 de fevereiro de 1815, uma carta proveniente da ilha de Elba recomendava à benevolência e à confiança dos membros do clube bonapartista o general Flavien de Quesnel, que, tendo servido ao imperador de 1804 a 1814, parecia devotadíssimo à dinastia napoleônica, a despeito do título de baronato que Luís XVIII acabava de atribuir à sua propriedade de Épinay.

Por conseguinte, foi enviado um bilhete ao general de Quesnel, convidando-o a comparecer à sessão do dia 5 seguinte. O bilhete não indicava nem a rua nem o número da casa onde a reunião deveria se realizar; não trazia assinatura, mas anunciava ao general que, se ele desejasse estar pronto, poderiam pegá-lo às nove horas da noite.

As sessões aconteciam entre nove e meia-noite.

Às nove horas, o presidente do clube apresentou-se na casa do general; o general estava pronto; o presidente disse-lhe que uma das condições para aquela visita era a de ignorar eternamente o local da reunião e permitir que lhe vendassem os olhos, jurando não tentar erguer a venda.

O general Quesnel aceitou a condição, prometendo, pela sua honra, não procurar saber para onde estava sendo levado.

O general mandara preparar o seu coche, mas o presidente disse-lhe que era impossível utilizá-lo, considerando que seria inútil vendar os olhos do patrão se o cocheiro permanecesse de olhos abertos e reconhecesse as ruas pelas quais passassem.

— Como faremos então? — perguntou o general.

— Tenho o meu coche — respondeu o presidente.

— Quer dizer que tem tanta confiança no seu cocheiro que lhe conta um segredo que julga imprudente contar ao meu?

— Nosso cocheiro é membro do clube — atalhou o presidente. — Seremos conduzidos por um conselheiro de Estado.

— Então — disse o general, rindo —, estamos correndo outro risco, o de capotar.

Registramos tal gracejo como prova de que o general não foi absolutamente obrigado a assistir à sessão, vindo por espontânea vontade.

Já dentro do coche, o presidente lembrou ao general a promessa de permitir vendar-se. O general não opôs nenhuma objeção a essa formalidade. Um lenço, deixado para esse fim no coche, cumpriu seu papel.

No caminho, o presidente julgou perceber que o general procurava enxergar através da venda: lembrou seu juramento.

— Ah, é verdade! — disse o general.

O coche parou diante de um beco da rua Saint-Jacques. O general desceu, apoiando-se no braço do presidente, cuja dignidade ignorava e que tomava por um simples membro do clube. Atravessaram o beco, subiram um andar e entraram na câmara de deliberações.

A sessão teve início. Os membros do clube, prevenidos da espécie de apresentação que se daria aquela noite, achavam-se em trajes de gala. Ao chegar ao centro da sala, o general foi convidado a retirar a venda. Aceitou imediatamente o convite e pareceu bastante surpreso ao encontrar tantos rostos conhecidos numa sociedade de cuja existência sequer suspeitara até o momento.

Quiseram saber de que lado estava, mas ele se contentou em responder que as cartas da ilha de Elba deveriam bastar para saberem que…

"Ao chegar ao centro da sala, o general foi convidado a retirar a venda."

Franz interrompeu a leitura.

— Meu pai era monarquista — ele disse. — Não havia necessidade de interrogá-lo sobre seus pontos de vista, eles eram conhecidos.

— E daí — disse Villefort — vem minha relação com seu pai, meu caro sr. Franz; as ligações surgem naturalmente quando se partilha o mesmo ponto de vista.

— Leia — continuou a dizer o olho do velho.

Franz continuou:

> Em seguida, o presidente tomou a palavra e pediu ao general que fosse mais explícito; porém o sr. de Quesnel respondeu que, antes de qualquer coisa, queria saber o que desejavam dele.
>
> Foi então entregue ao general a mesma carta da ilha de Elba que o recomendava ao clube como um homem com cuja colaboração poderiam contar. Um parágrafo inteiro expunha o provável retorno da ilha de Elba e prometia uma nova

carta e detalhes mais amplos à chegada do *Pharaon*, paquete pertencente ao armador Morrel, de Marselha, cujo capitão era inteiramente devotado ao imperador.

Durante essa leitura, o general, com quem haviam julgado poder contar como um irmão, deu, ao contrário, visíveis sinais de descontentamento e repulsa.

Terminada a leitura, ele permaneceu silencioso, com o cenho franzido.

— Muito bem — perguntou o presidente —, o que me diz dessa carta, sr. general?

— Digo — respondeu ele — que prestamos juramento ao rei Luís XVIII muito recentemente, para violá-lo agora em benefício do ex-imperador.

Dessa vez a resposta era clara demais para que se enganassem a respeito de suas convicções.

— General — disse o presidente —, para nós não mais existe nem rei Luís XVIII nem ex-imperador. Existe apenas Sua Majestade imperador e rei, afastado há dez meses da França, seu Estado, por meio da violência e da traição.

— Perdão, cavalheiros — contestou o general —, pode ser que não exista rei Luís XVIII para os senhores, mas, para mim, existe, considerando que ele me fez barão e marechal de campo. Nunca esquecerei que ao seu auspicioso retorno à França devo esses dois títulos.

— Cavalheiro — disse o presidente, num tom mais grave e se levantando —, cuidado com o que diz. Suas palavras nos demonstram claramente que enganaram-se a seu respeito na ilha de Elba e que nos enganaram. A comunicação que lhe foi feita deve-se à confiança de que o senhor era depositário e por conseguinte a um sentimento que o honra. Mas estávamos errados: um título e uma patente fizeram-no reatar com o novo governo que pretendemos derrubar. Não iremos obrigá-lo a colaborar; não recrutamos ninguém contra sua vontade ou consciência; mas o compeliremos a agir como um homem galante, ainda que não esteja disposto a isso.

— O senhor chama ser um homem galante saber da sua conspiração e não revelá-la! Quanto a mim, chamo isso de cumplicidade. Vê que ainda sou mais franco que o senhor…

— Ah, meu pai — disse Franz, interrompendo-se —, agora entendo por que o assassinaram!

Valentine não se conteve e olhou para Franz. O rapaz estava realmente formoso em seu entusiasmo filial.

Villefort andava de um lado para o outro atrás dele.

Noirtier acompanhava com os olhos a expressão de cada um e mantinha sua atitude digna e severa.

Franz voltou ao manuscrito e prosseguiu:

— Cavalheiro — disse o presidente —, o senhor foi solicitado a comparecer ao seio da assembleia, não foi trazido à força; sugerimos que vendasse os olhos, o senhor aceitou. Quando acedeu a esse duplo pedido sabia perfeitamente que nosso ofício não era consolidar o trono de Luís XVIII, caso contrário não estaríamos tão preocupados em nos esconder da polícia. No entanto, compreenda, seria muito cômodo colocar uma máscara, com sua ajuda surpreender o segredo das pessoas e, em seguida, simplesmente retirar essa máscara para prejudicar aqueles que confiaram em si. Não, não, primeiro o senhor vai dizer francamente se é a favor do rei fortuito que reina neste momento ou a favor de Sua Majestade o imperador.

— Sou monarquista — respondeu o general —, prestei juramento a Luís XVIII, serei fiel ao meu juramento.

Essas palavras foram seguidas de um murmúrio generalizado, sendo possível perceber, pelos olhares de um grande número dos membros do clube, que eles discutiam a possibilidade de obrigar o sr. d'Épinay a se arrepender dessas imprudentes palavras.

O presidente levantou-se de novo e impôs silêncio.

— Cavalheiro — disse-lhe —, o senhor é um homem suficientemente sério e sensato para compreender as consequências da situação em que nos achamos uns diante dos outros, e sua própria franqueza nos dita as condições que somos obrigados a lhe impor: o senhor vai jurar pela sua honra nada revelar do que ouviu.

O general levou a mão à espada e exclamou:

— Se menciona a honra, comece por não ignorar as leis e não imponha nada pela violência.

— E o senhor — continuou o presidente, com uma calma talvez mais terrível que a cólera do general —, não toque em sua espada, é um conselho que lhe dou.

O general olhou à sua volta e percebeu um começo de agitação. Ainda assim, não se dobrou; ao contrário, invocando toda a sua força, desafiou:

— Não vou jurar.

— Então, cavalheiro, morrerá — respondeu tranquilamente o presidente.

O sr. d'Épinay empalideceu. Olhou outra vez à sua volta; vários membros do clube sussurravam e procuravam armas sob seus casacos.

— General — disse o presidente —, fique tranquilo, está entre pessoas de honra que tentarão por todos os meios convencê-lo antes de chegar a tais extremos contra o senhor. Por outro lado, como o senhor disse, está no meio de conspiradores, conhece nosso segredo, precisa devolvê-lo a nós.

Um silêncio muito significativo seguiu-se a essas palavras. Como o general não respondia nada, o presidente ordenou aos guardas:

— Fechem as portas.

O mesmo silêncio mortal sucedeu essas palavras.

Então o general avançou e, fazendo um grande esforço sobre si mesmo, disse:

— Tenho um filho e, no meio de assassinos, tenho de pensar nele.

— General — disse com nobreza o líder do grupo —, um homem sozinho tem sempre o direito de insultar cinquenta: é privilégio da fraqueza. Entretanto, é um erro usar desse direito. Acredite em mim, general, jure e não nos insulte.

O general, mais uma vez domado por essa superioridade do líder do grupo, hesitou por um instante; mas finalmente, avançando até a mesa do presidente, perguntou:

— Qual é a fórmula deste juramento?

— Ei-la:

"Juro pela minha honra nunca revelar a quem quer seja no mundo o que vi e ouvi em 5 de fevereiro de 1815, entre nove e dez horas da noite, e declaro merecer a morte caso viole este juramento."

O general pareceu sentir um frêmito nervoso que o impediu de responder durante alguns segundos. Finalmente, superando uma repugnância explícita, pronunciou o juramento exigido, mas com uma voz tão baixa que mal se ouvia; isso fez com que vários membros exigissem que ele repetisse aquilo em voz mais alta e clara, o que foi feito.

— Agora, desejo retirar-me — disse o general. — Estou finalmente livre?

O presidente levantou-se, designou três membros do grupo para acompanhá-lo e entrou no coche com o general, depois de lhe haver vendado os olhos. Um desses três membros era o cocheiro que os levara.

Os outros membros do clube despediram-se em silêncio.

— Para onde gostaria que o conduzíssemos? — perguntou o presidente.

— Para qualquer lugar em que me vir livre da sua presença — respondeu o sr. d'Épinay.

— Cavalheiro — replicou então o presidente —, seja sensato, o senhor não está mais em uma assembleia, está lidando com homens isolados. Não os insulte, se não quiser responsabilizar-se pelo insulto.

Porém, ao invés de compreender essa linguagem, o sr. d'Épinay respondeu:

— Continua tão corajoso em seu coche quanto no seu clube apenas porque, cavalheiro, quatro homens continuam sendo mais fortes que um.

O presidente mandou parar o coche.

Estavam exatamente na entrada do Quai des Ormes, onde se acha a escada que desce até o rio.

— Por que mandou parar aqui? — perguntou o sr. d'Épinay.

— Porque — disse o presidente — o senhor insultou um homem e este homem não quer dar um passo a mais sem lealmente lhe pedir uma reparação.

— Outro método de assassinar — disse o general, dando de ombros.

— Cale a boca, cavalheiro — respondeu o presidente —, se não quiser que eu o veja como um daqueles homens que ainda há pouco o senhor designava, isto é, um covarde que usa a fraqueza como escudo. O senhor está sozinho, apenas um lhe responderá; o senhor tem uma espada na cinta, tenho uma nesse estojo; o senhor não tem testemunha, um desses cavalheiros será a sua. Agora, se lhe convém, pode tirar a venda.

O general arrancou prontamente o lenço que tinha sobre os olhos.

— Vou finalmente saber com quem estou lidando.

Abriram o coche: os quatro homens desceram.

Franz parou novamente. Enxugou um suor frio que escorria por sua testa. Havia alguma coisa de terrível em ver o filho, trêmulo e pálido, lendo em voz alta os detalhes, até então ignorados, da morte do pai.

Valentine juntava as mãos como se estivesse rezando.

Noirtier olhava para Villefort com uma expressão sublime de desprezo e orgulho.

Franz prosseguiu:

Estávamos, como dissemos, em 5 de fevereiro. Havia três dias que geava e a temperatura era de cinco ou seis graus; a escada estava coberta de gelo; o general era gordo e alto; o presidente ofereceu-lhe o lado do corrimão para descer.

As duas testemunhas seguiam atrás.

A noite era escura, o terreno da escada até o rio estava úmido de neve e granizo, via-se a água correr, negra, profunda e carregando alguns blocos de gelo.

Uma das testemunhas foi até uma barcaça de carvão buscar uma lamparina, à luz da qual as armas foram vistoriadas.

A espada do presidente, que era simplesmente, como dissemos, uma espada que ele carregava num estojo, era mais curta que a do seu adversário e não tinha copo.

O general d'Épinay propôs tirar a espada na sorte, mas o presidente respondeu que fora ele quem provocara e que, ao provocar, já decidira que cada um usaria suas respectivas armas.

As testemunhas tentaram insistir; o presidente lhes impôs silêncio.

Pousaram a lamparina no chão. Os dois adversários instalaram-se um de cada lado; o combate começou.

A luz transformava as duas espadas em dois raios. Quanto aos homens, mal podiam ser vistos, tão densa a escuridão.

O sr. general passava por uma das melhores lâminas do exército. Mas foi tão energicamente pressionado desde as primeiras estocadas que recuou; ao recuar, caiu.

As testemunhas julgaram-no morto; mas seu adversário, que sabia não tê-lo tocado, ofereceu-lhe a mão para ajudá-lo a se levantar. Essa circunstância, em vez de acalmar, irritou o general, que investiu por sua vez sobre o adversário.

Mas seu adversário não recuou um centímetro, recebendo-o com sua espada. Por três vezes o general retrocedeu, achando-se acuado, e voltou à carga.

Na terceira vez, caiu novamente.

Julgou-se que ele escorregara como da primeira vez; entretanto as testemunhas, ao perceberem que ele não se levantava, aproximaram-se dele e tentaram pô-lo de pé; mas aquele que o pegara pelo meio do corpo sentiu sob sua mão um calor úmido. Era sangue.

O general, que estava meio desmaiado, voltou a si.

— Ah! — disse ele. — Enviaram algum espadachim, algum mestre de armas do regimento.

O presidente, sem responder, aproximou-se da testemunha que segurava a lamparina e, erguendo a manga da camisa, mostrou seu braço perfurado por duas estocadas; depois, abrindo o casaco e desabotoando o colete, expôs seu flanco lanhado por um terceiro ferimento.

Apesar disso, não soltara sequer um suspiro.

O general d'Épinay entrou em agonia e expirou cinco minutos depois…

Franz leu essas últimas palavras com uma voz tão embargada que mal foi possível entendê-las. Ao terminar de lê-las, parou, passando a mão nos olhos, como se para expulsar uma nuvem.

Porém, após um minuto de silêncio, prosseguiu:

O presidente subiu a escada novamente, após ter guardado a espada em seu estojo. Um rastro de sangue marcava seu percurso na neve. Ainda não chegara ao

"... e desabotoando o colete, expôs seu flanco lanhado por um terceiro ferimento."

topo da escada quando ouviu um marulho na água: era o corpo do general, que as testemunhas acabavam de jogar no rio, após haverem constatado sua morte.

O general, portanto, sucumbiu num duelo leal, e não em uma emboscada, como foi ventilado.

Para dar fé a isto, assinamos a presente para estabelecer a verdade dos fatos, com receio de que intempestivamente um ator ou algum dos atores dessa cena terrível venha a ser acusado de assassinato premeditado ou infração às leis da honra.

assinado: BEAUREPAIRE, DUCHAMPY E LECHARPAL

Quando Franz terminou essa leitura tão terrível para um filho, quando Valentine, pálida de emoção, enxugou uma lágrima, quando Villefort, trêmulo e encolhido num canto, tentou conjurar a tempestade com olhares suplicantes dirigidos ao implacável ancião, d'Épinay disse a Noirtier:

— Senhor, uma vez que conhece essa terrível história em todos os seus detalhes, uma vez que a fez atestar por assinaturas honradas, uma vez que, em suma, parece interessar-se por mim, embora até agora seu interesse tenha se revelado apenas pela dor, não me recuse uma última satisfação, diga-me o nome do presidente do clube para que eu finalmente conheça aquele que matou meu desafortunado pai.

Villefort, desvairado, procurou a maçaneta da porta. Valentine, que previra antes de todo mundo a resposta do velho e que frequentemente observara em seu antebraço a marca de dois golpes de espada, recuou um passo.

— Em nome dos céus, senhorita — disse Franz, dirigindo-se à sua noiva —, ajude-me, para que eu saiba o nome do homem que me fez órfão aos dois anos!

Valentine permaneceu imóvel e muda.

— Vamos, cavalheiro — disse Villefort —, confie em mim, não prolongue essa cena nefasta. Os nomes, aliás, foram ocultados de propósito. Meu pai mesmo não conhece esse presidente e, se o conhecesse, não poderia dizê-lo: o dicionário não tem nomes próprios.

— Oh, maldição! — exclamou Franz. — A única esperança que me sustentou durante toda essa leitura e me deu forças para ir até o fim era a de pelo menos conhecer o nome daquele que matou meu pai! Senhor, senhor! — gritou ele, voltando-se para Noirtier. — Em nome dos céus! Faça o que puder... por favor, eu lhe peço, indique, sugira...

— Sim — respondeu Noirtier.

— Oh, senhorita, senhorita! — exclamou Franz. — Seu avô fez sinal de que podia me apontar... esse homem... Ajude-me... a senhorita o compreende... colabore comigo.

Noirtier olhou para o dicionário.

Franz pegou-o com um tremor nervoso e pronunciou sucessivamente as letras do alfabeto até E.

A esta letra, o velho fez sinal de que sim.

— E! — repetiu Franz.

O dedo do rapaz deslizou sobre as palavras, mas a todas as palavras Noirtier respondia com um sinal negativo.

Valentine escondia a cabeça nas mãos.

Finalmente, Franz chegou à palavra EU.

— Sim — fez o velho.

— O senhor! — exclamou Franz, com os cabelos em pé. — O sr. Noirtier! Foi o senhor quem matou o meu pai?

— Sim — respondeu Noirtier, fixando sobre o rapaz um olhar majestoso.

Franz caiu sem forças numa poltrona.

Villefort abriu a porta e fugiu, pois tinha ganas de asfixiar aquele tantinho de vida que ainda restava no terrível coração do velho.

19. OS PROGRESSOS DE CAVALCANTI FILHO

Nesse ínterim, o sr. Cavalcanti pai partira para reintegrar-se ao serviço, não do exército de S.M. imperador da Áustria, mas da roleta da estância de Lucca, do qual era um dos mais assíduos cortesãos.

Desnecessário dizer que levara, com a mais escrupulosa exatidão, até o último centavo da soma que lhe fora destinada para a viagem e como recompensa pela maneira majestosa e solene com que desempenhara seu papel de pai.

Com essa partida, o sr. Andrea herdara todos os papéis que atestavam que ele tinha de fato a honra de ser filho do marquês Bartolomeo e da marquesa Oliva Corsinari.

Por conseguinte, estava mais ou menos bem-posto na sociedade parisiense, que tão bem recebe os estrangeiros, tratando-os não pelo que são, mas pelo que pretendem ser.

Aliás, o que se pede a um rapaz galante em Paris? Que fale um pouco a língua local, vista-se apropriadamente, seja um bom jogador e pague à vista.

Desnecessário dizer que um estrangeiro é mais bem-tratado que um parisiense.

Andrea, então, adquirira em quinze dias uma belíssima posição. Era agora chamado de sr. conde, comentava-se que possuía cinquenta mil libras de renda e falava-se nos imensos tesouros do sr. seu pai, enterrados, dizia-se, nas jazidas de Seravezza.

Um cientista, perante o qual essa última circunstância foi mencionada como um fato, declarou ter visto as jazidas em questão, dando grande peso às afirmações que até então flutuavam num estado duvidoso, e com isso elas tomaram a consistência da realidade.

Estávamos nesse círculo da sociedade parisiense em que introduzimos nossos leitores, quando Monte Cristo veio uma noite fazer uma visita ao sr. Danglars. O sr. Danglars saíra, mas sugeriram ao conde apresentar-se à baronesa, que estava acessível, o que ele aceitou.

Não era nunca sem uma espécie de arrepio nervoso que, desde o jantar de Auteuil e os acontecimentos daí decorridos, a sra. Danglars ouvia o nome de Monte Cristo pronunciado. Se a presença do conde não seguia o rumor do seu nome, a sensação dolorosa tornava-se mais intensa; se, ao contrário, o conde aparecesse, sua fisionomia aberta, seus olhos brilhantes, sua amabilidade, até mesmo sua galanteria para com a sra. Danglars logo expulsavam a última impressão de temor. Parecia impossível à baronesa que um homem tão encantador na superfície pudesse alimentar maus desígnios contra ela. Aliás, os corações mais corrompidos só acreditam no mal ao fazê-lo repousar sobre um interesse qualquer: o mal inútil e sem causa é repulsivo como uma anomalia.

Quando Monte Cristo entrou na alcova onde já introduzimos uma vez nossos leitores, e onde a baronesa acompanhava com um olhar bastante irrequieto desenhos que sua filha lhe passava após tê-los visto com o sr. Cavalcanti filho, sua presença produziu o efeito habitual, e foi sorrindo que, após abalar-se um pouco com seu nome, a baronesa recebeu o conde.

Este, por sua vez, abraçou toda a cena num relance.

Perto da baronesa, quase deitada numa conversadeira, Eugénie mantinha-se sentada e Cavalcanti, de pé.

Este, vestindo preto como um herói de Goethe, de sapatos de verniz e meias de seda branca transparentes, passava uma de suas mãos muito claras e bem-tratadas em seus cabelos louros, entre os quais cintilava um diamante, que, apesar dos conselhos de Monte Cristo, o vaidoso rapaz não conseguira resistir ao impulso de enfiar no dedo mínimo.

Esse movimento era acompanhado por olhares assassinos, lançados para a srta. Danglars, e por suspiros enviados na mesma direção que os olhares.

A srta. Danglars continuava a mesma, isto é, bela, fria e irônica. Nenhum daqueles olhares, nenhum daqueles suspiros de Andrea lhe escapavam; dir-se-ia que deslizavam sobre a couraça de Minerva[64], couraça que alguns filósofos sugerem recobrir às vezes o colo de Safo[65].

Eugénie cumprimentou friamente o conde e aproveitou-se das primeiras frases da conversa para se retirar até o salão de estudos, de onde dali a pouco duas vozes exalando-se sorridentes e ruidosas, misturadas aos primeiros acordes de um piano, informaram a Monte Cristo que a srta. Danglars

64. Minerva: deusa latina da sabedoria, das artes e da guerra.

65. Safo: poetisa grega (c.612/630 a.C.-??). Faz-se referência aqui ao tema, já anunciado, da homossexualidade feminina, muitas vezes associado a Safo.

acabava de preferir, à sua e à do sr. Cavalcanti, a companhia da srta. Louise d'Armilly, sua professora de canto.

Foi só então, ao mesmo tempo em que conversava com a sra. Danglars e parecia absorto pelo encanto da conversa, que o conde reparou na solicitude do sr. Andrea Cavalcanti, em sua maneira de escutar a música no umbral da porta, que não ousava transpor, e de manifestar admiração.

O banqueiro não demorou a chegar. Seu primeiro olhar foi para Monte Cristo, é verdade, mas o segundo foi para Andrea.

Quanto à sua mulher, cumprimentou-a da maneira como certos maridos cumprimentam a esposa, e de que os celibatários poderão fazer uma ideia quando for publicado um extensíssimo tratado sobre a vida conjugal.

— As senhoritas não o convidaram para desfrutar da música com elas? — perguntou Danglars a Andrea.

— Infelizmente, não, senhor — respondeu Andrea, com um suspiro ainda mais ostensivo que os outros.

Danglars foi até a porta de comunicação e abriu-a.

Viam-se as duas moças sentadas no mesmo banco, diante do mesmo piano. Elas acompanhavam, cada qual com uma das mãos, um exercício em que estavam treinadas e mostravam um talento notável.

A srta. d'Armilly, que agora formava com Eugénie, graças à moldura da porta, um desses quadros vivos como se fazem muito na Alemanha, tinha uma beleza impressionante, ou melhor, uma delicadeza refinada. Era uma mulherzinha franzina e loura como uma fada, com volumosos cabelos cacheados caindo no pescoço um pouco comprido demais, como Peruggino[66] às vezes confere às suas virgens, e olhos embaciados pelo cansaço. Dizia-se que tinha o peito fraco e que, como a Antonia do *Violino de Cremona*[67], morreria um dia cantando.

Monte Cristo lançou um olhar apressado e curioso para aquele gineceu; era a primeira vez que encontrava a srta. d'Armilly, da qual tantas vezes ouvira falar na casa.

— Quer dizer — perguntou o banqueiro à sua filha — que estamos excluídos?

Então levou o rapaz até a saleta e, seja por acaso, seja por astúcia, a porta foi encostada atrás de Andrea de maneira a que, do lugar onde estavam senta-

---

66. Peruggino: Pietro Peruggino (1446-1524), líder da escola Umbra de pintura durante a Renascença italiana.

67. "Antonia do *Violino de Cremona*": personagem do conto *O violino de Cremona*, de 1812, de E.T.A. Hoffmann (ver Parte I, cap.9, nota 40). Na história, Antonia tem uma voz de beleza sobrenatural, mas os médicos proíbem-na de cantar, pois caso contrário morreria.

— Quer dizer que estamos excluídos?

dos, nem Monte Cristo nem a baronesa pudessem ver mais coisa alguma; mas, como o banqueiro seguira o jovem italiano, a sra. Danglars sequer pareceu notar essa circunstância.

Logo depois, o conde ouviu a voz de Andrea ressoar aos acordes do piano, acompanhando uma canção corsa.

Enquanto o conde escutava sorrindo a canção, que lhe fazia esquecer Andrea e lembrar Benedetto, a sra. Danglars enaltecia para Monte Cristo a presença de espírito de seu marido, que, naquela mesma manhã, devido a uma falência milanesa, perdera trezentos ou quatrocentos mil francos.

E, com efeito, o elogio era merecido; pois, se o conde não tivesse sabido pela baronesa ou talvez por um dos meios que tinha de tudo saber, a fisionomia do barão não lhe teria dito uma palavra sobre isso.

"Bom!", pensou Monte Cristo. "Ele já esconde o que perde: há um mês gabava-se disso."

Em seguida, bem alto:

— Oh, senhora — disse o conde —, o sr. Danglars conhece tão bem a Bolsa que logo irá recuperar ali o que eventualmente perder em outros lugares.

— Vejo que partilha o erro comum — disse a sra. Danglars.

— E que erro é esse? — perguntou Monte Cristo.

— É que o sr. Danglars está jogando, ao passo que, ao contrário, não joga nunca.

— Ah, sim, é verdade, senhora, lembro que o sr. Debray me disse... A propósito, como vai o sr. Debray? Há três ou quatro dias não o vejo.

— E eu também — disse a sra. Danglars, com uma dignidade milagrosa. — Mas o senhor começou uma frase que não terminou.

— Qual?

— O sr. Debray lhe disse, segundo o senhor...

— Ah, é verdade; o sr. Debray me disse que a senhora era quem se rendia ao demônio do jogo.

— Tive tal inclinação durante um certo tempo, admito — reconheceu a sra. Danglars —, mas livrei-me dela.

— E está errada, senhora. Ora, meu Deus! As probabilidades de fortuna são precárias e, se eu fosse mulher e o acaso fizesse dessa mulher a esposa de um banqueiro, por mais confiança que eu depositasse na sorte de meu marido, pois, em matéria de especulação, tudo é sorte ou azar; pois bem, como eu ia dizendo, por mais confiança que eu depositasse na sorte de meu marido, eu nunca deixaria de me proporcionar uma fortuna independente, ainda que tivesse que adquirir essa fortuna colocando meus interesses em mãos que lhe fossem desconhecidas.

Sem poder se controlar, a sra. Danglars ruborizou.

— Veja — disse Monte Cristo, como se não tivesse reparado —, fala-se muito num belo golpe que deram ontem nos títulos de Nápoles.

— Não conheço nenhum — disse prontamente a baronesa —, e inclusive jamais conheci; no entanto, por favor, não falemos da Bolsa, sr. conde, parecemos dois corretores; falemos um pouco desses infelizes Villefort, neste momento tão atormentados pela fatalidade.

— O que houve com eles? — perguntou Monte Cristo, com perfeita ingenuidade.

— Ora, o senhor sabe; depois de haverem perdido o sr. de Saint-Méran três ou quatro horas após sua partida, acabam de perder a marquesa três ou quatro dias após sua chegada.

— Ah, é verdade — disse Monte Cristo —, fui informado; mas, como diz Cláudio a Hamlet, esta é uma lei da natureza[68]: seus pais haviam morrido

68. "como diz Cláudio a Hamlet": a frase que Hamlet ouve do tio, assassino de seu pai e que lhe usurpou o direito natural de sucessão ao casar com sua mãe, é: "Mas, bem sabes, teu pai perdeu o pai;/ Esse perdeu o dele; essa é a cadeia", ato I, cena 2.

antes deles e eles os haviam chorado; eles morrerão antes de seus filhos e seus filhos irão chorá-los.

— Mas isso não é tudo.

— Como assim não é tudo!?

— Não; o senhor sabia que eles iam casar a filha...

— Com o sr. Franz d'Épinay... O casamento foi suspenso?

— Ontem de manhã, ao que parece, Franz quebrou o compromisso.

— Ah! Realmente... E as causas desse rompimento são conhecidas?

— Não.

— O que a senhora está me dizendo? Meu Deus! E o sr. de Villefort, como está enfrentando tamanhos infortúnios?

— Como sempre, com filosofia.

Nesse momento, Danglars voltou sozinho.

— E então — disse a baronesa —, deixou o sr. Cavalcanti com a sua filha?

— E com a srta. d'Armilly — disse o banqueiro —, por quem a toma afinal?

Então, voltando-se para Monte Cristo:

— Rapaz encantador, não é mesmo sr. conde, o príncipe Cavalcanti...? Apenas me pergunto, é mesmo príncipe...?

— Não posso responder por isso — disse Monte Cristo. — Seu pai foi apresentado a mim como marquês, ele seria conde; mas acho que nem ele tem grandes pretensões ao título.

— Por quê? — perguntou o banqueiro. — Se for príncipe, está errado em não se gabar. A cada um, seu direito. Na minha opinião, ninguém deve renegar sua origem.

— Oh, o senhor é um autêntico democrata — disse Monte Cristo, sorrindo.

— Mas veja — disse a baronesa — a que está se expondo. Se por acaso o sr. de Morcerf viesse, encontraria o sr. Cavalcanti num aposento em que ele, noivo de Eugénie, nunca teve permissão para entrar.

— Faz bem em dizer "por acaso" — replicou o banqueiro —, pois na realidade poderíamos dizer, tão raramente o vemos, que seria efetivamente o acaso a trazê-lo.

— Mesmo assim, se ele viesse e encontrasse o rapaz perto de sua filha, poderia não gostar.

— Ele? Oh, meu Deus, está enganada; o sr. Albert não nos dá a honra de ter ciúmes da noiva, não a ama o bastante para isso. Aliás, que me importa se iria gostar ou não!

— Entretanto, no ponto a que chegamos...

— Sim, no ponto a que chegamos: quer saber o ponto a que chegamos? Pois no baile da mãe ele dançou apenas uma vez com minha filha, enquanto o sr. Cavalcanti dançou três vezes e ele nem notou.

— O sr. visconde Albert de Morcerf! — anunciou o criado de quarto.

A baronesa levantou-se bruscamente. Ia até a sala de estudos avisar à filha quando Danglars deteve-a com o braço.

— Deixe — falou.

Ela o encarou, perplexa.

Monte Cristo fingiu não ter percebido aquele jogo de cena.

Albert entrou, muito bonito e alegre. Cumprimentou a baronesa com elegância, Danglars com familiaridade, Monte Cristo com afeição. Depois, voltando-se para a baronesa, disse:

— Tenho sua permissão, senhora, para lhe perguntar como vai a srta. Danglars?

— É claro, senhor — respondeu vivamente Danglars. — Nesse momento está praticando um pouco de música com o sr. Cavalcanti no seu estúdio particular.

Albert manteve sua expressão calma e indiferente. Talvez sentisse algum despeito íntimo; mas sentia o olhar de Monte Cristo fixado nele.

— O sr. Cavalcanti tem uma belíssima voz de tenor — ele disse — e a srta. Eugénie é uma magnífica soprano, sem contar que toca piano como Thalberg[69]. Devem estar fazendo um concerto encantador.

— O fato é — disse Danglars — que eles se dão às mil maravilhas.

Albert pareceu não ter notado aquela observação ambígua, tão grosseira. A sra. Danglars, no entanto, ruborizou.

— Também sou músico — continuou o rapaz —, ao que dizem meus professores, pelo menos. Pois bem! Até hoje nunca consegui harmonizar minha voz com nenhuma outra voz, e com as vozes soprano, sobretudo, ainda menos que com as outras.

Danglars deu um sorrisinho — que significava: "Mostre que é homem, rapaz!" — e disse, provavelmente esperando chegar ao seu objetivo:

— Além disso, ontem o príncipe e minha filha conquistaram a admiração geral. Por que não estava aqui ontem, sr. de Morcerf?

— Que príncipe? — perguntou Albert.

— O príncipe Cavalcanti — respondeu Danglars, que se obstinava em dar esse título ao rapaz.

— Ah, perdão — disse Albert —, eu ignorava que ele fosse príncipe. Ah! Quer dizer que o príncipe Cavalcanti cantou ontem com a srta. Danglars? Na verdade, deve ter sido deslumbrante, e lamento amargamente não os ter ouvido. Mas fui impedido de aceitar seu convite; precisei acompanhar a sra. de Morcerf à casa da baronesa de Château-Renaud, a mãe, onde os alemães cantavam.

---

69. Thalberg: Sigismund Thalberg (1812-71), pianista virtuose que, em 1836, deu uma série de concertos em Paris.

Em seguida, após um silêncio, e como uma trivialidade:

— Tenho permissão — repetiu Morcerf — para apresentar minhas homenagens à srta. Danglars?

— Oh, espere, espere, eu lhe suplico! — disse o banqueiro, detendo o rapaz. — Ouça a deliciosa cavatina, ta, ta, ta, ti, ta, ti, ta, ta, é maravilhoso, já vai terminar... um segundo: perfeito! *Bravo! Bravi! Brava!*

E o banqueiro começou a aplaudir com frenesi.

— Com efeito — disse Albert —, é delicado, e é impossível alguém compreender melhor a música de seu país do que o faz o príncipe Cavalcanti. O senhor disse príncipe, não é mesmo? Aliás, se ele não for príncipe, dele farão príncipe, isso é fácil na Itália. Mas, para voltar aos nossos adoráveis cantores, o senhor deveria nos proporcionar uma distração, sr. Danglars. Sem lhes avisar que há um estranho aqui, deveria pedir à srta. Danglars e ao sr. Cavalcanti que começassem outra peça. É uma coisa deliciosa ouvir música um pouco de longe, na penumbra, sem ser visto, sem ver e, por conseguinte, sem importunar o músico, que pode assim entregar-se a todo o instinto do seu talento ou aos arroubos do seu coração.

Dessa vez, Danglars ficou desconcertado com a fleugma do moço. Chamou Monte Cristo à parte.

— E então! — perguntou-lhe. — Que me diz do nosso namorado?

— Puxa! Parece-me frio, isso é incontestável, mas o que pretende? O senhor assumiu o compromisso!

— Sem dúvida, assumi o compromisso, mas de entregar a minha filha a um homem que a ame, e não a um homem que não a ame. Veja este, frio como um mármore, orgulhoso como seu pai. Se ainda fosse rico, se tivesse a fortuna dos Cavalcanti, ainda relevaríamos. Ora, não consultei minha filha; mas se ela tiver bom gosto...

— Oh — disse Monte Cristo —, não sei se é minha amizade por ele que é cega, mas asseguro-lhe, da minha parte, que o sr. de Morcerf é um rapaz encantador, que fará sua filha feliz e cedo ou tarde chegará a alguma coisa, pois, enfim, a posição de seu pai é excelente.

— Hum! — fez Danglars.

— Por que essa dúvida?

— Há sempre o passado... esse passado obscuro.

— Mas o passado do pai não diz respeito ao filho.

— Claro que diz, claro que diz!

— Calma, não perca a cabeça; há um mês o senhor achava excelente fazer esse casamento... Compreenda, fico constrangido; afinal, foi na minha casa que o senhor conheceu esse jovem Cavalcanti, que eu não conhecia, repito.

— Conheço-o, e isso basta — disse Danglars.

— Conhece-o? Obteve informações sobre ele? — perguntou Monte Cristo.

— E há necessidade disto? E não sabemos de cara com quem estamos lidando? Em primeiro lugar, é rico.

— Não garanto.

— Deu-lhe seu aval, entretanto.

— Cinquenta mil libras, uma miséria.

— Ele tem uma educação refinada.

— Hum! — fez por sua vez Monte Cristo.

— É musicista.

— Todos os italianos o são.

— Ora, conde, não está sendo justo com o rapaz.

— Muito bem! Sim, admito, é com pesar que, conhecendo o compromisso do senhor com os Morcerf, vejo-o se intrometendo e ostentando sua fortuna.

Danglars começou a rir.

— Oh, como o senhor é puritano! — disse. — Mas isso se faz todos os dias no mundo.

— No entanto, o senhor não pode romper assim, meu caro sr. Danglars. Os Morcerf contam com esse casamento.

— Contam?

— Muito.

— Então que se expliquem. O senhor deveria insinuar uma palavrinha sobre isso ao pai, meu caro conde, o senhor que tem bom trânsito na casa.

— Eu! E onde diabos viu isso?

— Ora, no baile, me parece. E como! A condessa, a orgulhosa Mercedes, a desdenhosa catalã, que mal se digna abrir a boca para seus mais velhos conhecidos, tomou-o pelo braço, saiu com o senhor pelo jardim, enveredou por pequenas aleias e só reapareceu meia hora depois.

— Ah, barão, barão — interveio Albert —, assim não conseguimos ouvir; para um melômano como o senhor, que heresia!

— Está bem, está bem, sr. engraçadinho — resmungou Danglars.

Depois, voltando-se para Monte Cristo:

— Pode encarregar-se de dizer isso ao pai?

— Com prazer, se assim deseja.

— Mas que dessa vez isso se faça de uma maneira explícita e definitiva. Sobretudo que ele me peça minha filha, que marque uma data, que declare suas condições financeiras. Enfim, ou nos entendemos ou brigamos, mas, o senhor compreende, chega de adiamentos.

— Muito bem! A solicitação será atendida.

— Não direi ao senhor que espero isso com prazer, mas, enfim, espero. Um banqueiro, como sabe, deve ser escravo de sua palavra.

E Danglars soltou um suspiro como aqueles que, meia hora antes, soltava Cavalcanti filho.

— *Bravi! Bravo! Brava!* — gritou Morcerf, parodiando o banqueiro e aplaudindo no fim da peça.

Danglars começava a olhar torto para Albert, quando vieram dizer-lhe algo em voz baixa.

— Já volto — disse o banqueiro a Monte Cristo. — Espere por mim, talvez tenha alguma coisa a lhe dizer daqui a pouco.

E saiu.

A baronesa aproveitou-se da ausência do marido para empurrar a porta da sala de estudos de sua filha, e todos viram erguer-se, qual uma mola, o sr. Andrea, que estava sentado ao piano com a srta. Eugénie.

Albert cumprimentou com um sorriso a srta. Danglars, que, sem parecer em nada perturbada, devolveu-lhe um cumprimento tão frio quanto de costume.

Cavalcanti pareceu evidentemente atrapalhado. Cumprimentou Morcerf, que retribuiu com a expressão mais impertinente do mundo.

Albert começou então a se derramar em elogios à voz da srta. Danglars, dizendo do arrependimento que sentia, pelo que acabava de ouvir, por não ter assistido ao sarau da véspera.

Cavalcanti, abandonado, chamou Monte Cristo à parte.

— Vamos — disse a sra. Danglars —, chega de música e de elogios desse gênero, venham tomar o chá.

— Venha, Louise — disse a srta. Danglars à sua amiga.

Passaram à sala vizinha, onde efetivamente o chá estava pronto.

No momento em que começavam a deixar as colheres nas xícaras, à maneira inglesa, a porta voltou a se abrir e Danglars reapareceu bastante agitado.

Monte Cristo foi o primeiro a perceber aquela agitação e interrogou o banqueiro com o olhar.

— Veja só! — disse Danglars. — Acabo de receber minha correspondência da Grécia.

— Ah, ah! — fez o conde. — Então foi para isso que o chamaram?

— Sim.

— Como vai o rei Oto? — perguntou Albert, num tom de pura galhofa.

Danglars olhou-o atravessado, sem responder, e Monte Cristo esquivou-se para ocultar a expressão de pena que acabava de aparecer em seu rosto, a qual logo se desfez.

— Vamos embora juntos, não é? — perguntou Albert ao conde.

— Sim, se lhe agrada — respondeu este.

Albert não compreendia de todo o olhar do banqueiro; assim, voltando-se para Monte Cristo, que o compreendera perfeitamente, perguntou:

— Viu como ele me olhou?

— Sim — respondeu o conde. — Mas viu alguma coisa diferente no olhar dele?

— Acho que sim, mas o que ele quis dizer com notícias da Grécia?

— Como quer que eu saiba?

— Ao que presumo, tem espiões nesse país.

Monte Cristo sorriu como sorrimos sempre que queremos fugir da resposta.

— Veja — disse Albert —, ei-lo que se aproxima do senhor, farei um elogio à srta. Danglars a respeito de seu camafeu; enquanto isso, o pai terá oportunidade de lhe falar.

— Se fizer o elogio, faça-o pelo menos a respeito de sua voz — instruiu Monte Cristo.

— Não, isso é o que qualquer um faria.

— Meu caro visconde — disse Monte Cristo —, o senhor tem a soberba da impertinência.

Albert encaminhou-se na direção de Eugénie com um sorriso nos lábios.

Nesse intervalo, Danglars debruçou-se no ouvido do conde.

— O senhor me deu um excelente conselho — disse ele —, e há toda uma história horrível nessas duas palavras: Fernand e Janina.

— Bah! — fez Monte Cristo.

— Sim, vou lhe contar a história; mas leve o rapaz, eu agora me sentiria constrangido de tê-lo por aqui.

— É o que faço, ele me acompanha; e continua querendo que eu lhe mande o pai?

— Mais que nunca.

— Muito bem.

O conde fez um sinal para Albert.

Ambos cumprimentaram as damas e saíram; Albert, com uma expressão completamente indiferente pelo menosprezo da srta. Danglars, Monte Cristo, reiterando à sra. Danglars seus conselhos sobre a prudência que deve ter uma mulher de banqueiro ao garantir seu futuro.

O sr. Cavalcanti reinou sozinho no campo de batalha.

20. HAYDÉE

Assim que os cavalos do conde viraram a esquina do bulevar, Albert voltou-se para o conde e caiu numa gargalhada excessivamente ruidosa para não ser um pouco forçada.

— Muito bem! — disse ele. — Pergunto-lhe agora, como o rei Carlos IX perguntava a Catarina de Medici depois do São Bartolomeu[70]: "Que tal me saí no meu papel?"

— Do que está falando? — perguntou Monte Cristo.

— Ora, da instalação do meu rival na casa do sr. Danglars...

— Que rival?

— Como assim? Que rival?! Seu protegido, o sr. Andrea Cavalcanti!

— Oh, não me venha com piadas de mau gosto, visconde. Não protejo de forma alguma o sr. Andrea, pelo menos junto ao sr. Danglars.

— Esta seria a censura que eu lhe faria se o rapaz precisasse de proteção. Mas, felizmente para mim, ele pode prescindir disso.

— Como! Acredita que ele a está cortejando?

— Digo apenas isto: ele revira os olhos suspirando e modula sons de apaixonado; ele aspira à mão da altiva Eugénie. Desculpe,

---

70. "rei Carlos IX ... São Bartolomeu": Carlos IX (1550-74) era filho de Catarina de Medici (1519-89). O massacre da noite de São Bartolomeu ocorreu em 1572, quando Carlos tinha apenas vinte e dois anos e continuava sob a influência da mãe. Este episódio consistiu na sangrenta repressão ao protestantismo na França, comandada pela família real. Estima-se que tenham perecido entre 70 mil e 100 mil huguenotes, como eram chamados os protestantes franceses.

acabo de cometer um verso! Palavra de honra, não é culpa minha. Não importa, repito: ele aspira à mão da altiva Eugénie.

— Qual a importância disso, se só pensam em você?

— Não fale uma coisa dessas, meu caro conde; sou maltratado dos dois lados.

— Como assim? Dos dois lados?

— Pois é: a srta. Eugénie mal falou comigo e a srta. d'Armilly, sua confidente, simplesmente não falou.

— Sim, mas o pai o adora — disse Monte Cristo.

— Ele? Muito pelo contrário, enfiou mil punhais no meu coração; punhais retráteis, punhais de tragédia, mas que ele julga agudos e muito reais.

— Ciúme sugere afeição.

— Ora, não estou com ciúme.

— Mas ele está.

— De quem? De Debray?

— Não, do senhor.

— De mim? Aposto que em menos de uma semana ele me fechará a porta no nariz.

— Está enganado, meu caro visconde.

— Pode provar?

— Quer?

— Sim.

— Estou encarregado de pedir ao sr. conde de Morcerf que formalize um compromisso definitivo junto ao barão.

— Por quem?

— Pelo próprio barão.

— Oh! — exclamou Albert, e depois, usando de toda a sedução de que era capaz. — O senhor não fará uma coisa dessas, não é mesmo, meu caro conde?

— Está enganado, Albert, vou fazê-lo, uma vez que prometi.

— É — lamentou Albert com um suspiro —, parece que o senhor faz questão absoluta de me casar.

— Faço questão de estar bem com todo mundo; e, a propósito de Debray, não o vejo mais na casa da baronesa.

— Houve uma briga.

— Com a senhora?

— Não, com o senhor.

— Ele então percebeu alguma coisa?

— Ah! Boa piada!

— Acha que desconfiava? — fez Monte Cristo, com uma ingenuidade encantadora.

— E essa agora! Mas de onde o senhor vem, meu caro conde?

— Do Congo, se preferir.

— Ainda não é longe o bastante.

— Devo então conhecer os maridos parisienses?

— Ora, meu caro conde, os maridos são iguais em toda parte. A partir do momento em que estudamos o indivíduo de um determinado país, conhecemos a raça inteira.

— Mas qual pode ter sido a causa da briga entre Danglars e Debray? Eles pareciam entender-se tão bem — disse Monte Cristo, enfatizando a ingenuidade.

— Ah, pronto! Entramos nos mistérios de Ísis, e não sou iniciado. Quando o sr. Cavalcanti filho for da família, pergunte-lhe isso.

O coche parou.

— Chegamos — disse Monte Cristo. — São apenas dez e meia, não quer entrar?

— Será um prazer.

— Meu coche o levará depois.

— Não, obrigado, meu cupê deve ter nos seguido.

— Realmente, ei-lo que chega — disse Monte Cristo, apeando.

Ambos penetraram na casa. O salão estava iluminado, entraram.

— Prepare um chá para nós, Baptistin — disse Monte Cristo.

Baptistin saiu sem dizer uma palavra. Dois segundos depois, reapareceu com uma bandeja tão arrumada que, como as refeições das peças feéricas, parecia brotar do chão.

— Na realidade — disse Morcerf —, o que admiro no senhor, meu caro barão, não é sua riqueza, talvez haja pessoas mais ricas; não é sua espirituosidade, Beaumarchais[71] não o superava nisso, mas tinha o equivalente; é a sua maneira de ser servido, sem que lhe digam uma palavra, no mesmo minuto, no mesmo segundo, como se adivinhassem, pela maneira como o senhor bate no gongo, o que deseja ter, e como se o que desejasse estivesse sempre pronto.

— O que o senhor diz é um pouco verdade. Meus hábitos são conhecidos. Por exemplo, veja: não deseja fazer alguma coisa enquanto toma chá?

— Caramba, desejo fumar.

Monte Cristo aproximou-se do gongo e deu uma batida.

Ao cabo de um segundo, uma porta especial se abriu e Ali apareceu com dois chibuques, ambos recheados com excelente latakia[72].

— Que maravilha — disse Morcerf.

---

71. Beaumarchais: ver Parte III, cap.14, nota 100.

72. Latakia: tipo de tabaco bastante perfumado e de forte sabor, proveniente da região homônima, atualmente parte do território sírio.

— Não, é muito simples — explicou Monte Cristo. — Ali sabe que geralmente eu fumo enquanto tomo chá ou café; sabe que eu pedi chá, sabe que cheguei com o senhor, ouve-me chamá-lo, indaga-se pela causa e, como é de um país onde a hospitalidade é exercida sobretudo com o cachimbo, em vez de um chibuque, ele traz dois.

— Muito bem, é uma explicação como outra qualquer. Contudo nem por isso deixa de ser verdade que apenas o senhor... Oh, mas o que ouço?

E Morcerf inclinou-se para a porta, pela qual entravam efetivamente sons correspondentes aos de um violão.

— Puxa, meu caro visconde, esta noite o senhor está condenado à música. Escapou do piano da srta. Danglars para cair na *guzla* de Haydée.

— Haydée! Que nome adorável! Então realmente existem mulheres que se chamam Haydée[73] sem ser nos poemas de Lord Byron?

— Mas claro; Haydée é um nome muito raro na França, mas muito comum na Albânia e no Épiro; é como se o senhor dissesse, por exemplo, castidade, pudor, inocência; é uma espécie de nome de batismo, como dizem os parisienses.

— Oh, que simpático! — disse Albert. — Como eu gostaria que nossas francesas se chamassem srta. Bondade, srta. Silêncio, srta. Caridade Cristã! Não acha que se a srta. Danglars, em vez de se chamar Claire-Marie-Eugénie, como se chama, se chamasse srta. Castidade-Pudor-Inocência Danglars, caramba, que efeito isso faria num convite de casamento!

— Louco! — disse o conde. — Não zombe tão alto, Haydée poderia ouvi-lo.

— E ela se zangaria?

— Claro que não — disse o conde altivamente.

— É boa pessoa? — perguntou Albert.

— Não é bondade, é dever. Uma escrava não se zanga com seu amo.

— Ora, deixe disso! O senhor também está zombando... Será que ainda existem escravos?

— Sem dúvida, uma vez que Haydée é a minha.

— Com efeito, o senhor não faz nada e não tem nada igual ao comum dos mortais. Escrava do sr. conde de Monte Cristo! Isso dá status na França. Da maneira como o senhor nada em ouro, é um lugar que deve valer cem mil escudos por ano.

— Cem mil escudos! A pobre criança já teve mais que isso; ela veio ao mundo deitada sobre tesouros ao lado dos quais os das *Mil e uma noites* são uma ninharia.

---

73. Haydée: personagem do poema *Don Juan*, canto II, CXIII e canto IV, LXXIII.

— É então uma princesa de verdade?

— Já que o senhor está dizendo, acrescento que é uma das maiores de seu país.

— Eu suspeitava. Mas como uma grande princesa veio a tornar-se escrava?

— Como Dionísio, o Tirano[74] tornou-se professor primário? O acaso da guerra, meu caro visconde, o capricho do destino.

— E o nome dela é um segredo?

— Para os outros, sim; mas não para o senhor, caro visconde, que é meu amigo e se calará, não é mesmo? Se prometer se calar...

— Oh! Palavra de honra!

— Conhece a história do paxá de Janina?

— De Ali Tebelin: claro, uma vez que foi no seu serviço que meu pai fez fortuna.

— É verdade, tinha esquecido.

— Muito bem! O que Haydée é de Ali Tebelin?

— Sua filha, simplesmente.

— Como! Filha de Ali Paxá?

— E da bela Vasiliki.

— E ela é sua escrava?

— Oh, meu Deus, sim!

— Como pode?

— Ora! Quando estava passando pelo bazar de Constantinopla, eu a comprei.

— Esplêndido! Com o senhor, meu caro conde, não se vive, sonha-se. Agora, ouça, é muito indiscreto o que vou lhe pedir.

— Continue.

— Porém, uma vez que o senhor sai com ela, uma vez que a leva ao Opéra...

— E então...

— Posso correr o risco de lhe pedir isso?

— Pode correr o risco de me pedir tudo.

— Pois bem! Apresente-me à sua princesa, meu caro conde.

— Será um prazer; mas com duas condições.

— Aceito-as antecipadamente.

— A primeira é nunca contar a ninguém acerca dessa apresentação.

---

74. Dionísio, o Tirano: referência a *Tusculanos*, XII, 27, do orador latino Marco Túlio Cícero (106 a.C.-43 a.C.), onde se lê que "Dionísio, o Tirano, quando foi banido de Siracusa, fez-se professor primário em Corinto".

Vasiliki.

— Muito bem — disse Morcerf, estendendo a mão —, eu juro.

— A segunda é não lhe contar que seu pai trabalhou para o dela.

— Juro também.

— Perfeito, visconde, irá lembrar-se desses dois juramentos, não é?

— Oh! — fez Albert.

— Ótimo. Sei que é um homem de honra.

O conde fez o gongo vibrar novamente; Ali reapareceu.

— Avise a Haydée — disse-lhe — que vou tomar o café em seus aposentos e faça-a compreender que peço permissão para lhe apresentar um amigo.

Ali inclinou-se e saiu.

— Estamos então combinados, meu caro visconde, nada de perguntas diretas. Se desejar saber alguma coisa, pergunte a mim que eu pergunto a ela.

— Combinado.

Ali reapareceu pela terceira vez e manteve o reposteiro erguido, para indicar a seu amo e a Albert que podiam passar.

— Entremos — disse Monte Cristo.

Albert passou uma das mãos nos cabelos e frisou o bigode, o conde pegou seu chapéu, pôs as luvas e precedeu Albert nos aposentos vigiados por Ali, como sentinela avançada, e defendidos, como um corpo de guarda, pelas três camareiras francesas supervisionadas por Myrto.

Haydée os aguardava no primeiro cômodo, que era o salão, com os olhos arregalados pela surpresa. Era a primeira vez que outro homem sem ser Monte Cristo chegava até ela. Estava sentada num sofá, num canto, pernas cruzadas sob o corpo, e construíra para si, por assim dizer, um ninho, nos estofamentos de seda com os mais exuberantes listrados e bordados do Oriente. Tinha por perto o instrumento cujos sons haviam-na denunciado; ficava encantadora assim.

Ao perceber Monte Cristo, ela se levantou com o duplo sorriso de filha e amante que era só dela; Monte Cristo foi em sua direção e estendeu-lhe a mão, na qual, como sempre, ela pousou os lábios.

Albert permanecera próximo à porta, sob a influência daquela beleza estranha que via pela primeira vez e a qual, na França, sequer era concebível.

— Quem o senhor traz aqui? — perguntou em romaico a moça a Monte Cristo. — Um irmão, um amigo, um simples conhecido, ou um inimigo?

— Um amigo — disse Monte Cristo na mesma língua.

— Seu nome?

— Conde Albert, aquele que tirei das garras dos bandidos em Roma.

— Em que língua devo dirigir-me a ele?

Monte Cristo voltou-se para Albert:

— O senhor fala o grego moderno? — perguntou ao rapaz.

— Quem me dera! — disse Albert. — Sequer grego antigo, meu caro conde. Nunca Homero e Platão tiveram mais modesto, e me atreveria a dizer mais negligente, aluno.

— Neste caso — disse Haydée, demonstrando, por suas próximas palavras, que entendera a pergunta de Monte Cristo e a resposta de Albert —, falarei em francês ou italiano, se porventura meu amo quiser que eu fale.

Monte Cristo refletiu um instante:

— Fale em italiano — ordenou.

Depois, voltando-se para Albert:

— Pena o senhor não entender nem o grego moderno nem o grego antigo, pois Haydée fala ambos admiravelmente. Esta pobre criança será obrigada a falar em italiano, o que talvez lhe dê uma falsa ideia de sua pessoa.

Ele fez um sinal para Haydée.

— Seja bem-vindo o amigo que vem com meu amo e senhor — saudou a moça num excelente toscano, com o leve sotaque romano que faz a língua de Dante tão sonora quanto a de Homero. — Ali! Café e cachimbos!

E Haydée fez com a mão um sinal para Albert aproximar-se, enquanto Ali saía para executar as ordens da jovem patroa.

Monte Cristo apontou para Albert dois assentos de armar e cada um foi pegar o seu para aproximá-lo de uma espécie de mesinha alta, cujo centro era ocupado por um narguilé, tendo em volta uma profusão de flores naturais, desenhos e álbuns de música.

Ali voltou, trazendo o café e os chibuques; quanto ao sr. Baptistin, era vedado seu acesso a essa parte dos aposentos.

Albert recusou o cachimbo que o núbio lhe apresentava.

— Oh, aceite, aceite — disse Monte Cristo. — Haydée é quase tão civilizada quanto um parisiense: não aprecia o havana, uma vez que não gosta de cheiros desagradáveis; mas o tabaco do Oriente é um perfume, como sabe.

Ali saiu.

As xícaras de café fumegavam; um açucareiro fora trazido exclusivamente para Albert. Monte Cristo e Haydée tomavam a beberagem árabe à maneira dos árabes, isto é, sem açúcar.

Haydée esticou a mão e pegou com a ponta de seus minúsculos dedos róseos e afilados a xícara de porcelana japonesa, que levou aos lábios com o ingênuo prazer da criança que bebe ou come uma coisa que adora.

Ao mesmo tempo, entraram duas mulheres, portando duas outras bandejas carregadas de sorvetes, que depositaram em duas mesinhas destinadas a esse uso.

— Meu caro anfitrião, minha *signora* — disse Albert, em italiano —, desculpem minha estupefação. Estou absolutamente aturdido, o que é bastante compreensível. Eis que me vejo no Oriente, o verdadeiro Oriente, não infelizmente tal como o vi, mas tal como o sonhei, no coração de Paris. Ainda há pouco eu ouvia o barulho dos transportes coletivos e o tilintar das campainhas dos vendedores de limonada. Oh, *signora*...! Apesar de eu não saber falar grego, sua companhia, aliada a esse clima mágico, é o suficiente para eu ter uma noite inesquecível.

— Falo bastante bem o italiano para conversar com o senhor — disse tranquilamente Haydée —, e farei o que puder, já que ama o Oriente, para que o encontre aqui.

— Do que posso falar? — perguntou baixinho Albert a Monte Cristo.

— Ora, de tudo que quiser: do seu país, da sua mocidade, das suas recordações, ou, se preferir, de Roma, Nápoles ou Florença.

— Oh — disse Albert —, não vale a pena ter uma grega à sua frente para conversar sobre o que conversaríamos com uma parisiense. Permita-me abordar o Oriente.

— Claro, meu caro Albert, esté é o assunto que ela mais gosta.

Albert voltou-se para Haydée.

— Com que idade a *signora* deixou a Grécia? — perguntou.

— Aos cinco anos — respondeu Haydée.

— E lembra-se de sua pátria?

— Quando fecho os olhos, revejo tudo que vi. Existem dois olhares: o olhar do corpo e o olhar da alma. O olhar do corpo às vezes esquece, mas o da alma sempre se lembra.

— E qual é a época mais remota de que se lembra?

— Eu mal sabia andar; minha mãe, que era chamada de Vasiliki; Vasiliki significa real — acrescentou a moça levantando a cabeça —, minha mãe pegava minha mão e, ambas cobertas com um véu, depois de colocarmos no fundo da bolsa todo o ouro que possuíamos, íamos pedir esmola para dar aos prisioneiros, dizendo: "Quem dá aos pobres empresta a Deus." Então, quando nossa bolsa estava cheia, voltávamos para o palácio e, sem dizer nada ao meu pai, enviávamos todo esse dinheiro que nos haviam dado, tomando-nos por mulheres pobres, ao hegúmeno[75] do convento, que o distribuía aos prisioneiros.

— E que idade tinha nessa época?

— Três anos — disse Haydée.

— Então lembra-se de tudo que aconteceu à sua volta desde a idade de três anos?

— Tudo.

— Conde — sussurrou Morcerf a Monte Cristo —, o senhor devia permitir à *signora* que nos contasse alguma coisa de sua história. O senhor me proibiu de falar no meu pai, mas talvez ela o mencione, e não faz ideia de como eu ficaria feliz se ouvisse seu nome sair de boca tão graciosa.

Monte Cristo voltou-se na direção de Haydée e, com um sinal da sobrancelha, indicando que ela deveria prestar muita atenção na recomendação que lhe fazia, disse em grego:

Πατροζ μεν ατην μη δε ονομα προδοτου χαι προ∞οσιαν, ειτε ημιν.[76]

Haydée deu um longo suspiro, e uma nuvem escura atravessou sua fronte tão pura.

— O que o senhor disse a ela? — perguntou baixinho Morcerf.

— Repeti que o senhor é um amigo e que ela não precisa esconder nada.

— Quer dizer — continuou Albert — que essa velha peregrinação em favor dos prisioneiros é sua primeira lembrança; qual é a outra?

— A outra? Vejo-me à sombra dos sicômoros, perto de um lago cujo espelho trêmulo, através das folhagens, ainda contemplo. Recostado no tron-

75. Hegúmeno: do grego *oikomonos*, ou administrador.

76. *Πατροζ μεν ατην μη δε ονομα προδοτου χαι προδοσιαν, ειτε ημιν*: em grego: "Conte a sorte de teu pai, mas não o nome do traidor nem a traição." [Nota do Autor.]

co mais venerável e mais frondoso, meu pai estava sentado em almofadas, e eu, criança fraca, enquanto minha mãe deitava-se aos seus pés, brincava com sua barba branca, que descia até o peito, e com o cânjar de cabo de diamante atravessado em sua cinta. De tempos em tempos, chegava um albanês, que lhe dizia algumas palavras nas quais eu não prestava atenção, e ele respondia com a mesma tonalidade na voz, "Mate!" ou "Perdoe!".

— É estranho — comentou Albert — ouvir tais coisas saírem da boca de uma moça sem ser no teatro e pensar: "Isto não é ficção." E — perguntou — o que, com esse horizonte tão poético, o que, com essas paragens magníficas, a senhorita pensa da França?

— Penso que é um belo país — disse Haydée —, mas vejo a França como ela é, pois a vejo com olhos de mulher, ao passo que me parece, ao contrário, que o meu país, que vi apenas com olhos de criança, está sempre envolvido numa neblina luminosa ou escura, conforme meus olhos façam dele uma pátria doce ou um lugar de amargos sofrimentos.

— Tão jovem, *signora* — disse Albert cedendo, a despeito de si mesmo, ao poder da banalidade —, como pôde sofrer?

Haydée dirigiu o olhar para Monte Cristo, que, com um sinal imperceptível, murmurou:

— *Ειπε*[77].

— Nada como as primeiras recordações para modelar o fundo da alma, e, exceto as duas que acabo de lhe contar, todas as recordações da minha juventude são tristes.

— Fale, fale, *signora* — disse Albert —, juro que a escuto com inexprimível prazer.

Haydée sorriu tristemente.

— Quer então que passe a minhas outras recordações?

— Eu lhe suplico — pediu Albert.

— Pois bem! Eu tinha quatro anos quando, uma noite, fui acordada por minha mãe. Estávamos no palácio de Janina; ela me pegou nas almofadas onde eu repousava e, ao abrir os meus olhos, vi os seus cheios de lágrimas.

"Ela me levou sem falar nada.

"Vendo-a chorar, eu ia chorar também.

"— Silêncio, filha! — ela disse.

"Frequentemente, apesar das consolações ou ameaças maternas, manhosa como todas as crianças, eu não hesitava em chorar; mas, dessa vez, na voz da minha querida mãe havia tamanha entonação de terror que me calei no mesmo instante.

---

77. *Ειπε*: em grego, "Conte". [Nota do Autor.]

"Ela me carregava com pressa.

"Percebi então que descíamos uma escadaria larga. À nossa frente, todas as servas de minha mãe, carregando caixas, sacolas, enfeites, joias, bolsas de ouro, desciam a mesma escadaria, ou melhor, corriam.

"Atrás das mulheres vinha uma guarda de vinte homens, armados com longos fuzis e pistolas, vestindo aquele uniforme que vocês conhecem na França desde que a Grécia voltou a ser uma nação.

"Havia alguma coisa de sinistro, acredite — acrescentou Haydée, balançando a cabeça e empalidecendo diante da mera lembrança —, naquela longa fila de escravos e mulheres um tanto entorpecidas pelo sono, ou pelo menos eu assim imaginava, eu, que talvez julgasse os outros adormecidos porque ainda não acordara direito.

"Pela escada corriam sombras gigantescas, que os archotes de abeto faziam tremer nas abóbadas.

"— Rápido! — disse uma voz no fundo da galeria.

"Essa voz fez todos se vergarem, como o vento que varre a planície verga um campo de espigas.

"A mim, ela fez estremecer.

"Era a voz do meu pai.

"Ele vinha por último, trajando sua esplêndida indumentária, segurando a carabina que o imperador de vocês lhe dera. Apoiado em Selim, seu braço direito, impelia-nos para a frente como faz um pastor com um rebanho desgarrado.

"Meu pai — pontuou Haydée, levantando a cabeça — era um homem ilustre que a Europa conhecia como Ali Tebelin, paxá de Janina, e perante o qual a Turquia tremeu."

Albert, sem saber por quê, ficou arrepiado ao ouvir essas palavras, pronunciadas num tom indefinível de altivez e dignidade. Pareceu-lhe que alguma coisa de sombrio e assustador irradiou-se dos olhos da moça quando, qual uma pitonisa evocando um espectro, ela despertou a lembrança daquele rosto sangrento, cuja morte terrível fez parecer gigantesco aos olhos da Europa contemporânea.

— Pouco depois — continuou Haydée —, o tropel se deteve; estávamos ao pé da escada e à beira de um lago. Minha mãe me apertava contra o seu peito palpitante, e vi, dois passos atrás, meu pai lançando olhares inquietos em todas as direções.

"À nossa frente estendiam-se quatro degraus de mármore, e depois do último degrau, um barco balançava.

"De onde estávamos víamos erguer-se, no meio do lago, um bloco escuro: era o fortim para onde nos dirigíamos.

"Esse fortim me parecia estar a uma distância considerável, talvez em virtude da escuridão.

Ali Tebelin, paxá de Janina.

"Descemos até o barco. Lembro-me de que os remos não faziam nenhum barulho ao tocarem a água. Debrucei-me para vê-los; haviam sido embrulhados com os cinturões dos nossos palicares[78].

"Estavam no barco, além dos remadores, apenas mulheres, meu pai, minha mãe, Selim e eu.

"Os palicares haviam permanecido nas margens do lago, ajoelhados no último degrau e usando os outros três como proteção, para o caso de terem sido seguidos.

"Nosso barco avançava como o vento.

78. Palicares: palavra que, no grego moderno, significa "bravo"; nome dado aos soldados da milícia grega durante a dominação turca.

"— Por que o barco está indo tão rápido? — perguntei à minha mãe.

"— Scchh, minha filha! — fez ela. — É porque estamos fugindo.

"Não compreendi. Por que o meu pai fugia, ele, o todo-poderoso, ele, diante de quem os outros fugiam, ele, que tinha como divisa: *Eles me odeiam, logo, me temem*?

"Era verdade, meu pai estava fugindo pelo lago. Mais tarde ele me contou que a guarnição do castelo de Janina, esgotada após um dia cheio..."

Neste ponto Haydée deteve seu expressivo olhar em Monte Cristo, cujos olhos não despregaram mais dos seus. A moça então continuou, lentamente, como alguém que inventa ou escamoteia.

— A *signora* dizia — interveio Albert, prestando a maior atenção naquele relato — que a guarnição de Janina, cansada após um dia cheio...

— Conspirara com o seraskier[79] Kurchid, enviado pelo sultão para raptar o meu pai. Foi quando meu pai, após ter enviado ao sultão um oficial francês, em quem depositava cega confiança, tomou a decisão de se retirar para o asilo que preparara há muito tempo, ao qual chamava de *kataphigion*, isto é, seu refúgio.

— E esse oficial — perguntou Albert —, lembra-se do nome dele, *signora*?

Monte Cristo trocou com a jovem um olhar rápido como um raio, que passou desapercebido a Morcerf.

— Não — ela disse —, não me lembro; mas talvez mais tarde venha a me lembrar, e o direi.

Albert ia pronunciar o nome do seu pai, quando Monte Cristo levantou lentamente o dedo em sinal de silêncio; o rapaz lembrou-se do juramento e se calou.

— Era rumo a esse fortim que navegávamos...

"Um rés do chão decorado com arabescos, banhando suas varandas na água, e um primeiro andar dando para o lago, eis tudo o que o palácio oferecia de visível aos olhos.

"Entretanto, sob o rés do chão, prolongando-se na ilha, havia um subterrâneo, uma vasta caverna para onde nos levaram, minha mãe, eu e nossas mulheres, e onde jaziam, formando um único monte, sessenta mil bolsas e duzentos tonéis. Havia nessas bolsas vinte e cinco milhões em ouro e, nos barris, trinta e cinco mil libras de pólvora.

"Perto desses barris estava Selim, o braço direito de meu pai, sobre o qual lhe falei. Vigiava noite e dia, segurando uma lança em cuja ponta ardia uma mecha acesa. Tinha ordens para explodir tudo, fortim, guardas, paxá, mulheres e ouro, ao primeiro sinal do meu pai.

79. Seraskier: general em chefe das tropas otomanas.

"Lembro-me de que nossos escravos, conhecendo aquela temível vizinhança, passavam os dias e as noites a chorar, a gemer.

"Quanto a mim, continuo a ver o jovem soldado de tez pálida e olho escuro; e, quando o anjo da morte me visitar, tenho certeza de que reconhecerei Selim.

"Eu não saberia dizer quanto tempo ficamos assim. Nessa época, eu ainda ignorava o que era o tempo; algumas vezes, mas raramente, meu pai nos mandava chamar, a minha mãe e a mim, no terraço do palácio; eram minhas horas de divertimento, eu, que no subterrâneo via apenas sombras plangentes e a lança inflamada de Selim. Meu pai, sentado em frente a um grande vão, examinava com um olhar sombrio as profundezas do horizonte, interrogando cada ponto escuro que aparecia no lago, enquanto minha mãe, meio deitada perto dele, apoiava a cabeça em seu ombro, e eu brincava a seus pés, admirando, com aqueles espantos da infância que aumentam os objetos, as escarpas dos montes Pindo[80], que se erguiam no horizonte, os castelos de Janina, saindo brancos e angulosos das águas azuis do lago, os imensos e negros tufos de folhagem, grudados como liquens nas rochas da montanha, que de longe pareciam espumas, e que de perto são abetos gigantes e murtas imensas.

"Uma manhã, meu pai nos mandou chamar. Estava bem calmo, porém mais pálido que de costume.

"— Tenha paciência, Vasiliki, hoje tudo se resolverá; hoje chega o firman[81] do soberano, e minha sorte será decidida. Se o indulto for integral, retornaremos triunfantes a Janina; se a notícia for ruim, fugiremos esta noite.

"— Mas, e se não nos deixarem fugir? — indagou minha mãe.

"— Oh, fique tranquila — respondeu Ali sorrindo. — Selim e sua lança acesa cuidarão deles. Eles querem que eu morra, mas não ao preço de morrerem comigo.

"Minha mãe foi só suspiros diante daquele consolo, que não partia do coração do meu pai.

"Ela preparou água gelada para ele, que bebia a todo instante, pois, desde sua retirada para o fortim, era queimado por uma febre ardente. Ela perfumou sua barba branca e acendeu o chibuque, cuja fumaça, horas a fio, ele acompanhava com os olhos, distraidamente, volatilizando-se no ar.

"De repente ele fez um movimento tão brusco que quase morri de medo.

"Em seguida, sem desviar os olhos do ponto que atraía sua atenção, pediu sua luneta.

"Minha mãe passou-a para ele, mais branca que o estuque em que se apoiava.

80. Montes Pindo: cordilheira que rasga a Grécia de norte a sul, entre o mar Jônio e o Egeu.

81. Firman: nome dado ao decreto de um soberano no império otomano.

"Vi a mão do meu pai tremer.

"— Um barco...! dois...! três...! — murmurou meu pai. — Quatro...!

"E se levantou, pegando suas armas e colocando, eu me lembro, pólvora na escorva de suas pistolas.

"— Vasiliki — disse ele à minha mãe, visivelmente trêmulo —, chegou o momento que vai decidir minha vida. Daqui a meia hora saberemos a resposta do sublime imperador, retire-se para o subterrâneo com Haydée.

"— Não quero abandoná-lo — disse Vasiliki —, se vai morrer, meu senhor, quero morrer junto consigo.

"— Vá para junto de Selim! — gritou meu pai.

"— Adeus, senhor! — murmurou minha mãe, obediente e vergada ao meio pela aproximação da morte.

"— Levem Vasiliki — disse o meu pai aos palicares.

"Eu, porém, esquecida, corri até ele e estendi as mãos. Ele me viu e, debruçando-se para mim, apertou seus lábios em minha testa.

"Oh, esse beijo foi o último, e ainda permanece na minha fronte!

"Ao descer, distinguíamos através da treliça do terraço as embarcações crescendo no lago, as quais, antes semelhantes a pontos pretos, já pareciam aves roçando a superfície das ondas.

"Enquanto isso, no fortim, vinte palicares, sentados aos pés do meu pai e escondidos nas vigas, espiavam com um olho sangrento a chegada desses barcos. Eles mantinham preparados seus compridos fuzis com incrustações de madrepérola e prata; uma grande quantidade de cartuchos espalhava-se pelo chão. Meu pai consultava seu relógio e perambulava angustiado.

"Foi isso que me impressionou quando deixei meu pai após o último beijo que dele recebi.

"Minha mãe e eu atravessamos o subterrâneo. Selim continuava em seu posto; sorriu tristemente para nós. Fomos pegar almofadas do outro lado da caverna e nos sentamos perto de Selim. Nos grandes perigos, os corações devotados se procuram, e, por mais criança que eu fosse, sentia instintivamente que uma grande desgraça pairava sobre nossas cabeças."

Albert ouvira falar muitas vezes, não pelo seu pai, que nunca tocava no assunto, mas por estranhos, dos últimos momentos do vizir de Janina. Lera diversos relatos sobre sua morte, mas aquela história, ressuscitada na pessoa e na voz da jovem, aquele tom emocionado e a lamentável elegia impregnavam-no ao mesmo tempo de um feitiço e de um horror inexprimíveis.

Quanto a Haydée, entregue a essas terríveis lembranças, ela se calara por um instante. Sua cabeça, como uma flor que pende num dia de tempestade, inclinara-se sobre sua mão, e seus olhos, perdidos e vagos, ainda pareciam ver no horizonte o Pindo verdejante e as águas azuis do lago de Janina, espelho mágico que refletia o sombrio quadro que ela desenhava.

Monte Cristo fitava-a com uma indefinível expressão de interesse e compaixão.

— Continue, minha filha — disse o conde em romaico.

Haydée ergueu a cabeça, como se as palavras sonoras que Monte Cristo acabava de pronunciar tivessem-na arrancado de um sonho, e continuou:

— Eram quatro horas da tarde; embora o dia estivesse límpido e brilhante do lado de fora, estávamos mergulhados na penumbra do subterrâneo.

"Apenas uma luminosidade brilhava na caverna, semelhante a uma estrela cadente no fundo de um céu escuro: era a mecha de Selim. Minha mãe era cristã, e rezava.

"Selim repetia de tempos em tempos a fórmula consagrada: 'Deus é grande!'

"Entretanto, minha mãe ainda alimentava um fio de esperança. Ao descer, julgara reconhecer o francês que havia sido enviado a Constantinopla e em quem meu pai depositava toda a confiança, pois sabia que os soldados do sultão francês são em geral nobres e generosos. Deu alguns passos em direção à escada e escutou.

"— Estão se aproximando — disse ela —, oxalá tragam consigo a paz e a vida.

"— O que receia, Vasiliki? — respondeu Selim, com sua voz ao mesmo tempo suave e altiva. — Se não trouxerem a paz, receberão a morte.

"E reavivava a labareda de sua lança com um gesto que evocava o Dioniso[82] da Creta arcaica.

"Mas eu, tão pequena e ingênua, tinha medo daquela coragem, que julgava feroz, insensata, e me assustava com aquela morte aterradora no ar e no fogo.

"Minha mãe experimentava as mesmas cautelas, pois eu percebia seus calafrios.

"— Meu Deus! Meu Deus, mamãe! — exclamei. — Será que vamos morrer?

"E, à minha voz, as lágrimas e preces dos escravos redobraram.

"Pequena — me disse Vasiliki —, Deus não há de permitir que você, um dia, venha a desejar essa morte que hoje teme.

"Depois, baixinho:

"— Selim, qual é a ordem do seu amo?

"— Se ele me enviar seu punhal é porque o sultão nega-se a recebê-lo em seu perdão, e devo atear fogo; se me enviar seu anel, é porque o sultão o perdoa, e devo entregar a pólvora.

"— Ah — disse minha mãe —, quando a ordem do seu amo chegar, se for o punhal que ele enviar, em vez de morrermos de morte tão horrível, estenderemos a garganta e você nos matará com esse punhal.

"— Sim, Vasiliki — respondeu Selim tranquilamente.

82. Dioniso: deus grego do vinho e da tragédia.

"De repente ouvimos algo como gritos estridentes. Prestamos atenção: eram gritos de alegria. O nome do francês enviado a Constantinopla reverberava repetido pelos nossos palicares. Era evidente que ele trazia a resposta do sublime imperador, e que a resposta era favorável."

— E não se lembra do seu nome? — perguntou Morcerf, disposto a ajudar a memória da narradora.

Monte Cristo fez a ela um sinal.

— Não me lembro — respondeu Haydée.

"O barulho aumentou. Passos mais próximos soaram; desciam os degraus do subterrâneo.

"Selim preparou sua lança.

"Logo um vulto apareceu no crepúsculo azulado, formado pelos raios do sol que penetravam até a entrada do subterrâneo.

"— Quem vem lá? — gritou Selim. — Seja lá quem for, não dê mais nenhum passo.

"— Glória ao sultão! — disse o vulto. — O vizir Ali foi agraciado com o indulto pleno; e não apenas teve a vida poupada, como devolvidos sua fortuna e seus bens.

"Minha mãe soltou um grito de alegria e me apertou contra o seu coração.

"— Pare! — ordenou-lhe Selim, vendo que ela se precipitava para a saída. — Sabe muito bem que preciso do anel.

"— É verdade — disse a minha mãe, e caiu de joelhos, erguendo-me para o céu, como se ao mesmo tempo em que rezasse a Deus por mim quisesse também me alçar até Ele."

E, pela segunda vez, Haydée deteve-se, vencida por uma emoção tal que o suor escorria em sua fronte lívida, e sua voz, engasgada, parecia não conseguir transpor a secura da garganta.

Monte Cristo serviu um pouco de água gelada num copo, o qual lhe passou, dizendo com uma ternura que deixava transparecer um matiz de comando:

— Coragem, minha filha!

Haydée enxugou os olhos e a testa, e continuou:

— Enquanto isso, nossos olhos, habituados à penumbra, haviam reconhecido o emissário do paxá: era um amigo.

"Selim o reconhecera; mas o valoroso rapaz só sabia fazer uma coisa: obedecer.

"— Em nome de quem se apresenta? — ele perguntou.

"— Em nome do meu chefe, Ali Tebelin.

" — Se vem em nome de Ali, sabe o que deve me entregar...

"— Sim — disse o emissário —, e trago-lhe seu anel.

"Ao mesmo tempo ergueu a mão acima da cabeça; mas ele estava muito longe e não estava suficientemente claro para que Selim pudesse, de onde estávamos, distinguir e reconhecer o objeto que ele lhe mostrava.

"— Não consigo enxergar — disse Selim.

"— Aproxime-se — disse o mensageiro —, caso contrário, o farei eu.

"— Nem uma coisa nem outra — respondeu o jovem soldado. — Deposite o objeto que está me mostrando no lugar onde você está, sob esse raio de luz, e retire-se até que eu o tenha visto.

"— Pois seja — disse o mensageiro.

"E retirou-se, após ter depositado o sinal de identificação no lugar indicado.

"Nosso coração palpitava: pois o objeto parecia efetivamente ser um anel. Mas seria o anel do meu pai?

"Selim, mantendo em suas mãos a mecha inflamada, foi até a abertura, inclinou-se radioso sob o raio de luz, e recolheu o sinal.

"O anel do amo — disse, beijando-o —, é ele de fato.

E jogando a mecha no chão, pisou em cima e a apagou.

"O mensageiro soltou um grito de alegria e bateu palmas. A esse sinal, quatro soldados do seraskier Kurchid investiram e Selim caiu trespassado por cinco punhaladas. Cada um dera a sua.

"Em seguida, inebriados pelo crime, embora ainda pálidos de medo, precipitaram-se no subterrâneo, procurando fogo por toda parte e espojando-se sobre os sacos de ouro.

"Enquanto isso, minha mãe tomou-me nos braços e, ágil, enveredando por sinuosidades que só nós conhecíamos, chegou a uma escada secreta do fortim, onde reinava um tumulto terrível.

"As salas baixas estavam totalmente ocupadas pelos tchodoars de Kurchid, isto é, pelos nossos inimigos.

"Quando minha mãe ia empurrar a portinhola, ouvimos soar, terrível e ameaçadora, a voz do paxá.

"Minha mãe cravou o olhar nas fendas das tábuas; por acaso uma brecha apresentou-se diante do meu, e olhei.

"— O que querem? — dizia meu pai a duas pessoas que seguravam nas mãos um papel com caracteres dourados.

"— Queremos — respondeu uma das duas — transmitir-lhe a vontade de Sua Alteza. Vê esse firman?

"Estou vendo — disse meu pai.

"Pois muito bem! Leia; ele pede sua cabeça.

"Meu pai soltou uma gargalhada mais aterradora que uma ameaça, e ainda não terminara quando dois tiros de pistola partiram de suas mãos e mataram os dois homens.

"Os palicares, todos deitados ao redor do meu pai com o rosto no chão, levantaram-se então e abriram fogo; o recinto foi tomado pelos estrondos, o fogo e a fumaça.

"Na mesma hora o fogo começou do outro lado, e as balas vieram perfurar as tábuas à nossa volta.

"Oh! Como era belo, como era grande o vizir Ali Tebelin, meu pai, em meio às balas, empunhando a cimitarra, o rosto preto de pólvora! Como seus inimigos fugiam!

“— Selim! Selim! — ele gritava. — Guardião do fogo, cumpra o seu dever!

“— Selim está morto! — respondeu uma voz que parecia sair das profundezas do fortim, e você, grão-senhor Ali, está perdido!

“Ao mesmo tempo deflagrou-se uma detonação surda, e o chão foi pelos ares em volta do meu pai.

“Os tchodoars atiravam através do assoalho, de baixo para cima. Três ou quatro palicares caíram, vítimas de ferimentos espalhados por todo o corpo.

“Meu pai rugiu, enfiou seus dedos nos buracos das balas e arrancou uma tábua inteira.

“Ao mesmo tempo, porém, vinte disparos de fogo estrondearam por essa abertura, e a labareda, como se viesse da cratera de um vulcão, alastrou-se pelos tecidos e os devorou.

A esse sinal, quatro soldados do seraskier Kurchid investiram e Selim caiu trespassado por cinco punhaladas. Cada um dera a sua.

— Oh! Como era belo, como era grande o vizir Ali Tebelin, em meio às balas, empunhando a cimitarra!

"Em meio a todo esse tumulto pavoroso, em meio a esses gritos terríveis, dois disparos mais nítidos e dois gritos mais dilacerantes congelaram-me de terror. Aquelas duas explosões haviam atingido mortalmente meu pai, e tinha sido ele quem soltara os dois gritos.

"Ainda assim, permanecera de pé, agarrado a uma janela. Minha mãe sacudia a porta para morrer com ele, mas a porta estava fechada por dentro.

"À sua volta, os palicares retorciam-se em convulsões de agonia; dois ou três, sem ferimentos ou feridos ligeiramente, atiraram-se pelas janelas. Simultaneamente, o assoalho inteiro estalou, estilhaçado por baixo. Meu pai dobrou um joelho; ao mesmo tempo vinte braços esticaram-se, armados com sabres, pistolas e punhais, vinte golpes atingiram concomitantes um único homem, e meu pai desapareceu num turbilhão de fogo, devorado por aqueles demônios e seus rugidos, como se o inferno houvesse se aberto sob seus pés.

"Senti que rolava no chão: era minha mãe que tombava desmaiada."

Haydée deixou os braços caírem, soltando um gemido e olhando para o conde como para lhe perguntar se estava satisfeito com sua obediência.

O conde levantou-se, foi até ela, pegou sua mão e disse-lhe em romaico:

— Descanse, minha filha, e recupere as forças pensando que há um Deus para punir os traidores.

— É uma história espantosa, conde — disse Albert, assustadíssimo com a palidez de Haydée —, e agora me recrimino por ter sido tão cruelmente indiscreto.

— Não foi nada — respondeu Monte Cristo.

Colocando a mão na cabeça da jovem, acrescentou:

— Haydée é uma mulher corajosa; às vezes encontra consolo no relato de seus sofrimentos.

— Porque, meu amo — disse a moça com vivacidade —, os meus sofrimentos evocam-me suas boas ações.

Albert olhou para ela com curiosidade, pois a jovem ainda não contara o que ele mais queria saber, isto é, como tornara-se escrava do conde.

Haydée viu ao mesmo tempo nos olhares do conde e de Albert o mesmo desejo.

Prosseguiu:

— Quando minha mãe voltou a si, estávamos diante do seraskier.

"— Mate-me — ela disse —, mas poupe a honra da viúva de Ali.

"— Não é a mim que deve dirigir-se — disse Kurchid.

"— A quem então?

"— Ao seu novo senhor.

"— E de quem se trata?

"— Aqui está ele.

"E Kurchid apontou para um daqueles que mais haviam contribuído para a morte do meu pai — continuou a moça com um ódio sinistro."

— Quer dizer — perguntou Albert — que a senhorita tornou-se propriedade desse homem?

— Não — respondeu Haydée —, ele não ousou ficar conosco, vendeu-nos a mercadores de escravos que rumavam a Constantinopla. Atravessamos a Grécia e chegamos quase mortas à porta imperial, apinhada de curiosos que se afastavam para nos abrir caminho, quando de repente minha mãe, acompanhando a direção de seus olhares, lança um grito e cai, apontando para mim uma cabeça em cima dessa porta.

"Embaixo dessa cabeça estavam escritas as seguintes palavras: 'Esta é a cabeça de Ali Tebelin, paxá de Janina.'

"Chorando, eu tentava levantar minha mãe; estava morta!

"Fui levada para o bazar; um rico armênio me comprou, me deu instrução e professores; quando completei treze anos, me vendeu para o sultão Mahmud."

— De quem — interveio Monte Cristo — comprei-a, como lhe disse, Albert, por uma esmeralda igual àquela em que guardo minhas pastilhas de haxixe.

— Oh, como é bondoso e grande, meu amo! — disse Haydée, beijando a mão de Monte Cristo. — É uma imensa felicidade pertencer-lhe!

Albert quedava-se atônito com o que acabava de ouvir.

— Pode terminar sua xícara de café — disse-lhe o conde —, a história chegou ao fim.

O bazar.

PARTE V

1. "ESCREVEM-NOS DE JANINA"

Franz saíra do quarto de Noirtier tão vacilante e perplexo que até mesmo Valentine sentira pena dele.

Villefort, que articulara apenas algumas palavras sem sentido e se refugiara em seu gabinete, recebeu a seguinte carta duas horas depois:

> Após as revelações desta manhã, o sr. Noirtier de Villefort não pode supor que seja possível uma aliança entre sua família e a do sr. Franz d'Épinay. O sr. Franz d'Épinay tem horror de pensar que o sr. de Villefort, aparentemente conhecedor dos fatos narrados esta manhã, não o tenha prevenido devidamente.

Naquele momento, qualquer um que tivesse visto o magistrado abatido por tal golpe não acreditaria que ele o previsse. Com efeito, Villefort nunca imaginou que seu pai levaria a franqueza, ou melhor, a rudeza, a ponto de contar uma história daquelas. É bem verdade que o sr. Noirtier, sempre desdenhoso para com a opinião do filho, jamais se preocupara em lhe esclarecer a verdade dos fatos, e Villefort sempre acreditara que o general de Quesnel, ou barão d'Épinay, conforme se queira chamá-lo, pelo nome com que ele se fez ou pelo nome que lhe deram, morrera assassinado e não em um duelo justo.

Essa carta tão dura, da lavra de um rapaz até aquele momento tão respeitoso, era mortal para o orgulho de um homem como Villefort.

Assim que entrara em seu gabinete, sua mulher chegava em casa.

A saída de Franz, chamado pelo sr. Noirtier, havia surpreendido a todos de tal maneira que a posição da sra. de Villefort, permanecendo sozinha com o tabelião e as testemunhas, tornou-se cada vez mais embaraçosa. Isso fez com que tomasse uma decisão, e saiu dizendo que ia à cata de notícias.

O sr. de Villefort contentou-se em dizer-lhe que, por meio de um acordo entre ele, o sr. Noirtier e o sr. d'Épinay, o casamento de Valentine com Franz estava rompido.

Era difícil comunicar a decisão aos que aguardavam; assim, a sra. de Villefort, ao voltar, contentou-se em dizer que, devido a uma espécie de ataque de apoplexia sofrido pelo sr. Noirtier no início da conversa com o noivo, o contrato estava naturalmente adiado para dali a alguns dias.

Tal notícia, por mais mentirosa que fosse, encaixava-se tão singularmente na sequência de duas tragédias do mesmo gênero que os ouvintes entreolharam-se, espantados, e se retiraram sem uma palavra.

Nesse intervalo, Valentine, feliz e aturdida ao mesmo tempo, após ter beijado e agradecido ao débil ancião, que dessa forma, com apenas um golpe, acabava de romper definitivamente uma corrente que ela já via como inquebrantável, pedira para se retirar aos seus aposentos a fim de se recompor, e Noirtier, com o olho, concedera-lhe a permissão solicitada.

Porém, assim que foi liberada, Valentine, em vez de súbir para o quarto, tomou o corredor e, saindo pelo portãozinho, correu até o jardim. Em meio a todos esses acontecimentos, que se acumulavam uns sobre os outros, um terror surdo atormentara constantemente seu coração. Esperava que, de uma hora para outra, Morrel irrompesse, pálido e ameaçador como o *laird* de Ravenswood na assinatura do contrato de Lucia de Lammermoor[1].

Com efeito, chegou bem a tempo no portãozinho. Maximilien, que desconfiara do que estava para acontecer ao ver Franz deixar o cemitério com o sr. de Villefort, seguira-o. Depois de o ver entrar, vira-o também sair e entrar novamente com Albert e Château-Renaud. Para ele, portanto, não restava mais dúvida. Correra então para o cercado, disposto a tudo e com a convicção de que, ao primeiro momento de liberdade, Valentine viria a seu encontro.

Não se enganara. Seu olho, colado nas tábuas, avistou de fato a chegada da moça, que, sem tomar nenhuma das precauções de costume, corria para o portãozinho. Assim que a viu, Maximilien tranquilizou-se. À primeira palavra que ela pronunciou, pulou de alegria.

— Salvos! — disse Valentine.

— Salvos! — repetiu Morrel, sem conseguir acreditar naquela felicidade. — Mas salvos por quem?

— Pelo meu avô. Oh, ame-o muito, Morrel!

---

1. "... *laird* de Ravesnwood ... Lammermoor": *laird* é a palavra escocesa para proprietário de terras. Referência ao cap.33 de *A noiva de Lammermoor*, de Walter Scott (1771-1832), no qual se lê: "Ravensmood parecia mais um espectro do que um ser vivo." Ver também Parte II, cap.13, nota 97.

Morrel jurou amar o velho com toda a sua alma; e não lhe custava nada esse juramento, uma vez que, naquele instante, não se contentava em amá-lo como um amigo ou um pai, adorava-o como a um deus.

— Mas como foi isso? — perguntou Morrel. — Que recurso extravagante ele usou?

Valentine abria a boca para contar tudo, quando julgou haver no fundo de tudo aquilo um segredo terrível que não pertencia apenas ao seu avô.

— Mais tarde — ela disse —, conto-lhe tudo.

— Mas quando?

— Quando eu for sua mulher.

Isso era introduzir a conversa num capítulo que deixava Morrel receptivo a tudo; dispôs-se inclusive a ouvir que devia contentar-se com o que sabia, pois era o suficiente para um dia. Entretanto, só consentiu em se retirar diante da promessa de que encontraria Valentine na noite seguinte.

Valentine prometeu o que Morrel exigia. Tudo mudara aos seus olhos. Decerto, agora, era-lhe menos difícil acreditar que se casaria com Maximilien do que acreditar uma hora antes que não se casaria com Franz.

Nesse ínterim, a sra. de Villefort dirigira-se ao quarto de Noirtier.

Noirtier fitou-a com o olho ameaçador e severo com que tinha o hábito de recebê-la.

— Senhor — ela disse —, não preciso dizer-lhe que o casamento de Valentine foi rompido, uma vez que foi aqui que se deu esse rompimento.

Noirtier permaneceu impassível.

— Porém — continuou a sra. de Villefort —, o que o senhor não sabe, é que sempre me opus a esse casamento, arquitetado à minha revelia.

Noirtier olhou para a nora como quem espera uma explicação.

— Ora, agora que esse casamento, que, eu sabia, tanto o contrariava, está rompido, venho tratar de um assunto que nem o sr. de Villefort nem Valentine podem tratar.

Os olhos de Noirtier perguntaram que assunto era esse.

— Venho pedir-lhe, senhor — continuou a sra. de Villefort —, como única detentora desse direito, pois sou a única que não ganhará nada com isso, para que restitua, não direi suas boas graças, ela nunca as perdeu, mas sua fortuna, à sua neta.

Os olhos de Noirtier permaneceram vacilantes por um instante. Ele evidentemente procurava os motivos daquele pedido e não os conseguia encontrar.

— Posso ter a esperança, senhor — perguntou a sra. de Villefort —, de que suas intenções conciliam-se com o pedido que acabo de lhe fazer?

— Sim — fez Noirtier.

— Nesse caso, senhor — disse a sra. de Villefort —, retiro-me ao mesmo tempo grata e feliz.

E, cumprimentando o sr. Noirtier, retirou-se.

Com efeito, logo no dia seguinte Noirtier mandou chamar o tabelião. O primeiro testamento foi rasgado e fez-se um novo, pelo qual toda a sua fortuna era legada a Valentine, com a condição de que não a separassem dele.

Houve então, na sociedade, quem calculasse que a srta. de Villefort, herdeira do marquês e da marquesa de Saint-Méran, e novamente nas boas graças do avô, um dia viria a dispor de cerca de trezentas mil libras de renda.

Enquanto o casamento era rompido na casa dos Villefort, o sr. conde de Morcerf recebera a visita de Monte Cristo. Em seguida, como demonstração de boa vontade para com Danglars, envergou seu uniforme de gala de tenente-general, que mandara paramentar com todas as suas cruzes, e pediu seus melhores cavalos. Assim ataviado, dirigiu-se à rua de la Chaussée-d'Antin, onde se fez anunciar a Danglars, que fazia seu balanço de fim de mês.

Não era exatamente ocasião para encontrar o banqueiro de bom humor.

Assim, quando o ex-amigo apareceu, Danglars assumiu sua expressão majestosa e instalou-se resolutamente em sua poltrona.

Morcerf, sempre tão grave, adotara, ao contrário, um semblante risonho e afável. Por conseguinte, convencido de que sua boa vontade ia ser bem acolhida, não usou de diplomacia e, indo direto ao assunto, disse:

— Barão, aqui estou. Há tempos estamos a remoer nossas palavras de outrora…

Com esse intróito Morcerf esperava desanuviar o semblante do banqueiro, cujo mau humor atribuía a seu silêncio; porém, ao contrário, aquele semblante tornou-se, o que era quase inacreditável, ainda mais frio e impassível.

Eis por que Morcerf detivera-se no meio da frase.

— Que palavras, sr. conde? — perguntou o banqueiro, como se inutilmente procurasse em seu espírito a explicação do que o general queria dizer-lhe.

— Oh — disse o conde —, está sendo formal, meu caro senhor, o que me lembra que o cerimonial deve seguir todos os ritos. Muito bem, pela minha fé! Sinto muito; como tenho apenas um filho, e como esta é a primeira vez em que cogito casá-lo, ainda sou um mero aprendiz: às suas ordens, obedeço.

E Morcerf, com um sorriso forçado, levantou-se, fez uma profunda reverência a Danglars e disse:

— Sr. barão, tenho a honra de lhe pedir a mão da srta. Eugénie Danglars, sua filha, para meu filho o visconde Albert de Morcerf.

Mas Danglars, em vez de acolher essas palavras com a benevolência que dele se podia esperar, franziu o cenho e, sem convidar o conde, que permanecera de pé, a sentar, ganhou tempo:

— Sr. conde, antes de lhe responder, eu precisaria refletir.

— Refletir! — reagiu Morcerf, cada vez mais perplexo. — Não teve tempo de refletir desde a primeira vez que conversamos sobre esse casamento, já se vão oito anos?

— Sr. conde — disse Danglars —, todos os dias acontecem coisas que exigem um reexame das reflexões que julgávamos feitas.

— Como assim? — perguntou Morcerf. — Não o compreendo muito bem, barão!

— Quero dizer, cavalheiro, que de quinze dias para cá novas circunstâncias…

— Com licença — atalhou Morcerf —, não estaríamos representando uma farsa?

— Como assim, uma farsa?

— Pois bem, expliquemo-nos francamente!

— Não lhe peço outra coisa.

— Esteve com o sr. de Monte Cristo?

— Vejo-o com frequência — respondeu Danglars, balançando seu plastrão —, é um amigo.

— Pois bem! Uma das últimas vezes em que esteve com ele, o senhor lhe disse que eu parecia ressabiado, vacilante, com relação a esse casamento.

— É verdade.

— Pois bem! Aqui estou. Não estou nem ressabiado nem vacilante, como vê, uma vez que venho intimá-lo a cumprir sua promessa.

Danglars não respondeu.

— Faz tempo que mudou sua opinião — acrescentou Morcerf —, ou só provocou meu pedido para se proporcionar o prazer de me humilhar?

Danglars compreendeu que, se continuasse a conversa no tom que a encetara, poderia se dar mal.

— Sr. conde — disse ele —, tem todo o direito de ficar surpreso com a minha hesitação, eu o compreendo. Mas saiba que ela me aflige em primeiro lugar; saiba que ela me é imposta por circunstâncias imperiosas.

— Isto não passa de palavras ao vento, meu caro senhor — disse o conde —, com as quais talvez um qualquer se contentasse; mas o conde de Morcerf não é um qualquer; e, quando um homem como ele vai ao encontro de outro homem, lembrando-o da palavra empenhada, e esse homem falta com sua palavra, tem o direito de exigir prontamente pelo menos uma boa razão.

Danglars era covarde, mas não queria deixar transparecer. Ficou irritado com o tom que Morcerf acabava de adotar.

— Boas razões é que não me faltam — replicou ele.

— Que pretende dizer com isso?

— Que boas razões eu tenho, mas elas são difíceis de expor.

— Percebe, entretanto — disse Morcerf —, que não posso me satisfazer com sua reticência? Em todo caso, uma coisa me parece clara, é que o senhor recusa minha aliança.

— Não, senhor — disse Danglars —, deixo minha decisão em suspenso, só isso.

— Contudo, suponho que não tenha a pretensão de achar que subscrevo seus caprichos a ponto de esperar tranquila e humildemente o retorno de sua boa vontade…

— Nesse caso — sr. conde —, se não pode esperar, consideremos nossos projetos letra morta.

O conde mordeu os lábios até sangrar para não explodir como exigia seu temperamento arrogante e irritadiço. No entanto, compreendendo que, em tais circunstâncias, o ridículo recairia sobre si mesmo, já começara a se dirigir para a porta do salão quando, pensando melhor, deu meia-volta.

Uma nuvem acabava de atravessar sua fronte, deixando ali, no lugar do orgulho ofendido, o vestígio de uma vaga inquietude.

— Vejamos — ele disse —, meu caro Danglars, conhecemo-nos há muitos anos e, portanto, temos o dever de nos dispensar certas gentilezas mútuas. O senhor me deve uma explicação; o mínimo que exijo saber é a que infeliz acaso meu filho deve a perda de suas boas intenções para com ele.

— Nada pessoal com relação ao visconde, eis tudo que lhe posso dizer, cavalheiro — respondeu Danglars, que recuperava a impertinência ao ver o outro fraquejar.

— E é pessoal com relação a quem? — perguntou Morcerf, com uma voz alterada, lívido.

Danglars, a quem não escapava nenhum desses sintomas, dardejou sobre ele um olhar mais determinado que o de costume.

— Agradeça-me por não me explicar mais.

Um tremor nervoso, sem dúvida fruto de uma cólera contida, agitava Morcerf.

— Tenho o direito — respondeu ele, fazendo um violento esforço sobre si mesmo — e a intenção de exigir que o senhor se explique. Será contra a sra. Morcerf que tem alguma coisa? Minha fortuna seria insuficiente? São minhas opiniões, que, contrariando as suas...

— Nada disso, cavalheiro — disse Danglars —, seria imperdoável de minha parte fazer tais alegações, pois me comprometi sabendo tudo isso. Não, não indague mais, sinto-me deveras envergonhado de fazê-lo fazer esse exame de consciência. Fiquemos por aqui, creia-me. Vamos estipular um prazo razoável, que não signifique nem um rompimento, nem um compromisso. Nada nos apressa, meu Deus! Minha filha tem dezessete anos e seu filho, vinte e um. Durante nossa trégua, o tempo irá colaborar; suscitará novos acontecimentos. As coisas que parecem obscuras na véspera às vezes clareiam no dia seguinte; às vezes, num dia, esfumam-se as mais cruéis calúnias.

— Disse calúnias, cavalheiro? — exclamou Morcerf, empalidecendo. — Alguém anda a me caluniar?

— Sr. conde, não nos aprofundemos, repito.

— Quer dizer, cavalheiro, que me obriga a engolir calado essa recusa.

— Constrangedora principalmente para mim, senhor. Sim, mais constrangedora para mim que para o senhor, pois eu contava com a honra de sua aliança, e um casamento frustrado sempre prejudica mais a noiva que o noivo.

Um tremor nervoso agitava Morcerf.

— Pois bem, senhor, não falemos mais nisto — disse Morcerf.

E, amarfanhando as luvas com raiva, deixou os aposentos.

Danglars reparou que, sequer uma vez, Morcerf ousara perguntar se era por sua causa, dele, Morcerf, que ele, Danglars, retirava sua palavra.

À noite, teve uma longa confabulação com vários amigos, e o sr. Cavalcanti, que passara a maior parte do tempo no salão das damas, foi o último a deixar a casa do banqueiro.

No dia seguinte, ao acordar, Danglars pediu os jornais, que logo lhe foram trazidos: deixou de lado três ou quatro e pegou o *Impartial*[2].

Era nele que Beauchamp trabalhava como redator-chefe.

---

2. *Impartial*: jornal cujo nome completo era *L'Impartial, journal constitutionnel, politique et commercial*, e para o qual Dumas colaborou como crítico teatral.

Rasgou rapidamente a tarja de papel, abriu-o com uma precipitação nervosa, passou desdenhosamente pela página de Paris e, chegando às notas sociais, parou com um sorriso malvado numa coluna que começava com estas palavras: *Escrevem-nos de Janina.*

— Bom — disse ele, após ter lido —, eis um trechinho sobre o coronel Fernand que, segundo toda probabilidade, irá dispensar-me de dar explicações ao sr. conde de Morcerf.

No mesmo instante, isto é, quando soavam nove da manhã, Albert de Morcerf, vestindo preto, metodicamente abotoado, o passo agitado e a palavra lacônica, apresentava-se na casa de Champs-Élysées.

— O sr. conde acaba de sair faz meia hora — disse o porteiro.

— Baptistin foi com ele? — perguntou.

— Não, sr. visconde.

— Então chame Baptistin, preciso dar-lhe uma palavrinha.

O porteiro foi chamar o mordomo e, um instante depois, voltou com ele.

— Amigo — disse Albert —, peço-lhe desculpas pela indiscrição, mas quis lhe perguntar pessoalmente se o seu patrão saíra de fato.

— Sim, senhor — disse Baptistin.

— Inclusive para mim?

— Sei muito bem o quanto meu patrão ficaria feliz em recebê-lo, e eu nunca misturaria o senhor com os demais.

— Ainda bem, pois preciso conversar um assunto sério com ele. Acha que demora a voltar?

— Não, pois pediu o almoço para as dez horas.

— Bem, vou dar uma volta nos Champs-Élysées, às dez estarei aqui. Se o sr. conde voltar antes de mim, diga-lhe que peço que me aguarde.

— Farei o que me pede, senhor, tenha certeza disso.

Albert deixou o fiacre na porta do conde e foi dar um passeio a pé.

Ao passar em frente à alameda das Viúvas[3], julgou reconhecer os cavalos do conde estacionando em frente ao estande de tiro de Gosset. Aproximou-se e, reconhecendo de fato os cavalos, reconheceu o cocheiro.

— O sr. conde está no estande? — perguntou-lhe Morcerf.

— Sim, senhor — respondeu o cocheiro.

Com efeito, ao se aproximar, Morcerf começou a ouvir uma série de tiros regularmente espaçados.

Entrou.

---

3. Em 13 de agosto de 1845, era possível ler no *Jornal do Commercio* do Rio de Janeiro: "Somos obrigados a suspender hoje a publicação de *O conde de Monte Cristo* por não ter chegado ainda de Paris a continuação deste folhetim. Durante esta forçada interrupção, publicamos *A alamedas das Viúvas* ..." (apud Marlyse Meyer, *Folhetim, uma história*. São Paulo, Companhia das Letras, 1996).

No jardinzinho, encontrou o menino.

— Perdão — ele disse —, mas o sr. visconde pode esperar um instante?

— Por que isso, Philippe? — perguntou Albert, que, sendo um íntimo, surpreendia-se com aquele obstáculo incompreensível.

— Porque a pessoa que está se exercitando neste momento atira apenas a sós, nunca na presença de alguém.

— Nem sequer na sua presença, Philippe?

— Pode ver que estou na porta do meu camarim.

— E quem carrega as pistolas dele?

— Seu criado.

— Um núbio?

— Um negro.

— Isso mesmo.

— Conhece então esse fidalgo?

— Vim procurá-lo; é meu amigo.

— Oh! Nesse caso, é diferente. Entrarei para avisá-lo.

E Philippe, impulsionado pela própria curiosidade, entrou no galpão de tábuas. Um segundo depois, Monte Cristo apareceu no portal.

— Peço desculpas por persegui-lo até aqui, meu caro conde — disse Albert. — Mas comunico-lhe desde já que seus criados não têm culpa e que a indiscrição é toda minha. Apresentei-me em sua casa, disseram-me que estava fora, mas voltaria às dez horas para almoçar. Aproveitei para dar o meu passeio aguardando as dez horas e, enquanto andava, avistei seus cavalos e seu coche.

— O que o senhor diz me dá esperanças de que venha se convidar para almoçar.

— Não, obrigado, não se trata de almoçar numa hora dessas; quem sabe almoçamos mais tarde, mas em má companhia, devo dizer!

— Que diabos está dizendo?

— Meu caro, bato-me hoje em duelo.

— O senhor? E para quê?

— Para lutar, caramba!

— Sim, eu entendi, mas qual o motivo? Duela-se por todo tipo de coisa, compreenda.

— Por uma questão de honra.

— Ah, sim, isto é sério!

— Tão sério que venho para lhe pedir um favor.

— Qual?

— Ser minha testemunha.

— A coisa está ficando grave; não falemos nisto aqui e voltemos para a minha casa. Ali, dê-me água.

O conde arregaçou as mangas e passou para o pequeno vestíbulo que precede os estandes, onde os atiradores costumam lavar as mãos.

— Ora, entre, sr. visconde — sussurrou Philippe —, verá uma coisa estranha.

Morcerf entrou. Em vez de alvos, cartas de baralho estavam coladas nos painéis.

De longe, Morcerf julgou que era o baralho completo; havia desde o ás até o dez.

— Ah, ah! — riu Albert. — Estava jogando dardo?

— Não — disse o conde —, estava formando um baralho.

— Como assim?

— Pois é, são ases e dois que o senhor vê; só que minhas balas fizeram três, cinco, sete, oito, nove e dez.

Albert se aproximou.

Com efeito, as balas tinham, com linhas absolutamente precisas e distâncias absolutamente iguais, substituído os símbolos ausentes e perfurado a cartolina nos lugares pintados. Como se não bastasse, dirigindo-se ao painel, Morcerf recolheu duas ou três andorinhas que haviam cometido a imprudência de passar ao alcance da pistola do conde e que ele abatera.

— Diabos! — exclamou Morcerf.

— O que posso fazer, meu caro visconde? — disse Monte Cristo, enxugando as mãos na toalha trazida por Ali. — Tenho que me entreter nos meus momentos de ócio; mas, venha, acompanhe-me.

Ambos entraram no cupê de Monte Cristo, o qual, passados alguns instantes, deixou-os na porta do nº30.

Monte Cristo conduziu Morcerf até seu gabinete e apontou-lhe uma cadeira. Ambos sentaram.

— Agora, conversemos com calma — disse o conde.

— Pode ver que estou completamente calmo.

— Com quem pretende duelar?

— Com Beauchamp.

— Um amigo seu!

— É sempre com amigos que se duela.

— É preciso pelo menos uma razão.

— Tenho uma.

— O que ele lhe fez?

— Num jornal de ontem à noite... Mas, tome, leia.

Albert estendeu a Monte Cristo um jornal onde se liam as seguintes palavras:

> Escrevem-nos de Janina:
>
> Um fato até agora ignorado, ou pelo menos inédito, chegou ao nosso conhecimento. Os castelos que defendiam a cidade foram entregues aos turcos por um oficial francês em quem o vizir Ali Tebelin depositara toda a sua confiança e que se chamava Fernand.

— Ora — perguntou Monte Cristo —, o que vê nisto para ficar tão chocado?

— Como! O que vejo?

— É. Em que lhe concerne os castelos de Janina terem sido entregues por um oficial chamado Fernand?

— Concerne-me na medida em que o nome de batismo do meu pai, o conde de Morcerf, é Fernand.

— E o seu pai servia nas fileiras de Ali Paxá?

— O que significa que lutava pela independência dos gregos; eis a calúnia.

— Ah, meu caro visconde, conversemos sensatamente.

— Não quero outra coisa.

— Cá entre nós: quem diabos sabe, na França, que o oficial Fernand e o conde de Morcerf são o mesmo homem? Quem se preocupa, numa altura dessas, com Janina, que foi tomada em 1822 ou 1823, acho?

— Aqui é que está a perfídia: deixaram o tempo passar e hoje voltam a acontecimentos esquecidos para provocar um escândalo capaz de deslustrar uma alta posição. Pois bem! Eu, herdeiro do nome do meu pai, não admito que nenhuma sombra de dúvida paire sobre esse nome. Vou enviar a Beauchamp, cujo jornal publicou esta nota, duas testemunhas, e ele se retratará.

— Beauchamp não se retratará.

— Então, duelaremos.

— Não, não duelarão, pois ele lhe responderá que talvez houvesse uns cinquenta oficiais de nome Fernand no exército grego.

— Duelaremos a despeito dessa resposta. Oh, quero que isso desapareça... Meu pai, um soldado tão nobre, uma carreira tão ilustre...

— Ou então ele publicará: "Temos elementos para crer que esse Fernand nada tem em comum com o sr. conde de Morcerf, cujo nome de batismo também é Fernand."

— Preciso de uma retratação plena e integral. Não me contentarei em absoluto com esta.

— E vai enviar-lhe testemunhas?

— Sim.

— Está errado.

— Quer dizer que me recusa o favor que acabo de lhe pedir.

— Ora! Conhece minha teoria a respeito do duelo; fiz-lhe minha profissão de fé em Roma, lembra-se?

— Entretanto, meu caro conde, encontrei-o esta manhã, agora há pouco, exercitando-se numa atividade nada compatível com essa teoria.

— Porque, meu caro amigo, há de compreender que nunca se deve ser impermeável. Quando se vive com loucos, convém fazer o aprendizado da loucura. De uma hora para outra, algum cérebro desmiolado, que não terá mais motivo para brigar comigo do que o senhor tem para brigar com Beauchamp, virá procurar-me pela primeira ninharia ocorrida, ou me enviará testemunhas, ou me insultará num local público. Pois bem, sinto-me na obrigação de matar esse cérebro desmiolado!

— Admite então que lutaria pessoalmente?

— Claro que sim!

— Então por que não quer que eu duele?

— Não digo que não deva lutar; digo apenas que um duelo é coisa grave e sobre a qual é preciso refletir.

— Por acaso ele refletiu quando insultou meu pai?

— Se não refletiu, e caso o admita, não há por que ter raiva dele.

— Oh, meu caro conde, o senhor é demasiado indulgente!

— E o senhor, excessivamente rigoroso. Vejamos, suponha... escute bem, suponha... Não vá zangar-se com o que vou dizer!

— Sou todo ouvidos.

— Suponha que o fato noticiado seja verdadeiro...

— Um filho não pode admitir tal suposição acerca da honra do pai.

— Ora, meu Deus, vivemos numa época em que se admitem tantas coisas!

— É este justamente o vício da época.

— Tem a pretensão de reformá-la?

— Sim, nos assuntos que me dizem respeito.

— Meu Deus! Que intransigência, caro amigo!

— Sou assim.

— É inacessível aos bons conselhos?

— Não, quando vêm de um amigo.

— Acredita que sou um deles?

— Sim.

— Ótimo! Antes de enviar suas testemunhas a Beauchamp, informe-se.

— Junto a quem?

— Ora, meu Deus! Junto a Haydée, por exemplo.

— Misturar uma mulher em tudo isso, para quê?

— Para lhe dizer se o seu pai esteve ou não envolvido na morte do pai dela, por exemplo, ou esclarecê-lo a respeito, caso o sr. conde de Morcerf tivesse tido a infelicidade...

— Já lhe disse, meu caro conde, que não posso admitir uma suposição dessas.

— Recusa então essa alternativa?

— Recuso.

— Em definitivo?

— Em definitivo.

— Então, um último conselho.

— De acordo! Mas o último.

— Não quer?

— Ao contrário, peço.

— Não envie testemunhas a Beauchamp.

— Como?

— Vá encontrá-lo pessoalmente.

— É contra todos os procedimentos usuais.

— Seu caso extrapola os procedimentos usuais.

— E por que devo ir pessoalmente, posso saber?

— Porque assim o episódio fica entre o senhor e Beauchamp.

— Explique-se.

— Pois não. Se Beauchamp estiver disposto a retratar-se, convém conceder-lhe o mérito da boa vontade, e nem por isso a retratação deixará de ser feita. Se, ao contrário, recusar, será hora de introduzir dois estranhos no seu segredo.

— Não serão dois estranhos, serão dois amigos.

— Os amigos de hoje são os inimigos de amanhã.

— Oh, deixe de balela!

— Uma prova disso é Beauchamp.

— Quer dizer…

— Quer dizer que lhe recomendo prudência.

— Então acha que devo ir falar pessoalmente com Beauchamp?

— Sim.

— Sozinho?

— Sozinho. Quando se quer obter alguma coisa do amor-próprio de um homem, convém arrancar desse amor-próprio até mesmo a aparência do sofrimento.

— Acho que tem razão.

— Ah, que bom!

— Irei sozinho.

— Vá, mas ainda seria preferível se simplesmente não fosse.

— Isso é impossível.

— Então, aja dessa forma. Ainda é preferível a levar adiante seu plano original.

— Mas, nesse caso, vejamos, se, a despeito de todas as minhas precauções e procedimentos, eu tiver um duelo pela frente, o senhor seria minha testemunha?

— Meu caro visconde — disse Monte Cristo, com suprema gravidade —, o senhor deve ter notado que, em todas as circunstâncias, tenho-lhe sido fiel; mas esse favor que me pede extrapola o âmbito daqueles que lhe posso prestar.

— Por quê?

— Talvez venha a saber um dia.

— Mas, enquanto isso…

— Peço sua indulgência para com meu segredo.

— Muito bem. Chamarei Franz e Château-Renaud.

— Chame Franz e Château-Renaud, será perfeito.

— Mas, para concluir, no caso de eu duelar, pode me dar uma aulinha de espada ou de pistola?

— Não, esta é outra coisa impossível.

— Que sujeito extravagante o senhor está me saindo! Então não quer participar de nada?

— De absolutamente nada.

— Então não falemos mais nisso. Até logo, conde.

— Até logo, visconde.

Morcerf pegou seu chapéu e se retirou.

Na porta, reencontrou seu fiacre e, contendo ao máximo sua cólera, ordenou que o levassem até a casa de Beauchamp; Beauchamp estava no jornal.

Albert fez-se conduzir ao jornal.

Beauchamp estava numa sala escura e empoeirada, como são, por princípio, as redações de jornal.

Anunciaram-lhe Albert de Morcerf. Ele pediu para repetirem o anúncio duas vezes. Em seguida, ainda sem acreditar, gritou:

— Entre!

Albert apareceu. Beauchamp soltou uma exclamação ao ver seu amigo transpor os fardos de papel e pisotear com um pé desacostumado os jornais de todos os tamanhos que atulhavam não apenas o assoalho, mas o quadrado avermelhado do recinto.

— Por aqui, por aqui, meu caro Albert — disse ele, estendendo a mão ao rapaz —, que diabos o traz aqui? Está perdido como o Pequeno Polegar, ou vem apenas pedir-me que lhe pague um almoço? Trate de encontrar uma cadeira. Veja, ali, perto daquele gerânio que é a única coisa que me lembra que no mundo existem folhas que não são de papel.

— Beauchamp — recusou Albert —, é do seu jornal que venho falar.

— Você, Morcerf? Que deseja?

— Desejo uma retificação.

— Você? Uma retificação? A propósito de quê, Albert? Mas, vamos, sente-se!

— Obrigado — recusou Albert pela segunda vez, com um ligeiro meneio da cabeça.

— Explique-se.

— Uma retificação sobre uma notícia que atenta contra a honra de um membro da minha família.

— Não me diga! — exclamou Beauchamp, surpreso. — Que notícia? Isso é impossível.

— A notícia que você transcreveu de Janina.

— De Janina?

— Sim, de Janina. Você realmente tem o desplante de ignorar o que me traz aqui?

— Palavra de honra... Baptiste! Um jornal de ontem! — gritou Beauchamp.

— Isso é desnecessário, eu trouxe o meu.

Beauchamp leu, tartamudeando: "Escrevem-nos de Janina etc. etc."

— Você compreende que o fato é grave — disse Morcerf quando Beauchamp terminou.

— Esse oficial então é seu parente? — perguntou o jornalista.

— Sim — respondeu Albert, ruborizando.

— Muito bem! O que quer eu que faça para lhe ser agradável? — indagou Beauchamp, com tranquilidade.

— Eu gostaria, meu caro Beauchamp, que retificasse essa informação.

Beauchamp olhou para Albert com uma atenção que certamente demonstrava grande benevolência.

— Vejamos — disse ele —, isso irá nos arrastar numa longa discussão, pois uma retificação é sempre grave. Sente-se; vou reler estas três ou quatro linhas.

Albert sentou-se, e Beauchamp releu as linhas incriminadas por seu amigo com mais atenção que da primeira vez.

— E então?! Como vê — disse Albert com firmeza, com rudeza até —, insultaram alguém da minha família em seu jornal, e exijo uma retratação.

— Você... exige...

— Sim, exijo.

— Permito-me lembrar-lhe que o senhor não é parlamentar, meu caro visconde.

— Nem quero ser — replicou o rapaz, levantando-se. — Exijo a retratação de um fato que você difundiu ontem, e a obterei. Você é suficientemente meu amigo — prosseguiu Albert, com os lábios apertados, vendo que Beauchamp, por sua vez, começava a levantar sua cabeça desdenhosa —, e, como tal, me conhece o suficiente, espero, para compreender minha tenacidade nesta circunstância.

— Morcerf, com palavras como a que usou há pouco, você acabará me fazendo esquecer de que sou seu amigo... Mas, por favor, não briguemos ou, pelo menos, ainda não... Você está preocupado, irritado, suscetível... Vejamos, que parente é esse chamado Fernand?

— É simplesmente o meu pai — disse Albert —, o sr. Fernand Mondego, conde de Morcerf, um veterano militar que viu campos de batalha e cujas nobres cicatrizes alguém pretende cobrir com a lama abjeta recolhida ao léu.

— É seu pai? — disse Beauchamp. — Então a coisa muda de figura; compreendo sua indignação, meu caro Albert, vamos reler então...

E releu a nota, sopesando dessa vez cada palavra.

— Mas onde você vê — perguntou Beauchamp — que o Fernand da notícia seja o seu pai?

— Em lugar nenhum, sei muito bem disso, mas outros verão. Por isso exijo que a notícia seja desmentida.

À palavra "exijo", Beauchamp ergueu os olhos para Morcerf e, baixando-os quase imediatamente, permaneceu pensativo um instante.

— Você desmentirá essa notícia, não é, Beauchamp? — repetiu Morcerf, com uma cólera crescente e, não obstante, sempre concentrada.

— Sim — disse Beauchamp.

— Graças a Deus! — disse Albert.

— Mas só quando me certificar de que a notícia é falsa.

— Como!?

— Sim, a coisa vale a pena ser esclarecida, e vou esclarecê-la.

— Mas o que vê para esclarecer nisso tudo, cavalheiro? — disse Albert, já sem meias medidas. — Se não acredita que seja meu pai, retrate-se imediatamente; se acredita que seja ele, exijo explicações.

Beauchamp olhou para Albert com o sorriso que lhe era peculiar, o qual sabia assumir a nuance de todas as paixões.

— Cavalheiro — retorquiu ele —, uma vez que este é o tratamento adequado para a situação, se foi para me pedir explicações que veio, deveria tê-lo feito de saída, e não ter me falado de amizade e outras coisas ociosas como as que tive a pachorra de ouvir nesta meia hora. É nesse terreno que vamos pisar agora? Decida!

— Sim, caso não se retrate da infame calúnia!

— Um momento! Nada de ameaças, por favor, sr. Albert Mondego, visconde de Morcerf; não as admito dos meus inimigos, que dirá dos amigos! Então exige que eu desminta a notícia sobre o coronel Fernand, notícia pela qual, palavra de honra, não tenho nenhuma responsabilidade?

— Sim, exijo! — disse Albert, começando a perder a cabeça.

— Sem o quê, duelaremos? — continuou Beauchamp, com a mesma calma.

— Sim! — respondeu Albert, erguendo a voz.

— Pois bem! — disse Beauchamp. — Eis a minha resposta, prezado cavalheiro: essa notícia não foi inserida por mim, eu não tinha conhecimento dela; mas o senhor, com sua insistência, atraiu minha atenção, fiquei obcecado; essa obsessão subsistirá até que esta notícia seja desmentida ou confirmada por quem de direito.

— Cavalheiro — disse Albert, levantando-se —, então terei a honra de lhe enviar minhas testemunhas. O senhor discutirá com elas o local e as armas.

— Perfeitamente, meu caro senhor.

— E esta noite, por favor, ou no máximo amanhã, nos encontraremos.

— Nada disso! Nada disso! Estarei no terreno quando me convier, e, na minha opinião, tenho direito a dá-la, uma vez que sou eu quem recebe a provocação, e, na minha opinião, como ia dizendo, ainda não é o momento. Sei que maneja muito bem a espada, manejo-a razoavelmente; sei que faz três moscas em seis, é mais ou menos o que faço; sei que um duelo entre nós será um duelo sério porque o senhor é corajoso e... eu também. Não quero portanto me expor a matá-lo ou ser morto pelo senhor sem motivo. Sou eu que vou agora fazer a pergunta, e ca-te-go-ri-ca-men-te.

"Faz tanta questão assim dessa retratação a ponto de me matar se eu não a fizer, embora eu lhe diga, embora eu lhe repita, embora eu lhe afirme, dando minha palavra de honra, que eu não sabia da notícia, embora, enfim, eu lhe declare que é impossível a qualquer outro que não a um Jafé[4] como o senhor adivinhar o conde de Morcerf sob o nome de Fernand?"

— Questão absoluta.

Albert vingou-se sobre uma pilha de jornais que espalhou, rasgando-os com grandes chibatadas.

4. Jafé: herói burlesco da comédia em cinco atos e em versos *Don Japhet*, de Paul Scarron (1610-60), que data do século XVII.

— Muito bem, prezado cavalheiro, consinto em ter a garganta cortada em sua companhia, mas quero três semanas. Em três semanas o senhor me encontrará para eu lhe dizer: "Sim, a informação é falsa, vou apagá-la", ou "Sim, a informação é verdadeira, estou tirando as espadas da bainha ou as pistolas do estojo, à sua escolha."

— Três semanas! — exclamou Albert. — Mas três semanas são três séculos durante os quais ficarei desonrado.

— Se tivesse permanecido meu amigo, eu lhe teria dito: "Paciência, amigo"; o senhor preferiu tornar-se meu inimigo, e lhe digo: "Que me importa, cavalheiro!"

— Muito bem, daqui a três semanas, combinado! — disse Morcerf. — Mas, reflita bem, daqui a três semanas não haverá outro adiamento ou subterfúgio que possa dispensá-lo…

— Sr. Albert de Morcerf — disse Beauchamp, levantando-se por sua vez —, só posso atirá-lo pelas janelas daqui a três semanas, isto é, daqui a vinte e um dias, e o senhor, por sua vez, não tem o direito de me ofender até essa data. Estamos em 29 do mês de agosto, o que nos leva ao dia 21 do mês de setembro. Até lá, creia-me, e é um conselho de cavalheiro que lhe dou, poupemo-nos dos latidos de dois buldogues acorrentados a distância.

E Beauchamp, cumprimentando gravemente o rapaz, deu-lhe as costas e dirigiu-se à sua tipografia.

Albert vingou-se sobre uma pilha de jornais que espalhou, rasgando-os com grandes chibatadas. Depois do que, partiu, não sem haver se voltado duas ou três vezes para a porta da tipografia.

Enquanto Albert vergastava a dianteira do seu cabriolé, depois de ter vergastado os inocentes papéis enegrecidos que nada podiam diante de seu desapontamento, percebeu, atravessando o bulevar, Morrel, que, com o rosto ao vento, olhos acesos e braços livres, passava em frente aos Banhos Chineses[5], vindo do lado do teatro da Porte Saint-Martin, e dirigia-se à Madeleine[6].

— Ah! — suspirou ele. — Eis um homem feliz!

Por acaso, Albert não estava enganado.

---

5. Banhos Chineses: vasta construção ao estilo oriental, ou pagode, que os habitantes de Paris usavam como uma espécie de sauna pública.

6. Madeleine: igreja em Paris, construída a partir de 1764 e que passou por constantes reformas, ampliações e reconstruções até o séc.XIX.

2. A LIMONADA

Com efeito, Morrel estava muito feliz.

O sr. Noirtier acabava de mandar chamá-lo, e ele estava com tanta pressa de saber o motivo que não pegara um fiacre, confiando muito mais em suas duas pernas que nas pernas de um cavalo de praça; saíra, portanto, correndo da rua Meslay e tomara o caminho do faubourg Saint-Honoré.

Morrel dava passadas atléticas, e o alquebrado Barrois acompanhava-o o melhor que podia. Morrel tinha trinta e um anos, Barrois, sessenta; Morrel estava inebriado de amor, Barrois, alterado com o forte calor. Esses dois homens, assim divididos em interesses e idade, assemelhavam-se às duas linhas formadas por um triângulo: separadas pela base, juntam-se no topo.

O topo era Noirtier, que mandara chamar Morrel recomendando-lhe pressa, recomendação que Morrel seguia ao pé da letra, para grande desespero de Barrois.

Ao chegar, Morrel sequer estava ofegante: o amor dá asas; mas Barrois, que já não se apaixonava fazia tempo, suava em bicas.

O velho serviçal fez Morrel entrar pela porta privada, fechando a porta do gabinete, e logo um frufru de vestido no assoalho anunciou a visita de Valentine.

Ela estava deslumbrante em seus trajes de luto.

O sonho tornava-se tão doce que Morrel quase desistiu de conferenciar com Noirtier, mas a cadeira do velho não demorou a rolar no assoalho, e ele entrou.

Noirtier recebeu com um olhar benevolente os agradecimentos que Morrel prodigalizava-lhe pela intervenção mágica que os salvara,

Valentine e ele, do desespero. Em seguida, o olhar de Morrel perguntou, a respeito do novo privilégio que lhe concediam, à rapariga, que, tímida e sentada longe de Morrel, aguardava até ser intimada a falar.

Noirtier também olhou para ela.

— Devo então revelar aquilo de que me encarregou? — perguntou a jovem.

— Sim — fez Noirtier.

— Sr. Morrel — disse então Valentine ao rapaz, que a devorava com os olhos —, meu avô Noirtier tinha mil coisas a lhe dizer, as quais comunicou-me há três dias. Hoje ele manda chamá-lo para que eu as repita. Irei, portanto, repeti-las, uma vez que ele me escolheu como sua intérprete, sem alterar uma palavra de suas intenções.

— Oh, escuto impacientemente — respondeu o rapaz. — Fale, senhorita, fale.

Valentine baixou os olhos, o que pareceu um presságio a Morrel. Valentine só era fraca na felicidade.

— Meu avô quer deixar esta casa — ela disse. — Barrois está à procura de um apartamento apropriado.

— Mas, e a senhorita — disse Morrel —, que é tão cara e tão necessária ao sr. Noirtier?

— Não abandonarei meu avô — respondeu a moça —, é uma decisão nossa. Meus aposentos ficarão próximos aos dele. Ou obterei o consentimento do sr. de Villefort para ir morar com o vovô Noirtier, ou este me será negado. No primeiro caso, estou de saída; no segundo, aguardo minha maioridade, que chega daqui a dez meses. Então serei livre, terei uma fortuna independente e...

— E...? — perguntou Morrel.

— E, com a autorização do meu querido avô, cumprirei a promessa que lhe fiz.

Valentine pronunciou estas palavras tão baixinho que Morrel não teria conseguido ouvi-las sem o interesse que tinha em devorá-las.

— Não foi o seu pensamento que acabo de exprimir, vovô? — acrescentou Valentine, dirigindo-se a Noirtier.

— Sim — fez o velho.

— Quando eu estiver na casa do meu avô — acrescentou Valentine —, o sr. Morrel poderá me ver, na presença desse bom e digno protetor. Se esse laço, que nossos corações, talvez ignorantes ou caprichosos, começaram a atar, parecer conveniente e oferecer garantias de felicidade futura ao nosso experimento; ai de mim!, dizem que os corações inflamados pelos obstáculos esfriam em segurança!; então o sr. Morrel poderá me fazer seu pedido pessoalmente, estarei à espera.

— Oh! — exclamou Morrel, tentado a se ajoelhar diante do velho como diante de Deus, diante de Valentine como diante de um anjo. — Oh! O que fiz para merecer tanta felicidade?

— Até lá — continuou a moça, com sua voz pura e austera —, respeitaremos as convenções, até mesmo a vontade dos nossos parentes, na medida em que esta desista de querer nos separar. Em suma, repito esta palavra porque ela diz tudo: esperemos.

— E os sacrifícios que essa palavra impõe — disse Morrel —, juro suportá-los não com resignação, mas com alegria.

— Dessa forma — continuou Valentine, com um olhar dulcíssimo para o coração de Maximilien —, terminaram as imprudências, meu amigo, não comprometa aquela que, a partir de hoje, vê-se como destinada a assumir limpa e dignamente seu nome.

Morrel levou a mão ao coração.

Enquanto isso, Noirtier fitava a ambos com ternura. Barrois, que permanecera ao fundo como um homem a quem nada se tem a esconder, sorria, enxugando as grandes gotas que pingavam de sua fronte calva.

— Oh, meu Deus, como sente calor esse leal Barrois! — comentou Valentine.

— Ah — disse Barrois —, é que corri muito, senhorita; mas o sr. Morrel, devo fazer-lhe justiça, corria ainda mais rápido que eu.

Noirtier indicou com o olho uma bandeja na qual estavam servidos uma garrafa de limonada e um copo. O que faltava na garrafa havia sido bebido meia hora antes por Noirtier.

— Ora, caro Barrois — disse a moça —, pegue, pois vejo que está bebendo com os olhos essa garrafa já iniciada.

— O fato é — disse Barrois — que estou morrendo de sede, e beberei com satisfação um copo de limonada, à sua saúde.

— Beba então — disse Valentine —, volto num instante.

Barrois levou a bandeja e, mal adentrava o corredor, pela porta que ele se esquecera de fechar, já podia ser visto inclinando a cabeça para trás, esvaziando o copo que Valentine lhe servira.

Valentine e Morrel faziam suas despedidas na presença de Noirtier, quando se ouviu a campainha na escada de Villefort.

Era o sinal de uma visita.

Valentine consultou o carrilhão.

— É meio-dia — disse ela —, hoje é sábado, vovô, é provavelmente o doutor.

Noirtier fez sinal de que efetivamente devia ser ele.

— Ele virá para cá, é melhor o sr. Morrel ir embora, não é, vovô?

— Sim — respondeu o velho.

— Barrois! — chamou Valentine. — Barrois, venha!

Ouviu-se a voz do velho serviçal respondendo:

— Estou indo, senhorita.

— Barrois irá acompanhá-lo até a porta — disse Valentine a Morrel. — E, agora, lembre-se de uma coisa, sr. oficial, é que meu querido avô recomenda-lhe não tomar nenhuma iniciativa capaz de comprometer nossa felicidade.

— Prometi esperar — disse Morrel —, e o farei.

Nesse momento Barrois entrou.

— Quem era? — perguntou Valentine.

— O doutor d'Avrigny — disse Barrois, cambaleante.

— Está sentindo alguma coisa, Barrois? — perguntou Valentine.

O velho não respondeu. Olhava para o patrão com os olhos perplexos, enquanto sua mão crispada buscava um apoio para permanecer de pé.

— Mas ele vai cair! — exclamou Morrel.

Com efeito, o tremor que arrebatara Barrois aumentava gradualmente; os traços do rosto, alterados pelos movimentos convulsivos dos músculos da face, anunciavam uma crise nervosa das mais intensas.

Noirtier, vendo Barrois assim perturbado, multiplicava seus olhares, nos quais se estampavam, inteligíveis e palpitantes, todas as emoções que agitam o coração do homem.

Barrois deu alguns passos na direção do patrão.

— Ah, meu Deus, meu Deus! Senhor — ele disse —, mas o que está havendo comigo...? Estou doente... não enxergo mais. Mil pontas de fogo atravessam o meu crânio. Oh, não toque em mim, não toque em mim!

Com efeito, seus olhos saltavam e tornavam-se esbugalhados, a cabeça caía para trás, enquanto o restante do corpo se enrijecia.

Apavorada, Valentine deu um grito. Morrel tomou-a nos braços para defendê-la contra qualquer perigo desconhecido.

— Sr. d'Avrigny! Sr. d'Avrigny! — gritou Valentine, com a voz abafada. — Venha! Socorro!

Barrois girou sobre si mesmo, deu três passos para trás, tropeçou e foi cair aos pés de Noirtier, sobre cujo joelho apoiou sua mão, gritando:

— Patrão! Meu bondoso patrão!

Nesse momento, o sr. de Villefort, atraído pelos gritos, apareceu na soleira da porta do quarto.

Morrel soltou Valentine, semidesmaiada, e, pulando para trás, enfiou-se num canto do quarto e praticamente desapareceu por trás de uma cortina.

Pálido como se tivesse visto uma serpente empinar à sua frente, ele dirigiu um olhar gelado para o infeliz agonizante.

Noirtier fervia de impaciência e terror. Sua alma voava em socorro ao desgraçado velho, mais seu amigo que criado. Via-se a luta terrível da vida e da morte traduzida em sua testa, tanto pelas veias saltadas como pela contração de alguns músculos ainda vivos em torno dos olhos.

Barrois, a face agitada, os olhos injetados de sangue, o pescoço jogado para trás, jazia batendo no assoalho com as mãos, enquanto, ao contrário, suas pernas hirtas pareciam rachar em vez de dobrar.

Uma leve espuma emergia de seus lábios, e ele arfava dolorosamente.

Villefort, estupefato, permaneceu por um instante com os olhos grudados nesse quadro, que atraíra seu olhar assim que entrara no quarto.

Não tinha visto Morrel.

Após um instante de contemplação muda, durante o qual foi possível ver seu rosto empalidecer e seus cabelos se arrepiarem na cabeça, ele exclamou, lançando-se para a porta:

— Doutor, doutor! Venha, venha!

— Senhora, senhora! — gritou Valentine, chamando sua madrasta enquanto esbarrava nas paredes da escada. — Venha! Venha rápido e traga seu vidrinho de sais!

— O que está acontecendo? — perguntou a voz metálica e contida da sra. de Villefort.

— Oh, venha, venha!

— Mas onde está o doutor? — gritou Villefort.

A sra. de Villefort desceu lentamente; ouviam-se as tábuas estalarem sob seus pés. Numa das mãos segurava o lenço com que enxugava o rosto, na outra, um frasco de sais ingleses.

Seu primeiro olhar, ao chegar à porta, foi para Noirtier, cujo rosto, salvo a emoção bastante natural em tais circunstâncias, anunciava a mesma saúde de sempre. Num segundo relance, encontrou o moribundo.

Ela empalideceu e seu olho ricocheteou, por assim dizer, do criado para o amo.

— Mas, em nome dos céus, senhora, onde está o doutor? Ele entrou em seus aposentos. É uma apoplexia, como pode ver, uma sangria pode salvá-lo.

— Ele comeu há pouco tempo? — perguntou a sra. de Villefort, esquivando-se da pergunta.

— Senhora — disse Valentine —, ele não almoçou, mas correu muito esta manhã para realizar uma tarefa para o vovô. Quando chegou, bebeu somente um copo de limonada.

— Ai!! — exclamou a sra. de Villefort. — Por que não vinho? Limonada é péssimo.

— A limonada estava aqui ao nosso alcance, na garrafa do vovô. O pobre Barrois estava com sede, bebeu o que encontrou.

A sra. de Villefort estremeceu. Noirtier envolveu-a com seu olhar profundo.

— Seu pescoço está inchado! — ela disse.

— Senhora — disse Villefort —, pergunto-lhe onde está o sr. d'Avrigny; em nome dos céus, responda!

— Encontra-se no quarto de Édouard, que está doentinho — disse a sra. de Villefort, que não podia esquivar-se por mais tempo.

Villefort lançou-se pela escada para ir chamá-lo pessoalmente.

— Tome — disse a jovem mulher, entregando o frasco a Valentine —, provavelmente irão sangrá-lo. Vou subir para os meus aposentos, pois não suporto a visão do sangue.

E foi atrás do marido.

Morrel saiu da penumbra onde havia se recolhido, e onde ninguém o vira, tão grande era a preocupação geral.

— Saia rápido, Maximilien — disse-lhe Valentine —, e espere até eu o chamar. Vá.

Morrel consultou Noirtier com um gesto, Noirtier, que conservara todo seu sangue-frio, fez-lhe um sinal afirmativo.

Ele apertou a mão de Valentine contra seu coração e saiu pelo corredor escondido.

Simultaneamente, Villefort e o médico entravam pela porta oposta.

Barrois começava a voltar a si. A crise passara, sua palavra voltava em gemidos e ele soergueu um joelho.

D'Avrigny e Villefort carregaram Barrois para um divã.

— Do que precisa, doutor? — perguntou Villefort.

— Que me tragam água e éter. Tem isso na casa?

— Sim.

— Que corram para comprar óleo de terebintina e emético.

— Imediatamente! — acatou Villefort.

— E agora, que todos se retirem.

— Eu também? — perguntou timidamente Valentine.

— Sim, sobretudo a senhorita — respondeu rudemente o médico.

Valentine olhou para o sr. d'Avrigny com espanto, beijou o sr. Noirtier na testa e saiu.

Atrás dela o médico fechou a porta com uma expressão sombria.

— Ora, ora, doutor, ei-lo de volta a si. Foi apenas uma crise sem importância — contemporizou Villefort.

O sr. d'Avrigny sorriu com uma expressão sombria.

— Como se sente, Barrois? — perguntou o médico.

— Um pouco melhor, doutor.

— Consegue beber esse copo de água eterificada?

— Vou tentar, mas não toque em mim.

— Por quê?

— Porque me parece que, se me tocar, mesmo com a ponta do dedo, a crise vai voltar.

— Beba.

Barrois pegou o copo, aproximou-o dos lábios roxos e o esvaziou quase até a metade.

— Onde está doendo? — perguntou o médico.

— Em toda parte; sinto fisgadas horríveis.

— Sente vertigens?
— Sim.
— Zumbidos no ouvido?
— Horrorosos.
— Quando isso começou?
— Agora mesmo.
— Subitamente?
— Como um raio.
— Nada ontem? Nada anteontem?
— Nada.
— Sonolência? Torpor?
— Não.
— Comeu o quê, hoje?
— Não comi nada; apenas bebi um copo da limonada do meu patrão, só isso...

E Barrois fez um sinal para designar Noirtier, que, imóvel em sua poltrona, contemplava aquela terrível cena sem perder um movimento, sem deixar uma palavra escapar.

— Onde está essa limonada? — perguntou aflito o médico.
— Na garrafa, lá embaixo.
— Onde é lá embaixo?
— Na cozinha.
— Quer que eu vá pegá-la, doutor? — perguntou Villefort.
— Não, fique aqui e tente fazer com que o doente beba o resto desse copo d'água.
— Mas essa limonada...
— Vou eu mesmo buscá-la.

D'Avrigny deu um pulo, abriu a porta, lançou-se pela escada de serviço e quase derrubou a sra. de Villefort, que também descia para a cozinha.

Ela soltou um grito.

D'Avrigny sequer lhe deu atenção. Arrebatado pela força de uma única ideia, pulou os três ou quatro últimos degraus, precipitou-se até a cozinha e percebeu uma garrafinha três quartos vazia sobre uma bandeja.

Investiu em sua direção como uma águia sobre a presa.

Ofegante, subiu novamente ao andar térreo e entrou no quarto.

A sra. de Villefort subia lentamente a escada que levava aos seus aposentos pessoais.

— Foi exatamente esta garrafa que saiu daqui? — perguntou d'Avrigny.
— Sim, sr. doutor.
— Esta limonada é a mesma que o senhor bebeu?
— Creio que sim.
— Que gosto sentiu?
— Um gosto amargo.

D'Avrigny quase derrubou a sra. de Villefort, que também descia para a cozinha.

O médico despejou algumas gotas de limonada na concha da mão, aspirou-as com os lábios e, após ter bochechado como fazemos com o vinho que queremos degustar, cuspiu o líquido na lareira.

— É efetivamente a mesma. E o sr. de Noirtier, bebeu também?

— Sim — fez o velho.

— E também sentiu esse mesmo gosto amargo?

— Sim.

— Ai, sr. doutor! — gritou Barrois. — Está voltando! Meu Deus, Jesus, tenha piedade de mim!

O doutor correu até o doente.

— O emético, Villefort, verifique se providenciaram.

Villefort deu um grito:

— O emético! O emético! Trouxeram o emético?

Ninguém respondeu. Reinava na casa o mais profundo terror.

— Se eu tivesse um meio de lhe insuflar ar nos pulmões — disse d'Avrigny, olhando em volta —, talvez ele tivesse a possibilidade de evitar a asfixia. Mas não, nada, nada!

— Oh, senhor — gritou Barrois —, vai me deixar morrer assim, sem socorro? Oh, estou morrendo, meu Deus! Estou morrendo!

— Uma pena, uma pena! — pediu o médico.

Avistou uma na mesa.

Tentou introduzir a pena na boca do doente, que, em meio às convulsões, fazia inúteis esforços para vomitar. Mas os maxilares estavam tão trincados que a pena não conseguiu passar.

Barrois sofreu então uma crise nervosa ainda mais intensa que a primeira. Escorregara do divã para o chão, contraindo-se no assoalho.

O médico deixou-o às voltas com essa crise, à qual não podia trazer nenhum alívio, e foi até Noirtier.

— Como está se sentindo? — perguntou-lhe precipitadamente, em voz baixa. — Bem?

— Sim.

— Estômago leve ou pesado? Leve?

— Sim.

— Como depois de tomar a pílula que lhe ministro todos os domingos?

— Sim.

— Foi Barrois quem preparou sua limonada?

— Sim.

— Foi o senhor quem o estimulou a beber?

— Não.

— A senhora?

— Não.

— Então foi Valentine?

— Sim.

Um suspiro de Barrois e um bocejo que fez estalar os ossos do seu maxilar chamaram a atenção de d'Avrigny. Ele deixou Noirtier e correu para junto do doente.

— Barrois — disse o médico —, consegue falar?

Barrois balbuciou algumas palavras ininteligíveis.

— Faça um esforço, meu amigo.

Barrois reabriu os olhos injetados.

— Quem preparou a limonada?

— Eu.

— Trouxe-a para o seu patrão assim que a preparou?

— Não.

— Deixou-a em algum lugar, então?

— Na copa, estavam me chamando.

— Quem a trouxe para cá?

— A srta. Valentine.

D'Avrigny deu um tapa na testa.

— Oh, meu Deus, meu Deus! — murmurou.

— Doutor! Doutor! — gritou Barrois, que sentia a chegada de uma terceira crise.

— Mas esse emético não chega!? — gritou por sua vez o médico.

— Aqui está, um copo já preparado — disse Villefort, entrando.

— Por quem?

— Pelo rapaz farmacêutico que trouxe o remédio.

— Beba.

— Impossível, doutor, é tarde demais, minha garganta está fechando, estou sem ar! Ai, meu coração! Ai, minha cabeça... Oh, que inferno! Será que ainda sofrerei muito tempo desse jeito?

— Não, não, meu amigo — disse o médico —, daqui a pouco vai parar de sofrer.

— Ah, compreendo! — exclamou o infeliz. — Meu Deus, tende piedade de mim!

E, soltando um grito, caiu estirado para trás, como se fulminado.

D'Avrigny colocou a mão em seu coração, aproximou um cubo de gelo dos seus lábios.

— E então? — perguntou Villefort.

— Vá pedir na cozinha que me tragam bem rápido um xarope de violeta.

Villefort desceu imediatamente.

— Não se assuste, sr. Noirtier — disse d'Avrigny —, vou levar o doente para outro quarto a fim de sangrá-lo. Na verdade, esse tipo de ataque é um espetáculo terrível de se ver.

E, pegando Barrois por debaixo dos braços, arrastou-o para um quarto contíguo; porém, logo em seguida, voltou até o quarto de Noirtier para pegar o resto da limonada.

Noirtier estava com o olho direito fechado.

— Valentine, não é? O senhor quer Valentine? Vou pedir para alguém chamá-la — disse Villefort.

E estava subindo as escadas, quando encontrou com d'Avrigny no corredor.

— E então? — perguntou o primeiro.

— Venha — disse d'Avrigny.

Levou-o até o quarto.

— Ainda desmaiado? — perguntou o procurador do rei.

— Está morto.

Villefort recuou três passos, juntou as mãos acima da cabeça e, com uma comiseração inequívoca:

— Tão rápido assim! — espantou-se, olhando para o cadáver.

— Impressionante, não é mesmo? — disse d'Avrigny. — Mas isso não deve surpreendê-lo: o sr. e a sra. de Saint-Méran também morreram de uma hora para outra. Oh, a morte é rápida na sua casa, sr. de Villefort!

— O quê! — exclamou o magistrado, num tom de horror e pasmo. — Insiste nessa ideia terrível!

— Insisto, senhor, insisto — disse d'Avrigny com solenidade —, pois ela não me abandonou um instante; e, para que se convença de uma vez por todas que não me engano dessa vez, escute bem, sr. de Villefort.

Villefort tremia convulsivamente.

— Existe um veneno que mata praticamente sem deixar rastro. Conheço bem esse veneno: estudei-o à luz de todos os incidentes que provoca, de todos os fenômenos que produz. Reconheci esse veneno ainda há pouco no infeliz Barrois, como o reconheci na sra. de Saint-Méran. Há uma maneira de detectar sua presença: ele restaura a cor azul do papel de girassol avermelhado por um ácido, e tinge de verde o xarope de violeta. Não temos papel de girassol aqui; mas, veja, aí vem o xarope de violeta que pedi.

Com efeito, ouviam-se passos no corredor. O médico entreabriu a porta, pegou das mãos da camareira um recipiente com duas ou três colheres de xarope no fundo e voltou a fechar a porta.

— Observe — disse ele ao procurador do rei, cujo coração batia tão forte que era possível ouvi-lo —, nessa xícara, temos xarope de violeta e, nessa garrafa, o resto da limonada de que o sr. Noirtier e Barrois beberam uma parte. Se a limonada for pura e inofensiva, o xarope vai conservar sua cor; se a limonada estiver envenenada, o xarope ficará verde. Observe!

O médico despejou lentamente algumas gotas de limonada da garrafa na xícara. No mesmo instante, viu-se uma nuvem tomando forma no fundo da xícara; essa nuvem assumiu inicialmente uma tonalidade azul; em seguida, de safira passou a opala e, de opala, a esmeralda.

Ao atingir esta última cor, nela fixou-se, por assim dizer. O teste não deixava dúvidas.

— O infeliz Barrois foi envenenado com falsa-angustura e fava-de-santo-inácio[7] — declarou d'Avrigny. — Agora posso sustentar isso perante os homens e perante Deus.

Villefort não disse nada, mas levantou os braços, abriu os olhos perplexos e caiu fulminado numa poltrona.

---

7. "falsa-angustura e fava-de-santo-inácio": *Strychnos nux-vomica*, também conhecida como noz-vômica, noz-vomitória ou fava-de-santo-inácio é uma planta medicinal que contém alcaloides (estricnina, brucina, vomicina, colubrina), ácido sulfúrico e taninos.

3. A ACUSAÇÃO

Sem demora, o sr. d'Avrigny reanimou o magistrado, que parecia um segundo cadáver naquela câmara funerária.

— Oh, a morte ronda a minha casa! — exclamou Villefort.

— O senhor quer dizer o crime — respondeu o médico.

— Sr. d'Avrigny! — exclamou Villefort. — É impossível exprimir tudo que sinto agora; é terror, é dor, é loucura.

— Sim — concordou d'Avrigny, com uma calma imponente. — Mas penso ser hora de agirmos; penso ser hora de opormos um dique a essa torrente de mortalidade. Da minha parte, vejo-me na impossibilidade de guardar tais segredos por mais tempo, sem poder esperar que a vingança da sociedade e das vítimas seja logo feita.

Villefort lançou um olhar lúgubre à sua volta.

— Na minha casa! — murmurou. — Na minha casa!

— Vamos, magistrado — disse d'Avrigny —, seja homem; intérprete da lei, faça jus à sua honra, por meio de uma imolação completa.

— O senhor me faz tremer, doutor. Uma imolação!

— A palavra é esta.

— Então suspeita de alguém?

— Não suspeito de ninguém. A morte bate à sua porta, entra, vai, não cega, mas inteligente que é, de quarto em quarto. Pois bem! Eu, por minha vez, estou no seu rastro, percebo sua passagem. Adoto a sabedoria dos antigos: tateio; pois minha amizade por sua família, meu respeito pelo senhor, são duas vendas aplicadas nos meus olhos. Pois bem…!

— Oh, fale, fale, doutor, terei coragem!

— Pois bem! Cavalheiro, o senhor tem em sua casa, no seio de sua casa, de sua família talvez, um desses terríveis fenômenos que acontecem uma vez em cada século. Locusta e Agripina[8], contemporâneas uma da outra, são uma exceção que atesta a fúria da Providência ao levar à perdição o Império Romano, manchado por tantos crimes. Brunhilda e Fredegunda[9] são resultados do penoso trabalho de uma civilização em gênese, na qual o homem aprendia a dominar o espírito, ainda que por intermédio do emissário das trevas. Pois bem! Todas essas mulheres haviam sido ou ainda eram jovens e belas. Vira-se florir em sua fronte, ou em sua fronte ainda floria, a mesma flor de inocência que também encontramos na fronte do culpado que está em sua casa.

Villefort deu um grito, juntou as mãos e olhou para o médico com um gesto suplicante.

Mas este prosseguiu sem piedade:

— Procure aquele a quem o crime beneficia, afirma um axioma da jurisprudência.

— Doutor! — exclamou Villefort. — Ai de mim, doutor, quantas vezes a justiça dos homens não foi enganada por essas funestas palavras! Não sei, mas me parece que esse crime...

— Ah! Então finalmente admite que o crime existe?

— Sim, admito. Que mais posso fazer? Não há escapatória. Mas deixe-me continuar. Parece-me, eu ia dizendo, que esse crime recai apenas sobre mim e não sobre as vítimas. Suspeito, sob todos esses estranhos desastres, de algum desastre programado para mim.

— Oh! — murmurou d'Avrigny. — O homem, o mais egoísta de todos os animais, a mais personalista de todas as criaturas, que continua a acreditar que a terra gira, que o sol brilha, que a morte ceifa apenas para ele; formiga que amaldiçoa Deus do alto de uma haste de capim! E os que perderam a vida não perderam nada? O sr. de Saint-Méran, a sra. de Saint-Méran, o sr. Noirtier...

— Como? O sr. Noirtier!

— Claro! Acredita, realmente, que o alvo era esse desafortunado criado?

---

8. Locusta e Agripina: Locusta era uma envenenadora profissional em Roma, que viveu durante o séc.I d.C. e era conhecida por beber um pouco de veneno todos os dias, assim tornando-se imune a todos os venenos do mundo; Agripina Maior (14 d.C.-33 d.C.) era uma das matronas mais populares do início do império romano, conhecida pela sua virtude e respeito às tradições. Caída em desgraça por conspirar contra o império, teve o dia do seu aniversário oficialmente considerado nefasto.

9. Brunhilda e Fredegunda: Brunhilda (c.543-613), rainha dos francos, que reinou na Europa Central e que, embora inicialmente tida como liberal, logo tornou-se famosa por sua avareza e crueldade; Fredegunda (?-597), originalmente serva e, após o assassinato da irmã de Brunhilda, esposa do rei franco Chilpérico I (539-584), tendo sido ela própria responsável pelo assassinato de Sigisberto I (535-575) e de ter atentado contra a vida de, entre outros, Brunhilda.

Não, não: como o Polônio[10] de Shakespeare, ele morreu no lugar de outro. Era Noirtier que devia beber a limonada; foi Noirtier que a bebeu segundo a ordem lógica das coisas. O outro a bebeu por mero acidente. E embora seja Barrois que esteja morto, era Noirtier que devia morrer.

— Mas então por que o meu pai não sucumbiu?

— Já lhe expliquei isso, uma noite, no jardim, logo após a morte da sra. de Saint-Méran: porque seu corpo está acostumado exatamente a esse veneno; porque a dose, insignificante para ele, era mortal para qualquer outro; porque, enfim, ninguém sabe, nem mesmo o assassino, que há três meses eu venho tratando a paralisia do sr. de Noirtier com brucina, ao passo que o assassino não ignora, e certificou-se disso pela experiência, que a brucina é um veneno violento.

— Meu Deus, meu Deus! — murmurou Villefort, contorcendo os braços.

— Siga o percurso do criminoso: ele mata o sr. de Saint-Méran.

— Oh, doutor!

— Eu posso jurar que foi isso; o que me disseram acerca dos sintomas combina muito bem com o que vi com meus olhos.

Villefort desistiu de lutar e soltou um gemido.

— Ele mata o sr. de Saint-Méran — repetiu o médico —, mata a sra. de Saint-Méran: dupla herança a recolher.

Villefort enxugou o suor que corria em sua testa.

— Escute bem.

— Ai de mim! — balbuciou Villefort. — Não perco uma palavra, nenhuma.

— Um pouco antes, o sr. Noirtier — retomou o sr. d'Avrigny, com sua voz impiedosa — havia testado contra o senhor, contra sua família, em favor dos pobres; enfim, o sr. Noirtier é poupado, nada se espera dele. Mas bastou ele destruir seu primeiro testamento, bastou fazer o segundo para que, temendo que possivelmente fizesse um terceiro, o atingissem. O testamento é de ontem, creio; como vê, não perderam tempo.

— Oh, misericórdia, sr. d'Avrigny!

— Não há misericórdia, cavalheiro. O médico tem uma missão sagrada na terra, foi para cumpri-la que ele remontou às fontes da vida e desceu às misteriosas trevas da morte. Quando um crime é cometido e Deus, talvez com medo, desvia seu olhar do criminoso, é ao médico que cabe dizer: "Ei-lo."

— Misericórdia para a minha filha, senhor! — murmurou Villefort.

— Vê que é o senhor que pronuncia seu nome, o senhor, o pai!

10. Polônio: personagem do *Hamlet*, de Shakespeare, em que desempenha o papel do principal conselheiro do rei Cláudio. Através de uma cortina, Polônio é esfaqueado e morto por Hamlet, que, sem ver o rosto de sua vítima, julga estar assassinando o tio, ato III, cena 4.

— Misericórdia para Valentine! Escute, isso é impossível. Eu prefereria acusar a mim mesmo! Valentine, um coração de diamante, um lírio de inocência!

— Não existe misericórdia, sr. procurador do rei; o crime é flagrante: foi a própria srta. de Villefort que embalou os remédios que despachamos para o sr. de Saint-Méran, e o sr. de Saint-Méran está morto.

"A srta. de Villefort preparou as tisanas da sra. de Saint-Méran, e a sra. de Saint-Méran está morta.

"A srta. de Villefort pegou das mãos de Barrois, a quem ordenaram que saísse, a garrafa de limonada que o ancião esvazia habitualmente pela manhã, e o ancião só escapou por milagre.

"A srta. de Villefort é a culpada! É a envenenadora! Senhor procurador do rei, denuncio a srta. de Villefort, cumpra o seu dever!"

— Doutor, não resisto mais, não me defendo mais, acredito no senhor; mas, por piedade, poupe minha vida, minha honra!

— Sr. de Villefort — retorquiu o médico com uma força crescente —, há circunstâncias em que ultrapasso todos os limites da tola circunspecção humana. Se sua filha tivesse cometido apenas um primeiro crime, e eu a visse planejar um segundo, eu diria ao senhor: "Advirta-a, castigue-a, que ela passe o resto da vida em algum claustro, em algum convento, a chorar, a rezar." Se tivesse cometido um segundo crime, eu lhe diria: "Veja, sr. de Villefort, aqui está um veneno que não tem antídoto conhecido, ágil como o pensamento, rápido como um raio, mortal como o relâmpago, dê-lhe este veneno recomendando sua alma a Deus e salve assim sua honra e seus dias, pois é ao senhor que ela odeia." E a vejo aproximar-se de sua cabeceira com aqueles sorrisos hipócritas e doces exortações! Desgraçado do senhor, meu caro Villefort, se não tiver pressa em golpear antes! Eis o que eu lhe diria se ela tivesse matado apenas duas pessoas; mas ela viu três agonias, contemplou três moribundos, ajoelhou-se ao pé de três cadáveres; ao carrasco, a envenenadora! Ao carrasco! O senhor invoca sua honra, faça o que lhe digo, e é a imortalidade que o espera!

Villefort caiu de joelhos.

— Escute — disse ele —, não tenho essa força que o senhor tem, aliás, que o senhor não teria se, em vez da minha filha Valentine, se tratasse da sua filha Madeleine.

O médico empalideceu.

— Doutor, todo filho da mulher nasceu para sofrer e morrer. Doutor, sofrerei à espera da morte.

— Tome cuidado — disse o sr. d'Avrigny —, ela será lenta... esta morte. O senhor a verá aproximar-se depois de ela ter golpeado seu pai, sua mulher, talvez seu filho.

Villefort, sem ar, apertava o braço do médico.

— Escute! — exasperou-se ele. — Tenha pena de mim, ajude-me! Não, minha filha não é culpada. Arraste-me a um tribunal, continuarei a dizer: "Não, minha filha não é culpada..." Não existe crime em minha casa... Não

Villefort caiu de joelhos.

quero, ouça, que haja um crime na minha casa; pois, quando o crime entra em algum lugar, é como a morte, não entra sozinho. Escute, que lhe importa que eu morra assassinado...? O senhor é meu amigo? É um homem? Tem um coração...? Não, o senhor é médico! Pois bem! Afirmo-lhe: "Não, não entregarei minha filha às mãos do carrasco!" Ah! Eis uma ideia que me devora, que me impele como um insano a escalavrar meu peito com as unhas! E se o senhor estivesse enganado, doutor! Se fosse um outro que não a minha filha! Se um dia eu viesse, pálido como um espectro, dizer-lhe: "Assassino! Você matou minha filha!" Veja, se isso viesse a acontecer, embora eu seja cristão, sr. d'Avrigny, eu me mataria!

— Está certo — disse o médico, após um instante de silêncio —, vou esperar.

Villefort olhou para ele como se ainda duvidasse de suas palavras.

— Porém — continuou o sr. d'Avrigny, com uma voz arrastada e solene —, se alguém da sua casa cair doente, ainda que seja o senhor, não me chame, pois não voltarei aqui. Aceito dividir esse segredo terrível com o senhor, mas não quero que a vergonha e o remorso invadam o meu lar, frutificando e desabrochando em minha consciência assim como o crime e o infortúnio irão desabrochar e frutificar na sua casa.

— Então me abandona, doutor?

— Sim, não posso seguir adiante com o senhor, pois eu iria me deter somente ao pé do cadafalso. Alguma outra revelação surgirá, provocando o desenlace dessa terrível tragédia. Adeus.

— Doutor, eu lhe suplico!

— Todos os horrores que conspurcam meu pensamento tornam sua casa odiosa e fatal. Adeus, cavalheiro.

— Uma palavra, só mais uma palavra, doutor! O senhor vai se retirar deixando para trás todo o horror da situação, horror que aumentou com o que me revelou. Mas, da morte instantânea, súbita, desse pobre e velho serviçal, o que irão dizer?

— Está certo — disse o sr. d'Avrigny —, acompanhe-me.

O médico saiu na frente, o sr. de Villefort o seguiu. Os criados, inquietos, espalhavam-se pelos corredores e escadas por onde o médico devia passar.

— Senhor — disse d'Avrigny a Villefort, falando alto de maneira a que todos o ouvissem —, o pobre Barrois andava muito sedentário de uns anos para cá. Ele, que gostava tanto de correr a cavalo, com seu patrão, ou de coche, os quatro cantos da Europa, matou-se com esse serviço monótono em volta de uma cadeira. O sangue estagnou. Andava inchado, tinha o pescoço grosso e curto, foi vítima de uma apoplexia fulminante, e fui avisado tarde demais.

"A propósito — acrescentou baixinho —, não deixe de jogar essa xícara de violeta nas cinzas."

E o médico, sem tocar a mão de Villefort, sem voltar um instante ao que havia dito, saiu escoltado pelas lágrimas e as lamentações de todo o pessoal da casa.

Naquela mesma noite, todos os criados de Villefort, que se haviam reunido na cozinha e conversado longamente, vieram pedir à sra. de Villefort permissão para se demitir. Nenhuma concessão, nenhuma oferta de aumento de salário foi capaz de retê-los; a todas as palavras, respondiam:

— Queremos ir embora porque a morte ronda esta casa.

Partiram então, apesar das súplicas que lhes foram feitas, afirmando sentir grandes remorsos por deixar patrões tão bons, e sobretudo a srta. Valentine, tão boa, tão generosa e tão doce.

Villefort, a essas palavras, voltou o olhar para a filha.

Ela chorava.

Coisa estranha! Em meio à emoção que lhe provocaram essas lágrimas, ele também fitou a sra. de Villefort, e pareceu-lhe que um sorriso fugaz e soturno atravessara seus lábios finos, como esses meteoros que vemos insinuar-se, sinistros, por entre duas nuvens, no fundo de um céu tempestuoso.

4. O QUARTO DO PADEIRO APOSENTADO

Na mesma noite do dia em que o conde de Morcerf saíra da casa de Danglars com uma vergonha e uma raiva que a frieza do banqueiro torna concebíveis, o sr. Andrea Cavalcanti, com cabelos frisados e brilhantes, bigodes aparados e luvas brancas desenhando as unhas, entrara, quase de pé em seu faeton, no pátio do banqueiro da Chaussée-d'Antin.

Ao fim de dez minutos de conversa no salão, dera um jeito de levar Danglars até uma janela, e ali, após um hábil preâmbulo, expusera os tormentos de sua vida desde a partida de seu nobre pai. Após essa partida, dizia ele, encontrara, na família do banqueiro, onde foi recebido como um filho, todas as garantias de felicidade que um homem sempre deve buscar antes dos caprichos da paixão, e, quanto à paixão em si, tivera a felicidade de encontrá-la nos belos olhos da srta. Danglars.

Danglars escutava com a atenção mais profunda, já havia dois ou três dias que esperava essa declaração e, quando ela finalmente chegou, seu olho se dilatou tanto quanto se velara e escurecera ao escutar Morcerf.

Entretanto, não quis acolher assim a proposta de um rapaz sem lhe fazer algumas conscienciosas observações.

— Sr. Andrea — disse-lhe —, não é demasiado jovem para pensar em casamento?

— De forma alguma, senhor — respondeu Cavalcanti —, pelo menos assim não me julgo: na Itália, os fidalgos em geral casam-se cedo; é um costume lógico. A vida é tão imprevisível que, quando a felicidade bate à nossa porta, temos de agarrá-la.

— Agora, senhor — disse Danglars —, admitindo que suas propostas, para mim muito honrosas, sejam acolhidas por minha mulher e minha filha, com quem debateríamos o aspecto financeiro? Esta é, me parece, uma negociação importante, que apenas os pais sabem tratar convenientemente, tendo em vista a felicidade de seus filhos.

— Cavalheiro, meu pai é um homem sábio, precavido e sensato. Ele previu a circunstância provável que faria eu desejar estabelecer-me na França. Assim, deixou comigo, ao partir, junto com todos os documentos que atestam minha identidade, uma carta na qual me concede, no caso de eu fazer uma escolha que lhe agrade, cento e cinquenta mil libras de renda a partir do dia do meu casamento. É, na medida em que posso julgar, um quarto das rendas do meu pai.

— Da minha parte — disse Danglars —, tenho a firme intenção de dar à minha filha quinhentos mil francos ao casá-la. A propósito, ela é a minha única herdeira.

— Ótimo! — exclamou Andrea. — Como vê, a coisa tem tudo para dar certo, supondo que meu pedido não seja rechaçado pela sra. baronesa Danglars e pela srta. Eugénie. Estamos à frente de cento e setenta e cinco mil libras de renda. Vamos supor uma coisa: eu obtendo junto ao marquês que, em vez de me pagar a renda, ele me dê o capital; isso não seria fácil, sei muito bem, mas, enfim, não deixa de ser possível; o senhor valorizaria esses dois ou três milhões, e esses dois ou três milhões, em mãos hábeis, podem sempre render dez por cento.

— Não consigo nunca mais de quatro — disse o banqueiro —, às vezes até três e meio. Mas, para o meu genro, vou conseguir cinco, e dividiremos o lucro.

— Perfeito! Magnífico, sogro! — comemorou Cavalcanti, deixando-se levar pela natureza um tanto vulgar que, de tempos em tempos, apesar de seus esforços, rachava o verniz de aristocracia com que tentava encobri-la.

Porém, recobrando-se prontamente, disse:

— Oh, perdão, senhor, como vê, se a mera esperança quase me enlouquece. Que será de mim quando ela se tornar realidade?

— Por outro lado — disse Danglars, que, por sua vez, não percebia como esta conversa, a princípio desinteressada, acabava no balcão de negócios —, decerto há uma parte de sua fortuna que seu pai não lhe poderá recusar...

— Qual? — perguntou o rapaz.

— A que vem de sua mãe.

— Ora, mas claro, a que vem da minha mãe, Oliva Corsinari.

— E a quanto pode montar essa fortuna?

— Puxa — disse Andrea —, juro, senhor, que nunca me detive nesse aspecto da questão, mas estimo que no mínimo a dois milhões.

Danglars foi tomado por aquela espécie de asfixia alegre que sentem ou o avaro que descobre um tesouro perdido, ou um homem prestes a se afogar que toca seus pés na terra firme em vez de no vazio que iria engoli-lo.

— E então, senhor — disse Andrea, saudando o banqueiro com uma mesura afável —, posso ter esperanças…

— Sr. Andrea — disse Danglars —, tenha paciência, não arrefeça, e creia que, se nenhum obstáculo de sua parte interromper a marcha desse negócio, ele está fechado. Mas — estranhou Danglars, refletindo —, como é possível que o sr. de Monte Cristo, seu patrono neste mundo parisiense, não tenha vindo com o senhor nos fazer esse pedido?

Andrea corou imperceptivelmente.

— Estou vindo da casa do conde, senhor — ele disse. — É incontestavelmente um homem encantador, mas de uma originalidade inconcebível. Aprovou meus planos com entusiasmo, afirmou inclusive não acreditar que meu pai hesite um instante em me dar o capital em vez da renda e prometeu-me sua influência para me ajudar a obter isso dele; em contrapartida, declarou que, pessoalmente, nunca assumira e nunca assumiria a responsabilidade de fazer um pedido de casamento. Porém, devo fazer-lhe justiça, dignou-se a acrescentar que, se um dia vencesse essa repugnância, seria comigo, pois julgava que a união planejada seria feliz e apropriada. Em todo caso, se não quer fazer nada oficialmente, reserva-se o direito de conversar consigo, ele me disse, quando o senhor tocar no assunto.

— Ah! Muito bem.

— Agora — disse Andrea, com seu sorriso mais sedutor —, paro de falar ao sogro e me dirijo ao banqueiro.

— Então, vejamos o que deseja — disse rindo Danglars por sua vez.

— É depois de amanhã que tenho alguma coisa como quatro mil francos a receber em seu estabelecimento. No entanto, o conde compreendeu que o mês no qual eu ia entrar talvez trouxesse despesas extras, para as quais meu pequeno salário de solteiro não bastaria, e aqui está uma promissória de vinte mil francos que ele, eu não diria me deu, mas me ofereceu. Está assinada pelo seu punho, como pode ver; isso lhe convém?

— Traga-me uma dessas de um milhão que eu pago — disse Danglars, colocando a promissória no bolso. — Diga-me qual seria uma boa hora para amanhã, e meu garoto da tesouraria passará em sua casa com um recibo de vinte e quatro mil francos.

— Às dez da manhã, por gentileza; quanto mais cedo, melhor: gostaria de passear pelo campo amanhã.

— Que seja, às dez; continua no Hotel des Princes?

— Isso mesmo.

No dia seguinte, com uma exatidão que fazia honra à pontualidade do banqueiro, os vinte e quatro mil francos estavam na casa do rapaz, que saiu efetivamente, deixando duzentos francos para Caderousse.

Essa saída tinha como objetivo principal, da parte de Andrea, evitar seu perigoso amigo; assim, voltou à noite, o mais tarde possível.

Porém, logo que pôs o pé no calçamento do pátio, encontrou à sua frente o porteiro do hotel, que o aguardava de quepe na mão.

— Senhor — ele disse —, aquele homem veio.

— Que homem? — perguntou distraidamente Andrea, como se houvesse esquecido daquele de quem, ao contrário, lembrava-se muito bem.

— Aquele a quem Vossa Excelência oferece uma pequena doação mensal.

— Ah, sim — disse Andrea —, aquele ex-criado do meu pai. Muito bem! Entregou-lhe os duzentos francos que deixei para ele?

— Sim, Excelência, precisamente.

Andrea exigia ser chamado de Excelência.

— Mas — continuou o porteiro —, ele não quis pegá-los.

Andrea empalideceu; entretanto, como era noite, ninguém o viu empalidecer.

— Como! Não quis pegá-los? — indagou ele, com uma voz ligeiramente perturbada.

— Não! Queria falar com Vossa Excelência. Respondi que o senhor havia saído, ele insistiu. Mas afinal pareceu se convencer, e entregou-me esta carta, que trouxera toda lacrada.

— Vejamos — disse Andrea.

Leu, à luz do farol do seu faeton: "Você sabe onde moro; espero-o amanhã às nove da manhã."

Andrea interrogou o lacre para ver se tinha sido violado e se olhares indiscretos teriam podido bisbilhotar o teor da carta; mas ela estava dobrada de tal maneira, com tal profusão de losangos e ângulos, que para lê-la teria sido preciso romper o lacre; ora, o lacre estava absolutamente intacto.

— Muito bem — disse ele. — Pobre-diabo! É uma excelente criatura.

E deixou o porteiro edificado com essas palavras e não sabendo qual dos dois devia admirar mais, se o jovem senhor ou o velho criado.

— Desatrele rápido, e venha aos meus aposentos — disse Andrea ao seu *groom*.

Em dois pulos Cavalcanti estava no quarto, queimando a carta de Caderousse, da qual fez desaparecer até as cinzas.

Terminava esta operação quando o criado entrou.

— Você tem a minha altura, Tom — disse-lhe.

— Tenho essa honra, Excelência — respondeu o valete.

— Não recebeu uma libré nova ontem?

— Sim, senhor.

— Tenho um caso com uma empregadinha a quem não quero revelar meu título nem minha condição. Empreste-me sua libré e traga-me seus documentos a fim de que eu possa, se preciso for, dormir numa pousada.

Tom obedeceu.

Cinco minutos depois, Andrea, completamente disfarçado, saía do hotel sem ser reconhecido, pegava um cabriolé e se fazia conduzir à Estalagem do Cavalo Vermelho, em Picpus.

No dia seguinte, saiu da Estalagem do Cavalo Vermelho como saíra do Hotel des Princes, isto é, sem ser notado, desceu o faubourg Saint-Antoine, enveredou pelo bulevar até a rua Ménilmontant e, parando à porta da terceira casa à esquerda, procurou, na ausência do porteiro, a quem poderia pedir informações.

— O que procura, belo rapaz? — perguntou a fruteira que ficava logo em frente.

— O sr. Pailletin, por favor, gorda mamãe... — respondeu Andrea.

— O padeiro aposentado? — perguntou novamente a fruteira.

— Ele mesmo.

— No fim do pátio à esquerda, no terceiro andar.

Andrea seguiu o caminho indicado e, no terceiro andar, encontrou uma pata de coelho que agitou mal-humorado, o que se fez perceber pelo movimento precipitado da campainha.

Um segundo depois, o rosto de Caderousse apareceu na gradinha da porta.

— Ah! Chegou na hora! — ele disse.

E puxou o ferrolho.

— Com os demônios! — praguejou Andrea, entrando.

E atirou à sua frente o quepe da libré, que, errando a cadeira, foi cair no chão, dando a volta no quarto e girando sobre sua circunferência.

— Vamos, vamos — disse Caderousse —, não se zangue, mocinho. Ora, veja, pensei em você, dê uma olhadinha no belo almoço que teremos! Nada como as coisas que a gente gosta, com mil raios!

Andrea de fato sentiu, ao respirar, um cheiro de cozinha a cujos aromas grosseiros não faltava certo encanto para um estômago faminto. Era aquela mistura de banha fresca e alho que marca a cozinha provençal de ordem inferior; era, além disso, o gosto de peixe gratinado, depois, por cima de tudo, o perfume ácido da noz-moscada e do cravo-da-índia. Tudo isso emanava de duas travessas cobertas, dispostas sobre dois fornos de lenha, e de uma panela que murmurejava na labareda de um fogão de ferro.

No quarto ao lado, Andrea avistou ainda uma mesa bem limpa, com dois *couverts* já servidos, duas garrafas de vinho lacradas, uma verde, outra amarela, uma boa parcela de aguardente num garrafão, e uma macedônia de frutas numa ampla folha de couve, disposta com arte sobre uma bandeja de porcelana.

— Que lhe parece, mocinho? — disse Caderousse. — Hein? Que fragrância! Puxa vida, sabe, eu era bom cozinheiro lá: lembra como todos lambiam os dedos com meus pratos? E você era o primeiro; você provou todos os meus molhos, e não os desprezava, ao que me lembre.

E Caderousse começou a descascar um suplemento de cebolas.

— Muito bonito! Muito bonito! — ironizou Andrea. — Isso é coisa que se faça? Se foi para almoçar comigo que me importunou, o diabo que o carregue!

— Meu filho — respondeu sentenciosamente Caderousse —, enquanto comemos, falamos. Ingrato como é, não está contente de ver um pouco seu amigo? Quanto a mim, choro de alegria.

Caderousse, com efeito, chorava. Entretanto, teria sido difícil dizer se era a alegria ou as cebolas que atuavam sobre a glândula lacrimal do ex-estalajadeiro da Ponte do Gard.

— Cale-se, hipócrita — ordenou Andrea —, quer dizer que me ama?

— Sim, amo-o, que o diabo realmente me carregue se estiver mentindo. É uma fraqueza — disse Caderousse —, sei muito bem disso, mas é mais forte que eu.

— O que não impede de me haver feito vir aqui por alguma perfídia.

— Imagine! — disse Caderousse, limpando o facão em seu avental. — Se eu não o amasse, será que eu suportaria a vida miserável que você me proporciona? Preste atenção, você tem no lombo a roupa do seu criado. Logo, você tem um criado. Quanto a mim, como não tenho um, sou obrigado a descascar eu mesmo os legumes. Você menospreza minha culinária porque janta no restaurante do Hotel des Princes ou no Café de Paris. Olhe só para mim! Eu também poderia ter um criado, eu também poderia ter um tílburi, eu também poderia jantar onde quisesse. Pois bem! Por que me privo disso? Para não arrumar confusão para o meu queridinho Benedetto. Vamos, pelo menos admita que eu poderia, hein?

E um olhar perfeitamente claro de Caderousse terminou o sentido da frase.

— Bom — disse Andrea —, vamos admitir que gosta de mim: então por que exige que eu venha almoçar com você?

— Ora, para vê-lo, mocinho.

— Me ver para quê, uma vez que estabelecemos previamente todas as nossas condições?

— Meu caro amigo — disse Caderousse —, existem testamentos sem codicilos? Mas você veio para almoçar primeiro, não é? Ótimo! Vamos, sente-se e comecemos por essas sardinhas e essa manteiga fresca, que coloquei sobre folhas de parreira pensando em você, malvado. Ah, sim, está olhando o meu quarto, minhas quatro cadeiras de palha, minhas imagens de três francos a moldura. Ora! O que posso fazer? Isso aqui não é o Hotel des Princes.

— Quer dizer que agora está magoado? Não está mais feliz, você, cujo único pedido era viver como um padeiro aposentado.

Caderousse soltou um suspiro.

— Muito bem, o que tem a dizer? Você viu este sonho se realizar.

— Tenho a dizer que é um sonho. Um padeiro aposentado, meu querido Benedetto, é rico, tem rendas.

— Ora bolas, você tem rendas.

— Eu?

— Sim, uma vez que lhe trago seus duzentos francos.

Caderousse balançou os ombros.

— É humilhante — disse ele — receber assim dinheiro dado a contragosto, dinheiro efêmero, que pode me faltar de hoje para amanhã. Pode ver claramente que sou obrigado a fazer economias para o caso de a sua prosperidade não durar muito. Ora, meu amigo! A fortuna é inconstante, como dizia o esmoler… do regimento[11]. Sei muito bem que sua prosperidade é imensa, celerado. Você vai casar com a filha de Danglars.

— Como assim! De Danglars?

— Isso mesmo, de Danglars! Ou preciso dizer barão Danglars? É como se eu dissesse conde Benedetto. Danglars era um amigo e, se não tivesse a memória tão fraca, deveria me convidar para esse casamento… considerando que ele foi ao meu… sim, sim, sim, ao meu! Caramba! Ele não era tão orgulhoso naquela época. Era um contadorzinho na firma do bondoso sr. Morrel. Jantei mais de uma vez com ele e o conde de Morcerf… Como vê, tenho belas relações e, se eu me dispusesse a cultivá-las um pouco, frequentaríamos os mesmos salões.

— Vá com calma, sua inveja está lhe dando alucinações, Caderousse.

— Você que pensa, Benedetto *mio*, sei o que digo. Quem sabe um dia também venhamos a vestir sua roupa de domingo para, antes de entrarmos com nosso coche em uma garagem, comandarmos: "A campainha, por favor!" Enquanto isso, sente-se e vamos comer.

Caderousse deu o exemplo e começou a almoçar com apetite, elogiando todos os pratos que servia a seu convidado.

Este pareceu seguir seu conselho, abriu com valentia as garrafas e atacou a *bouillabaisse* e o bacalhau gratinado no alho e no azeite.

— Ah — disse Caderousse —, o compadre então está voltando às boas com seu antigo profissional de hotelaria?

— Ora, mas claro — respondeu Andrea. Na casa de qualquer um, jovem e forte como ele era, seu apetite prevalecia temporariamente sobre qualquer outra coisa.

— E está gostando da comida, malandro?

---

11. "esmoler… do regimento": possível referência ao diálogo filosófico *O homem dos quarenta escudos* (1768), de Voltaire, em que figura um esmoler, isto é, um encarregado de distribuir esmolas, e são discutidos temas como distribuição de renda, enriquecimento ilícito, tributação excessiva, desigualdade, exploração e injustiça.

— Tanto que não entendo como um homem que cozinha e come coisas tão boas pode achar a vida ruim.

— Para você ver... — disse Caderousse. — É que toda a minha felicidade é estragada por um único pensamento.

— Qual?

— É que vivo às custas de um amigo; eu, que sempre ganhei a vida honestamente.

— Oh, não seja por isso — disse Andrea —, tenho o suficiente para dois, não se preocupe.

— Não, é sério. Acredite se quiser, mas todo fim de mês sinto remorsos.

— Bom Caderousse!

— A ponto de ontem ter me negado a pegar os duzentos francos.

— Sei, você queria falar comigo. Mas será mesmo remorso? Vejamos...

— O autêntico remorso; e depois tive uma ideia.

Andrea estremeceu. Estremecia sempre diante das ideias de Caderousse, que continuou.

— É uma miséria, veja bem, ficar sempre à espera do fim do mês.

— É verdade! — concordou Andrea, filosoficamente, decidido a obrigar seu companheiro a agir. — A vida não é uma eterna espera? Eu, por exemplo, será que faço outra coisa? E, no entanto, tenho paciência, concorda?

— Sim, porque, em vez de esperar duzentos miseráveis francos, você espera cinco ou seis mil, talvez dez, quem sabe doze mesmo. Você é um fingido: lá em casa você tinha sempre uns cofrinhos, uma poupança que tentava esconder desse pobre amigo Caderousse. Felizmente ele tinha o faro apurado, o amigo Caderousse em questão.

— Pronto, agora você começa a divagar — disse Andrea —, a falar e falar do passado! Mas para que remoer desse jeito, eu lhe pergunto?

— Ah! Você tem vinte e um anos e pode esquecer o passado. Eu tenho cinquenta, sou obrigado a me lembrar. Mas isso não interessa, voltemos aos negócios.

— Sim.

— Eu queria dizer que, se estivesse no seu lugar...

— Você...?

— Eu pegaria...

— Como assim! Você pegaria...

— Sim, eu pediria um semestre adiantado, invocando meu desejo de me tornar elegível e, para tanto, de arrendar uma fazenda. Depois, com meu semestre no bolso, eu sumiria do mapa.

— Ora, ora, ora — ponderou Andrea —, talvez isso não seja má ideia.

— Querido amigo — disse Caderousse —, coma da minha comida e siga meus conselhos; você não vai se sentir mal, nem física nem moralmente.

— Muito bem! — disse Andrea. — Mas por que você mesmo não segue o conselho que me dá? Por que não pega um semestre, quem sabe um ano, e não vai para Bruxelas? Em vez de parecer um padeiro aposentado, você pareceria um falido no exercício de suas funções: vai pegar bem.

— Mas como, diabos, quer que eu me aposente com duzentos francos?

— Quantas exigências, Caderousse! — disse Andrea. — Há dois meses você morria de fome.

— É a comida que abre o apetite — disse Caderousse, mostrando os dentes como um macaco que ri ou um tigre que ruge. — Além disso — acrescentou, cortando com esses mesmos dentes, tão brancos e pontiagudos a despeito da idade, uma enorme côdea de pão —, tenho um plano.

Os planos de Caderousse apavoravam Andrea ainda mais que suas ideias; as ideias eram apenas o germe, o plano era a realização.

— Vejamos esse plano — disse o jovem —, deve ser um espetáculo!

— Por que não? De quem foi o plano graças ao qual deixamos o estabelecimento do sr. Chose, hein? Meu, suponho; e não era de todo ruim, me parece, uma vez que estamos aqui!

— Não estou dizendo isso — respondeu Andrea —, às vezes você acerta. Mas, enfim, examinemos seu plano.

— Vejamos — continuou Caderousse —, será que consegue, você, sem desembolsar um tostão, me arranjar quinze mil francos? Não, quinze mil francos não é o bastante, não quero ser homem honesto por menos de trinta mil francos…

— Não — respondeu Andrea secamente —, não, não consigo.

— Você não compreendeu, ao que parece — respondeu friamente Caderousse, com a fisionomia calma. — Eu disse sem desembolsar um tostão.

— Quer que eu roube para estragar todo o meu negócio, e o seu junto com o meu, e que nos peguem de novo?

— Oh, da minha parte… — disse Caderousse. — Para mim tanto faz que me peguem outra vez; sou um cara esquisito, sabe? Às vezes entedio-me com meus amigos. Não sou como você, sem coração, que gostaria de nunca mais revê-los.

Andrea fez mais que estremecer dessa vez, empalideceu.

— Calma, Caderousse, nada de tolices — recomendou ele.

— Claro que não, fique tranquilo, meu querido Benedetto. Mas aponte-me então um jeitinho de ganhar esses trinta mil francos sem ser obrigado a me intrometer na sua vida. É só deixar eu fazer, só isso!

— Muito bem! Verei, tentarei — disse Andrea.

— Mas, nesse meio-tempo você aumentará minha mensalidade para quinhentos francos. Tenho um capricho: queria uma empregada!

— Pois bem! Terá seus quinhentos francos — aceitou Andrea. — Mas isso é pesado para mim, querido Caderousse… você está abusando…

— Ora, ora — disse Caderousse —, considerando que você bebe em cofres sem fundo.

Andrea parecia esperar que seu companheiro dissesse isto, pois seu olho disparou uma centelha, a qual, é verdade, logo se apagou.

— Isso é um fato — respondeu Andrea —, e meu protetor é generosíssimo comigo.

— Adorado protetor! — brincou Caderousse. — Então ele lhe dá por mês...?

— Cinco mil francos — disse Andrea.

— Os mesmos milhares de que você me dá centenas — emendou Caderousse. — Na verdade, só os bastardos para serem felizes... Cinco mil francos por mês... Que diabos é possível fazer com tudo isso?

— Ih, meu Deus, gastar é fácil; eu também queria, como você, ter um capital.

— Um capital... sim... compreendo... todo mundo quer ter um capital.

— Pois bem, terei um de fato.

— E quem vai lhe dar? O seu príncipe?

— Sim, o meu príncipe. Infelizmente, preciso esperar.

— Esperar o quê? — perguntou Caderousse.

— Sua morte.

— A morte do seu príncipe?

— É.

— Por quê?

— Porque ele me incluiu em seu testamento.

— Sério?

— Palavra de honra!

— Qual é o montante?

— Quinhentos mil.

— Nada menos que isso? Até parece.

— É como lhe digo.

— Vamos, não é possível!

— Caderousse, você é meu amigo?

— Ora essa! Na vida e na morte.

— Muito bem, vou lhe contar um segredo.

— Conte.

— Escute.

— E como! Estou mudo feito uma carpa.

— Muito bem! Acho...

Andrea parou, olhando à sua volta.

— Você acha...? Não tenha medo, caramba, estamos a sós.

— Acho que encontrei o meu pai.

— Seu pai verdadeiro?

— Sim...

— Sem ser o pai Cavalcanti.

— É, uma vez que este foi embora. O verdadeiro, como você diz.

— E esse pai é...

— Muito bem, Caderousse, é o conde de Monte Cristo.

— Bah!

— Acredite, é assim que tudo se explica. Ele não pode me confessar em voz alta, ao que parece, mas fez com que o sr. Cavalcanti me reconhecesse, dando-lhe cinquenta mil francos por isso.

— Cinquenta mil francos para ser seu pai! Eu teria aceito pela metade do preço, por vinte mil, quinze mil... Como não pensou em mim, ingrato?

— E eu lá sabia disso? Afinal, tudo não foi providenciado enquanto estávamos presos?

— Ah, é verdade. E você diz que, por testamento ...?

— Ele me deixa quinhentas mil libras.

— Tem certeza disso?

— Ele me mostrou; mas isso não é tudo.

— Há um codicilo, como eu lhe dizia há pouco?

— Provavelmente.

— E nesse codicilo...?

— Ele me reconhece.

— Oh, o bondoso pai, o corajoso pai, o honestíssimo pai! — disse Caderousse, fazendo rodopiar no ar um prato que amparou com ambas as mãos.

— Pronto! Diga de novo que tenho segredos para você!

— Não, e sua confiança o enobrece aos meus olhos. Quer dizer que seu pai príncipe é rico, riquíssimo?

— Acredito piamente. Ele não conhece a fortuna que tem.

— Será possível?

— E como não! Eu sei do que estou falando, eu, que sou recebido a qualquer hora em sua casa! Outro dia, era um contínuo de banco levando-lhe cinquenta mil francos numa carteira grossa como o seu guardanapo. Ontem, era um banqueiro levando cem mil francos em ouro.

Caderousse estava perplexo; parecia-lhe que as palavras do rapaz tinham o som do metal e que ele ouvia rolarem cascatas de luíses.

— E você frequenta essa casa? — exclamou com ingenuidade.

— Quando me apraz.

Caderousse permaneceu pensativo por um instante. Era fácil ver que revolvia em seu espírito algum pensamento profundo.

Depois, de repente:

— Como eu gostaria de ver tudo isso! — exclamou. — E como tudo isso deve ser belo!

— Realmente — disse Andrea — é magnífico!

— Ele mora na avenida dos Champs-Élysées, não é?

— Número 30.

— Ah! — disse Caderousse. — No 30?

— Sim, uma bela casa isolada, entre o pátio e o jardim, como manda o figurino.

— Pode ser; mas não é com o exterior que me preocupo, é com o interior: a esplendorosa mobília! Hein, o que ele tem lá dentro?

— Você já viu alguma vez as Tulherias?

— Não.

— Pois bem! É mais bonito.

— Cá entre nós, Andrea, não é bom se abaixar quando esse bondoso Monte Cristo deixa a bolsa cair?

— Oh, meu Deus! Não vale a pena esperar por esse momento — disse Andrea —, o dinheiro se espalha por aquela casa como frutas num pomar.

— Puxa vida, você podia me levar até lá um dia.

— Mas como?! Por que motivo?

— Tem razão; mas você me deixou com água na boca. Preciso ver isso de qualquer maneira; vou dar um jeito.

— Nada de tolices, Caderousse!

— Vou me apresentar como esfregador de chão.

— Há tapetes por toda parte.

— Ai, minha nossa! Então preciso me contentar em ver isso na imaginação.

— É o melhor que você faz, acredite-me.

— Tente pelo menos me explicar como é.

— Como posso...?

— Nada mais fácil. É grande?

— Nem muito grande nem muito pequeno.

— Mas como é distribuído?

— Puxa! Eu precisaria de tinta e papel para fazer uma planta.

— Aqui está! — disse Caderousse prontamente.

E foi pegar numa velha escrivaninha uma folha de papel branco, tinta e uma pena.

— Agora — disse Caderousse —, desenhe tudo isso no papel, meu filho.

Andrea tomou da pena com um sorriso imperceptível, e começou.

— A casa, como eu lhe disse, fica entre o pátio e o jardim. Observe, deste jeito.

E Andrea fez o contorno do jardim, do pátio e da casa.

— Os muros são altos?

— Não, dois metros e meio ou três no máximo.

— Não é prudente — disse Caderousse.

— No pátio, canteiros de laranjeiras, gramados, arbustos de flores.

— E sem armadilhas de lobos?

— Nenhuma.

— As cavalariças?

— Dos dois lados da grade, aqui, como pode ver.

E Andrea continuou sua planta.

— Vejamos o térreo — disse Caderousse.

— Agora, desenhe tudo isso no papel, meu filho.

— No térreo, sala de jantar, dois salões, sala de bilhar, uma escada no vestíbulo e uma pequena escada reservada.

— Janelas…?

— Janelas magníficas, tão belas, tão amplas que, juro, sim, creio que um homem do seu tamanho passaria por cada um de seus vãos.

— Para que diabos precisamos de escadas quando temos janelas assim?

— Que quer?! É o luxo.

— Mas, postigos?

— Sim, postigos, que nunca são usados, contudo. Um excêntrico, esse conde de Monte Cristo, que gosta de ver o céu mesmo durante a noite!

— E os criados, onde dormem?

— Oh, têm suas dependências. Imagine um bonito galpão à direita da entrada, onde as escadas se encontram. Pois bem! Sobre esse galpão há uma série de quartos para os criados, cada um com sua respectiva campainha.

— Ah, diabos! Campainhas!

— O que disse?

— Eu? Nada. Estava pensando que campainha é uma coisa cara de instalar; e para que serve, eu lhe pergunto?

— Antigamente, havia um cão que ficava no pátio à noite, mas ele foi levado para a casa de Auteuil, sabe, aquela onde você esteve?

— Sei.

— Ainda ontem eu dizia a ele: "Isso é imprudente da sua parte, sr. conde; pois, quando vai a Auteuil e leva seus criados, a casa fica vazia.

"— Sim, e daí? — ele perguntou.

"— E daí que um belo dia pode ser roubado."

— E o que ele respondeu?

— O que ele respondeu?

— Sim.

— Ele respondeu: "E acha que vou me preocupar com isso?"

— Andrea, deve haver alguma escrivaninha mecânica.

— Como assim?

— É, que prende o ladrão numa gaiola e toca uma música. Disseram-me que havia uma engenhoca dessas na última exposição.

— Há simplesmente uma escrivaninha de madeira acaju, cuja chave está sempre à vista.

— E não a roubam?

— Não, todos seus serviçais lhe são fiéis.

— Deve ter coisa nessa escrivaninha, hein! Dinheiro?

— Talvez… é impossível saber o que tem.

— E onde ela fica?

— No andar de cima.

— Faça então uma planta do primeiro andar, meu filho, como você fez do térreo.

— É fácil.

E Andrea pegou novamente da pena.

— No primeiro andar, veja, tem o vestíbulo e o salão; à direita do salão, a biblioteca e o gabinete de trabalho; à esquerda do salão, um quarto e um toucador. É nesse toucador que fica a famosa escrivaninha.

— E há uma janela no toucador?

— Duas, aqui e aqui.

E Andrea desenhou duas janelas no cômodo, que, na planta, ocupava um ângulo e aparecia como um quadrado menor acrescentado ao retângulo do quarto.

Caderousse ficou pensativo.

— E ele vai muito a Auteuil? — perguntou.

— Duas ou três vezes por semana; amanhã, por exemplo, deve ir passar o dia e a noite.

— Tem certeza disso?

— Ele me convidou para jantar lá.

— Bendito seja Deus! Isso é que é vida — disse Caderousse. — Casa na cidade, casa no campo!

— Isso é que é ser rico.

— E você irá jantar?

— Provavelmente.

— Quando você janta lá, dorme lá?

— Quando me convém. A casa do conde é como se fosse a minha casa.

Caderousse olhou para o rapaz como para arrancar a verdade do fundo do seu coração. Mas Andrea puxou um estojo de charutos do bolso, escolheu um havana, acendeu-o tranquilamente e começou a fumá-lo sem afetação.

— Quando quer os quinhentos francos? — perguntou ele a Caderousse.

— Ora, imediatamente, se os tiver consigo.

Andrea tirou vinte e cinco luíses do bolso.

— Douradinhas — disse Caderousse. — Não, obrigado!

— Quer dizer que as despreza?

— Ao contrário, gosto delas; mas não quero.

— Faça o câmbio, imbecil: o ouro vale vinte e cinco cêntimos.

— Exatamente, e depois o cambista vai seguir o amigo Caderousse, e vão prendê-lo, e ele será obrigado a dizer quais são os fazendeiros que lhe pagam seu salário em ouro. Nada de tolices, mocinho: dinheiro apenas, moedas redondas com a efígie de um monarca qualquer. Qualquer um pode ter uma moeda de cinco francos.

— Você há de compreender que não tenho quinhentos francos comigo. Eu deveria ter contratado um despachante.

— Ora! Deixe-os na sua casa, com seu porteiro, é um homem honesto, irei pegá-los.

— Hoje?

— Não, amanhã; hoje não tenho tempo.

— Está certo! Amanhã, antes de ir para Auteuil, deixo o dinheiro lá.

— Posso contar com isso?

— Perfeitamente.

— É que não vou contratar minha empregada antecipadamente, compreende?

— Contrate. Mas depois terminou, hein? Vai parar de me atormentar?

— Para sempre.

Caderousse ficara tão taciturno que Andrea receou ser obrigado a constatar aquela mudança. Redobrou então sua alegria e sua despreocupação.

— Como está bem-disposto! — disse Caderousse. — Até parece que já recebeu a herança!

— Não, infelizmente não! Mas quando esse dia chegar...

— E aí?

— Aí lembraremos dos amigos; é o que posso dizer.

— E como você tem excelente memória!

— Que remédio... Eu achava que você queria me extorquir.

— Eu! Oh, que ideia! Ao contrário, vou lhe dar um conselho de amigo.

— Que conselho?

— Deixar aqui o diamante que você tem no dedo. Assim não é possível! Quer que sejamos presos? É então para nos levar à perdição que comete essas tolices?

— Por que eu deixaria? — perguntou Andrea.

— Como! Você pega uma libré, se disfarça de criado e mantém no dedo um diamante de quatro a cinco mil francos!

— Caramba! Você está certo! Por que não vira policial?

— A questão é que entendo de diamantes; já tive um.

— Meus parabéns — disse Andrea, que, sem se indignar com essa nova extorsão, como temia Caderousse, entregou pacificamente o anel.

Caderousse examinou-o tão de perto que ficou claro para Andrea que ele checava se as arestas do corte estavam bem vivas.

— É um diamante falso — afirmou Caderousse.

— Ora vamos — reagiu Andrea —, você está brincando?

— Oh, não se zangue! Podemos verificar.

E Caderousse foi até a janela e fez o diamante deslizar na vidraça; ouviu-se o vidro guinchar.

— *Confiteor*[12]! — disse Caderousse, enfiando o diamante em seu dedo mínimo. — Eu estava enganado; mas esses joalheiros ladrões imitam tão bem as pedras que não nos atrevemos mais a roubar nas joalherias. É outro ramo da indústria paralisado.

— E agora? — disse Andrea. — Terminou? Ainda tem algo a me pedir? Quer o meu uniforme? Quer o meu quepe? Aproveite a ocasião e não se faça de rogado.

— Não, você é um bom companheiro, no fundo. Não irei segurá-lo mais e tentarei curar minha ambição.

— Mas cuidado para, ao vender esse diamante, não lhe acontecer o que você temia que acontecesse por causa do ouro.

— Não irei vendê-lo, fique tranquilo.

"Não, pelo menos não de hoje para amanhã", pensou o rapaz.

— Malandro de sorte! — disse Caderousse. — Vai voltar para os seus lacaios, seus cavalos, seu coche e sua noiva.

---

12. *Confiteor*: em latim, "eu confesso". Dizia-se no início da reza durante as missas, antes da confissão.

E Caderousse foi até a janela e
fez o diamante deslizar na vidraça.

— Naturalmente — disse Andrea.

— Preste atenção: espero de você um belo presente de núpcias, no dia em que se casar com a filha do meu amigo Danglars.

— Já lhe disse que isso é uma fantasia que você enfiou na cabeça.

— Quanto de dote?

— Mas estou lhe dizendo…

— Um milhão?

Andrea deu de ombros.

— Fiquemos com um milhão — especulou Caderousse. — Você nunca terá tanto quanto desejo para si.

— Obrigado — agradeceu o rapaz.

— Oh, é de coração! — acrescentou Caderousse, rindo sua risada gorda. — Espere, vou acompanhá-lo.

— Não é preciso.

— Claro que sim.

— Por que isso?

— Oh, porque tenho um segredinho na porta. É uma medida de precaução que julguei por bem adotar: fechadura Huret e Fichet, revista e corrigida por Gaspard Caderousse. Farei uma igual para você quando se tornar um capitalista.

— Obrigado — disse Andrea —, mandarei avisá-lo com uma semana de antecedência.

Despediram-se. Caderousse permaneceu no corredor do andar até ter visto Andrea não apenas descer os três andares, como ainda atravessar o pátio. Então entrou precipitadamente, fechou a porta com cuidado e começou a estudar, como um experiente arquiteto, a planta que Andrea lhe deixara.

— Creio — disse ele — que esse querido Benedetto não irá se aborrecer em herdar, e quem antecipar o dia no qual embolsará os quinhentos mil francos de herança não será o pior de seus inimigos.

5. O ARROMBAMENTO

No dia seguinte àquele no qual se deu a conversa que acabamos de narrar, o conde de Monte Cristo partira de fato para Auteuil, com Ali, diversos criados e cavalos que queria testar. O que o determinara acima de tudo a essa partida, sequer cogitada na véspera e tampouco imaginada por Andrea, havia sido a chegada de Bertuccio, que, de volta da Normandia, trazia notícias da casa e da corveta. A casa estava pronta, e a corveta, havia uma semana, fora recebida e ancorada numa pequena enseada, onde permanecia com sua tripulação de seis homens, em condições de fazer-se ao mar, após ter cumprido todas as formalidades exigidas.

O conde elogiou o zelo de Bertuccio e sugeriu que se preparasse para uma partida imediata, sua passagem pela França não devendo prolongar-se por mais de um mês.

— Preste atenção — disse-lhe ele —, posso precisar ir de Paris a Le Tréport em uma noite. Quero oito mudas escalonadas na estrada, que me permitam fazer duzentos e cinquenta quilômetros em dez horas.

— Vossa Excelência já manifestara esse desejo — respondeu Bertuccio —, e os cavalos estão preparados. Comprei-os e os distribuí pessoalmente nos locais mais convenientes, isto é, em aldeias em geral onde ninguém faz escala.

— Ótimo — disse Monte Cristo —, ainda fico um ou dois dias por aqui, tome suas providências de acordo com isso.

Quando Bertuccio ia sair para aviar tudo que se relacionava àquele deslocamento, Baptistin abriu a porta. Trazia uma carta numa bandeja de prata.

— Que faz aqui? — perguntou o conde, vendo-o todo empoeirado. — Não creio tê-lo chamado...

Baptistin, sem responder, aproximou-se do conde e apresentou-lhe uma carta.

— Importante e urgente — ele disse.

O conde abriu a carta e leu:

> O sr. de Monte Cristo fica avisado de que esta noite um homem penetrará em sua casa dos Champs-Élysées com o fito de subtrair papéis que julga guardados na escrivaninha do toucador. Sabemos que o conde de Monte Cristo é suficientemente corajoso para não recorrer à intervenção da polícia, intervenção que poderia comprometer profundamente quem lhe dá este aviso. O sr. conde, seja por um vão entre o quarto e o toucador, seja emboscando-se no toucador, poderá fazer justiça com as próprias mãos. Muita gente e precauções explícitas decerto afastariam o malfeitor e fariam o sr. conde de Monte Cristo perder essa oportunidade de conhecer um inimigo que o acaso revelou à pessoa que lhe dá este aviso, aviso que ela talvez não tivesse condições de repetir caso, fracassando nessa primeira tentativa, o malfeitor empreendesse uma segunda.

A primeira reação do conde foi acreditar num ardil de ladrões, armadilha tosca que lhe apontava um perigo insignificante para expô-lo a um mais grave. Ia então mandar levar a carta a um comissário de polícia, apesar da recomendação e talvez inclusive em virtude da recomendação do amigo anônimo, quando de repente ocorreu-lhe que podia tratar-se, com efeito, de algum inimigo pessoal, que apenas ele era capaz de reconhecer e de quem, eventualmente, apenas ele podia tirar partido, como havia feito Fiesco com o mouro que quisera assassiná-lo[13]. Conhecemos o conde; logo, não precisamos dizer que era um espírito cheio de audácia e vigor, que se enrijecia contra o impossível com a energia que caracteriza os homens superiores. Por sua vida pregressa e pela decisão inflexível que tomara de não recuar diante de nada, o conde viera a saborear delícias insuspeitadas nas lutas que às vezes travava com a natureza, que é Deus, e com a sociedade, que pode muito bem ser vista como o diabo.

— Eles não querem roubar meus papéis — disse o conde de Monte Cristo —, querem me matar. Não são ladrões, são assassinos. Não quero que o sr. chefe de polícia meta o bedelho nos meus assuntos particulares. Sou suficientemente rico, caramba, para poupar o orçamento da municipalidade nesse caso.

O conde chamou Baptistin, que saíra do quarto após haver entregue a carta.

— O senhor voltará a Paris — ordenou-lhe. — Trará para cá todos os criados que ficaram. Preciso de todo mundo em Auteuil.

---

13. "Fiesco com o mouro que quisera assassiná-lo": referência à segunda peça do poeta, dramaturgo, filósofo e historiador alemão Friedrich Schiller (1759-1805), *A conjura de Fiesco*, de 1783, uma tragédia em cinco atos.

— Mas não ficará ninguém na casa, sr. conde? — perguntou Baptistin.

— Claro que sim, o porteiro.

— O sr. conde sabe que é longe da guarita até a casa.

— E daí?

— E daí que poderiam limpar a casa toda sem que ele ouvisse o menor ruído.

— Quem faria isso?

— Ora, ladrões.

— O senhor é um pateta, Baptistin. Os ladrões, limpando a casa, nunca me darão o desgosto que me suscitaria um serviço malfeito.

Baptistin inclinou-se.

— O senhor me ouviu — repetiu o conde —, traga seus colegas, do primeiro ao último, mas que tudo permaneça como sempre. Feche os postigos do térreo, só isso.

— E os do andar de cima?

— Sabe que nunca os fechamos. Vá.

O conde mandou avisar que jantaria sozinho em seus aposentos e que queria ser servido apenas por Ali.

Jantou com a tranquilidade e sobriedade costumeiras. Depois do jantar, fazendo sinal para que Ali o seguisse, saiu pelo pequeno portão, enveredou pelo Bois de Boulogne, como se estivesse a passeio, tomou sem afetação o caminho de Paris e, ao cair da noite, viu-se defronte de sua casa nos Champs-Élysées.

Estava tudo na penumbra, apenas uma débil luminosidade brilhava na guarita do porteiro, distante cerca de quarenta passos da casa, como dissera Baptistin.

Monte Cristo recostou-se numa árvore, com aquele olho que tão raramente se enganava, e sondou a dupla aleia, examinou os passantes, mergulhando o olhar nas ruas adjacentes, a fim de verificar se não havia alguém emboscado. Ao fim de dez minutos, teve certeza de que ninguém o espreitava. Correu imediatamente com Ali até o portão menor, entrou precipitadamente e, pela escada de serviço, cuja chave carregava, entrou no seu quarto de dormir, sem abrir ou balançar uma única cortina, sem que nem mesmo o porteiro pudesse desconfiar que a casa, que julgava vazia, reencontrara seu principal morador.

Ao chegar ao quarto, o conde fez sinal para que Ali estancasse; em seguida, entrou no toucador, ao qual examinou; estava tudo como sempre: a valiosa escrivaninha em seu lugar, e a chave na escrivaninha. Deu duas voltas na fechadura, pegou a chave, voltou para a porta do quarto, puxou o trinco duplo do ferrolho e entrou.

Enquanto isso, Ali colocava sobre uma mesa as armas que o conde lhe pedira, isto é, uma carabina curta e um par de pistolas duplas, cujos canos superpostos permitiam mirar com tanta segurança quanto com pistolas de tiro. Assim armado, o conde tinha a vida de cinco homens em suas mãos.

Eram nove e meia; o conde e Ali comeram às pressas um pedaço de pão e beberam um copo de vinho espanhol. Em seguida, Monte Cristo deslocou um daqueles painéis móveis que lhe permitiam ver de um cômodo para outro. Tinha as pistolas e a carabina ao seu alcance, e Ali, de pé junto a ele, empunhava uma dessas machadinhas árabes que não mudaram de forma desde as cruzadas.

Por uma das janelas do quarto, paralela à do toucador, o conde podia ver a rua.

Duas horas assim se passaram; a escuridão era profunda, e entretanto Ali, graças à sua natureza selvagem, e o conde, graças provavelmente a uma aptidão adquirida, distinguiam nessa noite até as mais tênues oscilações das árvores do pátio.

Fazia algum tempo que a luzinha da guarita do porteiro se apagara.

Era de se presumir que o ataque, se realmente houvesse um ataque planejado, aconteceria pela escada do térreo e não por uma janela. Na cabeça de Monte Cristo, os malfeitores queriam sua vida, e não seu dinheiro. Era portanto seu quarto que atacariam, e chegariam lá ou pela escada secreta ou pela janela do toucador.

Ele pôs Ali diante da porta da escada, e continuou a vigiar o toucador.

Onze horas e três quartos soaram no relógio dos Invalides. O vento oeste trouxe em suas úmidas lufadas a lúgubre vibração dos três toques.

Quando o último toque extinguiu-se, o conde julgou ouvir um rumor para os lados do toucador. Esse primeiro rumor, ou melhor, esse primeiro rangido, foi seguido por um segundo, depois por um terceiro; no quarto, o conde sabia do que se tratava. Uma mão firme e experiente cortava os quatro lados de uma das vidraças com um diamante.

O conde sentiu seu coração bater mais rápido. Por mais calejados pelo perigo, por mais avisados do risco, os homens compreendem sempre, pela palpitação do coração e pela palpitação da carne, a enorme diferença que existe entre o sonho e a realidade, entre o plano e a execução.

Entretanto, Monte Cristo fez apenas um sinal para avisar Ali. Este, compreendendo que o perigo vinha do toucador, deu um passo para se aproximar de seu amo.

Monte Cristo estava ansioso para saber com que inimigos estava lidando, e quantos eram eles.

A janela onde trabalhavam ficava em frente ao vão através do qual o conde mergulhava seu olhar no toucador. Por conseguinte, seus olhos fixaram-se nessa janela. Ele viu uma sombra desenhar-se mais densa na penumbra. Em seguida, uma das vidraças tornou-se repentinamente opaca, como se tivessem colado por fora uma folha de papel, então a vidraça estalou sem cair. Pelo buraco, passou um braço procurando a maçaneta; um segundo depois as dobradiças rangeram e um homem entrou.

Ele estava sozinho.

— Eis um malandro atrevido — murmurou o conde.

... um segundo depois as dobradiças rangeram e um homem entrou.

Nesse momento, percebeu que Ali tocava-lhe levemente o ombro. Voltou-se: Ali apontava para a janela do quarto onde estavam, que dava para a rua.

Monte Cristo deu três passos em direção a essa janela; conhecia a sutil acuidade dos sentidos do fiel serviçal. Com efeito, percebeu outro homem que se descolava de uma porta e que, subindo num pequeno poste, parecia procurar ver o que acontecia na casa do conde.

"Bom", pensou ele, "são dois: um age, o outro espreita."

Fez então sinal para Ali não desgrudar os olhos do homem da rua, e voltou ao do toucador.

O cortador de vidros entrara e orientava-se, com os braços esticados para a frente.

Finalmente, pareceu ter identificado todas as coisas. Havia duas portas no toucador, ele foi fechar os ferrolhos de ambas.

Quando se aproximou da porta do quarto, Monte Cristo julgou que ele entraria e armou uma de suas pistolas, mas ouviu simplesmente o barulho dos ferrolhos deslizando em seus anéis de cobre. Era uma precaução, só isso; o visitante noturno, ignorando a providência tomada pelo conde de tirar os trincos, podia agora julgar-se em casa e agir com toda a tranquilidade.

Sozinho e à vontade, o homem então sacou do seu amplo bolso alguma coisa que o conde não conseguiu distinguir, colocou essa alguma coisa sobre uma mesa pequena e redonda, depois foi direto à escrivaninha, apalpou-a no lugar da fechadura e percebeu que, contrariando suas expectativas, a chave não estava lá.

Mas o depredador de vidros era um homem previdente e tudo antecipara; o conde logo ouviu o serrilhar do ferro contra o ferro, produzido, quando é manipulado, por aquele molho de gazuas que os chaveiros trazem quando chamados para abrir uma porta, e às quais os ladrões apelidam de "rouxinóis", provavelmente em virtude do prazer que sentem ao ouvir seu canto noturno, quando rangem contra a lingueta da fechadura.

— Ahá! — murmurou Monte Cristo, com um sorriso de desapontamento. — É apenas um ladrão.

Mas o homem, na penumbra, não conseguia escolher a ferramenta adequada. Recorreu inicialmente ao objeto que colocara sobre a mesinha. Manipulou uma mola, e logo uma luz pálida, mas não obstante bem viva para que se pudesse enxergar, enviou seu reflexo dourado sobre as mãos e o rosto desse homem.

— Quem diria! — fez de repente Monte Cristo, recuando num movimento de surpresa. — É...

Ali ergueu a machadinha.

— Não se mexa — sussurrou-lhe Monte Cristo. — E largue sua machadinha, não precisamos mais de armas aqui.

Em seguida, acrescentou algumas palavras falando ainda mais baixo, pois sua exclamação anterior, por mais abafada, arrancada ao conde pela surpresa, bastara para fazer estremecer o homem, que permanecera na pose do antigo amolador de facas[14]. Era uma ordem que o conde acabava de dar, pois Ali afastou-se imediatamente na ponta dos pés, extraindo da escuridão da alcova uma roupa preta e um chapéu triangular. Enquanto isso, Monte Cristo tirava rapidamente seu redingote, seu colete e sua camisa, e era possível, graças ao raio de luz que atravessava a brecha do painel, reconhecer no peito do conde uma daquelas cotas finas e flexíveis de malhas de aço, a última das quais, nessa França onde os punhais não são mais temidos, deve

14. "na pose do antigo amolador de facas": estátua de mármore que integra o acervo do Palácio Uffizzi, em Florença.

ter sido usada pelo rei Luís XVI, que temia uma faca no peito e foi golpeado por um machado na cabeça.

Essa cota logo desapareceu sob uma longa sotaina, assim como os cabelos do conde sob uma peruca tonsurada. O chapéu triangular, colocado sobre a peruca, terminou de transformar o conde em abade.

Enquanto isso, o homem, não ouvindo mais nada, se reerguera e, durante o tempo em que Monte Cristo operava sua metamorfose, fora direto à escrivaninha, cuja fechadura começava a estalar sob seu "rouxinol".

— Bom! — murmurou o conde, que provavelmente fiava-se em algum segredo de chaveiro desconhecido do arrombador de portas, por mais hábil que fosse. — Bom! Dou-lhe mais alguns minutos.

E foi até a janela.

O homem que ele vira subir num pequeno poste descera dele e continuava a perambular pela rua. Mas, estranhamente, em vez de se preocupar com aqueles que pudessem aparecer, fosse pela avenida dos Champs-Élysées, fosse pelo faubourg Saint Honoré, parecia preocupado apenas com o que acontecia na casa do conde, e todos os seus movimentos tinham como objetivo espiar o que se passava no toucador.

Monte Cristo, de repente, bateu na testa e deixou errar em seus lábios entreabertos uma risada silenciosa.

Em seguida, aproximando-se de Ali, disse-lhe baixinho:

— Fique aqui, escondido na penumbra, e, seja qual for o barulho que ouça, aconteça o que acontecer, não entre e não se mostre a não ser que eu lhe chame pelo nome.

Ali fez sinal com a cabeça de que compreendera e obedeceria.

Então Monte Cristo pegou num armário uma vela já acesa e, quando o ladrão estava mais concentrado na fechadura, abriu lentamente a porta, fazendo com que a luz que levava na mão direita incidisse integralmente sobre seu rosto.

A porta abriu-se tão lentamente que o ladrão não ouviu seu ruído. Por outro lado, para seu grande espanto, viu de repente o quarto iluminar-se.

Voltou-se.

— Olá! Boa-noite, caro sr. Caderousse — disse Monte Cristo. — Que diabos está fazendo aqui a uma hora dessas?

— O abade Busoni! — exclamou Caderousse.

E, não sabendo como aquela estranha aparição viera até ele, uma vez que fechara as portas, deixou cair seu molho de chaves falsas e permaneceu imóvel, como se abatido pelo estupor.

O conde foi instalar-se entre Caderousse e a janela, obstruindo assim, para o ladrão aterrado, sua única possibilidade de fuga.

— O abade Busoni! — repetiu Caderousse, fitando o conde com olhos esbugalhados.

— Boa-noite, caro sr. Caderousse.

— Muito bem! Isso mesmo, o abade Busoni — respondeu Monte Cristo — ele mesmo, em pessoa, e folgo ao ver que o senhor me reconhece, meu caro sr. Caderousse. Isso prova que temos boa memória, pois, se não me engano, lá se vão dez anos que não nos vemos.

Essa calma, essa ironia e essa força suscitaram no espírito de Caderousse um terror vertiginoso.

— O abade! O abade! — murmurou, crispando os punhos e batendo os dentes.

— Quer dizer que pretendem roubar o conde de Monte Cristo? — prosseguiu o suposto abade.

— Sr. abade — murmurou Caderousse, tentando alcançar a janela que o conde interceptava-lhe impiedosamente —, sr. abade, não sei... peço-lhe que acredite... juro...

— Uma vidraça cortada — continuou o conde —, uma lanterna fosca, um molho de rouxinóis, uma escrivaninha em vias de ser arrombada: o que pode ser mais claro?

Caderousse sufocava em seu colarinho, procurava um canto onde se esconder, um buraco por onde sumir.

— Não adianta — disse o conde —, vejo que continua o mesmo, sr. assassino.

— Sr. abade, uma vez que sabe tudo, sabe que não fui eu, que foi a Carconte. Isso foi admitido no processo, uma vez que fui condenado apenas às galés.

— Então cumpriu sua pena e já está arranjando um jeito de voltar para lá?

— Não, sr. abade, fui libertado por alguém.

— Esse alguém prestou um magnífico favor à sociedade.

— Ah! — disse Caderousse. — Apesar de tudo, eu realmente tinha prometido...

— Então fugiu da cadeia? — interrompeu Monte Cristo.

— Ai! Sim — admitiu Caderousse, preocupadíssimo.

— Péssima reincidência... Isso irá levá-lo, se não me engano, à Place de Grève[15]. Paciência, paciência, *diavolo!* como diz o povo da minha terra.

— Sr. abade, cedi a um impulso...

— Todos os criminosos dizem isso.

— A necessidade...

— Deixe disso — desdenhou Busoni —, a necessidade pode levar alguém a pedir esmola, a roubar um pão na porta de um padeiro, mas não a vir arrombar uma escrivaninha numa casa que julga desabitada. E quando o joalheiro Joannès contava os quarenta e cinco mil francos em troca do diamante que lhe dei e o matou para ter o diamante e o dinheiro, era também a necessidade?

— Perdão, sr. abade — disse Caderousse —, o senhor já me salvou uma vez, salve-me uma segunda.

— Nada me estimula a fazê-lo.

— Está sozinho, sr. abade? — perguntou Caderousse, juntando as mãos. — Ou está com policiais prontos para me prender?

— Estou absolutamente sozinho — disse o abade. — Se me disser toda a verdade, terei pena do senhor e o deixarei partir, ainda que correndo o risco de novas desgraças provocadas pela minha fraqueza.

— Ah, sr. abade! — exclamou Caderousse, juntando as mãos em súplica e dando um passo na direção do conde de Monte Cristo. — Posso muito bem dizer-lhe que o senhor é o meu salvador!

---

15. Place de Grève: local onde os suplícios públicos eram realizados.

— Está querendo me dizer que o libertaram da prisão?
— Oh, palavra de Caderousse, sr. abade!
— Quem fez isso?
— Um inglês.
— Como se chamava?
— Lorde Wilmore.
— Conheço-o; portanto, saberei se está mentindo.
— Sr. abade, digo apenas a verdade.
— Esse inglês então o protegia?
— Não, a mim não, mas a um jovem corso que era meu companheiro de corrente.
— Como se chamava esse jovem corso?
— Benedetto.
— É um prenome de batismo?
— Ele não tinha outro, era uma criança abandonada.
— Então esse rapaz fugiu com o senhor?
— Sim.
— Como?
— Trabalhávamos em Saint-Mandrier[16], perto de Toulon. Conhece Saint-Mandrier?
— Conheço.
— Pois bem! Enquanto dormíamos, entre meio-dia e uma hora...
— Forçados que tiram a sesta! Esses rapazes deveriam ser denunciados... — ironizou o abade.
— Puxa vida! — fez Caderousse. — Não podemos trabalhar o tempo todo, não somos cachorros.
— Felizmente para os cachorros — disse Monte Cristo.
— Enquanto os outros faziam a sesta, afastamo-nos um pouquinho, serramos nossos ferros com uma lima que o inglês conseguira nos passar e fugimos a nado.
— E por onde anda esse Benedetto?
— Não sei de nada.
— No entanto, devia saber.
— Não sei, eu juro. Separamo-nos em Hyères.

E, para dar mais peso ao seu juramento, Caderousse deu outro passo em direção ao abade, que permaneceu imóvel em seu lugar, sempre calmo e indagador.

— Está mentindo! — afirmou o abade, num tom irresistível de autoridade.

16. Saint-Mandrier: hospital construído pelos condenados a trabalhos forçados.

— Sr. abade...!

— Está mentindo! Esse homem ainda é seu amigo e talvez faça uso dele como cúmplice.

— Oh, sr. abade...!

— Depois que o senhor deixou Toulon, como sobreviveu? Responda.

— Como pude.

— Está mentindo! — repetiu pela terceira vez o abade, num tom ainda mais imperativo.

Caderousse, aterrado, olhou para o conde.

— O senhor sobreviveu — emendou este — com o dinheiro que ele lhe deu.

— Pois bem! É verdade — reconheceu Caderousse. — Benedetto tornou-se filho de um fidalgo.

— Como pode ele ser filho de um fidalgo?

— Filho natural.

— E como se chama esse fidalgo?

— O conde de Monte Cristo, esse mesmo na casa de quem estamos.

— Benedetto, filho do conde? — surpreendeu-se Monte Cristo.

— Para o senhor ver! E temos que acreditar, pois o conde arranjou-lhe um falso pai, o conde dá-lhe quatro mil francos por mês, o conde deixa-lhe quinhentos mil francos em testamento.

— Ah! Ah! — fez o falso abade, que começava a compreender. — E que nome usa, enquanto isso, o tal rapaz?

— Andrea Cavalcanti.

— Então é o rapaz que o meu amigo o conde de Monte Cristo recebe em sua casa e que vai se casar com a srta. Danglars?

— Exatamente.

— E o senhor permite isso, miserável! O senhor, que conhece sua vida e sua ignomínia?

— Por que acha que devo impedir o sucesso de um colega? — perguntou Caderousse.

— Está certo, não cabe ao senhor avisar o sr. Danglars, mas a mim.

— Não faça isso, sr. abade!

— E por que não?

— Porque é o nosso pão que o senhor confisca.

— E acha que, para preservar o pão de miseráveis como vocês, eu me rebaixaria a ser instigador de sua trama, cúmplice de seus crimes?

— Sr. abade! — exclamou Caderousse, aproximando-se mais.

— Direi tudo.

— A quem?

— Ao sr. Danglars.

— Com mil raios! — exclamou Caderousse, sacando uma faca já aberta de seu colete e golpeando o conde no meio do peito. — O senhor não dirá nada, abade!

Para grande espanto de Caderousse, o punhal, em vez de penetrar no peito do conde, retornou todo amassado.

Simultaneamente o conde agarrou com a mão esquerda o pulso do assassino e o torceu com tal força que a faca caiu de seus dedos hirtos, e Caderousse soltou um grito de dor.

Mas o conde, sem se deter com esse grito, continuou a torcer o punho do bandido até que, desarticulando seu braço, ele caiu primeiro de joelhos, depois de cara no chão.

O conde apoiou um pé em sua cabeça e disse:

— Não sei o que me impede de rachar seu crânio, celerado!

— Ai, misericórdia, misericórdia! — suplicou Caderousse.

O conde retirou o pé.

— Por Deus! Que punho o senhor tem, abade! — disse Caderousse, acariciando o braço todo marcado pelas tenazes de carne que o haviam comprimido. — Por Deus, que punho!

— Silêncio. Deus é quem me dá forças para domar uma besta feroz como você. É em nome desse Deus que ajo. Lembre-se disso, miserável, e poupá-lo neste momento ainda é servir aos desígnios divinos.

— Ufa! — fez Caderousse, todo dolorido.

— Pegue esta pena, este papel e escreva o que irei ditar.

— Não sei escrever, sr. conde.

— Está mentindo; pegue esta pena e escreva!

Caderousse, subjugado por aquela força superior, sentou-se e escreveu:

> Senhor, o homem que está recebendo em sua casa e a quem destina sua filha é um ex-forçado, evadido comigo da cadeia de Toulon; ele usava o nº59 e eu o 58.
>
> Ele se chamava Benedetto, mas ignora seu verdadeiro nome, nunca tendo conhecido seus pais.

— Assine! — continuou o conde.

— Mas quer acabar comigo?

— Se quisesse acabar com você, imbecil, eu o arrastaria até a primeira casa de guarda. Além disso, na hora em que o bilhete for entregue no seu destino, é provável que você não tenha mais nada a temer; portanto, assine.

Caderousse assinou.

— O destinatário: *Ao sr. barão Danglars, banqueiro, rua de la Chaussée-d'Antin.*

Caderousse escreveu o endereço.

O abade pegou o bilhete.

— Agora — disse —, está tudo certo: vá.

— Por onde?

— Por onde veio.

— Quer que eu saia por essa janela?

— Você entrou por ela.

— Está tramando alguma coisa contra mim, sr. abade?

— Imbecil, o que posso estar tramando?

— Por que não abre a porta para mim?

— Para que acordar o porteiro?

— Sr. abade, diga que não quer a minha morte.

— Quero o que Deus quiser.

— Mas jure que não vai me atacar enquanto eu estiver descendo.

— Além de burro, é covarde!

— Que pretende fazer de mim?

— Eu é que pergunto. Tentei fazer um homem feliz, e fiz apenas um assassino!

— Sr. abade — disse Caderousse —, tente uma última vez.

— Muito bem! — disse o conde. — Escute, sabia que sou um homem de palavra?

— Sim — disse Caderousse.

— Se você chegar em casa são e salvo…

— Sem ser o senhor, que tenho a temer?

— Se chegar em casa são e salvo, saia de Paris, saia da França, e em qualquer lugar que se encontre, enquanto se comportar honestamente, farei com que receba uma pequena pensão; pois, se chegar em sua casa são e salvo, então…

— Então…? — perguntou Caderousse, tremendo.

— Então acreditarei que Deus o perdoou, e o perdoarei também.

— Pela minha fé cristã — balbuciou Caderousse, recuando —, o senhor me faz morrer de medo!

— Basta, vá! — ordenou o conde, apontando a janela para Caderousse.

Caderousse, não de todo tranquilizado por tal promessa, passou a perna pela janela e pôs o pé na escada.

Então, parou, tremendo.

— Agora, desça — disse o abade, cruzando os braços.

Caderousse começou a compreender que nada tinha a temer desse lado, e desceu.

O conde aproximou-se com a vela, de maneira que, dos Champs-Élysées, podia-se ver um homem descendo por uma janela iluminado por outro homem.

— Que está fazendo agora, sr. abade? — inquietou-se Caderousse. — Se passar uma patrulha…

E soprou a vela. Depois continuou a descer; mas só quando sentiu a terra do jardim sob seus pés foi que sossegou completamente.

Monte Cristo voltou para o seu quarto de dormir, e, dando uma olhadela rápida do jardim para a rua, viu primeiro Caderousse, que, após ter descido, fazia um desvio no jardim e ia instalar sua escada na ponta do muro, a fim de sair num lugar diferente daquele por onde entrara.

Em seguida, passando do jardim para a rua, viu o homem que parecia esperar correr paralelamente e postar-se atrás da esquina perto da qual Caderousse iria descer.

Caderousse subiu lentamente a escada e, atingindo os últimos degraus, passou a cabeça por cima do espigão do muro para certificar-se de que a rua estava de fato vazia.

Não se via ninguém, não se ouvia nenhum ruído.

Deu uma hora nos Invalides.

Então Caderousse pôs uma perna de cada lado do muro, puxando a escada e passando-a por cima do muro. Depois tratou de descer, ou melhor, de se deixar escorregar ao longo dos dois apoios, manobra executada com uma habilidade que comprovou o quanto estava habituado a esse exercício.

Porém, uma vez embalado, não conseguiu parar. Em vão percebeu um homem projetar-se na sombra quando estava na metade do caminho; em vão percebeu um braço levantar-se no momento em que tocava o chão. Antes que pudesse se defender, esse braço golpeou-o tão furiosamente nas costas que ele soltou a escada gritando:

— Socorro!

Um segundo golpe atingiu-o quase instantaneamente no flanco, e ele caiu gritando:

— Assassino!

Por fim, enquanto rolava no chão, seu adversário agarrou-o pelos cabelos e lhe desferiu um terceiro golpe no peito.

Caderousse quis gritar mais uma vez, porém não conseguiu emitir senão um gemido, fazendo correr, enquanto gemia, os três riachos de sangue que saíam de seus três ferimentos.

O assassino, vendo que ele não gritava mais, soergueu-lhe a cabeça pelos cabelos. Caderousse tinha os olhos fechados e a boca retorcida. O assassino julgou o morto, deixou a cabeça tombar e desapareceu.

Então Caderousse, ao perceber que ele se afastava, apoiou-se no cotovelo e, com uma voz agônica, gritou num supremo esforço:

— Peguem o assassino, estou morrendo! Socorro, sr. abade, socorro!

Esse lúgubre apelo trespassou a penumbra da noite. A porta da escada secreta se abriu, depois o portãozinho do jardim, e Ali e seu patrão acorreram com luzes.

6. A MÃO DE DEUS

Caderousse continuava a gritar com uma voz lamentosa:

— Sr. abade, socorro! Socorro!

— Que houve? — perguntou Monte Cristo.

— Socorro! — repetiu Caderousse. — Fui esfaqueado!

— Estamos aqui! Coragem!

— Ah, é o fim! O senhor chega tarde demais; chega para me ver morrer. Que golpes! Quanto sangue!

E desmaiou.

Ali e seu patrão pegaram o ferido e o transportaram para um quarto. Lá chegando, Monte Cristo fez sinal para que Ali o despisse e examinou seus três terríveis ferimentos.

— Meu Deus — disse ele —, vossa vingança às vezes se faz esperar, mas creio que nunca desceu do céu mais completa do que neste momento.

Ali olhou para o patrão, perguntando-lhe o que fazer.

— Vá chamar o sr. de Villefort, procurador do rei, que mora no faubourg Saint-Honoré, e traga-o aqui. Ao passar, acorde o porteiro e diga-lhe para ir chamar um médico.

Ali obedeceu e deixou o falso abade a sós com Caderousse, ainda desmaiado. Quando o infeliz abriu os olhos, o conde, sentado a alguns passos dele, observava-o com uma sombria expressão de piedade, e seus lábios, que se agitavam, pareciam murmurar uma prece.

— Um cirurgião, sr. abade, um cirurgião! — rogou Caderousse.

— Foram chamá-lo — respondeu o abade.

— Sei muito bem que é inútil para me salvar a vida, mas talvez me dê forças, preciso de tempo para fazer minha declaração.

— Sobre o quê?

— Sobre o meu assassino.

— Conhece-o então?

— Se o conheço! Claro que conheço, é Benedetto.

— O jovem corso?

— Ele mesmo.

— Seu amigo.

— Justamente. Depois de me entregar a planta da casa do conde, esperando provavelmente que eu o matasse e assim ele se tornasse seu herdeiro, ou que o conde me matasse e assim se livrasse de mim, ele me esperou na rua e me esfaqueou.

— Além de mandar chamar o médico, mandei chamar o procurador do rei.

— Ele chegará tarde demais, ele chegará tarde demais — lamentou Caderousse —, sinto que estou perdendo sangue.

— Espere — disse Monte Cristo.

Saiu e voltou cinco minutos depois com um frasco.

Durante sua ausência, os olhos do moribundo, assustadores pela fixidez, não haviam se desgrudado um instante da porta, pela qual adivinhava instintivamente que um socorro iria chegar.

— Rápido, sr. abade, rápido! — ele suplicou. — Sinto que vou desmaiar de novo.

Monte Cristo aproximou-se e despejou nos lábios roxos do ferido três ou quatro gotas da bebida no frasco.

Caderousse deu um suspiro.

— Oh! — disse ele. — É a vida que o senhor me dá; mais… mais…

— Duas gotas mais o matariam — respondeu o abade.

— Oh, que chegue então alguém a quem eu possa denunciar o miserável!

— Quer que eu tome o seu depoimento por escrito? O senhor o assinará.

— Sim… sim… — disse Caderousse, cujos olhos brilhavam diante da ideia daquela vingança póstuma.

Monte Cristo escreveu: "Morro assassinado pelo corso Benedetto, meu companheiro de masmorra em Toulon sob o nº59."

— Rápido, rápido! — angustiou-se Caderousse. — Ou não poderei mais assinar.

Monte Cristo apresentou a pena a Caderousse, que reuniu suas forças, assinou e tombou na cama, dizendo:

— O senhor contará o resto, sr. abade. Dirá que ele se faz passar por Andrea Cavalcanti, que se hospeda no Hotel des Princes, que… Ah! Ah!! Meu Deus! Meu Deus! Pronto, estou morrendo!

E Caderousse desmaiou pela segunda vez.

O abade fez ele inalar o aroma do frasco; o ferido reabriu os olhos. Seu desejo de vingança não o abandonara durante o desmaio.

— Ah, o senhor dirá tudo isso, não é, sr. abade?

— Tudo, claro, e muitas outras coisas mais.

— O que o senhor dirá?

— Direi que ele provavelmente forneceu-lhe a planta dessa casa na esperança de que o conde o matasse. Direi que ele avisou o conde por um bilhete; direi que, estando o conde ausente, fui eu quem recebeu esse bilhete e que não dormi para esperá-lo.

— E ele será guilhotinado, não é? — perguntou Caderousse. — Será guilhotinado, promete? Vou morrer com essa esperança, isso vai me ajudar a morrer.

— Direi — continuou o conde — que ele chegou depois do senhor; que o espreitou o tempo todo; que, quando o ouviu sair, correu para o canto do muro e se escondeu.

— O senhor viu tudo isso?

— Lembre-se das minhas palavras: "Se você chegar são e salvo em casa, acreditarei que Deus o perdoou e o perdoarei também."

— E não me avisou? — exclamou Caderousse, tentando erguer-se apoiado sobre o cotovelo. — O senhor sabia que eu ia ser morto ao sair daqui, e não me avisou!

— Não, pois na mão de Benedetto eu via a justiça de Deus e julgaria cometer um sacrilégio opondo-me aos desígnios da Providência.

— A justiça de Deus! Nem me fale, sr. abade. Se houvesse uma justiça de Deus, o senhor sabe melhor que ninguém que há pessoas que seriam punidas e que não o são.

— Paciência! — disse o abade, num tom que fez estremecer o moribundo. — Paciência!

Caderousse fitou-o perplexo.

— E depois — continuou o abade —, Deus é cheio de misericórdia para com todos, como foi para com você: é pai antes de ser juiz.

— Ah, então o senhor acredita em Deus? — perguntou Caderousse.

— Se tivesse a infelicidade de não ter acreditado até o presente — disse Monte Cristo —, passaria a acreditar vendo você.

Caderousse levantou seu punho crispado para cima.

— Escute — disse o abade, estendendo a mão sobre o ferido como se pedisse-lhe para ter fé —, eis o que ele fez por você, esse Deus que você se recusa a reconhecer em seu último momento: ele lhe deu saúde, força, um trabalho garantido, até amigos, a vida enfim tal como deve apresentar-se ao homem para este ficar em paz com sua consciência e satisfeito com seus desejos naturais. Em vez de tirar proveito dessas graças do Senhor, tão raramente

Caderousse levantou seu punho crispado para cima.

concedidas por ele em sua plenitude, eis o que você fez: entregou-se à indolência, à bebedeira e, bêbado, traiu um de seus melhores amigos.

— Socorro! — exclamou Caderousse. — Não preciso de um padre, mas de um médico. Talvez eu não esteja ferido mortalmente, talvez ainda não morra, talvez possam me salvar.

— Você está tão mortalmente ferido que, sem as três gotas da bebida que lhe dei agorinha, já teria expirado. Então escute!

— Oh — murmurou Caderousse —, que padre estranho o senhor é, tirando a esperança dos moribundos, ao invés de os consolar.

— Escute — continuou o abade —, quando você traiu seu amigo, Deus começou não a castigá-lo, mas a avisá-lo. Você ficou pobre e sentiu fome. Passou a cobiçar um pouco da vida que podia ter levado, e já pensava no crime ao dar a si mesmo a desculpa da necessidade, quando Deus fez um milagre para você, um milagre; quando Deus, pelas minhas mãos, enviou, para o âmago da sua miséria, uma fortuna, exuberante para você, desgraçado, que nunca nada possuíra. Mas essa fortuna inesperada, imprevista, inaudita, não lhe bastou mais a partir do momento em que você botou as mãos nela. Quis dobrá-la. Como? Com um assassinato. Você a dobra, e então Deus a arranca de volta, conduzindo-o perante a justiça humana.

— Não fui eu — disse Caderousse — quem teve a ideia de matar o judeu, foi a Carconte.

— Sim — disse Monte Cristo. — Dessa forma, Deus sempre, não direi justo dessa vez, pois sua justiça lhe teria proporcionado a morte, mas Deus, sempre misericordioso, permitiu que seus juízes ficassem tocados pelas suas palavras e lhe poupassem a vida.

— O quê! Para depois me mandar para a prisão perpétua. Excelente misericórdia!

— Essa misericórdia, desgraçado, você considerou efetivamente uma misericórdia quando lhe foi concedida. Seu coração covarde, que tremia diante da morte, pulou de alegria ao anúncio de uma vergonha perpétua, pois você ruminou, como todos os condenados: "Uma cadeia tem sempre uma porta, o que não acontece num túmulo." E você tinha razão, pois a porta da cadeia se abriu para você de maneira inesperada: um inglês, de passagem por Toulon, tinha feito a promessa de tirar dois homens da infâmia: a escolha dele recai em você e em seu companheiro. Uma segunda fortuna cai do céu em seu colo, você encontra ao mesmo tempo dinheiro e tranquilidade, pode recomeçar a viver a vida de todos os homens. Você, que fora condenado a viver a dos trabalhadores forçados. Então, miserável, você parte para tentar a Deus pela terceira vez. "Não tenho o suficiente", você disse, quando tinha mais do que nunca possuíra antes, e comete um terceiro crime, sem razão, sem desculpas. Deus se cansou. Deus o castigou.

Caderousse enfraquecia a olhos vistos.

— Alguma coisa para beber — ele disse. — Tenho sede... estou ardendo!

Monte Cristo deu-lhe um copo d'água.

— Benedetto, celerado — praguejou Caderousse, devolvendo o copo. — Ele, entretanto, vai escapar!

— Ninguém irá escapar, sou eu que lhe digo, Caderousse... Benedetto será castigado.

— Então o senhor também será punido — disse Caderousse —, pois não cumpriu seu dever de sacerdote... devia ter impedido Benedetto de me matar.

— Eu! — disse o conde, com um sorriso que gelou de terror o moribundo. — Eu, impedir Benedetto de matá-lo, quando o senhor acabava de entortar sua faca na cota de malha que cobria o meu peito! Sim, se o tivesse encontrado humilde e arrependido, eu teria, quem sabe, impedido Benedetto de matá-lo, mas vi-o orgulhoso e sanguinário, e permiti que a vontade de Deus se realizasse!

— Não acredito em Deus! — berrou Caderousse. — Você também não acredita... está mentindo... está mentindo...!

— Cale-se — disse o abade —, pois está desperdiçando suas últimas gotas de sangue... Ah, não acredita em Deus e morre golpeado por Deus! Ah, não acredita em Deus, e Deus mesmo assim pede apenas uma prece, uma palavra, uma lágrima para perdoar... Deus que podia dirigir o punhal do assassino de maneira a que você expiasse na hora... Deus lhe deu quinze minutos para se arrepender... Caia em si, desgraçado, e arrependa-se!

— Não — insistiu Caderousse —, não me arrependo. Deus não existe, a Providência não existe, o que existe é apenas o acaso.

— Existe uma Providência, existe um Deus — disse Monte Cristo —, e a prova é que aí jaz você, desesperado, negando a Deus, e eu, por minha vez, estou de pé à sua frente, rico, feliz, são e salvo, juntando as mãos perante esse Deus no qual você tenta não acreditar e no qual, entretanto, acredita no fundo do coração.

— Mas afinal quem é o senhor? — perguntou Caderousse, fixando os olhos agonizantes no conde.

— Olhe bem para mim — disse Monte Cristo, pegando a vela e aproximando-a do rosto.

— Ora essa! O abade... o abade Busoni...

Monte Cristo tirou a peruca que o desfigurava e deixou cair a bonita cabeleira negra que emoldurava tão harmoniosamente seu pálido semblante.

— Oh — disse Caderousse, apavorado —, se não fosse pelo cabelo preto, eu diria que o senhor é lorde Wilmore!

— Não sou o abade Busoni, nem lorde Wilmore — disse Monte Cristo. — Olhe bem, olhe mais longe, olhe para suas primeiras recordações.

Havia nessas palavras do conde uma vibração magnética que reavivou pela última vez os sentidos do miserável.

— Oh, com efeito — disse ele —, acho que já vi o senhor, que já o conheci em outros tempos.

— Sim, Caderousse, sim, você me viu, sim, você me conheceu.

— Mas quem afinal é o senhor? E por que, se me viu, se me conheceu, por que me deixa morrer?

— Porque nada pode salvá-lo, Caderousse, porque seus ferimentos são mortais. Se pudesse ser salvo, eu teria visto nisso uma última misericórdia do Senhor, e ainda teria tentado, juro pelo túmulo do meu pai, devolvê-lo à vida e ao arrependimento.

— Pelo túmulo do seu pai! — disse Caderousse, reanimado por uma suprema centelha e se erguendo para ver mais de perto o homem que acabava de lhe fazer aquele juramento sagrado para todos os homens. — Quem é você afinal?

O conde não cessara de acompanhar o progresso da agonia. Compreendeu que aquele sopro de vida era o último; aproximou-se do moribundo e, cobrindo-o com um olhar calmo e triste ao mesmo tempo, disse-lhe no ouvido:

— Eu sou... sou...

E seus lábios, entreabertos, deram passagem a um nome pronunciado tão baixo que o próprio conde parecia temer ouvi-lo.

Caderousse, que se erguera sobre seus joelhos, estendeu os braços, fez um esforço para recuar, depois, juntando as mãos e levantando-as com um supremo esforço, exclamou:

— Oh, meu Deus, meu Deus, perdão por vos haver renegado. Vós existis claramente, vós sois o pai dos homens no céu e o juiz dos homens na terra. Meu Deus, Senhor, ignorei-o por muito tempo! Meu Deus, Senhor, perdoai-me! Meu Deus, Senhor, recebei-me!

E Caderousse, fechando os olhos, caiu para trás dando um último grito e um último suspiro.

O sangue estancou imediatamente nos lábios de seus graves ferimentos.

Estava morto.

— Um! — disse misteriosamente o conde, os olhos fitos no cadáver já desfigurado por aquela morte terrível.

Dez minutos depois, o médico e o procurador do rei chegaram, um trazido pelo porteiro, o outro, por Ali, e foram recebidos pelo abade Busoni, que rezava junto ao morto.

7. BEAUCHAMP

Durante quinze dias o único assunto em Paris foi aquela tentativa de roubo empreendida com tanta audácia na casa do conde. O moribundo assinara uma declaração apontando Benedetto como seu assassino. A polícia foi intimada a lançar todos os seus agentes no rastro do facínora.

A faca de Caderousse, a lamparina fosca, o molho de gazuas e as roupas, menos o colete, que não pôde ser encontrado, foram recolhidos pelo tribunal; o corpo foi transportado para o necrotério.

A todos, o conde respondia que a aventura acontecera enquanto ele estava em sua casa de Auteuil e que, por conseguinte, sabia apenas o que lhe dissera o abade Busoni, o qual, aquela noite, pelo maior dos acasos, pedira-lhe hospedagem a fim de consultar alguns livros raros em sua biblioteca.

Apenas Bertuccio empalidecia todas as vezes que o nome Benedetto era pronunciado em sua presença; mas não havia nenhum motivo para que alguém percebesse a palidez de Bertuccio.

Villefort, chamado para constatar o crime, reivindicara o caso e conduzia a investigação com aquele ardor apaixonado que imprimia em todas as causas criminais em que era convidado a emitir sua opinião.

Mas três semanas já se haviam passado sem nenhum progresso nas minuciosas investigações; a sociedade começava a esquecer a tentativa de roubo empreendida na casa do conde, e o assassinato do ladrão pelo seu cúmplice, para se ocupar do casamento próximo da srta. Danglars com o conde Andrea Cavalcanti.

Mal o casamento fora declarado, o rapaz passou a ser recebido na casa do banqueiro sob o título de noivo.

Haviam escrito ao sr. Cavalcanti pai, que aprovara com entusiasmo o casamento e que, exprimindo todas as desculpas pelo fato de suas ocupações o impedirem absolutamente de deixar Parma, onde estava, declarava consentir em dar o capital equivalente a cento e cinquenta mil libras de renda.

Estava convencionado que os três milhões seriam depositados no estabelecimento de Danglars, que os investiria. Algumas pessoas bem que haviam tentado suscitar no rapaz dúvidas acerca da solidez da posição do seu futuro sogro, que, já há algum tempo, sofria na Bolsa reiteradas perdas, mas o rapaz, com um desinteresse e uma confiança sublimes, rechaçou todos esses alertas, a respeito dos quais teve a delicadeza de não dizer uma única palavra ao barão.

Da mesma forma, o barão adorava o conde Andrea Cavalcanti.

Não se dava o mesmo com a srta. Eugénie Danglars. Em seu ódio instintivo contra o casamento, ela acolhera Andrea como um meio de afastar Morcerf; mas, agora que Andrea se aproximava excessivamente, começava a sentir uma forte repulsa por ele.

Talvez esse fato não passasse desapercebido ao barão. No entanto, como só podia atribuir tal repulsa a um capricho, ele simplesmente fingiu que não percebera nada.

Enquanto isso, o prazo pedido por Beauchamp estava quase esgotado. Em todo caso, Morcerf pudera apreciar o valor do conselho de Monte Cristo, quando este recomendara-lhe deixar as coisas correrem por si mesmas. Ninguém percebera a nota sobre o general, muito menos tivera o tino de reconhecer no oficial que entregara o castelo de Janina o nobre conde com assento na Câmara dos Pares.

Nem por isso Albert achava-se menos insultado, pois a intenção da ofensa estava óbvia nas poucas linhas que o haviam melindrado. Além do mais, a maneira como Beauchamp terminara a conversa deixara uma lembrança amarga em seu coração. Acariciava em seu espírito, portanto, a ideia daquele duelo, do qual esperava, se Beauchamp se dispusesse a encará-lo, esconder a causa real, até mesmo a suas testemunhas.

Quanto a Beauchamp, não fora visto novamente desde o dia da visita que Albert lhe fizera. A todos que perguntavam por ele, respondia-se que se ausentara para uma viagem de alguns dias.

Onde estava? Ninguém sabia.

Certa manhã, Albert foi despertado pelo seu criado de quarto, que lhe anunciava Beauchamp.

Albert esfregou os olhos, ordenou que deixassem Beauchamp esperando no pequeno *fumoir* do rés do chão, vestiu-se agilmente e desceu.

Encontrou Beauchamp andando de um lado para o outro; percebendo-o, Beauchamp parou.

— A iniciativa que o senhor toma ao se apresentar em minha casa espontaneamente, e sem esperar a visita que eu pretendia lhe fazer hoje, parece-me de bom augúrio, cavalheiro — disse Albert. — Vejamos, responda rápido, devo estender-lhe a mão dizendo: "Beauchamp, admite o erro e continua meu amigo?" Ou devo simplesmente perguntar: "Quais são as suas armas?"

— Albert — disse Beauchamp com uma tristeza que deixou o moço estarrecido —, antes vamos sentar e conversar.

— Mas me parece, ao contrário, cavalheiro, que antes de sentar o senhor me deve uma resposta...

— Albert — disse o jornalista —, há circunstâncias em que a dificuldade está justamente na resposta.

— Vou facilitá-la para o senhor, repetindo a pergunta: "Irá retratar-se? Sim ou não?"

— Morcerf, não basta responder sim ou não a perguntas que envolvem a honra, a posição social e a vida de um homem como o sr. tenente-general conde de Morcerf, par de França.

— O que se deve fazer então?

— Deve-se fazer o que estou fazendo, Albert; dizer: "O dinheiro, o tempo e o cansaço não são nada quando se trata da reputação e dos interesses de toda uma família"; dizer: "É preciso mais que probabilidades, é preciso certezas para aceitar um duelo mortal com um amigo"; dizer: "Se eu cruzar a espada, ou se apertar o gatilho de uma pistola contra um homem cuja mão apertei durante três anos, preciso saber pelo menos por que estou fazendo isso, a fim de que chegue no terreno com o coração apaziguado e a consciência tranquila indispensável ao homem quando este depende do seu braço para salvar sua vida."

— Muito bem, muito bem! — impacientou-se Morcerf. — O que significa isso?

— Significa que estou chegando de Janina.

— De Janina? O senhor!

— Sim, eu.

— Impossível!

— Meu caro Albert, aqui está o meu passaporte; observe os vistos: Genebra, Milão, Veneza, Trieste, Delvino, Janina. Você daria fé às polícias de uma república, de um reino e de um império[17]?

Albert lançou os olhos para o passaporte e os reergueu, assustados, para Beauchamp.

— Esteve em Janina? — perguntou.

17. "de uma república, de um reino e de um império": a república da Helvécia, o reino da Lombardia e o Império Otomano.

— Albert, se você fosse um estrangeiro, um desconhecido, um simples lorde como aquele inglês que veio pedir satisfações a mim há três ou quatro meses e que matei para dele me desvencilhar, você compreende que não teria me dado esse trabalho. Mas achei que lhe devia essa nota de consideração. Levei uma semana para ir, uma semana para voltar, mais quatro dias de quarentena e quarenta e oito horas de estadia; isso dá umas boas três semanas. Cheguei esta noite, aqui estou.

— Meu Deus, meu Deus! Quanto rodeio, Beauchamp, para me dizer o que espero do senhor!

— É que, na verdade, Albert…

— Você parece hesitar.

— Sim, estou com medo.

— Está com medo de confessar que seu correspondente se enganou? Oh! Nada de amor-próprio, Beauchamp; admita, sua coragem não pode ser posta em dúvida.

— Oh, não é nada disso — murmurou o jornalista —, ao contrário…

Albert empalideceu terrivelmente: tentou falar, mas a palavra expirou em seus lábios

— Meu amigo — disse Beauchamp, no tom mais afetuoso —, acredite em mim, seria uma felicidade apresentar-lhe minhas desculpas, e essas desculpas, eu as pediria do fundo do coração; mas, infelizmente…!

— Mas o quê?

— A notícia estava correta, meu amigo.

— Como assim! Esse oficial francês…

— Sim.

— Esse Fernand?

— Sim.

— Esse traidor que entregou os castelos do homem a serviço de quem…

— Perdoe-me por dizer o que digo, amigo: esse homem é seu pai!

Albert fez um movimento furioso para se lançar sobre Beauchamp, mas este o reteve muito mais com o olhar apiedado que com a mão estendida.

— Pegue, meu amigo — disse ele, tirando um papel do bolso —, eis a prova.

Albert abriu o papel; era um atestado de quatro moradores notáveis de Janina, atestando que o coronel Fernand Mondego, coronel instrutor a serviço do vizir Ali Tebelin, entregara o castelo de Janina mediante dois mil escudos.

As assinaturas eram autenticadas pelo cônsul.

Albert vacilou e caiu esmagado numa poltrona.

Não havia do que duvidar dessa vez, o nome da família estava ali, com todas as letras.

Assim, após um momento de silêncio mudo e doloroso, seu coração inflou-se, as veias de seu pescoço saltaram, uma torrente de lágrimas jorrou de seu rosto.

Albert fez um movimento furioso para se lançar sobre Beauchamp.

Beauchamp, que contemplara com profunda piedade aquele rapaz cedendo ao paroxismo da dor, aproximou-se dele.

— Albert — disse-lhe —, compreende-me agora, não é? Eu quis ver tudo, julgar tudo por mim mesmo, na esperança de que a explicação fosse favorável ao seu pai e eu pudesse fazer-lhe toda a justiça. Mas, ao contrário, as informações colhidas atestam que esse oficial instrutor, que esse Fernand Mondego, promovido por Ali Paxá à patente de general-governador, não é outro senão o conde Fernand de Morcerf; então retornei, pensando na honra que sinto em ser admitido como seu amigo, e corri para você.

Albert, ainda largado na poltrona, mantinha as duas mãos sobre os olhos, como se quisesse impedir que o dia chegasse até ele.

— Corri para você — continuou Beauchamp — a fim de lhe dizer: Albert, os erros dos nossos pais, naqueles tempos de ação e reação, não podem atingir os filhos. Albert, muito poucos atravessaram essas revoluções em meio às quais nascemos sem que alguma nódoa de lama ou sangue tenha manchado seu uniforme de soldado ou sua toga de juiz. Albert, ninguém no mundo, agora que estou de posse de todas as provas, agora que detenho o seu segredo, pode me obrigar a um combate que a sua consciência, tenho certeza disso, repeliria como um crime. Mas o que você não pode mais exigir de mim, eu venho lhe oferecer. Essas provas, essas revelações, esses atestados que apenas eu possuo, deseja que eles desapareçam? Quer que esse segredo terrível fique entre nós? Sob o selo da minha palavra de honra, ele nunca sairá da minha boca. Fale, Albert, é isso que deseja? É isso que deseja, meu amigo?

Albert lançou-se no pescoço de Beauchamp.

— Ah, nobre coração! — exclamou.

— Pegue — disse Beauchamp, entregando os papéis a Albert.

Albert agarrou-os com a mão convulsiva, apertou-os, amassou-os, pensou em rasgá-los; porém, temendo que um pedacinho qualquer carregado pelo vento voltasse um dia para golpeá-lo na testa, foi até a vela ainda acesa para os charutos e eliminou até o último fragmento.

— Querido amigo, excelente amigo! — murmurou Albert, enquanto queimava os papéis.

— Que tudo isso seja esquecido como um pesadelo — disse Beauchamp —, que se apague como essas últimas fagulhas que correm sobre o papel enegrecido, que tudo evapore como essa última fumaça escapando das cinzas mudas.

— Sim, sim — disse Albert —, e que reste apenas a eterna amizade que dedico ao meu salvador, amizade que os meus filhos transmitirão aos seus, amizade que sempre me lembrará que o sangue das minhas veias, a vida do meu corpo, a honra do meu nome, eu os devo a você; pois, se uma coisa dessas se espalhasse, oh, Beauchamp, juro a você, eu daria um tiro na cabeça; ou melhor, não, coitada da minha mãe, não gostaria de matá-la ao mesmo tempo, ou me expatriava.

— Querido Albert! — disse Beauchamp.

Mas o rapaz logo saiu dessa alegria inopinada e, por assim dizer, artificial, recaindo mais profundamente em sua tristeza.

— E então! — perguntou Beauchamp. — O que há agora?

— Há — disse Albert — que meu coração está partido. Admita, Beauchamp, ninguém abandona num piscar de olhos o respeito, a confiança e o orgulho que inspira a um filho o nome sem mácula do pai. Oh, Beauchamp, Beauchamp! Como vou falar com o meu agora? Recuarei a minha fronte, quando ele aproximar seus lábios, minha mão, quando ele aproximar a sua? Ouça, Beauchamp, sou o mais infeliz dos homens. Ah, minha mãe — suspirou Albert, contemplando, através de seus olhos afogados pelas lágrimas, o retrato da condessa de Morcerf —, se a senhora soube desses fatos, deve ter sofrido muito!

— Calma — disse Beauchamp, pegando-lhe as duas mãos —, coragem, amigo!

— Mas qual a origem da primeira notícia inserida em seu jornal? — exclamou Albert. — Há, por trás disso tudo, um ódio desconhecido, um inimigo invisível.

— Pois bem — disse Beauchamp —, mais uma razão. Coragem, Albert! Não deixe sua emoção transparecer. Carregue esse sofrimento como a nuvem carrega a ruína e a morte, segredo fatal que só compreendemos quando a tempestade desaba. Vamos, amigo, guarde suas forças para o momento em que o trovão rebentar.

— Oh, mas então acha que não terminamos com isso? — perguntou Albert, aterrado.

— Eu não acho nada, meu amigo; mas, enfim, tudo é possível. A propósito...

— O quê? — perguntou Albert, vendo que Beauchamp hesitava.

— Continua de pé seu casamento com a srta. Danglars?

— Por que tal pergunta num momento como este, Beauchamp?

— Porque, na minha cabeça, o rompimento ou a consumação desse casamento relaciona-se com o objeto de que nos ocupamos neste momento.

— Como! — exclamou Albert, com a fronte inflamada. — Acredita que o sr. Danglars...

— Pergunto-lhe apenas em que pé está seu casamento. Que diabos! Não veja em minhas palavras coisas que elas não trazem e não lhes dê a importância que elas não têm.

— Não — disse Albert —, o casamento está rompido.

— Entendo — disse Beauchamp.

Depois, vendo que o rapaz ia soçobrar novamente na melancolia:

— Vamos, Albert — disse-lhe —, se confia em mim, vamos sair; uma volta pelo Bois, de faeton ou a cavalo, irá distraí-lo. Depois voltaremos e almoçaremos em algum lugar, você irá para as suas coisas, eu para as minhas.

— De acordo — disse Albert —, mas vamos a pé, acho que um pouco de cansaço me faria bem.

— Que seja! — aceitou Beauchamp.

E os dois amigos, saindo a pé, seguiram o bulevar. Ao chegarem à Madeleine, Beauchamp disse:

— Ora, já que estamos no caminho, vamos fazer uma visitinha ao sr. de Monte Cristo, ele o distrairá. É o homem perfeito para restaurar nosso espírito, na medida em que nunca faz muitas perguntas. Ora, na minha opinião, as pessoas que não fazem perguntas são os mais hábeis consoladores.

— Está bem — disse Albert. — Vamos até lá, gosto dele.

8. A VIAGEM

Monte Cristo deu um grito de alegria ao ver os dois moços juntos.

— Ah, ah! — disse ele. — Muito bem, então foi tudo esclarecido e conversado, espero?

— Sim — respondeu Beauchamp —, boatos absurdos que se desfizeram por si sós e que, agora, caso se renovassem, teriam a mim como primeiro antagonista. Portanto, não falemos mais disso.

— Albert lhe dirá — retomou o conde — que foi o conselho que lhe dei. A propósito — acrescentou —, encontram-me terminando a manhã mais execrável da minha vida, acho.

— O que está fazendo? — perguntou Albert. — Organizando seus papéis? Ao que parece…

— Graças a Deus, não são meus! Em meus papéis sempre reina uma ordem maravilhosa, visto que não tenho papéis. Estes são documentos do sr. Cavalcanti.

— Do sr. Cavalcanti? — perguntou Beauchamp.

— Ora! Não conhece o jovem patrocinado pelo conde? — perguntou Morcerf.

— Alto lá, vamos ser claros — respondeu Monte Cristo —, não patrocinei ninguém, muito menos o sr. Cavalcanti.

— E que vai se casar com a srta. Danglars no meu lugar; o que — continuou Albert, tentando sorrir —, como naturalmente deve suspeitar, meu querido Beauchamp, me afeta cruelmente.

— Como!? Esse Cavalcanti vai se casar com a srta. Danglars? — perguntou Beauchamp.

— Ora essa! Por acaso está chegando do fim do mundo? — indagou Monte Cristo. — O senhor, um jornalista, o arauto da boataria! Toda Paris só fala disso.

— E é o senhor, conde, quem promove esse casamento? — perguntou Beauchamp.

— Eu? Oh, cale-se, sr. noticiarista, não vá espalhar uma coisa dessas! Eu? Misericórdia! Promover um casamento? Não, o senhor não me conhece. Ao contrário, opus-me a ele com todas as minhas forças, recusei-me a fazer o pedido.

— Ah, compreendo — disse Beauchamp —, por causa do nosso amigo Albert?

— Por minha causa? — disse o rapaz. — Oh, pelo amor de Deus! O conde irá me fazer a justiça de atestar que sempre lhe supliquei, ao contrário, para romper o meu compromisso, que felizmente foi rompido. O conde sugere que não é a ele que devo agradecer; pois seja, erigirei, como os antigos, um altar *Deo ignoto*[18].

— Ora — disse Monte Cristo —, tanto não tenho nada a ver com isso que estou estremecido com o sogro e com o rapaz. Apenas a srta. Eugénie, que me parece não ter uma vocação profunda para o casamento, vendo como eu estava pouco disposto a fazê-la desistir de sua preciosa liberdade, conservou a afeição por mim.

— E está a dizer que esse casamento está prestes a se realizar?

— Oh, meu Deus! Sim, apesar de todos os meus alertas! Quanto a mim, não conhecia o moço. Dizem-no rico e de boa família, mas a meu ver essas coisas são simples *fofocas*. Repeti isso à exaustão ao sr. Danglars, mas ele está enfeitiçado pelo seu cidadão de Lucca. Cheguei inclusive a lhe comunicar uma circunstância que, para mim, era mais grave: o rapaz foi trocado quando bebê, raptado por ciganos ou abandonado pelo preceptor, não sei ao certo. O que sei é que seu pai perdeu-o de vista há mais de dez anos; o que ele fez nesses dez anos de vida errante, só Deus sabe. Pois bem! De nada adiantou. Encarregaram-me de escrever ao major para lhe pedir os documentos; aqui estão eles. Irei enviá-los, mas, como Pilatos, lavo as mãos.

— E a srta. d'Armilly — perguntou Beauchamp —, que cara fez para o senhor, que lhe rouba a aluna?

— Nem lhe conto! Não sei muito bem, mas parece que está de partida para a Itália. A sra. Danglars me falou sobre ela e me pediu cartas de recomendação para os *impresarii*. Escrevi umas linhas para o diretor do Teatro Valle, que me deve uns favores. Mas o que tem, sr. Albert? Parece triste; será que, sem saber, está apaixonado pela srta. Danglars?

— Não que eu saiba — disse Albert, sorrindo tristemente.

Beauchamp foi admirar os quadros.

18. *Deo ignoto*: "Deus desconhecido", citação bíblica; Atos dos Apóstolos, XVII, 22-23.

— Agora conversemos — continuou Monte Cristo —, o senhor não está no seu normal. O que há? Pode dizer.

— Estou com enxaqueca.

— Ora, ora, meu caro visconde — disse Monte Cristo —, nesse caso tenho um remédio infalível para lhe oferecer: um remédio que sempre funcionou comigo diante de alguma contrariedade.

— E qual é? — perguntou o rapaz.

— A mudança de ares.

— Verdade? — perguntou Albert.

— Sim; e veja, como neste momento estou mais que contrariado, vou mudar de ares. Deseja me acompanhar?

— O senhor, contrariado, conde! — exclamou Beauchamp. — E com o quê?

— Que graça! O senhor fala como se estivesse fora do mundo. Queria muito vê-lo com uma investigação sendo realizada na sua casa!

— Uma investigação! Que investigação?

— A que o sr. de Villefort está fazendo contra o meu amável assassino, uma espécie de salteador foragido, ao que parece.

— Ah, é verdade — disse Beauchamp —, li a notícia nos jornais. E quem é esse tal de Caderousse?

— Bem... tudo indica ser um provençal. O sr. de Villefort ouviu falar dele quando estava em Marselha, e o sr. Danglars lembra-se de ter estado com ele. Daí resulta que o sr. procurador do rei assume o caso com muito afinco, o qual, ao que parece, interessa sobremaneira o chefe de polícia, e que, graças a esse interesse que tanto me enaltece, há quinze dias despacham para cá todos os bandidos que conseguem catar em Paris, ou nos arredores, a pretexto de que são os assassinos do sr. Caderousse. Daí resulta que, nestes três meses, se isso continuar, não haverá ladrão ou assassino neste belo reino de França que não conheça a planta da minha casa na palma da mão. Por conseguinte, tomei o partido de abandoná-la completamente e ir para tão longe quanto a terra puder me carregar. Venha, visconde, levo-o comigo.

— Será uma satisfação.

— Então, combinado?

— Sim, mas para onde?

— Já lhe disse, para onde o ar é puro, para onde o barulho adormece, para onde, por mais orgulhosos que sejamos, sentimo-nos humildes e nos julgamos pequenos. Gosto desse rebaixamento, eu, considerado o senhor do universo como Augusto[19].

---

19. "considerado o senhor do universo como Augusto": citação da peça *Cina, ou A clemência de Augusto*, ato V, cena 3, de 1641, de autoria de Pierre Corneille (1606-84).

— Aonde vai, afinal?

— Ao mar, visconde, ao mar. Sou um marujo, veja só; ainda criança, fui embalado nos braços do venerável Oceano e no seio da bela Anfitrite[20]; brinquei com o manto verde de um e com o vestido azulado da outra; amo o mar como a uma amante e, quando fico muito tempo sem vê-lo, sinto sua falta.

— Vamos, conde, vamos!

— Ao mar?

— Sim.

— Aceita?

— Aceito.

— Ótimo, visconde, haverá esta noite, no meu pátio, um *briska*[21] de viagem, no qual é possível deitar como em sua cama; esse *briska* estará atrelado com quatro cavalos de posta. Sr. Beauchamp, cabem quatro confortavelmente. Quer vir conosco? Eu o levo!

— Obrigado, acabo de chegar do mar.

— Como! Está vindo do mar?

— Mais ou menos. Acabo de fazer uma viagenzinha às ilhas dos Borromeus[22].

— E daí! Venha mesmo assim — insistiu Albert.

— Não, caro Morcerf, você deve entender. A partir do momento em que recuso, a coisa é impossível. Aliás, é importante — acrescentou, abaixando a voz — eu permanecer em Paris, nem que seja para vigiar a correspondência do jornal.

— Ah, você é um excelente amigo! — disse Albert. — Sim, tem razão, vigie, com atenção redobrada, Beauchamp, e tente descobrir o inimigo a quem se deve essa revelação.

Albert e Beauchamp despediram-se. Aquele último aperto de mão encerrava todos os sentidos que seus lábios não podiam exprimir diante de um estranho.

— Excelente rapaz esse Beauchamp! — disse Monte Cristo, após a saída do jornalista. — Não acha, Albert?

— Oh, sim, um homem de bom coração, asseguro-lhe. Também gosto dele com toda a força da minha alma. Mas, agora que estamos sozinhos, embora para mim seja indiferente, para onde vamos?

— Para a Normandia, se não se opuser.

— Magnífico. Vamos ficar em pleno campo, não é? Nada de gente, nada de vizinhos?

---

20. Oceano e Anfitrite: divindades marítimas na mitologia grega.

21. *Briska*: coche ligeiro de origem russa.

22. Ilhas dos Borromeus: as quatro ilhas do lago Maior, na Suíça.

— Ficaremos a sós, com cavalos para correr, cães para caçar e um bote para pescar, isso é tudo.

— É exatamente o que preciso. Avisarei a minha mãe e estou às suas ordens.

— Mas — disse Monte Cristo —, será que lhe darão a permissão?

— Para quê?

— Para ir à Normandia.

— A mim? E acha que não sou livre?

— Para ir aonde quer, sozinho, sei muito bem, uma vez que o encontrei desgarrado na Itália.

— E então?

— Mas e para viajar com o homem chamado conde de Monte Cristo?

— O senhor tem memória curta, conde.

— Como assim?

— Já não mencionei toda a simpatia que minha mãe nutre pelo senhor?

— Como disse Francisco I, a mulher varia muito, é uma onda, diz Shakespeare[23]; um era um grande rei, e o outro, um grande poeta, ambos deviam conhecer a mulher.

— Sim, a mulher; mas a minha mãe não é a mulher, é uma mulher.

— O senhor perdoa um estrangeiro por não compreender plenamente todas as sutilezas de sua língua?

— Quero dizer que minha mãe é econômica em seus sentimentos mas, depois que os concede, é para sempre.

— Ah, é verdade — disse Monte Cristo, suspirando. — E o senhor acha que ela me concede a honra de dispensar-me um sentimento outro que não a mais perfeita indiferença?

— Escute! Já lhe disse e repito — insistiu Morcerf —, o senhor deve ser realmente um homem muito estranho e muito superior.

— Oh!

— Sim, pois minha mãe deixou-se arrebatar, não direi pela curiosidade, mas pelo interesse que o senhor lhe inspira. Quando estamos sozinhos, só falamos do senhor.

— E ela o aconselha a desconfiar desse Manfred[24]?

— Ao contrário, diz-me: "Morcerf, vejo no conde uma nobre natureza; procure ser amado por ele."

---

23. Francisco I e Shakespeare: "Frequentemente varia a mulher/ bem louco é quem nela se fia", paráfrase de Virgílio, na *Eneida*, v.599; em *Otelo, o mouro de Veneza*, "[Desdêmona] Era enganosa como uma onda", ato IV, cena 2.

24. Manfred: ver Parte II, cap.12, nota 82.

Monte Cristo desviou os olhos e soltou um suspiro.

— Ah, realmente? — duvidou ele.

— Portanto, pode ver — continuou Albert — que em vez de se opor à minha viagem, ela a aprovará com entusiasmo, pois vai ao encontro das recomendações que me faz todos os dias.

— Está bem — encerrou Monte Cristo —, até a noite. Esteja aqui às cinco horas; chegaremos lá à meia-noite ou uma hora.

— Como? A Le Tréport...

— A Le Tréport ou nas cercanias.

— Percorre duzentos e cinquenta quilômetros em apenas oito horas?

— Ainda é muito — disse Monte Cristo.

— Decididamente, o senhor é o homem dos prodígios, assim vai conseguir não apenas superar as ferrovias, o que não é muito difícil, sobretudo na França, mas também andará mais rápido que o telégrafo.

— Até isso acontecer, visconde, continuamos precisando de sete ou oito horas para chegar lá; portanto, seja pontual.

— Fique tranquilo, não tenho outra coisa para fazer até lá a não ser me preparar.

— Até as cinco, então.

— Até as cinco.

Albert saiu. Monte Cristo, após lhe ter feito, sorrindo, um aceno com a cabeça, permaneceu pensativo e absorto numa profunda meditação. Finalmente, passando a mão na testa, como que para fugir do devaneio, foi ao gongo e bateu duas vezes.

Ao soar dos dois toques de gongo emitidos por Monte Cristo, Bertuccio entrou.

— Mestre Bertuccio — disse ele —, não é amanhã, não é depois de amanhã, como eu pensara inicialmente, é esta noite que parto para a Normandia; o senhor tem tempo de sobra até as cinco; mande avisar os palafreneiros da primeira escala para a troca dos cavalos. O sr. de Morcerf me acompanha. Vá!

Bertuccio obedeceu, e um picador correu até Pontoise a fim de anunciar que o coche de viagem passaria às seis horas em ponto. O palafreneiro despachou um expresso para a escala seguinte, o qual despachou outro; e, seis horas depois, todas as escalas dispostas no caminho encontravam-se avisadas.

Antes de partir, o conde subiu aos aposentos de Haydée, anunciou-lhe sua partida, disse-lhe o lugar para onde iria e deixou toda a casa aos seus cuidados.

Albert foi pontual. A viagem, sombria no começo, logo se iluminou pelo efeito físico da rapidez. Morcerf nunca imaginara tal velocidade.

— Com efeito — disse Monte Cristo —, com um coche fazendo dez quilômetros por hora, com essa lei estúpida que proíbe os viajantes de fazer ultrapassagens sem pedir licença, e que faz com que um viajante doente ou asmático tenha o direito de prender em sua traseira os viajantes bem-dispostos e saudáveis, não há locomoção possível; da minha parte, evito esse inconveniente viajando com meu próprio postilhão e meus próprios cavalos, não é, Ali?

E o conde, passando a cabeça pela portinhola, lançou um grito que deu asas aos cavalos; estes não corriam mais, voavam. O coche disparava como um trovão pela estrada real, e todos desviavam para ver passar aquele meteoro flamejante. Ali, repetindo o mesmo grito, sorria, mostrando os dentes brancos, apertando as rédeas espumantes em suas mãos fortes, incitando os cavalos, cujas belas crinas espalhavam-se ao vento. Ali, o filho do deserto, achava-se em seu elemento e, com o rosto moreno, os olhos ardentes, o albornoz para a neve, assemelhava-se, em meio à poeira que levantava, ao gênio do simum[25] e ao deus do furacão.

— Aí está — disse Morcerf — uma volúpia que eu não conhecia, é a volúpia da velocidade.

E as últimas nuvens em seu semblante dissiparam-se como se o ar que ele atravessava carregasse essas nuvens consigo.

— Mas onde diabos descobre cavalos como esses? — perguntou Albert. — Manda-os fabricar sob encomenda?

— Isso mesmo — respondeu o conde. — Há seis anos, descobri na Hungria um famoso puro-sangue conhecido por sua velocidade. Comprei-o nem sei mais por quanto; foi Bertuccio quem pagou. No mesmo ano, ele gerou trinta e duas crias. É toda essa prole do mesmo pai que vamos passar em revista. São todos iguais, negros, sem uma única mancha, exceto uma estrela na cabeça, pois, para esse privilegiado do haras, as éguas foram selecionadas, assim como para um paxá, suas favoritas.

— É admirável! Mas, diga-me, conde, o que faz com todos esses cavalos?

— Como pode ver, viajo com eles.

— Mas não viaja o tempo todo, concorda?

— Quando não me forem mais úteis, Bertuccio irá vendê-los. Ele afirma que podem me render trinta ou quarenta mil francos.

— Mas não existe rei da Europa suficientemente rico para comprá-los.

— Nesse caso, Bertuccio irá vendê-los a um modesto vizir do Oriente, que esvaziará seu tesouro para pagar por eles e que voltará a abastecer esse tesouro ministrando bastonadas na sola dos pés dos seus súditos.

— Conde, posso comunicar-lhe um pensamento que me ocorreu?

— Pois não.

— É que, depois do senhor, o sr. Bertuccio deve ser o cidadão mais rico da Europa.

— Pois o senhor se engana, visconde. Tenho certeza de que se revirasse os bolsos de Bertuccio, não encontraria mais que dez *sous*.

---

25. "gênio do simum": simum é o vento quente e forte do deserto.

— Como assim? — perguntou o rapaz. — Então o sr. Bertuccio é um fenômeno? Ah, meu caro conde, não exagere no maravilhoso, caso contrário, aviso-lhe desde já, não acreditarei mais no senhor.

— O maravilhoso nunca se aplica à minha pessoa, Albert. Números e razão, só isso. A propósito, o que me diz deste dilema: um intendente rouba, mas por que rouba?

— Ora, porque é de sua natureza, me parece — disse Albert —, ele rouba por roubar.

— Pois bem, não, está enganado: rouba porque tem mulher, filhos, desejos ambiciosos para si e para a família; rouba sobretudo porque não tem certeza de que ficará para sempre ao lado de seu amo e quer garantir um futuro para si. Pois bem! O sr. Bertuccio não tem ninguém no mundo. Gasta meu dinheiro sem prestar contas, tem certeza de que nunca vai me deixar.

— Por quê?

— Porque eu não encontraria um melhor.

— O senhor está girando num círculo vicioso, o das probabilidades.

— Oh, em absoluto, estou no terreno das certezas. O bom serviçal, para mim, é aquele sobre o qual tenho direito de vida e de morte.

— E tem direito de vida e de morte sobre Bertuccio? — perguntou Albert.

— Sim — respondeu friamente o conde.

Há palavras que fecham uma conversa qual uma porta de aço. O *sim* do conde era uma dessas palavras.

O restante da viagem transcorreu com a mesma rapidez; os trinta e dois cavalos, divididos em oito quadrigas, fizeram seus duzentos e cinquenta quilômetros em oito horas.

No meio da noite, chegaram à porta de um belo parque. O porteiro estava de pé e havia aberto o portão. Fora avisado pelo palafreneiro da última muda.

Eram duas e meia da madrugada. Morcerf foi conduzido até os seus aposentos. Encontrou prontos um banho e uma ceia. O criado, que viera na boleia do último coche, estava às suas ordens. Baptistin, que fizera a viagem na boleia da frente, estava à disposição do conde.

Albert tomou seu banho, ceou e se deitou. Foi embalado a noite inteira pelo rumor melancólico das marolas. Ao despertar, foi direto até a janela, abriu-a e se viu num pequeno terraço, onde tinha, à sua frente, o mar, isto é, a imensidão, e, atrás de si, um belo parque, adjacente a uma pequena floresta.

Numa enseada razoavelmente ampla ondulava uma pequena corveta de casco estreito e mastros arrojados, os quais exibiam na ponta uma bandeira com o brasão de Monte Cristo, que representava uma montanha de ouro pousada num mar azul, tendo uma cruz vermelha em seu cume, o que podia ser tanto uma referência a seu nome — alusivo ao monte Calvário, transformado pela Paixão de Nosso Senhor numa montanha mais preciosa que se fosse de ouro, e à cruz infame, que Seu sangue divino santificou —, quanto a alguma lembrança pessoal de sofrimento e regeneração, sepultada na noite do passado misterioso desse homem. Em torno da cruz, diversas canoas pertencentes aos pescadores dos vilarejos vizinhos pareciam humildes súditos à espera das ordens de sua rainha.

Como em todos os lugares onde se detinha o conde de Monte Cristo, nem que fosse para passar dois dias, a vida ali era organizada pelo termômetro do mais confortável possível. Assim, a vida tornava-se fácil instantaneamente.

Albert encontrou em seu vestíbulo dois fuzis e todos os apetrechos necessários a um caçador. Um recinto com pé direito mais alto e situado no rés do chão era reservado a todos os engenhosos artefatos que os ingleses, grandes pescadores, porque pacientes e ociosos, ainda não puderam ver adotados pelos renitentes pescadores franceses.

Todo o dia foi gasto nesses exercícios diversos, nos quais, por sinal, Monte Cristo era um ás. Mataram uma dúzia de faisões no parque, pescaram outras tantas trutas nos ribeirões, jantaram num quiosque com vista para o mar e tomaram o chá na biblioteca.

No cair da noite do terceiro dia, Albert, esgotado e saciado daquela vida que parecia ser um jogo para Monte Cristo, dormia numa poltrona próxima à janela, enquanto o conde fazia, com seu arquiteto, a planta de uma estufa que pretendia instalar na casa. Foi quando o barulho de um cavalo esmagando as pedrinhas da estrada fez a cabeça do rapaz levantar. Ele olhou pela janela e, com uma surpresa das mais desagradáveis, avistou no pátio seu criado de quarto, a quem havia dispensado para não estorvar Monte Cristo.

— Florentin aqui! — exclamou, dando um pulo na poltrona. — Será que minha mãe está doente?

E se precipitou para a porta do quarto.

Monte Cristo seguiu-o com os olhos e viu-o abordar o criado, que, ainda esbaforido, tirou do bolso um embrulhinho fechado. O embrulhinho continha um jornal e uma carta.

— De quem é essa carta? — perguntou Albert, impaciente.

— Do sr. Beauchamp — respondeu Florentin.

— Foi então o sr. Beauchamp que o mandou até aqui?

— Sim, senhor. Ele me chamou à casa dele, me deu o dinheiro necessário para a viagem, providenciou um cavalo de muda e me fez prometer não parar até encontrar o patrão. Fiz a viagem em quinze horas.

Albert abriu a carta, arrepiado. Às primeiras linhas, deu um grito e pegou o jornal com um tremor visível.

De repente seus olhos se escureceram, suas pernas pareceram bambear e, prestes a cair, ele se apoiou em Florentin, que esticava o braço para ampará-lo.

— Pobre rapaz! — murmurou Monte Cristo, tão baixo que ele mesmo não foi capaz de ouvir o som das palavras de compaixão que pronunciava. — Fica então atestado que o erro dos pais recairá nos filhos até a terceira e quarta gerações[26].

Durante esse tempo, Albert recobrara as forças e, continuando a ler, sacudiu seus cabelos sobre a testa molhada de suor. Esmigalhando a carta e o jornal, disse:

— Florentin, seu cavalo está em condições de retomar o caminho para Paris?

— É um pangaré estropiado.

— Oh, meu Deus! E como estava a casa quando você saiu?

— Bem calma; porém, ao voltar da casa do sr. Beauchamp, encontrei a patroa aos prantos; ela me perguntou quando o senhor voltaria. Então eu lhe disse que ia procurá-lo da parte do sr. Beauchamp. Seu primeiro gesto foi estender o braço como para me deter; mas, após um instante de reflexão, disse:

"— Sim, Florentin, vá, e que ele volte."

— Sim, minha mãe, sim — disse Albert —, estou a caminho, fique tranquila, e maldito o infame...! Mas, antes de tudo, é preciso partir.

Foi até o aposento onde deixara Monte Cristo.

Não era o mesmo homem, cinco minutos haviam bastado para operar em Albert uma triste metamorfose. Saíra de seu temperamento habitual, voltava com a voz alterada, o rosto sulcado por vermelhões febris, o olho faiscando sob pálpebras riscadas por veias azuis e o andar cambaleante de um bêbado.

— Conde — disse ele —, obrigado pela boa hospitalidade, da qual eu gostaria de desfrutar por mais tempo, mas preciso voltar a Paris.

— Aconteceu alguma coisa?

— Uma grande desgraça, mas deixe-me ir, trata-se de uma coisa tão preciosa quanto a minha vida. Não faça perguntas, conde, eu lhe suplico, dê-me um cavalo!

— Minhas cavalariças estão ao seu dispor, visconde — disse Monte Cristo. — Mas vai se matar de cansaço se for montado. Pegue uma caleche, um cupê, um coche qualquer.

— Não, demoraria muito. Além disso, preciso desse cansaço que o senhor receia por mim, ele me fará bem.

Albert deu alguns passos, rodopiando como um homem atingido por uma bala, e foi afundar numa cadeira perto da porta.

---

26. "até a terceira e quarta gerações": citação bíblica, do *Deuteronômio*, V, 9: "Não te encurvarás a elas, nem as servirás; porque eu, o SENHOR teu Deus, sou Deus zeloso, que visito a iniquidade dos pais nos filhos, até a terceira e quarta geração daqueles que me odeiam."

— De quem é essa carta?

Monte Cristo não percebeu essa segunda fraqueza. Estava na janela e gritava:

— Ali, um cavalo para o sr. de Morcerf; rápido, ele está com pressa!

Essas palavras restituíram vida a Albert, que se arrojou para fora do quarto, seguido pelo conde.

— Obrigado! — murmurou o rapaz, pulando na sela. — Você voltará o mais rápido que puder, Florentin. Há uma senha para que me entreguem os cavalos?

— Nenhuma a não ser entregar o que está montando; outro virá selado imediatamente.

Albert ia arrancar, deteve-se.

— Talvez ache a minha partida estranha, absurda — disse o rapaz. — Não imagina como algumas linhas escritas num jornal podem deixar um homem desesperado. Pois bem! — acrescentou, lançando-lhe o jornal. — Leia isto, mas apenas quando eu tiver partido, a fim de que não me veja envergonhado.

Enquanto o conde pegava o jornal, ele enfiou as esporas, que acabavam de ajustar em suas botas, na barriga do cavalo, o qual, surpreso com a existência de um cavaleiro que julgava necessário aplicar nele esse tipo de estimulante, partiu como um tiro de besta.

O conde seguiu o rapaz com os olhos e um sentimento de compaixão infinita, e foi só quando ele desapareceu completamente que, dirigindo os olhos para o jornal, leu estas linhas:

> Esse oficial francês a serviço de Ali, paxá de Janina, citado, há três semanas, pelo jornal *L'Impartial*, e que não apenas entregou os castelos de Janina, como vendeu seu benfeitor aos turcos, chamava-se efetivamente nessa época Fernand, como afirmou nosso preclaro confrade. Desde então, porém, acrescentou a seu nome de batismo um título de nobreza e um nome de terra.
>
> Chama-se hoje sr. conde de Morcerf e é membro da Câmara dos Pares.

Dessa maneira, aquele segredo terrível, que Beauchamp sepultara com tanta generosidade, reaparecia como um fantasma armado, e um outro jornal, cruelmente informado, publicara, dois dias depois da partida de Albert para a Normandia, as poucas linhas que quase enlouqueceram o infeliz rapaz.

9. O JULGAMENTO

Às oito horas da manhã, Albert caiu como um raio na casa de Beauchamp. O camareiro, avisado, introduziu Morcerf no quarto de seu patrão, que acabava de entrar no banho.

— E então? — perguntou Albert.

— E então! Eu estava à sua espera, pobre amigo — respondeu Beauchamp.

— Aqui estou. Não preciso dizer, Beauchamp, que o considero suficientemente leal e generoso para não ter comentado isso com quem quer que seja; não, meu amigo. Aliás, a mensagem que você me enviou é um penhor da sua afeição. Portanto, não vamos perder tempo com preâmbulos: faz ideia de onde partiu o golpe?

— Num instante, com duas palavras, vou lhe dizer.

— Sim, mas antes, meu amigo, você me deve, em todos os detalhes, a história dessa abominável traição.

E Beauchamp contou ao rapaz, arrasado pela dor e o sofrimento, os fatos que repetiremos em toda sua simplicidade.

Na manhã da antevéspera, a notícia fora publicada num outro jornal sem ser *L'Impartial*, e, o que conferia ainda mais gravidade ao caso, num jornal bem conhecido por pertencer ao governo. Beauchamp estava almoçando quando a nota lhe saltou aos olhos. Mandou imediatamente que lhe providenciassem um fiacre; sem terminar a refeição, correu para o jornal. Embora professando ideias políticas completamente opostas às do editor do jornal acusador, Beauchamp, o que acontece às vezes, e diríamos até mesmo com muita frequência, era seu amigo íntimo.

Quando se viu diante dele, o editor lia seu próprio jornal e parecia deleitar-se com um artigo de rodapé sobre o açúcar de beterraba, o qual, provavelmente, era de sua lavra.

— Ora, bolas! — exclamou Beauchamp. — Já que está com seu jornal nas mãos, meu caro, não preciso dizer-lhe o que me traz aqui.

— Você por acaso seria partidário da cana-de-açúcar? — perguntou o editor do jornal ministerial.

— Não — respondeu Beauchamp —, aliás, estou completamente alheio a essa questão; venho por outra coisa.

— E por quê, então?

— Pela matéria sobre o Morcerf.

— Ah, é verdade: não é curioso?

— Tão curioso que você pode ser acusado de difamação, me parece, e arcar com um processo muito arriscado.

— Tão curioso que você pode ser acusado de difamação.

— Absolutamente; recebemos com a notícia todas as peças documentais, e estamos plenamente convencidos de que o sr. de Morcerf ficará quieto no canto dele. A propósito, denunciar miseráveis indignos das honras que recebem é um serviço prestado ao país.

Beauchamp ficou perplexo.

— Mas quem pode ter sido sua fonte? — perguntou. — Pois meu jornal, que deu o furo, foi obrigado a abster-se, na falta de provas, e, não obstante, temos mais interesse que vocês em desmascarar o sr. de Morcerf, uma vez que ele é par de França e somos da oposição.

— Ah, meu Deus, quanto a isso, é muito simples. Não fomos nós que corremos atrás do escândalo, ele veio nos procurar. Um homem, que chegou de Janina ontem, veio até nós trazendo o formidável dossiê, e como hesitássemos em nos lançar na trilha da acusação, ele nos anunciou que, se recusássemos a matéria, esta seria publicada em outro jornal. Puxa vida, Beauchamp, você sabe o que é uma notícia importante; não quisemos perdê-la. Agora a sorte está lançada. Isso é terrível, e irá repercutir nos confins da Europa.

Beauchamp percebeu que só lhe restava abaixar a cabeça, e saiu desesperado para enviar um mensageiro a Morcerf.

Mas o que ele não pudera escrever a Albert, pois os fatos que iremos narrar eram posteriores à partida do seu mensageiro, é que, no mesmo dia, na Câmara dos Pares, uma grande agitação eclodira e reinara nos grupos, em geral tão calmos, do Alto Parlamento. Quase todos haviam chegado antes da hora e comentavam o sinistro acontecimento que iria atrair a atenção pública e focá-la num dos membros mais conhecidos do ilustre corpo.

Eram leituras em voz baixa da notícia, comentários e trocas de recordações que jogavam ainda mais luz nos fatos. O conde de Morcerf não era benquisto pelos colegas. Como todos os arrivistas, fora obrigado, para manter o status conquistado, a observar um excesso de altivez. As grandes aristocracias riam-se dele; os talentos o repudiavam; as glórias puras desprezavam-no instintivamente. O conde achava-se no limite desagradável do bode expiatório. Uma vez apontado pelo dedo do Senhor para o sacrifício, todos já se preparavam para gritar: "Foi ele!"

Nesse ínterim, o conde de Morcerf não sabia de nada. Não recebia o jornal que estampava a notícia difamatória, e passara a manhã escrevendo cartas e testando um cavalo.

Portanto, chegou na sua hora de costume, cabeça altiva, olhar presunçoso, passo insolente. Desceu do coche, atravessou as galerias e entrou na sala, sem reparar nas hesitações dos contínuos e nos cumprimentos lacônicos dos colegas.

Quando Morcerf entrou, a sessão estava aberta já fazia mais de meia hora.

Embora o conde, alheio, como dissemos, a tudo que se passava, não houvesse alterado em nada nem seu semblante nem seu comportamento, seu

Quando Morcerf entrou, a sessão estava aberta …

semblante e seu comportamento pareceram a todos ainda mais arrogantes que de costume, e sua presença nessa ocasião soou de tal forma agressiva àquela assembleia, ciosa de sua honra, que todos viram nela uma falta de decoro, vários, uma bravata, alguns, um insulto.

Era evidente que a Câmara inteira ardia por dar início às discussões.

Via-se o jornal acusador nas mãos de todos, mas, como sempre, ninguém ousava assumir a responsabilidade pelo ataque. Finalmente, um dos ilustres pares, inimigo declarado do conde de Morcerf, subiu à tribuna com uma solenidade que anunciava a chegada do momento esperado.

Fez-se um silêncio assustador. Morcerf era o único a ignorar a causa da atenção profunda dedicada a um orador que em geral não gozava da boa vontade da assembleia.

O conde deixou passar tranquilamente o preâmbulo, no qual o orador afirmava que falaria de uma coisa tão grave, sagrada e vital para a Câmara, que exigia a máxima atenção dos colegas.

Às primeiras palavras sobre Janina e o coronel Fernand, o conde de Morcerf empalideceu tão terrivelmente que um arrepio percorreu toda a assembleia, cujos olhares convergiam sem exceção para ele.

As feridas morais têm essa particularidade: elas se escondem, mas não se fecham. Sempre dolorosas, prontas a sangrar quando tocadas, elas permanecem vivas e abertas no coração.

Terminada a leitura da notícia em meio ao mesmo silêncio, perturbado então por um frêmito, que logo cessou quando o orador pareceu disposto a retomar a palavra, o acusador então expôs todo o seu escrúpulo, tentando demonstrar quão difícil considerava sua tarefa. Era a honra do sr. de Morcerf, era a honra de toda a Câmara que ele pretendia defender ao provocar uma discussão na qual deveria abordar questões pessoais, sempre tão espinhosas. Por fim, concluiu pedindo a instauração de um inquérito, suficientemente sumário para desmascarar, a calúnia antes que ela tivesse tempo de se propagar e para confirmar o sr. de Morcerf, vingando-o, na posição que a opinião pública há muito lhe concedera.

Morcerf ficou tão arrasado, tão trêmulo diante da imensa e inesperada calamidade, que mal conseguiu balbuciar algumas palavras, fitando seus colegas com um olhar esbugalhado. Essa timidez, que aliás podia dever-se tanto à perplexidade do inocente quanto à vergonha do culpado, angariou-lhe algumas simpatias. Os homens autenticamente generosos estão sempre prontos a se compadecer quando a desgraça do inimigo supera os limites do seu ódio por ele.

O presidente pôs o inquérito em votação. Usaram o sistema de sentados e de pé, e foi decidido que o inquérito seria instaurado.

Perguntaram ao conde quanto tempo precisava para preparar sua defesa.

Morcerf recuperou a coragem assim que se sentiu ainda vivo depois de tão terrível golpe.

— Ilustres pares — respondeu —, não é em absoluto com tempo que se rechaça um ataque como este a mim agora dirigido por inimigos desconhecidos e certamente abrigados na penumbra de sua obscuridade; é aqui e agora, é com um raio que convém responder ao relâmpago que por um instante me ofuscou. Quem me dera, em vez de tal defesa, esvair-me em sangue para provar aos meus colegas que sou digno de caminhar a seu lado!

Essas palavras causaram uma impressão favorável ao acusado.

— Dessa forma — disse —, solicito que o inquérito seja instaurado o quanto antes, e fornecerei à Câmara dos Pares todas as provas necessárias a seu bom andamento.

— Deseja marcar para que dia? — perguntou o presidente.

— Ponho-me desde agora à disposição da Câmara — respondeu o conde.

O presidente balançou o sininho.

— A Câmara é a favor — perguntou — de que esse inquérito seja instaurado hoje mesmo?

— Sim! — foi a resposta unânime do plenário.

Uma comissão de doze membros foi nomeada para examinar as provas a serem fornecidas por Morcerf. A primeira sessão da comissão foi marcada para as oito horas da noite, nos escritórios da Câmara. Caso se fizessem necessárias outras sessões, seriam realizadas na mesma hora e no mesmo local.

Tomada essa decisão, Morcerf pediu permissão para se retirar. Tinha que reunir as provas coletadas ao longo do tempo para abrigá-lo naquela tempestade, prevista por seu temperamento cauteloso e inflexível.

Beauchamp contou ao rapaz tudo isso que acabamos de contar. Entretanto, seu relato teve sobre o nosso a vantagem do calor das coisas vivas, sobre a frieza das coisas mortas.

Albert escutou-o tremendo, ora de desespero, ora de raiva, às vezes de vergonha. Pela confidência de Beauchamp, sabia que seu pai era culpado, e perguntava-se como, sendo assim, poderia vir a provar inocência.

Chegando ao ponto em que nos encontramos, Beauchamp parou.

— E depois? — perguntou Albert.

— Depois? — repetiu Beauchamp.

— Sim.

— Essa palavra coloca-me num terrível aperto, amigo. Quer então saber a continuação?

— É imperioso que eu a saiba, meu amigo, e prefiro conhecê-la vinda de sua boca a ouvi-la de qualquer outra.

— Muito bem! — prosseguiu Beauchamp. — Reúna então sua coragem, Albert; nunca precisou tanto dela.

Assim como um homem prestes a lutar pela própria vida testa sua couraça enfiando-lhe a lâmina do punhal, Albert esfregou as têmporas para certificar-se de sua força.

Sentiu-se forte, pois considerava sua febre sinal de energia, e pediu.

— Fale!

— Anoiteceu — continuou Beauchamp. — Paris inteira ficou na expectativa dos acontecimentos. Muitos sugeriam que bastava o comparecimento de seu pai para derrubar a acusação; outros diziam que o conde não se apresentaria; havia aqueles que garantiam tê-lo visto partir para Bruxelas, e alguns foram à polícia perguntar se era verdade, como corria, que o conde providenciara um passaporte.

"Confesso que fiz de tudo — prosseguiu Beauchamp — para que um dos membros da comissão, jovem par e amigo meu, introduzisse-me numa espécie de galeria. Às sete horas ele veio me pegar e, antes que chegasse alguém, entregou-me aos cuidados de um meirinho, que me trancou numa espécie de camarote. Absorvido pela penumbra, atrás de uma coluna, pus-me a esperar a terrível e iminente cena que iria se desenrolar.

"Às oito horas em ponto, todos haviam chegado.

"O sr. de Morcerf entrou na última badalada das oito horas. Tinha nas mãos alguns papéis, e seu aspecto sugeria calma. Contra seus hábitos, parecia humilde e trajava-se com apuro e severidade. Segundo a tradição dos militares veteranos, vestia sua casaca abotoada de cima a baixo.

"Seu comparecimento foi bem-visto, a comissão estava longe de lhe ser hostil, e diversos de seus membros foram até o conde para cumprimentá-lo."

Albert sentiu seu coração despedaçar-se ante todos aqueles detalhes. Apesar disso, em meio à sua dor, insinuava-se um sentimento de gratidão. Quis poder beijar aqueles homens que haviam dispensado a seu pai aquela marca de estima sob tão grande ameaça contra sua honra.

— Nesse momento um meirinho entrou e entregou uma carta ao presidente.

"O conde deu início à sua defesa, e afirmo-lhe, Albert — prosseguiu Beauchamp —, que foi de uma eloquência e uma habilidade extraordinárias. Produziu provas que demonstravam que o vizir de Janina honrara-o com sua confiança até o último instante, uma vez que o encarregara de uma negociação de vida e morte com o próprio imperador[27]. Mostrou o anel, sinal de comando, o qual Ali Paxá usava como sinete em suas cartas e lhe dera para que pudesse, em seu retorno, a qualquer hora do dia ou da noite, e ainda que estivesse em seu harém, chegar até ele. Infelizmente, admitiu, sua negociação fracassara e, quando voltara para defender seu benfeitor, este já se encontrava morto. Porém, disse o conde, ao morrer, Ali Paxá, tão grande era sua confiança, deixara sua favorita e sua filha aos cuidados dele."

Albert estremeceu a essas palavras, pois, à medida que Beauchamp falava, todo o relato de Haydée voltava ao espírito do rapaz e ele se lembrava do que a bela grega dissera acerca dessa mensagem, desse anel, e da maneira como fora vendida e reduzida à escravidão.

— E qual foi o efeito do discurso do conde? — perguntou Albert com ansiedade.

— Admito que ele me desconcertou e, da mesma forma, desconcertou a comissão — disse Beauchamp.

"Enquanto isso, o presidente lançou displicentemente os olhos para a carta que acabavam de lhe trazer. Contudo, às primeiras linhas, sua atenção foi despertada; leu-a, releu-a e, encarando o sr. de Morcerf, disse:

"— Sr. conde, o senhor acaba de nos dizer que o vizir de Janina entregara-lhe sua mulher e sua filha?

"— Sim, senhor — respondeu Morcerf —, mas nisso, como em todo o resto, o infortúnio me perseguia. Na minha volta, Vasiliki e sua filha Haydée haviam desaparecido.

"— O senhor as conhecia?

"— Minha intimidade com o paxá e a suprema confiança que ele depositava na minha fidelidade haviam-me permitido vê-las mais de vinte vezes.

---

27. "o próprio imperador": Mahmut II (1808-39).

"— Faz ideia do paradeiro delas?

"— Sim, senhor. Ouvi dizer que haviam sucumbido ao sofrimento e talvez à miséria. Eu não era rico, minha vida corria grande perigo, não pude empreender buscas, para minha grande lástima.

"O presidente franziu o cenho imperceptivelmente.

"— Os senhores — ele disse — escutaram e acompanharam o conde de Morcerf em suas explicações. Sr. conde, poderia, em apoio ao relato que acaba de fazer, apresentar alguma testemunha?

"— Infelizmente, não. — respondeu o conde. — Todos aqueles que cercavam o vizir e que me conheceram em sua corte morreram ou se dispersaram. Acho que, dos meus compatriotas, fui o único a sobreviver a essa guerra terrível. Tenho apenas cartas de Ali Tebelin, e as pus diante de seus olhos; tenho apenas o anel, símbolo da sua vontade, e aqui está ele; tenho, enfim, a prova mais convincente que posso fornecer, isto é, após uma aleivosia anônima, a ausência de qualquer testemunho contra minha palavra de homem honesto e contra a retidão de toda uma vida militar.

"Um murmúrio de aprovação percorreu a assembleia. Nesse momento, Albert, se não houvesse acontecido nenhum incidente, a causa do seu pai estava ganha.

"Só restava partir para a votação, quando o presidente tomou a palavra.

"— Senhores — disse ele —, sr. conde, presumo que não se aborreceriam se ouvíssemos uma testemunha muito importante, ao que ela assegura, e que acaba de se apresentar por vontade própria. Essa testemunha, é o que esperamos, segundo tudo que nos disse o conde, está convocada para provar a total inocência do nosso colega. Eis a carta que acabo de receber a esse respeito. Desejam que ela lhes seja lida ou acham melhor irmos em frente e não nos determos nesse incidente?

"O sr. de Morcerf empalideceu e crispou as mãos nos papéis que segurava e que gritaram entre seus dedos.

"A resposta da comissão foi pela leitura: quanto ao conde, estava pensativo c não tinha opinião a dar.

"Por conseguinte, o presidente leu a seguinte carta:

> Senhor presidente,
>
> Posso fornecer à comissão de inquérito, encarregada de examinar a conduta, no Épiro e na Macedônia, do sr. tenente-general conde de Morcerf, as informações mais pertinentes.

"O presidente fez uma breve pausa.

"O conde de Morcerf empalideceu; o presidente interrogou os ouvintes com o olhar.

"— Continue! — exclamaram de todos os lados.

"O presidente continuou:

Eu estava no local da morte de Ali Paxá; assisti aos seus últimos momentos; conheço o paradeiro de Vasiliki e Haydée; coloco-me à disposição da comissão e, mais que isso, solicito a honra de me fazer ouvir. Estarei no saguão da Câmara quando lhe entregarem esta mensagem.

"— E quem é essa testemunha, ou melhor, esse inimigo? — perguntou o conde, com uma voz na qual era fácil notar uma profunda alteração.

"— Iremos saber, senhor — respondeu o presidente. — A comissão é a favor de ouvir essa testemunha?

"— Sim, sim! — disseram ao mesmo tempo todas as vozes.

"Chamaram o contínuo.

"— Meirinho — perguntou o presidente —, há alguém esperando lá fora?

"— Sim, sr. presidente.

"— Quem é esse alguém?

"— Uma mulher acompanhada de um criado.

"Todos se entreolharam.

"— Faça-a entrar — disse o presidente.

"Cinco minutos depois, o meirinho reapareceu. Todos os olhos estavam grudados na porta, e eu mesmo, disse Beauchamp, partilhava a espera e a ansiedade gerais.

"Atrás do meirinho caminhava uma mulher envolta num grande véu que a escondia por inteiro. Adivinhava-se claramente, pelas formas que esse véu traía e os perfumes que dele emanavam, a presença de uma mulher jovem e elegante, mas apenas isso.

"O presidente pediu à desconhecida que tirasse o véu, e todos puderam ver que a mulher vestia-se à maneira grega. Além disso, era de uma suprema beleza."

— Ah! — disse Morcerf. — Era ela.

— Como, ela?

— Sim, Haydée.

— Quem lhe contou?

— Ai de mim! Estou adivinhando. Mas continue, Beauchamp, por favor. Como vê, estou calmo e forte. Muito embora já devamos estar perto do desfecho.

— O sr. de Morcerf — continuou Beauchamp — olhava para aquela mulher com um misto de surpresa e pavor. Para ele, era a vida ou a morte que ia sair daquela boca encantadora. Para todos os demais, era uma aventura tão estranha e curiosa que a salvação ou a desgraça do sr. de Morcerf já não entrava mais no episódio senão como elemento secundário.

"O presidente, com um gesto, convidou-a a sentar, mas ela, com a cabeça, fez sinal de que permaneceria de pé. Quanto ao conde, afundara novamente em sua poltrona, e era evidente que suas pernas recusavam-se a sustentá-lo.

"— A senhora — disse o presidente — escreveu à comissão com o objetivo de dar informações sobre o caso de Janina e declarou que havia sido testemunha ocular dos acontecimentos.

"— Fui, realmente — respondeu a desconhecida, com uma voz cheia de tristeza sedutora e marcada por aquela sonoridade peculiar às vozes orientais.

"— Entretanto — replicou o presidente —, permita-me dizer-lhe que era bem jovem na época.

"— Eu tinha quatro anos; mas, como os acontecimentos tinham suprema importância para mim, nenhum detalhe fugiu do meu espírito, nenhuma particularidade escapou da minha memória.

"— Mas então que importância tinham tais acontecimentos para a senhora e quem é a senhora, para que essa grande catástrofe tenha produzido sobre si tão profunda impressão?

"— Tratava-se da vida ou da morte do meu pai — respondeu a moça —, e meu nome é Haydée, filha de Ali Tebelin, paxá de Janina, e de Vasiliki, sua esposa bem-amada.

"O rubor ao mesmo tempo modesto e altivo que inflamou as faces da moça, o fogo do seu olhar e a majestade de sua revelação produziram um efeito inexprimível no plenário.

"Quanto ao conde, não teria ficado mais aniquilado se um raio, ao cair, houvesse cavado um abismo aos seus pés.

"— Senhora — continuou o presidente, após se ter inclinado com respeito —, permita-me uma simples pergunta que não é uma dúvida, e essa pergunta será a última: pode atestar a autenticidade do que diz?

"— Posso, cavalheiro — disse Haydée, retirando de sob o véu um saquinho de cetim perfumado —, pois aqui está a minha certidão de nascimento, redigida pelo meu pai e assinada pelos seus principais funcionários; pois aqui está, junto com a certidão de nascimento, minha certidão de batismo, meu pai tendo consentido em que eu fosse educada na religião de minha mãe, certidão que o grão-primaz da Macedônia e do Épiro revestiram com seu sinete; aqui está, enfim, e isto provavelmente é o mais importante, a escritura da venda que foi feita de minha pessoa e de minha mãe ao mercador armênio El Kobbir, pelo oficial francês que, em sua infame barganha com a Porta[28], reservara para si, como parte de seu butim, a filha e a mulher de seu benfeitor, as quais ele vendeu pela soma de mil escudos, isto é, aproximadamente quatrocentos mil francos.

"Uma palidez esverdeada invadiu as faces do conde de Morcerf, e seus olhos injetaram-se de sangue ao enunciado dessas terríveis acusações, que foram acolhidas pelo plenário com um silêncio lúgubre.

"Haydée, sempre calma, mas muito mais ameaçadora em sua calma que qualquer outro o teria sido em sua cólera, estendeu a escritura de venda redigida em árabe.

---

28. Porta: ou Sublime Porta, nome dado ao governo turco na época dos sultões.

"Tendo presumido que algumas das provas apresentadas estariam redigidas em árabe, romaico ou turco, o intérprete da Câmara fora deixado de sobreaviso; mandaram chamá-lo. Um dos nobres pares para quem era familiar a língua árabe, aprendida durante a sublime campanha do Egito, acompanhou no pergaminho a leitura que o tradutor fez em voz alta:

> Eu, El Kobbir, mercador de escravos e fornecedor do harém de Sua Alteza, reconheço ter recebido, para entregá-la ao sublime imperador, do fidalgo francês conde de Monte Cristo, uma esmeralda avaliada em dois mil escudos, como pagamento por uma jovem escrava cristã de treze anos, de nome Haydée, e filha reconhecida do finado grão-senhor Ali Tebelin, paxá de Janina, e de Vasiliki, sua favorita, a qual me fora vendida, há sete anos, com sua mãe, morta ao chegar a Constantinopla, por um coronel francês a serviço do vizir Ali Tebelin, de nome Fernand Mondego.
>
> A mencionada venda me fora feita em nome de Sua Alteza, de quem eu tinha procuração, mediante a soma de mil escudos.
>
> Firmado em Constantinopla, com autorização de Sua Alteza, no ano de 1247 da Hégira[29].
>
> assinado: EL KOBBIR
>
> A presente escritura, para lhe dar plena fé, crédito e autenticidade, será revestida pelo sinete imperial, que o vendedor obriga-se a apor.

"Perto da assinatura do mercador via-se efetivamente o sinete do sublime imperador.

"A esta leitura e a esta visão, sucedeu um silêncio terrível. Ao sr. de Morcerf restava apenas o olhar, e esse olhar, pregado como que à sua revelia em Haydée, parecia de fogo e de sangue.

"— Senhora — disse o presidente —, não podemos interrogar o conde de Monte Cristo, que, pelo que me foi dado a saber, está em Paris em sua companhia?

"— Senhor — respondeu Haydée —, o conde de Monte Cristo, meu outro pai, viajou para a Normandia há dois dias.

"— Mas então, senhora — disse o presidente —, quem lhe aconselhou esta iniciativa, iniciativa pela qual a corte lhe agradece e que, a propósito, é mais que natural, tendo em vista seu nascimento e seus infortúnios?

"— Senhor — respondeu Haydée —, esta iniciativa foi-me aconselhada pelo meu respeito e pela minha dor. Embora cristã, nunca deixei de pensar, Deus me perdoe!, em vingar meu ilustre pai. Ora, quando pus os pés na França, quando soube que o traidor morava em Paris, meus olhos

29. "no ano de 1247 da Hégira": Hégira é a era muçulmana, que tem início em 622 d.C., com a fuga de Maomé de Meca para Medina; o ano mencionado corresponde ao ano de 1831.

Vista de Constantinopla.

e ouvidos permaneceram constantemente abertos. Vivo retirada na casa de meu nobre protetor, mas permaneço assim porque gosto da sombra e do silêncio, que me permitem existir no pensamento e no recolhimento. Mas o sr. conde de Monte Cristo cerca-me de cuidados paternais, e nada do que constitui a vida social me é estranho. Ainda assim, não aceito senão seu rumor distante. Dessa forma, leio todos os jornais, assim como me enviam todos os álbuns, assim como recebo todas as melodias; e foi acompanhando, sem me dedicar a isso, a vida dos outros que soube do acontecido esta manhã na Câmara dos Pares, e do que deveria acontecer esta noite… Então, escrevi.

"— Quer dizer — perguntou o presidente — que o sr. conde de Monte Cristo não tem nada a ver com sua iniciativa?

"— Ele a ignora completamente, senhor, e inclusive tenho apenas um receio, é que ele a desaprove quando dela tiver conhecimento. Em contrapartida, que belo dia para mim — continuou a moça, levantando para os céus um olhar inflamado —, vejo-me finalmente diante da oportunidade de vingar o meu pai.

"Durante todo esse tempo, Morcerf não pronunciara uma única palavra; seus colegas observavam-no e sem dúvida lastimavam aquele destino rompido pelo sopro perfumado de uma mulher. A desgraça escrevia pouco a pouco seus traços sinistros naquele rosto.

"— Sr. de Morcerf — disse o presidente —, reconhece esta senhora como a filha de Ali Tebelin, paxá de Janina?

"— Não — disse Morcerf, fazendo um esforço para se levantar —, isto é uma trama urdida pelos meus inimigos.

"Haydée, que mantinha os olhos grudados na porta, como se esperasse alguém, voltou-se bruscamente e, vendo o conde de pé, soltou um grito terrível.

"— Não me reconhece? — disse ela. — Pois bem! Felizmente, eu o reconheço! Você é Fernand Mondego, o oficial francês que instruía as tropas do meu nobre pai. Foi você que entregou os castelos de Janina! Foi você que, enviado por ele a Constantinopla para tratar diretamente com o imperador, acerca da vida ou da morte do seu benfeitor, trouxe um falso firman[30] que lhe concedia perdão total! Foi você que, com esse firman, obteve o anel do paxá que fazia com que Selim, o guardião do fogo, o obedecesse. Foi você que apunhalou Selim! Foi você que nos vendeu, a minha mãe e a mim, ao mercador El Kobbir! Assassino! Assassino! Assassino! Você ainda carrega na fronte o sangue do seu protetor! Vejam todos!

"Essas palavras haviam sido pronunciadas com tamanho entusiasmo que todos os olhos voltaram-se para a testa do conde, e ele mesmo levou a mão até ela como se tivesse sentido, ainda quente, o sangue de Ali.

"— Reconhece então efetivamente o sr. de Morcerf como o mesmo oficial Fernand Mondego?

"— Sim, reconheço! — exclamou Haydée. — Oh! Minha mãe me disse: 'Você era livre, você tinha um pai que a amava, você estava destinada a ser quase uma rainha! Olhe bem para este homem, foi ele quem lhe fez escrava, foi ele quem ergueu na ponta de uma vara a cabeça do seu pai, foi ele quem nos vendeu, foi ele quem nos entregou! Observe bem sua mão direita, a que tem uma grande cicatriz; se porventura esquecer o seu rosto, irá reconhecê-lo por essa mão na qual caíram uma a uma todas as moedas de ouro do mercador El Kobbir!' Se o reconheço? Oh! Que agora ele próprio diga que não me reconhece.

"Cada palavra caía como um cutelo sobre Morcerf, consumindo uma parte de sua energia. Ao ouvir estas últimas palavras, ele escondeu no peito, instantaneamente e sem querer, a mão, de fato mutilada por um ferimento, e desabou na poltrona, presa de um desespero melancólico.

"Tal cena jogou num redemoinho os espíritos no plenário, que pareciam folhas soltas do tronco pelo vento poderoso do norte.

---

30. Ver parte IV, cap.20, nota 81.

"— Sr. conde de Morcerf — disse o presidente —, não se deixe abater, responda: a justiça da corte, como a de Deus, é suprema e igual para todos. Ela não permitirá que o senhor seja esmagado pelos seus inimigos sem lhe dar recursos para combatê-los. Deseja novas investigações? Deseja que eu ordene uma viagem de dois membros da Câmara a Janina? Fale!

"Morcerf não respondeu.

"Então, todos os membros da comissão entreolharam-se com uma espécie de terror. O temperamento enérgico e violento do conde era conhecido. Era preciso uma terrível prostração para aniquilar a defesa daquele homem; era preciso, enfim, pensar que, àquele silêncio, semelhante a um sono, sucederia um despertar semelhante ao raio.

"— Muito bem — perguntou-lhe o presidente —, o que o senhor decide?

"— Nada! — disse o conde com uma voz surda, levantando-se.

"— Então a filha de Ali Tebelin — disse o presidente — declarou de fato a verdade? Ela é realmente a testemunha terrível a quem o culpado insiste em responder: NADA? Quer dizer que praticou realmente todos os atos de que é acusado?

"O conde lançou à sua volta um olhar cuja expressão desesperada teria comovido tigres, mas que era impotente para desarmar os juízes. Em seguida, ergueu os olhos para a abóbada e logo os desviou, como se temesse que aquela abóbada, abrindo-se, fizesse resplandecer esse segundo tribunal que se chama céu e esse outro juiz que se chama Deus.

"Então, com um movimento brusco, arrancou os botões daquela casaca fechada que o sufocava e saiu da sala como um demente sombrio. Num instante, seus passos ressoaram lugubremente sob a abóbada sonora, e logo o chacoalhar do coche, que o levava embora a galope, abalou o pórtico do edifício florentino[31].

"— Senhores — disse o presidente, quando o silêncio se restabeleceu —, o sr. conde de Morcerf é culpado de felonia, traição e indignidade?

"— Sim! — responderam com uma voz unânime todos os membros da comissão de inquérito.

"Haydée presenciara a sessão até o fim. Ela ouviu a sentença do conde ser pronunciada sem que um único traço de seu rosto exprimisse alegria ou piedade.

"Então, recolocando o véu sobre o rosto, saudou majestosamente os conselheiros e saiu naquele passo com que Virgílio via caminhar as deusas[32]."

---

31. "edifício florentino": o palácio de Luxemburgo, construído entre 1615 e 1625 para Catarina de Medici, assemelhava-se a seu Palácio Pitti, em Florença.

32. "Virgílio via caminhar as deusas": citação da *Eneida*, v.405: "E seus passos revelavam uma verdadeira deusa."

10. A PROVOCAÇÃO

— Nesse momento — continuou Beauchamp —, aproveitei-me do silêncio e da escuridão da sala para sair furtivamente. O meirinho que me introduzira esperava à porta. Acompanhou-me, através das galerias, até uma pequena saída que dava para a rua de Vaugirard. Deixei o prédio arrasado e atordoado ao mesmo tempo, perdoe a expressão, Albert. Arrasado por sua causa, atordoado com a nobreza daquela jovem em busca da vingança paterna. Sim, juro, Albert, seja qual for a origem dessa revelação, digo comigo que ela pode até vir de um inimigo, mas que esse inimigo não passa de um agente da Providência.

Albert, que segurava a cabeça entre as mãos, ergueu o rosto, vermelho de vergonha e banhado em lágrimas, agarrando o braço de Beauchamp:

— Amigo — disse-lhe —, minha vida está acabada. Resta-me, não dizer como você que a Providência me desferiu um golpe, mas procurar o homem que me persegue com sua inimizade. Depois, quando souber de quem se trata, matarei este homem ou ele me matará. Ora, conto com sua amizade para me ajudar, Beauchamp, se é que o desprezo não a matou em seu coração.

— O desprezo, meu amigo? E em que essa desgraça o atinge? Não! Graças a Deus, não estamos mais na época em que um preconceito injusto tornava os filhos responsáveis pelas ações dos pais. Repasse sua vida inteira, Albert; ela data de ontem, é verdade, mas nunca a aurora de um belo dia foi mais pura que o seu Oriente! Não, Albert, creia-me, você é jovem, rico, saia da França. Tudo é rapidamente esquecido nessa grande Babilônia de vida agitada e gostos fugazes. Você voltará daqui a três ou quatro anos, terá se casado com alguma princesa russa e ninguém pensará mais no que aconteceu ontem, ainda menos no que aconteceu há dezesseis anos.

— Obrigado, meu caro Beauchamp, obrigado pela excelente intenção que dita suas palavras, mas isso não pode ser assim. Manifestei-lhe meu desejo, e agora, se for preciso, troco a palavra desejo por vontade. Você compreende que, envolvido como estou nesse caso, não posso ver a coisa do seu ponto de vista. O que lhe parece vir de uma fonte celeste, parece-me vir de uma fonte menos pura. A Providência, admito, não me parece ter qualquer relação com tudo isso, e felizmente, pois em vez da invisível e impalpável mensageira das recompensas e punições celestes, encontrarei uma criatura palpável e visível, sobre a qual me vingarei, oh, sim!, juro, de tudo que venho sofrendo de um mês para cá. Agora, Beauchamp, repito, preciso retornar à vida humana e material. Se você ainda é meu amigo como diz, ajude-me a descobrir a mão que desferiu o golpe.

— Pois seja! — disse Beauchamp. — E, se faz questão absoluta de que eu desça à Terra, eu o farei; se faz questão de ir no encalço do seu inimigo, irei com você. E o descobrirei, pois minha honra tem quase tanto interesse quanto a sua em agarrá-lo.

— Que bom! E já que você entendeu, Beauchamp, comecemos então nossas investigações neste exato momento, sem mais delongas. Cada minuto perdido é uma eternidade para mim. O delator ainda não foi punido, deve estar achando que não o será, e, pela minha honra, se acha isso, está enganado!

— Então escute, Morcerf.

— Ah, Beauchamp, vejo que você sabe alguma coisa. Pronto, vai me devolver a vida!

— Não digo que seja realidade, Albert, mas pelo menos é uma luz na escuridão: pode ser que, seguindo essa luz, cheguemos ao nosso alvo.

— Fale! Está vendo que transpiro de impaciência.

— Pois bem! Vou contar o que não quis contar ao voltar de Janina.

— Fale.

— Eis o que aconteceu, Albert. Ao chegar, naturalmente, dirigi-me ao primeiro banqueiro da cidade para tomar informações. À minha primeira palavra sobre o caso, antes mesmo que o nome do seu pai tivesse sido pronunciado, ele disse:

"— Ah! Pois bem, presumo o que o traz aqui.

"— Como assim, e por quê?

"— Porque há cerca de quinze dias fui interrogado sobre o mesmo assunto.

"— Por quem?

"— Por um banqueiro de Paris, meu correspondente.

"— Cujo nome é...

"— Sr. Danglars."

— Ele! — exclamou Albert. — Mas claro! Ele, que há tanto tempo persegue meu pai com seu ódio invejoso; ele, o pretenso homem do povo, que não pode perdoar ao conde de Morcerf o fato de ser um par de França. E, veja, o distrato do casamento sem motivos; sim, só pode ser isso.

— Informe-se, Albert, mas não se exalte antecipadamente. Informe-se, estou lhe dizendo, e se a coisa for verdade...

— Oh, sim, é verdade! — exclamou o rapaz. — Ele irá me pagar por tudo que sofri.

— Cuidado, Morcerf, é um homem já velho.

— Terei tanta consideração pela sua idade quanto ele teve pela honra da minha família. Se odiava meu pai, por que não se bateu com ele? Oh, não, teve medo de ficar cara a cara com um homem!

— Albert, não o condeno, apenas o refreio; aja com prudência.

— Oh, não receie. Aliás, você irá me acompanhar, Beauchamp, pois assuntos solenes devem ser resolvidos perante testemunhas. Antes do fim do dia, se o sr. Danglars for o culpado, ele deixará de viver ou eu serei morto. Por Deus, Beauchamp, quero ser homenageado com um belo funeral!

— Pois bem, quando decisões como esta são tomadas, temos que implementá-las imediatamente. Quer ir até a casa do sr. Danglars? Pois vamos.

Mandaram chamar um fiacre. Ao entrarem no palacete do banqueiro, perceberam o faeton e o criado do sr. Andrea Cavalcanti na porta.

— Ora essa! Eis o que vem a calhar — disse Albert, com uma voz melancólica. — Se o sr. Danglars não quiser duelar comigo, matarei seu genro. Este deve ser capaz de duelar, um Cavalcanti!

Anunciaram o rapaz ao banqueiro, que, ao ouvir o nome de Albert e sabendo o que acontecera na véspera, proibiu-lhe a entrada. Mas era tarde demais, Albert seguira o lacaio, ouviu a ordem dada, forçou a porta e entrou, seguido por Beauchamp, no gabinete do banqueiro.

— Mas, cavalheiro! — exclamou este. — Não cabe mais ao dono da casa a decisão de receber ou não quem ele quer? Estranhamente, o senhor parece esquecer disso.

— Não, senhor — respondeu Albert friamente —, há circunstâncias, e o senhor se acha numa delas, em que é preciso, salvo por covardia, ofereço-lhe essa desculpa, estar em casa, pelo menos para certas pessoas.

— Pois então, que deseja de mim, cavalheiro?

— Desejo — disse Morcerf, aproximando-se sem parecer prestar atenção a Cavalcanti, que encontrava-se recostado na lareira — propor-lhe um encontro num recanto afastado, onde ninguém nos perturbe durante dez minutos, não lhe peço mais que isso; onde, de dois homens que se encontraram, um permaneça sob as folhas.

Danglars empalideceu, Cavalcanti esboçou um gesto. Albert voltou-se para o rapaz:

— Oh, meu Deus — disse ele —, venha também, sr. conde, o senhor tem o direito de estar presente, já é quase da família. A propósito, marco esse tipo de encontro com qualquer um que se disponha a aceitar.

Cavalcanti olhou estupefato para Danglars, o qual, fazendo um esforço, levantou-se e avançou entre os dois rapazes. O ataque de Albert a Andrea acabava de o instalar num outro terreno, e ele esperava que a visita de Albert tivesse outra causa afora a que ele supôs inicialmente.

— Ah, é isso! — disse ele a Albert. — Meu caro, se vem aqui procurar confusão com o cavalheiro porque eu o preferi ao senhor, farei disso um caso para o procurador do rei.

— Está enganado, senhor — disse Morcerf, com um sorriso ameaçador —, meu assunto não tem qualquer relação com casamento, e dirijo-me ao sr. Cavalcanti porque por um instante me pareceu que ele pretendia interferir na nossa conversa. Mas, tenho que admitir, o senhor não deixa de ter razão — disse ele —, pois hoje estou procurando briga com todo mundo. Fique tranquilo, sr. Danglars, a prioridade é toda sua.

— Não cabe mais ao dono da casa a decisão de receber ou não quem ele quer?

— Cavalheiro — respondeu Danglars, pálido de cólera e medo —, aviso-lhe que, quando tenho a desventura de deparar no meu caminho um buldogue raivoso, eu o mato, e que, longe de me julgar culpado, penso ter prestado um serviço à sociedade. Ora, se está com raiva e pretende me morder, isto é um aviso, mato-o sem piedade! Que coisa! É culpa minha se o seu pai está desonrado?

— Sim, miserável! — exclamou Morcerf. — É culpa sua!

Danglars deu um passo para trás.

— É culpa minha? O senhor só pode estar louco! Que sei eu de história grega? Teria eu viajado a esses países? Fui eu quem aconselhou seu pai a vender os castelos de Janina? A trair...

— Cale-se! — comandou Albert, com uma voz surda. — Não, não foi o senhor quem causou diretamente esse escândalo e essa desgraça, mas foi o senhor quem, hipocritamente, os provocou.

— Eu?

— Sim, o senhor! De onde saiu a revelação?

— Mas me parece que o jornal o informou: de Janina, caramba!

— Quem escreveu para Janina?

— Para Janina?

— Sim. Quem escreveu para pedir informações a respeito do meu pai?

— Parece-me que qualquer um pode escrever para Janina.

— Entretanto, apenas uma pessoa o fez.

— Apenas uma?

— Sim! E essa pessoa foi o senhor.

— Escrevi, de fato. Parece-me que, quando alguém casa sua filha com um rapaz, esse alguém pode tomar informações sobre a família do rapaz. Isso é não apenas um direito, mas um dever.

— O senhor escreveu, cavalheiro — disse Albert —, sabendo perfeitamente a resposta que receberia.

— Eu? Ah, de minha parte, garanto-lhe — exclamou Danglars, com uma confiança e segurança que talvez resultassem menos do seu medo que do interesse que no fundo sentia pelo infeliz rapaz —, juro que nunca teria pensado em escrever para Janina. Por acaso eu conhecia a catástrofe de Ali Paxá?

— Então alguém o estimulou a escrever?

— Claro.

— Foi estimulado por alguém?

— Sim.

— Quem foi? Termine... fale...

— Ora, nada mais simples; eu estava conversando a respeito do passado do seu pai, dizia que a fonte de sua fortuna permanecia obscura. A pessoa me perguntou onde seu pai fizera essa fortuna. Respondi: "Na Grécia." Então ela me disse: "Pois bem! Escreva para Janina."

— E quem lhe deu esse conselho?

— Ora bolas! O conde de Monte Cristo, seu amigo.

— O conde de Monte Cristo disse-lhe para escrever para Janina?

— Sim, e escrevi. Quer ver a minha correspondência? Posso mostrar-lhe.

Albert e Beauchamp entreolharam-se.

— Cavalheiro — disse então Beauchamp, que ainda não tomara a palavra —, o senhor realmente deseja acusar o conde, que está ausente de Paris e não pode justificar-se neste momento?

— Não acuso ninguém, cavalheiro — disse Danglars —, estou conversando, e repetiria diante do sr. conde de Monte Cristo o que acabo de lhe dizer.

— E o conde tem ciência da resposta que o senhor recebeu?

— Eu lhe mostrei.

— Ele sabia que o nome de batismo do meu pai era Fernand, e que seu nome de família era Mondego?

— Sim, eu lhe havia contado isso há muito tempo. Além do mais, nesse aspecto, fiz apenas o que qualquer um teria feito em meu lugar, e inclusive talvez muito menos. Quando, no dia seguinte a essa resposta, encorajado pelo sr. de Monte Cristo, seu pai veio me pedir minha filha oficialmente, como fazemos quando queremos dar um basta, recusei, recusei taxativamente, é verdade, mas sem explicação, sem escândalo. Com efeito, por que teria eu promovido um escândalo? Em que a honra ou a desonra do sr. de Morcerf me interessam? Isso não faz os juros nem caírem nem subirem.

Albert sentiu o rubor invadir sua fronte. Não havia mais dúvida, Danglars defendia-se com baixeza, mas com a segurança de um homem que diz, se não toda a verdade, pelo menos parte dela, certamente não por uma questão de consciência, é verdade, mas de terror. Aliás, que procurava Morcerf? Não era saber quem tinha mais culpa, Danglars ou Monte Cristo, mas um homem que respondesse por uma ofensa leve ou grave, um homem que se batesse, e era evidente que Danglars não se bateria.

E depois, cada uma das coisas esquecidas ou não percebidas voltava a se fazer visível aos seus olhos ou presente na sua lembrança. Monte Cristo sabia de tudo, uma vez que comprara a filha de Ali Paxá; ora, sabendo de tudo, aconselhara Danglars a escrever para Janina. Conhecida essa resposta, ele acedera ao desejo manifestado por Albert de ser apresentado a Haydée; uma vez diante dela, deixara a conversa recair na morte de Ali, não se opondo ao relato de Haydée, mas tendo provavelmente dado à moça, nas poucas palavras romaicas que pronunciara, instruções que não haviam permitido a Morcerf identificar o pai; aliás, não pedira a Morcerf para não pronunciar o nome do seu pai perante Haydée? Por fim, levara Albert à Normandia no momento em que sabia que o grande escândalo seria deflagrado. Não havia do que duvidar, tudo aquilo era calculado. Monte Cristo, sem dúvida nenhuma, entendia-se com os inimigos de seu pai.

Albert puxou Beauchamp para um canto e comunicou-lhe todas as suas ideias.

— Você tem razão — concordou este. — A participação do sr. Danglars é apenas bruta e material. É ao sr. de Monte Cristo que você deve pedir uma explicação.

Albert voltou-se.

— Cavalheiro — disse a Danglars —, espero que entenda que esta não é uma despedida definitiva. Preciso saber se suas incriminações são procedentes; irei me inteirar disso junto ao conde de Monte Cristo.

E, cumprimentando o banqueiro, saiu com Beauchamp, sem aliás parecer dar atenção a Cavalcanti.

Danglars acompanhou-os até a porta. Lá chegando, renovou a Albert as garantias de que nenhum motivo de ódio pessoal animava-o contra o sr. conde de Morcerf.

11. O INSULTO

À porta do banqueiro, Beauchamp deteve Morcerf.

— Escute — ele lhe disse —, por acaso acabo de lhe sugerir, na casa do sr. Danglars, que é ao sr. de Monte Cristo que você deve pedir uma explicação?

— Sim, e estamos indo à casa dele.

— Um instante, Morcerf. Antes de ir à casa do conde, reflita.

— Em que deseja que eu reflita?

— Na gravidade de sua iniciativa.

— Seria ela mais grave do que ir à casa do sr. Danglars?

— Sim. O sr. Danglars é um homem do mundo financeiro, e, como sabe, os homens desse mundo conhecem melhor que ninguém o capital que arriscam num duelo, e não o fazem com facilidade. O outro, ao contrário, é um fidalgo, pelo menos aparentemente. Ora, você não teme, sob o fidalgo, encontrar o bravo?

— Temo apenas uma coisa, é encontrar um homem que não se bata.

— Oh, fique tranquilo — disse Beauchamp —, este se baterá. Tenho inclusive medo de que o faça bem demais. Tome cuidado!

— Amigo — disse Morcerf, com um belo sorriso —, não peço outra coisa, e o que pode me acontecer de melhor é ser morto em nome do meu pai: isso nos salvará a todos.

— Sua mãe morrerá!

— Minha pobre mãe! — suspirou Albert, passando a mão sobre os olhos. — Sei muito bem, mas é preferível ela morrer assim a morrer de vergonha.

— Quer dizer que está decidido, Albert?

— Estou.

— Então, vamos! Mas julga que iremos encontrá-lo?

— Ele voltaria poucas horas depois de mim, e decerto já deve ter chegado.

Entraram no coche e rumaram à avenida dos Champs-Élysées, nº30.

Beauchamp queria ir sozinho, mas Albert observou que aquele episódio, saindo das regras de praxe, permitia-lhe afastar-se da etiqueta do duelo.

O rapaz agia em tudo isso por uma causa tão sagrada que Beauchamp não tinha outra coisa a fazer senão render-se a todas as suas vontades. Cedeu então a Morcerf e contentou-se em segui-lo.

Albert precisou apenas de um pulo da guarita do porteiro até a escada da entrada. Foi Baptistin quem o recebeu.

O conde efetivamente acabava de chegar, mas estava no banho e não queria receber absolutamente ninguém.

— Mas, e depois do banho? — perguntou Morcerf.

— O patrão jantará.

— E depois do jantar?

— O patrão dormirá uma hora.

— E depois?

— Depois irá ao Opéra.

— Tem certeza disso? — perguntou Albert.

— Certeza absoluta. O patrão pediu os cavalos para as oito em ponto.

— Excelente — replicou Albert —, é tudo que eu queria saber.

Depois, voltando-se para Beauchamp:

— Se tem alguma coisa a fazer, Beauchamp, faça-o imediatamente; se tem algum compromisso para esta noite, adie-o para amanhã. Percebe que conto com você para ir ao Opéra. Se puder, traga Château-Renaud.

Beauchamp aproveitou a brecha e se despediu de Albert após haver prometido vir pegá-lo às quinze para as oito.

De volta em casa, Albert mandou avisar Franz, Debray e Morrel do desejo que tinha de vê-los aquela noite mesmo no Opéra.

Em seguida, foi visitar a mãe, que, desde os acontecimentos da véspera, fechara suas portas e recolhera-se no quarto. Encontrou-a na cama, esmagada pela dor da humilhação pública.

A presença de Albert produziu em Mercedes o efeito que imaginamos: ela apertou a mão do filho e explodiu em soluços. Essas lágrimas, porém, a consolaram.

Albert permaneceu por um instante de pé e mudo diante do semblante da mãe. Via-se por sua palidez e em sua testa franzida que a decisão de vingança sedimentava-se cada vez mais em seu coração.

— Mamãe — perguntou Albert —, conhece algum inimigo do sr. de Morcerf?

Mercedes estremeceu ao reparar que o rapaz não dissera "do meu pai".

— Querido — ela disse —, as pessoas na posição do conde têm muitos inimigos que elas próprias ignoram. Aliás, os inimigos que conhecemos não são, de forma alguma, você sabe, os mais perigosos.

— Sim, sei disso, de toda forma apelo à sua perspicácia. Mãe, a senhora é uma mulher tão superior que nada lhe escapa!

— Por que está me dizendo isso?

— Porque a senhora observou, por exemplo, que na noite do baile que demos, o sr. de Monte Cristo não quis comer nada do que foi servido em nossa casa.

Mercedes ergueu-se toda trêmula, apoiada em seu braço ardente de febre:

— O sr. de Monte Cristo! — ela exclamou. — E que relação isso tem com a pergunta que me fez?

— A senhora sabe, mamãe, o sr. de Monte Cristo é quase um homem do Oriente, e os orientais, a fim de preservar toda a liberdade para sua vingança, nunca comem nem bebem na casa dos inimigos.

— O sr. de Monte Cristo, nosso inimigo, é isso que está dizendo, Albert? — reagiu Mercedes, ficando mais pálida que o lençol com o qual se cobria. — Quem lhe disse uma coisa dessas? Por quê? Você está louco, Albert. O sr. de Monte Cristo foi só gentilezas para nós. O sr. de Monte Cristo salvou sua vida, foi você mesmo quem nos apresentou a ele. Oh, por favor, meu filho, se está com essa ideia na cabeça, afaste-a, e, se tenho uma recomendação a lhe fazer, digo mais, se tenho uma súplica a lhe dirigir, é: não brigue com ele.

— Minha mãe — replicou o rapaz, com um olhar taciturno —, a senhora parece ter suas razões ao recomendar que eu aja assim com esse homem.

— Eu! — exclamou Mercedes, ruborizando com a mesma rapidez com que empalidecera e voltando a ficar quase imediatamente ainda mais pálida que antes.

— Sim, sem dúvida, e esta razão não seria — emendou Albert — que esse homem pode nos fazer mal?

Mercedes sentiu um calafrio. Dirigindo ao filho um olhar penetrante, ela disse:

— Você está falando de um modo estranho, Albert, e com singulares prevenções, me parece. Que lhe fez o conde? Há três dias você estava com ele na Normandia; há três dias eu o via e você também o via como seu melhor amigo.

Um sorriso irônico aflorou nos lábios de Albert. Mercedes percebeu esse sorriso e, com seu duplo instinto de mulher e de mãe, adivinhou tudo. Porém, prudente e forte, escondeu sua perturbação e seus tremores.

Albert deixou a conversa morrer. No fim de um instante, a condessa reatou-a:

— Você vinha me perguntar como eu estava me sentindo. Respondo-lhe francamente, querido. Não me sinto bem. Você poderia instalar-se aqui, Albert, fazer-me companhia. Não quero ficar sozinha.

— Querida mãe — disse o rapaz —, eu estaria às suas ordens, e a senhora sabe com que felicidade, se um caso urgente e importante não me obrigasse a deixá-la por toda a noite.

— Ah, que bom! — respondeu Mercedes, suspirando. — Vá, Albert, não me cabe transformá-lo num escravo da sua piedade filial.

Albert fingiu não ouvir, cumprimentou a mãe e saiu.

Mal o rapaz fechou a porta, Mercedes mandou chamar um criado de confiança e ordenou-lhe que seguisse Albert por todos os lugares aonde ele fosse à noite e voltasse para lhe prestar contas prontamente.

Em seguida, convocou a criada de quarto e, mesmo muito fraca, vestiu-se, de modo a estar preparada para qualquer acontecimento.

A missão dada ao lacaio não era difícil de executar. Albert foi até seus aposentos e vestiu-se com uma espécie de apuro severo. Às dez para as oito Beauchamp chegou; estivera com Château-Renaud, que prometera estar na plateia antes de o pano se abrir.

Ambos entraram no cupê de Albert, que, não tendo razão para esconder aonde ia, disse bem alto:

— Ao Opéra!

Em sua impaciência, antecipara-se ao abrir do pano. Château-Renaud estava na frisa. Avisado de tudo por Beauchamp, Albert não precisava lhe dar nenhuma explicação. O comportamento desse filho que procurava vingar o pai era tão simples que Château-Renaud não tentou sequer por um instante dissuadi-lo, contentando-se em lhe renovar seus préstimos.

Debray ainda não chegara, mas Albert sabia que ele raramente perdia um espetáculo no Opéra. Albert vagou pelo teatro até o abrir do pano. Esperava encontrar Monte Cristo, fosse no corredor, fosse na escada. A campainha o chamou ao seu lugar, e ele foi sentar-se na plateia, entre Château-Renaud e Beauchamp.

Mas seus olhos não desgrudavam daquele camarote entre colunas que, durante todo o primeiro ato, parecia obstinado em permanecer fechado.

Enfim, quando Albert, pela centésima vez, interrogava seu relógio, no começo do segundo ato, a porta do camarote se abriu e Monte Cristo, vestido de preto, entrou e se apoiou no corrimão para examinar a sala. Morrel o seguia, procurando com os olhos sua irmã e seu cunhado. Avistou-os num camarote da segunda fileira e acenou para eles.

O conde, circulando a sala num golpe de vista, percebeu uma cabeça pálida e olhos faiscantes, que pareciam atrair avidamente seus olhares. Reconheceu efetivamente Albert, mas a expressão que observou naquele rosto transtornado decerto aconselhou-o a fazer como se não o tivesse visto. Sem fazer nenhum movimento que desvendasse seu pensamento, sentou-se, retirou seus binóculos do estojo e mirou para outro lado.

Porém, sem parecer avistar Albert, o conde não o perdia de vista. Quando o pano caiu, no fim do segundo ato, seu relance infalível e certeiro seguiu o rapaz deixando a plateia acompanhado de seus dois amigos.

Em seguida, a mesma cabeça reapareceu na sacada de um primeiro camarote, em frente ao seu. O conde sentia a tempestade chegando. Ao ouvir a chave girando na fechadura do seu camarote, embora conversasse nesse exato momento com Morrel com a expressão mais risonha, já sabia com o que lidava, e estava pronto para tudo.

A porta se abriu.

Só então Monte Cristo voltou-se e percebeu Albert, lívido e trêmulo. Atrás dele estavam Beauchamp e Château-Renaud.

— Ora! — exclamou, com aquela benevolente polidez que distinguia em geral seu cumprimento das banais civilidades sociais. — Eis que o meu cavaleiro chega ao seu objetivo! Boa-noite, sr. de Morcerf.

E a fisionomia desse homem, tão singularmente senhor de si, exprimia a mais franca cordialidade.

Só então Morrel se lembrou da carta que recebera do visconde, na qual, sem maiores explicações, este lhe pedia para comparecer ao Opéra, e compreendeu que alguma coisa terrível estava para acontecer.

— Não viemos aqui para trocar mesuras hipócritas ou falsos gestos de cordialidade — disse o rapaz. — Viemos pedir-lhe satisfações, sr. conde.

A voz trêmula do rapaz mal atravessava seus dentes cerrados.

— Satisfações, no Opéra? — perguntou o conde, com o tom calmo e o olhar penetrante pelos quais reconhecemos o homem eternamente seguro de si. — Por menos familiares que me sejam os costumes parisienses, eu não podia imaginar, cavalheiro, que este fosse o lugar para satisfações serem tiradas.

— Entretanto, quando as pessoas se confinam — retrucou Albert —, quando não se consegue chegar até elas sob o pretexto de que estão no banho, à mesa ou na cama, não há outro jeito senão ir até onde elas se encontram.

— Não sou difícil de encontrar — disse Monte Cristo —, pois ainda ontem, cavalheiro, se não me falha a memória, o senhor estava na minha casa.

— Ontem, meu caro — disse o rapaz, cuja cabeça se embaralhava —, eu estava em sua casa porque ignorava quem era o senhor.

E, ao pronunciar estas palavras, Albert erguera a voz de maneira a que pessoas instaladas nos camarotes vizinhos o ouvissem, bem como as que passavam pelo corredor. Assim, os ocupantes dos camarotes se voltaram, e os que passavam pelo corredor detiveram-se, atrás de Beauchamp e Château-Renaud, ao rumor dessa altercação.

— De onde está vindo, senhor? — disse Monte Cristo, sem a menor emoção visível. — Parece que não está em seu perfeito juízo.

— Sensatez para mim, senhor, é compreender suas perfídias e conseguir fazer-lhe entender que pretendo vingar-me delas — rebateu Albert, furioso.

— Não o entendo, cavalheiro — replicou Monte Cristo —, e, ainda que o entendesse, nem por isso o senhor deixa de estar falando alto demais. Aqui é minha casa, cavalheiro, e apenas eu tenho direito de erguer a voz acima dos outros. Saia, cavalheiro!

E Monte Cristo apontou a porta para Albert com um admirável gesto de autoridade.

— Ah, pode estar certo de que o farei sair de casa! — replicou Albert, espremendo a luva em suas mãos convulsivas, gesto que o conde não perdia de vista.

— Bem, bem! — disse fleugmaticamente Monte Cristo. — Vejo que o senhor quer briga comigo, cavalheiro. Apenas um conselho, visconde, e guarde-o bem: é um péssimo hábito fazer escândalos durante uma provocação. O escândalo não é do gosto de todos, sr. de Morcerf.

A esse nome, um murmúrio de perplexidade atravessou como um calafrio os espectadores daquela cena. Desde a véspera o nome de Morcerf estava em todas as bocas.

Albert, melhor que ninguém, e antes de qualquer um, compreendeu a alusão e fez um gesto para atirar-lhe a luva à cara. Morrel, porém, agarrou seu

— Aqui é minha casa. Saia, cavalheiro!

pulso, enquanto Beauchamp e Château-Renaud, temendo que a cena ultrapassasse os limites de uma provocação, seguravam-no por trás.

Monte Cristo, por sua vez, sem se levantar e inclinando sua cadeira, apenas esticou a mão e, agarrando entre os dedos crispados do rapaz a luva úmida e amarfanhada, disse num tom terrível:

— Senhor, considero sua luva como atirada, e lha devolverei enrolada numa bala. Agora saia dos meus domínios, ou chamo meus criados e mando escorraçá-lo.

Exaltado, transtornado, Albert deu dois passos para trás.

Morrel aproveitou para fechar a porta.

Monte Cristo pegou seus binóculos e voltou a apontá-los para a sala, como se nada de extraordinário houvesse acontecido.

Aquele homem tinha um coração de bronze e um semblante de mármore. Morrel debruçou-se no seu ouvido.

— Que fez a ele? — perguntou.

— Eu? Nada, pessoalmente pelo menos — disse Monte Cristo.

— Mas será que essa cena estranha não tem uma causa?

— A peripécia do conde de Morcerf exaspera o infeliz rapaz.

— O senhor tem alguma coisa a ver com isso?

— Foi por Haydée que a Câmara foi informada da traição do pai.

— Realmente — comentou Morrel —, foi o que me disseram, mas eu não quis acreditar que essa escrava grega, que vi com o senhor aqui neste mesmo camarote, era a filha de Ali Paxá.

— No entanto, é verdade.

— Oh, meu Deus — disse Morrel —, agora compreendo tudo, e essa cena era premeditada!

— Como assim?

— Sim, Albert me escreveu para que eu viesse esta noite ao Opéra. Era para que eu fosse testemunha do insulto que ia dirigir-lhe.

— Provavelmente — disse Monte Cristo, com imperturbável tranquilidade.

— Mas que fará com ele?

— Com quem?

— Com Albert.

— Com Albert? — replicou Monte Cristo no mesmo tom. — O que farei com ele, Maximilien? Tão certo quanto o senhor estar aqui e eu apertar sua mão, vou matá-lo amanhã antes das dez da manhã. Eis o que farei.

Morrel, por sua vez, pegou a mão de Monte Cristo nas suas, e tremeu sentindo aquela mão fria e calma.

— Ah, conde — disse ele —, o pai dele o ama tanto!

— Não me fale uma coisa dessas! — exclamou Monte Cristo, no primeiro sentimento de cólera que pareceu experimentar. — Irei fazê-lo sofrer!

Morrel, estupefato, deixou a mão de Monte Cristo cair.

— Conde, conde! — disse ele.

— Querido Maximilien — interrompeu o conde —, escute como é adorável Duprez cantando esta frase: "Oh, Mathilde, ídolo da minh'alma[33]". A propósito, fui o primeiro a descobrir Duprez em Nápoles, e o primeiro a aplaudi-lo. Bravo! Bravo!

Morrel compreendeu que não havia mais nada a dizer, e esperou.

O pano, que se abrira ao final da cena de Albert, caiu quase imediatamente. Bateram à porta.

— Entre — disse Monte Cristo sem que sua voz revelasse a menor emoção.

Beauchamp apareceu.

— Boa-noite, sr. Beauchamp — cumprimentou Monte Cristo, como se estivesse se encontrando com o jornalista pela primeira vez na noite —, sente-se.

Beauchamp cumprimentou, entrou e sentou-se.

— Senhor — disse ele a Monte Cristo —, eu acompanhava ainda há pouco, como pôde ver, o sr. de Morcerf.

— O que significa — replicou Monte Cristo, rindo — que provavelmente acabam de jantar juntos. É uma satisfação vê-lo, sr. Beauchamp, que seja mais sóbrio que ele.

— Senhor — disse Beauchamp —, Albert errou, admito, ao se exaltar, venho por conta própria pedir-lhe desculpas. Agora que minhas desculpas estão pedidas, as minhas, entenda, sr. conde, venho dizer-lhe que o julgo suficientemente galante para se negar a me dar alguma explicação a respeito de suas relações com as pessoas de Janina. Em seguida, acrescentarei uma palavrinha sobre essa jovem grega.

Monte Cristo fez com os lábios e os olhos um ligeiro esgar que impunha silêncio.

— Pronto! — acrescentou ele rindo. — Eis todas as minhas esperanças destruídas.

— Como assim? — perguntou Beauchamp.

— O senhor deve ter, açodadamente, construído a meu respeito uma reputação de excentricidade. Sou, na sua opinião, um Lara, um Manfred, um lorde Ruthwen. Agora, passado o momento de me ver como excêntrico, o senhor cansa desse gênero, tenta fazer de mim um homem banal. Quer-me comum, vulgar; pede-me explicações, em suma. Ora, convenhamos, sr. Beauchamp, quer me fazer rir!

— Não obstante — replicou Beauchamp com altivez —, há ocasiões em que a probidade impõe...

33. "Duprez ... minh'alma": Gilbert Duprez, tenor, que representava Arnold na ópera *Guilherme Tell*, de Gioacchino Rossini (1792-1868), cujo par romântico era a personagem Mathilde. Dumas viu-o no papel em 1835, durante uma viagem à Itália.

— Sr. Beauchamp — interrompeu o estranho homem —, o que impõe ao sr. conde de Monte Cristo é o sr. de Monte Cristo. Portanto, nem mais uma palavra a esse respeito, por favor. Faço o que quero, sr. Beauchamp, e acredite, é sempre muito bem-feito.

— Cavalheiro — respondeu o rapaz —, pessoas honestas não recebem esse tipo de moeda; exigem garantias à honra.

— Senhor, sou uma garantia viva — replicou Monte Cristo impassível, mas com os olhos se inflamando com trovões ameaçadores. — Ambos temos nas veias sangue que estamos com vontade de derramar, eis a nossa garantia mútua. Leve essa resposta ao visconde e diga-lhe que amanhã, antes das dez, terei visto a cor do seu.

— Só me resta então — disse Beauchamp — fixar as normas do combate.

— Isso me é completamente indiferente, senhor — disse o conde de Monte Cristo. — Portanto, foi inútil vir perturbar-me durante o espetáculo por tão pouca coisa. Na França, duela-se com espada ou pistola; nas colônias, usa-se a carabina; na Arábia, temos o punhal. Diga a seu afilhado que, embora insultado, para ser excêntrico até o fim, deixo-lhe a escolha das armas e aceitarei tudo sem discussões, sem contestações; tudo, está me escutando? Tudo, até o duelo por sorteio, o que é sempre estúpido. Mas há outra coisa: tenho certeza da minha vitória.

— Certeza! — repetiu Beauchamp, observando o conde com um olhar estupefato.

— Claro — disse Monte Cristo, balançando ligeiramente os ombros. — Sem isso eu não duelaria com o sr. de Morcerf. Vou matá-lo, é preciso, assim será. Peço apenas que, num bilhete para minha casa esta noite, indique a arma e a hora. Não gosto de esperar.

— Pistola, oito horas da manhã, no Bois de Vincennes — disse Beauchamp, desconcertado, não sabendo se estava às voltas com um fanfarrão presunçoso ou uma criatura sobrenatural.

— Muito bem, cavalheiro — disse Monte Cristo. — Agora que está tudo acertado, deixe-me assistir ao espetáculo, por favor, e diga a seu amigo Albert que não volte esta noite. Ele se prejudicaria com tantas vulgaridades de mau gosto. Que vá para casa e durma.

Beauchamp saiu espantadíssimo.

— Agora — disse Monte Cristo, voltando-se para Morrel —, conto com o senhor, não é mesmo?

— Naturalmente — disse Morrel —, e pode dispor de mim, conde. Entretanto…

— O quê?

— Seria importante, conde, que eu conhecesse a verdadeira causa…

— Quer dizer que me recusa?

— De forma alguma.

— A verdadeira causa, Morrel? — disse o conde. — Até mesmo esse rapaz caminha às cegas e não a conhece. A verdadeira causa só é conhecida por mim e por Deus. Mas dou-lhe a minha palavra de honra, Morrel, que Deus, justamente por conhecê-la, estará do nosso lado.

— Isso basta, conde — disse Morrel. — Quem é sua segunda testemunha?

— Não conheço ninguém em Paris a quem eu queira fazer essa honra, a não ser o senhor, Morrel, e seu cunhado, Emmanuel. Acredita que Emmanuel estaria disposto a prestar-me esse serviço?

— Respondo por ele como se fosse por mim, conde.

— Ótimo! É tudo que preciso. Amanhã, sete da manhã na minha casa, confirmado?

— Estaremos lá.

— Schh! A cortina vai abrir, escutemos. Tenho o hábito de não perder uma nota desta ópera; que música deliciosa a de *Guilherme Tell*!

12. A NOITE

O sr. de Monte Cristo esperou, como era seu costume, que Duprez tivesse cantado seu famoso "Segue-me!"[34] e, só então, levantou e saiu.

Na porta, Morrel despediu-se, renovando a promessa de estar em sua casa, com Emmanuel, na manhã seguinte às sete em ponto. Em seguida, o conde entrou no seu cupê, sempre calmo e sorridente. Cinco minutos depois, estava em casa. Apesar de tudo, seria preciso não conhecê-lo para se deixar enganar pela expressão com que disse, ao entrar:

— Ali, minhas pistolas com cabo de marfim!

Ali trouxe a caixa para o seu amo, e este começou a examinar as armas com uma solicitude bastante natural para um homem que vai confiar sua vida a um punhado de ferro e chumbo. Eram pistolas especiais, que Monte Cristo mandara fazer para praticar tiro ao alvo em seus aposentos. Uma cápsula bastava para expulsar a bala, e do quarto ao lado era impossível não perceber que o conde, como se diz no jargão do tiro, estava ocupado "acertando a mão".

Ele estava prestes a encaixar a arma na mão, e procurar o ponto de mira sobre uma plaquinha de ferro que servia de alvo, quando a porta do gabinete se abriu e Baptistin entrou.

Porém, antes mesmo de abrir a boca, o conde percebeu na porta, que permanecera aberta, uma mulher com um véu, de pé, na penumbra da sala contígua, e que seguira Baptistin.

---

34. "Segue-me": *Guilherme Tell*, ato II, cena 2, "Se a pátria foi posta a ferros/ Quebremo-los com nossa lança;/ Os caminhos de Altdorf estão abertos/ Segue-me."

Ali trouxe a caixa para o seu amo.

Ela percebera o conde com a pistola na mão, viu duas espadas sobre uma mesa e se precipitou.

Baptistin consultava o patrão com o olhar. O conde fez um sinal, Baptistin saiu e fechou a porta atrás de si.

— Quem é a senhora? — perguntou o conde à mulher de véu.

A desconhecida lançou um olhar ao redor para certificar-se de estar realmente a sós, depois, inclinando-se como se quisesse ajoelhar-se, juntando as mãos com a ênfase do desespero, ela disse:

— Edmond, você não matará o meu filho!

O conde deu um passo para trás, deixou escapar um grito débil e soltou a arma que segurava.

— Que nome a senhora pronunciou, sra. de Morcerf? — ele perguntou.

— O seu! — ela exclamou, puxando o véu —, o seu que talvez apenas eu não tenha esquecido. Edmond, não é a sra. de Morcerf que vem procurá-lo, é Mercedes.

— Mercedes está morta, senhora — disse Monte Cristo —, e não conheço mais ninguém com esse nome.

— Mercedes está viva, cavalheiro, e Mercedes se lembra, pois apenas ela o reconheceu quando o viu, e nem precisava ver, pela sua voz, Edmond, apenas pelo tom de sua voz. Desde aquela época Mercedes segue seus passos, espreita-o, teme-o; da mesma forma, ela não precisou procurar a mão de onde partia o golpe desferido contra o sr. de Morcerf.

— Fernand, a senhora quer dizer — replicou Monte Cristo, com uma ironia amarga. — Já que estamos nos lembrando dos nossos nomes, vamos nos lembrar de todos.

E Monte Cristo pronunciara o nome Fernand com tal expressão de ódio que Mercedes sentiu um arrepio de pavor percorrer o seu corpo.

— Como pode ver, Edmond, não me enganei! — exclamou Mercedes. — E tenho razão para lhe pedir: "Poupe o meu filho!"

— E quem lhe disse, senhora, que tenho algo contra seu filho?

— Ninguém, meu Deus! Mas uma mãe é dotada de um sexto sentido. Pressenti tudo. Segui-o até o Opéra esta noite e, escondida numa frisa, vi tudo.

— Então, se viu tudo, senhora, não viu que o filho de Fernand insultoume publicamente? — indagou Monte Cristo, com uma calma terrível.

— Oh, por piedade!

— Viu — continuou o conde — que ele teria atirado a luva em minha cara, se um de meus amigos, o sr. de Morrel, não tivesse agarrado seu braço.

— Escute. Meu filho também intuiu quem era o senhor. Atribui-lhe todos os infortúnios que golpeiam seu pai.

— Senhora — disse Monte Cristo —, está confundindo. Não são infortúnios, é um castigo. Não sou eu quem golpeia o sr. de Morcerf, é a Providência que o castiga.

— E por que toma o lugar da Providência? — exclamou Mercedes. — Por que se lembra quando ela se esquece? Que importam, a você, Edmond, Janina e seu vizir? Que prejuízo causou-lhe Fernand Mondego ao trair Ali Tebelin?

— Perfeito, senhora — respondeu Monte Cristo —, isso tudo é assunto entre o capitão francês e a filha de Vasiliki. Isso não me diz absolutamente respeito, tem razão. Se jurei me vingar, não foi do capitão francês, nem do conde de Morcerf: foi do pescador Fernand, marido da catalã Mercedes.

— Ah, senhor! — exclamou a condessa. — Que terrível vingança por um erro que a fatalidade me fez cometer! Pois a culpada sou eu, Edmond, e se tem que se vingar de alguém é de mim, que não tive forças para suportar sua ausência e meu isolamento.

— Mas — exclamou Monte Cristo —, por que eu estava ausente? Por que a senhora estava isolada?

— Porque você foi preso, Edmond, porque você foi feito prisioneiro.

— E por que fui preso? Por que fui feito prisioneiro?

— Ignoro — disse Mercedes.

— Sim, a senhora ignora, é o mínimo que espero. Pois bem! Vou lhe dizer, eu. Fui preso, fui feito prisioneiro, porque, sob o caramanchão do La Réserve, na própria véspera do dia em que eu devia me casar com a senhora, um homem, chamado Danglars, havia escrito esta carta, que o pescador Fernand encarregou-se pessoalmente de postar.

E Monte Cristo, dirigindo-se até uma escrivaninha, abriu uma gaveta da qual retirou um papel que perdera a cor original e cuja tinta tornara-se cor de ferrugem, que pôs sob os olhos de Mercedes.

Era a carta de Danglars ao procurador do rei, a qual, no dia em que pagara os duzentos mil francos ao sr. de Boville, o conde de Monte Cristo, disfarçado de representante da Casa Thomson & French, subtraíra do dossiê sobre Edmond Dantès.

Mercedes leu com pavor as seguintes linhas:

> O sr. procurador do rei fica avisado, por um amigo do trono e da religião, que o assim chamado Edmond Dantès, imediato do navio *Pharaon*, chegado de Esmirna esta manhã, antes de fazer escalas em Nápoles e Porto Ferraio, foi encarregado, por Murat, de uma carta para o usurpador, e pelo usurpador, de uma carta para o comitê bonapartista de Paris.
>
> A prova de seu crime pode ser obtida com sua detenção, pois a carta será encontrada com ele, ou na casa de seu pai, ou em sua cabine a bordo do *Pharaon*.

— Oh, meu Deus! — gritou Mercedes, passando a mão na testa molhada de suor. — E essa carta…

— Comprei-a por duzentos mil francos, senhora — disse Monte Cristo. — Mas ainda foi barato, pois ela permite que eu me justifique hoje a seus olhos.

— E o resultado dessa carta?

— A senhora sabe, foi a minha prisão. Mas o que não sabe, senhora, é o tempo que essa prisão durou. O que não sabe é que fiquei catorze anos a dois quilômetros da senhora, numa masmorra do castelo de If. O que não sabe é que todos os dias desses catorze anos renovei o voto de vingança que fizera no primeiro dia, e entretanto ignorava que a senhora se casara com Fernand, meu acusador, e que meu pai estava morto, e morto de fome!

— Santo Deus! — exclamou Mercedes, vacilante.

— Pois foi o que soube ao sair da prisão, catorze anos depois de entrar, e o que fez com que, por Mercedes viva e pelo meu pai morto, eu jurasse me vingar de Fernand, e… estou me vingando.

— Tem certeza absoluta de que Fernand fez isso?

— Pela minha alma, senhora, e o fez como eu lhe disse. Aliás, isso não é muito mais odioso do que, francês por adoção, ter passado para o lado dos in-

Murat.

gleses; espanhol de nascimento, ter lutado contra os espanhóis; estipendiário de Ali, ter traído e assassinado Ali. Diante de coisas como essas, o que é a carta que acaba de ler? Uma mistificação galante que deve ser perdoada, reconheço e compreendo, pela mulher que se casou com esse homem, mas que não é perdoada pelo noivo com quem ela devia se casar. Pois bem! Os franceses não se vingaram do traidor, os espanhóis não fuzilaram o traidor, Ali, deitado em seu túmulo, deixou o traidor impune; mas eu, traído, assassinado, também atirado num túmulo, saí desse túmulo pela graça de Deus, e devo-lhe essa vingança. Ele me envia para isso, e aqui estou.

A pobre mulher deixou a cabeça cair entre as mãos; suas pernas vergaram sob si e ela caiu de joelhos.

— Perdoe, Edmond — disse ela —, perdoe por mim, a quem você ainda ama.

A dignidade da esposa deteve o impulso da amante e da mãe. Sua testa inclinou-se, quase tocando o tapete.

O conde lançou-se à frente dela e a reergueu.

Então, sentada numa poltrona, ela pôde, por entre suas lágrimas, observar o semblante viril de Monte Cristo, no qual dor e ódio imprimiam um caráter ameaçador.

— Não esmagar essa raça maldita — murmurou ele —, desobedecer a Deus, que me despertou para sua punição! Impossível, senhora, impossível!

— Edmond — disse a mãe desesperada, apelando a todos os seus recursos —, meu Deus, por que não me chama de Mercedes quando lhe chamo de Edmond?

— Mercedes — repetiu Monte Cristo —, Mercedes! Ótimo! Sim, tem razão, ainda é agradável pronunciar esse nome, e esta é a primeira vez, há muito tempo, que ele soa tão claramente ao sair dos meus lábios. Oh, Mercedes, pronunciei seu nome com os suspiros da melancolia, com os gemidos do sofrimento, com o estertor do desespero. Pronunciei-o gelado de frio, de cócoras na enxerga da minha masmorra; pronunciei-o devorado pelo calor, rolando sobre as lajes de pedra da minha prisão. Mercedes, preciso me vingar, pois sofri catorze anos, por catorze anos chorei, amaldiçoei. Agora, estou lhe dizendo, Mercedes, preciso me vingar!

E o conde, receando ceder às súplicas daquela a quem tanto amara, chamava suas lembranças em socorro ao seu ódio.

— Vingue-se, Edmond! — exclamou a pobre mãe. — Mas vingue-se sobre os culpados, vingue-se sobre mim, mas não se vingue sobre meu filho…

— Está escrito no Livro Sagrado — respondeu Monte Cristo. — "Os erros dos pais recairão nos filhos até a terceira e quarta gerações." Uma vez que Deus ditou essas palavras a seu profeta, por que seria eu mais generoso que Deus?

— Por que Deus tem o tempo e a eternidade, essas duas coisas que escapam aos homens.

Monte Cristo deu um suspiro semelhante a um rugido, e agarrou suas belas madeixas com as duas mãos.

— Edmond — continuou Mercedes, com os braços estendidos para o conde —, Edmond, assim que o conheci adorei o seu nome, respeite sua memória. Edmond, meu amigo, não me obrigue a manchar essa imagem nobre e pura incessantemente refletida no espelho do meu coração. Edmond, se soubesse todas as preces que dirigi a Deus pedindo por você, o tanto que o esperei vivo e depois que o julguei morto, sim, morto, ai de mim! Eu julgava seu cadáver sepultado no fundo de uma torre escura qualquer; julgava seu corpo precipitado no fundo de algum desses abismos onde os carcereiros deixam rolar os prisioneiros mortos, e eu chorava! Mas o que eu podia fazer por você, Edmond, senão rezar ou chorar? Escute, durante dez anos tive o mesmo sonho todas as noites. Ouvi dizer que você tinha querido fugir, que havia tomado o lugar de um prisioneiro, que se enfiara no sudário de um defunto e que então lançaram o cadáver vivo do alto do castelo de If; e que só o grito que você soltara quebrando-se nas pedras revelara a substituição aos seus embalsamadores, que haviam se tornado seus carrascos. Pois bem, Edmond, juro pela cabeça desse filho em nome do qual lhe imploro, Edmond, durante dez anos vi todas as noites homens balançando alguma coisa informe e desconhecida no alto de um rochedo. Durante dez anos ouvi, todas as noites, um grito terrível que me acordava trêmula e gelada. E eu também, Edmond, oh, acredite, tão culpada quanto fui, oh, sim, eu também, sofri muito.

— Sentiu seu pai morrer na sua ausência? — exclamou Monte Cristo, enfiando as mãos nos cabelos. — Viu a mulher que amava estender a mão para o seu rival, enquanto você morria no fundo do abismo…?

— Não — interrompeu Mercedes —, mas vejo aquele que eu amava disposto a se tornar o assassino do meu filho!

Mercedes pronunciou essas palavras com uma dor tão aguda, uma ênfase tão desesperada, que, a essas palavras e a essa ênfase, um soluço rasgou a garganta do conde.

O leão estava domado; o vencedor estava vencido.

— O que me pede? — disse ele. — Que seu filho viva? Muito bem! Ele viverá!

Mercedes lançou um grito que fez saírem duas lágrimas das pálpebras de Monte Cristo, mas essas duas lágrimas desapareceram quase imediatamente, pois sem dúvida Deus enviara algum anjo para recolhê-las, muito mais preciosas que eram aos olhos do Senhor que as mais ricas pérolas de Gusarate e Ofir[35].

— Oh! — exclamou ela, agarrando a mão do conde e levando-a aos seus lábios. — Obrigada, obrigada, Edmond! Este é você como sempre sonhei, você como sempre amei. Oh, agora posso falar isso.

— Ainda mais — respondeu Monte Cristo — que o desventurado Edmond não terá muito tempo para ser amado pela senhora. A morte voltará para o túmulo, o fantasma voltará para a noite.

— Que está dizendo, Edmond?

— Estou dizendo que, uma vez que ordena, Mercedes, será preciso morrer.

— Morrer! E quem disse uma coisa dessas? Quem está falando em morrer? De onde vêm essas ideias de morte?

— A senhora não supõe que, ultrajado publicamente perante todo um teatro, na presença dos meus amigos e dos de seu filho, provocado por uma criança que será glorificada pelo meu perdão como por uma vitória, não supõe, eu dizia, que eu tenha por um instante o desejo de viver. O que mais amei

35. Gusarate e Ofir: regiões do mundo antigo das quais o rei Salomão, de Israel, cujo reinado é estimado entre 1009 e 922 a.C., e o rei mítico fenício Hiram, citado no primeiro Livro dos Reis, cap.5, ambos parceiros comerciais, mandavam extrair ouro, marfim e pedras preciosas.

depois da senhora, Mercedes, fui eu mesmo, isto é, minha dignidade, essa força que me fazia superior aos outros homens. Essa força era minha vida. Com uma palavra, a senhora a despedaça. Vou morrer.

— Mas esse duelo não irá acontecer, Edmond, uma vez que você o perdoa.

— Acontecerá, senhora — disse solenemente Monte Cristo. — Só que, em vez do sangue do seu filho a ser bebido pela terra, será o meu que correrá.

Mercedes soltou um grito e arrojou-se em direção a Monte Cristo. Mas, de repente, se deteve.

— Edmond — disse ela —, há um Deus acima de nós, pois você está vivo, pois eu o revi, e confio Nele do fundo do meu coração. Apoiando-me Nele, fico descansada com a sua palavra. Você disse que meu filho viveria; ele viverá, não é?

— Ele viverá, sim, senhora — disse Monte Cristo, espantado que, sem outra exclamação, sem outro alarme, Mercedes aceitasse o heroico sacrifício que ele lhe fazia.

Mercedes estendeu a mão para o conde.

— Edmond — ela disse, enquanto seus olhos se enchiam de lágrimas, olhando para aquele a quem dirigia a palavra —, como é bonito da sua parte, como é grande o que acaba de fazer, como é sublime ter piedade de uma pobre mulher que veio a você com todas as probabilidades contra ela! Ai de mim! Envelheci mais pelos sofrimentos que pela idade, e não consigo sequer evocar para o meu Edmond, por um sorriso, por um olhar, aquela Mercedes que outrora ele passou tantas horas a contemplar. Ah, acredite em mim, Edmond, eu lhe disse que também sofri. Repito, é lúgubre ver sua vida passar sem se lembrar de uma única alegria, sem preservar uma única esperança, mas isso prova que nem tudo está terminado na Terra. Não! Nem tudo está terminado, sinto-o pelo que ainda me resta no coração. Oh, repito, Edmond, é bonito, é grandioso, é sublime perdoar como acaba de fazer.

— A senhora diz isso; que diria então se soubesse a extensão do sacrifício que lhe faço? Suponha que o Senhor supremo, após criar o mundo, após fertilizar o caos, houvesse se detido a um terço de sua criação para poupar a um anjo as lágrimas que nossos crimes deviam fazer correr um dia de seus olhos imortais; suponha que, após haver tudo preparado, tudo moldado, tudo fecundado, no momento de admirar sua obra, Deus houvesse extinguido o sol e rechaçado o mundo para a noite eterna; fará então uma ideia, não, ainda não poderá ter noção do que deixo de ganhar, perdendo a vida neste momento.

Mercedes olhou para o conde com uma expressão que esboçava ao mesmo tempo perplexidade, admiração e gratidão.

Monte Cristo apoiou a cabeça em suas mãos ardentes, como se ela não fosse mais capaz de carregar sozinha o peso de seus pensamentos.

— Edmond — disse Mercedes —, tenho apenas mais uma palavra a lhe dizer.

O conde sorriu amargamente.

— Edmond — ela continuou —, irei provar-lhe que, se a fronte empalideceu, se os olhos se apagaram, se a beleza se perdeu, se Mercedes, enfim, não se parece mais com ela mesma pelos traços do rosto, irei provar-lhe que o coração continua o mesmo... Adeus, então, Edmond; não tenho mais nada a pedir aos céus... Reencontro-o tão nobre e generoso quanto antes. Adeus, Edmond... adeus e obrigada.

Mas o conde não respondeu.

Mercedes abriu a porta do gabinete e desapareceu antes que ele se recobrasse do devaneio doloroso e profundo em que o mergulhara sua vingança perdida.

Dava uma hora no relógio dos Invalides, quando o coche que levava a sra. de Morcerf, deslizando pelo calçamento dos Champs-Élysées, fez a cabeça do conde de Monte Cristo levantar.

— Que louco eu fui — ele exclamou — de não ter arrancado meu coração no dia em que jurei me vingar!

13. O ENCONTRO

Após a partida de Mercedes, tudo recaiu na penumbra na casa de Monte Cristo. À sua volta e dentro de si, seu pensamento estancou. Seu espírito enérgico adormeceu como faz o corpo após um supremo cansaço.

— O quê!? — dizia-se ele, enquanto a lâmpada e as velas se consumiam tristemente e os criados esperavam com impaciência na antecâmara. — O quê!? Eis o edifício tão lentamente preparado, erigido com tantos sofrimentos e cuidados, demolido por um único golpe, uma única palavra, um sopro de ar! E agora!? Aquele eu que eu julgava alguma coisa, aquele de quem tanto orgulho eu tinha, aquele que eu vira tão pequeno nas masmorras do castelo de If e que soubera fazer tão grande, talvez amanhã venha a ser um punhado de pó! Que tristeza! Não é em absoluto a morte do corpo que lastimo. Essa destruição do princípio vital não seria o repouso para onde tudo tende, a que todo desgraçado aspira, a calma da matéria pela qual suspirei por tanto tempo, ao encontro da qual eu caminhava pela estrada dolorosa da fome, quando Faria apareceu na minha masmorra? O que é a morte? Um grau a mais na calma e dois talvez no silêncio. Não, não é a vida que irei lastimar, é a ruína dos meus planos tão lentamente elaborados, tão laboriosamente construídos. Logo, a Providência, que eu julgava a favor deles, estava contra eles! Logo, Deus não queria que eles se consumassem!

"Esse fardo que ergui, quase tão pesado quanto um mundo e que eu julgava carregar até o fim, refletia meu desejo e não minha força, minha vontade e não meu poder, e terei que largá-lo ainda na metade do caminho. Oh, voltarei então a ser fatalista, eu, que catorze anos de desespero e dez anos de esperança haviam tornado um ser da Providência.

"E tudo isso, meu Deus, porque o meu coração, que eu julgava morto, estava apenas entorpecido. Porque ele despertou, porque pulsou, porque cedi à dor dessa pulsação, despertada do fundo do meu peito pela voz de uma mulher!

"E no entanto — continuou o conde, afundando cada vez mais nas previsões desse dia seguinte terrível que Mercedes aceitara —, no entanto, é impossível que essa mulher, que é um coração tão nobre, tenha assim, por egoísmo, consentido em me deixar matar, eu, cheio de força e vida! É impossível que leve a esse ponto o amor, ou melhor, o delírio materno! Há virtudes cujo exagero é um crime. Não, ela terá imaginado alguma cena patética, virá lançar-se entre as espadas, e será ridículo na arena o que era sublime aqui."

E o rubor do orgulho invadia as faces do conde.

— Ridículo — repetiu —, e o ridículo recairá sobre mim... Eu, ridículo! Nunca! Prefiro morrer.

E em virtude de exagerar antecipadamente as desventuras do dia seguinte, às quais se condenara ao prometer a Mercedes deixar seu filho viver, o conde chegou a se dizer:

— Tolice, tolice, tolice! Ser generoso desse jeito, colocando-se como alvo inerte na mira da pistola desse moço! Ele nunca acreditará que a minha morte é um suicídio, mas, apesar disso, é importante que o acredite para a honra da minha memória... Não é questão de vaidade, não é, meu Deus? Apenas um justo orgulho, só isso. É importante para a honra da minha memória que o mundo saiba que eu mesmo aceitei, de livre e espontânea vontade, deter meu braço já erguido para golpear e que com esse braço, tão poderosamente armado contra os outros, golpeei a mim mesmo: é preciso, farei.

Então, pegando de uma pena, retirou um papel da gaveta secreta de sua escrivaninha e traçou no rodapé desse papel, que não era outra coisa senão seu testamento, feito desde a sua chegada a Paris, uma espécie de codicilo no qual explicava sua morte às pessoas menos perspicazes.

— Faço isso, meu Deus — disse ele, com os olhos erguidos para os céus —, tanto pela Vossa honra quanto pela minha. Há dez anos considero-me, ó Deus, o emissário de Vossa vingança, e não posso permitir que outros miseráveis como esse Morcerf, um Danglars, um Villefort, não posso permitir que sequer esse próprio Morcerf imaginem que o acaso os livrou de seu inimigo. Que saibam, ao contrário, que a Providência, que já decretara sua punição, foi desviada exclusivamente pelo poder da minha vontade; que o castigo evitado neste mundo os espera no outro, e que apenas trocaram o tempo pela eternidade.

Enquanto flutuava por essas sombrias incertezas, vivendo o pesadelo de um homem acordado pelo sofrimento, o dia veio clarear as vidraças e iluminar sob suas mãos o pálido papel azul no qual acabava de traçar a suprema justificação da Providência.

Eram cinco da manhã.

De repente, um leve ruído chegou a seus ouvidos. Monte Cristo julgou ter escutado algo como um suspiro abafado; voltou a cabeça, olhou ao redor e não viu ninguém. Entretanto, o ruído repetiu-se muito claramente para que à dúvida sucedesse a certeza.

O conde então levantou-se, abriu lentamente a porta do salão e, numa poltrona, com os braços pendentes, a bela cabeça pálida e inclinada para trás, viu Haydée, que se colocara atravessada na porta a fim de que ele não pudesse sair sem vê-la, mas a quem o sono, tão poderoso contra a juventude, surpreendera após o cansaço de tão longa vigília.

O barulho que a porta fez ao se abrir não foi capaz de arrancar Haydée de seu descanso.

Monte Cristo deteve sobre ela um olhar cheio de ternura e arrependimento.

— Ela lembrou que tinha um filho — disse ele —, e eu esqueci que tinha uma filha!

Depois, balançando tristemente a cabeça:

— Pobre Haydée! — disse Monte Cristo —, quis me ver, falar comigo, receou ou pressentiu alguma coisa... Oh, não posso partir sem dizer-lhe adeus, não posso morrer sem confiá-la a alguém.

E voltou lentamente a seu lugar e escreveu sob as primeiras linhas:

> Lego a Maximilien Morrel, capitão dos spahis e filho do meu ex-patrão, Pierre Morrel, armador em Marselha, a soma de vinte milhões, da qual uma parte será oferecida por ele à sua irmã Julie e seu cunhado Emmanuel, se todavia ele não julgar que tal excesso de fortuna vá prejudicar sua felicidade. Esses vinte milhões estão enterrados na minha caverna de Monte Cristo, cujo segredo é conhecido por Bertuccio.
>
> Se o seu coração estiver livre e ele quiser desposar Haydée, filha de Ali, paxá de Janina, que criei com o amor de um pai e que teve por mim a ternura de uma filha, ele realizará, não direi minha última vontade, mas meu último desejo.
>
> O presente testamento já tornou Haydée herdeira do restante da minha fortuna — que consiste em terras, rendas na Inglaterra, Áustria e Holanda, no mobiliário de meus diversos palácios e casas —, a qual, afora esses vinte milhões, bem como os diversos legados que faço aos meus servidores, ainda deve totalizar uns sessenta milhões.

Quando terminava de escrever esta última linha, um grito, deflagrado atrás de si, fez-lhe cair a pena das mãos.

— Haydée — disse ele —, você leu?

Com efeito, a moça, despertada pelo dia que fustigara suas pálpebras, levantara-se e aproximara-se do conde sem que seus passos diáfanos, abafados pelo tapete, fossem percebidos.

— Oh, meu amo — disse ela, juntando as mãos —, por que escreve assim a uma hora dessas? Por que me lega toda a sua fortuna, meu amo? Isso significa que está me abandonando?

— Você leu?

— Vou fazer uma viagem, meu anjo — respondeu Monte Cristo, com uma expressão de melancolia e tristeza infinitas. — Se por infelicidade...

O conde estacou.

— Continue... — exigiu a moça, num tom de autoridade que o conde não conhecia e o fez estremecer.

— Pois bem! Se me acontecer uma desgraça — continuou Monte Cristo —, desejo que minha filha seja feliz.

Haydée sorriu tristemente, balançando a cabeça.

— Pensa em morrer, meu amo? — perguntou ela.

— É um pensamento salutar, minha filha, já dizia o sábio.

— Pois bem, se morrer — disse ela —, legue sua fortuna para outros, pois, se morrer... não precisarei de mais nada.

E, pegando o papel, rasgou-o em quatro pedaços, que atirou no meio do salão. Em seguida, esgotadas as forças dessa energia tão incomum numa escrava, ela tombou, não mais adormecida dessa vez, mas desfalecida, no chão.

Monte Cristo debruçou-se sobre ela, ergueu-a em seus braços; e, vendo aquela bela tez empalidecida, aqueles belos olhos fechados, o belo corpo inanimado e como que abandonado, ocorreu-lhe pela primeira vez a possibilidade de ela o amar de uma maneira diferente da que uma filha ama a um pai.

— Ai de mim! — murmurou ele, profundamente desencorajado. — Eu ainda poderia ser feliz!

Em seguida, carregou Haydée até os seus aposentos, deixando-a, ainda desmaiada, nas mãos de suas aias. De volta a seu gabinete, que dessa vez fechou energicamente atrás de si, copiou o testamento destruído.

Quando terminava, ouviu-se o barulho de um cabriolé entrando no pátio. Monte Cristo aproximou-se da janela e viu Maximilien e Emmanuel descerem.

— Perfeito — disse ele —, bem na hora!

E lacrou seu testamento três vezes.

Um instante depois ouviu um barulho de passos no salão, e foi abrir pessoalmente. Morrel apareceu no umbral.

Estava adiantado cerca de vinte minutos.

— Talvez eu tenha chegado cedo demais, sr. conde — disse ele. — Mas confesso francamente que não consegui pregar o olho e que foi a mesma coisa na casa toda. Eu precisava muito estar diante de sua corajosa autoconfiança para me recobrar.

Monte Cristo não foi capaz de resistir a essa prova de afeição, e não foi a mão que estendeu ao rapaz, mas seus dois braços que se abriram para ele.

— Morrel — disse com uma voz comovida —, é um belo dia para mim este em que me sinto amado por um homem como você. Bom dia, senhor Emmanuel. Então me acompanha, Maximilien?

— Meu Deus! — exclamou o jovem capitão. — E chegou a duvidar disso?

— Mas e se eu estivesse errado…

— Escute, observei-o ontem durante toda a cena da provocação, pensei em sua autoconfiança a noite inteira, e disse comigo que ou a justiça estava do seu lado ou eu não devia mais fiar-me na fisionomia dos homens.

— Por outro lado, Morrel, Albert é seu amigo.

— Um simples conhecido, conde.

— Você conheceu-o no mesmo dia em que me conheceu.

— É verdade, mas, o que posso fazer? É preciso o senhor dizê-lo isso para que eu me lembre deste fato.

— Obrigado, Morrel.

Depois, dando um toque no gongo:

— Pegue — disse a Ali, que surgiu instantaneamente —, mande levar isso ao meu tabelião. É o meu testamento, Morrel. Eu morto, você tomará conhecimento dele.

— Como! — exclamou Morrel. — O senhor, morto?

— Ora! Temos que prever tudo, caro amigo… Mas, que fez ontem depois que nos despedimos?

— Fui ao Tortoni, onde, como esperava, encontrei Beauchamp e Château-Renaud. Confesso que estava atrás deles.

— Para quê, uma vez que já estava tudo estipulado?

— Escute, conde, o caso é grave, inevitável.

— Duvidava disso?

— Não. A ofensa foi pública, e todos já comentavam.

— E daí?

— E daí! Eu esperava mudar as armas, substituir a pistola pela espada. A pistola é cega.

— Conseguiu? — perguntou vivamente o conde, com um imperceptível fulgor de esperança.

— Não, pois conhecem sua força na espada.

— Não diga! Quem pode ter me traído?

— Os mestres de armas que o senhor sobrepujou.

— Então você fracassou?

— Recusaram taxativamente.

— Morrel — disse o conde —, já me viu atirar com a pistola?

— Nunca.

— Pois bem, temos tempo, observe.

Monte Cristo pegou as pistolas que segurava quando Mercedes entrara e, colando um ás de paus no painel, com três disparos arrancou sucessivamente os três ramos do trevo.

A cada disparo Morrel empalidecia.

Examinou as balas com que Monte Cristo realizava aquela façanha, e viu que não eram maiores que chumbinhos.

— É assustador — disse ele. — Vê, Emmanuel?

Depois, voltando-se para Monte Cristo:

— Conde — ele disse —, em nome dos céus, não mate Albert! O infeliz tem mãe!

— Está certo — disse Monte Cristo —, enquanto eu não tenho.

Estas palavras foram pronunciadas num tom que deixou Morrel arrepiado.

— O senhor é o ofendido, conde.

— Provavelmente; que importância tem isso?

— Isso quer dizer que o senhor atira em primeiro lugar.

— Atiro antes?

— Oh, isso eu consegui, ou melhor, exigi; fizemo-lhes suficientes concessões para que não nos fizessem esta.

— E a quantos passos?

— Vinte.

Um sorriso assustador atravessou os lábios do conde.

Monte Cristo pegou as pistolas e com três disparos arrancou sucessivamente os três ramos do trevo.

— Morrel — disse ele —, não se esqueça do que acaba de presenciar.

— Quer dizer — disse o rapaz — que conto apenas com sua emoção para salvar Albert.

— Eu, emocionado? — disse Monte Cristo.

— Ou com sua generosidade, meu amigo. Com a confiança que demonstra em sua habilidade, eu posso dizer-lhe uma coisa que seria ridícula se eu dissesse a qualquer outro.

— O que é?

— Quebre-lhe um braço, fira-o, mas não o mate.

— Morrel, escute mais uma coisa — disse o conde —, não preciso ser encorajado a poupar o sr. de Morcerf. O sr. de Morcerf, anuncio-lhe antecipadamente, será tão bem-tratado que voltará tranquilamente com seus dois amigos, enquanto eu…

— O senhor…

— Oh, será diferente, os senhores terão de me carregar.

— Que ideia! — exclamou Morrel, fora de si.

— É como lhe digo, meu caro Morrel. O sr. de Morcerf me matará.

Morrel olhou para o conde sem entender nada.

— O que lhe aconteceu desde ontem, conde?

— O que aconteceu a Brutus na véspera da batalha de Filipos[36]: vi um fantasma.

— E esse fantasma...

— Esse fantasma, Morrel, me disse que já vivi demais.

Maximilien e Emmanuel entreolharam-se. Monte Cristo sacou seu relógio.

— Vamos — disse —, são sete horas e cinco minutos, e nosso compromisso é às oito em ponto.

Um coche já atrelado os esperava. Monte Cristo entrou com suas duas testemunhas.

Ao atravessar o corredor, Monte Cristo parara para escutar a uma porta. Maximilien e Emmanuel, que, por discrição, haviam dado alguns passos adiante, julgaram ouvir um suspiro a responder a um soluço.

Às oito em ponto estavam no local combinado.

— Aqui estamos — disse Morrel, passando a cabeça pela portinhola —, e somos os primeiros.

— O senhor vai me desculpar — disse Baptistin, que acompanhara o patrão num terror indizível —, mas creio perceber um coche sob as árvores.

— É verdade — concordou Emmanuel —, vejo dois jovens que passeiam e parecem à espera de alguma coisa.

Monte Cristo pulou do coche com agilidade e deu a mão a Emmanuel e Maximilien para ajudá-los a descer.

Maximilien reteve a mão do conde entre as suas.

— Graças a Deus — disse ele —, eis uma mão como gosto de ver num homem cuja vida repousa na bondade de sua causa.

— Com efeito — disse Emmanuel —, vejo dois rapazes caminhando a esmo e que parecem esperar.

Monte Cristo puxou Morrel, não à parte, mas um ou dois passos atrás de seu cunhado.

— Maximilien — perguntou-lhe —, está com o coração livre?

Morrel olhou para Monte Cristo com espanto.

---

36. "Brutus na véspera da batalha de Filipos": referência à *Vida de Marcus Brutus*, LIX, de Plutarco: "Naquela noite dizia-se que o mesmo fantasma que já aparecera uma vez para Brutus apresentou-se novamente sob a mesma forma e depois desapareceu sem lhe dizer uma palavra." A batalha de Filipos foi travada em 42 a.C.

— Não lhe peço uma confidência, caro amigo, apenas dirijo-lhe uma pergunta. Responda sim ou não, é tudo que lhe peço.

— Amo uma moça, conde.

— Ama-a muito?

— Mais que a minha vida.

— Tudo bem — disse Monte Cristo —, lá se vai mais uma esperança minha.

Depois, com um suspiro:

— Pobre Haydée! — murmurou.

— Na verdade, conde — exclamou Morrel —, se eu o conhecesse menos, o julgaria menos corajoso do que é!

— Porque penso em alguém que vou abandonar, e por quem suspiro! Tem razão, Morrel, pode um soldado comportar-se tão mal na batalha? Será a vida, que lamento deixar? Que me importa, a mim, que passei vinte anos entre a vida e a morte, viver ou morrer? Aliás, fique tranquilo, Morrel, essa fraqueza, se for uma, mostro-a apenas a você. Sei que o mundo é um salão do qual é preciso sair educada e honestamente, isto é, cumprimentando e pagando suas dívidas de jogo.

— Ainda bem — disse Morrel —, isso é que é falar. A propósito, trouxe suas armas?

— Eu! Para fazer o quê? Espero sinceramente que esses cavalheiros tenham trazido as suas.

— Vou me informar — disse Morrel.

— Sim, mas nada de negociações, compreende?

— Oh, fique tranquilo!

Morrel foi em direção a Beauchamp e Château-Renaud. Estes, percebendo a movimentação de Maximilien, deram alguns passos à frente.

Os três rapazes cumprimentaram-se, se não com afabilidade, pelo menos com cortesia.

— Perdão, senhores — disse Morrel —, mas não vejo o sr. de Morcerf!

— Esta manhã — respondeu Château-Renaud —, ele mandou nos avisar que se encontraria conosco apenas no local.

— Ah! — fez Morrel.

Beauchamp sacou seu relógio.

— Oito e cinco; ele ainda não está atrasado, sr. Morrel — disse ele.

— Oh — respondeu Maximilien —, não era com essa intenção que eu falava!

— Aliás — interrompeu Château-Renaud —, aí vem um coche?

Com efeito, um carro avançava a galope por uma das alamedas que desembocavam na encruzilhada onde estavam.

— Senhores — disse Morrel —, espero que tenham trazido pistolas. O sr. de Monte Cristo declara renunciar ao direito que tinha de usar as suas.

— Previmos essa delicadeza da parte do conde, sr. Morrel — respondeu Beauchamp —, e trouxe armas, que comprei há oito ou dez dias, acreditando precisar delas para um caso semelhante. São absolutamente novas e ninguém as utilizou. Deseja examiná-las?

— Oh, sr. Beauchamp — respondeu Morrel, inclinando-se —, quando me dá garantias de que o sr. de Morcerf não conhece essas armas, não acha que sua palavra me basta?

— Cavalheiros — disse Château-Renaud —, não é Morcerf que está no coche, são, caramba, são Franz e Debray.

De fato, os dois anunciados se apresentaram.

— Os senhores aqui, cavalheiros! — estranhou Château-Renaud, trocando um aperto de mão com cada um —, e por que motivo?

— Porque esta manhã Albert nos pediu que estivéssemos presentes — explicou Debray.

Beauchamp e Château-Renaud entreolharam-se com um ar perplexo.

— Cavalheiros — disse Morrel —, julgo entender.

— Fale!

— Ontem à tarde recebi uma carta do sr. de Morcerf, pedindo-me para encontrá-lo no Opéra.

— Eu também — disse Debray.

— Eu também — disse Franz.

— E nós também — disseram Château-Renaud e Beauchamp.

— Ele queria que estivéssemos presentes à provocação — disse Morrel —, quer que estejamos presentes à luta.

— Sim — disseram os rapazes —, é isso, sr. Maximilien. Segundo todas as probabilidades, o senhor adivinhou certo.

— Mas, com tudo isso — murmurou Château-Renaud —, Albert não chega; está dez minutos atrasado.

— Aí vem ele — disse Beauchamp —, está a cavalo. Veja, galopa a toda brida, seguido pelo criado.

— Que imprudência — disse Château-Renaud —, apresentar-se a cavalo para duelar com a pistola! Não adiantou nada ensinar-lhe como é que se faz!

— E depois, veja — disse Beauchamp —, com um nó de gravata, de paletó aberto, com um colete branco. Por que ele não mandou desenhar um alvo no estômago? Teria sido mais simples e terminado mais rápido!

Enquanto isso, Albert chegara a dez passos do grupo formado pelos cinco rapazes. Parou seu cavalo, apeou e jogou a rédea no braço do criado.

Albert aproximou-se.

Estava pálido, seus olhos, vermelhos e injetados. Via-se que não dormira a noite toda.

Exibia, espalhada por toda a sua fisionomia, uma nuance de gravidade triste que não lhe era habitual.

— Aí vem ele, está a cavalo; veja, galopa a toda brida.

— Obrigado, cavalheiros — disse ele —, pela gentileza de aceitarem meu convite. Saibam da minha eterna gratidão por essa marca de amizade.

Morrel, à aproximação de Morcerf, dera uns dez passos para trás e mantinha-se distante.

— E ao senhor também, sr. Morrel — disse Albert —, meus agradecimentos o abrangem. Aproxime-se então, não é um intruso.

— Cavalheiro — disse Maximilien —, talvez ignore que sou testemunha do sr. de Monte Cristo…

— Não tinha certeza, mas desconfiava. Melhor assim, quanto mais homens honrados aqui, mais ficarei satisfeito.

— Sr. Morrel — disse Château-Renaud —, pode anunciar ao sr. conde de Monte Cristo que o sr. de Morcerf chegou e que estamos à disposição.

Morrel encaminhou-se para executar sua missão.

Beauchamp, ao mesmo tempo, retirava do coche a caixa de pistolas.

— Esperem, senhores — disse Albert —, tenho duas palavras a dizer ao sr. conde de Monte Cristo.

— Em particular? — perguntou Morrel.

— Não, senhor, na presença de todos.

As testemunhas de Albert entreolharam-se surpresas. Franz e Debray trocaram algumas palavras em voz baixa, e Morrel, alegre com aquele incidente inesperado, foi chamar o conde, que caminhava por outra aleia com Emmanuel.

— O que será que ele quer de mim? — perguntou Monte Cristo.

— Ignoro, mas quer falar com o senhor.

— Oh — disse Monte Cristo —, que ele não tente a Deus com um novo ultraje!

— Não creio ser essa sua intenção — disse Morrel.

O conde avançou, acompanhado por Maximilien e Emmanuel. Sua fisionomia calma e cheia de serenidade fazia um estranho contraste com a fisionomia transtornada de Albert, que se aproximava, por sua vez, seguido pelos quatro rapazes.

Quando estavam a três passos um do outro, Albert e o conde estacaram.

— Cavalheiros — disse Albert —, aproximem-se, não quero que percam uma palavra do que terei a honra de dizer ao sr. conde de Monte Cristo, pois o que terei a honra de dizer-lhe deve ser repetido pelos senhores a quem quiser ouvir, por mais estranho que pareça meu discurso.

— Estou esperando, cavalheiro — disse o conde.

— Senhor — principiou Albert, com uma voz trêmula, mas que aos poucos se firmou —, eu o reprovei por ter divulgado a conduta do sr. de Morcerf no Épiro, pois, por mais culpado que ele fosse, eu não julgava estar o senhor no direito de puni-lo. Mas, hoje, cavalheiro, sei que esse direito lhe cabe. Não é em absoluto a traição de Fernand Mondego a Ali Paxá que me faz tão solícito em justificá-lo, é a traição do pescador Fernand ao senhor, são os inauditos infortúnios que resultaram dessa traição. Portanto, digo-lhe, proclamo alto e bom som: sim, cavalheiro, o senhor tinha razão para vingar-se do meu pai, e eu, seu filho, agradeço-lhe por não ter feito mais!

Um raio caído no meio dos espectadores dessa cena inesperada não os teria deixado mais perplexos que essa declaração de Albert.

Quanto a Monte Cristo, seus olhos se haviam erguido lentamente para o céu com uma expressão de gratidão infinita, e ele não se cansava de admirar como a natureza fogosa de Albert, cuja coragem ele conhecera o suficiente em meio aos bandoleiros romanos, dobrara-se àquela súbita humilhação. Reconheceu igualmente a influência de Mercedes, e compreendeu por que seu nobre coração não se opusera ao sacrifício que ela sabia antecipadamente inútil.

— Agora, cavalheiro — disse Albert —, se julga que as desculpas que acabo de lhe pedir são suficientes, sua mão, por favor. Deixando de lado o mérito tão raro da infalibilidade que parece ser a sua, o primeiro de todos os méritos, em minha opinião, é saber reconhecer os próprios erros. Mas esse reconhecimento diz respeito apenas a mim. Meu comportamento pautou-se pelo dos homens, enquanto o seu pautava-se por Deus. Apenas um anjo podia salvar um de nós da morte, e o anjo desceu do céu, se não para fazer de nós dois amigos, ai de mim!, a fatalidade torna isso impossível, pelo menos dois homens que se estimam.

Monte Cristo, de olhos úmidos, o peito arfante, a boca entreaberta, estendeu a Albert uma mão que este pegou e apertou com um sentimento semelhante a um respeitoso pavor.

— Cavalheiros — disse ele —, o sr. de Monte Cristo faz a fineza de aceitar minhas desculpas. Agi precipitadamente para com ele. A precipitação é má conselheira: agi mal. Agora meu erro está reparado. Espero sinceramente que a sociedade não me considere um covarde por ter feito o que minha

Monte Cristo estendeu a Albert uma mão que este pegou e apertou com um respeitoso pavor.

consciência me ditou. Porém, de qualquer forma, caso se equivoquem a meu respeito — acrescentou o rapaz, levantando a cabeça com altivez e como se lançasse um desafio tanto aos amigos quanto aos inimigos —, tentarei mudar essa opinião.

— O que terá acontecido esta noite? — perguntou Beauchamp a Château-Renaud. — Parece que representamos um triste papel.

— Realmente, o que Albert acaba de fazer ou é muito considerável ou muito bonito — respondeu o barão.

— E essa agora, que significa isso? — perguntou Debray a Franz. — O quê! O conde de Monte Cristo desonra o sr. de Morcerf e está com a razão aos olhos do filho! Ora, se eu tivesse dez Janinas na minha família, só me julgaria obrigado a uma coisa: a duelar dez vezes.

Quanto a Monte Cristo, a cabeça inclinada para a frente, os braços inertes, esmagado sob o peso de vinte e quatro anos de lembranças, não pensava nem em Albert, nem em Beauchamp, nem em Château-Renaud, nem em nenhum daqueles que ali se encontravam. Pensava naquela corajosa mulher que viera pedir-lhe a vida do filho, a quem ele oferecera a sua e que acabava de salvá-la, pela confissão terrível de um segredo de família, capaz de matar para sempre naquele moço o sentimento da devoção filial.

— Sempre a Providência! — murmurou. — Ah! Só hoje tenho a certeza de ser o emissário de Deus!

14. A MÃE E O FILHO

O conde de Monte Cristo cumprimentou os cinco rapazes com um sorriso cheio de melancolia e dignidade. Em seguida, entrou no coche com Maximilien e Emmanuel.

Albert, Beauchamp e Château-Renaud permaneceram sozinhos no campo de batalha.

O moço dirigiu às suas duas testemunhas um olhar que, sem ser tímido, não obstante parecia indagar-lhes sua opinião sobre o que acabava de acontecer.

— Caramba! Permita-me felicitá-lo, caro amigo — disse Beauchamp antes de todos, ou porque tivesse mais sensibilidade ou porque fosse menos dissimulado. — Eis um desfecho bastante inesperado para um episódio bastante desagradável.

Albert permaneceu mudo e concentrado em seus pensamentos. Château-Renaud contentou-se em bater nas botas com sua bengala flexível.

— Vamos? — disse ele, após o embaraçoso silêncio.

— Quando quiser — respondeu Beauchamp. — Dê-me apenas um tempinho para cumprimentar o sr. de Morcerf. Ele hoje deu provas de uma generosidade tão cavalheiresca... tão rara!

— Oh, sim! — disse Château-Renaud.

— É magnífico — continuou Beauchamp — conseguir um controle tão grande sobre si mesmo!

— Com certeza. Quanto a mim, teria sido incapaz de uma coisa dessas — disse Château-Renaud, com uma frieza das mais significativas.

— Cavalheiros — interrompeu Albert —, creio que não compreenderam que se passou algo de muito grave entre mim e o sr. de Monte Cristo.

— Claro que sim, claro que sim — acorreu prontamente Beauchamp —, mas nem todos os nossos paspalhões teriam capacidade de compreender o seu heroísmo, e, cedo ou tarde, você acabaria sendo forçado a lhes explicar mais energicamente, o que não é bom para a saúde do corpo nem para a longevidade. Quer um conselho de amigo? Vá para Nápoles, Haia ou São Petersburgo, lugares calmos, onde se é mais inteligente do ponto de vista da honra do que o são nossos cérebros opacos de parisienses. Uma vez lá, pratique a pistola, e infinitamente *contre-de-quarte* e *contre-de-tierce*[37]; torne-se suficientemente esquecido para regressar com tranquilidade à França daqui a alguns anos, ou suficientemente respeitável, no que se refere aos exercícios de autodefesa, para conquistar a tranquilidade. Não acha que tenho razão, sr. de Château-Renaud?

— É exatamente a minha opinião — disse o fidalgo. — Nada suscita mais duelos sérios do que um duelo sem resultado.

— Obrigado, cavalheiros — respondeu Albert com um frio sorriso. — Seguirei seu conselho, não porque vem dos senhores, mas porque minha intenção era mesmo deixar a França. Agradeço-lhes também por sua gentileza ao me servirem de testemunhas. Ela está profundamente gravada no meu coração, uma vez que, após as palavras que acabo de ouvir, não me lembro mais senão dela.

Château-Renaud e Beauchamp entreolharam-se. A impressão de ambos era a mesma: o tom com que Morcerf acabava de pronunciar seu agradecimento era tão determinado que todos se sentiriam embaraçados se a conversa fosse adiante.

— Adeus, Albert — disse Beauchamp subitamente, estendendo displicentemente a mão para o rapaz, sem que este parecesse sair da letargia.

Os lábios de Albert mal murmuraram: "Adeus!" Seu olhar era mais explícito; encerrava todo um poema de cóleras contidas, de altivos desdéns, de generosa indignação.

Após suas duas testemunhas entrarem no coche, ele manteve por algum tempo sua pose imóvel e melancólica. Então, de repente, soltando seu cavalo da pequena árvore em torno da qual seu criado amarrara o bridão, saltou agilmente para a sela e galopou rumo a Paris. Quinze minutos depois, entrava no palacete da rua du Helder.

Ao apear, pareceu-lhe, por trás da cortina do quarto do conde, perceber o rosto pálido de seu pai. Albert virou o rosto com um suspiro, e entrou no seu pequeno pavilhão.

Ali chegando, lançou um último olhar sobre todas aquelas preciosidades que lhe haviam feito a vida tão amena e feliz desde a infância. Olhou mais uma vez os quadros, cujas fisionomias pareciam sorrir e cujas paisagens pareciam animar-se de cores vivas.

Em seguida, soltou da moldura o retrato de sua mãe, que enrolou, deixando vazia e escura a armação dourada que o enquadrava.

---

37. *Contre-de-quarte*: estocada ou cutilada com o punho voltado para fora (na esgrima); *contre-de-tierce*: esquiva circular (no sabre).

Organizou então suas belas armas turcas, seus belos fuzis ingleses, suas porcelanas japonesas, suas taças trabalhadas, seus bronzes artísticos, assinados Feuchère ou Barye[38]. Visitou os armários e fechou todos a chave. Atirou numa gaveta da escrivaninha, que deixou aberta, todo o dinheiro miúdo que tinha consigo, juntou ali as mil bijuterias que povoavam suas taças, seus escrínios, seus aparadores. Fez um inventário exato e preciso de tudo, colocando-o no lugar mais visível de uma mesa, após dela ter removido os livros e papéis que a abarrotavam.

Quando iniciava essa tarefa, seu criado, apesar da ordem dada por Albert para deixá-lo sozinho, entrou em seu quarto.

— Que deseja? — perguntou Albert, num tom mais triste que ríspido.

— Desculpe — disse o criado —, o senhor havia me proibido de importuná-lo, é verdade, mas o sr. conde de Morcerf mandou me chamar.

— E daí? — perguntou Albert.

— Não quis apresentar-me a ele sem receber ordens do senhor.

— Por que isso?

— Porque o sr. conde deve saber que o acompanhei ao local do duelo.

— É provável.

— E, se está me chamando, é provavelmente para me interrogar sobre o que aconteceu lá. Que devo responder?

— A verdade.

— Então devo dizer que o embate não se deu

— Diga que pedi desculpas ao sr. conde de Monte Cristo. Vá.

O criado inclinou-se e saiu.

Albert voltou então ao seu inventário. Quando terminava esse trabalho, um barulho de cavalos entrando no pátio e de rodas abalando as vidraças chamou sua atenção. Aproximando-se da janela, viu seu pai entrar em uma caleche e partir.

Assim que o portão do palacete fechou-se atrás do conde, Albert dirigiu-se até os aposentos de sua mãe. Como ninguém estava ali para anunciá-lo, avançou até o quarto de Mercedes e, com o coração apertado pelo que via e pressentia, deteve-se à porta.

Como se a mesma alma animasse aqueles dois corpos, Mercedes fazia em seus aposentos o que Albert acabava de fazer no seu. Estava tudo arrumado em seu lugar. As rendas, os atavios, as joias, a roupa de cama e o dinheiro acomodavam-se no fundo das gavetas, cujas chaves a condessa juntava cuidadosamente.

Albert viu todos aqueles preparativos, compreendeu-os e, exclamando: "Minha mãe!", caiu nos braços de Mercedes.

O pintor que tivesse captado a expressão daquelas duas fisionomias teria decerto feito um belo quadro.

38. "Feuchère ou Barye": Jean-Jaques Feuchère (1807-52) expôs esculturas no Salão de 1831; Antoine-Louis Barye (1796-1875) expôs bustos no Salão de 1827, antes de se tornar o pintor de animais mais famoso do século XIX.

Com efeito, todas as iniciativas oriundas de uma resolução enérgica, que nenhum medo suscitaram em Albert, assustavam-no quando tomadas pela mãe.

— O que está fazendo? — perguntou o rapaz.

— O que você estava fazendo — respondeu ela.

— Oh, minha mãe! — exclamou Albert, comovido a ponto de não conseguir falar. — Não é a mesma coisa para a senhora e para mim! Não, não pode ter tomado a mesma decisão que eu, pois venho avisar-lhe que me despeço da sua casa e... da senhora.

— Eu também, Albert — respondeu Mercedes —, também estou de partida. Eu esperava, admito, que meu filho me acompanhasse; estou enganada?

— Mãe — disse Albert com firmeza —, não posso fazê-la partilhar o destino que me aguarda. Doravante preciso viver sem nome e sem fortuna; preciso, para começar o aprendizado dessa rude existência, pedir a um amigo o pão que comerei agora até o momento de pedir outro. Isso quer dizer, querida mãe, que estou indo agora mesmo até a casa de Franz para pedir emprestada a pequena soma que calculei necessária.

— Você, querido filho! — exclamou Mercedes. — Você, na miséria, passando fome! Oh, não diga isso, você destruiria todas as minhas resoluções.

— Oh, minha mãe.

— Mas não as minhas, mãe — respondeu Albert. — Sou jovem, sou forte, creio ser corajoso, e ontem aprendi o poder da vontade. Infelizmente, há pessoas que sofreram muito, e que não apenas continuaram vivas, como ainda edificaram uma nova fortuna sobre a ruína de todas as promessas de felicidade que o céu lhes fizera, sobre os destroços de todas as esperanças que Deus lhes dera! Aprendi isso, mamãe, vi esses homens; sei que, do fundo do abismo onde os mergulhara seu inimigo, eles se reergueram com tanto vigor e glória que dominaram seu ex-vencedor e o derrubaram em troca. Não, mãe, não; a partir de hoje rompo com o passado, não aceito mais nada, sequer meu nome, porque, pode compreender, não é mesmo, mãe, seu filho não pode carregar o nome de um homem que se vê obrigado a corar perante outro homem!

— Albert, meu filho — disse Mercedes —, se eu tivesse o coração mais forte, seria este o conselho que lhe daria. Sua consciência falou quando minha voz extinta se calava; escute sua consciência, meu filho. Você tinha amigos, Albert, rompa momentaneamente com eles, mas não perca a esperança, em nome de sua mãe! A vida ainda é bela em sua idade, querido Albert, você mal completou vinte e dois anos; e, como para um coração tão puro quanto o seu convém um nome sem manchas, use o do meu pai: ele se chamava Herrera. Conheço você, Albert: independentemente da profissão que escolha, em pouco tempo trará glória a esse nome. Quando isso acontecer, querido, reapareça na sociedade ainda mais brilhante do que antes de seu infortúnio. Se porventura não acontecer de tal maneira, a despeito de todas as minhas previsões, deixe-me pelo menos essa esperança, a mim, que doravante só terei este pensamento, a mim, que não tenho mais futuro e para quem o túmulo começa no umbral desta casa.

— Farei conforme seus desejos, minha mãe — disse o moço. — Sim, comungo da sua esperança. A cólera dos céus não nos perseguirá, a senhora, tão pura, eu, tão inocente. Mas, uma vez que estamos decididos, não percamos tempo. O sr. de Morcerf saiu de casa há mais ou menos meia hora. Como vê, a oportunidade é favorável para evitar o falatório e a explicação.

— Estou às suas ordens, meu filho — disse Mercedes.

Albert correu imediatamente até a rua, de onde trouxe um fiacre que devia conduzi-los para fora do palacete. Lembrou-se de uma casinha mobiliada na rua des Saints-Pères, onde sua mãe encontraria um alojamento modesto, porém decente; voltou então para buscar a condessa.

Quando o fiacre parou diante da porta, e quando Albert saía dele, um homem aproximou-se e entregou-lhe uma carta.

Albert reconheceu o intendente.

— Do conde — disse Bertuccio.

Albert pegou a carta, abriu-a, leu-a.

Depois de terminar, procurou Bertuccio, mas, enquanto lia, Bertuccio desaparecera.

Albert, então, com lágrimas nos olhos, o peito oprimido pela emoção, voltou aos aposentos de Mercedes e, sem pronunciar uma palavra, apresentou-lhe a carta.

Mercedes leu:

Albert,

Ao lhe mostrar que descobri o plano que estão prestes a executar, creio igualmente mostrar-lhe que compreendo a delicadeza. Você está livre, vai abandonar a casa do conde, e vai recolher sua mãe, livre como você. Mas, reflita, Albert, você deve-lhe mais do que tem para retribuir, pobre coração honrado que é. Reserve a luta para si, reivindique para si o sofrimento, mas poupe-lhe essa primeira miséria que inevitavelmente acompanhará suas primeiras empreitadas, pois ela não merece sequer o reflexo da tristeza que a golpeia hoje, e a Providência não quer que o inocente pague pelo culpado.

Sei que ambos irão deixar a casa da rua du Helder sem levar nada. Como soube disso, não tente descobrir. Sei: ponto final.

Escute, Albert.

Há vinte e quatro anos, eu retornava alegre e orgulhoso à minha pátria. Tinha uma noiva, Albert, uma santa donzela que eu adorava, e trazia-lhe cento e cinquenta luíses penosamente acumulados com um trabalho sem descanso. Esse dinheiro era para ela, eu lhe destinava e, sabendo quão pérfido é o mar, tinha enterrado nosso tesouro no jardinzinho do prédio onde meu pai morava, em Marselha, na rua das Allées de Meilhan.

Sua mãe, Albert, conhece muito bem essa modesta e querida casa.

Recentemente, a caminho de Paris, passei por Marselha. Fui visitar tal moradia de dolorosas lembranças. À noite, com uma pá na mão, sondei o canto onde eu enterrara meu tesouro. A caixinha de ferro estava no mesmo lugar, ninguém tocara nela. Ela está no canto que uma bela figueira, plantada por meu pai no dia do meu nascimento, cobre com sua sombra.

Muito bem! Albert, esse dinheiro, que em outros tempos deveria ajudar a vida e a tranquilidade dessa mulher que eu adorava, eis que hoje, por um estranho e doloroso acaso, encontrou a mesma utilidade. Oh, compreenda minha intenção, eu, que poderia oferecer milhões a essa infeliz mulher e que lhe dou apenas o pedaço do pão preto esquecido sob o meu humilde telhado desde o dia em que fui separado de minha bem-amada.

Você é um homem generoso, Albert, embora talvez cego pelo orgulho ou pelo ressentimento. Se recusar, se pedir a outro o que tenho o direito de lhe oferecer, direi que é pouco generoso de sua parte recusar a vida de sua mãe oferecida por um homem cujo pai morreu pelas mãos do seu nos horrores da fome e do desespero.

Terminada a leitura, Albert permaneceu pálido e imóvel, esperando a decisão de Mercedes.

Ela ergueu aos céus um olhar de inefável expressão, e disse:

— Aceito, ele tem o direito de pagar o dote que levarei para um convento!

Guardando a carta junto ao coração, pegou o braço do filho e, com um passo mais firme do que talvez esperasse de si mesma, encaminhou-se para a saída.

15. O SUICÍDIO

Enquanto isso, Monte Cristo também voltara à cidade com Emmanuel e Maximilien.

A volta foi alegre. Emmanuel não dissimulava sua alegria por ter visto a paz suceder a guerra, admitindo altivamente suas inclinações filantrópicas. Morrel, num canto do coche, deixava a alegria do cunhado evaporar-se em palavras e reservava para si uma alegria igualmente sincera, mas que brilhava apenas em seu olhar.

Na barreira do Trono, encontraram Bertuccio: esperava ali, imóvel como uma sentinela em seu posto.

Monte Cristo passou a cabeça pela portinhola, trocou com ele algumas palavras em voz baixa e o intendente desapareceu.

— Sr. conde — disse Emmanuel ao chegarem na altura da Place Royale —, deixe-me aqui, por favor, na minha porta, a fim de que minha mulher não tenha um instante de preocupação nem pelo senhor nem por mim.

— Se não fosse ridículo exibir seu triunfo — disse Morrel —, eu o convidaria para entrar conosco. Mas o sr. conde decerto tem corações aflitos para sossegar. Aqui estamos, Emmanuel, cumprimentemos nosso amigo e deixemos que ele continue seu caminho.

— Um momento — disse Monte Cristo —, não me privem assim de uma tacada dos meus dois companheiros. Volte para junto de sua encantadora mulher, a quem o encarrego de apresentar todas as minhas homenagens, e me acompanhe até os Champs-Élysées, Morrel.

— Excelente — disse Morrel —, aproveito que tenho um compromisso no seu bairro, conde.

— Devemos esperá-lo para o almoço? — perguntou Emmanuel.

A barreira do Trono.

— Não — foi a resposta do rapaz.

A portinhola se fechou, o coche seguiu seu caminho.

— Veja como eu lhe trouxe felicidade — disse Morrel quando ficou a sós com o conde. — Não pensou nisso?

— Realmente — disse Monte Cristo —, é por isso que pretendo tê-lo sempre ao meu lado.

— É um milagre! — continuou Morrel, respondendo ao seu próprio pensamento.

— Ora, o quê?

— O que acaba de acontecer.

— Sim — respondeu o conde com um sorriso —, você falou bem, Morrel, é um milagre!

— Afinal de contas — prosseguiu Morrel —, Albert é corajoso.

— Muito corajoso — disse Monte Cristo —, já o vi dormir com o punhal sobre a cabeça.

— E sei que ele duelou duas vezes, e muito bem — acrescentou Morrel. — Vá conciliar isso com seu comportamento de hoje de manhã…

— Sua influência, de novo — replicou Monte Cristo, sorrindo.

— Sorte de Albert não ser soldado — disse Morrel.

— Por quê?

— Desculpas no campo de batalha! — fez o jovem capitão, balançando a cabeça.

— Por favor — admoestou o conde, com ternura —, não vá cair nos preconceitos dos homens comuns, hem, Morrel? Não concorda que, uma vez que Albert é corajoso, não pode ser covarde? Que é preciso que ele tenha tido algum motivo para agir como fez esta manhã e que portanto seu comportamento é mais heroico que qualquer outra coisa?

— Pode ser, pode ser — respondeu Morrel. — Mas eu diria, como o espanhol: "Ele foi menos bravo hoje que ontem."

— Almoça comigo, não é, Morrel? — perguntou o conde, mudando de assunto.

— Impossível, preciso sair às dez horas.

— Seu compromisso era então para almoçar?

Morrel sorriu e balançou a cabeça.

— Mas, afinal, você acabará almoçando em algum lugar.

— E se porventura eu não tiver fome? — perguntou o moço.

— Oh — fez o conde —, só conheço duas sensações que causam esse tipo de perda de apetite: o sofrimento, e como felizmente o vejo alegre, não é isso; ou o amor. Ora, pelo que me disse a respeito do seu coração, julgo poder acreditar…

— Pela minha honra, conde — replicou alegremente Morrel —, não vou negar.

— E não me conta nada, Maximilien? — cobrou o conde, de maneira tão veemente que se via todo o seu interesse em conhecer aquele segredo.

— Acho que hoje de manhã mostrei que eu tinha um coração, não foi, conde?

Como resposta, Monte Cristo estendeu a mão ao rapaz.

— Pois bem — continuou Maximilien —, uma vez que esse coração não está mais com o senhor no Bois de Vincennes, ele está em outro lugar, onde irei encontrá-lo.

— Vá — disse lentamente o conde —, vá, querido amigo. Mas, por misericórdia, caso esbarre em qualquer obstáculo, lembre-se de que tenho algum poder neste mundo, que fico feliz em usar esse poder em benefício das pessoas amigas, e você é meu amigo, Morrel.

— Ótimo — disse o rapaz —, vou me lembrar disso como as crianças egoístas lembram-se dos pais quando precisam deles. Quando eu precisar do senhor, e talvez isso venha a acontecer, eu o procurarei, conde.

— Ótimo, tenho a sua palavra. Então, adeus.

— Até logo.

Haviam chegado à porta da casa dos Champs-Élysées. Monte Cristo abriu a portinhola. Morrel saltou na calçada.

Bertuccio esperava na escada da entrada.

Morrel desapareceu pela avenida de Marigny, Monte Cristo foi na direção de Bertuccio em passo rápido.

— E então? — perguntou ele.

— E então!? — respondeu o intendente. — Ela vai deixar a casa.

— E o filho?

— Florentin, seu criado de quarto, acha que vai fazer a mesma coisa.

— Venha.

Monte Cristo levou Bertuccio até o seu gabinete, escreveu a carta que conhecemos e a entregou ao intendente.

— Vá — disse ele — e se apresse. A propósito, mande avisar Haydée que estou de volta.

— Aqui estou— disse a moça, que descera ao barulho do coche, e cujo rosto irradiava alegria ao ver o conde são e salvo.

Bertuccio saiu.

Todas as efusões de uma filha ao reencontrar o pai querido, todos os delírios da amante ao rever um homem adorado, Haydée sentiu-os nos primeiros instantes desse retorno aguardado com tanta impaciência.

Embora menos expansiva, nem por isso era menor a alegria de Monte Cristo. Alegria, para os corações que sofreram longamente, é igual ao orvalho para as terras calcinadas pelo sol: coração e terra absorvem essa chuva benfazeja que cai sobre eles, sem nada deixar evidente do lado de fora. Alguns dias atrás Monte Cristo compreendera uma coisa em que há muito tempo não mais ousava acreditar, isto é, que havia duas Mercedes no mundo, que ele ainda podia ser feliz.

Seu olhar flamejante de felicidade mergulhava avidamente nos olhos úmidos de Haydée, quando de repente a porta se abriu. O conde franziu o cenho.

— O sr. de Morcerf! — disse Baptistin, como se esta única palavra bastasse para se justificar.

Com efeito, a fisionomia do conde iluminou-se.

— Qual? — perguntou. — O visconde ou o conde?

— O conde.

— Meu Deus! — exclamou Haydée. — Então isso ainda não terminou?

— Não sei se terminou, querida filha — disse Monte Cristo, tomando as mãos da moça —, mas sei que você nada tem a temer.

— Oh, mesmo assim é o miserável…

— Esse homem nada pode contra mim, Haydée — tranquilizou a Monte Cristo. — Foi quando tive problemas com seu filho que era preciso temer.

— O que eu sofri — disse a moça —, o meu amo nunca saberá.

Monte Cristo sorriu.

— Pelo túmulo do meu pai — disse Monte Cristo, estendendo a mão sobre a cabeça da rapariga —, juro que se alguma desgraça acontecer, não será por minha causa.

— Acredito, meu amo, como se fosse Deus me falando — jurou a moça, oferecendo sua testa ao conde.

Monte Cristo depositou naquela fronte tão pura e bela um beijo que fez seus dois corações dispararem, um com violência, o outro surdamente.

— Oh, meu Deus — murmurou o conde —, permitiríeis então que eu ainda pudesse amar...! Faça entrar o conde de Morcerf no salão — ordenou ele a Baptistin, enquanto conduzia a bela grega até uma escada secreta.

Uma pequena explicação sobre essa visita, talvez esperada por Monte Cristo, mas provavelmente inesperada por nossos leitores.

Enquanto Mercedes, como dissemos, fazia em seus aposentos o mesmo tipo de inventário que Albert fizera nos seus; enquanto classificava suas joias, fechava suas gavetas, juntava suas chaves, a fim de deixar todas as coisas numa ordem impecável, ela não havia percebido que uma cabeça pálida e sinistra surgira na vidraça de uma porta através da qual o dia entrava no corredor. Dali era não apenas possível ver, como ouvir. Aquele que assim via, segundo toda a probabilidade sem ser visto nem ouvido, viu e ouviu então tudo que acontecia no quarto da sra. de Morcerf.

Daquela porta envidraçada, o homem de rosto pálido deslocou-se até o quarto do conde de Morcerf e, lá chegando, ergueu com a mão contraída a cortina de uma janela que dava para o pátio. Assim permaneceu por dez minutos, imóvel, mudo, escutando as batidas do próprio coração. Para ele, dez minutos era uma enormidade.

Foi então que Albert, voltando de seu duelo, percebeu o pai, que espreitava seu retorno atrás de uma cortina, e desviou o rosto.

O olho do conde se dilatou: sabia que o insulto de Albert a Monte Cristo havia sido terrível, que um insulto daquele, em todos os países do mundo, acarretava um duelo mortal. Ora, Albert voltava são e salvo, logo o conde estava vingado.

Um relâmpago de indescritível alegria iluminou seu rosto lúgubre, como faz um último raio de sol antes de se perder nas nuvens que parecem menos seu leito que seu túmulo.

Mas, como dissemos, esperou em vão que o rapaz subisse a seus aposentos para lhe comunicar triunfo. Que seu filho, antes de lutar, não tivesse querido ver o pai cuja honra ia vingar, isso era compreensível; mas, vingada a honra do pai, por que esse filho não vinha se atirar em seus braços?

Foi então que o conde, sem conseguir uma entrevista com Albert, mandou chamar seu criado. Sabemos que Albert autorizara-o a nada ocultar do conde.

Dez minutos depois, o general de Morcerf surgiu na escada da entrada vestindo um redingote preto, com gola militar, uma calça preta, luvas pretas. Dera, ao que parece, ordens prévias, pois, mal tocara o último degrau da escada, seu coche todo atrelado saiu da garagem e foi parar à sua frente.

O criado de quarto veio então jogar dentro do coche uma jaqueta militar, enrijecida pelas duas espadas que embrulhava. Depois, fechando a portinhola, sentou-se ao lado do cocheiro.

O cocheiro inclinou-se diante da caleche para pedir ordens:

— Rumo aos Champs-Élysées — disse o general —, para a casa do conde de Monte Cristo. Rápido!

Os cavalos deram um pulo sob a chicotada que os surpreendeu; cinco minutos depois, pararam em frente à casa do conde.

O próprio sr. de Morcerf abriu a portinhola, e, com o coche ainda em movimento, pulou como um rapazola na aleia paralela, tocou e, com seu criado, passou pela porta aberta.

Um segundo depois, Baptistin anunciava ao sr. de Monte Cristo o conde de Morcerf, e Monte Cristo, despedindo-se de Haydée, deu a ordem que fez o conde de Morcerf entrar no salão. O general percorria pela terceira vez o salão em todo o seu comprimento, quando, voltando-se, percebeu Monte Cristo de pé na porta.

— Ora, é o sr. de Morcerf — disse tranquilamente Monte Cristo. — Achei que houvesse escutado mal.

— Sim, sou eu mesmo — respondeu o conde, com uma pavorosa contração dos lábios, que o impedia de articular com clareza.

— Então agora só me resta saber — continuou Monte Cristo — a causa que me proporciona o prazer de ver o sr. conde de Morcerf tão cedo.

— Teve um encontro com meu filho esta manhã, cavalheiro? — perguntou o general.

— Está a par disso? — rebateu o outro.

— E também de que o meu filho tinha bons motivos para desejar duelar com o senhor e tudo fazer para matá-lo.

— Com efeito, senhor, ele os tinha excelentes! Mas veja que, a despeito desses motivos, não me matou, e tampouco me enfrentou.

— E no entanto o considerava a causa da desonra de seu pai, a causa da pavorosa catástrofe que, neste momento, abate-se sobre a minha casa.

— É verdade, senhor — admitiu Monte Cristo, com sua calma aterradora —, causa secundária, digamos, e não principal.

— O senhor deve ter-lhe pedido desculpas ou dado alguma explicação...

— Não lhe dei explicação alguma, e foi ele quem me pediu desculpas.

— Mas a que atribui essa atitude?

— Provavelmente à convicção de que havia, em tudo isso, um homem mais culpado que eu.

— E quem era esse homem?

— Seu pai.

— Muito bem! — disse o conde, empalidecendo. — Mas fique sabendo que o culpado não gosta de ter sua culpa apontada.

— Sei disso... Aliás, eu já esperava o que está acontecendo neste momento.

— Esperava que meu filho fosse um covarde! — exclamou o conde.

— O sr. Albert de Morcerf não é covarde — disse Monte Cristo.

— Um homem que segura uma espada na mão, um homem que, ao alcance dessa espada, tem um inimigo mortal, esse homem, se não luta, é um covarde! Pena que ele não esteja aqui para eu lhe dizer isso.

— Cavalheiro — respondeu Monte Cristo friamente —, presumo que não tenha vindo me ver para contar suas mazelas familiares. Vá dizer isso ao sr. Albert, talvez ele possa responder-lhe.

— Oh, não, não — replicou o general, com um sorriso imediatamente extinto assim que esboçado —, não, tem razão, não vim para isso! Vim para dizer-lhe que também o vejo como inimigo! Vim para dizer-lhe que o odeio por instinto! Que me parece que sempre o conheci, que sempre o odiei! E que, finalmente, se a mocidade deste século não duela mais, cabe a nós fazê-lo... É dessa opinião, cavalheiro?

— Perfeitamente. Entretanto, quando lhe disse que previra o que está acontecendo, era da honra de sua visita que eu queria falar.

— Tanto melhor... preparou-se então?

— Estou preparado sempre, cavalheiro.

— Fique sabendo que lutaremos até a morte de um de nós dois... — ameaçou o general, rangendo os dentes de raiva.

— Até a morte de um de nós dois — repetiu o conde de Monte Cristo, fazendo, com a cabeça, um ligeiro movimento de cima para baixo.

— Vamos então, não precisamos de testemunhas.

— Com efeito — disse Monte Cristo —, isso é inútil, conhecemo-nos tão bem!

— Ao contrário — disse o conde —, é justamente porque não nos conhecemos.

— Será mesmo? — exclamou Monte Cristo, com a mesma fleugma aflitiva. — Vamos raciocinar. O senhor não é o soldado Fernand que desertou na véspera da batalha de Waterloo? Não é o tenente Fernand que serviu de guia e espião no exército francês na Espanha? Não é o coronel Fernand que traiu, vendeu e assassinou seu benfeitor Ali? E todos esses Fernand reunidos não fizeram o tenente-general conde de Morcerf, par de França?

— Oh! — exclamou o general, marcado por essas palavras como por um ferro em brasa. — Oh, miserável, que me aponta minha vergonha talvez no momento em que vai me matar, não, eu não disse que lhe era desconhecido. Sei muito bem, demônio, que você penetrou na noite do passado, e que nela você leu, ignoro à luz de que archote, cada página da minha vida! Mas talvez ainda haja mais honra em mim, no meu opróbrio, do que em você sob sua aparência pomposa. Não, não, você me conhece, sei disso, sou eu que não o conheço, aventureiro abarrotado de ouro e pedras preciosas! Em Paris, você se intitulou conde de Monte Cristo; na Itália, Simbad o marujo; em Malta... já esqueci. Mas é o seu nome real que exijo saber, e não os seus cem disfarces, a fim de pronunciá-lo no local do duelo no momento em que enfiar minha espada no seu coração.

O conde de Monte Cristo empalideceu de maneira terrível. Seu olho feroz foi tomado por um fogo devorador. Ele arremeteu em direção ao gabinete contíguo ao quarto e, em menos de um segundo, arrancando a gravata, o redingote e o colete, vestiu um modesto uniforme e um chapéu de marujo, sob o qual se desenrolaram seus longos cabelos pretos.

Voltou dessa forma, assustador, implacável, caminhando com os braços cruzados até diante do general, que nada compreendera de seu sumiço, que o esperou e que, batendo os dentes e vendo suas pernas bambearem, recuou um passo e só se deteve ao encontrar numa mesa um ponto de apoio para sua mão crispada.

— Fernand! — o conde gritou. — Dos meus cem nomes preciso dizer-lhe apenas um para fulminá-lo, mas você pode adivinhar esse nome, não é? Ou melhor, pode se lembrar? Pois, apesar de todos os meus sofrimentos, todas as torturas que sofri, mostro-lhe hoje um rosto que a felicidade da vingança rejuvenesce, um rosto que você deve ter visto com bastante frequência em seus sonhos depois do seu casamento... com Mercedes, minha noiva!

O general, com a cabeça jogada para trás, as mãos esticadas, o olhar estagnado, devorou em silêncio aquele terrível espetáculo. Em seguida, buscando a parede para se escorar, deslizou lentamente até a porta pela qual saiu aos recuos, deixando escapar apenas este grito lúgubre, lamentoso, dilacerante:

— Edmond Dantès!

Em seguida, com suspiros que nada tinham de humano, arrastou-se até o peristilo da casa, atravessou o pátio como um bêbado e caiu nos braços do seu criado de quarto, murmurando apenas, com uma voz ininteligível:

— Para casa! Para casa!

No caminho, o ar frio e a vergonha que lhe suscitava a atenção das pessoas deixaram-no em condições de juntar os pensamentos, mas o trajeto foi curto e, à medida que se aproximava de sua residência, o conde sentia as aflições se renovarem.

A alguns passos de casa, mandou parar e desceu. O portão do palacete estava escancarado. Um fiacre, pasmo por ter sido chamado àquela magnífica residência, estacionava no meio do pátio. O conde olhou para aquele fiacre com pavor, mas sem ousar interrogar ninguém, e correu para os seus aposentos.

Duas pessoas desciam a escada, teve o tempo justo para evitá-las invadindo seu gabinete.

Era Mercedes que deixava a casa na companhia do filho, em cujo braço se apoiava.

Passaram a dois milímetros do infeliz, que, escondido atrás do reposteiro de damasco, foi roçado pelo vestido de seda de Mercedes e sentiu no rosto o bafejo quente destas palavras pronunciadas pelo filho:

— Coragem, mãe! Vamos, vamos, esta não é mais a nossa casa.

As palavras extinguiram-se, os passos se afastaram.

O general reordenou suas forças, agarrando com as mãos crispadas o reposteiro de damasco. Represava o mais horrível soluço já saído do peito de um pai, abandonado ao mesmo tempo pela mulher e pelo filho.

Não demorou a ouvir a portinhola de ferro do fiacre bater, depois a voz do cocheiro, o chacoalhar do pesado equipamento sacudindo os vidros. Então disparou para o seu quarto a fim de ver mais uma vez tudo que amara no mundo, mas o fiacre partiu sem que a cabeça de Mercedes ou a de Albert aparecesse na portinhola para dispensar à casa solitária, para dispensar ao pai e esposo abandonado, o último olhar, o adeus e o remorso, isto é, o perdão.

Assim, no exato momento em que as rodas do fiacre castigavam o calçamento da rotunda, um disparo reverberou, e uma fumaça escura saiu por uma das vidraças daquela janela do quarto, estilhaçada pela força da explosão.

— Edmond Dantès!

16. VALENTINE

É fácil imaginar onde Morrel tinha um compromisso e na casa de quem era o seu encontro.

Morrel, portanto, ao se despedir de Monte Cristo, encaminhou-se lentamente para a casa de Villefort.

Dissemos lentamente: afinal Morrel dispunha de mais de meia hora para dar quinhentos passos. No entanto, apesar desse tempo mais que suficiente, tivera pressa em despedir-se de Monte Cristo, ansioso por ficar sozinho com seus pensamentos.

Conhecia bem os horários de Valentine, a hora em que ela, ajudando no almoço de Noirtier, tinha certeza de não ser importunada nesse piedoso dever. Noirtier e Valentine haviam-lhe concedido duas visitas por semana, e ele iria usufruir desse direito.

Quando chegou, Valentine o esperava. Preocupada, quase fora de si, agarrou-lhe a mão e o arrastou para diante de seu avô.

Essa preocupação, levada, como dizíamos, até quase o desvario, era fruto dos rumores que a aventura de Morcerf provocara na sociedade. Todos sabiam, em sociedade tudo se sabe, do enfrentamento do Opéra. Na casa de Villefort, ninguém duvidava que um duelo resultasse inevitavelmente desse enfrentamento. Valentine, com seu instinto de mulher, adivinhara que Morrel seria a testemunha de Monte Cristo e, com a coragem bem conhecida do rapaz, com a amizade profunda que ela sabia que tinha pelo conde, temia que ele não tivesse forças para se limitar ao papel passivo que lhe era atribuído.

Logo, é compreensível a avidez com que os detalhes foram solicitados, fornecidos e recebidos, e Morrel pôde ler uma alegria esfuziante nos olhos de sua bem-amada, quando ela soube que o terrível episódio tivera um desfecho tão feliz quanto inesperado.

— Agora — disse Valentine, fazendo sinal para Morrel sentar-se ao lado do velho e sentando-se por sua vez no banquinho onde repousavam os pés dele —, falemos um pouco de nós. Sabia, Maximilien, que passou por um instante pela cabeça do vovô deixar a casa e comprar um apartamento fora do palacete do sr. de Villefort?

— Claro — disse Maximilien —, lembro-me desse plano, que inclusive mereceu meus aplausos.

— Pois bem — disse Valentine —, redobre os aplausos, Maximilien, pois vovô retomou-o.

— Viva! — saudou Maximilien.

— E sabe — disse Valentine — o motivo que o vovô alega para deixar a casa?

Noirtier olhava para sua neta a fim de lhe impor silêncio com o olho, mas Valentine não olhava para Noirtier. Seus olhos, seu olhar, seu sorriso, era tudo para Morrel.

— Oh, seja qual for o motivo alegado pelo sr. Noirtier — exclamou Morrel —, declaro que é bom.

— Excelente — disse Valentine. — Ele acha que o ar do faubourg Saint-Honoré não é nada bom para mim.

— É verdade, Valentine — concordou Morrel. — O sr. Noirtier pode ter razão, você não anda bem de uns dias para cá.

— Um pouquinho, de fato — respondeu Valentine. — Então o vovô constituiu-se em meu médico e, como o vovô sabe tudo, tenho total confiança nele.

— Mas então é verdade que está doente, Valentine? — perguntou Morrel, ansiosamente.

— Oh, meu Deus, isso não se chama doença. Sinto um mal-estar difuso, somente. Perdi o apetite, meu estômago parece travar uma luta para aceitar alguma coisa.

Noirtier não perdia uma palavra de Valentine.

— E qual é o tratamento que segue para essa doença desconhecida?

— Oh, muito simples — respondeu Valentine. — Todas as manhãs tomo uma colher da poção que trazem para o meu avô. Quando digo uma colher, comecei por uma, agora estou em quatro. Meu avô sustenta que é uma panaceia.

Valentine sorria, mas havia algo triste e doentio em seu olhar.

Maximilien, inebriado de amor, fitava-a em silêncio. Ela estava belíssima, mas sua palidez tinha um tom mais fosco, seus olhos faiscavam um fogo mais ardente que de hábito, e suas mãos, geralmente de um branco feito madrepérola, pareciam mãos de cera, que um matiz amarelado invadira com o tempo.

De Valentine, o rapaz dirigiu os olhos para Noirtier. Este considerava com sua estranha e profunda inteligência a moça absorta em seu amor. Mas ele também, como Morrel, seguia o rastro de um sofrimento latente, aliás tão pouco visível que escapara aos olhares de todos, exceto aos do avô e aos do namorado.

— Mas — disse Morrel — eu imaginava que essa poção, da qual você chega a tomar quatro colheres, fosse receitada para o sr. Noirtier...

— Sei que é muito amargo — disse Valentine —, tão amargo que tudo que bebo depois parece ter o mesmo gosto.

Noirtier olhou para a neta com um olhar indagador.

— Sim, vovô — disse Valentine —, é sim. Ainda há pouco, antes de vir para cá, bebi um copo de água com açúcar. Pois bem, deixei metade, tão amarga me pareceu.

Noirtier empalideceu e fez sinal de que queria falar.

Valentine levantou-se para pegar o dicionário.

Noirtier olhou para a neta com um olhar indagador.

Noirtier seguiu-a com os olhos, visivelmente angustiado.

Com efeito, o sangue subia à cabeça da moça, suas faces coravam.

— Nossa! — ela exclamou, sem perder nada da faceirice. — Que estranho: ficou tudo escuro! Será o sol batendo nos meus olhos?

E apoiou-se no puxador da janela.

— Não está fazendo sol — disse Morrel, ainda mais preocupado com a expressão do rosto de Noirtier que com a indisposição de Valentine.

E correu para Valentine.

A moça sorriu.

— Fique tranquilo, vovô — ela disse a Noirtier —, fique tranquilo, Maximilien, não é nada, e a coisa já passou. Mas escutem! Não é o barulho de um coche que ouço no pátio?

Abriu a porta de Noirtier, correu até a janela do corredor e voltou precipitadamente.

— Sim — ela disse —, é a sra. Danglars e a filha que vêm nos fazer uma visita. Adeus, tenho que ir, pois viriam me procurar aqui. Ou melhor, até logo, fique perto do vovô, Maximilien, prometo não demorar.

Morrel seguiu-a com os olhos, viu-a fechar a porta e ouviu-a subir a escadinha que levava tanto aos aposentos da sra. de Villefort como aos seus.

Assim que ela desapareceu, Noirtier fez sinal para Morrel pegar o dicionário. Morrel obedeceu. Guiado por Valentine, ele se habituara rapidamente a entender o velho.

Entretanto, por mais habituado que estivesse, e como precisava passar em revista parte das vinte e quatro letras do alfabeto e procurar cada palavra no dicionário, foi só no fim de dez minutos que o pensamento do velho foi traduzido por estas palavras: "Pegue o copo d'água e a garrafa que estão no quarto de Valentine."

Morrel chamou imediatamente o criado que substituíra Barrois e, em nome de Noirtier, deu-lhe essa ordem.

O criado voltou um instante depois.

A garrafa e o copo estavam completamente vazios.

Nortier fez sinal de que queria falar.

— Por que o copo e a garrafa estão vazios? — perguntou. — Valentine disse que bebera apenas metade do copo.

A tradução dessa nova pergunta exigiu mais cinco minutos.

— Não sei — respondeu o criado —, mas a camareira está nos aposentos da srta. Valentine. Talvez ela os tenha esvaziado.

— Vá perguntar a ela — disse Morrel, traduzindo dessa vez o pensamento de Noirtier com o olhar.

O criado saiu e voltou quase imediatamente.

— A srta. Valentine passou pelo quarto dela para se dirigir ao da sra. de Villefort — disse ele —, e, ao passar, como tinha sede, bebeu o que restava no copo. Quanto à garrafa, o sr. Édouard esvaziou-a para fazer uma piscina para os seus patos.

Noirtier levantou os olhos para o céu como faz um jogador que aposta tudo que tem.

A partir desse momento os olhos do velho fixaram-se na porta e não desgrudaram mais de lá.

Eram, com efeito, a sra. Danglars e sua filha que Valentine tinha visto. Foram levadas até o quarto da sra. de Villefort, que preferira receber em seus aposentos; eis por que Valentine passara por lá, pois seu quarto ficava quase ao lado do de sua madrasta, os dois estando separados apenas pelo de Édouard.

As duas mulheres entraram no salão com aquela espécie de rigidez solene pressagiadora de um comunicado importante.

Uma nuance é imediatamente percebida entre pessoas do mesmo grupo social. A sra. de Villefort respondeu àquela formalidade com formalidade.

Nesse instante, Valentine entrou e fizeram-se novas mesuras.

— Querida amiga — disse a baronesa, enquanto as duas moças davam-se as mãos —, vim com Eugénie para ser a primeira a lhe anunciar, para breve, o casamento de minha filha com o príncipe Cavalcanti.

Danglars mantivera o título de príncipe. O banqueiro amigo do povo julgara que soava melhor que conde.

— Então, permita que eu lhe dê meus sinceros parabéns — respondeu a sra. de Villefort. — O sr. príncipe Cavalcanti parece um rapaz de raras qualidades.

— Escute — disse a baronesa, sorrindo —, como sua amiga, devo dizer-lhe que o príncipe ainda não nos parece ser o que será. Há nele um pouco dessa estranheza que nos faz, a nós franceses, reconhecer à primeira vista um fidalgo italiano ou alemão. Entretanto, sugere um coração boníssimo, uma inteligência brilhante, e quanto às formalidades, o sr. Danglars dá a entender que a fortuna é majestosa, palavras dele.

— E depois — disse Eugénie, folheando o álbum da sra. de Villefort —, acrescente a isso, minha mãe, que a senhora tem uma inclinação muito especial por esse rapaz.

— Claro — disse a sra. de Villefort —, não preciso lhe perguntar se partilha dessa inclinação.

— Eu? — respondeu Eugénie com o desembaraço de sempre. — Oh, nem um pouco, senhora. Minha vocação não era agrilhoar-me às preocupações de um lar ou aos caprichos de um homem, fosse qual fosse. Minha vocação era ser artista e, por conseguinte, ter o coração, a pessoa e o pensamento livres.

Eugénie pronunciou estas palavras num tom tão vibrante e firme que o rosto de Valentine ficou vermelho. A tímida jovem não conseguia compreender aquela natureza vigorosa que parecia não ter nenhum dos recatos femininos.

— De toda forma — continuou Eugénie —, uma vez que estou destinada a ser casada, por bem ou por mal, devo agradecer à Providência, que pelo menos me propiciou a indiferença do sr. Albert de Morcerf. Sem essa Providência, hoje eu seria mulher de um homem desonrado.

— Isso não deixa de ser verdade — concordou a baronesa, com aquela singular ingenuidade que às vezes encontramos nas grandes damas e que o convívio plebeu não consegue fazê-las perder de todo —, isso não deixa de ser verdade. Sem essa hesitação dos Morcerf, minha filha casava-se com esse sr. Albert. O general fazia questão absoluta disso, tentou inclusive dobrar a vontade do sr. Danglars; escapamos de boa.

— Mas — disse timidamente Valentine —, será que toda a vergonha do pai recai no filho? O sr. Albert parece-me completamente inocente de todas as traições do general.

— Perdão, querida amiga — disse a implacável jovem —, o sr. Albert reivindicou tal vergonha e merece seu quinhão: após haver provocado o sr. de Monte Cristo ontem no Opéra, parece que lhe pediu desculpas hoje no próprio local do duelo.

— Impossível! — disse a sra. de Villefort.

— Ah, querida amiga — disse a sra. Danglars com a mesma ingenuidade já assinalada —, a fonte é segura; soube disso pelo sr. Debray, que estava presente à retratação.

Valentine também conhecia a verdade, mas não respondeu. Transportada por uma palavra a suas recordações, achava-se em pensamento no quarto de Noirtier, onde Morrel a esperava.

Mergulhada nessa espécie de contemplação interior, Valentine abandonara a conversa por um instante. Ter-lhe-ia sido inclusive impossível repetir o que fora dito nos últimos minutos, quando de repente a mão da sra. Danglars, apoiando-se em seu braço, arrancou-a do devaneio.

— O que houve, senhora? — disse Valentine, estremecendo ao contato dos dedos da sra. Danglars, como se atingida por um choque elétrico.

— Houve, minha querida Valentine, que você parece estar doente, ou não? — disse a baronesa.

— Eu? — fez a moça, passando a mão sobre sua testa ardente.

— Sim. Olhe-se nesse espelho. A senhorita corou e empalideceu três ou quatro vezes no espaço de um minuto.

— Realmente — exclamou Eugénie —, você está muito pálida!

— Oh, não se preocupe, Eugénie, já estou assim há alguns dias.

E, por menos astuciosa que fosse, a rapariga viu naquilo uma oportunidade para se ausentar. Aliás, a sra. de Villefort veio em sua ajuda.

— Retire-se, Valentine — disse ela. — Você está de fato doente, e essas senhoras saberão perdoá-la. Beba um copo de água pura e ficará boa.

Valentine beijou Eugénie, cumprimentou a sra. Danglars, já de pé para se retirar, e saiu.

— Essa infeliz criança — disse a sra. de Villefort quando Valentine saiu — preocupa-me seriamente, e não será uma surpresa para mim se lhe acontecer um acidente grave.

Enquanto isso, Valentine, numa espécie de exaltação de que não se dava conta, atravessara o quarto de Édouard sem responder a qualquer maldade da criança e, através do seu próprio quarto, chegou à escadinha. Havia descido todos os degraus, menos os três últimos, já ouvia a voz de Morrel quando, de repente, uma nuvem passou diante dos seus olhos, seu pé dormente falseou, suas mãos não tiveram mais força para segurar no corrimão e, resvalando na parede, ela antes rolou os três últimos degraus do que os desceu.

Morrel deu um pulo. Abriu a porta e encontrou Valentine estendida no corredor.

Rápido como o relâmpago, pegou-a nos braços e sentou-a numa poltrona. Valentine reabriu os olhos.

— Oh, como sou desastrada! — disse ela com uma volubilidade febril. — Então não sei mais ficar de pé? Esqueci que havia três degraus antes do corredor!

— Por acaso se machucou, Valentine? — assustou-se Morrel. — Oh, meu Deus! Meu Deus!

Valentine olhou ao redor; viu o mais profundo pavor estampado nos olhos de Noirtier.

— Não se assuste, vovô — ela disse, tentando sorrir —, não foi nada, não foi nada... minha cabeça rodou, só isso.

— Outro mal-estar! — exclamou Morrel, juntando as mãos. — Oh, cuidado, Valentine, por favor!

— Mas não é nada disso — respondeu Valentine —, estou dizendo que passou e que não era nada. Agora vou contar-lhes a novidade: daqui a uma semana Eugénie se casa, e daqui a três dias haverá uma espécie de grande festim, um almoço de noivado. Estamos todos convidados, meu pai, a sra. de Villefort e eu... pelo que julguei entender, pelo menos.

— Quando chegará a nossa vez de cuidar desses detalhes? Oh, Valentine, você, que tem tanta influência sobre o nosso bondoso avô, faça ele lhe responder: *em breve!*

— Quer dizer — perguntou Valentine — que você conta comigo para acelerar o ritmo e avivar as promessas do vovô?

— Sim! — exclamou Morrel. — Pelo amor de Deus! E não demore. Enquanto você não for minha, continuarei a achar que pode me escapar.

— Oh! — respondeu Valentine, com um gesto convulsivo. — Oh! Na verdade, Maximilien, você é medroso demais para um oficial, para um soldado que dizem jamais ter conhecido o medo. Há, há, há!

E caiu numa risada estridente e sofrida. Seus braços enrijeceram-se e se contorceram, sua cabeça caiu na poltrona e ela perdeu os movimentos.

O grito de terror que Deus acorrentava nos lábios de Noirtier irrompeu do seu olhar.

Morrel compreendeu: era preciso chamar por socorro.

O rapaz pendurou-se no cordão da campainha. A camareira que estava no quarto de Valentine e o criado que substituíra Barrois acudiram simultaneamente.

Valentine estava tão pálida, tão fria, tão inanimada, sem escutar o que lhe diziam, que o medo que velava incessantemente naquela casa maldita os arrebatou e eles se lançaram pelos corredores clamando por socorro.

A sra. Danglars e Eugénie estavam justamente de saída e ainda puderam informar-se da causa de todo aquele barulho.

— Eu bem que lhe avisei! — exclamou a sra. de Villefort. — Pobrezinha!

17. A CONFISSÃO

No mesmo instante, ouviram a voz do sr. de Villefort, que, do seu gabinete, gritava:

— O que está havendo?

Com os olhos, Morrel consultou Noirtier, que acabava de recuperar todo o seu sanguefrio e num relance apontou-lhe o gabinete onde, numa circunstância bem parecida, o rapaz já se refugiara uma vez.

Ele teve apenas o tempo de pegar seu chapéu e, ofegante, atirar-se ali. Os passos do procurador do rei ecoaram no corredor.

Villefort precipitou-se no quarto, correu para Valentine e tomou-a nos braços.

— Um médico! Um médico...! O sr. d'Avrigny! — gritou Villefort. — É melhor eu mesmo ir.

E lançou-se para fora do apartamento.

Pela outra porta, lançava-se Morrel.

Acabava de ter o coração atingido por uma pavorosa lembrança. Aquela conversa entre Villefort e o médico, que ouvira na noite da morte da sra. de Saint-Méran, voltava-lhe à memória. Aqueles sintomas, numa intensidade menor, eram os mesmos que haviam precedido a morte de Barrois.

Ao mesmo tempo, parecera-lhe ouvir murmurar em seu ouvido a voz de Monte Cristo dizendo-lhe, nem duas horas antes:

— Qualquer coisa que precisar, Morrel, procure-me, tenho grandes poderes.

Mais rápido que o pensamento, correu então do faubourg Saint-Honoré até a rua Matignon, e da rua Matignon até a avenida Champs-Élysées.

Nesse ínterim, o sr. de Villefort chegava, num fiacre, à porta do sr. d'Avrigny. Tocou a campainha com tanta violência que o criado abriu assustado. Villefort arrojou-se pela escada, sem forças para falar. O criado conhecia-o e o deixou passar, apenas gritando:

— No gabinete, sr. procurador do rei, no gabinete!

Villefort já empurrava, ou melhor, arrombava a porta.

— Ah — espantou-se o médico —, é o senhor!

— Sim — disse Villefort, fechando a porta atrás de si —, sim, doutor, agora é minha vez de perguntar se estamos completamente a sós. Doutor, minha casa é uma casa amaldiçoada!

— O quê! — disse este, aparentemente com frieza, mas com uma profunda emoção íntima. — Outro doente?

— Sim, doutor! — exclamou Villefort, agarrando com a mão convulsiva um punhado de cabelos. — Sim!

O olhar de d'Avrigny significou:

— Eu avisei.

Então seus lábios acentuaram lentamente estas palavras:

— Bom, quem vai morrer agora em sua casa e que nova vítima irá nos acusar de fraqueza perante Deus?

Um soluço doloroso escapou do coração de Villefort, que, aproximando do médico e, agarrando-lhe o braço, disse:

— Valentine! É a vez de Valentine!

— Sua filha! — exclamou d'Avrigny, tomado de dor e surpresa.

— Como vê, o senhor estava enganado — murmurou o magistrado. — Vá examiná-la e, em seu leito de sofrimento, peça-lhe perdão por ter suspeitado dela.

— Todas as vezes que o senhor mandou me chamar — disse d'Avrigny —, era tarde demais. Mas está bem, irei até lá. Contudo, rápido, senhor, com os inimigos que atacam sua casa, não há tempo a perder.

— Oh, dessa vez, doutor, não terá que me censurar pela minha fraqueza. Dessa vez irei descobrir o assassino e agarrá-lo.

— Tentemos salvar a vítima antes de pensar em vingança — disse d'Avrigny, justamente no momento em que, por sua vez, Morrel batia à porta de Monte Cristo.

O conde estava em seu gabinete e, preocupadíssimo, lia um bilhete que Bertuccio acabava de entregar com urgência.

Ao ouvir Morrel ser anunciado, Morrel que o deixara mal fazia duas horas, o conde ergueu a cabeça.

Assim como o conde, ele também passara por muita coisa durante aquelas duas horas, pois o rapaz, que se despedira de Monte Cristo com um sorriso nos lábios, voltava com a fisionomia transtornada.

O conde levantou-se e foi na direção de Morrel.

— O que houve, Maximilien? — perguntou-lhe. — Você está pálido e suando em bicas.

Morrel mais desabou que sentou numa poltrona.

— Sim — ele disse —, vim correndo, preciso falar-lhe.

— Está tudo bem com sua família? — perguntou o conde, num tom de benevolência afetuosa, cuja sinceridade não deixaria dúvidas a ninguém.

— Obrigado, conde, obrigado — disse o rapaz, visivelmente embaraçado, para dar início à conversa. — Sim, na minha família estão todos bem.

— Melhor assim. Mas tem alguma coisa a me contar? — continuou o conde, cada vez mais inquieto.

— Sim — disse Morrel —, é verdade. Acabo de sair de uma casa onde a morte acabava de entrar, para correr até o senhor.

— Então está vindo da casa do sr. de Morcerf? — perguntou Monte Cristo.

— Não — disse Morrel. — Alguém morreu na casa do sr. de Morcerf?

— O general acaba de estourar os miolos — respondeu Monte Cristo.

— Oh! Que desgraça terrível! — exclamou Maximilien.

— Não para a condessa, não para Albert — disse Monte Cristo. — Mais vale um pai morto e um esposo morto que um pai e um esposo desonrado; o sangue lavará a honra.

— Pobre condessa! — disse Maximilien. — É sobretudo com ela que me solidarizo, uma mulher tão nobre!

— Solidarize-se também com Albert, é o digno filho da condessa. Mas voltemos ao senhor. O senhor correu para minha casa, como dizia; terei a honra de que precise da minha ajuda?

— Sim, preciso do senhor, isto é, como um insensato julguei que o senhor podia me ajudar numa circunstância em que apenas Deus pode me socorrer.

— Continue — respondeu Monte Cristo.

— Oh — exasperou-se Morrel —, na verdade não sei se posso revelar tal segredo a ouvidos humanos, mas a fatalidade me obriga a isso, a necessidade me obriga a isso, conde.

Morrel parou, hesitante.

— Acredita que gosto do senhor? — disse Monte Cristo, pegando afetuosamente a mão do rapaz entre as suas.

— Oh, o senhor me dá coragem, e depois algo me diz — Morrel pôs a mão no coração — que não devo guardar segredos entre nós.

— Tem razão, Morrel, é Deus que fala ao seu coração, e é o seu coração que lhe fala. Repita para mim o que lhe disse o coração.

— Conde, pode me fazer o obséquio de mandar Baptistin pedir, da sua parte, notícias de alguém que o senhor conhece?

— Se estou à sua disposição, imagine meus criados.

— Oh, é que não viverei enquanto não tiver certeza de que ela está melhor!

— Quer que eu chame Baptistin?

— Não, eu mesmo falo com ele.

Morrel saiu, chamou Baptistin e disse-lhe umas palavras baixinho. O criado saiu imediatamente.

— E então! Tudo certo? — perguntou Monte Cristo, vendo Morrel de volta.

— Sim, ficarei um pouco mais tranquilo.

— Bem, sou todo ouvidos.

— Sim, falarei. Preste atenção: uma noite eu estava num jardim, escondido atrás de um arvoredo, ninguém suspeitava da minha presença. Duas pessoas passaram perto de mim; permita que eu omita provisoriamente os seus nomes; apesar de conversarem em voz baixa, eu tinha tamanho interesse em ouvir suas palavras que não perdia uma sílaba do que diziam.

— Isso anuncia-se lugubremente, a crer na sua palidez e no seu tremor, Morrel.

— Oh, sim, assaz lugubremente, amigo! Acabava de morrer alguém na casa do dono do jardim onde eu me achava. Uma das duas pessoas cuja conversa eu ouvia era o dono do jardim, o outro era médico. Ora, o primeiro contava ao segundo seus temores e suas mazelas, pois era a segunda vez em um mês que a morte abatia-se, rápida e inesperada, sobre aquela casa, que julgaríamos designada por algum anjo exterminador à cólera de Deus.

— Ah, ah! — exclamou Monte Cristo, olhando fixamente para o rapaz e virando sua poltrona, num movimento imperceptível, de maneira a se colocar na sombra, ao passo que a luz do dia incidia sobre o rosto de Maximilien.

— Sim — continuou este —, em um mês a morte entrara duas vezes naquela casa.

— E qual era a opinião do médico? — perguntou Monte Cristo.

— A opinião do médico... o médico dizia que essa morte não era natural, que devia ser atribuída...

— A quê?

— A um envenenamento!

— Verdade?! — disse Monte Cristo com aquele pigarro que, nos momentos de grande emoção, usava para disfarçar fosse o rubor, fosse a palidez, fosse a própria atenção com que escutava. — Tem certeza, Maximilien, que ouviu essas coisas?

— Sim, caro conde, ouvi-as, e o médico acrescentou que, na hipótese de a mesma coisa ocorrer novamente, ele se veria obrigado a avisar a polícia.

Monte Cristo escutava ou parecia escutar com a maior calma.

— Pois bem! — disse Maximilien. — A morte atacou pela terceira vez, e nem o dono da casa nem o médico falaram nada. É possível que a morte ataque pela quarta vez. Conde, a que julga que o conhecimento desse segredo me obriga?

— Meu caro amigo — disse Monte Cristo —, o senhor parece contar um enredo que todos nós sabemos de cor. A casa onde o senhor ouviu isso, eu a conheço, ou pelo menos conheço uma similar. Uma casa onde há um jardim, um pai de família, um médico, uma casa onde houve três mortes estranhas e súbitas. Pois bem! Olhe para mim, para mim que não interceptei confidências e que no entanto sei disso tudo tão bem quanto o senhor, será que tenho escrúpulos de consciência? Não! Nada disso tem relação comigo. O senhor diz que um anjo exterminador parece apontar essa casa à cólera de Deus. Pois bem! Quem lhe diz que sua suposição não é uma realidade? Não enxergue as coisas que não querem enxergar aqueles que têm interesse em enxergá-las. Se for a justiça, e não a cólera de Deus, que ronda essa casa, Maximilien, desvie a cabeça e deixe imperar a justiça de Deus.

Morrel ficou arrepiado. Havia, ao mesmo tempo, alguma coisa de lúgubre, solene e terrível no tom do conde.

— Aliás — continuou ele, com uma mudança de voz tão marcada que estas últimas palavras nos pareceriam não ter saído da boca do mesmo homem —, aliás, quem diz que isso irá repetir-se?

— Está se repetindo, conde! — exclamou Morrel. — E é por isso que vim até aqui!

— Muito bem! Que quer que eu faça, Morrel? Quer que eu avise ao sr. procurador do rei?

Monte Cristo articulou estas últimas palavras com tanta clareza e com uma ênfase tão vibrante que Morrel, levantando-se subitamente, gritou:

— Conde! Conde! Sabe de quem estou falando, não é?

— Ora, perfeitamente, meu bom amigo, e vou prová-lo botando os pingos nos is, ou melhor, dando nome às pessoas. O senhor estava passeando uma noite no jardim do sr. de Villefort. Pelo que me disse, presumo que era a noite da morte da sra. de Saint-Méran. Ouviu o sr. de Villefort conversar com o sr. d'Avrigny sobre a morte do sr. de Saint-Méran e sobre a não menos espantosa morte da marquesa. O sr. d'Avrigny dizia que acreditava num envenenamento e até mesmo em dois envenenamentos. E aqui está o senhor, homem honesto por excelência, desde esse momento ocupado em apalpar seu coração, a investigar sua consciência para saber se convém revelar esse segredo ou calá-lo. Não estamos mais na Idade Média, caro amigo, e não existe mais santa Vehme, não existem mais juízes-francos[39]; que diabos vai pedir a essas pessoas? Consciência, que queres de mim?, como diz

39. "não existe mais santa Vehme, não existem mais juízes-francos": a Vehme, na Alemanha medieval, consistia num tribunal secreto. As cortes vehmicas — o tribunal dos juízes francos que, segundo a tradição, remontava a Carlos Magno — desapareceram no séc.XVI.

Sterne[40]. Ora, meu caro, deixe-os dormir, se é que dormem, deixe-os empalidecer em suas insônias, se é que têm insônias, e, pelo amor de Deus, durma o senhor, que não tem remorsos que o impeçam de dormir.

Um terrível sofrimento desenhava-se nos traços de Morrel. Agarrou a mão de Monte Cristo.

— Mas está se repetindo! Estou lhe dizendo!

— Ótimo! — disse o conde, perplexo com aquela insistência da qual nada compreendia e fitando Morrel fixamente. — Deixe que se repita: é uma família de Átridas[41]. Deus condenou-os, eles amargarão a sentença. Irão todos desaparecer como esses castelos que as crianças fabricam com cartas dobradas e que caem umas sobre as outras ao sopro de seu criador, ainda que haja duzentas. Era o sr. de Saint-Méran há três meses, a sra. de Saint-Méran há dois meses, Barrois outro dia, hoje é o velho Noirtier e a jovem Valentine.

— O senhor sabia? — gritou Morrel, num tal paroxismo de terror que Monte Cristo estremeceu, ele que a queda dos céus teria encontrado impassível. — Sabia de tudo e não me contou?

— Ora, qual a importância disso? — continuou Monte Cristo dando de ombros. — E eu lá conheço essas pessoas para matar uma e salvar outra? Óbvio que não, pois, entre o culpado e a vítima, não tenho preferência.

— Mas e eu, e eu! — exclamou Morrel num uivo de dor. — Eu a amo!

— Ama quem? — exclamou Monte Cristo, dando um pulo e agarrando as duas mãos que Morrel levantava, contorcendo-as, para os céus.

— Amo apaixonadamente, amo como um demente, amo como um homem que daria todo o seu sangue para poupar-lhe uma lágrima; amo Valentine de Villefort, que está sendo assassinada neste exato momento, escute bem! Amo-a e pergunto a Deus e ao senhor como posso salvá-la!

Monte Cristo soltou um grito selvagem, do qual apenas podem fazer ideia aqueles que ouviram o rugido de um leão ferido.

— Infeliz! — exclamou, contorcendo por sua vez as mãos. — Infeliz! Você ama Valentine! Ama essa filha de uma raça maldita!

Nunca Morrel vira expressão como aquela. Nunca olho tão terrível flamejara diante de seu rosto, nunca o gênio do terror, que ele vira aparecer tantas vezes, seja nos campos de batalha, seja nas noites homicidas da Argélia, disparara sobre ele fogos mais sinistros.

---

40. Sterne: tal pergunta não é encontrada nas obras de Lawrence Sterne. Contudo, em *Vida e opiniões do cavalheiro Tristan Shandy*, livro II, cap.17, lê-se uma citação da *Epístola aos hebreus*, XIII, 18, da Bíblia: "Pois ousamos dizer que a nossa consciência em nada nos reprova."

41 Átridas: na mitologia grega, adjetivo que evoca os filhos de Atreu, rei de Micenas, Agamenon, Menelau e Anaxíbia, uma família conhecida pelas brigas e assassinatos entre seus próprios membros.

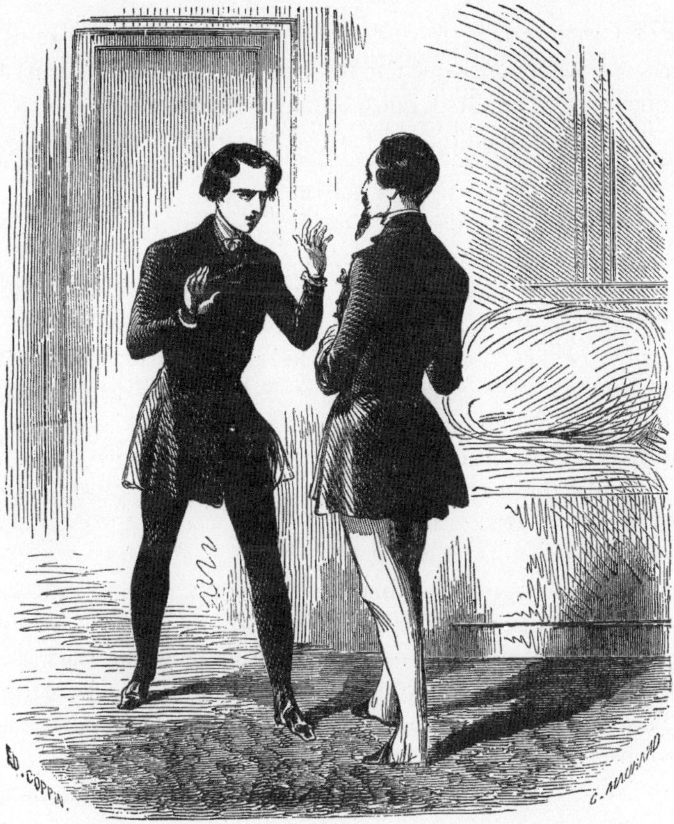

— Infeliz! Ama essa filha de uma raça maldita!

O jovem recuou apavorado.

Quanto a Monte Cristo, após essa explosão, fechou os olhos por um momento, como que ofuscado por relâmpagos interiores. Durante esse instante, recolheu-se com tanta força que, pouco a pouco, via-se amenizar o movimento ondulante de seu peito inflado por tempestades, como vemos depois da nuvem fundirem-se sob o sol as vagas turbulentas e espumantes.

Esse silêncio, esse recolhimento, essa luta duraram cerca de vinte segundos. O conde então ergueu sua fronte pálida.

— Aprecie — disse ele, com uma voz imperceptivelmente alterada —, caro amigo, como Deus sabe punir com sua indiferença os homens mais fanfarrões e mais frios diante dos terríveis espetáculos que lhes proporciona. Eu, que observava, assistindo impassível e curioso, eu, que observava o desenvolvimento dessa lúgubre tragédia, eu, que, semelhante ao anjo mau, ria da crueldade que fazem os homens, protegidos pelo sigilo, e o sigilo é fácil de manter para os ricos e poderosos, eis que chegou a minha vez de ser mordido por essa serpente cuja marcha tortuosa eu observava, e mordido no coração!

Morrel soltou um gemido abafado.

— Vamos, vamos — continuou o conde —, basta de lamúrias desse tipo. Seja homem, seja forte, tenha esperança, pois aqui estou, e velo pelo senhor.

Morrel balançou tristemente a cabeça.

— Estou lhe dizendo para ter esperanças! Compreende isso? — exclamou Monte Cristo. — Saiba que nunca minto, que nunca me engano. É meio-dia, Maximilien, dê graças aos céus por ter vindo ao meio-dia, em vez de vir amanhã de manhã. Escute então o que vou lhe dizer, Morrel: é meio-dia; se Valentine ainda não morreu a esta hora, não morrerá mais.

— Oh, Deus, Deus! — exclamou Morrel. — E eu, que a deixei agonizante!

Monte Cristo apoiou uma das mãos na testa.

O que passou naquela cabeça tão atormentada por terríveis segredos?

O que disse àquele espírito, ao mesmo tempo implacável e humano, o anjo da luz ou o anjo das trevas?

Só Deus sabe!

Monte Cristo ergueu mais uma vez e, dessa vez, o semblante estava calmo como a criança que desperta.

— Maximilien — disse ele —, volte tranquilamente para sua casa. Ordeno-lhe que não dê um passo, não esboce uma iniciativa, não deixe flutuar em seu rosto a sombra de uma preocupação. Eu lhe darei notícias; vá.

— Minha nossa! — disse Morrel. — O senhor me assusta com esse sangue-frio, conde. Pode então alguma coisa contra a morte? É mais que um homem? É um anjo? É um Deus?

E o rapaz, que perigo algum fizera recuar um passo, recuava diante de Monte Cristo, tomado por um terror inexprimível.

Mas Monte Cristo olhou para ele com um sorriso ao mesmo tempo tão melancólico e meigo que Maximilien sentiu lágrimas nascerem em seus olhos.

— Eu posso muito, meu amigo — respondeu o conde. — Vá, preciso ficar sozinho.

Morrel, subjugado por aquela prodigiosa ascendência que Monte Cristo exercia sobre tudo que o cercava, sequer tentou esquivar-se dela. Apertou a mão do conde e saiu.

Entretanto, na porta, parou para esperar Baptistin, a quem acabava de ver aparecer na esquina da rua Matignon e que voltava correndo.

Enquanto isso, Villefort e d'Avrigny haviam se apressado. Ao chegarem, Valentine ainda estava desfalecida e o médico examinara a doente com os cuidados exigidos pela circunstância e com uma profundidade que deixava transparecer o conhecimento do segredo.

Villefort, em suspense diante daquele olhar e daqueles lábios, aguardava o resultado do exame. Noirtier, mais pálido que a moça, mais ansioso por uma solução que o próprio Villefort, também aguardava, e tudo nele fazia-se inteligência e sensibilidade.

Finalmente, d'Avrigny deixou escapar lentamente:

— Ainda vive.

— Ainda! — exclamou Villefort. — Oh, doutor, que palavra terrível!

— Sim — disse o médico —, repito minha frase: ainda vive, e estou muito surpreso com isso.

— Mas está salva? — perguntou o pai.

— Sim, uma vez que está viva.

Nesse momento o olhar de d'Avrigny encontrou o olho de Noirtier, que faiscava de uma alegria tão extraordinária, de um pensamento tão rico e fecundo que impressionou o médico.

Este acomodou novamente a moça na poltrona. Seus lábios mal se desenhavam, tão pálidos e brancos estavam, em conformidade com o restante da fisionomia, e ele permaneceu imóvel, olhando para Noirtier, por quem qualquer atitude do médico era esperada e comentada.

— Por favor, sr. de Villefort — pediu então d'Avrigny —, chame a camareira da srta. Valentine.

Villefort largou a cabeça da filha, a quem amparava, e correu pessoalmente para chamar a camareira.

Assim que Villefort fechou a porta, d'Avrigny aproximou-se de Noirtier e perguntou:

— O senhor tem alguma coisa a me dizer?

O velho piscou expressivamente os olhos. Era, lembramos, o sinal afirmativo que ele usava.

— Apenas a mim?

— Sim — fez Noirtier.

— Bem, ficarei com o senhor.

Nesse momento, Villefort retornou, seguido pela camareira. Atrás dela vinha a sra. de Villefort.

— Mas o que fez essa querida criança? — exclamou a dona da casa. — Saiu do meu quarto, queixando-se de uma indisposição, mas eu não acreditei ser sério.

E a jovem mulher, com lágrimas nos olhos e todas as marcas de afeição de uma verdadeira mãe, aproximou-se de Valentine, pegando sua mão.

D'Avrigny continuou a olhar para Noirtier, viu os olhos do velho se dilatarem e arregalarem, suas faces empalidecerem e estremecerem. O suor brilhava em sua testa.

— Ah — fez ele involuntariamente, seguindo a direção do olhar de Noirtier, isto é, pousando os olhos na sra. de Villefort, que repetia:

— Essa pobre criança ficará melhor na cama dela. Venha, Fanny, vamos deitá-la.

O sr. d'Avrigny, que via naquele oferecimento um meio de ficar a sós com Noirtier, fez sinal com a cabeça de que era efetivamente o que havia de melhor a se fazer, mas com a recomendação que ela só ingerisse alguma coisa quando ele ordenasse.

Foi então providenciada a transferência de Valentine, que voltara a si, mas ainda incapaz de agir e quase de falar, tanto seus membros achavam-se doloridos pelo abalo que acabava de sofrer. Entretanto, teve forças para acenar com o olho para seu avô, cuja alma parecia ter sido arrancada quando a levaram.

D'Avrigny acompanhou a doente, terminou suas prescrições, ordenou a Villefort que chamasse um cabriolé, fosse pessoalmente ao farmacêutico para que este preparasse à sua frente as poções receitadas, trouxesse-as pessoalmente e o esperasse no quarto de Valentine.

Em seguida, após ter repetido a ordem para não deixarem Valentine ingerir nada, desceu novamente para o quarto de Noirtier, fechou cuidadosamente as portas e, após ter se certificado de que ninguém escutava, disse:

Foi então providenciada a transferência de Valentine, que voltara a si.

— Vejamos, sabe alguma coisa sobre a doença de sua neta?

— Sim — fez o velho.

— Escute, não temos tempo a perder, vou interrogá-lo e o senhor me responde.

Noirtier fez sinal de que estava pronto a responder.

— O senhor tinha previsto o acidente que aconteceu hoje com Valentine?

— Sim.

D'Avrigny refletiu por um instante. Depois, reaproximando-se de Noirtier:

— Perdoe-me pelo que lhe direi — acrescentou —, mas nenhum indício deve ser desprezado na situação terrível em que estamos. Assistiu à morte do infeliz Barrois?

Noirtier ergueu os olhos para o céu.

— Sabe a causa de sua morte? — perguntou d'Avrigny, colocando a mão no ombro de Noirtier.

— Sim — respondeu o velho.

— Acha que a morte dele foi natural?

Alguma coisa como um sorriso esboçou-se nos lábios inertes de Noirtier.

— Então ocorreu-lhe que Barrois tinha sido envenenado?

— Sim.

— Acredita que esse veneno de que foi vítima destinava-se a ele?

— Não.

— Agora acredita que a mão que golpeou Barrois querendo golpear um outro é a mesma que golpeia hoje Valentine?

— Sim.

— Ela então irá sucumbir também? — perguntou d'Avrigny, fixando seu olhar profundo em Noirtier.

E esperou o efeito dessa frase no velho.

— Não — respondeu este, com um ar de triunfo capaz de derrubar as conjecturas do mais hábil adivinho.

— Então tem esperanças? — perguntou d'Avrigny, surpreso.

O velho deu a entender com os olhos que não podia responder.

— Ah, sim, é verdade! — murmurou d'Avrigny.

Em seguida, dirigindo-se a Noirtier:

— Acha que o assassino se cansará? — perguntou.

— Não.

— Mas acha que o veneno não terá efeito sobre Valentine?

— Sim.

— Pois não lhe digo nada de novo — acrescentou d'Avrigny — ao dizer que acabam de tentar envenená-la, não é mesmo?

O velho fez sinal com os olhos de que não tinha nenhuma dúvida a esse respeito.

— Então como espera que Valentine escape?

Noirtier manteve os olhos voltados obstinadamente para o mesmo lado. D'Avrigny seguiu a direção de seus olhos e viu que estavam grudados numa garrafa que continha a poção que lhe traziam todas as manhãs.

— Ah, ah! — disse d'Avrigny, arrebatado por uma ideia súbita. — Então o senhor teria tido a ideia de...

Noirtier não o deixou terminar.

— Sim — fez ele.

— De imunizá-la contra o veneno...

— Sim.

— Habituando-a pouco a pouco...

— Sim, sim, sim — fez Noirtier, feliz por ser compreendido.

— Por acaso me ouviu dizer que entrava brucina nas poções que lhe dou?

— Sim.

— E, acostumando-a a essa poção, o senhor quis neutralizar os efeitos de um veneno?

Mesma alegria triunfante de Noirtier.

— E foi de fato muito bem-sucedido! — exclamou d'Avrigny. — Sem essa precaução, Valentine teria sido assassinada hoje, assassinada sem socorro possível, assassinada sem misericórdia. O choque foi muito violento, mas apenas a abalou, e pelo menos dessa vez Valentine não morrerá.

Uma alegria sobre-humana desabrochava nos olhos do velho, erguidos para o céu com uma expressão de gratidão infinita.

Nesse momento, Villefort entrou.

— Pronto, doutor — disse ele —, aqui está o que me havia pedido.

— Essa poção foi preparada diante dos seus olhos?

— Sim — respondeu o procurador do rei.

— Não saiu das suas mãos?

— Não.

D'Avrigny pegou a garrafa, despejou algumas gotas da beberagem que ela continha na concha da mão e as engoliu.

— Ótimo — disse ele —, vamos subir até o quarto de Valentine, lá darei minhas instruções a todo mundo, e o senhor mesmo zelará, sr. de Villefort, para que ninguém as desrespeite.

No momento em que d'Avrigny entrava no quarto de Valentine, acompanhado por Villefort, um sacerdote italiano, de aspecto severo, palavras calmas e decididas, alugava para uso próprio a casa contígua ao palacete habitado pelo sr. de Villefort.

Impossível saber em virtude de que negociação os três locatários dessa casa mudaram-se duas horas depois, mas o rumor que correu por todo o bairro foi de que a casa não tinha alicerces sólidos e ameaçava desmoronar, o que não impediu o novo locatário de nela se estabelecer com seu modesto mobiliário naquele mesmo dia, por volta das cinco horas.

O contrato foi firmado para três, seis ou nove anos pelo novo locatário, que, segundo o hábito consagrado pelos proprietários, pagou seis meses antecipadamente. Esse novo locatário, que, como dissemos, era italiano, chamava-se *signor* Giacomo Busoni.

Operários foram imediatamente contratados e, naquela mesma noite, os raros passantes que se quedavam na extremidade do faubourg viam com surpresa os mestres de obras e pedreiros ocupados em restaurar a instável morada.

18. O PAI E A FILHA

Vimos, no capítulo precedente, a sra. Danglars anunciar oficialmente à sra. de Villefort o casamento próximo da srta. Eugénie Danglars com o sr. Andrea Cavalcanti.

Esse anúncio oficial, que indicava ou parecia indicar uma decisão tomada por todos os interessados nesse grande negócio, havia entretanto sido precedido por uma cena que ficamos devendo aos nossos leitores.

Pedimos a estes, portanto, que deem um passo atrás e transportem-se para a mesma manhã daquele dia de grandes catástrofes, para aquele belo salão, tão bem dourado como o apresentamos a vocês, e que era o orgulho do seu proprietário, o sr. Danglars.

Nesse salão, com efeito, por volta das dez horas da manhã, andava de um lado para o outro, há alguns minutos pensativo e visivelmente preocupado, o próprio barão, espreitando a cada porta e detendo-se a cada barulho.

Quando seu manancial de paciência chegou ao fim, ele chamou seu criado de quarto.

— Étienne — disse-lhe —, verifique por que a srta. Eugénie me pediu para esperá-la no salão e informe-se por que me faz esperar tanto.

Exalado esse bafejo de mau humor, o barão recuperou um pouco a calma.

Com efeito, a srta. Danglars, depois de acordar, pedira uma audiência a seu pai e designara o salão dourado como local dessa audiência. A singularidade dessa iniciativa, seu caráter oficial sobretudo, surpreenderam sobremaneira o banqueiro, que havia imediatamente atendido ao desejo da filha, chegando primeiro ao salão.

Étienne logo voltou de sua missão diplomática.

— A camareira anunciou-me que a senhorita estava terminando sua toalete e não demoraria — disse ele.

Danglars fez um sinal com a cabeça indicando que estava satisfeito. Diante da sociedade e mesmo de sua família, ele afetava o simplório e o pai fraco. Era uma face de seu papel autoimposto na comédia popularesca que representava, era uma fisionomia que adotara e que lhe parecia convir como convinha ao lado direito das máscaras dos pais do teatro antigo terem o lábio levantado e risonho, ao passo que o lado esquerdo tinha o lábio abaixado e antipático.

Apressemo-nos a dizer que, na intimidade, o lado levantado e risonho descia ao nível do lábio abaixado e antipático; de maneira que, na maior parte do tempo, o simplório desaparecia para dar lugar ao marido brutal e ao pai absoluto.

— Por que diabos essa louca quer falar comigo, o que será que pretende — murmurava Danglars. — Por que não vai direto ao meu gabinete? — pensava. — E o que será que tem para falar comigo?

Passava pela vigésima vez tal pensamento inquietante em seu cérebro, quando a porta se abriu e Eugénie apareceu, trajando um vestido de cetim preto bordado com flores foscas da mesma cor, penteada e enluvada como se fosse sentar em sua poltrona do Théâtre Italien.

— E então, Eugénie, o que está havendo? — exclamou o pai. — E por que o salão solene, quando ficamos tão confortáveis no meu gabinete particular?

— Tem toda razão, senhor — respondeu Eugénie, fazendo sinal para o pai sentar-se —, e acaba de fazer duas perguntas que resumem antecipadamente toda a conversa que iremos ter. Responderei então a ambas e, contra as leis de praxe, à segunda primeiro, por ser a menos complexa. Escolhi o salão, senhor, como local do encontro, a fim de evitar as impressões desagradáveis e as influências do escritório de um banqueiro. Aqueles livros-caixa, por mais dourados que sejam, aquelas gavetas fechadas como portas de fortalezas, aqueles maços de notas bancárias que vêm ninguém sabe de onde, e aquela profusão de cartas que chegam da Inglaterra, da Holanda, da Espanha, das Índias, da China e do Peru, atuam em geral estranhamente sobre o espírito de um pai e o fazem esquecer que há no mundo um interesse maior e mais sagrado que o da posição social e da opinião de seus parceiros nos negócios. Portanto, escolhi esse salão, onde pode ver, sorridente e feliz, em suas magníficas molduras, seu retrato, o meu, o da minha mãe e todo tipo de paisagens pastorais e bucolismos enternecedores. Confio muito no poder das impressões externas. Talvez, sobretudo para o senhor, isso seja um erro, mas, que quer? Eu não seria artista se não me restassem algumas ilusões.

— Muito bem — respondeu o sr. Danglars, que escutara a tirada com imperturbável sangue-frio, mas sem compreender uma palavra, absorto que estava, como todo homem cheio de segundas intenções, em procurar o fio de sua própria ideia nas ideias do interlocutor.

— Eis então o segundo ponto esclarecido, ou quase — disse Eugénie, sem a menor perturbação, com aquele aspecto masculino que caracterizava seu gestual e sua fala. — E o senhor me parece satisfeito com a explicação. Agora voltemos ao primeiro. O senhor me perguntava por que solicitei esta audiência. Vou dizer-lhe numa frase. Ei-la, senhor: não quero me casar com o conde Andrea Cavalcanti.

Danglars deu um pulo em sua poltrona, e, com a sacudidela, ergueu ao mesmo tempo os olhos e os braços para o céu.

— Meu Deus, sim, senhor — continuou Eugénie, sempre calma. — O senhor está espantado, pelo que vejo, pois, desde que esse pequeno negócio está em andamento, não manifestei a menor oposição, embora sempre decidida, chegado o momento, a opor francamente uma vontade livre e absoluta às

— Não quero me casar com o sr. Andrea Cavalcanti.

pessoas que não me consultaram e às coisas que me desagradam. Entretanto, dessa vez essa tranquilidade, essa passividade, como dizem os filósofos, vinha de outra fonte; vinha de que, filha submissa e dedicada... — um ligeiro sorriso se desenhou nos lábios púrpura da moça — eu testava minha obediência.

— E então?

— E então, senhor — continuou Eugénie —, testei-a até o fim das minhas forças e agora, chegado o momento, apesar de todos os esforços que me impus, sinto-me incapaz de obedecer.

— Mas, enfim — disse Danglars, que, espírito grosseiro, parecia acima de tudo estupefato com o peso daquela lógica impiedosa, cuja fleugma acusava tanta premeditação e força de vontade —, qual a razão dessa recusa, Eugénie, a razão?

— A razão — replicou a moça —, oh, Deus, não é que o homem seja mais feio, mais tolo ou mais desagradável que outro qualquer, não. O sr. Andrea Cavalcanti pode até ser considerado, para aqueles que privilegiam nos

Danglars deu um pulo em sua poltrona.

homens o rosto e a compleição, um modelo bastante correto. Tampouco é porque meu coração ficou menos tocado por ele do que por outro qualquer. Esta seria uma razão de colegial, que considero de todo indigna de mim. Não amo absolutamente ninguém, senhor, sabe muito bem disso, não? Logo, não vejo por quê, sem necessidade alguma, estorvar minha vida com um eterno companheiro. Não teria dito o sábio em algum lugar: "Nada em excesso"[42]; e em outro lugar: "Carregue tudo consigo"[43]? Aprendi inclusive em latim e grego esses dois aforismos: um é, acho, de Fedro, o outro de Bias. Pois bem, querido pai, no naufrágio da vida, pois a vida é um eterno naufrágio de nossas esperanças, lanço ao mar minha bagagem inútil, apenas isso, e permaneço com a minha vontade, disposta a viver completamente sozinha e, por conseguinte, completamente livre.

— Infeliz! Infeliz! — murmurou Danglars empalidecendo, pois conhecia por experiência própria a solidez do obstáculo que tão repentinamente encontrava.

— Infeliz — repetiu Eugénie —, infeliz! Foi o que disse, senhor? Em absoluto, e a exclamação parece-me inteiramente teatral e afetada. Feliz, ao contrário, pois, pergunto-lhe: o que me falta? A sociedade me julga bonita, é algo para ser acolhido favoravelmente. Gosto das boas acolhidas. Elas abrem os semblantes e aqueles que me rodeiam parecem menos feios. Sou dotada de certa inteligência e de relativa sensibilidade, o que me permite extrair da existência geral, para integrar à minha, o que nela encontro de bom, como faz o macaco quando quebra a noz verde para dela retirar seu conteúdo. Sou rica, pois o senhor possui uma das grandes fortunas da França. Sou sua filha única, e o senhor não é a tal ponto inflexível como o são os pais da Porte Saint-Martin e do Gaîté[44], que deserdam suas filhas porque estas não querem dar-lhes netos. Aliás, a lei, previdente, confiscou-lhe o direito de me deserdar, pelo menos completamente, assim como lhe confiscou o poder de me obrigar a casar com o senhor fulano ou sicrano. Dessa forma, bonita, inteligente, enfeitada com algum talento, como se diz nas óperas cômicas, e rica! Mas não será isso a felicidade, senhor? Por que então me chama de infeliz?

Danglars, vendo sua filha sorridente e altiva até a insolência, não conseguiu reprimir uma menção de brutalidade, que se traiu por um estilhaço de

---

42. "Nada em excesso": paráfrase inspirada em *Filebo*, XXVIII, diálogo de Platão (428/27-347 a.C.)

43. "Carregue tudo consigo": Aristóteles e Diógenes Laércio citam esta frase de Bias de Priena, sábio grego sobre o qual pouco se sabe. O contexto em que a frase é dita diz respeito à fuga diante de um invasor.

44. Porte Saint-Martin e Gaîté: teatros de Paris. A frase parece indicar o caráter melodramático das peças neles encenadas.

voz, mas foi o único. Sob o olhar interrogador da filha, diante daquela bela sobrancelha negra, franzida pela interrogação, ele se voltou com prudência e logo se acalmou, domado pela mão de ferro da circunspecção:

— Realmente, minha filha — respondeu com um sorriso —, você é tudo que se gaba de ser, menos uma coisa, minha filha, mas não quero dizer-lhe bruscamente qual, prefiro deixá-la adivinhar.

Eugénie olhou para Danglars, bastante surpresa que lhe viessem contestar um dos florões da coroa de orgulho que acabava de colocar tão soberbamente na cabeça.

— Minha filha — disse o banqueiro —, você me explicou perfeitamente quais eram os sentimentos que presidiam as decisões de uma moça como você quando decide não se casar. Agora cabe a mim lhe dizer quais são os motivos de um pai como eu ao decidir que sua filha irá se casar.

Eugénie inclinou-se, não como filha submissa, que escuta, que espera, mas como adversária disposta a argumentar.

— Minha filha — continuou Danglars —, quando um pai pede à sua filha para tomar um esposo, ele tem sempre uma razão qualquer para desejar seu casamento. Alguns são vítimas do capricho que você mencionava ainda há pouco, isto é, ver-se reviver nos netos. Não tenho essa fraqueza, digo-o desde já, as alegrias familiares são-me praticamente indiferentes. Posso admitir isso a uma filha que sei suficientemente filósofa para compreender essa indiferença e não considerá-la um crime.

— Ainda bem — disse Eugénie. — Falemos com franqueza, senhor, gosto disso.

— Oh! — disse Danglars. — Vê que, sem partilhar, em tese, sua simpatia pela franqueza, a ela me submeto quando creio que a circunstância me convida. Continuando, então: propus-lhe um marido, não por você, pois a bem da verdade naquele momento a coisa em que eu menos pensava no mundo era em você; já que gosta de franqueza, aí está; mas porque eu precisava que você tomasse esse esposo o mais cedo possível, em função de determinadas combinações comerciais que estou em vias de estabelecer no momento.

Eugénie esboçou uma reação.

— É como tenho a honra de lhe dizer, minha filha, e não deve me querer mal por isso, pois é você quem me obriga a fazê-lo. É a contragosto, veja bem, que entro nessas explicações aritméticas com uma artista como você, que teme frequentar o gabinete de um banqueiro por nele sentir impressões ou sensações desagradáveis e antipoéticas.

"Mas, nesse gabinete de banqueiro, onde não obstante você não se negou a entrar anteontem para me pedir os mil francos que lhe dou todos os meses para seus caprichos, saiba, minha querida senhorita, que lá se aprendem muitas coisas, inclusive para uso das jovens que não desejam se casar. Aprende-se, por exemplo, e por consideração à sua suscetibilidade nervosa vou lhe dizer isso neste salão, aprende-se que o crédito de um banqueiro é sua vida física e moral, que o crédito sustenta o homem como a respiração anima o corpo, e um dia desses o sr. de Monte Cristo me fez um discurso sobre isso que nunca esqueci. Aprende-se que, à medida que o crédito se retrai, o corpo torna-se um cadáver, e isso deve atingir em pouquíssimo tempo o banqueiro que tem a honra de ser pai de uma filha tão lógica."

Eugénie, porém, em vez de curvar-se, reagiu ao golpe.

— Falido! — exclamou ela.

— Encontrou a palavra certa, minha filha, a palavra certa — disse Danglars, coçando o peito com as unhas, ao mesmo tempo em que conservava em seu rosto grosseiro o sorriso de um homem sem coração, mas não sem inteligência. — Falido! É isso.

— Ah! — suspirou Eugénie.

— Sim, falido! Muito bem! Pronto, ei-lo desvendado, esse segredo cheio de horror, como diz o poeta trágico[45].

"Agora, minha filha, saiba pela minha boca como essa infelicidade pode, com a sua ajuda, ser mitigada. Não direi para mim, mas para você."

— Oh — exclamou Eugénie —, o senhor é mau fisionomista, cavalheiro, se imagina que é por mim que deploro a catástrofe que me expõe.

"Eu, falida! Que me importa? Perco meu talento? Não posso, como a Pasta, a Malibran ou a Grisi[46] amealhar o que o senhor nunca teria me dado, fosse qual fosse sua fortuna, cem ou cento e cinquenta mil libras de renda que deverei apenas a mim, e que, em vez de me chegarem como me chegavam esses míseros doze mil francos que o senhor me dava, com olhares ranzinzas e palavras de censura acerca da minha prodigalidade, viriam acompanhadas de aclamações, bravos e flores? E quando eu não mais possuir esse talento de que seu sorriso me prova que duvida, não me restará ainda esse amor furioso pela independência, que compensará sempre todos os tesouros e que triunfa em mim até mesmo sobre o instinto de conservação?

"Não, não é por mim que entristeço, tenho mil recursos: meus livros, meus lápis, meu piano, todas as coisas que não custam caro, e que posso continuar a comprar, ficarão para sempre comigo. Talvez pense que me aflijo pela sra. Danglars, mas novamente, não se engane. Ou muito me equivoco, ou minha mãe tomou todas as precauções contra a catástrofe que o ameaça e pela qual ela pas-

---

45. "segredo cheio de horror": citação de Voltaire, na peça *Zaire*, de 1732, ato IV, cena V: "Eis que é conhecido este segredo cheio de horror."

46. "Como a Pasta, a Malibran ou a Grisi": Giuditta Pasta (1797-1865), soprano italiana cujo estilo dramático de interpretação distinguiu-a entre suas contemporâneas; Maria Malibran (1808-36), mezzosoprano francesa que estreou substituindo justamente a Pasta, e que se tornou uma lenda no mundo da ópera devido a seu talento e sua morte precoce; Giuditta Grisi (1805-40), mezzosoprano italiana para quem Vincenzo Bellini (1801-35) compôs a ópera *Capuletos e Montéquios*.

sará incólume. Ela se pôs ao abrigo, espero, e não foi cuidando de mim que ela se distraiu de suas preocupações financeiras, pois, graças a Deus, concedeu-me toda a independência a pretexto de que eu gostava da minha liberdade.

"Oh não, senhor, desde a minha infância vi acontecerem muitas coisas à minha volta. Compreendi-as muito bem, para que o infortúnio cause sobre mim mais impressão do que o merece. Desde que me conheço, nunca fui amada por ninguém: tanto pior! Isso levou-me naturalmente a não amar ninguém: tanto melhor! Agora já sabe a minha profissão de fé."

— Então — disse Danglars, pálido de uma fúria que não se originava em absoluto no amor paterno ofendido —, então, senhorita, insiste em querer consumar minha ruína?

— Sua ruína! Eu — espantou-se Eugénie —, consumar sua ruína! Que quer dizer com isso? Não compreendo.

— Ainda bem, isso me deixa um raio de esperança; escute.

— Escuto — disse Eugénie, olhando tão fixamente para o pai que este precisou de um esforço para não baixar os olhos sob o poderoso olhar da moça.

— O sr. Cavalcanti — continuou Danglars — casa-se com você e, ao se casar com você, traz-lhe três milhões de dote, que investe no meu banco.

— Ah, excelente! — fez com um soberano desprezo Eugénie, alisando suas luvas uma na outra.

— Acha que eu lhe privaria desses três milhões? — disse Danglars. — De forma alguma, esses três milhões estão destinados a produzir dez. Obtive com um banqueiro, meu colega, a concessão de uma ferrovia, única indústria em nossos dias que oferece as possibilidades fabulosas de sucesso imediato que em outros tempos Law[47] anunciou, atraindo os bons parisienses, eternos basbaques da especulação, num Mississipi fantástico. Pelos meus cálculos, eles devem possuir um milionésimo de trilho, como se possuía antigamente uma jeira de terra árida nas margens do Ohio. É um investimento hipotecário, o que é um progresso, como vê, uma vez que teremos pelo menos dez, quinze, vinte, cem libras de ferro em troca do seu dinheiro. Pois bem! Daqui a uma semana tenho que depositar em meu nome quatro milhões! Esses quatro milhões, como lhe digo, produzirão dez ou doze.

— Ora, durante a visita que lhe fiz anteontem, senhor, e da qual fez tanta questão de se lembrar — respondeu Eugénie —, vi-o entesourar, é o termo, pois não?, cinco milhões e meio. O senhor mesmo me mostrou a coisa em dois títulos do governo e estava espantado que papel de tão grande valor não ofuscasse meus olhos como faria um relâmpago!

---

47. Law: John Law de Lauriston (1671-1729), aventureiro, banqueiro e economista escocês, foi o criador da Companhia do Ocidente, fundada após ele haver obtido a concessão da Louisiania. Esta companhia recebeu a concessão do monopólio do comércio com a América do Norte.

— Sim, mas esses cinco milhões e meio não são meus, são apenas uma prova da confiança que depositam em mim. Meu título de banqueiro do povo valeu-me a confiança dos hospitais, que são os donos daqueles cinco milhões e meio. Em qualquer outra época eu não hesitaria em me servir deles, mas hoje todos sabem das grandes perdas que sofri e, como lhe disse, o crédito começa a se retrair para mim. De uma hora para outra, a administração pode reclamar o depósito. Se eu o tiver empregado em outra coisa, serei obrigado a declarar uma bancarrota vergonhosa. Não desprezo as bancarrotas, acredite, mas as bancarrotas que enriquecem e não as que arruínam. Já se você se casar com o sr. Cavalcanti, e eu botar as mãos nos três milhões do dote, ou pelo menos se acreditarem que irei botar, meu crédito consolida-se, e minha fortuna, que, de um mês ou dois para cá, foi tragada por abismos cavados aos meus pés por uma fatalidade inconcebível, se restabelece. Compreende?

— Perfeitamente: o senhor me penhora por três milhões, é isso?

— Quanto mais alta a soma, maior o elogio. Ela lhe dá uma ideia do seu valor.

— Obrigada. Uma última palavra: promete usar da maneira que lhe aprouver a cifra desse dote que o sr. Cavalcanti deve proporcionar, mas não tocar no capital? Não é uma questão de egoísmo, é uma questão de delicadeza. Disponho-me a ajudar a reerguer sua fortuna, mas não quero ser sua cúmplice na ruína dos outros.

— Mas se estou lhe dizendo — exclamou Danglars — que com esses três milhões...

— Acha que pode se sair dessa, senhor, sem precisar tocar nesses três milhões?

— É o que espero, mas com a condição de que o casamento, ao se realizar, consolide meu crédito.

— Tem como pagar ao sr. Cavalcanti os quinhentos mil francos que está me oferecendo pelo meu contrato?

— Ao voltar da Prefeitura, ele os receberá.

— Ótimo!

— Como, ótimo? Que quer dizer com isso?

— Quero dizer que, pelo que entendo, ao pedir minha assinatura, o senhor me concede total liberdade?

— Absoluta.

— Então, *ótimo*. Como eu lhe dizia, senhor, estou disposta a me casar com o sr. Cavalcanti.

— Quais são os seus planos?

— Ah, segredo meu. Onde estaria minha superioridade sobre o senhor se, ciente do seu, eu lhe contasse o meu?

Danglars mordeu o beiço.

— Quer dizer — disse ele — que está disposta a fazer algumas visitas oficiais absolutamente indispensáveis?

— Sim — respondeu Eugénie.

— E assinar o contrato dentro de três dias?

— Sim.

— Então é a minha vez, sou eu quem lhe diz: ótimo!

E Danglars pegou a mão da filha e apertou-a entre as suas.

Mas, coisa extraordinária, durante esse aperto de mão, o pai não se atreveu a dizer: "Obrigado, minha filha"; a filha não deu um sorriso para o pai.

— A entrevista está terminada? — perguntou Eugénie, levantando-se.

Danglars, com a cabeça, fez sinal de que não tinha mais nada a dizer.

Cinco minutos depois, o piano ressoava sob os dedos da srta. d'Armilly, e a srta. Danglars cantava a maldição de Brabantio sobre Desdêmona[48].

Quando a peça chegou ao fim, Étienne entrou e anunciou a Eugénie que os cavalos estavam no coche e que a baronesa a esperava para fazer suas visitas.

Vimos as duas mulheres passarem na casa dos Villefort, de onde saíram para continuar seu roteiro.

... o piano ressoava sob os dedos da srta. d'Armilly, e a srta. Danglars cantava a maldição de Brabantio sobre Desdêmona.

---

48. "maldição de Brabantio sobre Desdêmona": alusão à ópera *Otelo, o mouro de Veneza*, de Verdi, tragédia lírica em três atos, estreada em, 1832.

19. O CONTRATO

Três dias depois da cena que acabamos de narrar, por volta das cinco horas da tarde do dia marcado para a assinatura do contrato de casamento entre a srta. Eugénie Danglars e Andrea Cavalcanti, a quem o banqueiro continuava, obstinado, a conferir o título de príncipe, uma brisa fresca arrepiava todas as folhas do pequeno jardim situado em frente à casa do conde de Monte Cristo, no momento em que este se preparava para sair e enquanto seus cavalos o esperavam batendo as patas, contidos pela mão do cocheiro já sentado há quinze minutos na boleia, quando um elegante faeton, que já vimos várias vezes, com destaque para aquela noite em Auteuil, veio fazer rapidamente a curva da porta de entrada e arremessou, mais que depositou, nos degraus da escada, o sr. Andrea Cavalcanti, tão dourado e radiante como se estivesse prestes a casar com uma princesa.

Ele se informou acerca da saúde do conde com aquela intimidade que lhe era peculiar e, escalando rapidamente o primeiro andar, encontrou-o pessoalmente no topo da escada.

Ao ver o rapaz, o conde se deteve. Quanto a Andrea Cavalcanti, estava desabalado, e quando estava desabalado, nada o detinha.

— Olá! Bom dia, caro sr. de Monte Cristo — ele disse ao conde.

— Ah, sr. Andrea! — fez este com sua voz semi-irônica. — Como vai, meu caro?

— Às mil maravilhas, como pode ver. Tenho milhares de coisas para discutir consigo. Mas, antes de tudo, está saindo ou entrando?

— Estava de saída, cavalheiro.

— Então, para não se atrasar, entrarei, se me permitir, em sua caleche, e Tom nos seguirá, conduzindo meu faeton a reboque.

Quando um elegante faeton arremessou, mais que depositou, nos degraus da escada, o sr. Andrea Cavalcanti.

— Não — disse com um imperceptível sorriso de desprezo o conde, que não desejava ser visto na companhia do rapaz. — Não, prefiro conceder-lhe uma audiência aqui, caro sr. Andrea. Conversa-se melhor entre quatro paredes, onde não há cocheiro para fisgar nenhuma palavra.

Em seguida, o conde entrou num pequeno salão que fazia parte do primeiro andar, sentou-se e fez, cruzando as pernas, sinal ao rapaz para que também sentasse.

Andrea assumiu seu ar mais risonho.

— Sabia, caro conde — disse ele —, que a cerimônia será realizada esta noite? Às nove horas assinaremos o contrato na casa do meu sogro.

— É mesmo? — disse Monte Cristo.

— Como assim! Isso é uma novidade para o senhor? Não foi avisado da solenidade pelo sr. Danglars?

— Claro que sim — disse o conde —, recebi uma carta sua ontem, mas creio que a hora não estava indicada.

— É possível, meu sogro deve ter contado com a notoriedade pública.

— Muito bem! — disse Monte Cristo. — Pronto, ei-lo feliz, sr. Cavalcanti. É uma aliança das mais convenientes a que o senhor contrai; e depois, a srta. Danglars é bonita.

— Exatamente — respondeu Cavalcanti, num tom cheio de modéstia.

— É sobretudo riquíssima, pelo menos acredito — disse Monte Cristo.

— Riquíssima, acha? — repetiu o rapaz.

— Provavelmente. Dizem que o sr. Danglars esconde pelo menos metade da fortuna.

— E admite quinze ou vinte milhões — acrescentou Andrea, com um olhar faiscante de alegria.

— Sem contar — acrescentou Monte Cristo — que ele está prestes a entrar num gênero de especulação já um pouco desgastado nos Estados Unidos e na Inglaterra, mas absolutamente inédito na França.

— Sim, sim, sei do que vai falar: a ferrovia cuja concessão ele acaba de obter, não é?

— Precisamente! Ele ganhará pelo menos, é a opinião geral, dez milhões nesse negócio.

— Dez milhões! Acha mesmo? Que fábula — regozijou Cavalcanti, embriagando-se com aquele barulho metálico de palavras douradas.

— Sem contar — continuou Monte Cristo — que toda essa fortuna lhe caberá, e que isso é justo, uma vez que a srta. Danglars é filha única. Aliás, sua fortuna pessoal, pelo menos foi o que seu pai me disse, é quase igual à de sua noiva. Mas deixemos um pouco de lado os assuntos de dinheiro. Saiba, sr. Andrea, que conduziu todo esse negócio com bastante rapidez e habilidade!

— Não foi nada mal, nada mal — congratulou-se o rapaz —, nasci para ser diplomata.

— Com certeza! Alguém o fará entrar na diplomacia; a diplomacia, como sabe, não se aprende: é uma coisa de instinto... Quer dizer que roubaram seu coração?

— Na verdade, estou com medo — respondeu Andrea, no tom com que ele vira Dorante ou Valére responder a Alceste[49] no Théâtre Français.

— Não gostam muito do senhor?

— Devem gostar — respondeu Andrea, com um sorriso triunfante —, uma vez que estão me casando. Mas apesar disso não esqueçamos um ponto central.

— Qual?

---

49. Dorante, Valére, Alceste: personagens de Molière nas peças *O misantropo*, *O burguês fidalgo* e *Tartufo*. Dorante é o protótipo da amante infeliz, e as outras duas, de amantes felizes. O diálogo entre eles, portanto, é apenas hipotético.

— É que fui singularmente ajudado em tudo isso.

— Bah!

— Isso é óbvio.

— Pelas circunstâncias?

— Não, pelo senhor.

— Por mim? Nem pense nisso, príncipe — disse Monte Cristo, enfatizando o título com afetação. — Que pude fazer pelo senhor? Será que seu nome, sua posição social e seu mérito não bastavam?

— Não — insistiu Andrea —, não; e não adianta me dizer isso, sr. conde, sustento, de minha parte, que a posição de um homem como o senhor fez mais que meu nome, minha posição e meu mérito.

— O senhor está se menosprezando inteiramente, cavalheiro — rebateu Monte Cristo, que percebeu a hábil perfídia do rapaz e compreendeu o alcance de suas palavras. — Minha proteção só lhe foi dispensada depois que eu soube da influência e da fortuna do senhor seu pai. Afinal, quem me proporcionou, a mim que nunca o vira, nem ao senhor nem ao ilustre autor de seus dias, a felicidade de o conhecer? Foram dois bons amigos meus, lorde Wilmore e o abade Busoni. Quem me encorajou, não a lhe servir de garantia, mas a patrociná-lo? Foi o nome do seu pai, tão conhecido e tão honrado na Itália. Pessoalmente, não conheço o senhor.

Essa calma, esse total desembaraço fizeram Andrea compreender que, por ora, estava estrangulado por mão mais musculosa que a sua, e que o estrangulamento não podia ser facilmente afrouxado.

— E essa agora! Mas então — disse ele — meu pai possui realmente uma grande fortuna, sr. conde?

— Parece que sim, cavalheiro — respondeu Monte Cristo.

— Sabe se chegou o dote que ele me prometeu?

— Recebi a carta de aviso.

— Mas e os três milhões?

— Os três milhões estão a caminho, ao que tudo indica.

— Vou recebê-los de verdade?

— Mas, ora essa! — replicou o conde. — Parece-me que até agora, senhor, dinheiro não lhe faltou!

Andrea ficou tão surpreendido que não se conteve e devaneou por um momento.

— Então — disse, saindo do devaneio —, só me resta, senhor, fazer-lhe um pedido, e este o senhor compreenderá ainda que lhe pareça desagradável.

— Fale — comandou Monte Cristo.

— Travei relações, graças à minha fortuna, com muitas pessoas distintas, e tenho, pelo menos por enquanto, um punhado de amigos. Porém, ao me casar como o faço, perante toda a sociedade parisiense, devo ser sustentado por um nome ilustre e, na falta da mão paterna, é uma mão poderosa que deve conduzir-me ao altar. Ora, meu pai não vem de forma alguma a Paris, certo?

— Ele está velho, cheio de achaques e sofre mortalmente, segundo diz, sempre que viaja.

— Compreendo. Pois bem! Venho fazer-lhe um pedido.

— A mim?

— Sim, ao senhor.

— E qual é, meu Deus?!

— Ora! Substituí-lo.

— O quê? Ah, meu caro senhor! Já tivemos muitos encontros auspiciosos, será que me conhece tão mal assim para me fazer um pedido desses?

"Peça meio milhão emprestado e, embora um empréstimo desse vulto seja bastante raro, palavra de honra!, o senhor será menos inoportuno. Saiba portanto, eu julgava já tê-lo dito, que o conde de Monte Cristo nunca deixou de manifestar os escrúpulos, eu diria mais, as superstições de um homem do Oriente em relação à sua participação, moral sobretudo, nas coisas deste mundo.

"Eu, que tenho um harém no Cairo, um em Esmirna e um em Constantinopla, presidir um casamento? Jamais!"

— Então recusa?

— Taxativamente. Ainda que o senhor fosse meu filho, ou meu irmão, recusaria da mesma forma.

— Oh, quem diria! — exclamou Andrea, desapontado. — Mas como fazer agora?

— O senhor mesmo disse que tem cem amigos.

— Exato, mas foi o senhor quem me apresentou na casa do sr. Danglars.

— Em absoluto! Vamos restabelecer os fatos em toda a sua verdade: fui eu quem o fez jantar com ele em Auteuil, e foi o senhor quem se apresentou por conta própria. Diabos!, é completamente diferente.

— Sim, mas meu casamento: o senhor ajudou...

— Eu! Em absolutamente nada, peço-lhe que acredite. Será que não se lembra do que eu lhe respondi quando o senhor veio me solicitar para fazer o pedido: "Oh! nunca patrocino casamentos, meu caro príncipe, é um princípio inarredável para mim?"

Andrea mordeu o beiço.

— Mas, enfim — disse ele —, pelo menos estará lá?

— Toda Paris estará?

— Oh, com certeza!

— Pois bem, estarei lá como toda Paris — afirmou o conde.

— Assinará o contrato?

— Oh, não vejo nenhum inconveniente nisso, e meus escrúpulos não chegam a esse ponto.

— Enfim, uma vez que não quer me dar mais, devo contentar-me com o que me dá. Só uma última palavra, conde.

— Como assim?

— Um conselho.

— Tome cuidado; um conselho é pior que um favor.

— Oh, este o senhor pode me dar sem se comprometer.

— Fale.

— O dote da minha mulher é de quinhentas mil libras.

— Foi a cifra que o sr. Danglars disse a mim também.

— Devo recebê-la ou deixá-la nas mãos do tabelião?

— Eis, em geral, como as coisas acontecem quando se quer que sejam galantes. Por ocasião do contrato, seus dois tabeliães marcam um encontro para o dia seguinte ou dois dias depois. No dia seguinte ou dois dias depois, eles trocam os dotes, passando recibo um para o outro. Em seguida, celebrado o casamento, põem os milhões à sua disposição, como líder da união.

— É que — disse Andrea, com uma certa inquietude maldissimulada — creio ter ouvido meu sogro comentando que tinha intenção de investir nossos fundos nesse maldito negócio de ferrovia que o senhor mencionava agorinha mesmo.

— Ótimo! É — continuou Monte Cristo —, pelo que todos dizem, um meio de os senhores triplicarem seu capital num ano. O sr. barão Danglars é bom pai e sabe somar.

— Então — disse Andrea — está tudo bem, exceto sua recusa, que muito me entristece.

— Não a atribua senão a escrúpulos mais que naturais numa circunstância como esta.

— Vá lá — disse Andrea —, que seja feita a sua vontade. Até esta noite, às nove horas.

— Até a noite.

E, apesar de uma ligeira resistência de Monte Cristo, cujos lábios empalideceram, mas que não obstante conservou seu sorriso de cerimônia, Andrea pegou a mão do conde, apertou-a, pulou para dentro do seu faeton e desapareceu.

As quatro ou cinco horas que lhe restavam até as nove, Andrea empregou-as em compras, em visitas destinadas a interessar esses amigos, de quem falara, a aparecerem na casa do banqueiro com todo o luxo de seus aparatos, deslumbrando-os com aquelas promessas de ações que, desde então, viraram a cabeça de muita gente, e cuja iniciativa, naquele momento, pertencia a Danglars.

Com efeito, às oito e meia, o grande salão de Danglars, a galeria contígua a esse salão e os outros três salões do mesmo andar estavam tomados por uma multidão perfumada que despertava pouquíssima simpatia, mas muito essa irresistível necessidade de se estar num lugar onde se sabe que há novidade.

Um acadêmico diria que as noites da sociedade são coleções de flores que atraem borboletas volúveis, abelhas famintas e vespas atordoantes.

Desnecessário dizer que os salões estavam resplandecentes de velas, a luz rolava aos borbotões pelos objetos de ouro sobre as toalhas de seda, e todo o mau gosto daqueles móveis, que só tinha a seu favor a riqueza, brilhava em todo seu esplendor.

A srta. Eugénie apresentava-se com a simplicidade mais elegante: um vestido de seda branca bordada em branco, e uma rosa branca entremeada nos cabelos negros como o azeviche, compunha todo seu aparato, que não era valorizado por uma joia que fosse.

Entretanto, era possível ler em seus olhos aquela segurança plena destinada a desmentir o que aquela cândida toalete tinha de vulgarmente virginal a seus próprios olhos.

A sra. Danglars, a trinta passos dela, conversava com Debray, Beauchamp e Château-Renaud. Debray fizera sua *rentrée* na casa para aquela grande solenidade, mas como os demais, sem nenhum privilégio especial.

O sr. Danglars, rodeado por deputados e homens de finanças, explicava uma teoria de contribuições novas que ele pretendia implantar quando a força das circunstâncias obrigasse o governo a chamá-lo para o Ministério.

Andrea, de braços dados com um dos mais borboleteantes dândis do Opéra, explicava-lhe com bastante impertinência, visto que precisava ser atrevido para parecer à vontade, seus projetos para o futuro, e os progressos de luxo que esperava fazer na moda parisiense com suas cento e setenta e cinco mil libras de renda.

A multidão vagava pelos salões tal qual um fluxo e refluxo de turquesas, rubis, esmeraldas, opalas e diamantes.

Como em toda parte, observava-se que eram as mulheres mais velhas as mais enfeitadas, e as mais feias as que se mostravam com mais obstinação.

Se havia algum belo lírio branco, alguma rosa suave e perfumada, era preciso procurá-la e descobri-la, escondida em algum canto por uma mãe de turbante ou uma tia emplumada feito uma ave do paraíso.

A todo instante, em meio àquela balbúrdia, aquele zumbido, aquelas risadas, a voz dos arautos lançava um nome conhecido nas finanças, respeitado no exército ou ilustre nas letras. Então um débil meneio dos grupos acolhia aquele nome.

Porém, para um que detivesse o privilégio de fazer fremir aquele oceano de vagas humanas, quantos não passavam acolhidos pela indiferença ou o escárnio do desdém!

No instante em que o ponteiro do imponente relógio, cujo pêndulo, representando Endimião adormecido[50], marcava nove horas em seu quadrante de

50. "Endimião adormecido": na mitologia grega, jovem pastor de beleza excepcional, que dormia eternamente. Selene, a deusa que personificava a lua, apaixonando-se por ele, visitava-o

ouro, e quando o gongo, fiel reprodutor do pensamento da máquina, soava nove vezes, o nome do conde de Monte Cristo soou por sua vez, e todos os presentes voltaram-se para a porta, como que impelidos por uma centelha elétrica.

O conde estava de preto, com a simplicidade habitual. Seu colete branco desenhava-lhe o peito vasto e nobre; sua gola preta parecia especialmente reluzente, tanto contrastava com a palidez viril de sua pele; suas joias resumiam-se a uma corrente de colete tão fina que o tênue cordão de ouro mal aparecia sobre a faixa branca.

Na mesma hora formou-se um círculo em torno da porta.

O conde, num relance, percebeu a sra. Danglars numa extremidade do salão, o sr. Danglars na outra e a srta. Eugénie à sua frente.

Aproximou-se em primeiro lugar da baronesa, que conversava com a sra. de Villefort, que viera sozinha, pois Valentine continuava doente. E, sem desviar, de tal forma o caminho abria-se à sua frente, passou da baronesa a Eugénie, a quem cumprimentou em termos tão rápidos e reservados que a orgulhosa artista ficou perplexa.

Perto dela estava a srta. Louise d'Armilly, que agradeceu ao conde pelas cartas de recomendação que lhe dera tão amavelmente para a Itália, e das quais ela contava, segundo lhe disse, fazer uso constante.

Ao deixar essas damas, ele girou o corpo e viu-se perto de Danglars, que se aproximara para estender-lhe a mão.

Cumpridos esses três deveres sociais, Monte Cristo deteve-se, passeando à sua volta um olhar seguro, marcado por aquela expressão típica das pessoas de um certo mundo e sobretudo de uma certa importância, o qual parece dizer: "Fiz o que tinha que fazer; agora, que os outros façam a sua parte."

Andrea, que estava num salão contíguo, sentiu aquela espécie de frêmito que Monte Cristo imprimira à multidão e correu para cumprimentar o conde.

Encontrou-o completamente cercado. Suas palavras eram disputadas, como sempre acontece com as pessoas que falam pouco e nunca dizem uma palavra sem valor.

---

todas as noites assim que Endimião adormecia numa caverna. Ela lhe daria cinquenta filhas, mas colocou-o para dormir eternamente, de modo que ele lhe pertencesse para sempre. Outra versão do mito dá explicação diferente para o sono eterno de Endimião: Zeus lhe teria oferecido qualquer coisa que desejasse, e ele escolhido um sono perpétuo no qual permanecesse jovem para sempre. Por fim, numa terceira versão do mito, seu sono perpétuo era um castigo infligido por Zeus por ter ousado apaixonar-se por sua esposa, Hera.

Os tabeliães fizeram sua entrada nesse momento, e foram instalar seus papéis garatujados sobre o veludo bordado a ouro que cobria a mesa preparada para a assinatura, de madeira também dourada.

Um dos tabeliães sentou-se, o outro permaneceu de pé.

Ia-se proceder a leitura do contrato, que metade de Paris, presente na solenidade, deveria assinar.

Todos tomaram seus lugares, ou melhor, as mulheres formaram um círculo, ao passo que os homens, mais indiferentes ao *estilo enérgico*, como diz Boileau[51], fizeram seus comentários sobre a agitação febril de Andrea, sobre a concentração do sr. Danglars, sobre a impassibilidade de Eugénie e sobre a maneira lesta e desenvolta com que a baronesa tratava esse importante assunto.

O contrato foi lido em meio a um profundo silêncio. Porém, assim que a leitura terminou, o rumor recomeçou nos salões, duplicado. As somas opulentas, aqueles milhões rolando no futuro dos dois jovens e vindo complementar a exposição que fora montada, num quarto exclusivamente dedicado a isso, do enxoval da noiva e dos diamantes da jovem mulher, haviam repercutido com todo seu prestígio na invejosa assembleia.

Os encantos da srta. Danglars redobravam aos olhos dos jovens e, naquele momento, ofuscavam o brilho do sol.

Quanto às mulheres, desnecessário dizer que, embora invejassem aqueles milhões, não julgavam precisar deles para ficarem bonitas.

Andrea, assediado por seus amigos, cumprimentado, adulado, começando a acreditar na realidade do sonho que vivia, estava a ponto de perder a cabeça.

O tabelião tomou solenemente da pena, ergueu-a acima da cabeça e disse:

— Senhores, vamos assinar o contrato.

O barão devia assinar primeiro, em seguida o procurador do sr. Cavalcanti pai, depois a baronesa, depois os futuros cônjuges, como se diz nesse abominável estilo que impera no papel timbrado.

O barão pegou da pena e assinou, depois o procurador.

A baronesa aproximou-se, de braços dados à sra. de Villefort.

— Querida amiga — disse ela, pegando da pena —, não é uma coisa desesperadora? Uma reviravolta inesperada, ocorrida no caso do assassinato e roubo de que o sr. conde de Monte Cristo quase foi vítima, priva-nos de ter o sr. de Villefort.

---

51. Boileau: Nicolas Boileau-Despréaux (1636-1711), crítico e poeta francês. Órfão de mãe com apenas dois anos de idade, e de constituição frágil, era entretanto dono de grande verve, tendo crescido, segundo suas palavras, com uma paixão que explicava todos os seus atos: "o desprezo pelo livros estúpidos". Autor de sátiras, tratados, livros epistolares etc.

— Oh, meu Deus! — fez Danglars, no mesmo tom com que teria dito: "Quer saber? Isso me é totalmente indiferente!"

— Nem me fale! — disse Monte Cristo aproximando-se. — Tenho muito medo de ser a causa involuntária dessa ausência.

— Como! O senhor, conde? — disse a sra. Danglars, assinando. — Se for verdade, preste atenção, nunca irei perdoá-lo.

Andrea esticou os ouvidos.

— Não foi entretanto em absoluto culpa minha — disse o conde —, e faço questão de comprová-lo.

Escutavam avidamente: Monte Cristo, que tão raro descerrava os lábios, ia falar.

— Lembram-se — disse o conde, em meio ao mais profundo silêncio — que na minha casa morreu o infeliz ladrão, o qual, antes, ao sair de lá, foi mortalmente ferido, segundo se sabe, por um cúmplice?

— Sim — respondeu Danglars.

— Pois bem! Para socorrê-lo, despiram-no e atiraram suas roupas num canto, as quais a justiça recolheu. Mas a justiça, ao confiscar o paletó e a calça, esqueceu-se do colete.

Andrea empalideceu visivelmente e deslizou sutilmente para o lado da porta. Ele via uma nuvem despontar no horizonte, e essa nuvem parecia-lhe encerrar a tempestade em seu bojo.

— Pois bem! Esse mísero colete foi encontrado hoje todo coberto de sangue e com um buraco no lugar do coração.

As damas deram um grito, e duas ou três prepararam-se para desmaiar.

— Trouxeram-no para mim. Ninguém podia presumir de onde vinha aquele farrapo. Apenas eu conjecturei ser provavelmente o colete da vítima. De repente, meu mordomo, vasculhando com asco e precaução essa fúnebre relíquia, sentiu um papel no bolso e dele o retirou: era uma carta. Dirigida a quem? Ao senhor, barão.

— A mim? — bradou Danglars.

— Ora, meu Deus, sim, ao senhor! Consegui ler o seu nome sob o sangue que manchava o bilhete — respondeu Monte Cristo, em meio às expressões de surpresa geral.

— Mas — perguntou a sra. Danglars, fitando seu marido com preocupação —, por que isso impediu o sr. de Villefort…?

— É muito simples, senhora — respondeu Monte Cristo. — Esse colete e essa carta são o que é conhecido como provas materiais; carta e colete, enviei tudo ao sr. procurador do rei. O senhor compreende, meu caro barão, o caminho da lei é o mais seguro em matéria penal: talvez fosse alguma maquinação contra o senhor.

Andrea olhou fixamente para Monte Cristo e desapareceu no segundo salão.

— É possível — disse Danglars. — Esse homem assassinado não era um ex-presidiário?

— Sim — respondeu o conde —, um ex-presidiário chamado Caderousse.

Danglars empalideceu ligeiramente. Andrea saiu do segundo salão e alcançou o vestíbulo.

— Mas, vamos, assine, assine! — disse Monte Cristo. — Percebo que meu relato deixou a todos atordoados e peço humildemente desculpas à senhora, baronesa, e à srta. Danglars.

A baronesa, que acabava de assinar, devolveu a pena ao tabelião.

— Sr. príncipe Cavalcanti — disse o tabelião —, sr. príncipe Cavalcanti, onde está o senhor?

— Andrea! Andrea! — repetiram diversas vozes de jovens que já haviam alcançado, com esse nobre italiano, o grau de intimidade para chamá-lo pelo prenome.

— Chame então o príncipe, avise-lhe que é a vez dele! — gritou Danglars a um meirinho.

Porém, no mesmo instante, a massa dos presentes refluiu, aterrada, para o salão principal, como se algum monstro terrível houvesse entrado nos aposentos, *quaerens quem devoret*[52].

Havia com efeito ante o que recuar, com que se assustar, por que gritar.

Um oficial de polícia instalava dois homens na porta de cada salão e avançava para Danglars, precedido por um comissário de polícia envolvido em seu cachecol.

A sra. Danglars deu um grito e desmaiou.

Danglars, que se julgava ameaçado (algumas consciências nunca estão em paz), ofereceu aos olhos de seus convidados um semblante desfeito pelo terror.

— O que houve, senhor? — perguntou Monte Cristo, adiantando-se em direção ao comissário.

— Qual dos senhores, cavalheiros — perguntou o magistrado sem responder ao conde —, chama-se Andrea Cavalcanti?

Um grito de estupor partiu de todos os cantos do salão.

Procuraram, interrogaram.

— Mas quem será esse tal de Andrea Cavalcanti? — perguntou Danglars, quase desvairado.

— Um ex-presidiário evadido da prisão de Toulon.

— E que crime ele cometeu?

---

52. *Quaerens quem devoret*: em latim: “Procurando alguém para devorar”, *Epístolas*, I, 8; nesta passagem, são Pedro refere-se ao demônio.

— Ele é acusado — disse o comissário, com sua voz impassível — de ter assassinado o assim chamado Caderousse, seu ex-companheiro de corrente, no momento em que este saía da casa do conde de Monte Cristo.

Monte Cristo lançou um olhar rápido ao redor.

Andrea havia desaparecido.

— Qual dos senhores chama-se Andrea Cavalcanti?

20. A ESTRADA DA BÉLGICA

Alguns instantes depois do turbilhão deflagrado nos salões do sr. Danglars pela aparição inesperada do oficial de polícia e pela revelação daí decorrente, o vasto palacete esvaziara-se com uma rapidez análoga à que teria provocado o anúncio, entre os convidados, de um caso de peste ou cólera-morbo. Em poucos minutos, por todas as portas, por todas as escadas, por todas as saídas, todos haviam se precipitado, ou melhor, fugido, pois esta era uma das circunstâncias em que não convém sequer tentar dizer as consolações banais que nas grandes catástrofes tornam tão importunos os melhores amigos.

Só ficaram na casa do banqueiro: Danglars, fechado em seu gabinete e dando seu depoimento ao oficial da gendarmeria; a sra. Danglars, aterrada, na alcova que conhecemos; e Eugénie, que, olhar altivo e lábio desdenhoso, retirara-se para o seu quarto com sua inseparável companheira, a srta. Louise d'Armilly.

Quanto aos numerosos criados, ainda mais numerosos esta noite que de costume, pois a eles se haviam somado, em função da festa, os sorveteiros, os cozinheiros e os *maîtres* do Café de Paris, voltando contra seus patrões a raiva pelo que chamavam uma afronta, estacionavam por grupos na copa, nas cozinhas, em seus quartos, pouco se preocupando com o serviço, que aliás se achava naturalmente interrompido.

Desses diferentes personagens, palpitando por interesses diversos, apenas dois merecem nossa atenção: a srta. Eugénie Danglars e a srta. Louise d'Armilly.

A jovem noiva, como dissemos, retirara-se com seu olhar altivo, lábio desdenhoso e o andar de uma rainha ultrajada, seguida por sua companheira, mais pálida e perturbada do que ela.

Ao chegar ao seu quarto, Eugénie trancou a porta por dentro, enquanto Louise desabava numa cadeira.

— Oh, meu Deus, meu Deus! Que coisa horrível! — exclamou a jovem musicista. — E quem podia imaginar uma coisa dessas? O sr. Andrea Cavalcanti... um assassino... um foragido da cadeia... um homem condenado a trabalhos forçados!

Um sorriso irônico crispou os lábios de Eugénie.

— Na verdade, eu estava predestinada — disse ela. — Só escapei do Morcerf para cair no Cavalcanti.

— Oh! Não confunda um com o outro, Eugénie.

— Cale-se, todos os homens são infames, e estou feliz de poder fazer mais que detestá-los. Agora, desprezo-os.

— O que vamos fazer? — perguntou Louise.

— O que vamos fazer?

— É.

— Ora, o que faríamos daqui a três dias... partir.

— Quer dizer que, mesmo sem casar, você continua querendo?

— Escute, Louise, tenho horror a essa vida do mundo organizado, cadenciado, governado como nossa pauta musical. O que sempre desejei, ambicionei, quis, foi a vida de artista, a vida livre, independente, em que só dependemos de nós, em que só contamos conosco. Ficar, para fazer o quê? Para que tentem, daqui a um mês, me casar de novo? E com quem? Com o sr. Debray, talvez, como já havia sido sugerido uma vez. Não, Louise, não. A aventura desta noite servirá como desculpa. Não planejei, nem pedi. Foi a vontade de Deus, ela é bem-vinda.

— Como você é forte e corajosa! — disse a moça loura e franzina à sua companheira morena.

— Ainda não me conhece? Bom, Louise, vamos organizar as coisas. O coche para a viagem.

— Felizmente, está comprado há três dias.

— Mandou levá-lo para o local onde vamos embarcar?

— Sim.

— Nosso passaporte?

— Aqui está!

E Eugénie, com a desenvoltura de sempre, desdobrou o papel e leu: "Sr. Léon d'Armilly, vinte anos, profissão artista, cabelos pretos, olhos pretos, viajando com a irmã."

— Perfeito! Com quem arranjou esse passaporte?

— Quando fui pedir ao sr. de Monte Cristo cartas para os diretores dos teatros de Roma e de Nápoles, exprimi-lhe meus temores de viajar como mulher. Ele os compreendeu perfeitamente, pôs-se à minha disposição para me arranjar um passaporte de homem e, dois dias depois, recebi este, a que acrescentei do meu punho: *Viajando com a irmã.*

— Perfeito! — disse alegremente Eugénie. — Temos apenas que fazer nossas malas. Partiremos na noite da assinatura do contrato em vez de partir na noite de núpcias, só isso.

— Reflita bem, Eugénie.

— Oh, todas as minhas reflexões estão feitas. Estou cansada de só ouvir falar de relatórios, de fins de mês, de alta, de baixa, de títulos espanhóis, de papéis haitianos. Em vez disso, Louise, veja bem, o ar livre, a liberdade, o canto dos passarinhos, as planícies da Lombardia, os canais de Veneza, os palácios de Roma, a praia de Nápoles. Quanto temos, Louise?

A jovem interrogada tirou de uma escrivaninha marchetada uma pequena pasta fechada com cadeado, que ela abriu e na qual contou vinte e três cédulas de dinheiro.

— Vinte e três mil francos — respondeu ela.

— E pelo menos outro tanto em pérolas, diamantes e joias — disse Eugénie. — Estamos ricas. Com quarenta e cinco mil francos, temos com que viver como princesas durante dois anos, ou convenientemente durante quatro.

"Mas, antes de seis meses, você com a sua música, eu com a minha voz, teremos dobrado nosso capital. Vamos, cuide do dinheiro, eu cuido do cofre de joias. Se porventura uma de nós perder seu tesouro, a outra continuará com o seu. Agora, o baú, rápido, o baú!"

— Espere — disse Louise, indo escutar na porta da sra. Danglars.

— O que receia?

— Que nos surpreendam.

— A porta está trancada.

— Que nos mandem abri-la.

— Podem falar o que quiserem, não abriremos.

— Você é uma autêntica amazona, Eugénie.

E as duas moças puseram-se, numa prodigiosa atividade, a juntar num baú todos os utensílios de viagem que julgavam necessários.

— Agora — disse Eugénie —, enquanto troco de roupa, feche o baú.

Louise apoiou com toda a força suas pequenas mãos brancas sobre a tampa do baú.

— Mas não consigo — disse ela —, não tenho força. Feche você.

— Ah, está bem — disse Eugénie rindo —, eu estava esquecendo que sou Hércules e você tão somente a pálida Ônfala[53].

---

53. Ônfala: rainha legendária da Lídia, que comprou de Hermes, o deus mensageiro, um escravo que vinha a ser Hércules, o herói semideus. Segundo os latinos, Hércules afeiçoou-se tanto a ela que, esquecendo-se de si mesmo, ficava a seus pés fiando lã, como uma escrava.

E a moça, apoiando o joelho sobre o baú, retesou seus braços brancos e musculosos até que os dois compartimentos do baú se juntassem e a srta. d'Armilly passasse o gancho do cadeado por entre as duas argolas.

Terminada a operação, Eugénie abriu uma cômoda cuja chave tinha consigo e tirou uma manta de viagem feita de seda violeta acolchoada.

— Pronto — disse ela —, está vendo que pensei em tudo. Com essa manta você não sentirá frio.

— Mas, e você?

— Oh, você sabe muito bem que nunca sinto frio; aliás, com essas roupas masculinas...

— Vai se vestir aqui?

— Certamente.

— Mas será que você vai ter tempo?

— Não se preocupe, covarde. Todo o nosso pessoal está ocupado com o grande escândalo. Além do mais, o que há de tão espantoso? Vão pensar no meu suposto desespero, no meu isolamento, não acha?

— É verdade, você me tranquiliza.

— Venha, ajude-me.

E, da mesma gaveta de onde retirara a manta que acabava de entregar à srta. d'Armilly e com a qual esta já cobrira os ombros, Eugénie retirou um traje masculino completo, desde as botinas até o redingote, com uma provisão de roupa branca em que nada havia de supérfluo, mas da qual fazia parte todo o necessário.

Então, com uma presteza que indicava não ser a primeira vez que se disfarçava com roupas de outro sexo, Eugénie calçou suas botinas, enfiou uma calça comprida, deu um laço na gravata, abotoou até o pescoço um colete com colarinho e rematou com um redingote que desenhava sua cintura fina e redonda.

— Oh, está ótimo! Na verdade, está excelente — elogiou Louise, olhando-a com admiração. — Mas esses belos cabelos negros, essas tranças que faziam todas as mulheres suspirar de inveja, irão resistir sob um chapéu de homem como o que vejo ali?

— Você vai ver — disse Eugénie.

Apertando com a mão esquerda a trança espessa sobre a qual seus dedos esguios mal se fechavam, ela pegou com a direita um par de longas tesouras e quase no mesmo instante o aço guinchou no meio daquela rica e esplêndida cabeleira, que caiu inteirinha aos pés da moça, curvada para trás a fim de proteger o redingote.

Em seguida, desbastada a trança superior, Eugénie passou para a de suas têmporas, que podou sucessivamente, sem deixar escapar o menor arrependimento. Ao contrário, seus olhos brilharam, ainda mais petulantes e alegres que de costume, sob aquelas sobrancelhas negras como o ébano.

— Oh, as lindas madeixas!

— Oh, as lindas madeixas! — lamentou-se Louise.

— Puxa! Não estou cem vezes melhor assim? — exclamou Eugénie, alisando os esparsos cachos de seu penteado agora todo masculino. — Não gostou do resultado?

— Oh, está linda, continua linda! — exclamou Louise. — E agora, para onde vamos?

— Para Bruxelas, se concordar. É a fronteira mais próxima. Faremos Bruxelas, Liège, Aix-la-Chapelle; subiremos o Reno até Estrasburgo, atravessaremos a Suíça e desceremos para a Itália pelo Saint-Gothard[54]. Está bom para você?

54. Saint-Gothard: uma das rotas de travessia dos Alpes.

— Claro.

— O que está olhando?

— Estou olhando você. É verdade, está adorável desse jeito. Vão achar que está me raptando.

— Ora essa! E terão razão?

— Oh, você não tinha jurado, Eugénie?

E as duas moças, que qualquer um teria imaginado mergulhadas em lágrimas, uma por problemas pessoais, a outra por dedicação à amiga, caíram na gargalhada, ao mesmo tempo em que davam sumiço nos vestígios mais visíveis da desordem que naturalmente acompanhara os preparativos daquela evasão.

Em seguida, tendo assoprado suas lamparinas, com o olho interrogador, o ouvido à espreita e o pescoço retesado, as duas fugitivas abriram a porta de um toucador que dava para uma escada de serviço, a qual, por sua vez, desembocava no pátio. Eugénie já na frente, carregando com uma das mãos o baú que, pela alça oposta, a srta. d'Armilly sofria para erguer com as duas.

O pátio estava vazio. Soava a meia-noite.

A luz do porteiro ainda estava acesa.

Eugénie aproximou-se sorrateiramente e viu o digno suíço dormindo no fundo de sua guarita, estendido na poltrona.

Voltou-se para Louise, pegou novamente o baú, que descansara no chão, e ambas, seguindo a sombra projetada pela parede, chegaram à abóbada.

Eugénie fez Louise esconder-se no ângulo da porta, de maneira a que o porteiro, se porventura acordasse, visse apenas uma pessoa.

Depois, oferecendo-se ela mesma à plena irradiação do poste que iluminava o pátio, gritou com sua mais bela voz de contralto, batendo no vidro:

— O portão!

O porteiro levantou-se como Eugénie previra, dando inclusive alguns passos para identificar a pessoa que saía. Contudo, ao ver um rapaz fustigando impacientemente sua calça com uma chibata, abriu prontamente.

Instantaneamente Louise insinuou-se como uma cobra pela porta entreaberta e passou com ligeireza para o lado de fora. Eugénie, aparentemente calma, embora, segundo toda a probabilidade, seu coração contasse mais pulsações que numa situação normal, saiu também.

Um carregador passava, entregaram-lhe o baú, indicaram-lhe como destino daquela corrida a rua de La Victoire e o número 36 dessa rua. Caminharam atrás desse homem, cuja presença tranquilizava Louise. Quanto a Eugénie, era forte como uma Judite ou uma Dalila[55].

---

55. "uma Judite ou uma Dalila": Judite, personagem bíblica cuja maior façanha foi cortar a cabeça de Holofernes, general de Nabucodonosor que ameaçava seu povo; Dalila, também na Bíblia, a mulher de Sansão, que o privou de sua grande força cortando-lhe os cabelos.

Chegaram ao número indicado. Eugénie ordenou ao carregador que pousasse o baú, deu-lhe umas moedas e, após ter batido no postigo, dispensou-o.

Esse postigo em que Eugénie batera era o de uma modesta lavadeira avisada com antecedência. Ela ainda não se deitara, abriu.

— Senhorita — disse Eugénie —, mande o porteiro tirar a caleche da garagem e mande buscar os cavalos no Hotel de Postes. Aqui estão cinco francos pelo trabalho que lhe damos.

— Realmente — disse Louise —, você é admirável e tem todo o meu respeito.

A lavadeira olhava com espanto, mas como estava combinado que receberia vinte luíses, não fez a menor observação.

Quinze minutos depois, o porteiro voltava trazendo o postilhão e os cavalos, os quais, com um safanão, foram atrelados ao coche, onde o porteiro acomodou o baú com a ajuda de uma corda e um torniquete.

— Aqui está o passaporte — disse o postilhão. — Qual é a estrada que o nosso jovem burguês vai pegar?

— A estrada de Fontainebleau — respondeu Eugénie, com uma voz quase masculina.

— Ora essa! O que diz? — perguntou Louise.

— Estou despistando — disse Eugénie. — Essa mulher a quem demos vinte luíses pode nos trair por quarenta. No bulevar, mudamos de direção.

E a moça precipitou-se para o *briska* esplendidamente adaptado para o pernoite, sem quase tocar no estribo.

— Como sempre, você tem razão, Eugénie — disse a professora de canto ao tomar assento ao lado da amiga.

Quinze minutos depois, o postilhão, agora no caminho correto, atravessava, fazendo estalar seu chicote, a cancela da barreira Saint-Martin.

— Ah — exclamou Louise respirando —, finalmente saímos de Paris!

— Sim, minha querida, e o rapto está definitivamente consumado — disse Eugénie.

— Sim, mas sem violência — acrescentou Louise.

— Vou considerar isso como circunstância atenuante — respondeu Eugénie.

Essas palavras perderam-se no estrépito que fazia o coche rolando pelo calçamento de La Villete.

O sr. Danglars não tinha mais filha.

PARTE VI

1. O HOTEL DO SINO E DA GARRAFA

E agora deixemos a srta. Danglars e sua amiga deslizarem pela estrada de Bruxelas e voltemos ao infeliz Andrea Cavalcanti, tão desagradavelmente interrompido no desabrochar de sua fortuna.

Apesar da idade ainda tenra, o sr. Andrea Cavalcanti era um rapaz muito habilidoso e inteligente.

Assim, aos primeiros rumores que penetraram no salão, nós o vimos aproximar-se gradativamente da porta, atravessar um ou dois quartos e, por fim, desaparecer.

Uma circunstância que havíamos mencionado, a qual não deve ser esquecida, é que num desses dois quartos atravessados por Cavalcanti estava exposto o enxoval da noiva, composto por escrínios de diamantes, xales de cashmere, rendas de Valenciennes, mantilhas da Inglaterra, tudo que faz em suma esse mundo de objetos tentadores, cujo nome é o suficiente para o coração das jovens donzelas pular de alegria, ao qual chamamos de corbelha.

Ora, ao atravessar esse quarto, o que prova ser Andrea não apenas um rapaz muito inteligente e habilidoso, como também previdente, ele se apoderou do mais valioso de todos esses adornos expostos.

Munido desse viático, sentiu-se muito mais leve para pular pela janela e escorregar por entre os dedos dos policiais.

Alto e forte como o lutador antigo[1], musculoso como um espartano, Andrea deambulara durante quinze minutos sem saber aonde ir e com o único objetivo de se afastar do lugar onde por pouco não se vira preso.

---

1. "Alto e forte como o lutador antigo": referência aos *Lutadores*, grupo estatuário que integra o acervo do museu Uffizzi, em Florença.

Deixando a rua de Mont-Blanc, com esse instinto dos obstáculos que os ladrões possuem como a lebre o das tocas, achara-se no fim da rua Lafayette.

Ali, sem ar, ofegante, parou.

Estava completamente sozinho, tendo, à esquerda, os bosques de Saint-Lazare, vasto deserto, e, à direita, Paris em toda a sua profundidade.

— Estarei encurralado? — perguntou-se ele. — Não se conseguir perfazer uma soma de atividade superior à dos meus inimigos. Logo, minha salvação tornou-se uma simples questão de miriâmetros[2].

Nesse momento, percebeu, vindo do alto do faubourg Poissonière, um cabriolé de praça cujo cocheiro, lúgubre e fumando um cachimbo, parecia querer voltar ao início do faubourg Saint-Denis, onde provavelmente tinha o seu ponto.

— Ei, amigo! — chamou Benedetto.

— O que deseja, caro burguês? — perguntou o cocheiro.

— Seu cavalo está cansado?

— Cansado! Ah, muito cansado! Não fez nada o dia inteiro. Quatro corridas medíocres e vinte *sous* de gorjeta, sete francos no total. Tenho que dar dez para o patrão!

— E por acaso quer acrescentar aos seus sete francos estes vinte aqui?

— Com satisfação, burguês. Vinte francos não são de se jogar fora. O que preciso fazer para isso? Vejamos.

— Uma coisa bem fácil, se é verdade que seu cavalo não está cansado.

— Estou falando que ele irá como um zéfiro. Basta dizer o lado para o qual deve se dirigir.

— O lado de Louvres.

— Ah, ah, mais que conhecido: terra da aguardente!

— Exato. Trata-se simplesmente de alcançar um amigo meu com quem vou fazer uma caçada amanhã em La Chapelle-en-Serval. Era para ele estar aqui com seu cabriolé até as onze e meia; é meia-noite. Deve ter se cansado de me esperar e foi embora sozinho.

— É provável.

— E então? Quer tentar alcançá-lo?

— Não quero outra coisa.

— Se não o alcançarmos daqui até o Bourget você terá vinte francos; se não o alcançarmos daqui a Louvres, trinta.

— E se o alcançarmos?

— Quarenta! — disse Andrea, que tivera um momento de hesitação, mas julgara que prometer não custava nada.

---

2. Miriâmetros: antiga medida, cuja unidade equivale a 10 mil metros.

— Fechado! — aceitou o cocheiro. — Suba, e a caminho. Eiaaa…!

Andrea subiu no cabriolé, o qual, num ritmo veloz, atravessou o faubourg Saint-Denis, margeou o faubourg Saint-Martin, atravessou a barreira e enveredou pela interminável La Villette.

Não estava nem um pouco preocupado em encontrar aquele amigo quimérico. Entretanto, de quando em quando, aos passantes retardatários ou nos cabarés ainda abertos, Cavalcanti pedia informações acerca de um cabriolé verde atrelado a um cavalo baio. Como na estrada dos Países Baixos circula um bom número de cabriolés, e como noventa por cento dos cabriolés são verdes, choviam informações a cada passo.

Tinham acabado de vê-lo passar. Estava apenas a quinhentos, duzentos, cem passos à frente. Quando finalmente ultrapassavam-no, não era ele.

Numa ocasião, o próprio cabriolé foi ultrapassado. Era uma caleche puxada a toda velocidade por dois cavalos de posta.

"Ah!" pensou Cavalcanti, "se essa caleche fosse minha, assim como esses dois bons cavalos e, principalmente, se eu tivesse o passaporte necessário para arranjá-los!"

E deu um suspiro profundo.

Essa caleche era a que transportava a srta. Danglars e a srta. d'Armilly.

— Adiante! Adiante! — ordenou Andrea. — Não vamos demorar a encontrá-lo.

E o pobre cavalo retomou o trote furioso que adotara depois da barreira, chegando fumegante a Louvres.

— Decididamente — disse Andrea —, tenho que admitir que não vou encontrar meu amigo e que vou matar seu cavalo. Portanto, é melhor parar por aqui. Aqui estão seus trinta francos, vou dormir no Cavalo Vermelho, e pegar o primeiro coche que tiver um lugar vago. Boa-noite, amigo.

E Andrea, após ter colocado seis moedas de cinco francos na mão do cocheiro, pulou com agilidade para a estrada.

O cocheiro embolsou alegremente a soma e retomou a passo o caminho de Paris. Andrea fingiu dirigir-se para o Hotel do Cavalo Vermelho, porém, depois de se haver detido junto à porta, ouviu o barulho do cabriolé indo embora, perdendo-se no horizonte, voltou à estrada e, com seu passo atlético, deu uma esticada de dez quilômetros.

Só então descansou. Devia estar bem perto de La Chapelle-en-Serval, aonde dissera que ia.

Não era o cansaço que segurava Andrea Cavalcanti, era a necessidade de tomar uma decisão, era a necessidade de adotar um plano.

Embarcar numa diligência era impossível, pegar a posta era igualmente impossível. Para viajar em uma ou outra, tornava-se imprescindível o passaporte.

Permanecer no departamento do Oise, isto é, num dos departamentos mais expostos e vigiados da França, também era coisa impossível, sobretudo para um homem perito como Andrea em matéria criminal.

Ele se recostou dentro de uma vala, deixou o rosto cair entre as mãos e refletiu.

Dez minutos depois, levantou a cabeça; sua decisão estava tomada.

Cobriu com pó todo um lado do paletó que tivera tempo de roubar no vestíbulo e abotoar por cima dos seus trajes de baile. Em seguida, chegando à La Chapelle-en-Serval, foi bater com força à porta da única estalagem da região.

O dono veio abrir.

— Amigo — disse Andrea —, eu estava entre Montrefontaine e Senlis quando meu cavalo, que é um animal difícil, deu uma guinada e me atirou a dez passos de distância. Preciso chegar esta noite a Compiègne, caso contrário minha família ficará preocupadíssima. Teria um cavalo para alugar?

Bom ou ruim, um cavalo é coisa que todo estalajadeiro sempre tem.

O estalajadeiro de La Chapelle-en-Serval chamou o menino da estrebaria, ordenou-lhe que selasse o Blanc e acordou o filho, garoto de sete anos, que iria na garupa e traria de volta o quadrúpede.

Andrea deu vinte francos ao estalajadeiro e, ao puxá-los do bolso, deixou cair um cartão de visita.

Esse cartão de visita pertencia a um de seus amigos do Café de Paris, de maneira que, quando Andrea partiu e o estalajadeiro recolheu o cartão caído de seu bolso, este ficou persuadido de que havia alugado seu cavalo ao nome e ao endereço impressos no cartão: sr. conde de Mauléon, rua Saint Dominique, 25.

Blanc não ia rápido, mas ia num passo igual e constante. Em três horas e meia Andrea fez os cinquenta quilômetros que o separavam de Compiègne. Davam quatro horas no relógio da prefeitura quando chegou à praça onde estacionavam as diligências.

Há em Compiègne um excelente hotel, de que se lembram mesmo aqueles que pernoitaram por lá uma única vez.

Andrea, que lá se alojara numa de suas escapadas pelos arredores de Paris, lembrou-se do Hotel do Sino e da Garrafa. Orientou-se, avistou a tabuleta à luz de um poste e, despedindo-se da criança, a quem deu tudo que tinha consigo de troco, foi bater à porta, pensando muito corretamente que tinha três ou quatro horas à sua frente, e que o melhor era precaver-se, com um bom sono, contra as fadigas vindouras.

Foi um garoto que veio abrir.

— Amigo — disse Andrea —, venho de Saint-Jean-au-Bois, onde jantei. Pretendia pegar o coche que passa à meia-noite, mas me perdi como um idiota e já faz quatro horas que vagueio pela floresta. Alugue-me então um desses bonitos quartinhos que dão para o pátio e mande subir uma galinha fria e uma garrafa de borgonha.

O garoto não desconfiou de nada: Andrea falava com a mais completa tranquilidade, tinha um charuto na boca e as mãos nos bolsos do paletó; suas roupas eram elegantes, sua barba, aparada, suas botas, irreprocháveis; parecia um vizinho atrasado, nada além disso.

Enquanto o garoto providenciava o quarto, a hoteleira levantou-se: Andrea recebeu-a com seu sorriso mais sedutor e lhe perguntou se não poderia ter o número 3, que ele já ocupara em sua última passagem por Compiègne; infelizmente o número três estava ocupado por um rapaz que viajava com a irmã.

Andrea pareceu ficar desesperado; só se consolou quando a hoteleira garantiu-lhe ter o número 7, que estavam arrumando para ele, exatamente a mesma disposição que o número 3; e, enquanto aquecia os pés e conversava sobre os últimos acontecimentos de Chantilly, Andrea esperou que lhe viessem anunciar que o quarto estava pronto.

Não fora sem motivos que Andrea mencionara aqueles belos aposentos que davam para o pátio; o pátio do Hotel do Sino, com seu triplo renque de galerias que lhe dava a aparência de uma sala de espetáculo, com seus jasmins e suas clematites subindo ao longo de colunatas, leves como uma decoração natural, é uma das mais encantadoras entradas de pousada que existem no mundo.

A galinha estava fria, o vinho, passado, o fogo, claro e crepitante. Andrea surpreendeu-se com seu apetite, ceando como se nada tivesse acontecido.

Em seguida foi para a cama e dormiu, quase imediatamente, o sono implacável que todo homem tem aos vinte anos, ainda que seja um homem com a consciência culpada.

Ora, somos obrigados a admitir que Andrea poderia ter sentido remorsos, mas que não os sentia.

Eis qual era o seu plano, que lhe proporcionara grande parte daquela segurança.

Ao amanhecer, ele se levantaria, sairia do hotel após ter pago rigorosamente a conta, alcançaria a floresta, compraria, a pretexto de fazer estudos de pintura, a hospitalidade de um camponês, arranjaria uma roupa de lenhador e um machado, tiraria a capa de leão para assumir a do trabalhador; em seguida, com as mãos sujas de terra, os cabelos escurecidos pelo pente de chumbo, a pele bronzeada por um preparado cuja receita lhe fora ensinada pelos seus antigos comparsas, iria, de floresta em floresta, até a fronteira mais próxima, caminhando à noite, dormindo de dia nas florestas ou nas clareiras, e aproximando-se dos locais habitados de tempos em tempos, apenas para comprar pão.

Atravessada a fronteira, Andrea transformaria seus diamantes em dinheiro, reuniria o montante que arrecadasse numa dezena de títulos bancários que carregaria sempre consigo para caso de acidente, e teria no bolso ainda umas cinquenta mil libras, o que não parecia à sua filosofia um regime excessivamente rigoroso.

Além do mais, contava muito com o interesse que os Danglars tinham em abafar o rumor daquela desventura.

Eis por quê, além do cansaço, Andrea dormiu tão prontamente e tão bem.

A propósito, para acordar bem cedo, Andrea não fechara os postigos, contentando-se em puxar os ferrolhos da porta e manter desembainhada, em sua mesa de cabeceira, certa faca bastante pontuda, cuja excelente têmpera conhecia e da qual nunca se apartava.

Mais ou menos às sete e meia da manhã, foi despertado por um raio de sol que vinha, quente e brilhante, dançar em seu rosto.

Em todo cérebro bem-organizado, a ideia predominante, e há sempre uma, a ideia predominante, nós dizíamos, é aquela que, após ter adormecido por último, é sempre a primeira iluminada pelo despertar do pensamento.

Andrea ainda não abrira inteiramente os olhos e seu pensamento predominante já o agarrava e lhe soprava no ouvido que dormira demais.

Ele pulou da cama e correu para a janela.

Um policial atravessava o pátio.

O policial é um dos objetos mais assustadores no mundo, mesmo para o olho de um homem que não deve nada. Mas para uma consciência amedrontada, e com algum motivo para isso, o amarelo, o azul e o branco que compõem seu uniforme ganham matizes assustadores.

— Por que um policial? — perguntou-se Andrea.

Subitamente respondeu a si mesmo, com aquela lógica que o leitor já deve ter notado nele.

— Um policial é coisa normal numa estalagem, mas vamos nos vestir.

E o rapaz vestiu-se com uma rapidez que não deixava nada a dever comparada à do seu camareiro, durante os poucos meses da vida *fashionable* que levara em Paris.

— Bom — disse Andrea enquanto se vestia —, espero ele ir embora e, quando tiver ido, eu me raspo.

Dizendo essas palavras, Andrea, de botas e gravata, foi lentamente até a janela e levantou pela segunda vez a cortina de musselina.

Não apenas o primeiro policial não se fora, como o rapaz percebeu um segundo uniforme azul, amarelo e branco ao pé da escada, a única pela qual ele poderia descer, enquanto um terceiro, a cavalo e de mosquete em punho, mantinha-se de sentinela no portão da rua, o único pelo qual ele poderia sair.

O terceiro policial era significativo nesse último aspecto, pois diante dele estendia-se um semicírculo de curiosos que bloqueava hermeticamente a porta do hotel.

— Estão no meu encalço! — foi o primeiro pensamento de Andrea. — Diabos!

A palidez espalhou-se no rosto do jovem. Andrea olhou com ansiedade à sua volta.

Seu quarto, como todos no mesmo andar, tinha apenas uma saída para a galeria externa, exposta a todos os olhares.

— Estou perdido! — foi seu segundo pensamento.

Com efeito, para um homem na situação de Andrea, a detenção significava: o tribunal, o julgamento, a morte sumária e sem misericórdia.

Por um instante, ele apertou convulsivamente a cabeça com as duas mãos.

Durante esse tempo, quase enlouqueceu de medo.

Mas logo, do mundo de conjecturas que se entrechocavam em sua cabeça, brotou um pensamento esperançoso. Um pálido sorriso desenhou-se em seus lábios lívidos e suas faces contraídas.

Ele olhou ao redor. Os objetos que procurava achavam-se reunidos sobre o mármore de uma escrivaninha: eram pena, tinta e papel.

Mergulhou a pena no tinteiro e escreveu, ordenando à sua mão que ficasse firme, as seguintes linhas, na primeira folha do caderno:

> Não tenho dinheiro para pagar, mas não sou desonesto. Deixo como compensação esse alfinete que vale dez vezes a despesa que fiz. Perdoem-me por ter escapado ao amanhecer; eu estava com vergonha!

Ele tirou o alfinete de sua gravata e pousou-o sobre o papel.

Isto feito, em vez de deixar os ferrolhos travados, puxou-os, chegou mesmo a entreabrir a porta, como se fosse sair do quarto esquecendo-se de fechá-lo, e, deslizando pela chaminé como alguém acostumado a esse tipo de ginástica, arrancou da parede o painel de papel que representava Aquiles na casa de Deidamia[3], com ele apagou diretamente com os pés os vestígios de seus passos nas cinzas, e começou a escalar o duto abaulado, único caminho de salvação no qual ainda depositava esperanças.

Nesse exato momento, o primeiro policial que sobressaltara Andrea subia a escada, precedido pelo comissário de polícia e tendo como retaguarda o segundo policial, que vigiava ao pé da escada, o qual podia por sua vez receber reforços daquele estacionado à porta.

Eis a que circunstância Andrea devia aquela visita, que com tanta relutância dispunha-se a receber.

---

3. "painel que representava Aquiles na casa de Deidamia": a gravura reproduz um quadro ou de Rubens ou de David Teniers (1610-90), o Jovem, outro pintor holandês barroco, ambos intitulados *Aquiles na corte de Licomedes*. Este era o rei dos dólopes, povo da ilha de Ciros, que acolheu Aquiles e, trajando-o com vestes femininas, dando-lhe o nome falso de Pirra, escondeu-o entre suas filhas. Deidamia, filha do rei, descobrindo o disfarce do herói, apaixonou-se por Aquiles e deu-lhe um filho, Neoptolemo, também conhecido por Pirro.

Ao nascer do dia, os telégrafos haviam sido acionados em todas as direções, e cada localidade, avisada quase imediatamente, acordara seus mandatários e lançara a força pública no encalço do assassino de Caderousse.

Compiègne, residência do rei; Compiègne, cidade de caçadas; Compiègne, cidade de caserna, é abundantemente provida de mandatários, policiais e comissários de polícia. Portanto, as buscas haviam começado logo após a chegada da ordem telegráfica e, sendo o Hotel do Sino e da Garrafa o melhor da cidade, haviam muito naturalmente começado por ele.

Aliás, segundo o relato das sentinelas que montaram guarda aquela noite na prefeitura (esta fica colada ao Hotel do Sino), segundo o relato das sentinelas, como dizíamos, inúmeros viajantes foram vistos desembarcando no hotel durante a noite.

A sentinela que fora rendida às seis da manhã lembrava-se inclusive, no momento em que acabava de assumir o posto, isto é, às quatro horas e alguns minutos, de ter visto um rapaz montado num cavalo branco levando um camponesinho na garupa, rapaz o qual descera na praça, tendo despachado camponês e cavalo, e fora bater na porta do Hotel do Sino, a qual se abrira à sua frente e se fechara atrás de si.

Era sobre esse rapaz tão singularmente retardatário que haviam se detido todas as suspeitas.

Ora, esse rapaz não era outro senão Andrea.

Munidos dessas informações, o comissário de polícia e o policial, que tinha a patente de major, rumavam em direção à porta de Andrea. Ela estava entreaberta.

— Oh, oh! — disse o major, velha raposa treinada nas artimanhas do Estado. — Porta aberta é mau sinal! Eu preferia triplamente aferrolhada.

Com efeito, a cartinha e o alfinete deixados por Andrea confirmaram, ou melhor, deram força à triste verdade. Andrea fugira.

Dizemos "deram força" porque o major não era homem de se render a uma única prova.

Ele olhou ao redor, vasculhou debaixo da cama, desenrolou as cortinas, abriu os armários e, finalmente, parou diante da lareira.

Graças às precauções de Andrea, nenhum vestígio de sua passagem subsistira nas cinzas.

Entretanto, ali havia uma saída e, naquelas circunstâncias, toda saída precisava ser objeto de uma séria investigação.

O major mandou então que lhe trouxessem um feixe de palha. Socou a lareira como se fosse um almofariz e ateou fogo.

O fogo fez estalar as paredes de tijolos. Uma coluna opaca de fumaça percorreu o orifício e projetou-se para o céu como o jato escuro de um vulcão, mas ele não viu o prisioneiro cair, como esperava.

Isso porque Andrea, desde a infância em luta com a sociedade, era páreo duro para qualquer policial, ainda que o policial tivesse a respeitável patente de major. Prevendo portanto o incêndio, ele alcançara o telhado e se colara à chaminé.

Por um instante, Andrea teve alguma esperança de ter escapado, pois ouviu o major chamando os dois policiais e gritando bem alto:

— Não está mais aqui!

Porém, esticando sutilmente o pescoço, viu que os dois policiais, a esse anúncio, em vez de se retirarem, como seria natural, redobraram a atenção.

Andrea olhou à sua volta: a prefeitura, colossal edifício do século XVI, erguia-se como uma muralha escura. À direita dela, e pelos vãos do monumento, descortinavam-se todos os cantos e recantos do telhado, como do alto de uma montanha descortina-se o vale.

Andrea compreendeu que veria a cabeça do major aparecer incessantemente em alguns desses vãos.

Descoberto, estava perdido. Uma fuga pelos telhados não lhe oferecia nenhuma chance de sucesso.

Prevendo portanto o incêndio, ele alcançara o telhado.

Resolveu então descer, não pelo mesmo caminho por onde viera, mas por um caminho análogo. Procurou uma chaminé da qual não saísse nenhuma fumaça, alcançou-a rastejando pelo telhado, e desapareceu pelo orifício sem ser visto por ninguém.

No mesmo instante, uma janelinha da prefeitura se abria e dava passagem à cabeça do major.

Por um instante essa cabeça permaneceu imóvel como um dos relevos de pedra que decoravam o prédio. Depois, com um longo suspiro de desapontamento, ela desapareceu.

O major, calmo e digno como a lei que representava, passou sem responder às mil perguntas da multidão aglomerada na praça, e voltou para o hotel.

— E agora? — perguntaram por sua vez os dois policiais.

— E agora! Meus filhos — respondeu o major —, o meliante deve ter se colocado a uma boa distância de nós desde hoje bem cedo pela manhã. Mas vamos nos espalhar pela estrada de Villers-Cotterêts e de Noyon e vasculhar a floresta, onde iremos encontrá-lo, indubitavelmente.

O honrado funcionário mal acabava, com a entonação peculiar aos majores da polícia, de dar à luz esse sonoro advérbio, quando um longo grito de pavor, acompanhado do tilintar insistente da campainha, soou no pátio do hotel.

— Oh, oh, oh! O que é isso? — exclamou o major.

— Isso é que é um hóspede apressado — disse o hoteleiro. — De que número ele está tocando?

— Do número 3.

— Corra até lá, menino!

Nesse momento, os gritos e o tilintar da campainha redobraram.

O menino partiu.

— Espere — disse o major, detendo-o —, parece-me que quem toca está pedindo outra coisa além de um criado, vamos servir-lhe um policial. Quem está hospedado no número 3?

— O rapazola que chegou com a irmã esta noite num coche e pediu um quarto com duas camas.

A campainha tilintou pela terceira vez, com uma entonação cheia de angústia.

— Venha, sr. comissário! — gritou o cabo. — Siga-me e aperte o passo.

— Um instante — disse o hoteleiro —, o quarto número 3 tem duas escadas: uma externa e outra interna.

— Pensando bem — disse o major —, vou pelo interior, é o meu departamento. As carabinas estão carregadas?

— Sim, major.

— Ótimo! Vigiem do lado de fora, vocês, e, se ele quiser fugir, abram fogo. De acordo com o telégrafo, é um perigoso assassino.

— Por piedade! Não chamem ninguém, salvem-me!

O major, seguido pelo comissário, desapareceu imediatamente pela escada interna, acompanhado pelo burburinho que suas revelações sobre Andrea acabavam de provocar na multidão.

Eis o que acontecera: Andrea descera com grande habilidade até dois terços da chaminé, mas, ao chegar nesse ponto, seu pé falseara e, a despeito do apoio das mãos, descera mais rapidamente e sobretudo fazendo mais barulho do que teria desejado. Nada grave se o quarto estivesse vazio, mas, desafortunadamente, achava-se habitado.

Duas mulheres dormiam numa cama, o barulho as despertou.

Seus olhares estavam fixados no ponto de onde vinha o barulho e, pelo vão da lareira, viram aparecer um homem.

Havia sido uma daquelas duas mulheres, a loura, que dera o terrível grito que reverberara em toda a casa, enquanto a outra, morena, dera o alarme, lançando-se no cordão da campainha e sacudindo-o com toda a força.

Andrea, como vemos, estava com azar.

— Por piedade! — gritou, pálido, desvairado, sem ver as pessoas a quem se dirigia. — Por piedade! Não chamem ninguém, salvem-me! Não desejo fazer-lhes mal.

— Andrea, o assassino! — gritou uma das duas moças

— Eugénie! Srta. Danglars! — murmurou Cavalcanti, passando do pavor ao estupor.

— Socorro! Socorro! — gritou a srta. d'Armilly, tirando a sineta das mãos inertes de Eugénie e fazendo-a soar ainda mais alto do que o fazia sua companheira.

— Salvem-me, estão atrás de mim! — implorou Andrea, fazendo com as mãos um gesto de súplica. — Por piedade, por misericórdia, não me entreguem!

— Tarde demais, estão subindo — respondeu Eugénie.

— Meu Deus! Escondam-me em algum lugar, a senhora dirá que teve medo sem motivos. Desviará as suspeitas e terá salvado a minha vida.

As duas mulheres, espremidas uma contra a outra, envolvendo-se em seus cobertores, emudeceram diante daquela voz suplicante. Todas as apreensões, todas as repugnâncias entrechocavam-se em seu espírito.

— Muito bem, que seja! — disse Eugénie. — Volte pelo caminho por onde veio, infeliz. Vá embora e não diremos nada.

— Ele está aqui! Ele está aqui! — gritou uma voz no corredor. — Está aqui, estou vendo!

Com efeito, o major colara o olho na fechadura e percebera Andrea de pé e suplicante.

Uma violenta coronhada destroçou os ferrolhos. A porta despedaçada caiu para dentro.

Andrea correu para a outra porta, que dava para a galeria do pátio, e abriu-a disposto a se lançar por ela.

Ali estavam os dois policiais, com suas carabinas de miras postas contra ele.

Andrea estacou imediatamente. De pé, pálido, o corpo um pouco vergado para trás, segurava sua faca inútil na mão crispada.

— Fuja! — gritou a srta. d'Armilly, em cujo coração a piedade entrava à medida que o pavor saía. — Fuja!

— Ou mate-se! — disse Eugénie, com o tom e a pose de uma daquelas vestais que, no Circo, ordenavam com o polegar, ao gladiador vitorioso, que desse fim no adversário a seus pés.

Andrea estremeceu e olhou para a moça com um sorriso de desprezo no qual ficou evidente que sua canalhice não compreendia a sublime ferocidade da honra.

— Matar-me! — exclamou ele, jogando a faca no chão. — E por quê?

— Mas o senhor mesmo disse! — exclamou a srta. Danglars. — Vão condená-lo à morte como o último dos criminosos!

— Bah! — replicou Cavalcanti, cruzando os braços. — E os amigos, para que servem?

Ali estavam os dois policiais.

O major avançou em direção a ele, empunhando o sabre.

— Vamos, vamos — disse Cavalcanti —, guarde o sabre, meu bom homem, não precisa dessa encenação, eu me rendo.

E estendeu as mãos para as algemas.

As duas moças olhavam com terror aquela hedionda metamorfose operada a seus olhos, o homem da alta sociedade saía da redoma e voltava a ser o homem da masmorra.

Andrea voltou-se para elas e, com o sorriso da impudência, perguntou:

— Tem alguma encomenda para o senhor seu pai, srta. Eugénie? Pois tudo indica que retorno a Paris.

Eugénie escondeu a cabeça nas mãos.

— Oh, oh! — disse Andrea. — Não há do que se envergonhar, e não lhe quero mal por ter colocado sua caleche no meu encalço... Afinal, eu não era quase o seu marido?

E com esse escárnio Andrea saiu, deixando as duas fugitivas às voltas com os sofrimentos da vergonha e os comentários dos presentes.

Uma hora depois, ambas vestindo roupas femininas, elas embarcavam em sua caleche de viagem.

A porta do hotel havia sido fechada para evitar os curiosos, mas nem por isso elas se viram livres de passar, quando essa porta foi reaberta, no meio de uma dupla fileira de curiosos, de olhos flamejantes e lábios sussurrantes.

Eugénie abaixou as cortinas. Contudo, se não via mais, ainda ouvia, e o rumor das zombarias chegava até ela.

— Oh, por que o mundo não é um deserto? — exclamou, jogando-se nos braços da srta. d'Armilly, os olhos destilando aquela raiva que fazia Nero[4] desejar que o mundo romano tivesse apenas uma cabeça, a fim de decepá-la com um só golpe.

No dia seguinte, hospedavam-se no Hotel de Flandres, em Bruxelas. Desde a véspera, Andrea estava engaiolado na chefatura de polícia.

---

4. Nero: Suetônio (69-141), autor latino, escreve em sua obra *A vida dos doze césares*, "Calígula", XXX: "Furioso que a turba tivesse outros favoritos que não os seus, ele gritou: 'Agrada aos deuses que o povo romano não tenha apenas uma cabeça!'" Ou seja, o autor, por equívoco, relacionou-a a Nero Cláudio César Augusto Germânico (37-68), o quinto imperador romano, entre 54 e 68, e não a Caio César Germânico, conhecido por Calígula (12-41; seu apelido, em português, significa "botinhas", e foi-lhe dado pelos soldados das legiões comandadas pelo pai, quando, ainda criança, fantasiava-se de legionário, calçando pequenas *caligae*, as sandálias militares romanas), o terceiro imperador romano, reinante entre 37 e 41. Seja como for, ambos encabeçam a lista dos mais perversos imperadores de Roma.

2. A LEI

Vimos a tranquilidade com que a srta. Danglars e a srta. d'Armilly haviam operado sua transformação e empreendido sua fuga: é que estavam todos muito atarefados com seus próprios assuntos para se ocuparem com os delas.

Deixemos o banqueiro, suor na testa, somar diante do fantasma da bancarrota as imensas colunas do seu passivo, e sigamos a baronesa, que, depois de por um instante sentir-se esmagada sob a violência do golpe que acabava de atingi-la, fora encontrar o seu conselheiro de sempre, Lucien Debray.

Afinal, a baronesa contava com aquele casamento para finalmente livrar-se de uma tutela que, em se tratando de uma moça do caráter de Eugénie, não deixava de ser mais que embaraçosa. Afinal, nessa espécie de contrato implícito que mantém o laço hierárquico da família, a mãe só tem poderes sobre a filha se for para esta exemplo constante de bom comportamento e modelo de perfeição.

Ora, a sra. Danglars temia a perspicácia de Eugénie e os conselhos da srta. d'Armilly, tendo surpreendido alguns olhares desdenhosos lançados por sua filha a Debray, olhares que indicavam ter Eugénie conhecimento de todo o segredo de suas relações amorosas e pecuniárias com o secretário pessoal do ministro. Contudo, uma interpretação mais sagaz e aprofundada teria demonstrado à baronesa que Eugénie detestava Debray não por ele ser um estorvo e um escândalo na casa paterna, mas simplesmente porque ela o enquadrava na categoria daqueles bípedes que Diógenes tentava não chamar mais de homens e que Platão designava com a perífrase "bípedes desplumados"[5].

5. "bípedes desplumados": ver Parte III, cap.15, nota 123.

Do seu ponto de vista, e infelizmente neste mundo cada um tem seu ponto de vista pessoal, o que nos impede de enxergar o ponto de vista alheio, a sra. Danglars lamentava infinitamente que o casamento de Eugénie houvesse se frustrado, não porque tal união fosse conveniente, harmoniosa e devesse fazer a felicidade da filha, mas porque o casamento restituiria-lhe a liberdade.

Então, como íamos dizendo, ela correu até a casa de Debray, o qual, após ter assistido, como Paris inteira, à cerimônia do contrato e ao escândalo daí resultante, apressara-se a se retirar para o clube onde, com alguns amigos, comentava o acontecimento que naquele instante constituía a conversa de três quartos dessa cidade eminentemente mexeriqueira conhecida como a capital do mundo.

Enquanto a sra. Danglars, de vestido preto e com o rosto coberto por um véu, subia a escada que conduzia ao apartamento de Debray, apesar da certeza que o porteiro lhe dera de que o jovem não estava em casa, Debray estava ocupado rechaçando a insinuação de um amigo que tentava provar-lhe que, depois daquele terrível pandemônio, era seu dever como amigo da casa desposar a srta. Eugénie Danglars e seus dois milhões.

Debray defendia-se feito alguém que só deseja ser vencido, pois muitas vezes essa ideia apresentara-se por si só ao seu espírito. A bem da verdade, conhecendo Eugénie e seu caráter independente e altivo, ele assumia de tempos em tempos uma atitude toda defensiva, alegando ser aquela união impossível, mas não obstante deixava-se afagar silenciosamente pela ideia maldita, que, no dizer de todos os moralistas, preocupa sem cessar o homem mais probo e puro, latente no fundo de sua alma como Satã atrás da cruz. O chá, o jogo e a conversa, interessante, como vemos, uma vez que nela se discutiam tão graves interesses, prosseguiram até a uma da manhã.

Durante esse tempo, a sra. Danglars, introduzida pelo camareiro de Lucien, esperava, de véu e arfante, na saleta verde, entre duas corbelhas de flores que ela mesma enviara pela manhã, e que Debray, deve-se dizer, arrumara, hierarquizara e podara com um capricho que fez a infeliz mulher perdoar sua ausência.

Às onze e quarenta, a sra. Danglars, cansada de esperar em vão, entrou novamente no fiacre e voltou para casa.

As mulheres de uma certa casta têm isto em comum com as cortesãs afortunadas: em geral, nenhuma delas volta para casa depois da meia-noite. A baronesa entrou no palacete com a mesma precaução que Eugénie acabara de tomar para sair. Subiu celeremente, e com o coração apertado, a escada de seus aposentos, contíguos, como sabemos, aos de Eugénie.

Tinha grande receio de provocar comentários. Acreditava piamente — pobre mulher, pelo menos nesse ponto respeitável — na inocência da filha e em sua fidelidade ao lar paterno!

Já em seu quarto, foi escutar na porta de Eugénie. Não escutando nenhum barulho, tentou entrar, mas a porta estava trancada.

A sra. Danglars achou que Eugénie, cansada das terríveis emoções da noite, fora deitar-se e dormia.

Chamou a camareira e interrogou-a.

— A srta. Eugénie — respondeu a camareira — foi para o quarto com a srta. d'Armilly, onde tomaram chá juntas. Depois me dispensaram, dizendo não precisarem mais de mim.

Desde então, a camareira encontrava-se na copa e, como todo mundo, julgava estarem as duas moças no quarto.

A sra. Danglars, portanto, foi para a cama sem a sombra de uma dúvida. No entanto, tranquila quanto aos indivíduos, seu espírito voltou a lidar com os fatos.

A srta. Eugénie foi para o quarto com a srta. d'Armilly.

À medida que as ideias clareavam em sua cabeça, aumentavam as proporções da cena do contrato: não era mais um escândalo, era uma catástrofe; não era mais uma vergonha, era uma ignomínia.

À sua revelia, portanto, a baronesa lembrou que não tivera piedade da infeliz Mercedes, recentemente aviltada, graças ao marido e ao filho, por uma desgraça igualmente funesta.

"Eugénie está perdida e nós também", ruminou ela. "O caso, tal como irá apresentar-se, cobre-nos de opróbrio, pois, numa sociedade como a nossa, certos ridículos são chagas vivas, sangrentas, incuráveis.

"Que sorte Deus ter dado a Eugénie esse caráter estranho que tantas vezes me fez tremer!"

E seu olhar de gratidão ergueu-se ao céu, cuja misteriosa providência dispõe antecipadamente os acontecimentos e que às vezes, de um defeito, até mesmo de um vício, forja uma felicidade.

Em seguida, seu pensamento atravessou o espaço como faz, abrindo as asas, o pássaro sobre um abismo, e deteve-se em Cavalcanti.

"Aquele Andrea era um miserável, um ladrão, um assassino e, no entanto, possuía maneiras que indicavam uma educação quase boa, quando não uma educação completa. Afinal, ele havia se apresentado na sociedade com o aparato de uma grande fortuna, com o endosso de nomes honrados."

Como ver claro naquele dédalo? A quem dirigir-se para sair daquela posição cruel? Debray — a quem ela recorrera num primeiro impulso de mulher que procura socorro no homem amado e que às vezes a leva à perdição — só podia lhe dar um conselho: era alguém mais poderoso que ela devia procurar.

A baronesa pensou então no sr. de Villefort.

Havia sido o sr. de Villefort que desejara a prisão de Cavalcanti; havia sido o sr. de Villefort que, sem piedade, trouxera o caos para o seio de sua família, como se esta fosse uma família estranha.

Por outro lado, pensando bem, o procurador do rei não era um homem impiedoso. Era um magistrado escravo de seus deveres, um amigo leal e inabalável, que, abruptamente, embora com mão firme, passara o bisturi na corrupção. Não era um carrasco, era um cirurgião, um cirurgião que desejara, aos olhos da sociedade, isolar a honra dos Danglars da ignomínia daquele rapazola incorrigível que eles haviam apresentado como seu genro.

A partir do momento em que o sr. de Villefort, amigo da família Danglars, agia assim, só era possível supor que o procurador não soubesse de nada antecipadamente e não tivesse se prestado a nenhum dos ardis de Andrea.

O comportamento de Villefort, pensando bem, aparecia então à baronesa sob uma luz razoável, em função dos benefícios que lhes proporcionava a ambos.

A inflexibilidade do procurador do rei, entretanto, não devia ir além desse ponto. Ela iria procurá-lo no dia seguinte e conseguiria dele, se não que faltasse a seus deveres de magistrado, pelo menos que lhes concedesse toda a latitude de sua indulgência.

A baronesa invocaria o passado, rejuvenesceria suas lembranças, suplicaria em nome de uma época de culpa, mas feliz. O sr. de Villefort abafaria o caso, ou pelo menos permitiria — e para fazer isso, bastava dirigir os olhos para o outro lado — que Cavalcanti fugisse e julgaria o crime exclusivamente sob a sombra penal da chamada "revelia".

Foi somente então que, mais tranquila, ela pegou no sono.

No dia seguinte, às nove horas, a sra. Danglars levantou-se e, sem chamar a camareira, sem dar sinal de vida a ninguém, vestiu-se com a mesma simplicidade da véspera, desceu a escada, saiu do palacete, andou até a rua de Provence, entrou num fiacre e dirigiu-se à casa do sr. de Villefort.

Fazia um mês que essa casa maldita apresentava o aspecto lúgubre de um leprosário onde a peste fora declarada. Uma parte dos aposentos estava fechada por dentro e por fora. Os postigos, fechados, abriam-se apenas por um instante para arejar. Via-se então aparecer nessa janela a cabeça aturdida de um criado, depois a janela voltava a se fechar, como a lápide lacra um sepulcro, e os vizinhos comentavam baixinho:

— Será que hoje é dia de ver um caixão sair da residência do sr. procurador do rei?

A sra. Danglars sentiu um calafrio diante do aspecto daquela casa desolada. Desceu do fiacre, com as pernas trêmulas, aproximou-se da porta fechada e tocou.

Foi somente ao terceiro toque da sineta, cujo som lúgubre parecia, por sua vez, participar da tristeza geral, que um porteiro apareceu, entreabrindo o portão na exata medida para deixar passar suas palavras.

Viu uma mulher, uma dama da sociedade, uma senhora elegantemente vestida, e, entretanto, o portão continuou quase fechado.

— Abra logo! — ordenou a baronesa.

— Em primeiro lugar, quem é a senhora? — indagou o porteiro.

— Quem sou eu? Ora, você me conhece muito bem!

— Não conhecemos mais ninguém, senhora.

— Mas está louco, meu amigo?! — exclamou a baronesa.

— Vem da parte de quem?

— Oh, isso é demais!

— Senhora, perdão, são ordens: seu nome?

— Sra. baronesa Danglars. Você já me viu vinte vezes.

— É possível, senhora. Agora, o que deseja?

— Oh, como você está esquisito! Irei queixar-me ao sr. de Villefort da impertinência dos seus empregados.

— Senhora, não é impertinência, é precaução. Ninguém entra aqui sem uma palavra do sr. d'Avrigny, ou sem ter algum assunto com o procurador do rei.

— Pois bem! Meu assunto é justamente com o sr. procurador do rei.

— Assunto urgente?

— O que acha? Se ainda não dei meia-volta para subir neste fiacre? Mas basta: eis o meu cartão, leve-o a seu patrão.

— A senhora aguardará o meu retorno?

— Sim, vá.

O porteiro fechou o portão, deixando a sra. Danglars na rua.

A baronesa, é verdade, não esperou muito. Um instante depois, o portão voltou a abrir um vão suficiente para lhe dar passagem. Ela passou e o portão se fechou.

Ao chegar ao pátio, o porteiro, sem perder o portão de vista um instante, puxou um apito do bolso e apitou.

O mordomo do sr. de Villefort apareceu na escada da entrada.

— A senhora desculpará esse bom homem — disse ele, postando-se diante da baronesa —, mas suas ordens são rigorosas, e o sr. de Villefort encarregou-me de lhe transmitir que não podia fazer de outro jeito.

No pátio estava um fornecedor, introduzido com as mesmas precauções e cujas mercadorias eram vistoriadas.

A baronesa subiu a escada. Sentia-se profundamente impressionada com aquela tristeza, que expandia, por assim dizer, o círculo da sua. Sempre guiada pelo mordomo, foi introduzida, sem que seu guia a perdesse de vista, no gabinete do magistrado.

Embora a sra. Danglars estivesse muito preocupada com o motivo que a levava até ali, a recepção que lhe fora dispensada pela criadagem parecera-lhe tão indigna que ela começou pelas queixas.

Mas Villefort soergueu sua cabeça prostrada pela dor e olhou para ela com um sorriso tão triste que as reclamações morreram em seus lábios.

— Perdoe meus serviçais por um terror pelo qual não posso culpá-los. Para eles, agora, todos são suspeitos.

A sra. Danglars já ouvira comentários na sociedade sobre aquele terror apontado pelo magistrado, mas nunca teria acreditado, se não tivesse visto com os próprios olhos, que a atmosfera houvesse chegado àquele ponto.

— Então também está vivendo um infortúnio? — perguntou ela.

— Sim, senhora — respondeu o magistrado.

— Então tem pena de mim?

— Sinceramente.

— E sabe o que me traz aqui?

— Veio falar-me dos seus problemas, não é?

— Sim, senhor, uma terrível desgraça.

— A senhora quer dizer uma desventura.

— Desventura! — exclamou a baronesa.

— Infelizmente, senhora — respondeu o procurador do rei, com sua calma imperturbável —, agora só considero desgraça as coisas irreparáveis.

— Ora! E o senhor acredita que irão esquecer…?

— Tudo se esquece, senhora — disse Villefort. — Sua filha irá casar-se amanhã, se não for hoje; daqui a uma semana, se não for amanhã. E, quanto a lastimar pelo futuro da srta. Eugénie, não creio que seja esta sua intenção.

A sra. Danglars encarou Villefort, estupefata diante daquela calma quase escarninha.

— Estou na casa de um amigo? — perguntou, num tom cheio de dolorosa dignidade.

— Sabe que sim — respondeu Villefort, cujas faces cobriram-se, com essa garantia que dava, de um leve rubor.

Com efeito, essa garantia fazia alusão a acontecimentos bem diferentes daqueles que os ocupavam àquela hora, a baronesa e a ele.

— Se é assim, meu caro Villefort — disse a sra. Danglars —, seja mais afetuoso. Fale como amigo não como magistrado, e não me diga para ficar alegre quando estou profundamente infeliz.

Villefort inclinou-se.

— Quando ouço falar de desgraças, senhora — disse ele —, adquiri há três meses o péssimo hábito de pensar nas minhas, e então essa dinâmica egoísta da competição efetua-se à minha revelia dentro de mim. Eis por que, ao lado das minhas desgraças, as suas pareciam-me uma desventura; eis por que, ao lado da minha posição funesta, a sua parecia-me uma posição invejável. Mas isso a contraria, vamos adiante. A senhora dizia...?

— Quero saber do senhor, meu amigo — retomou a baronesa —, em que pé está o caso desse impostor?

— Impostor! — repetiu Villefort. — Decididamente, minha cara, é um pressuposto na senhora atenuar certas coisas e exagerar outras. Impostor, o sr. Andrea Cavalcanti, quer dizer, o sr. Benedetto?! Está enganada, senhora, o sr. Benedetto é pura e simplesmente um assassino.

— Não nego a justiça de sua retificação, porém, quanto mais o senhor investir contra esse infeliz, mais irá magoar minha família. Vamos, esqueça-o por um momento. Em vez de o perseguir, deixe-o fugir.

— A senhora chegou tarde demais, as ordens já foram dadas.

— Muito bem! Se o prenderem... Acha que irão prendê-lo?

— Assim espero.

— Se o prenderem... escute, sempre ouço dizer que as prisões estão lotadas, pois bem!, mantenha-o na prisão.

O procurador do rei fez um gesto negativo.

— Pelo menos até a minha filha casar com alguém — acrescentou a baronesa.

— Impossível, senhora. A justiça tem suas formalidades.

— Até mesmo para mim? — disse a baronesa, entre sorridente e séria.

— Para todos — respondeu Villefort —, e para mim também, como para os demais.

— Ah! — fez a baronesa, sem acrescentar em palavras o que seu pensamento acabava de trair com aquela exclamação.

Villefort encarou-a com o olhar que usava para sondar pensamentos.

— Sim, sei o que quer dizer — ele acrescentou. — Faz alusão a esses rumores terríveis que correm na sociedade, segundo os quais todas essas mortes que há três meses me enlutam, que essa morte a que Valentine, como por milagre, acaba de escapar, não são naturais.

— Não era nisso que eu pensava — disse com vivacidade a sra. Danglars.

— Sim, era nisso que pensava, senhora, e nada mais justo, pois não podia fazer outra coisa senão pensar nisso, e a senhora ruminava baixinho: "Tu, que persegues o crime, responde: Por que permanecem impunes tantos crimes ao teu redor?"

A baronesa empalideceu.

— Não era o que perguntava para si mesma, senhora?

— Pois bem! Admito.

— Vou lhe dar a resposta.

Villefort aproximou sua poltrona da cadeira da sra. Danglars. Em seguida, apoiando ambas as mãos em sua mesa e assumindo uma entonação mais cava que de costume, ele disse:

— Há crimes que permanecem impunes porque os autores não são conhecidos e porque tememos decepar uma cabeça inocente no lugar de uma cabeça culpada. Contudo, quando esses criminosos forem conhecidos — Villefort apontou para um crucifixo em frente à sua mesa —, quando esses criminosos forem conhecidos — repetiu —, pelo Deus vivo, senhora, seja quem for, morrerão! Agora, depois do juramento que lhe acabo de fazer, e que irei manter, senhora, ouse pedir-me perdão para esse miserável!

— Oh, senhor — replicou a sra. Danglars —, tem certeza de que ele é tão culpado como dizem?

— Veja sua ficha: Benedetto, primeira condenação, cinco anos a ferros por falsificação, aos dezesseis anos. Um rapaz promissor, como vê. Depois evadido, depois assassino.

— E quem é esse miserável?

— Ora, sabe-se lá! Um vagabundo, um corso.

— Então ninguém procurou por ele?

— Ninguém. Seus pais não são conhecidos.

— Mas e aquele homem que veio de Luca?

— Outro patife como ele, talvez seu cúmplice.

A baronesa juntou as mãos, aflita.

— Villefort! — ela rogou, com sua entonação mais meiga e carinhosa.

— Por Deus, senhora — respondeu o procurador do rei, com uma firmeza não isenta de secura —, por Deus! Nunca me peça misericórdia para um culpado.

"Quem sou eu? A lei. Por acaso a lei tem olhos para ver sua tristeza? Tem ouvidos para ouvir sua voz amável? Tem memória para levar em considera-

Villefort apontou para um crucifixo em frente à sua mesa.

ção seus delicados pensamentos? Não, senhora, a lei ordena e, quando a lei ordena, ela ataca.

"A senhora me dirá que sou um ser vivo e não um código; um homem, e não um compêndio. Olhe para mim, olhe ao meu redor. Os homens me trataram como irmão? Amaram-me? Foram indulgentes comigo? Pouparam-me? Alguém pediu misericórdia para o sr. de Villefort e foi concedida a esse alguém misericórdia para o sr. de Villefort? Não, não, não! Insultado, sempre insultado!

"A senhora obstina-se, mulher, ou seja, sereia que é, em me falar com esse olhar sedutor e expressivo, sugerindo-me que devo ruborizar. Pois muito bem: sim, ruborizar pelo que a senhora sabe e, talvez, por uma outra coisa também.

"Mas, enfim, depois que eu mesmo falhei, e mais profundamente que os outros talvez, pois bem!, depois disso desnudei os outros para encontrar a chaga, e nunca deixei de encontrá-la, digo mais, sempre encontrei com felicidade, com alegria, esse estigma da fraqueza ou da perversidade humana.

"Pois, todo homem que eu considerava culpado, e todo culpado que eu condenava, parecia-me uma prova viva, mais uma prova, de que eu não era uma hedionda exceção! Infelizmente, desafortunadamente, desgraçadamente, todo mundo é pérfido, senhora, cabe a nós prová-lo e aniquilar a perfídia."

Villefort pronunciou estas últimas palavras com uma raiva febril, o que conferia à sua linguagem uma eloquência feroz.

— Ora — replicou a sra. Danglars, fazendo uma última tentativa —, está me dizendo que esse rapaz é um aventureiro, órfão e abandonado por todos?

— Tanto pior, tanto pior, quer dizer, tanto melhor. A Providência o fez assim para que ninguém tivesse que chorar por ele.

— Isso é escarnecer do fraco, senhor.

— O fraco que assassina!

— A desonra dele respingará sobre a minha casa.

— Não tenho eu a morte na minha?

— Oh — exclamou a baronesa —, o senhor não tem pena dos outros. Pois bem! Sou eu quem lhe diz: não irão ter pena do senhor!

— Chega! — interrompeu Villefort, erguendo seu braço num gesto de ameaça.

— Ao menos, se ele for preso, adie o processo desse infeliz até a próxima magistratura. Isso nos dará seis meses para que o esqueçam.

— Em hipótese alguma — recusou Villefort —, ainda tenho cinco dias. O inquérito está concluído. Cinco dias é mais que o necessário, aliás, não compreende, senhora, que eu também preciso esquecer? Pois bem! Quando estou trabalhando, e trabalho noite e dia, quando estou trabalhando, há momentos em que não lembro mais e, quando não lembro mais, sou feliz à maneira dos mortos. Ora, isso ainda é preferível a sofrer.

— Senhor, ele desapareceu. Acoberte sua fuga, a inércia é uma clemência fácil.

— Já lhe disse que é tarde demais! O telégrafo foi acionado assim que amanheceu e, neste exato momento…

— Senhor — disse o mordomo, entrando —, um dragão trouxe esse despacho do ministro do Interior.

Villefort pegou a carta e abriu-a com nervosismo. A sra. Danglars estremeceu de pavor, Villefort estremeceu de alegria.

— Preso! — exclamou Villefort. — Foi preso em Compiègne: terminou.

A sra. Danglars levantou-se, fria e pálida.

— Adeus, senhor — ela disse.

— Adeus, senhora — respondeu o procurador do rei, quase alegre, acompanhando-a até a porta.

Em seguida, voltando a seu gabinete:

— Vamos — disse ele, batendo na carta com o dorso da mão direita. — Eu tinha uma fraude, três furtos e três incêndios, só me faltava um assassinato, agora não falta mais nada. A sessão será uma beleza.

3. A APARIÇÃO

Como dissera o procurador do rei à sra. Danglars, Valentine ainda não se restabelecera.

Alquebrada pelo cansaço, continuava efetivamente de cama, e foi em seu quarto, e pela boca da sra. de Villefort, que ela soube dos acontecimentos que acabamos de narrar, isto é, da fuga de Eugénie e da prisão de Andrea Cavalcanti, ou melhor, Benedetto, bem como da acusação de assassinato de que este era objeto.

Mas Valentine estava tão fraca que esse relato talvez não lhe houvesse causado todo o efeito que teria produzido sobre ela em seu estado de saúde normal.

Na verdade, eram tão somente algumas ideias vagas, algumas formas difusas, além do mais misturadas a ideias estranhas e fantasmas fugazes que nasciam em seu cérebro enfermo, ou que passavam diante de seus olhos, e logo tudo se apagou, permitindo que as sensações pessoais imperassem novamente.

Durante o dia, Valentine agarrava-se à realidade por intermédio de Noirtier, que era transportado até o quarto da neta e ali ficava, acariciando-a com seu olhar paternal. Mais tarde, quando retornava do Palácio de Justiça, era Villefort por sua vez quem passava uma ou duas horas dividindo-se entre seu pai e sua filha.

Às seis horas, Villefort retirava-se para o seu gabinete. Às oito, chegava o sr. d'Avrigny, trazendo pessoalmente a poção noturna preparada para a moça. Em seguida levavam Noirtier.

Uma enfermeira escolhida pelo médico substituía todo mundo e só se retirava quando, por volta das dez ou onze horas, Valentine já dormia.

Ao descer, essa enfermeira devolvia as chaves do quarto ao próprio sr. de Villefort, de maneira que não se podia mais chegar perto da doente a não ser passando pelos aposentos da sra. de Villefort e pelo quarto do pequeno Édouard.

Todas as manhãs, Morrel visitava Noirtier para saber notícias de Valentine, mas o jovem, coisa extraordinária, parecia cada dia menos preocupado.

Primeiro, Valentine, embora às voltas com uma violenta exaltação nervosa, melhorava dia após dia. Depois, Monte Cristo não lhe havia dito, quando ele acorrera desvairado à sua casa, que, se em duas horas não morresse, Valentine estaria salva?

Ora, Valentine estava viva, e quatro dias se haviam passado.

A mencionada exaltação nervosa perseguia Valentine até em seu sono, ou melhor, no torpor que sucedia a sua jornada. Nessas horas, no silêncio da noite e da semipenumbra proporcionada pela mecha sobre a lareira queimando em sua redoma de alabastro, ela assistia ao desfile das sombras que vêm povoar o quarto dos enfermos e dão calafrio com suas asas oscilantes.

A moça julgava então ver ora sua madrasta ameaçando-a, ora Morrel estendendo-lhe os braços, ora criaturas praticamente alheias à sua vida cotidiana, como o conde de Monte Cristo. Tudo, até os móveis, nesses momentos de delírio, parecia-lhe movediço, enevoado, e isso durava até as duas ou três da manhã, quando um sono de chumbo vinha raptar a moça e conduzi-la até o dia.

A noite seguinte àquela manhã em que Valentine soubera da fuga de Eugénie e da prisão de Benedetto, quando, após se misturarem por um instante às sensações de sua própria existência, esses acontecimentos começaram a sair pouco a pouco de seu pensamento, após a debandada sucessiva de Villefort, d'Avrigny e Noirtier, enquanto soavam as onze horas em Saint-Philippe du Roule, e a acompanhante, tendo colocado ao alcance da mão da doente a beberagem preparada pelo médico e fechado a porta do seu quarto, escutava trêmula, na copa, para onde se retirara, os comentários dos criados, e mobiliava sua memória com as lúgubres histórias que, há três meses, entretinham as noites das antecâmaras do procurador do rei, uma cena inesperada aconteceu naquele quarto inexpugnável.

Já havia cerca de dez minutos que a enfermeira se retirara.

Valentine, às voltas, já por uma hora, com a febre que a visitava todas as noites, deixava sua cabeça, rebelde à sua vontade, prosseguir o trabalho ativo, monótono e implacável do cérebro que se desgasta ao repetir incessantemente os mesmos pensamentos ou engendrar as mesmas imagens.

A mecha da lamparina irradiava milhares de centelhas, todas carregadas de significações estranhas, quando de repente, ao seu bruxuleio, Valentine julgou ver sua estante de livros, numa reentrância da parede situada ao lado da lareira, abrir-se lentamente sem que os trilhos nos quais parecia correr produzissem o menor barulho.

Em qualquer outra circunstância, Valentine teria puxado o cordão de seda da campainha e pedido socorro. Contudo, nada mais a impressionava no estado em que se encontrava. Tinha consciência de que todas as visões à sua volta eram filhas de seu delírio, convicção advinda de que, pela manhã, não restava nenhum vestígio de todos aqueles fantasmas noturnos, que desapareciam com o dia.

Atrás da porta surgiu uma silhueta humana.

Em virtude da febre, Valentine estava por demais familiarizada com esse tipo de aparição para se assustar. Apenas arregalou os olhos, esperando reconhecer Morrel.

A silhueta continuou a avançar na direção da sua cama, depois parou e pareceu escutar com uma atenção profunda.

Nesse momento, um lampejo da lamparina brincou no rosto do visitante noturno.

— Não é ele! — ela murmurou.

E esperou, convencida de que sonhava, de que o tal homem, como acontece nos sonhos, desapareceria ou se transformaria em algum outro personagem.

Ainda assim, apalpou seu pulso e, sentindo-o latejar violentamente, lembrou que o melhor meio de fazer desaparecer aquelas visões inoportunas era beber. O frescor da bebida, fabricada por sinal especificamente para acalmar as agitações de que Valentine se queixara ao médico, promovia, fazendo a febre baixar, uma renovação das sensações do cérebro. Depois que bebia, por um instante, ela sofria menos.

Sendo assim, Valentine estendeu a mão para pegar seu copo, que repousava num descanso de cristal. Mas, quando esticou seu braço trêmulo para fora da cama, a aparição deu, mais vigorosamente que nunca, dois novos passos em direção à cama, chegando tão perto dela que a jovem pôde ouvir sua respiração e julgou sentir a pressão de sua mão.

Dessa vez a ilusão, ou melhor, a realidade ultrapassava tudo que Valentine experimentara até o momento. Ela teve então a sensação de estar desperta e bem viva. Constatou que gozava de toda a sua razão, e tremeu.

A pressão que Valentine sentira tivera como objetivo deter-lhe o braço.

Valentine recolheu-o lentamente para si.

Então aquele rosto, de cujo olhar era impossível escapar e que, aliás, parecia antes protetor que ameaçador, aproximou-se da lamparina e examinou a beberagem, como se desejasse julgar sua transparência e pureza.

Mas esse primeiro teste não foi suficiente.

Esse homem, ou melhor, esse fantasma, pois caminhava tão sorrateiramente que o tapete abafava o barulho de seus passos, extraiu do copo uma colher da beberagem e ingeriu-a. Valentine observava o que acontecia diante de seus olhos com uma profunda sensação de estupor.

Ela tinha a forte impressão de que tudo aquilo estava prestes a desaparecer e dar lugar a outro quadro, mas o homem, em vez de evaporar como uma sombra, aproximou-se dela e, estendendo o copo, com uma voz transtornada, disse:

— Agora beba!

Valentine estremeceu.

Era a primeira vez que uma de suas visões dirigia-se a ela com aquele timbre tão vivo.

Abriu a boca para gritar.

O homem pôs um dedo sobre seus lábios.

— Sr. conde de Monte Cristo! — ela murmurou.

Pelo pavor que se desenhava nos olhos da moça, pelo tremor de suas mãos, pelo gesto rápido que esboçou para se enrolar nos lençóis, era possível assistir ao derradeiro embate entre a dúvida e a convicção. Todavia, a presença de Monte Cristo em sua casa a uma hora daquelas, sua entrada misteriosa, fantástica, inexplicável, através de uma parede, pareciam impossibilidades para a abalada razão de Valentine.

— Não grite, não se assuste — disse o conde —, não tenha, no fundo de seu coração, sequer o fulgor de uma dúvida ou a sombra de uma preocupação. O homem que vê à sua frente, pois desta vez a srta. Valentine goza da razão, isto não é uma ilusão, é o pai mais carinhoso e o amigo mais respeitoso que a senhorita pode sonhar.

Valentine não encontrou nada para responder. Sentia um medo tão grande da voz que revelava a presença real de quem lhe falava, que temia associá-la à sua, mas seu olhar assustado queria dizer: "Se suas intenções são puras, por que está aqui?"

Com sua fantástica sagacidade, o conde compreendeu tudo que se passava no coração da moça.

— Escute — disse ele —, ou antes, olhe para mim. Veja meus olhos avermelhados e meu rosto mais pálido que o habitual. Há quatro noites não prego o olho; há quatro noites velo pela senhorita, protejo-a, preservo-a para o nosso amigo Maximilien.

Um jato de sangue alegre invadiu rapidamente as faces da doente, pois o nome que o conde acabava de pronunciar eliminava o resíduo de desconfiança que este lhe inspirara.

— Maximilien...! — repetiu Valentine, tanto esse nome lhe era doce de pronunciar. — Maximilien! Ele então contou tudo para o senhor?

— Tudo. Ele me disse que a sua vida era a dele, e prometi-lhe que a senhorita viveria.

— Prometeu-lhe que eu viveria?

— Sim.

— Com efeito, o senhor acaba de falar de vigilância e proteção. Então é médico?

— Sim, e o melhor que o céu pode enviar-lhe neste momento, acredite em mim.

— Disse que velou por mim? — perguntou Valentine, preocupada. — Onde, isso? Não percebi nada.

O conde apontou a mão na direção da estante.

— Eu estava escondido atrás dessa porta — disse ele —, essa porta dá na casa vizinha, por mim alugada.

Valentine, com um movimento de recatado orgulho, desviou os olhos e, com um terror soberano, disse:

— Senhor, o que fez é de uma demência sem igual, e essa proteção que me concedeu parece mais um insulto.

— Valentine — disse ele —, durante essa longa vigília, vi somente o seguinte: as pessoas que vinham ao seu quarto, a comida que preparavam para a senhorita, as bebidas que lhe serviram. Então, quando essas bebidas pareciam-me perigosas, eu entrava como acabo de entrar, esvaziava seu copo e substituía o veneno por uma infusão benigna, a qual, em vez da morte que lhe haviam preparado, fazia circular a vida em suas veias.

— O veneno! A morte! — exclamou Valentine, julgando-se novamente sob a influência de alguma alucinação febril. — O que está dizendo, cavalheiro?

— Schhh! — fez Monte Cristo, levando de novo o dedo aos lábios dela. — Sim, minha filha, eu disse o veneno; sim, eu disse a morte, e repito, a morte, mas antes beba isto — o conde tirou do bolso um vidrinho contendo uma bebida vermelha da qual despejou algumas gotas no copo. — E, quando tiver bebido, não tome mais nada à noite.

Valentine estendeu a mão, porém, mal tocara no copo, retirou-a, aterrada.

Monte Cristo pegou o copo, bebeu metade e o apresentou a Valentine, que engoliu sorrindo o resto da bebida que ele continha.

— Oh, sim — disse ela —, reconheço o gosto das minhas beberagens noturnas, dessa água que restituía um pouco de frescor ao meu peito, um pouco de calma ao meu cérebro. Obrigada, cavalheiro, obrigada.

— Eis como sobreviveu quatro noites, Valentine — disse o conde. — Mas e eu, como vivia? Oh, as horas cruéis que me fez passar! Oh, as terríveis torturas que me fez sofrer, quando eu via despejarem em seu copo o veneno mortal, temendo que a senhorita o bebesse antes que eu tivesse tempo de atirá-lo na lareira!

— Se está dizendo — respondeu Valentine no auge do terror — que sofreu mil torturas ao ver alguém despejar veneno no meu copo, então deve ter visto a pessoa que o despejava?

— Sim.

Valentine levantou-se um pouquinho e, protegendo seu colo, mais pálido que a neve, com a cambraia bordada, ainda úmida do suor frio do delírio e à qual começava a se misturar o suor ainda mais gelado do terror, repetiu a pergunta:

— Viu quem era?

— Schhh! Sim, minha filha, eu disse o veneno;
sim, eu disse a morte.

— Sim — disse o conde uma segunda vez.

— O que diz é horrível, cavalheiro, deseja que eu acredite em alguma coisa infernal? O quê! Na casa do meu pai! O quê! No meu quarto! O quê! Continuam a me assassinar no meu leito de sofrimento? Oh! Retire-se, cavalheiro, está tentando minha consciência, blasfemando contra a bondade divina, isso é impossível, inconcebível.

— E a senhorita seria a primeira que essa mão golpeia, Valentine? Não viu caírem à sua volta o sr. de Saint-Méran, a sra. de Saint-Méran, Barrois? Não teria visto cair o sr. Noirtier, se o tratamento que ele segue há um ano não o houvesse protegido e atuado contra o veneno pelo hábito do veneno?

— Oh, meu Deus — exclamou Valentine —, será por isso que, de um mês para cá, o vovô exige que eu divida com ele todas as suas infusões?

— Infusões — exclamou Monte Cristo — que têm um gosto amargo como o de uma casca de laranja quase seca!?

— Sim, meu Deus, sim!

— Ora, isso explica tudo — disse Monte Cristo. — Ele também sabe que estão envenenando por aqui, e talvez quem seja o envenenador.

"Ele propiciou defesas à senhorita, sua neta bem-amada, contra a substância mortal, e a substância mortal perdeu força com esse esboço de rotina! Eis como a senhorita ainda vive, o que eu não conseguia entender, depois de ter sido envenenada nos últimos quatro dias com um veneno que em geral não perdoa."

— Mas então quem é o assassino, o homicida?

— Devolvo-lhe a pergunta: nunca viu alguém entrando à noite no seu quarto?

— E como! Julguei muitas vezes ver passar algo como sombras, essas sombras aproximaram-se, afastaram-se, desapareceram. Mas eu achava que eram visões da minha febre. Agora mesmo, quando o senhor entrou, pois bem, achei que estava delirando, ou sonhando.

— Então não sabe quem é a pessoa que atenta contra sua vida?

— Não — respondeu Valentine —, por que alguém desejaria a minha morte?

— Então irá saber — disse Monte Cristo, aguçando os ouvidos.

— Como assim? — perguntou Valentine, olhando com terror à sua volta.

— Afinal, esta noite a senhorita não tem mais febre nem delírio, afinal, esta noite a senhorita está bem desperta, afinal, eis que chega a meia-noite, a hora dos assassinos.

— Meu Deus, meu Deus! — disse Valentine, enxugando com a mão o suor que brotava de sua testa.

Com efeito, a meia-noite soava lenta e tristemente, e cada golpe do martelo de bronze parecia golpear o coração da jovem.

— Valentine — continuou o conde —, peça socorro a todas as suas forças, comprima seu coração dentro do peito, prenda sua voz na garganta, finja dormir, e verá, você verá!

Valentine agarrou a mão do conde.

— Acho que ouvi um barulho — disse ela —, vá!

— Adeus, ou melhor, até já — respondeu o conde.

Em seguida, com um sorriso tão triste e paternal que fez o coração da moça rejubilar-se de gratidão, dirigiu-se na ponta dos pés para a porta da estante.

Porém, voltando-se antes de a fechar atrás de si, o conde alertou-a:

— Não faça um gesto, não pronuncie uma palavra, a fim de que acreditem que está dormindo, caso contrário podem matá-la sem que eu tenha tempo de acorrer.

E, com essa terrível injunção, ele desapareceu atrás da porta, que se fechou silenciosamente em seguida.

4. LOCUSTA

Valentine ficou sozinha. Dois outros relógios de parede, atrasados em relação ao de Saint-Philippe du Roule, voltaram a dar a meia-noite em intervalos diferentes.

Depois disso, afora o barulho distante de alguns coches, tudo recaiu no silêncio.

Então toda a atenção de Valentine concentrou-se no relógio de seu quarto, cujo balancim marcava os segundos.

Pôs-se a contá-los e notou que eram duplamente mais lentos que as batidas do seu coração. E, entretanto, continuava a duvidar. A inofensiva Valentine não podia imaginar que alguém desejasse sua morte. Por quê? Com que objetivo? Que mal ela fizera que tivesse podido angariar-lhe um inimigo?

Não havia o menor perigo de ela cair no sono.

Uma única ideia, uma ideia terrível mantinha seu espírito tenso: alguém nesse mundo tentara assassiná-la e iria tentar de novo.

E se, dessa vez, a pessoa, cansada de ver a ineficácia do veneno, recorresse, como dissera Monte Cristo, ao punhal?! E se o conde não tivesse tempo de acorrer?! E se ela estivesse prestes a morrer?! E se não pudesse mais rever Morrel?!

Diante desse pensamento, que a cobria ao mesmo tempo com uma palidez lívida e um suor gelado, Valentine esteve prestes a se pendurar no cordão da campainha e chamar por socorro.

Mas pareceu-lhe, através da porta da estante, ver cintilar o olho do conde, o olho que fustigava sua lembrança e que, quando ela pensava nele, atormentava-a com tal pejo que ela se perguntava se um dia a gratidão viria a apagar esse constrangedor efeito da indiscreta amizade do conde.

Vinte minutos, vinte eternidades assim se passaram, depois mais dez minutos. Finalmente, o pêndulo do relógio, gritando com um segundo de antecedência, acabou por percutir no gongo sonoro.

Nesse exato momento, um discreto arranhar de unha na madeira da estante indicou a Valentine que o conde estava atento e recomendava-lhe o mesmo.

Com efeito, do lado oposto, isto é, na direção do quarto de Édouard, Valentine pareceu perceber o assoalho estalar. Prestou atenção, segurando a respiração quase sufocada. A fechadura rangeu e a porta se abriu.

Valentine, que se apoiara sobre o cotovelo, só teve tempo de recolher-se e esconder os olhos sob o braço.

Em seguida, trêmula, agitada, o coração asfixiado por um pavor indizível, ficou à espera.

Alguém aproximou-se da cama e roçou nas cortinas.

Valentine reuniu todas as forças e produziu aquele murmúrio regular da respiração que anuncia um sono tranquilo.

— Valentine! — sussurrou uma voz.

A moça ficou arrepiada até a medula, mas não respondeu.

— Valentine! — repetiu a mesma voz.

Mesmo silêncio: Valentine prometera não despertar.

Tudo então ficou imóvel.

Entrementes, Valentine ouviu o barulho quase imperceptível de uma bebida caindo no copo que ela acabava de esvaziar.

Ousou então, sob a muralha do seu braço esticado, entreabrir a pálpebra.

Viu uma mulher de penhoar branco esvaziando em seu copo uma bebida previamente preparada num tubo de vidro.

Durante esse breve momento, Valentine deve ter prendido a respiração ou provavelmente fez algum movimento, pois a mulher, inquieta, interrompeu o que fazia e debruçou-se sobre sua cama para se certificar de que ela dormia realmente: era a sra. de Villefort.

Valentine, reconhecendo a madrasta, foi sacudida por um arrepio lancinante, que imprimiu um movimento na cama.

A sra. de Villefort eclipsou-se ao longo da parede, e ali, entrincheirada atrás da cortina da cama, muda, atenta, perscrutou até o menor movimento de Valentine.

Esta lembrou-se das terríveis palavras de Monte Cristo. Parecia-lhe ver brilhar, na mão que não segurava o tubo, uma espécie de faca comprida e pontiaguda. Então Valentine, recorrendo a toda a sua força de vontade, tentou fechar os olhos, mas essa função do mais amedrontado dos nossos sentidos, essa função em geral tão simples, tornava-se naquele momento quase impossível de ser exercida, de tal maneira a ávida curiosidade fazia esforços para repelir a pálpebra e captar a verdade.

Nesse ínterim, certificando-se pelo silêncio, no qual recomeçara a fazer-se ouvir o arfar uniforme da respiração de Valentine, de que esta dormia, a sra. de Villefort estendeu novamente o braço e, ainda escondida pelo cortinado reunido na cabeceira da cama, terminou de esvaziar no copo de Valentine o conteúdo do tubo de vidro.

Em seguida retirou-se, sem que o menor ruído advertisse Valentine de que ela partira.

Valentine vira desaparecer o braço, foi tudo. Aquele braço tenro e sedutor de uma mulher de vinte e cinco anos, jovem e bela, e que aplicava a morte.

Impossível exprimir o que sentira durante aquele minuto e meio em que a sra. de Villefort permanecera no quarto.

O arranhar da unha na estante arrancou a moça daquele estado de torpor no qual se refugiara e que parecia uma dormência.

Ela ergueu a cabeça cõm esforço.

A porta, sempre silenciosa, abriu-se pela segunda vez e o conde de Monte Cristo reapareceu.

— E então?! — perguntou o conde. — Ainda duvida?

— Oh, meu Deus! — murmurou a moça.

— Viu?

— Ai de mim!

— Reconheceu?

Valentine soltou um gemido.

— Sim — disse ela —, mas não pude acreditar.

— Prefere então morrer, e causar a morte de Maximilien...?

— Meu Deus, meu Deus! — repetiu a moça, quase fora de si. — Mas não posso sair de casa, fugir...?

— Valentine, a mão que a persegue pode alcançá-la em qualquer lugar. Seus criados serão comprados a peso de ouro, e a morte irá apresentar-se à sua frente disfarçada sob todas as máscaras, na água que a senhorita beber na fonte, no fruto que colher na árvore.

— Mas o senhor não falou que a precaução do vovô me protegeu contra o veneno?

— Contra um determinado veneno, e ainda não aplicado em doses elevadas; irão mudar o veneno ou aumentar a dose.

Pegou o copo e molhou os lábios nele.

— E veja — disse ele —, já fizeram isso. Não é mais com brucina que a envenenam, é com um simples narcótico. Reconheço o gosto do álcool no qual o diluíram. Se a senhorita tivesse bebido o que a sra. de Villefort acaba de despejar neste copo, Valentine, Valentine, a senhorita estaria perdida!

— Mas meu Deus! — exclamou a moça. — Por que ela me persegue dessa forma?

— Como! A senhorita seria tão meiga, tão bondosa, tão incrédula diante do mal, que não compreende, Valentine?

— Não — disse a jovem —, nunca lhe fiz mal.

— Mas é rica, Valentine, tem duzentas mil libras de renda, e essas duzentas mil libras de renda, a senhorita as subtrai do filho dela.

— Como assim? Minha fortuna não é a dela, herdei dos meus pais.

— Sem dúvida, e eis por que o sr. e a sra. de Saint-Méran foram mortos. Eis por que, no dia em que o fez sua herdeira, o sr. Noirtier havia sido condenado; eis por que, por sua vez, a senhorita deveria morrer, Valentine: porque seu pai herda da senhorita, e seu irmão, então filho único, herda do pai.

— Édouard! Pobre criança, e é por ele que todos esses crimes são cometidos?

— Ah, finalmente compreende!

— Ah, meu Deus, contanto que isso não recaia sobre ele!

— A senhorita é um anjo, Valentine.

— Quer dizer que desistiram de matar meu avô?

— Refletiram que, com a senhorita morta, a menos que houvesse uma deserdação, a fortuna caberia naturalmente a seu irmão, e julgaram que o crime, no fim das contas, sendo inútil, seria duplamente perigoso de ser cometido.

— E foi na mente de uma mulher que esse plano se originou! Oh, meu Deus, meu Deus!

— Lembra-se de Peruggia, no alpendre da estalagem da posta, o homem de sobretudo marrom que sua madrasta interrogava sobre a aquatofana? Pois bem! Todo esse plano infernal fermentava no cérebro dela desde aquela época.

— Oh, cavalheiro — exclamou a meiga rapariga, desfazendo-se em lágrimas —, agora vejo que, se for assim, estou condenada a morrer.

— Não, Valentine, não, pois previ todos os complôs; não, pois nossa inimiga está vencida, uma vez que foi flagrada; não, a senhorita viverá, Valentine, viverá para amar e ser amada, viverá para ser feliz e fazer feliz um nobre coração; mas, para viver, Valentine, é preciso confiar em mim.

— Ordene, senhor, que devo fazer?

— Precisa ingerir cegamente tudo que eu lhe der.

— Oh, Deus é testemunha — exclamou Valentine — de que se eu estivesse sozinha teria preferido a morte.

— A senhorita não confiará em ninguém, nem no seu pai.

— Meu pai não faz parte desse terrível complô, não é? — disse Valentine, com as mãos em súplica.

— Não, e, não obstante, seu pai, homem habituado às acusações jurídicas, seu pai deve desconfiar que todas essas mortes que se abatem sobre sua casa não são naturais. Seu pai, era ele quem deveria zelar pela senhorita, era ele quem deveria estar agora no lugar que ocupo; era ele quem já deveria ter esvaziado este copo; era ele quem já deveria ter-se levantado contra o assassino. Espectro contra espectro — murmurou ele, terminando bem alto sua frase.

— Senhor — disse Valentine —, farei tudo para viver, pois existem duas criaturas no mundo que me amam de tal forma que morreriam se eu morresse: meu avô e Maximilien.

— Velarei por eles como velei pela senhorita.

— Muito bem, senhor, disponha de mim — disse Valentine. Depois, em voz baixa: — Oh, meu Deus, meu Deus! O que acontecerá comigo?

— Aconteça o que acontecer, Valentine, não se assuste. Se ficar doente, se perder a visão, a audição, o tato, nada tema. Se acordar sem saber onde está, não tenha medo, ainda que, ao despertar, a senhorita veja-se em alguma caverna sepulcral ou pregada em algum ataúde. Recorra à sua razão e diga: "Neste momento, um amigo, um pai, um homem que quer a minha felicidade e a de Maximilien, este homem vela por mim."

— Ai de mim! Que situação terrível!

— Valentine, prefere denunciar sua madrasta?

— Prefiro mil vezes morrer! Oh, sim, morrer!

— Não, a senhorita não morrerá, e independentemente do que lhe aconteça, prometa-me que não irá queixar-se e manterá as esperanças, promete?

— Pensarei em Maximilien.

— A senhorita é minha filha bem-amada, Valentine. Só eu posso salvá-la, e a salvarei.

Valentine, no auge do terror, juntou as mãos para rezar, pois percebia que chegara o momento de pedir coragem a Deus, e levantou-se, murmurando palavras atropeladas e esquecendo-se de que seus alvos ombros não tinham outra mantilha senão sua longa cabeleira e que se percebia seu coração a palpitar sob o delicado rendado do penhoar.

O conde apoiou suavemente a mão sobre o braço da moça, protegeu seu pescoço com a manta de veludo e, com um sorriso paternal, disse:

— Minha filha, acredite no meu devotamento como acredita na bondade de Deus e no amor de Maximilien.

Valentine fixou sobre ele um olhar cheio de gratidão, e ficou dócil como uma criança sob o cortinado.

O conde pegou então no bolso do seu colete o estojinho de esmeralda, ergueu sua tampa de ouro e deixou cair, em uma das mãos de Valentine, uma pílula redonda e do tamanho de uma ervilha.

Valentine pegou-a com a outra mão e fitou o conde atentamente. Havia nos traços daquele intrépido protetor um reflexo da majestade e da força divinas. Era evidente que Valentine interrogava-o com o olhar.

— Sim — este respondeu.

Valentine levou a pílula à boca e a engoliu.

— E agora, até breve, minha filha — ele disse —, vou tentar dormir, pois a senhorita está salva.

— Vá — disse Valentine —, aconteça o que acontecer, prometo não sentir medo.

Monte Cristo manteve longamente os olhos fitos na moça, que adormeceu pouco a pouco, vencida pela potência do narcótico que o conde acabara de lhe dar.

Ele então pegou o copo, despejou três quartos de seu conteúdo na lareira, para que acreditassem que Valentine havia bebido o que faltava e colocou-o na mesinha de cabeceira; em seguida, voltando a atravessar a porta camuflada pela estante de livros, desapareceu, após ter lançado um último olhar até Valentine, que dormia com a confiança e a candura de um anjo deitado aos pés do Senhor.

— E agora, até breve, minha filha.

5. VALENTINE

A lamparina continuava a queimar sobre a lareira de Valentine, consumindo as últimas gotas de azeite que ainda boiavam na água. À medida que um círculo mais avermelhado coloria o alabastro da redoma, a chama mais viva deixava escapar suas últimas crepitações, que nos seres inanimados são como as últimas convulsões da agonia tantas vezes comparadas às das pobres criaturas humanas. Um dia fechado e sinistro acabava de matizar com um reflexo de opala o cortinado branco e os lençóis da rapariga.

Todos os barulhos da rua extinguiram-se definitivamente dessa vez, e o silêncio do lado de dentro era assustador.

A porta do quarto de Édouard então abriu-se, e uma cabeça que vimos antes apareceu no espelho oposto à porta. Era a sra. de Villefort, retornando para verificar o efeito da beberagem.

Ela parou na soleira da porta, escutou o crepitar da lamparina, único ruído perceptível naquele quarto que julgaríamos deserto, e então avançou sorrateiramente até a mesinha de cabeceira para ver se o copo de Valentine estava vazio.

Ainda continha um quarto, como dissemos.

A sra. de Villefort pegou-o e foi esvaziá-lo nas cinzas, que ela remexeu para facilitar a absorção do líquido. Em seguida, enxaguou cuidadosamente o cristal, enxugou-o com seu próprio lenço e foi recolocá-lo na mesinha de cabeceira.

Alguém cujo olhar mergulhasse no interior do quarto naquele momento teria visto a hesitação da sra. de Villefort ao fixar seus olhos em Valentine e aproximar-se de sua cama.

A iluminação lúgubre, o silêncio, a terrível poesia da noite vinham provavelmente mesclar-se à monstruosa poesia de sua consciência. A envenenadora tinha medo de sua obra.

Finalmente recobrou-se, afastou o cortinado, apoiou-se na cabeceira da cama e observou Valentine.

A moça não respirava mais, seus dentes semicerrados não deixavam escapar nenhum átomo do sopro que subjaz à vida; seus lábios embranquecidos haviam cessado de vibrar; seus olhos, afogados num vapor violeta que parecia perpassar sua pele, formavam uma protuberância mais branca no lugar onde o globo ocular intumescia a pálpebra, e seus longos cílios negros riscavam uma pele já macilenta como cera.

A sra. de Villefort contemplou aquele rosto de expressão tão eloquente em sua imobilidade, tomou coragem e, levantando a coberta, pousou a mão no coração da rapariga.

Estava mudo e gelado.

O que pulsava sob sua mão eram as artérias de seus dedos. Ela recolheu a mão com um arrepio.

O braço de Valentine pendia para fora da cama. Esse braço, desde a articulação do ombro até o cotovelo, parecia modelado como o de uma das Graças de Germain de Pilon[6]. O antebraço, porém, achava-se ligeiramente deformado por uma contração, e o pulso, graciosamente torneado, apoiava-se, hirto e com os dedos entreabertos, na madeira avermelhada.

A raiz das unhas estava azulada.

Para a sra. de Villefort, não havia mais dúvida: estava tudo acabado, a obra terrível, a última a ser encetada, estava enfim consumada.

A envenenadora nada mais tinha a fazer naquele quarto. Ela recuou com tamanha precaução que era visível seu receio de fazer com os pés qualquer barulho sobre o tapete. Mas enquanto recuava, mantinha o cortinado erguido, absorvendo o espetáculo da morte, que possui uma irresistível atração enquanto a morte não é decomposiçao, apenas imobilidade, enquanto permanece mistério e não ainda nojo.

Os minutos corriam. A sra. de Villefort não conseguia largar o cortinado, que mantinha suspenso como uma mortalha acima da cabeça de Valentine. Pagou seu tributo ao devaneio; o devaneio do crime só pode ser o remorso.

Nesse momento, as crepitações da lamparina intensificaram-se.

---

6. "Graças de Germain de Pilon": o grupo estatuário das *Três Graças*, de Germain de Pilon (1537-90), destinado a amparar a urna onde seria guardado o coração do rei francês Henrique II (1519-59), integra atualmente o acervo do museu do Louvre.

Ela recolheu a mão com um arrepio.

A sra. de Villefort, diante desse rumor, estremeceu e deixou o cortinado cair.

No mesmo instante, a lamparina se apagou e o quarto mergulhou numa terrível escuridão.

Em meio a essa escuridão, o pêndulo do relógio sobressaltou-se e bateu quatro e meia da madrugada.

A envenenadora, apavorada com aquelas comoções sucessivas, voltou tateando até a porta e dirigiu-se a seus aposentos com o suor da angústia na fronte.

A escuridão ainda persistiu por duas horas.

Então, pouco a pouco, um dia baço invadiu o quarto, atravessando as lâminas das persianas; então, pouco a pouco, expandindo-se, imprimiu cor e forma aos objetos e aos corpos.

Foi nesse momento que o pigarro da enfermeira ressoou na escada e essa mulher, com uma xícara na mão, entrou no quarto de Valentine.

Para um pai, para um amante, o primeiro olhar teria sido definitivo, Valentine estava morta. Para aquela assalariada, Valentine estava apenas dormindo.

— Bom — disse ela, aproximando-se da mesinha de cabeceira —, a menina bebeu uma parte de sua poção, o copo está quase vazio.

Em seguida, foi até a lareira, reavivou o fogo, instalou-se em sua poltrona e, embora houvesse acabado de acordar, aproveitou-se do sono de Valentine para tirar mais um cochilo.

O relógio despertou-a quando tocou as oito horas.

Intrigada então com o sono em que a moça permanecia, assustada com o braço pendido para fora, e com o fato de a lamparina não estar ao seu lado, avançou até a cama. Foi apenas nesse instante que percebeu aqueles lábios frios e peito gelado.

Quis levar o braço para junto ao corpo, mas o braço só obedeceu com aquela rigidez apavorante que não engana uma enfermeira.

Soltou então um grito horrível. Depois correu até a porta:

— Socorro! Socorro!

— Como, socorro?! — respondeu, ao pé da escada, a voz do sr. d'Avrigny.

Era a hora em que o médico costumava chegar.

— Como, socorro?! — exclamou nesse momento a voz de Villefort, que saía precipitadamente de seu gabinete. — Não ouviu um grito de socorro, doutor?

— Sim, sim, vamos subir — respondeu d'Avrigny. — Rápido, para o quarto de Valentine.

Antes porém que o médico e o pai lá chegassem, haviam entrado os criados que se encontravam no mesmo andar, nos quartos ou nos corredores, e que, vendo Valentine pálida e imóvel na cama, erguiam as mãos para os céus e vacilavam, parecendo tomados por uma vertigem.

— Chamem a sra. de Villefort! Acordem a sra. de Villefort! — gritou o procurador do rei, da porta do quarto no qual não se atrevia a entrar.

Mas os criados, em vez de responderem, olhavam para o sr. d'Avrigny, que por sua vez entrara, correra para Valentine e a soerguia nos braços.

— Ela também... — murmurou, deixando-a cair. — Oh, Deus, quando vos cansareis?

Villefort projetou-se pelo quarto adentro.

— O que está dizendo, meu Deus? — exclamou, erguendo as duas mãos para os céus. — Doutor...! Doutor...!

— Estou dizendo que Valentine está morta! — respondeu d'Avrigny, com uma voz solene e terrível em sua solenidade.

O sr. de Villefort desabou com a cabeça na cama de Valentine como se lhe faltassem pernas.

Diante das palavras do médico e dos gritos do pai, os criados, aterrorizados, deixaram o quarto com surdas imprecações. Ouviram-se pelas escadas e corredores seus passos precipitados, depois um grande movimento nos pátios, e foi só. O barulho extinguiu-se; do primeiro ao último, todos haviam desertado da casa maldita.

Nesse momento, a sra. de Villefort, o braço atravessado pela metade em seu penhoar matinal, entreabriu o reposteiro. Por um instante, permaneceu no umbral, parecendo interrogar os presentes e chamando em seu socorro algumas lágrimas rebeldes.

De repente, deu um passo, ou melhor, um pulo para a frente, os braços apontados para a mesa de cabeceira.

Acabava de ver d'Avrigny debruçar-se curiosamente sobre essa mesinha e pegar o copo que ela tinha certeza de haver esvaziado à noite.

O copo estava cheio em um terço, exatamente como estava quando ela jogara seu conteúdo nas cinzas.

O espectro de Valentine diante da envenenadora não teria produzido menor efeito sobre ela.

De fato, a beberagem tinha exatamente a mesma cor da que ela despejara no copo de Valentine e que Valentine bebera. Era aquele veneno que não enganava o olho do sr. d'Avrigny e que o sr. d'Avrigny examinava com atenção. Era claramente um milagre de Deus para que subsistisse, a despeito das precauções do assassino, um vestígio, uma prova, uma denúncia do crime.

Nesse ínterim, enquanto a sra. de Villefort permanecia imóvel como a estátua do Terror, enquanto Villefort, com a cabeça escondida nos lençóis do leito fúnebre, não via nada do que acontecia à sua volta, d'Avrigny aproximava-se da janela para examinar melhor o conteúdo do copo e provar uma gota capturada na ponta do dedo.

— Ah! — murmurou —, não é mais brucina agora. Verifiquemos do que se trata.

Correu então até um dos armários do quarto de Valentine, transformado em farmácia, e, retirando de seu escaninho de prata um vidrinho de ácido nítrico, verteu algumas gotas na cor de opala do líquido, que logo veio a se transformar em meio copo de sangue dourado.

— Ah! — fez d'Avrigny, com o horror do juiz a quem a verdade é revelada e a alegria do cientista que soluciona um problema.

A sra. de Villefort deu um rodopio sobre si mesma. Seus olhos chisparam fogo, depois se apagaram. Ela procurou, cambaleante, a porta com a mão, e sumiu.

Um instante depois, ouviu-se o barulho distante de um corpo caindo no assoalho, mas ninguém deu atenção a isso. A enfermeira estava ocupada examinando a análise química, Villefort continuava aniquilado.

Apenas o sr. d'Avrigny acompanhara com os olhos a sra. de Villefort e observara sua saída intempestiva.

Tendo erguido o reposteiro do quarto de Valentine, seu olhar atravessou o quarto de Édouard e mergulhou nos aposentos da sra. de Villefort, a quem viu estendida inerte no chão.

— Vá socorrer a sra. de Villefort — ordenou à enfermeira. — A sra. de Villefort não está bem.

— Mas, e a srta. Valentine…? — ela balbuciou.

— A srta. Valentine não necessita mais de cuidados — disse d'Avrigny —, uma vez que a srta. Valentine está morta.

— Morta! Morta! — suspirou Villefort, no paroxismo de uma dor tanto mais dilacerante na medida em que era nova, desconhecida, inaudita para aquele coração de bronze.

— Morta! Foi isso que ouvi? — exclamou uma terceira voz. — Quem disse que Valentine está morta?

— Morta! Foi isso que ouvi?
Quem disse que Valentine está morta?

Os dois homens voltaram-se e, na porta, viram Morrel, de pé, pálido, desvairado, terrível.

Eis o que havia acontecido: na sua hora habitual, e pela portinha que levava até os aposentos de Noirtier, Morrel se apresentara.

Como sempre, encontrara a porta aberta e, portanto, não precisou tocar, entrou.

No vestíbulo, esperou por instantes, chamando um criado qualquer para que o conduzisse até o velho Noirtier.

Mas ninguém respondera. Os criados, como sabemos, haviam abandonado a casa.

Até esse dia Morrel não tinha nenhum motivo de preocupação. Tinha a promessa de Monte Cristo de que Valentine viveria e até aquele momento a promessa fora fielmente cumprida. Não houve noite em que o conde não lhe desse boas notícias, confirmadas pelo próprio Noirtier no dia seguinte.

Nem por isso deixou de achar estranho aquele deserto. Chamou mais uma vez, uma terceira: o mesmo silêncio.

Então decidiu subir.

A porta de Noirtier estava aberta, bem como as outras.

A primeira coisa que viu foi o velho em sua poltrona, no lugar de costume. Seus olhos dilatados pareciam exprimir um pavor íntimo, confirmado ainda pela estranha palidez espalhada em seus traços.

— Como vai, senhor? — perguntou o rapaz, não sem um aperto no coração.

— Bem! — fez o velho com seu piscar de olhos. — Bem!

Mas sua fisionomia pareceu crescer em inquietação.

— O senhor está preocupado — indagou Morrel —, precisa de alguma coisa. Deseja que eu chame um criado?

— Sim — fez Noirtier.

Morrel foi até o cordão da campainha, mas em vão puxou-o até quase rasgá-lo, ninguém se apresentou.

Voltou-se para Noirtier. A palidez e a angústia iam crescendo no rosto do velho.

— Oh, meu Deus, meu Deus! — exclamou Morrel. — Por que ninguém aparece? Será que há alguém doente na casa?

Os olhos de Noirtier estavam prestes a saltar das órbitas.

— Mas, afinal, o que está sentindo? — continuou Morrel. — Assim o senhor me assusta. Valentine! Valentine!

— Sim! Sim! — fez Noirtier.

Maximilien abriu a boca para falar, mas sua boca foi incapaz de articular um som que fosse. Vacilou e apoiou-se na madeira da parede.

Em seguida, esticou a mão para a porta.

— Sim, sim, sim! — continuou o velho.

Maximilien precipitou-se pela escadinha, que transpôs em dois pulos, enquanto Noirtier parecia gritar-lhe com os olhos:

— Mais rápido! Mais rápido!

Um minuto foi o suficiente para o rapaz atravessar vários quartos, desertos como o resto da casa, e chegar ao de Valentine.

Não precisou empurrar a porta, estava escancarada.

Um soluço foi o primeiro ruído que percebeu. Então viu, como através de uma nuvem, uma silhueta escura ajoelhada e perdida num monte confuso de lençóis brancos. O medo, o tenebroso medo pregava-o na soleira.

Foi quando ouviu uma voz, que dizia:

— Valentine está morta!

E uma segunda voz, que, como um eco, respondia:

— Morta! Morta!

6. MAXIMILIEN

Villefort levantou-se, quase vexado por ter sido surpreendido no acesso daquela dor.

A terrível profissão que exercera havia vinte e cinco anos tinha conseguido diminuir nele a dose natural de humanidade.

Seu olhar, por um instante desvairado, fixou-se em Morrel.

— Quem é o senhor? — perguntou. — E não sabe que não se entra assim numa casa habitada pela morte? Saia, cavalheiro, saia!

Mas Morrel permanecia imóvel. Não conseguia desprender seus olhos do espetáculo aterrorizante daquele leito em desordem e da pálida figura nele estendida.

— Saia, está surdo? — gritou Villefort, enquanto d'Avrigny avançava para fazer Morrel sair.

Este olhava com uma expressão desnorteada para o cadáver, para os dois homens, para todo aquele quarto. Pareceu hesitar um instante, abriu a boca. Em seguida, não encontrando uma palavra para responder, a despeito do volumoso enxame de ideias fatais que lhe invadiam o cérebro, fez meia-volta arrancando os cabelos, de tal maneira que Villefort e d'Avrigny, por um instante distraídos de suas preocupações, trocaram, depois de o seguirem com os olhos, um olhar que queria dizer:

— É louco!

Mas não se passaram cinco minutos e ouviu-se a escada gemer sob um peso considerável, e viu-se Morrel, que, com uma força sobre-humana, erguendo a cadeira de Noirtier entre os braços, carregava o velho para o primeiro andar da casa.

Ao chegar ao topo da escada, Morrel depositou a cadeira no chão e empurrou-a velozmente até o quarto de Valentine.

Toda essa manobra foi executada com uma força decuplicada pela exaltação frenética do rapaz.

Mas uma coisa assustava mais que tudo, era a fisionomia de Noirtier avançando para o leito de Valentine, empurrado por Morrel; a fisionomia de Noirtier, cuja inteligência desdobrava todos os seus recursos e cujos olhos reuniam todas as suas forças para compensar as outras faculdades.

Da mesma forma, aquele rosto pálido, de olhar flamejante, foi uma aparição aterrorizante para Villefort.

Todas as vezes que este se via em contato com seu pai acontecia alguma coisa terrível.

— Veja o que eles fizeram! — gritou Morrel, com uma das mãos ainda apoiada no encosto da poltrona, que ele acabava de empurrar até a cama, e a outra estendida para Valentine. — Veja, meu avô, veja!

Villefort recuou um passo e olhou com espanto aquele rapaz que lhe era praticamente desconhecido e que chamava Noirtier de avô.

Nesse momento toda a alma do velho pareceu atravessar seus olhos, que se injetaram de sangue. Em seguida, as veias do seu pescoço saltaram, uma cor azulada, como a que invade a pele do epilético, cobriu seu pescoço, suas faces e suas têmporas. Só faltava um grito a essa explosão interior de todo o seu ser.

Esse grito saiu, por assim dizer, de todos os poros, apavorando por seu mutismo, dilacerando por seu silêncio.

D'Avrigny precipitou-se para o velho e fez-lhe respirar um violento revulsivo.

— Senhor — exclamou então Morrel, agarrando a mão inerte do paralítico —, estão me perguntando quem sou e que direito tenho de estar aqui. Oh, o senhor, que sabe, diga-lhes, diga-lhes!

E a voz do rapaz extinguiu-se nos soluços.

Quanto ao velho, sua respiração arfante sacudia-lhe o peito, e ele parecia às voltas com as agitações que precedem a agonia.

Finalmente, lágrimas irromperam nos olhos de Noirtier, mais afortunado que o rapaz, que soluçava sem chorar. Como sua cabeça não conseguia inclinar-se, ele cerrou os olhos.

— Diga — continuou Morrel, com uma voz estrangulada —, diga que sou seu noivo! Diga que ela era minha digníssima noiva, meu único amor na terra! Diga, diga, diga que esse cadáver me pertence!

E o rapaz, com o terrível espetáculo de uma grande força que se despedaça, tombou pesadamente de joelhos diante daquela cama, que seus dedos crispados agarraram com violência.

Essa dor era tão pungente que d'Avrigny afastou-se para esconder a emoção, e Villefort, sem pedir outra explicação, atraído por esse magnetismo que nos impele para aqueles que amaram os que choramos, estendeu a mão para o rapaz.

Mas Morrel não via nada. Agarrara a mão gelada de Valentine e, incapaz de chorar, mordia os lençóis, rugindo.

Durante certo tempo não se ouviu naquele quarto senão o conflito dos soluços, das imprecações e da oração. E no entanto um barulho predominava sobre todos estes, era o arfar rouco e dilacerante que parecia, a cada absorção de ar, romper uma das molas da vida no peito de Noirtier.

Enfim, Villefort, o mais controlado de todos, após haver, digamos assim, cedido seu lugar a Maximilien, tomou a palavra.

— Cavalheiro — disse ele a Maximilien —, o senhor amou Valentine. Pelo que diz, o senhor era seu noivo. Eu ignorava esse amor, ignorava esse noivado. Entretanto, eu, pai dela, o perdoo por isso, pois vejo que seu sofrimento é grande, real e verdadeiro.

"A propósito, na minha casa também o sofrimento é grande demais para que sobre espaço ao ódio em meu coração.

"Porém, como vê, o anjo que o cavalheiro esperava deixou a terra. Não tem mais o que fazer com a adoração dos homens, ela que, a essa hora, adora o Senhor. Faça então suas despedidas, aos tristes despojos que ela esqueceu em meio a nós. Pegue pela última vez a mão que o senhor esperava, separando-se dela para sempre. A única coisa de que Valentine precisa agora é de um padre para abençoá-la."

— Está enganado, cavalheiro — exclamou Morrel, levantando-se num joelho, o coração atravessado por uma dor mais aguda que todas as que já sentira —, está enganado. Valentine, morta como está, não precisa apenas de um padre, precisa também de um vingador. Sr. de Villefort, mande chamar o padre, serei eu o vingador.

— Que quer dizer com isso? — murmurou Villefort, estremecendo diante dessa nova inspiração do delírio em Morrel.

— Quero dizer — continuou o rapaz — que há dois homens no senhor, cavalheiro. O pai já chorou o suficiente; que o procurador do rei comece seu trabalho.

Os olhos de Noirtier faiscaram, d'Avrigny aproximou-se.

— Senhor — continuou Morrel, recolhendo com os olhos todos os sentimentos que transpareciam nos semblantes dos presentes —, sei o que digo, e todos os senhores sabem tão bem quanto eu o que irei dizer: Valentine morreu assassinada!

Villefort abaixou a cabeça, d'Avrigny deu outro passo, Noirtier fez sim com os olhos.

— Ora, senhor — continuou Morrel —, na época em que vivemos, uma criatura, ainda mais jovem, bela e adorável como era Valentine, não desaparece violentamente do mundo sem que isso exija uma explicação.

"Por favor, senhor procurador do rei — acrescentou Morrel com uma veemência crescente —, nada de piedade! Estou lhe denunciando o crime, procure o assassino!"

E seu olho implacável interrogava Villefort, que por sua vez solicitava com o olhar ora Noirtier, ora d'Avrigny.

No entanto, em vez de encontrar socorro em seu pai e no médico, Villefort encontrou neles um olhar tão inflexível quanto o de Morrel.

— Sim! — fez o velho.

— Ele tem razão! — disse d'Avrigny.

— Cavalheiro — replicou Villefort, tentando lutar contra aquela tripla vontade e contra sua própria emoção —, está enganado. Na minha casa não se cometem crimes, a fatalidade é que me golpeia, é uma provação de Deus. É difícil acreditar, mas não se trata de assassinato!

Os olhos de Noirtier flamejaram, d'Avrigny abriu a boca para falar.

Morrel estendeu o braço, ordenando silêncio.

— E eu lhe afirmo que há um assassino aqui! — exclamou Morrel, cujo tom de voz diminuiu sem nada perder de sua terrível vibração.

"Afirmo que esta é a quarta vítima em quatro meses.

"Afirmo que em uma ocasião, há quatro dias, já haviam tentado envenenar Valentine, fracassando graças às precauções tomadas pelo sr. Noirtier!

"Afirmo que dobraram a dose ou mudaram a natureza do veneno, e que desta vez tiveram sucesso!

"Enfim, afirmo que o senhor sabe de tudo isso tão bem quanto eu, uma vez que esse cavalheiro o havia prevenido, como médico e amigo!"

— Oh, está delirando, cavalheiro! — disfarçou Villefort, tentando em vão debater-se no círculo em que se achava prisioneiro.

— Delirando! — exclamou Morrel. — Pois bem! Recorro ao próprio sr. d'Avrigny.

"Pergunte-lhe, cavalheiro, se ele ainda se lembra das palavras que pronunciou no seu jardim, no jardim desta casa, na noite da morte da sra. de Saint Méran, quando ambos, o senhor e ele, julgando-se a sós, conversavam sobre essa morte trágica, em relação à qual a fatalidade, pelo senhor alegada, e Deus, a quem acusa tão injustamente, não podem ser censurados a não ser por uma coisa, que é por terem criado o assassino de Valentine!"

Villefort e d'Avrigny entreolharam-se.

— Sim, sim, vejo que se lembram — disse Morrel —, pois essas palavras, que os senhores julgavam ditas ao silêncio e à solidão, caíram nos meus ouvidos. Naturalmente, desde aquela noite, vendo a complacência culpada do sr. de Villefort para com sua família, eu deveria ter revelado tudo às autoridades; assim não seria cúmplice, como sou neste momento, de sua morte, Valentine! Minha adorada Valentine! Mas o cúmplice irá transformar-se no vingador. Esse quarto assassinato é flagrante e visível aos olhos de todos. Se o pai a abandona, Valentine, serei eu, juro, que perseguirei o assassino.

Dessa vez, como se a natureza finalmente tivesse tido piedade daquela vigorosa organização prestes a se despedaçar pela sua própria força, as últimas palavras de Morrel morreram em sua garganta. Seu peito explodiu em soluços, as lágrimas, por tanto tempo rebeldes, irromperam de seus olhos, e ele se prostrou e voltou a cair de joelhos, chorando junto ao leito de Valentine.

Então foi a vez de d'Avrigny.

— E eu também — disse ele com uma voz tonitruante —, da mesma forma junto-me ao sr. Morrel para pedir justiça contra esse crime, pois meu coração revolta-se diante da ideia de que minha covarde complacência encorajou o assassino!

— Oh, meu Deus, meu Deus! — murmurou Villefort, aniquilado.

Morrel levantou a cabeça e leu nos olhos do velho, que expeliam uma labareda sobrenatural.

— Vejam — disse ele —, o sr. Noirtier quer falar.

— Sim — fez Noirtier, com uma expressão ainda mais terrível, visto que todas as faculdades do desafortunado velho impotente estavam concentradas em seu olhar.

— Sabe quem é o assassino? — perguntou Morrel.

— Sim — replicou Noirtier.

— E vai nos orientar? — exclamou o rapaz. — Escutemos, sr. d'Avrigny, escutemos!

Noirtier dirigiu ao infeliz Morrel um sorriso melancólico, um daqueles meigos sorrisos dos olhos que tantas vezes fizeram a felicidade de Valentine, e ganhou sua atenção.

Em seguida, tendo incrustado, por assim dizer, os olhos de seu interlocutor nos seus, dirigiu-os para a porta.

— Quer que eu saia, senhor? — exclamou dolorosamente Morrel.

— Sim — fez Noirtier.

— Ai! Ai de mim! Oh, senhor, tenha piedade!

Os olhos do velho permaneceram impiedosamente fixados na direção da porta.

— Posso voltar, pelo menos? — perguntou Morrel.

— Sim.

— Devo sair sozinho?

— Não.

— Devo levar alguém comigo? O sr. procurador do rei?

— Não.

— O doutor?

— Sim.

— Quer ficar sozinho com o sr. de Villefort?

— Sim.

— Mas ele irá compreendê-lo?

— Sim.

— Oh! — disse Villefort, quase alegre porque o inquérito iria dar-se em particular. — Oh, fique tranquilo, compreendo meu pai muito bem.

E, ao mesmo tempo em que dizia isso, com a expressão de alegria que assinalamos, os dentes do procurador do rei batiam com violência.

D'Avrigny pegou o braço de Morrel e levou o rapaz para o quarto contíguo.

Fez-se então naquela casa um silêncio mais profundo que o da morte.

Finalmente, quinze minutos depois, um passo vacilante fez-se ouvir e Villefort apareceu no umbral do salão onde se encontravam d'Avrigny e Morrel, um absorto, o outro sem ar.

— Venham — disse ele.

E conduziu-os até a cadeira de rodas de Noirtier.

Foi quando Morrel observou atentamente Villefort.

O semblante do procurador do rei estava lívido. Grandes manchas cor de ferrugem sulcavam sua testa; entre seus dedos, rangia uma pena torcida de mil maneiras, já toda esfiapada.

— Senhores — disse ele, com uma voz estrangulada a d'Avrigny e Morrel —, sua palavra de honra de que o horrível segredo permanecerá enterrado entre nós!

Os dois homens esboçaram um gesto.

— Intimo-os...! — continuou Villefort.

— Mas — disse Morrel — e o culpado...? O matador...? O assassino...?

— Fique tranquilo, cavalheiro, a justiça será feita — disse Villefort. — Meu pai acaba de me revelar o nome do culpado. Meu pai tem sede de vingança como o senhor, e, ainda assim, meu pai intima-o, como eu, a guardar segredo do crime. Não é, meu pai?

— Sim — fez Noirtier resolutamente.

Morrel deixou escapar um gesto de horror e incredulidade.

— Oh — exclamou Villefort, segurando Maximilien pelo braço —, se o meu pai, o homem inflexível que o senhor conhece, lhe faz esse pedido, é porque sabe que Valentine será terrivelmente vingada. Não é, meu pai?

O velho fez sinal de que sim.

Villefort continuou:

— Ele me conhece e foi a ele que empenhei minha palavra. Não se preocupem portanto, senhores. Três dias, peço-lhes três dias, é menos do que lhes pediria a justiça. Dentro de três dias, a vingança que terei aplicado no assassino de minha filha provocará calafrios no âmago do coração do mais indiferente dos homens. Não é verdade, meu pai?

E, dizendo essas palavras, rangia os dentes e sacudia a mão hirta do velho.

— Tudo que está prometido será cumprido, sr. Noirtier? — perguntou Morrel, enquanto d'Avrigny interrogava com o olhar.

— Sim — fez Noirtier, com um olhar de sinistra alegria.

— Jurem então, senhores — disse Villefort, juntando as mãos de d'Avrigny e Morrel —, jurem que terão piedade da honra da minha casa e que irão confiar-me a missão de vingá-la.

D'Avrigny voltou-se e murmurou um sim bem fraco, mas Morrel arrancou sua mão da do magistrado, precipitou-se em direção à cama, imprimiu seus lábios nos lábios gelados de Valentine e evadiu-se com o longo gemido da alma que afunda no desespero.

Dissemos que todos os criados haviam debandado.

O sr. de Villefort viu-se então obrigado a pedir a d'Avrigny que se encarregasse das formalidades, tão numerosas e delicadas, que acarreta a morte em nossas cidades grandes, em especial a morte acompanhada de circunstâncias tão suspeitas.

Quanto a Noirtier, era uma experiência terrível ver aquela dor sem movimento, aquele desespero sem palavras, aquelas lágrimas sem voz.

... e evadiu-se com o longo gemido da alma que afunda no desespero.

Villefort retornou ao seu gabinete. D'Avrigny foi chamar o médico da subprefeitura que exerçia as funções de inspetor em casos de óbitos e que carregam o enfático apelido de "médicos dos mortos".

Noirtier recusou-se a abandonar a neta.

Meia hora depois, o sr. d'Avrigny retornou com o colega. Haviam fechado o portão da rua e, como o porteiro desaparecera com os outros serviçais, o próprio Villefort foi abri-lo.

Porém, ao retornar, deteve-se no corredor. Faltava-lhe coragem para entrar na câmara mortuária.

Sendo assim, os dois médicos penetraram sozinhos no quarto de Valentine.

Noirtier estava junto à cama, pálido como a defunta, imóvel e mudo como ela.

O médico dos mortos aproximou-se com a indiferença do homem que passou metade da vida entre cadáveres, levantou a mortalha que cobria a jovem e apenas entreabriu seus lábios.

— Oh — suspirou d'Avrigny —, pobre moça, está realmente morta, faça o seu trabalho.

— Sim — respondeu laconicamente o médico, deixando cair a mortalha que cobria o rosto de Valentine.

Noirtier emitiu um pigarro seco.

D'Avrigny voltou-se, os olhos do velho faiscavam. O bondoso médico compreendeu que Noirtier pedia para ver a neta. Aproximou-o da cama e, enquanto o médico dos mortos mergulhava na água clorada os dedos que haviam tocado os lábios da defunta, ele contemplou o semblante calmo e pálido qual o de um anjo adormecido.

Uma lágrima que renasceu no canto do olho de Noirtier foi o agradecimento que o bondoso médico recebeu.

O médico dos mortos cuidou da burocracia no canto de uma mesa, no próprio quarto de Valentine; realizada essa formalidade suprema, saiu acompanhado pelo médico.

Villefort ouviu-os descer e reapareceu na porta de seu gabinete.

Agradeceu ao médico em poucas palavras e, voltando-se para d'Avrigny, perguntou:

— E agora, o padre?

— Há algum eclesiástico que o senhor deseje mais particularmente encarregar de orar junto a Valentine? — perguntou d'Avrigny.

— Não — disse Villefort —, chame o mais próximo.

— O mais próximo — disse o médico dos mortos — é um bondoso abade italiano que veio morar na casa vizinha à sua. Deseja que eu o avise ao passar?

— D'Avrigny — disse Villefort —, faça a gentileza de acompanhar o cavalheiro. Aqui está a chave para que possa entrar e sair à vontade. O senhor trará o padre e se encarregará de instalá-lo no quarto de minha pobre filha.

— Deseja falar com ele, meu amigo?

— Desculpe, quero ficar sozinho. Um sacerdote deve compreender todos os sofrimentos, inclusive o sofrimento de um pai.

E o sr. de Villefort, entregando uma credencial a d'Avrigny, cumprimentou pela última vez o médico desconhecido e voltou para o seu gabinete, onde se pôs a trabalhar.

Para determinados temperamentos, o trabalho é um remédio que cura todos os males.

Quando saíam à rua, perceberam um homem vestindo uma sotaina e parado na soleira da porta vizinha.

— Era dele que eu lhe falava — disse o médico dos mortos a d'Avrigny.

D'Avrigny abordou o eclesiástico.

— Senhor — disse-lhe —, estaria disposto a prestar um grande favor a um infeliz pai que acaba de perder a filha, ao sr. procurador do rei Villefort?

— Ah, cavalheiro — respondeu o sacerdote com um sotaque italiano dos mais pronunciados —, estou ciente, a morte ronda essa casa.

— Então não preciso dizer o gênero de favor que ele se atreve a esperar do senhor.

— Eu estava a caminho, cavalheiro — respondeu o padre. — É nossa missão nos anteciparmos aos nossos deveres.

— É uma jovem.

— Sim, sei disso, soube pelos criados, que vi fugindo. Soube que ela se chamava Valentine, e já orei por ela.

— Obrigado, obrigado, senhor — disse d'Avrigny —, e, uma vez que já começou a exercer seu sagrado ministério, consinta em dar-lhe sequência. Venha sentar-se junto à morta, e toda uma família mergulhada em luto ser-lhe-á grata.

— Vou, senhor — respondeu o abade —, e ouso dizer que nenhuma prece será mais fervorosa que a minha.

D'Avrigny pegou o abade pela mão e, sem encontrar Villefort, trancado em seu gabinete, levou-o até o quarto de Valentine, de quem os agentes funerários só iriam cuidar na noite seguinte.

Ao entrar no quarto, o olhar de Noirtier encontrou o do abade e sem dúvida julgou ver alguma coisa especial, pois dele não largou mais.

D'Avrigny recomendou ao sacerdote não apenas a morta, mas o vivo, e o sacerdote prometeu a d'Avrigny dispensar suas preces a Valentine e seus cuidados a Noirtier.

O abade comprometeu-se a isso solenemente e, sem dúvida para não ser importunado em suas preces e para que Noirtier não fosse importunado em sua dor, ele foi, assim que o sr. d'Avrigny saiu do quarto, fechar não apenas os trincos da porta pela qual o médico acabava de sair, mas também os trincos da que conduzia aos aposentos da sra. de Villefort.

7. A ASSINATURA DANGLARS

O dia seguinte amanheceu triste e nublado.

Os agentes funerários haviam realizado sua fúnebre tarefa durante a noite e acomodado o corpo instalado sobre a cama no sudário que envolve lugubremente os defuntos, dando-lhes, independentemente do que digam acerca da igualdade perante a morte, um último testemunho do luxo que amaram em vida.

Tal sudário não era outra coisa senão uma peça de esplêndida cambraia que a moça comprara quinze dias antes.

À noite, homens chamados para isso haviam transportado Noirtier do quarto de Valentine para o dele. Contrariando todas as expectativas, o velho não criara nenhuma dificuldade ao deixar a neta.

O abade Busoni velara até o dia nascer e, em seguida, retirara-se para sua casa sem avisar a ninguém.

Por volta das oito da manhã, d'Avrigny voltara, encontrando Villefort a caminho do quarto de Noirtier, e o acompanhara para saber como o velho passara a noite.

Encontraram-no na grande poltrona que lhe servia de cama, repousando num sono suave e quase risonho.

Ambos pararam, perplexos, à porta.

— Veja — disse d'Avrigny a Villefort, que olhava o pai adormecido —, a natureza consegue acalmar as dores mais fortes. Naturalmente, ninguém diria que o sr. Noirtier não amava a neta; no entanto, dorme.

— Sim, tem razão — respondeu um pasmo Villefort —, está dormindo, e isso é muito estranho, pois a menor contrariedade deixa-o insone noites a fio.

— O sofrimento prostrou-o — replicou d'Avrigny.

E ambos voltaram pensativos para o gabinete do procurador do rei.

— Já eu, não preguei o olho — disse Villefort, apontando sua cama intacta para d'Avrigny. — O sofrimento não me abate, há duas noites que não durmo. Mas, em compensação, observe o meu gabinete, como escrevi, meu Deus, durante esses dois dias e duas noites...! Como esquadrinhei esse dossiê, como fiz anotações nesse auto de acusação contra o assassino Benedetto! Oh, trabalho, trabalho! Minha paixão, minha alegria, minha fúria, cabe a ti amainar todas as minhas dores!

E apertou convulsivamente a mão de d'Avrigny.

— Precisa de mim? — perguntou o médico.

— Não — disse Villefort —, peço apenas que volte às onze horas, por favor. É ao meio-dia que se dará... a partida... Meu Deus! Minha pobre filha! Filha querida!

E o procurador do rei, de repente um homem como outro qualquer, levantou os olhos para os céus e suspirou.

— O senhor permanecerá então no salão de visitas?

— Não, tenho um primo que se encarregou dessa triste honra. Vou trabalhar, doutor. Quando eu trabalho, tudo desaparece.

Com efeito, o médico mal passara pela porta e o procurador do rei já voltara ao trabalho.

Na escada da entrada, d'Avrigny encontrou o parente mencionado por Villefort, personagem insignificante tanto nesta história como na família, uma dessas criaturas desde o nascimento fadadas a desempenhar um papel prestativo no mundo.

Ele havia sido pontual, trajava luto, com um crepe no braço, e dirigira-se aos aposentos do primo com um semblante afetado, o qual pretendia exibir enquanto necessário, e ir embora em seguida.

Às onze horas, os coches fúnebres chacoalharam sobre as pedras do pátio e a rua do faubourg Saint-Honoré foi tomada pelos murmúrios da multidão, ávida tanto pelas alegrias como pelo luto dos ricos, e que acorre a um enterro pomposo com a mesma sofreguidão que a um casamento de duquesa.

Pouco a pouco, a câmara fúnebre foi sendo tomada. Primeiro por uma parte de nossos velhos conhecidos, isto é, Debray, Château-Renaud, Beauchamp. Em seguida, por todos os personagens das ruas, da literatura e do exército, uma vez que o sr. de Villefort ocupava, menos pela origem social que pelo mérito pessoal, uma das primeiras posições na sociedade parisiense.

O primo mantinha-se à porta e recepcionava a todos. Para os indiferentes, convém dizer, era um grande alívio ver ali outro indiferente, que não exigia dos convidados fisionomia mentirosa ou falsas lágrimas, como teriam feito um pai, um irmão ou um noivo.

Os que se conheciam atraíam-se pelo olhar e formavam grupos.

Pouco a pouco, a câmara fúnebre foi sendo tomada.

Um desses grupos compunha-se de Debray, Château-Renaud e Beauchamp.

— Uma moça tão jovem! — lamentou Debray, pagando, como todos também faziam à sua revelia, um tributo ao infausto acontecimento. — Que pena! Tão rica! Tão bonita! Podia imaginar uma coisa dessas, Château-Renaud, quando viemos, faz quanto tempo...? Três semanas, um mês no máximo, para assinar aquele contrato que não foi assinado?

— Juro que não — disse Château-Renaud.

— Conhecia a srta. de Villefort?

— Conversei com ela uma ou duas vezes, num baile da sra. de Morcerf. Pareceu-me encantadora, embora com um temperamento um tanto melancólico. Onde está a madrasta? Você sabe?

— Foi passar o dia com a mulher desse digno cavalheiro que nos recebe.

— Quem será ele?

— Quem?

— O cavalheiro que nos recepciona. Um deputado?

— Não — respondeu Beauchamp —, sou condenado a ver nossos dignitários todos os dias, e sua cara me é desconhecida.

— Comentou essa morte no jornal?

— O artigo não é meu, mas foi comentado. Duvido mesmo que de modo agradável ao sr. de Villefort. Diz o artigo, creio, que, se quatro óbitos sucessivos houvessem ocorrido em outro lugar afora a casa do sr. procurador do rei, o sr. procurador do rei decerto teria ficado mais aflito.

— Em todo caso — disse Château-Renaud —, o dr. d'Avrigny, que é o médico da minha mãe, é de opinião que ele está desesperado.

— Mas o que está procurando, Debray?

— Procuro o sr. de Monte Cristo — respondeu o rapaz.

— Encontrei-o no bulevar a caminho daqui. Parecia apressado, ia visitar seu banqueiro — disse Beauchamp.

— Seu banqueiro? O banqueiro dele não é Danglars? — perguntou Château-Renaud a Debray.

— Acho que sim — respondeu o secretário pessoal ligeiramente perturbado —, mas o sr. de Monte Cristo não é o único ausente aqui. Não vejo Morrel.

— Morrel! Será que ele os conhecia? — perguntou Château-Renaud.

— Creio que ele foi apresentado apenas à sra. de Villefort.

— Não importa, ele deveria ter vindo — disse Debray. — Que assunto ele terá para esta noite? Este enterro é a notícia do dia. Mas, schhh!, façamos silêncio, ali está o sr. ministro da Justiça e dos Cultos, que se verá obrigado a fazer seu pequeno *speech* para o primo lacrimejante.

E os três rapazes aproximaram-se da porta para ouvir o pequeno *speech* do sr. ministro da Justiça e dos Cultos.

Beauchamp dissera a verdade. A caminho do compromisso fúnebre, encontrara Monte Cristo, que, por sua vez, dirigia-se ao palacete de Danglars, na rua de la Chaussée-d'Antin.

O banqueiro, de sua janela, percebera o coche do conde entrando no pátio, e encaminhara-se em sua direção com um rosto entristecido, mas afável.

— Ora, sr. conde — disse ele, estendendo a mão a Monte Cristo —, veio expressar-me suas condolências. É verdade, a tragédia ronda a minha casa a ponto de, ao vê-lo, eu indagar a mim mesmo se não desejara mal a esses infelizes Morcerf, o que teria justificado o provérbio: "Quem mal deseja, por pior espera." Pois bem! Juro que não, eu não desejava mal a Morcerf. Talvez ele fosse um pouco presunçoso, para um homem que saiu do zero, como eu, devendo tudo a si mesmo, como eu, mas cada um com seus defeitos. Ah, meu caro conde, as pessoas da nossa geração... Mas, desculpe, o senhor não é da nossa geração, o senhor é um rapaz... As pessoas da nossa geração não estão com sorte este ano. Prova disso é nosso puritano procurador do rei, Villefort, que acaba de perder a filha. Recapitulemos: Villefort, como dizíamos, perdendo toda a família de maneira estranha; Morcerf, desonrado e morto; eu, coberto de ridículo por esse celerado Benedetto, e como se não bastasse...

— Como se não bastasse o quê? — perguntou o conde.

— Ai de mim! Então não sabe?

— Uma nova tragédia?

— Minha filha...

— A srta. Danglars?

— Eugénie nos abandonou.

— Oh, meu Deus, o que está me dizendo!

— A verdade, meu caro conde. Não imagina como é feliz por não ter nem mulher nem filhos!

— Acha mesmo?

— Ah! Meu Deus!

— E me diz que a srta. Eugénie...

— Não suportou a afronta que esse miserável nos fez e pediu-me autorização para viajar.

— Então, partiu?

— A noite passada.

— Com a sra. Danglars?

— Não, com uma parenta... Mas nem por isso deixamos de perdê-la, nossa querida Eugénie, pois duvido que, com o caráter que lhe conheço, ela consinta em voltar à França um dia!

— Que deseja, meu caro barão — disse Monte Cristo —, mazelas de família, mazelas que seriam insuportáveis para um pobre-diabo cujo rebento constituísse toda a sua fortuna, mas toleráveis para um milionário. Não adianta os filósofos falarem, os homens práticos sempre irão desmenti-los nesse aspecto: o dinheiro é consolo para muitas coisas. E o senhor deverá ficar mais consolado que qualquer um, se admitir a virtude desse bálsamo soberano; o senhor, o rei das finanças, o ponto de interseção de todos os poderes.

Danglars lançou um olhar oblíquo para o conde, para ver se ele zombava ou falava sério.

— Sim — disse então —, o fato é que a fortuna consola: sou rico.

— Tão rico, meu caro barão, que sua fortuna lembra as pirâmides. Se quisessem demoli-las, não ousariam; se ousassem, não conseguiriam.

Danglars sorriu diante do otimismo simplório do conde.

— Isso me lembra — disse ele —, eu preparava cinco títulos de crédito quando o senhor entrou. Já havia assinado dois; permite que prepare os outros três?

— Pois não, meu caro barão, pois não.

Houve um instante de silêncio, durante o qual ouviu-se ranger a pena do banqueiro, enquanto Monte Cristo examinava os relevos dourados do teto.

— Títulos da Espanha — disse Monte Cristo —, títulos do Haiti, títulos de Nápoles?

— Não — disse Danglars rindo, com seu riso autossuficiente —, títulos ao portador, emitidos junto ao Banco da França. Veja — acrescentou —, sr. conde, o senhor que é o imperador das finanças, como eu sou o rei, já viu muitos pedaços de papel dessas dimensões valerem cada um um milhão?

Monte Cristo pegou na mão, como que para pesá-los, os cinco pedaços de papel orgulhosamente apresentados por Danglars, e leu:

> Solicito ao sr. diretor do Banco que mande pagar, sob minha ordem e fazendo uso do capital por mim depositado, a soma de um milhão, valor disponível em conta.
>
> BARÃO DANGLARS

— Um, dois, três, quatro, cinco — fez Monte Cristo —, cinco milhões! Puxa vida! Como consegue isso, sr. Creso[7]?!

— Cinco milhões! Puxa vida! Como consegue isso, sr. Creso?!

7. Creso: último rei da Lídia (morto em 560 a.C.), famoso por sua riqueza, proveniente da exploração das areias auríferas do rio Pactolo, rio afluente do Hermo no qual, segundo a lenda, se banhara Midas, rei que transformava em ouro tudo o que tocava.

— É o meu jeito de fazer negócios — disse Danglars.

— É maravilhoso, principalmente, como não duvido, se essa soma for paga à vista.

— Será — disse Danglars.

— Que coisa bonita dispor de um crédito desses! A bem da verdade, só em França veem-se coisas assim: cinco pedaços de papel valendo cinco milhões. É preciso ver para crer.

— Duvida?

— Não.

— O senhor fala de um jeito... Vamos, desfrute desse prazer: acompanhe o meu contínuo ao banco e o verá sair de lá com títulos do Tesouro equivalentes a essa soma.

— Não — disse Monte Cristo, dobrando as cinco promissórias —, definitivamente, não. A coisa é por demais curiosa, de modo que farei pessoalmente a experiência. Meu crédito com o senhor era de seis milhões, saquei novecentos mil francos, são cinco milhões e cem mil francos que o senhor ainda me deve. Pego seus cinco pedaços de papel que considero válidos diante da simples visão de sua assinatura, e aqui está um recibo geral de seis milhões que nos deixa quites. Eu o havia preparado com antecedência, e devo dizer-lhe que preciso muito de dinheiro hoje.

E, com uma das mãos, Monte Cristo enfiou os cinco títulos de crédito no bolso, enquanto com a outra estendia seu recibo ao banqueiro.

Um raio caindo aos pés de Danglars não o teria aniquilado com terror maior.

— O quê! — balbuciou. — O quê, sr. conde, está sacando esse dinheiro? Mas, perdão, perdão, esse é o dinheiro que dou aos hospícios, um depósito, e prometi pagar esta manhã.

— Ah — disse Monte Cristo —, então é diferente. Não faço questão dessas cinco promissórias precisamente, pague-me em outros valores. Foi por curiosidade que me apoderei delas, a fim de poder comentar em sociedade que, sem aviso nenhum, sem me pedir cinco minutos de prazo, o Banco Danglars me pagara cinco milhões à vista! Teria sido notável! Mas aqui estão os seus títulos. Pague-me de outra forma, repito.

E estendia os cinco títulos para Danglars, que, lívido, os alcançou num gesto instintivo, como o abutre estica a garra pelas grades de sua gaiola para capturar a carne que lhe roubam.

Subitamente recobrou-se, fez um esforço violento e conteve-se.

Então sorriu, recompondo pouco a pouco os traços de seu semblante transtornado.

— Na verdade — disse ele —, um recibo seu é igual a dinheiro.

— Oh, meu Deus, sim! E se o senhor estivesse em Roma, bastaria apresentar um recibo meu para a Casa Thomson & French pagar-lhe, exatamente como faz o senhor agora.

— Perdão, sr. conde, perdão.

— Então posso ficar com esse dinheiro?

— Sim — disse Danglars, enxugando o suor que nascia na raiz de seus cabelos —, claro, fique com ele.

Monte Cristo voltou a guardar os cinco títulos no bolso, com o intraduzível esgar de fisionomia que significa: “Pense bem! Reflita! Se quiser se arrepender, ainda é tempo.”

— Não — disse Danglars —, não, em absoluto, fique com as minhas assinaturas. Mas, como sabe, nada mais formal que um capitalista e, como eu destinava esse dinheiro aos hospícios, cheguei a supor que os roubava, ao não entregar-lhes precisamente estes papéis, como se um escudo não fosse igual a outro qualquer. Peço desculpas!

E pôs-se a rir ruidosamente, mas com algum nervosismo.

— Aceito as desculpas — respondeu Monte Cristo graciosamente —, e embolso o dinheiro.

E enfiou as promissórias na carteira.

— Mas — disse Danglars — não temos ainda uma soma de cem mil francos?

— Oh, uma bagatela — disse Monte Cristo. — O ágio deve chegar mais ou menos a isso. Fique com eles e estamos quites.

— Conde — disse Danglars —, está falando sério?

— Nunca brinco com banqueiros — replicou Monte Cristo, com uma gravidade que beirava a impertinência.

E encaminhou-se para a porta exatamente no momento em que o criado anunciava:

— O sr. de Boville, recebedor-geral dos hospícios.

— Pela minha fé — exclamou Monte Cristo —, parece que cheguei bem a tempo de usufruir de suas concorridas assinaturas!

Danglars empalideceu pela segunda vez e rapidamente despediu-se do conde.

Monte Cristo trocou um cumprimento cerimonioso com o sr. de Boville, que se mantinha de pé na sala de espera e que, após a passagem de Monte Cristo, foi imediatamente introduzido no gabinete do sr. Danglars.

Teria sido possível vislumbrar a fisionomia tão séria do conde iluminar-se com um efêmero sorriso ao ver a carteira que o sr. recebedor dos hospícios segurava na mão.

Monte Cristo encontrou seu coche na porta e ordenou que o levassem diretamente ao banco.

Nesse ínterim, Danglars, contendo toda a sua emoção, ia ao encontro do recebedor-geral.

Desnecessário dizer que o sorriso e a amabilidade estavam estereotipados em seus lábios.

— Bom dia — disse ele —, meu caro credor, pois eu apostaria que é o credor que me visita.

— O senhor adivinhou, barão — disse o sr. de Boville —, os hospícios apresentam-se-lhe na minha pessoa. As viúvas e órfãos vêm pelas minhas mãos pedir uma esmola de cinco milhões.

— E falam por aí que devemos nos condoer dos órfãos! — gracejou Danglars, prolongando a piada. — Pobres crianças!

— Portanto, aqui estou em nome deles — disse o sr. de Boville. — Deve ter recebido minha carta ontem…

— Sim.

— Aqui está o meu recibo.

— Meu caro sr. de Boville — disse Danglars —, suas viúvas e órfãos farão a bondade de esperar vinte e quatro horas, visto que o sr. de Monte Cristo, que o senhor acaba de ver sair daqui… Viu-o, não é mesmo?

— Sim, e daí?

— Pois bem! O sr. de Monte Cristo levou esses cinco milhões!

— Como assim?

— O conde dispunha de um crédito ilimitado comigo, crédito aberto pela Casa Thomson & French, de Roma. Ele veio solicitar uma soma de cinco milhões de uma tacada só. Dei-lhe um título de crédito junto ao Banco da França, pois é lá que meu capital está depositado. E compreenda, eu recearia, retirando das mãos do sr. diretor dez milhões no mesmo dia, que ele julgasse a coisa muito estranha. Daqui a dois dias — acrescentou Danglars sorrindo —, não lhe negarei nada.

— Nossa! — exclamou o sr. de Boville, no tom da mais completa incredulidade. — Cinco milhões para esse cavalheiro por quem passei e que me cumprimentou como se eu o conhecesse?

— Talvez ele o conheça sem que o senhor o conheça. O conde de Monte Cristo conhece todo mundo.

— Cinco milhões!

— Aqui está o recibo que me deu. Faça como são Tomé[8]: veja e apalpe.

O sr. de Boville pegou o papel que o sr. Danglars lhe apresentava e leu:

> Recebi do sr. barão Danglars a soma de cinco milhões e cem mil francos, soma a ser coberta, quando lhe aprouver, pela Casa Thomson & French, de Roma.

8. São Tomé: um dos doze apóstolos originalmente escolhidos por Jesus, cuja aparição mais famosa no Novo Testamento está no *Evangelho segundo são João*, XX, 24-29, quando duvida da ressurreição de Jesus e exige tocar suas chagas para se convencer. Essa passagem é a origem da expressão "ver pra crer". Após ver Jesus vivo (a Bíblia nunca afirma ter Tomé de fato tocado suas chagas), Tomé professa sua fé Nele e, a partir de então, é considerado Tomé, o Crente.

— Nossa, é verdade! — espantou-se o recebedor.

— Conhece a Casa Thomson & French?

— Sim — disse o sr. de Boville —, há muito tempo fizemos um negócio de duzentos mil francos, mas nunca mais ouvi falar neles depois disso.

— É um dos melhores estabelecimentos da Europa — disse Danglars, jogando displicentemente em sua escrivaninha o recibo que acabava de resgatar das mãos do sr. de Boville.

— E ele tinha, como quem não quer nada, cinco milhões apenas com o senhor? Ora! Mas é então um nababo esse conde de Monte Cristo?

— Juro por Deus! Não entendo muito bem, mas ele possuía três créditos ilimitados: um comigo, outro com Rothschild, outro com Laffitte, e — acrescentou distraidamente Danglars —, como pode ver, deu-me a preferência, deixando cem mil francos à guisa de ágio.

O sr. de Boville exprimiu todos os sinais da maior admiração.

— Preciso visitá-lo — disse ele — para obter alguma doação piedosa.

— Oh, é como se já tivesse nas mãos! Só de esmolas ele distribui mais de vinte mil francos por mês.

— Esplêndido. A propósito, usarei como exemplo junto a ele o caso da sra. de Morcerf e seu filho.

— Que caso?

— Eles doaram toda a sua fortuna aos hospícios.

— Que fortuna?

— A fortuna deles, a do general de Morcerf, do finado.

— E com que propósito?

— Com o propósito de livrarem-se de um patrimônio vil.

— Vão viver do quê?

— A mãe recolhe-se na província e o filho alista-se.

— Ora, ora — disse Danglars —, isso é que é escrúpulo.

— Registrei o ato de doação ontem.

— E quanto eles possuíam?

— Oh, nada de mais: entre duzentos e trezentos mil francos. Mas voltemos aos nossos milhões.

— Pois não — disse Danglars, com a maior naturalidade do mundo —, então tem pressa desse dinheiro?

— Claro que sim; nossa verificação contábil acontecerá amanhã.

— Amanhã! Por que não me disse logo? Mas é um século, amanhã! A que horas é a auditoria?

— Às duas.

— Mande alguém ao meio-dia — disse Danglars com um sorriso.

O sr. de Boville não respondeu muita coisa. Fazia sim com a cabeça e remexia na carteira.

— Mas espere! Estou pensando — disse Danglars —, faça melhor.

— Que quer que eu faça?

— O recibo do sr. de Monte Cristo vale dinheiro. Mostre esse recibo no Rothschild ou no Laffite, e irão aceitá-lo de olhos fechados.

— Apesar de resgatável em Roma?

— Com certeza. Irá custar-lhe apenas uma comissão de cinco ou seis mil francos.

O recebedor deu um pulo para trás.

— Mas de jeito nenhum! Não, prefiro esperar até amanhã. Que ideia!

— Julguei por um instante, perdoe-me — disse Danglars, com uma suprema impudência —, que tinha um pequeno déficit a descoberto.

— Eu! — exclamou o recebedor.

— Escute, isso é normal e, nessas horas, fazemos um sacrifício.

— Graças a Deus, não! — disse o sr. de Boville.

— Então, até amanhã, não é mesmo, meu caro recebedor?

— Sim, até amanhã. Mas sem falta, não é?

— Ora! Está brincando! Mande alguém ao meio-dia, e o banco será avisado.

— Virei eu mesmo.

— Melhor ainda, pois assim terei o prazer de encontrá-lo.

Apertaram-se as mãos.

— A propósito — disse o sr. de Boville —, não vai ao enterro da infeliz srta. de Villefort, cujo cortejo fúnebre encontrei no bulevar?

— Não — disse o banqueiro —, ainda sou ridicularizado em função do caso Benedetto e mantenho-me recluso.

— Bah! Que bobagem? E o senhor lá teve culpa de alguma coisa?

— Escute, meu caro recebedor, quando se carrega um nome impoluto como eu, ficamos suscetíveis.

— Toda a sociedade está solidária consigo, acredite. Sobretudo, a dor pela senhorita sua filha é geral.

— Pobre Eugénie! — suspirou Danglars. — Sabia que foi para um convento?

— É mesmo?

— Ai, infelizmente, é a pura verdade. No dia seguinte ao episódio, resolveu partir com uma amiga dela, religiosa. Foi procurar um convento bem severo, na Itália ou na Espanha.

— Oh, que terrível!

E, com essa exclamação, o sr. de Boville retirou-se, externando mil protestos de condolência ao pai.

Mas ainda não estava do lado de fora quando Danglars, com uma energia gestual que apenas compreenderia quem viu Frédérick atuando em *Robert Macaire*[9]:

9. "Frédérick em *Robert Macaire*": Robert Macaire, ou *Chevalier* Macaire, era um famoso assassino que, ao ser utilizado como personagem em livros e peças de teatro, tornou-se a

— Imbecil!

E, amarfanhando o recibo de Monte Cristo numa pequena carteira, acrescentou:

— Venha ao meio-dia; ao meio-dia já estarei longe.

Deu então duas voltas na fechadura, esvaziou todas as gavetas do cofre, juntou cerca de cinquenta mil francos em títulos, queimou diversos papéis, colocou outros em evidência e começou a escrever uma carta que lacrou, subscrevendo-a: "À sra. baronesa Danglars".

— Esta noite — murmurou —, eu mesmo irei deixá-la em sua penteadeira.

Em seguida, pegando um passaporte na gaveta.

— Ótimo — disse ele —, dois meses de validade.

— Ótimo, dois meses de validade.

figura arquetípica do vilão na cultura francesa da época. Aqui a referência é ao drama estreado em 1823, *O albergue dos Adrets*, do dramaturgo francês Benjamin Antier (1787-1870), no qual o ator Frédérick Lemaître (1800-76) desempenhava o papel do vilão.

8. O CEMITÉRIO PÈRE-LACHAISE

O sr. de Boville havia de fato cruzado com o cortejo fúnebre que conduzia Valentine à sua última morada.

O tempo estava escuro e nublado. Um vento ainda quente, mas já mortal para as folhas amarelas, arrancava-as dos galhos pouco a pouco despidos, fazendo-as rodopiar acima da imensa multidão que entupia as avenidas.

O sr. de Villefort, autêntico parisiense, via o cemitério Père-Lachaise como o único digno de receber os despojos mortais de uma família parisiense. Os demais pareciam-lhe cemitérios rurais, albergues ocupados pela morte. Somente no Père-Lachaise podiam instalar-se defuntos da alta sociedade.

Villefort comprara ali, como vimos, o jazigo perpétuo sobre o qual erigia-se o monumento tão abruptamente ocupado por todos os membros de sua família.

Lia-se no frontão do mausoléu: FAMÍLIA SAINT-MÉRAN E VILLEFORT, pois esta havia sido a última vontade da desventurada Renée, mãe de Valentine.

Era então para o Père-Lachaise que se encaminhava o pomposo cortejo proveniente do faubourg Saint-Honoré. Após atravessar Paris, ele enveredou pelo faubourg du Temple, depois pelos bulevares externos, até chegar ao cemitério. Mais de cinquenta coches particulares seguiam vinte coches enlutados, e atrás desses cinquenta coches, mais de quinhentas pessoas caminhavam.

Eram quase todos rapazes que a morte de Valentine atingira como um raio e que, a despeito da atmosfera glacial do século e do prosaísmo da época, sofriam a influência poética daquela bela, daquela casta, daquela adorável rapariga ceifada em sua flor.

Na saída de Paris, viu-se chegar uma rápida carruagem de quatro cavalos que pararam repentinamente, enrijecendo seus jarretes nervosos como molas de aço: era o sr. de Monte Cristo.

O conde apeou e foi misturar-se à multidão, que seguia a pé o coche fúnebre.

Château-Renaud avistou-o e também saiu de seu cupê, indo juntar-se a ele. Beauchamp imitou-o e deixou o fiacre no qual se achava.

O conde observava atentamente por todos os interstícios da massa. Visivelmente, procurava alguém. Por fim, não se conteve.

— Onde está Morrel? — perguntou. — Algum dos senhores sabe onde ele está?

— Já nos fizemos essa pergunta no local do velório — disse Château-Renaud —, nenhum de nós o viu.

O conde se calou, mas continuou a olhar em volta.

Finalmente chegaram ao cemitério.

O olhar penetrante de Monte Cristo vasculhou num relance os bosques de teixos e pinheiros, logo se despreocupando, pois uma sombra deslizara sob os escuros bordos. Ele sem dúvida avistara o que procurava.

Sabemos o que é um enterro nessa magnífica necrópole: grupos de preto disseminados pelas brancas aleias, o silêncio do céu e da terra rompido pelo estalo de alguns galhos quebrados, de alguma sebe plantada em volta de um túmulo; depois, o canto melancólico dos padres, ao qual se mistura, aqui e ali, um soluço saído de uma touceira de flores, atrás da qual vemos uma mulher, destroçada e com as mãos postas para a reza.

A sombra que Monte Cristo avistara atravessou rapidamente o jardim geométrico do túmulo de Heloísa e Abelardo[10], foi instalar-se, com os coveiros, à frente dos cavalos que puxavam o corpo e, no mesmo ritmo, chegou ao local escolhido para a sepultura.

---

10. Heloísa e Abelardo: o romance entre Heloísa e o filósofo Pedro Abelardo (1079-1142), registrado em sua *História das minhas calamidades*, é um episódio famoso da cultura medieval. Abelardo era um jovem filósofo e Heloísa (1101-64), sua aluna. Seu amor enfrentou toda a sorte de preconceitos religiosos e morais, mas os dois chegaram a se casar. O tio e tutor de Heloísa, no entanto, contratou dois carrascos para que invadissem o quarto de Abelardo durante a noite e o castrassem. Abelardo e Heloísa jamais voltaram a se falar. Ela ingressou num convento. Para tentar amenizar a dor que sentiam pela falta um do outro, ambos passaram a dedicar-se exclusivamente ao trabalho. Abelardo construiu uma escola-mosteiro ao lado da escola-convento de Heloísa. Viam-se diariamente, mas não se falavam nunca. Apenas trocavam cartas apaixonadas. Abelardo morreu em 1142, com sessenta e três anos, e Heloísa ergueu um grande sepulcro em sua homenagem; quando faleceu, foi, por iniciativa de suas alunas, sepultada ao lado de Abelardo.

Todos olhavam para alguma coisa.

Monte Cristo olhava apenas para aquela sombra, praticamente ignorada pelos que se achavam próximos a ela.

Por duas vezes o conde abandonou suas fileiras para verificar se as mãos daquele homem não procuravam alguma arma escondida nas roupas.

A sombra, quando o cortejo se deteve, foi identificada como sendo Morrel, que, com seu redingote preto abotoado até em cima, sua fronte lívida, suas faces escavadas, seu chapéu amarrotado por mãos convulsivas, recostara-se a uma árvore situada sobre um outeiro que dominava o mausoléu, de maneira a não perder nenhum dos detalhes da cerimônia fúnebre prestes a se realizar.

Tudo se passou conforme a tradição. Alguns homens, e como sempre os menos abalados, pronunciaram discursos. Uns lastimavam aquela morte prematura, outros alongavam-se acerca do sofrimento do pai. Houve os bem engenhosos para descobrir que, mais de uma vez, a moça pedira ao sr. de Villefort que tivesse piedade dos culpados sobre os quais ele mantinha alçado o gládio da justiça. Em suma, esgotaram-se as metáforas floridas e as frases tortuosas, citando canhestramente as estrofes de Malherbe para du Périer[11].

Monte Cristo não escutava nada, não via nada, ou melhor, via somente Morrel, cuja calma e imobilidade formavam um espetáculo apavorante para o único capaz de ler o que se passava no fundo do coração do jovem oficial.

— Ora essa — disse de repente Beauchamp a Debray —, lá está o Morrel! Onde diabos ele havia se enfiado?

E o apontaram para Château-Renaud, que, estremecendo, constatou:

— Como está pálido!

— Está com frio — replicou Debray.

— Nada disso — disse lentamente Château-Renaud. — Acho que está perturbado. Maximilien é um homem muito impressionável.

— Ora! — disse Debray. — Ele mal conhecia a srta. de Villefort. Você mesmo disse isso.

— É verdade. Entretanto, lembro-me de que, no baile na casa da sra. de Morcerf, ele dançou três vezes com ela. Aquele baile, conde, no qual o senhor foi a sensação.

---

11. "estrofes de Malherbe para du Périer": alusão à obra do poeta francês François de Malherbe (1555-1628), autor de *Consolação ao sr. du Périer*, em que se lê: "Tua dor, du Périer, será então infinita,/ E os tristes discursos/ Que te insuflam ao espírito a amizade paternal/ Aumentá-la-ão sempre?/ A infelicidade de tua filha descida ao túmulo/ Por uma morte comum/ É porventura um labirinto/ Onde sua razão se perde?"

— Não me lembro — respondeu Monte Cristo, sem sequer saber a que nem a quem respondia, pois estava ocupado em vigiar Morrel, cujas faces se afogueavam, como acontece com aqueles que prendem ou represam a respiração.

— Os discursos terminaram, até logo, senhores — disse bruscamente o conde.

E deu sinal de partida, desaparecendo sem que se soubesse por onde passara.

A cerimônia fúnebre estava encerrada, todos tomaram de volta o caminho de Paris.

Apenas Château-Renaud procurou Morrel por um instante com os olhos. Contudo, enquanto seguia com o olhar o conde se afastando, Morrel deixara seu lugar, e Château-Renaud, após tê-lo procurado em vão, partiu atrás de Debray e Beauchamp.

Monte Cristo embrenhara-se num arvoredo e, escondido atrás de um grande túmulo, espreitava todos os movimentos de Morrel, o qual, pouco a pouco, aproximara-se do mausoléu abandonado primeiro pelos curiosos, depois pelos operários.

Morrel olhou lenta e vagamente ao seu redor, porém, no momento em que seu olhar abraçava a porção do círculo oposta à sua, Monte Cristo aproximou-se mais uma dezena de passos sem ser percebido.

O rapaz ajoelhou-se.

O conde, pescoço esticado, olho fixo e dilatado, pernas retesadas como para se lançar ao primeiro sinal, continuava a aproximar-se de Morrel.

O rapaz inclinou a cabeça até a lápide, abraçou a grade com as duas mãos e murmurou:

— Oh, Valentine!

A explosão dessas duas palavras partiu o coração do conde, que deu outro passo e, batendo no ombro de Morrel, saudou-o:

— É o senhor, querido amigo! Estava à sua procura!

Monte Cristo viera prevenido para um escândalo, uma repreensão, uma recriminação, mas havia se enganado.

Morrel voltou-se para o lado e, com uma calma aparente, disse:

— Como vê, eu estava rezando!

E o olhar penetrante do conde percorreu o rapaz dos pés à cabeça.

Depois dessa inspeção, pareceu mais tranquilo.

— Quer que eu o leve de volta a Paris? — perguntou ele.

— Não, obrigado.

— Mas não há nada que eu possa fazer por você?

— Deixe-me rezar.

O conde afastou-se sem fazer uma única objeção, mas foi para ocupar um novo posto de observação, de onde não perdia um único gesto de Morrel, que finalmente se reergueu, espanou os joelhos embranquecidos pela pedra e, sem voltar a cabeça uma única vez, tomou novamente o caminho de Paris.

— Oh, Valentine!

Desceu lentamente a rua de la Roquette.

Dispensando seu coche estacionado no Père-Lachaise, o conde seguiu-o a cem passos. Maximilien atravessou o canal e entrou na rua Meslay pelos bulevares.

Cinco minutos depois de se fechar para Morrel, o portão voltou a se abrir para Monte Cristo.

Julie estava na entrada do jardim, onde observava, com a mais profunda atenção, mestre Penelon, que, levando a profissão de jardineiro a sério, preparava mudas de roseiras.

— Ah, sr. conde de Monte Cristo! — ela exclamou com a mesma alegria que todos os membros da família expressavam quando Monte Cristo visitava a rua Meslay.

— Maximilien acaba de chegar, não é, senhora?

— Sim, acho que o vi passar — respondeu a moça. — Mas, por favor, chame Emmanuel.

— Sinto muito, senhora, mas devo ir imediatamente ao quarto de Maximilien — replicou Monte Cristo —, tenho algo de suma importância para lhe falar.

— Vá então — fez ela, acompanhando-o com seu sorriso encantador até ele desaparecer na escada.

Monte Cristo logo transpôs os dois andares que separavam o rés do chão dos aposentos de Maximilien. Ao chegar ao corredor, pôs-se à escuta: nenhum barulho.

Como na maioria das casas antigas, habitadas por um único proprietário, a entrada do quarto consistia numa simples porta de vidro.

O detalhe é que essa porta de vidro não tinha chave. Maximilien estava no quarto, mas era impossível ver além da porta, pois havia um cortinado de seda vermelha adensando os vidros.

A ansiedade do conde traduziu-se num vivo rubor, sintoma de emoção pouco comum naquele homem impassível.

— Que fazer? — murmurou.

E refletiu um instante.

— Tocar? — continuou. — Oh, não! Muitas vezes o barulho de uma campainha, isto é, de uma visita, acelera a decisão daqueles que se encontram na situação em que Maximilien deve estar neste momento, e então ao disparo da campainha responde outro disparo.

Monte Cristo ficou arrepiado dos pés à cabeça e, como nele a decisão tinha a rapidez do raio, deu uma cotovelada numa das vidraças da porta de vidro, estilhaçando-a. Então levantou o cortinado e viu Morrel, que, sentado à escrivaninha, uma pena na mão, acabava de pular na cadeira, reagindo ao estrépito dos cacos de vidro.

— Não foi nada — disse o conde —, mil perdões, querido amigo! Escorreguei e, ao escorregar, dei com o cotovelo na vidraça. Já que está quebrada, vou aproveitar para entrar. Fique à vontade, fique à vontade.

E, passando o braço pelo vidro quebrado, o conde abriu a porta.

Morrel levantou-se, visivelmente contrariado, e foi até Monte Cristo, menos para recebê-lo que para obstruir-lhe a passagem.

— Acredite, é culpa dos seus criados — disse Monte Cristo, esfregando o cotovelo —, seus assoalhos são lisos como espelhos.

— Machucou-se, senhor? — perguntou friamente Morrel.

— Não sei. Mas o que fazia? Escrevia?

— Eu?

— Está com os dedos sujos de tinta.

— É verdade — respondeu Morrel —, escrevia. Isso me acontece às vezes, por mais militar que eu seja.

Monte Cristo deu alguns passos quarto adentro. Obrigado a deixá-lo passar, Morrel o seguiu.

— Escrevia? — repetiu Monte Cristo, com um olhar fatigante de fixidez.

— Já tive a honra de lhe dizer que sim — respondeu Morrel.

O conde lançou um olhar em volta.

— Suas pistolas estão na escrivaninha! — disse ele, com o dedo apontando para Morrel as armas sobre o tampo.

— Estou de partida para uma viagem — respondeu Maximilien.

— Meu amigo! — disse Monte Cristo, com uma voz infinitamente meiga.

— Senhor!

— Meu amigo, meu querido Maximilien, nada de decisões radicais, eu lhe suplico!

— Eu, decisões radicais? — disse Morrel dando de ombros. — E em que, por favor, uma viagem é uma decisão radical?

— Maximilien — disse Monte Cristo —, deixemos de lado, cada um de nós, as máscaras que usamos. Maximilien, você não me engana com essa calma de encomenda, como tampouco eu a você com a minha frívola solicitude. Você compreende, não é?, que para ter feito o que fiz, para ter arrebentado os vidros, violado o sigilo do quarto de um amigo, compreende, enfim, que, para ter feito tudo isso, eu precisava estar muito preocupado, ou então com uma terrível convicção. Morrel, você pretendia se matar!

— Eu! — estremeceu Morrel. — Como pode pensar uma coisa dessas, sr. conde?

— Repito que pretendia se matar! — continuou o conde com o mesmo tom de voz. — E aqui está a prova disso.

E, aproximando-se da escrivaninha, ergueu a folha branca que o rapaz lançara sobre uma carta iniciada, e pegou a carta.

Morrel arrojou-se para arrancá-la de suas mãos.

Mas Monte Cristo previra tal movimento e se antecipou, agarrando Maximilien pelo pulso e detendo-o como a corrente de aço detém a mola no meio de sua evolução.

— É evidente que pretendia matar-se, Morrel — disse o conde —, está escrito!

— Pois muito bem! — exclamou Morrel, passando sem transição da calma aparente à violência manifesta. — Pois muito bem! Quando eu decidir apontar o cano dessa pistola para minha cabeça, quem irá me impedir?

"Quem terá coragem para me impedir? Quando eu disser: 'Todas as minhas esperanças estão arruinadas, meu coração está despedaçado, minha vida, extinta, não há nada além de luto e amargura à minha volta; a terra virou cinza; toda voz humana me dilacera.' Quando eu disser: 'Permitir que eu morra é compaixão, pois, se me impedir, perderei a razão, enlouquecerei.' Vamos, fale, cavalheiro, quando eu disser isto, quando virem que o digo com as angústias e as lágrimas do meu coração, será que ouvirei como resposta: 'Você está errado?' Será que alguém irá impedir-me de romper com a condição do mais infeliz dos homens? Fale, cavalheiro, fale, é o senhor quem terá essa coragem?"

— Sim, Morrel — disse Monte Cristo, com uma voz cuja calma contrastava estranhamente com a exaltação do rapaz. — Sim, serei eu.

— O senhor! — indignou-se Morrel, com uma expressão crescente de cólera e censura. — O senhor, que me ludibriou com uma esperança absurda, que me acolheu, embalou, adormeceu com vãs promessas, quando eu teria sido capaz, por meio de algum lampejo, por meio de alguma resolução extrema, de salvá-la ou pelo menos vê-la morrer em meus braços. O senhor, que se arroga todos os recursos da inteligência, todas as forças da matéria, que exerce, ou melhor, finge exercer o papel da Providência, e que sequer tem o poder de ministrar um contraveneno a uma jovem envenenada! Ah, para falar a verdade, cavalheiro, o senhor me daria pena se não me provocasse horror!

— Morrel...

— Sim, o senhor disse para tirarmos a máscara. Pois bem, fique satisfeito, já tirei a minha. Sim, quando o senhor me seguiu até o cemitério, ainda lhe respondi, pois meu coração é generoso. Quando o senhor entrou, deixei que viesse até aqui... Mas, uma vez que o senhor abusa, uma vez que vem afrontar-me até neste quarto onde eu me refugiara como no meu túmulo, uma vez que me proporciona uma nova tortura, a mim, que julgava haver a todas esgotado, conde de Monte Cristo, meu pretenso benfeitor, conde de Monte Cristo, salvador universal, fique satisfeito, verá seu amigo morrer!

E Morrel, com o riso da loucura nos lábios, precipitou-se uma segunda vez para as pistolas.

Monte Cristo, pálido como um espectro, mas o olho dardejando clarões, estendeu a mão para as armas e disse ao insensato:

— E eu repito que o senhor não se matará!

— Impeça-me então! — rebateu Morrel num último impulso, que, como o primeiro, veio chocar-se contra o braço férreo do conde.

— É o que farei!

— Mas afinal quem é o senhor para atribuir-se tal direito tirânico sobre criaturas livres e pensantes? — exclamou Maximilien.

— Quem sou eu? — repetiu Monte Cristo. — Preste atenção: sou o único homem no mundo com o direito de lhe dizer: "Morrel, não quero que o filho do seu pai morra hoje!"

E Monte Cristo, majestoso, transfigurado, sublime, avançou com os braços cruzados para o rapaz arfante, que, vencido à sua revelia pela quase divindade daquele homem, recuou um passo.

— Por que está falando do meu pai? — balbuciou. — Por que misturar a lembrança do meu pai com o que me acontece hoje?

— Porque sou aquele que já salvou a vida do seu pai, um dia em que ele queria matar-se como você quer matar-se hoje. Porque sou o homem que enviou a bolsa à sua jovem irmã e o *Pharaon* a Morrel. Porque sou Edmond Dantès, em cujo colo, criança, você brincou!

Morrel deu mais um passo para trás, vacilante, sem ar, ofegante, esmagado. Em seguida, suas forças o abandonaram e, com um grande grito, ele caiu prosternado aos pés de Monte Cristo.

Então, de repente, naquela admirável natureza deu-se um movimento de regeneração súbita e completa. Ele se reergueu, pulou para fora do quarto e precipitou-se na escada gritando com toda a potência de sua voz:

— Julie! Julie! Emmanuel! Emmanuel!

Monte Cristo quis precipitar-se por sua vez, mas Maximilien teria preferido morrer a deixar o umbral da porta, a qual ele empurrava sobre o conde.

Aos gritos de Maximilien, Julie, Emmanuel, Penelon e alguns criados acorreram apavorados.

Morrel segurou suas mãos e, abrindo a porta:

— De joelhos! — exclamou com uma voz estrangulada pelas lágrimas. — De joelhos! É o benfeitor, é o salvador do nosso pai! É...

Ia dizer: "É Edmond Dantès!"

O conde interrompeu-o, agarrando-lhe o braço.

Julie lançou-se para a mão do conde, Emmanuel beijou-o como um deus tutelar. Morrel caiu pela segunda vez de joelhos, batendo a testa no assoalho.

Então o homem de bronze sentiu seu coração dilatar-se no peito, um jato de chama devorador irromper de sua garganta para os seus olhos. Ele inclinou a cabeça e chorou.

Reinou nesse quarto, durante alguns instantes, um concerto de lágrimas e gemidos sublimes que deve ter parecido harmonioso até para os anjos mais amados pelo Senhor!

Julie, mal refeita da emoção profunda que acabava de sentir, lançou-se para fora do quarto, desceu um andar, correu ao salão com uma alegria infantil e levantou a redoma de cristal que protegia a bolsa dada pelo desconhecido na rua das Allées de Meilhan.

Enquanto isso, Emmanuel dizia ao conde com uma voz entrecortada:

— Oh, sr. conde, ouvindo-nos falar tantas vezes do nosso benfeitor desconhecido, vendo-nos cercar uma lembrança com tanta gratidão e adoração, como esperou até hoje para se dar a conhecer? Oh, foi uma crueldade conosco, e eu quase me atreveria a dizer, sr. conde, com o senhor mesmo.

— Escute, meu amigo — disse o conde —, e posso chamá-lo assim, pois sem dúvida, o senhor é meu amigo há dez anos; a descoberta desse segredo foi provocada por um grande acontecimento, que provavelmente o senhor ig-

— De joelhos! É o benfeitor, é o salvador do nosso pai! É…

nora. Deus é testemunha de que eu desejava enterrá-lo eternamente no fundo da alma. Seu irmão Maximilien conseguiu arrancá-lo de mim por meio de uma violência, da qual se arrepende, tenho certeza.

Ao ver que Maximilien jogara-se de lado numa poltrona, permanecendo contudo de joelhos:

— Cuide dele — acrescentou baixinho Monte Cristo, apertando de maneira significativa a mão de Emmanuel.

— O que há? — perguntou o rapaz, assustado.

— Não posso dizer, mas cuide dele.

Emmanuel abraçou o quarto com um olhar e percebeu as pistolas de Morrel.

Seus olhos detiveram-se aterrados sobre as armas, que ele apontou para Monte Cristo erguendo lentamente o dedo à altura deles.

Monte Cristo inclinou a cabeça.

Emmanuel fez um movimento em direção às pistolas.

— Deixe — disse o conde.

Então, indo até Morrel, pegou-lhe a mão. Os arroubos intempestivos que haviam por um instante abalado o coração do rapaz haviam dado lugar a um estupor profundo.

Julie subiu novamente, tinha na mão a bolsa de seda e duas lágrimas brilhantes e alegres rolavam sobre suas faces, como duas gotas do sereno da madrugada.

— Eis a relíquia — disse ela. — Não pense que seja menos querida depois que o salvador nos foi revelado.

— Minha filha — respondeu Monte Cristo, ruborizando —, permita-me pegar de volta essa bolsa. Agora que conhece os traços do meu rosto, quero que lembre-se de mim tão somente pela afeição que lhe peço que me conceda.

— Oh — disse Julie, apertando a bolsa contra o coração —, não, não, suplico-lhe, pois um dia o senhor poderia deixar-nos, pois um dia infelizmente irá deixar-nos, não é verdade?

— Adivinhou — respondeu Monte Cristo, sorrindo. — Daqui a uma semana terei deixado este país, onde tantas pessoas que haviam merecido a vingança dos céus viviam felizes, enquanto meu pai expirava de fome e de dor.

Ao anunciar sua partida próxima, Monte Cristo mantinha os olhos fixos em Morrel, e observou que as palavras "terei deixado este país" haviam passado sem tirar Morrel da letargia. Compreendeu que precisaria travar uma última luta com a dor de seu amigo e, pegando as mãos de Julie e de Emmanuel, que uniu às suas, disse-lhes, com a meiga autoridade de um pai:

— Meus bons amigos, por favor, deixem-me a sós com Maximilien.

Era uma oportunidade para Julie levar aquela valiosa relíquia, de que Monte Cristo já se esquecera.

Ela arrastou impetuosamente o marido.

— Vamos deixá-los — disse ela.

O conde ficou sozinho com Morrel, que permanecia imóvel como uma estátua.

— Vejamos — disse o conde, tocando-lhe o ombro com seu dedo de fogo. — Está finalmente voltando a ser um homem, Maximilien?

— Sim, pois recomeço a sofrer.

A testa do conde franziu, pois ele parecia entregue a uma sombria hesitação.

— Maximilien! Maximilien! — disse Monte Cristo. — Essas ideias que o arrebatam são indignas de um cristão.

— Oh, fique tranquilo, meu amigo — disse Morrel, levantando a cabeça e mostrando ao conde um sorriso marcado por uma tristeza inefável. — Não sou mais eu que irei procurar a morte.

— Então — disse Monte Cristo —, basta de armas, basta de desespero.

— Na verdade, tenho coisa melhor, para curar a minha dor, que o cano de uma pistola ou a ponta de uma faca.

— Perdeu o juízo! O que tem?

— Tenho minha dor, e ela me matará.

— Amigo — disse Monte Cristo com igual melancolia. — Escute: um dia, num momento de desespero igual ao seu, uma vez que acarretava decisão semelhante, quis matar-me como você; um dia, seu pai, igualmente desesperado, quis matar-se também. Se houvessem dito a seu pai, no momento em que ele dirigia o cano da pistola para a cabeça; se houvessem me dito, no momento em que eu me privava o pão de recluso, no qual já não tocava havia três dias, se nos houvessem dito, a nós dois, naquele momento supremo: "Vivam! Dia virá em que serão felizes e em que abençoarão a vida"; viesse de que lado fosse, teríamos recebido isso com o sorriso da dúvida ou a angústia da incredulidade, e, entretanto, quantas vezes, ao beijá-lo, seu pai abençoou a vida, quantas vezes eu mesmo…

— Ah — exclamou Morrel, interrompendo o conde —, o senhor havia perdido somente sua liberdade, meu pai não perdera senão sua fortuna, enquanto eu perdi Valentine.

— Olhe nos meus olhos, Morrel — ordenou Monte Cristo, com aquela solenidade que o fazia tão persuasivo em certas ocasiões —, olhe nos meus olhos, não tenho nem lágrimas nos olhos, nem febre nas veias, nem palpitações fúnebres no coração, entretanto vejo-o sofrer, Maximilien, você a quem amo como amaria a um filho. Pois bem! Isso não lhe diz, Morrel, que a dor é como a vida e que há sempre alguma coisa desconhecida além? Ora, se lhe peço, se lhe ordeno que viva, Morrel, é na convicção de que um dia você venha a me agradecer por ter preservado sua vida.

— Meu Deus! — exclamou o rapaz. — Meu Deus! O que está dizendo, conde? Preste bem atenção! Será que já amou um dia?

— Criança! — respondeu o conde.

— De amor — repetiu Morrel — eu posso falar. Quanto a mim, veja, sou soldado desde que sou homem. Cheguei aos vinte anos sem amar, pois nenhum dos sentimentos que experimentara até então merecia o nome de amor. Pois bem! Aos vinte e nove anos, conheci Valentine. Logo, faz quase dois anos que a amo, quase dois anos que pude ler as virtudes da moça e da mulher escritas pela própria mão do Senhor naquele coração que abri como a um livro. Conde, reinava para mim, com Valentine, uma felicidade infinita, imensa, desconhecida, uma felicidade grande demais, divina demais para este mundo. Se este mundo privou-me dela, conde, isso significa que, sem Valentine, não há senão desespero e desolação sobre a terra.

— Eu lhe disse para ter esperanças, Morrel — repetiu o conde.

— Cuidado, então, repito eu também — disse Morrel —, pois está tentando me persuadir e, se me persuadir, me fará perder a razão, pois me fará acreditar que posso rever Valentine.

O conde sorriu.

— Meu amigo, meu pai! — exclamou um exaltado Morrel. — Cuidado, repito pela terceira vez, pois a influência que o senhor exerce em mim apavora-me. Cuidado com o sentido de suas palavras, pois eis que meus olhos ganham vida, eis que meu coração se reacende e renasce. Cuidado, pois me faria acreditar em coisas sobrenaturais. Se me ordenasse a levantar a pedra do sepulcro que cobre a filha de Jairo[12], eu obedeceria; se me fizesse um sinal para caminhar sobre as ondas, eu caminharia sobre as ondas como o apóstolo. Cuidado, eu obedeceria.

— Não perca as esperanças, amigo — repetiu o conde.

— Ah! — disse Morrel, caindo de toda a altitude de sua exaltação no abismo da tristeza. — Está zombando de mim. Faz como uma boa mãe, ou melhor, como essas mães egoístas que acalmam com palavras melífluas a dor da criança, porque seus gritos as cansam. Não, meu amigo, eu estava errado em lhe dizer para tomar cuidado. Não, não tema nada, enterrarei minha dor com grande desvelo no fundo do meu peito e a tornarei tão obscura, tão secreta, que o senhor não cogitará sequer em se compadecer. Adeus, meu amigo! Adeus!

— Ao contrário — disse o conde —, a partir deste momento, Maximilien, você viverá ao meu lado e comigo, não me deixará mais. Daqui a uma semana, teremos deixado a França para trás.

— E continua a me dizer para ter esperança?

— Digo para ter esperança porque conheço um meio de curá-lo.

— Conde, o senhor me entristece ainda mais, se é que isso é possível. Vê, como resultado do golpe que me atinge, apenas uma dor banal, e acredita consolar-me com um recurso banal, a viagem.

E Morrel balançou a cabeça com desdenhosa incredulidade.

— Que quer que eu lhe diga? — perguntou Monte Cristo. — Tenho fé nas minhas promessas, deixe-me realizar o experimento.

— Está prolongando minha agonia, conde, só isso.

— Quer dizer — replicou o conde —, coração fraco, que não tem forças para dar a seu amigo alguns dias em nome do experimento que ele almeja! Ora, sabe do que é capaz o conde de Monte Cristo? Sabe que ele comanda muitas forças terrenas? Sabe que ele tem a fé necessária em Deus para obter milagres daquele que disse que com a fé o homem move montanhas? Pois bem! Aguarde o milagre em que deposito esperança ou então…

— Ou então… — repetiu Morrel.

---

12. Jairo: alusão ao episódio bíblico no qual Jesus ressuscita a filha de Jairo, mencionada nos evangelhos de Marcos, V, 22-43, de Mateus, IX, 18-26, e de Lucas, VIII, 40-56.

— Ou então, cuidado, Morrel, irei considerá-lo um ingrato.

— Tenha pena de mim, conde.

— Tenho tanta pena de você, Maximilien, escute, tanta pena que, se dentro de um mês, dia por dia, hora por hora, eu não o curar, guarde bem minhas palavras, Morrel, eu mesmo irei instalá-lo diante dessas pistolas carregadas e de uma taça do mais infalível veneno da Itália, um veneno mais infalível e instantâneo, creia, que o que matou Valentine.

— Promete?

— Sim, pois sou homem, pois, eu também, como lhe disse, quis morrer, e muitas vezes, mesmo depois que a desgraça afastara-se de mim, sonhei com as delícias do sono eterno.

— Oh, está me prometendo isso, conde?

— Não lhe prometo, juro — disse Monte Cristo, estendendo a mão.

— Dentro de um mês, pela sua honra, se eu não estiver consolado, poderei fazer o que quiser da minha vida e não me chamará de ingrato?

— Dentro de um mês, dia por dia; dentro de um mês, hora por hora. E a data é sagrada, Maximilien, não sei se percebeu: hoje é dia 5 de setembro. Há dez anos salvei seu pai, que desejava morrer.

Morrel agarrou as mãos do conde e as beijou. O conde permitiu, como se compreendesse que aquela adoração lhe era devida.

— Dentro de um mês — continuou Monte Cristo —, você terá, sobre a mesa diante da qual nós dois estaremos sentados, boas armas e uma morte doce. Mas, em contrapartida, promete esperar-me até lá e viver?

— Oh! De minha parte — exclamou Morrel —, eu juro também!

Monte Cristo puxou o rapaz para si e o abraçou longamente.

— E agora — disse-lhe —, a partir de hoje você vai morar comigo. Ocupará os aposentos de Haydée, e minha filha pelo menos será substituída pelo meu filho.

— Haydée! — disse Morrel. — O que houve com Haydée?

— Partiu esta noite.

— Foi embora?

— Foi esperar-me... Prepare-se, portanto, para ir comigo para minha casa em Champs-Élysées, e faça com que eu saia daqui sem me verem.

Maximilien abaixou a cabeça e obedeceu como uma criança, ou um apóstolo.

9. A PARTILHA

Naquele hotel da rua de Saints-Pères, que Albert de Morcerf escolhera para sua mãe e para ele, o primeiro andar, composto de um pequeno apartamento completo, estava alugado a um personagem bastante misterioso.

Esse personagem era um homem cujo rosto nem o próprio porteiro vira, seja entrando ou saindo, pois, no inverno, ele enfiava o queixo numa dessas gravatas vermelhas como têm os cocheiros de casas respeitáveis, que aguardam os patrões à saída dos espetáculos, e, no verão, escapulia sempre precisamente no momento em que seria possível vê-lo passando em frente à guarita. Convém dizer que, ao contrário de todos os costumes de praxe, esse morador do hotel não era bisbilhotado por ninguém e que o rumor corrente, segundo o qual seu incógnito escondia um indivíduo de status e *com o braço comprido*, contribuía para respeitarem suas misteriosas aparições.

Suas visitas eram sempre as mesmas, embora às vezes se adiantassem ou atrasassem. Mas, quase sempre, inverno ou verão, era por volta das quatro horas que ele tomava posse de seu apartamento, onde nunca passava a noite.

Às três e meia, no inverno, o fogo era aceso por uma criada discreta, que cuidava do pequeno apartamento. Às três e meia, no verão, sorvetes eram servidos pela mesma criada.

Às quatro horas, como dissemos, o misterioso personagem chegava.

Vinte minutos depois, um coche parava diante do hotel. Uma mulher vestida de preto ou azul-escuro, mas sempre envolta num grande véu, saltava, passava como uma sombra pela guarita e subia a escada sem que se ouvisse um único degrau estalar sob seus delicados pés.

Não ocorreu a ninguém perguntar aonde ela ia.

Seu rosto, como o do desconhecido, era portanto completamente estranho para os dois guardas da porta, porteiros exemplares, únicos talvez, na imensa confraria dos porteiros da capital, capazes de tal discrição.

Desnecessário dizer que ela nunca ia além do primeiro andar. Arranhava a porta de uma maneira especial, a porta abria, fechava hermeticamente, e isso era tudo.

Para sair do hotel, manobra idêntica à usada para ali entrar.

A desconhecida saía antes, sempre de véu, e entrava em seu coche, que ora desaparecia por uma ponta da rua, ora pela outra. Então, vinte minutos depois, o desconhecido saía por sua vez, imerso em sua gravata ou escondido pelo seu lenço, e também desaparecia.

No dia seguinte àquele ao qual o conde de Monte Cristo visitara Danglars, o do enterro de Valentine, o morador misterioso apareceu por volta das dez da manhã, em vez de chegar, como habitualmente, às quatro da tarde.

Quase imediatamente, e sem respeitar o intervalo de praxe, um coche de aluguel estacionou, e a dama do véu subiu rapidamente a escada.

A porta abriu e fechou.

Porém, antes mesmo que a porta se fechasse, a dama exclamou:

— Oh, Lucien! Oh, meu amigo!

Desta forma o porteiro, que, acidentalmente, ouvira aquela exclamação, soube então pela primeira vez que seu inquilino chamava-se Lucien. No entanto, como era um porteiro-modelo, prometeu-se não dizer nada nem à própria mulher.

— E então! O que há, querida amiga? — perguntou aquele cujo nome fora revelado pela perturbação ou a impaciência da dama do véu. — Vamos, fale.

— Posso contar com você, meu amigo?

— Claro, e sabe disso. Mas o que há? Seu bilhete desta manhã deixou-me terrivelmente perplexo. Aquela caligrafia precipitada, desordenada. Vejamos, me acalme ou me apavore de vez!

— Lucien, um grande acontecimento! — disse a mulher, pregando em Lucien um olhar inquisitivo. — O sr. Danglars partiu esta noite.

— Partiu! O sr. Danglars partiu? E para onde foi?

— Não sei.

— Como? Não sabe? Então partiu para não voltar mais?

— Sem dúvida! Às dez da noite, seus cavalos conduziram-no até a barreira de Charenton. Lá ele encontrou uma berlinda de viagem toda preparada e embarcou com o criado, dizendo ao cocheiro que ia até Fontainebleau.

— E daí? Aonde está querendo chegar?

— Espere, meu amigo. Ele deixou uma carta para mim.

— Uma carta?

— Sim, leia.

E a baronesa puxou do bolso uma carta já sem o lacre, que apresentou a Debray.

Debray, antes de ler, hesitou por um instante, como se procurasse adivinhar o teor da carta, ou melhor, como se, independentemente desse teor, estivesse decidido a tomar antecipadamente um partido.

Ao cabo de alguns segundos, sua decisão estava tomada, sem dúvida, pois ele leu.

Eis o que continha essa mensagem, que deixara transtornada a sra. Danglars:

Senhora e mui fiel esposa.

Sem dar-se conta, Debray parou e olhou para a baronesa, que corou até a raiz dos cabelos.

— Leia — disse ela.

Debray continuou:

Quando receber esta carta, a senhora não terá mais marido! Oh, não dispare tão precipitadamente o alarme. Não terá mais marido como não terá mais filha, isto é, estarei em uma das trinta ou quarenta estradas que levam para fora da França.

Devo-lhe explicações e, como a senhora é mulher capaz de compreendê-las em sua plenitude, aqui estão elas.

Preste atenção: hoje vieram descontar um título de cinco milhões, paguei-o. Outro da mesma quantia seguiu-se quase imediatamente. Adiei-o para amanhã. Parto hoje para evitar esse amanhã, que me seria demasiado desagradável suportar.

Compreende isto, não é mesmo, senhora e preciosíssima esposa?

Quero dizer: a senhora compreende porque sabe tão bem quanto eu dos meus negócios. Sabe inclusive mais que eu, considerando que, em se tratando de dizer para onde foi uma boa metade da minha fortuna, ainda recentemente bastante respeitável, eu seria incapaz, ao passo que a senhora, ao contrário, tenho certeza, a senhora se sairia muito bem.

Pois as mulheres têm instintos infalíveis, explicam inclusive o maravilhoso por uma álgebra concebida por elas mesmas. Eu, que só conhecia meus números, não tenho mais nada depois que eles me enganaram.

Teria porventura, senhora, se admirado com a rapidez da minha queda?

Teria ficado um tanto ofuscada pela incandescente evaporação dos meus lingotes?

Quanto a mim, confesso, vi apenas fogo. Espero que tenha encontrado um pouco de ouro nas cinzas.

É com essa consoladora esperança que me afasto, senhora e prudentíssima esposa, sem que a minha consciência em nada me censure por abandoná-la. Restam-lhe amigos, as cinzas mencionadas, e, cúmulo da felicidade, a liberdade que me apresso em restituir-lhe.

Não obstante, senhora, é chegado o momento de introduzir uma palavrinha de explicação íntima nesta rubrica.

Enquanto alimentei a esperança de que a senhora trabalhasse para o bem-estar de nossa casa e para a fortuna de nossa filha, fechei filosoficamente os olhos. Todavia, como fez da minha casa uma vasta ruína, não quero servir de alicerce para a fortuna de outro.

Aceitei-a rica, mas pouco honrada.

Perdoe-me falar com essa franqueza, porém, como provavelmente falo apenas para nós dois, não vejo por que maquiar minhas palavras.

Aumentei nossa fortuna, que durante mais de quinze anos foi crescente, até o momento em que catástrofes ainda desconhecidas e ininteligíveis para mim vieram arrebatá-la e destruí-la, sem que, posso dizê-lo, eu tivesse qualquer culpa nisso.

Quanto à senhora, trabalhou apenas para aumentar a sua, no que foi muito bem-sucedida, estou moralmente convencido disso.

Deixo-a, portanto, como a aceitei, rica, mas pouco honrada.

Adeus.

A partir de hoje, também trabalharei por conta própria.

Creia em toda a minha gratidão pelo exemplo que me deu e que irei seguir.

Seu mui devotado marido,

BARÃO DANGLARS

A baronesa acompanhara Debray com os olhos durante essa longa e penosa leitura. Vira, a despeito da conhecida fleugma do rapaz, seu rosto mudar de cor uma ou duas vezes.

Ao terminar, ele fechou lentamente o papel em suas dobras e voltou à sua atitude pensativa.

— O que acha? — perguntou a sra. Danglars, compreensivelmente ansiosa.

— O que acho, senhora? — repetiu mecanicamente Debray.

— Que conclusão tira dessa carta?

— É muito simples: concluo que o sr. Danglars partiu com suspeitas.

— Sem dúvida, mas isso é tudo que tem a me dizer?

— Não compreendo — disse Debray, num tom glacial.

— Ele foi embora! Definitivamente! Para não voltar nunca mais!

— Oh! — fez Debray. — Não se fie nisso, baronesa.

— Ora, estou lhe dizendo, ele não vai voltar. Conheço-o, é um homem inabalável em todas as decisões que emanam de seu interesse. Se me houvesse julgado útil para alguma coisa, teria me levado. Se me deixa em Paris, é porque nossa separação pode beneficiar seus planos. Logo, ela é irrevogável e estou livre para sempre — acrescentou a sra. Danglars, com a mesma expressão de súplica.

Mas Debray, em vez de responder, deixou-a naquela ansiosa interrogação do olhar e do pensamento.

— E então! — ela disse finalmente. — Não me responde, cavalheiro?

— Mas eu tenho somente uma pergunta a lhe fazer: o que imagina para o futuro?

— Era o que eu ia lhe perguntar — respondeu a baronesa, com o coração disparado.

— Ah — fez Debray —, então é um conselho que me pede?

— Sim, é um conselho que peço — confirmou a baronesa, com o coração apertado.

— Então, se é um conselho que me pede — respondeu friamente o rapaz —, meu conselho é que faça uma viagem.

— Viajar! — exclamou a sra. Danglars.

— Exatamente. Como bem disse o sr. Danglars, a senhora é rica e totalmente livre. Pelo menos a meu ver, depois do duplo escândalo do casamento rompido da srta. Eugénie e do sumiço do sr. Danglars, uma ausência de Paris será absolutamente necessária. O importante é que todos a saibam abandonada e a julguem pobre, pois ninguém perdoa opulência e uma casa faustosa em se tratando da mulher de um falido. Para resolver o primeiro problema, bastam duas semanas em Paris repetindo a todo mundo que foi abandonada e contando para suas melhores amigas, que irão repetir a história pelos salões, como se deu esse abandono. Em seguida, a senhora sairá do palacete, lá deixará suas joias, abandonará seu patrimônio e todos irão gabar seu desprendimento e elogiá-la. Todos então irão sabê-la abandonada e julgá-la pobre, pois apenas eu conheço sua situação financeira, colocando-me à sua disposição para prestar-lhe contas como parceiro leal.

A baronesa, pálida, aterrada, escutara esse discurso com tanto pasmo e desespero quanto Debray usara de calma e indiferença ao pronunciá-lo.

— Abandonada! — ela repetiu. — Oh, realmente abandonada... Sim, tem razão, cavalheiro, e ninguém duvidará do meu abandono.

Foram as únicas palavras que essa mulher, tão orgulhosa e tão violentamente apaixonada, conseguiu responder a Debray.

— Mas rica, riquíssima, eu diria — continuou Debray, sacando sua carteira e espalhando na mesa alguns papéis nela guardados.

A sra. Danglars esperou, ocupadíssima que se achava em amortecer as batidas do coração e segurar as lágrimas que sentia nascer na beira das pálpebras. Porém, o sentimento de dignidade acabou por prevalecer na baronesa, e, mesmo sem conseguir dominar o coração, ela conseguiu pelo menos não verter uma lágrima sequer.

— Senhora — disse Debray —, somos sócios há cerca de seis meses. A senhora forneceu um capital inicial de cem mil francos. Essa sociedade começou em abril deste ano. Em maio, ganhamos quatrocentos e cinquenta mil francos. Em junho, o lucro elevou-se a novecentos mil. Em julho, acrescentamos um milhão e setecentos mil francos ao capital. Lembra-se? Com os títulos espanhóis. Em agosto, perdemos, no começo do mês, trezentos mil francos, mas no dia 15 nos recuperamos e no fim do mês ganhamos a revanche, pois nossas contas, atualizadas desde o dia da nossa associação até ontem, quando as interrompi, apresentam um ativo de dois milhões e quatrocentos mil francos, isto é, um milhão e duzentos mil francos para cada um de nós. Por outro lado — continuou Debray, consultando seu caderno com o método e a tranquilidade de um cambista —, totalizamos oitenta mil francos relativos aos juros compostos dessa soma que ficou em minhas mãos.

— Mas — interrompeu a baronesa —, que significam esses juros, uma vez que o senhor não investiu esse dinheiro?

— Peço desculpas, senhora — disse Debray friamente —, eu dispunha de uma procuração sua para investi-los, e dela fiz uso. Logo, são quarenta mil francos de juros relativos à sua metade, mais os cem mil francos do investimento inicial, ou seja, um milhão trezentos e quarenta mil francos. Pois bem, senhora, tive a precaução de realizar seu dinheiro anteontem, bem recentemente como vê, algo parecia dizer-me que eu seria chamado urgentemente a prestar-lhe contas. Seu dinheiro está aqui, metade em promissórias, metade em títulos ao portador. Digo aqui, e é verdade, pois, como não julgava minha casa suficientemente segura, como não julgava os contadores suficientemente confiáveis, e como o patrimônio fala ainda mais alto que os contadores, como, enfim, a senhora não tem o direito de comprar nada e nada possuir fora da sociedade conjugal, guardei toda a soma, hoje sua única fortuna, num pequeno estojo embutido no fundo desse armário, um cofre cuja fabricação, para maior segurança, é de minha lavra. Agora, minha cara — continuou Debray, abrindo o armário primeiro e o estojo depois —, aqui estão oitocentas promissórias de mil francos cada uma, que lembram, como pode ver, um grosso álbum dentro de uma proteção de ferro; junto a ações no valor de vinte e cinco mil francos. Quanto ao seu saldo, que perfaz algo, creio, em torno de cento e dez mil francos, aqui está um título de crédito à vista a ser descontado no meu banqueiro, e, como meu banqueiro não é o sr. Danglars, o título será pago, pode ficar tranquila.

A sra. Danglars pegou mecanicamente o título, as ações e o maço de promissórias.

Aquela enorme fortuna, espalhada na mesa, parecia uma ninharia.

A sra. Danglars, com os olhos secos, mas o peito estufado pelos soluços, recolheu-a, guardou o estojo metálico na bolsa, enfiou em sua carteira as ações, o título de crédito, e, de pé, pálida, muda, esperou uma palavra doce que a consolasse por ser tão rica.

Mas esperou em vão.

— Agora — disse Debray —, tem à sua disposição uma existência magnífica, algo como sessenta mil libras de renda, o que é uma enormidade para uma mulher que está impedida de ostentar grandes luxos, pelo menos durante um ano. Isso é um privilégio digno de todos os caprichos que lhe passarem pela cabeça. Sem falar que, caso julgue insuficiente a sua parte, tomando como referência o passado que lhe foge, pode abastecer-se na minha, senhora. E estou disposto a lhe oferecer, oh!, à guisa de empréstimo, naturalmente, tudo que possuo, ou seja, um milhão e sessenta mil francos.

— Obrigada, senhor — agradeceu a baronesa —, obrigada. Recebo de suas mãos, como sabe, muito mais do que precisa uma pobre mulher que não pretende, pelo menos por um longo tempo, reaparecer na sociedade.

Debray espantou-se por um instante, mas recobrou-se e fez um gesto que poderia ser traduzido pela mais polida fórmula de exprimir a seguinte ideia: "Sua alma, sua palma!"

É possível que a sra. Danglars houvesse, até este momento, alimentado alguma esperança, mas, quando viu o gesto de descaso que acabava de escapar a Debray e o olhar oblíquo de que esse gesto se acompanhava, bem como a reverência profunda e o silêncio significativo que os seguiu, ela levantou a cabeça, abriu a porta e, sem raiva, sem sobressalto, mas também sem hesitação, lançou-se pela escada, desdenhando até mesmo dirigir um último cumprimento ao homem que a deixava partir daquele jeito.

— Bah! — disse Debray quando ela se foi. — Planos, planos! Ela ficará no palacete, lerá romances e, não podendo apostar na Bolsa, apostará no lasquenê[13].

E pegou novamente seu caderno, ticando meticulosamente as somas que acabava de pagar.

— Ainda tenho um milhão e sessenta mil francos — disse ele. — Que pena que a srta. de Villefort tenha morrido! Aquela mulher me convinha sob todos os aspectos, eu bem que me casaria com ela.

E, fleugmaticamente, como era seu hábito, antes de sair ainda esperou vinte minutos depois da partida da sra. Danglars.

Durante esses vinte minutos, Debray fez contas, com o relógio de bolso ao seu lado.

Personagem diabólico que qualquer imaginação temerária teria criado com maior ou menor felicidade se Le Sage[14] não houvesse adquirido prioridade em sua obra-prima, Asmodeu, que retirava o reboco das casas para espionar seu interior, teria desfrutado de um singular espetáculo se houvesse retirado, no momento em que Debray fazia contas, o reboco do hotelzinho da rua Saint-Germain-des-Prés.

Em cima desse quarto em que Debray acabava de dividir dois milhões e meio com a sra. Danglars, havia outro quarto, também ocupado por morado-

13. Lasquenê: jogo de cartas.

14. Le Sage: ver Parte III, cap.14, nota 107.

res nossos conhecidos, cujo papel nos fatos narrados até aqui foi tão importante que os reencontramos com certo interesse.

Os ocupantes desse quarto eram Mercedes e Albert.

Mercedes mudara muito nos últimos dias, não porque, mesmo na época de sua grande fortuna, houvesse um dia ostentado o fausto arrogante que, visivelmente, contrasta com todas as classes e faz com que não mais reconheçamos a mulher quando ela aparece vestida com simplicidade; nem tampouco porque houvesse caído naquele estado de depressão em que somos compelidos a vestir a libré da miséria. Não, Mercedes mudara porque seu olho deixara de brilhar, porque sua boca deixara de sorrir, porque, enfim, um perpétuo embaraço detinha em seus lábios a palavra desenvolta antes lançada por um espírito sempre a postos.

Não havia sido a pobreza que fizera murchar o espírito de Mercedes, não era a falta de coragem que lhe tornava a pobreza tão opressiva.

Mercedes, expulsa do ambiente em que vivia, perdida na nova esfera que escolhera para si, como alguém saindo de um salão esplendidamente iluminado para entrar subitamente nas trevas, parecia uma rainha que troca um palácio por uma cabana e que, reduzida ao estritamente necessário, não se reconhece nem na louça de barro que é obrigada a levar para a mesa, nem na enxerga que sucedeu sua cama.

Com efeito, a bela catalã, ou a nobre condessa, não tinha mais nem seu olhar altivo, nem seu sorriso sedutor, pois, detendo os olhos no que a rodeava, não via senão objetos aflitivos. Era um quarto forrado com um desses papéis acinzentados, que os proprietários avaros escolhem preferencialmente por sujarem menos; era um piso sem tapete; eram os móveis que chamavam a atenção e obrigavam a vista a constatar a pobreza de um falso luxo, em suma, todas as coisas que dilaceravam, com seus tons gritantes, a harmonia tão necessária a olhos habituados a um ambiente elegante.

Era ali que a sra. de Morcerf morava desde que deixara sua casa. Diante daquele perpétuo silêncio, sua cabeça rodopiava como rodopia a do explorador à beira de um abismo. Percebendo que a todo momento Albert olhava para ela furtivamente, a fim de avaliar o estado de seu coração, ela se limitava a um monótono sorriso dos lábios, que, na ausência daquele fogo tão doce do sorriso dos olhos, causava o efeito de uma simples reverberação da luz, isto é, uma luminosidade sem calor.

Quanto a Albert, estava preocupado, desambientado, incomodado por um resquício de luxo que o impedia de assumir seu status atual. Queria sair sem luvas, mas achava suas mãos muito brancas; queria atravessar a cidade a pé, mas achava suas botas demasiado reluzentes.

Entretanto, essas duas criaturas tão nobres e inteligentes, indissoluvelmente unidas por um laço de amor materno e filial, tiveram êxito em se compreender sem falar e em economizar todos os preâmbulos usados entre amigos para estabelecer a verdade material de que a vida depende.

Albert finalmente conseguira dizer à sua mãe, sem fazê-la empalidecer:

— Mãe, não temos mais dinheiro.

Mercedes jamais conhecera a autêntica miséria. Frequentemente, em sua juventude, ela mesma falara de pobreza, mas não era em absoluto a mesma coisa. Necessidade e privação são dois sinônimos em cujo intervalo abre-se um mundo.

Entre os catalães, Mercedes precisara de mil coisas, mas nunca lhe faltaram outras tantas. Se as redes estivessem boas, pegavam peixe; se vendessem peixe, tinham linha para reparar as redes.

Enfim, sem amizades, tendo apenas uma paixão que não influenciava em nada nos detalhes materiais da situação, cada um pensava em si, apenas em si, em si e nada mais.

Mercedes, do pouco que tinha, fazia sua parte tão generosamente quanto possível. Agora tinha duas partes para fazer, e isso com nada.

O inverno ia chegando. Mercedes, naquele quarto espartano e já frio, não tinha fogo, ela cuja casa era aquecida por um aquecedor de mil ramificações, desde a entrada até a alcova. Não tinha uma modesta florzinha, ela cujo apartamento era uma estufa quente povoada a peso de ouro!

Mas tinha seu filho...

A exaltação de um dever talvez exagerado mantivera-os até então nas esferas superiores.

Exaltação é quase entusiasmo, e o entusiasmo deixa as pessoas insensíveis às coisas da terra.

Mas o entusiasmo acalmara-se e, pouco a pouco, fora preciso descer novamente do país dos sonhos para o mundo das realidades.

Era preciso falar do real, depois de haverem esgotado todo o ideal.

— Minha mãe — dizia Albert, no exato momento em que a sra. Danglars descia a escada —, vamos contar toda a nossa riqueza, por favor. Preciso de um total para pôr meus planos em ação.

— Total: nada — disse Mercedes, sorrindo com melancolia.

— De forma alguma, mamãe, total: três mil francos, para começar e, com esses três mil francos, pretendo nos proporcionar uma vida adorável.

— Filho! — suspirou Mercedes.

— Oh, querida mãe — disse o rapaz —, gastei muito o dinheiro da senhora para saber o quanto ele vale. É uma enormidade, veja bem, três mil francos, e construí sobre essa soma um futuro milagroso de eterna segurança.

— Está falando isso, querido — continuou a pobre mãe —, mas, pense bem, vamos aceitar esses três mil francos? — disse Mercedes, ruborizando.

— Mas é o que está combinado, me parece — disse Albert, num tom firme. — Vamos aceitá-los na medida mesma em que não os temos, pois estão, como sabe, enterrados no jardim daquele prediozinho da rua das Allées de Meilhan, em Marselha... Com duzentos francos, nós dois iremos a Marselha.

— Com duzentos francos! — disse Mercedes. — Está pensando com clareza, Albert?

— Oh, sobre isso me informei nas diligências e nos barcos a vapor, e já fiz as contas. A senhora reserva sua passagem para Châlons, no cupê. Está vendo, mamãe, que a trato como uma rainha, trinta e cinco francos.

Albert pegou uma pena e escreveu:

Cupê —— 35 fr
De Châlons a Lyon, a senhora vai de barco a vapor —— 6 fr
De Lyon a Avignon, também de barco a vapor —— 16 fr
De Avignon a Marselha —— 7 fr
Despesas de viagem —— 50 fr
Total —— 114 fr

— Vamos colocar cento e vinte — acrescentou Albert sorrindo. — Vê como sou generoso, mamãe?

— Mas, e você, coitado?

— Eu! Não viu que estou reservando oitenta francos para mim? Um rapaz, mamãe, não precisa de todo esse conforto. Aliás, sei o que significa viajar.

— Com sua carruagem e seu criado.

— De qualquer maneira, mãe.

— Então está bem! — disse Mercedes. — Mas e esses duzentos francos?

— Esses duzentos francos, aqui estão eles, e mais duzentos. Pegue, vendi meu relógio por cem francos e os berloques, por trezentos. Que beleza! Berloques valendo três vezes o relógio... Sempre essa maldita mania pelo supérfluo. Portanto, estamos ricos, uma vez que, no lugar dos cento e catorze francos necessários para sua viagem, a senhora agora tem duzentos e cinquenta.

— Mas não temos que pagar alguma coisa aqui neste hotel?

— Trinta francos, mas vou pagá-los dos meus cento e cinquenta francos. Ou seja, tudo em ordem. Considerando que, a rigor, só preciso de oitenta francos para minha viagem, estou nadando no luxo. Mas isso não é tudo. Que acha disso, mãe?

E Albert tirou de uma caderneta com fecho de ouro — resto de seus antigos caprichos ou talvez, quem sabe, uma recordação carinhosa de alguma daquelas mulheres misteriosas e incógnitas que iam visitá-lo — uma cédula de mil francos.

— O que significa isso? — perguntou Mercedes.

— Mil francos, mãe. Oh, é totalmente honesto!

— Mas de onde vêm esses mil francos?

— Ouça, mãe, e não se emocione muito.

E Albert, levantando-se, foi beijar a mãe nas duas faces, depois deteve-se para fitá-la.

— Não faz ideia, minha mãe, como acho a senhora bonita! — disse o rapaz, com um profundo sentimento de amor filial. — Na verdade, a senhora é ao mesmo tempo a mais bela e a mais nobre de todas as mulheres que conheci!

— Filho querido — disse Mercedes, tentando em vão conter uma lágrima que apontava no canto de sua pálpebra.

— Na verdade, faltava-lhe apenas a infelicidade para transformar o meu amor em adoração.

— Não sou infeliz, pois tenho meu filho — disse Mercedes. — Não serei infeliz enquanto o tiver.

— Ah, justamente — disse Albert —, mas é neste ponto que começam as provações, mamãe. Sabe o que está combinado?

— Então temos alguma combinação? — perguntou Mercedes.

— Sim, está combinado que a senhora ficará em Marselha e que eu partirei para a África, onde, no lugar do nome que abandonei, elevarei o nome que assumi.

Mercedes suspirou.

— Pois bem, minha mãe, ontem alistei-me nos spahis — acrescentou o rapaz, baixando os olhos com certa vergonha, pois ele mesmo não sabia o quanto esse baixar de olhos era sublime. — Ou melhor, julguei que o meu corpo pertencia-me de fato e que podia vendê-lo. Desde ontem estou substituindo alguém[15]. Eu me vendi, como se diz, e — acrescentou, tentando sorrir — mais caro do que julgava valer, isto é, por dois mil francos.

— Então esses mil francos...? — disse Mercedes, estremecendo.

— É metade da soma, mamãe; a outra virá daqui a um ano.

Mercedes ergueu os olhos aos céus com uma expressão que nada poderia reproduzir, e as duas lágrimas represadas no canto de sua pálpebra, transbordando a emoção interior, escorreram silenciosamente ao longo de suas faces.

— O preço do seu sangue! — murmurou ela.

— Sim, se eu for morto — disse Morcerf, rindo —, mas, lhe asseguro, mãe, que, ao contrário, tenho a intenção de defender cruelmente a minha pele. Nunca senti tanta vontade de viver quanto agora.

— Meu Deus, meu Deus! — fez Mercedes.

— Aliás, por que insiste em querer me matar, mamãe?! Por acaso Lamoricière, esse outro Ney[16] do Midi, foi morto? Por acaso Changarnier[17] foi

---

15. "estou substituindo alguém": ver Parte I, cap.6, nota 14.

16. "Lamoricière, esse outro Ney": Christophe-Léon-Louis Juchault de Lamoricière (1806-65) general francês que serviu nas campanhas da Argélia a partir de 1830 e dez anos depois foi promovido a marechal de campo; Ney Michel (1769-1815) um dos mais famosos marechais de campo de Napoleão, extremamente popular junto às tropas, condenado à morte por Luís XVIII durante a Segunda Restauração.

17. Changarnier: Nicolas-Anne-Théodule Changarnier (1793-1877), general e político francês, pró-monarquia, que se distinguiu na campanha da Argélia, em 1837.

morto? Por acaso Bedeau[18] recebeu algum ferimento? Por acaso Morrel, que conhecemos, foi morto? Pense na sua alegria, mamãe, quando me vir voltar com meu uniforme de gala! Declaro que, nesse aspecto, pretendo ser soberbo, e escolhi esse regimento por vaidade.

Mercedes suspirou, embora tentasse sorrir. Aquela santa mãe hesitava em deixar para o filho todo o peso do sacrifício.

— Isso quer dizer, minha mãe — continuou Albert —, que já são mais de quatro mil francos garantidos para a senhora. Quatro mil francos darão para a senhora viver pelo menos dois anos!

— Supõe que sim? — perguntou Mercedes.

Essas palavras escaparam da condessa, bem como uma dor tão verdadeira que seu verdadeiro sentido não escapou a Albert. Este sentiu um aperto no coração e, pegando carinhosamente a mão de Mercedes, disse:

— Sim, viverá! — enfatizou ele.

— Viverei! — exclamou Mercedes. — Mas você não partirá, não é, meu filho?

— Partirei, minha mãe — disse Albert, com uma voz firme e calma. — A senhora me ama o suficiente para não permitir que eu fique ocioso e inútil ao seu lado. Aliás, já assinei.

— Você agirá segundo sua vontade, meu filho, eu agirei segundo a de Deus.

— De maneira alguma segundo a minha vontade, mamãe, mas segundo a razão, a necessidade. Somos duas criaturas desesperadas, não é mesmo? O que é a vida para a senhora hoje? Nada. O que é a vida para mim? Oh, muito pouca coisa sem a senhora, mãe, acredite, pois, sem a senhora, essa vida, juro, teria terminado no dia em que suspeitei do meu pai e reneguei seu nome! Enfim, viverei, se me prometer que irá manter a esperança. Se me delegar a tarefa da sua felicidade futura, duplicará minhas forças. Agora, irei procurar o governador[19] da Argélia, é um coração leal e, o mais importante, essencialmente soldado. Conto-lhe a minha lúgubre história, peço-lhe para voltar de quando em quando os olhos para a minha conduta e, caso ele acredite em mim, caso olhe para mim, antes de seis meses serei ou oficial ou defunto. Se for oficial, seu futuro estará assegurado, mamãe, pois terei dinheiro para a senhora e para mim e, além disso, um novo nome de que ambos teremos

18. Bedeau: Marie-Alphonse Bedeau (1804-63), general francês que se destacou em diversas campanhas; arrojado, foi ferido várias vezes, mas conseguiu sempre se salvar.

19. "governador da Argélia": designação dada pelo autor a Thomas Bugeaud de la Piconnerie (1784-1849), que a partir de 1836 consolidou a conquista da Argélia e em 1840 foi nomeado seu governador-geral.

orgulho, uma vez que será seu verdadeiro nome. Se eu morrer… muito bem! Então, querida mãe, a senhora poderá morrer se assim o desejar, e nossos infortúnios irão consumir-se por seu próprio excesso.

— Está bem — respondeu Mercedes, com seu olhar nobre e eloquente —, tem razão, meu filho. Mostremos, a determinadas pessoas que nos observam e esperam nossos atos para nos julgar, que pelo menos somos dignos de ser lastimados.

— Mas nada de ideias fúnebres, mamãe! — exclamou o rapaz. — Juro que somos, ou pelo menos podemos ser, felizes. A senhora é ao mesmo tempo uma mulher inteligente e capaz de resignação. Quanto a mim, adquiri gostos mais simples e controlei minhas paixões, espero. Uma vez na tropa, ficarei rico, uma vez na casa do sr. Dantès, a senhora irá serenar. Vamos tentar! Por favor, mamãe, vamos tentar!

— Sim, vamos tentar, meu filho, pois você precisa viver, precisa ser feliz — respondeu Mercedes.

— Então, minha mãe, nossa partilha está feita — acrescentou o rapaz, fingindo grande desembaraço. — Podemos partir hoje mesmo. Vamos, como eu disse, já reservei sua passagem.

— Mas e a sua, meu filho?

— Quanto a mim, devo permanecer ainda uns dois ou três dias, mãe. É um começo de separação, e precisamos nos acostumar. Preciso de algumas recomendações, algumas informações sobre a África. Encontro com a senhora em Marselha.

— Pois bem, que seja! Partamos — disse Mercedes, envolvendo-se no único xale que trouxera e que por acaso consistia num cashmere preto caríssimo —, partamos!

Albert recolheu às pressas os seus papéis, tocou a sineta para pagar os trinta francos que devia ao dono do hotel e, oferecendo o braço à mãe, desceu a escada.

Alguém descia na frente deles. Esse alguém, ouvindo o frufru de um vestido de seda no corrimão, voltou-se.

— Debray! — murmurou Albert.

— Você, Morcerf! — respondeu o secretário do ministro, detendo-se no degrau em que se achava.

Em Debray, a curiosidade prevaleceu sobre o desejo de se manter incógnito; aliás, fora reconhecido.

De fato, causava espécie encontrar naquele hotel obscuro o rapaz cuja desventura recentemente causara tanto impacto em Paris.

— Morcerf! — repetiu Debray.

Depois, percebendo na penumbra o aspecto ainda jovem e o véu preto da sra. de Morcerf:

— Oh, perdão — acrescentou com um sorriso —, até mais ver, Albert.

Albert compreendeu o pensamento de Debray.

— Mãe, este é o sr. Debray, um ex-amigo meu.

— Mãe — disse ele, voltando-se para Mercedes —, este é o sr. Debray, secretário do ministro do Interior, um ex-amigo meu.

— Como ex-? — balbuciou Debray. — Que quer dizer com isso?

— Digo isso, sr. Debray — explicou Albert —, porque hoje não tenho mais amigos e não os devo mais ter. Agradeço-lhe muito a gentileza de me haver cumprimentado, cavalheiro.

Debray subiu dois degraus e foi dar um enérgico aperto de mão no seu interlocutor.

— Acredite, meu caro Albert — disse ele com a emoção de que era capaz —, que me solidarizo imensamente com o seu sofrimento e coloco-me à sua disposição para qualquer coisa.

— Obrigado, cavalheiro — disse Albert sorrindo —, mas em meio a essa desgraça continuamos suficientemente ricos para não precisar recorrer a ninguém. Deixamos Paris e, paga nossa viagem, ainda ficaremos com cinco mil francos.

Debray, que tinha um milhão na carteira, ruborizou e, por menos poético que fosse, esse espírito exato não pôde deixar de refletir que não havia muito tempo o prédio onde estavam abrigava duas mulheres, das quais uma, justamente desonrada, saía pobre, com cento e cinquenta mil francos na bainha do casaco, e a outra, injustamente condenada mas sublime em seu infortúnio, via-se rica de alguns tostões.

Esse paralelo desmontou suas polidas articulações, a filosofia do exemplo esmagou-o. Ele balbuciou algumas palavras genéricas de civilidade e desceu rapidamente.

Naquele dia, os funcionários do Ministério, a ele subordinados, foram obrigados a aturar o seu mau humor.

À noite, porém, tornou-se proprietário de uma belíssima mansão, de frente para o bulevar La Madeleine, e viu-se beneficiário de cinquenta mil libras de renda.

No dia seguinte, no instante em que Debray assinava a escritura, isto é, às cinco horas da tarde, a sra. de Morcerf, após ter beijado carinhosamente o seu filho e por ele ser carinhosamente beijada, embarcava no cupê da diligência, que se fechou atrás dela.

Um homem estava escondido no entreposto da transportadora Laffitte[20], atrás de uma daquelas janelas em arco entre o rés do chão e o primeiro andar, que ficam em cima dos escritórios. Este homem viu Mercedes embarcar, viu a diligência partir, viu Albert afastando-se.

Passou então a mão na cabeça cheia de dúvidas, e exclamou:

— Oh, meu Deus! Como vou fazer para devolver a esses dois inocentes a felicidade que lhes roubei? Conto com a Sua ajuda.

---

20. Laffitte: trata-se da central nacional de mensagens, as Messageries Laffitte, Caillard & Co.

10. O COVIL DOS LEÕES

Uma das alas da cadeia de La Force, a que abriga os detentos mais comprometidos e perigosos, chama-se pátio Saint-Bernard.

Os prisioneiros, em seu linguajar eloquente, apelidaram-no de Covil dos Leões, provavelmente porque os cativos costumam usar os dentes para morder as grades e, às vezes, os guardas.

É uma prisão dentro da prisão. Os muros possuem o dobro da espessura dos outros. Todos os dias um carcereiro inspeciona meticulosamente as robustas grades e, pela estatura hercúlea e os olhares frios e incisivos desses guardas, vê-se que foram escolhidos para reinar sobre seu povo por meio do terror e da espionagem.

O pátio dessa ala é cercado por muros enormes, sobre os quais o sol incide obliquamente, quando resolve penetrar naquele abismo de feiuras morais e físicas. É ali, no chão de pedra, que, desde o seu despertar, perambulam ensimesmados, perplexos e lívidos, como sombras, os homens que a justiça mantém oprimidos sob o cutelo por ela afiado.

São vistos grudados, de cócoras, ao longo do muro que absorve e retém o máximo de calor. Quedam-se naquele espaço, conversando dois a dois, em geral isolados, os olhos incessantemente atraídos para a porta, que se abre para chamar algum morador da lúgubre morada, ou para vomitar no abismo uma nova escória expelida pelo ralo da sociedade.

O pátio Saint-Bernard tem um locutório próprio. É um quadrado longo, dividido em duas partes por duas grades paralelamente instaladas a noventa centímetros uma da outra, de forma a que o visitante não possa apertar a mão do prisioneiro ou passar-lhe qualquer coisa.

Esse locutório é escuro, úmido e, sob todos os aspectos, terrível, principalmente se pensarmos nas hediondas confidências que se insinuaram através daquelas grades e carcomeram o ferro das barras.

Esse lugar, entretanto, por mais pavoroso que seja, é o paraíso aonde vêm se revigorar, numa sociedade acuada, exaurida, os homens que têm os dias contados: é tão raro saírem do Covil dos Leões para ir a algum lugar que não seja a barreira Saint-Jacques[21], a masmorra ou a solitária!

Nesse pátio que acabamos de descrever, e que suava uma fria umidade, passeava, com as mãos no bolso, um rapaz analisado com bastante curiosidade pelos ocupantes do Covil.

Teria até passado por um homem elegante, pelo corte da roupa, se essa roupa não estivesse em farrapos. Em contrapartida, não estavam gastas. Nos lugares intactos, o tecido fino e sedoso recuperava facilmente seu brilho sob a mão acariciadora do prisioneiro, que tentava assim restaurá-lo.

Dedicava o mesmo capricho a fechar uma camisa de cambraia, bastante desbotada desde sua entrada na prisão. Em suas botas de verniz, passava o canto de um lenço bordado, com iniciais encimadas por uma coroa heráldica.

Alguns detentos do Covil dos Leões consideravam com grande interesse o apuro da toalete do prisioneiro.

— Vejam só, o príncipe está se embonecando — disse um ladrão.

— Ele já é bonito por natureza — disse outro —, só precisava de um pente e uma brilhantina para ofuscar todos os cavalheiros de luvas brancas.

— A roupa dele deve ser novinha e as botas brilham que é uma beleza. É uma honra para nós ter um colega desse nível. E esses guardinhas ladrões não prestam. Invejosos! Retalhar uma roupa dessas!

— Parece que é uma celebridade — disse outro —, fez de tudo... e em grande estilo... Garoto, já frequentava o submundo! É incrível!

E o objeto dessa hedionda admiração parecia saborear os elogios, ou o vapor dos elogios, pois não discernia as palavras.

Terminada sua toalete, aproximou-se da portinhola da cantina, na qual se recostava um guarda:

— Insisto, senhor — disse-lhe —, empreste-me vinte francos. Restituo-lhe em breve, comigo, não há riscos a correr. Fique sabendo que meus pais possuem mais em milhões do que você em centavos... Vamos, vinte francos, por favor, para eu poder pagar por um regime especial e comprar um robe

21. Em 1832, a guilhotina e a prática das execuções públicas foram transferidas da Place de Grève para a barreira Saint-Jacques, que ficava ao sul de Paris.

de chambre. Sofro terrivelmente usando essa roupa e de botas o tempo todo. Que trajes, cavalheiro, para um príncipe Cavalcanti!

O guarda deu-lhe as costas e fez um muxoxo. Não chegou sequer a rir dessas palavras, que teriam divertido qualquer um, pois esse homem ouvira muitas outras, ou melhor, ouvira sempre a mesma coisa.

— Ora — reclamou Andrea —, o senhor é um homem sem coração e irei providenciar sua demissão.

Essa frase fez o guarda se voltar, mas dessa vez ele desatou numa ruidosa gargalhada.

Então os prisioneiros se aproximaram e formaram um círculo.

— Estou lhe dizendo — continuou Andrea — que com essa ninharia eu poderia me proporcionar uma roupa e um quarto, a fim de receber decentemente a ilustre visita que espero de uma hora para outra.

— Ele tem razão! Ele tem razão! — disseram os prisioneiros. — Dá para ver que é de fato um homem decente.

— Ora essa! Emprestem-lhe vocês os vinte francos — disse o guarda, recostando seu outro colossal ombro —, será que não devem isso a um colega?

— Não sou colega desse tipo de gente — disse orgulhosamente o rapaz —, não me insulte, não tem esse direito.

Os ladrões entreolharam-se, murmurando surdamente, e uma tempestade, acarretada pela provocação do guarda, mais ainda que pelas palavras de Andrea, começou a rugir sobre o prisioneiro aristocrata.

O guarda, seguro de fazer os *quos egos*[22] quando as águas se tornassem excessivamente turbulentas, deixava-os exaltarem-se paulatinamente, a fim de pregar uma peça no pedinte inoportuno e entreter-se durante seu longo expediente.

Os ladrões já se aproximavam de Andrea. Uns diziam:

— A savata! A savata!

Cruel operação, que consiste em chutar não com pantufas, mas com sapatos chumbados[23], um confrade caído na desgraça desses cavalheiros.

Outros sugeriam a “enguia”, outro tipo de recreação, que consiste em encher um lenço molhado com areia, pedras, moedas pesadas quando estão

---

22. *Quos egos*: “Vós, que eu...” ou “Eu vos...”, reticência ameaçadora dita por Netuno aos ventos, citação de Virgílio, *Eneida*, canto I, v.135: “Mugir seu reino e o temporal desfeito,/ Caixões do imo a brotar, sentiu Netuno,/ Torvo, abalado, e acode acima e exalta/ A plácida cabeça. A frota esparsa/ Vê soçobrando, opressos os Troianos/ Da marejada e do ruído etéreo./ De Juno irosa o dolo o irmão percebe;/ Euro e Zéfiro chama: ‘Herdastes, ventos,/ Tal presunção, que sem meu nume, ousados,/ Terra e céu confundis e equóreas brenhas?/ Eu vos... mas insta abonançar as vagas: Caro mo pagareis, guardo o castigo.’”(tradução de Odorico Mendes)

23. “chutar não com pantufas, mas com sapatos chumbados”: originalmente, a *savata* era um tipo de chinelo usado na Turquia.

disponíveis, o qual os carrascos descarregam como um flagelo nos ombros e na cabeça da vítima.

— Vamos dar umas chicotadas no belo cavalheiro — disseram alguns —, no sr. homem honesto!

Mas Andrea, voltando-se para eles, piscou o olho, estufou a boca com a língua e emitiu aquele bater dos lábios que equivale a mil sinais de comunicação entre bandidos compelidos a se calar.

Era um sinal maçônico que Caderousse lhe ensinara.

Foi reconhecido como um membro daquele grupo.

Todos largaram imediatamente os lenços. A savata voltou ao pé do principal carrasco. Ouviram-se algumas vozes proclamar que o cavalheiro tinha razão, que o cavalheiro podia ser honesto à sua maneira, e que os prisioneiros deveriam dar o exemplo da liberdade de consciência.

O motim recuou. O guarda ficou tão estupefato que agarrou imediatamente Andrea e começou a revistá-lo, atribuindo aquela súbita mudança nos

Todos largaram imediatamente os lenços.

moradores do Covil dos Leões a certa manifestação mais significativa que a imponência.

Andrea permitiu aquilo, não sem protestar.

De repente, uma voz ressoou na portinhola.

— Benedetto! — gritava um inspetor.

O guarda largou sua presa.

— Estão me chamando?

— Para o locutório! — disse a voz.

— Ora veja, visita para mim. Ah, meu caro senhor, vai ver agora se podem tratar um Cavalcanti como um homem comum!

E Andrea, deslizando pelo pátio como uma sombra escura, precipitou-se pela portinhola entreaberta, deixando admirados seus colegas e o próprio guarda.

Com efeito, estava sendo chamado no locutório, e isso não nos deve impressionar mais que ao próprio Andrea, pois o astucioso rapaz, desde sua entrada na penitenciária dos trabalhadores forçados, em vez de fazer uso, como o vulgo, do benefício de escrever para reivindicar, mantivera o mais estoico silêncio.

— Evidentemente — dizia ele —, sou protegido por alguém poderoso. Tudo me atesta isso. Essa fortuna súbita, essa facilidade com que aplainei todos os obstáculos, uma família improvisada, um nome ilustre que se tornou minha propriedade, ouro chovendo na minha cabeça, as alianças mais magníficas prometidas à minha ambição. Um desafortunado esquecimento da minha sorte, uma ausência do meu protetor, destruiu-me, sim, mas não completamente, não para sempre. A mão retraiu-se provisoriamente, deve estender-se para mim e me agarrar novamente no instante em que eu me julgar prestes a cair no abismo. Por que me arriscar num lance imprudente? Talvez eu perdesse meu protetor. Há duas maneiras de ele salvar minha pele: a evasão misteriosa, comprada a preço de ouro, e a coação aos juízes, para obter uma absolvição. Esperemos, para falar, para agir, uma prova de que não fui totalmente abandonado, e então…

Andrea fizera um plano que podemos considerar astucioso. O miserável era intrépido no ataque e rude na defesa. A indigência da prisão comum, as privações de todo tipo, ele as suportara. Entretanto, pouco a pouco, a natureza, ou melhor, a rotina, prevalecera. Andrea sofria por estar nu, sujo, faminto. O tempo demorava a passar.

Foi nesse momento de tédio que a voz do inspetor o chamou ao locutório.

Andrea sentiu o coração palpitar de alegria. Era cedo demais para ser a visita do promotor, e tarde demais para que fosse um chamado do diretor da prisão ou do médico. Era, portanto, a visita inesperada.

Por trás da grade do locutório onde foi introduzido, Andrea percebeu, com os olhos dilatados por uma curiosidade ávida, o rosto taciturno e inteligente do sr. Bertuccio, que também observava, por sua vez, com espanto doloroso, as grades, as portas aferrolhadas e a sombra que se agitava por trás das barras entrecruzadas.

— Ah! — fez Andrea, tocado no fundo do coração.

— Bom dia, Benedetto — disse Bertuccio, com sua voz oca e sonora.

— O senhor! O senhor! — disse o rapaz, olhando com pavor à sua volta.

— Você não me conhece — disse Bertuccio —, infeliz criança!

— Silêncio, caramba, silêncio! — exclamou Andrea, que conhecia a delicadeza auditiva daquelas muralhas. — Meu Deus, meu Deus, não fale tão alto!

— Queria falar comigo — disse Bertuccio — a sós, não é?

— Oh, sim! — disse Andrea.

— Está bem.

E Bertuccio, vasculhando o bolso, fez sinal para um guarda, que se percebia detrás do vidro da divisória.

— Leia — disse ele.

— O que é isso? — perguntou Andrea.

— A ordem para que você seja levado a um quarto, lá instalar e assim poder comunicar-se comigo.

— Oh! — fez Andrea, pulando de alegria.

E de repente, com seus botões, disse:

"Novamente o protetor desconhecido! Não fui esquecido! Estão atrás do segredo, uma vez que querem conversar num quarto isolado. Estão nas minhas mãos... Bertuccio foi enviado pelo protetor!"

O guarda conferenciou por um momento com seu superior, depois abriu as duas portas gradeadas e conduziu Andrea, que não cabia em si de alegria, até um quarto do primeiro andar, com vista para o pátio.

O quarto era caiado de branco, como de praxe nas prisões. Tinha um aspecto alegre, que pareceu radioso ao prisioneiro. Um aquecedor, uma cama, uma cadeira e uma mesa formavam seu suntuoso mobiliário.

Bertuccio sentou-se na cadeira. Andrea atirou-se na cama. O guarda se retirou.

— Vejamos — disse o intendente —, o que tem a me dizer?

— E o senhor? — retrucou Andrea.

— Fale primeiro...

— Oh, não, é o senhor que tem muito a me dizer, pois se veio me procurar.

— Pois bem, que seja! Você prosseguiu no seu caminho de atrocidades: roubou, assassinou.

— Bom! Se foi para falar essas coisas que me trouxe a um quarto particular, era melhor não ter se incomodado. Estou farto de saber tudo isso. Em compensação, há coisas que desconheço. Falemos destas, por favor. Quem o enviou?

— Oh, oh! Está indo rápido, sr. Benedetto.

— Não é mesmo? E direto ao ponto. Aliás, pulemos as palavras inúteis. Quem o mandou aqui?

— Ninguém.

— Como sabe que estou na prisão?

— Há muito tempo o reconheci no grã-fino insolente que fustigava tão graciosamente um cavalo nos Champs-Élysées.

— Nos Champs-Élysées...! Ah, ah! Está esquentando, como dizemos na brincadeira... Nos Champs-Élysées...! Então, falemos um pouco do meu pai, é o que quer?

— Ora, e quem sou eu?

— O senhor, meu bom homem, o senhor é meu pai adotivo... Mas suponho não ter sido o senhor que colocou à minha disposição uma centena de mil francos que devorei em quatro ou cinco meses. Não foi o senhor que forjou um pai italiano e fidalgo para mim, que me introduziu nas altas rodas e me fez ser convidado para um determinado jantar que ainda julgo estar saboreando, em Auteuil, com a melhor sociedade de toda Paris, com um certo procurador do rei, com quem me arrependo de não ter cultivado relações, pois ele me seria bastante útil nesse momento. Não foi o senhor, enfim, que pagou uma fiança de um ou dois milhões quando me ocorreu o acidente fatal da descoberta do segredo... Vamos, fale, estimável corso, fale...

— O que deseja ouvir?

— Vou ajudá-lo. Agorinha mesmo você estava falando dos Champs-Élysées, meu digno pai adotivo.

— E...?

— E nos Champs-Élysées mora um cavalheiro muito rico, muito rico...

— Na casa de quem você roubou e assassinou, certo?

— Assim creio.

— O sr. conde de Monte Cristo?

— É o senhor que está dizendo, como diz o sr. Racine[24]. Muito bem! Devo atirar-me nos braços dele, estrangulá-lo contra o coração gritando: "Meu pai! meu pai!", como diz o sr. Pixérécourt[25]?

---

24. "é o senhor que está dizendo": alusão à tragédia *Fedra*, ato I, cena 3.

25. Pixérécourt: René-Charles Guilbert de Pixérécourt (1773-1844), dramaturgo, chamado o "pai do melodrama". Em trinta anos escreveu mais de cem peças, em sua maioria contendo um episódio de reconhecimento de alguém numa situação extrema, graças a alguma marca física ou a algum objeto conservado.

— Não é hora de brincadeiras — respondeu gravemente Bertuccio —, e que esse nome não seja pronunciado aqui como você tem a audácia de pronunciá-lo.

— Que piada! — fez Andrea, um tanto aturdido com a abordagem formal de Bertuccio. — Por que não?

— Porque aquele que usa esse nome é suficientemente bafejado pelos céus para ser pai de um miserável como o senhor.

— Oh! Que belas palavras...

— E levará uma bela surra se não tomar cuidado!

— Ameaças...! Não tenho medo... Vou contar...

— Acha que está lidando com pigmeus da sua espécie? — perguntou Bertuccio, num tom tão calmo e com um olhar tão sereno que Andrea sentiu-se incomodado até as entranhas. — Acha que está lidando com seus meliantes contumazes da cadeia, ou com seus bobalhões da sociedade...? Benedetto, o senhor foi capturado por uma terrível mão, mão disposta a abrir-se para o senhor: aproveite. Não brinque com o raio que ela põe de lado por um instante, mas que pode deflagrar novamente caso tente perturbar seu movimento espontâneo.

— Meu pai... Quero saber quem é o meu pai! — disse o teimoso prisioneiro. — Morro se for preciso, mas saberei. O que me propicia o escândalo? Bem-estar... reputação... artigos espalhafatosos..., como diz Beauchamp, o jornalista. Já os senhores, grã-finos, terão sempre alguma coisa a perder com o escândalo, a despeito dos seus milhões e seus brasões... Pergunto então: quem é o meu pai?

— Vim aqui para lhe dizer.

— Ah! — exclamou Benedetto, com os olhos faiscantes de alegria.

Nesse momento a porta se abriu e o carcereiro, dirigindo-se a Bertuccio:

— Com licença, cavalheiro — disse ele —, mas o promotor aguarda o prisioneiro.

— É para terminar o meu interrogatório — disse Andrea ao digno intendente. — Aos diabos, importuno!

— Voltarei amanhã — disse Bertuccio.

— Bem! — fez Andrea. — Senhores policiais, sou todo seu... Ah, caro senhor, passe então uma dezena de escudos para o escrivão para que me forneçam aquilo de que preciso.

— Será feito — replicou Bertuccio.

Andrea estendeu-lhe a mão, Bertuccio manteve a sua no bolso e apenas fez tilintar umas moedas.

— Era o que eu queria dizer — disse Andrea, esgarçando um sorriso mas completamente subjugado pela estranha tranquilidade de Bertuccio.

"Teria eu me enganado?!", pensou Andrea ao entrar no coche oblongo e gradeado chamado "saladeira".

— É o que veremos! Então, até amanhã! — acrescentou, voltando-se para Bertuccio.

— Até amanhã! — respondeu o intendente.

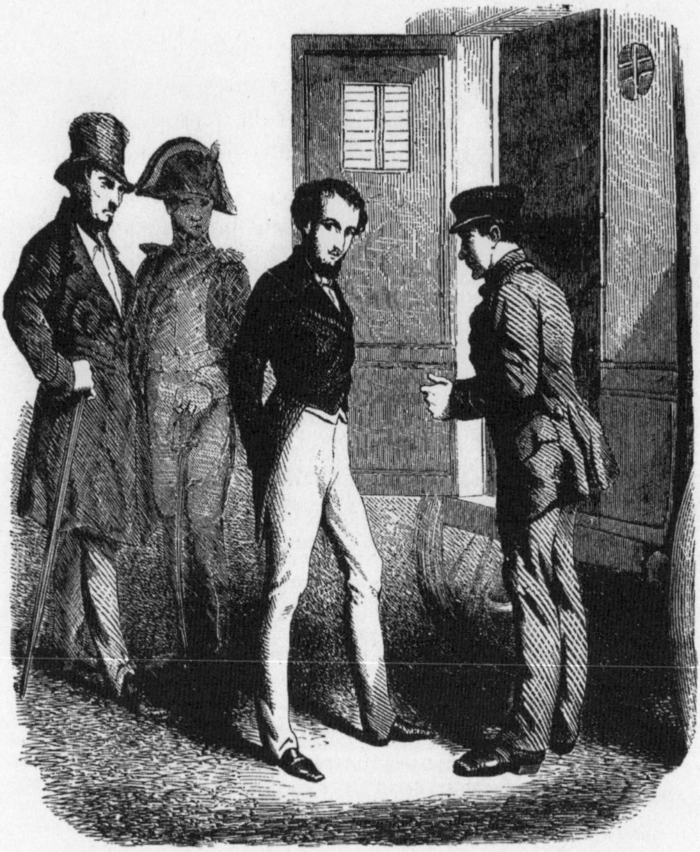

"Teria eu me enganado?!"

11. O JUIZ

Todos recordam que o abade Busoni ficara a sós com Noirtier na câmara fúnebre, onde o velho e o sacerdote se haviam constituído em guardiões do corpo da jovem.

É possível que as exortações cristãs do abade, sua meiga caridade, sua palavra persuasiva hajam devolvido coragem ao velho, pois, desde o momento em que este pudera conferenciar com o sacerdote, em vez do desespero que a princípio se apoderara dele, tudo em Noirtier anunciava uma grande resignação, uma calma mais do que surpreendente para todos que lembravam da profunda afeição por ele dedicada a Valentine.

O sr. de Villefort não voltara a estar com o velho desde a manhã daquela morte. Toda a criadagem fora renovada. Ele contratara um novo criado de quarto para si próprio, outro servidor para Noirtier; duas mulheres entraram para o serviço da sra. de Villefort. Todos, até o porteiro e o cocheiro, ofereciam novos rostos, cujo perfil havia sido modelado, por assim dizer, de acordo com os diferentes senhores daquela casa maldita, já compreendidas as relações bastante frias entre eles. A propósito, o tribunal iria reunir-se dali a três dias, e Villefort, enclausurado em seu gabinete, trabalhava febrilmente no processo movido contra o assassino de Caderousse. Esse caso, como todos aqueles em que o conde de Monte Cristo via-se envolvido, causara sensação na sociedade parisiense. As provas não eram convincentes, uma vez que repousavam em algumas palavras escritas por um foragido moribundo, ex-companheiro de cela daquele a quem acusava, e que podia estar acusando seu companheiro por ódio ou por vingança. Apenas o veredito do magistrado ganhara corpo, pois o procurador do rei havia chegado à terrível conclusão de que Benedetto era culpado, e pretendia extrair do difícil triunfo jurídico um desses afagos de amor-próprio que eram os únicos a despertar um pouco as fibras de seu coração gelado.

O processo corria, portanto, graças ao trabalho incessante de Villefort, que pretendia transformá-lo na estreia da próxima magistratura. Assim, fora obrigado a recolher-se mais que nunca de modo a evitar ter de responder à prodigiosa quantidade de pedidos que recebia no sentido de obter credenciais para a audiência.

É bom lembrar que, se pouco tempo transcorrera desde que a infeliz Valentine fora depositada no túmulo, a dor da casa ainda era tão recente que ninguém se espantava ao ver o pai tão severamente absorto em seu trabalho, isto é, na única distração que encontrava para seu tormento.

Apenas uma vez, era o dia seguinte àquele em que Benedetto recebera a segunda visita de Bertuccio, quando este ficara de revelar o nome de seu pai, no dia seguinte àquele, que foi um domingo, apenas uma vez, nós dizíamos, Villefort estivera com seu pai. Foi num momento em que o magistrado, esgotado de cansaço, descera até o jardim de seu palacete e, taciturno, vergado por um pensamento implacável, como Tarquínio[26] enquanto decepava com sua chibata as cabeças das papoulas mais altas, o sr. de Villefort decepava com sua bengala os longos e agonizantes caules das rosas que se erguiam ao longo das aleias, como espectros dessas flores tão brilhantes na estação que acabava de terminar.

Por mais de uma vez alcançara o fundo do jardim, isto é, aquele famoso portão de tábuas que dá para o cercado abandonado, voltando sempre pela mesma aleia, retomando seu passeio com o mesmo passo e o mesmo gesto. Então seus olhos dirigiram-se mecanicamente para a casa, na qual ouviu as brincadeiras ruidosas do filho, que viera do internato passar o domingo e a segunda-feira junto à mãe.

Nesse momento, viu em uma das janelas abertas o sr. Noirtier, que pedira para empurrarem sua cadeira de rodas até ali a fim de aproveitar os últimos raios de um sol ainda quente, os quais acabavam de saudar as flores agonizantes das ipomeias e as folhas avermelhadas das parreiras virgens que cobriam a sacada.

O olho do velho estava apontado, por assim dizer, para um ponto que Villefort só avistava de maneira imperfeita. Esse olhar de Noirtier era tão raivoso, tão selvagem, tão aflito de impaciência, que o procurador do rei, calejado em captar todas as impressões daquele rosto que conhecia tão bem,

---

26. Tarquínio: Lúcio Tarquínio (656-578 a.C.), também chamado o Soberbo, foi o último rei de Roma e o terceiro dos reis Tarquínios, o qual decepou a cabeça das papoulas para mostrar a seu filho como deceparia seus inimigos. Citado numa passagem da *História romana*, I, 54, de Tito Lívio.

desviou-se da linha que percorria para ver sobre que pessoa recaía o olhar acachapante.

Viu então, sob um arbusto de tílias com galhos já quase secos, a sra. de Villefort, que, sentada com um livro nas mãos, interrompia de vez em quando a leitura sorrindo para o filho ou devolvendo-lhe sua bola de borracha, que ele lançava obstinadamente do salão para o jardim.

Villefort empalideceu, pois compreendia as intenções do velho.

Noirtier continuava a olhar para o mesmo objeto, porém, de repente seu olhar transferiu-se da mulher para o marido, e foi o próprio Villefort quem sofreu o assédio daqueles olhos fulminantes, os quais, ao mudarem de objeto, mudaram também de linguagem, sem todavia nada perder de sua ameaçadora expressão.

A sra. de Villefort, alheia a todas as paixões, cujos fogos cruzados passavam acima de sua cabeça, segurava naquele momento a bola do filho, fazendo-lhe sinal com um beijo para que fosse pegá-la. Mas Édouard fez-se de rogado. Provavelmente a carícia materna não lhe parecia recompensa suficiente para o incômodo que teria. Finalmente decidiu-se: pulou pela janela no meio de um canteiro de girassóis e margaridas e correu para a sra. de Villefort com a testa encharcada de suor. A mãe enxugou sua testa, pousou os lábios naquele marfim macilento e despachou a criança com sua bola em uma das mãos e um punhado de caramelos na outra.

Villefort, hipnotizado por uma atração irresistível, assim como o pássaro é hipnotizado pela serpente, aproximou-se da casa. À medida que se aproximava, o olhar de Noirtier descia, seguindo-o, e o fogo de suas pupilas parecia ganhar tamanho grau de incandescência que Villefort sentia-se devorado por ele até o fundo do coração. Com efeito, liam-se naquele olhar uma censura cruel e uma terrível ameaça. Então as pálpebras e os olhos de Noirtier ergueram-se para os céus como se ele lembrasse ao filho um juramento esquecido.

— Está bem, senhor! — replicou Villefort, do pátio. — Está bem! Mais um dia de paciência; o que eu lhe disse está dito.

Noirtier pareceu sossegar com essas palavras, e seus olhos voltaram-se com indiferença para o outro lado.

Villefort desabotoou violentamente seu redingote, que o abafava, passou a mão lívida na testa e voltou para o seu gabinete.

A noite transcorreu fria e tranquila. Como sempre, naquela casa, foram todos para a cama e dormiram. Sozinho também, como sempre, Villefort absolutamente não se deitou junto com os demais e trabalhou até as cinco da manhã, revendo os últimos interrogatórios feitos na véspera pelos promotores, compilando os depoimentos das testemunhas e imprimindo clareza à sua acusação, uma das mais enérgicas e habilmente concebidas que já tecera.

Era no dia seguinte, segunda-feira, que deveria se realizar a primeira sessão do ano. Villefort viu esse dia nascer lívido e sinistro, e seu fulgor azulado veio fazer refletir no papel as linhas traçadas a tinta vermelha. O magistrado dera um cochilo enquanto sua lamparina dava os últimos suspiros. Acordou com suas crepitações, os dedos úmidos e avermelhados como se os tivesse mergulhado em sangue.

Abriu a janela: uma grande faixa alaranjada atravessava o céu ao longe e recortava ao meio os álamos esguios que se perfilavam em silhueta no horizonte. Na plantação de alfafa, do outro lado do pomar das amendoeiras, uma cotovia subia pelos ares emitindo seu trinado claro e matinal.

O ar úmido da aurora irrigou a cabeça de Villefort e refrescou sua memória.

— É hoje — disse ele com esforço. — Hoje o homem que empunhará o gládio da justiça tem o dever de castigar todos os culpados, sejam eles quem forem.

Seu olhar então, fugindo ao controle, procurou a janela de Noirtier, que se projetava defronte, a mesma onde vira o velho um dia antes.

A cortina estava fechada.

A imagem de seu pai, entretanto, estava tão impregnada nele que o procurador se dirigiu à janela fechada como se estivesse aberta e como se, por aquele vão, ainda enxergasse o velho ameaçador.

— Sim — murmurou —, sim, fique tranquilo!

Sua cabeça recaiu sobre o peito e, com ela assim inclinada, Villefort deu algumas voltas pelo gabinete, terminando por atirar-se todo vestido num sofá, menos para dormir que para relaxar seus membros enrijecidos pelo cansaço e pela frieza de seu trabalho, a qual penetra até a medula dos ossos.

Pouco a pouco, todo mundo acordou. Villefort, de seu gabinete, ouviu os ruídos sucessivos que constituem, por assim dizer, a vida da casa: portas movendo-se, o tilintar da sineta da sra. de Villefort chamando a camareira, os primeiros gritos da criança, que acordava alegre como em geral acorda-se nessa idade.

Villefort tocou, por sua vez. Seu novo criado de quarto entrou em seus aposentos e trouxe-lhe os jornais.

Junto com os jornais, trouxe uma xícara de chocolate.

— O que está me servindo? — perguntou Villefort.

— Uma xícara de chocolate.

— Não pedi absolutamente nada. Quem se atreve a cuidar de mim?

— A patroa. Ela me informou que hoje provavelmente o senhor iria falar muito nesse caso de assassinato e que precisava recuperar as forças.

E o criado depositou na mesa perto do sofá, como todas as outras abarrotada de papéis, a xícara de estanho.

O criado saiu.

Villefort, por um instante, olhou a xícara com uma expressão sombria, depois, de repente, agarrou-a com um gesto nervoso e engoliu de uma vez só o líquido nela contido. Era como se esperasse que aquela beberagem fosse mortal e ele recorresse à morte para livrar-se de um dever imposto por alguma coisa bem mais difícil que morrer. Em seguida, levantou-se e deambulou pelo gabinete, com uma espécie de sorriso que teria sido terrível de ver se alguém o estivesse observando.

O chocolate era inofensivo, e o sr. de Villefort não sentiu nada.

Chegada a hora do almoço, ele não apareceu na mesa. O criado voltou ao gabinete.

— A patroa manda avisá-lo — disse — que acaba de dar onze horas e a audiência está marcada para o meio-dia.

— Muito bem! — reagiu Villefort. — E daí?

— A patroa fez sua toalete. Está pronta e pergunta se ela o acompanhará.

— Aonde?

— Ao Tribunal.

— Por que o faria?

— A patroa diz que deseja muito assistir a esse julgamento.

— Ah! — exclamou Villefort, num tom quase tenebroso. — Ela deseja!

O criado recuou um passo e disse:

— Se deseja ir sozinho, direi à patroa.

Villefort permaneceu mudo por um instante. Escavava com as unhas sua face pálida, com a qual contrastava a barba negra como ébano.

— Diga à patroa — respondeu finalmente — que desejo falar com ela e peço que ela me espere em seu quarto.

— Sim, senhor.

— Depois volte para me barbear e vestir.

— Agora mesmo.

O criado efetivamente foi e voltou, fez a barba em Villefort e o vestiu solenemente de preto.

Depois que terminou, disse:

— A patroa mandou avisar que o esperaria assim que tivesse terminado sua toalete.

— Estou a caminho.

E Villefort, sobraçando os autos, chapéu na mão, dirigiu-se aos aposentos da mulher.

Na porta, parou um instante e enxugou com o lenço o suor que escorria em sua testa lívida.

Em seguida, empurrou a porta.

A sra. de Villefort estava sentada numa otomana, folheando impacientemente jornais e brochuras que o menino Édouard divertia-se a rasgar antes mesmo que sua mãe tivesse tempo de terminar a leitura. Estava inteiramente pronta para sair: seu chapéu esperava-a numa poltrona, ela usava luvas.

— Ah, cá está o senhor — disse a sra. de Villefort, com sua voz calma e natural. — Meu Deus, como está pálido! Passou a noite inteira trabalhando?

Por que não veio almoçar conosco? Enfim! Vai me levar ou irei sozinha com Édouard?

Como se vê, a sra. de Villefort multiplicou as tentativas de obter uma resposta, mas diante de todas aquelas perguntas o sr. de Villefort permanecera mudo como uma estátua.

— Édouard — disse Villefort, fixando na criança um olhar imperioso —, vá brincar no salão, meu querido, preciso conversar com sua mãe.

A sra. de Villefort, ao se deparar com aquele aspecto frio, aquele tom resoluto, aquelas preliminares insólitas, estremeceu.

Édouard levantou a cabeça e olhou para a mãe. Depois, ao ver que ela não confirmava a ordem do sr. de Villefort, tornou a decepar a cabeça dos seus soldadinhos de chumbo.

— Édouard! — gritou o sr. de Villefort, tão rudemente que a criança pulou no tapete. — Está me ouvindo! Suma daqui!

A criança, para quem esse tratamento era inusitado, pôs-se de pé e empalideceu. Teria sido difícil dizer se era de raiva ou de medo.

Seu pai foi até ele, agarrou-o pelo braço e o beijou na testa.

— Saia — disse ele —, saia, meu filho!

Édouard saiu.

O sr. de Villefort foi até a porta e passou o trinco depois que ele saiu.

— Oh, meu Deus! — fez a jovem mulher, olhando para o marido até o fundo da alma e esboçando um sorriso que congelou à impassibilidade de Villefort. — O que houve, afinal?

— Senhora, onde guarda o veneno que utiliza com tanta frequência? — articulou nitidamente e sem preâmbulo o magistrado, em pé entre a mulher e a porta.

A sra. de Villefort sentiu o que deve sentir a cotovia ao avistar acima de sua cabeça o milhafre, diminuindo seus círculos assassinos.

Um som rouco, aflito, que não era nem um grito nem um suspiro, escapou do peito da sra. de Villefort, que empalideceu até a lividez.

— Senhor — disse ela —, não... não compreendo.

E como que sobressaltada por um paroxismo de terror, num segundo paroxismo decerto mais violento que o primeiro, deixou-se cair novamente nas almofadas do sofá.

— Eu lhe perguntava — continuou Villefort, com uma voz perfeitamente calma — em que lugar a senhora escondia o veneno com a ajuda do qual matou meu sogro, o sr. de Saint-Méran, minha sogra, Barrois e minha filha Valentine.

— Ah, senhor! — exclamou a sra. de Villefort, juntando as mãos num gesto de reza. — O que está dizendo?

— Não lhe cabe interrogar-me, mas responder-me.

— Ao marido ou ao juiz? — balbuciou a sra. de Villefort.

— Ao juiz, senhora! Ao juiz!

— Senhora, onde guarda o veneno que utiliza com tanta frequência?

Era um espetáculo horrível a palidez daquela mulher, a angústia de seu olhar, o tremor de todo o seu corpo.

— Ah, senhor — murmurou ela —, ah, senhor...! — e foi tudo.

— Não responde, senhora? — exclamou o terrível inquisidor.

Acrescentou então, com um sorriso ainda mais aterrador que seu ódio:

— Ao mesmo tempo, não nega!

Ela esboçou um gesto.

— E não poderia negar — acrescentou Villefort, esticando a mão para ela como que para agarrá-la em nome da justiça. — A senhora perpetrou esses diferentes crimes com uma impudência habilidosa, a qual entretanto só era capaz de lograr pessoas propensas, por afeição à senhora, a fecharem os olhos em seu benefício. Desde a morte da sra. de Saint-Méran, sei que há um envenenador dentro da minha casa, o sr. d'Avrigny já me advertira. Depois da morte de Barrois, Deus meu perdoe, minhas suspeitas voltaram-se contra alguém, contra um anjo! Suspeitas que, mesmo onde não existe crime, velam incessantemente acesas no fundo do meu coração. Porém, após a morte de Valentine, não me restaram mais dúvidas, senhora, e não apenas a mim, a outros também. Portanto, seu crime, agora do conhecimento de duas pessoas, suspeitado por muitas mais, irá tornar-se público, e, como eu lhe dizia há pouco, senhora, não é mais um marido que lhe dirige a palavra, mas um juiz!

A jovem mulher escondeu o rosto entre as mãos.

— Oh, senhor! — balbuciou. — Eu lhe suplico, não acredite nas aparências!

— Por acaso é covarde? — berrou Villefort, com uma voz desdenhosa. — Com efeito, sempre notei que os envenenadores eram covardes. Seria por acaso covarde, a senhora, que teve a hedionda coragem de ver expirar à sua frente dois anciãos e uma jovem assassinados por suas mãos?

— Senhor, senhor!

— Seria a senhora covarde — continuou Villefort com uma exaltação crescente —, que contou um a um os minutos de quatro agonias, a senhora, que tramou seus planos infernais e fabricou suas infames beberagens com habilidade e precisão tão milagrosas? Teria a senhora, que tramou tudo tão bem, se esquecido de calcular um único detalhe, isto é, aonde poderia levá-la a revelação de seus crimes? Oh, isso é impossível, e a senhora reservou algum veneno mais suave, mais sutil e mais mortífero que os outros para escapar ao castigo que merece... Fez isso? É o mínimo que espero!

A sra. de Villefort contorceu as mãos e caiu de joelhos.

— Sei muito bem... sei muito bem — disse ele —, está confessando. Mas a confissão feita a juízes, a confissão feita no último instante, a confissão feita quando não se pode mais negar, essa confissão não diminui em nada o castigo infligido ao culpado!

— O castigo! — exclamou a sra. de Villefort. — O castigo, senhor? É a segunda vez que pronuncia essa palavra.

— Sem dúvida. Será que acreditava escapar pelo fato de ser quatro vezes culpada? Será por ser mulher de quem exige o castigo que acreditou livrar-se desse castigo? Não, senhora, não! Seja quem for ela, o cadafalso espera a envenenadora, principalmente, como ainda há pouco eu lhe dizia, quando a envenenadora não teve a precaução de guardar para si algumas gotas do seu veneno mais infalível.

A sra. de Villefort deixou escapar um grito selvagem, e o terror hediondo e indomável invadiu seu semblante desfigurado.

— Oh, não receie o cadafalso, senhora — disse o magistrado —, não quero desonrá-la, pois isso seria desonrar a mim mesmo. Não, ao contrário, se me ouviu bem, deve compreender que não pode morrer no cadafalso.

— Não, não compreendi. O que está querendo dizer? — balbuciou a infeliz, completamente aterrada.

— Que a esposa do primeiro magistrado da capital não irá conspurcar com sua infâmia um nome sem mancha, assim como não desonrará marido e filho ao mesmo tempo.

— Não, oh, não!

— Ora, madame! Será uma boa ação da sua parte, e, por essa boa ação, eu lhe agradeço.

— Agradece-me! E por quê?

— Pelo que acaba de me dizer.

— O que foi que eu disse? Estou meio perdida, não compreendo mais nada, meu Deus, meu Deus!

E levantou-se com os cabelos desgrenhados e os lábios espumantes.

— A senhora respondeu à pergunta que lhe fiz ao entrar aqui: "Onde guarda o veneno que utiliza com tanta frequência?"

A sra. de Villefort ergueu os braços para os céus e apertou convulsivamente as mãos uma na outra.

— Não, não — vociferou ela. — Não, o senhor não quer isso!

— O que eu não quero, senhora, é que morra num cadafalso, afinal entende? — respondeu Villefort.

— Oh, senhor, misericórdia!

— O que eu quero é que a justiça seja feita. Estou na terra para punir, senhora — acrescentou ele com um olhar flamejante. — Para outra mulher qualquer, ainda que fosse uma rainha, eu destinaria o carrasco. Com a senhora, serei misericordioso. À senhora, digo: "Não é verdade que guardou algumas gotas do seu veneno mais suave, mais instantâneo e mais mortífero?"

— Oh, perdão, senhor, deixe-me viver!

— Covarde! — gritou Villefort.

— Pense que sou sua mulher!

— É uma envenenadora!

— Em nome dos céus...!

— Não!

— Em nome do amor que sentiu por mim...!

— Não! Não!

— Em nome do nosso filho! Ah, pelo nosso filho, deixe-me viver!

— Não, não e não, repito! Se a deixasse viver, talvez um dia a senhora viesse a matá-lo como aos outros.

— Eu! Matar meu filho! — exclamou aquela mãe selvagem, arrojando-se na direção de Villefort. — Eu! Matar meu Édouard...! Ha! Ha!

E uma risada pavorosa, uma risada de demônio, uma risada de louca terminou a frase e perdeu-se num estertor feroz.

A sra. de Villefort estava caída aos pés do marido.

— Em nome do nosso filho!

Villefort aproximou-se dela.

— Preste atenção, senhora — disse ele —, se, ao meu retorno, a justiça não estiver feita, denuncio-a pessoalmente e prendo-a com minhas próprias mãos.

Ela escutava, cambaleante, prostrada, esmagada. Apenas seu olho vivia, alimentado por um fogo terrível.

— A senhora me ouviu — disse Villefort —, irei até lá pedir a pena de morte para um assassino… Se na volta encontrá-la viva, a senhora dormirá esta noite na delegacia.

A sra. de Villefort deu um suspiro, seus nervos relaxaram e ela prostrou-se devastada no tapete.

O procurador do rei pareceu sentir um rasgo de piedade, olhou-a menos severamente e, inclinando-se levemente à sua frente, disse, numa voz pausada:

— Adeus, senhora, adeus!

Esse adeus caiu como a lâmina mortal sobre a sra. de Villefort. Ela desmaiou.

O procurador do rei saiu e, ao sair, deu duas voltas na fechadura.

12. O JÚRI

O caso Benedetto, como ficou conhecido no tribunal e na sociedade, causara enorme sensação. Frequentador do Café de Paris, do bulevar de Gand e do Bois de Boulogne, o falso Cavalcanti, enquanto permanecera em Paris e durante os seus dois ou três meses de esplendor, fizera inúmeros conhecidos. Os jornais haviam discorrido sobre as diversas etapas experimentadas pelo detento em sua vida elegante e em sua vida prisional, produzindo uma curiosidade intensa, sobretudo naqueles que haviam conhecido pessoalmente o príncipe Andrea Cavalcanti. Eram também estes os mais decididos a arriscar tudo para ver no banco dos réus o sr. Benedetto, assassino do seu companheiro de grilhão.

Para muita gente, Benedetto era, se não uma vítima, pelo menos um erro judiciário. O sr. Cavalcanti pai fora visto em Paris e era esperado para defender seu ilustre rebento. Boa parte das pessoas que nunca tinham ouvido falar da famosa polonesa com a qual ele desembarcara na casa do conde de Monte Cristo ficara impressionada com o ar digno, a fidalguia e a ciência mundana demonstrados pelo velho patrício, o qual, convém dizer, parecia um autêntico aristocrata sempre que não abria a boca e não se metia com a aritmética.

Quanto ao próprio réu, muita gente se lembrava de vê-lo tão amável, tão belo, tão pródigo, que preferiam acreditar em alguma maquinação executada por um inimigo, como é comum no mundo em que as grandes fortunas ampliam os meios para se praticar o mal e o bem à altura do maravilhoso e, o poder, à altura do inaudito.

Todos acorreram portanto ao julgamento, uns para desfrutar do espetáculo, outros para comentá-lo. Desde as sete da manhã havia fila no portão de ferro, e uma hora antes da abertura da sessão a sala já estava tomada pelos privilegiados.

Antes da entrada do júri, e às vezes até mesmo depois, uma sala de audiência, nos dias de processos importantes, assemelha-se bastante a um salão em que muitas pessoas se reconhecem, cumprimentam-se, quando estão bastante próximas umas das outras para não perderem seus lugares, e trocam acenos, quando separadas por um grande número de populares, advogados e policiais.

Fazia um desses magníficos dias de outono, que às vezes nos compensam por um verão omisso ou curto. As nuvens que o sr. de Villefort vira riscarem o sol pela manhã haviam se dissipado como por magia, deixando brilhar em toda a sua nitidez um dos últimos, um dos mais amenos dias de setembro.

Beauchamp, cabeça coroada do jornalismo, e, por conseguinte, com trono reservado em tudo que é lugar, apontava seu binóculo à esquerda e à direita. Avistou Château-Renaud e Debray, que acabavam de conquistar as boas graças de um guarda, fazendo-o postar-se atrás deles em vez de obstruí-los como era seu direito. O digno agente farejara o milionário e o secretário do ministro cumulando de gentilezas seus nobres vizinhos e permitindo-lhes inclusive irem fazer uma visita a Beauchamp, enquanto prometia vigiar seus lugares.

— E então! — disse Beauchamp. — Viemos ver o nosso amigo?

— Claro, meu Deus! — respondeu Debray. — Digníssimo príncipe! Que o diabo carregue os príncipes italianos!

— Um homem que teve Dante como genealogista, cuja linhagem remontava à *Divina comédia*!

— Nobreza de forca — disse Château-Renaud fleugmaticamente.

— A condenação é certa, não acha? — perguntou Debray a Beauchamp.

— Ora, meu caro — respondeu o jornalista —, parece-me que é a você que devemos perguntar isto. Afinal, conhece a atmosfera do gabinete melhor que nós. Esteve com o presidente no último sarau do seu ministro?

— Sim.

— O que ouviu dele?

— Uma coisa que irá surpreendê-lo.

— Ah, conte logo, caro amigo, há muito tempo não ouço nada desse gênero.

— Pois bem! Ele me revelou que Benedetto, visto como uma fênix de sutileza, como um gigante de astúcia, não passa de um larapiozinho dos mais subalternos, dos mais simplórios, completamente indigno dos experimentos que farão com seus órgãos frenológicos após a morte.

— Pode até ser! — fez Beauchamp. — Em todo caso, ele se passava bastante bem como príncipe.

— Para você, Beauchamp, que detesta esses príncipes infelizes e que está se deliciando por terem descoberto seus maus modos, mas não para mim, que farejo por instinto o fidalgo e desentoco uma família aristocrática, seja qual for, como autêntico perdigueiro do brasão.

— Quer dizer que nunca acreditou em seu status de príncipe?

— Em seu status? Sim... Em seu principado? Não.

— Nada mal — disse Debray. — Asseguro-lhe, no entanto, que, para qualquer outro, ele podia passar... Vi-o na casa de ministros.

— Ah, é verdade! — disse Château-Renaud. — Seus ministros têm uma grande experiência em príncipes!

— Não deixa de ser verdade o que acaba de dizer, Château-Renaud — respondeu Beauchamp, caindo na gargalhada. — A frase é curta, mas agradável. Peço-lhe permissão para usá-la em meu artigo.

— Use-a, meu caro Beauchamp — disse Château-Renaud —, use-a. Dou-lhe minha frase pelo que ela vale.

— Mas — disse Debray a Beauchamp —, se falei com o presidente, você, por sua vez, deve ter falado com o procurador do rei, não?

— Impossível. O sr. de Villefort está recolhido há uma semana. É mais que natural, após essa estranha série de aflições domésticas, coroada pela estranha morte de sua filha...

— Estranha morte! O que está dizendo, Beauchamp?

— Oh, sim, banque o ignorante, a pretexto de que tudo isso se dá na nobreza de toga — disse Beauchamp, aplicando seu lornhão no olho e tentando equilibrá-lo.

— Meu caro — disse Château-Renaud —, permita-me dizer-lhe que, em matéria de lornhão, está longe de bater Debray. Debray, dê uma aula a Beauchamp.

— Veja — disse Beauchamp —, se não me engano...

— O que há?

— É ela.

— Ela quem?

— Disseram que tinha viajado.

— A srta. Eugénie? — perguntou Château-Renaud. — Já estará de volta?

— Não, a mãe.

— A sra. Danglars?

— Não pode ser! — fez Château-Renaud. — Impossível. Dez dias depois da fuga da filha, três dias depois da bancarrota do marido!

Debray corou ligeiramente e seguiu a direção do olhar de Beauchamp.

— Não pode ser! É uma mulher de véu, uma dama desconhecida, alguma princesa estrangeira, talvez a mãe do príncipe Cavalcanti. Mas você dizia, ou melhor, estava para dizer umas coisas bem interessantes, Beauchamp.

— Eu?

— Exatamente. Você falava da estranha morte de Valentine.

— Ah, é verdade. Por que será que a sra. de Villefort não veio?

— Infeliz e estimada mulher! — disse Debray. — Deve estar ocupada destilando água de erva-cidreira para os hospitais e confeccionando cosméticos para ela e suas amigas. Sabiam que, segundo dizem, ela gasta dois ou três mil escudos por ano nesse passatempo? Aliás, tem razão, por que a sra. de Villefort não veio? Seria uma satisfação revê-la, gosto muito dessa mulher.

— E eu — disse Château-Renaud — detesto-a.

— Por quê?

— Não tenho a menor ideia. Por que gostamos de alguém? Por que detestamos? Detesto-a por antipatia.

— Ou por instinto, sempre.

— Talvez... Mas voltemos ao que você dizia, Beauchamp.

— Muito bem! — retomou Beauchamp. — Não estão curiosos para saber por que se morre com tanta recorrência na casa Villefort?

— "Recorrência", soa bonito — ironizou Château-Renaud.

— Meu caro, a palavra está em Saint-Simon[27].

— Mas a coisa em si está na casa do sr. de Villefort; não perca o fio do raciocínio.

— Pela minha fé! — disse Debray. — Confesso que há mais de três meses não perco de vista essa casa mergulhada em luto, e anteontem mesmo, a propósito de Valentine, madame comentava comigo.

— Que madame é essa...? — perguntou Château-Renaud.

— A mulher do ministro, caramba!

— Ah, perdão — fez Château-Renaud —, não frequento a casa de ministros, deixo isso para os príncipes.

— Você, já tão formoso, ficaria flamejante, barão. Tenha piedade de nós aonde for nos queimar como outro Júpiter.

— Não falo mais nada — replicou Château-Renaud. — Mas, que diabos! Tenha piedade de mim, poupe-me a réplica.

— Bem, tentemos chegar ao fim do nosso diálogo, Beauchamp. Eu lhe dizia então que anteontem madame me pedia informações sobre o assunto; instrua-me que o instruirei.

— Pois então, amigos, se é verdade que se morre com tanta recorrência, insisto na palavra, na casa Villefort, é porque há um assassino na casa!

---

27. Saint-Simon: Louis de Rouvroy (1675-1755), duque de Saint-Simon, militar francês, diplomata e memorialista.

Os dois rapazes estremeceram, pois mais de uma vez já lhes ocorrera tal ideia.

— E quem é esse assassino?

— O menino Édouard.

Uma gargalhada dos dois ouvintes não desconcertou em absoluto o orador, que prosseguiu:

— Sim, cavalheiros, o jovem Édouard, criança fenômeno, que já mata como pai e mãe.

— É uma piada?

— De forma alguma. Contratei ontem um serviçal que deixou a casa do sr. de Villefort. Escutem bem o seguinte.

— Estamos escutando.

— E que irei demitir amanhã, pois come demais a fim de recuperar-se do jejum de terror que reinava por lá. Muito bem! Parece que essa mimada criança pôs a mão em algum frasco de droga, que aplica de tempos em tempos naqueles que a contrariam. Primeiro foram vovô e vovó de Saint-Méran que o desagradaram, e ele deu-lhes três gotas de seu elixir; três gotas bastam. Depois o formidável Barrois, velho criado do vovô Noirtier, o qual às vezes ralhava com o delicado pestinha que conhecem. Ele serviu-lhe três gotas de seu elixir. O mesmo foi feito com a infeliz Valentine, que não ralhava com ele, mas de quem tinha ciúmes. Deu-lhe três gotas do seu elixir e, para ela, como para os demais, tudo terminou.

— Mas que diabos de história você está inventando? — disse Château-Renaud.

— É — disse Beauchamp —, uma história do outro mundo, não acha?

— Um absurdo! — disse Debray.

— Ah — replicou Beauchamp —, vejam, já estão a procurar meios dilatórios! Que diabos! Perguntem ao meu criado, ou melhor, àquele que amanhã não será mais meu criado: era o boato da casa.

— Mas onde está esse elixir? Do que se trata?

— Ora essa! A criança esconde.

— Onde arranjou?

— No laboratório da senhora sua mãe.

— A mãe então possui venenos em seu laboratório?

— E eu que vou saber? Está me fazendo perguntas de procurador do rei. Repito o que ouvi, só isso. Cito meu autor, não posso fazer nada além disso. O pobre-diabo não comia mais de terror.

— Isso é incrível!

— Não, meu caro, não é nada incrível. Lembra, ano passado, aquela criança da rua Richelieu, que se divertia matando os irmãos e irmãs ao enfiar um alfinete em suas orelhas enquanto eles dormiam? A geração que nos sucede é muito precoce, meu caro.

— Meu caro — disse Château-Renaud —, aposto que não acredita numa palavra do que me diz! Mas não vejo o conde de Monte Cristo. Como é possível ele não estar aqui?

— Cansou-se de nós — disse Debray —, e, depois, não vai querer aparecer na frente de todo mundo, ele, que foi ludibriado por todos os Cavalcanti, que foram procurá-lo, ao que parece, com promissórias falsas, fazendo-o perder dessa forma uma centena de mil francos hipotecados no principado.

— A propósito, meu caro Château-Renaud — perguntou Beauchamp —, como vai Morrel?

— Incrível — disse o fidalgo —, já fui três vezes à casa dele, e nada de Morrel. No entanto, sua irmã não me pareceu preocupada, e me disse, com

— O júri, cavalheiros!

uma cara ótima, que não o via há uns dois ou três dias, mas tinha certeza de que ele estava bem.

— Ah, agora entendo! O conde de Monte Cristo não pode comparecer ao tribunal — disse Beauchamp.

— Por quê?

— Porque ele é ator no drama.

— Terá assassinado alguém?

— Claro que não, ao contrário, foi a ele que tentaram assassinar. Sabe muito bem que foi ao sair da casa dele que esse prestimoso sr. de Caderousse foi assassinado pelo seu amiguinho Benedetto. Sabe muito bem que foi na casa dele que encontraram o famoso colete no qual estava a carta que veio atrapalhar a assinatura do contrato. Veem o maldito colete? Está ali todo ensanguentado, em cima da mesa, como prova material.

— Ah, excelente!

— Scchh! Senhores, o júri. Vamos para os nossos lugares!

Com efeito, um grande burburinho espalhou-se pelo pretório. O guarda chamou seus dois protegidos com um *hem!* enérgico e o meirinho, surgindo no umbral da sala de deliberações, gritou com aquela voz cacarejante que os meirinhos já tinham na época de Beaumarchais:

— O júri, cavalheiros![28]

28. "O júri, cavalheiros!": alusão à peça de Beaumarchais, As bodas de Fígaro, ato III, cena 14.

13. O AUTO DE ACUSAÇÃO

Os magistrados tomaram assento em meio ao mais profundo silêncio. Os jurados sentaram-se em seus lugares. O sr. de Villefort, objeto da atenção e, diríamos quase, da admiração geral, instalou-se togado em sua cadeira, passeando um olhar tranquilo à sua volta.

Todos olhavam com espanto para aquele rosto grave e severo, sobre cuja impassibilidade os sofrimentos paternos pareciam não ter influência alguma, e consideravam com uma espécie de terror aquele homem infenso às emoções da humanidade.

— Guardas! — disse o presidente. — Tragam o réu!

A essas palavras, a atenção do público tornou-se mais concentrada e todos os olhos grudaram na porta pela qual Benedetto deveria entrar.

Logo essa porta se abriu e o acusado apareceu.

A impressão foi a mesma em todos, ninguém enganou-se com a expressão de sua fisionomia.

Seus traços não carregavam a marca da emoção profunda que bombeia o sangue para o coração e descolore a testa e as faces. Suas mãos, graciosamente colocadas, uma sobre seu chapéu, a outra no vão de seu colete branco acolchoado, não eram agitadas por nenhum tremor. Seu olho estava calmo, até mesmo brilhante. Mal entrou na sala, o olhar do rapaz começou a percorrer uma a uma as fileiras dos juízes e assistentes, detendo-se mais longamente no presidente e, sobretudo, no procurador do rei.

Junto a Andrea, instalou-se seu advogado, nomeado pela defensoria pública (pois Andrea não quisera em absoluto preocupar-se com detalhes aos quais parecia não dar a mínima importância), um rapaz de cabelos louros esmaecidos, semblante avermelhado por uma alteração cem vezes mais perceptível que a do réu.

O presidente solicitou a leitura do auto de acusação, redigido, como sabemos, pela pena tão habilidosa quanto implacável de Villefort.

Durante essa leitura, que foi longa e, para qualquer outro, aflitiva, a atenção da plateia não cessou de se dirigir para Andrea, que resistiu à carga com a alma jubilosa de um espartano.

Nunca Villefort fora tão conciso nem eloquente. O crime era exposto sob as cores mais vivas; os antecedentes do réu, sua transfiguração, o caráter de seus atos desde uma idade bem tenra, tudo era deduzido com o talento que a prática da vida e o conhecimento do coração humano podiam fornecer a um espírito tão elevado quanto o do procurador do rei.

Esse preâmbulo bastava para destruir Benedetto junto à opinião pública, enquanto não fosse punido mais concretamente pela força da lei.

Andrea não prestou a mínima atenção às sucessivas acusações que se erguiam e caíam sobre ele. O sr. de Villefort, que o observava com insistência, provavelmente dando continuidade aos estudos psicológicos que tantas vezes tivera oportunidade de elaborar sobre os réus, foi incapaz de fazer com que ele baixasse os olhos uma única vez, apesar da intensa fixidez e da profundidade de seu olhar.

Finalmente a leitura chegou ao fim.

— Nome e sobrenome do réu! — comandou o presidente.

Andrea ficou de pé.

— Peço desculpas, sr. presidente — disse ele com uma voz cujo timbre vibrava cristalino —, mas vejo que irá impor uma ordem às perguntas que não posso seguir. Tenho a pretensão, e caberá a mim justificar-me mais tarde, de ser uma exceção aos réus comuns. Peço-lhe, então, a vênia de me permitir responder seguindo uma ordem diferente. Nem por isso deixarei de responder a tudo.

O presidente, perplexo, olhou para os jurados, que olharam para o procurador do rei.

Uma grande surpresa manifestou-se em todos os presentes. Mas Andrea não pareceu perturbar-se nem um pouco com isso.

— Idade? — disse o presidente. — Responderá a esta pergunta?

— Tenho vinte e um anos, ou melhor, irei completá-los dentro de alguns dias, tendo nascido na noite de 27 para 28 de setembro de 1817.

O sr. de Villefort, que fazia uma anotação, ergueu a cabeça a essa data.

— Onde nasceu? — prosseguiu o presidente.

— Em Auteuil, perto de Paris.

O sr. de Villefort ergueu pela segunda vez a cabeça, olhando para Benedetto como teria olhado para a cabeça da Medusa, e ficou lívido.

Quanto a Benedetto, passou graciosamente nos lábios o canto bordado de um lenço de fina cambraia.

— Profissão? — perguntou o presidente.

— Primeiro fui falsário — disse Andrea, com a maior tranquilidade do mundo —, depois passei a ser ladrão e, muito recentemente, virei assassino.

Um murmúrio, ou melhor, uma tempestade de indignação e perplexidade explodiu em todos os cantos da sala. Os próprios juízes entreolharam-se estupefatos, com os jurados manifestando profunda repulsa por aquele cinismo, inesperado num homem elegante.

O sr. de Villefort levou uma das mãos à testa, que, a princípio pálida, tornara-se vermelha e febril. Levantou-se então bruscamente, olhando ao redor como um homem desvairado: sentia falta de ar.

— Procura alguma coisa, sr. procurador do rei? — perguntou Benedetto com seu sorriso mais amável.

O sr. de Villefort não respondeu nada e voltou a sentar-se, ou melhor, a desabar em sua poltrona.

— O réu agora consente em dizer seu nome? — perguntou o presidente. — A brutal afetação que o senhor usou para enumerar seus diferentes crimes, aos quais o senhor qualifica de profissão, a espécie de ponto de honra a que se apega, atitudes que a corte, em nome da moral e do respeito devido à humanidade, deve censurar-lhe severamente, talvez seja essa a razão que tanto o faz hesitar em dizer o próprio nome, desejando que esse nome sobressaísse pelos títulos que o precedem.

— É incrível, sr. presidente — disse Benedetto, no tom de voz mais gracioso e com as maneiras mais polidas —, como conseguiu ler no fundo do meu pensamento. Foi realmente com esse fim que lhe pedi para inverter a ordem das perguntas.

O estupor estava em seu auge. Não havia mais nas palavras do réu nem bravata nem cinismo. Os presentes, aturdidos, pressentiam algum raio explosivo no fundo daquela nuvem escura.

— E então! — disse o presidente. — Seu nome?

— Não posso dizer-lhe o meu nome, pois não sei, mas sei o do meu pai, e posso dizer-lhe.

Um ofuscamento doloroso cegou Villefort. De suas faces, viram-se cair, sobre os papéis que ele manuseava com uma mão convulsiva e alarmada, gotas de suor ácidas e graúdas.

— Diga então o nome do seu pai — volveu o presidente.

Nenhuma respiração ou bafejo perturbavam o silêncio daquela imensa assembleia. Todos aguardavam.

— Meu pai é procurador do rei — respondeu tranquilamente Andrea.

— Procurador do rei! — reagiu com estupefação o presidente, sem notar a revolução que se operava no semblante de Villefort. — Procurador do rei!

— Sim e, uma vez que desejam saber seu nome, ouçam bem: chama-se de Villefort!

A explosão, por tanto tempo contida graças ao respeito que temos pela justiça numa corte de tribunal, irrompeu, como uma trovoada, do fundo de todos os peitos. Nem mesmo o júri cogitou reprimir a reação da massa. As interjeições, os palavrões dirigidos a Benedetto, que permanecia impassível, os gestos enérgicos, o movimento dos policiais, o escárnio da parcela abjeta que, em toda aglomeração, vem à superfície nos momentos de perturbação e escândalo, tudo isso durou cinco minutos, antes que magistrados e meirinhos conseguissem restabelecer o silêncio.

Em meio a todo esse alvoroço, ouvia-se a voz do presidente, que gritava:

— O réu estaria a brincar com a justiça? Atrever-se-ia a dar a seus concidadãos tal espetáculo de vileza que, mesmo numa época que nada deixa a desejar nesse aspecto, nunca se viu até hoje?

Dez pessoas precipitaram-se para o sr. procurador do rei, quase esmagado em seu assento, oferecendo-lhe consolações, encorajamentos, protestos de apoio e simpatia.

A calma restabelecera-se na sala, à exceção de um canto, onde agitava-se e cochichava um grupo bastante numeroso.

Uma mulher, diziam, acabava de desmaiar. Fizeram-lhe aspirar sais, ela voltara a si.

Andrea, durante todo esse tumulto, dirigira seu rosto sorridente para a assembleia. Em seguida, apoiando-se com uma das mãos no braço de carvalho de seu banco, e isso com o gesto mais gracioso, disse:

— Cavalheiros, Deus me livre insultar a corte e provocar, na presença desta honrosa assembleia, um escândalo inútil. Perguntam a minha idade, respondo; perguntam onde nasci, respondo; perguntam meu nome, não posso responder, já que fui abandonado pelos meus pais. Mas posso muito bem, sem dizer meu nome, uma vez que não tenho um, dizer o do meu pai. Ora, repito, meu pai chama-se sr. de Villefort, e tenho como prová-lo.

Havia no tom do rapaz uma certeza, uma convicção e uma energia tais que reduziram o tumulto ao silêncio. Os olhares dirigiram-se por um momento ao procurador do rei, o qual, em seu assento, mantinha a imobilidade de um homem que o raio acaba de transformar em cadáver.

— Cavalheiros — continuou Andrea, impondo o silêncio com o gestual e a voz —, devo-lhes a prova e a explicação de minhas palavras.

— Mas — exclamou o presidente, irritado —, no interrogatório o senhor declarou chamar-se Benedetto, ser órfão e ter a Córsega como pátria.

— No interrogatório eu disse o que me convinha dizer no interrogatório, pois não queria ver amenizada ou eliminada, o que não teria deixado de acontecer, a repercussão solene que eu desejava dar às minhas palavras. Repito agora que nasci em Auteuil, na noite de 27 para 28 de setembro de 1817, e que sou filho do sr. procurador do rei de Villefort. Querem os detalhes, agora? Pois não. Nasci no primeiro andar da casa número 28, na rua de la Fontaine, num quarto forrado de damasco vermelho. Meu pai pegou-me em seus braços dizendo à minha mãe que eu estava morto, embrulhou-me numa toalha de mesa marcada com um H e um N e carregou-me para o jardim, onde sepultou-me vivo.

Um calafrio percorreu todos os presentes quando estes viram que a segurança do réu aumentava com o pavor do sr. de Villefort.

— Mas como sabe todos esses detalhes? — perguntou o presidente.

— Respondo, sr. presidente. No jardim onde meu pai acabava de me sepultar, introduzira-se, nessa mesma noite, um homem que o odiava mortalmente. Fazia tempo, ele o espionava a fim de premiá-lo com uma vingança corsa. O homem estava escondido numa moita. Viu meu pai enterrar uma arca de madeira no solo e desferiu-lhe uma facada exatamente durante o desenrolar dessa operação. Em seguida, julgando que aquela arca era algum tesouro, abriu o buraco e me encontrou ainda vivo. Esse homem levou-me para o albergue das Crianças Abandonadas, onde fui matriculado com o número 59. Três meses depois, sua cunhada fez a viagem de Rogliano a Paris, procurou-me, reivindicou-me como filho e me levou com ela. Eis como, embora nascido em Auteuil, fui criado na Córsega.

Houve um instante de silêncio, mas de um silêncio tão profundo que, sem a ansiedade que mil peitos pareciam respirar, diríamos tratar-se de uma sala vazia.

— Prossiga — disse a voz do presidente.

— Naturalmente — continuou Benedetto —, eu poderia ter sido feliz na casa dessas honestas pessoas, que me adoravam. Mas a minha inclinação perversa prevaleceu sobre todas as virtudes que a minha mãe adotiva tentava despejar em meu coração. Cresci no mal e cheguei ao crime. Finalmente, num dia quando eu amaldiçoava a Deus por me ter feito tão cruel e me dado tão sórdido destino, meu pai adotivo veio me dizer: "Não blasfeme, desgraçado! Pois Deus trouxe-o ao mundo sem cólera! O crime vem do seu pai, não de você; do seu pai que o destinou ao inferno se você morresse, e à miséria se um milagre o restituísse à vida!" Desde então parei de blasfemar contra Deus, mas amaldiçoei meu pai. Eis por que pronunciei aqui as palavras pelas quais me recriminou, sr. presidente, eis por que provoquei o escândalo que ainda faz tremer o público. Se este é mais um crime, castigue-me, mas se o convenci de que, desde o dia do meu nascimento, meu destino era fatal, sofrido, triste, lamentável, tenha compaixão por mim!

— Mas, e sua mãe? — perguntou o presidente.

— Minha mãe me julgava morto. Minha mãe não tem culpa. Nunca quis saber o nome da minha mãe, não a conheço.

Nesse momento, um grito agudo, que expirou com um soluço, ecoou no meio do grupo que rodeava, como dissemos, uma mulher.

Essa mulher sucumbiu a uma violenta crise nervosa e foi retirada do pretório. Enquanto a levavam, o espesso véu que escondia seu rosto moveu-se e a sra. Danglars foi reconhecida.

A despeito do esgotamento à flor da pele, a despeito do zumbido que fustigava seus ouvidos, a despeito da espécie de loucura que chacoalhava seu cérebro, Villefort reconheceu-a e levantou-se.

— As provas! As provas! — exigiu o presidente. — Réu, lembre-se de que esse tecido de horrores precisa ser sustentado pelas provas mais irrefutáveis.

— Provas? — disse Benedetto, rindo. — Quer provas?

— Sim.

— Pois bem! Olhe para o sr. de Villefort e peça-me provas de novo.

Todos voltaram-se para o procurador do rei, que, sob o peso desses mil olhares pregados nele, avançou até o recinto do tribunal, vacilante, desgrenhado e com o rosto marmorizado pela pressão das unhas.

Em uníssono, a assembleia emitiu um longo murmúrio de espanto.

— Estão me pedindo provas, meu pai — disse Benedetto —, deseja que eu as apresente?

— Não, não — balbuciou o sr. de Villefort com uma voz estrangulada —, não, é inútil.

— Como, inútil? — espantou-se o presidente. — O que quer dizer com isso?

— Quero dizer — exclamou o procurador do rei — que eu me debateria em vão sob o abraço mortal que me esmaga, cavalheiros. Encontro-me, reconheço, nas mãos do Deus vingador. Nada de provas! Isso não é necessário. Tudo o que esse homem acaba de dizer é verdade!

Um silêncio sinistro e opressivo, como o que precede as catástrofes da natureza, envolveu com seu manto todos os espectadores, que ficaram de cabelo em pé.

— O quê! Sr. de Villefort! — exclamou o presidente. — Não estará cedendo a uma alucinação? O quê! Está de posse da plenitude de suas faculdades? Será possível que uma acusação tão estranha, tão imprevista e tão terrível tenha perturbado suas ideias? Vamos, componha-se.

O procurador do rei balançou a cabeça. Seus dentes tiritavam com violência, como os de um homem devorado pela febre, embora estivesse mortalmente pálido.

— Gozo de todas as minhas faculdades, senhor — disse ele —, apenas o corpo sofre, o que é compreensível. Reconheço-me culpado de tudo o que esse moço acaba de articular contra mim, e ponho-me desde agora, em minha casa, à disposição do sr. procurador do rei, meu sucessor.

— Encontro-me, reconheço, nas mãos do Deus vingador!

E, ao pronunciar essas palavras, com uma voz cava e quase rouca, o sr. de Villefort dirigiu-se cambaleante para a porta, que o meirinho de plantão lhe abriu com um gesto automático.

A assembleia inteira permanecia muda e arrasada com aquela revelação e aquela confissão, ambas conferindo um desenlace tão terrível às diferentes peripécias que, havia quinze dias, agitavam a alta sociedade parisiense.

— E essa! — exclamou Beauchamp. — Que venham me dizer agora que o drama não existe na natureza!

— Caramba — disse Château-Renaud —, eu ainda preferia terminar como o sr. de Morcerf. Um disparo de pistola parece uma bênção perto de uma catástrofe como essa.

— O melhor é que o disparo mata — ironizou Beauchamp.

— E eu, que por um instante tive a ideia de me casar com a filha dele! — disse Debray. — A infeliz criança fez bem em morrer, meu Deus!

— A corte está suspensa, cavalheiros — disse o presidente —, e o caso, adiado para a próxima sessão. Ele exige um novo inquérito e um novo magistrado.

Quanto a Andrea, com a mesma tranquilidade e muito mais bem-aceito, deixou a sala escoltado pelos policiais, que involuntariamente davam-lhe provas de gentileza.

— Muito bem! O que acha disso, meu velho? — perguntou Debray ao guarda, enfiando-lhe um luís na mão.

— Circunstâncias atenuantes — respondeu este.

14. EXPIAÇÃO

O sr. de Villefort vira um buraco abrir-se no meio da multidão, antes inteiramente compacta. Os grandes sofrimentos são de tal maneira respeitáveis que não há exemplo, mesmo nas épocas mais infelizes, de que a primeira reação da massa não tenha sido uma reação de simpatia por uma grande catástrofe. Muitos indivíduos odiados foram assassinados num motim; raramente um desgraçado, mesmo criminoso, foi insultado pelos homens que assistiam à sua condenação à morte.

Villefort atravessou portanto a formação dos espectadores, guardas, funcionários do tribunal, e afastou-se, reconhecido culpado por confissão própria, mas protegido pelo sofrimento.

Há situações que os homens captam com o instinto, mas são incapazes de comentar com a inteligência. O maior poeta, nesse caso, é aquele que solta o grito mais veemente e espontâneo. A massa toma esse grito por um relato completo, e tem motivos para se contentar com isso, e mais motivos ainda para julgá-lo sublime quando é autêntico.

Em todo caso, seria difícil reproduzir o estado de estupor vivido por Villefort ao sair do tribunal, ou descrever aquela febre que fazia pulsar cada artéria, enrijecendo cada fibra, estufando cada veia prestes a arrebentar, dissecando cada ponto do corpo mortal em milhões de sofrimentos.

Villefort arrastava-se ao longo das galerias, guiado tão somente pelo hábito. Jogou fora com os ombros a toga magistral, não que pensasse em abandoná-la por decoro, mas porque constituía para seus ombros um fardo aflitivo, uma túnica de Nesso[29] fecunda em torturas.

Chegou cambaleante à passagem da rua Dauphine, avistou seu coche, acordou o cocheiro e, abrindo ele mesmo a portinhola, deixou-se cair nas almofadas, apontando com o dedo a direção do faubourg Saint-Honoré. O cocheiro partiu.

… acordou o cocheiro e, abrindo ele mesmo a portinhola…

29. Túnica de Nesso: ver Parte II, cap.12, nota 85.

Todo o peso de sua fortuna desmoronada acabava de ruir-lhe sobre a cabeça. Esse peso esmagava-o, ele desconhecia suas consequências. Não as avaliara, podia senti-las, mas não racionalizar sobre o código penal, como um assassino frio que avalia um artigo conhecido.

Tinha Deus no fundo do coração.

— Deus! — murmurava, sem sequer saber o que dizia. — Deus! Deus!

Via apenas Deus por trás do entulho que acabava de se formar.

O coche deslizava célere. Villefort, agitando-se nas almofadas, sentiu algo que o incomodava.

Levou a mão até esse objeto. Era um leque esquecido pela sra. de Villefort entre a almofada e o encosto do coche. Esse leque despertou uma lembrança, e essa lembrança foi um clarão no meio da noite.

Villefort pensou na mulher...

— Oh! — exclamou, como se um ferro em brasa lhe atravessasse o coração.

Com efeito, fazia uma hora que não tinha mais sob os olhos senão uma face da sua miséria, e eis que de repente outra oferecia-se ao seu espírito, e outra não menos terrível.

Acabava de comportar-se diante daquela mulher como um juiz inexorável, acabava de condená-la à morte. Ela, por sua vez, açoitada pelo terror, esmagada pelo remorso, destruída pela vergonha que ele acabava de lhe impor com a eloquência de sua virtude inatacável, ela, pobre mulher fraca e indefesa contra um poder absoluto e supremo, talvez estivesse se preparando para morrer naquele exato instante!

Já se passara uma hora desde a sua condenação. Provavelmente naquele momento ela repassava todos os seus crimes na memória, pedia misericórdia a Deus, escrevia uma carta para implorar de joelhos o perdão do seu virtuoso marido, o perdão que ela comprava de sua própria morte.

Villefort deixou escapar um segundo rugido de dor e de raiva.

— Ah — exclamou ele, debatendo-se no cetim da carruagem —, essa mulher só se tornou criminosa porque tocou em mim. Eu transpiro o crime, eu! Ela foi pega pelo crime como se pega o tifo, como se pega o cólera, como se pega a peste! E eu a puni! Atrevi-me a dizer-lhe: "Arrependa-se e morra..." Eu! Oh, não, não! Ela viverá... ela virá comigo... Vamos fugir, sair da França, ir numa linha reta até onde a terra nos carregar. Eu lhe falava do cadafalso! Deus todo-poderoso! Como ousei pronunciar essa palavra! Mas a mim também, o cadafalso me espera! Fugiremos... Sim, irei confessar-lhe; sim, todos os dias lhe direi, humilhando-me, que eu também cometi um crime... Oh, aliança do tigre e da serpente! Oh, digna mulher de um marido como eu! Ela precisa viver, minha infâmia precisa empalidecer a sua!

E Villefort mais arrombou do que abaixou o vidro dianteiro do seu cupê.

— Rápido, mais rápido! — exclamou, com uma voz que fez o cocheiro pular na boleia.

Os cavalos, impelidos pelo medo, voaram até sua casa.

— Sim, sim — repetia-se Villefort à medida que se aproximava —, sim, essa mulher precisa viver, precisa arrepender-se, para criar o meu filho, meu desgraçado filho, único a sobreviver, além do indestrutível ancião, à destruição da família! Ela o amava, foi por ele que fez tudo isso. Não devemos nunca menosprezar o coração da mãe que ama o filho. Ela irá arrepender-se, ninguém saberá que é culpada. Esses crimes cometidos em minha casa, e com os quais a sociedade já se preocupa, serão esquecidos com o tempo, ou, se alguns inimigos o evocarem, pois bem, irão juntar-se à minha lista de crimes. Mais um, dois, três, que diferença faz! Minha mulher fugirá levando o ouro, e sobretudo levando seu filho, para longe do abismo onde me parece que o mundo cairá junto comigo. Ela viverá, ainda será feliz, uma vez que todo o seu amor está no filho, e que o filho não irá abandoná-la. E eu terei praticado um gesto nobre, isso alivia o coração.

E o procurador do rei respirou sofregamente, como havia muito tempo não o fazia.

O coche parou no pátio do palacete.

Villefort pulou do estribo para os degraus da entrada. Viu os criados surpresos com sua volta repentina. Não leu outra coisa na fisionomia deles; ninguém dirigiu-lhe a palavra. Pararam à sua frente, como de praxe, para deixá-lo passar, nada mais.

Ele passou em frente ao quarto de Noirtier e, pela porta entreaberta, percebeu algo como duas sombras, mas não se preocupou com a pessoa que estava com seu pai. Era para outro lugar que sua preocupação o atraía.

— Vamos — disse ele, subindo a escada que levava ao corredor onde ficavam os aposentos de sua mulher e o quarto vazio de Valentine —, vamos, nada mudou por aqui.

Antes de qualquer coisa, fechou a porta do corredor.

— Ninguém deve nos perturbar — disse. — Preciso poder falar livremente, acusar-me perante ela, contar tudo...

Aproximou-se da porta, pôs a mão no puxador de cristal, a porta cedeu.

— Não está fechada! Ótimo, excelente — murmurou.

E entrou na saleta onde à noite montavam uma cama para Édouard, pois, embora no internato, Édouard vinha para casa todas as noites. Sua mãe nunca quisera separar-se dele.

Abraçou num relance toda a saleta.

— Ninguém — disse ele. — Ela deve estar no quarto.

Avançou em direção à porta. Ali o trinco estava fechado. Estacou, arrepiado.

— Héloïse! — gritou.

Pareceu-lhe ouvir um móvel mexer-se.

— Héloïse! — repetiu.

— Quem está aí? — perguntou a voz daquela a quem ele chamava.

Pareceu-lhe que essa voz estava mais fraca que de costume.

— Abra! Abra! — gritou Villefort. — Sou eu!

Contudo, apesar dessa ordem, apesar do tom de angústia com que fora dada, ninguém abriu.

Villefort arrebentou a porta com um pontapé.

Na entrada do quarto que dava para sua alcova, a sra. de Villefort estava de pé, pálida, os traços contraídos, olhando para ele com olhos de uma fixidez pavorosa.

— Héloïse! Héloïse! — exclamou Villefort. — O que há com você? Fale.

A jovem mulher estendeu-lhe sua mão hirta e lívida.

— Está feito, cavalheiro — disse ela, num estertor que pareceu rasgar sua garganta. — O que pode querer mais?

E desmoronou no tapete.

Villefort correu até a mulher, pegou sua mão. Essa mão apertava convulsivamente uma garrafinha de cristal com tampa de ouro.

A sra. de Villefort estava morta.

Villefort, ébrio de horror, recuou até a entrada do quarto e contemplou o cadáver.

— Meu filho! — exclamou repentinamente. — Onde está o meu filho? Édouard! Édouard!

E precipitou-se para fora do apartamento gritando:

— Édouard! Édouard!

Esse nome era pronunciado com uma sonoridade tão angustiada que os criados acorreram.

— Meu filho! Onde está o meu filho? — perguntou Villefort. — Afastem-no desta casa, ele não pode ver…

— O sr. Édouard não está lá embaixo, senhor — respondeu o criado de quarto.

— Deve estar brincando no jardim. Verifiquem! Verifiquem!

— Não, senhor, a patroa chamou seu filho meia hora atrás. O sr. Édouard entrou nos aposentos da patroa e não saiu depois disso.

Um suor gelado alagou a testa de Villefort, seus pés tropeçaram nas lajotas, as ideias começaram a girar em sua cabeça como engrenagens destrambelhadas de um relógio espatifado.

— Nos aposentos da patroa! — murmurou. — Nos aposentos da patroa!

E voltou lentamente sobre seus passos, enxugando a testa com uma das mãos, com a outra escorando-se nas paredes.

Ao entrar no quarto, seria obrigado a rever o corpo da desditosa mulher.

Para chamar Édouard, seria obrigado a despertar o eco daquele quarto transformado em caixão. Falar era violar o silêncio do túmulo.

Villefort sentiu a língua paralisada em sua garganta.

— Édouard, Édouard! — balbuciou.

A criança não respondia. Onde então estava ela, que, segundo os criados, entrara no quarto da mãe e dali não saíra?

Villefort deu um passo à frente.

O cadáver da sra. de Villefort jazia atravessado na porta da alcova na qual, necessariamente, achava-se Édouard. Esse cadáver parecia velar, no umbral, de olhos parados e abertos, com uma pavorosa e misteriosa ironia nos lábios.

Atrás do cadáver, o reposteiro erguido revelava uma parte da alcova, um piano vertical e a ponta de um divã de cetim azul.

Villefort deu três ou quatro passos à frente e, no sofá, percebeu o filho deitado.

A criança dormia, com certeza.

O infeliz teve um inexprimível impulso de alegria. Um raio de pura luz desceu no inferno em que ele se debatia.

Logo, a única coisa a fazer era passar por cima do cadáver, entrar na alcova, pegar a criança nos braços e fugir com ela, para longe, para muito longe.

Villefort não era mais aquele homem cuja sofisticada corrupção resultava no perfeito homem civilizado; era o tigre mortalmente ferido que deixa os dentes quebrados em sua última mordida.

Não receava mais preconceitos, e sim fantasmas. Aproveitou o impulso e pulou por cima do cadáver, como se fosse um braseiro devorador que tivesse de transpor.

Pegou a criança nos braços, apertando-a, sacudindo-a, chamando por ela. A criança não respondeu. Colou seus lábios ávidos em suas faces, suas faces estavam lívidas e geladas. Apalpou seus membros enrijecidos, comprimiu a mão em seu coração, seu coração não batia mais.

A criança estava morta.

Um papel dobrado em quatro caiu do peito de Édouard.

Villefort, fulminado, ficou sem pernas. A criança escapou de seus braços inertes e rolou para o lado da mãe.

Villefort recolheu o papel e, reconhecendo a letra da mulher, percorreu-o avidamente.

Eis o seu teor:

> Sabe que fui boa mãe, uma vez que foi pelo meu filho que me tornei criminosa!
> Uma boa mãe não parte sem o filho!

Villefort não podia acreditar em seus olhos. Villefort não podia acreditar em sua razão. Arrastou-se para o corpo de Édouard, que examinou mais uma vez, com a atenção minuciosa que faz a leoa observar o filhote morto.

Então um grito dilacerante escapou de seu peito.

— Deus! — murmurou. — Sempre Deus!

As duas vítimas aterravam-no, sentia invadi-lo o horror daquela solidão povoada por dois cadáveres.

Não fazia muito tempo, era amparado pela fúria, essa imensa faculdade dos homens fortes, e pelo desespero, essa suprema virtude da agonia, que impulsionava os Titãs[30] em sua escalada dos céus e Ajax[31] a mostrar o punho para os deuses.

Villefort curvou a cabeça sob o peso do sofrimento. Pôs-se de joelhos, sacudiu os cabelos úmidos de suor, eriçados de pavor, e aquele que nunca tivera piedade de ninguém foi procurar seu velho pai, para ter, em sua fraqueza, alguém a quem contar sua desgraça, alguém junto a quem chorar.

Desceu a escada que conhecemos e entrou no quarto de Noirtier.

Quando Villefort entrou, Noirtier parecia concentrado em escutar, tão afetuosamente quanto permitia sua imobilidade, o abade Busoni, tão calmo e frio como de costume.

Villefort, ao se deparar com o abade, levou a mão à testa. O passado voltou-lhe como uma dessas ondas cuja cólera provoca mais espuma que as outras ondas.

Lembrou-se da visita que fizera ao abade dois dias depois do jantar de Auteuil e da visita que o próprio abade lhe fizera no dia da morte de Valentine.

---

30. Titãs: na mitologia grega, os Titãs eram os doze filhos dos primitivos senhores do universo, Gaia (a Terra) e Urano (o Céu). Seis eram do sexo masculino — Oceano, Ceo, Crio, Hipérion, Jápeto e Cronos — e seis do feminino – Teia, Reia, Têmis, Mnemosina, Febe e Tétis. Unindo-se contra Urano, os Titãs aclamaram rei a Cronos e deram origem a divindades menores. Cronos e Reia produziram descendência mais numerosa: Héstia, Deméter, Hera, Hades, Posêidon e Zeus, a primeira geração de deuses olímpicos. Avisado de que os filhos o destituiriam, Cronos engoliu todos eles exceto Zeus, salvo por um ardil da mãe. Ao tornar-se adulto, Zeus fez Cronos beber uma poção que o forçou a vomitar os filhos, e uniu-se aos irmãos, os deuses olímpicos, na luta contra os Titãs. Esse conflito culminou com a derrota de Cronos e dos Titãs, confinados por Zeus no Tártaro, o equivalente ao inferno na mitologia grega. O mito dos Titãs parece ser a descrição simbólica da decadência das crenças pré-helênicas. Eles seriam divindades primitivas, talvez de remota origem oriental.

31. Ajax: na mitologia grega, também chamado o Pequeno, filho de Oileu, o rei da Lócrida, na Grécia Central. Pequeno e magro, era veloz e muito ágil no manejo da espada e da lança. Tomou parte na guerra de Troia, contra os gregos, e, após a derrota, profanou o templo de Atena, puxando a profetisa Cassandra do altar da deusa, fazendo com que ela quebrasse uma estátua e depois estuprando-a. Como castigo, Atena fez com que a nau de Ajax naufragasse e ele morresse afogado. Sua morte é descrita por Homero na *Odisseia*, IV, 499-510.

— O senhor por aqui! — exclamou ele. — Mas então só aparece para escoltar a Morte?

Busoni levantou-se. Ao ver o rosto alterado do magistrado, o brilho feroz de seus olhos, compreendeu ou julgou compreender que a cena do tribunal havia se consumado; ignorava o resto.

— Vim para rezar sobre o corpo de sua filha! — respondeu Busoni.

— E hoje, o que veio fazer?

— Vim dizer-lhe que o senhor me pagou suficientemente a sua dívida e que a partir deste momento vou rezar a Deus para que ele se contente como eu.

— Meu Deus! — fez Villefort, recuando, o pavor estampado. — Essa voz não é a do abade Busoni!

— Não!

O abade arrancou sua falsa tonsura, sacudiu a cabeça e seus longos cabelos negros, agora soltos, caíram-lhe sobre os ombros e emolduraram seu semblante viril.

— É o rosto do conde de Monte Cristo! — exclamou Villefort, com os olhos esbugalhados.

— Ainda não é isso, sr. procurador do rei, procure bem mais longe.

— Essa voz! Essa voz! Onde ouvi essa voz pela primeira vez?

— Ouviu-a pela primeira vez em Marselha, há vinte e quatro anos, no dia do seu casamento com a srta. de Saint-Méran. Procure em seus arquivos.

— O senhor não é Busoni? Não é Monte Cristo? Meu Deus, é o inimigo oculto, implacável, mortal! Fiz alguma coisa ao senhor em Marselha, oh, desgraçado que sou!

— Sim, tem razão, é exatamente isso — disse o conde, cruzando os braços em seu peito largo. — Procure, procure!

— Mas o que foi que lhe fiz? — exaltou-se Villefort, cujo espírito já flutuava no limite em que razão e demência se confundem, naquela bruma que não é mais sonho e ainda não é despertar. — O que eu lhe fiz! Fale!

— O sr. condenou-me a uma morte lenta e hedionda, o senhor matou o meu pai, o senhor confiscou-me o amor com a liberdade, e a felicidade com o amor!

— Quem é o senhor? Afinal, quem é o senhor? Meu Deus!

— Sou o espectro de um desgraçado que o senhor sepultou nas masmorras do castelo de If. Nesse espectro que finalmente saiu do túmulo, Deus instalou a máscara do conde de Monte Cristo, cobrindo-o de ouro e diamantes para que o senhor só viesse a reconhecê-lo no dia de hoje.

— Ah, já sei quem você é, já sei quem você é! — disse o procurador do rei. — Você é…

— Sou Edmond Dantès!

— Você é Edmond Dantès! — exclamou o procurador do rei, pegando o conde pelo pulso. — Então, venha!

E arrastou-o pela escada, pela qual Monte Cristo, aturdido, o seguiu, ignorando aonde o procurador do rei o conduzia e pressentindo alguma nova catástrofe.

— Veja, Edmond Dantès — disse Villefort, apontando para o conde o cadáver da mulher e o corpo do filho —, veja! Sente-se bastante vingado?

Monte Cristo empalideceu diante do terrível espetáculo. Compreendeu que acabava de violar os direitos da vingança; compreendeu que não podia mais dizer:

— Deus está a meu favor e do meu lado.

Arrojou-se com um sentimento de angústia inexprimível sobre o corpo da criança, reabriu seus olhos, tirou seu pulso e precipitou-se com ela no quarto de Valentine, no qual deu duas voltas na chave…

— Meu filho! — exclamou Villefort. — Está levando o cadáver do meu filho! Oh, maldição, desgraça! Merece a morte!

— Veja! Sente-se bastante vingado?

E quis lançar-se sobre Monte Cristo, mas, como num sonho, sentiu seus pés criarem raízes, seus olhos dilatarem-se para além das órbitas, seus dedos, recurvados sobre a carne do seu peito, cravarem-se nele gradualmente, até que o sangue avermelhasse suas unhas, as veias de suas têmporas intumescerem-se de espíritos fervilhantes, que ergueram a calota demasiado estreita do seu crânio e afogaram seu cérebro num dilúvio de fogo.

Essa imobilidade durou alguns minutos, até que a pavorosa derrocada da razão estivesse consumada.

Ele então lançou um grito longo, seguido por uma longa gargalhada, e se precipitou pelas escadas.

Quinze minutos depois, o quarto de Valentine se abriu novamente e o conde de Monte Cristo reapareceu.

Pálido, o olhar opaco, o peito opresso, todos os traços daquele rosto geralmente tão calmo e nobre estavam alterados pela dor.

Segurava nos braços a criança, à qual nenhum socorro pudera devolver a vida.

Pôs um joelho no chão e depositou-a religiosamente junto à mãe, a cabeça pousada em seu peito.

Então, levantando-se, saiu e, encontrando um criado na escada, perguntou:

— Para onde foi o sr. de Villefort?

O criado, sem lhe responder, apontou para o lado do jardim.

Monte Cristo desceu a escada da entrada, avançou até o local designado e viu, entre os criados, que faziam um círculo à sua volta, Villefort com uma pá na mão, escavando a terra com uma espécie de furor.

— Também não é aqui — dizia —, também não é aqui.

E vasculhava mais adiante.

Monte Cristo aproximou-se dele e disse baixinho, num tom quase humilde:

— Senhor, o senhor perdeu um filho; mas...

Villefort o interrompeu, não escutara nem entendera.

— Oh, irei encontrá-lo! — disse ele. — Não adianta dizer que ele não está aqui, irei encontrá-lo ainda que precise procurá-lo até o dia do Juízo Final.

Monte Cristo recuou com terror.

— Oh! — exclamou. — Está louco!

E, como se temesse que os muros da casa maldita desmoronassem sobre ele, correu para a rua, pela primeira vez desconfiando do seu direito de fazer o que fizera.

— Oh, basta, já é o suficiente — disse ele —, salvemos o último.

Ao chegar em casa, Monte Cristo encontrou Morrel, que perambulava pelo palacete dos Champs-Élysées, silencioso como uma sombra que espera o momento determinado por Deus para voltar ao túmulo.

— Prepare-se, Maximilien — disse-lhe com um sorriso —, deixamos Paris amanhã.

— Não tem mais nada a fazer aqui? — perguntou Morrel.

— Não — respondeu Monte Cristo —, e Deus queira que não tenha feito em excesso.

— Também não é aqui, também não é aqui.

15. A PARTIDA

Os acontecimentos recentes preocupavam Paris inteira. Emmanuel e a mulher comentavam-nos, com uma surpresa toda espontânea, em sua sala da rua Meslay, fazendo aproximações entre as três catástrofes, tão súbitas quanto inesperadas, de Morcerf, Danglars e Villefort.

Maximilien, que viera fazer-lhes uma visita, escutava-os, ou melhor, assistia àquela conversa, mergulhado em sua indiferença costumeira.

— Na verdade — dizia Julie —, não lhe parece, Emmanuel, que todas essas pessoas ricas, ontem tão felizes, esqueceram-se, no cálculo a partir do qual construíram fortuna, felicidade e prestígio, do papel do gênio mau, e que este, como as cruéis fadas dos contos de Perrault[32], não convidadas para uma boda ou um batismo, apareceu de repente para vingar-se do esquecimento fatal?

— Quantas tragédias! — dizia Emmanuel, pensando em Morcerf e Danglars.

— Quanto sofrimento! — dizia Julie, lembrando-se de Valentine, que por instinto feminino ela não queria designar pelo nome perante o irmão.

— Se foi Deus que os golpeou — dizia Emmanuel —, foi porque Deus, a suprema bondade, não descobriu nada no passado dessas pessoas digno de atenuar-lhes a pena. É porque essas pessoas eram malditas.

— Não está sendo demasiadamente temerário em seu julgamento, Emmanuel? — contemporizou Julie. — Quando meu pai, com a pistola

32. Perrault: Charles Perrault (1628-1703), escritor francês do séc.XVII, famoso por seus contos infantis, entre eles a história do Chapeuzinho Vermelho.

na mão, estava prestes a estourar os miolos, se alguém como você lhe houvesse dito naquela hora: "Esse homem mereceu sua pena", esse alguém não se teria enganado?

— Sim, mas Deus não permitiu que nosso pai sucumbisse, assim como não permitiu que Abraão sacrificasse seu filho[33]. Ao patriarca, como a nós, ele enviou um anjo que ceifou as asas da morte no meio do caminho.

Mal terminava de pronunciar estas palavras, a sineta tocou.

Era o sinal dado pelo porteiro de que uma visita chegava.

Quase no mesmo instante a porta da sala se abriu e o conde de Monte Cristo apareceu na soleira.

Foi um duplo grito de alegria por parte dos dois jovens.

Maximilien levantou a cabeça e deixou-a cair novamente.

— Maximilien — disse o conde, sem parecer notar as diferentes impressões que sua presença produzia nos hóspedes —, venho buscá-lo.

— Buscar-me? — disse Morrel, como que saindo de um sonho.

— Sim — respondeu Monte Cristo —, não estava combinado que eu o levaria, e não o avisei para ficar preparado?

— Aqui estou — disse Maximilien —, para me despedir.

— E aonde vai, sr. conde? — perguntou Julie.

— À Marselha primeiro, senhora.

— Marselha? — repetiram em uníssono os dois jovens.

— Sim, e levo seu irmão.

— Ai de mim, sr. conde! Traga-o de volta curado!

Morrel esquivou-se para esconder seu rubor.

— Então perceberam que ele está doente? — perguntou o conde.

— Sim — respondeu a moça —, e receio que se entedie conosco.

— Irei entretê-lo — respondeu o conde.

— Estou pronto, cavalheiro — disse Maximilien. — Adeus, meus bons amigos. Adeus, Emmanuel, adeus, Julie!

— Como, adeus!? — exclamou Julie. — Vão sair assim, imediatamente, sem preparativos, sem passaportes?

— As delongas redobram a dor das separações — disse Monte Cristo —, e Maximilien, tenho certeza, deve ter providenciado tudo com antecedência. Recomendei-lhe que o fizesse.

---

33. "Abraão sacrificasse seu filho": episódio do Gênesis, em que Deus pede uma prova de fé a Abraão, determinando que este levasse o filho, Isaac, para oferecê-lo em holocausto no monte Moriá. Uma vez no local determinado, quando Abraão levantou a mão para sacrificar o filho, foi impedido pelo Anjo do Senhor.

— Meu passaporte está comigo e minhas malas estão feitas — afirmou Morrel, com monótona tranquilidade.

— Excelente — respondeu Monte Cristo, sorrindo —, nada melhor que a pontualidade do bom soldado.

— E estão indo desse jeito — disse Julie —, neste instante? Não nos concedem um dia, uma hora?

— Meu coche aguarda na porta, senhora. Preciso estar em Roma dentro de cinco dias.

— Mas Maximilien vai a Roma? — indagou Emmanuel.

— Irei aonde aprouver ao conde levar-me — disse Morrel com um sorriso triste. — Sou dele por um mês ainda.

— Oh, meu Deus! Veja como ele diz isso, sr. conde!

— Maximilien estará ao meu lado — respondeu o conde com sua persuasiva afabilidade —, portanto, tranquilizem-se quanto ao seu irmão.

— Adeus, irmã! — repetiu Morrel. — Adeus, Emmanuel!

— Essa indiferença dilacera o meu coração — disse Julie. — Oh, Maximilien, Maximilien, está nos escondendo alguma coisa!

— Não ligue! — disse Monte Cristo. — Irão vê-lo voltar alegre, risonho e fagueiro.

Maximilien lançou para Monte Cristo um olhar quase desdenhoso, quase irritado.

— Vamos! — disse o conde.

— Antes que se vá, sr. conde — disse Julie —, permita-me dizer-lhe tudo que outro dia...

— Senhora — replicou o conde, tomando-lhe as duas mãos —, tudo que a senhora me diria não valerá nunca o que leio em seus olhos, o que seu coração pensou, o que o meu sentiu. Como os heróis de romances, eu deveria ter viajado sem revê-la, mas essa virtude estava acima das minhas forças, pois sou um homem fraco e vaidoso, pois o olhar úmido, alegre e carinhoso dos meus semelhantes me faz bem. Parto agora, e abuso do meu egoísmo, dizendo-lhes: não me esqueçam, meus amigos, pois provavelmente nunca mais irão me ver de novo.

— Nunca mais! — exclamou Emmanuel, enquanto duas grandes lágrimas rolavam sobre as faces de Julie. — Nunca mais! Mas então não é um homem, então é um deus que nos abandona, e esse deus vai subir aos céus depois de aparecer na terra para fazer o bem.

— Não digam isso — replicou energicamente Monte Cristo —, nunca digam isso, meus amigos. Os deuses nunca fazem o mal, os deuses detêm-se onde querem deter-se. O acaso não é mais forte que eles, e são eles, ao contrário, que dominam o acaso. Não; sou um homem, Emmanuel, e sua admiração é tão injusta quanto sacrílegas suas palavras.

E, comprimindo em seus lábios a mão de Julie, que se precipitara em seus braços, estendeu a outra mão para Emmanuel. Em seguida, subtraindo-se dolorosamente daquela casa, doce ninho cuja anfitriã era a felicidade, fez um sinal para Maximilien, apático, indiferente e prostrado, como estava desde a morte de Valentine.

— Devolva a alegria a meu irmão! — pediu Julie ao ouvido de Monte Cristo.

Monte Cristo apertou sua mão como a havia apertado nove anos antes, na escada que levava ao gabinete de Morrel.

— Ainda confia em Simbad, o marujo? — perguntou ele, sorrindo.

— Oh, sim!

— Ótimo, então durma na paz e na confiança do Senhor.

Como dissemos, a diligência aguardava. Quatro cavalos vigorosos eriçavam as crinas e pisoteavam o calçamento com impaciência.

No pé da escada aguardava Ali, com o rosto reluzente de suor, parecendo chegar de uma longa caminhada.

— E então! — perguntou-lhe o conde, em árabe. — Esteve na casa do velho?

Ali fez um sinal afirmativo.

— E desdobrou a carta diante dos olhos dele, como eu ordenara?

— Sim — repetiu respeitosamente o escravo.

— E o que ele lhe disse, ou melhor, o que fez?

Ali instalou-se sob a luz, de modo a que seu amo o pudesse ver. Imitando com sua inteligência tão devotada a fisionomia do velho, fechou os olhos como fazia Noirtier quando queria dizer: "Sim."

— Bem, ele aceita — disse Monte Cristo. — Partamos!

Mal deixara escapar essas palavras, o coche já arrancava e os cavalos faziam subir das pedras do calçamento uma poeira de faíscas. Maximilien acomodou-se no seu canto sem dizer uma palavra.

Meia hora se passou. A caleche parou de repente. O conde acabava de puxar o cordãozinho de seda que correspondia ao dedo de Ali.

O núbio desceu e abriu a portinhola.

A noite resplandecia de estrelas. Estavam no topo da subida de Villejuif, no mirante de onde Paris, como um mar escuro, agita seus milhões de luzes que parecem ondas fosforescentes, ondas reais, ondas mais ruidosas, mais apaixonadas, mais volúveis, mais furiosas, mais ávidas que as do oceano raivoso, ondas que não conhecem a calmaria como as do vasto mar, ondas que não cessam de colidir, de espumar, de tragar!

O conde ficou sozinho e, a um sinal de sua mão, o coche avançou mais um pouco.

Monte Cristo então contemplou longamente, de braços cruzados, aquela fornalha onde vinham se fundir, contorcer e modelar todas as ideias que se projetam do abismo fervilhante para irem sacudir o mundo. Em seguida, após concentrar seu olhar poderoso nessa Babilônia que faz sonhar tanto os poetas religiosos quanto os iconoclastas materialistas:

— Metrópole! — murmurou, inclinando a cabeça e juntando as mãos como se rezasse. — Não faz seis meses que transpus tuas portas. Acredito que foi o espírito de Deus que me conduziu a ti e agora me acompanha de volta, triunfante. O segredo da minha presença dentro dos teus muros, confiei-o a Deus, o único capaz de ler o meu coração. Ele sabe que me retiro sem ódio e sem orgulho, mas não sem remorsos. Só Ele sabe que não fiz uso, nem em meu benefício, nem por causas vãs, do poder que Ele me atribuiu. Oh, metrópole! Foi em teu seio palpitante que encontrei o que eu procurava. Minerador paciente, revirei tuas entranhas para delas extirpar o mal. Agora, minha obra está realizada, minha missão está concluída; agora não podes mais oferecer-me nem alegrias, nem dores. Adeus, Paris! Adeus!

Seu olhar ainda passeou pela vasta planície, como o de um gênio noturno. Em seguida, passando a mão na testa, voltou a embarcar no coche, que se fechou instantaneamente e desapareceu do outro lado da subida, num turbilhão de poeira e estrépito.

— Adeus, Paris! Adeus!

Percorreram duas léguas sem pronunciar uma única palavra. Morrel devaneava, Monte Cristo observava-o em seu devaneio.

— Morrel — disse-lhe o conde —, estaria arrependido de ter vindo comigo?

— Não, sr. conde, mas deixar Paris...

— Se eu achasse que a felicidade o esperava em Paris, Morrel, tê-lo-ia deixado lá.

— É em Paris que Valentine repousa, e deixar Paris é perdê-la uma segunda vez.

— Maximilien — disse o conde —, os amigos que perdemos não repousam na terra, estão enterrados em nosso coração, e foi Deus que assim quis, para que estivéssemos sempre acompanhados. Quanto a mim, tenho dois amigos que me acompanham sempre. Um é o que me deu a vida, o outro, o que me deu a inteligência. O espírito de ambos vive em mim. Consulto-os na dúvida e, se pratico algum bem, isso se deve a seus conselhos. Consulte a voz do coração, Morrel, e pergunte-lhe se deve continuar a fazer essa cara horrível para mim.

— Meu amigo — respondeu Maximilien —, a voz do meu coração está tristíssima e só me anuncia desgraças.

— É típico dos espíritos fracos verem todas as coisas através do luto. É a alma que desenha por si só seus horizontes. Sua alma está escura, é ela que lhe impõe um céu tempestuoso.

— Pode ser que tenha razão — admitiu Maximilien.

E voltou a seu devaneio.

A viagem foi feita com a impressionante rapidez que era a marca registrada do conde. As cidades passavam como sombras em seu caminho, as árvores, sacudidas pelos primeiros ventos do outono, pareciam surgir à frente deles como gigantes desgrenhados, fugindo assim que as alcançavam. Na manhã seguinte, chegaram a Châlons, onde os esperava o barco a vapor do conde. Sem perder um instante, o coche foi levado a bordo; os dois viajantes já haviam embarcado.

O barco era esculpido para a velocidade, lembrando uma piroga indígena. Suas duas rodas eram como duas asas com as quais ele roçava a água feito uma ave migratória. O próprio Morrel experimentava aquela espécie de embriaguez da velocidade. Ocasionalmente, o vento que fustigava seus cabelos parecia, por um instante, prestes a dissipar as nuvens de seu rosto.

Quanto ao conde, à medida que se afastava de Paris, uma serenidade quase sobre-humana parecia envolvê-lo como uma auréola. Dir-se-ia que era um exilado voltando à pátria.

Dali a pouco, Marselha, branca, tépida, viva; Marselha, a irmã caçula de Tiro e Cartago, sua sucessora no controle do Mediterrâneo; Marselha, sempre mais jovem à medida que envelhece, surgiu a seus olhos. Eram, para ambos, aspectos fecundos em lembranças aquela torre redonda, aquele forte de Saint-Nicolas, aquela prefeitura de Puget, aquele porto com cais de tijolos onde haviam brincado, crianças.

Assim, de comum acordo, fizeram escala na Canebière.

Um paquete estava de partida para Argel. As bagagens e passageiros, amontoados no convés, a multidão dos parentes, dos amigos que se despediam, gritavam e choravam, espetáculo sempre emocionante mesmo para quem o assiste diariamente, nada foi capaz de distrair Maximilien de uma ideia que o arrebatara assim que pusera os pés nas grandes pedras do cais.

— Veja — disse ele, pegando o braço de Monte Cristo —, este é o lugar de onde meu pai assistiu à entrada do *Pharaon* no porto. Aqui, o bravo homem que o senhor salvava da morte e da desonra jogou-se nos meus braços. Ainda sinto o toque de suas lágrimas no meu rosto, e ele não era o único a chorar, muita gente também chorava ao nos ver.

Monte Cristo sorriu.

— Eu estava ali — disse, apontando para Morrel a esquina de uma rua.

Enquanto dizia isso, e na direção indicada pelo conde, ouviu-se um gemido angustiado e viu-se uma mulher fazendo sinal para um passageiro do paquete prestes a partir. Essa mulher estava de véu. Monte Cristo seguiu-a com os olhos com uma emoção que Morrel teria facilmente notado se, ao contrário do conde, seus olhos se houvessem detido na embarcação.

— Oh, meu Deus! — exclamou Morrel. — É ele mesmo! Aquele homem que cumprimenta com o chapéu, aquele homem de uniforme, é Albert de Morcerf!

— Sim — disse Monte Cristo —, eu tinha visto.

— Como é possível? Estava olhando para o lado oposto…

O conde sorriu, como fazia quando não queria responder.

E seus olhos dirigiram-se para a mulher de véu, que desapareceu na esquina da rua.

Então, voltou-se.

— Caro amigo — disse a Maximilien —, não tem uma coisa especial a fazer por aqui?

— Chorar no túmulo do meu pai — respondeu cavamente Morrel.

— Muito bem, então faça-o, e me espere lá. Irei ao seu encontro.

— É uma despedida?

— Sim… também tenho uma visita piedosa a fazer.

Morrel deixou sua mão cair na mão que o conde lhe estendia. Em seguida, com um meneio da cabeça cuja melancolia seria impossível exprimir, despediu-se e partiu para a zona leste da cidade.

Monte Cristo deixou Maximilien se afastar, permanecendo no mesmo lugar até que ele desaparecesse, então encaminhou-se para a rua das Allées de Meilhan a fim de encontrar o pequeno edifício que o começo desta história deve ter tornado familiar aos nossos leitores.

Esse prédio ainda se erguia à sombra da grande aleia de tílias que serve de passeio para os marselheses ociosos, revestida por vastas cortinas de parreiras que emaranhavam, acima da pedra amarelecida pelo sol incandescente do Midi, seus braços encardidos e desbastados pela idade. Dois degraus de pedra, gastos pela passagem dos pés, conduziam à porta de entrada, porta feita de três tábuas que jamais, a despeito de suas separações anuais, haviam conhecido a resina e a pintura, esperando pacientemente que a umidade retornasse para aproximá-las.

Esse prédio, encantador apesar do ar vetusto, alegre apesar da visível miséria, era exatamente o mesmo em que morava antigamente o velho Dantès. A única diferença era que o ancião morava na mansarda, e o conde pusera todos os andares à disposição de Mercedes.

Ali havia entrado a mulher de véu que Monte Cristo vira afastar-se do paquete enquanto este deixava o porto. Como ela fechava a porta no exato momento em que ele surgia da esquina de uma rua, viu-a desaparecer mal a avistou.

Para ele, os degraus gastos eram velhos conhecidos. Sabia melhor que ninguém abrir aquela velha porta, cuja tramela era erguida por um prego de cabeça grande.

Portanto, entrou sem bater, sem avisar, como um amigo, como um hóspede.

Na extremidade de uma aleia com piso de tijolos abria-se, prenhe de calor, de sol e de luz, um jardinzinho, o mesmo no qual, no lugar indicado, Mercedes encontrara a soma guardada por vinte e quatro anos graças à delicadeza do conde. Do umbral do portão da rua, percebiam-se as primeiras árvores desse jardim.

Ao chegar a esse umbral, Monte Cristo ouviu um suspiro semelhante a um soluço. Tal suspiro guiou seu olhar e, sob o dossel de um jasmineiro com folhagens espessas, flores compridas, roxas, avistou Mercedes sentada, inclinada e chorando.

Ela erguera o véu. Sozinha perante os céus, o rosto escondido pelas duas mãos, dava livre curso a seus suspiros e soluços, por tanto tempo reprimidos pela presença do filho.

Monte Cristo deu alguns passos à frente. O cascalho rangeu sob seus pés.

Mercedes ergueu a cabeça e deu um grito de pavor ao ver um homem à sua frente.

— Senhora — disse o conde —, não está mais no meu alcance propiciar-lhe a felicidade, mas ofereço-lhe o consolo: pode aceitá-lo como vindo de um amigo?

— Estou realmente muito infeliz — respondeu Mercedes —, sozinha no mundo… Tinha apenas o meu filho, e ele me deixou.

— Ele fez bem, senhora — replicou o conde —, e é um nobre coração. Compreendeu que todo homem deve um tributo à pátria. Uns, com seus talentos; outros, com sua habilidade. Estes, seus guardiões; aqueles, seu sangue. Se permanecesse aqui, arrastaria uma vida já inútil ao seu lado, não se acostumaria com seu sofrimento. Iria tornar-se ressentido por impotência. Ele se tornará grande e forte lutando contra sua adversidade, a qual transformará em fortuna. Deixe-o reconstituir o futuro de ambos, senhora. Atrevo-me a garantir que ele está em boas mãos.

— Oh — disse a pobre mulher, balançando tristemente a cabeça —, essa fortuna de que o senhor tanto fala, e que suplico a Deus que lhe conceda, eu não desfrutarei dela. Tantas coisas despedaçaram-se em mim e à minha volta que me sinto perto do túmulo. Fez bem, sr. conde, em me reaproximar do lugar onde fui tão feliz. É onde se foi feliz que se deve morrer.

— Infelizmente — disse Monte Cristo —, todas as suas palavras, senhora, caem amargas e ferventes no meu coração, ainda mais amargas e ferventes na medida em que tem motivos para me odiar. Fui eu quem causou todos os seus males. Por que não me lastima em vez de me acusar? A senhora me faria ainda mais infeliz…

— Odiá-lo, acusá-lo, a você, Edmond… Odiar, acusar o homem que salvou a vida do meu filho, pois, afinal, sua intenção, fatal e sanguinária, não era matar o filho de que o sr. de Morcerf tinha tanto orgulho? Oh, olhe para mim, e veja se há em mim a expressão de uma censura!

O conde ergueu o olhar e deteve-o em Mercedes, que, quase de pé, estendia as duas mãos para ele.

— Oh, olhe para mim! — ela continuou, com um sentimento de profunda melancolia. — Hoje é possível suportar o fogo dos meus olhos, não é mais a época em que eu vinha sorrir para Edmond Dantès, que me esperava lá em cima, na janela da mansarda onde morava seu velho pai… Desde essa época muitos dias dolorosos se passaram, que escavaram como um abismo entre mim e essa época. Acusá-lo, Edmond, odiá-lo, meu amigo! Não, é a mim que acuso e odeio! Oh, como sou miserável! — exclamou, juntando as mãos em súplica e erguendo os olhos para o céu. — E fui punida! Eu possuía a religião, a inocência e o amor, essas três bem-aventuranças que forjam os anjos e, miserável que sou, duvidei de Deus!

Monte Cristo deu um passo em sua direção e, silenciosamente, estendeu-lhe a mão.

— Não — disse ela, retirando a sua com delicadeza —, não, meu amigo, não toque em mim. Você me poupou e, no entanto, de todos a quem golpeou, eu era a mais culpada. Todos os demais agiram por ódio, por cupidez, por egoísmo; eu agi por covardia. Eles eram ambiciosos, eu tive medo. Não, não aperte a minha mão, Edmond. Você está a meditar alguma palavra afetuosa, eu pressinto, não a diga. Guarde-a para uma outra, não sou mais digna dela. Veja… — e Mercedes descobriu totalmente o rosto — veja como a desventura deixou meus cabelos grisalhos. Meus olhos derramaram tantas lágrimas que estão cingidos por veias roxas, meu rosto ganhou rugas. Você, ao contrário, Edmond, você continua jovem, bonito, altivo. É porque teve fé, porque teve força, porque se entregou a Deus e Deus o amparou. Quanto a mim, fui covarde, reneguei-o. Então Deus me abandonou e aqui estou.

Mercedes desfez-se em lágrimas. O coração da mulher despedaçava-se com o choque das lembranças.

Monte Cristo pegou sua mão e beijou-a respeitosamente, porém a própria Mercedes sentiu que o beijo era sem calor, como o que o conde teria pousado na mão de mármore da estátua de uma santa.

— Há — ela continuou — existências predestinadas, cujo primeiro erro esfacela todo o futuro. Eu o julgava morto, mas eu é que deveria ter morrido, pois, afinal de que serviu ter carregado eternamente o seu luto no meu coração? Para fazer de uma mulher de trinta e nove anos uma mulher de cinquenta, só isso. Única dentre todos a tê-lo reconhecido, de que serviu salvar meu filho? Não devia também ter salvado o homem, por mais culpado que fosse, que eu aceitara como marido? Apesar disso, permiti que ele morresse. O que estou dizendo, meu Deus! Contribuí para sua morte com a minha covarde insensibilidade, meu desdém, não me lembrando, não querendo me lembrar de que fora por mim que ele se tornara perjuro e traidor! Enfim, de que serviu ter acompanhado meu filho até aqui, uma vez que agora o abandono, uma vez que o deixo partir sozinho, entregando-o a essa terra devoradora que é a África? Oh, fui covarde, repito! Reneguei meu amor e, como os renegados, espalho o infortúnio aonde quer que eu vá!

— Não, Mercedes — disse Monte Cristo —, não. Reconsidere a opinião que faz de si própria. Não; você é uma nobre e santa mulher e me havia desarmado com sua dor. No entanto, atrás de mim, invisível, desconhecido, irritado, havia Deus, do qual eu não era senão representante e que não quis deter o raio que eu lançara. Oh, clamo a Deus, aos pés do qual me prosterno todos os dias há dez anos, e peço Seu testemunho: sacrifiquei minha vida a você, junto com a minha vida os planos a ela ligados. Mas, digo com orgulho, Mercedes, Deus precisava de mim, e sobrevivi. Examine o passado, examine o presente, tente adivinhar o futuro, e veja se não sou o instrumento do Senhor. As desgraças mais terríveis, os sofrimentos, o abandono de todos que me amavam, a perseguição por parte de quem não me conhecia, esta é a primeira parte da minha vida. Então, de repente, depois do cativeiro, da solidão e da miséria, o ar livre, a liberdade, uma fortuna tão magnífica, tão prestigiosa, tão descomunal que, a menos que eu fosse cego, fui obrigado a pensar que Deus destinava-a a mim com grandes desígnios. Desde então, essa fortuna pareceu-me um sacerdócio; desde então, não tinha mais nenhum pensamento para essa vida de cujas delícias você, pobre mulher, chegou a usufruir. Nenhuma hora de calma, nenhuma. Eu me sentia impelido como a nuvem de fogo que atravessa o céu para incendiar cidades malditas. Como esses capitães aventureiros que embarcam para uma perigosa viagem, que meditam uma arriscada expedição, eu preparava os víveres, carregava as armas, coligia os recursos de ataque e de defesa, acostumando meu corpo aos exercícios mais violentos, minha alma aos choques mais rudes, instruindo meu braço a matar, meus olhos a ver sofrer, minha boca a sorrir diante dos cenários mais terríveis. De generoso, confiante e despreocupado que eu era, tornei-me vingativo, dissimulado, cruel, ou melhor, impassível, como a surda e cega fatalidade. Lancei-me então no caminho que se abrira à minha frente, transpus o espaço, acertei o alvo. Maldição àqueles a quem encontrei pelo caminho!

— Basta! — disse Mercedes. — Basta, Edmond! Saiba que aquela que foi a única a reconhecê-lo também foi a única a compreendê-lo. Juro, Edmond, aquela que o reconheceu, que o compreendeu, esta, se você a encontrasse no caminho e a quebrasse como vidro, esta ainda o admiraria, Edmond! Assim como há um abismo entre mim e o passado, há um abismo entre você e os outros homens, e minha mais cruel tortura é fazer tal comparação, pois não há nada no mundo igual a você, nada que chegue perto. Agora, diga-me adeus, Edmond, e separemo-nos.

— Antes que eu me vá, o que deseja, Mercedes? — perguntou Monte Cristo.

— Só desejo uma coisa, Edmond: que o meu filho seja feliz.

— Reze ao Senhor, único a deter a vida dos homens em Suas mãos, para afastá-lo da morte, que eu me encarregarei do resto.

— Obrigada, Edmond.

— Mas e você, Mercedes?

— Não preciso de nada, vivo entre dois túmulos: um é o de Edmond Dantès, há muito falecido; eu o amava! Essa palavra não combina mais com meu lábio murcho, mas meu coração ainda se lembra, e por nada no mundo eu gostaria de perder essa memória do coração. O outro é o de um homem que Edmond Dantès matou. Aprovo o assassinato, mas minha obrigação é orar pelo morto.

— Seu filho será feliz, senhora — repetiu o conde.

— Então serei tão feliz quanto eu puder sê-lo.

— Mas... afinal... o que fará?

Mercedes sorriu tristemente.

— Se lhe dissesse que viverei aqui como a Mercedes de antigamente, isto é, trabalhando, você não acreditaria. Agora só sei rezar, mas não preciso trabalhar. O pequeno tesouro enterrado por você estava no lugar indicado. Irão procurar saber quem eu sou, perguntar o que faço, ignorar como vivo, que importa! É um assunto entre Deus, você e eu.

— Mercedes — disse o conde —, não a censuro por isso, mas você exagerou no sacrifício abandonando toda a fortuna amealhada pelo sr. de Morcerf e cuja metade cabia por direito à sua economia e vigilância.

— Percebo o que vai me propor, mas não posso aceitar, Edmond. Meu filho me proibiria.

— Então evitarei fazer qualquer coisa por você que não tenha a aprovação do sr. Albert de Morcerf. Saberei suas intenções e a elas me submeterei. Mas, se ele aceitar o que pretendo fazer, irá imitá-lo sem repugnância?

— Você sabe, Edmond, que não sou mais uma criatura pensante. Decisões, só a de não mais tomá-las. Deus sacudiu-me tanto em Suas tempestades que perdi a vontade. Estou em Suas mãos como um passarinho nas garras da águia. Ele não quer que eu morra, pois estou viva. Se Ele me enviar socorro, será porque é Sua vontade, e aceitarei.

— Cuidado, Mercedes — disse Monte Cristo —, não é assim que se adora a Deus! Deus quer que O compreendamos e que discutamos Sua força. Foi por isso que nos concedeu o livre-arbítrio.

— Infeliz! — exclamou Mercedes. — Não fale assim comigo. Se eu acreditasse que Deus me concedeu o livre-arbítrio, o que me restaria então para me salvar do desespero!

Monte Cristo empalideceu ligeiramente e abaixou a cabeça, esmagado sob a veemência daquela dor.

— Não quer me dizer até breve? — perguntou, estendendo a mão.

— Ao contrário, eu lhe digo até breve — replicou Mercedes, apontando para o céu com solenidade. — Isso é uma prova de que ainda tenho esperanças.

E, após ter tocado a mão do conde com sua mão trêmula, Mercedes lançou-se pela escada e desapareceu.

Monte Cristo então saiu lentamente do edifício e tomou o caminho de volta ao porto.

Porém, embora estivesse na janela do quartinho do pai de Dantès, Mercedes não o viu enquanto se afastava. Com os olhos, procurava ao longe o paquete que carregava seu filho para o vasto mar.

Nem por isso deixa de ser verdade que sua voz, como que à sua revelia, murmurava baixinho:

— Edmond!

16. O PASSADO

O conde saiu com a alma atormentada daquela casa onde, segundo toda probabilidade, se despedira de Mercedes para sempre.

Desde a morte do pequeno Édouard, uma grande mudança se havia operado em Monte Cristo. Ao alcançar o ponto culminante da vingança pela subida lenta e tortuosa que empreendera, descortinara o abismo da dúvida do outro lado da montanha.

E mais: a conversa que acabava de ter com Mercedes despertara tantas lembranças em seu coração que essas próprias lembranças precisavam ser combatidas.

Um homem da têmpera do conde não se curvava por muito tempo à melancolia que invade os espíritos vulgares, conferindo-lhes uma originalidade aparente, porém matando as almas superiores. O conde disse consigo mesmo que, para ter quase chegado a se autocensurar por isso, era preciso que um erro houvesse se insinuado em seus cálculos.

— Enxergo mal o passado — disse ele —, mas não posso ter-me enganado dessa forma.

"O quê! — continuou. — O objetivo a que eu me propusera seria um objetivo insensato?! O quê! Eu estaria no caminho errado há dez anos?! Não pode ser! Uma hora teria bastado para provar ao arquiteto que a obra na qual ele depositava todas as suas esperanças era uma obra, se não impossível, sacrílega! Não quero habituar-me a essa ideia, ela me enlouqueceria. O que falta hoje aos meus raciocínios é a apreciação exata do passado, pois revejo esse passado da outra ponta do horizonte. Com efeito, à medida que avançamos, à medida que nos afastamos, o passado se apaga, semelhante à paisagem através da qual caminhamos. Está acontecendo comigo o que acontece às pessoas que se feriram em sonho, olham e sentem o ferimento, mas não se lembram de o terem recebido. Então adiante, homem regenerado; adiante, rico extravagante; adiante, sonhador vigilante; adiante, visionário todo-poderoso; adiante, milionário invencível. Reconsidera por um instante essa perspectiva da vida miserável e indigente, volta a percorrer os caminhos para onde a fatalidade o empurrou, para onde o infortúnio o impeliu, onde o desespero o recebeu. Uma profusão de diamantes, ouro e felicidade hoje reflete seus raios nos cristais desse espelho em que Monte Cristo contempla Dantès. Esconde esses diamantes, conspurca esse ouro, apaga esses raios. Rico, encontra o pobre; livre, encontra o prisioneiro; ressuscitado, encontra o cadáver."

E, ao mesmo tempo em que assim meditava, Monte Cristo ia avançando pela rua de la Caisserie. Era a mesma pela qual, vinte e quatro anos antes, ele fora conduzido por uma escolta silenciosa e noturna. Essas casas, de aspecto risonho e animado, estavam, naquela noite escura, mudas e fechadas.

— São entretanto as mesmas — murmurou Monte Cristo —, a única diferença é que era noite, hoje é dia claro. É o sol que ilumina tudo isso e deixa a todos alegres.

Dirigiu-se para o cais pela rua Saint-Laurent e seguiu rumo aos armazéns. Era o local do porto de onde havia embarcado. Um barco de passeio avançava com seu pálio de cotim. Monte Cristo chamou o dono, que logo partiu em sua direção, com a urgência que imprimem a esse exercício os barqueiros com faro para uma boa gorjeta.

O tempo estava magnífico, o passeio foi uma festa. No horizonte, o sol ia caindo, vermelho e flamejante, sobre as ondas que incandesciam à sua aproximação. O mar, liso como um espelho, enrugava-se às vezes com os pulos dos peixes que, perseguidos por algum inimigo oculto, lançavam-se fora d'água para pedir sua salvação a outro elemento. Por fim, no horizonte viam-se passar, graciosas como cotovias migratórias, pesqueiros dirigindo-se às Margiutes ou cargueiros rumando à Córsega ou à Espanha.

Apesar desse bonito céu, apesar daquelas barcas de contornos graciosos, apesar da luz dourada que inundava a paisagem, o conde, envolto em seu sobretudo, lembrava-se, um a um, de todos os detalhes da terrível viagem: a luz singular e isolada, queimando nos catalães, a visão do castelo de If, que o informou do seu destino, a luta com os policiais, quando quis atirar-se no mar, seu desespero, quando se viu dominado, e a sensação fria da ponta do cano da carabina encostada em suas têmporas, como um aro de gelo.

Pouco a pouco, como fontes renascidas com o verão, que, formadas as nuvens de outono, umedecem pouco a pouco e começam a brotar gota a gota, o conde de Monte Cristo sentiu igualmente brotar em seu peito aquele velho fel extravasado que outrora inundara o coração de Edmond Dantès.

Um barco de passeio avançava com seu pálio de cotim.

A partir desse momento, terminaram para ele o céu bonito, as embarcações graciosas, a luz ardente. O céu velou-se com crepes fúnebres e a aparição do negrume gigante conhecido como castelo de If o fez estremecer, como se lhe tivesse aparecido de repente o fantasma de um inimigo mortal.

Eles chegaram.

Instintivamente o conde recuou até a ponta do barco. O barqueiro em vão disse-lhe com sua voz mais gentil:

— Vamos ancorar, senhor.

Monte Cristo recordou que, naquele mesmo lugar, naquele mesmo rochedo, fora violentamente arrastado pelos guardas e obrigado a subir aquela rampa com os rins fustigados pela ponta de uma baioneta.

Da primeira vez, o percurso parecera bem longo a Dantès. Monte Cristo julgou-o bem curto. Cada remada fazia respingar, com a poeira úmida do mar, um milhão de pensamentos e lembranças.

Desde a Revolução de Julho[34] não havia mais prisioneiros no castelo de If. Um posto destinado a impedir o contrabando ocupava solitário suas guaritas de vigilância. Um zelador aguardava os curiosos no portão para mostrar-lhes aquele monumento de terror, agora um monumento de curiosidade.

E não obstante, mesmo informado acerca de todos esses detalhes, quando entrou sob a abóbada, quando desceu a escada escura, quando foi conduzido às masmorras que pedira para ver, uma fria palidez invadiu sua fronte, cujo suor gelado escorreu até o seu coração.

O conde procurou saber se restava ainda algum velho carcereiro do período da Restauração, mas todos haviam se aposentado ou mudado de emprego.

O zelador que o acompanhava estava ali apenas desde 1830.

O conde foi conduzido à sua masmorra.

Reviu o dia lívido atravessando o respiradouro estreito, o lugar onde ficava a cama, retirada desde então e, atrás da cama, embora vedado, mas ainda visível pelas pedras mais recentes, o túnel escavado pelo abade Faria.

Monte Cristo sentiu suas pernas fraquejarem. Pegou um banquinho de madeira e sentou-se.

— Contam alguma história sobre esse castelo sem ser a do cativeiro de Mirabeau[35]? — perguntou o conde. — Há alguma tradição sobre essas lúgubres moradas, nas quais relutamos em crer que homens tenham um dia confinado, com vida, seu semelhante?

— Sim, senhor — respondeu o zelador. — Precisamente acerca desta masmorra, o carcereiro Antoine me contou uma.

Monte Cristo tremeu. O carcereiro Antoine era o seu carcereiro. Havia praticamente esquecido seu nome e seu rosto, mas, pronunciado o nome, reviu-o tal como era, com a fisionomia tomada pela barba, sua roupa marrom e seu molho de chaves, cujo tilintar ainda julgava ouvir.

O conde voltou-se e pensou vê-lo na penumbra do corredor, adensada ainda mais pela luz do archote que queimava nas mãos do zelador.

— Quer que eu lhe conte, cavalheiro? — perguntou o zelador.

— Sim — disse Monte Cristo —, fale.

E pôs a mão no peito para reprimir a violenta pulsação do coração, assustado por ouvir alguém contar sua própria história.

— Fale — repetiu.

---

34. Revolução de Julho: ver Parte III, cap.3, nota 69.

35. Mirabeau: Honoré-Gabriel Riqueti, conde de Mirabeau, (1749-91), jornalista, escritor, político e grande orador parlamentar francês. Foi um destacado participante da Revolução Francesa. De vida aventurosa, teve múltiplas passagens pela prisão, entre elas uma no castelo de If, em 1774.

— Faz muito tempo — contou o zelador —, essa masmorra era ocupada por um prisioneiro, um homem perigosíssimo, ao que parece, e ainda mais perigoso por ser muito esperto. Outro homem habitava esse castelo ao mesmo tempo que ele. Este não era mau; era um coitado de um padre louco.

— Ah, sim, louco — repetiu Monte Cristo. — E qual era sua loucura?

— Oferecia milhões a quem se dispusesse a libertá-lo.

Monte Cristo ergueu os olhos para o céu, mas não viu o céu; havia um véu de pedra entre ele e o firmamento. Pensou consigo que existiu um véu não menos espesso entre os olhos daqueles a quem o abade Faria oferecia os tesouros e os tesouros que este lhes oferecia.

— Os prisioneiros podiam se ver? — perguntou Monte Cristo.

— Oh, não, senhor, era expressamente proibido, mas eles driblaram a proibição abrindo um túnel que ia de uma masmorra à outra.

— E qual dos dois abriu esse túnel?

— Oh, o rapaz, com certeza — disse o porteiro. — O rapaz era engenhoso e forte, ao passo que o pobre abade era velho e fraco. E não se esqueça de que sua mente já estava por demais debilitada para acompanhar uma ideia.

— Cegos...! — murmurou Monte Cristo.

— O fato é — continuou o zelador — que o rapaz escavou esse túnel. Com o quê? Ignoramos, mas escavou-o, e a prova é que ainda vemos os vestígios. Ali, vê?

E aproximou o archote da parede.

— Daí resultou que os dois prisioneiros comunicavam-se. Quanto tempo durou essa comunicação? Ignoramos. Ora, um dia o velho prisioneiro caiu doente e morreu. Adivinhe o que fez o rapaz? — perguntou o zelador, interrompendo-se.

— Fale.

— Carregou o defunto, deitou-o em sua própria cama com o rosto virado para a parede, depois voltou à masmorra vazia, fechou o buraco e se enfiou na mortalha do defunto. Já viu coisa parecida?

Monte Cristo fechou os olhos e sentiu-se novamente experimentando todas as impressões que sentira quando aquela lona grosseira, ainda impregnada pelo frio que o cadáver lhe transmitira, arranhou o seu rosto.

O carcereiro continuou:

— Então veja, este era o plano: ele achava que os mortos eram enterrados no castelo de If; naturalmente, como desconfiava que não se desperdiçavam caixões com os prisioneiros, pretendia levantar a terra com os próprios ombros. Contudo, infelizmente havia no castelo uma tradição que frustrava seu plano: não se enterravam os mortos, apenas prendiam uma bola de ferro em seus pés e os atiravam ao mar. Assim foi feito. Nosso homem viu-se atirado à água do alto da muralha. No dia seguinte encontraram o verdadeiro defunto na cama dele e entenderam tudo, pois os coveiros então disseram o que não haviam se atrevido a dizer até aquele momento; que, quando o corpo fora lançado no vazio, tinham ouvido um grito terrível, imediatamente abafado pela água na qual o fugitivo desapareceu.

O conde respirou com dificuldade, o suor colava em sua testa, a angústia atormentava seu coração.

— Não! — murmurou. — Não! A dúvida que me assaltou era um começo de esquecimento, mas aqui o coração é novamente escavado e volta a ter sede de vingança.

— E nunca mais ouviram falar do prisioneiro? — perguntou ele.

— Nunca, nunca mais. Olhe, de duas, uma: ou ele caiu na horizontal, e, como caía de uns quinze metros, terá morrido instantaneamente...

— O senhor disse que haviam prendido uma bola de ferro nos pés dele: ele caiu de pé.

— Ou caiu de pé — continuou o zelador —, e então o peso do ferro arrastou-o para o fundo, onde ficou, o infeliz!

— Lamenta por ele?

— Claro que sim, embora estivesse no seu elemento.

— Que quer dizer com isso?

— Que corria um rumor de que o infeliz era, em sua época, um oficial da marinha detido por bonapartismo.

— Verdade — murmurou o conde para si mesmo —, Deus criou-te para pairar acima das ondas e das chamas. Quer dizer que o infeliz marujo vive na lembrança de alguns contadores de histórias; contam sua terrível peripécia diante da lareira, e o instante em que ele rasga o espaço para ser tragado pelo mar profundo dá arrepios. — E então perguntou bem alto: — Nunca souberam seu nome?

— Ora — disse o guarda —, e de que jeito? Era conhecido apenas como número 34.

— Villefort, Villefort! — murmurou Monte Cristo. — Eis o que muitas vezes você deve ter ruminado quando meu espectro atormentava suas insônias.

— Deseja continuar a visita? — perguntou o zelador.

— Sim, principalmente se me mostrar a cela do infeliz abade.

— Ah! A de número 27?

— Sim, a 27 — repetiu Monte Cristo.

E pareceu-lhe ainda ouvir a voz do abade Faria quando perguntou seu nome e o abade gritara esse número através dos muros.

— Venha.

— Espere — disse Monte Cristo — até eu olhar pela última vez esta masmorra.

— Isso vem a calhar — disse o guia —, esqueci a chave da outra.

— Vá buscá-la.

— Deixo o archote.

— Não, leve-o.

— Mas ficará sem luz.

— Enxergo no escuro.

— Puxa, é como ele.

— Ele quem?

— O número 34. Dizem que estava de tal forma acostumado com o breu que teria encontrado um alfinete no canto mais escuro de sua masmorra.

— Ele precisou de dez anos para isso — murmurou o conde.

O guia afastou-se, levando o archote.

O conde falara a verdade. Em dez minutos no escuro, enxergou tudo como em pleno dia.

Olhou então à sua volta e reconheceu efetivamente a masmorra.

— Sim — disse ele —, eis a pedra na qual eu me sentava! Eis a marca dos meus ombros, que imprimiram seu relevo na parede! Eis o vestígio do sangue que escorreu da minha testa no dia em que tentei arrebentar a cabeça contra a parede! Oh, esses algarismos… lembro-me deles… eu os fiz num dia em que calculava a idade do meu pai, para saber se o reencontraria vivo, e a idade de Mercedes, para saber se a reencontraria livre… Tive um fio de esperança após concluir o cálculo… Não levei em conta nem a fome nem a infidelidade.

E um riso amargo escapou da boca do conde. Acabava de ver, como num sonho, seu pai levado ao túmulo… Mercedes caminhando para o altar!

Na outra parede da muralha, uma inscrição chamou sua atenção. Destacava-se, ainda branca, na parede esverdeada:

— "Meu Deus" — leu Monte Cristo —, "preservai a minha memória!"

— Oh sim! — exclamou. — Foi a única prece dos meus últimos tempos. Eu não pedia mais a liberdade, pedia a memória, tinha medo de enlouquecer e esquecer. Deus, haveis conservado a minha memória, e eu me lembro. Obrigado, obrigado, meu Deus!

Nesse momento, a luz do archote dançou nas paredes. Era o guia que vinha descendo.

Monte Cristo foi até ele.

— Siga-me — disse o guia.

E, sem necessidade de retornar ao ar livre, fez-lhe percorrer uma galeria subterrânea que levava a uma entrada diferente.

Ali também Monte Cristo foi assaltado por um mundo de pensamentos.

A primeira coisa que o impressionou foi o meridiano traçado na parede, com a ajuda do qual o abade Faria contava as horas. Em seguida, o que restara da cama na qual o prisioneiro morrera.

A essa visão, em vez das angústias que o conde sentira em sua masmorra, um sentimento delicado, carinhoso, um sentimento de gratidão, inflou seu peito, e duas lágrimas rolaram de seus olhos.

A primeira coisa que o impressionou foi o meridiano traçado na parede.

— Era aqui — disse o guia — que ficava o abade louco. Era por ali que o rapaz vinha encontrá-lo — e apontou para Monte Cristo a boca do túnel, daquele lado ainda aberta. — Pela tonalidade da pedra — continuou o guia —, um cientista constatou que os dois prisioneiros devem ter se comunicado durante dez anos. Coitados, devem ter se aborrecido muito durante esses dez anos!

Dantès pegou alguns luíses em seu bolso e estendeu a mão para aquele homem que, pela segunda vez, condoía-se dele sem conhecê-lo.

O zelador aceitou-os, julgando receber uns trocados, mas, à luz do archote, percebeu o valor da soma dada pelo visitante.

— O senhor se enganou — disse-lhe.

— Como assim?

— Foi ouro que o senhor me deu.

— Sei disso.

— Como? O senhor sabe?

— Sim.

— Sua intenção é dar-me esse ouro?

— Sim.

— E posso guardá-lo com a consciência limpa?

— Sim.

O zelador olhou para Monte Cristo com espanto.

— E *honestidade*[36] — disse o conde, como Hamlet.

— Cavalheiro — replicou o zelador, que não ousava acreditar em sua ventura —, não compreendo sua generosidade.

— Entretanto, ela é fácil de compreender, meu amigo — disse o conde. — Fui marinheiro e sua história me tocou mais que qualquer outra.

— Então, cavalheiro — disse o guia —, já que foi tão generoso, merece que eu lhe ofereça outra coisa.

— O que tem a me oferecer, meu amigo? Conchinhas, artefatos de palha? Obrigado.

— Nada disso, nada disso. Alguma coisa relacionada à história que contei há pouco.

— É mesmo?! — exclamou ansiosamente o conde. — O quê, então?

— Escute — disse o zelador —, eis o que aconteceu. Eu disse comigo: encontramos sempre alguma coisa numa cela onde um prisioneiro ficou durante quinze anos, e comecei a estudar as paredes.

— Ah! — exclamou Monte Cristo, lembrando-se do duplo esconderijo do abade. — De fato.

— Graças às minhas buscas — continuou o zelador —, descobri que soava oco na cabeceira da cama e sob a laje da lareira.

— Percebo — disse Monte Cristo.

— Levantei as pedras e encontrei…

— Uma escada de corda, ferramentas? — exclamou o conde.

— Como sabe? — perguntou o zelador, com espanto.

— Não sei, presumo — respondeu o conde. — Em geral é o tipo de coisas que encontramos em esconderijos de prisioneiros.

— Sim, senhor — disse o guia —, uma escada de corda e ferramentas.

— E guardou-as? — exclamou Monte Cristo.

— Não, senhor; vendi esses diferentes objetos, que eram curiosíssimos para os visitantes, mas fiquei com outra coisa.

— Mas com o quê, homem? — perguntou o conde, impaciente.

---

36. "E *honestidade*": citação de Shakespeare, em *Hamlet*, ato III, cena 1.

— Fiquei com uma espécie de livro escrito em tiras de pano.

— Oh! — exclamou Monte Cristo. — Ainda tem esse livro?

— Não sei se é um livro — disse o zelador —, mas guardei-o.

— Vá buscá-lo para mim, amigo, vá — disse o conde —, e, se for o que presumo, fique tranquilo.

— Vou correndo, senhor.

E o guia saiu.

Monte Cristo foi então ajoelhar-se piedosamente diante das ruínas daquela cama que a morte transformara em altar.

— Oh, meu segundo pai — disse ele —, tu que me deste a liberdade, a ciência e a riqueza; tu que, igual às criaturas de uma essência superior, detinhas o conhecimento do bem e do mal, se, no fundo do túmulo, subsiste alguma coisa de nós que estremece diante da voz dos que permaneceram sobre a terra, se, na transfiguração sofrida pelo cadáver, alguma coisa de animado flutua nos lugares onde amamos muito ou sofremos muito, nobre coração, espírito supremo, alma profunda, com uma palavra, um sinal, uma revelação qualquer, imploro-te, em nome desse amor paterno que me concedeste e desse respeito filial que te dediquei, apaga em mim o resquício da dúvida, pois, caso esta não se transforme em convicção, virá a ser um remorso.

O conde abaixou a cabeça e juntou as mãos.

— Pronto, senhor! — disse uma voz atrás dele.

Monte Cristo estremeceu e se voltou.

O zelador estendia-lhe aquelas tiras de pano sobre as quais o abade Faria desenrolara todos os tesouros de sua ciência. Aquele manuscrito era o grande estudo do abade Faria sobre a realeza na Itália.

O conde apoderou-se dele ansiosamente e, com os olhos batendo direto na epígrafe, leu:

> Arrancarás os dentes do dragão e pisotearás os leões, disse o Senhor.

— Ah — exclamou —, aqui está a resposta! Obrigado, meu pai, obrigado!

E, tirando do bolso uma pequena carteira que continha dez títulos de mil francos cada um, disse:

— Tome, pegue essa carteira.

— É um presente?

— Sim, mas com a condição de somente olhar o conteúdo após a minha partida.

E, guardando no peito a relíquia que acabava de encontrar e que para si equivalia ao tesouro mais opulento, lançou-se para fora do subterrâneo. Ao retornar para o barco de passeio, ordenou:

— Para Marselha!

Em seguida, enquanto se afastava, com os olhos magnetizados pelo castelo de If, disse:

— Amaldiçoados sejam os que me enclausuraram nessa soturna prisão e os que se esqueceram de mim lá dentro.

Ao passar de volta em frente aos catalães, o conde desviou o olhar e, envolvendo a cabeça no sobretudo, murmurou o nome de uma mulher.

A vitória fora completa. O conde subjugara a dúvida por duas vezes.

Esse nome, por ele pronunciado com uma expressão de ternura que era quase amor, foi o de Haydée.

Ao desembarcar, Monte Cristo dirigiu-se para o cemitério, onde encontraria Morrel.

Ele também, dez anos antes, havia fervorosamente procurado um túmulo naquele cemitério, e o havia procurado em vão. Voltando para a França com milhões, não conseguira encontrar o túmulo de seu pai morto de fome.

Morrel bem que o marcara com uma cruz, mas essa cruz caíra, e o coveiro a queimara, como fazem os coveiros com todas as madeiras velhas que jazem nos cemitérios.

O digno negociante tivera mais sorte. Morto nos braços dos filhos, fora, conduzido por eles, repousar ao lado da mulher, que o precedera em dois anos na eternidade.

Duas grandes lápides de mármore, nas quais estavam gravados seus nomes, estendiam-se uma ao lado da outra num pequeno cercado, protegido por uma balaustrada de ferro e assombreado por quatro ciprestes.

Maximilien estava recostado em uma dessas árvores e olhava através das duas sepulturas.

Sua dor era profunda, quase desvairada.

— Maximilien — disse o conde —, não é aí que você deve olhar, é para lá!

E apontou o céu.

— Os mortos estão em toda parte — disse Morrel. — Não foram estas suas palavras quando me fez sair de Paris?

— Maximilien — disse o conde —, você me pediu durante a viagem para passar uns dias em Marselha. Continua a ser este o seu desejo?

— Não tenho mais desejos, conde, mas me parece que eu esperaria menos penosamente aqui do que em qualquer outro lugar.

— Melhor assim, Maximilien, pois dessa forma despeço-me de você mas continuo com a sua palavra empenhada, certo?

— Ah! Irei esquecê-la, conde, irei esquecê-la!

— Não! Não irá esquecê-la, pois é acima de tudo um homem honrado, Morrel, pois você jurou, e vai jurar de novo.

— Oh, conde, tenha pena de mim! Conde, estou tão infeliz!

— Conheci um homem mais infeliz que você, Morrel.

— Impossível.

— Ai de mim! — disse Monte Cristo. — Este é um dos orgulhos da nossa funesta humanidade: cada homem julga-se mais infeliz que outro infeliz que chora e geme ao seu lado.

— O que há de mais infeliz que o homem perder o único bem que amava e desejava no mundo?

— Escute, Morrel — disse Monte Cristo —, e concentre seu espírito por um instante no que lhe direi. Conheci um homem que, como você, depositou todas as suas esperanças de felicidade numa mulher. Esse homem era jovem, tinha um pai a quem amava, uma noiva que adorava, ia casar-se com ela quando um desses caprichos da sorte, capaz de pôr em dúvida a bondade de Deus, se Deus não se revelasse mais tarde mostrando que para Ele tudo é um meio de conduzir à Sua unidade infinita, de repente roubou-lhe a liberdade, a noiva, o futuro com o qual sonhava e que julgava o seu, pois, cego como estava, só podia ler no presente, para atirá-lo no fundo de uma masmorra.

— Ah! — retrucou Morrel. — De uma masmorra saímos no fim de uma semana, no fim de um mês, no fim de um ano.

— Ele ficou catorze anos, Morrel — disse o conde, colocando a mão no ombro do rapaz.

Maximilien estremeceu.

— Catorze anos! — murmurou.

— Catorze anos — repetiu o conde. — Ele também, durante esses catorze anos, passou por momentos de desespero; ele também, como você, Morrel, julgando-se o mais infeliz dos homens, quis se matar.

— E o que aconteceu? — perguntou Morrel.

— O que aconteceu! No momento supremo, Deus revelou-se a ele humanamente, pois Deus não faz milagres. Talvez, à primeira vista, ele não houvesse compreendido essa misericórdia infinita do Senhor, pois é preciso tempo para pálpebras coladas pelas lágrimas abrirem-se novamente, mas acabou arranjando paciência e esperou. Um dia saiu milagrosamente do túmulo, transfigurado, rico, poderoso, quase deus. Seu primeiro grito foi para o pai: o pai estava morto!

— No meu caso também, meu pai está morto — disse Morrel.

— Sim, mas o seu pai morreu nos seus braços, amado, feliz, honrado, rico, ancião. O pai dele fora enterrado pobre, desesperançoso, duvidando de Deus. Como se não bastasse, quando, dez anos após a sua morte, o filho procurou seu túmulo, este havia desaparecido e ninguém pôde dizer-lhe: "É aqui que repousa no Senhor o coração que tanto te amou."

— Oh! — lamentou Morrel.

— Como vê, esse homem era um filho mais infeliz que você, Morrel, pois não sabia sequer onde encontrar o túmulo do pai.

— Mas — disse Morrel —, pelo menos restava-lhe uma mulher a quem havia amado.

— Está enganado, Morrel, esta mulher…

— Estava morta? — exclamou Morrel.

— Pior que isso: havia sido infiel, havia se casado com um dos perseguidores do seu noivo. Como vê, Morrel, esse homem era um amante mais infeliz que você!

— E Deus enviou consolo para esse homem? — perguntou Morrel.

— Pelo menos enviou-lhe a serenidade.

— E esse homem ainda pode vir a ser feliz um dia?

— Ele tem esperanças, Maximilien.

O rapaz deixou a cabeça cair em seu peito.

— Tem a minha palavra — disse ele, depois de um instante de silêncio e estendendo a mão para Monte Cristo. — Mas lembre-se...

— No dia 5 de outubro, Morrel, estarei à sua espera na ilha de Monte Cristo. No dia 4, um iate estará à sua espera no porto de Bastia. Esse iate se chamará *Eurus*[37]; dê o seu nome ao capitão, que o conduzirá até mim. Combinado, Maximilien?

— Combinado, conde, e cumprirei nossa combinação: mas lembre-se que em 5 de outubro...

— Menino, que ainda não sabe o que é a palavra de um homem... Já lhe disse vinte vezes que, nesse dia, se você ainda desejasse morrer, eu o ajudaria, Morrel. Adeus.

— Está de partida?

— Sim, tenho compromissos na Itália. Deixo-o sozinho, sozinho às voltas com a desgraça, sozinho com essa águia de poderosas asas que o Senhor envia a seus eleitos para transportá-los até Seus pés. A história de Ganimedes[38] não é uma fábula, Maximilien, é uma alegoria.

— Quando parte?

— Agora mesmo. O vapor me espera, daqui a uma hora estarei longe. Não vai me acompanhar até o porto, Morrel?

— Estou à sua disposição, conde.

— Abrace-me.

Morrel escoltou o conde até o porto. A fumaça já saía, como um imenso penacho, do tubo negro que a lançava aos céus. O vapor não demorou a partir e, uma hora depois, como dissera Monte Cristo, aquela mesma pluma de fumaça esbranquiçada riscava, quase invisível, o horizonte oriental, escurecido pelas primeiras brumas da noite.

---

37. Eurus: figura mitológica que personificava o vento leste-sudeste.

38. Ganimedes: príncipe troiano, cuja beleza seduziu o próprio Zeus, o qual, metamorfoseado em águia, raptou-o e levou-o para o monte Olimpo, tornando-o seu amante.

17. PEPPINO

No exato momento em que o barco a vapor do conde desaparecia por trás do cabo Morgiou, um homem, viajando pela diligência na estrada que liga Florença a Roma, acabava de deixar para trás a cidadezinha de Aquapendente. Ele fazia o carro andar rápido o suficiente para cobrir muita distância sem com isso despertar suspeitas.

Vestindo um redingote, ou melhor, um sobretudo que a viagem castigara drasticamente, mas que deixava aparente, nova e brilhante, uma fita da Legião de Honra, a qual estava repetida na lapela, esse homem, não apenas pelo duplo sinal, mas também pelo tom com que se dirigia ao postilhão, só podia ser um francês. Outra prova de que nascera no país da língua universal é que as únicas palavras italianas suas conhecidas eram as usadas em letras de música, capazes, como o *goddam*[39] de Fígaro, de substituir todas as filigranas de uma língua específica.

— *Allegro!* — dizia ele aos postilhões a cada embarque.

— *Moderato!* — dizia a cada desembarque.

E Deus sabe quantos embarques e desembarques há de Florença a Roma pela estrada de Aquapendente!

Essas duas palavras, em todo caso, faziam rir às gargalhadas as simpáticas pessoas a quem eram dirigidas.

Diante da Cidade Eterna, isto é, ao chegar a La Storta, ponto de onde se avista Roma, o forasteiro não experimentou em absoluto o

39. "*goddam*": citação de Beaumarchais, em *As bodas de Fígaro*, ato III, cena 5.

sentimento de curiosidade entusiasta que faz com que todos os estrangeiros se levantem do fundo de seu assento para tentar ver a famosa cúpula de São Pedro, que se avista antes de qualquer outra coisa. Não, ele apenas puxou uma carteira do bolso e, dessa carteira, um papel dobrado em quatro, que desdobrou e voltou a dobrar com um misto de atenção e respeito, contentando-se em dizer:

— Ótimo, continua aqui.

A diligência passou pela porta del Popolo, tomou a esquerda e parou defronte ao Hotel da Espanha.

Mestre Pastrini, nosso velho conhecido, recebeu o forasteiro na soleira da porta e de chapéu na mão.

O forasteiro desceu, pediu um bom jantar e solicitou o endereço da Casa Thomson & French, o qual lhe foi indicado, pois esse estabelecimento é um dos mais conhecidos de Roma.

Ficava à rua dei Banchi, perto de São Pedro.

Em Roma, como em todos os lugares, a chegada de uma diligência de viagem é um acontecimento. Dez guris descendentes de Mário e dos Gracos[40], descalços, cotovelos ralados, mas com uma das mãos nos quadris e o outro braço pitorescamente curvado acima da cabeça, observavam o viajante, a diligência e os cavalos. A esses moleques da cidade por excelência se haviam juntado uns cinquenta basbaques dos Estados de Sua Santidade, daqueles que fazem círculos cuspindo no Tibre do alto da ponte dos Santos Anjos, quando o Tibre está com água.

Ora, como os moleques e os basbaques de Roma, mais felizes que os de Paris, compreendem todas as línguas, em especial a língua francesa, compreenderam quando o forasteiro pediu um apartamento, um jantar e, por fim, o endereço da Casa Thomson & French.

Daí resultou que, quando o recém-chegado saiu do hotel com o indefectível cicerone, um homem destacou-se do grupo dos curiosos e, sem ser notado pelo forasteiro, sem parecer ser notado pelo guia, caminhou a pouca distância do estrangeiro, seguindo-o com tanta habilidade quanto o teria feito um agente da polícia parisiense.

O francês estava tão apressado para fazer sua visita à Thomson & French que não tinha tempo para esperar que os cavalos fossem atrelados. A diligência ficou de pegá-lo no caminho ou esperá-lo à porta do banqueiro.

Chegou antes que a diligência o alcançasse.

---

40. "descendentes de Mário e dos Gracos": Mário (156-86 a.C.), cônsul romano em diversas ocasiões; os Gracos, no singular, Graco, sobrenome de uma família da antiga República romana, que se destacou nas lutas sociais travadas no séc.II a.C.

São Pedro de Roma.

O francês entrou, deixando na sala de espera o seu guia, que logo entabulou conversa com dois ou três desses industriais sem indústria, ou melhor, donos de mil indústrias, que se quedam em Roma na porta dos bancos, das igrejas, das ruínas, dos museus e dos teatros.

Simultaneamente ao francês, o homem que se destacara do grupo dos curiosos entrou também. O francês bateu à porta dos escritórios e entrou na primeira sala. Sua sombra fez o mesmo.

— Os srs. Thomson e French? — perguntou o estrangeiro.

Uma espécie de lacaio levantou-se ao sinal de um contínuo de confiança, guardião solene do primeiro escritório.

— A quem devo anunciar? — perguntou o lacaio, preparando-se para caminhar até o estrangeiro.

— Sr. barão Danglars — respondeu o forasteiro.

— Siga-me — disse o lacaio.

Uma porta se abriu. O lacaio e o barão desapareceram por essa porta. O homem que entrara depois de Danglars sentou-se num banco de espera.

O contínuo permaneceu escrevendo algo em torno de cinco minutos; durante esse tempo, o homem sentado manteve o mais profundo silêncio e a mais rigorosa imobilidade.

Logo a pena do contínuo parou de guinchar no papel. Ele ergueu a cabeça, observou atentamente à sua volta e, depois de certificar-se de que estavam a sós, disse:

— Ah, ah! É você, Peppino?

— Sim — este respondeu laconicamente.

— Farejou alguma coisa boa nesse homem gordo?

— Não foi nenhum grande mérito neste caso, fomos avisados.

— Então sabe o que ele vem fazer aqui, seu curioso.

— Ora bolas, vem sacar. Resta saber quanto.

— Irá saber daqui a pouquinho.

— Excelente, mas não vá me passar uma informação falsa como no outro dia.

— O que está dizendo e de quem está falando? Seria do inglês que outro dia levou daqui três mil escudos?

— Não, este tinha realmente os três mil escudos, e os encontramos. Estou falando daquele príncipe russo.

— E daí?

— E daí! Você tinha falado trinta mil libras, e só encontramos vinte e duas mil.

— Não devem ter procurado direito.

— Foi Luigi Vampa quem fez pessoalmente a revista.

— Nesse caso, ou ele tinha quitado suas dívidas...

— Um russo?

— Ou gastado seu dinheiro.

— É possível, enfim.

— Com certeza. Mas deixe-me ir até o meu posto de observação, o francês pode efetuar a transação sem que eu consiga saber a cifra real.

Peppino fez um sinal afirmativo e, puxando um terço do bolso, começou a resmungar alguma oração, enquanto o contínuo desaparecia pela mesma porta que dera passagem ao lacaio e ao barão.

Transcorridos cerca de dez minutos, o contínuo voltou radiante.

— E então? — perguntou Peppino a seu amigo.

— Alerta, alerta! — disse o contínuo. — A soma é redonda.

— Cinco a seis milhões, não é?

— Isso mesmo. Sabia o montante?

— Por um recibo de Sua Excelência o conde de Monte Cristo.

— Conhece o conde?

— Sacáveis em Roma, Veneza e Viena.

— Precisamente! — exclamou o contínuo. — Como pode estar tão bem-informado?

— Já lhe disse que fomos avisados com antecedência.

— Então por que veio atrás de mim?

— Para ter certeza de que é de fato o homem com quem temos negócios.

— Claro que é... cinco milhões. Bela soma, hein, Peppino!

— É.

— Nunca teremos tanto.

— Pelo menos — respondeu filosoficamente Peppino —, teremos algumas migalhas.

— Scchh! Eis o nosso homem.

O contínuo pegou novamente da pena e Peppino, seu terço. Um escrevia, o outro rezava, quando a porta voltou a se abrir.

Danglars apareceu radiante e seguido pelo banqueiro, que o acompanhou até a porta.

Atrás de Danglars, saiu Peppino.

Como combinado, a diligência que devia buscar Danglars esperava em frente à Thomson & French. O cicerone segurava sua portinhola aberta; o cicerone é uma criatura subserviente, a quem se pode solicitar qualquer coisa.

Danglars pulou para a diligência, leve como um rapaz de vinte anos.

O cicerone fechou a portinhola e subiu para o lado do cocheiro.

Peppino subiu para o assento de trás.

— Sua Excelência quer ver São Pedro? — perguntou o cicerone.

— Para quê? — respondeu o barão.

— Ora! Para ver.

— Não vim a Roma para ver — disse Danglars bem alto, e depois acrescentou baixinho, com seu sorriso cúpido: — Vim para sacar.

E apalpou a carteira, na qual acabava de guardar uma carta.

— Então Sua Excelência vai para...?

— Para o hotel.

— Casa Pastrini — disse o cicerone ao cocheiro.

E a diligência partiu, veloz como um transporte particular.

Dez minutos depois, o barão estava de volta ao seu apartamento, e Peppino instalava-se no banco defronte ao hotel, após ter dito algumas palavras ao ouvido de um daqueles descendentes de Mário e dos Gracos que mencionamos no início deste capítulo, o qual por sua vez tomou a direção do Capitólio, correndo com todas as suas pernas.

Danglars apareceu radiante.

Peppino tinha tempo: jogou *morra*[41] com uns *facchini*[42], perdeu três escudos e, para se consolar, bebeu uma garrafa de vinho de Orvietto.

No dia seguinte, Danglars acordou tarde, embora tivesse dormido cedo. Fazia cinco ou seis noites que dormia muito mal, quando dormia.

Comeu copiosamente, e indiferente, como dissera, às belezas da Cidade Eterna, pediu seus cavalos de viagem para o meio-dia.

Mas Danglars não contara com as formalidades da polícia e a lerdeza do responsável pelos animais.

---

41. *Morra*: jogo no qual deve-se mostrar rapidamente os dedos de uma mão, uns esticados, outros dobrados, de modo a que se contem números que, após contados, determinam o vencedor. Uma espécie "porrinha", portanto.

42. *Facchini*: ver Parte II, cap.15, nota 131.

Ancona.

Os cavalos chegaram apenas às duas, e o cicerone só trouxe o passaporte com o visto às três.

Todos esses preparativos haviam atraído um bando de curiosos à porta de mestre Pastrini.

Os descendentes dos Gracos e de Mário não podiam perder aquilo.

O barão atravessou triunfalmente esses grupos, que o chamavam de Excelência para ganharem um *bajocco*[43].

Como até aquele momento Danglars, homem do povo, como sabemos, contentara-se em ser chamado de barão e ainda não havia sido tratado de

43. *Bajocco*: ver Parte II, cap.15, nota 125.

Excelência, este título lisonjeou-o e ele distribuiu uma dúzia de pauls[44] àquela ralé, disposta, por outros doze pauls, a tratá-lo até de Alteza.

— Que estrada? — perguntou o cocheiro em italiano.

— Estrada de Ancona — respondeu o barão.

Mestre Pastrini traduziu a pergunta e a resposta, e a diligência partiu no galope.

Na verdade, Danglars pretendia passar em Veneza e lá sacar uma parte de sua fortuna, depois, de Veneza, ir até Viena, onde realizaria o restante.

Sua intenção era radicar-se nessa última cidade, que lhe haviam garantido ser uma cidade de prazeres.

Mal fizera quinze quilômetros pelos campos de Roma, a noite começou a cair; Danglars não julgara estar partindo tão tarde, caso contrário teria ficado. Perguntou ao postilhão quanto faltava para chegar à cidade seguinte.

— *Non capisco*[45] — respondeu o cocheiro.

Danglars fez um movimento com a cabeça que queria dizer:

— Ótimo!

A diligência continuou seu caminho.

— Durmo na primeira parada — Danglars pensou.

Ele ainda sentia um resquício do bem-estar da véspera, que lhe proporcionara noite tão boa. Estava relaxadamente acomodado numa boa viatura inglesa com amortecedores duplos. Sentia-se arrastado pelo galope de dois bons cavalos. A parada ficava a trinta e cinco quilômetros, ele sabia. Que fazer quando se é um banqueiro afortunadamente falido?

Danglars pensou durante dez minutos na esposa em Paris, dez outros minutos em sua filha correndo o mundo com a srta. d'Armilly; concedeu outros dez minutos mais a seus credores e à maneira como empregaria o dinheiro deles. Depois, não havendo mais nada em que pensar, fechou os olhos e adormeceu.

Às vezes, porém, sacudido por uma pedra mais dura que as outras, Danglars abria por um momento os olhos. Então continuava a sentir-se carregado com a mesma velocidade através daqueles mesmos campos de Roma, atravessados por aquedutos em ruínas, que pareciam gigantes de granito petrificados enquanto cumpriam seu trajeto. Mas a noite estava fria, escura, chuvosa, e era muito mais confortável para um homem assonado permanecer no fundo do coche, de olhos fechados, do que colocar a cabeça na portinhola para perguntar onde estava a um cocheiro que não sabia responder outra coisa a não ser: "*Non capisco.*"

---

44. Paul: ver Parte IV, cap.9, nota 35.

45. *Non capisco*: em italiano, "não entendo".

Danglars então continuou a dormir, dizendo-se que ainda faltava muito até chegar à parada.

A diligência estacionou. Danglars supôs que finalmente chegara ao destino tão desejado.

Abriu os olhos e, através do vidro, esperou ver o centro de alguma cidade, ou pelo menos de algum vilarejo, mas não viu nada a não ser uma espécie de choupana isolada e três ou quatro homens que iam e vinham como sombras.

Danglars aguardou um instante o cocheiro que encerrara seu turno vir cobrar-lhe o dinheiro do percurso. Desejava aproveitar a oportunidade para pedir algumas informações ao seu novo condutor, mas os cavalos foram desatrelados e substituídos sem que ninguém viesse cobrar o passageiro. Danglars, surpreso, abriu a portinhola, mas uma mão vigorosa rechaçou-a prontamente, e a diligência arrancou.

O barão, estupefato, acordou totalmente.

— Ei! — gritou ao cocheiro. — Ei, *mio caro!*

Era outro italiano de romança que Danglars memorizara quando sua filha cantava duetos com o príncipe Cavalcanti.

Mas *mio caro* não respondeu.

Danglars contentou-se então a abrir o vidro.

— Ei, amigo! Aonde vamos afinal? — disse, passando a cabeça pelo vão.

— *Dentro la testa!* — gritou uma voz grave e imperiosa, acompanhada por um gesto de ameaça.

Danglars compreendeu o que *dentro la testa* significava: "Cabeça para dentro." Fazia, como vemos, rápidos progressos no italiano.

Obedeceu, não sem preocupação. Como tal preocupação aumentava de minuto em minuto, ao cabo de alguns instantes seu espírito, em vez do vazio que assinalamos no momento em que se pusera a caminho e que lhe dera sono, viu-se ocupado por um enxame de pensamentos, uns mais propensos que outros a deixar um viajante em alerta, e sobretudo um viajante na situação de Danglars.

Nas trevas, seus olhos ganharam aquele grau de acuidade que as emoções fortes proporcionam num primeiro momento e que se atenua mais tarde por terem sido sobrecarregados. Antes de sentir medo, enxergamos com precisão; enquanto estamos com medo, enxergamos em dobro, depois que o medo passa, enxergamos com dificuldade.

Danglars viu um homem encasacado galopando junto à portinhola direita.

— Algum policial — concluiu ele. — Será que fui assinalado pelo telégrafo francês para as autoridades pontifícias?

Resolveu sair daquela ansiedade.

— Para onde me leva? — perguntou.

— *Dentro la testa!* — repetiu a mesma voz, com idêntico tom de ameaça.

Danglars voltou-se para a portinhola da esquerda.

Outro homem a cavalo galopava junto a ela.

— Inegavelmente — disse Danglars, suando na testa —, fui pego.

E atirou-se no fundo do coche, dessa vez não para dormir, mas para pensar.

Passado um instante, a lua nasceu.

Do fundo da diligência, Danglars mergulhou o olhar nos campos. Voltou a perceber então aqueles grandes aquedutos, fantasmas de pedra que observara ao passar. Entretanto, em vez de tê-los à direita, agora tinha-os à esquerda.

Compreendeu que haviam feito meia-volta e o levavam outra vez a Roma.

— Oh, estou perdido! — murmurou. — Devem ter conseguido a extradição!

A diligência continuou correndo a uma velocidade assustadora. Uma hora terrível se passou, pois a cada novo indício lançado à sua passagem o fugitivo constatava, irrefutavelmente, que o faziam seguir seus próprios rastros. Enfim, viu um bloco escuro contra o qual pareceu-lhe que o coche ia colidir. Mas o coche desviou, contornando o tal bloco escuro, que não era outra coisa senão o cinturão de muralhas que cerca Roma.

— Oh, oh! — murmurou Danglars. — Não entramos na cidade, então não é a justiça que me detém. Meu Deus! Outra hipótese seria…

Ficou de cabelo em pé.

Lembrou-se daquelas curiosas histórias de bandoleiros romanos, tão escarnecidas em Paris, e que Albert de Morcerf contara à sra. Danglars e a Eugénie, quando o jovem visconde ainda deveria tornar-se filho de uma e marido da outra.

— Ladrões, talvez! — murmurou Danglars.

De repente o coche passou sobre alguma coisa mais dura que o chão de uma estrada de saibro. Danglars relanceou para os dois lados da estrada, percebendo monumentos de forma estranha, e seu pensamento, preocupado com a narrativa de Morcerf, que agora desfilava à sua frente em todos os seus detalhes, disse-lhe que ele devia estar na *via* Ápia.

À esquerda da diligência, numa espécie de vale, via-se uma escavação circular.

Era o circo de Caracala.

A uma palavra do homem que galopava na portinhola da direita, a diligência parou.

Ao mesmo tempo, a portinhola da esquerda se abriu.

— *Scendi*[46]*!* — ordenou uma voz.

Danglars desceu imediatamente. Ainda não falava italiano, mas já o entendia.

---

46. *Scendi*: em italiano, "desça".

Mais morto que vivo, o barão olhou à sua volta.

Quatro homens o cercavam, sem contar o cocheiro.

— *Di quà*[47] — disse um dos quatro homens, enveredando por um atalho que ia da *via* Ápia até o meio daquelas aberturas desiguais dos campos de Roma.

Sem discussão, Danglars foi atrás do guia e não viu necessidade de se voltar para saber que era escoltado por mais três homens.

Entretanto, pareceu-lhe que aqueles homens detinham-se como sentinelas a distâncias quase iguais.

Após caminharem por cerca de dez minutos, durante os quais Danglars não trocou uma única palavra com seu guia, ele se viu entre um cômoro e uma moita de capim alto. Três homens de pé e calados formavam um triângulo do qual o banqueiro era o centro.

Ele quis falar, sua língua embaralhou-se.

— *Avanti* — disse a mesma voz lacônica e imperativa.

Nesse momento Danglars compreendeu duas vezes, pela palavra e pelo gesto, pois o homem que caminhava atrás dele empurrou-o tão brutalmente que ele esbarrou em seu guia.

O guia era nosso amigo Peppino, que se embrenhou no capim alto por uma brecha que apenas fuinhas e lagartos seriam capazes de identificar como uma trilha aberta.

Peppino parou em frente a uma rocha dominada pela mata fechada. Essa rocha, entreaberta como uma pálpebra, abriu passagem ao rapaz, que desapareceu por ali como desaparecem em seus alçapões os diabos dos nossos contos de fadas.

A voz e o gesto daquele que seguia Danglars obrigaram o banqueiro a fazer o mesmo. Não havia mais espaço para dúvida, o francês falido estava às voltas com salteadores romanos.

Danglars comportou-se como um homem colocado entre dois perigos terríveis, e a quem o medo dá coragem. A despeito de sua barriga, inadequada para penetrar nos covis dos campos romanos, infiltrou-se atrás de Peppino e, escorregando de olhos fechados, caiu de pé.

Ao tocar o solo, reabriu os olhos.

O atalho era largo, mas escuro. Peppino, sem temer a exposição, agora que estava em casa, fez fogo e acendeu um archote.

Outros dois homens desceram atrás de Danglars, formando uma retaguarda. Empurrando-o quando eventualmente parava, por uma descida suave fizeram-no chegar ao centro de uma encruzilhada de aparência macabra.

---

47. *Di quà*: em italiano, "por aqui".

... essa rocha, entreaberta como uma pálpebra, abriu passagem.

Com efeito, as paredes das muralhas, escavadas como ataúdes superpostos uns aos outros, pareciam, no meio das pedras brancas, abrir olhos negros e profundos qual vemos nas cabeças dos defuntos.

Uma sentinela bateu contra sua mão esquerda a braçadeira[48] de sua carabina.

— Quem vem lá? — indagou a sentinela.

— Amigo, amigo! — anunciou Peppino. — Onde está o capitão?

48. Braçadeira: argola metálica que liga o cano à coronha de uma arma de fogo.

— Ali — respondeu a sentinela, apontando por cima do ombro uma espécie de salão escavado na rocha, cuja luminosidade refletia-se na galeria através de amplos vãos em forma de arco.

— Peixe graúdo, capitão, peixe graúdo — disse Peppino em italiano.

E, agarrando Danglars pela gola do redingote, conduziu-o por uma abertura semelhante a uma porta, pela qual penetrava-se na sala que o capitão parecia ter adaptado para servir de moradia.

— É esse o homem? — perguntou o capitão, que lia atentamente a *Vida de Alexandre*, em seu Plutarco.

— O próprio, capitão, o próprio.

— Ótimo. Quero ver a cara dele.

A essa ordem insolente, Peppino aproximou tão bruscamente seu archote do rosto de Danglars que este, por instinto, recuou, para não ter as sobrancelhas queimadas.

Aquele rosto transtornado sugeria todos os sintomas de um lívido e hediondo terror.

— Esse homem está cansado — disse o capitão —, levem-no para sua cama.

"Oh!", assustou-se Danglars. "Essa cama é provavelmente um dos ataúdes incrustados na muralha. Esse sono é a morte que um dos punhais que vi brilhar na penumbra irá me proporcionar."

Com efeito, nas profundezas sombrias da sala imensa, viam-se soerguer, sobre leitos de ervas secas ou peles de lobos, os companheiros daquele homem que Albert de Morcerf encontrara lendo os *Comentários de César* e que Danglars encontrara lendo a *Vida de Alexandre*.

O banqueiro emitiu um surdo gemido e foi atrás do guia. Não tentava nem rezar nem gritar. Não tinha mais força, nem vontade, nem poder, nem sentimento; seguia adiante porque o arrastavam.

Tropeçou num degrau, e compreendeu que tinha uma escada à sua frente. Abaixou-se instintivamente para não bater a cabeça e se viu numa cela esculpida em plena rocha.

A cela era bem limpa, embora vazia, seca e localizada numa profundidade incomensurável.

Uma cama de capim seco, forrada com pele de cabras, estava não propriamente feita, mas jogada num canto da cela. Danglars, percebendo-a, julgou ver o símbolo radioso de sua salvação.

— Oh, Deus seja louvado! — murmurou. — É uma cama de verdade.

Era a segunda vez, em uma hora, que invocava o nome de Deus, invocação que não lhe ocorrera nos últimos dez anos.

— *Ecco*[49] — disse o guia.

---

49. Ecco: em italiano, "aí está".

Empurrando Danglars na cela, ele fechou a porta atrás do prisioneiro.

Um ferrolho rangeu. Danglars era prisioneiro.

Aliás, ainda que não houvesse ferrolho, teria sido preciso ser são Pedro e ter por guia um anjo celeste para atravessar a guarnição que dominava as catacumbas de São Sebastião, acampando em torno de seu chefe, em quem nossos leitores decerto reconheceram o célebre Luigi Vampa.

Danglars também reconhecera o fora da lei, em cuja existência negara-se a acreditar quando Morcerf havia tentado divulgá-lo na França. Não reconhecera apenas ele, mas também a cela na qual Morcerf fora mantido em cativeiro e que, segundo toda probabilidade, era o pouso dos forasteiros.

Essas lembranças, nas quais não obstante Danglars estendia-se com certa alegria, devolviam-lhe a tranquilidade. A partir do momento em que não o mataram sumariamente, os bandidos não tinham nenhuma intenção de matá-lo.

Haviam-no capturado para roubá-lo e, como ele só tinha consigo alguns luíses, pediriam um resgate.

Lembrou que Morcerf tinha sido cotado em algo em torno de quatro mil escudos. Como atribuía-se um status muito mais importante que o de Morcerf, fixou por conta própria seu resgate em oito mil escudos.

Oito mil escudos equivaliam a quarenta e oito mil libras.

Ainda lhe restava alguma coisa como cinco milhões e quinhentos mil francos.

Com essa quantia, qualquer um pode safar-se de qualquer situação em qualquer lugar.

Por conseguinte, quase certo de que ia escapar, visto que o resgate de um homem jamais chegou a custar cinco milhões e cinquenta mil libras, Danglars estirou-se em sua cama, onde, após revirar-se duas ou três vezes, dormiu com a serenidade do herói cuja história Luigi Vampa estudava.

18. O CARDÁPIO DE LUIGI VAMPA

Para todo sono, afora aquele temido por Danglars, há um despertar. Danglars despertou.

Para um parisiense acostumado aos cortinados de seda, às paredes forradas, ao perfume que sobe da lenha reluzente da lareira e desce das abóbadas de cetim, o despertar numa caverna de arenito deve ser como um sonho funesto.

Ao tocar em seus forros de pele de bode, Danglars deve ter achado que sonhava com samoedos ou lapões[50].

Em tais circunstâncias, porém, basta um segundo para transformar a dúvida mais pertinente em certeza.

— Sim, sim — ele murmurou —, estou nas mãos dos bandidos de quem Albert de Morcerf falou.

Sua primeira atitude foi respirar, a fim de se certificar de que não estava ferido. Era um método que descobrira em *Dom Quixote*[51], único livro, não que houvesse lido, mas de que guardara alguma coisa.

— Não — disse ele —, não me mataram nem feriram, mas terão me roubado?

---

50. Samoedos: povo habitante da região norte da tundra siberiana, onde ela é banhada pelo oceano glacial Ártico; lapões: povo habitante da Lapônia, região ao norte da Escandinávia, abrangendo território de alguns países, entre eles Noruega, Suécia, e Finlândia.

51. *Dom Quixote*: no original castelhano, cuja primeira parte foi publicada em 1605, *El ingenioso hidalgo Don Quixote de la Mancha*. Miguel de Cervantes y Saavedra (1547-1616) publicou a segunda parte de sua obra-prima em 1615.

E levou ansiosamente as mãos aos bolsos. Estavam intactos. Os cem luíses que reservara para fazer sua viagem de Roma a Veneza continuavam no bolso de sua calça e a carteira em que se achava a carta de crédito de cinco milhões e cinquenta mil francos continuava no bolso de seu redingote.

"Bandidos peculiares", pensou consigo mesmo, "que não tocaram nem em minha bolsa nem em minha carteira! Como eu dizia ontem ao me deitar, vão estipular um resgate. Ora vejam! Continuo com o relógio também! Vejamos que horas são."

O relógio de Danglars, obra-prima de Bréguet[52], que ele acertara pontualmente na véspera antes da viagem, marcava cinco e meia da manhã. Sem ele, Danglars teria ficado completamente perdido em relação à hora, pois a luz do dia não penetrava em sua cela.

Convinha pedir uma explicação aos bandidos? Convinha esperar pacientemente que a fornecessem? A última alternativa era a mais prudente. Danglars esperou.

Esperou até o meio-dia.

Durante todo esse tempo, uma sentinela vigiou à sua porta. Às oito da manhã, a sentinela fora rendida.

Danglars então sentiu vontade de saber por quem era vigiado.

Havia observado que raios luminosos, não do dia, mas de uma lamparina, atravessavam as tábuas da porta improvisada. Aproximou-se de um desses vãos exatamente no instante em que o bandido dava uns goles numa aguardente, os quais, graças ao odre de pele que as continha, espalhavam um cheiro que deu engulhos em Danglars.

— Puah! — fez ele, recuando até o fundo da cela.

Ao meio-dia, o homem da aguardente foi substituído por outra sentinela. Danglars teve a curiosidade de ver quem era seu novo guardião, e aproximou-se novamente da fenda.

Este era um bandido atlético, um Golias de olhos grandes, lábios grossos, nariz achatado. Sua cabeleira ruiva caía sobre seus ombros em cachos sinuosos como serpentes.

— Oh, oh! — disse Danglars. — Este se parece mais com um ogro que com uma criatura humana. Em todo caso, estou velho e ranzinza, não se pode julgar um livro pela capa.

Como vemos, Danglars ainda tinha suficiente presença de espírito para fazer piada.

---

52. Bréguet: Abraham-Louis Bréguet (1747-1823), famoso relojoeiro, de origem suíça.

No mesmo instante, como para lhe provar que não era um ogro, seu guardião sentou-se diante da porta da cela e tirou de seu alforje pão preto, cebolas e queijo, que se pôs incontinenti a devorar.

— Que o diabo me carregue — disse Danglars, dando uma espiada na refeição do bandido através dos vãos da porta —, se compreendo como é possível comer um lixo desses.

E foi sentar-se sobre suas peles de bode, que lhe evocavam o cheiro da aguardente da primeira sentinela.

Mas isso não adiantou muita coisa. Os segredos da natureza são imponderáveis, e há grande eloquência em certos convites materiais dirigidos pelas mais grosseiras substâncias aos estômagos em jejum.

Danglars, de repente, sentiu que o seu estômago era naquele momento um grande buraco. Então viu o vigia menos feio, o pão menos preto e o queijo mais fresco.

... seu guardião sentou-se diante da porta da cela.

Em suma, aquelas cebolas cruas, pavorosa alimentação do selvagem, evocaram-lhe determinados molhos Robert[53] e alguns guisados que seu cozinheiro executava de maneira superior, quando Danglars dizia-lhe: "Senhor Deniseau, prepare para hoje um prato bem populacho."

Ele se levantou e foi bater à porta.

O bandido levantou a cabeça.

Danglars percebeu que o vigia estava deitado, e insistiu.

— *Che cosa*[54]? — perguntou o bandido.

— Apareça, apareça, amigo! — disse Danglars, tamborilando com seus dedos na porta. — Acho que é hora de pensarem em me alimentar também.

Porém, seja porque não compreendeu, seja porque não recebera ordens a respeito da alimentação de Danglars, o gigante voltou à sua comida.

Danglars sentiu seu orgulho ferido e, não querendo mais lidar com tal brutamontes, deitou-se novamente em suas peles de bode e não disse mais uma palavra.

Quatro horas se passaram. O gigante foi substituído por outro bandido. Danglars, que sentia terríveis fisgadas no estômago, levantou-se lentamente, aplicou outra vez o olho nos vãos da porta e reconheceu o rosto inteligente de seu guia.

Era de fato Peppino que se preparava para montar a guarda mais tranquila possível, sentando-se diante da porta e enfiando entre as pernas uma panela de barro, a qual continha, quentes e perfumados, grãos-de-bico ensopados com toucinho.

Perto desses grãos-de-bico, Peppino ainda colocou uma cestinha de uva de Velletri e uma garrafa de vinho de Orvietto.

Decididamente, Peppino era um *gourmet*.

Ao ver aqueles preparativos gastronômicos, Danglars ficou com água na boca.

— Ora, ora! — disse o prisioneiro. — Vamos ver se esse é mais sociável que o outro.

E bateu delicadamente na porta.

— Já vai — disse o bandido, que, por frequentar o estabelecimento de mestre Pastrini, acabara por aprender até os idiomatismos do francês.

---

53. Com a palavra, o autor: "O molho Robert é não só dos mais apetitosos, como dos mais refinados, e Rabelais ... considerava-o 'mui salubre e necessário'. ... Vamos agora indicar a maneira de prepará-lo: 'Corte em rodelas ou cubos seis cebolas grandes, ou mais, caso necessário; lave as cebolas para retirar a parte amarga; ponha na panela com manteiga na proporção; leve a um bom fogo; junte um pouco de farinha e faça com que esta doure um pouco as cebolas; quando estiverem douradas, regue com um caldo; deixe cozinhar, ponha sal e pimenta grosseiramente moída e, quando o molho estiver pronto, acrescente mostarda e sirva.'"

54. *Che cosa*: em italianao "O que é?".

Com efeito, ele foi abrir.

Danglars reconheceu-o como o homem que lhe gritara furiosamente: "Cabeça para dentro." Mas aquela não era hora para recriminações. Assumiu, ao contrário, as feições mais simpáticas e, com um sorriso gracioso, perguntou:

— Perdão, cavalheiro, mas serei servido também?

— Puxa vida! — exclamou Peppino. — Por acaso Vossa Excelência está com fome?

— Por acaso está simpático — murmurou consigo Danglars —, diferente de ontem. — E acrescentou, alteando a voz: — Sim, senhor, estou com fome, muita fome até.

— E Vossa Excelência deseja comer?

— Agora mesmo, se for possível.

— Nada mais fácil — disse Peppino. — Aqui temos tudo que desejamos, pagando, naturalmente, como se faz em todas as casas cristãs.

— Nem precisava falar! — exclamou Danglars. — Embora, a bem da verdade, as pessoas que raptam alguém e aprisionam esse alguém devessem no mínimo alimentá-lo.

— Ah, Excelência — retrucou Peppino —, esta não é a norma.

— É uma péssima prática — retrucou Danglars, que esperava amaciar seu guarda com sua amabilidade —, mas obedeço. Pronto, sirvam-me.

— Agora mesmo, Excelência. Que deseja?

E Peppino colocou sua panela no chão, de tal maneira que a fumaça subiu diretamente até as narinas de Danglars.

— É só pedir — insistiu Peppino.

— Então vocês têm cozinhas por aqui? — perguntou o banqueiro.

— Como! Se temos cozinhas? Cozinhas completas!

— E cozinheiros?

— Excelentes!

— Pois bem! Frango, peixe, caça, qualquer coisa, contanto que eu coma.

— Como queira, Vossa Excelência. Digamos, um frango, está bem?

— Sim, um frango.

Peppino, levantando-se, gritou com todos os seus pulmões:

— Um frango para Sua Excelência!

A voz de Peppino ainda vibrava sob as abóbadas quando apareceu um rapaz, bonito, esbelto e seminu como os carregadores de peixe antigos. Trazia o frango numa bandeja de prata, e o frango fora disposto de modo a firmar-se pela cabeça.

— É como se estivéssemos no Café de Paris — murmurou Danglars.

— Aqui está, Excelência — disse Peppino, pegando o frango das mãos do jovem bandido e colocando-o sobre uma mesa carcomida, que constituía, com o banquinho e a cama de peles de bode, a totalidade dos móveis da cela.

Danglars pediu uma faca e um garfo.

— Aqui está, Excelência! — disse Peppino, oferecendo uma faquinha com a ponta arredondada e um garfo de buxo.

Danglars pegou a faca com uma das mãos, o garfo com a outra, e fez menção de destrinchar a ave.

— Perdão, Excelência — disse Peppino, colocando a mão no ombro do banqueiro. — Aqui paga-se antes de comer. O senhor pode não gostar e depois...

— Ah, ah! — fez Danglars. — É diferente de Paris, sem contar que provavelmente serei escorchado, mas vamos agir com grandeza. Vejamos, sempre ouvi falar da vida barata na Itália; um frango deve custar doze *sous* em Roma.

— Aqui está — disse ele, arremessando um luís para Peppino.

Peppino recolheu o luís, Danglars aproximou a faca do frango.

— Um momento, Excelência — disse Peppino, levantando-se. — Um momento, Vossa Excelência ainda me deve alguma coisa.

— Eu não disse que ia ser escorchado! — murmurou consigo Danglars.

Em seguida, decidido a resignar-se com aquela extorsão, perguntou:

— Vejamos, quanto quer por essa esquálida ave?

— Vossa Excelência deu um luís à guisa de adiantamento.

— Um luís de adiantamento por um frango?

— Isso mesmo, adiantamento.

— Bom... continue! Continue!

— Vossa Excelência deve-me ainda apenas quatro mil novecentos e noventa e nove luíses.

Danglars arregalou os olhos diante daquela gigantesca piada.

— Ah, realmente muito engraçado — murmurou.

Porém, ao fazer menção de voltar a destrinchar o frango, Peppino segurou a mão direita dele com a sua esquerda e esticou a outra mão.

— O quê! Não vai rir? — perguntou Danglars.

— Nós nunca rimos, Excelência — replicou Peppino, sério como um *quaker*.

— Que absurdo, cem mil francos por este frango!

— Excelência, é incrível a dificuldade que temos para criar aves nestas malditas cavernas.

— Vamos! Vamos! — disse Danglars. — Acho tudo isso muito engraçado, realmente muito divertido, porém, como estou com fome, deixe-me comer. Pronto, aqui está outro luís para você, amigo.

— Isso quer dizer que irão faltar apenas quatro mil novecentos e noventa e oito luíses — disse Peppino, conservando o mesmo sangue-frio. — Com paciência, chegaremos lá.

— Oh, quanto a isso — disse Danglars, revoltado com aquela perseverança em zombarem dele —, quanto a isso, nunca. Vá para o inferno, sabe com quem está falando?

— Que absurdo, cem mil francos por este frango!

Peppino fez um sinal, o menino esticou as duas mãos e retirou rapidamente o frango. Danglars jogou-se em sua cama de pele de bode, Peppino fechou a porta e voltou a comer seu grão-de-bico com toucinho.

Danglars não conseguia ver o que Peppino fazia, mas o mastigar do bandido não lhe deixava dúvidas acerca do exercício ao qual ele se entregava.

Era óbvio que comia, ainda que comesse ruidosamente, como um mal-educado.

— Grosseirão! — disse Danglars.

Peppino fingiu não ouvir. Sem mesmo voltar a cabeça, continuou a comer com ponderada lentidão.

Danglars tinha a impressão de que seu estômago estava furado como o tonel das Danaides[55], e achou que nunca mais viria a enchê-lo novamente.

Ainda assim, aguentou outra meia hora. Mas não é exagero dizer que essa meia hora pareceu-lhe um século.

Levantou-se e foi novamente até a porta.

— Por favor, senhor — disse ele —, não me deixe aqui a definhar e diga-me francamente: o que desejam de mim?

— Mas, Excelência, diga antes o que quer de nós... Dê suas ordens e as executaremos.

— Então abra esta porta primeiro.

Peppino abriu.

— Quero — disse Danglars —, caramba! Quero comer!

— Está com fome?

— Sabe disso, suponho.

— O que Vossa Excelência deseja comer?

— Um pedaço de pão seco, uma vez que os frangos estão pela hora da morte nessas malditas cavernas.

— Pão! Muito bem! — disse Peppino, e gritou: — Ei! Pão!

O menino trouxe um pãozinho.

— Pronto! — disse Peppino.

— Quanto? — perguntou Danglars.

— Quatro mil novecentos e noventa e oito luíses. Já temos dois luíses pagos adiantados.

— Como? Cem mil francos, um pão!

— Cem mil francos — disse Peppino.

— Mas o senhor pediu cem mil francos por um frango!

— Não servimos *à la carte*, mas a preço fixo. Coma-se pouco, coma-se muito, peçam-se dez pratos ou apenas um, a conta é sempre a mesma.

— Novamente essa piada! Meu caro amigo, declaro que isso é um absurdo, é estúpido! Diga logo que deseja me matar de fome, é bem mais fácil!

— Imagine, Excelência, é o senhor que deseja suicidar-se. Pague e coma.

— Pagar com o quê, animal ao cubo? — exasperou-se Danglars. — Acha por acaso que as pessoas andam com cem mil francos no bolso?

55. Danaides: na mitologia grega, as cinquenta filhas de Dânao, cujo irmão gêmeo, Egito, tinha por sua vez cinquenta filhos. Estes foram instruídos pelo pai a casarem-se com as Danaides, mas Dânao preferiu fugir, sendo seguido pelos filhos de Egito. Alcançado na cidade de Argos, Dânao concordou então, para evitar uma guerra, que as filhas se casassem. Porém, mandou as matarem o respectivo noivo na noite de núpcias. Todas, menos uma, cumpriram as ordens do pai. Em algumas versões do mito, as Danaides foram condenadas, no Hades, a encherem de água uma jarra, ou tonel, com furos, por onde a água voltava a sair.

— O senhor tem cinco milhões e cinquenta mil francos no seu, Excelência — disse Peppino —, isso dá cinquenta frangos a cem mil francos, e meio frango a cinquenta mil.

Danglars sentiu um calafrio, a venda caiu de seus olhos. Aquilo continuava a ser uma piada, mas pelo menos essa ele entendia.

É inclusive correto dizer que não a julgava tão insípida quanto antes.

— Vejamos — disse ele. — Se eu entregar esses cem mil francos, estaremos quites e poderei comer completamente à vontade?

— Sem dúvida — disse Peppino.

— Mas como fazer isso? — fez Danglars, respirando mais livremente.

— Nada mais fácil. O senhor tem um crédito aberto com os srs. Thomson e French, rua dei Banchi, em Roma. Dê-me uma promissória de quatro mil novecentos e noventa e oito luíses, sacáveis junto a esses cavalheiros, e nosso banqueiro irá aceitá-la.

Danglars quis pelo menos atribuir-se o mérito da boa vontade. Pegou a pena e o papel que Peppino lhe apresentava, fez a promissória e a assinou.

— Pronto — disse ele —, aqui está sua promissória.

— E aqui está o seu frango.

Danglars destrinchou a ave, suspirando. Parecia-lhe muito magra para soma tão gorda.

Quanto a Peppino, leu atentamente o papel, enfiou-o no bolso e continuou a comer o seu grão-de-bico.

19. O PERDÃO

No dia seguinte, Danglars voltou a sentir fome. A atmosfera daquela caverna abria-lhe o apetite. O prisioneiro julgou que não teria que gastar nada nesse dia, pois, como homem econômico, escondera metade do frango e um pedaço do pão no canto da cela.

Porém, assim que acabou de comer, sentiu sede. Não contava com essa.

Lutou contra a sede até o momento em que sentiu a língua seca grudar no palato.

Então, não conseguindo mais resistir ao fogo que o devorava, chamou.

A sentinela abriu a porta. Era uma cara nova.

Julgou ser mais fácil lidar com um conhecido. Chamou Peppino.

— Aqui estou, Excelência — disse o bandido, apresentando-se com uma solicitude que pareceu de bom augúrio a Danglars —, que deseja?

— Beber — disse o prisioneiro.

— Excelência — disse Peppino —, o senhor sabe que o preço do vinho está pela hora da morte nos arredores de Roma.

— Dê-me água então — disse Danglars, tentando aparar o golpe.

— Oh, Excelência, a água é mais rara que o vinho; está uma seca daquelas!

— Que seja — resignou-se Danglars — ao que tudo indica, iremos recomeçar!

E, ao mesmo tempo em que sorria para parecer tranquilo, o infeliz sentia o suor irrigar suas têmporas.

— Ora, meu amigo — vendo que Peppino permanecia impassível —, estou pedindo um copo de vinho, irá negar?

— Já lhe disse, Excelência — respondeu Peppino gravemente —, que não vendemos a varejo.

— Muito bem, que seja, dê-me uma garrafa.

— De qual?

— Do menos caro.

— Todos têm o mesmo preço.

— E qual é esse preço?

— Vinte e cinco mil francos a garrafa.

— Confesse — exclamou Danglars, com uma melancolia que apenas Harpagon[56] seria capaz de detectar no diapasão da voz humana —, confesse logo que quer me depenar, será mais rápido do que me devorar assim, retalho a retalho.

— É possível — disse Peppino — que este seja o plano do patrão.

— E quem é o patrão?

— Aquele a quem o levaram anteontem.

— E onde ele está?

— Aqui.

— Traga-o até mim.

— Isso é fácil.

Um segundo depois, Luigi Vampa estava diante de Danglars.

— O senhor me chamou? — perguntou ele ao prisioneiro.

— É o senhor o chefe das pessoas que me trouxeram para cá?

— Sim, Excelência.

— Qual é o valor do meu resgate? Fale.

— Nada além dos cinco milhões que o senhor carrega.

Danglars sentiu um violento espasmo triturar-lhe o coração.

— Só tenho isso no mundo, senhor, e é o resto de uma imensa fortuna. Se me tirar isso, estará me tirando a vida.

— Estamos proibidos de derramar o seu sangue, Excelência.

— E quem os proibiu?

— Aquele a quem obedecemos.

— Então obedecem a alguém?

— Sim, a um chefe.

— Eu achava que o senhor era o chefe…

— Sou o chefe desses homens, mas outro homem é meu chefe.

— E esse chefe obedece a alguém?

---

56. Harpagon: nome do personagem que dá título à peça de Molière *O avarento*.

— Sim.

— A quem?

— A Deus.

Danglars ficou pensativo por um instante.

— Não compreendo — disse ele.

— É possível.

— E foi esse chefe quem lhe disse para me tratar desse jeito?

— Sim.

— Qual é seu objetivo?

— Não sei.

— Mas minha bolsa vai secar.

— É provável.

— Vamos conversar — disse Danglars —, quer um milhão?

— Não.

— Dois milhões?

— Não.

— Três milhões? Quatro? Vamos, quatro? Aceito contanto que me deixe ir embora.

— Por que nos oferece quatro pelo que vale cinco? — disse Vampa. — Isso é usura, sr. banqueiro, ou então estou maluco.

— Pegue tudo! Pegue tudo, estou dizendo! — exclamou Danglars. — E depois me mate!

— Ora, ora, acalme-se, Excelência, vai acelerar o sangue, e ficar com apetite para comer um milhão por dia. Seja mais econômico, que diabos!

— Mas, e quando eu não tiver mais dinheiro para lhe pagar? — exclamou Danglars, exasperado.

— Aí sentirá fome.

— Sentirei fome? — perguntou Danglars, empalidecendo.

— É provável — respondeu Vampa fleugmaticamente.

— Mas está dizendo que não quer me matar, não é?

— Não mesmo.

— E quer me deixar morrer de fome?

— Não é igual.

— Pois bem, miseráveis! — exclamou Danglars. — Frustrarei os seus planos infames. Morrer por morrer, prefiro terminar com tudo agora. Faça-me sofrer, torture-me, mate-me, mas não terá mais a minha assinatura!

— Como quiser, Excelência — disse Vampa.

E saiu da cela.

Danglars atirou-se rugindo sobre suas peles de bode.

Quem eram aqueles homens? Quem era aquele chefe invisível? Que planos afinal tinham para ele? E, se todo mundo podia ser resgatado, por que não ele?

— Pois bem, miseráveis! Frustrarei os seus planos infames!

Oh, decerto a morte, uma morte sumária e violenta, era um bom método para enganar seus ferrenhos inimigos, que pareciam empreender contra ele uma vingança incompreensível.

Sim, mas morrer…!

Talvez pela primeira vez em sua tão longa carreira Danglars pensasse na morte com desejo e medo simultâneos. Mas chegara para ele o momento de deter os olhos no espectro implacável, que vive dentro de toda criatura e, a cada batida do coração, diz-lhe: "Morrerás!"

Danglars parecia aqueles animais ferozes que a caçada anima, depois desespera, mas, graças a esse desespero, às vezes conseguem salvar-se.

Ele cogitou uma fuga.

Contudo, os muros eram a própria pedra, um homem lia na única saída da cela, e, atrás desse homem, viam-se ir e vir sombras armadas com fuzis.

Sua decisão de não assinar durou dois dias, depois dos quais pediu comida e ofereceu um milhão.

Serviram-lhe uma magnífica ceia, e pegaram seu milhão.

Desde então, a vida do infeliz prisioneiro foi uma divagação perpétua. Sofrera tanto que não queria mais expor-se a sofrer, e aceitava todas as exigências. No fim de doze dias, uma tarde em que ele almoçara como em seus belos dias de fartura, fez as contas e percebeu que dera tantas promissórias que não lhe restavam mais senão cinquenta mil francos.

Então operou-se nele uma estranha reação. Ele, que acabava de abandonar cinco milhões, tentou salvar os cinquenta mil francos que lhe restavam. Em vez de entregar aqueles cinquenta mil francos, resolveu tornar a uma vida de privações, teve lampejos de esperança que beiravam a loucura. Ele, que havia tanto tempo esquecera Deus, achou por bem dizer consigo mesmo que Deus às vezes operava milagres: a caverna poderia desabar; os *carabinieri* pontifícios poderiam descobrir aquele esconderijo maldito e vir em seu socorro; então lhe restariam cinquenta mil francos, e cinquenta mil francos era uma soma suficiente para impedir um homem de morrer de fome. Rezou a Deus para que lhe conservasse aqueles cinquenta mil francos e, rezando, chorou.

Três dias assim transcorreram, durante os quais o nome de Deus esteve constantemente, se não em seu coração, pelo menos em seus lábios; tinha delírios intermitentes durante os quais julgava, através das janelas, ver num quarto humilde um ancião agonizando numa enxerga.

Esse velho também morria de fome.

No quarto dia, não era mais um homem, era um cadáver vivo. Catara no chão até as últimas migalhas de suas refeições pregressas e começou a devorar a palha que forrava o chão.

Suplicou então a Peppino, como se este fora seu anjo da guarda, que lhe desse alguma comida. Ofereceu-lhe mil francos por uma côdea de pão.

Peppino não respondeu.

No quinto dia, arrastou-se até a entrada da cela.

— Mas afinal não é cristão? — disse ele, erguendo-se em seus joelhos. — Quer assassinar um homem que é seu irmão perante Deus? — E murmurou, caindo com o rosto no chão: — Oh, meus amigos de antigamente, meus amigos de antigamente!

Em seguida, levantando-se com uma espécie de desespero:

— O chefe! — gritou. — O chefe!

— Aqui estou! — disse Vampa, aparecendo de repente. — O que mais deseja?

— Pegue o meu último ouro — balbuciou Danglars, estendendo sua carteira — e deixe-me viver aqui, nesta caverna. Não peço mais a liberdade, peço apenas para viver.

— Então está sofrendo muito? — perguntou Vampa.

— Oh, sim, sofro cruelmente!

— Ainda assim, há homens que sofreram mais que o senhor.

— Não acredito.

— Claro que há! Aqueles que morreram de fome.

Danglars pensou naquele velho que, durante suas horas de alucinação, via, através das janelas do seu humilde quarto, gemer em sua enxerga.

Bateu com a cabeça no chão, soltando um gemido.

— Sim, é verdade, existe quem tenha sofrido ainda mais que eu, mas pelo menos estes eram mártires.

— Quer dizer que pelo menos se arrepende? — soou uma voz sinistra e solene, que deixou Danglars de cabelo em pé.

Seu olhar enfraquecido tentou distinguir os objetos, e viu atrás do bandido um homem envolvido num sobretudo e perdido na sombra de uma coluna de pedra.

— Do que preciso me arrepender? — balbuciou Danglars.

— Do mal que me fez — disse a mesma voz.

— Oh, sim, eu me arrependo, eu me arrependo! — exclamou Danglars.

E bateu no peito com seu pulso emagrecido.

— Então eu o perdoo — disse o homem, lançando o sobretudo ao chão e dando um passo para colocar-se na luz.

— O conde de Monte Cristo! — disse Danglars, mais pálido de terror do que estava, um instante antes, de fome e miséria.

— Está enganado. Não sou o conde de Monte Cristo.

— E quem é então?

— Sou aquele que o senhor vendeu, entregou e desonrou; sou aquele cuja noiva o senhor prostituiu; sou aquele em quem pisoteou para alçar-se à fortuna; sou aquele cujo pai o senhor fez morrer de fome, e a quem o senhor condenou a morrer de fome, mas que, apesar disso, o perdoa, porque ele mesmo precisa ser perdoado; sou Edmond Dantès!

Danglars deu um grito e caiu prosternado.

— Levante-se — disse o conde —, o senhor tem a vida salva. Essa sorte não tiveram seus outros dois cúmplices. Um está louco, o outro está morto! Guarde os cinquenta mil francos que lhe restam, são um presente meu. Quanto aos seus cinco milhões, roubados dos hospícios, já foram devolvidos por certa mão desconhecida. E agora, coma e beba, é meu hóspede esta noite. Vampa, quando o homem estiver saciado, está livre.

Danglars continuou prosternado, enquanto o conde se afastava. Quando levantou a cabeça, não viu mais senão uma espécie de sombra que desaparecia pela galeria e diante da qual os bandidos se curvavam.

Como ordenara o conde, Danglars foi servido por Vampa, que lhe mandou levar o melhor vinho e as mais belas frutas da Itália, e que, embarcando-o em sua caleche, abandonou-o na estrada, recostado a uma árvore.

Assim ficou até o amanhecer, sem saber onde estava.

Com a luz do dia, percebeu que estava perto de um riacho. Tinha sede, arrastou-se até ali.

E, abaixando para beber, percebeu que seus cabelos haviam ficado brancos.

— Do que preciso me arrepender?

20. O 5 DE OUTUBRO

Eram aproximadamente seis horas da tarde. Caía no céu, sobre o mar azulado, um dia cor de opala, no qual um belo sol de outono infiltrava seus raios de ouro.

O calor do dia extinguira-se gradualmente, e começava-se a sentir aquela brisa que parece a respiração da natureza, despertando depois da sesta ardente do meio-dia, num sopro delicioso que refresca as costas do Mediterrâneo e carrega, de margem a margem, o perfume das árvores, misturado ao vapor do oceano.

Nesse imenso lago que se estende de Gibraltar aos Dardanelos, de Túnis a Veneza, um iate ligeiro, puro e elegante na forma, deslizava às primeiras emanações da noite. Seu movimento era o do cisne que abre as asas ao vento e parece deslizar na água. Avançava rápido e gracioso ao mesmo tempo, deixando atrás de si uma esteira fosforescente.

Pouco a pouco, o sol, cujos últimos raios havíamos saudado, desaparecera no horizonte ocidental. No entanto, como para dar razão aos sonhos loucos da mitologia, suas luzes indiscretas, ressurgindo no pico de cada onda, pareciam revelar que o deus flamejante acabava de esconder-se no seio de Anfitrite[57], que por sua vez em vão tentava esconder o amante nas pregas de seu manto azulado.

---

57. Anfitrite: ver Parte V, cap.18, nota 20.

O iate avançava rapidamente, embora tudo sugerisse que o vento a impulsioná-lo mal daria para fazer flutuar a cabeleira cacheada de uma jovem.

De pé na proa, um homem alto, tez bronzeada, olho dilatado, via a terra aproximar-se dele sob a forma de uma massa escura, disposta em cone, surgindo por entre as ondas como um imenso chapéu catalão.

— Monte Cristo é aqui? — perguntou o viajante, às ordens de quem o iate momentaneamente parecia estar, com voz grave e marcada por uma profunda tristeza.

— Sim, Excelência — respondeu o capitão —, chegamos.

— Chegamos! — murmurou o viajante, num tom de indefinível melancolia.

Em seguida, acrescentou em voz baixa:

— Sim, deve ser este o porto.

E voltou a mergulhar em pensamentos, que se traduziam num sorriso mais triste do que lágrimas.

Minutos depois, avistaram em terra a luz de uma chama, que logo se apagou, e o estampido de uma arma de fogo chegou ao iate.

— Excelência — disse o capitão —, este é o sinal de terra, quer responder pessoalmente?

— Que sinal? — este perguntou.

O capitão apontou a mão para a ilha, em cujos flancos erguia-se, isolado e esbranquiçado, um grande floco de fumaça que se esgarçava ao subir.

— Ah, sim — disse ele, como que saindo de um sonho —, passe para cá.

O capitão estendeu-lhe uma carabina carregada. O viajante pegou-a, levantou-a lentamente e fez fogo para cima.

Dez minutos depois, as velas eram recolhidas e a âncora era lançada a quinhentos passos de um pequeno porto.

O bote já estava no mar, com quatro remadores e o piloto. O viajante desceu e, em vez de sentar-se na popa, forrada para ele com um tapete azul, manteve-se de pé e com os braços cruzados.

Os remadores esperavam, tendo os remos semierguidos, como pássaros secando as asas.

— Vamos! — disse o forasteiro.

Os oitos remos caíram no mar simultaneamente e sem respingar uma gota d'água. Em seguida, o bote, cedendo ao impulso, deslizou com rapidez.

Num instante chegaram a uma pequena enseada, aberta por uma chanfradura natural, e o bote tocou num fundo de areia fina.

— Excelência — disse o piloto —, suba nos ombros de dois dos nossos homens, eles irão carregá-lo até a terra firme.

O rapaz respondeu a esse convite com um gesto de completa indiferença, desvencilhou suas pernas do bote e enfiou-se na água, que subiu até sua cintura.

O capitão estendeu-lhe uma carabina carregada.

— Ah, Excelência — murmurou o piloto —, não é certo o que está fazendo, seremos censurados pelo patrão.

O rapaz continuou a avançar para a margem, seguindo dois marujos que escolhiam o melhor caminho sob as águas.

Trinta passos depois, tocavam terra firme. O rapaz batia os pés num terreno seco e buscava com os olhos à sua volta o trajeto provável que iriam indicar-lhe, pois a noite já caíra.

Quando voltou a cabeça, certa mão pousou em seu ombro, uma voz o fez estremecer.

— Boa-noite, Maximilien — dizia a voz —, você é pontual, obrigado.

— É o senhor, conde — exclamou o rapaz, com uma reação que parecia alegria, enquanto apertava com as duas mãos a mão de Monte Cristo.

— Sim, como vê, tão pontual quanto você. Mas está pingando, querido amigo. Precisa trocar-se, como diria Calipso a Telêmaco[58]. Venha, tenho aposentos preparados especialmente para você, onde esquecerá a fadiga e o frio.

Monte Cristo percebeu que Morrel virava de costas, e esperou.

O rapaz, de fato, via com surpresa que nenhuma palavra fora pronunciada por aqueles que o tinham trazido, pois não os pagara e apesar disso, já haviam partido. Ouvia-se inclusive a batida dos remos do bote, que voltava para o pequeno iate.

— Ah, sim — disse o conde —, está procurando seus marujos?

— Naturalmente. Não lhes dei nada e mesmo assim foram embora.

— Não se preocupe com isso, Maximilien — disse Monte Cristo, rindo —, tenho um acordo com a marinha para que o acesso à minha ilha seja liberado de qualquer taxa de frete ou estadia. Sou isento, como se diz nos países civilizados.

Morrel olhou para o conde com espanto.

— Conde — disse-lhe —, o senhor não é mais o mesmo de Paris.

— Como assim?

— É. Aqui, o senhor ri.

O semblante de Monte Cristo entristeceu-se de repente.

— Faz bem em chamar-me à razão, Maximilien — disse ele. — Revê-lo era uma alegria para mim e eu esquecia que toda felicidade é passageira.

— Oh, não, não, conde! — exclamou Morrel, agarrando novamente as duas mãos do seu amigo. — Ao contrário, ria, seja feliz e prove-me com a sua indiferença que a vida só é ruim para os que sofrem. Oh, o senhor é caridoso, o senhor é bom, o senhor é grande, meu amigo, e é para me dar coragem que afeta essa alegria.

— Está enganado, Morrel — disse Monte Cristo —, eu estava realmente feliz.

— Então era de mim mesmo que estava esquecendo; melhor assim!

— O que quer dizer?

— O senhor sabe, amigo: como dizia o gladiador ao imperador entrando no circo, digo-lhe: "Aquele que vai morrer o saúda."

---

58. "Calipso a Telêmaco": na mitologia grega, Calipso é o nome de uma ninfa que vivia em uma gruta, na encosta de uma ilha, e tinha grandes poderes de feitiçaria. Na *Odisseia* de Homero, quando Ulisses (Odisseu) naufraga na costa de sua ilha, Calipso acolhe-o e por ele se apaixona, oferecendo-lhe a imortalidade se aceitasse ficar com ela para sempre. O herói, entretanto, resiste. Anos depois, Zeus, compadecido, ordena a Calipso que liberte seu hóspede. Em *Telêmaco*, de François Fenélon (1651-1715), encontram-se narradas as aventuras do filho de Ulisses à procura do pai. Ele também teria chegado à ilha de Calipso, que novamente tentou retê-lo com as mesmas promessas. Mas, Palas-Atena ajudou-o a resistir à tentação.

— Não encontrou consolo? — perguntou Monte Cristo, olhando-o estranhamente.

— Oh! — fez Morrel, com um olhar cheio de tristeza. — Acreditou mesmo que isso era possível?

— Escute — disse o conde —, está ouvindo bem minhas palavras, não é, Maximilien? Você não me toma por um homem vulgar, por um tagarela que emite sons vagos e vazios de sentido. Quando lhe pergunto se encontrou consolo, falo como homem para quem o coração humano não tem mais segredo. Pois bem, Morrel, desçamos ao fundo de seu coração e o sondemos. Ainda perdura a impaciência fogosa da dor, que faz sobressaltar o corpo como sobressalta o leão picado pelo mosquito? A sede devoradora que só termina no túmulo? A idealização da saudade que lança o vivo fora da vida, no encalço do morto? Ou será apenas a prostração da coragem esgotada, o tédio que sufoca o raio de esperança que gostaria de brilhar? Ou será a perda da memória que traz a impotência das lágrimas? Oh, querido amigo, se for isso, se não consegue mais chorar, se julga morto seu coração entorpecido, se agora só tem forças em Deus, olhares para o céu, amigo, deixemos de lado as palavras estreitas demais para o sentido que lhes dá nossa alma. Maximilien, você está consolado, pare de se queixar.

— Conde — disse Morrel, com sua voz suave e firme ao mesmo tempo —, escute, como escuta o homem que fala com o dedo apontado para a terra e os olhos erguidos para o céu. Vim para junto do senhor para morrer nos braços de um amigo. Claro, há pessoas que amo: amo minha irmã Julie, amo seu marido Emmanuel. Mas preciso de alguém que abra seus braços fortes e sorria para mim nos meus últimos instantes. Minha irmã iria desfazer-se em lágrimas e desmaiaria. Eu a veria sofrer, e já sofri muito. Emmanuel iria arrancar-me a arma das mãos e encheria a casa com seus gritos. O senhor, conde, de quem tenho a palavra, o senhor que é mais que um homem, eu o chamaria de um deus, se não fosse mortal. O senhor me conduzirá com delicadeza e ternura, não é, até as portas da morte?

— Amigo — disse o conde —, resta-me ainda uma dúvida: estaria tão fraco a ponto de usar o orgulho para ostentar sua dor?

— Não, veja, sou simples — disse Morrel, estendendo a mão ao conde —, e meu pulso não bate nem mais forte nem mais lentamente que o normal. Não, sinto-me no fim da estrada. Não, não irei adiante. O senhor falou em esperar e ter esperanças. Sabe o que fez, maldito sábio? Esperei um mês, isto é, sofri um mês! Tive esperanças! O homem é uma criatura fraca e miserável. Esperanças em quê? Não faço a mínima ideia, alguma coisa desconhecida, absurda, insana! Um milagre… qual? Só Deus pode dizer, Ele, que misturou à nossa razão a loucura chamada esperança. Sim, esperei, sim, tive esperanças, conde, e de quinze minutos para cá o senhor, sem o saber e por mil vezes, partiu e torturou meu coração, pois cada uma de suas palavras provou que não há mais esperanças para mim. Oh, conde, a morte me será um repouso doce e voluptuoso!

Morrel pronunciou estas últimas palavras com uma explosão de energia que fez o conde estremecer.

— Amigo — continuou Morrel, vendo que o conde se calava —, o senhor designou-me o dia 5 de outubro como o término da prorrogação que me pediu... amigo, 5 de outubro é hoje...

Morrel puxou seu relógio.

— São nove horas, ainda tenho três horas de vida.

— Está bem — respondeu Monte Cristo —, venha.

Morrel acompanhou mecanicamente o conde, e já estavam na caverna, que Maximilien ainda não vira.

Encontrou tapetes sob os pés, uma porta se abriu, perfumes o envolveram, uma luz forte golpeou seus olhos.

Morrel parou, hesitando em avançar. Desconfiava das inebriantes delícias que o cercavam.

Monte Cristo atraiu-o lentamente.

— Não seria ótimo — ele disse — se empregássemos nossas últimas três horas como os antigos romanos que, condenados por Nero, seu imperador e rebento, sentavam-se à mesa coroados de flores e aspiravam a morte junto com o perfume dos girassóis e das rosas?

Morrel sorriu.

— Como quiser — disse ele. — A morte é sempre a morte, isto é, o esquecimento, isto é, a ausência de vida e, por conseguinte, de dor.

Sentou-se. Monte Cristo sentou-se diante dele.

Estavam na maravilhosa sala de jantar que já descrevemos, e onde estátuas de mármore carregavam na cabeça cestos sempre cheios de flores e frutas.

Morrel observara tudo vagamente, e era provável que nada tivesse visto.

— Vamos falar de homem para homem — disse ele, olhando fixamente para o conde.

— Comece — este respondeu.

— Conde — prosseguiu Morrel —, o senhor é o resumo de todos os conhecimentos humanos, dando-me a impressão de ter vindo de um mundo mais avançado e inteligente que o nosso.

— Há um pouco de verdade nisso, Morrel — disse o conde, com aquele sorriso melancólico que o fazia tão belo —, vim de um planeta chamado sofrimento.

— Acredito em tudo que me diz sem procurar o sentido profundo de suas palavras, conde. A prova é que me disse para viver, e vivi; para ter esperanças, e quase as tive. Atrevo-me portanto a lhe perguntar, conde, como se o senhor já houvesse morrido uma vez: é muito doloroso?

Monte Cristo observava Morrel com uma indefinível expressão de ternura.

— Sim — respondeu ele —, sim, claro, dói muito se você romper brutalmente o invólucro mortal que pede obstinadamente para viver. Se fizer sua carne gritar sob os dentes imperceptíveis de um punhal, se esburacar com uma bala ignara, e sempre pronta a se extraviar no caminho o seu cérebro, que geme ao menor choque, claro, sofrerá e deixará dolorosamente a vida, julgando-a, a partir de sua agonia desesperançosa, melhor que um repouso comprado tão caro.

— Sim, compreendo — disse Morrel —, assim como a vida, a morte tem seus segredos de dor e volúpia. Tudo está em conhecê-los.

— Exatamente, Maximilien, e acaba de dizer a palavra definitiva. A morte é, dependendo do empenho que aplicamos em ficar bem ou mal com ela, ou uma amiga, que nos embala tão serenamente quanto uma ama de leite, ou uma inimiga, que nos arranca violentamente a alma do corpo. Um dia, quando nosso mundo já houver existido por mais mil anos, quando nos tivermos tornado senhores de todas as forças destrutivas da natureza para pô-las a serviço do bem-estar da humanidade, quando o homem conhecer, como você dizia há pouco, os segredos da morte, ela passará a ser tão doce e voluptuosa quanto o sono degustado nos braços da nossa bem-amada.

— E se o senhor desejasse morrer, conde, saberia morrer assim?

— Sim.

Morrel estendeu-lhe a mão.

— Agora compreendo — disse ele — por que marcou este encontro aqui, nesta ilha desolada no meio de um oceano, neste palácio subterrâneo, sepulcro de fazer inveja a um faraó. É porque gosta de mim, não é, conde? É porque gosta de mim a ponto de me proporcionar uma dessas mortes que mencionava ainda há pouco, a morte sem agonia, a morte que me permita expirar pronunciando o nome de Valentine e apertando a sua mão, não é?

— Sim, Morrel, adivinhou certo — disse o conde com simplicidade —, e é assim que eu entendo.

— Obrigado. A ideia de que amanhã não sofrerei mais é grata ao meu coração.

— Não vai sentir saudades de nada? — perguntou Monte Cristo.

— Não — respondeu Morrel.

— Nem mesmo de mim? — perguntou o conde, profundamente emocionado.

Morrel estacou. Seu olho tão cristalino de repente ficou opaco, em seguida brilhou de maneira inusitada. Uma grande lágrima brotou e rolou, escavando um sulco de prata em sua face.

— O quê! — disse o conde. — Morrerá ainda com saudades de alguma coisa na Terra!

— Oh, eu lhe imploro — exclamou Morrel, com uma voz enfraquecida —, vamos parar por aqui, conde, não prolongue o meu suplício!

O conde achou que Morrel fraquejava.

Essa crença momentânea ressuscitou nele a horrível dúvida, já uma vez dominada no castelo de If.

"Minha tarefa", pensou ele, "é restituir este homem à felicidade. Vejo essa restituição como um peso que contrabalança o prato em que deixei cair o mal. Porém, e se eu estivesse enganado, e se esse homem não fosse suficientemente infeliz para merecer a felicidade! Maldição! O que seria de mim, que só consigo esquecer o mal fantasiando o bem?"

— Escute, Morrel — disse o conde —, vejo que seu sofrimento é imenso, mas, apesar disso, você crê em Deus e não quer arriscar a salvação da sua alma.

Morrel sorriu tristemente.

— Conde — disse ele —, o senhor sabe que não faço poesia à toa, mas, juro, minha alma não me pertence mais.

— Escute, Morrel — disse Monte Cristo —, não tenho nenhum parente no mundo, como sabe. Habituei-me a vê-lo como um filho. Pois bem! Para salvar o meu filho, eu sacrificaria minha vida, quanto mais minha fortuna!

— Que quer dizer com isso?

— Quero dizer, Morrel, que você quer deixar a vida porque não conhece todos os deleites que a vida permite a uma grande fortuna. Morrel, possuo cerca de cem milhões, eles são seus. Com uma fortuna dessas você pode alcançar todos os objetivos a que se propõe. É ambicioso? Todos os caminhos lhe serão abertos. Revire o mundo, mude a cara dele, entregue-se a prazeres dementes, seja criminoso se precisar, mas viva.

— Conde, tenho sua palavra — respondeu Morrel friamente, e acrescentou puxando o relógio —, são onze e meia.

— Morrel! Cogita isso, na minha frente, na minha casa?

— Então deixe-me partir — disse Maximilien, agora abatido —, ou vou achar que não me ama por mim, mas pelo senhor.

E levantou-se.

— Está bem — disse Monte Cristo, cujo semblante iluminou-se diante dessas palavras —, como quiser, Morrel, sei que é inflexível. Sim, você está profundamente infeliz. Como disse, apenas um milagre poderia curá-lo. Sente-se, Morrel, e aguarde.

Morrel obedeceu. Monte Cristo, por sua vez, levantou-se e foi pegar, num armário meticulosamente trancado e cuja chave ele carregava presa numa corrente de ouro, um pequeno cofre de prata magnificamente esculpido e trabalhado, cujos ângulos representavam quatro figuras curvadas, semelhantes àquelas cariátides de olhos vazios, sob a forma de mulheres, símbolo de anjos que aspiram ao céu.

Pôs o cofre sobre a mesa.

Abriu-o e tirou uma caixinha de ouro cuja tampa era erguida pela pressão de uma mola secreta.

Essa caixa continha uma substância untuosa e gelatinosa, de cor indefinível em virtude do reflexo do ouro reluzente, das safiras, dos rubis e das esmeraldas que enfeitavam a caixa.

Era como um refulgir de azul, púrpura e ouro.

O conde capturou uma pequena quantidade dessa substância com uma colher de prata dourada e a ofereceu a Morrel, fixando nele um longo olhar.

Foi então possível constatar que a substância era esverdeada.

— Aqui está o que me pediu — disse ele. — Aqui está o que lhe prometi.

— Enquanto ainda vivo — disse o rapaz, tomando a colher das mãos de Monte Cristo —, agradeço-lhe do fundo do coração.

O conde pegou uma segunda colher e abasteceu-a uma segunda vez na caixa de ouro.

— O que vai fazer, amigo? — perguntou Morrel, agarrando sua mão.

— Ora, Morrel — disse-lhe sorrindo —, acho, Deus me perdoe, que estou tão cansado da vida quanto você, e já que a oportunidade se apresenta...

— Pare! — exclamou o rapaz. — Oh, o senhor, que ama, o senhor, que é amado, o senhor, que tem a fé da esperança, oh, não faça o que vou fazer. De sua parte, seria um crime. Adeus, meu nobre e generoso amigo, vou contar a Valentine tudo o que fez por mim.

E, lentamente, sem nenhuma hesitação a não ser a pressão da mão esquerda que ele estendia ao conde, Morrel engoliu, ou melhor, saboreou a misteriosa substância oferecida por Monte Cristo.

Então ambos se calaram. Ali, silencioso e atento, trouxe o tabaco e os narguilés, serviu o café e desapareceu.

Pouco a pouco, as lamparinas empalideceram nas mãos das estátuas de mármore que as sustentavam e o perfume das caçoulas pareceu menos penetrante a Morrel.

Sentado à sua frente, Monte Cristo observava-o do fundo da penumbra, e Morrel via apenas o brilho dos olhos do conde.

Uma imensa aflição apoderou-se do rapaz. Ele sentia o narguilé escapar de suas mãos; os objetos perdiam imperceptivelmente forma e cor; seus olhos viam abrir-se como que portas e cortinas na parede.

— Amigo — disse ele —, sinto que estou morrendo. Obrigado.

Fez um esforço para estender-lhe a mão pela última vez, mas essa mão sem forças voltou a cair junto a si.

Pareceu-lhe então que Monte Cristo sorria, não mais o seu riso estranho e assustador, que tantas vezes permitira-lhe vislumbrar os mistérios daquela alma profunda, mas com a benevolente compaixão que os pais sentem pelos seus filhinhos quando estes deliram.

Ao mesmo tempo, o conde crescia a seus olhos. Sua estatura, quase duplicada, desenhava-se contra os forros vermelhos. Ele jogara para trás seus cabelos pretos e aparecia de pé e altivo como um desses anjos com que os maus são ameaçados no dia do Juízo Final.

Morrel, abatido, entregue, afundou em sua poltrona. Um torpor aveludado insinuou-se em cada uma de suas veias. Uma mudança de ideias ornamentou, por assim dizer, sua fronte, assim como uma nova disposição de desenhos ornamenta o caleidoscópio.

Deitado, nervoso, ofegante, Morrel não sentia mais nada vivo nele a não ser esse sonho. Parecia-lhe entrar de velas desfraldadas no vago delírio que precede esse outro desconhecido que chamamos de morte.

Tentou mais uma vez estender a mão para o conde, mas dessa vez sua mão sequer se mexeu. Quis articular um supremo adeus, sua língua enrolou-se pesadamente em sua garganta como uma pedra que tampasse um sepulcro.

Seus olhos carregados de langores fecharam-se à sua revelia. Entretanto, por trás de suas pálpebras, agitava-se uma imagem que ele reconheceu a despeito da penumbra na qual se julgava mergulhado.

Era o conde, que acabava de abrir uma porta.

Quase instantaneamente um imenso clarão irradiando-se de um quarto contíguo, ou melhor, de um palácio contíguo, inundou a sala onde Morrel entregava-se à sua doce agonia.

Então ele viu surgir no umbral daquela sala, e no limiar dos dois quartos, uma mulher belíssima.

Pálida e com um sorriso delicado, parecia o anjo da misericórdia exorcizando o anjo das vinganças.

"Será o céu já abrindo-se para mim?", pensou o moribundo. "Esse anjo é bem parecido com o que perdi."

Monte Cristo apontou, para a jovem, o sofá onde Morrel estava deitado.

Ela avançou para ele com as mãos unidas e um sorriso nos lábios.

"Valentine! Valentine!", gritou Morrel do fundo da alma.

Mas sua boca não proferiu um som e, como se todas as suas forças houvessem se concentrado nessa emoção íntima, deu um suspiro e fechou os olhos.

Valentine precipitou-se até ele.

Os lábios de Morrel ainda esboçaram um movimento.

— Ele a chama — disse o conde —, ele a chama do fundo de seu sono, aquele a quem entregou seu destino e que a morte quis separar. Mas felizmente eu estava aqui e venci a morte! Valentine, agora não precisam mais separar-se sobre a Terra, pois, para encontrá-la, ele se precipitava para o túmulo. Sem mim, vocês dois morreriam. Devolvo um ao outro, espero que Deus leve em conta essas duas existências que salvo!

Valentine agarrou a mão de Monte Cristo, num impulso de alegria irresistível, e levou-a aos seus lábios.

— Oh, agradeça-me o quanto puder — disse o conde —, oh, repita para mim incansavelmente, repita para mim que a fiz feliz! Não sabe como preciso dessa certeza.

— Será o céu já abrindo-se para mim?

— Oh, sim, sim, agradeço-lhe do fundo do coração — disse Valentine —, e, se duvida da sinceridade, da minha gratidão, não hesite! Pergunte a Haydée, interrogue minha querida irmã Haydée, que desde a nossa partida da França fez-me esperar pacientemente, falando-me do senhor, do dia bem-aventurado que hoje reluz para mim.

— Então gosta de Haydée? — perguntou Monte Cristo, com uma emoção que em vão tentava dissimular.

— Oh, do fundo da alma!

— Muito bem! Escute, Valentine — disse o conde —, tenho um favor a pedir.

— Para mim, oh, Deus! E eu mereço isso?

— Sim, você chamou Haydée de irmã. Que ela seja efetivamente sua irmã, Valentine, devolva a ela tudo que julga dever a mim. Protejam-na, Morrel e você, pois — a voz do conde esteve prestes a se apagar na garganta — agora ela ficará sozinha no mundo…

— Sozinha no mundo! — repetiu uma voz atrás do conde. — E por quê?

Monte Cristo voltou-se.

Haydée estava ali, de pé, pálida e gelada, olhando para o conde com uma expressão de mortal estupor.

— Porque amanhã, minha filha, você será livre — respondeu o conde —, porque voltará a ocupar o lugar que lhe é devido no mundo, porque não quero que o meu destino ofusque o seu. Filha de príncipe! Devolvo-lhe as riquezas e o nome do seu pai!

Haydée empalideceu, abriu as mãos diáfanas como faz a virgem que se recomenda a Deus e, com uma voz enrouquecida pelas lágrimas, perguntou:

— Então, meu amo, vai me deixar?

— Haydée! Haydée! Você é jovem, você é bela. Esqueça até mesmo o meu nome e seja feliz.

— Está bem — disse Haydée —, suas ordens serão executadas, meu amo. Esquecerei até mesmo o seu nome e serei feliz.

Recuou um passo para retirar-se.

— Oh, meu Deus — exclamou Valentine, ao mesmo tempo que amparava a cabeça prostrada de Morrel em seu ombro —, então não percebe como ela está pálida, não compreende o sofrimento dela?

Haydée dirigiu-se a ela com uma voz dilacerante:

— Como quer que ele me compreenda, minha irmã? Ele é meu amo, sou sua escrava. Ele tem o direito de não enxergar.

O conde estremeceu diante das modulações daquela voz, que foi despertar até as fibras mais secretas do seu coração. Seus olhos encontraram os da jovem e não conseguiram resistir ao seu brilho.

— Meu Deus, meu Deus! — disse Monte Cristo. — Seria então verdade o que me sugere, Haydée?! Seria feliz a meu lado?

— Sou jovem — ela respondeu serenamente —, amo a vida que você nunca deixou de tornar doce para mim, e lamentaria morrer.

— Quer dizer então que, se eu a deixasse, Haydée...

— Eu morreria, meu amo, sim!

— Quer dizer que me ama?

— Oh, Valentine, ele pergunta se o amo. Valentine, diga para ele se você ama Maximilien!

O conde sentiu seu peito expandir-se e seu coração dilatar-se. Abriu os braços, Haydée correu para ele dando um grito.

— Oh, sim, amo-o! Amo-o como se ama um pai, um irmão, um marido! Amo-o como se ama a vida, como se ama a Deus, pois, para mim, você é a mais bela, a melhor e a maior das criaturas!

— Que então seja feito como você deseja, meu anjo querido! — disse o conde. — Deus, que me jogou contra os meus inimigos, e me fez vencedor,

Deus, vejo claramente, não quer esse arrependimento no termo da minha vitória. Eu queria me punir, Deus quer me perdoar. Então me ama, Haydée? Quem sabe seu amor não fará com que eu me esqueça do que preciso esquecer?

— O que está dizendo, meu amo? — perguntou a jovem.

— Estou dizendo que uma palavra sua, Haydée, iluminou-me mais que vinte anos de minha lenta sabedoria. Só tenho você no mundo, Haydée, por seu intermédio agarro-me à vida, por você posso sofrer e ser feliz.

— Está ouvindo, Valentine? — exclamou Haydée. — Ele diz que por mim ele pode sofrer, por mim, que daria a vida por ele!

O conde retraiu-se por um instante.

— Terei vislumbrado a verdade? — disse ele. — Oh, meu Deus! Tanto faz! Recompensa ou castigo, aceito esse destino! Venha, Haydée, venha…

E enlaçando com o braço a cintura da moça, apertou a mão de Valentine e desapareceu.

Quase uma hora se passou, durante a qual, arfante, sem voz, olhos concentrados, Valentine permaneceu junto a Morrel. Finalmente sentiu seu coração bater, um sopro imperceptível abrir seus olhos e o leve frêmito que anuncia o retorno da vida percorrer todo o corpo do rapaz.

Seus olhos enfim se abriram, mas fixos e como que desatinados a princípio. Então a visão voltou, precisa, real; com a visão, o sentimento, com o sentimento, a dor.

— Oh! — ele exclamou desesperado. — Continuo vivo! O conde me enganou!

E sua mão estendeu-se para a mesa e pegou uma faca.

— Querido — disse Valentine com seu adorável sorriso —, acorde e olhe para onde estou.

Morrel deu um grito impressionante e, delirando, cheio de dúvidas, fascinado como que por uma visão celestial, caiu de joelhos…

No dia seguinte, aos primeiros raios do dia, Morrel e Valentine passeavam de braços dados pela praia, Valentine contando a Morrel como Monte Cristo aparecera em seu quarto, como lhe revelara tudo, como lhe fizera tocar o crime com o dedo, e por fim como a havia milagrosamente salvado da morte, fazendo ao mesmo tempo com que todos a julgassem morta.

Haviam encontrado aberto o portão da caverna e saído. O céu expunha as últimas estrelas da noite no azul da madrugada.

Então Morrel avistou na penumbra de um aglomerado de rochas um homem que esperava um sinal para avançar. Apontou aquele homem para Valentine.

— Ah, é Jacopo — disse ela —, o capitão do iate.

E, com um gesto, chamou-o.

— Tem alguma coisa a nos dizer? — perguntou Morrel.

— Tenho uma carta do conde para o senhor.

— Do conde! — murmuraram em uníssono os dois jovens.

— Sim, leia.

Morrel abriu a carta e leu:

Querido Maximilien,

Há uma faluca ancorada para você. Jacopo irá levá-los até Livorno, onde o sr. Noirtier espera sua neta, a qual ele deseja abençoar antes que ela acompanhe você ao altar. Tudo que está nessa caverna, meu amigo, minha casa dos Champs-Élysées e meu pequeno castelo de Le Tréport são o presente de núpcias que Edmond Dantès oferece ao filho do seu patrão Morrel. A srta. de Villefort fará a gentileza de pegar metade, pois suplico a ela que dê aos pobres de Paris toda a fortuna que lhe couber da parte de seu pai, que enlouqueceu, e da parte de seu irmão, falecido em setembro último com sua madrasta.

Diga ao anjo que vai olhar por sua vida, Morrel, para rezar às vezes por um homem que, como Satã, julgou-se por um instante igual a Deus, mas reconheceu, com toda a humildade de um cristão, que o poder supremo e a sabedoria infinita são atributos exclusivamente divinos. Essas preces talvez venham a suavizar o remorso que ele carrega no fundo do seu coração.

Quanto a você, Morrel, eis todo o segredo de minhas atitudes para consigo: não existe nem felicidade nem infelicidade neste mundo, existe a comparação de uma com a outra, só isso. Apenas aquele que atravessou o extremo infortúnio está apto a sentir a extrema felicidade. É preciso ter desejado morrer, Maximilien, para saber como é bom viver.

Portanto, vivam e sejam felizes, filhos diletos do meu coração, e nunca se esqueçam de que, até o dia em que Deus dignar-se a desvelar o futuro para o homem, toda a sabedoria humana estará nestas palavras:

Esperar e ter esperança.

Seu amigo,

EDMOND DANTÈS
CONDE DE MONTE CRISTO

Durante a leitura dessa carta, que a informava acerca da loucura de seu pai e da morte de seu irmão, loucura e morte que ela ignorava, Valentine empalideceu, um doloroso suspiro escapou de seu peito, e lágrimas, não menos pungentes por serem silenciosas, rolaram sobre suas faces. A felicidade custava-lhe muito caro.

Morrel, preocupado, olhou à sua volta.

— Para falar a verdade — disse ele —, o conde exagera em sua generosidade. Valentine irá contentar-se com metade da minha modesta fortuna. Onde está o conde, meu amigo? Leve-me até ele.

Jacopo apontou a mão para o horizonte.

— O quê! Que significa isso? — perguntou Valentine. — Onde está Haydée?

— Olhem — disse Jacopo.

Os olhos dos dois jovens concentraram-se numa linha indicada pelo marujo. Sobre essa linha azul-escura, que separava no horizonte o céu do Mediterrâneo, avistaram uma vela branca, grande como a asa de um albatroz.

— Partiu! — exclamou Morrel. — Partiu! Adeus, meu amigo, meu pai!

— Partiu! — murmurou Valentine. — Adeus, amiga! Adeus, irmã!

— Quem sabe voltaremos a nos encontrar um dia? — disse Morrel, enxugando uma lágrima.

— Querido — disse Valentine —, o conde não acaba de nos dizer que a sabedoria humana cabe inteira nestas palavras?

"Esperar e ter esperança."

CRONOLOGIA

Vida e obra de Alexandre Dumas

1802 [24 JUL]: nascimento em Villers-Cotterêts, a cerca de duzentos quilômetros de Paris, de Alexandre Dumas, filho do general de divisão Alexandre Dumas-Davy de la Pailleterie e de Marie-Louise Elisabeth Labouret.

1806: Morte do general Dumas. Marie Labouret passa por dificuldades financeiras e permanece junto a seus pais em Villers-Cotterêts.

1815: Durante os cem dias de Napoleão, Alexandre Dumas avista o imperador no albergue de sua cidade natal.

1816: A sra. Dumas obtém a concessão de uma tabacaria. Dumas conclui sua formação numa escola privada católica e é admitido como contínuo num cartório da cidade.

1818: Torna-se amante de Adèle Tellier. Paixão pelo teatro. Conhece Leuven, futuro autor dramático e diretor do Opéra-Comique. Escrevem juntos dois vaudevilles e um drama.

1823: Vai para Paris e, por intermédio de ex-colegas do general Dumas, é nomeado secretário do duque de Orléans. Sua amante na época é a vizinha Marie-Catherine-Laure Labay, que logo engravida.

1823 [27 JUL]: nascimento de seu filho Alexandre Dumas, reconhecido por ele em 17 de março de 1831. Lê Walter Scott, Byron, Fenimore Cooper. Sua mãe instala-se em Paris, onde passam a morar juntos.

1825: Escreve, em colaboração com Leuven e Pierre-Joseph Rousseau, um vaudeville, que assina "Davy" e que é encenado sem maiores repercussões no Ambigu.

1826: Publica *Novelas contemporâneas*, que consiste em três relatos e alguns poemas.

1826: Assiste entusiasmado à turnê parisiense de uma companhia inglesa que representa Shakespeare (muito pouco conhecido na França até então). Torna-se amante de Mélanie Waldor, jovem que sonha ser escritora.

1828: Escreve *Christine em Fontainebleau*, tragédia recusada pela Comédie-Française, e o drama *histórico Henrique III e sua corte*, que é aceito. Conhece o célebre escritor Charles Nodier, em cuja casa é apresentado a Hugo, Lamartine, Vigny, Musset e ao pintor Louis Boulanger.

1829: Triunfo de *Henrique III e sua corte*. Dumas aloja sua mãe doente na rua Madame, instala Catherine Labay e seu filho em Passy e aluga para si um apartamento na rua de l'Université. É nomeado bibliotecário-adjunto do duque de Orléans.

1830: Estreia de *Christine* no Odéon. A atriz Belle Krelsamer torna-se sua amante. Participa da revolução, da qual faz um amplo relato em suas *Memórias* e correspondência (a Mélanie Waldor, com a habitual imodéstia: "Tive a felicidade de desempenhar um papel digno de ser notado por La Fayette e pelo duque de Orléans … tendo me apoderado de um paiol de pólvora. Provavelmente o duque vai ser o rei …").

1831: Pede demissão do cargo de bibliotecário. 5 mar: Belle Krelsamer dá à luz uma filha, Marie-Alexandrine, que Dumas reconhece em 7 de março. Consegue na Justiça a guarda do filho, que, depois de uma briga com Belle Krelsamer, será colocado em diversos pensionatos. 3 mai: estreia de *Antony*, no teatro da Porte Saint-Martin, sucesso extraordinário. 20 out: estreia, no Odéon, de *Carlos VII*, sucesso popular. 10 dez: estreia, na Porte Saint-Martin, de *Richard Darlington*.

1832: Grande sucesso de *Teresa*. A atriz Ida Ferrier torna-se sua amante. 29 mai: triunfo de *A torre de Nesle*, escrita por Frédéric Gaillardet e retrabalhada por Dumas. 5-6 jun: depois de se envolver nos levantes republicanos, viaja para a Suíça.

1834: Publica os tomos I e II de suas *Impressões de viagem à Suíça*. Viaja com os pintores Godefroy Jadin e Amaury Duval para o Sul da França.

1835: Viaja à Itália com Ida Ferrier e o pintor Jadin. Publica novelas e poemas.

1836: Publica compilações das *Crônicas* de Froissart e uma tradução em versos do *Inferno*, de Dante. Estreia na Porte Saint-Martin de *Don Juan de Marana* e, no Variétés, de*Kean* (que recebeu uma montagem no Brasil não muitos anos atrás), grande sucesso.

1837: É nomeado cavaleiro da Legião de Honra. Estreia, no Opéra-Comique, de *Piquillo*, ópera-cômica escrita em colaboração com Gérard de Nerval. Estreia, na Comédie-Française, de *Calígula*, um fracasso.

1838: Publica dois romances: *O capitão Paul* e *O mestre de armas*. 1º ago: morte da mãe. Viagem com Nerval à Alemanha. Escrevem *Léo Burckart*, que Nerval remanejou mais tarde e foi encenada em abril de 1839. dez: Por intermédio do próprio Nerval, conhece aquele que será o seu maior colaborador literário, Auguste Maquet, então com vinte e cinco anos.

1839: Publica *Novas impressões de viagem: quinze dias no Sinai* (nunca estivera lá, escrevendo a obra de acordo com as recordações e desenhos de Adrien Dauzats). Publica*Acteu*, romance histórico sobre o reinado de Nero. Estreia na Comédie-Française de *Mademoiselle de Belle-Isle*, encenada mais de quatrocentas vezes entre 1880 e 1884. Instala-se na rua de Rivoli.

1840: Publica cinco romances. Casa-se com Ida Ferrier em fevereiro, partindo para Florença, onde o casal ficará até setembro.

1841: Publica *Novas impressões de viagem: o Speronare*. jun: em companhia do príncipe Napoleão (filho de Jerônimo Bonaparte), visita a ilha de Elba, a Córsega e, durante uma expedição de barco, vislumbra a ilha de Monte Cristo, um rochedo perdido no mar. Breve passagem pela França, onde assiste ao enterro do duque de Orléans.

1843: Publica quatro romances e *Impressões de viagem: o Corricolo*. Passa a morar num palacete da rua de Richelieu. Aluga, em Saint-Germain, a villa Médicis, onde residirá até 1846.

1844: *Os três mosqueteiros* e início de *O conde de Monte Cristo*, que será publicado em 1844-45. Separa-se amigavelmente de Ida Ferrier. Compra em Marly um terreno aonde irá construir o castelo de Monte Cristo.

1845: Publica *A rainha Margot* e *Vinte anos depois*. Estreia no Ambigu do drama *Os três mosqueteiros*, baseado no romance.

1846: Publica quatro romances: *O cavaleiro da Casa Vermelha*, *A dama de Monsoreau*, *As duas Diana*, *O bastardo de Mauléon*. Início da publicação de *José Bálsamo* (que comporá a série *Memórias de um médico*). Funda o Théâtre Historique, que ergue num terreno por ele adquirido no bulevar du Temple. Parte para a Argélia em missão de relações públicas em nome do governo francês, em companhia do filho, Maquet e Boulanger, viagem que foi alvo de intensas críticas por parte da oposição.

1847: Retorna a Paris. Inauguração do Théâtre Historique. Ligação com a atriz Béatrix Parson. Estreia de *A rainha Margot*. Encontra Dickens em Paris. Instala-se no castelo de Monte Cristo. Publica a continuação de *José Bálsamo* e o final de *As duas Diana*.

1848: Publica o final de *José Bálsamo* e *Os quarenta e cinco*; início da publicação de *O visconde de Bragelonne*, *Impressões de viagem: De Paris ao Tânger*. Caso com a atriz Celeste Scrivaneck. Toma parte em diversas manifestações republicanas. Estreia, no Théâtre Historique, de *Monte Cristo*. Venda do castelo de Monte Cristo. Publicação do primeiro número de *Mois*, revista dedicada à história e à política inteiramente redigida por Dumas. Fracasso de sua candidatura nas eleições para a Assembleia Constituinte. Graves dificuldades financeiras, com o Théâtre Historique cheio de dívidas. Estreia de *Catilina*.

1849: Continuação do *Visconde de Bragelonne*, relatos de viagem, *O colar da rainha*. No teatro, montagens de *A juventude dos mosqueteiros*, *O cavaleiro de Harmental*, *A guerra das mulheres*, *O testamento de César*, *O conde Hermann*, entre outras.

1850: Publica *A tulipa negra*, *A boca do inferno*, o final do *Visconde de Bragelonne* e do *Colar da rainha*. No teatro: *Urbain Grandier*, *O vinte e quatro de fevereiro*, *Paulina*. out: falência do Théâtre Historique. Caso com a sra. Anna Bauër, com quem tem um filho não reconhecido.

1851: Montagens de *O conde de Morcerf* e *Villefort*, derivadas do *Conde de Monte Cristo*. Parte em dezembro para Bruxelas, em consequência do golpe de Estado de Luís Napoleão. Embora as razões sejam políticas, Dumas também pretende escapar de seus credores (153 listados). Início da publicação de suas *Memórias* (até outubro de 1853) pelo jornal *La Presse*.

1852: Publica *Olympe de Clèves* e *Os dramas do mar*. Estreia de *Benvenuto Cellini*. É assediado pelos credores e vai com Victor Hugo para Anvers.

1853: Publicação de *Ângelo Pitou*, *A condessa de Charny*, *Isaac Laquedem*. Instala-se definitivamente em Paris. Cria *O Mosqueteiro*, jornal diário que será publicado até 1857.

1854: Publica *Os moicanos de Paris*. Estreia de *Rômulo*, *A juventude de Luís XIV*, *A consciência*.

1855: Termina a publicação de *Os moicanos de Paris*.

1856: Estreia de *Oréstia*, *A torre Saint-Jacques*, *O ferrolho da rainha*. Faz uma viagem a Varennes para se informar sobre a fuga de Luís XVI.

1857: Auguste Maquet move processo contra Dumas por acertos atrasados e para "recuperar sua propriedade" sobre livros em colaboração. Faz uma curta viagem à Inglaterra com seu filho para assistir às corridas em Epsom. Criação do *Monte Cristo*, "jornal semanal de romances, história, viagem e poesia", redigido por Alexandre Dumas; último número em 1862.

1858: Publica *O capitão Richard*. Processo Dumas-Maquet: o tribunal concede a Maquet 25% dos direitos autorais, mas não reconhece seu direito de propriedade sobre as obras escritas em colaboração com Dumas. jun: partida para a Rússia, convidado por amigos.

1859 [MAR]: retorna à França. Publica suas *Impressões de viagem* no *Monte Cristo* e no *Constitutionnel.* Morre em Gênova Ida Ferrier. Breve visita a Victor Hugo, então exilado na ilha de Jersey. Caso com a jovem atriz Emélie Cordier.

1860: Publica *A casa de gelo*, *A estrada de Varennes* e *Conversas*. Estreia de diversas peças. Faz uma viagem à Itália com Emélie Cordier, com quem tem uma filha, não reconhecida por ele. set: embarca na pequena escuna que mandara construir em Marselha e participa da expedição à Sicília ao lado de Garibaldi, que o nomeia curador dos Museus de Nápoles.

1861: Estreia de *O prisioneiro da Bastilha.*

1862: Fracasso de uma segunda peça sobre *Monte Cristo.*

1864: Retorna a Paris, acompanhado de sua amante, a cantora italiana *Fanny Gordosa*. Estreia de *Os moicanos de Paris*. Viagem ao Sul.

1865: Publicação da edição definitiva das *Impressões da viagem à Rússia*. Encena *Os forasteiros em Lyon*, quando assume a direção do Grande Teatro Parisiense.

1866: Aluga no bulevar Malhesherbes o apartamento que será sua última residência em Paris. jun: temporada em Nápoles e Florença. jul: viaja à Alemanha e Áustria para preparar um romance. Relança *O Mosqueteiro*, que será publicado até abril de 1867.

1867: Publica *Os brancos e os azuis*, *O terror prussiano*, *Os homens de ferro*. Caso com a atriz norte-americana Adah Menken.

1868: Publica *História de meus animais*, *Recordações dramáticas*. fev: primeiro número de *D'Artagnan*, "jornal de Alexandre Dumas". Estreia de *Madame de Chamblay*. Morte de Catherine Labay, mãe de Dumas filho.

1869: Trabalha num *Grande dicionário de culinária.*

1870: Parte para o Sul. 5 dez: morte de Alexandre Dumas. Sepultamento provisório no cemitério de Neuville-les-Pollet, onde se encontrava.

1872: Sepultamento oficial em Villers-Cotterêts.

1883: Inauguração na praça Malesherbes, em Paris, da estátua de Alexandre Dumas, tendo a seus pés D'Artagnan e uma constelação de leitores, de autoria de Gustave Doré.

2002 [30 NOV]: no ano do bicentenário de seu nascimento, seus restos mortais são trasladados para o Panthéon, em Paris.